田园松阳文化丛书

第六辑

松阳县档案馆（党史和地方志研究室）编

二〇〇〇年的冬天

徐跃华 著

浙江工商大学出版社
ZHEJIANG GONGSHANG UNIVERSITY PRESS

·杭州·

图书在版编目（CIP）数据

二〇〇〇年的冬天 / 徐跃华著 . — 杭州：浙江工商大学出版社，2023.12

（田园松阳文化丛书 . 第六辑）

ISBN 978-7-5178-5824-9

Ⅰ . ①二… Ⅱ . ①徐… Ⅲ . ①散文集 – 中国 – 当代 Ⅳ . ① I267

中国国家版本馆 CIP 数据核字（2023）第 234544 号

二〇〇〇年的冬天

ER LING LING LING NIAN DE DONGTIAN

徐跃华　著

责任编辑	张晶晶
责任校对	都青青
封面设计	杭州富阳正大彩印有限公司
责任印制	包建辉
出版发行	浙江工商大学出版社
	（杭州市教工路 198 号　邮政编码 310012）
	（E-mail: zjgsupress@163.com）
	（网址：http://www.zjgsupress.com）
	电话：0571-88904980，88831806（传真）
排　　版	杭州富阳正大彩印有限公司
印　　刷	杭州富阳正大彩印有限公司
开　　本	16 开
总 印 张	122.25
总 字 数	1413 千
版 印 次	2023 年 12 月第 1 版　2023 年 12 月第 1 次印刷
书　　号	ISBN 978-7-5178-5824-9
定　　价	400.00 元（全 5 册）

要知道谁甘愿舍身喂哑口的"遗忘"，
坦然撇下了忧喜交织的此生，
谁离开风和日暖的明媚现场，
而能不依依地回头来顾盼一阵？

——托马斯·格雷

总　序

古之君子，有"见礼而知俗，闻乐而知政"之说。故积句成章，积章成篇，发为文章。若能感于性情而动于声音，则文章与"乐"同出，可以知政；若能融心三才而游步千古，则文章与"礼"同出，可以知俗。自"田园松阳"发展战略实施以来，"田园松阳文化丛书"一直立足于松阳乡土文化底蕴，致力于知俗知政，匡矫时弊，宣化承流。

本丛书前五辑，在一定层面上提升了"田园松阳"文化发展之动力和活力。归而纳之，有特征四。

一曰包容。包容何在？在体裁也，在门类也。论体裁，有汇编如《松阳历代书目》《松阳历代文选》《松阳历史人物》，有诗词如《松阳历代诗词》，有书法如《松阳历代书法》，有散文杂记如《松阳乡俗散记》，还有古籍校注如《午溪集校注》。论门类，有涉及历史学的《松阳从历史走来》、涉及风俗学的《松阳民俗·岁时节令》、涉及姓氏学的《松阳祠堂志》、涉及金石学的《松阳金石志》等。

二曰自信。文化自信，是更基础、更广泛、更深厚之自信，是更基础、更深沉、更持久之力量，如《松阳百姓族规家训》彰显了松阳的深厚文化底蕴和人文荟萃，《松阳·中国传统村落》介绍了众多格局完整的传统村落，《松阳农家器用》体现了绵延千年的耕读文化，这都是祖辈留给当代松阳之宝贵精神财富。《民国松阳往事》《民国松阳记忆》则在往事记忆中透露出松阳的独特魅力和价值，唤醒群众之文化自觉，增强群众之文化自信，这也进一步坚定了本丛书推动乡土文化繁荣复兴的信心和底气。

三曰传承。发掘、整理、弘扬"田园松阳"文化，传承松阳文脉，

讲好松阳故事,达到繁荣松阳文化、培育社会正气之目的。本丛书之分册,多以"历代"冠之,尤其彰显传承。本丛书为全县的乡村博物馆建设、农村文化礼堂建设,拯救老屋行动、古村落保护,以及古祠堂和古道修复等工作,起到示范提示的作用。

四曰创新。团结、凝聚、联合社会力量,加强"田园松阳"文化的对外交流,使"田园松阳"文化内生动力越来越足,发展后劲不断增强。本丛书在某种意义上成为松阳地方对外交流之书籍。

复览本丛书第六辑与第七辑,上述四特征,皆有所进。

包容愈广。第六辑中,新增门类,《松阳藏石》属工艺学;新增体裁,《烽火浙西南》是小说。《二〇〇〇年的冬天》虽是散文,但主线贯彻全书,有别前辑。第七辑中,新增门类,《松阳舆地图志》属方志学;新增体裁,《张玉娘诗词赏析》是文学鉴赏。《闲时乐着》虽是杂文体裁,但全书涵盖风俗、教育、医药、矿石等方面。除体裁、门类之外,本丛书最新两辑,个中论著,不求放意寓言,不求僭称法言,不求苟同,不求苟异。

自信愈固。丛书第六、七两辑有望激发县域文化界人士对松阳文化底蕴的高度自信,以及对乡土文化生命力、创造力的高度自信,如《松阴溪帆影》《桃源诗藻撷萃》,是继本丛书第三辑中的《松阳乡村诗歌三百首》和本丛书第四辑中的《松阳田园诗藻选辑》之后的又两部诗歌集。作者积极从"田园松阳"文化沃土中汲取养分、激发灵感,在新时代的文艺创作舞台上自信满满。

传承愈坚。包容才可会异归同,传承方能涵揉充畅。本丛书编纂委员会认为,儒、释、道同为古县松阳璀璨文明之写照。千年传之承之,总是金鸣石应;一如刊之版之,亦得激浊扬清。

创新愈勇。时下,中国文化事业正迎来大发展大繁荣之黄金时代,松阳,则把文化上升到了指引县域发展的战略地位。大好机遇,来之不易。本丛书第六、七两辑，展示了松阳良好形象，弘扬了时代精神。如《闲说松阳话》非但保留了生活化的方言，还原了语境的趣味性，并且有意识地将文字的意义向外拓展。这种对品质与内涵的追求，就是一种创新。

　　总之，感于性情而动于声音，融心三才而游步千古。"田园松阳"文化，孕育于松阳璀璨的历史文明之中，体现在当下全县人民建设"田园松阳"升级版的火热实践中，展现在每一个优秀的古今松阳人、新老松阳人身上。愿松阳文化界人士，永葆胸中有大义、心里有人民、肩头有责任、笔下有乾坤。更愿"田园松阳文化丛书"，能久经历史和人民检验，推动地方文化事业发展，推出更多反映时代呼声、振奋松阳精神之优秀作品。匡矫时弊，宣化承流，无患知俗知政之用。

编　者
2023 年 5 月

序：他年风雨共谁听

郑　新

呈现在读者面前的非虚构文学《二〇〇〇年的冬天》，是徐跃华历时两年半精心打造，留给这个社会的一份珍贵文本。他的悲戚忧伤、迷惘困惑、失意落魄，以及在引领生活前行路上的坚韧坚强、坚持坚守、自信自立……凡此心路历程、人生故事，留下了值得铭记的厚重篇章。

故事从二〇〇〇年的冬天开始，事实上，它早在七年前的秋天就已经发生。为了给一个叫赖叶土的厂长借钱，徐跃华车马劳顿，四处筹措，一身疲惫，苦不堪言。原先约定的支付方式和归还日期，被无数次变更，赖厂长一拖再拖，矛盾冲突一波三折、跌宕起伏，徐跃华最终等来的却是赖厂长携家人逃离的消息。此后长达十余年，徐跃华左手挣钱、右手清债，一边养家糊口，一边替人还钱。不断地借钱、还钱，还钱、借钱，成了他没有选择的选择，"抓了几颗虱子在头上痒着"，一分焦虑，多少无奈。

一次次手足无措，懊悔走入了别人布置的陷阱；一次次心慌意乱，默默祷告免祸降福而不得。在二〇〇〇年的冬天，徐跃华穿着那件紫褐色的旧皮衣站在一座雪山之下，远眺深蓝的天空，见皑皑白雪堆满山峰，梦魇还是变成了现实。他内心流淌着的起伏波澜，又似苍茫大海，一望无垠。眼前横亘着一座大山，无语亦苍凉，徐跃华被不断拉长的身影，渐被暮色吞噬。漫漫长夜，何以入眠，何处消暇？

这是一笔共计六十三万八千元的巨款，摊在谁的头上都不是小数目。他生活、工作的地方已是满城风雨，众人的嘲笑和不解是世俗加诸徐跃华的无情冰凉。他和妻子当时拿着每人只有七百多元的月工资，蜗居在四十多平方米的宿舍里，含辛茹苦地带着寄宿在他们家的孩子，为稻粱谋，为生计愁，更为那看不见的无底黑洞而拼命奔波。为能换来微薄稿酬，深夜爬格子，撰写文章和讲话稿，一次次去别人家里辅导孩子们的功课，难有休息时间，不愿停歇，无法停歇。徐跃华是个充满爱心的人，为人子、为人夫、为人父，他将痛苦与无望深埋心间，把善良和情谊托付家庭，追逐着孩子们的快乐成长，也将原本不应承担的责任与义务一同扛下。十多年后，拨云见日，他不仅还清了以为一辈子都无法还清的外债，还住上了属于自己的心爱的房子。

《二〇〇〇年的冬天》以时间为经，以事件为纬，八十五篇文章，客观而真实地记录了这段颇具戏剧色彩的人生经历。这样的传奇故事并非每个人都能拥有，能够将其付诸文字更是难能可贵。徐跃华的真诚和勇气，来自对人生苦难的无畏担当，来自对人性之光的深刻洞悉，来自对人文主义的信念守护。文章中夹杂着他的所感所悟、所思所想，既有恐惧、胆战、惊悸的无情绝望，亦有自救、奋斗、崛起的点滴希望，还有关爱、相携、帮扶的脉脉温情，亦不乏细致剪裁、取舍平衡，充满生活情趣和哲学思考。"有多少事物为你留存，这世界还是多么美丽。"时过境迁，当徐跃华重温海涅的诗句，提笔写下这段故事的时候，读者一定会发现，他曾经所有的付出与努力，业已得到最好的回报。

跟随徐跃华一路走来的读者，有人看到了沿途的景致，小城的诗意栖居和世俗之累变幻莫测，人间烟火袅袅升起，又云消雾散；有人读到了紧张悬疑，流淌的笔锋掩盖不了刀光剑影、尔虞我诈；有人悟到了深刻的荒诞，生活像意识流小说一样，大江奔流之下，却令人怀疑其是否真实发生。我是将《二〇〇〇年的冬天》看作励志剧的，过程虽然坎坷曲折、荆棘丛生，但结果终究阳光灿烂、碧空万里。每个人都是为了生活得更加美好而存在，赖厂长如此，徐跃华如此，你我亦复如是。从这个意义上来讲，徐跃华是感念赖叶土的。从他清澈如水的文字与从容不迫的叙述中，读者不难察觉，徐跃华由怨恨到宽恕的态度转变，由激动到平静的心理蜕变，由青涩到成熟的人生蜕变。"但屈指、西风几时来，又不道，流年暗中偷换。"

徐跃华的文字，充满质感，非常优美，平实而不乏明艳，华丽而不失敦厚，没有佶屈聱牙的累赘，只有清新淡雅的庄重。循规蹈矩，这与他的生活环境和农村阅历有关，亦与曾经为人师表的严谨密不可分。"深谙江南传统文化的现代浙江才子们，骨子里有着一种传承地域文化传统的自豪感和使命感，这也成为他们开拓新文学新疆域的动力源泉。"徐跃华的家乡浙江松阳，是省级历史文化名城，千年不绝的文脉绵延后世，滋生出一批重情好学的文人义士。之前，他就以散文见长于当地文化圈中，是享誉一方的文坛巨笔。《二〇〇〇年的冬天》注定让人欣喜，对徐跃华来说，这消弭了积郁于心中多年的块垒，对当代的文学创作来说，也是一个不小的收获，一次长久的感动。

《二〇〇〇年的冬天》的贡献在于，其所叙人物与事件的排他性，以及地域文化的独特性，二者共同构成一个不可复制的原创文本。高耸云天的木荷、一人合抱不下的青冈栎、连片的杜鹃林、十几株一蓬的香桂和比碗口还粗的乌稔树，大多穿插着生长在青枝摇曳的毛竹林里。绿叶掩映的红山茶、错落有致的黑蘑菇、躺在地上的焦褐色的茯苓，还有石斑鱼、黄颡鱼、鲇鱼和当地人再熟悉不过的鲷鱼，甚至椽柱漆黑、古老灰暗的泥墙上苔藓斑驳的老屋，以及村口一片活过上百年的苦槠树和光滑涩口、美味飘香的苦槠豆腐……松州古邑，长松山水，他将这些家乡记忆或多或少地写进文字里，充分尊重读者的阅读感受，构筑起独一无二的精神世界。景色的铺陈提升了非虚构文学的生命力，是徐跃华生命体验的释放，而娓娓道来的还钱之路因有一路美景铺垫，不再显得絮絮叨叨，而是张弛有度。读者可以在尽情地欣赏沿途风光的同时，与他共同完成一次跨越时空的心灵对话。这是徐跃华的智慧表达，也是《二〇〇〇年的冬天》散文化叙述的一大亮点。如果说恣意地生活是所有卑微生命的希望，那么——"假如生活欺骗了你，不要悲伤。"生活的隐蔽意义，只在告诫与提示，只在提供一个怀疑的空间，给出一个反省的隧道，还原一个缜密的逻辑。"我曾经长久地凝视着一株开花的李子树，贪婪地留恋着其中的真理。"普鲁斯特的伟大史诗亦是对它的注脚。《二〇〇〇年的冬天》所要传承或引申的，还在于故事表象背后，那丝丝缕缕的日常生活的秩序重建和意蕴深远的象征意味。

"羁怀萦挂，人情浇诈，相逢休说伤时话。"在徐跃华写作《二〇〇〇年的冬天》的过程中，我与雁翎和他曾在黄河之畔相见，这是我们第一次相逢。徐跃华健谈，重提十年前的往事，他已无愁容，好像在说别人的故事，淡淡地品咂着似水年华。同是为文者，惺惺相惜便是最好的理解。在《二〇〇〇年的冬天》付梓之际，我依然惊叹于他的淡定，赞赏他的勤奋，感佩他的执着，也庆幸在这个浮躁喧嚣的社会，为了梦想坚持践行的人们，有徐跃华与他的文字相伴，能与他共同走过一段理想犹存的时光。你读到的是洗尽铅华的文字，以及文字背后那斯世长存的精神。精神不灭，意义不死。

是为序。

二〇一一年冬天于兰州

郑新，二十世纪七十年代末出生于甘肃灵台，硕士研究生学历，著名作家，长期从事新闻宣传工作，代表作有长篇报告文学《国家任务》等。

目 录

十二月十八日早晨

二〇〇〇年十二月十八日，星期一，早上八点三十分，浙西南山区的松阳县城，还沉浸在寒冬的阴冷与静寂之中。我刚打开办公桌的抽屉拿笔记本，准备去局会议室开会。这时，原单位的同事老庄匆匆忙忙地闪进我的办公室，只见平时很少抽烟的他手指上夹着一支烟，我还以为他这么早来让我还钱呢！老庄用比平常任何时候都可亲、温顺、和蔼的语气对我说，跃华，我刚从老赖厂里下来，赖叶土一家昨天晚上逃了！他的声音轻柔而清晰，坚定而有力。顿时，我脑袋里一片空白，空气凝固了，眼前的一切都失去了原有的光泽与生动，一种世界幻灭的感觉笼罩着生命。

我马上来到会议室，快步走到杨局长旁边小声地说，我有急事要请假出去一下。什么急事？杨局长一脸认真地问惊魂不定的我。我抑制着内心的恐慌，竭力让自己镇定下来，说，很重要，一时说不清，等以后再说，我先出去一会儿。经得同意，我立即离开会议室，快步跑到一楼，跨上老庄的摩托车离开了单位。一路无语，我们来到住在松阳师范宿舍的小刘家里，小刘刚刚起床，正在厨房里刷牙洗脸。他妻子让我们坐下说话，又用隔夜的开水给我们泡了一杯茶。

天气寒冷，我默默地坐在沙发上，思绪麻木。老庄拿起茶几上的电话，不停地给天津的崔老板打电话，可一直没有人接听。小刘铁青着脸从厨房里走出来，一边骂赖叶土一家不是人，一边坐下来递烟给我们。老庄打不通电话，坐在沙发上说，赖叶土一家是昨天夜里走的，一起走的还有他老婆的弟弟李陈木一家三口。老庄的眼珠不停地转来转去，情绪显得急躁、不安，他摸摸下巴，故作镇静地自言自语起来，这些人会去哪里呢？四川、江西、广东、上海都有可能。他又说，前天晚上有人看见赖叶土搭一辆柳州五菱的出租车去了遂昌。于是，我们决定去车站找这辆出租车的司机。

我们三人一起来到车站。这里车来人往，人声鼎沸，地上的落叶被无数的双脚踩得一片狼藉。我们问了许多人都没有消息，后来有人告诉我们，县城柳州五菱的出租车有十多辆。老庄让我和小刘在车站附近的大街小巷继续找，他去稽征所找这些司机的电话。一会儿，小刘有事情走了，只留下我一个人在嘈杂的街道上来往复来回地走。这样漫无目的在大街上找人，无疑是大海捞针，我决定还是去厂里。

沿着城西公路，我走到云岩山脚赖厂长的猪鬃厂——松阳辰业有限公司。这时，厂房空地上已站满了人。老庄也从稽征所赶到这里，他找到了县城里所有柳州五菱出租车司机的电话，可没有任何线索。工人们七嘴八舌地说着，有人说，今天一大早来上班，发现厂长一家三口和他小舅子一家都不见了。有人说，上个星期六加班到夜里十一点多，本来讲好今天发工资的。有人说，已经半年多没有领到工资了，这种事情做得出来，老赖一家真的不是人。一些债主听到消息也纷纷赶来了。叶伟杰、老马、老庄、小刘都是借钱给赖厂长的人，只是五万元、十万元、二十万元、三十万元不一样罢了。大家站在空地上，走廊下，甬道上，我们不知道怎么办才好。

情绪激动的人们来来往往，在各个车间走进走出。我走到赖厂长的办公室里，这里地面整洁，办公桌上深蓝色的话机静静地摆放着。赖厂长儿子的办公桌上，一册彩印着"恭喜发财"的台历歪倒在桌面上。我走到办公室隔壁的房间外面，透过朦胧的窗玻璃，望见房内垃圾满地，一片凌乱。床上有一床旧棉絮、两只破枕头、被罩、床单，都不见了，边上丢弃着一双沾满灰尘的女式凉拖鞋。我前天还看见赖厂长和他儿子坐在这里说话，他儿子在桌旁写着什么。现在，房间里的桌子、椅子，都歪歪斜斜地放在床边上。

我来到漂洗猪毛的车间。十几个几百斤的大缸完整无损地立在水泥地上，缸里还浸泡着漂白的猪毛，不断地散发出阵阵呛人的气味。隔壁扎鬃的大车间铁锁被打开了，地面上到处是砖头、旧报纸、废线头、猪毛等垃圾。成品猪鬃全部被主人取走，留下一些尚未扎好的散鬃，稀稀拉拉地散落在木板上。厨房的门早打开了，煤气罐、煤气灶已经被人搬出来，静静地放在门口走廊上。餐桌上杯盘狼藉，一只铝锅内还有许多剩菜。深褐色砧板上放着几根半截白半截绿的蒜苗，显得特别悦目、青葱可爱。旁边一张桌子上有一块吃剩的火腿皮，因前些日子赖厂长的儿子牙痛得厉害，还是我从家里拿给他们的。望着餐桌上凌乱的饭碗和碗底里留下的一层黑不溜秋的液体，我感到一阵恶心。

过了一会儿，县法院的人开着货车来了。他们一边清点仓库里的猪鬃半成品，一边把它们搬上货车准备运走。这时，我们中间年纪最大的老马，举起高高的手臂奋力地挥舞起来。他大声疾呼着，现在赖叶土怎样都不知道，你们不能把厂里的东西搬走！他跟跄着走到货车旁边，声嘶力竭地与法院的人论理。老马已经七十多岁，他满脸涨得通红，衣服背上也不知什么时候被撕破了一片，裤子上沾满了泥土。虽然他挥舞双手大声呼喊，来回不停地在厂房里跑动，却无法制止人们搬东西的双手。如此一来，站在边上的女工们也匆匆忙忙跑向各个车间和房间开始抢东西。她们有人拿了花盆，有人拿了碗和盆子，有人拿了剪刀和梳子，有人拿了煤气灶。有人把包装纸、铝套等装进一个个木筐里，有人开始拆除办公室的电话机，还有人拆下了装在厂房砖墙上的变压器，准备抬走。

这时，一位法院的领导来了。老马走上去与他论理，那人说，我们今天搬东西，是因为一位外地客户起诉赖叶土不付货款，货款已欠了好几年。今天是最后期限，法院是来强制执行的，我们只拉走九千元货物抵债，其他东西不会动，也不许别人乱动。他还打电话叫来几个联防队员，让他们关上铁栏杆的大门，端了几把椅子坐在门口守着。

我走到门口门卫办公室的窗前。这里的窗户开着，桌上黑白电视机的屏幕上，不停地闪动着无数雪花点，发出哧哧哧的声响。床上挂着发黄的蚊帐，从拉开的口里望进去，被子伪装成有人正在睡觉的样子。一双洗得发白的解放鞋整齐地摆放在床前的地上。看来，这些人在离开前已做了充分的准备。

昨晚我来厂里找赖厂长，还在这里坐了一会儿。当时，赖厂长的小舅子李陈木闷闷不乐地对我说，真无话可说，自己卖了房子的钱也被他们骗走了，现在口袋里没有一分钱。他妻子张着一双鼓鼓的、仿佛充满恐慌的眼睛说，他们经常问我们借五元、十元，我们袋里没钱，向他们要，却像乞讨一样，他们总是说隔几天，隔几天，又是隔几天。现在房子没有了，他们还叫我们去哥哥家住，别人怎么会同意呢？听了这些话，想到赖厂长一家的为人和日常生活的窘况，我心里塞满了惆怅与不安。

因没有等到赖厂长，厂房里又漆黑一片，我来到车站旁一家招待所找江苏老板白天华。白老板告诉我，老赖答应星期一付给他部分货款，余下的五万元等日后猪鬃产品卖了再付。我们一起来到城南路看小学生书法展。不知为什么，我感到惴惴不安，面前儿子的书法作品也没有引起自己的热情和兴致。夜里九点多，我又一次去厂里找赖厂长。这时，大门已经上锁，厂房里依然漆黑一片，我奇怪厂房门口平时都亮着灯，今晚却不亮了。我在寒冷、黑暗的门口土路上站了一会儿，心想，也许他们已经睡觉了。于是，我一个人郁郁不乐地回了家。

人们一个接一个走开了，厂房里渐渐沉寂下来。望着眼前多年来熟悉的房屋、道路、花草，乃至飘荡着药水味道的空气，我想起昨天夜里做的一个梦：我穿着那件紫褐色的旧皮衣站在一座雪山下，深蓝的天空，皑皑白雪堆满了山峰。

担心的事情发生了

晨雾退去，冬日的太阳从云岩山后露出来，金黄色的阳光照在厂房屋顶的石棉瓦上。围墙外几株落尽叶片的白杨，树干挺直、枝枝向上，在凛冽的寒风中静静地伫立。厂房大门旁的花坛一片狼藉，花草被人连根拔起，粉红色的蔷薇花瓣散落一地。隔壁一家工厂的阳台上，人们正在暖洋洋地晒太阳，还不时朝我们这边指指点点，有说有笑。

十点多了，厂房里议论纷纷的人们渐渐散去。站在这里只是看热闹，我们几个人一起来到在西屏镇政府上班的小王办公室。小王借赖厂长十万元。大前天的晚上，我们曾经一起坐在赖厂长办公室。赖厂长希望我们最后帮帮忙，明年上半年资金紧张，下半年开始按季度付利息。小王说，帮忙当然可以，但总不能让人去跳楼吧！后来，我走到对面一间办公室，但是还听到小王怒气冲冲的声音：今年的利息不付，我一定要去法院起诉！

我们三四个人站在小王办公室，有人觉得这里说话不方便，建议大家一起去马鞍山酒店。这时，已是上午十一点多了。我们来到酒店，小王说，大家一边吃饭一边说话。我们在一间临窗的包厢里，四五个人围坐着一张小圆桌，小王要了一锅猪血豆腐，几瓶啤酒，每人一碗饭。老庄说，这种时候我们不喝酒了。锅里冒着白色雾气，隔着窗玻璃的包厢内，光线黯淡。人们匆匆扒着碗里的饭，一边骂赖叶土，一边议论如何想办法找他们。有人说，去电信局查电话记录，看看近些日子赖叶土跟哪些人联系。有人说，让公安局的朋友一起去江西宜黄县黄陂镇，找赖叶土小舅子李陈木的丈母家。有人说，我们还是先去报案。

虽然大家压抑着满腔怒火，嘴里都在不停骂赖叶土一家不是人，但心里想的是每个人自己往后的日子。小王说，把借人养鱼的五万元拿回来，影响不了生活。小刘说，大不了把紫荆街的房子拿去卖了。叶伟杰说，幸好老丈人的房子可以抵押贷款。老庄说，只是盖房子刚刚办了按揭贷款，否则也没什么。听了他们的话，我吞咽着嘴里的食物，那感觉正如王实甫所云：将来的酒共食，尝着似土和泥；假若便是土和泥，也有些土气息、泥滋味。因为我心里明白，跟他们相比，自己借钱最多却是没有资产的人，而欠下的巨额债务一辈子都难以还清了。

大家纷纷离去，开始分头行动了。我最后一个从楼梯上走下来，来到楼梯口的时候，老庄却在等我。他显出十分关心的样子说，跃华，我们是看你老实，借给赖叶土的钱最多，所以才把你叫来了。我非常感谢这些慈眉善目的人，在我如惊弓之鸟、手足无措之际给予我关心与安慰。但事实很快告诉我，人们言行之间的距离是多么遥不可及。

我和叶伟杰来到新华路乡镇企业局招待所。上个星期，江西万年县梓埠镇团结村徐兴平的妻子来厂里讨债，这个曾经递给我一支石林香烟的抽烟女人告诉我，赖厂长欠他们的货款有十多万元，这次来是想拿点钱回去给工人们发工资。还说，她来松阳已经有半个月，赖厂长答应下个星期给钱。徐兴平是万年县梓埠镇猪鬃厂厂长，赖厂长经常对我说，徐厂长想让他去江西联合经营猪鬃厂。因徐厂长多次送货都住在乡镇企业局招待所，他妻子是不是也住在那里呢？

在看旅客登记簿的时候，我突然发现了徐兴平和另外一个人的名字。发票存根上写着今天的日期，住宿人的地址是江西万年县。经过仔细询问核实，我断定此人正是徐厂长。可服务员告诉我，他们今天早上已经退房了。我们匆匆忙忙离开招待所，沿着紫荆街来到车站，可找遍这里每一个角落都没有发现他们的一丝踪迹。我感到十分奇怪，徐厂长怎么突然出现在松阳，又是今天早上走的呢？于是，我马上给徐厂长打电话，只听见电话里说，他也在找赖叶土，如果知道了就向公安机关报案，把他们一家人抓起来。更让我感到疑惑的是，再打电话的时候，徐厂长手机却不通了。几个星期后，我还跟徐厂长通过一次电话，从那以后，他的手机再也打不通，最后连号码都注销了。

乌飞兔走，冬天日短。西边天空奄奄一息的太阳正吐着粉红色的气息，城西公路两旁人家的屋顶冒着有气无力的淡蓝色炊烟。黄昏时分，我一个人来到云岩山下松阳辰业有限公司厂房外的一家小吃部里。因我平时常常在这里吃面条，店主人很熟悉我。她告诉我，昨天下午四点多，赖叶土的老婆背着一个包，在公路上拦下一辆开往遂昌方向的公共汽车，很高兴地上车了。又说，这个女人以前经常来店里赊账，想不到这些骗钱人会逃，很多人都被他们害了。

急急忙忙吞下一碗面条，我走到公路对面松阳辰业有限公司的厂房里。这时，厂房大门被砸开了，两扇铁栏门卸下来倚在一旁的水泥墙上。屋顶的石棉瓦被全部拆下来堆在空地上，还有人站在高高的用水泥砖砌成的墙上拆房顶的人字架，许多椽条被拆下丢在地上。随着锤子猛烈的敲击声，砖墙高处的泥沙不停地簌簌落下来。一个满头大汗、头发上沾满尘土的五十多岁男人，从我身边快步走过去。他手里握着一把老虎钳和几根铁丝，阴暗的目光里充满着怒火与仇恨，他大声地叫喊着一个正在拆除自来水管的年轻人。所有车间的机器和工具被洗劫一空，地上堆满毁坏的水泥砖碎块。寒风吹来，几张粘在白色墙壁上摇摇晃晃的破报纸，发出窸窸窣窣的声响。我感到一阵心寒，心想，面对这样的人群，如果赖厂长他们不逃的话，又如之奈何？

一个月后，一个雪霁天晴的日子，我一个人来到这里。厂房被夷为平地，原来的扎鬃车间是一座钢混结构的水泥楼房，红砖被挖得一块不剩，只有盖着一层薄薄积雪的水泥地上还露着许多黄褐色的猪毛。昔日，这里人来人往，机声隆隆，今天却人去楼毁，物非人非。寒风吹来，四野沉寂无声，让人不免心生黍离之悲。我想，如果有一天赖厂长和家人看到了这样的情景，将做何感想？

寒风瑟瑟，天色昏暗，我和老庄、叶伟杰三人走在大街上。我们又去车站，向所有出租车司机打听赖叶土是否坐过他们的车。这时，有人告诉我们，昨天下午有辆出租车去了赖叶土的老家——谢村乡庄后村。我们差不多寻遍小城的大街小巷，却在车站门口撞见了这位出租车司机。开始，他什么都不肯说，因为是老庄的熟人，才说了昨天上午赖叶土让他开车去谢村的事情。他说，赖叶土叫他去深圳开出租车，还说那里的工资很高。后来，赖叶土坐他的出租车去了遂昌，在县政府门口下车了。

这时，车站广播里传来了催促旅客上车的声音。从门口望进去，我看见排着长队的人们穿着厚厚的冬衣，正准备上车离去。触景伤情，想到以往自己一次次来这里迎送赖厂长的情景。此时此刻，我内心一片黯然，但是心里还想，赖厂长一家难道真的不辞而别了吗？还是暂时去什么地方了？明天会不会回来呢？

我们沿着新华路向镇政府走去。在路过凌霄小区路口时，我一个人走进了通往赖厂长家的那条小巷。来到二楼楼梯口，只见外面一层的铁拉门虚掩着，里边铁门敞开着。门旁的墙壁被砸开一个大洞，裸露出墙体内一条条冰冷的钢筋。阴沉沉的客厅，阒然无声，房间里的电视机、沙发、茶几都不见了。

我心慌意乱地从小巷里出来，突然看见关火正从街上走来。关火夫妻俩曾经是赖厂长的职工，不知什么原因离开一年多了。这时，关火告诉我，赖叶土不但欠他们一年多工资，还向他们借了十几万元。我们说起了赖厂长一家已离开松阳的事情，他咬牙切齿地说，如果有一天找到这些人，他一定要敲断他们一条腿，看他们这辈子再往哪里逃。

晚上七点多，我们又来到镇政府小王的办公室。大家还是议论如何找人、如何起诉赖叶土的话题。有人说要以诈骗罪向公安机关报案，有人说已经报案了，还有人说要向法院提出财产保全。也有人分析了赖叶土近段时间的活动情况。我们平时只是听赖厂长说在上海、深圳、广州或天津，实际上根本不知道他去过什么地方，更不知道在外面做什么事情。我呆呆地听人们说话，只是觉得和大家一起，心中安定了一些。他们人多口杂，始终没有统一意见。此时，老庄给他宁波的战友打电话说，老班长，现在赖叶土不知道逃什么地方去了，他来过你那里没有？你这个当班长的怎么带了一个逃兵出来呀！

老庄的黑色幽默打破沉闷的空气，给大家带来一丝宽慰。这时，小刘却向我提起五千元欠款的事情。这钱是我今年六月向小刘借的，因为小刘不相信赖厂长就让我写借条。赖厂长曾经向我保证，我写条子，他还钱。现在他们一家下落不明，小刘自然要让我还钱了。小刘说五千元本来无关紧要，只是现在十分紧张，要我给他一个道理，每个月还几百元。

听了小刘的话，老庄也提出要我还他欠条上的二万元。这钱原本是我和叶伟杰今年十一月从农行松阳支行贷出来的，却被赖厂长拿去还老庄了。因自己当时急于周转枫坪信用社一笔三万元的贷款，赖厂长的妻子小李让我写条子向老庄借了三万元，还款后只还他一万元。实际上，我只欠他一万八千五百元，其中有一千五百元是小李为了借这笔钱让我多写的。小李曾经答应凑齐二万元一次性还老庄。老庄清楚这件事，还说好他自己去小李手里拿一千五百元。现在说起这钱的时候，老庄却说条子上怎么写就怎么还，如果不还的话，他就叫老婆来我办公室闹。

二〇〇〇年十二月十八日，我一直以来担心的事情真的发生了。那么，赖厂长到底是一个什么样的人？我是如何遇上他和他家人的呢？还有我们之间究竟发生了哪些擦不了、抹不去、理还乱的事情？或者因为这些人，我走了一条怎样充满磨难与艰辛的人生之路呢？

初识赖厂长

一九九三年暮秋的一个下午，上任伊始的周副局长来办公室找我，他对正在埋头编写人事信息的我说，听说古市镇退职干部赖叶土办了一个猪鬃加工厂，生意很红火，我们去给他写篇通讯报道，宣传我县干部积极创办经济实体的先进事迹。后来，我在《松阳人事》简报上编发了赖厂长从白手起家到资产近百万元、艰难创业的人物通讯——《路，在自己的脚下》。从此，我认识了赖厂长。

赖厂长，出生于二十世纪五十年代初。他有一双线一样细长的眼睛，对人总是笑眯眯、很温和的样子。他挺着啤酒肚，走起路来一副从容自在的样子。一头浓密、微微卷曲、时常抹着摩丝的乌黑发亮的头发，显示着他的激情与活力。他焦黄的手指整天夹着一支烟，他不时还发出猛力抽吸时、烟草冒着火光的丝丝声响，厚厚的双唇也因过分痴迷与爱恋烟草被熏成了紫黑色。

初次认识以后，我每次在街上碰到赖厂长，他都十分热情地邀我去他家里坐坐。他的盛情，他的和蔼可亲拉近了我们之间的距离，还因为我的宿舍与他在凌霄小区的商品房住宅很近，走路只需四五分钟。一个冬日的傍晚，我来到凌霄小区赖厂长家里。当我第一次走进他铺着大理石地面、四周彩色壁灯闪闪发亮的宽敞客厅时，我有些迷茫了，心里生起一份矜持。赖厂长春风满面地让我坐在他花了八千多元新买的真皮沙发上。我的身体第一次深深地陷进柔软的沙发里，就像坐在云雾中一样，我的呼吸急促起来。茶几上放着一盆生机盎然的兰花，边上静静躺着一包露出几支烟嘴的中华香烟，水果盘内放着红红的苹果和圆滚滚的雪梨。紫黑色的家具在柔和灯光的映照下，闪闪发亮，散发出一种富贵、肃穆、典雅的气息。

赖厂长热情地递来香烟，他笑容可掬的妻子小李又是倒茶，又是削苹果，让我受宠若惊。当赖厂长笑眯眯地给我介绍在座的两位客人——银行的小阙和法院的老王时，放在茶几上一万多元一部的手机接连不停地响起来。一会儿是一家天津客户向赖厂长要货，一会儿是杭州一家土畜产公司来订单了。我有些迷糊地陷坐在沙发里，赖厂长却向人们介绍起我来：这是县人事局的笔杆子徐跃华，文章写得非常好，让我在全县出名了。新来乍到，我有些局促不安地坐在一旁听他们闲聊。他们谈房子装潢时兴的材料、颜色、价格；他们谈深圳、重庆、上海等外边世界的种种精彩；他们谈猪鬃产品生产、销售的行情和发展趋势。五色乱目，五音乱耳，听他们天南地北地聊着，我觉得他们的日子过得有滋有味，比自己在机关里上班有意思多了。

从此以后，我有事无事都会去赖厂长家里或厂里。于是，我认识了法院的老王，司法局的小包，公证处的小饶，公安局的小陈，保险公司的小徐，更多的则是信用社和银行的人，如老宋、小吕、小江等等。望着大家来来往往、热热闹闹的场面，又想到自己都三十来岁的人了，春夏秋冬枯坐在机关办公室里，听着各种各样的废话，天天看人脸色行事。那是一种忙忙碌碌、唯唯诺诺、似是而非、几乎陷于僵化的生活，没有生气，没有自己，没有思想。大家看起来像一头头听话的绵羊，亲亲热热、和和睦睦，实际则钩心斗角，各怀鬼胎。长年累月无所事事，没有追求，特别是一天到晚抽烟喝茶，说长道短，浑浑噩噩，不但令人孤陋寡闻，而且可悲又可怜。我心里有些不平静起来。

随着交往的日渐深入，我对赖厂长的了解多起来。他出身农民，自小生活在农村，种田种菜，砍柴挑担，样样干得不错。只是家里穷得叮当响，当年谈女友的时候，女方父母坚决反对，还是女友自己找上门来的。他当了三年兵，退伍后在谢村乡政府做农技员，整天背着领导的挎包，跟在他们屁股后面在田塍小路上走来走去。后来调到古市镇，由于与镇领导的关系不太融洽，他主动提出辞职，出来办猪鬃厂。他告诉我，他是松阳县唯一的退职干部，每月二百多元退休金，跟在职人员差不多，而且医药费实报实销，比在职人员还好。他还笑眯眯地说，因为办厂忙，否则把经历写下来是一部很不错的书。

我们不仅谈过去，谈他人的趣闻逸事，也谈如何做生意，甚至谈当今社会现实的一些热点问题。赖厂长对我的感情思想与观点立场十分赞赏，几乎没有提出他的想法和意见。于是，我不仅说了童年砍柴、钓鱼的事情，还说了从乡村初中考入师范学校读书、恋爱的过程，以及从山区校园调到县机关的人生经历，甚至把单位里遇到的许多事情也告诉了赖厂长。

每次，赖厂长都是一位十分耐心的听众，他对我的处境表现出极大的理解与同情，又结合他丰富的人生阅历，很诚恳地建议我如何面对复杂的现实社会，如何挣钱做一个体面的人。他甚至对我说，如果自己以后不想上班就去他厂里干，他的工厂一定越办越好。赖厂长的话给了我莫大的安慰与希望。后来，他还多次对我说，跃华，我是把你看成小弟弟一样的哩！

一个电话

  天起凉风，日影飞去，这是一九九四年中秋节的前一天黄昏。我和妻子从街上散步回家，发现宿舍木门的把手上挂着两盒包装精美的礼盒月饼。我们有些奇怪，到底是谁送来的月饼呢？正当我们疑惑不解的时候，赖厂长的妻子小李打电话来了，原来月饼是他们送来的。小李对我妻子说，本想来你们家玩，你们没有人我们就走了，我和赖厂长非常感谢小徐一直以来的帮忙。

  自从去了赖厂长家里，我不仅认识了各行各业许多不熟悉的人，还和赖厂长成了无话不谈的朋友。我们对社会、对人生、对工作、对家庭、对饮食男女的看法都有着广泛的一致性，似乎有永远说不完的话。因为谈话十分投机，而赖厂长的神态与话语中又时时透露着一个长辈对晚辈的尊重与关怀，所以在我看来，我们虽然不是管仲和鲍叔牙的关系，但至少已是非同一般的好朋友了。

  赖厂长儿子高考分数不理想，想去教育局招生办找学校，可是没有熟人——我很快带着他去了。赖厂长一个龙泉的朋友的女儿，想读松阳师范音乐特招班，需要有人帮忙，是我带着他去找了师范的领导和老师。赖厂长想在农经委借款，但是这里的借款必须要有两个机关工作人员担保，并且其中一个还一定要求是农经委的工作人员。为此，我不仅自己毅然做担保人，还强人所难地让当时在农经委上班、一直看着我长大的老崗在借款协议上做担保人签字，才借出二万元钱。还有，赖厂长想认识当时的松阳县委副书记——我的班主任，我二话没说，骑上自行车和他一起搭着一筐沉甸甸的柑橘去了。对于我的事情，赖厂长也非常热情，时时像一位受人尊敬的长辈一样关心着我。我买房子的时候钱不够，赖厂长十分主动地借我一千元。夏天厂里发啤酒票，有时外地歌舞团来给职工发门票，他都不会忘记我。赖厂长还让我去他家里喝酒，对我总是十分热情的样子。所以，虽然赖厂长的妻子小李说非常感谢自己一直以来的帮忙，但是我也十分珍惜他们的这份友情与关怀。

我们渴望朋友，是因为自己孤独；我们崇拜别人，是因为自己弱小；我们迷信别人，是因为自己无知。自从认识了赖厂长，虽然自己在小城势单力薄的内心似乎多了一份温暖、一份慰藉、一份信心与力量，但是我的主要工作依然是在县人事局上班。我常常写些似是而非的文字，说些感觉模糊的言语，有时是县领导在全县国家机关工作人员培训班上的几点要求，有时是局领导在松阳县大中专毕业生毕业分配会议上的几点希望，但更多的是单位的各种汇报材料里的首先、其次、再次，以及《松阳人事》里的一、二、三、四。冬去春来，时光匆匆。在一个风平浪静的环境里，写着这样那样的文字，不在乎耳旁萦绕着谁的钱多、谁的势大的絮絮叨叨与喊喊喳喳，融入大家融融泄泄的氛围中，这些本来都可以成为自己销蚀生命、埋葬青春年华的美丽祭文。但是，激情的血液厌倦死寂平静的岁月，年轻的生命不愿忍受压抑郁闷的环境，梦想在不断召唤自己，甚至从心底里跳出来。可这种静极思动、飘忽不定的敏感心情，不仅有悖于机关单位四平八稳的现实生活，更不为一些人所容忍。此时此刻，即使是一些哪怕细小、不顺心的事情，也会在我内心翻腾起一个个漩涡，甚至改变我看世界的目光，何况是那些有冲击力的事情呢？

一九九五年初夏的一天，我正在办公室和同事闲聊，突然发现一本《松阳人事》上有篇自己写的人物通讯，作者却成了另一个人。我是一个简单而认真的人，自小接受目不识丁的父母和乡村老师的循循善诱，就像自己当老师时谆谆教诲孩子们：小小偷针，长大偷金，要做诚实的人。今天竟然有人一声不响地把我的文字赫然写上他人的名字发表在省级刊物上，岂不是明目张胆的剽窃？！于是，我怒气冲冲地给当时的《松阳人事》一位有过一面之交的编辑写了一封信，揭穿了这件事情。

信寄出后，我被安排在职称管理办公室工作。因为忙于事务，我把写信的事情忘记一空。在这段时间里，县委办信息科的赖科长还来征求我的意见，问我是否愿意去信息科做秘书。我觉得既然已经接受了新的工作，就得好好熟悉业务，何况我也不想一年到头没完没了地与没有情感的公文纠缠在一起。所以，我婉言谢绝了，一心一意地做职称管理工作。可能这是一次机会，我却毫不在意地放弃了。有人说，个性决定命运，实际上更多的时候是我们没有看清自己和社会现实。

有一天，局办公室的小李突然叫我快去接电话。没有寒暄，没有问候，电话里对方劈头盖脸就是一顿斥责：你在信里说不知天下有羞耻事是错误的！要马上道歉！否则，我还要过问这件事！电话里的声音充满恫吓，充满阴森寒冷的气息。这不仅让我的心凉了一大截，还让我有些毛骨悚然。何苦呢？不就是为了多发行几本当废品打纸浆的杂志吗？

过了一些日子，我从职称办公室被叫回局办公室，小李去了职称办公室。这时，《松阳人事》已经停刊，我接替小李的工作，开始为那些县内外调进调出的人开调令和工资介绍信。后来，我写过多次入党申请书，也填了入党申请表格，却始终没有发展为预备党员的机会。直至一九九九年八月二十七日，当我下派至斋坛乡花田垅村做指导员的日子即将结束，要回局里上班的时候，斋坛乡决定发展我为预备党员，表示对我一年来努力工作的肯定与鼓励。因为根据县里的文件，我的组织关系已转到乡里，只要村支部通过，乡里就可以接收我为预备党员。

给局长的一封信

一九九五年冬天，一个阳光温软的日子，我跟随新来的褚局长第一次下乡，去的地方是自己的老家枫坪乡。一路上，蓝天白云，青山寂寂，溪水潺潺，我的心情就像冬日阳光下的大自然一样美丽，恬静而活泼，安详而灵动，澄澈而温暖。当我随着褚局长走进乡政府的大门，沿着花圃边上的水泥地刚要踏上办公楼的台阶时，手上点着香烟，腋下夹着手提包的褚局长侧过脸来看了我一眼，突然说，小徐，我有一个想法，你去安民乡当团委副书记。我一时尴尬，内心有些惶惑不安起来。午饭时，我闷闷不乐地坐在一旁，面对餐桌上热气腾腾的丰盛菜肴一点兴致都提不起来。

来到局里，我把这件事向为人低调、小心谨慎的肖副局长说了。肖副局长十分坦率又诚恳地对我说：安民是全县最偏远的山区乡，离县城一百多里，全乡八个行政村，三千多人口。你来人事局工作时间不长，你自己想去的话，你妻子也不会同意，弄来弄去最后大家都没有意思。当我们正在交谈时，编委办的小叶走进了办公室。小叶是一个快言快语的人，她一听这样的事情马上说开了：组织部的人下去当乡长、党委书记，人事局的人下去就做团委副书记？还是安民乡？如果去西屏镇还可以考虑考虑。我们人事局的人怎么就这么差呀？小徐，不要去！不要去！

回到家中，我把这件事情告诉妻子。妻子听了，有些担心地说，如果你去了，那家里的事情怎么办？谁去幼儿班接送孩子呢？为什么别人不去，却要你去呢？如果是锻炼的话，你一直生活在农村，让那些城里人去了解了解农村不是更好吗？

晚上，我在赖厂长家里谈起有人让我去安民乡当团委副书记的事情。赖厂长以他丰富的人生阅历和经验告诉我说，乡镇确实是一个锻炼人的地方，但是现在领导调动频繁，下去容易上来难，到时候想调回城里，就没有人管了。

于是，我匆匆忙忙给褚局长写了一封信，告诉他自己的一些想法：

尊敬的褚局长：

那一天，你说想让我去安民乡当团委副书记。为此，今天就让我避开自己不善言谈的短处，用手中的笔向你说说我简单的阅历、思想，以及对这件事身不由己的难处吧！

我自小生活在大山深处，朝夕相伴的是清风流水，看见的是绿林翠竹，听见的是鸟语啾啾，只有自己的光脚在曲折的山径上留下数不清的印迹，只有乡村粗粝的食物在唇边留下甘甜的回味。一九八五年，我走出师范学校回到了家乡，凭着满腔的青春热血，安心山区，努力教书育人。我前后一共做了八年小学教师，在乡下那些寂寞而忙碌的日子里，我有过同时教两个毕业班语文、四个班级体育，一个星期二十四节课，还要做班主任的无奈；有过因为去二十里外看女朋友、开会迟到就被当作旷工处理的不公正遭遇；还有过因翻看已批阅好的自己学生的试卷被校长呵斥，自己用拳头砸裂了办公室门板的愤怒；也有过眼睁睁地看着身患绝症的母亲离开人间时的无奈、沮丧与忧伤。但是乡下的日子是单纯的，轻松的，甚至有些自由散漫的气息。我始终没有改变自己对文字的一往情深，在努力教书的前提下，先后在《中国教育报》《浙江教育报》等省级以上的刊物上，发表过《花落深山静无声》《一个没有回城的知青》《大山的女儿》《缘分》《师恩难忘》《一瓣橘子》等人物通讯和随笔，并且获得过华东地区"好新闻"一等奖和浙江省"好新闻"二等奖。这些文字的剪贴稿，有的还被你借去让自己的孩子阅读了。

一九九二年秋天，正当我着手准备材料，想以自己的人生阅历写小说的时候，一纸调令，我来到县人事局上班。初秋的傍晚，在灰蒙蒙的天空下，我坐在卡车车厢里装满书籍的纸箱上，想起了乡下刚刚去世的母亲，心里充满了感伤与怀念。我既无叔伯之亲，终鲜兄弟姐妹之爱，母亲三十六岁时才生我，给予了自己那么多的真挚之爱，几年以后想起来，我仍然不相信她已经离开了这个世界，离开了孤立无助的自己。也许是自己的心灵太脆弱，也许是人性太懦弱，这如影随形的阴影一直笼罩着我的心头，无法驱散，无法忘却。生命的构筑如此艰辛，毁灭却近乎随意，人生是多么孤独与无助啊！在我看来，人世间的事情不过如此，一切都是过眼烟云。

日子一天天过去，我的内心渐渐平静下来。我常常对自己说，开始在机关里好好上班吧！我是一个山里人，对城里的生活很陌生，从校园到机关，新的工作也很生疏，但是这里的领导和同事对我很友好，很关心，我觉得应该好好干才是。几年来，每天总是我最早来到办公室，提开水、打扫卫生都是不亦乐乎地抢着做。可是，随着时光的流逝，我却发现自己除了编写信息和写发言稿等材料之外，就是无所事事地混日子罢了！何况在办公室里整天忙忙碌碌的样子，也看不出有什么成绩。你来之后，我曾多次提起工作的事情，希望你让我做一点业务上的工作，却始终未能如愿。何况你来之后，给大家封了主任，科长，我却好像成了局外人，连单位开会的资格都没有了。你说我是单位里的秘书，是专职做文秘工作的，可省厅召开文秘信息工作会议的时候，你却又让别人去了。这不是明摆着欺负人吗？失望时学会自我解嘲，寂寞时自己做自己的老师；我是一个有血有肉并且会思考的人，虽然懂得为人的忍让与和善，但也知道做人的尊严与正气。长期面对这种压抑苦闷的日子，我有时真想大叫几声啊！

单位里的工作是这样，那么家中的情况又如何？我妻子是学校里的教学骨干，全身心扑在教学工作上。只有用劳动获得的面包才甘甜，只有付出汗水收获的快乐才是真快乐。我妻子是一个非常好胜、勤奋努力的人。她每天早上七点之前就去教室了，中午和晚上差不多都是我把饭菜烧好了，她才从学校里回家。妻子这种长年累月快节奏的工作所造成的神经紧张和身心疲劳，是旁人难以想象的。自一九九二年开始，她每天晚上都必须靠服用安眠药来入眠，长期饱受失眠之苦。在小城里，我们既没有亲戚，也没有一个可以帮忙的人，买菜、做饭、洗衣服、去幼儿园接送孩子等等家务活，几乎都落在我的肩上。一个人既然有了家，就该负起责任，如果我去安民乡做团委副书记了，那么如何处置家里的事情呢？

褚局长，世界这么大，有我不会增加什么，无我也不会减少什么。面对滚滚红尘，我只是井里的鱼，夏天的虫，乡下的书生，何以知道大海的事，冰冻的事，大道理？有人说，只有纯洁、真挚以及敏感善良的心灵才能彼此了解，惺惺相惜。在这世纪末的苍茫暮色中，人与人的内心已经离得越来越远，但我仍然怀着真挚的情感，向你简单地叙述了自己心中想说的话。希望你理解我当前的处境，同意我的请求，我不胜感激！

祝好

徐跃华

一九九六年一月十八日

　　过了一些日子，褚局长笑着拍拍我的肩膀说，小徐，你去安民乡的事情算了。可是，正当自己为处理了这件节外生枝的事情而心怀侥幸的时候，松阳县信用合作联社营业部有人打来电话，告诉我我的贷款到期了。

人事局来了周老板

一九九六年初春，县信用合作联社营业部打来电话，告诉我我的一万元贷款到期了。原来这是一九九五年春天替赖厂长从营业部借的款，当时的贷款月息高达百分之一点七六。记得当初我拿着一千元借款去还给赖厂长，被他坚决地拒绝了。他说，你这样帮忙，我感谢都来不及啊！只是厂里单子多，现已联系好在联社营业部贷款，又要麻烦你了。虽然我很犹豫，但还是去联社营业部签字、盖章、按手印，甚至连条子都没有写，就把一万元贷款借给了赖厂长。平时每个季度由赖厂长付利息，我自己从来不过问钱的事情。为此，我打电话给赖厂长，过了几天他把钱还了。

春天过去，夏日阳光下机关大院碧绿挺拔的广玉兰树丛里蝉鸣起伏。窗外水杉长满嫩绿细长叶子的枝条，仿佛抑制不住生命的欣喜，把头伸到我窗前，窥视着我，探寻着我，缠绵着我。一阵风过，它们不停地向我摇晃点头，把美丽的情影婆娑地映照在办公室座位对面雪白的粉墙上。美啊！慢慢走欣赏哦！日子一天天滑过去，我只是一边欣赏着窗外的风景，一边为那些或心急火燎或喜上眉梢或无可奈何的人开着工作调令和工资介绍信。

一九九六年初夏，为完成县政府下达局里的引资任务，经人介绍，一位遂昌的周老板来到了县人事局。周老板的到来，似乎给我的生活带来了新的气息。他刚来的那天中午，褚局长让我跟随他们去酒店里吃饭。周老板五十多岁，剪着平头，额上的皱纹像刀刻一样。他穿着一件皱巴巴的满是汗渍的蓝灰色衬衫，上面有许多平日里翻山越岭时留下的草汁痕迹，裤子是三十年前乡下人穿的那种土里土气的人造棉。褚局长介绍说，周老板已经开了二十多年矿，如今还在好几个地方开着矿呢！周老板说，据我几十年来的开矿经验看，大川那个地方一定有萤石矿，它离遂昌金矿这么近，说不准还有金矿呢！我正担心如果真的找到金矿，若其与遂昌金矿连在一起该怎么办，想问周老板的时候，酒店开始上菜了。

餐桌上摆满了红红绿绿的各色佳肴，美味飘香。周老板滴酒不沾，只是一支连一支地抽烟，喝了几口饮料，就自顾自地开始吃饭了。吃到满头大汗时，他还用衬衫不断地擦汗。大家还在有滋有味地吃喝，他却早早放下了碗筷。这时，褚局长当着大家的面对我说，以后周老板开矿需要各部门互相协作，联系工作就交给小徐了。饭后，褚局长、计经委的小纪，还有引资人就陪着周老板往赤寿乡大川村看矿去了。

几天后的一个星期天，褚局长打来电话，让我去大川村了解开矿的进展情况。我坐车来到大川村，爬上一座山岗，走到一个山坳里，只见几个小伙子正在挥汗如雨地奋力挖土。他们还兴奋地告诉我说，周老板用一千元钱让我们包下了这些土方，土方上农家的橘树、栗子树、梨树都已按照三到五元的价格买下了。还说，再过几天这里就可以打炮了。我刚从山上走到马路旁，周老板就搭着他儿子的摩托车来了。见了我，他们非常热情地递过烟来，告诉我跟村里的合同已经签好，接下去的事情就是申请炸药。我们又去村主任家里，大家认真地看合同，还对用水、用电的问题提出了建议。大家聊了一会儿，主任要我留下吃午饭，我说下次再来，就回家了。

过了几天，大川村的书记、主任来了，褚局长让我带他们去县工业小区办公室，咨询有关引资手续的办理情况。我们三人走进工业小区办公室，这里有四五个人正围着一张桌子打扑克，我们进去的时候，他们头也不抬地玩着手中的纸牌。我大声叫起来，才有一个人慢条斯理地走过来问什么事情。听了我的介绍，这人面无表情地告诉我说，如果开矿的话，你们应该先去计经委、劳动局、城建局的环保部门办理许可手续，然后再来这里办理引资登记。于是，我拿了两份空白的项目审批表，带着大川村的书记、主任去各部门咨询开矿需要办理的有关手续。

我们先来到县劳动局安全生产监督科，虽然褚局长已事先与他们联系了，但这里的人还是一副爱理不理的样子。一位姓金的科长等村里的书记把递上的香烟点上了，才慢条斯理地对我们说，开矿的手续很难办的，你们要先把矿山的管理制度，操作规程搞好，让我们看了满意后才能盖章批准。于是，我问他是否有这方面的规章制度借我看一看，他一开始不肯，在我磨破嘴皮又写了借条后，他才把一个煤矿的管理制度文件交给我。

我们又往县城建局的环保办公室走去。在炎热的阳光下，我们三个人一边擦着脸上的汗水，一边说说笑笑。村主任说，小徐这个人很好打交道，这样我们的事情就好办多了。走进环保办公室，我突然看见了经常和自己一起打篮球的小叶。主任不在，小叶就给主任打了传呼机。一会儿，主任回来了，他握了握我的手说，因为你们局长出面，我们只收预交款的百分之十，先交五百元算了。临走的时候，主任说，我们过几天派人去实地检测水样，等采样结果出来后再盖章办手续。

来回不停地走了一个上午，我回到办公室时手脚都有些发软了。我本想去隔壁计经委小纪办公室，但很快就要下班了。正当我端着茶杯一边喝水，一边想着上午办事时遇到的人他们官僚、散漫、冷漠的样子,觉得人事局的办事态度真是好的时候,褚局长打电话来了。我把上午的事情简单地向他做了汇报,褚局长让我与相关人员联系,告诉他们下个星期一去大川村。他还特意吩咐我说,周老板已经定下下星期一去古市镇买菜了,不能让别人白等的。于是,我把褚局长的意思告诉了大家。

星期一早上,我们准备去大川村时,才得知局里的车坏了,还停在修理店里。于是,我和肖副局长去老干部局借了一辆小车。当我们来到城建局环保办公室的时候,这里的人早已骑着三轮摩托车去了。去大川村的路上,一条弯弯曲曲的机耕路坑坑洼洼,泥泞不堪,我们不停地从车上走下来推着车子往前走。来到村口水库旁边,我看见计经委、劳动局的人,周老板、周老板的儿子,以及大川村书记、主任一堆人早已坐在路旁的石头上等我们了。见了我们,周老板马上从一只皱巴巴的黑皮包里取出一条雄狮牌香烟,麻利地撕开一包,一支一支地分发给大家。大家吞云吐雾,彼此之间说着你好你好的客气话,时间一秒一秒地悄然流逝。突然,赤寿乡分管工业的副乡长搭了乡工办的人骑的摩托车呼啸而来。大家又说了一番天气炎热真是辛苦的话。周老板继续发烟,当他客气地与大家推来搡去的时候,我看见了烟盒里的烟卡,刚想说的时候,那个乡工办的人早已把手伸过去,我只好笑了笑。

这时,我们发现只有环保办的人没有来。

不知道去哪里

　　一九九六年暮秋，人事局与劳动局合并了，我们搬到县城新华路五十八号县人事劳动局上班。陌生新奇的环境，生疏熟悉的面孔，新鲜期待的心情，似乎一切都是新的开始。

　　起初，我的办公室在三楼楼梯口，约十个平方米，阳台坐西朝东，临街而设。行人的说话声、吆喝声，混杂着过往汽车的马达声和喇叭声，时急时缓，如潮水般一浪一浪涌过来。有重型汽车经过时，嘈杂声就淹没了电话里的说话声。我常常一个人走到阳台上看街景，秋风阵阵，阳光下高大街树黄绿相间的枝头摇曳生姿，落叶纷飞。熙熙攘攘的街道上，有人步履匆匆，有人款款而行，有人春风满面，有人愁眉不展，更多的人神情漠然。不久，我又搬到局办公室对面，与原来劳动局的小玲坐在一起。这里窗户朝西，走廊上光线晦暗，下雨天就着灯光才能看书读报。但是，窗外宿舍院子的花坛里有一棵桂花树，阳光明媚的日子，绿叶丛中偶尔传来几声麻雀清脆的鸣叫声。

　　我的工作除了给那些调动的人开调令和工资介绍信，每天还要去县政府收发室取文件和信函，信函按科室分发给大家，文件收文后交给原劳动局办公室主任小邹签发送领导阅示。小邹经常来找我，有时让我去街上找篾工做纸篓，有时让我编松阳人事劳动信息，有时问我妻子的收入是多少。四楼、五楼会议室有时要开会，他就让我去把桌椅摆放整齐，甚至旧桌椅上的粘纸都要一点点撕去，用清水擦洗干净。

有一天，我刚取信件回来走到楼梯口，原劳动局办公室的小詹眯着眼睛笑嘻嘻地叫起来，要我去清点登记办公大楼被狂风吹破的窗玻璃。我走进每个办公室，把整幢大楼的窗户一个个看过去。有的厕所锁着门，我又去拿钥匙把它们打开来。回到办公室，安全生产监督科的金科长又拿着他的身份证让我去四楼复印，见我有些不愿意，他的脸色马上沉下来。金科长走后，小邹又来叫我去把文明单位的匾额挂起来。我去储藏室把沾满灰尘的匾额拎出来，擦洗干净。我们准备把它钉在大楼一楼的楼道上。这时，中午下班的人们纷纷路过这里，有人说左边太低，有人说右边太低，小邹说左边还要高一点。我站在凳子上，用锤子把一股莫名的怒火奋力地敲打在墙壁的钉子上。

原来人事局只有十二个人，现在加上劳动局，还有就业处、社保处，全局上下已经有五十多人。我对面的办公室里很忙碌，也很热闹，经常有其他科室和下属两处的人来这里。他们谈论昨晚在谁家里打牌，谈论在街头大排档喝酒喝到凌晨几点。人多口杂，说到精彩的地方，还常常传来一串开心的大笑声。也有人来我办公室聊天，问我是哪里人，什么时候来县城的。面对这些如猎犬搜寻猎物踪迹，又像侦探寻找破案线索一样的谈话，虽然我嘴上唯唯诺诺，但心里是不会积极响应的，所以一定有人觉得我是一个冷漠的人。

过了一些日子，我们局办公室人员在局长室召开了一次会议，对各自的工作进行分工。我坐在一旁无话可说，只听见褚局长说，局里的工作总结和思路要理出一个头绪来。其实，他们早已把工作安排好了，小邹让我负责起草各类文件和汇报材料，还有工作总结和思路，以及编发信息和局机关的保密工作，他负责把关。小玲负责文件收发和传阅，还有打字。他自己协助领导，负责制定规章制度，还有局领导会议的记录和重要文件材料的传阅，以及对外联络工作。会议还决定在局机关开展一次唱歌活动。

会后，小邹让我马上去人民大街的大华酒家，把影碟机中要播放的歌曲的目录抄下来。我一看目录有几百首歌曲，就自己掏钱复印了一份。回到办公室，我又在复印的目录边上写了几行字，希望大家积极参与局里举办的唱歌活动。过了一会儿，小邹又来找我，说，大华酒家的音响效果不太好，你还是去县总工会把歌曲目录抄下来。于是，我又来到县总工会抄歌曲目录。这里的歌曲不多，当我抄好目录刚回到办公室的时候，肖副局长走了进来，他让我赶快把一份文件送给正在县人大办事的褚局长。从县政府大门走出来，天空渐渐昏暗下来，已经下午五点多了，我匆匆地走在回家的路上。

第二天，小邹让我去各科室请大家点自己喜欢、熟悉的歌曲，准备到时候上台演唱。我第一个去问劳动力管理股的老陈，他说，唱不来，支气管炎很严重，活动也不一定参加了。又来到劳动仲裁股问小张，她挥挥手说，去，去，去！不唱！不唱！我说反正是玩，随便唱一首高兴就行了。可小张还是一口拒绝，不唱，不唱，要唱在自己家里唱就是了。我觉得很尴尬，可找不到什么话说，只好灰溜溜地走了。我又去其他科室，可大家的意思都差不多。人们平时总是说生活枯燥乏味，可真有什么活动，他们却都不屑一顾的样子。人，真是一种奇怪的动物。

时光流逝，稍纵即逝。这些日子，我除了起草一年一度的工作总结和思路，以及偶尔写过几篇工作信息外，也不需要起草什么文件和汇报材料，更没有什么保密工作要做。何况，局办公室人员越来越多了。我坐在阴暗、逼仄的办公室里无所事事，甚至都不知道要做些什么了。说真的，那么多人又有多少事情可做呢？

　　一个冬日的下午，我有事走进县编委小叶的办公室。小叶用她柔软、亲切的声音对我说，小徐，你写总结都是从其他科室交来的材料里抄了一点上去，就是要补充什么也是外行的，十人有八人都这样认为呀！别人也许不会说，我是很直爽的。你今年几岁？噢，三十二岁，四十岁很快的。如果这样下去，就是读了许多书，获得许多知识又有什么用？以后回头看，一定会后悔的。做人要找准位置，你就是没有找准自己的位置啊！我一边点头，一边希望她以后多提意见。

　　回到办公室，望着窗外冬日里的桂花树，叶片碧绿碧绿，枝头的葱绿生机勃勃，充满了希望。曾几何时，我从山村一路走来，来到乡镇，来到县城，在不知不觉中，春花般灿烂的笑容消失了，秋水般澄澈的双眸模糊了，明朗纯洁的心灵漠然了。难道世界真的像桌上刚刚翻阅的《系在皮绳扣上的魂》中的塔贝所想的那样？越往后走，所投宿的村庄越来越失去了大自然夜晚的恬静，越来越嘈杂、喧嚣。机器声，歌声，叫喊声。最后也不知道要去什么地方！

寻找另一方天空

　　一九九七年的春天，阴雨连绵，寒气袭人。在逼仄昏暗的办公室里，日子在怦然心动与若有所思的阅读中一天天过去。从人心紊乱的现实社会与充满阳光的生活对比中，我感受灿烂的阳光，神往蓝天白云和无边无际的茫茫雪原。人们不断地寻找、思索、梦想，是因为渴望选择一条幸福的人生之路，不停的脚步是因为我们热恋着这个世界。此时此刻，在忘我的阅读中，我走出了单位留给自己内心的阴影。何况，这些事情都不重要了，因为我已经开始为借给赖厂长的二十余万元钱而惶然不安。

　　春末夏初的一个星期六，我乘坐在一辆从县城开往家乡的公共汽车上。家乡位于县域松阴溪最大支流——小港的源头。雨后的小港，流水哗哗，白浪飞溅。两岸多高山，山中多灌木，一年四季，颜色深翠，迫人眼目。一路上，高处峭壁上的杜鹃花盛开着，殷红的、淡紫的、雪白的，一朵朵、一棵棵、一簇簇、一片片，赧如丹砂，灿如蒸霞，映得翠绿的青山熠熠发光，艳丽动人。我默默无言，心中往事却像远处天空下笼罩在起伏群山之间那若隐若现、飘游不定的云雾一样，一会儿在山中，一会儿在山外。

　　自一九九五年春天为赖厂长从县信用合作联社和农经委借到钱后，他又多次找我借钱。因近年来松阳发生了有人为逃债远走高飞的事情，大家对借钱都充满戒备与恐惧。而我们夫妻俩一个月有几百元工资，带着一个可爱的孩子，单位那些事丝毫影响不了自己的生活。日出日落，一家人美丽着自己的美丽，快乐着自己的快乐，根本用不着赚钱养家，不谙世道人心的我也从未滋生做一个有钱人的想法。虽然十分珍惜赖厂长一家人的感情，但是对他们一次次提出借钱的事，我一直都是小心谨慎，没有答应。有时只是去赖厂长厂里走走或家里坐坐，他们热情、友好，仍然像受人尊敬的长辈一样关心着我。

可是，随着交往的增多，我们一天比一天熟悉起来，我对赖厂长的了解也越来越多。一九九三年秋天为写人物通讯，我前去了解赖厂长白手起家、艰苦创业经过的时候，他才来县城不久，厂房租在县城太保殿背一座破旧的房子里，阴暗杂乱，逼仄狭小，只有十几个工人。可是，一九九五年夏天，赖厂长搬进了自己占地面积达三千多平方米的新厂房。虽然只盖了一层水泥楼房，办公室也是用水泥砖垒起来的简易房，但是增添了机器设备，已经有男女职工共四十多人。

赖厂长办的是猪鬃加工厂，产品销路广，天津、深圳、广州等地的客户都先后来人、来电话向厂里订货。因为货源紧张，有的厂家还预先付款争着订货。因为有的订单太大，即使厂里四十多个工人日夜轮流加班，也无法及时完成产品生产任务。有时候，一个月的订单是六吨水煮鬃，厂里却只能生产三吨，另外三吨就得去四川、江西等地购买，按照一吨三万元计算，一次就需要九万元货款。赖厂长一次次笑眯眯地让我帮忙借钱周转，还一而再，再而三地让我放心放心再放心。对于赖厂长一次次地让我担保借钱，我有时候也会在他们夫妻面前开玩笑说，你们要我帮忙借钱，如果有一天你们厂办不下去逃走了，我可怎么办？赖厂长的妻子小李说，我们办厂人欠账都是欠银行的，哪里会欠朋友的？尽管放心，如果真有一天厂办不下去了，我们死也要死在松阳。况且我们还有这么多房产，想搬也搬不走哦！

看着赖厂长夫妻俩一次次信誓旦旦的样子，听着他们沉着冷静和充满憧憬与自信的话，又想到三天两头来厂里的那些银行、保险、工商、法院等部门的领导或办事人员与赖厂长夫妻俩满面春风、谈笑风生的样子，还看到厂里的男女职工一个个乌脸蓬发，不分白天黑夜地加班加点，满装猪鬃产品的货车从厂大门开进开出，自己那颗警惕的戒备之心渐渐放松起来，仿佛看到希望的曙光正从遥远的天际冉冉升起。为此，从一九九六年春天开始的一年多时间里，我先后从县城农行松阳支行、中行松阳支行、西屏信用社、延庆信用社、阳溪信用社，还有玉岩、枫坪信用社和它们的乡镇基金会，一共借了二十余万元给赖厂长。

有些钱，原来说好只是暂时周转几个星期或者一个月，就要归还的，但是银行、信用社借出的钱却可以用上半年或一年，甚至更长的时间，而赖厂长又急着用钱，我就让他先用着了。有时需要还贷款，可正好遇上厂里货款没有汇回来，赖厂长就笑眯眯地让我过几天再去还款。我是一个讲信用的人，就去别的地方找钱把贷款还了。有时候本来讲好推迟半个月还款，可到时候厂里新的订单又来了，又要开始进原料了。钱，好像永远都是不够的。虽然心里有些惴惴不安，但钱又是从别的银行、信用社借来的，一时不用归还，就一直让赖厂长用着了。有时候，手里的钱也挺紧张，可为了赖厂长，我只好又去别的地方再想办法。

一个月前，我乘坐公共汽车来到玉岩筹钱。玉岩是一个小镇，这里的小溪也是小港支流之一，我曾经在这里做了四年小学教师。按照事前准备，我与担保人约好先去玉岩镇基金会贷款，可我们来到基金会的时候，签字的主任下乡去了，要到下午才回来。向朋友借的钱已经拿在手里,但是还有农行玉岩营业所一张二千元存单的钱没有取出来,因为今天这里来了上级领导,签字人没空,要到下午才有空。中饭后,我和担保人来到镇基金会把一万元贷款借出来。我去农行玉岩营业所取钱,他们却还在研究什么问题,等到下午三点多才把钱取出来。等我来到车站的时候,才发现这里已经没有去县城的车了。

这时,有辆满载着毛竹的货车停在路旁,我问司机能不能搭我回县城,司机说这要问运毛竹的老板。因为口袋里装着钱,我不想留下过夜,于是,我坐在驾驶室里等着。老板来了,原来他还是自己昔日的一位学生家长。他看到我,一脸诚恳地说,对不起,真是对不起,因为今天和朋友一起去温州送货,实在没办法让人搭车。这里离县城有一百多里,我只好从驾驶室里跳下来,来到在土管所工作的同乡小林家里过夜。小林嗜烟如命,厨房里放着几瓶好酒。我们聚在一起,不停地喝酒、抽烟,结果我的食道痛如刀割,半夜三更还去街上药店里找盐酸雷尼替丁呢!

今天,我去家乡又是为了赖厂长筹钱的事情。

母亲留下的存款

　　暮春雨后，天上薄云。风，轻轻地从窗外吹进来，清新、醉人，公共汽车沿着小港的春山绿水一路前行。公路旁边绿竹掩映，古木参天，泥墙黑瓦的村落静静地卧在远处山脚下。冬去春来，这里狗吠深巷，鸡鸣桑林，溪水浅浅，炊烟袅袅；斜风细雨涤尽俗世尘埃，白云流水荡去人间浮华。山岭上的雾气渐渐散去，缕缕阳光照在峭壁高处黛色的青山上，令人神往不已，遐想无限。山村四月，布谷声声，山野里，有人荷锄戴笠赤脚走在田塍上。在一丘丘明晃晃的水田里，疏疏落落的庄稼人正在弯腰插秧。溪水旁，几头黄牛低着头，静静地咀嚼着连缀成片、浆液饱满的青草。眼前大自然鸟语花香的山光水色，让我一时忘记了内心的烦躁与不安。

　　来到枫坪信用社已经中午了。在贷款到期之前一个月，我就打电话给翁主任，这里的一万元贷款到期归还后还要借出来。正当我在窗口结算贷款本金和利息时，翁主任来了，他说可以继续贷款，但要过一天再办理借款手续，还必须找一个担保人。他又告诉我，现在信用社贷款本金要留存百分之二十，还要预付一个季度利息，一万元贷款实际拿到手约有七千五百元。我说，那就借一万元现金给我吧！翁主任支支吾吾地说，这等贷款填表格的时候再说。

　　我在关土店里吃午饭。关土是小姑姑的三儿子，兄妹七个，他平时在村里做铝合金装潢，勤快的妻子在公路旁开了一爿服装店，日子过得还不错。关土妻子买来猪耳朵、螺蛳等熟食，还烧了几个青菜，关土不听劝阻又去买了几瓶啤酒。围着一张小方桌，我和他们一家三口共四个人吃饭。每人分了一些啤酒，我碗里特别多。虽然自己用力挡着啤酒瓶，但还是被关土倒了一大碗啤酒。因为坐了近三个小时汽车，我身体有些不舒服，不想喝酒。一个星期前，关土从枫坪赶到县城向我借了二千元钱，今天把钱还我了。我本想让关土担保，可这里规定已有贷款的人不能再担保。

饭后，我走进关土对面关标的日用品商店。关标与我同村，夫妻俩长年在外开店。几年前，他大儿子进松阳本田工业有限公司的时候，是我帮他的。我递给关标一支香烟，谈起了枫坪信用社贷款担保的事情。虽然一个月前就跟他说了，可我有些不放心，要当面谈妥心里才踏实。刚开始的时候，他果然有些犹犹豫豫的样子，但后来还是答应下来，并且说这几天都在店里。

下午三点多，我坐三轮车从枫坪来到真武桥，然后步行回家。这是一条自己小时候不断来回行走的马路，每次来到这里我都有一种亲切、温暖的感觉。泥土的路面布满了小石子，一路上盛开着在暖风中摇曳的黄色小花。路旁清澈见底的小溪源自僻静幽深的大山深处，耳旁不时传来轻快悦耳的流水声。我一路走来，颇不寂寞，十分惬意。抬眼望去，溪流两旁的层层梯田随着蜿蜒的山势伸向高远之处，梯田上面是郁郁葱葱的竹林，竹林上面是晴空下连绵起伏的黛色群山。

正月刚满的时候，我回家乡把枫坪基金会的一万元贷款还了。当问及基金会的贷款是否可以再借的时候，主任却说，对户籍不在本乡的人已不再贷款了。好在我有所准备，否则自己又要一阵惊慌失措了。回村那天，父亲刚煮烂猪脚，见我回家来，还说我的运气真好。我在家里住了一夜，还了该还的钱，付了该付的利息。后来，又有人把家里的余钱借给我，分别是跃明一万元、小佑二千元、小福二千元、星宝的妻子二千元，还有邻村内南坑永贵四千元、马庆三千元，隔壁邻居美凤大娘带着她儿子送来一万二千元。美凤大娘还说，这些钱用几年都没有问题，等儿子娶媳妇的时候归还就可以了。这一次，我从乡亲们手中一共借了三万五千元，月息百分之一点五。我心里想，这借款比乡镇基金会月息百分之一点七的贷款强多了。

第二天早上，父亲还把母亲去世时仅留下的六千元钱也交给了我。二十世纪八十年代前期，父亲做过生意，他把家乡的杉木运往上海、杭州、德清等地，挣了几万元钱。我家也成了当时农村最早、少有的万元户之一。一九八六年暮春，父亲因病在丽水地区医院手术住院了五十八天，出院后伤口一直化脓，一年后才痊愈，前后花去六千多元医药费。为此，父亲多次说，这是有钱治病，无钱送命啊！二十世纪八十年代末，我们村把整个村子从山腰上迁移到山脚的马路旁，一生省吃俭用的母亲，日夜操劳，寝食不安，家中又花钱近万元盖起一幢泥墙大瓦房。家里积蓄越来越少，日常开支一分钱掰成两半用。父亲曾经对我说：你母亲在盖房子的一年里，头发眼看着一根根白去。

一九九二年春天，母亲在县人民医院查出了食道癌，并且是晚期了。当时，我们要她住院做手术，钱不够我去借。母亲却坚决不同意，她说，在丽水地区医院看我父亲做手术看怕了，自己年龄有了，生死的事情已经看得开。一九九二年十月一日，母亲离开我们的那一天，家里杀了一头二百多斤的大肥猪，还是她生前辛辛苦苦养大的呢！哪里会想到，平时一分一厘都舍不得花的母亲，竟然在枫坪信用社存了六千元钱哪！这些钱已足够让她做一次手术了。母亲出生于二十世纪二十年代末，十二岁当童养媳，一生坎坷。小时候，我常常听母亲说，积谷防饥，养子防老，可她内心终究是不相信的，否则何以存这么多钱却舍不得花？何况是身患绝症的时刻。唉，母亲内心的想法已经无从知晓，只是树欲静而风不止，子欲养而亲何在？

今天，我已是春节过后第二次回家乡。

家乡之夜

　　青山寂寂，竹林幽幽，溪水潺潺，阳光无声地落在路旁的山野上。风，缓缓地吹来，小草摇动着饱满、柔软的腰肢。午后的村子里一片宁静，村道上几乎遇不到人，只有油桐如雪的花瓣从枝头纷纷落下来，凌乱地堆在坑坑洼洼的灰色土路上。

　　一路边走边想，不知不觉已经来到家门前。大门敞开着，一进大门，我叫了一声，爸！没有回答。推开房门，只见父亲倚在躺椅上，戴着老花镜，两脚挂在躺椅两边的扶手上，着一双黑布鞋，双手弯曲着放在盖了一件紫红色毛线背心的胸口上。父亲睁开睡眼，透过镜片看到是我，高兴地笑着说：你回来了！声音里有意外，也有兴奋，有激动，也有安慰。

　　父亲立即从躺椅上坐起来，摘去老花镜，问我肚子饿了没有，我说不饿，并告诉了他今天回家的原因。父亲快七十岁了，日升日落，他不停地在山坡上、田地间、菜园里忙碌，手脚灵巧，思维十分敏捷。他告诉我今天上午他帮大姑姑的小儿子兆成表哥插秧，腰有些痛，吃不消了，下午在家里休息。我发现父亲消瘦的脸上还粘着几点干涸的泥巴，卷得高高的裤脚上满是泥水的痕迹。看看父亲，又看看墙壁上贴着的一张一九八五年《半月谈》封面上邓小平的照片，我说，当年邓小平已经是八十多岁的人了，还这么英明，身体很好。父亲说，那是人王啊！一般人比不了的。我说，你这样下去也可以活到八十多岁。父亲嘿嘿地笑着说，近年来身体跟以前相比差多了，在田塍上走路已经赶不上别人了。

厅堂上的自鸣钟敲了四下，父亲决定烧晚饭了。我们来到厨房里，父亲一边说话一边把干燥的木柴塞进镬穷里，我坐在八仙桌旁一边看他烧火一边说话。父亲说，电台里说人死后要变成鬼，如果这样的话，那么从古到今这么多鬼就没有地方住了。人死后火化是最好的，又方便又干净。父亲告诉我，前些日子他让人刻了两块墓碑，母亲一块，他自己一块，如果有一天他不在人世了，让我把墓碑竖起来就行，要简单些，不要搞得太烦了。这时，他还笑着捡起放在锅灶上一块焚烧过的猪骨头，说，人和其他动物差不多的，这猪骨头不是和人的骨头一样吗？猪骨头还有开胃消食的作用呢！我拿出二百元钱递给他，他说一百元就足够了。在多次推让之下，他才把钱理平整小心地放进上衣口袋里，还说，两块墓碑一共用了三百元，身上还有四百多元钱呢！

晚饭还早，我们一起去房屋对面的毛竹山上折石笋。一九八〇年自己初中毕业时刚好碰上村里山林承包到户，这片竹林还是我抓阄抓来的。在这郁郁葱葱的竹林里，不仅有无数亭亭玉立的毛竹，还长满了杉木、松木、栗子、红山茶等等。每年秋天，父亲上山劈草、刨地、施肥，竹林的地面上几乎看不到什么杂草了。春天，我披蓑戴笠，背着锄头来这里挖春笋，累了，就坐在雨雾弥漫的竹林底下休息。我用沾满湿泥的手指点燃一支放在裤兜里被劳动的肢体搓揉得有些弯曲、皱巴巴的纸烟，猛吸一口，辛辣醇厚的烟味儿从鼻腔里冒出来，笼罩在我的眉目发际之间，又袅袅地散入幽暗的，不断有晶莹透亮的水珠从林梢滴落下来的竹林里。此时此刻，我觉得自己内心深处对于宁静快乐的体味，对于大自然清新美丽的感知，对于生命自身纯洁美好的体悟，都已经沦肌浃髓而有余了。

　　我们来到长满石竹的山坡上。这时，我望见对面自己房屋背后的竹林上空湛蓝一片，一抹柔和的夕辉无声地把郁郁葱葱、蜿蜒起伏的竹林分成了墨绿色和淡黄色。父亲去山坳里折石笋了。竹林里泛着静柔的亮光，浮尘不动，我一个人静静地坐在石头上。这时，我发现有的毛笋很快就要长成竹子，有的石笋也长得比人高了。石笋的外壳太美了，红黄相间的底色融进了一层黑不溜秋、形状不一、变化多姿的色彩，再加上一缕缕在晚风中轻轻摇晃、黄绿相间、皱巴巴、充满了生命力的笋须，让人心中对它们产生一种说不出的爱恋。我用手轻轻抚弄了一番才依依离去。我们折了一大捆石笋背回家，父亲说明天再把笋壳剥去好让我带回城里去。

　　吃过晚饭，父亲告诉我，大姑姑的大儿子金土表哥有些钱想借给我。沿着马路走了二公里，跨过一座小木桥，我敲响了金土表哥家的大门。天色有些暗下来了，他们一家正在吃晚饭，看见我来了，表嫂马上放下手中的筷子站起来泡茶。一九九〇年，因为移村，我家把旧房子拆了，新房子还没有建起来，父母就在这里生活了一年多。当时我在离家几十里外的地方教书，星期六和妻子带着蹒跚学步的孩子回家，也住这里。每次回来，母亲总是笑哈哈地抱着她可爱的孙子不停地嬉戏玩耍，一家人的欢乐，声震屋宇。也是在这清清的溪水旁，我听见自己抱在怀里牙牙学语的孩子，第一次发出了明月松间照，清泉石上流般稚嫩不清的声音。我坐在板凳上，眼前厨房的锅灶也是母亲在世时叫人筑起来的呢！七年过去，往事历历，可母亲已经不在人世了。睹物思人，何以为怀？

　　我把借钱的事情说了，金土表哥拿出二千元钱给我，还说以后有钱再告诉我。起身告辞，在朦胧的夜色中，我一个人慢慢地走了回去。

　　来到兆成表哥家，父亲也坐在这里。这些今天帮兆成表哥插田的人喝了酒吃过饭，正围在八仙桌旁聊天呢！我马上递给每个人一支烟，有人朴实的笑脸上显出受宠若惊的样子。有人说，利群这种香烟以前只要二角五分钱一包，现在要十五元了。大姑姑快八十岁了，她见到我十分高兴，一定要我喝酒。因为食道疼痛，我实在有些怕喝酒，可想到母亲生病的时候，都是大姑姑帮着洗衣、做饭，料理各种家务，十分劳神劳心的，真是盛情难却呀！这时，兆成表哥已把满满的一碗药酒倒起来端过来了。我倒了一些酒在一个小碗里，余下大半碗给了父亲。兆成表哥又端出一碗腊肉烧鲜嫩的笋干让我下酒。我一边慢慢地喝酒，一边听他们讲些插田的事情，比如播种不过清明，移栽不过立夏。比如插田功夫深不深，就看大丘田里插秧直不直，等等。他们还说我父亲虽然年纪大了，但还是一个插田高手。

回家的路上，月亮已经挂在天空上。父亲说，今天喝的这种药酒很补，喝过后晚上很好睡觉的。父亲又问食道疼痛是怎么一回事，让我回城后抓紧去医院检查一下。

有些累了，我摊开白天挂在簟棚旁边竹竿上晒过的被子，准备睡觉。这时，关年哥哥夫妻俩来了，他们是要把堆放在我家厅堂上的一些香菇菌棒的烂掉部分切割下来。多年来，乡亲们主要依靠培植香菇养家致富，有些菌棒感染后发霉了，必须用刀切去，然后再用胶布粘上，过一两天它们又会自动地连接起来。夜深了，父亲还在和他们说话，一起切割香菇菌棒。我在床上沉沉睡去。

清凉僻静的山坳

　　早晨的阳光照在远处的竹林里，亮光透过门前的石榴树柔和地投在窗户上。薄薄的晨雾还没有完全散去，枝繁叶茂的大杉树枝头，不时传来小鸟欢快悦耳的鸣叫声。水槽旁边的田塍长满了浓密的茅草，绿色的叶片上沾着湿漉漉的露水，在晨风中散发出泥土的气息。我在水槽边上刷牙洗脸，一株长在水沟旁枝条纷披的柳树，被清亮的涧水冲刷着露出一片数不清、细嫩、紫红色的根须，它们随着流水不停地晃荡摆动，给人一种清新、纯美、圣洁之感。

　　我起床已经快七点了。早餐是稀粥，还有鸡蛋，菜是一盘咸笋。吃过早餐，父亲让我跟他一起去大麦田电塘抓泥鳅。父亲穿着高筒雨鞋，左手提着一只空畚箕，右手拿着的打泥鳅工具是一根头上被火烤成弯曲的非常轻巧的小竹竿儿。沿着两旁长满毛竹的山路，我们说着话，父亲在前面走，我空着手随后。一路上，风，轻轻地吹着，路旁红杜鹃的花瓣散落一地。山涧泉水叮咚，竹林深处，不时传来鸟儿悠长清脆的啼叫声。明媚的阳光洒在竹林之上，把参差斑驳的影子落在路边的草叶上、我的手上、衣服上；风移影动，珊珊可爱。那些长在林中高处的参天大树，正在奋力地蓬勃着一丛丛、一簇簇的黄绿色新叶，远远望去，就像几朵巨大的黄绿色鲜花盛开在墨绿色的竹林里。

　　我们来到大麦田电塘。因为今年雨水少，昨天晚上又发电了，电塘底部只有一层浅浅的、满过脚背的积水。父亲穿着雨鞋来到水里打泥鳅，刚开始，随着浑浊的泥水游到畚箕里的大多是些蝌蚪，渐渐地也有几尾泥鳅滑进来了。看了一会儿，我一个人走到电塘水闸旁边的水泥地上坐下来。这电塘处在半山腰上，隔溪相望的是层层梯田和纯洁天空下连绵起伏的竹林。亮晃晃的水田里有许多卷着裤管的人在插秧。山脚下一条蜿蜒曲折的马路沿着流水潺潺的小溪伸向远处，路边的田畈里还有人挑着畚箕，把家里搬出的一段段香菇菌棒放到木棚内的架子上去。田塍上，有无忧无虑的孩子奔跑着，叫喊着，村里的小路上几乎看不到什么人。乡村四月闲人少，真是一点儿都不错啊！

回过身来，望着电塘背后那飘浮着朵朵白云的晴空，还有白云下面那自小熟悉的黛色青山和弯弯曲曲的山野小路，以及那如雪花飞溅，汩汩有声的山涧流水，我内心有着一种说不出的亲切与激动。可是，我的前途无量的童年哪里去了？我的天真烂漫的伙伴们哪里去了？还有那激情飞扬的青春呢？时光流逝，岁月无情；我的感叹留不住美丽的春天，留不住爱自己的亲人，留不住生命余下来的所有日子。它们无时无刻不在飞速地离我而去，而自己却总以为生活在别处，从不留意生命就是此时此刻的存在。人从自然中来，回到自然中去，我为什么不可以远离纷纭人世的钩心斗角，顺着祖先们于这山水之间耕耘、生活了几百年的清凉僻静的山坳，与自然融为一体，简单、朴素、安宁地过一辈子呢！静静地坐着，身心劳累的我多么想这样一直坐下去呀！父亲已经抓了许多泥鳅，我们要回家了。

午餐是早上烧好热在锅里的饭菜，一盘咸笋，还有姑姑端来的一碗笋干豆腐。吃过午餐，我和父亲坐在厨房门口的簟棚上一边给石笋剥壳一边聊天。父亲说，我干了四十年农村干部，一个月只有八元钱，别人坐牢回家却一个月拿六七百元工资，还天天找人搓麻将，真有些想不通啊！我说，别人以前受了冤屈，现在国家落实政策了，你在家里看看山，挖挖树根，睡得好，吃得香。这不是很好的日子吗？我让你去县城住行不行？父亲说，我在山村住习惯了，外面不自由，出去不适应的。山里空气好，县城大街上灰尘满天。只要双手还烧得起来吃，我是不会去城里的，过些日子要开始挖山铲土了。

想到明天早上贷款的事情，我心里有些不踏实，于是来到隔壁邻居夏根家里问他的三轮车明天早上几点去枫坪。夏根说，这些日子插田太忙，没有时间开车。我又来到边上一户人家想给信用社的翁主任打个电话。可是，这里的电话机是上锁的，主人找遍了口袋，说钥匙被她丈夫带到田里去了。于是，我只好决定去枫坪住一夜。

我和父亲一起走路来到高亭车站，父亲告诉我隔溪对面的大柳杉倒了。我站在车站的石桥上望过去，溪流对面学校边上小山脚下的那株要几个人合抱的参天大柳杉，果然把它庞大的身躯静静地卧倒在养育了它几百年的大地上。十几岁的时候，我在这里读初一，常常和伙伴们围在大柳杉下玩耍，还爬上它旁边那株叶片墨绿的红豆杉摘一种小红果吃。冬天的时候，我们就坐在柳杉巨大躯干底部裸露的盘根错节的树根上晒太阳。在这里住校时，有月光的夜晚，半空中的树梢上不时传来猫头鹰一阵阵凄厉的啼叫声。我还记得深更半夜一个人走过月光下宽阔的操场，心惊胆战地来到大树底下厕所里的那种毛骨悚然的感觉，那月光底下小山后面影影绰绰的树丛和庞大柳杉枝叶婆娑的黑影，依然历历在目。父亲说，今年春天，这株被邻近居住的村民长期在底部烧草木灰的柳杉，遭到了雷电的袭击，终因敌不过天灾人祸而折断下来。一日活着，枝茂叶繁，生机盎然，今日倒下了，枝叶早已被刀砍斧劈，凄凉满目。我暗暗地想，大柳杉有感情吗？若有感情，情何以堪？

四点多了才有一辆三轮车来，我告别父亲一个人来到枫坪。关土的店门是关的，我又来到车站，走进大枫树下一间简陋的饮食店里。我坐下来准备吃晚饭了。虽然在枫坪读过二年初中，教过三年书，但是十年过去再来这里的时候，我发觉熟悉的面孔已经很少，即使遇见以前的熟人，也只是轻描淡写地打个招呼而已。外面下起了大雨，我一个人惆怅满腹地坐在这儿，感到有些无聊。

我问有什么菜，店主人介绍说，有溪鱼、野猪肉，还有石蛙。我要了一盘辣椒炒野猪肉，一盘四季豆，还想烧个石蛙汤。这时，店主人的弟弟说，石蛙只够烧一个锅的，如果烧了汤留下的就不够烧锅了，烧锅的话你一个人又吃不下去。听了这样说，我就要了一碟下饭的咸菜笋，还有一瓶啤酒。心想，如果此时此刻有志趣相投的人来与自己一起喝酒聊天，品咂过往岁月的悲欢情怀，该有多好啊！可是去哪里寻找呢？我一个人寂寞地吃着，菜的味道还不错，最后，我还吃了一大碗米饭。天色有些暗下来，大雨还在哗哗地落着，没有一丝停息的样子。我从店里借了一把破旧的雨伞撑在头顶上，往乡政府的招待所投宿去了。

枫坪的夜晚

月色朦胧，远处黑色的群山大雾弥漫，周围一片寂静，只听见窗外大溪里传来哗哗的流水声。从女老板手中拿过钥匙，我来到招待所二楼的房间里。偌大一个招待所，冷冷清清，十几个房间，只有我一个人投宿。因为几天来出了许多汗，衬衫已散发出一股浓重的汗水味，背上爬满了汗渍。我把刚从对面小店里买来的毛巾、牙膏、牙刷拿出来，来到水池边刷洗了一番。

去年春天，我来枫坪基金会借钱时也在这里过夜。记得当时从乡基金会拿来两张借款表格，他们答应让我贷款一万元，但必须要有一个担保人。于是，我找到当时在枫坪乡政府工作的初中同学叶梵，当他刚听到要担保的时候，就有些语无伦次地说，自己已经替别人担保了六千元。最后，叶梵放不下老同学的面子，还是答应了。因为是星期天，我回家住了一夜，第二天早上六点起来坐三轮车来到乡基金会办贷款手续的时候，叶梵却翻山越岭下村去了。为此，我在这里焦急地等了一天，晚上就住在这招待所里。第二天叶梵下村回来签字盖章后，才好不容易拿到一万元借款。

在月光下，隔溪对面的村子上空云雾萦绕，如梦似幻，缕缕灯光从桥头边上一排房子的窗户里漏出来。我走过乡政府大门外泥泞不堪的小路，在一家小店里买了一条红塔山牌的香烟，准备去信用社的翁主任家里。我从四楼才打听到翁主任住在二楼最西头。刚刚走上楼的时候，那房间里亮着灯，下来却不亮了。我拿着用报纸包着的香烟站在走廊上，觉得十分尴尬，只好忐忑不安地从楼梯上走下来了。这时，我透过窗玻璃看见信用社的人聚在办公的地方看电视，一派热闹的样子。我从后边的小门里走出来，来到外边桥头上等候着翁主任家里的灯亮起来。

我一个人静静地坐在大桥的栏杆上，听着夜晚从桥底下传来格外清晰的流水声，想起了十年前在枫坪小学教书的日子。当时刚从师范学校毕业的自己，与来此找煤矿的省地质队老王无话不说，颇有相见恨晚之感。在寒冷的月光下，我们去关山源的廊桥上看残雪；在云淡风轻的阳光下，我们去黄埠坞的古道旁看流云。黄昏雨后，新月初上，我们几乎每天都会端一把椅子坐在大桥上一边望着远山流水，一边聊天。从崇祯皇帝国破自缢到蔡东藩写《历朝通俗通义》；从受到毛泽东接见回乡务农、穷困潦倒的作家崔八娃到攻克了世界数学难题，但死后才为国内学界高度重视的中学教师陆家羲；从伏尔泰的《哲学辞典》到卢梭的《漫步遐想录》；从采菊东篱下的陶渊明到黄冈竹楼上的王禹偁；从仕途经济到普通家庭的柴米油盐；还有男人该像塞北西风骏马一样潇洒，女人犹如江南烟雨杏花一样温柔……都是我们谈论的话题。可是，去年冬天老王来找我帮他推销一种小学生的学习用品，他开价一套九元八角，还说生意成交后给我一元劳务费。后来，厂家的老板来了，原来产品给老王的时候一套才二元八角呢！几曾回首，仿佛一切都在梦里。人生，难以预料。

一个多小时过去了，在黑暗中我听到好几个熟悉的声音从自己身旁消失之后，翁主任家里的灯终于亮起来。我来到了翁主任家里，把香烟放在他的沙发上。翁主任是个很朴实的人，当我说到贷款的事情时，他说幸好我早点来，否则明天一早他就下村去催款了。从翁主任家里出来，我心里踏实多了，下楼梯时的脚步都轻快起来。

我还想到担保人关标家里去一趟。在月色中，我走到关标的日用品商店外的石头路上，房子里亮着灯，我敲了敲门，又叫了几声，却没有人回应。等了一会儿，还是不见人，我只好回来了。

回到招待所，打开了电视机，这时的电视节目正在介绍两位艺术家。他们是一对夫妇，女的妩媚动人，在电影《不当演员的姑娘》中演主角，男的英俊潇洒，是摄影家。看着他们凄艳、孤寂的人生故事，我觉得有些感伤。突然，窗外传来一阵叫喊声，有人在楼下叫我。原来是关土来了，我站起来去开门。关土告诉我今天去山上砍树了，刚从一个村里人那里知道我来枫坪了。我们去溪流对面的小店里吃点心，喝了半碗家酿酒，新鲜的溪鱼味道很不错。关土要付钱，他说来到这里一切由他负责，但我还是抢着付了钱。

回招待所已是夜里十点多，打开窗户，一股凉丝丝、潮湿的空气扑面而来。我躺在床上一时无法入睡，食道有些痛起来。又想起母亲，她因患食道癌离开了人世，如果有一天我的身体垮了，那么家人怎么办呢？孩子还小，妻子常年失眠，满脸憔悴，尤其是白发斑斑的老父亲要怎么办？何况自己既无叔伯，终鲜兄弟，也无姐妹，肩上的担子重着呢！特别是借给赖厂长的钱有二十余万元……种种情感交织在一起，种种思绪萦绕心中，睡觉都不得安宁了。

早晨六点多醒来。窗外溪水哗哗，从窗口望出去，雨后的青山，妩媚动人，纯洁可爱。绿树、翠竹、巉岩，淡淡的云雾缠绕在山腰上，犹如一幅绝妙的山水画，令人神往不已。清新、湿润的空气从窗外吹来，人的思维十分清醒、敏捷。早餐后，我来到关标店里，他还没有起床。我站在店门口的石子路上，关标的妻子月球和她的孩子也站在这里。那孩子挺有趣，头发稀黄，牙齿残缺不全，正背着书包准备上幼儿园，可拖鞋破了，他母亲叫他把拖鞋脱下来换一双鞋再走，他却自顾自地走了。关标的妻子待人挺友善，之前，她曾让儿子两次去房间里叫父亲起床。等了好一会儿还不见关标起来,我说,我先去信用社,让关标等会儿来就是了。

　　来到信用社,这里还没有开门,我去路边的小店里买了一包香烟。十多分钟后信用社的大门开了。不一会儿,关标睡眼惺忪地骑着摩托车来了。关标口袋里放着一包大前门香烟,头发已经白了许多。我有些感动,递过去一支烟,并要给他点上,他说早饭没吃先不抽烟。过了一会儿,翁主任从营业厅里走出来。我让他借一万元现金给自己。他没有说话,只是慢慢地开始填写贷款合同。后来,他问关标怎么会给我担保的。关标说,如果不是我他是不会担保的。翁主任说,如果是别人他也不会放贷的。我终于拿到了一万元现金。

　　回到县城,妻子还在吃午饭。于是,我端起一碗饭,慢慢吃起来。

人心难测

我从大山深处来，是山野粗粝的食物和涓涓清泉，养育、滋润了我的生命，是大山的厚重和深沉，馈赠我善良、纯朴和耿直的性格及全部的心智与力量。自小从长辈身上耳濡目染的世代相传的为人思想，已深深地烙印在我的心坎上。我记着别人给予的关怀与帮助，也希望自己以一样的内心和态度去对待别人。所以，我向来把朋友的事情当成自己的事情，对于赖厂长托付的事也是全力以赴去努力。

一九九七年夏天，我从县农经委借来的三万元钱已经到了归还的日子。记得一九九六年七月，我把原先从农经委借出的二万元钱如期归还了，因为赖厂长的要求，我先与农经委出纳小叶联系，后取得杨主任同意，再征得在农经委上班的老茼同意做我的担保人，最后办理审批手续，才好不容易借出三万元，比原来的借款还多了一万元。一年过去，该是还钱的日子了。为此，从这个星期开始，我又在为这三万元还款的事而不停地奔波着。

半个月前，我就与赖厂长夫妻说起还款的事情了。赖厂长当时告诉我，已经有人说好到时候借他三万元。所以，我把所有留在身边以防不时之需的钱都借给了赖厂长。可是，当我一次次去找赖厂长拿钱的时候，他却说那人的钱还要再过一些日子。我说，有借有还，再借不难，何况农经委这笔钱还了还可以再借，所以无论如何一定要想办法还进去。最后，赖厂长夫妻告诉我，下个星期三去还钱。

　　七月二日，星期三，我们上班开始执行夏令时。早上，我打电话给赖厂长问还钱的事，他告诉我，已经与松阳第二印刷厂的刘厂长联系好了，让我去印刷厂拿三万元钱的支票，然后再转账给农经委。我说：把钱直接拿去还不就行了吗？赖厂长却说：有些事情你不知道的。我骑自行车来到印刷厂，可这里的出纳有事出去了。快十一点了，出纳还没有回来。我只好骑车去农经委把转账还款的事情告诉小叶，并把账号抄下来。下午三点上班，可还没到两点，我又冒雨骑车来到印刷厂。过去了一个多小时，我才等到姗姗来迟的刘厂长。他们把支票开好，我冒雨把它送到猪鬃厂。赖厂长出去了，我把支票和农经委的账号给了小李。小李说：我马上叫厂里的出纳去转账。下班前，我打电话给小李问转账的事，她却说，三点过后信用社不能转账了。我有些疑惑地放下话筒，三点后怎么就不能转账了呢？这些钱会不会被他们挪用了？

　　七月三日早上，刚刚上班的时候，农经委的出纳小叶打电话来问我转账还款的事了。小叶说，下星期一是借款到期的日子，如果还款不及时，就不能再借了。我又打电话给赖厂长，问他农经委转账还款的事情。他说：今天出纳一定会去转账的。午饭后，我去问信用社，可钱仍然没有转进来。我打电话给赖厂长，话筒那边只传来一阵干涩的喉音。我想，这些人怎么这样做事情，到底是什么意思？后来，我又打电话给农经委的出纳小叶，告诉她准备今天转账的事。结果，小叶听错了，误以为昨天已经转账，白跑一趟信用社，还打电话来问是怎么一回事。晚上，我来到赖厂长家里，他们都告诉我，农经委的钱已经转进去了。

　　七月四日，下午三点多了，赖厂长厂里的出纳小蔡背着小包来到我办公室。我有些丈二和尚摸不着头脑，这时，小李打电话来了，原来是让我和小蔡一起去信用社转账。我说，不是说昨天就已经转账了吗？小李说，昨天小蔡去转账，但信用社的机器出故障了，她却没有说一声，我们都以为已经转好了呢！今天麻烦你跟她一起去信用社转账吧！

这些日子，我在单位里也特别忙。从昨天开始，县档案馆的四位专业人员来到县人事劳动局，专门指导帮助我们做一九九六年的文书档案。局里让我暂时和他们一起整理文书档案，我认为反正什么工作都需要有人做，也应该努力做，何况整理档案也是一项重要工作。所以，一天到晚，自己楼上楼下，又是打扫档案室，又是找文件，几乎忙得没有时间去想更多的事情。后来，等到档案馆的毛老师有事找褚局长去了，我才抽空与小蔡一起去信用社。

回到办公室，已经五点多了，县档案馆的人都走了。我想打电话告诉农经委小叶转账的事，可办公室的电话没有用，又只好骑车去农经委。小叶打电话问信用社转账的事，对方回答说，取单的人没有回来。过了一会儿，小叶又打电话，对方还是说取单的人没有回来。最后，小叶说，下个星期一再说吧！我只好先回来了。

当我走到单位二楼楼梯口的时候，刚好遇见准备下班的劳动就业处主任老庄。老庄已经五十多岁，赖厂长曾经告诉我，老庄是他战友，是一个有钱人，一直以来都在帮助他借钱。这时，老庄却阴着脸对我说，你去印刷厂刘厂长处拿的三万元钱是我联系借来的，是他们厂里发工资的钱，七月八日一定要还的；如果还不了，我叫印刷厂的职工赶到赖叶土厂里去闹！

走在回家的路上，我突然想起前些日子小李说的话。当时，我去厂里告诉赖厂长农经委的三万元借款快到期了，小李在边上说，让她去老庄伯那里看看是否有钱，只是怕没有那么多。今天，老庄又说了这样的话，看来许多事情他们都是沟通好了的，甚至还担心我把农经委的钱归还后不借了。在隐隐约约中，我发现自己向农经委借的钱还没有还进去，有人却早已睁着一双焦渴的眼睛，觊觎着这三万元钱了。

七月七日，星期一，农经委的三万元借款终于如期归还了。七月八日，我担心老庄叫印刷厂的职工去赖厂长厂里闹的事情并没有发生。我联系刘厂长，问赖厂长把钱还了没有，刘厂长却说，钱是老庄借去的，他不把钱还我，他的钱我也不还了。原来，在老庄从刘厂长处借钱时，已先将就业处的钱借了三万元给印刷厂。难怪我问赖厂长为什么不直接把钱还给农经委的时候，他说有些事情我是不知道的。如此看来，真是人心难测呀！

但是无论如何，农经委的钱还是要想办法借出来。因为七月十五日大东坝镇基金会的四千五百元贷款到期了，七月二十八日应付给农经委出纳小叶借款利息二千元。于是，在还款后的第二天下午，我去农经委找小叶。小叶说，你把钱及时归还了，我们可以考虑再借的，只是现在借款不用担保人了，要用房产作抵押。她还告诉我，如果要借款三万元，除了我学校房改房的房产证，还得再找一本房产证，必须有两本房产证。

回到办公室，我抚摸着几天工夫就长得满脸的络腮胡子，心想，借房产证可不是一件容易的事情，去哪里借房产证呢？又有谁愿意借呢？如果把房产证借来了，杨主任同意借钱吗？想到这些，刚刚还为能够及时还款而庆幸的自己，突然开始坐立不安起来。

猪鬃　档案　蒲宁

　　大街小巷，绿意葳蕤，远山像一抹稍纵即逝的浮云。晨风掠过静寂的街头，送来了一阵阵凉意。这些日子，我不仅为赖厂长筹钱的事日夜操心，还经常去厂里帮忙。七月十三日，星期天，早上七点，我骑自行车来到云岩山脚的猪鬃厂里干活。

　　工人们早已开始紧张地干活。在中午一点半之前，厂里要把五百斤猪鬃产品赶出来，然后由松阳开往上海的大客车把货托运到上海，省公司的人已经迫不及待地等在那里了。从昨晚开始加班，工人们已经一天一夜没有睡觉，可是才生产了三百斤猪鬃，今天上午必需再生产二百斤。我去包装车间吊梢，就是把已经套好纸圈的猪鬃放在机器上抽取上面特别长的那一茬猪毛。我把吊梢好的猪鬃放在木盘子里，然后由赖厂长他们用印有红色商标的白纸把它们一个个包装起来。不用吊梢的时候，我就拿着油画笔和墨汁，把"重庆水煮鬃"的商标印到纸箱上，或者把包装好的猪鬃成品一排排整齐地放进纸箱里。

　　快十点了，我随赖厂长来到扎鬃车间。这里的工人们低头弯腰，一个个正在聚精会神地忙碌着。随着唧唧唧的声响，头顶上的旧风扇无力地旋转着，人们手中的剪刀疾速移动，猪毛飞溅。看见赖厂长来了，有人用袖口擦拭着额头上不停流下的汗水，有人敲敲酸痛难忍的腰脊，还有人挺直疲惫的身子长长地透了一口气。张爱是动作最快的扎鬃能手，她今天早上四点回家，九点不到又来到车间，头发凌乱，双眼深陷，精神十分憔悴。子平是厂里的管理人员，昨晚一夜未睡，他双眼布满血丝，脸色苍白，看上去神志都有些不清了。张爱说，手痛死了，这样无日无夜地干，钱挣来也不知有没有命吃哦！外地师傅小仇说，这样下去老命肯定要短好几年的。头发沾满猪毛的赖厂长使劲地吸着烟，胡子上都渗出汗来了。只见他呆呆地盯着木板上工人们正在收拾着的散乱的猪毛，恨不得把他赢得时间的意志灌进猪毛里，让它们自己马上站起来跳进纸圈里去。为了能够按时完成订单任务，他付出任何代价也在所不惜了。

　　已经十二点多了，车间木板上的猪毛还很多，大家手脚不停地忙乎着。张爱说，肚子实在太饿了。她从旁人那里拿了一块饭，夹了几根冷的豇豆吃下去。时间越来越紧，一点三十五分，去上海的大客车已经来到厂房的空地上。小李、子平、小仇飞跑着把一只只纸箱搬到车顶上，人们还在不停地扎鬃、修鬃，有人端着木盘子里用纸圈扎好的猪鬃跑步送到我身边来吊梢，自己忙碌的双手一刻都没有停下来。我觉得手有些酸痛，肚子也饿了。二点十分，去上海的大客车终于启动了。

　　忙碌了一个上午，赖厂长让我在他厂里吃午饭。我们坐在简陋的厨房里，一边吃着放在木箱上快餐盒里的豇豆、茄子，一边喝着啤酒，都觉得喘了一口气。我心里有着说不出的兴奋与激动，既为赖厂长完成了五百斤猪鬃订单而高兴，也为能够分担他们的艰难而欣慰。我喝了一瓶啤酒，小仇不喝酒，赖厂长和小李合起来喝了一瓶啤酒。吃完饭，我们都站起来，赖厂长走到厨房里间去了，当我走进去告别时，发现赖厂长已经躺在床上呼呼大睡。

　　为赖厂长的事情忙得不亦乐乎，那么自己单位的事情又如何呢？自一九九七年三月份开始做档案，至今已经四个月过去。这些日子，在县档案馆工作人员的指导下，我与局里退休留用的老陈一起，一边去各科室收集文件，一边抄写档案目录，有条不紊地开始了一九九六年的文书归档工作。

虽然坐在四楼办公室里做档案，但是也没有安心的时候。七月十四日，星期一，上午，有二人来找我开调动介绍信，工资福利科的小董找我盖章，就业处的老苏又来找文件。局里原来规定文件收发传阅等文书工作已经交给小玲了，可她对老苏说找文件的事情要问我。我对老苏开玩笑说，找文件要收费的。老苏俨然一副领导的样子说：找文件这么辛苦的事情是要收费的。开好介绍信，我又去找文件，可是没有找到。小玲说，劳动方面的文件以前都是老陈管的。我问过老陈后把文件找出来，老苏发现档案里共有两份他要找的文件，就笑着把它撕下一份来。

当我来到四楼抄写档案目录的时候，档案馆的毛老师来了。她说，他们要回去了。她让我一起去找褚局长。毛老师已经五十多岁，戴着老花镜，不仅做事认真，还是一个敢讲真话的人。我们来到局长室，毛老师一见褚局长就滔滔不绝说开了：一个星期过去，你们局里没有一个领导来过问我们，你们这里的档案意识太薄弱了；没有人关心档案，也没有人关心做档案的人。你墙上的群众来信也是应该拿下来做档案的，如果没有档案，谁知道这些事你做过没有？我们在财政局、工商局做档案的时候，他们的局长、副局长经常来看我们，说我们辛苦了，有事出去的时候，还来和我们告别一声。这里这些副局长我都很熟悉，他们看到了还问我来有什么事呢！真是见鬼了！我是看在你褚局长的面子，否则一个人日工资六十元，你们出得起吗？

听了毛老师的话，褚局长不好意思地笑着说，以后有什么事情就跟小徐说好了，小徐要负责做好这项工作。毛老师有些生气了，在准备离开局长室的时候说，那天中午不是老陈叫我们，差一点连午饭时间都错过了，你们却一声不响下班了。你们办公室的人把我们叫来，却这样对待我们，真是空佬佬！毛老师走到四楼把一九九六年的文书档案整理分册，并在纸上写下文件分类的几项内容，匆匆地走了。

下午，老陈有事情去了，我一个人在四楼抄写档案目录。刚刚拿起钢笔，就又有人来找我盖章了。我一边盖章，一边想，这样下去怎么做档案呢？于是，我去找办公室主任小邹把情况说了。小邹笑笑说，先订个方案吧！从明天开始，你把自己当成一个档案专家，主要是指导老陈做好档案工作，不一定要亲自做。我想，老陈是六十多岁的退休老人，经常生病请假不说，还三天两头不来上班，我怎么指导他做档案呢？何况自己有这个资格吗？

我又来到县档案馆买档案皮。这里寂静无声，浮尘不动，一排排档案柜上整整齐齐地摆满各种各样的档案资料。窗外绿树浓荫，室内泛着静柔的亮光，临窗而立，满眼绿意。这里的工作人员有人在读蒲宁的小说集《故园》，有人坐在窗前练毛笔字，还有人在抄着什么。大家看我走进来，有人不好意思，放下手中的活儿。我向毛老师请教了文件归档的时间连接问题，买了五十张档案皮，准备回去。刚要离开的时候，却遇见了卢馆长，当他知道拿着档案皮的我在做档案时，却笑嘻嘻地说，小徐同志，你可是我们档案队伍中稀有的档案员啊！

一滴泪

　　时光匆匆，忙忙碌碌的日子在不知不觉中过去。经过两个星期的努力，一九九六年的文件已经全部整理出来，我按要求进行分类，又把目录清清楚楚抄下来，可以装订了。根据县档案馆的要求，我又起草一份档案管理办法，对平时科室文件的传阅和及时收回提出意见，还写了一段简短的文字一起交给褚局长，希望局里能够重视档案工作。可是，褚局长什么都没有说。

　　七月十六日，星期三上午，我在四楼档案室开始装订档案的时候，村上人关堂来了。我和关堂是同一个家族的人，也是童年伙伴。他的父亲曾在浙江湘湖师范读书，他的伯父当过国民党的保长，都属于我们村里寥若晨星的文化人。过年的时候，他们为村上人写对联，前者铁骨铮铮，后者洒脱飘逸。关堂的家门口，种着枇杷、花红等水果，还有一株百年老梨树。春天白色的梨花开满枝头，秋天黄色的梨子成熟了，我们经常爬到枝茂叶繁的高大梨树上半天不下来。冬天，我们坐在他家门口的簟棚上晒太阳，有的晚上还在他家里睡觉。下雪天，在大田丘的会堂里，我们玩自己做的木头三轮车，在二楼的谷仓里用竹枝打麻雀。关堂不喜欢念书，小学毕业就在家里挣工分了，但我从没有听见他慈爱的父母骂过人。二十多年过去，往事历历，仿佛就在昨天。

　　今天，关堂来找我和他一起上街买彩电。我跟办公室小玲说了一声，就和关堂一起去街上。我们来到商店里，我在讲价钱的时候，关堂和一起来县城的两个小伙子都站在边上一言不发。我看关堂有些焦虑，既怀疑别人，又怀疑自己，一副愁眉紧锁的样子。我想，这是我们山里人进城所特有的神情吧！大山深处日积月累的直观思维习惯与方言土语的表达方式，以及面对市井之人的油腔滑调甚至调侃、嘲笑时所显出的无奈、惶惑的神情，也一定在我的脸上一次次上演着。我们在街上走了三个多小时，去了许多商店，问了许多价钱。最后，关堂的二十五寸长虹牌彩电，终于以标价三千六百五十元、实价三千四百元买下来了。

下午，我路过编委办公室门口，小叶叫我走进去坐了一会儿。一九九二年我刚到县人事局的时候，小叶早在那里上班了，我们共事已经整整五年。小叶是个有话就说的人。今天，她对我说，她对那些耍花招捞个一官半职的人看也不看，但是尊重有真才实学的人。她说，我们无亲无故，但出于诚心，希望我以后要改变一下自己，找准自己的位置。她还说，做档案的人初中毕业就可以了，像我这样的人做档案真是太可惜了，除非把档案做到全县最好，否则没有意义。听着小叶的话，我不断地点头，可心里想：我不过是一个乡下读书人，别人不想做或不屑做的事都已经努力做了，还让人怎样找准自己的位置呢？回到四楼档案室，想着刚才小叶说的话，我信手写下了这样一段文字：你在哪里？你生命的位置在哪里？我曾经多少次这样叩问自己。有人说，从生命降临人间的那一天，你就已经有了位置。有人说，生命就是一个寻找位置的过程。悠悠岁月，大千世界，一千个生命一千种人生，千万条道路千万个人在行走。为什么我像漂泊在茫茫人海中的一滴泪，却找不到自己的位置？！

一个人能够找到位置固然很好，也很重要，可这些日子对我来说更重要的事情是还钱。七月十五日大东坝镇基金会的四千五百元借款已经超期了，为此，我忧心忡忡了一个多星期。开始是担心农经委的借款能不能及时归还，归还后又忧虑能不能再借。在征得杨主任同意，准许我借钱后，我又开始焦虑地寻找、等待房产证。从叶老师处借来房产证后，我又开始心急火燎地等待杨主任出差回来。所以，从还钱那天开始，到七月二十四日随赖厂长去农经委签字取钱，已经半个多月过去了。

值得一提的，是在农经委办理借款手续的那一天。当杨主任同意用两本房产证抵押可以多借五千元的时候，却要求借款人必须是赖厂长，因为以往的借款人都是我。我走进杨主任办公室的时候，他笑着丢来一支香烟，告诉我他与赖厂长曾经一起在古市镇政府工作，是老同事，老熟人。我很感谢杨主任，如果不是他让赖厂长来签字，那么三年后的冬天，或许我回天乏术，这将成为压垮我的最后一根稻草。

令人难忘的，是去大东坝还钱时发生的事情。从农经委把钱借出来的那天中午，天昏地暗，瓢泼大雨。我来到县城车站一家小店里吃了一碗面条，就匆匆忙忙地赶往大东坝镇基金会。来到大东坝的时候，如注的大雨还在不停地下着。镇基金会大门紧闭，冷清空旷的街巷里，行人稀少，只有镇里的几个工作人员刚陪客人吃过饭，正撑着雨伞从一家小店门口向镇政府的办公大楼走去。一个多小时后，镇基金会的大门开了，我终于把钱还进去。这时，我问李主任这钱还能不能再借，李主任面有不虞之色，摆出一副爱理不理的样子说，以后再说了！实际上，我已经不是按时把钱还给别人了，再问别人借钱的时候，不说自己心里有些虚，更不怪别人脸色难看了。

我站在路旁的小店门口等了一个多小时，才有一辆从安民开往县城的客车来了。上车才几分钟，快要到大东坝林业站的时候，前方却发生了大塌方，山一样的泥石流堆积在公路上，还有一块小屋般大小的岩石搁在路边。这时，雨停了，客车不能再开了，大家只好下车走到公路的那头去换一辆车。我沿着堆满泥浆的路边，深一脚，浅一脚地向前走着。这时，我突然发现山腰上有许多大块的泥土正不停地滚落下来。心里一阵紧张，我飞快地向路的那一头跑去，结果双脚陷进了泥浆里，跑到最后，从山上滑下来的泥土堆得与膝盖一样高，自己的运动鞋和裤子沾满了泥浆。我走进大东坝林业站，想把鞋子和裤子冲洗干净。当我把运动鞋脱下来，放在水龙头下冲洗的时候，发现鞋子边沿一圈的索线已经断裂，鞋底脱胶了。于是，我随手把破鞋子扔进了浑浊的滚滚溪水中，赤脚踏上回城的客车。

天空阴沉沉的，又要下大雨了。我坐在疾驰的客车上，心里暗暗地想：看来我的运气不错，假如今天乘坐的客车快半小时，或者泥石流推迟半小时发生，那自己一定葬身泥海了。这样想着，心里不觉渐渐轻松起来。

招聘打字员

子在川上曰：逝者如斯夫！不舍昼夜。曾几何时街道两旁郁郁葱葱的梧桐叶子，已退去了朝气蓬勃的青春气息，显得老气横秋了。在春夏秋冬的交替中，时间犹如一头温柔的巨兽，悄无声息地贪噬着人们鲜活的生命。在四楼档案室里伏案工作久了，身体有些累，我一个人走到阳台上看街景。在炎热的阳光下，大街上来来往往的人们，行色匆匆地走向前方；前方是没有新意的明天，以及预约来临、杳无声息的消亡。

一九九七年夏天，县里举办迎香港回归火炬接力赛活动，人事劳动局组织人员参加，局办公室让我作为青年组的一员参加接力赛。站在比赛的人群中，周围都是二十岁左右的小伙子，三十三岁的我恐怕是年龄最大的一位了。我们组共有十九个人，那天，我从县粮食局门口跑到太保殿背的三岔路口，距离一千米左右，中途超越了二个人，最后以第二名的成绩通过接力区，把火炬交给第三棒的人。这件事给我带来了自信，我的内心世界在那一刻铺满阳光：年轻的生命充满力量！但是，它像火光一闪，转瞬即逝，大多数的日子我仍然像往常一样在四楼做档案。一九九六年的档案做好了，又开始做一九九五年的……真不知未来是否有一个时刻，好风再吹，好花再开。

七月二十五日，星期五，我刚到办公室，小玲就问是否看见了办公楼门口的招工广告。原来，局里为了把行政人员和事业人员的编制理清楚，在局机关上班的事业人员都要回就业处或社保处了。小玲也要回就业处去。可小玲告诉我，在她回去之前局里要招聘一名打字员，为此，前几天局里进行了一次招聘考试。按照褚局长一贯的工作方法，打字员要面向全社会进行公开招考。小玲告诉我考试的全过程——上个星期四上午，五个前来报名参加考试的人，早早来到局电脑室准备打字考试。考官是会电脑打字的小玲，还有不会电脑打字但对计算字数不会出问题的办公室正、副主任。

　　一九九七年夏天，根据县里的统一部署，为了让大家接受一次深刻的政治思想教育，县人事劳动局在全体干部职工中开展了讲学习、讲政治、讲正气的"三讲"活动。一天下午，我们全体人员在四楼会议室集中学习毛泽东撰写的革命老三篇——《为人民服务》《纪念白求恩》《愚公移山》。开始的时候，是办公室主任在台上读原文。听着这些熟悉的文字，我感到一阵亲切，仿佛又回到天真烂漫的少年时代，看到胸前迎风飘拂的红领巾。可眼前呢？大多数人都在悄悄地说话，有人把脸压在放在桌上紧握的拳头上假寐。

　　学习结束了，我来到办公室。因为时间还早，我就把从旧报刊上剪下来的一些好文章用小刀割出来，然后用胶水一篇篇贴在一本《中国税务》的旧杂志上。粘了几张之后，纸上的胶水未干，我想等待一会儿。正在这时，农经委的出纳小叶打电话来了，问我二千元利息什么时候给她。突然之间，自己不知不觉的心又提了起来。

暮色下的西屏山

夕阳的余晖落在校园几株高大水杉的枝头上，孩子们充满欢乐的喧闹声已经听不见了。空阔、宽敞的操场渐渐沉寂下来，几个散学晚归的孩子背着沉甸甸的书包从校门口走出来。我下班回家匆匆吃过晚饭，一个人沿着校园宿舍外幽深、狭长的小巷，向赖厂长位于凌霄小区的家走去。

七月二十四日在农经委借钱的时候，我原来打算留下一万元用来归还大东坝镇基金会的借款和支付农经委出纳小叶的利息，但赖厂长说这些钱有急用，只要过几天就有钱的。考虑到赖厂长的实际情况，而离二十八日付小叶利息的日子还有几天，我便只拿了五千元还给大东坝镇基金会。其实，为了小叶的两千元利息，我已经跟赖厂长说了多次，他本来说七月十日还我五千元，后来又说十五日、十八日、二十四日，以至小叶问自己利息的时候，我都不知道说什么了。今天下班的时候，小叶又打电话来问利息的事情，我只好再去找赖厂长。

来到赖厂长家里，这时，他们夫妻俩刚从街上吃饭回来。赖厂长说家里太闷热，我说，那就去西屏山走走吧！于是，我们沿着石阶，来到西屏山顶望松亭旁一块岩石上坐下来。望着山脚下暮色苍茫中的万家灯火，当我刚要提起小叶二千元利息的时候，赖厂长却说他这次运气很好，县农经委的杨主任和国家开发银行都非常支持他，省外贸公司的小顾已经打来电话，准备让厂里做猪鬃精品，进货资金可以预付一部分。听赖厂长说到小顾，我却想起了去年春天发生的一件事情。

一九九六年初春，一个草长莺飞的日子。省外贸公司的小顾从杭州来到松阳看货，赖厂长打电话让我随他们一起去松阳宾馆吃晚饭。赖厂长向大家介绍说：小顾是省外贸公司的业务经理，经常和外商打交道，是一个非常有前途的年轻人。小顾也说，他可以给厂里销路与产量，还特别指出猪鬃项目的发展前景十分好。他们谈了很多，从资金筹集、项目申请、产品开发，到如何做生意，以及应对多变市场所需具备的心理素养，等等，都说得头头是道。我接不上话茬儿，只在一旁静静地听他们天南地北地聊天谈生意。

包厢里香味四溢，烟雾腾腾，人们欢声笑语，一派热闹。在餐桌旁，我还第一次听见赖厂长谈起他又开始盖新房子的事情，为此，他还花了二十多万元呢！

大家一起来到 KTV 包厢里唱歌，才唱了几首歌，有人就不想唱了。于是，大家又来到舞厅里跳舞。在扑朔迷离的镁光灯下，在不绝如缕的音乐声中，相互挽着腰的男女翩翩起舞。在这里，人们只是用目光捕捉人的躯体，却不能掠走人的灵魂，更不会说什么真话让别人知道自己。可是，当我听见坐在身旁的小姐和她的同伴说龙泉话的时候，我们就聊起来了。她叫秋雨，二十七岁，家住龙泉市道太乡，我们还是隔壁乡的。她出来打工是因为家里穷，哥哥三十多岁了还没有娶媳妇。秋雨说，她在松阳已经半年多了，原来是在另一家歌舞厅上班的，因为老板娘扣发工资，她就不在那里干了。老板娘至今还欠她一千多元工资呢！

是信任，还是无助？是不舍，还是不甘心？秋雨问我是否有办法，她想把老板娘欠自己的工资拿回来。是同情，还是侠义？是自不量力，还是酒喝多了？可是，拿到劳动所得该是一件天经地义的事情。我告诉秋雨自己上班的人事劳动局有个劳动监察大队，是专管劳资纠纷案件的，可以找他们处理这件事。我告诉了她自己办公室的电话号码，还说有事情可以打电话。可是，当我为今晚赖厂长这种奢侈、浪费行为感到不快，心里暗暗觉得他自己勒紧裤带过日子，却对别人这样大摆阔气真是荒唐的时候，自己也觉得可笑极了。

第二天上班的时候，秋雨来到了劳动监察大队。或许是我向郑队长说过这件事，或许是秋雨提到我了。在郑队长在秋雨面前做了关于这件劳资纠纷案件的来龙去脉的笔录之后，他以事先没有任何劳动合同而对此事感到爱莫能助，不停摇头。

凉风习习，天空越来越晦暗了。在西屏山望松亭旁的大岩石上，我一边和赖厂长聊着厂里的事情，一边回忆过去。往事已经有些遥远，可是没有被遗忘，它们停留在模糊又漫长的时间深处，只要有人提起，就仿佛发生在昨天，让自己敏感多情的心灵又一次逐行逐句地去捡拾起来。此时此刻，赖厂长还告诉我，他儿子已经有了女朋友，前些日子在他家里吃饭的那个人就是亲家公。我暗暗地想：难怪经常看见他们一起走象棋，他儿子在一旁吹口哨、哼着歌，十分自在的样子，对我送给他的"哈佛之光"丛书却没有一点儿兴趣。

当我终于按捺不住地说起小叶的两千元利息时，赖厂长却问能不能为他再借五万元，因为江苏有个客户在这里已经等了半个多月，拿不到钱就不肯走，让人感到十分头痛。我说，很快就是九月份，信用社的贷款要按季结息，私人的借款要付利息，还有农经委老苟的五千元借款也要到期了，自己差不多天天想着钱的事，连看书的心情都没有了，哪里还有钱啊！我还问，既然钱已经这么紧张，为什么还要盖房子呢？赖厂长却说，房子盖好后可以抵押贷款，固定资产多了，借钱就容易了。

　　这时，我说起前些日子在劳动监察大队看到的一件事情。有人告到人事劳动局，松阳辰业有限公司已经拖欠职工工资五个多月了。想不到赖厂长却早知道了这件事情，还说，拖欠工资是因为这位工人挑拣猪毛一次次耽误时间，影响了厂里的生产。我又对自己已经到期的一笔三万元借款提出了归还要求，还反复说到农经委出纳小叶的两千元利息。但赖厂长说，这些日子资金还是有些紧张，只要坚持到十月份就没有问题，让我借钱先把该付的利息结了。于是，我心事沉沉地离开了暮色中的西屏山。

监　考

　　人生的苦痛与生俱来，快乐与不快乐，自由与不自由，幸福与不幸福，都是生活的必然。我们小心翼翼地周旋于形形色色的人群中，我们谨小慎微地说着各种不同的话语，我们揣测世道人心、权衡利弊得失、掂量轻重缓急，都是为了免于无端的伤害。但是，生活中的伤害无处不在，甚至让人猝不及防。

　　一九九七年七月二十七日，是全县大中专毕业生参加全省乡镇公务员考试的日子。前天下午，局办公室通知我去监考，这是一件久违的事情。在以往的日子里，只要有什么考试，都是局领导和科室负责人去监考。这次可能是人手不够，难怪前几天办公室副主任小叶拿着一张纸楼上楼下地跑，还说此次考试考场太多，监考人员已经安排不过来了。

　　这次考试的考点设在县实验小学教学楼。下午考试考生离开后，我和一同监考的组织部小李在三楼教室收试卷。我从第一组开始，小李从第二组开始，自己动作快，已经开始收第三组的试卷。这时，忽然从窗外刮来一阵风，把第三组和第四组没有收好的试卷凌乱地吹落在地面上。我们把全部试卷收起来，发现只有二十四份题本，少了一份。小李因事未参加考务会，但我在考试之前已一再提醒考生不能把题本带出考场了。我们找遍了所有桌子的抽屉，又把地面反复仔细地寻找了几次，都没有发现题本。难道是被风吹走了？题本这么厚怎么会被风吹走呢？可自己还是跑到一楼把窗下地面仔细找了几遍，仍然一无所获，我们只好先把收好的考卷拿到考务室。

这时，干部科的老王一脸认真地对我说，我开考务会的时候再三强调要把题本留下，你这是怎么搞的！我说，我已经一再提醒考生了。小李站在一旁涎着脸喃喃自语：我上午已经讲过了。实际上，她没有参加考务会，根本就不知道考试要求是什么。但是她说，题本是跃华收的，我是收答卷的。意思是说，少了的题本与她无关，是我的事。勇于私斗，怯于共战是人的共性，但是，有的人当自身利益、哪怕十分微不足道的利益受到损害时，都会从潜意识里进行自我防护，最好让别人受伤害，就像有人宁可我负天下人，也不能让天下人负我。我害怕受到更多的伤害，只好选择沉默。

肖副局长在褚局长面前焦急得像一只蹦蹦跳跳的兔子，他和我又一起来到三楼教室找题本。可我们把所有桌子的抽屉，还有地上都仔仔细细地寻找了一遍后，依然没有发现题本。我们来到考务室门口，肖副局长说，这怎么行呢？不行的，一定要找到的！这时，褚局长瞪了我一眼，肖副局长用手机打电话到地区人事劳动局领导的家里，但处长钓鱼去了，只有孩子在家。我们低着头，一声不响，有人默默地抽烟，有人开始装订考卷，还有人在看参加这次考试的人员名单。

我把试卷的两张封条剪开，又轻轻地问小李怎么办，她支支吾吾地不知说了些什么。干部科的老王向我眨眨眼睛说，去办公室打电话。肖副局长忧心忡忡的样子，他说，去发广播，没有其他办法了。褚局长沉着脸说，通知大家明天早上八点半集中。正当我们打电话准备发广播的时候，一个考生行色匆匆地跑来了，他一脸歉意地对我说，真是对不起，不小心把题本带走了。我接过题本马上把它塞进了试卷袋，故意多倒了些胶水把纸袋口胶结实，小心翼翼地贴上封条，用手压了又压，生怕它再一次消失。我终于长长舒了一口气。正当干部科的老王开玩笑要我晚上请客的时候，大家走散了。

黄昏时分，我站在家门口的走廊上，看到前些日子刚当上教育局人事科副科长的小江拉着自行车出宿舍大门。自行车的轮子还没有离开宿舍大门，小江吹着口哨，左脚踩着踏板，右脚伸在空中，把笨拙的身躯重重地压在车垫上摇摇晃晃骑去了。我妻子与小江的妻子是同事，前几天我妻子回家说，小江的妻子故意在办公室同事面前说，丈夫回家感到很累，八岁的女儿竟然说爸爸当个科长就这么累了。

晚上，我坐在家中柔和的台灯旁，静静地翻读《周国平文集》第一卷。周氏说，宇宙既不爱惜美，也不讲求道德，从宇宙的角度看，美和道德皆无依据。可是我想，宇宙有着自身的运行规律，就像时光不会倒流，人的生老病死是不可抗拒的生理现象一样。这时，我想起了先前自己关于写作的理想——记可传之人、可感之事、可会之情。曾经热烈追求着传播着的理想，不曾提起已有很多年。我打开以前写下的一篇自传体小说，十年光阴虚度，我发现自己的写作水平依然停留在原先的地方。

另一种生活

早晨的阳光温暖地洒在松古盆地一马平川的田野上，近处灰色的稻田里是庄稼人收割后留下的一排排整齐的稻茬，田垄上乌桕红黄相间的叶片随风摇晃。黄蝴蝶一样的落叶，它们缓慢飘落的姿态仿佛对这个世界充满了依依难舍的恋情。有些地方已经种上一垄垄秋玉米。透过路旁稀稀疏疏的枝叶，远处飘着炊烟的灰色村庄静静地卧在古树掩映的小山包上，更远的地方是灰蒙蒙的天空下在晨雾中若隐若现的黛色青山。

八月三十日，星期天，我和赖厂长他们一起来到离县城七八里外的乌石下村钓鱼。今天来钓鱼的人大多是就业处老庄叫来的，也是一些借钱给赖厂长的人。我们来到村外的鱼塘旁边，这是一个近千平方米的鱼塘，绿莹莹的宽阔水面上，鱼头攒动。远处平静如镜的水面上，有时突然漾起一阵波浪，那是大鱼发现什么动静后飞快地游入水中去了。不时有鱼儿从平静的水面上凭空跃起，发出"啪啪啪"的击水声。

钓鱼是一件非常有趣的事。小时候，细雨蒙蒙、桐子花开的日子，自己常常与小伙伴们在家乡的小溪里钓鱼。后来，因为环境变了，钓鱼的往事也被渐渐淡忘，直到从乡下来县城上班后我才有机会随同事们去钓鱼。只是今天的自己已经不是天真地站在家乡流水潺潺的小溪旁，而是满腹心思地站在水平如镜的鱼塘岸上。草鱼咬钓后拼命往水中拉，鲫鱼吃钓后浮标往上送，也与当年拿着细竹竿钓鱼的感觉不一样。还有小时候的鱼饵是蚯蚓，现在用面团，方便又干净，做起来也挺简单。在温软的阳光下，我们站着吃了中饭，有人连鱼的影子都没有看见。但人的耐性真好，人们静静地、乐此不疲地连续站了七八个小时。我想，如果我们都有这样一种劲头去做事，还有什么做不成功呢？

我一共钓了十二条鱼，有二十多斤。除逃去一条大草鱼，我还钓上了一条两斤多重的非洲鲫鱼。养鱼人说，非洲鲫鱼一般过不了冬天，这是他去年放到鱼塘里仅有的两条非洲鲫鱼中的一条。听了这样的话，边上的人还羡慕了好一阵子。赖厂长钓到了几条草鱼，只是他只顾抓鱼，连鱼竿断成两截也没有发现。下午四点半回家的时候，我只拿了一条红鲤鱼，红红的翅膀，肥胖的身子，甚是可爱。今天，赖厂长一部四千多元的翻盖手机掉进了鱼塘里，事后多次去店里，也没有修理起来。

一九九七年秋天，我四处打电话找钱，在惴惴不安地走上一座座楼梯、敲开一扇扇房门、言不由衷地说了一句句好话后，终于在昔日的一位学生家长的帮助下，从县联社营业部贷款三万元。我把农经委老茼五千元本金、小叶二千元利息还了，把阳溪信用社的贷款利息付了，还把西屏镇信用社的八千元贷款周转起来，又回老家把玉岩、枫坪信用社和村里人的借款利息结了。同时，我还来到靖居粮管所的初中同学春生处借了二万元，一共凑了三万元交给暂时困难，但十月份就没有问题的赖厂长。

岁月不居，时节如流。为赖厂长的事劳碌奔波，我已经有些累了，纷乱的思绪需要进行一次梳理，如果能够静下心来读自己喜爱的书、写自己喜欢的文字，那就更是一件愉快的事情。在这秋去冬来的日子里，我抓紧时间读书。

读书，我人生的渴望。自孩童时代开始看连环画，到上初中爱上读书，这份如同农民爱土地一样难解难分的痴迷情怀一直伴随着我。在乡村暗弱摇曳的烛光下，我懵懵懂懂地读过《红楼梦》《老残游记》《李自成》《宋宫十八朝演义》《雁塞游击队》《新儿女英雄传》《火网》等书籍。对自己最有影响的文字是报告文学《划破夜幕的陨星》，那个前村无路凭君踏的遇罗克，他的人生遭际与追求给我留下了难以磨灭的印记，甚至影响了我的人生。读书，让我感受到了乌克兰少女冬妮娅的清纯、美丽、迷人与初恋时光的美好、甜蜜和动人心弦；读书，让我知道了发出"等我们经过了坟墓，站在上帝面前，你会知道我们是平等的"的声音，一个叫简·爱的十九世纪的英国女性，她相貌平常、身材矮小、贫穷卑微，但她拥有独立的人格，活得平等有尊严；读书，让我认识了在寒冷静寂的雪国里红颜黑发、美丽痴情的驹子和纯洁、善良、纤毫不染人世污浊的叶子……读书，让我克服了萦绕在身上的那种生活与经验的可怜限制，给我关于这个无限世界的美丽景象，尤其让我在寒冷时感到温暖，孤独时感到快乐，失望时获得信心。正如茨威格所说，书籍"不仅用自己的眼睛观察，而且运用着无数心灵的眼睛，由于它们的帮助，我们将怀着挚爱的同情踏遍整个世界"。

一九九七年秋冬之际，在心神不宁的日子里，在狭窄阴暗的办公室里，我还是读了一些书。读完了时代文艺出版社的《中国八十年代争鸣小说精选》、北京师范大学出版社的"当代小说潮流回顾·写作艺术借鉴丛书"，青岛出版社的"当代争鸣小说丛书"，还去松阳师范学校图书馆借来了蒲宁的《故园》、卡夫卡的《城堡》、川端康成的《古都·雪国》。每当我捧着心爱的书籍思绪飘荡时，就有一种充实感、满足感，甚至觉得内心是多么快乐与幸福。在逼仄嘈杂的宿舍里，我还写了《窗外那一池荷塘》《家乡的竹林》《在租房的日子里》《母爱如春晖》《乡村的爱情》《他在忧虑中沉思》《为什么阅读》等记人、叙事、抒情、感叹的随笔文字。后来，它们还断断续续地发表在《处州晚报》《丽水日报》《浙江日报》的副刊上。

一个冬日的午后，我送文件路过县政协办公室小草那儿。小草是我在小城里为数不多的朋友之一，小城边缘的山冈上，竹林里，古塔下，都曾留下我们的足迹，我们经常在一起，无话不说。在烟雾弥漫、沉寂无声的办公室里，小草正埋头抄写一份什么材料。我看见他桌上的台板下压着一张浙江省作协会员的名片。小草对我说：只要努力，你五年内加入省作协没问题。我开玩笑说：读书、写作也是一种生活，加入省作协固然是好事，可文章千古事，得失寸心知，作家以作品说话，曹雪芹一定不是什么作协会员吧！

打乒乓球

冬日黄昏，落日的余晖无声地映照在校园灰褐色树皮的香樟树上。在晚风中摇曳的碧绿树叶不时发出窸窸窣窣的声响，青绿色的果子探着小脑袋，几片红叶惊慌失措地从枝头落入墨绿色的草丛中，纯洁的空气里飘浮着沁人心脾的芳香气息。

我和妻子坐在有些幽暗的树林底下，几个满头大汗的孩子在操场上追逐嬉戏。这些日子，妻子心里有些不平静，絮絮叨叨的事情多。也许是教书累，也许是工作压力大。实际上，几年来对于借钱给赖厂长的事情，我只是偶尔对妻子提起过，至于到底借了多少钱一直都没有告诉她。妻子说，现在大家都开始建房子，我们也去买套房子吧！

二十世纪九十年代末期，县城的有钱人或没钱人都开始了大规模的建房行动。各种各样的拆迁、土地征用和拍卖活动，如火如荼，一栋栋、一排排、一片片的房子，如雨后春笋般拔地而起，已经沉睡千年的小城在挖掘机隆隆的机声里醒来。住宅区的土地售价为六七百元一个平方米，人们纷纷从银行里取出积蓄了几年、十几年甚至几十年的存款，或从银行贷款，或从亲戚朋友处借钱，盖店面，建私宅，实现了祖辈们梦寐以求的人生理想。我自小在山里长大，从乡村来到县城，想得更多的是如何过平静、安稳的日子，至于购置土地、建造房屋，以及它所带来的"人生世上，势位富贵，盖可忽乎哉"的影响力与冲击力，根本没有触及自己的内心世界。但是，对拥有一间属于自己的书房，我还是充满了渴望。

一九九三年房改的时候，我们在学校里有了一套房子。这套位于二楼东端的房子有四十多个平方米，从门口左转一直走到阳台，里间是卧室，中间是孩子做作业和妻子辅导学生的地方，外间是客厅。客厅正对着的走廊上，人来人往，喧闹嘈杂。窗外又是楼下厨房盖着瓦片的屋顶，春夏之际，雨水四溅，热浪滚滚，实在无法让人静下心来，所以我经常去一楼的厨房里看书。

烟熏火燎十几年的厨房，只有八九个平方米。屋顶布满灰尘的瓦片是漆黑的，镶嵌着灰褐色油迹斑斑窗玻璃的木框是漆黑的，任凭怎么打扫和擦洗，也无法除尽上面的灰尘和污垢。灰黑色的粉墙外层也已成了浮土，风一吹，尘土刷刷地落下来。有时，我把落在白色书页上的灰尘用手指一抹，就是一个黑黑的手指印。平时，厨房里弥漫着一股油烟味，雨天的时候，屋顶还漏水，地面湿漉漉的。有时，我翻开普鲁斯特的《追忆似水年华》，它思绪绵绵，意味深长，但是字体太小，作者叙述的长句子又多，没有一个安静的环境，根本无法读进去。何况长时间坐在这里，心情非常压抑。每每此时，我都会想，假如有一间属于自己的书房该多好啊！

听着妻子关于买房子的话题，我觉得肩上的担子非常沉重，内心一阵阵慌乱。因为自己买房子可以贷款的钱，已经借给了赖厂长，原来说好坚持到十月份就可以归还，赖厂长却根本没有兑现他的诺言。我一次次去找赖厂长，他每次都用不一样的理由给我一个同样的结果：暂时没有钱，但很快就有的，只要再过一些日子。

或许是赖厂长的钱太紧张，或许是自己几次三番地找他要钱，或许是他去别人处借钱都是高利息，所以，现在的赖厂长笑眯眯地对忧郁不安的我说：以后你不能白辛苦了，从一九九八年一月开始，借款也要算高利息，让你挣一点钱。因为原来借给赖厂长的钱，利息大多是实打实算——借来多少算多少。为此，在一九九七年十一月初重写借条的时候，我们把三十二万元借款的归还日期推迟到一九九八年底，并约定按季结息，月息百分之二点五，另外余下的三万二千元，在十一月底前归还。

一九九七年冬天，我一个人继续在四楼档案室里做档案。现在，我终于懂得档案馆毛老师说的话了，在人事劳动局没有人关心档案，也没有人关心做档案的人。因为从夏天到秋天，又从秋天到冬天，从来没有人问我在做什么，更没有人说起做档案的事情。做与不做一个样。刚开始做档案时的满腔热情没有了，自己就像一个受人欺侮却无人过问的孩子，只是形单影只地在沙滩上伤心地默默玩耍。于是，我把更多的时间用在读书上。

十一月二十日下午，我一个人在四楼档案室里抄档案目录。有些无聊，我打开前些日子在县城书店买的"白桦林·校园精品文摘"中的一本——《倾诉沧桑》读起来。读了几篇简短的文字，想起阳溪信用社的贷款很快要到期了，心里又紧张起来。于是，我去二楼叫劳动监察大队的小叶和我一起去隔壁活动室打乒乓球。在以往的日子里，做档案或看书累了，我经常会与工资福利科的小章、劳动力管理科的小张一起玩一会儿乒乓球。

今天，当我和小叶正玩得起劲的时候，褚局长带着局党组周书记、办公室主任小邹，悄悄地闪进了活动室。我们马上放下手中的球拍，这些人却背着手一言不发地围着乒乓球桌走了一圈，然后把脑袋伸出窗外自言自语地看着远处的风景。嘴上衔着香烟的褚局长从我手里取过球拍，仔细地看了看，带着笑脸问我：你的球拍怎么还是双面胶的？过了一会儿，他们什么话都没说就走了。这时，我想起刚刚读的《九岁的病榻》里忧郁少年苏童的提问：世界上怎么会有不能沾盐的怪病呢？

万 岁

一个人得走多少路才配得上人的称号？一个人得做多少事才懂得人是什么？为缓解资金困难，把三十二万元借款的归还日期推迟一年，按理赖厂长心里应该充满了感激与欣慰。可为了取回余下的三万二千元，我三天两头打电话找赖厂长，厂里也不知去过多少次，却始终没有拿到钱。现在，不说房子买不成，就是阳溪信用社即将到期的贷款也令我操心不已。

十一月二十八日中午，我下班后来到赖厂长家里。今天有金华的客人在这里，他们一帮人正在厨房喝酒聊天谈生意，不时传来了阵阵嘈杂的喧哗声。我觉得这时候谈钱十分不合适，说了几句客气话，有些无奈地告辞了。傍晚，我又一次来到赖厂长家里。这时，又有客人坐在这里，我只好无趣地坐在沙发上有一句没一句地搭腔着，心里却十分焦急，巴不得客人早点走开。过了一会儿，这位客人和小李去厨房说话了。我估计也是钱的事情，因为有我在边上只好走到一旁去。我告诉赖厂长阳溪信用社的贷款过几天要到期了。赖厂长说，他已经和别人说好，月底前一定有钱的。还说，不需要有什么担心，我的钱都会及时归还的。听了这样的话，想起以前还款时的焦虑心情，我又千叮咛、万嘱咐，才拖着沉重的脚步回家。

在昏暗的路灯下，我刚走到宿舍门口的时候，房间里的电话铃响了。原来是赖厂长打来的，他说，这么晚已经没有地方取钱了，想借二百元，因为他儿子今晚从上海带猪鬃样品回来，夜里没有公共汽车，要从丽水打的回家，但身上的钱不够了。

赖厂长儿子二十二岁，一米七五的个头，人长得挺帅气。一九九四年参加高考后，他去了杭州一所通过自考拿文凭的学校读书，学的是国际贸易专业。他曾经告诉我，父母以前在古市镇办猪鬃厂的时候日子十分艰辛，他常常在猪毛堆上睡觉，早上醒来，发现头发、嘴唇、耳朵上都沾着猪毛。三年过去了，听赖厂长说他还有两门课程未及格。现在，他在外地一边读书考试，一边替父亲办理一些业务上的事情。平时，我去赖厂长家里聊天的时候，经常听见他们相互之间在电话里嘘寒问暖。有时候，赖厂长夫妻还就着电话对儿子说到我的种种好处，我也从话筒里多次听到"谢谢小徐叔叔"的充满感激的话语。今天遇到这种情况，虽然口袋里没有钱，但我向妻子拿了二百元，匆匆忙忙送给赖厂长。在送钱的时候，我又一次说起内心有些焦急的阳溪信用社还款的事情。赖厂长眨眨眼睛，笑眯眯的样子，过了好一会儿不紧不慢地说，跃华，放心吧，你这样帮助我，我是不会忘记的。

十一月三十日下午，我来到厂里。因为昨天已经说好，让我今天下午来取钱。一直等到四点多，赖厂长才从厂门口走进来，他笑眯眯地对我说，原来讲好借钱给他的人，昨天晚上因打赌输了好几万元，今天只借了一万六千五百元。说着随手把钱从西装衣袋里掏出来，让我先拿着，还说余下的钱再去别的地方想办法。我心里一阵紧张，因为后天就是阳溪信用社还款的日子，为了以防不测，我曾经四处打电话，但都没有借到一分钱。我心怀不安地把钱收起来，又对赖厂长说起不知说过多少次的话：阳溪信用社的贷款如果不及时归还的话，以后贷款就不好说话了。

赖厂长不停地抽着烟，我心事重重地倚在椅子上，想，既然这样也没有办法，只是以后不要再借钱了。这时，赖厂长却聊起了厂里的发展前景。他说，县里对他的这个项目非常重视，明年开始县财政也会借钱给他的。看着满脸笑容、内心充满希望的赖厂长，我们最后约定：余下的一万五千五百元后天一定归还。

十二月一日，星期一。我和局办公室主任小邹、驾驶员小温一起去大东坝、玉岩、枫坪三个乡镇征订《浙江人事》《浙江劳动》杂志。一路上，人们有说有笑，在大家神采飞扬地议论着如何做官如何挣钱的时候，我却为明天阳溪信用社还款的事忧郁不安。这些日子，在办公室里除了看书还是看书，奇怪的是半天下来才读了十几页书，一本二百来页的《倾诉沧桑》半个多月都没有读下来。

为了钱的事，日子在闷闷不乐中一天天过去，我读书、吃饭、坐车，甚至睡在床上都不得安宁。有时觉得有些支持不住了，但只能在心中默默承受着这种无法向人诉说的、无比巨大的压力。有时去乡镇办事，碰到熟人想到的往往也是借钱的事情。对这次还款，我心里一直焦虑不安着。刚开始，我想向熟人借钱，可准备开口的时候，却发现人与人虽然近在咫尺，却相距遥远。看到有人一脸漠然的样子，我很快就失去了信心。于是，我把希望寄托在以往那些曾经借钱给自己的人，心中似乎又有了一缕阳光。在我一个个电话打过去，所有希望都失去后，内心就更加不安起来，心脏跳得更快，仿佛有些紊乱，双眼模糊，讲话有气无力，似乎连双脚都有些不听使唤了。最后我又把希望寄托在赖厂长身上，可是他一次次的拖欠，我已经有些不相信他们。尤其是赖厂长的妻子小李，每次去要钱的时候，她都露着一脸无奈，十分冷漠，还不停地说：无办法的，无办法的。我是一个平凡、简单的人，没有那种做大事处惊雷而脸不变色的大智大勇，更经不起这种长时间的巨大压力，惴惴不安的内心有一种说不出的沮丧和懊悔。

　　来到玉岩镇，在去玉岩镇校的路上，我遇见了一位刚从县城调来镇政府工作的朋友。他看见我便十分亲热地紧握住我的手，聊起了这里的生活和工作。他说，人们都说我在这里才半年，其实在这里是度日如年，我来这里已经是几十年了！原来他是因为无聊，大白天在街上游荡呢！

　　我们去玉岩镇政府食堂吃午饭。刚走进大门，我就看见莲娇大娘围着拦腰布在食堂外边扫地。她一见我就停下扫帚，眼圈红红地说开了：今年已经七十岁了，一个月一百五十元工资，两个人吃饭，八年没有回家过年了；儿子有饭给我吃就不错了，以后回家受苦只好去讨饭了。她又说起当年在乡里当妇联主任、做副乡长如何下放回家务农的事，还说到一次次找县委组织部落实政策的往事。我袋里只有一点订杂志的钱，就递了五十元给她。她开始坚决不肯收，推让了好长时间后才把钱拿在手里，还不停说着感谢的话。莲娇大娘是我家乡隔壁村粗岙人，那里长着核桃树。莲娇大娘好客、热情、诚心，几十年过去，我还清楚地记得小时候坐在她家门口用石头敲核桃的情景。有一次，我跟父母去离家五里外的金武桥开社员会，莲娇大娘给我好几个柚子，放在房间里香了好几个月呢！莲娇大娘没有亲生孩子，二〇〇七年初夏，她带着遗憾离开了这个世界。

　　去枫坪的路上，阳光温暖，天空澄澈如水。在公路旁的一株大树下，我看见一位六十多岁的老人正在检查运输毛竹的车辆。他的椅子上，放着一本摊开的书。那是什么书呢？是《宋宫十八朝演义》，还是《封神榜》？书页上或许蒙上一层尘土了吧。我深深地被这蓝天碧水中的读书情景迷住了。这种忙里偷闲的阅读一定给这位老人带去了无限快乐与宁静。无论在贫穷僻静的山村，还是在喧嚣热闹的街市，读书，让人们跨越眼前的屋舍、田园、街道、城市，遥望人类的过去和未来，滑翔在一个无比广阔的世界里。

我们在大东坝镇政府吃晚饭。坐车有些累，心里又想着明天还款的事，我匆匆扒了几口饭，一个人走到冷清的街道上。暮色笼罩着小镇，三三两两的窗户射出几缕有气无力的灯光。我蹲在镇政府门口，心里慌兮兮的。乡里的文书老包来了，我去他办公室用有些颤抖的声音打电话给赖厂长，问钱到底怎么样了。这时，从话筒里传来赖厂长的声音：不要多问了，明天来拿就行！虽然声音听起来有些烦躁、不耐烦，甚至冷漠，但是坚决，充满了自信。此时此刻，如释重负的我内心一阵激动，情不自禁地叫了一声：万岁！

一九九八年元旦

一九九八年元旦，我和小草一起来到温州，在《温州人》杂志社当编辑的纪江明热情地接待了我们。纪江明从松阳职技校停薪留职来到温州创业，是个不太安分的人。纪江明说，创办《温州人》杂志的目的，是为了让温州人看世界，也让世界看温州人。看着他灵巧的双手在电脑键盘上不停地跳跃、移动，把思绪连缀成文，我心里充满了羡慕之情。

走在喧哗的大街上，这里高楼林立，车流如潮，蚂蚁般的行人涌向街巷的各个角落。我们去了离市区二十多公里的温州机场，我们去了即将竣工的温州火车站，我们去了游人如织的江心寺，它们无不给人一种鲜活的感触与非凡的震撼力。在《温州人》杂志社的一本《温州人老照片》上，我还知道温州山多田少，秦朝的时候这里只是一个小山村。可是温州人胆子大，有闯劲，他们从挑货担走村串巷的小商人、手工艺者，发展出家庭作坊式的经营模式，市场不断繁荣，现代工业发展日新月异。我想，松阳一定也会越来越好，自己借给赖厂长的几十万元钱款只是一个小数目而已。

农历十二月廿六下午，我们一家三口坐公共汽车从县城回家乡过年。城里空间逼仄，房子小，父亲不习惯，还有乡下风俗淳朴、人情憨厚等因素都促使我每次都要回家乡过年。来到源口的时候，公路塌方了，我们走过泥泞的小路来到公路上，换了一辆车再继续往前走。天空渐渐暗下来，我们六点多来到排居口，早已没有车了。我打电话去村里，叫来了一辆三轮车。同行的还有叶老师和他弟弟。三轮车开到了岩坑村。寒风刺骨，残雪满地，山路坎坷，在暗弱的车灯下，车轮下不时发出积冰碎裂的声音。三轮车在岩坑村口掉头的时候，还差点连车带人滑到溪里去了。一路上，我心里十分害怕。晚上八点多，我们终于回到了家乡。此时，村里人大都已经睡觉，只有父亲拿着手电筒站在家门口的寒风中，兴奋地等着我们。

廿七早上，我还没有起床就有人来叫吃饭了。今天，家乡的生活条件好了，人们住的都是新房子。过年了，家家户户杀猪、打米粿、蒸年糕、酿米酒，许多人还去城里办年货，餐桌上有鸡、有鸭、有海鲜。请客的时候，主人端出最好的菜肴和美酒，只怕客人们吃不下去。人们喝着一碗碗甘美醇厚、风味独特的糯米酒，红光满面地争说着谁家是一斤米酿出一斤酒，喝着就像糖水一样甜。从廿七早上开始到正月初七回县城，我们几乎天天在乡亲们家里吃饭喝酒。有时候几户人家一起来叫吃饭，我们都不知道怎么办才好。二〇〇〇年冬天以后，我们差不多有十年没有回家乡过年了，可我多么渴望回乡下过年，与乡亲们一起喝酒、打牌，在村道上散步晒太阳啊！在亲戚朋友和左右邻舍看来，我是一去之后就杳无音信了。我至今都记得回城的前一天晚上，行李中的蛇壳袋里装满了年糕、米粿，还有一袋袋不知是谁家提来的或新鲜或干燥的蘑菇呢！

在家无事可做的时候，我会一个人去爬山。廿八早上，我沿着老屋的青石古道，爬上柴岭弯，走过横路，来到大岗脚下，然后一步步向山顶走去。此时，积雪满地，树上残雪尚未消融，山风拂来，它们不时从枝头簌簌地滑落下来，纷纷扬扬地洒在路旁的树丛里。不知不觉，我走到小时候经常随父亲烧粿灰的地方。在家乡，一到过年，家家户户都要做黄米粿。做黄米粿之前，人们先去山上砍柴劈草烧灰。潮湿的柴草，时而烈焰飞腾，时而浓烟滚滚，一阵风来，我常常被熏得泪水直流。有时因为离火堆近，我的头发、眉毛都烧着了，伸手一抹，还闻到一股肉烧焦后的味道。可这些并不能阻止我围着火堆活蹦乱跳的脚步。过些日子，家里开始做米粿，母亲把粿灰用开水泡了，沥汁浸米，又用饭甑把已浸成黄色的掺杂着糙米的粳米或糯米蒸熟。人们把蒸熟的米饭放在石臼里用木棍戳细捣烂，成团放到洗得干干净净的门板上，再用一根细线一块块割开，趁热揉压出或扁或圆的黄米粿。大雪纷飞的日子，做米粿的地方很热闹，孩子们一个个往这里挤。我们拿着被手指磨得光滑无比的木棍卖力地帮大人们戳米粿，还不时用木棍挑起一小团热气腾腾的米粿，蘸着酱油或霉豆腐的汤有滋有味地吃着。有时，村里人来上门，大人就拧下一团米粿，热情地递过去。母亲腌制的山坑螃蟹，又辣又香，蘸着它的米粿，吃在嘴里真是别有一番滋味呀！

越往高处走，路旁的积雪越厚。我走到小时候第一次跟随母亲来砍柴的地方。从七八岁开始，我就跟着母亲上山砍柴。我还清楚地记得第一次上山砍柴的情景：一个初夏的早晨，美丽的阳光洒在树林里，路旁茂密的蒿草疯狂地生长，散发出阵阵植物浓郁的气息。它们高出我的肩头，遮挡了我的视线，晶莹的露水沾湿了我的脸和头发。这里到处是树木，有高耸云天的木荷，有活过上百年的甜槠，还有几人合抱不下的松树。树底下铺着一层厚厚的枯叶，走在上面，脚底下不时发出簌簌的声响。路旁那株高大的杨梅树依然枝茂叶繁，不停地向过往的行人昭示着它的盎然生机。站在这里，我仿佛又看到了面容慈祥的母亲，看到她穿着草鞋，绑着柴刀，健步如飞地行走在长满苔藓的山间小路上，看到我们一群赤着脚丫的孩子，像快乐的小鸟一样散落在大自然的怀抱里。

一路上冰雪溜滑，我小心翼翼地一步步往前走，终于来到山顶上。

站在山顶，远望灰蒙蒙天空下白雪覆盖的连绵群山，只有在山脚下的云雾，仿佛一条白色飘带在黛色的树林上空无声地舞动着。在冰天雪地的山野里，没有行人，没有飞鸟，没有走兽，没有流水，没有任何声音。此时此刻，我禁不住想起曾经有人说过的话：几十年便是一代人，有多少代人来了又去了，人的一生在亘古屹立的大山面前只是一瞬。它现在望着我们，当我们从这个世界消逝以后，它还会默默地凝视着这里的蓝天碧水，和茫茫大千世界中的匆匆过客！

除 夕

　　除夕之夜，我家厨房酒肉飘香，弥漫在锅灶上的蒸汽模糊了父亲忙碌的身影，镬穹里的熊熊火光映照在土黄的泥墙上，一漾一漾地泛着亮光。桌上风爨，炭火正旺，热气腾腾的鸭汤，香气氤氲。我们一家四口兴奋地围坐在八仙桌旁，一边说话，一边喝着家酿的澄澈透亮、浓郁甘甜的土老酒，有滋有味地吃着年夜饭。

　　父亲年近古稀，却是一个闲不住的人。一年四季，他劳作不辍，挖山、砍柴、种菜，还在山野的田头角落种了许多玉米、大豆、番薯，又在屋子后面田畈的小竹林里养了鸡和鸭。因为这些鸡、鸭平时吃的都是玉米、稻谷，所以肉质特别好，就是放上食盐煮熟了也很好吃，加上各种作料，味道就更鲜美了。今天，父亲杀了一只八斤多重的老鸭，妻子带着儿子把镬穹烧得旺旺的。我把切好的鸭肉倒入炙热的山茶油锅内生炒，又放上老酒、生姜、酱油、食盐，还有刚从城里带回切好的墨鱼干，等锅底水分炒干再放入清水，又用温火慢慢地煮了一个多时辰，不说厨房香气四溢，家门口的路上也美味飘香了。难怪前来送压岁包给我儿子的陈献大伯一进大门，还未来得及喝一口老酒，就不停地说开了：好香！真的好香啊！

　　一会儿，姑姑的大儿子金土表哥也笑眯眯地送压岁包来了。我们马上站起来倒茶、递烟。金土表哥高兴得坐下来抽烟、喝酒。他说，现在生活真好，与以前过年是没法比了，只可惜舅妈死得太早了，没有享过什么福啊！听着金土表哥的话，我想起了自己小时候过年的情景和慈爱的母亲。

小时候，我最盼望的事情也许就是过年了。除夕之夜，太阳还没有下山，忙碌不停的母亲早早把年夜饭做好了。家中紫黑色八仙桌上的风爨里滚了一锅冬笋煮油豆腐，里边掺杂着香菇、墨鱼干，还有一年之中难以吃到的新鲜猪肉。吃着这样喷香可口的菜肴，手里接过母亲盛给我的一碗白米饭，眼睛一眨就吃光了。吃完饭，天空好不容易才暗下来，村里发电的电灯亮了。走到房间里，母亲把一双给我新做的布鞋从紫色的衣柜里拿出来，放在桌子上。她一边往新鞋子里放炒熟的南瓜子、花生，还有几块大象、鱼、公鸡等图案的动物饼干和几颗水果糖，一边叮嘱我：从明天开始长大了一岁，以后要越来越懂事；正月初一讲好话，不说不吉利的话；早上起来先吃年糕和米粿，这样，我会长得越来越高，家底会越来越厚（家乡的"粿"与"厚"同音）。最后，母亲从衣袋里取出压岁包递给我，再三嘱咐要等过了初五才能把它打开来。

今天下午，我去给母亲上坟。站在坟前，这里除了山野里小鸟在鸣叫，只有坟头连片的枯草在寒风中瑟瑟作响。想到已经离世五年多的母亲，我内心依然感到阵阵哀伤。母亲一生操劳，三十六岁才生我，她每天忙碌不息，很少在家歇着。早年的时候，父亲三天两头开会在外，一切家务由她一人包揽，不仅砍柴、种菜、种番薯，还养猪、去生产队挣工分，甚至起早摸黑去道班做小工。二十世纪八十年代初，因为村庄迁移，家里盖起一幢泥墙大瓦房，一生省吃俭用的她，更是日夜操心，寝食不安。小时候，父亲曾在离家二十多里外的晒谷坪林场当场长，家里有了一块新鲜猪肉，母亲就用箬叶一层层包起来埋在灰烬里等父亲回来。我们每次回家，母亲总是把好吃的留给大家，她却常常以霉豆腐下饭，还说一餐饭只用一块霉豆腐就够了。母亲爱抽烟，可抽的是几毛钱一包的蓝西湖，盖房子的时候她还多次对我说要戒烟了。我只在母亲留在世上最后的一些日子里，买过一条茶花香烟给她。因为长年累月的劳心劳力，疾病无情地夺走了她的生命。树欲静而风不止，子欲养而亲何在？从此，咫尺天涯，两个世界，留给我的是满怀的惆怅、悲伤和无尽的思念。

吃过年夜饭，妻子带着儿子去邻居家串门，父亲拿着压岁包去分给几个表哥的孙子、孙女，我来到房屋下面的公路上。过年了，出门在外的人都回来了，村子里热闹了许多。人们穿着新衣服、新鞋子，脸上洋溢着笑容，心里都是喜滋滋的。孩子们掩着耳朵，蹲在家门口放鞭炮，老年人笼着手坐在电视机旁烤火、喝茶，只有年轻人觉得寂寞，三三两两游荡在公路上，寻思着今晚去什么地方玩一个通宵。我去关堂和周清家里说好年后借钱的事情，刚走到公路上，隔壁邻居隆生就拉我一起去老刘家打牌——拉百分。

老刘在本地教书，平时不在家。老刘母亲开了一爿杂货店，村里人常来此买烟买酒买白糖，这里也是人们逢年过节打牌、搓麻将的地方。现在，老刘的儿女都工作了，他自己即将退休，有的是时间和闲情，也喜欢人们来家里玩耍。除夕之夜，这里人头攒动，烟雾弥漫，烟头满地。今晚，我们几个人玩的是两元一局一百一加倍的百分。夜里十一点多，隆生袋里的几十元钱输完了，有人站起来不玩了。听着暗夜路旁小溪里的潺潺流水声，我一个人回家了。

来到家里，父亲正在舀水到锅里准备烧点心。他告诉我，真武桥根林送来两瓶董公酒，刚刚走了。我望着镬穹里的熊熊火光，往事历历在目。

四年前一个夏日的中午，我正在吃饭，根林带着他儿子急匆匆地来到我宿舍里。原来他儿子今年参加中考，开始的时候，一位在地区教委工作的老乡说好帮助他们的。根林说，他上门为这位远在几百里外的同乡拉过煤，还送去了自家的火腿、水鸭子。这次，他儿子听老乡的话填报了金融专业的志愿，但是把结果告诉老乡的时候，对方却说这个忙帮不上了，因为分数太低。所以，他心急火燎地从丽水赶到松阳，希望通过我去县教委招生办把志愿改过来，今天下午已是填报志愿最后半天了。当时家里没有电话，我放下饭碗，马上骑自行车去局办公室给招生办的小陈打电话。小陈说，下午四点前要把档案送到丽水去，如果改志愿的话，还得先找学校。于是，我们又去学校，终于在下午四点之前把志愿改过来，填报了农校。从此，根林逢年过节常来看我。在宿舍阳台上造卫生间的时候，他几次三番说要送给我一棵笔直的杉树，后来真的拿来了。有一次，我看见厨房桌上脸盆里有一块新鲜猪肉，原来他家里杀了猪，是他妻子送来的。

去年夏天，根林儿子从农校毕业，一个农村孩子正面临着就业分配的迷茫、无助和无奈。这时，刚遇上县里招考乡镇干部，根林儿子以第十四名的笔试成绩参加共有十五人参与的面试考试。这时，根林又来了，希望我为他儿子写个面试发言稿。也许是天意，也许是运气，我准备的面试材料《一个合格乡镇干部的基本素质是什么？》与面试题目颇为相近。最后，根林儿子进了此次考试录用七名乡镇干部的名额之内，成了一名乡干部。根林记着我的好，所以送酒来了。二〇〇〇年冬天以后，我们不相见已经整整十年了。在这漫长的时光里，我常常想起这些出没在生命河流中与自己密切相关的人，记着他们的热情、友爱与关心，只是不知根林这些人是否也会想起他们人生岁月中曾经有过我这样一个人？

夜深了，我们围在一起吃点心。我和父亲谈论着明天早上六点半开门放鞭炮的事情。当我准备睡觉的时候，村庄远处传来几阵鞭炮声，打破了夜的宁静。新的一年已经来了。

新年的鞭炮声

黑魆魆的天空，冷飕飕的寒风，偶尔从远处传来几声零星的鞭炮声，衬托着山村夜的寂静。昨晚劈开堆放在厅堂上的松明触火即燃，熊熊燃烧的火堆浓烟腾起，火焰噼啪有声，把房屋的墙壁照得闪闪发光。我解开一串足有七八米长的鞭炮，叉在一根细长的竹竿上，怀着兴奋的心情等待着开门时刻的到来。

突然，住在村头的人家点响了鞭炮。当噼噼啪啪响成一片的鞭炮声一路响到我家门口的时候，我打开虚掩着的大门，点燃了鞭炮的引线。顿时，眼前火光飞溅，烟雾飞腾，只感耳畔嗡嗡作响。我举着燃放的鞭炮站在门口的石阶上，此时此刻，从源头蜿蜒着伸向远处的公路两旁的小村子，烟雾迷蒙，火光闪烁。此起彼伏的鞭炮声铺天盖地，一浪盖过一浪，整个村子淹没在阵阵震耳激越的声浪之中。人们用这响彻山野的鞭炮声，送走旧岁的阴霾与寒冷，迎来新年的曙光与希望。

燃放鞭炮的声响渐渐停息下来，空气中弥漫着幽微火药味的烟雾渐渐散去，人家门口松明熊熊燃烧发出的亮光，把夜空映照得如同白昼一般。这时，人们提着酒、肉、茶、水果、纸香、蜡烛，大步流星地来到村外社殿向神灵祈福，祈盼在新的一年里，平安吉祥，事事如意。社殿厅堂上气氛肃穆、庄严，须髯飘飘、满面红光的关公大帝立在众神中间，他居高临下，正用炯炯有神的目光，威严地俯视着苍生黎民。人们把供品敬献在厅堂的桌上，点上香烛，恭请众神慢慢歆享，然后走到殿外空坛上抽烟说话。

东边山顶上的夜空露出缕缕晨光，山川、田野、河流、树木、竹林都笼罩在朦胧不清的晨光中。山脚下的小溪传来清脆、悦耳的流水声。石头砌成的台阶上人来人往，有人回去了，有人继续往这里来。在这宁静柔和的晨光里，在这树荫覆盖的台阶上，在这青山绿水中，殿外黑的瓦，白的墙，绿的树，交互掩映；殿内香火正旺，人头攒动，心怀虔诚。此时此刻，大地无恙，生命存在，身体健康，无忧无虑，我们领受着大自然的恩赐，满怀善意，快乐无限，幸福触手可及！

在这社殿四周，生长着许多活过了几百年的苦槠树。春天，这些枝干遒劲，浓荫匝地的参天大树开出细细的黄花。暮秋时节，一阵风来，深褐色发亮的苦槠子像豆大的雨点从高高的枝头"啪嗒、啪嗒"地落下来，顺着山坡乱滚乱跳。小时候，天刚蒙蒙亮，我和小伙伴们头顶露水来这里捡苦槠子。在晨雾弥漫的树林底下，头顶上不时有苦槠子掉下来，草丛里、枯叶下、石缝内，都露着它们圆溜溜、光滑亮泽、饱满可爱的小脑袋。一个早上，我们能捡到五六斤苦槠子。放学路上，我们也来这里摘苦槠子，大家沿着紧靠着苦槠树的小树奋力地攀上高大的树木，把长满苦槠子的枝条折断扔到地面上。大家坐在石阶上，剥去一颗颗苦槠子淡绿色的苞片，把书包、口袋都装得满满后才慢慢回家去。在这些日子里，我们一群活蹦乱跳的孩子把社殿周围的山坡爬得就像被野猪刨过一样，到处是裸露的新鲜泥土和翻过成百上千次的枯叶。母亲每年还把苦槠子做成豆腐，在沸腾的锅里撒上辣椒，吃一口，滑滑的，又辣又涩，味道可好了。还有人把淡紫色的苦槠豆腐切成薄片，晒干留着招待客人。

过年在家，父亲天一亮就起床，洗碗洗锅烧开水，一天到晚忙忙碌碌。空闲的时候，他端着一个小茶杯静静地坐在家门口的青石条上，轻轻地喝着用凉开水冲得稀淡的白酒，自得其乐。没有了母亲，家中的一切都不一样了，房间里乱糟糟的，厨房潮湿的地面布满了白花，饭桌也没有从前干净清爽了。想念母亲的时候，我就一人去她坟前走走。

正月初三，走到母亲坟前的时候，我忽然想起七八里外几年不见的舅舅，决定翻山越岭去下乾看看他。我从老屋门前的青石小路出发，沿着蜿蜒曲折的山间公路向大山深处走去。一路上，残雪未消，绿竹掩映，树影婆娑，流水有声，不时传来山鸟清脆的鸣叫声。当走到大垄坑对面下乾岭上的时候，我想起小时候有一次去舅舅家做客的事情。晚上，大雪纷飞，飘飘洒洒落个不停，第二天早上，风雪挡路，鸟兽无迹，山野里一片银白的世界。这时，我想回家了，可舅舅坚决不同意，趁舅舅忙碌的时候，我一个人悄悄地走了。快步走到村头的时候，舅舅追来了，我也跑得更快了。踩着膝盖一样高的积雪，我快步往前走，舅舅在后面一边追赶，一边喊叫，还说他的布鞋湿光了。当我奋力攀上用木桩钉着的一级级台阶，来到半山腰的时候，山脚下还不时传来舅舅"外甥儿、外甥儿"焦急又亲切的喊叫声。

这时，我又想起舅舅三儿子结婚向自己借钱的事情。前年秋天，舅舅的三儿子要结婚，他寄口信来，让我无论如何借他一千元，等过了冬天再还我。我从工资册上领了差不多三个月工资凑足一千元，让父亲拿给了舅舅。可是，几年过去，从来没人提起还钱的事，似乎都忘记了。这样想着的时候，觉得今天去下乾是错误的选择，虽然心里想去看看舅舅，但是人家说不准还以为是上门讨债来了呢！于是，我立即打消了去下乾的想法，沿着大垄坑竹山弯弯曲曲的小路一步步走下来，向山楂岗方向走去，那是自己小时候经常去的地方。

　　舅舅有三个儿子，一个女儿。女儿出嫁了。大表弟早已成家，我们从小一起在村里读书、砍柴、捉知了。二表弟也有了孩子，我调往县城后，他常常从大老远的乡下带着妻儿来看我们。前些年，下乾村山高树密，林海茫茫，毛竹连绵起伏，资源十分丰富，舅舅在家里以放香菇、砍伐树木为生，表弟们在城里打工过日子。二○○○年冬天以后，我的日子过得实在苦不堪言，曾经写信给舅舅希望大家能够借点钱让我渡过难关。可是十年过去，我从没有看到他们的影子或者是接到他们的一个电话。如此看来，当一个人落魄的时候，什么亲戚都没有了。

童年记忆

云飘雾绕，青山寂寂，谷幽涧深，流水潺潺。我从大垄坑竹林小路走下来，沿着羊肠小道，攀上溪流对面层层叠叠的梯田，来到树荫覆盖的古道上。在这田畈与树林的连接处，是人们过去烧砖做瓦的地方。春风吹拂，花枝摇曳的季节，六七岁光景的我，常常跟大人们来到昔日这里苫着茅草，篱落疏疏的低矮房子旁边玩耍。几十年过去，我此时站在路口上，仿佛依然看见一个懵懂无知、脸上沾满泥巴的孩童，正光着脚板兴奋不已地踩在湿漉漉的瓦泥里，脚底下细腻、光滑的灰色泥浆穿过脚趾的缝隙，发出唧唧的声响。

山楂岗是自己小时候砍柴、挖茯苓、守玉米的地方。经过半个小时的翻山越岭，步履不停的我终于来到山脚下。一条蜿蜒曲折的溪水从荆棘丛里流出来，路旁是一池以整片岩石为底的潭水，闪亮的涧水汩汩有声地从高处翻滚着落入石潭里。盛夏时节，每次砍柴回家，我们一群小伙伴都会在此歇脚。有人坐在石头上，有人俯在石潭里喝水，有人却故意把小石头扔进水里溅湿喝水的人。还有人把头伸进清澈的潭水中浸得湿漉漉地凉爽一番，头发梢上的水珠在太阳底下闪闪发光。在这群山环抱的溪流旁，在这绿竹摇曳的山坳里，在这纯洁宁静的蓝天下，我们雀跃欢呼的声音像风一样在山野里四处飘荡。

我静静地站在水潭边，透过路旁树林稀疏的枝叶，忽然发现前方幽暗的柳杉林里，站着一大一小两头黑身白尾的乌獐。山顶上积雪未融，一定是饿了来觅食的吧！它们抬着头警觉地望着，还不时向前慢慢走几步。我弯着腰悄悄地走近它们，准备躲到前面的树丛里。也许是发出了什么声响，它们立即惊恐不安起来，一蹦一跳地向树林里跑去。人与大自然的动物之间，我已经触摸到天堂的门槛，然而无法跨越，因为，动物永远不能消弭它对凶残人类的恐惧与不信任。

沿着曲折不平的小路一步步往山上走去，我来到小时候曾经跟随父亲挖茯苓的地方。放寒假了，冬日的阳光穿过松树稀疏的枝叶，温暖地洒落在路旁的草叶上、竹丛里和行人的衣服上，我和父亲背着锄头翻山越岭来这里挖茯苓。我们围着已经发酵得焦黄的松树兜，用锋利的柴刀劈砍四周矮小的灌木，仔细地寻找着浮在地面上的茯苓。茯苓是父亲三年前培植在松树兜上的。这时的树墩已经酥松如木炭，手一捏就碎裂，只留下一根松明树心。在树兜根上挖一锄，浓郁的芳香扑鼻而来。有时，突然发现一个焦褐色的茯苓像一堆牛粪一样无声地伏在泥土上，我就兴奋得大叫起来。找过地面上的茯苓，我们开始小心翼翼挖掘、寻找泥土底下的茯苓。泥土下的茯苓比浮在土上的沉得多，我们曾经挖过最重的一个茯苓有十二斤。茯苓的样子像番薯，只是表皮颜色不一样，它里边有一条树根，成熟的根上长着白色粉末的苓菌，没有成熟的，就会流出香气四溢的淡白色浆水。虽然沿着树根也能挖到茯苓，但是父亲一定要把树兜周围每寸泥土都挖遍了才放心。在长着毛竹的树林里，有时会挖到像冬笋样子的茯苓。

虽然残雪满地，但我们脱去棉袄，挖得汗流浃背，头发里冒着热气。年少孱弱的我，挖挖歇歇，常常坐在锄头柄上看父亲挖茯苓，只见他双手不停地上下挥动，紧握的锄头在空中一亮一亮地闪光。中午的时候，我们坐在树林下的岩石上一边说话，一边吃着家里带来的午餐——黄米粿。望着地上躺着的一大堆焦褐色的茯苓，想象着它们卖给收购站后，可以买回带鱼、海带、红糖等年货，我们心里都有说不出的激动和兴奋。记得有一次大年三十在山里挖茯苓，当我和父亲背着茯苓回家的时候，下午金黄色的阳光斜照在古老斑驳的泥墙上，系着拦腰布的母亲从家里走出来，见了我们笑哈哈地说：这两个傻瓜，挖茯苓把三十日夜都忘记了。

继续往前走，远远望去，有的山峰已在脚底下。这里有连片的杜鹃林，有十几株一蓬的香桂，有比碗口还粗的乌稔树，还有许许多多说不出名字的花草树木。在这连绵起伏的大山的环抱里，太阳光透过参天大树茂密的枝叶，把影子投射在神秘幽静的树林深处。树林里到处是横七竖八的木柴，有干枯腐烂的树木，有被往年风雪压断的枝条。地面上铺着厚厚一层枯黄的树叶，走在上面，脚底下不时发出簌簌的声响。小时候，光脚踩在软绵绵的地衣上，舒适而温暖。在厚厚的地衣旁，有时会发现成片的黄黄的老鼠脚，在纵横交错的枯枝上，长着大小不一、错落有致的黑蘑菇。它们可都是味道十分鲜美的野生蕈菌！我们一群有说有笑的孩子，举着锋利的柴刀奋力地砍向坚硬的枯枝。在这幽深僻静的树林里，回响着此起彼伏的说话声、叫喊声、柴刀砍树枝的"啪啪"声。我们咬紧牙关挑着沉甸甸的柴担走在回家的山路上。渴了，喝一口清凉的涧水；累了，在树荫下歇会儿。轻风拂过额头，不时撩起我们的黑发，在纯洁的蓝天下，阳光明媚，山谷里传来鸟儿婉转的鸣叫声。

沿着岘背一侧一条堆满积雪的小路往前走，我开始寻找山顶上的玉米寮。小时候，秋天来了，我跟着元春叔公来这里守玉米。元春叔公快七十岁了，身体微胖，下巴留着花白的长胡子，走路的时候脚步有些沉重的样子。我们是邻居，他无子无孙，我那嘴角有颗豆大黑痣、年轻守寡、裹着小脚、凌乱的白发在寒风中瑟瑟发抖的慈祥奶奶常常为他做饭、洗衣，他把我看成亲孙子一样。元春叔公种了很多黄瓜，养了几只兔子，我常去他家拿生黄瓜站在门口的石头路上吃。元春叔公的菜园里有一株大枣树，稻子黄的时候，树上的红枣熟了，他每次摘了红枣烧兔子肉的时候，都忘不了给我留下一只肥嫩的后腿。

三十多年前的农村很贫困，借米过年的事情时常发生，为了打发饥肠辘辘的日子，乡亲们在深山老林里开荒种粮。春末夏初，人们把整片林子砍下来烧成一层草木灰，然后用锄头松地，种上玉米、萝卜、赤豆、粟米等农作物。像自己这样一个十来岁的农家孩子，不仅爬树、砍柴十分内行，也时常活蹦乱跳地随着大人上山干活，自觉不自觉地为父母解除一份忧虑，分担一份艰辛。

因山高林密，常有野猪、猴子来吃玉米，村里人轮流着夜里去守玉米。我和元春叔公带了饭盒、米、菜干和烧水用具，踩着簌簌作响的枯叶来到玉米寮。这玉米寮的四周全是用碗口粗的原木搭建而成，非常扎实，十分安全。我们坐在寮外的石头上，一边望着四周的山色渐渐晦暗下去，一边吃着菜干番薯饭和煨得焦黄的新鲜玉米。小时候的我非常担心深夜有野兽抓破屋顶盖着的茅草闯进寮里咬人，所以，当躺在堆着柴草的木板上准备睡觉时，听着身旁元春叔公呼噜呼噜的鼾声和火堆余烬里发出的噼啪声，还有山顶上呜呜咽咽的松涛和遥远山脚下传来的涧水声、竹卡子声，我总要辗转反侧很久，才不知不觉地沉沉睡去。

可是，我今天看到了什么呢？天空依然澄澈明净，群山还是连绵起伏，而原来搭建在山中平地上的玉米寮早已灰飞烟灭，我们曾经烧火蒸饭的地方只有萋萋荒草在寒风中瑟瑟作响。孤独空虚、漫漫长夜、永不实现的希望，最后是无法抗拒的冰冷死亡，元春叔公离开人世快三十年了。人生与光阴都是不可捉摸的残梦，记忆与神往都是无形无迹的一缕青烟。

黄昏，我一个人从山上走下来。暮色笼罩的村子静悄悄的，人家屋顶炊烟袅袅，有人吃过晚饭从家里来到了公路上。关年哥哥还在等我吃饭，他和我父亲在路口上已经站了很长时间。我和大家举起碗里温热醇厚的糯米酒，一大口下去，喉咙里痒索索的，顿时，一股温暖流遍了全身。这时，父亲说，再过几天舅舅他们要来为他过七十岁生日。我想，父亲一人在家，这可真是苦了他。

正月初六早上五点，父亲在家门口送我们上车回城。此时，天空黑沉沉的，蒙蒙细雨沾湿了我冰冷的脸颊……

里尔克的世界

　　晨雾缭绕，空气寒冷，阳光吝啬地躲在云层里迟迟不愿出来。在灰蒙蒙的天空下，小城高楼林立，纷乱喧嚣的街口上车来人往，面孔熟悉而陌生。梧桐光秃秃的枝干上看不到一片叶子，各种交易正在街道两旁的商店里热闹地进行。在一个个逼仄的生存空间，在头顶被各种建筑物所分割的一块块变形的天空下，人们步履匆匆地穿梭在衣食住行的世界里，开始了新一年的劳碌奔波。

　　褚局长已经调走了。今天，新年上班后局里召开第一次全体职工大会。主席台上新上任的徐局长，口若悬河，情绪激昂，神采飞扬。他不仅对当今国内外形势和各种社会现象做了比较，还分析了人事劳动局的现状和存在的问题，提出了挑战与机遇并存，困难与希望同在的发展思路。他批评有人自作聪明，不讲良心，把个人利益和荣誉看得过重，人前讲人话，人后讲鬼话。他又说，有的人被片面的看法所排挤，受到不公正的压制，挫伤了工作积极性。听了这些话，我心里觉得特别舒服，好像是故意说给自己听一样。最后，当徐局长讲到单位福利的时候，他说，在新的一年里，一定要想方设法提高职工的待遇。大家听了都情不自禁地拍起手来。

　　星移斗转，冬去春来，日子在忙忙碌碌中滑过去，生命在不知不觉里悄然流逝。虽然还是在四楼档案室里做着无人在意的档案工作，虽然感到与周围环境格格不入的寂寞和孤独，但是我依然没有失去自信，照样感受着生活的幸福与美丽。在这里，我不仅有充裕的自由时间，还在思接千载、视通万里的书籍中寻找到了精神寄托。

去年冬天，我从建行松阳支行的书友小黄那里，借了奥地利诗人马利亚·里尔克的《给一个青年诗人的十封信》。读过这本蕴含着深邃思想与深刻哲理，甚至有的内容还很晦涩的书，自己深受启发，只苦于小城里买不到它。于是，我决定把它抄下来。白天上班或者夜晚无事的时候，我就坐在阒无人声的档案室或办公室里断断续续地抄写《给一个青年诗人的十封信》，现已抄写了三分之二。

一个初春的夜晚，冰冷的雨水哗哗地敲打着窗棂，溅湿了大地，也溅湿了人的灵魂。台灯柔和的亮光泻在清冷寂寞的书页上，显得有些幽深难测与苍白乏力。寒气颇浓的夜风，透过残缺不全的窗玻璃，把桌面上的书页吹得簌簌作响。街市的喧哗和着办公楼对面歌舞厅周冰倩的《真的好想你》那如泣如诉、如怨如慕的乐曲，穿过夜的层层雨幕飘荡在我耳际，残酷地向心头袭来。这时，我突然接到小草打来的电话：人们玩都来不及，你还读什么书呀！小草随和温软的声音从话筒那头隐隐传来，很远又很近，缥缈又亲切。一阵心慌意乱后，我搁下手中的书本，点上一支烟，思绪随着袅袅青烟，悠然飘向黑沉沉的夜空……

回乡下过年之前，小草告诉我，他今年准备过一个平平静静的读书年，这次是铁了心的。为此，他还特意从丽水新华书店捧回了几本"世界当代文学丛书"。可是，当我们过了年再一次见面谈及读书的事情时，他叹了一口气，还无奈地摇摇头说：太忙了，一个春节连个短篇都没读完呢！

也许我们真的太忙了。形形色色、光怪陆离的喧嚣正在一步步毫不留情地击碎读书人的梦想。贫者日夜为衣食所累，富者又怀不足之心。在日常生活中，我们耳闻目睹的，更多的是想做官而不成者，欲发财而不富者。那种以充实心灵、升华精神、提高生命质量为目的的阅读,已渐渐失去它恬淡、宁静的氛围。面对如此变化多端又充满诱惑的现实世界,我们是否真的有足够的勇气来保持一颗纯洁、明朗的心灵?

我们无缘无故在世上走,人与人之间,就像大自然找不到完全相同的两片树叶。尽管在同一座森林里,枝叶交错纠缠,树根却各自吸取泥土的水分和养料。因生活环境、社会阅历、接受教育、努力程度、文化背景,乃至个人意志和心灵敏感与迟缓的各不相同,决定了人们内心世界千丝万缕的联系和千差万别的各不相干,就像生老病死的感觉,又有谁可以替代呢?何况为世俗所累,价值取向千差万别,是非善恶因人而异,寂寞、孤独、茫然、失落、无助,就像寒冷的空气无情地包围着彼此独立的人们,压迫着孤立无援的我们。

这时,我听到里尔克——一个对人类充满温暖与关爱、同情与坚信的声音,它从世界某个遥远的角落里传来:"亲爱的先生,所以你要爱你的寂寞,担负着它悠扬的怨诉引来的痛苦,你说,你身边的都同你疏远了,其实这就是周围扩大的开始。你要为你的成长欢喜……""没有人给你出主意,没有人帮助你,只有一个唯一的办法,请你走向内心。""到处都是一样,但是这并不足使我们恐惧悲哀;如果你在人我之间没有谐和,你就试着与物接近,它们不会遗弃你;还有风——吹过树林,掠过田野的风;在物中间和动物那里,一切都充满你可分担的事;还有儿童……""愿你有充分的忍耐去担当,有充分单纯的心去信仰;你将会越来越信任艰难的事物和你在众人中间感到的寂寞。""那么你就接受这个命运,承担起它的重负和伟大,不要关心从外边来的报酬。"

青年诗人卡卜斯在他的收信人引言中说:一个伟大的人、旷百世而一遇的人说话的地方，小人物必须沉默。有人说，里尔克是这个世界最后的行人，最后的房屋，最后的风景，他的爱与寂寞的世界，以及对人类的追寻与关怀，我们这些世俗的人遥不可及。然而，正是这个疑惧而恐慌地行走在这孤独世界上的人，他关爱人类，关爱人的内心成长的声音，仿佛黑暗里的缕缕阳光，给世界带来了光亮与温暖，希望与慰藉。作为一个平凡的人，我一样感受到了那种来自内心深处的力量。

初春的一个下午，书友小黄来办公室，我送他一本刚从丽水买回来的《顾准日记》。我们谈读书、写作，谈如何改变知识结构突破自己。正当我们兴奋地谈论着中国台湾小说家白先勇先生的时候，办公室主任小邹走进来，他让我明天去县公开办上班。

哈立的生活

一九九八年春天，我又来到机关大院里上班。这一次不是工作调动，而是按照省、市的统一部署，县里设立了一个非常设机构——松阳县推行政务公开办公室，人员由人事劳动、工商、物价、审计、农业等部门临时抽调组成。办公室设在县政府三楼，也是我原来上班的地方。离开一年多，原来用红漆写在窗玻璃上的人事局办公室几个字还没有抹去，可物是人非，看到的大多已是陌生的脸孔。

办公室与县委报道组面对面，报道组的老徐是我同乡，他比我早参加工作，一直在机关里写着各种各样的通讯报道，是个见过世面的人。这一次，他不仅要处理日常事务，还全权负责县里推行政务公开的报道工作。我的主要任务是编发简报，向全县通报各机关单位推行政务公开工作的具体做法和动态情况。因为有各单位提供信息材料，所以编发简报不需要太多的时间和精力。无事可做的时候，我依然安静地坐在办公室里继续抄写里尔克的《给一个青年诗人的十封信》。

一天下午，老徐来办公室了解全县推行政务公开工作情况，准备写报道了。我把几份简报交给老徐，并简要介绍了目前的工作情况。我问老徐，全县推行政务公开办公室为何只有我一个人，而其他单位的抽调人员怎么还不到位呢！老徐微笑着说，这种办公室有一个人就足够了，那么多人来干什么呢？这时，老徐看见了我桌上抄写的书和笔记本，就随手拿过去看起来。过了一会儿，老徐说，里尔克的世界离我们的现实社会太遥远，我们无法进入他那个伟大、深远的世界。如果有兴趣，不如去读黑塞的书，他那本获诺贝尔文学奖，曾被托马斯·曼誉为德国的《尤利西斯》的书——《荒原狼》，对我们这些世俗生活的人或许更有意义。为此，我去老徐办公室拿"即使在幸福之中，我在这个世上也只能当过客，永远不能当市民"的黑塞的《荒原狼》，迫不及待地翻阅起来。

"荒原狼"的名字叫哈立，是个"上过大学，演奏过音乐，读过书，写过书，旅行过"的知识者。他沉默温柔，野性胆怯，内心却充满矛盾。在普通人看来，这是日常生活里平淡无奇的一天，是一个既没有喜悦也没有痛苦，既不是真正的苦恼也不是绝望的日子。可他接受不了这种平静的日子，不仅怀疑人生，还"把人生是否还有意义这个问题作为个人的痛苦和劫数加以体验"，内心却时时燃烧着对强烈感情的渴望。为此，这个享受着舒适的中产阶级生活的人，脱离现实的正常轨道，生活边缘化，找不到生存的价值，成了一匹与世界、与人类、与时代都格格不入的孤独的"荒原狼"。

一天夜晚，内心不安的哈立，应邀去一位教授家里看现代画家描绘的歌德画像。在温暖、明亮的客厅里，哈立忍受着掩盖在温文尔雅谎话下的恶心，却无法忍受画像上歌德自负高贵、缠绵伤感的模样。这个在城郊道路上东奔西跑的孤独者，似乎更愿意陶醉于小酒店里一名妓女的温情之中，听从她的训导。她充满柔情地对哈立说："你总是干那些很难、很复杂的事情，而简单的东西你却根本没有学？没有时间？……可你现在装出好像已充分体验过生活的样子，但却什么也没有得到。"她教他跳狐步舞、欣赏爵士乐、游玩、微笑，实实在在享受物质生活的乐趣，重新定义生活的含义："生活并不是充满着英雄角色和英雄业绩的史诗，而是一间中产阶级出世的客厅。在里面吃吃喝喝，饮饮咖啡，织织袜子，打打牌，听听音乐就完全满足了。"生活肯定是对的。信仰里没有空气，崇高与命运无补；这个简单、舒适、根本无须有所作为的时代，不需要英雄事迹、美好的理想、伟大的诗人，那是歌德和莫扎特他们的事情。

在梦里，哈立指责一生跨越两个世纪的文化伟人歌德不诚实，明知生命永远在虚无缥缈和捉摸不定的状态中飘荡，却自欺欺人地宣扬世界的乐观与信仰、积极与努力、精神与意义。歌德狡黠地微笑着说："对待那些去世的老人不必太认真……认真来源于把时间的价值看得太高。在永恒中是没有时间的，永恒就是一瞬间，是刚刚足够开个玩笑的一瞬间。"最后，哈立在白发苍苍的歌德的大笑中醒来，觉得自己让有限的生命沉溺在无限的终极追问中，是不是真的有些可笑呢？

让人无法相信的，是哈立在魔术剧场见到了自己敬仰的艺术家莫扎特，而莫扎特居然请他听收音机的音乐——"那被歪曲的、没有灵魂的、含有毒素的音乐"。不安的哈立问莫扎特，为什么要把这些乌七八糟的东西强加给自己。莫扎特用那冷酷，甚至能摧毁一切的笑声教训他：被世俗化的音乐，充满金钱气息的音乐，可终究还是被人接受的音乐。"谁要是不要忍耐而要音乐，不要消遣而要喜悦，不要金钱而要灵魂，不要忙碌而要真正的工作，不要玩笑而要真正的热情，那么这个漂亮的世界就不是他的安身之处……""像您这一类人，根本没有权利去批评收音机或者批评生活"，而是要从英雄主义的冲动中回到真实的世俗生活里来。人，脱离不了环境，超越不了时代，只有立足于人气沛然的现实生活，从实际出发来探索人生，在日常生活中体验崇高，而不是在书本里，更不是在理念的精神生活里。

有人说《荒原狼》表现的是一个现代知识分子的寓言故事：这

些人习惯于精神层面的生活，却无视乃至逃避真实的现实生活，有知识却没有见识，有思想却不愿担当，还把人类的疾病当作自己的疾病，将人类的不幸当成个人的不幸，结果导致既不能改变现实，又葬送了自己，成了一只孤独徘徊、无所适从的荒原狼！

过了一些日子，老徐又来办公室了解全县推行政务公开工作情况，准备再次报道前阶段工作所取得的成效。我对他上次发表在报纸上的关于推行政务公开工作几点做法的真实性提出了疑问。又说起读《荒原狼》的一些感受，老徐哼了一声，若无其事地说：难道我们不是荒原狼吗？说不定连一只荒原狼都不如呢！不要太认真了！最后，老徐告诉我，下星期市领导要来县里视察推行政务公开工作了。

一份汇报材料

　　春雨绵绵，窗外高大挺拔的水杉，年年新绿，岁岁春色。在蒙蒙细雨中，透过水杉疏疏朗朗、绿意葱茏的枝叶，近处是一马平川的绿色田野，远处是灰沉沉天空下烟雨迷离、绵延起伏的群山。一九九八年四月二十一日下午，在县政府三楼会议室，我准备好向市领导汇报的文字材料，又让人把开水烧起来，一切安排妥当后，凭窗闲望。此时此刻，我的心情像这雨季里阴冷、潮湿的天空一样，茫然若失，百无聊赖，深感人生的孤寂与无依。

　　昨天上午，西屏信用社叶主任打来电话，告诉我我的一万元贷款要到期了。我骑自行车冒雨赶到松阳辰业有限公司，赖厂长正愁眉苦脸地和一个外地客商坐在办公室里，他看见我走进去，只是似笑非笑地抬了抬头。一九九七年底，因赖厂长的要求，自己答应三十二万元借款的归还日期推迟到一九九八年底，但约定要按季结息。可结息时间早过了，我一次次打电话，厂里也不知去了多少次，赖厂长总是今天推明天，明天推后天，始终没有钱。我想趁西屏信用社还款之机，问他拿钱应是顺理成章的事，甚至说好贷款周转后马上把钱还他。但是一次次心情沮丧地来回奔跑，我都拿不到一分钱。

　　已经不知说过多少次，当我再一次提起西屏信用社还款的事情时，赖厂长只是"嗯、嗯、嗯"地答非所问着。赖厂长如此不耐烦，而身旁又坐着客商，我有些尴尬地来到车间里。在这里，上海的肖师傅和徒弟小仇正闷闷不乐地说着什么。肖师傅看见我走进来，马上点头打招呼。我站在他们身旁，听不懂他们说的话，只好走到外面的走廊上。抽了几支烟，我又一次来到赖厂长的办公室。这时，那位客商已经离开了，只有赖厂长的儿子和他女朋友在这里说话。赖厂长儿子在杭州读通过自考拿文凭的学校，在家里自学也一样，何况余下的两门课程一时不用考试，所以他暂时在厂里替父母做些事务。我有一言无一言地搭讪着，心里有些难受，想走出来。赖厂长走进来了，但他儿子的女朋友坐在边上，所以关于钱的事情我又缄默了。我站了起来，赖厂长说，再坐几下哇！他想站起来送客的样子却没有站起来。想到办公室还有事情，我只好闷闷不乐地走了。

原来说好由县委报道组老徐来写向市领导汇报推行政务公开工作的材料，因为他熟门熟路，写各种材料驾轻就熟。但是，这些日子阴雨连绵，县域内有的地方河水暴涨，冲毁了房屋，倒塌了桥梁，淹没了农田，老徐天天跟着县电视台的人去各乡镇采访，这份汇报材料只好让我来写了。虽然自己曾经写过一些发言稿，但是从没有写过向市领导汇报的材料，更没有见过这种汇报会的场面，所以心里有些紧张，感觉到了压力。为此，我只好拿出省、市推行政务公开工作简报，结合县里前阶段的工作实际，归纳出如下几点：一是加强领导，高度重视；二是统一思想、认识到位；三是机构健全、人员到位；四是以点带面、落实到位。今后的努力方向：一是建立健全长效机制；二是找准突出问题；三是加强宣传工作。

昨天下午，我把汇报材料拿给县委办的赖副主任审稿，他读过后还笑笑说，写得很不错！汇报材料通过后，我迫不及待地给赖厂长打电话，接电话的是肖师傅，他告诉我赖厂长不在。这些日子，赖厂长已经不用手机而改用传呼机了，用他自己的话说就是开始过节俭的日子。去年一整年，他的电话费每月平均达四千多元。于是，我又打传呼给赖厂长，可打了几次都没有他的回音。我心神不定地撑着雨伞骑自行车来到厂里找赖厂长，可是一直等到厂里下班，天色暗下来了也没有见到赖厂长。

回到家里，我看见大舅子和他的儿子在这里，房间里声音嘈杂，一片凌乱。妻子看到早上出去晚上才回来的我，翘着嘴巴很不高兴的样子，我只好来到楼下的厨房里。这些日子，连绵不断的春雨不停地下着，街巷两旁长满青苔的墙脚都湿上去一大截，走在湿漉漉的大街上，觉得穿在身上的衣服都有一股湿气。厨房地面没有一丝儿干燥，放菜板的桌子上长出了一层灰绿色的霉菌，我天天擦洗，它天天疯长。坐在饭桌旁点上一支烟，我感到一阵阵地烦躁与不安。

晚上，我又来到办公室给赖厂长家里打电话，打了三次都没人接。过了一段时间再打电话的时候，赖厂长的妻子小李总算来接电话了。我让赖厂长接电话，小李却说，赖厂长刚出去没有回来，这几天他都忙着为儿子女朋友找工作的事。小李还说，老庄想打电话给我，只是不知道什么事情。我说起西屏信用社还款的事情，小李说，这个事情要问赖厂长，她不知道的。

今天上午，我心怀不安地给西屏信用社的叶主任打电话，问他贷款还了是否可以再借。叶主任十分友好地说：没关系的，只要把贷款还进去，过一两天来就行了。这是我根本没有想到的事情，因为在以往的贷款过程中，遇到的人都不会这么干脆、爽快、热情。我一阵激动，暗暗庆幸世上还有这样的人，可遗憾的是赖厂长的钱怎么这么难拿呢？

下午三点，市领导来了。他们在县领导的陪同下，去工商行政管理局、物价局视察了推行政务公开的工作情况。他们看宣传栏，看贴在墙上的工作制度和工作人员照片。我们回到会议室，今天随同市领导视察的秘书，是我读师范时的校友，他对我说，时间很紧，过一会儿他们还要去遂昌，让我把汇报材料给他就行了。在会议室里，市领导把我的汇报材料读了一遍，还表扬我们推行政务公开工作做得好呢！此时此刻，我发现原来自己的担心是多余的。

有朋自远方来

灰蒙蒙的天空，远处传来一阵阵隐隐约约的雷声，绵密的雨丝不停地落着，绿意葱葱的街树发出淅淅沥沥的声响。风，凉丝丝的，雨雾弥漫的空气里仍带着几分寒意。晶莹透亮的雨珠从摇摇晃晃的枝头一串串地滴下来，溅湿了大地，溅湿了行人。

四月二十三日早上，我去西屏信用社把贷款如期还进去。在家乡过年的时候，我从村上关堂、周清家里又借了一万六千元。因为在自己看来，虽然赖厂长说年后县财政会借钱给他，也约定我的借款按季结息，可鉴于以往的教训，我还是备了一些钱以防不时之需。按照原来的想法，我把借款归还日期已推迟到一九九八年底，那么按季结息应该是没问题的。可谁能料到事情还是出现了这样的局面呢？我是一个守信用的人，在无法可想的情况下，只有把贷款按时还进去再说了。在二楼叶主任办公室门口，我遇见了常常一起打篮球的信贷员小吕。他问我贷款做什么，我就说了给赖厂长借款的事情。小吕说，赖叶土这个人很赖皮，钱借去就不还的，要小心一点哦！这样的话，已经有人对我说过很多次，讨钱的滋味也尝到了。虽然我觉得赖厂长以后会渐渐好起来，但是疑惑的确不曾一日去怀。

昨天下午汇报会后，我又去厂里了。暗沉沉的天空，大雨不停地下着，屋檐上的积水哗哗地落下来，水珠四溅。因为外出借钱的赖厂长没有回来，我来到漂白猪鬃的车间里。这里地面上掉着一撮撮猪毛，十几个依墙而立、口径达两米多的大缸，里面装满了浸泡在化学药水里的猪毛，空气中飘着一股刺鼻的味道。我站在冲洗猪毛的水池边上，豆大的雨点从破旧的屋顶一滴滴漏下来，吧嗒吧嗒落在水泥地上。走到隔壁的扎鬃车间，只见七八个工人低着头，一声不响地忙着手里的活计。因为工资发放不及时，来上班的人已越来越少。看着这么几个人干活，不论赖厂长平时常说一个月十几万元产值是不是真的，就这冷冷清清的场面也足以让人感到忧虑与不安了。

我忧心忡忡地走到烘猪鬃的火房里。这时，已经六十多岁、身上系着拦腰布的火宝，正在把潮湿的木柴塞进镬穹里。他看见我站在门旁，用粗糙的手指擤了擤抹着炭灰的黑鼻子说，这么湿的柴叫我怎么烧哇！地上湿漉漉的，一溜儿踩着炭灰的黑色印迹从门口一直伸到烧水的锅灶旁，这是烧火人不停地来回提水、取柴留下的痕迹。屋顶被烟火熏得漆黑漆黑的石棉瓦上，露着一个个细孔，白亮亮的光线漏进来，仿佛许多忧伤的眼睛在闪闪发光。

已经五点多了，身着西装的赖厂长抽着烟从厂门口走进来。我迫不及待地问钱的事情。赖厂长说，下午走了许多地方都没有碰到要找的人，本来有人说好今天借钱给他的，这个人却去温州进货了，要过三四天再回来，真的不好意思了！他让我先去别的地方借钱把西屏信用社的贷款还了。还说，如果实在还不了，就干脆过段时间再说了，大不了一万元钱不借了。在灰暗的天空下，我冒着蒙蒙细雨，惆怅满腹地离开了厂里。

今天下午，我来到县政协小草的办公室。原来，县委宣传部要在县委党校举办松阳县改革开放二十周年图片展，陈副部长让县委报道组的老徐叫我们帮忙撰写宣传图片的文字说明。在小草办公室，我们三个人就撰写的文字内容进行了分工，老徐还交代了文字内容的要求及完成时间。可是，几个月后，我把七拼八凑写出来的介绍宣传图片的文字交给小草，当宣传部在县委党校如期地举办改革开放二十周年图片展的时候，自己却早已被下派至斋坛乡花田垄村当指导员去了。

从县政协刚回到办公室，就业处的老庄打来电话，让我去他办公室为赖厂长借款做担保人。来到人事劳动局二楼的时候，手指上燃着香烟的赖厂长早已等候在楼梯口上。他看见我就笑着说：这个无好死的老庄名堂经特别多，以前都不用担保人的。我说，如果把钱借出来，我的利息应该付了吧！赖厂长却说，今天只是周转，拿不到钱的。我本来想拒绝，但考虑到可以减轻赖厂长的负担，只有厂里一天天好起来，才能快点把钱取回来，何况只是二万元。这样想着的时候，我像一个夜半站在悬崖上的盲人，飞快地签下了自己的名字。

晚上，青田的文友梅王平带着几个人来松阳，我和小草陪他们在县政府门口的小店里吃饭。一边喝酒一边聊天，我们谈为什么读书，谈唐诗宋词，谈沃尔科特的另一生，谈在"邮票般大小的"地方写作了一辈子的福克纳，还谈到文学的世界性和真正的文学是没有国界的。梅王平的读书、为人都给我留下了难忘的记忆。他说，文学要厚重起来，就应该去思考丽水这一方水土的特点是什么。这时，我想到了赖厂长，这些跌爬打滚在社会生活最前沿的人代表着什么呢？梅王平说，无论读什么书，只要沿着一个方向坚持不懈地努力，就一定会有所收获。他还夸奖我，这样沉下去读书是很好的。大家离开烟雾弥漫的小店时，已经深夜十一点多了。

春去夏来，在炎热的阳光下，窗外枝茂叶繁的水杉里传来阵阵聒噪的蝉鸣声。远处那不在乎有没有人理会的小草，沿着墙根一带蓬勃着翁翁郁郁的生命。这些日子，有人说工作太辛苦，应该出去走走了。五月五日，县领导带着县推行政务公开办公室的人员去永康、义乌学习工作经验。我们带队的是县委副书记和县纪委书记，坐的是空调车。老徐想着图片展览的事，便让小草也跟着一起去。因为长时间没有出差，所以有些新鲜感，可我会晕车，坐在不透气的空调车上更是天昏地暗。来到了永康县城（现永康市），四肢乏力、两眼发黑的我走在大街上，觉得街景都有些模糊起来。

来到义乌市已经是下午四点多。我感到十分劳累，刚想在宾馆里躺一会儿，可义乌市纪委打电话来，让我们马上过去。在会议室里，市纪委的领导说，因为市里这几天开会，时间很紧迫，只好匆忙一点了。

永远的套中人

太阳光越来越热，透过窗前高大挺拔的水杉在风中摇摇摆摆的枝叶，远处是蓝天下隐隐约约的田野和松阴溪滔滔不绝的流水。风，掠过树丛的罅隙吹来炎热的气息，在绿树掩映的办公室里静静流淌的空气，微微透着凉意。日子悄无声息地一个接着一个，在湛蓝高远的天空中，在窗外的旷野和绵延起伏的群山中，都没有留下一丝痕迹。想到稍纵即逝的美丽年华,想到无所事事的自己，还有归还之日遥遥无期的几十万元欠款，我内心不时掠过丝丝的忧伤与恐惧。

这些日子，我一次次给赖厂长打电话，又一次次去他公司、家里讨债。已经半年过去，前后才拿到五千元。实在经不起这种漫漫长夜等天明的折磨，我只好把自己存折上的钱都取出来付利息，因为不够，又去靖居大姨夫家里借了一万元。大姨夫在钼矿上班，阴间挣钱阳间用,在黑暗的地底下爬进爬出,挣的都是血汗钱啊！为此，在六月份结账的时候，赖厂长已欠我三十六万三千元。

因为钱的事情可以暂时缓一缓，为宣传部改革开放二十周年图片展的介绍文字也写得差不多了。每天傍晚下班后，我就去打篮球，然后汗流涔涔地跃入碧波荡漾的松阴溪，躺在温暖柔静的水面上仰望落日余晖，尽情享受一份苍天碧水、宠辱皆忘的宁静。夜晚的时候，小草常常来电话约我，我们坐在街头的大排档里，几个小菜，一扎啤酒，一边"但目送、芳尘去"，一边说着"凌波不过横塘路，锦瑟年华谁与度"的话题。梦醒时分，灯火阑珊，我们在凉风之下悄然离去。

白天，我静静地坐在办公室里读书。或许是觉得大片时光荒废了可惜，或许是无所事事内心空虚，或许是专门读一种文学有些枯燥。近来，我发现一些国外翻译过来的作品，不仅思想深刻，读起来舒畅，而且语言叙述别有一番味道。以往阅读的中国古典文学，给人更多的感受是人生的无奈与忧伤，缺乏深入的思考与分析。中国三四十年代的散文，文字固然浅易了许多，可这种根深蒂固的思想还是差不多，所以我一直在寻找更适合自己阅读的书籍。这些日子，我在阅读去年冬天从县法院小郑处借来的苏联现代作家康·巴乌斯托夫斯基的《金蔷薇》。

昨天，是一个阳光灿烂的日子，小草约我去钓鱼。我们离开尘埃弥漫、人流不息的街市，来到一个白云飘浮、轻风吹拂、水清如镜的山中水库抛丝垂钓。长年累月生活在大街小巷里的我们，渐渐失去生命的活力，漠然的心绪差不多已忘记春夏秋冬的更迭。偷得浮生半日闲，做回自由自在的人，在青山绿水中，我感到呼吸舒畅多了。

水波荡漾，鱼儿翻腾，我们悠闲地坐在树荫下，心与寂静的山水融为一体，多少纷乱浮器的意绪，多少忙迫劳形的人事，都从心头远去。小草告诉我，他这些日子正在读世界短篇小说经典，感触颇深的是契诃夫的《套中人》，如果我读读它，或许会有意想不到的收获。禁不住小草的劝告，今天，我从家里带来了契诃夫的小说选，翻到《套中人》仔细地读起来……

在以往的课本里，我们的教科书只选取小说里中学教员布尔金讲的关于别里科夫的故事，删去了作为现在进行时的三个主要人物：

村长的女人玛英拉、中学教员布尔金、兽医伊凡内奇。事实上，他们才是现实生活的见证人和对社会时代、人生环境有着切身感受的小说主人公。玛英拉，这妇人身体不错，人也不蠢，可她一辈子从未走出过村子。她没有见过城市、铁路，十余年来，整天守着炉台坐着，只有深夜时刻，才一个人孤单地在村口走走。小说以她开头，也以她结束，午夜时分，我们仍可以听见她在月光下沉寂冷清的脚步声。一个为世俗所累，内心充满哀怨，甚至有些深不可测的女人的脚步声，让人感到一种生活在坟墓里的寂静与叹息。

布尔金，一个体面、有头脑的人，深受谢德林、屠格涅夫思想熏陶的知识者，却不敢说真话，只说假话，赔笑脸。"这都是因为要混口饭吃，有个容身之处……"伊凡内奇出来打猎，呼吸新鲜空气，用他的话说："我们住在城里，又闷又挤，写没用的公文，打纸牌消遣——这岂不是套子吗？我们在游手好闲的懒汉、搬弄是非的讼棍、无所事事的蠢婆娘当中消磨自己的一生，听着各种各样的废话——这岂不是套子吗？"听了布尔金关于别里科夫的故事后，他按捺不住地说："不成，不能再这样生活下去了。"在黑暗的夜色中，听着玛英拉的沉沉脚步声，他怎么也无法入睡，翻身、叹气，他又来到屋外，坐在门边抽烟。在"一种既没有被文明查禁，也没有得到完全批准的生活"里，他们为获得一种名声，一口饭，一个容身之所，无可奈何地奔波着，挣扎着，都是没有自我、缺乏内在独立和完整、心怀恐惧地活在世上的套中人！

我们的世界何曾不是这样呢？春花般灿烂的笑脸，澄澈如秋水的双眸，还有明朗纯洁的心灵，在岁月的打磨与世俗目标的指引下，天真灿烂的笑脸不见了，清澈明亮的双眸模糊了，纯洁美好的心灵漠然了。在不知不觉中，我们接受了一种似是而非的思想和生活方式，开始安于空浮、马虎、四平八稳、得过且过、自我欺骗、折中妥协、封闭心灵，没有自我、没有主张、没有远方的风景，激越的血肉情感被禁锢在一种僵化、呆板、庸俗不堪的人际关系的锁链上。一天天，我们走向逼仄的办公室，开始已经轮回了千万次的又一个新的旧程序。几根无力的水草扎根在盛水的玻璃缸里，一丛嫩绿显示着脆弱的希望。如此经年，美丽的容颜和花一样的生命一般，渐渐消逝。

　　哪里是我们的家园？哪里去寻找自我？哪里去觅得灵魂的宁静？我们像一个忧伤的孩子，在梦里家园的山水风景里，在大自然的青山绿水间寻找一丝慰藉；听风声过耳，看月出星辰，把心寄托在千古不变的明月清风里，游离于虚幻与现实之间，内心却时时不得安宁。因此，我们成了随波逐流、没有寄托、没有灵魂的浮游动物。正如小草说的那样，契诃夫的《套中人》问世已有一个世纪了，想不到我们也是一个套中人啊！

下派做指导员

仁立窗前，举目眺望。刚记得春水盈塘，绿柳飘丝，试问闲愁都几许？一川烟草，满城风絮，梅子黄时雨。转眼之间，办公楼前池塘里的荷花已经盛开。在炎热的阳光下，碧绿的叶片，粉红的花朵，田田荷叶舞清风，几茎红花笑酷暑。不知不觉，又是莲花池畔暑风凉的盛夏季节。

六月中旬的一天下午，我在办公室里把县工商局推行政务公开的先进材料整理好，准备出一期专刊简报。下班之前，正当自己准备送材料给赖副主任审稿的时候，局办公室主任小邹打电话来了，他让我明天下午参加在县委党校小会议室召开的全县下派农村指导员工作会议。我说，这会议和我有什么关系？明天还得编发推行政务公开工作的简报呢！可小邹说，局里已经决定让你下派去斋坛乡花田垄村当指导员了。原来是这样，怎么事先不说一声呢？小邹说，因为时间匆促事先没有通知你，今天晚上，我们在局办公楼对面的新华酒楼给你饯行，有些事情慢慢聊吧！

我有些心怀不安地来到新华酒楼二楼朝南的一间小包厢里。今天吃饭的人，只有我和局办公室的小邹、小詹三个人。这时，小邹问我是否有要好的朋友，可以叫几个过来。想了想，在小城里经常一起说话走路的只有小草。于是，我就打传呼号把小草叫来了。我们四个人围坐在一张巴掌大小的圆桌旁，小邹对我说，下派做指导员的事是因为组织部报名时间太紧了，所以来不及告诉我；这次下派时间一年，不是工作调动，工资福利不变，人事关系不变，放心去就是了；组织关系要转到乡里，可是一个入党的好机会啊！

我不是嗜酒的人，我们也没有共同的话题，大家沉默着喝了几瓶啤酒，就匆匆吃完饭站起来回家了。我默默地和小草走在空旷的新华路上，心想，这些人如此不尊重别人，自己回家怎么对妻子说这件事情呢？小草却认为，这种下派没有什么大不了的，只要跟村里的书记、主任关系搞好了，去不去都一个样。他还幽默地笑着说，现在农村生活好了，只怕革命老酒天天醉哦！

回到家里，我把下派斋坛乡花田垄村当指导员的事情告诉了妻子，妻子有些不高兴，她说，你单位那么多人，为什么别人不去而偏要你去呢！还不是欺负老实人吗？我又把下派后的工资福利、人事关系等情况说了。妻子说，这是已经定下来的事情，你觉得可以就行了。妻子是一个通情达理的人。二〇〇四年春天，我又一次被下派到离家一百多里，还得翻山越岭二个多小时的玉岩镇何山头村做指导员。当时，我们的日子过得还很艰难，为摆脱困境，家里寄宿着五个父母远在他方经商的不懂事孩子。妻子知道后，只是说了几句埋怨人心不古、社会不公的气话而已。哪里像当时一起下派的有些人，因丈夫下派山区做指导员，就哭丧着脸去县委组织部闹腾，甚至有人说，如果丈夫下派当指导员，马上就去办离婚手续！

第二天上午，我来到县推行政务公开办公室，把一些事情做了处理和交代后告辞了。下午，来到党校小会议室的时候，这里已经坐满了来自各单位参加下派农村指导员工作会议的人。我在窗户旁的一个位置上坐下来，这时，窗外烈日炎炎，芭蕉青青，我看见那些坐在身旁与自己一同下派的人，有的是刚刚参加工作的小伙子，有的是两鬓斑白快退休的人。看着他们，想着自己，心里还真有一种说不出的滋味。

过了一会儿，主席台上的县委领导开始说话了：下派做指导员是一件十分光荣的事情，是组织对你们的关心和信任，你们要自觉接受乡镇党委政府的领导，要尽快进入角色，用最短的时间熟悉农村工作，在摸清乡情村情的基础上找准工作突破口，要从群众最关心的热点难点焦点问题入手，要与村里搞好关系，要手勤脚勤口勤，要多问多听多学，要树立群众观念，真心实意接触农民、了解农民、尊重农民，要放下架子深入农户，同群众打成一片，建立鱼水之情，要勤政廉政，要干干净净办事清清白白做人……我的思绪飘到修理店里自己那辆破旧的自行车上。中午来开会之前，我把放在宿舍一楼走廊上已经多年不用的加重自行车拉到修理店里。当自己问能不能修理的时候，那修车师傅说，车的骨架还很好，再骑十年都没问题，只是内外轮胎都烂了。于是，我让他下午就把旧轮胎换下来，因为我明天一早要下乡去。

这辆美骑牌的自行车是我一九八五年师范毕业前夕实习的时候买来的。虽然后来又有了新自行车，但我一直舍不得丢弃这辆跟随自己十几年、从县城来到大山深处、又从山区来到城里的自行车。那一年白玉兰盛开的季节，我和恋爱中的女友正在县城中心小学实习。热恋中的女友像一朵含苞待放的玉兰花，在她身旁的空气里，都能感受到美丽青春的气息，只是她对我的爱情却像春天里乍暖还寒的气候，时冷时热。

有一天，我骑着搭着女友的自行车从师范学校门口高低不平的小路上匆匆而过。因为不小心，车轮撞上一颗石子，车子一抖，女友从车上摔下来，腿和脸都擦伤了。于是，我一日三餐为她去食堂打饭买菜、提开水，终于捕捉到了一个充分表现爱情的机会。后来，女友说服父母跟随自己去山区教书，结婚那天，我骑着这辆自行车从自己的学校来到女友的学校里接她回家。当我们驱车二十多公里山区公路回到村里的时候,在朦胧的夜色中,从青田、遂昌来的几个师范同学早已在村外路口上等着我们了。又后来,我们有了儿子,妻子又抱着儿子坐在这辆自行车的后座上,我带着他们在尘土弥漫的公路上来回奔走。今天,我又要骑着这辆伴随自己度过难忘青春岁月的自行车,在松古大地一马平川的田野上奔跑了。

这时,主席台上组织部的一位领导开始说话:你们是优秀的年轻干部,肩负着建设社会主义新农村的重任和带领农民兄弟奔小康的使命,要踏踏实实工作,实实在在做人,在任期内要为农村经济发展和农民致富办实事办好事,在最基层最平凡的岗位上做出不寻常的业绩……

赶花粉

斋坛乡花田垄村地处县城西北方向，松阴溪西岸，是一个有一千多人口的村子。松古盆地自古有"松阳熟、处州足"的美誉，斋坛乡是重点产粮区，花田垄村人均耕地近二亩。这里阡陌纵横，沟渠交错，村的西面群山环绕，平缓的山坡上种植着一排排黑压压的胡柚、脐橙、黑李、翠冠梨，东南方向是一马平川的千顷良田，稻浪滚滚，茶园浮绿，蔬菜飘香。

在这杂交稻制种开花的日子里，我来到花田垄村当指导员。每天早上，我一个人从县城出发，经 50 省道穿乡镇公路，骑车十五里去花田垄村。黄昏，沿着村子南边的田间小路从叶村乡寺岭下村过独山大桥回家。我在村支书老唐家里歇脚，老唐的家住在村子边上，门口竹林郁郁葱葱，一幢新盖的三层水泥洋房，掩映在几株参天古枫的绿叶丛里。

跟着驻村干部小许第一天来到老唐家里的时候，老唐正挑着沉甸甸的谷担、汗流满面地从田畈里走回来。老唐四十多岁，身材矮小，黝黑的脸庞透着坚毅与力量。我们走进老唐家的大门，院子里趴在水泥地上乘凉的狗，见了生人狂吠不已，主人一呵斥，它摇摇尾巴躺下了。几只红鼻黄嘴的鸭子，正伸长脖子吃着木桶里的水葫芦，地上落满了连根带花、残缺不全的叶子。沿着围墙墙根堆放着人一样高的啤酒箱，里边装满空瓶子。水池里养着几尾来回游动的大鲤鱼。老唐一边脱去被汗水浸得湿漉漉的衣服，一边让小许给我泡茶，他自己赤着脚急忙去房间里拿香烟，非常热情地递过来。

我们坐定后，老唐开始打电话。他先是让早上去县城办事的一个村民带些熟食回来，接着又给村里的刘主任、项副主任打电话，叫他们过来吃中饭。因为刘主任家没人接电话，我跟着老唐一起找上门去。走到刘主任的家门口，刘主任正满头大汗地和妻子挑着谷担回来了。刘主任家的新房子只盖了一层，院子围墙外的菜园里，一双双又长又嫩的青皮豇豆，从肥厚深绿的阔叶丛中垂下来，绿色的西红柿挂满枝头。刘主任一脸憨厚，见了我只是友善地笑着，听了老唐的介绍，他坐在凳子上一边轻声细语地说话，一边一支接一支地抽烟。

老唐一家三口，妻子养猪养鸡、做家务，还天天下地割稻子，儿子下学期上初一。在老唐家宽敞的厅堂里，我们围坐在大圆桌旁喝酒说话。他们告诉我，花田垒村民风淳朴，是远近闻名的无赌村，村集体有统管山五千五百亩，都没有承包给农户。近年来，在村两委的带领下，村里不仅通了公路，还把村内的土路筑成水泥马路。因为这里土地肥沃，阳光充沛，仙坑源水库水源充足，非常适合杂交稻制种的培育、生产。一直以来，村里人不仅种植双季稻，还大面积种植、培育制种，以求获得好收成。

我们今天喝的是白老酒。原来老唐是乌溪江水库的移民，一九七八年从遂昌湖山落户花田垒村，家里有酿白老酒的习惯。这白老酒，看上去犹如薄薄的米汤，喝起来却又甜又醇。我第一次喝这种酒，不知道它的酒力，因为禁不住主人们的盛情相劝，喝了满满一大碗。当我谈起来村里做指导员望大家支持的话题时，老唐说，村里的事情不用担心，如果真有什么事情就打电话通知你。我又谈起组织部要求一星期驻村四天的规定，刘主任说，现在田里的事情都忙不过来，如果有人问起来，我们就说你去田里割稻子了。

晴空万里，阳光直射大地，滚滚热浪扑面而来，这是一年中最炎热的季节。当我顶着烈日骑车去乡政府的时候，眼睛都有些睁不开。公路上有人汗流涔涔地挑着沉甸甸的谷担回家去，有人背着卷成圆筒的篾簟慢慢地往村里走。路旁的稻田里，有人戴着草帽，赤裸着脊背，在低头弯腰割稻子，脚踩的打稻机不断地发出咕咕咕的声响。喝过酒的自己有些头重脚轻，眼皮沉沉地垂下来，心里却想：我来这里做什么呢？到底又能做些什么？最后，我决定明天去帮老唐割稻子。

第二天早上，当我来到村里的时候，老唐已经挑着黄灿灿的稻谷往家里走了。当听到我要去田里割稻子的时候，端着饭碗的老唐坚决不让去。他让我在家里看电视，还说天气这么炎热吃不消的。我说自己也是农家出身，自小就在田里割稻子，不怕的。在我的再三说服下，老唐说，现在快九点了，露水已经下去，谷花开得闹，我们先去制种田里赶花粉吧！

这里所说的制种，就是杂交水稻的种子。原来杂交稻的父本是雄雌同株的，一朵稻花上既有雌性花蕊，又有雄性花粉，而母本则只有雌蕊，只有授到父本的花粉后，母本才能结稻子，否则母本结下的就是瘪谷。因此，当父、母本稻花盛开的时候，就得人工赶花粉，以外力撞击父本的稻穗，让更多的花粉在空气中飞扬起来，散落到母本的花蕊上充分地授粉。

老唐开始赶花粉了。他沿着窄窄的田塍慢慢地往前走去，手里提着的细长竹竿轻巧地压在稻穗上来回移动着。在稻穗低头抬头之间，金黄色的花粉从禾苗上空腾飞起来，它们仿佛千万只已经为自己找到生命归宿的黄色小蝴蝶，在绿草如茵的大地上翩然而舞，欣然而笑。我忘记了头顶上炎热的阳光，忘记了在脸庞上爬动的小虫子，深深地被眼前绿色田野上金黄色花粉飞舞的情景迷住了。老唐告诉我，赶花粉前后需要七八天，每天三四次，这样可以提高制种的结实率，取得更好的收成。

　　赶过花粉，我们来到割稻子的水田里。这时已是近午时分，太阳光如毒辣的钢针刺得大地都颤抖起来。我不敢抬头望天空中火辣辣的太阳，衣服好像被烤焦了，闻到了一股异味。田塍上的豆柴被炙烤得无精打采，恹然地垂着泛白的叶子。汗水不停地从我脸上流下来，就像蒸桑拿一样，或许这根本都不需要使用比喻。我卷起裤脚，走进发烫的水田里割稻子。

　　小时候在家乡割稻子的事情，虽然已经过去了几十年，但我对它的基本动作还是烂熟于心。我弓着腰，双脚踩在烂泥里，左手扶住稻秆，右手紧握镰刀，只听见锋利、有力的镰刀发出嗖嗖嗖的切割声。随着身体的不断移动，那些黑、白、黄、绿等各种颜色的小虫子，还有那看不清楚的稻芒，都在眼前晃动着的稻叶丛里不断地飞起来，四处散开，有些落在脸上，有些钻进衣服里，浑身都是痒索索的感觉。我的手背、胳膊被茅草一样的稻叶割出了一条条血痕，汗水流过的地方，有一股热辣辣的刺痛。我低着头，奋力地割着，身后留下一堆又一堆的稻穗。一个多小时过去，我的衣服被汗水浸透得像水里捞起来一样。当我直起身来准备去喝水的时候，腰就像断了一样酸痛……

碌碡声声

　　这是农村一年里最忙碌的时刻，也是农时的黄金季节。为了赶时间，花田垄村的男男女女起早贪黑、日夜不息地劳作着，他们不仅收割早稻、赶花粉，还摘茶叶、给水果治虫。现在，家家户户又开始种晚季稻，天天忙着在责任田里灌水、犁田、耖田、拔秧、插田……

　　这些日子，我一直在帮老唐忙碌着农活。今天，老唐的妻子挑着一担稻谷先回家烧午饭。在正午炎热的阳光下，已割去稻穗的稻田里一下子空旷起来，脱去谷粒的稻秆散乱地堆放在只留下稻茬的水田里。我和老唐挥汗如雨地把躺在泥水里的稻草一把一把扎好，然后把它们拖到田塍边沿的田坎上暴晒。稻秆晒干挑回家，在屋子边上的树干上垒成稻草垛，而稻秆清理后的稻田里马上得扶犁开耕种晚稻。因为稻叶很锋利，又要用力握紧它们才能扎起来，时间长了，我感到手丫上有些热辣辣地痛。

　　我们沿着弯弯曲曲的田间小路回家，挑着沉甸甸谷担的老唐赤脚在前面走，我拿着镰刀在后面走。此时，老唐赤裸着紫铜色的脊背，颤悠悠的扁担几乎掐进了肩膀上的肌肉，背上豆大的汗水不停地滚落下来，留下一条条长长的、湿漉漉的痕迹，系着皮带的裤子后面濡湿了一大片。早上只喝过一碗稀饭的我，肚子早已咕咕叫，这时更是肚皮贴到了脊背。我想抽支烟，可喉咙阵阵干燥，只好咽下一口口涎水。

老唐挑着谷担到家门口的晒谷场去了，我汗流涔涔地走进屋子里。这时，我突然发现吴副乡长和组织委员小周正坐在厅堂里吹着电风扇，一边有说有笑，一边抽烟喝茶。吴副乡长见我卷得高高的裤脚上沾满泥巴，一件灰绿色的短袖被汗水湿透了，就笑眯眯地看着我说，小徐同志，你真是一个人民的好干部啊！要是电视台的记者在这里就好了，你的形象很感人哪！我说，我待在村里没事干，去田里给大家做个伴儿，哪里是人民的好干部呀！日头烫死人，领导同志还这样关心民生疾苦，下村来看望大家，真是辛苦啊！

正当我们相互友好地调侃着的时候，老唐已经把一担稻谷晒出去，用衣服擦着满脸的汗水走进屋里来了。看见乡领导，光着脚的老唐马上去房间里拿香烟，热情地分给大家。同时，他又让儿子骑自行车去几里外斋坛村的熟食店里买来了猪耳朵、鸡爪、豆腐干、花生米，加上家里烧的红烧肉、辣椒烧豆豉、清炒豇豆、小葱拌豆腐、西红柿蛋汤，已是满满一圆桌菜。

已经十二点多了，我们才开始吃饭。今天大家喝啤酒，因为太饿了，我端起大碗先吃饭。饥饿是最好的食物，新鲜的米饭加上美味可口的辣椒豆豉，吃起来特别爽口。吴副乡长抽着烟，一瓶啤酒还没有喝下去，我已经两大碗米饭下肚了。老唐龇着牙笑笑说，小徐吃饱饭了，现在要陪乡领导多喝几瓶。于是，我端起饭碗与大家一起喝酒。

我们一边喝酒，一边说话。组织委员小周对老唐说，今天来花田垄，是因为村里一名预备党员的预备期到期了，村支部应该召集党员开会进行表决。老唐说：这些日子忙得很，有时间了就开会。小周又说，小徐这次下派到花田垄，组织关系已转到乡里，就让村支部来考察你了。我说，入党不入党自己都一样做好事。老唐马上说，小徐是个朴实的人，这件事我心里有数的。

吃过午饭，大家坐在飞转的电风扇下有一句没一句地聊着，吴副乡长哈欠连连。在烟雾缭绕的厅堂里，我感到双眼有些酸涩。院子有一只红鼻黄嘴的鸭子，正伸着脖子在木桶里喝水，把木桶里的水映照在天花板上的黄色光影打碎了，一漾一漾地晃荡起来。阳光炙烤得水泥地面火辣辣的，光线映射到宽敞、明亮的厅堂里，仍然十分炎热。我突然发现刚才还拿着《丽水日报》在看的老唐，不知什么时候已疲惫不堪地低下头，坐在椅子上睡去了。

烈日当空，在高远、蔚蓝的晴空下，远处星罗棋布的水田闪闪发光。夏风掠过田野，路旁小草摇摇晃晃、有气无力的样子，只有倒映在水田深处的天光云影给人送来一片清凉的遐想。下午，我跟老唐去一个叫苦马塘的地方耖田。老唐的儿子背着牛轭、牵了牛走在前面，老唐背着碌碡走在中间，我的左肩膀上挎了一把铁制而字耙跟在他们后面。

我们来到水田旁，老唐卷起裤脚，把牛牵进水田里，套上牛轭，开始耖田。耖田，就是用而字耙把已经用犁翻过的泥土切割得更细腻，同时扫除水田里的各种杂物。牛在前面拉着走，老唐扶着而字耙在后面跟着走。也许老唐只是轻轻地提着手中的而字耙，没有把锋利的耙齿插入深厚的烂泥里，所以牛拉得快，他在后边跟得也快。当我走进水田开始扶耙的时候，前面拉着的牛几次停下来，尾巴来回不停地晃动起来，泥水溅满了我的脸庞。

老唐带着儿子拔秧去了，我继续用碌碡平田。碌碡用杉木制作，长方形，中间装着一个有许多齿的滚筒，是用来抚平泥土的农具。只有碌碡滚过之后的水田，才可以开始插秧。开始，我有些不习惯，慢慢地，我左手牵着牛绳，右手握着竹枝，努力踩上碌碡的木框。随着手中竹枝在牛背上轻轻一晃，牛拉着碌碡往前滚去。我左脚轻提，重心踩在木框的右脚上，脚底下发出哒哒哒的声音，混浊的泥水波浪起伏地向四周扩散开去。这时候，我早已忘记了晴空下灼人的阳光，忘记了弯腰弓背劳作的疲劳，忘记了世俗生活鸡虫得失的名利之心，仿佛回到了难忘的童年时光，在纯洁的蓝天下，自己光着脚丫在青山绿水之间来回奔跑，天真烂漫，无忧无虑，自由自在。

太阳西斜的时候，一行行嫩绿色的秧苗整整齐齐地竖在水田里，我要回家了。每天，老唐家里那只已经非常熟悉的黄狗，都要跟着自己走出村口很长一段路，在我的不断驱使下，它才低下头嗅着田野上泥土的气息，摇摇尾巴走远了。我沿着村子南边那条杂草丛生的田间小路，走到一个叫官田的地方，背着自行车蹚过一条溪水，然后从寺岭下村来到独山脚下的松阴溪畔，迫不及待地跳进碧波荡漾的溪水里……

天道立秋

　　天道立秋，大自然自行其是的步伐以无可抗拒的节律降临大地，从不因在意人们心头的愿望而稍做停留。早稻抢日，晚稻抢时，立秋前插下的晚稻长得粗壮饱满、挺拔有力，立秋后插下的植株细瘦稀疏、矮小无力，产量大大降低。花田垄村一张张黝黑的脸庞淌着汗水，疲惫不堪的人们，正抓住晚稻不过立秋的天时，进行着最后的战斗。

　　昨晚，村里召集全体党员开会。八点多了，在烟雾弥漫的村会议室，姗姗来迟的人员才全部到齐。在有些庄严、肃穆的气氛中，村上那名预备期已满的年轻人，对他在预备期间的具体表现进行了自我总结。村支书老唐向大家通报了这位同志平时的优秀表现和今后需要努力的地方，以及村支部的考察结论，并提出予以转正的意见。讨论后举手表决，大家一致同意这名预备党员按期转正。最后，由乡组织委员小周宣布会议结果，并将今晚的讨论情况报告乡党委研究、审批。

　　在这次会议上，老唐还热情地把我介绍给自己已经熟悉的各位党员。在人们淳厚朴实的脸上和善良温和的目光里，我深切地感受到自己与这些活着时走在尘土飞扬的道路上、死去后化作雨水和泥土的人，有着一样的心灵天空与命运，只是所做的事情不一样罢了。或许正因为这样，我在一九九九年秋天离开这里的时候，也与今天晚上一样，当老唐宣布我的考察期满要转预备党员的时候，他们都高高地举起手来。后来，局里有人让组织部打电话去斋坛乡政府，否定了我转预备党员的决定，但我心里还是非常感谢这些面貌平凡、日出而作日落而息用双手养家糊口的人。同时，我也真正明白这个世界上人与人是不一样的。

会后，我和老唐、小周来到村主任老刘家里吃点心。刘主任的妻子早已经睡了，他自己动手烧了一大锅面条端上来，又去厅堂搬来一箱啤酒，让大家围着圆桌喝酒吃面条。因为今天下午帮村里的困难户刘长德割稻子，我有些累了，坐在大家身旁上下眼皮直打架，一点食欲都没有。刘主任见我恹恹欲睡的样子，十分关切地说，天气这么热，小徐这样干活吃不消的；如果都这样去农户干活，村里有四百多户人，什么时候干得完啊！以后不要去田里了！小周也笑着说，小徐是县里下派的指导员，可别把自己的位置弄错了。我心里还想着明天早上老唐家割稻子的事情，就笑笑说：你们的话都很有道理，反正双抢很快要结束了，也干不了几天，还是有始有终吧！

昨天下午，我本想和老唐一起去割稻子，但他觉得最后留下一丘田里的稻谷还没有熟透，让它再长一宿。吃过中饭，老唐背着喷雾器给胡柚治虫去了，因为晚上还得去村里开会，我就来到村上的困难户老刘家里。老刘一家三口，生活非常贫困，智障的妻子连做饭都不会，儿子在外地卖报纸为生，长年不归。之前，我曾多次想去老刘家做点事，可老唐说这个人太懒，不值得去。所以，我只是心里牵挂着他们，却一直没有前去。

在炎热的阳光下，我走在飘荡着牛粪、猪粪、鸡粪气息的村道上。老刘的房子阴暗破旧，狭窄的厅堂，漆黑的木板，一方阳光从瓦背摇曳着狗尾草的天井上落下来，地上长满了青苔。风摇墙草，雨绿旧苔，空气中弥漫着一股潮湿的霉味。老刘六十多岁，目光忧郁黯淡，头发花白蓬乱，像坚硬石头一样的脸上重叠着岁月苦难的阴影。我走进屋里的时候，他还在吃午饭，桌上只有一大碗黑不溜秋的豆豉和盘里的几片生黄瓜。老刘看见我就放下饭碗，慢吞吞地从上衣袋里掏出一角三分钱一包的大红鹰，有些不好意思地递过来。

我们一起来到田里割稻子。他开始的时候坚决不同意，后来看出我是真心的，他才答应了。老刘田里的稻谷，植株稀疏矮小，稻穗短而谷粒少，显然这是庄稼缺少肥料的缘故。老刘家里没有打稻机，我们只能用木桶打稻子。这木桶的口径、高度约一米，一张篾簟围住里面放着桶梯的木桶，边上留下一个打稻子的口子。我举起沉甸甸的稻穗奋力地击打着桶梯，饱满的谷粒下雨般沙沙沙地落进木桶里。看着汗流浃背的我，老刘一脸感激的样子，总是不停地叫我休息一会儿，休息一会儿。还说，他田里稻子割完后种秋玉米，不用那么急的。我不过是做了一点力所能及的事情，在老刘看来，却让他感到受宠若惊了。一个真正善良朴实的人，也许是简单得一无所求、对欲望所在之处不发一语的人。

在刘主任家吃完点心，我来到老唐家里准备睡觉时，已经深夜十一点多了。老唐在院子里一边找着明天早上盛秧苗的簸箕，一边对他妻子说，明天一早他先去割稻子耕田，让她和儿子去田里拔秧苗。我对老唐说，你们去割稻子，让我和你儿子一起去拔秧就行了。

今天拂晓，在黑暗中我们就起来了。晨光熹微，远处传来隐隐约约的鸡鸣声，我跟着不时揉着惺忪睡眼的老唐儿子走在田塍小路上。藏青色的天空，天际远处延绵起伏的灰黑色群峰之上飘浮着缕缕云彩。田野上吹来的风，清新、湿润，在丝丝凉意中散发出新鲜泥土的气息。此时，虫声唧唧，蛙声一片，或近或远的水田里传来人们的说话声和欢笑声。我们的脚步惊起了路旁竹林里的几只宿鸟，它们扑棱着翅膀消失在远处树木高大的黑影中，路旁草丛里的一只虫儿也立即停止了鸣叫。

　　过了一会儿，缕缕阳光从天边露出来。一刹那，闪闪发光的水田，纵横交错的田塍，虚无缥缈的晨雾，影影绰绰的干活人，都跃入我的眼帘，天地之间陡然变得明朗、开阔起来。田野空旷、宁静，赤脚站在水田里拔秧的我，感觉到由远及近轻轻搏动的大地的声音：土地丰饶，万物欢欣，人类的炊烟袅袅升起，用感恩的心情看世界，每天都是好日子！

在溪水里叹息

在午后炎热的阳光下，只有鸣蝉在路旁高高的枝头上不知疲倦地吟唱着。农村最忙碌的季节已经过去。经过一个多月的双抢，身上脱落了几层皮的花田垒人也该休息一些日子了。村子里静悄悄的，一只公鸡抬着一只脚小心翼翼地走在村道上，不时伸着脖子四处张望。公鸡这种对世界突然间沉寂下来的敏感所产生的心不在焉的窥望，也引动着我心中积存已久、惴惴不安的情思。

这些日子，我常常去找赖厂长。那天，赖厂长一个人在猪鬃漂白车间满头大汗地接自来水，他一边用扳钳拧着水管接头的螺帽，一边问我有什么事情。我说，三季度的利息要付了，小李怎么没有和你说呢？之前，我曾几次打电话找赖厂长，都是小李接电话，我让她告诉赖厂长，信用社很快要结息了，从团县委朋友处借的五千元，他本人要集资建房，还有村上人孩子上大学的六千元，都是九月十日前要归还的。小李每次都答应转告，还说，这些日子资金很紧张，送礼也是赊账的，幸好店主人熟悉，反正不管它了，没有办法的。

赖厂长听了我的话答应九月八日付利息后，我准备告辞了。赖厂长说，去坐一会儿吧！于是，我们走进了办公室。事实上，我已深深地感觉到生意人赚钱不容易，长期以来，自己这种不计后果的做法充满了风险与压力。我问赖厂长去年冬天说过的，今年县财政支持他的事情怎么样了。赖厂长笑眯眯地说，这些日子他都在找县委书记，财政局已经答应借钱了，手续正在办理中，很快就会有钱的。听了赖厂长的话，我感到有些欣慰，心想，现在总算有人开始关注他了。这时，赖厂长却说这几天开发票急需要钱，问我能否去什么地方借几千元，只用两天就可以了。在我看来，赖厂长以前没有信守诺言，是因为暂时困难，但自己力所能及的事情，还是要帮忙的，用本地的话说，就是既然跪下就不差一拜了。存折上还有借来准备付利息的三千五百元，我马上骑车去信用社取钱。

七日晚上，我来到赖厂长家里。今天，他们一家三口都在，还有赖厂长儿子的女友也在这里，房间里热烘烘的。那女孩子站起来给我倒了一杯水，笑着走到房间里去了。我与赖厂长说了一会儿话，他儿子的一个同学来了，小李原本沉着的脸马上露出了笑容，还告诉我要去厂里有事情。我说要走了，赖厂长说，没有什么事再坐一会儿。他讲起了儿子女友工作安排的事情。还说，这些日子为了这件事已经多次请客送礼，花了很多钱。我想，小李不是说钱很紧张吗？夫妻两人说的话怎么不太一致呢？这时，赖厂长却说，跃华这样帮我，我以后也会帮你的，如果以后你建房子、买车，我都会帮你的。我说，帮忙是以后的事情，关键是我明天的钱要还人了。

九月八日，我没有拿到钱。中午，我去太保殿背厂里没有找到赖厂长，于是我骑车从环城西路沿着公园路回家。这时，我看见戴了墨镜骑自行车的赖厂长正好从新华路往北走。他刚从菜场回家，车篮子里放着几株绿叶莴苣笋，正随着滚动的车轮轻轻地颤抖着。当我从交叉路口上看到街道对面的赖厂长的时候，他的自行车突然慢下来，眼睛故意转到一边去了。

晚上，我又去找赖厂长。今天，他家里有客人吃饭，厨房里声音嘈杂，餐桌上杯盘狼藉。赖厂长的妻子看见我马上站起来。我站在客厅里，她问我喝不喝茶，还摘了一根香蕉递给我。我知道再过一会儿客人就要从厨房里出来了，就趁机赶紧对小李说，钱已经很急了，让她一定要告诉赖厂长。

我一个人焦虑不安地来到人来人往的大街上，心里越想越不是滋味。夜晚十点多了，热闹的街道渐渐冷清下来。我又一次来到赖厂长家里。这时，赖厂长和他儿子女友的父亲还在下象棋。为了赖厂长的面子，心乱如麻的我没有说出钱的事情，只是尴尬地坐在一旁心事重重地看他们下棋。过了一会儿，他儿子女友的父亲终于走了。我把团县委朋友集资建房，村上人孩子上大学的事情又说了一遍。最后，赖厂长答应明天先还我一万四千五百元，信用社的利息等下个星期再给。于是，我一个人愁肠满腹地回了家。

九月九日早上，我给赖厂长打电话。已经九点多了，赖厂长才接电话，他告诉我借他钱的人去古市还没有下来，还钱的事情要等下午再说。我一阵心慌意乱，心想，一定又是骗人。于是，我骑着自行车匆匆忙忙地赶到厂里。这时，我看见赖厂长办公室里有几个人一言不发地坐着，因为不便说话，只好叫赖厂长走出来。赖厂长却眨眨眼睛说，天津的货款未到，明天就会有的。我说，不行，今天下午村里那读书人的父亲已带着孩子来县城过夜了，明天一早就要走的。

我们走到对面的一间办公室里，小李也跟着来了。差不多每次都是这样，当我和赖厂长说事的时候，小李都要来边上听着，好像很不放心的样子。我常常想，如果是小李的话我肯定不会借钱的。这时，她竟然说儿子读书都没有钱，是女友的爸爸给的。已经这种时候了，还说这样的话到底是什么意思？我说，那是你的事情，和我有什么关系？赖厂长有些恼怒了。他窝着一肚子火对小李说，你在这边办公室就行了，为什么要把那么多人带到我办公室来，弄得我连电话也打不成？夫妻两个要吵架了。赖厂长让我先回来，钱的事情他下午再去想办法。我只好又一次无奈地离开了。

我心神不宁地来到家里，心里不知该怎么办好。我把所有可能借钱给自己的人像推磨般想了一圈后，刚准备打电话的时候，赖厂长打电话来了，他让我过二十分钟后去取钱。我心中一阵狂喜，兴奋不已地赶到厂里。

过了一会儿，厂里的出纳终于举着用旧报纸包好的钱走进来。这时，赖厂长却离开了办公室，小李算了算钱说，只有一万元。我说，不是说好一万四千五百元的吗？不行的！小李说，今天连买柴都没有钱了，这一万元先拿去吧！她把钱放在办公桌上，我并没有拿。纸包里还有三万元，却全被小刘拿走了。小刘靠在沙发上一边数钱，一边不时用舌头舔舔手指头。我对小刘说：先借我一千元吧！小刘洋洋自得地用唱歌一样的语调笑着说，今天是可以的，明天就不行了，要还别人的啊！这时，赖厂长走进来听到我们的说话声，就对小刘说，先给小徐一千元，我明天再给你。小刘粘着口水笑嘻嘻地点了十张百元纸币递过来，我终于凑齐了急需还人的一万一千元。我准备还钱去，于是站起来说，我走了！赖厂长却连头都没有抬起来。

今天下午，我从乡里开完会来到花田垄村。因为老唐他们都下田去了，我来到村头杨塘山制作陶器的地方。随着机器轮子一圈圈快速地转动，王师傅手里柔韧细腻的泥浆慢慢地增高并形成一个圆桶。随着手指摩挲泥土时发出的嘶嘶声，王师傅的动作轻松、熟练、优美，我却无论如何也无法让柔软如肤的泥浆直立起来。如此看来，有些事情别人做起来挺简单，却不是我想做就能做的。

微风轻拂，远山含黛，在静谧无声的田野上，夕阳泛着温柔、沉静的红光。从杨塘山回到村里，我来到老唐隔壁的高大爷家里坐了一会儿。高大爷是湖山移民，夫妻俩都快八十岁了。我每次去花田垄村都会来这里，有时说几句话，有时抽一支烟。我喜欢这些至真至善的人，也喜欢在这竹篱茅舍、古枫参天的家门前喝茶聊天。听老人说他家乡连绵的大山，青绿的树林，叮咚的流水，以及纯正的风土人情。虽然高大爷目不识丁，更不会说"到不了的地方叫远方，回不去的名字是家乡"，但是对昔日家园神萦梦回的感情是一样的。今天在这里，高大爷他们还让我喝了半碗刚从酒缸里滗出、甘甜醇厚的米酒。

傍晚的时候，我一个人静静地躺在松阴溪清澈温暖的溪水里。望着初秋时节明净的天空飘浮着一朵朵自由自在的白云，想象着如影随形地纠缠着自己的几十万元巨款，觉得假如这一切没有发生该有多好呀！我禁不住喟然长叹：但愿清商复为假，拔去万累云间翔！

珍贵的金蔷薇

　　犹记得成群红蜻蜓飞舞的天空下，花田垄村人挑着早谷汗流如注地来到斋坛粮管所送公粮、卖余粮，转眼间又是黄叶飘落的秋天季节。在秧苗稀疏、水天相映的晚稻田里，一个个弯腰曲背的身影，一双双粗糙有力的大手，又开始不停地忙碌起来。这些一辈子从事耕作、心怀虔敬的农神的遗民，他们灌水、喷药、施肥、拔草，似乎总有干不完的活儿。

　　作为农村工作下派指导员，我除了偶尔为村民干活也没有其他事情可做。因为上传下达有驻村干部，农业技术、山林管理、批地建房等县上的事情，乡里又有专人负责。也许真如小草所说，只要跟村里的书记、主任关系搞好了，去不去村里都是一样的。现在，我的关系不错，书记、主任一次次对我说，村里的事情无须操心，真有什么事打电话就是了。可我去村里或下田干活，与其说是一种工作责任，毋宁说是出于一种体验生活的意愿，所以，无论有事无事，我还是经常去村里。我不是一个专职从事农业生产的人，秋去冬来，寒暑更迭，虽然扛着田刨去耘田，握紧镰刀割稻子，冬天的时候，在一马平川的田野上壅土种油菜、豌豆、蚕豆，却始终是一个自由自在的人。更多的时候，我只是看天空下候鸟来往、炊烟袅袅，看乡间河道洁净、流水淙淙，看陌上蝶飞蜂舞、草木枯荣，看稻田里沉甸甸的谷穗在晚风中轻轻摇动，看田塍上脸庞黝黑的人们纯朴憨厚的笑容。

天地友善，它不仅慷慨地回馈辛勤耕作的人们，也疗救沉落的灵魂，让纤细、敏感、脆弱的神经获得慰藉与安宁。一九九八年秋冬之际，我在花田垒村稻菽飘香的田野上触摸大地，接受风雨阳光的洗礼，也在广泛的阅读中触摸幸福，从书籍里获取精神的愉悦与力量。

去年冬天，从朋友处借来的记叙作家的劳动的文学札记《金蔷薇》，我已经匆匆翻阅了一遍。它用实际例子分析文学的创作过程，读来深受启发。我非常喜爱这本书，可惜在小城的书店里买不到，于是，我决定把它抄下来。在阳光温软，天空澄澈如水的季节里，在蒙田、孟德斯鸠、卢梭的包围中，我肩负几十万元巨款的压力，心怀不安地坐在阒无人声的厨房里，断断续续地抄下了这本十七万字的书。

这本白色封面上画有两朵素描的带刺蔷薇花、用清秀的钢笔字体写着"金蔷薇"三个字的书，作者是苏联作家康·巴乌斯托夫斯基，写于一九五六年，译者李时，一九八〇年由上海译文出版社出版。作者热爱大地，热爱生活，他用小说似的铺叙方式，对写作劳动、审美意识、创作过程、人物逸事等许多内容，以自己的真切体会与感受，娓娓道来，深情地与读者轻声细述。它感情饱满，语言清新，富于想象力，有着泥土般厚实的内容和高贵的精神气质，不时散发出旷野上落满积雪的森林里的清冽芳香。

作者发表第一篇短篇小说后，明白了自己的书本知识多于生活知识，对生活的观察积累太贫乏太狭窄，所能说的简直少得可怜。他认为如果没有生活的滋养，文学创作的热情就会熄灭，"只有那能向人们叙述新的、有意义的、有趣味的事情的人，只有那能够看见许多别人觉察不到的东西的人才能够做一个作家"。读着作者明白如话的语言，掩卷遐思，我仿佛看到了自己。

曾几何时，我们这些偏居小城一隅、怀揣一份清高与自赏的读书人，如春蚕吐丝作茧，自己封闭自己。我们长年累月游走于小城稀少的几个文友之间，沉浸在一首诗、一阕词，或者一个凄美忧伤的故事里。我们感叹岁月无情，人生多艰，却又无可奈何；我们拒绝平庸，却同样随波逐流。雨后黄昏，新月初上，我们心意沉沉地徘徊在城郊寂寞的小路上，仿佛有着太多的委屈，太多的烦乱，太多的消沉，却找不到答案。远离现实世界，远离实际生活，对社会，对他人漠然置之，心灵苍白，情感憔悴，自尊卑微无力。我们忘记了窗外世界有冒着生死危险在黑暗煤窑里挖煤的工人，有挥汗如雨在烈日下不息劳作的农民，有弓着背、双脚如飞地在大街上来往的三轮车夫，有整天忙忙碌碌在办公室里内心压抑的小公务员，还有内心麻木、浓妆艳抹在舞厅里卖笑的姐妹们……

文学永远附丽于生活。没有生活，离开时代，写作是无源之水，无本之木，创作的热情与信心像火一样容易熄灭。在幽静平坦的小路上，走不出壮阔的人生；在舒适优雅的书斋里，没有真正的生活。这样的人生犹如阴暗的清晨含苞未放就凋谢的花朵，缺乏生命力，摆脱不了肤浅与苍白、贫弱与乏力。风花雪月的故事，辞藻华丽的语段，只是满纸滥情的无病呻吟，是十足的"泡沫般的水晶"。

有十年工夫，康·巴乌斯托夫斯基完全放弃了自己的写作，如高尔基所说，到"人间"去生活、工作、恋爱、受苦、期待，开始浪游俄罗斯广袤的大地，更换过各种各样的职业，接触、认识各种各样的人和事，全身心投入到丰富多彩的生活中去。他仔细地寻觅着生活尘土里的金沙，"每一个刹那，每一个偶然投来的字眼和流盼，每一个深邃的或者戏谑的思想，人类心灵的每一个细微的跳动,同样，还有白杨的飞絮，或映在静夜水塘中的一点星光——都是金粉的微粒。"不知不觉、长年累月地收集着，熔成合金，然后用这种合金打造自己的金蔷薇——诗歌、散文、小说。

在现实生活中，我们不能够像旅行家余纯顺那样孤身徒步、壮行中国，一步一个脚印走下那八万里沧桑血路，也不能够如女画家巴荒那样独身西行，在庄严、神奇和充满诱惑的土地上，聆听大地心脏沉沉的搏动，感悟沉积已久的古老文化的底蕴，写一部《阳光与荒原的诱惑》。但是，我们可以用心灵感应时代变革的脉搏，聆听沧桑变迁的倾诉，感悟柴米油盐的喜怒哀乐，感受大自然四季更替的清新美丽。人，只不过是一根芦苇，是自然界最脆弱的东西，但帕斯卡尔说，纵然厄运之手卡住了人的脖子，我们仍然要比置人于死地的东西高贵得多。因为人有思想，追求灵魂的纯洁，在世间所有虚妄的追求都过去后，文学依旧是一片灵魂的净土！

无助的格里高尔

自一九九五年春天，为赖厂长从县信用合作联社贷款一万元、县农经委担保二万元，到一九九六年春天，我从县城农行、中行，以及西屏、阳溪、玉岩、枫坪等信用社借款二十多万元，后来又答应把三十二万元借款的归还时间推迟到一九九八年底。如果说当初是囿于友情与面子，后来是梦想松阳有好的企业，心存侥幸地惑于利诱，再后来是出于无奈与等待，那么现在则是满怀的焦虑与不安了。

前些日子，为了付利息给玉岩土管所的小林，我来到新华路乡镇企业局的招待所里。交给小林一千五百元利息后，我们坐在沙发上抽烟说话。小林说，现在生意人借钱月息至少是二分五，我二分借给你是不算高的。当我说到赖厂长的利息很难拿的时候，小林说，借钱给人是有风险的，时间不能太长，要一笔笔做断，不能有丝毫的松懈，更不能有恻隐之心呀！道理人人懂，只是实际情况却不是这样简单，所以，每当与人说起钱的时候，我只有内心在隐隐作痛。

因为整天忙忙碌碌，却把孩子搁在一边，我心里时时掠过一阵歉疚，所以，我每天晚饭后都会给孩子讲一个故事。今天，我给上小学三年级的孩子讲《狐狸的窗户》的故事。秋天的日子里，风唰唰地吹着，桔梗花齐声说：染你的手指头吧！再组成窗户吧！这一切有多好，只要四根手指相接组成一个菱形的窗户，所有孤单的孩子都可以看见自己亲爱的家园。雾雨里的庭院，"我"的小长靴，妈妈的菜园，青色的紫苏，孩子们的笑声……

初冬的傍晚，我正在给孩子讲故事，小草打电话来了。他让我去党校听讲座，因受县委宣传部的邀请，今天晚上，丽水知名作家韦晓光来松阳讲课。在党校会堂听完讲座后，我们坐在休息厅里喝茶聊天。韦晓光说，他这些日子都在读卡夫卡，对卡夫卡寓言式的小说故事情有独钟，尤其是作者揭示人类内心世界惶恐不安的处境，意味深长。他诚恳地建议大家去读一读卡夫卡的《变形记》。

夜深了，四周阒然无声，滚滚红尘的喧嚣已经隐去。在台灯柔和的亮光下，我从书架上取下卡夫卡的《变形记》，抵挡住阵阵袭上心头的焦虑与不安，牵挂与思念，欢乐与忧伤，开始寻找卡夫卡的世界。

世界是热闹的，也是冷酷的。当格里高尔勤勉地工作，为公司带来丰厚利润的时候，他是一个好职员。当他拿薪水供养着全家时，他是一位受人尊敬的长子，是妹妹的亲哥哥。人们彼此相爱，其乐融融。可是有一天，当格里高尔失去了工作，没有了薪水，不能再为这个家庭提供经济来源的时候，这种亲热的外观像冰山倾覆，如冰雪融化，暴露的是人性冷酷与漠然的真相。不说在日常生活中没有地位，就是人的尊严也已经被剥夺，甚至连维持生命的正常饮食都没有人过问了。

开始的时候，妹妹还愿意给格里高尔一点水和食物，因为平时只有妹妹与他最亲近。但是，人是一种很容易厌倦的动物。何况大家除了做绝对必需的事情外，谁又有时间替别人操心呢？所以，虽然实际上大家都有一份很有发展前途的工作，也有能力照顾格里高尔，但是他们都彼此沉默着。

这位曾经挑起一家重担，为还清父债、为家人过上好日子，谨小慎微在外劳碌奔波的可怜小人物，即使饱尝人世的冷漠与辛酸，也依然对家人怀着温柔与爱意。当格里高尔在恐惧不安中听着家人挣钱养家的话题时，他依然是"羞愧与焦虑得心中如焚"。可是，无论他是一个多么善良、忠厚、有责任感的人，也无论他有多么的孤独和悲凉，世人还是断然地拒绝了他。人与人之间——亲人与亲人之间，表面上一副和善亲热的样子，内心却如此无助、孤独、陌生。正如哲人所说："维系家庭的纽带并不是家庭的爱，而是隐藏在财产共有关系之后的私人利益。"所以，当格里高尔平静地谅解了所有的人，呼出最后一丝摇曳不定的气息后，他的父母、妹妹，乃至仆人，都因为终于卸掉了这个包袱而无不感到轻松无比。他们痛痛快快地郊游去了。在温暖的阳光下，妹妹第一个跳起来，十分快活地舒展着她那充满青春活力的肢体。

作为一个永世漂泊的犹太人，卡夫卡，他生活在一个物竞天择，适者生存的年代。在资本主义社会人与人之间的关系里，人们对拥有金钱和地位有着锲而不舍的专注与执着。在恐惧与不安中拼搏，在努力与奋斗中挣扎，为获取生存权利与生活而心慌意乱的卡夫卡，内心饱受种种创伤与痛苦的折磨。他像一个孩子，在成人的世界里流浪，用痛遭剥夺却永恒的童子般明亮的眸子，试图寻找永恒的母亲形象——真诚、勤勉、善良、温柔、宽容。《变形记》中，儿子被生活或代表生活的父母和家庭不由分说地判给了不幸和可怕的命运。无声的甲虫，非人的心事和语言，一样是对亲情之爱、伦理之爱，以及人类之爱的梦绕魂牵与渴望。冷酷世界中格里高尔的孤单无助，也正是卡夫卡——一个守夜人，在穿越这个苦难与耻辱、肮脏与下流、疾病与匮乏的患病世界时发出的灵魂的独白与呼喊。

一个世纪过去，黑暗的奥匈帝国已经灭亡，它的疆域也四分五裂。在这块土地上产生的《变形记》，至今也快一百年了，但是卡夫卡这种追寻人性完善、呼唤人类之爱的梦想与渴望，并未随时光的流逝而消失，我们正在深切地感受着这种呼唤。今天，我们生活在市场经济时代。有人推算，人类至少在三百年内都会生活在市场经济的社会里。这是以利己性为前提的社会，人与人之间还未能取得和谐的关系，社会竞争更激烈，人们的精神压力更巨大，焦虑、不安、恐惧，既无法预料，也无法逃避，孤独与失落感就像冬天的寒风，无情地包围着人们，压迫着人们。在《变形记》彻骨的寒意与战栗的恐惧里，我的脑门仿佛被猛击一掌，让人惊醒：我会成为格里高尔吗？如果有一天成了格里高尔又该怎么办呢？

一九九八年冬天

　　初冬的夜晚，寒冷的月光细雨般洒在宁静的大地上。马路边汩汩有声的水田里，落满梧桐枝叶稀疏的黑影，远远近近的窗户，隐约透出几缕微弱的灯光。村子边上峭愣愣的稻草垛，影影绰绰，如神秘的城堡一样悄然无声。在蓝色的月光下，静伏的远山若隐若现，如烟似梦。空旷的田野上漾起的冰凉雾气，落在我的头发上，沾湿了我的脸庞。

　　今晚，花田垄村高低不平的石子路上晃动着电瓶灯的亮光，村里的广播一次次响起来。依照十人联名、村民小组推荐乡人大代表的办法，在烟雾弥漫的村会堂里，我们推出了乡人大代表的第一轮候选人。我回到老唐家里，老唐的妻子告诉我，有人打电话让我回个电话。原来是赖厂长的电话，他让我明天早上和他一起与担保人老邱去阳溪信用社贷款。赖厂长还焦急地说，他明天早上等着这笔钱去金华拉猪鬃成品。于是，在朦胧的月光下，我一个人从村里出发连夜骑自行车回县城。

　　经常听人说，为别人借钱就像抓了几颗虱子在头上痒着。从开始为赖厂长借钱而四处奔波起，不说自己冒着严寒酷暑来到百里之外的玉岩、枫坪，以及去县城邻近的大东坝、靖居、遂昌县城等地筹钱的舟车劳顿，甚至自掏车旅费，就说在县城多处银行、信用社贷款也是绞尽脑汁，费尽心机，发挥了浑身的力气。虽然我竭尽全力地帮着赖厂长，但是对他言而无信、一拖再拖、遥遥无期的还钱行为，我感到疲惫不堪和焦虑万分。

为了稳住我？为了给我一点安慰？还是资金实在困难？一九九七年底的时候，笑容满面的赖厂长对满腹忧虑的我说，从一九九八年开始，我的借款他要按季结息，月息百分之二点五。他还很关心地对我说，借钱不能白借，要让我挣点钱买房子。为此，他让我把三十二万元借款的归还日期推迟到了一九九八年底。可是，一九九八年就要过去了，虽然我几次三番地找他还钱，但他总是说资金紧张，我只拿到了很少一部分钱。每次去要钱的时候，赖厂长总是笑着说，厂里很快就会好起来了。我曾多次问他向县财政借钱的事情，他也说很快就有钱了。我一次次为这事无奈着、不安着、焦虑着，甚至期待着、欣慰着。谁能料想，二○○○年的冬天，赖厂长一家出走后我才知道，实际上，县财政的二十万元借款，他们在一九九八年九月份就拿到了。

虽然赖厂长言而无信，不仅本金还不出，利息也付不了，我拿到的钱甚至付银行、信用社的贷款利息都不够，但是我总以为困难是暂时的，厂里会像他常说的那样一天天好起来。所以，还钱时的惊心动魄，讨钱时的尴尬、沮丧，还有一个人心里默默承受着这种长年累月担惊受怕的煎熬日子，都挺过来了。有时我还对自己说，不要犹豫不决，既然选择了就要有勇气承担艰辛和忍受承担的责任与痛苦。其实，我内心一次次不断地告诫自己不能再借钱了。可是此时此刻，不断地借钱已经成了没有选择的选择。因为银行、信用社的贷款要按季结息，贷款到期后要利随本清归还后才能重新借贷，还有私人的钱也要及时归还本金和付利息。所以，作为一个有信用的人，我不仅要竭尽所能地把原有的借款周转起来，还得力所能及地帮助赖厂长。

前些日子，赖厂长又笑着对我说，他上个月从省公司接来的订单来不及全部完成，要借钱买一批猪鬃成品，想去阳溪信用社贷款，却苦于没有熟人。于是，我去阳溪信用社找到自己的同乡——信贷主任小徐。最后，小徐答应给赖厂长贷款四万元，但必须要找一个有工作单位的担保人。赖厂长本想让我担保，可小徐说我在这里已经有了贷款和担保，不能再做担保人。为此，赖厂长提出让我陪着去找他的隔壁邻居——我的同乡老邱。我想，贷款的事情通过自己，小徐已经同意了，怎么找担保人又要我陪着去呢？我心里想着拒绝，口头上却应承了下来。我心里暗暗地责怪着自己。可见，一个碍于情面的人想约束自己可不是一件容易的事情。

我和拿着两条利群香烟的赖厂长，来到了老邱家里。本以为老邱会拒绝的，不承想他却爽快地答应了。

第二天早上，我们去阳溪信用社贷款的时候，一切都很顺利。当赖厂长拿到四万元贷款的时候，他又说，跃华你这样帮我，我是不会忘记的。赖厂长离开后，我和老邱在小徐办公室里坐下来。老邱十分自信地对小徐说，你们信用社要多找几个像老赖这样办厂效益不错的客户才好啊！因为是同乡，老邱又让我买来一堆成品菜，三人一起去小徐家里吃午饭。中午，小徐拿出一瓶五粮液招待我和老邱，老邱喝得很开心，笑声不断。可是，二〇〇〇年冬天赖厂长离家出走后，阳溪信用社把担保人老邱告上了法庭。为此，老邱来找我，我付出了还款一万五千元的代价。

一九九八年冬天，我的借款到期了。如果按照约定，赖厂长不仅要全部归还借款，还得付利息，可他既还不了本金，也付不了利息。鉴于赖厂长的实际情况，我只有万分无奈地把大笔钱款的归还时间又往后推迟半年。在结算利息的时候，还把原先算起来的利息减去三万多元。在我看来，赖厂长已经活得非常不容易，不管他们对我如何，但是我对他们一家的悲悯心怀，苍天可鉴！

为此，一九九九年春节之前，我又去枫坪基金会借钱。按规定，枫坪基金会对户籍不在本乡的人早已不再贷款，但基金会的叶主任知道我的困难后，还是答应借款二万五千元，但要我找一个本乡户口的贷款人，我只能做担保人。哪里去找一个这样的贷款人呢？远在二十里外的父亲快七十岁，已超过贷款的法定年龄，初中同学叶梵也离开了枫坪乡政府。正当我愁眉不展的时候，我突然看到基金会对面兽药店里的小张。小张是走村串户的兽医，曾在我老家吃过几次饭。见了我，小张二话没说就答应签字了。我把所有借款周转好，付了该付的利息，终于可以回家乡过年了。

记忆里的家乡

　　家乡是一个人出生的记忆,是祖先们尸骨所安、灵魂所寄的地方。在纯洁的蓝天下,这里四周皆山,峰峦挺秀,沟壑幽深,一年四季,鸟语花香。泥墙青瓦,炊烟袅袅的村子里,门前溪水潺潺,小草青青,蜂蝶飞舞,屋后竹篱斜插,蔬果飘香,虫鸣蛙叫。这里的林木原生而亘古,幽静而清润,山上布满各种奇木异花。春风吹拂,杜鹃枝头开出淡紫的花儿,兰草散发着清幽的芳香,枫树的梢头摇晃着鲜亮的紫红色嫩叶,七叶一枝花的幼芽悄然钻出泥土。夏日,草木榛榛,翠竹青青,凉风习习。秋天,天蓝云淡,红叶似火,乱藤蔓葛,野果累累。毛茸茸的猕猴桃熟了,紫黑的野葡萄谢了,毛栗儿也从刺壳里露出了紫褐色发亮的小脑袋。飘雪的冬天,在纷纷扬扬的雪花中,盛开着绰约的山茶花,白的雪,绿的树,红的花,山野一片明艳。

　　岁月不居,时节如流。从童年长成少年,从青春年华走到成人世界,转眼之间三十五年过去。每次回家乡,每次看到这里的蓝天白云、青山流水、竹林小路、梯田菜园,看到农家屋顶的袅袅炊烟,看到乡亲们荷锄晚归的背影,看到这里的一草一木,我的感觉都像生命的视线与阳光第一次相接,充满了惊喜,充满了亲切,充满了温暖。家乡,是人生记忆深处的桃花源,是抚育我快乐成长的摇篮,是我梦绕魂牵的地方。

　　农历十二月廿九,家乡的年味已经很浓了。村道上人来人往,噼噼啪啪的鞭炮声，年轻人的嬉戏声，小孩子的哭闹声，声声入耳。人们家中忙着杀鸡宰鹅，蒸年糕，做豆腐，还有人匆匆忙忙赶着去城里办年货。我握着闲置了一年的毛笔，在家里为乡亲们写着墨汁淋漓的对联。有人来了，有人去了。兆成说，他的厅堂上要写一副去年一样的对联，我就写了"一勤天下无难事，百忍堂前有太和"。普文说，他要写一副兄弟和睦相处的对联，我就写了"荆树有花兄弟乐，书田无税子孙耕"。小福说，他要写一副小心做人的对联，我就写了"忠厚传家久，诗书济世长"。关年说，他要写一副"做人当知足"的对联，我就写了"事能知足心长乐，人到无求品自高"。写完"百忍成金、和气生财、耕读传家、知足常乐"等横批，我又写下了农家对鸡埘、猪圈、牛栏、谷仓等地方的祈盼与梦想，它们是"鸡鸭成群、养猪千斤、一元大武、五谷丰登"。当人们一边说着感谢，一边捧着红纸墨字的对联喜滋滋离去时，我的内心跟他们一样高兴呢！

春风送暖，爆竹声声，家家户户新桃换旧符。每次回家乡过年，我踏进家门刚把大包小包放在厅堂的八仙桌上时，就会有人腋下夹着红纸笑哈哈地来找我写对联了。那些年，原先给村上人写对联的族人鹤鸣大伯已经不在人世，虽然在本地教书的老刘也写对联，但是总有人留着写对联的红纸焦急地等着我回家。世事嬗变，人生无常；二〇〇一年以后，我已经快十年没有回家乡过年了。今天，家乡的生活越来越好，想必过年的气氛也一定更加浓烈了。我常常想起写对联的事情，只是沉浸在喜庆中的人们是否还写对联呢？

太阳西斜的时候，我一个人沿着青石古道向自己的老屋走去。离开老屋搬进新房已经十多年了。在这里，春天古树发芽，梁间燕子呢喃；夏天桐子开花，田间蛙声如潮；秋天红叶飘飘，人家灶头新米香；冬天风雪飞舞，炭火边上布衣暖。它仿佛是一篇遥远的神话，又仿佛是一曲绵长的歌谣，不论回乡下过年还是平常回家，我都会来这里静静地读，静静地听，追忆似水年华。

老屋已有一百多年。它椽柱漆黑，古老灰暗的泥墙上苔藓斑驳，天井上的石头已被无数来往的双脚磨得细腻光滑。这是我的祖先迁来此地最早建造的一座屋子。这里曾经住着我们同祖宗的七户人家，除了自己一家，其余几家分别是十三岁结婚的宝吾太公，旧时代做过保长的鹤鸣大伯，整天气喘吁吁的叶兴大伯，读了半年旧式师范逃着回家的奕章叔公，听人说小时候把生殖器放进小瓶子里好不容易才拿出来的小算叔公，还有常常穿着白衬衫离开村里就再也没有回来的樟根囡哥哥。

在这样一个大家族里，人们彼此之间和睦相处，最快乐的是我们这些无忧无虑的孩子。星月灿烂的夏夜，山涧流水有声，竹林清风无色。我们这些生活在同一座屋子里的人，围坐在门口的青石路上乘凉。大人们聊天，孩子们追逐，一派热闹的景象。有时，空中一闪一闪发光的萤火虫画着美丽的弧线，在黝黑的夜色里飞来绕去。我们一边兴奋地追逐着萤火虫，一边大声地喊：灯火，灯火，落下来吃麦粿；麦粿未熟，赏你三片大肥肉；大肥肉未切，赏你三个大谷切……我那七十多岁的奶奶，还常常端着一把小凳子坐在我身边，她一边摇着麦秆扇，一边望着我们抬头数天上永远也数不清的星星。奶奶说，天上一颗星，地上一个孩子，人的生命比金子尊贵呢！幽微的夜风轻拂在脸上，一双双闪着星光的黑眼睛，凝望着深邃无边的夜空。我心里不停地问：到底天上哪颗星星是我呢？

小时候，我常常跟着母亲在家门口的菜园里种菜。母亲在这里挥汗如雨地挖土、播种、除草、施肥、浇水，有时候还给爬藤的蔬菜搭架、扦插、打桩。我喜欢看种子的胚芽顶破沾满泥土的外壳、悄悄地探出小脑袋，慢慢地，鹅黄的小叶片成了嫩绿，嫩绿的叶片中间又长出了新的叶片；我喜欢看四季豆的绿叶丛里露出紫红色的小花和黄瓜、南瓜的绿藤上挂满黄色的花朵；我喜欢看绿叶丛中探出细长的四季豆、绿藤上结满手指般粗的黄瓜和拳头般大的南瓜。菜园里，一年四季郁郁葱葱，生机勃勃。红的辣椒，紫的茄子，白的葫芦，绿的丝瓜，青的南瓜，绿白相间的黄瓜，还有绿油油的白菜、芥菜、菠菜、蒜苗、小葱，且不说我们长年累月吃这些蔬菜，就是看着，心里也有说不出的喜爱与快乐。秋天，菜园里的玉米成熟了，我来这里掰玉米、逮蚂蚱、蒙蜻蜓。菜园边上，还有一口种着茭白的水塘，水塘里养了十几尾田鲤鱼。逢年过节的时候，家里说不定还会吃上一顿弥漫着薄荷、紫苏味道的新鲜鱼呢！只是我小时候一点儿也不喜欢吃鱼。

太阳落山了，寒风吹来，青石路上齐肩高的枯草簌簌作响。我站在杂草丛生的老屋门口，望着眼前荒芜满目的庭院，想象着岁月深处人来人往的场景。在这里，我把毛栗的碎壳塞进侧着脸倚在桌子上睡觉的父亲的耳朵里，被母亲揍得哇哇直叫；在这里，我和元春叔公坐在楼梯口的门槛上，拉着用棕榈叶搓成的绳子系在远处树上的竹卡子、驱赶乌鸦吃玉米；在这里，冬天早上母亲点着如豆的油灯做饭让我去上学，我躲在被窝里不肯起床，母亲把烘得热乎乎的衣服送到我手里；在这里，我看见满头白发的奶奶在晦暗的锅灶旁用手抓饭吃，她惊慌失措地让我不要告诉任何人，我为她保密了几十年……回忆过去，却回不到过去；人生行走在消逝中，没有什么可以留下，我们只是一年又一年地脱离它们，渐去渐远。正如普鲁斯特所说，在记忆中寻找失去的乐园，那是唯一真实的乐园。

溪水清清鲴鱼美

有人说，所恋在哪里，哪里就是家乡，人们怀恋家乡只不过那里还有人把自己牵挂罢了；如果没有了牵挂，那么又有什么值得依恋呢？可是，我不仅唇边留存着家乡粗粝食物甜蜜的回味，体内一样流淌、涌动着世代劳作生息在大山深处祖辈们的血液。在我看来，家乡不仅有想念我的亲人，也有我怀恋的田园山水，特别是无忧无虑的童年时光，就像山涧里的砾石，历尽岁月的刷洗而愈加清晰明净，让人神萦梦回，恋恋难舍。

过年了，村子里老老少少都沉浸在酒肉飘香、喜气洋洋的节日气氛中。在明媚的阳光下，当大家都忙碌着迎来送往、欢聚一隅的时候，我喜欢一个人沿着弯弯曲曲的马路来到流水潺潺的小溪旁，看清清的流水，看洁净的沙石，看瑟瑟冷风中摇曳生姿的青青水草。

这是一条清澈见底的小溪，也是一条流在我记忆深处的小溪。它源自幽深寂静的大山深处，沿着枝柯纵横、翠竹摇曳、绿荫蔽空的山野，汇聚了溪岸两旁的山涧水从山脚下缓缓流过。随着水流的落差或流水长年在岩壁转角处的冲刷，弯弯曲曲的溪流上汇成许多绿莹莹的深潭，清冽冽的潭水中穿梭着来来往往成群的鱼儿。

初夏时节，流水清清的溪流两岸覆盖着葱茏郁茂的绿荫。早上，阳光洒在溪旁生机勃勃的枝叶上，枝头笼罩着尚未散尽的晨雾。沿溪两岸高处的山崖上，盛开着粉红的杜鹃花，雪白的金樱子花，一派热闹景象。几场雨水过后，洁白、透明、活泼的流水把河床上坚硬、光滑的鹅卵石冲刷得洁净无比，细软纯净的沙子在溪滩上铺出了厚厚的新地毯。中午，阳光透过枝叶照着清波粼粼的潭水，把光影投在平整如刀削斧凿的岩壁上，映出一漾一漾的金黄色光圈。小溪旁的绿草丛里缀满了橘黄的萱草花和无数叫不出名字的白、蓝、紫的小草花。一阵风来，绿影婆娑，花儿摇头，犹如繁星点点。我们一群天真活泼的农家孩子在这里摘萱草花，捡小石头。我们脱去鞋子，来到清亮的溪水里抓小虾，摸螃蟹，常常忘记了回家。

春去春来，芳草年年绿。春暮夏初，在绵绵的细雨里，在哗哗的流水中，走在溪流旁的马路上，映入眼帘的是溪水两岸稻田里的无边葱郁。散发着青草气息的紫云英随风起伏，绿浪滚滚，人们的目光在紫云英的绿波中荡漾。马路旁油桐开花，缤纷如雪的花瓣从曲折腾挪在溪面的枝头上不停地落入流水中。"桐子开花，鲴鱼上坝。"雨后的溪水，轰然作响，溅着白咧咧的水花奔腾远去。溪流下游的鱼儿紧绷身子使劲拍打着尾鳍，颤动着穿越岩石上湍急的流水，成群结队地回来了。这时，我和小伙伴们拿着自己做的鱼竿来到小溪旁钓鱼。

小溪里有石斑鱼、黄颡鱼、鲇鱼和其他叫不出名字的鱼，但是对我们这些爱钓鱼的孩子来说最熟悉的还是鲴鱼。鲴鱼的样子非常漂亮可爱，它们有着橘红色的鳍，光洁细密的鳞片，往往十几尾一群，在清澈见底的溪水里自由地来回穿梭。在斜风细雨中，我们把穿上蚯蚓的鱼钩小心地抛入远处的潭水中。我们静静地站在水潭旁边的岩石上，耐心等待着鱼儿上钩。鱼钩慢慢沉入水中，鱼线随着不停流转的潭水一漾一漾地移动。过了一会儿，我手中的鱼竿突然一阵颤动，我使劲一拉，一尾白咧咧的鲴鱼飞在半空中。随着鱼线渐渐拉近，弓着身子剧烈抖动着的鲴鱼慢慢落入溪旁的草丛里。我放下鱼竿，按住了活蹦乱跳的鲫鱼，小心地取着鱼嘴巴里的鱼钩。这时，一股乳白色的汁液从鱼肚子里流泻出来，粘在我的双手上，黏糊糊的。童稚的脸上掩饰不住内心的兴奋和快乐，我张着嘴巴激动得几乎说不出话来。

我们整半天留在水流湍急的小溪旁，走走停停，一路垂钓，忘记了身旁的蒙蒙细雨，忘记了时光流逝。我用溪流旁水杨柳的枝条串着一大串闪着光泽的鱼儿，最多的时候有二斤多重，最大的鲫鱼有筷子那么长呢！不过，也有很遗憾的时候，那是鱼钩不小心被水潭里的树枝钩住，再也无法拉上来了。还有一次，我钓住了一尾大鲫鱼，因为用力过猛，鱼线突然断了，刚刚拉出水面的鱼儿"扑通"一声又掉落水里去了。为此，我心里还惆怅了好长一段日子；难过的是鱼儿逃了，牵挂的是脱钩的鱼儿还能活下去吗？

太阳越升越高了。小溪旁的草丛中绿知了不停地发出"嗤嗤"的鸣叫声，正午的阳光下绿荫已遮挡不了多少阴凉，红脚的石灰鸟也不再孤独地站在溪流的岩石上摇它橘红色的尾巴了。当稻田里的禾苗吸着丰沛的雨水苗壮成长，当草儿被炎热的阳光晒得无精打采、抬不起头来，当我们的光脚踩在青石小路上感到一阵阵地发烫，这时候，小溪就成了我们这些孩子的乐园。

夕阳欲坠，余晖尚浓。小溪两岸高处的群山，绿色的竹林，闪着金光的溪水都披上了绚丽的色彩。我们这些无忧无虑的孩子融进了泛着金光的溪水中。溪流旁的山峰、珊珊可爱的竹子、正在拔节的稻禾，还有飘浮在天空中的白色云朵，都在水里摇摇晃晃，被我们搅乱了，打碎了。天真的笑意写在稚嫩的脸上，兴奋和快乐荡漾在每个人的眉梢。我们忘记了时间，忘记了家中盼望已久的母亲。突然，一个孩子的母亲举着打人的竹枝，怒气冲冲地跑来了。这时，大家才光着小屁股从水里匆匆忙忙地爬上岸，快快离去。我们是多么不愿意离开那清凉明澈的溪水，心里还埋怨那个举着竹枝的母亲呢！此时，归鸟入林，暮色渐浓，农家屋顶上炊烟袅袅，如缕的轻烟悠悠然飘进幽暗的竹林里，已是晚饭要熟的时候了。

如今，我们的村子迁移到这里，溪流两岸盖起了许许多多的房子。从大隆坑山脚到社殿下约二公里的溪流旁，稀稀落落地布满了厕所、猪圈、牛栏。小溪上搭建了许多簟棚，遮掩着下面的汩汩流水和磊磊石子，临溪而居的人们，随意把垃圾和废弃物丢在小溪里。各种颜色的塑料制品和玻璃瓶子堵塞在溪流上，自由自在的鱼儿没有了踪迹。一条绿水莹莹、鱼儿穿梭来往的小溪早已面目全非。望着眼前的一切，想象着记忆深处清澈见底的小溪，我不禁想起十八世纪启蒙思想家卢梭的话：出自造物主之手的东西都是好的，而一到了人手里就全变坏了。

翠竹青青煮笋香

　　离开家乡去县城读书、工作，转眼已过去近二十年了，但是在这漫长而短暂的岁月里，竹林的故事时刻萦绕在我的心怀。每次回来，我都要去幽静的竹林里走走。一九九九年是家乡春笋大年，此时，正是挖冬笋的大好时光。何况，天天有人叫我喝酒吃饭，自己整天一副醉醺醺的样子。于是，从正月初二开始，我就一个人上山挖冬笋。

　　家乡的竹林连绵起伏，郁郁葱葱，跃动着勃勃生机。亭亭玉立的躯干，青枝摇曳的倩影，还有晨曦中破土而出、沾满晶莹露珠的黄褐色的春笋，都给我留下了难以忘怀的记忆。在童年清澈明亮的眸子里，最有趣的事情莫过于跟随父亲上山挖冬笋。天寒地冻的日子里，毛竹渐渐蓄足精神，远远望去，满山遍野密密丛丛的竹林就像一片墨绿色的海洋。泥土下的幼笋悄然长大，有的已经长出了长长的洁白的须根。这时，村子里冬闲的人们按捺不住了，他们推开紧闭的房门，纷纷没入茫茫竹林中。人们紧握着锄头刨开厚实坚硬的泥层，细心地寻找着地底下的冬笋。看到父亲好不容易挖着冬笋时兴奋的样子，八九岁的我也不甘示弱，高举羸弱的双臂，一锄锄使劲地挖下去。

　　有一次，我去挖一根别人刨开已舍弃多时的竹鞭。几锄头下去，突然，我发现了冬笋白白的根须。我欢呼雀跃起来，父亲马上跑过来，连着挖出了十几根冬笋。人们纷纷围过来，久久不肯离去，一个个投来了惊奇、羡慕的目光。望着沾满新鲜泥土、根须洁白、笋乳紫红的冬笋，它们横七竖八躺在地上像牛角一样黄灿灿、胖乎乎的，我喜滋滋的心里就像吃了蜜糖一样甜。

家乡竹林给我留下许多美好的记忆，这还与当时它和人们的生计紧密相连有关。不说毛竹用处多，家家户户的门前屋后都能够看到它们的身影，给山里人家带来说不完的好处，就说辛辛苦苦一个寒冬，人们从地底下挖出成千上万斤冬笋，村集体收入可达几千元，用这笔钱买回统销粮，打发青黄不接之时饥肠辘辘的日子，就凭这一点，人们也忘不了竹林的恩泽了。干燥的笋壳可以卖给供销社的收购站。放学的时候，我常随母亲上山捡笋壳。山风吹拂，在亭亭玉立的新竹旁、草丛里，散落着焦黄色、表面布满黑斑点的笋壳，它们或卷或开，或躺或竖，轻巧如纸。一挑笋壳放在肩头上，我脚步如飞，几乎没有感觉到它的重量。学校一放假，我们一群光着脚丫的农家孩子匆匆上山捡竹枝。把大捆大捆的竹枝背回家，在大人们的帮助下择去一张张叶子，然后用稚嫩、单薄的肩膀，将扎得严严实实的金黄色竹枝背到五里之外，以每斤二分钱卖给收购站。一个假期下来，我们能够获得五六元钱，足够买回下一学期的小字簿、毛边纸、铅笔等学习用品了。我们一群小伙伴的心里都充满了说不出的自豪与快乐。

春雷春雨带来了春天。泥土下睡眠一个冬季，蓄足了力量的春笋终于要顶破泥层，露出地面了。每年草长莺飞、细雨绵绵的清明节前后，山坡上就会竖立起一支支黝黑、挺拔的春笋。这时，村子里的男男女女，老老少少都出动了，他们披蓑戴笠，荷着锄头，三五成群地上山挖春笋。在坎坷不平、弯弯曲曲的林中小路旁，在云飘雾绕、绿竹掩映的山坞里，在涧水旁、田坎上、菜园边，只要有竹子的地方都可以看到春笋的身影。它们蓬勃向上，有的黑不溜秋，外壳上闪着透亮的露珠，有的刚钻出地面，露着黄黄的尖须儿，有的在地底下把厚实的泥层驮出数不清的裂缝。此起彼伏的嬉闹声、叫喊声、锄头落地与石块的撞击声，悠悠然飘荡在空旷的竹林里。人们把一篮篮、一筐筐剥去笋壳的春笋挑回家，农家院子里，墙弄内，村落古老的小径上，到处弥漫着煮春笋的香味儿。山野里一片繁忙，阳光灿烂的日子，村上每家每户都忙着晒笋干。在人们房前屋后的竹林旁、瓦背上、墙头上，都看到一片片、一条条或挂或躺的白花花笋干。

我的父母把整根生笋煮熟，堆在一个很大的木桶里，用大石头压上一二个月，然后再把压扁的春笋清洗晒干，这就是家乡正宗的"白笋"。人们把笋干带出山外出售或等待有人上门收购，换回或多或少的钞票。于是，农家就买回了春耕时急需的化肥、农药、种子，也从中计划着一年四季的油盐酱醋。山里人的生计紧紧依靠着家门口的毛竹林，它不知解除了多少农家的担忧。

如今，家乡的竹林已经分给农户管理，人们上山劈草、刨地、施肥，开辟出几千亩笋竹两用林基地，不仅有效地开掘了竹林的潜在能力，也大大提高了村民们的收益。这些年，村里村外办起了鲜笋罐头厂、竹粒、竹丝厂，产品远销上海、杭州，出口日本，以及一些东南亚国家，家乡的毛竹已经漂洋过海、走向远方。每年清明回家乡，我都会来到细雨蒙蒙的竹林里挖春笋。春笋大年的时候，年近古稀的父亲在毛竹山上挖出三四千斤春笋，卖得的几千元钱，已足够他一年的伙食费了。

正月初三，天上下着毛毛雨，我披蓑戴笠来到山楂岗内弯的竹林里挖冬笋。在遮天蔽日、幽暗寂静的竹林里，空气纯净、清新，如针的雨丝落下来，层层叠叠的竹叶上不断发出淅淅沥沥的声响。这里泥土肥沃深厚，竹子又粗又密，枝叶繁茂，绿荫荡漾，是人们历年来挖冬笋的好地方。在两支生长旺盛的竹鞭上，我都连着挖出了七八根一斤多重的冬笋。刚刚挖出土的冬笋，毛茸茸、黄澄澄、坚挺有力，它们粘着潮湿的新鲜泥土，东倒西歪地躺在草丛上，真是可爱极了。一身泥土的我有些累了，横下锄头柄，靠着毛竹坐在草丛里，静静地休息一会儿。我从口袋里掏出一支皱巴巴的纸烟，划一根火柴点上，醇厚的香烟从鼻腔里冒出来，袅袅散入竹林中去了。抬眼望去，一滴滴洁净透亮的水珠从竹叶的罅隙里垂直地落下来。一阵风来，数不清如牛毛一样的雨丝，在竹丛里被吹得四处飞扬，飘飘洒洒散入柴草中，飞到我的衣服上、手背上、头发上、眉毛上，我的心怀丰润了竹林的妩媚。

有人说，人生中最微不足道的东西可能被证明是难以消除的，而那些最壮观、最成功的东西世人反而可能会视而不见，见而不全。在这细雨蒙蒙的幽暗竹林下，冬笋在成长，一把锄头，一个神圣、健康的生命感觉着劳动的快乐，这是不是也算一种壮观与神奇呢？我相信一定有过这样的人，他们简朴而顺其自然，倾听自我最基本的感受，享受一种天人合一的境界。可我心中刚刚涌起的一缕温情，转瞬间被暗暗起伏的疼痛送远了，借给赖厂长的几十万元钱，就像巨浪一样撞击着我的心怀。因为人们忙于香菇生产，已很少有人上山挖冬笋了。我每天能够挖出二十多公斤冬笋，这在以往是少有的事情。按当时每公斤冬笋三元五角的价格，一天可以挖到七十多元。我一个人站在细雨如丝的竹林里，心想，如果挖冬笋能够把借来的钱还了，那该有多好啊！

元宵节后的一天

时光飞逝，在小城阴冷灰暗的天空中，在窗外延伸的鳞鳞瓦片和黑压压的屋脊上都没有留下一丝痕迹。如果不是街上的树木吐出缕缕新绿，映入行人的眼睛，如果不是巷口落下牛毛般的雨丝，如淡淡香气弥漫在我周围，如果不是远处屋顶如绿色瀑布垂下的迎春花，星星点点如黄蝴蝶在微风中摇曳起舞，在一个逼仄的生存空间里，在头顶被各种建筑物所分割的一块块变形的天空下，思绪纷繁的我恐怕要忘记季节的变换了。

小城高楼林立，街头上车来人往，脸孔熟悉而陌生。从乡下过年回到城里，我常常去拜访一些熟人和朋友。我有些心神不宁地奔走在大街小巷里，或叩响某一扇朱漆斑驳的大门，或驻足于某一条幽僻的石子小路，或暂留在城郊某幢庭院深深的别墅里，我把从乡下挖来的冬笋送给人家。我坐在温暖柔软的沙发上喝茶抽烟，大家谈着家常，比如在什么地方过年、孩子几岁了，实在无话可说，就喝喝茶，抽支烟，或者吃个苹果或橘子。这些人往往是帮助过我或正在帮助我的人。他们都非常热情，递烟、沏茶、忙得团团转，但在走出他们的家门后，我却长长地透出一口气，有种如释重负的感觉。

小城的日子很舒适，安逸、恬淡、富足。只要有足够的耐心，别人有的东西你同样可以拥有，关键看人际关系。人，都是孤独的，尤其像蚂蚁一样琐琐碎碎活着的人，所以要投其所好，想人所想，急人所急。你怎样对待别人，别人就怎样对待你。逢年过节要走动，平常日子多来往。几家人一起去小城某酒店喝酒吃饭，在烟雾氤氲的火锅旁，说说谁当了科长或局长，说说某人成了百万富翁。在某些阳光灿烂的日子，大家一起去郊外野炊，看白云悠悠，听流水潺潺，享受大自然的鸟语花香。这种人与人的关系，就像一个作家十几年甚至几十年积累词汇一样，想遗忘都困难，不仅是因为平常不起眼的字或词会在关键时刻源源不断地涌现出来，更是因为习惯。

　　一个人的能力有限，生活中遇到的麻烦却不少。从孩子读幼儿园到亲人生病上医院，从买房子贷款到办理土地、房产等证件，从调换工作单位到科室提拔……哪一件事不牵动着人们的神经呢？因为有了这种关系，自己办不了的事情，朋友们可以帮忙，我们都是兄弟姐妹啊！所以常常有人说，小城里可没有办不了的事情。何况，如果交往的是有钱人，那么有一天你也可能会成为有钱人；如果交往的是为官者，那么有一天你也可能会走向仕途。特别是如果交上了权重一方的有权有势者，那么酒囊饭袋也可以成为一个指挥别人的人。这些，对于自小在山里长大，生活、工作都一帆风顺的我来说是陌生的。一直以来，我都认为自己是一个衣食无忧的人，不该把太多的时间挥霍在这种市侩、庸俗的人际关系上，要靠双手挣得面包和牛奶。我无法融入他们的世界，甚至觉得这是别人的小城，自己与其做一个这样主流社会群体的城里人，还不如做一个边缘人。

　　物质生活有限，精神世界无边。人，不可能一生一世沉醉在物质世界里，心灵空间不会因为物质的充斥而消失。我是一个有思想的人，如果有一天，突然发现过去的日子一地鸡毛，悔恨将撞击我的心怀。在物质世界之外，我还需要一个精神世界。虽然我像一株会思考的芦苇，不长叶子不长根，没有附丽，没有寄托，但想到人生苦短，韶华易逝，真希望能够静下心来做想做的事情啊！

思绪纷繁的我时时遥想人生远处的风景，可生活不会随人愿，我的双脚总是来回不停地奔波着。正月的时候，在花田坌村里，老唐他们问我能否想办法去上级部门弄点钱来，村里会堂因年代久远需要修理一番。想到花田坌村是移民村，民政局有移民补助资金，于是，我通过妻子的学生家长，找到民政局的吴股长。通过吴股长的指点，写了一份关于花田坌村修筑水渠需要资金的报告，然后又找分管移民的副局长，希望他们年底前补助村里资金二万元。更多的牵绊却来自赖厂长，来自那没完没了的钱的事情。

元宵节后的一天，小李打电话来叫我去厂里有事情，不出所料又是让我做担保人。其实，这是老庄的主意，本来同事的钱要他担保，他却要把我扯进去。我对小李说，做担保人可以，但年前借去的五千元，这次一定要还我。小李说可以的，就给老庄打电话。不知老庄说了些什么，小李马上又改口说，这次的钱借出来要先还老庄，你的钱过些日子会有办法的。去年冬天，我在回乡下过年前去枫坪基金会贷款了二万五千元。当我把所有借款周转好，付了该付的利息，还余下五千元。因年关已近，赖厂长资金十分紧张，我又把这些钱借他们发工资，但是说好年一过就还钱的。听了这样的话，我感到十分无奈。虽然从乡下过年回城之前，我又去枫坪信用社让邻居周清贷款、自己担保借了二万元放在袋里，但我一时也用不着。

我匆匆忙忙赶到人事劳动局，来到就业处小王的办公室。小王不放心地问我是不是也借钱给赖厂长了，还说听人讲借给赖厂长的钱是很难拿回来的。我只是未置可否地笑了笑。不知为什么我回家拿了私章再来的时候，小王却说她的钱一定要老庄担保，其他人都不行。但是签字的时候，老庄仍然自作主张地把我的名字写上去了。我站在办公桌前，看着他们办理借款手续，却没有看到小王的钱。于是，我问老庄钱借来后怎么处理，他却说早交给赖厂长的出纳了。

因为是年后第一次来单位，我去三楼干部科小叶处坐了一会儿。当我站在阳台上端着一杯茶看着街道上人来车往的时候，突然发现小李和出纳小蔡从办公大楼一楼走出来，骑着自行车离开了。小李的车篮子里放着一个大纸包。老庄说，钱早交给赖厂长的出纳了，可出纳怎么现在才来呢？小李说，钱借出来先还老庄的，怎么又是她自己拿走了呢？如此看来，他们都是一些撒谎的人。

一九九九年春夏

　　松州古邑，长松山水；千百年来，素有"处州粮仓"之称的松古盆地，不仅以其土地肥沃、物产丰饶名闻遐迩，也给人们带来自耕自足、衣食无忧的生活。一条蜿蜒秀丽的松阴溪水，清亮透明、波光粼粼，把松古盆地一分为二。溪流两岸，土地平旷，良田万顷；泥墙黑瓦，屋舍俨然；青草池塘，水天相映；菜园桑地，竹篱斜插。日升日落，在这风光旖旎的桃花源里，人们凿井而饮，耕田而食，繁衍生息着一代又一代的田园人家。

　　光阴荏苒，时节如流。在松古大地一马平川的田野上，一年四季变换着迷人的风景。春风缕缕，大地新绿，红了桃花，白了梨花。在烟雨迷蒙的田野上，一望无际的油菜花像黄绿色的地毯铺展开来，层层叠叠地漾入行人的眼睛。鸣蝉的夏天，松古大地弥望的是无边的绿色，太阳的气息催动着生命从黑暗的地下升入阳光世界，在田野上发芽、开花，秧田、菜圃、茶园、竹林、果山，绿意葱茏，生机蓬勃。散发着浓郁芬芳气息、汁液饱满的植物，在路旁、田边、河岸、宅旁、山坡上颤动着生长。秋冬之际，白云飘浮的松阴溪畔，流水淙淙，芳草萋萋，到处是恬静秀丽的田园风光。透过树木稀疏的枝条，望着远处的蓝天下，青山如黛，稻谷黄熟，茶园浮绿，鲜果挂满枝头。山岗上开满金黄色的野菊花，在阳光照耀下，与田垄旁乌桕随风摇晃的红叶争奇斗妍。

　　春风吹拂，烟雨蒙蒙，花田垄村新一轮的劳作与忙碌又开始了。披蓑戴笠的农人们，荷着锄头牵着牛，光着双脚走在细雨如丝的田塍上，他们犁开覆盖着新绿的黑油油土地，在水天相映的水田里翻土、播种。当绿成一片的禾苗长得与膝盖一样高的时候，又该是插田的日子。但是，近年来，松古盆地进行了大规模的农业产业结构调整，许多人在农田里种植茶叶致富了，"种茶就是种钱"的观念已深入人心。去年冬天，花田垄村也有许多人把大面积的稻田种上了茶叶。稻谷种少了，茶叶又在长苗中，所以今年的农事比以往稍稍空闲了一些。因为大家忙着干活，村上没有事，我去了还得麻烦别人，老唐他们又一次次说有事会打电话来，所以，我偶尔到村里走走，差不多成了一件去郊外散心看风景的事情。

　　春去夏来，我走在花田垄村南边那条杂草丛生的田间小路上，沿着松阴溪回家，风光无限。老唐家的黄狗摇着尾巴跟我走在田野上，长满绿色紫云英的水田里，有人赶着牛扶犁耕地，不时传来"哞哞"的叫声。几只细细脚杆长长嘴巴的白鹭立在一坨坨新翻的泥土上，正低头忙着找虫吃，还有几只拍打着长长的翅膀，栖息在水田远处摇摇晃晃的松树枝上。小路旁的土山上、水沟边开满许多不知道名字的黄色小花，在微风中，它们铺张扬厉地怒放，在田野上漾出一片片温婉柔润的色泽。鸭跖草举着深蓝色的花瓣，默默无语地躲在一旁。几朵粉红的半边莲散落在绿色的草丛里，犹如繁星点点。泛着雪白泡沫的松阴溪水波涛滚滚、奔腾不息，岸边水草洁净如洗，在斜阳下泛着青绿的颜色。在独山大桥旁的堤坝上，三五成群的垂钓者，或坐或立，一丝不动地望着浮在水中的渔线，夕阳把他们落在水面上的影子拉得很长很长。

　　一九九九年春夏，我除了在家读书和偶尔去村里办事，很多时候都内心戚戚然地跟着小草游荡。我们像野外探寻的调查人员在小城四周奔走不息。小城边缘的山岗土丘上、农家菜园的竹林里、夕阳古塔旁、千年牌坊下，都留下了我们的影子和声音。我们走在车水马龙、熙来攘往、尘埃弥漫的街道上，用充满水泽的眼睛，深情地阅读着古老小城风雨沧桑的昨天和喧嚣热闹的今天。我们来到独山脚下看松阴溪畔最后一个鱼佬儿，来到云岩山寺庙的石屋下测字算命，来到秀峰乐园绿荫如盖的水上阁楼看云听雨，来到"高峡出平湖"的东坞水库大坝高高的台阶上眺望雨霁雾散的大地……

春雨绵绵的夜晚，屋檐上涟涟不断的雨水，把天井里的花木淋得一片青绿。我和小草心绪飘飘地坐在小城老街某个椽柱漆黑的小酒店里慢斟细酌。一盘牛肉干，一碟花生米，一壶老酒。我们谈在"邮票般大小"的地方写作了一辈子的福克纳，谈用怪诞手法表现现代人内心深处的卡夫卡，谈描述堕落的南方世界的苏童和为内心写作的余华。我们也谈仕途、经济，谈亭亭玉立、肌肤娇嫩的女人，但谈得最多的还是当代诗人顾城的诗歌，他的《远和近》真切地表达了现代社会人与人的距离和人们目光中闪烁着的戒备与警惕的陌生感。

我想，如果社会真的没有我们这些人的位置，这样的生活方式也许就是最好的选择。所以，我常常对小草说起自己正在阅读的《瓦尔登湖》作者梭罗说的话：没有哪个地方有幸福，除非你为自己带来幸福；生命没有价值，除非你选择并赋予了它价值。

《瓦尔登湖》这本书，是我去年冬天作为"席殊好书俱乐部"的资深会员从外地邮购的。我很喜欢这本书，一共买了两本。本打算送小草一本。可是，前些日子小草说县委宣传部要调人，我比较合适，让我找部长谈一谈。实际上，关于调动这件事，郑副部长去年冬天就跟我谈了，还说让他来了解我，只是一直没有下文。于是，我拿着送部长的《瓦尔登湖》来到宣传部，温文尔雅的女部长对我说，她忙极了，根本没有时间读这样的书，至于人员调动他们已经有合适的人选了。当时的自己真是后悔莫及，而要取回《瓦尔登湖》已是不可能的事情了。因为这是一本充满寂静、恬美、深邃与睿智的书，给人们带来了黎明般的清新与春天般的美丽。

一八四五年三月，冬天正跟冻土一样消融，蛰居的生命刚开始舒展。为了证明人除了必需的物品之外，也一样能在大地上愉快地生活下去，梭罗拿了一把斧头，来到瓦尔登湖的湖岸上。他在亲手建成的小木屋旁，自己掌犁，自己锄草。一年下来，他只劳动了六个星期，其余的时间用来阅读和思考。梭罗把农场的全部开支列了一份清单，包括造房子、开辟农场、穿衣吃饭，共计六十一点九九七五美元。为了支付这一笔开销，他卖出了自己劳动的农产品，加上打短工的收入，共计三十六点七八美元，差额约为二十五点二一美元，这恰恰是他刚来到瓦尔登湖时所有的预备资金。就是说，梭罗完全用双手养活了自己，更重要的是，也是作者始料不及的，他终于明白了要得到一个人所需的食粮并不需解决太多的麻烦，而是轻易到令人不可信的地步，而且"一个人可以像动物一样吃简单的食物，仍然保持健康和膂力"。

梭罗生活在美国社会从农业向工业化发展的过渡阶段，当时的人们筋疲力尽地工作，被生活的重担压得苟延残喘。但在梭罗看来，人们的辛苦并不仅仅为了食物和衣着，更主要的是为了从飞鸟的巢里和飞鸟的胸脯上掠夺羽毛，做成住所中的住所，享受舒适中的舒适。"高塔和寺院是帝王的奢靡"，梭罗无法与这种绝望、奢侈的生活融为一体。他认为人生宝贵，不应该无意义地浪费生命；人在获得生命必需的物质后，不应该过多地追求奢侈品，而应有另一些安排，那就是提高生命的质量。"当文明改善了房屋的时候，它却没有同时改善房屋中的人。""泥土使种子胚根向下延伸，然后富有自信地使茎向上成长，而人为什么不能向天空伸展呢？"他以为大部分的奢侈品都是没有必要的，甚至妨碍了人类的进步。

今天，我们生活在一个崇高与卑微、正义与邪恶、贫穷与富有并行不悖的年代。城市高楼林立，街头灯火辉煌，店铺物品琳琅夺目。高雅华贵的服饰，美味可口的食物，有人因脂肪过剩用药物减肥，有人手挎几万元的皮包，这些都在向人们昭示时代物质的丰足与富有。人心浮躁，功利之风弥漫，有人有了华丽的别墅、高级轿车，却还无时无刻不怀抱财富的梦想。有人为追求无限度的人生享受，对金钱物质的占有欲望已到了丧心病狂的地步。鲁迅说，我们一要生存，二要温饱，三要发展。吃不饱，穿不暖，交不起学费而放弃学业，无钱上医院而坐以待毙，这是社会赤贫者的不幸。此刻，我们深感金钱是生命得以生存、生活得以持续的前提条件，是人生可能发展的基础。那么，这是否意味着过上家财万贯、锦衣纨绔、饫甘餍肥的日子，才算过上了一种真正的生活呢？为追求最大限度的人生欲望，为过上穷奢极侈的日子，有人像那个去太阳山上捡金子的人，因为总怕捡的金子太少，最后被晒死在金山上。

尼采说，人生的幸运，是保持适度的贫困。多余的钱财只能买多余的东西，而人的灵魂是不需要花钱买的。现代工业文明给人们带来许多物质享受，我们有了飞机、铁路，接通了越洋电缆，我们的收入不断增加，生活水平不断提高。那么，人们是否可以从物质欲望的泥淖中挣脱出来，保持一份生命的尊严与自由呢？也许梭罗的简单生活已被现代人所忘记，他陶冶内心世界、提升生命质量的主张也被当今社会所忽视，但他的理想不会过时，将永远给人以莫大的感悟与启迪。正如爱默生所说："梭罗的简单生活，使所有其他人看来像奴隶一样……无论在什么地方，只要有学问，有道德，有爱美的人，一定都是他忠实的读者。"

一九九八年冬天的日记

一九九九年的梅雨季节，一个个久雨不晴的日子。在阴沉沉的天空下，层层雨帘落在窗外鱼鳞样的瓦片上溅起的雨雾，迷蒙一片。望着烟雨中的一脉远山，听着时急时缓的雨声，我的思绪像校园花坛里纷纷落下的栀子花瓣一样凌乱、萎靡、黯然，压抑、惊悸、惶惑的内心，已难以再平静下来。我经常取出藏在抽屉书籍底下的日记本翻阅。一九九八年冬天的日记，是这样记叙的：

十月十一日

十七日要还的钱，现在仍然没有完全把握下来。遂昌、靖居、大东坝等地都联系了，他们都说尽力帮忙，初中同学春生在靖居一带找钱，初中同学叶梵今天回大东坝借钱，师范同学老陆今天回乡下找钱，似乎都有希望。可在没有拿到钱之前，心里总是不太平静，甚至烦乱不堪。我一定要找到一万元还给玉岩土管所的小林。

昨天，给老陆打了半天传呼都没有回。今早又去小草办公室打电话，结果仍没有接到老陆的电话。回家打电话去他原来的学校，找到了现在学校的电话号码。电话打通了，老陆告诉我，昨天去杭州了。难道上午打的传呼一个都没有收到？他告诉我已经给别人担保了，但愿意去看看，让我晚上七点打电话或传呼。我预感不行，结果真的不行。遂昌的钱已经不可能了，现在只剩下几种可能：一是去联社贷款,二是从大东坝借到钱,三是春生说他星期一再去找钱。还有,赖厂长也说星期一去找钱。

这么乱的心情是不能做事的,但我试着让自己平静一些。去找朋友闲聊,更多的却是失望,那就用笔把这些事情、心情,一一记下来,让心灵释放一下吧!这是一种十分无奈,甚至让人提心吊胆的日子。我真想一个人孤寂地躺在宽阔、宁静的溪滩上,仰望蓝天,让清风掠过头发,听流水哗哗、鸟鸣啾啾。这样也许心里才会好受一些。我必须冷静、坚强地做好这件事!

十月二十七日

前几天去家乡,因村上要付利息就在家里住了一夜。父亲已把鸭子杀了煮烂等我回家,因为我说过十日左右回去的。父亲说,一定是遇上什么事情脱不开身,回家一趟他就放心了。还问我是不是钱没有凑齐还不了。真是料事如神啊!等待的日子是不安的,何况事关上万元的钱呢!如此看来,父亲也开始心情不安了。我告诉他,以后把钱慢慢拿回来就是了。去村上付了几户人家的利息,他们都愿意继续把钱借给我。

这些日子真是难受极了。幸好联社小宋、初中同学叶梵相助,借到二万四千元,把靖居村樟连、玉岩土管所小林的钱及时归还了,又去村里付了几千元利息。现在一切都变得顺利起来。

今天,又去靖居春生处借钱一万元,把西屏信用社的贷款还了。早几天与叶主任联系,还提了两瓶酒上门拜访,他让我找个担保人,钱很快就可以贷出来了。春生的一万元,借用时间十天,利息一百元。虽然借款利息很高,但是我已经十分感激他了。

昨天,让赖厂长下个月四五号还我一万五千元。赖厂长却说我怎么不早说,否则别人的钱可以暂时不还的。其实,还是七月份,我就讲过靖居村樟连的钱要还了。昨天，我说起樟莲的父亲去世了，她的妹妹下个月结婚，都要用钱的。听了这些话，赖厂长说这么点钱好说的，到时候去拿就是了。过几天赖厂长可能又会叫我担保，那一定要拿回一万五千元。总之只有从他那儿拿回了钱，心里才会平静，但愿他说今年把全部钱还我的诺言实现一半就好了。

晚上，和建行的小黄去看他的高中班主任——县委宣传部的郑副部长。我们在郑副部长妻子开的小店里喝酒，郑副部长说部长已经和他谈过我，让他来了解我。他说对我不十分了解，只是曾经有人反映我很好，这个事情他要负责的。最后，他又说我可塑性大，去文明办太可惜，还是去办公室当秘书比较合适。小黄在旁劝说了一次又一次，希望快点调我过去。其实，我早就认识郑副部长，自己曾经迎着熹微的晨光在他承包的鱼塘里抓鱼，在昏暗的路灯下把他的一筐筐胡柚搬上车运走。晚上十一点了，我付了账，郑副部长说下星期再谈，到时候再告诉我结果。回来的路上，小黄说我太单纯了，有些话真不知该怎么和我说才好呢！

回家和妻子一说，她有些激动。其实，去不去宣传部对我来说都是一样的，当不当官也不置可否。半年来，为钱操碎了心，思绪一片混乱，真的去宣传部当秘书，心里还有些把握不住呢！

十一月二日

这些日子过得还算平静。靖居春生处的一万元今天已还，十二月九日到期的一万元借款利息也付了四百元。往后再给他五百元利息就够了，而且我把还钱的时间往后推了。昨晚，小黄要去丽水上班了，我们为他饯行，大家喝了很多酒，说了很多低级趣味的笑话。在回家的路上，郑杰悄悄地对我说，我给他们的印象越来越好了。

昨天，来到西屏信用社贷款，担保人是同乡周献。周献在财税局上班，我们从小一起读书、砍柴。在填写信贷协议的时候，叶主任说，贷款不能超期的。因为自己私章上的名字和身份证上的不一样，又匆匆忙忙去刻了一枚私章，再回信用社贷款一万五千元。

赖厂长说过四五号还我一万五千元，今天去他家里，小李却说，他们还想问我借钱呢！自己与这样的人交往，真可谓遇人不淑啊！后来，赖厂长说四号给我钱，五号就要还他的。看来，这都是一些只为他们自己想的人。另外，一笔二十五日要还我的钱，也告诉了赖厂长，他让我十七八号打电话。

赖厂长的钱年内还是相当紧张。当别人只为自己考虑时，我为什么要为他人想得那么多呢？赖厂长说，下次还信用社的钱他会让我周转的，到时候一定要扣下二万元，否则日子没法过了。与这些人交往，常常让人想起《伊索寓言》里狼和小羊的故事。自己要以平稳的心态来对待这一切。

多么想静下心来读书，读人类的思想，从中体会如斯威夫特所说的大多数人是造物主容忍在地球表面爬行的小害虫中最丑陋、最恶毒之外的美好的情感。可是，自上次还款后，快一个月了，自己累得疲惫不堪，内心萎靡不振，恐惧的阴影始终笼罩心头；时间荒废不算，身心还备受摧残。这种日子于己于人何益？找朋友闲话何用？只有白白打发宝贵的时光罢了。往后，仍然要读哲学、文学，努力寻找人生的困惑与答案。

去宣传部的事，郑副部长说，让我去给部长当秘书，要我诚心诚意地做好工作，要吸取以往的一些教训，特别要处理好人与人之间的关系。

十一月九日

晚上，刚想去厨房看书，郑杰来了，我们一起去喝酒。白天读罗曼·罗兰《约翰·克利斯朵夫》，作者对生命的思考很深刻，有些思想自己还是第一次读到呢！

前天，郑副部长又告诉我，去宣传部的事情组织部门还在考虑之中。

十一月十二日

昨晚，玉岩土管所的小林打来电话，自己去他县城的家里聊了一会儿。回家后，夜里有些睡不着。十一月二十五日还款，我让他通融一万元用一个星期。他老婆拉着脸说，我们又不是开银行的？自己已付给他们一万多元利息了，怎么借用一个星期都不愿意？这一次，赖厂长应该给我钱了吧！

白天，继续读罗曼·罗兰《约翰·克利斯朵夫》，开始抄写从郑杰处借来的莫罗阿的《人生五大问题》。

十一月十六日

还款的日期越来越近了，必须从赖厂长处拿回三万元。这些钱除了还玉岩土管所小林一笔已到期的一万元，还要还靖居村的孙贵、大姨夫，还要付自己村里几户人家的利息。所以，这钱无论如何不能再借给赖厂长了。一想到去赖厂长那里拿钱，心里就一阵紧张，可紧张又有什么用？态度不妨坚决一些，本金拿回来了，利息就随便吧！

前天与信用联社的小宋去黄桥下钓鱼，还请他在松阳宾馆洗头泡脚。为了借钱，什么办法都用了。

十一月十七日

今天，只借到四千元。我赶到厂里，让赖厂长先拿二万元凑起来，准备把阳溪信用社的贷款还了。昨晚又去赖厂长家，他却让我尽力准备，还说本来是应该还我钱的，但是相信我的能力。小李在一旁一唱一和，非常令人讨厌。这些人真是让人丈二和尚摸不着头脑啊！

在办公室，会计小蔡还悄悄地对我说，小徐，你要调皮一点，老庄他们的借款都是一笔一笔结清的，月息还三分呢！如此看来，自己真的要认真一点了，跟这些人是没有什么道理可言的。现在，赖厂长还让人有点信心，他的女人说的是满口仁义善慈，实际上却根本不是这样的。我每次去要钱，她说的总是别人如何帮忙和赖厂长如何心情不好，可为什么就不想想别人的艰难处境呢？和这样的人打交道，只说明自己真的看人不准啊！后来，赖厂长答应让我二十日去阳溪信用社还款。二十日的事情又会怎样？

时光就这样一大块一大块地浪费了，可又有什么办法？沉重的压力，可以改变人生原来的轨道，可忧虑到底于事无补。望勿忧！

晚上，小草、寒山在自己家里吃饭。

今天，还收到《丽水日报》寄来稿费单一份。

十一月二十四日

原来讲好二十日还的钱，今天总算还了。

为了还这笔钱真的不容易。在厂里，老庄说让我向他借钱，我不同意，他只好把六千元借给赖厂长。因为不够，师范的小刘又去借了一万四千元，才凑齐还款的钱。小刘对赖厂长说，是朋友更要讲信用，今天他为找这一万四千元去了五个地方呢！小刘和老庄的关系有些微妙，小刘走进办公室递烟时，老庄却显出一副很不耐烦的样子。大家坐在一起，气氛有些紧张。

建行的小黄曾经对我说，别人去跳河，你就在岸上看吧！生活告诉我，生意场上真是有这样的人。

晚上去找徐主任，他答应贷款归还后可以再借。

十二月六日

这些日子，几乎天天都在为钱奔忙。前几天从阳溪信用社借出来的钱，本来要还玉岩土管所的小林，靖居村的孙贵、大姨夫，还有给村里人付利息。可赖厂长说，这些日子订单多，如果我的钱不继续借的话，厂里就无法周转了，又说货款很快就会汇回来的。所以，我不仅把这些钱重新给了赖厂长，还联系徐主任，赖厂长让他的隔壁邻居、我的同乡老邱担保，从阳溪信用社贷款四万元。

昨天，为了还款，又一次去枫坪基金会借钱。按规定，户籍不在本乡的人是不能借款的，于是，叶主任就让我找到本乡户口的小张，顺利贷款二万五千元。现在，小林一万元，靖居村孙贵五千元、大姨夫一万元，都已还清，今年接下来要还的钱，只有初中同学发贵的四千元。同时，要给村里的几户人家付利息，还有联社、水南、西屏信用社要在二十日前付利息。

现在，总算可以稍微喘口气了。感谢上帝的恩赐！往后要读三个月的文学作品，写点文字。过年买条好烟回家乡，让大家分享。村里人对我亲切又信任，是他们给我了一份轻松与宁静，但愿往后的日子平安无事。

今天去靖居还钱，回来的车上碰见郑杰，我们一起去公路旁的文明饭店吃了一顿新鲜鱼，味道真不错。

十二月十一日

赖厂长这个人真是太不讲信用了。前几天，自己去靖居还钱后余下五千元，他说只借用三天，可一个星期过去了。今天是说好还钱的日子，当我来到厂里取钱时，他们夫妻俩却去了上海。并且赖厂长的妻子还借了我十一月份的工资。他们走时也不说一声，这些人真可恨！

我的心真是太软了。

十二月二十一日

把所有信用社的利息都付清了，可赖厂长仍然没有回家。

晚上，去赖厂长家敲门，只有他儿子和女朋友在家里。敲门无应答，只见厨房里油烟弥漫，听到了炒菜的吱吱声。还是那女孩子说，小徐叔来了。开了门，我问赖厂长儿子他父亲什么时候回家，他低着头闷声闷气地说，总会回来的！我马上走开了。

十二月二十九日

赖厂长回来了。今天，我们在他办公室结账。

本来所有的借款都要还了，可赖厂长说，等到明年下半年资金就没问题了，希望再帮他半年。前些日子，我问他这段时间做了那么多订单的钱都哪里去了，他说，快年终了，工人要发工资，另外，还有一些零零碎碎的账务要理一理，明年开始一切都顺利了。

现在，借给赖厂长的钱已达三十九万元，其中别人三十一万元。今天算利息的时候，我还把全部利息减掉三万二千多元。

既然取钱这么难，为什么还要借呢？自己真是一只该死的癞蛤蟆啊！

一九九九年春夏的日记

雨停了，阳光从低沉灰暗的云层里暧昧地露出来，宿舍旁边几株被雨水冲洗得洁净、翠绿的水杉枝叶上，水珠闪亮。在潮湿、燠热、凝滞的空气里，夹杂着从窗外飘来的一股酸霉味。我潮湿的内心沮丧地发芽，寥落无助的情绪，如云雾般葱茏地在心里弥漫。我常常点上一支醇厚的纸烟，借着烟雾所带来的一丝慰藉，翻阅着自己的日记。一九九九年春夏的日记里这样写道：

二月二十五日

今天是农历正月初十。晚上，我提着十多斤冬笋来到赖厂长家里。一阵寒暄之后，自己就说起了白天回城时村里人关钗提出的还钱的事情，赖厂长却是那种发闷的样子。他们告诉我，工人的工资已发至一九九八年十月份，也不知是真是假。白天打电话，小李说今年过年钱十分紧张，许多想去的地方都没有去。

一九九九年拿回来的钱即坚决不出借了。只要本金拿回来，利息再说了。上半年，赖厂长要还我本金三十九万元，取回十至十五万元，应该没有问题吧！如果下半年再取回十万元，自己肩上的担子就渐渐轻了。

二月二十六日

中午，花田垒村四位客人来家里吃饭，他们是村支书老唐、叶主任、单水，还有村里的老书记。在厨房里忙了半天，又是拉煤气，又是买菜做饭。想不到的是，他们竟然提来两瓶五粮液，两瓶香槟酒，还有小孩吃的一包饼干。我坚决不要，他们却坚决把东西留了下来。

二百多元一瓶的五粮液，我只好拿到店里去退。可店主人看过酒瓶上磨烂的包装纸后，说，这两瓶酒已经不知被多少双手摸过了，卖不出去的。没有办法，只好又提回家来。

小韦、甄老师、叶老师在我家吃晚饭。我把中午余下的野猪肉烧了一大锅，放上红辣椒，大家都说味道好极了。今天一共买了十二斤野猪肉，全部吃了。晚上，还去小宋家，把两瓶五粮液送他了。

另外，发贵的四千元钱已归还，不知能否再借。接下去就得准备还水南信用社的贷款。

二月二十七日

上午，和寒山在人事劳动局四楼打了半天乒乓球。

中午，大姨、外甥、外甥女来了。叶老师来小坐，我请他明晚来家里吃饭。

晚上，去寒山家，在门外听见客厅里人声鼎沸，就退回来了。去的路上看见郑杰家门口停着小黄的车，回来时就进去喝了一杯茶。郑杰在楼上打扑克，小黄准备走了，郑杰送我们出来。来到小黄处，从他的书柜里借了两本书，一本是马尔克斯的《番石榴飘香》，另一本是王佐良主编的《英国诗选》。

又来到小草家里，我们去逛街。小草不停地抽烟，一副无精打采的样子。我问起他借去的一千元，告诉他水南信用社的贷款快到期了。他说先还八百元，余下的二百元等有钱了再还。还说，怎么这样一千元钱也要问了，一次又一次。

因为家里客人多，房间里几乎找不到容身之处，自己就一个人来到一楼厨房里读《番石榴飘香》。番石榴是生长在拉丁美洲的一种树，果实飘香。马尔克斯告诉我们，文学素材要经过加工后才能成为艺术品。

三月十日

前天下午去厂里，赖厂长又笑着对我说，因为工资未及时发放，今年厂里招工困难，要我问问阳溪信用社的徐主任能不能再借点钱。想到一次次拿钱不容易，又想到上次借款时，自己把贷款的事情说好了，还得陪他一起去找担保人，心里有些为难，可又不好表现出来。想到我已经多次在阳溪信用社借款了，徐主任应该不会同意的。于是，我当着赖厂长的面打电话，想不到的是，对方却爽快地答应了。逃脱的企图反而让人深陷其中，或许这就是所谓命数吧！

昨天，我们去阳溪信用社以赖厂长为担保人，用我的名义贷款两万元，时间半年，由他去信用社按季结息。贷款前，我要赖厂长还去年冬天借去发工资的五千元，可他说如果没有工人、生产上不去的话，那么今年上半年到期的钱就不能及时归还我了。又说下一批货款马上就要汇来了，到时候还我就是了。从阳溪信用社出来的时候，赖厂长满脸感激地说：跃华这样帮我了，我以后也一定会帮你的。

去年冬天回乡下过年之前，我去枫坪基金会借款二万五千元，把所有的借款周转好，付了该付的利息，还余下五千元。因当时赖厂长发不出工资，我就把这些钱又给了他们，但说好年一过就还钱的。自己说过几次，他们却一直拖着，十分无奈。

现在，借给赖厂长的钱为三十九万八千元。其中，不包括今晚借去买化学用品的一千元和昨天阳溪信用社的贷款二万元。

今天，和小草一起来到了青蒙塔下，在踏步头村吃午饭。

三月十五日

今天，水南信用社的一万元贷款已还。这笔钱是小草从水南信用社贷出来的，他拿去的一千元，已还八百元。为了这笔钱，去年这时候，我们冒雨来到瓦窑头，还在老鱼头的情人店里，花了近三百元钱喝酒呢！这样的钱实在不想借了。人的素质低，自己做人严谨一些，对他人尊重一些。这是对目前无奈现实的一种必要的、没有选择的选择。

晚上，在老街一家三都人的小酒店里，请小草喝家酿酒。之后，我们又去洗发，回家已深夜十一点多了。

三月十六日

借给赖厂长的钱，二十五万元一笔的利息已经付了九千元，还余九千七百五十元。另外，加上这些天零星借走的二千七百元，共计欠款一万二千四百五十元。赖厂长说二十日前还七千七百元，余下的四千七百五十元，在三十日前归还。还有，四月六日应还我一万七千元，五月二十日又要还我五万元，自己至少应拿回三至五万元。

昨晚，和声隆、老邱一起在小店里喝酒。老邱是一个聪明人，他帮着我在大家面前说了许多好话。声隆是一个很朴实的山里人。

晚上，和小林、叶梵通电话，都是关于钱的事情。心里烦透了，真不明白自己怎么会遇上这样的事情，后悔莫及啊！现在的情况是，四月份，联社的一万二千元要还了，叶梵的一万元要还了。五月份，西屏信用社、延庆城市信用社，还有靖居村的，共计两万七千元都要还了。西屏信用社的贷款只有半年，转眼之间，又要还款了。人，真是可恶至极!

今天,与赖厂长说起还款的事情,他却要我把信用社的钱先还了再给我钱。这个人真是太过分了。现在,手里还有二万元。靖居的一万元是一定要还的,其余的只有再说了。明天去中行问一下,不知能否办信用卡,这样通钱就方便了。借赖厂长的钱,一分也不能增加了。

四月二十三日

这些日子挺忙,事情做得也多。

昨天上午,去花田垒村里插田。田野上春风吹拂,满眼皆绿,自己赤脚站在水田里,感到说不出的心旷神怡。但想到赖厂长处的钱,美好的感觉立即烟消云散,无影无踪。下午,老唐让我去民政局问钱的事情,吴股长说,钱肯定有的,他已经预算进去了,只是还要等待一些日子。

今天,把钱的事情和老唐说了,他很高兴,还说什么时候一定要去感谢他们。

今晚,把小林三月份的九百元利息付清了。现在,赖厂长已欠我四十一万六千元,还不包括三月九日在阳溪信用社的贷款二万元,并且,这笔钱没有写条子。

五月二十四日

岁月流逝,悄无声息,日子仍在失望与希望中苦苦挣扎。

赖厂长无诚信可言,他的妻子、儿子都一样,我的善良已是多余。如果羊与狼讲同情与善良,那是一件可笑的事情。如果再把钱借给他们,自己就是天底下最大的傻瓜!

六月一日还钱的事情又会怎样呢?拭目以待。

五月三十日

今天薄暮时分，和赖厂长坐在西屏山望松亭旁的岩石上聊了一会儿。望着远处尘埃弥漫小城里的万家灯火，赖厂长告诉我，他儿子和女朋友分手了，他儿子还有二门课程未通过，正准备考试。如果没有记错的话，他儿子一九九四年去杭州读书，通过自考拿文凭。这么长时间过去，怎么还有二门课程未及格呢？

关于他儿子女朋友的事，赖厂长曾经多次跟我谈起，双方父母都已经以亲家相称了。前些日子，因债务问题，女方提出要他儿子与父母脱离关系，否则就断绝恋爱关系。想不到事情这么快就发生了。赖厂长说，为儿子女朋友毕业实习就花掉了五万多元。我对赖厂长充满了同情，觉得应该继续帮助他们脱离困境，只是也为借他的钱担忧不已。

我一边感叹着世人爱钱，一边从山顶走下来。我想，这世上如果没有钱的话，有些事情真的做不了。人们许多内心的东西是不会轻易说出来的，这是成熟，也是老练。我发现自己与人交往太少，根本就看不清他人。

五月三十一日

六月一日，已不可能从赖厂长手里拿到钱了。他告诉我六月十五日有人借他三万元，到时候一定给我。幸好自己还有二万元，又去靖居大姨夫家借了一万元。今天，阳溪信用社的二万四千元贷款已周转出来，明天准备去枫坪还款。

在忧心忡忡的奔波劳碌之后，事情总算有了一个比较顺利的过程。如果明天枫坪的钱能够借出来，那么小林的五万元可以还去二万元。如果赖厂长六月份的利息二万二千元付给自己，那么就可以还小林四万元、春生一万元。

这是令人疲惫不堪的日子。为了钱日夜操心，寝食不安，赖厂长，快还钱吧！我已经不堪重负了！

六月五日

枫坪之行，一切顺利，小林的钱已还二万元。阳溪、枫坪信用社的贷款使用时间都是一年。接下去要把叶梵、春生等人的钱还去一部分。如果真如赖厂长所说，六月十五日能够还我三万元的话，事情就好办起来了。

回枫坪的时候，我以为赖厂长已经去江西拿货了。想不到今天去厂里，他还在四处打电话借钱，或许明后天应该出发了吧！

今天，还靖居孙贵六千元。

六月七日

今天去花田垄村，本来准备和老唐到村上几户党员家里坐一坐，说说话。可是走了几户人家，都没有碰见人。老唐说，既然表格填了，入党的事情就要认真对待。

骑车回城的时候，我经过赖厂长厂里。他儿子说，父母出去借钱了。我看见他躲躲闪闪的目光，就走开了。

晚上又去厂里，不料办公室亮着灯，大门却紧锁着。叫了几声无人应答，我心想，他们一定是去江西了。

昨晚，请西屏信用社小吕喝酒，十二点多才回家。妻子不停地数落着我：年轻人中最没用的人，真的是害人。又想到赖厂长处的钱和他目前糟糕的境况，内心只感到一阵阵焦虑。人生，真的很无奈啊！

六月二十八日

上星期去玉岩信用社贷款，可谁愿意帮我贷款呢？少弟、胡汉、发贵、春宝、嘉旺、冬明、小林，电话一个个打过去却没有一个人愿意的，最后还是叶方长老师帮了我。

昨天，发贵四千元、小林一万元、叶梵五千元、春生一万元，都顺利还去。只是赖厂长处的钱总取不回来。

今天已是二十八日，赖厂长曾答应六月十五日还的钱，至今不见踪影，还说要等明天。本说好下午四点打电话的，我在家里等了半天，打了十几个电话才找到赖厂长。他竟然说中午酒喝多了，睡去了。

前些日子，赖厂长去天津，本说好把货款带回来的，可后来又说要开支票才把钱汇回来。理由真多呀！

七月十一日

时光匆促，不知不觉又是七月了。

这些日子，自己不仅没有从赖厂长处取回一分钱，反而又借他七千元。六月一日、六月十五日、六月二十四日、六月二十六日、七月五日、七月十日，仅二万元钱就给人这么多次承诺，明天总该有钱了吧！其实，凭自己的能力借四十万元钱，似乎不算太难，只是还钱太难了。以后，谁还敢借钱呢？

今天，读《英国诗选》，狄兰·托马斯《催动花朵的力》，感人至深：

通过绿色的茎管催动花朵的力

也催动我绿色的年华；

使树根枯死的力

也是我的毁灭者。

我也无言可告佝偻的玫瑰

我的青春也为同样的寒冷热病所压弯……

不知什么时候，天又下雨了。我浑身濡湿，从窗外溅进来的一滴雨水落在日记本上。我感到眼睛发涩，内心的疼痛也像水滴在纸页上慢慢地渗透开来。

潮湿的厨房

一九九九年的梅雨季节，犹如等待黎明来临的黑夜一样漫长。阴晦低沉的天空淫雨霏霏，潮湿、闷热的气息惊醒了墙脚小草迟钝的根，扰乱了人的记忆与神往。屋檐上哗哗落下的雨水，四处飞溅。阴暗、狭窄的厨房过道两旁，湿淋淋的木板脚下爬满翠绿的青苔，因雨水长久浸透的木门缝隙里竟然长出了一朵朵灰白色的蘑菇。我站在空气中弥漫着植物腐烂气息的厨房里，忧悒的内心像阴霾的天空一样黯淡与沉重。

这些日子，真是烦透了。雨，从早到晚不停地落下来，耳朵里一层层绵延不绝的滴答声，听得抑郁不安的人心里一阵阵发紧。宿舍一楼的厨房地面上，没有一丝儿干燥。煤气灶的喷射口上冒出了细细的水珠，一时无法打开。放切菜板的桌面上，长了一层灰绿色的霉菌；我天天擦洗，它们天天疯长。

今天上午，我从店里把煤气拉回来，整理了厨房，又去洗衣服，几乎半天都没有停手。潮湿的厨房，一走进去就有一股霉味迎面扑来。三面墙壁膝盖一样高的地方都是湿漉漉的，墙脚的地面上堆着一层脱落下来的尘土。窗户这一面的木板上，有一米多高都是湿漉漉的。朝外的一面布满青苔，里面则长满了白毛，像盛开着的一朵朵鲜花。因为煤气灶搁在窗户下，所以木板上沾满了油腻黏滑的污垢。几块窗玻璃也是油渍斑斑，看上去有些像抽象派画家的作品，但从生活实用这一角度看，却十分吓人。才过了一夜，切菜板上长出了几处绿毛，搁煤气灶的桌子上也布满了一层薄薄的绿毛。

这里也是作为常客的老鼠光顾的地方，蟑虫却定居于此。因为是厨房，又因为道路畅通无阻，老鼠自然要来此溜达。对此我们唯有清野却无法坚壁，只能尽量不在厨房里留下剩余的食物。蟑虫无孔不入，也是赶不完的。晚上，我有时来这里看一会儿书，一拉开灯，看见菜板上爬满了蟑虫，还装着一动不动的样子。我拿起抹布奋力地打下去，少则有二三只，多则五六只，它们一个个身体朝天地摔倒在水泥地上，腿脚不停地颤抖着，虽然已经腿缺肢断，可仍在死死地挣扎。

事实上，有这么一间厨房也不是一件容易的事情。一九九三年房改的时候，学校分给我们一套四十多平方米的房子，但是没有厨房。按原来的规划设计，这里的每套房子都在一楼配有一间厨房，但年代久远，有些事已说不清楚了。所以，有的住户虽然早早离开这里，住进了自己绿树掩映的楼房，但是他们宁可把烂纸箱、破坛子，还有蒙着厚厚灰尘的旧桌椅堆在里边，也不愿意把一间破旧的厨房腾出来让给后来的人。在二楼宿舍里，我们一直用电炒锅烧菜，用电饭锅烧饭。半年后，七十多岁的占老师，看到我们家里有客人来吃饭时的拥挤样子，她把不再使用的这间厨房让给了我们。这样，我们才算有了一间占地八九个平方米的厨房。

一晃之间，整整五年过去了。现在，县城里的有钱人或没钱人都已经开始大规模的建房行动。各种各样的拆迁、土地征用与拍卖活动，如火如荼。人们盖店面、造私宅、建别墅，热火朝天。二十世纪九十年代末期，县城占地五六百平方米的古湖别墅区，建房用地每平方米四百五十元，绿化用地每平方米四百三十元。像赖厂长这样有了宽敞的商品房且负债累累的人，也要借钱在县城古安亭买下九十多平方米的地皮，建起一幢建筑面积三百多平方米的房子。我从乡村来到县城，是一个非常安于现状的人，一来没有什么积蓄，二来没有亲戚朋友的指点，何况自己又是一个单纯、固执，甚至非常自以为是的人。虽然没有在城里购置土地造私房的经济实力，也没有修筑别墅的思想，但是我一直希望买一套商品房。因为渴望拥有一间属于自己的书房，是我人生最大的梦想。

人生在世，衣食为本，知足的人有福了。物质世界有限，精神生活无边，如果能够拥有一间宽敞、宁静的书房，闲暇之时可以读书、写字，那是活着的快乐。可是，我已经三十五岁，这样的愿望似乎一直都未能实现。试想，在幽静的书房里，白色的粉墙，窗前棕竹绿意葱葱。伫立砖墙似的书架前，但觉春风掠过山野，有阳光明媚，有流水潺潺，有鸟语花香，心如秋水般澄澈明净、柔软安宁。一桌一椅，一本稿纸，一支钢笔，静柔的灯光映射在洁净的桌面上，笔尖在纸页上沙沙作响，思想在指尖上缓缓流动，让文字串联起来的情绪涂画在白纸上。那可是一种无上的享受呀！我喜欢瞿秋白，我喜欢狄金森，什么时候能够静下心来再读一读《饿乡纪程》或《多余的话》呢？读书累了，在书桌前大声朗诵一首《我是无名之辈，你是谁？》或《由于我无法驻足把死神等候》，感觉也很好啊！

可是，生活往往是不会如人愿的。在一间四十多平方米的宿舍里，我的内心总有些悸动不安，思绪时常被打搅，似乎根本就不能静下心来做喜欢做的事情。孩子上学了，他也需要一个空间。三间房子里间是卧室，外间是客厅，中间让给孩子做作业和妻子辅导学生。每天晚饭后，孩子们开始做作业，我就去厨房里看书。秋冬之际，在这低矮灰暗的厨房里还可以静心阅读，可是春夏季节就不行了，潮湿、闷热的环境不仅不能让我长时间坐在这里读书，也时时搅乱了我的思绪，扰乱了我的想象力。

　　不知有多少次了，妻子提出要买房子。也不知有多少次了，我非常诚恳地与赖厂长说起买房子的事情，他的意思却是要我从他那里多挣些钱再去盖房子，还常常笑眯眯地说，如果以后盖房子他是一定要帮忙的。赖厂长一家三口早已住在宽敞的商品房里，却还要盖一幢三层半的楼房，他心里是否也曾想到我的住宿环境呢？这样的话与其说是在安慰别人，毋宁说是一个好借口，赖厂长不仅要让我听到他的关心，更要让我心里有话说不出来。所以，虽然妻子一直说着买房子，可我总是未置可否。雨后黄昏，新月初上，我与妻子经常一起去散步，看到街道两旁越来越多的新房子，她提起买房子的事情，我只是附和着说几句罢了。不知内情的妻子，哪里知道我焦虑不安的内心深处呢？有些日子，她还天天带我去校园对面看商品房，甚至已经谈好总共七万三千元的房价了。可是，在我心神不安地看着妻子充满期待与神往的目光时，心里却焦躁万分地想着有人正急不可待地等着自己还钱呢！

　　我承认自己在前面关于房子的叙述时，有所保留与隐瞒。或许这是因为房子留给人的记忆太烦琐，太沉重，它所带来的切肤之痛又有些疏离自己对于二〇〇〇年冬天的回忆。但是，这些令人太痛太痛的日子，是不能够忘却的。何况哲人说，幸运并非没有许多的恐惧与烦恼，厄运也并非没有许多的安慰与希望。所以，不妨宕开一笔，继续记下房子带来的忧伤与欢乐，无奈与欣喜，酸涩与慰藉，失望与希望。

租房的日子

　　一九九二年秋天，我从乡下调到县城，当我第一天在县人事局上班的时候，办公室的王主任就十分主动地找我谈话了。他笑着对我说,如今的工作调动与单位分房子是没有什么关系的,机关里人多,房子实在太紧张了。他说得很轻松，很温和，语气里透着丝丝的同情与关怀，在我沉重的内心为别人爱莫能助的摇头与微笑所感动的时候，终于明白自己在单位里分房子的梦想破灭了。

　　刚开始，我被单位安排住在县委党校的招待所里。这里远离街市，幽静整洁，四周绿树掩映，红花灼灼，还可以听到鸟儿清脆的鸣叫声。宿舍后面的西屏山，绿荫如盖，随风飘来的空气里弥漫着枝叶散发出来的阵阵清香。一座三层楼房，几十个房间，日常少有客人投宿。我占据着一间十几平方米的房间，三张空床，一张方桌，心里感到十分满足。每天黄昏，在县政府的食堂里吃过晚饭后，我就一个人在宿舍西边的篮球场上散步或静静地坐在台阶上。望着眼前的西屏山一点点黯淡下去，还不时有晚归的鸟儿拍着翅膀落入幽暗的树林中，我暗暗庆幸自己能够住在一个这么好的地方。

　　可是，几个月后的一个黄昏，这里的校长突然通知我，让我三天之内必须离开这里，因为这里要召开一次全县性的工作会议。在大会堂里开会与自己住着一间小小的房子有什么关系呢？本来想请求校长让我再住下去，或者至少给我一点时间另找一间房子的，但是第二天晚上自己就离开了。

初冬的夜晚，清冷的月光如细雨般落在路旁的梧桐枝叶上，簌簌寒风卷起脚下的枯叶，匆匆地奔向远处。冷冷清清的新街两旁，一座座正在建造的楼房如雨后春笋般拔地而起。在月光昏暗的清辉中，那些敞开的黑黑门洞仿佛一双双幽灵的眼睛，窥视着我这个刚来到县城，还有些心神不安的乡下人。这时候，我常常想起乡下刚刚死去的母亲。她老人家一生操劳，头发早已斑白，手脚都不灵巧了。尽管她为了自己唯一的儿子可以付出所有，但也没有办法用她一生的勤劳、努力在城里给我买房子。但是，如果她地下有知，看到她最疼爱的儿子如此居无定所、失魂落魄地在大街上游荡的样子，一定会非常伤心、非常不安。望着夜色中那些透着明亮灯光的窗口，听到窗户里隐隐传来的欢声笑语，我真后悔自己为什么要来城里呢？

过了一些日子，我搬进了一间民房。那时，妻子还在离城一百多里的一所乡村小学教书。她常年失眠，一脸憔悴，目光忧郁，内心脆弱。四岁不到的儿子，只好常年寄养在乡下外婆家里。我的父亲，一个近七十岁的老人，孤身一人生活在大山深处的老家。平时，我们都难得见面，只有什么节日到了，大家才从各个地方聚到一起，说说话，走走路，享受天伦之乐。

落日黄昏，冷月初上，我常常一人默默地坐在小城西边一座小山的岩石上，看着山脚下一座座鳞次栉比、拔地而起的新楼房，望着远处暮霭沉沉天空下的万家灯火，想象着一个个其乐融融的美满家庭，孩子可以趴在父母、爷爷奶奶的怀里撒娇，而自己却家人星散，不得相依相偎。这时，月工资才二百多元的我，就会提出一个个大胆的假想：是在阒然无人的深夜，越墙入室干他一家伙？还是飞奔在空寂的大街上夺下一个沉甸甸的钱袋？

日子如街上行色匆匆的行人，一闪而过。一九九三年春天，一个阴雨绵绵的日子，房东的一位远亲从外地归来，要准备结婚了。房东让我把房间里的东西整理整理，要在我租住的这间房子里摆宴席。而我的隔壁房间里房东还养着上百只鸡，每天早上醒来的时候，呛人的鸡粪气味就从窗户的缝隙里飘进来，三更半夜也听得到鸡群骚动不安时翅膀发出的扑棱声。刚来这里时，紧闭的房门根本没让自己发现一丝养鸡的痕迹，我就按房东的意思预先付了半年的房租费。好在只有我一个人，我也就随遇而安了。此时的我只有一张钢丝床，几只装衣服的纸箱，还有几本时常阅读的书籍，连一把椅子都没有，搬一搬也是一件非常容易的事情。特别是想到自己的栖身之地被一群红男绿女所占据，房间里觥筹交错，烟雾弥漫，酒菜飘香，满地狼藉的情形，真是叫人无法忍受。我也不想让别人笑话，把自己寒碜的样子暴露在众目睽睽之下。当晚，我就匆匆忙忙地卷了铺盖，叫了一辆黄包车，冒着天空中的毛毛雨，把所有东西都搬走了。

此后，我在一个同乡的单身宿舍里住下来。我把席子铺在水泥地上，连钢丝床都不用了。晚上回来，我们就开始在烟雾腾腾的房间里打扑克，夜深了，自己一躺到地上就沉沉睡去。有时，我们正玩得起劲，突然发现曙光都透进房里来了。于是，一夜无眠的自己，刷牙洗脸后就上班去了。当我晕头转向地骑车绕过熙熙攘攘的街头，双脚像踩着云雾里一样的楼梯向办公室走去的时候，只感到眼睛模糊，恶心阵阵，想吐又吐不出来。为此，有很长一段时间，自己吃过晚饭，就去办公室看书，或者一个人游荡在小城的大街小巷里。夜阑人静，我估摸着人们打扑克结束了，才慢慢地走回去。

一九九三年六月，妻子借调到了县城实验小学。这时候，我们是不得不租房子了。东奔西走，寻寻觅觅，我们不知问了多少人，也不知看了多少房子，终于在离学校不远的杨柳街租了一间房子。这是一幢四层楼房，比周围的建筑都要高一些。我们的房子在顶楼，阳台朝西，景致颇好。因为女房东是一个爱美的人，她在阳台的花圃四周种上绿油油的小草，又在花盆里种了兰花、月季、美人蕉。在西北角的空地上，一株枝茂叶繁的无花果，挂满了桐子一样的果实。十二平方米的房间，置有一张床，一张吃饭的小圆桌，沿着南边的墙壁上垒起了比人还高的装满书籍的纸箱。在对着阳台的房门后面放了煤气灶，因为我们要在这里烧菜做饭。

夏天的早晨，才五点多的光景，明亮的阳光从东边的窗户照进来，我们每天都早早地起来。下午，我下班回来的时候，太阳仍像一个通体燃烧的大火球，悬挂在西边的天空中。阳台的水泥板上散发出炙人的热气。随着盛夏时节的逼近，无花果的绿叶一天天枯萎下去，美人蕉也日渐憔悴了。朝西的房门上，皲裂的油漆早已被炎热的阳光暴晒成了一片片，用手一抹，它们就从门板上簌簌地落下来。天气这么热，让我有些担心摆放在房门后面的煤气罐，它能够承受得住这么高的温度吗？我在烧晚饭的时候，不仅房间里热得像蒸笼一样，阳光也非常猛烈地照射在朝西的房门上。如果打开房门，令人忧心忡忡的阳光就会直射到煤气罐上，如果不打开房门，烧菜时的油烟就要弥漫整个房间，雾一般的油烟就像雨丝一样飘落到桌子上、衣服上、被子上。汗流涔涔的我抹着脸上的汗水，真不知该如何是好。日子久了，床沿上、椅子上、纸箱上，都沾着油腻，用手指一按，指纹的印迹清晰可辨。清晨起来，我觉得脸上仿佛涂着一层厚厚的油脂，擦在脸上的毛巾也有一股油烟的味道。这时，儿子已经跟随在我们身边，开始上幼儿园了。有些日子，孩子早早起来坐在阳台的小凳子上不停地哭泣，我问他到底为什么，他总是摇着头，一言不发。这让我感到十分不安，是不是长时间的满屋油烟对他幼小的生命造成了一种看不见的伤害呢？

房子是租来的，一切都不自由。有时公用厕所的下水管堵住了，房东会说是你不小心弄坏了。有时房东想加房租，却又拐弯抹角地说水费涨了，钱一天比一天没有用了。有的晚上，有客人来聊天，我们也不敢挽留人家，因为主人说，人来人往，声音嘈杂，已经影响他们家人的休息了。我甚至还有些担心，房东会不会什么时候突然提出要收回房子了。因为随着妻子的到来，房内的东西渐渐多起来，甚至像大衣柜这样笨重的物件也搬进了房间，如果叫人搬家可是一件十分麻烦的事情。所以，妻子常常说，在租房的日子里，我们是不可多说一句话，不可多走一步路呀！

一套房改房

一九九三年房改的时候，我们终于在妻子任教的学校里买下一套房子。这套位于宿舍二楼东面、从门口第一间一直走到阳台，共三个房间的房子，虽然建筑面积只有四十多平方米，但它总算让我们在举目无亲的小城里有了自己的栖身之所。可是，关于房子的故事远未结束，它给人带来的记忆悲喜交集；失望与希望相随，努力与收获并存，艰辛与喜悦同行。

为了学校这套房子，我们费尽了心思和力气。一九九三年六月，妻子在大山里执教九年之后，作为教学骨干在学期中途被借调到县城，八月份正式办理了调动手续。当时，学校领导曾说过房子要自行解决，因为从乡下来到县城已经不容易，我们自然没有考虑房子的事情。但是，租房子的艰辛与无奈，以及别人刚来学校就分到了房子的事情，让我们也想在学校里分到一套房子。此时，学校还有三套房子要拿出来分配给老师，是一个十分难得的机会。于是，我和妻子鼓起勇气、壮着胆子，一次次去找学校领导，述说没有房子的苦处。虽然学校领导予以我们极大的同情与理解，但他们对我们申请房子的事情未置可否，始终没有一个明确的说法。

实在无法可想，我们想到了当时在县委组织部当部长的吕老师。在师范读书时，吕老师是我们的班主任，他的妻子李老师教我们音乐。因为我的妻子喜爱音乐，歌喉清亮，李老师一直很欣赏她，二人有着深厚的师生情。我们不敢把房子的事情告诉吕老师，但是对李老师说了。此时，李老师不仅热情地招呼我们，还告诉我们学校领导是她朋友，她当场就打电话对校长说：谢桂英夫妻俩带着孩子，从乡下来到城里挺不容易，房子的事情为他们考虑一下吧！我和妻子屏住呼吸，心怀不安地坐在一旁，只听见电话那头回答说：我们正考虑把房子分给他们呢！

一九九四年一月二十三日，我去银行把四千六百六十二元买房子的钱存进学校的账户，一颗悬着的心终于放下了。此时此刻，我们内心的快乐与喜悦是用任何语言文字都无法表述和言说的。于是，我们开始了等待搬家的日子。

原来，学校有新旧两幢宿舍，在三套房改房中，二套旧宿舍里住着人，新宿舍那套房子堆着校办工厂山一样高的印刷纸。由于房改，现在房子的住户有了变化。我们那套旧宿舍的房改房里住着原住户江老师，而江老师的房改房里又住着原住户王老师，而王老师的房改房就是那套堆满纸张的新宿舍。我们要搬进自己的房子，必须要等前面的人都搬出去。

为了赶早搬进自己的房子，为了节省支付每月占我月工资一半之多的房租费，我们总是不厌其烦地打扰着人家。我们问江老师，江老师让我们去问王老师；我们问王老师，王老师又让我们去问学校；我们问学校，学校又让我们去问校办工厂。我们几次三番地问校办工厂，厂长都说快了，快了，很快了！可是，一个月过去了，三个月过去了，快半年了，住在出租房里的我们，却迟迟不能搬进自己的房子。

原本说好六月二十日前一定把纸张搬走的，可是，我六月二十一日去学校的时候，关于搬纸的事情仍然没有一点动静。当天晚上，我和妻子把年幼的孩子交托给房东的小女孩照看，又去找校办工厂的厂长。厂长见了我们，还是很客气地笑着说，快了，快了，过几天叫人去搬就是了。最后，厂长答应我让我自己去把房间里的纸搬了。六月二十二日，我请假一天，刚好这天表哥女儿的丈夫从外地打工回来路过我家，他跟着我一起来到学校里搬纸。顶着炎热，汗流浃背的我们，仅仅半天时间，就把堆在房间里的一万多斤纸张用手拉车搬走了。这时，我心里暗暗地想，如果不是我们自己动手，而让校办工厂的人去搬房子的话，可能至少半个月，甚至一个月都搬不了呢！

过了一些日子，王老师高兴地搬进了他的新房子。又过了一些日子，江老师高兴地搬进了他粉刷一新的房子。一九九四年八月十二日，我们也喜悦无比地搬进了自己的房子。在这些日子里，我和妻子蓬头垢面，每天起早贪黑地装水，装电，铺地砖，买电器，装电话，还自己粉刷墙壁。虽然我们累极了，但是心里却有着说不出的兴奋与快乐。因为，我们就像鸟兽需要巢穴一样，终于真正拥有了一片属于自己的天地，结束了心神飘离的租房子的日子。难怪我们搬家的那一天，妻子激动万分地说：今天，真是一个比结婚都幸福的日子啊！

风风雨雨，一年又一年；日升日落，一天又一天。在这里，我们前后生活了九年。在这三千多个日子里，我们快乐着、烦恼着；痛苦着、希望着；坚强着、奋斗着。光阴似箭，日月如流，不知不觉又是二〇〇一年。二〇〇一年，是我在苦难中咬紧牙关、坚强不屈往前走的一年。要说它的暗无天日，艰难困苦，失魂落魄，孤独无助，语言已经无力，文字亦显苍白，我甚至都有些不清楚自己是如何挨过了这些充满辛酸与不幸的日子。

这一年春夏，我焦急不安地盼着赖厂长信守诺言寄钱来，最后却两手空空；这一年夏天，儿子以全县前二十名的成绩小学毕业，而对于要交的三千元捐助费，自己却束手无策；这一年秋天，因为学校提出宿舍要拆迁，为购买商品房的首付款，妻子来回奔走，柔肠寸断地四处借钱；这一年冬天，因为学校准备集资建房，为讨回自己尚未签约商品房的首付款，不仅饱受温州开发商的冷漠与白眼，还被敲去四千元。这一年，在家里，在办公室，在路上，都有人向我要钱。我每天不仅要面对那些或阴沉或黯然或怜悯或居心叵测的脸孔与目光，还要聆听从电话里传来的各种讨债的声音，有的冷酷无情，有的软硬兼施，有的充满了悲悯与哀怜。金钱带来的恐惧盘踞脑际，债务的浓重阴影拂之不去；在金钱的重压下，我像一个日薄西山的老人，苟延残喘，气息奄奄。

长夜漫漫

天时人事日相催，冬至阳生春又来；新的一年在无奈与挣扎中开始了。肩负山一样沉重的压力，忍耐着恐惧与痛苦的煎熬，我们坚强地走过了不堪回首的二〇〇一年。滚滚红尘，匆匆人世，岁月不知人间的忧伤；日子在继续，房子的故事在继续。

虽然逃避不如抗争，软弱不如坚强，消沉不如奋起，但是像漫漫长夜不知何日是尽头的苦日子，依然无情地折磨着我们，甚至时时让我觉得人生就要沉入深渊。日子一天天过去，我为生存而努力奔波。二〇〇二年春天，关于学校宿舍即将拆迁的事情仍在议论纷纷中，但大多数人都开始四处寻找房子。有的已经买下地皮开始建房子，有的买下商品房正在装修中，还有的已搬离学校，住进了新房子。

这是一个多极化的世界，但是给人感受最深的往往是处于两极之间的事物，就像这边正处于阴雨连绵的忧郁与伤感之中，望见的那边却阳光灿烂，幸福、快乐溢满了笑脸。一边是沸沸扬扬的学校要扩建、宿舍要拆迁的声音，一边是人们一个个喜笑颜开地忙着准备离开或者正在离开。我们呢？此时此刻依然稳稳地住在宿舍里，默默地承受着巨额债务所造成的精神负担，种种焦虑与不安、忧郁与沮丧、懊悔与伤感，难以言表，无人可叙。有时候，那些来自人间过于敏感或者寒冷透骨的目光，仿佛一把把锋利的刀子切割着我们伤痕累累、血迹斑斑的内心。

一个细雨绵绵的黄昏，我和妻子在昏暗的厨房里烧菜。这时，住在我们对面的仇老师丈夫吃过晚饭，正站在厨房的窗户下志得意满地仰着红润的双颊、张着嘴巴剔牙齿。是同情，还是关心？是酒精让人思绪飘荡，还是刚刚借钱买了新房有些情难自禁？他眯缝着一双细小的眼睛，笑嘻嘻地拉着长长的音调，慢条斯理地问道：谢老师，大家都有房子了，你们怎么办哦？

仇老师的丈夫五十多岁，头发已秃顶，是一家破产企业的下岗工人。因家属是位老教师，学校领导就照顾他在校园里扫厕所，每天忙碌着把教学楼里的厕所冲洗得干干净净。这样一个日为衣食所累，夜为生计所困的人，也是对社会底层生活境遇有着深切感受的人。可是，在他看来，我们在这样的困境中还能怎么办呢？已经没有指望了，甚至比乞讨的人还可怜呢！有人说，茫茫大海上波涛翻滚，在陆地上看别人受颠簸却是一种美妙的享受。有人看到我们受苦了，在表示同情的时候，内心却感受到一种幸灾乐祸的味道，只是这种时时萦绕在我们身边的、内心深处最隐秘的黑暗，今天却被一个以扫厕所谋生的人真实地说出来了。只是这样的窃喜无益也无趣，当我妻子听到这样的问候时，马上沉下脸，冷冷地说：你放心好了，你们有房子住，我谢桂英一家也绝对不会睡在大街上！

二〇〇二年七月，我们那间阴暗潮湿的厨房，真的要拆了。二十三日早上，有人通知我们，学校决定要把一楼的厨房改建成停车棚，这里的住户必须在七月三十一日前搬离。可是，二十七日中午，我还在厨房里烧菜，学校后勤处的人就把自来水断了。厨房没有了，我们只好又把桌椅、煤气灶、锅碗瓢盆等日常用品搬到二楼宿舍里，像八年前刚有房子的时候一样，用电来烧菜做饭了。但是这么多年过去，房间里的情况已经发生了变化。

自一九九九年秋天开始，因为几位家长的迫切要求，我们家里还带着三个寄宿的学生，他们是惠子、刘伟和叶方杰。另外，还有李健、宋无为也在这里吃晚饭，等做好作业再回家。一套宿舍三个房间，门口那间不足十平方米的客厅，现在已摆上了沙发、低组合柜、冰箱等物件。中间一间放了两张床，床与床之间的空隙里还放着一张桌子：这是孩子们睡觉、学习的地方。二〇〇一年下半年，我的儿子已经读初一，平时住校，星期六回家的时候，他就睡在我们靠近阳台房间里的一张钢丝床上。

在这样一个狭窄有限的空间里，实在是无法可想了。我们决定把烧菜做饭的厨房放到长三点六五米、宽一点二〇米的阳台上。于是，我立即买来水泥、砖头、水泥板，在一个熟人的帮助下，连夜在阳台上搭起了放煤气灶的灶台。为了把厨房与阳台上的卫生间隔开，我还把当初隔阳台时余下的树木背到木料加工厂锯成木板，让木匠师傅在厨房与卫生间之间做了一扇可以移动的木门。同时，为了扩大生存空间，又让木匠师傅在房间的砖墙上做了一个悬空的大柜子，把原来堆在地上的棉被、毛毯等衣物统统塞进了柜子里。

九月一日，是学校开学的日子，我们紧张而忙碌的生活又开始了。这个学期，我们家里还多了一个寄宿的孩子，她叫菲菲。菲菲的父母远在新疆做生意。八月三十一日，当这个十一岁的小女孩经过六十多个小时的颠簸，从遥远的乌鲁木齐来到我们家里的时候，我就像做了一场梦，怎么也无法相信人世间竟有这样的奇遇。乃至在以后的岁月里，菲菲的弟弟夏雨，还有堂弟夏天、堂妹倩倩，一个个都像小天使一样从万里之外降临我们家，或许这些都是冥冥之中的天意吧！

菲菲来了，可我们的房间更挤了。还有儿子这个学期也不想住校了，他晚自修后就骑车回家。这样一来，我们这间只有四十多平方米的小屋，一共住了七个人。中间房间的两铺床，惠子和菲菲睡一床，刘伟和叶方杰睡一床，儿子晚自修回家后，就睡在我们房间的钢丝床上。我们的房间既当卧室，又当餐厅，也是孩子们做作业的地方。

每天傍晚下班回家，我就来到阳台上烧晚饭。因为阳台离房间太近，为了减少油烟的侵袭，我每次烧菜的时候都是先把菜用盐煮熟，然后再倒上原先已备好的熟油，尽量不炒菜。有时候，我满头大汗地站在阳台上烧菜，对面教学大楼的走廊上，人来人往，一双双锐利的眼睛看过来，就像一支支利箭刺在了我的胸口上。

我们八个人围着圆桌吃过晚饭后，我先让孩子们去宿舍对面的校园操场上玩耍一会儿。孩子们一离开，我就马上开始整理餐桌。当我手脚麻利地把碗筷刷洗干净，妻子清理了房间地面，又匆匆忙忙用抹布把餐桌擦干净、擦干燥以后，孩子们鱼贯而入，大家回到自己的座位上做作业。惠子、刘伟和叶方杰在中间的房间里写作业，菲菲、李健和宋无为在我们的房间里写作业。因为地方小，孩子们偶尔也会吵架，有人还会哭鼻子。学生做作业的时候，我和妻子就坐在餐桌旁或者床沿上，对他们的各种疑难问题进行解答与辅导。此时此刻，我暗暗地想：如果上天有眼，那么是不是也会怀着一颗慈悲的恻隐之心看着我们呢？

炎热的夜晚，有风从窗外吹来，我躺在客厅那张破旧的沙发上。天上星光闪烁，遥遥无期的巨额债务所带来的深重负担，就像千万只虫子在噬啮着我的心。这时候，我就会想起奥斯威辛集中营，想起那个站在坑口旁呆望着开满野花的山坡和铁丝网交错下的远山的战俘。这种几乎丧失自我，却不能以积极有效的办法去彻底改变的绝望日子，什么时候才是尽头啊！

有家真好，有房子真好

二〇〇二年冬天，经过妻子的四处奔波，我们终于买下了现在居住的这幢占地面积近六十平方米、建筑面积一百五十平方米的三层水泥楼房。这年秋天，为了寻找合适的房子，我和妻子在小城的大街小巷里奔跑不息。当我们最后看中这幢竣工于一九九二年，独门独户，有五个房间，阳台，客厅、厨房、卫生间一应俱全的房子时，妻子当机立断就要买下这幢房子。妻子说，钱不够，她来想办法。自九月份讲好价钱开始，妻子就为筹钱四处奔走、打电话，又去遂昌县城签订购房协议和付款。经过二十多天的修葺，买地砖，肩挑手拉找沙子，装热水器、油烟机，又去店里买沙发、餐桌，把所有的门窗都上了油漆。三十八岁的我们，总算在工作了近二十个春秋的那一年，有了自己满意的房子。

二〇〇三年房子要过户了。这时候，如果按照原来的购房协议，原户主鸽子——妻子的同学，就应该无条件地协助我们办理土地、房产等证件。可是当我和妻子去遂昌县城取身份证复印件和私章的时候，鸽子和她的家人却出尔反尔，又向我们要了六千元，最后才把房子过户手续办理好。好在从此以后，我们再也不用为房子的事情而心怀不安了。还有，就是正当自己写着记忆中关于房子的往事时，二〇一〇年八月十九日松阳新闻网的公示栏上，公布了一个让人兴奋的消息。我们原来的学校旧宿舍在议论了差不多近十年的今天，要整体拆迁了。这意味着每个拆迁户都可以拥有一套建筑面积约一百平方米，还配有车库的拆迁安置房。

往事如烟，往事并不如烟。关于二〇〇二年买房子前后的真实情况，妻子已经在她二〇〇三年十二月二十七日的日记里有过非常详细的记录，现在就让我把它抄下来作为对这段难忘岁月的叙述：

晚上，突然有些心血来潮，想写日记了。

翻开昔日的日记，才知道自己已有一年多没有提笔写日记了，我将这本日记的前面部分重新看了一遍，往事历历在目……

这段岁月是我人生中最难忘的日子，它让我痛得那么深，苦得钻心，人间的爱恨交织，在矛盾与困惑中苦苦挣扎，在苦难与艰辛中煎熬……这一切怎么能够忘却呢？应该记下这段苦难的岁月，它是一个人的历史啊！回想起这一年多的日子，面对人生的种种艰辛，自己心力交瘁，真的没有精力，也没有时间去记那些该记的东西了。可是，今天，那支"生脉饮"似乎又一次点燃了我生命的火花，触动了我手上这支快要变得愚钝的笔，拨动了我这根久未弹奏的心弦……正如列夫·托尔斯泰所说，最困难而又最幸福的事，就是自己在遭受痛苦时，在遭受无辜的痛苦时，热爱生命。我要写，我要记下它，它也许是我人生中一笔珍贵的财富，别人不曾拥有，我却拥有了。

二〇〇二年暑假，我一边为少年宫艺校班的学生上书法课，一边在李健家里为班上十来个学生辅导作文，各占用半天时间，几乎没有闲暇的时间。为了这个家，我必须这样没日没夜地工作，用自己的汗水和辛劳适当地挣几千块钱，一方面维持生计，另一方面也多凑些钱以备买房子。同时，也为了减轻心理上的一些负担。这期间，真的好辛苦，因为自己的宿舍小，又在校园里不方便，因此就借用了学生李健家的厨房作为学习场所。而李健家的房子也不是他自己的，他是寄住在姑姑家里。由于这些关系，我们的所有行动都必须更加小心谨慎才是。

这厨房还不到十个平方米，四周摆着炊具及一些家当，剩下的空间不多。一张小方桌以及旁边的那张旧式办公用桌，勉强可容下八九个人。坐在里面简直像火炉，一把破风扇像老牛拉破车似的吼叫着，噪音不时地传入耳中。窗外的太阳像一只疯狂燃烧的大火球，烧成了四十多摄氏度的高温，整个房间里都是热烘烘的。我们挤在一块写作，常常汗流浃背，幸好孩子们心静，有那份执着和坚毅。二十天下来，他们没叫一声苦，我们围在一起其乐无穷。我一边指导，一边巡视，还要一个个面批，工作量大，但效率很高；教学相长，我们共同收获喜悦和信任。作文辅导接近尾声的那几天，我从三楼的厨房走到街上，一眼望去，远处的景物变得模糊不清，有时我头昏眼花，脚底下的地面都暗去了。

今天想来，那踩上去滚烫得几乎冒烟的水泥地，那似乎要把大地烤焦的太阳，还有那渐渐远去的孩子们的身影……都成了亲切的怀恋。如今，孩子们已跨入初中校园，开始了他们遨游知识海洋的新旅程。

八月二十七日，在遥远的西部，有位陌生的小朋友跟随她爸爸一同坐火车从乌鲁木齐出发，跨越近万里，终于在八月三十一日中午来到了松阳，她就是夏菲菲。我们的认识纯属缘分，菲菲的爸爸小夏给我们留下了很好的印象。他说，十多年来，他也没有碰到像跟我们夫妻这样说得起话的人。因此，我们一认识就有一种似曾相识的感觉。当时，我们一家住在学校的宿舍里，四十多平方米的一间房子，除了几张床和几件陈旧的家具外，别无长物。厨房搭在阳台上，阳台边上的卫生间非常简陋。这样的条件，他不嫌弃，还说孩子吃点苦长大了会好些。我真的没想到我们竟然会碰上这么好的人。

菲菲来了，我们这个本来就不宽敞的家显得更挤了。菲菲与惠子两人睡一张床，学生刘伟和叶方杰也在我们家寄宿。这样，中间房间的两张床，就睡了他们四个孩子。这时，儿子已经读初二了。初一住校一年，他尝尽了冬寒夏热的滋味，夏天，寝室里蚊子苍蝇乱窜，夜里，野猫还从窗外溜进来偷吃他们的饭菜。因此，他不肯住校了，我也舍不得让他在那样的环境里住校了。于是，他通校就读，可睡在哪里呢？实在没有办法，我们只好在卧室里再铺了一张钢丝床，让自己的孩子睡觉。这样，我的那个房间晚上是卧室，白天是餐厅。再加上几个家长的迫切要求和自己在困境中的需要，还有李健、宋无为晚上在我家用餐，做好作业再回家。这么小的空间要容纳这么多人，条件的艰辛可想而知。吃饭时，大家挤在一张圆桌旁，我们好像是母鸡带着一群小鸡在抢食似的。学生做作业时，有人坐在餐桌旁，有人坐在床沿上，凭借一张旧的办公桌，你推我挤，吵吵闹闹。菲菲与宋无为有些合不来，偶尔还会争吵。那情景我无法形容，看来不买房子是不行了。

买房子还有一个重要的原因，就是学校一直喊着拆迁的口号，把整个宿舍楼弄得沸沸扬扬，人心惶惶。许多人去盖房子了，也有人去买房子了。大家都有了落脚之地，只有我们还住在那间充满辛酸的小屋内，而且每天都要经受旁人的冷眼，甚至是幸灾乐祸的目光。在他们看来，我们是插翅难飞，永世不得翻身了：在这样的困境中看你们怎么办吧！为此，我感到十分气愤，真是岂有此理！我谢桂英不是一个软弱的人。他们万万想错了，在这样的逆境中，我们还活得如此坚强，如此超脱。他们放心好了，他们有房子住，我们一家绝对有房子住。毫无疑问，他们有的东西，我们通过努力一样可以得到。

　　我开始筹钱买房子。说真的，自小到大我从未向别人借过钱，就是跃华碰到这么大的困难，我的一些朋友叫我不要管那么多了，厚着脸皮也要借钱赶快把银行的贷款还了，否则利息付不起。然而我宁可付利息，也没有向人开口借钱。要知道，这种事我如何对别人说呢？知道真相的人会觉得你已负债累累，谁还敢把钱借给你呢？看到你不躲开就很好了。何况，一旦话从嘴里说出来，如果别人一分钱也不借你，那是多么没有面子的事情呀！只是多感受一份世态炎凉，内心多一份自卑而已。不知真相的人，他们觉得你不盖房子，又不买店面，夫妻俩的工作单位又那么好，借钱干吗？自己又如何向别人解释呢？因此，面对这么残酷的现实，我宁可硬着头皮付利息，也不向命运屈服。

　　可是，买房子的事已迫在眉睫了。儿子没有一个单独的房间，星期天回来和大家挤在一起学习会相互影响，更重要的是宿舍条件太差了。要我带的学生很多，却没有地方睡，而家长看了这样的条件也会产生疑问的。目前的情况是，我们只有多带学生，拼命地挣钱，才能转危为安，并且这是唯一的办法。可是要买房子，钱又在哪里呢？实际上，我内心深知借钱不是一件容易的事情。但是买房子向别人借点钱是不倒霉的，因为这是好事，别人也愿意帮你的，何况大家盖房子或买房子大多都是要借钱的。按理说，我们工作了这么多年，买房子根本不用借钱，就是盖房子也没有问题，别人肯定会这么想，但我怎么对他们说呢？左思右想，我决定这么说：以前的积蓄不多，现在还差一点钱，想去拿住房公积金又拿不出，只好……决心已定，说干就干，但是向谁借钱好呢？

　　我打开记忆的匣子，搜寻着可以借钱的人。我的眼前浮现出了朋友、同事、已走上工作岗位的学生，还有目前任教学生的家长。

在所有这些人中，我最先想到了自己的学生，昔日对他们的谆谆教诲，他们对自己的信任，几年来共同学习、教学相长所结下的师生情谊，应该是最深厚可靠的。去年冬天，自己刚从师范学校出来在山区任教的首届小学毕业生结伴来看我，他们来自天南地北，除了两位还在读硕士，其余的都参加工作了，有了一份满意的职业。

我开始打电话询问情况，并从中了解谁最有可能帮助我。于是，我拨通了楚楚、青青、李伟三位学生的电话。因为楚楚嫁了大老板，听说很有钱。青青在深圳打工，听大宝说她曾拿了四十万元回来帮助舅舅盖房子。李伟在县城邮政局工作。在这样的背景下问他们借几千块钱总没问题吧？结果让人大失所望。楚楚向我解释了很多话，分文未借；青青在教师节前用快递寄了五百元，说是让我买一样自己喜欢的礼物，也分文未借。只有李伟，他第二天中午就把四千元钱送到我的宿舍里，还说按理应该多借点的，只因为自己为在杭州开店的哥哥借了十万元，手头有些紧。此时，我对他已是千谢万谢了。这次借钱，让我深深地体会到，人真的不能没有钱，无钱的时候是多么可怜呀！平时大家都是好朋友，好老师，好学生，无钱时什么也不是了，情义是多余的。我深深地懂得了，在你最困难的时候敢帮助你的人，才叫真正的朋友。

最让我失望的人是大宝。暑假，他在我家里吃饭时，我告诉他想买房子了。大宝嘴上说得很好，我对他期望值那么高，还想让他借一万元呢！他说自己没有钱，但有很多哥们有钱，借钱根本不是问题。因为他读小学时，我一直培养他，他心里很清楚，也没有忘记。我不知打了多少次电话，他一会儿说六千元，一会儿又说四千元，我说随便多少都行。可时间一天天过去，却没有看到钱的影子。后来，我还写了一封简信给他，希望他做事干脆些，我不会为难他的。他收信后还叫一个老师带了一封便信给我，说过几天到我家里来。于是，我又在等待，结果连他的人影也未见着。终于，我再也不相信他了。现在想想，我当时真有些生气了，因为他的拖延，自己买房子时对方又加了一千八百元。因为当时已说好购房款为七万三千元，如果那几天付款的话，对方是绝对不会加钱的。可是，那么多钱一时凑不起来，当时房子又在涨价，大宝答应我了，我就没有再问其他人借钱了。后来的事实证明，其他人都很爽快，我说什么时候需要钱，他们马上就拿给我了。在这件事上，我真的有些责怪大宝这个牛皮大王！

在我的好友当中，师范同窗三年的琴，她自己处境艰难，离婚后一个女人带着孩子过日子已经不容易了。惠子的妈妈水娟，是我好友中条件最好的一个，我相信只要开口，她一定会借的，可她已借给跃华二万元，我绝不会开这个口的。我是一个知己知彼的人，只好问家长借钱了。宋无为的妈妈听说我要买房子，就很主动地提出要帮助我，我本想向她借一万元，但考虑她办企业资金也不是很宽裕，我只向她借了四千元。刘伟的妈妈，我们去问她也没有推迟，借给了我们五千元。家长中最贴心、最善良的要数李何帆的妈妈，可他们夫妻俩都是下岗工人。她刚下岗，我怎么好开口向她借钱呢？如果在平时我是绝对不会问的，然而在无法可想的情况下，我还是开口了。想不到的是，她却很豪爽地对我说：你还需要多少钱？昨天刚好领了下岗补贴，工龄十年，每年五百元，有五千元。第二天中午，她就凑了六千元亲自送到了我家里。我真的好感动，差点眼泪都要流出来了。算了一下，还需八千元，我本想托同教研组的蔡老师，把自己和跃华的住房公积金的余额取出来，但蔡老师叫她弟弟问过后说是取不出来。她就问我还需要多少钱，她借给我就是了。我想这么多钱问她一个人不好意思，最后就问她借了六千元。那二千元就问春娇借了。总共二万七千元，我花了二十多天，好不容易凑齐了。

如果所有的钱都要借的话，那房子是一定买不成了。本来去年准备买商品房的首付款，是我从哥哥那里借来的，跃华还账后余下八千六百元，后来，是我把钱凑起来还哥哥了。幸好自己平时省吃俭用，精打细算，还节约了四万六千元。这样加起来刚好是七万三千元，买房子的事情终于从希望变成现实了。但是付款的前一天，鸽子从缙云打电话来，说房子太便宜了，还要再加二千元，这样就要七万五千元。这时，我真的没有办法去什么地方借钱了，跃华说，他口袋里有二千元，准备拿去付利息的，先拿去买房子好了，利息以后再想办法。鸽子第二天中午来到我家里，我让她看在老同学的面上，房子的价钱适当再便宜一点。最后，我们说好七万四千八百元。中饭后，鸽子带着我和春娇（证人）一起来到遂昌县城她的姐姐家里。签字时，鸽子说只要她和姐姐签名就行了，但是考虑到房产证上写着鸽子父母的名字，我坚持一定要他们亲自签名捺印。后来，他们都签名捺印了，我才把存有七万四千八百元的存折和密码给他们。我这样做，后来被证明是非常理智和正确的。二○○二年十月三日，我们终于把房子买下来了。

这么多年无所事事，今天，我们终于做了自己人生中第一件大事。我感到好幸福，好欣慰。在人生最艰难的时刻，在丈夫暂时根本没有能力买房子的情况下，我自力更生，勇敢地挑起了家庭的重担。父母亲风烛残年，也没有任何亲戚能帮我们，但我们买房子的事情总算大功告成了。几万元，对有钱人来说也许是个小数目，但对我们来说却是天文数字。因为，几年来为了替他人还债，我们不仅把家中所有的钱还给别人，还把住房公积金也领出来还人了。可以说，我们已经一无所有，我们是真正的白手起家，其中的艰难和辛酸是一般人难以想象的。此时此刻，我为自己感到自豪，这种超人的毅力让自己感动。海明威说过，人生来是不能被打垮的！我们就是一个最好的证明。

房子买来了，我们都长长地舒了一口气。有了自己的房子，我们的内心充满了激动和自豪，那种高兴的心情是无法用语言来形容的。人逢喜事精神爽，那些日子，我的精神特别好，心情舒畅，做事也特别有劲，几乎感觉不到劳累，真可谓乐此不疲。但是由于种种原因，我们表面上必须装得很平静，买房子的事情尽可能不让外人知道。因为我们的难处别人是不知道的，弄不好还会引起误会。本来就已很艰难的我们，不想再有什么节外生枝了。跃华是一个没有心计的人，否则他也决不会让别人骗到如此地步了。因此，我一再提醒跃华关于买房子的事情对外人必须做到只字不提；对自己的亲朋好友也一再叮嘱不要说。我也对寄宿在自己家里的孩子说，任何人问起房子的事情，就说"不知道"三个字。

现在想起来，这真是太有意思了，我们似乎是在进行着一项什么秘密活动。但是，当时的我们必须这样做，以免引起不必要的麻烦。因为不想让别人知道，也为了保护自己，我们对外都说房子是租来的呢！开始，房子没有过户，我们以为土地证、房产证都已在自己手里，过不过户是一样的，没有想太多。实际上，这样的想法错了，因为，如果当时房子过户了，就不会有前些日子办理过户手续时，又被鸽子一家敲竹杠六千元的事情发生了。那天，我和跃华去遂昌鸽子姐姐家里取身份证和私章，去的时候，我们还提了青春宝等礼品。跃华说又要麻烦别人了，我们袋里还放着一个准备给鸽子父母的五百元红包。可是，当我们来到遂昌的时候，他们却说父亲去丽水了。后来，在我们的一再询问下才知道，原来他们又要叫我们再拿六千元。协议签了，钱也付了，房子搬进去一年多了，哪里还有这样的事情？但是，为了及时办理房产过户手续，我们还是把钱从一千元加到五千元，可人家却一分钱都不让步啊！后来又是同教研组的蔡老师立即从松阳电汇六千元，才解决了这个问题。我们给钱后，鸽子的父亲就不知道从什么地方走出来了。人世间有的人竟如此无情无义，甚至还这样不要脸皮！就算我们破财免灾吧！

有了房子，我们内心就有一股强烈的搬迁欲望，因为我们非常希望有一个新的环境了。学校的宿舍已没有什么值得留恋，我们再也不想看到那些幸灾乐祸的目光和令人讨厌的嘴脸了。接下来的日子，我们开始为搬房子做准备了。我们请来油漆师傅和木工师傅，对整幢房子进行简单的装修。房子的墙面进行了粉刷，门窗上了油漆，房间的地面铺上地砖，我们将所有的旧家具都刷新了一遍，还添置了几样日常生活的必需品，如油烟机、热水器、餐桌，还定做了三张棕板床。一切都在顺利地进行着，经过一个多月的努力，农历十月初六——我选了一个大吉大利的日子，我们终于乔迁新居，搬进了自己心驰神往的新房子。

那些日子，最让我感动且不能忘记的是我们家里的这群孩子。虽然他们年幼不能体察我们内心深处的情感，但是的确是这段时光最好的见证人。如果有一天他们看见了我写的这些文字，他们一定会恍然大悟，一定会惊叹我们的一举一动。我不知道别人面临困境的时候，是一种怎样的心理，但我的心里常想，当别人有困难时，我会尽可能地出现在别人面前，而自己碰到困难时，我是绝不会轻易求人的。我不希望在别人那里得到更多的自卑，人首先要战胜自我，自强自立，这样你就会信心倍增。跃华也是这样的人，而且更倔强。所以，在搬运那么多的家具及日常用品的过程中，我们没有叫过一个人帮忙，哪怕是自己的亲戚，倒是这群可爱的孩子成了我们的得力助手。

我们听从油漆师傅的吩咐，先将小样的家具从宿舍搬到新买的房子里油漆，大件的家具放在后面。搬家具的时候需要很多纸箱，也是李健的妈妈和刘伟的妈妈送来的。我们先把家具里边的东西取出来装在纸箱里，然后把纸箱一只只搬过去。后来，我们去学校借来了三轮车。有时，我和跃华合作，他拉我推，有时，跃华和学生合作，他拉学生推。把东西搬过去后，我们走在回家的大路上。一路上，星光闪烁，刘伟或李健使劲地踩着三轮车的踏板，菲菲和惠子这两个小女孩坐在车上，我和跃华小跑跟在后面。车轮在高低不平的路面上滚动，孩子们那银铃般的笑声划破了夜空的宁静。他们开心地唱着歌，兴奋不已地叫个不停。这种快乐的心情是城里的孩子们在日常生活里很少见的，望着他们的背影，我和跃华都会心地笑了。回到宿舍，孩子们一个个满头大汗，随手把额头上的汗水擦在衣服上，又毫不在乎地拿起笔来写作业了。他们额头上的汗水还是不停地顺着脸颊淌下来。

有一天晚上，我从学校备课回家已经九点多了，房间里只有惠子一个人低着头专心致志地写着作业。见到这样的情景，我问惠子徐老师他们干什么去了，惠子说，搬东西去了。我走到里面房间一看，发现大衣柜不见了。这么重的大衣柜他们怎么能够搬走呢？没有叫其他大人吗？我连忙问惠子。惠子笑着说，没有哇！这么高大，这么沉重的大衣柜就凭他们几个人能搬走吗？简直让我不可思议。除了跃华，他们都是十来岁的孩子，真是创举！我非常感动。于是，我让惠子在家里做作业，自己快步来到大街上。我本以为在路上可以追上他们，想不到，当我来到新房子时，他们早已在开心地说话了。我说，你们真了不起！让我想你们无论如何都搬不过来的。跃华说，真不要小看了他们，真是不简单，刘伟你说是不是，还有李健，宋无为……跃华一边说，一边看着他们笑。那神情仿佛在说，后生可畏呀！惠子体质较弱，我们也不让她搬东西。自己的儿子因为晚自修，平时没有闲暇，只有星期天才能和我们一同享受搬家的乐趣。如今回想起那段日子，是那么亲切，那么叫人怀念，尤其是这些可爱的孩子，让我深深地感动。

因为没有钱，我们就什么朋友也不来往了。这样倒也清静，可以做自己想做的事，保密工作更到位了。我们在外不多说一句话，几乎没有人知道我们的秘密。宿舍楼的老师看见我们搬东西时，我也只是告诉他们把这些旧家具拿去油漆一下就成新的了。我们很开心，孩子们也喜上眉梢，甚至比他们自己做了什么好事还快活。我们浮想联翩，想象着搬进新房子后，大家都有了自己宽敞自由的空间，这怎么不叫人高兴呢？在宿舍里过的苦日子终于结束了，我们告别了那破纱窗，破草席，破沙发……远离了那个充满辛酸和感伤的地方。我们欢呼，我们跳跃，我们的内心涌动着快乐与激情。我们像做梦一样来到一个新的环境，这是我们朝思暮想，属于自己的自由空间啊！我们如同获得一次新生，如同囚犯获得解放。上天保佑我们这些善良的人，感谢上天的恩赐！

乔迁新居，本来应该叫上亲朋好友在酒店里聚一聚的，可当时的处境，我们不要说请客，就连买房子也不能在外张扬。因为谁知道我们内心的苦衷呢？跃华的亲朋好友大多都成债主了，能请他们吗？一切都在默默地进行着，我不想对任何人说，也不希望任何人知道我们买房子了。虽然我们很需要钱，请客可以收到一笔数目不小的钱，可我们不要，我们应该学会好好地保护自己。我连自己的兄弟姐妹都没有说，后来弟弟知道了，他说，搬房子这样的人生大事兄弟姐妹应该坐起来热闹热闹。妈妈知道了，她很为我们高兴，也一定要让大家聚一聚。这样，我才把搬迁的日子告诉了哥哥和姐姐。跃华那边呢？他既没有兄弟，也没有姐妹，只有两鬓斑白的老父亲住在百里之外的老家，告诉他不方便，也怕走漏了风声。因此，一直不敢对他说，直到搬进新房子后，我们一定叫他出来时，他才知道我们已买了房子。他来的那一天，看到我们这幢三层楼的房子，有些抑制不住的激动，十分高兴地说，这样他就放心了。

我是一个不相信命运的女人，但在经历了这么多的艰难困苦后，我有些相信了。我们搬进新房子的那一天，天气非常好，阳光明媚。大家的心情特别舒畅，我烧了一大盆面条，大家吃过面条后，还余下一些，哥哥说这样就永远有余，象征着以后的日子过得很富裕。我们都觉得有道理。午餐，我们打电话叫刘伟的爸爸、妈妈来吃饭，他们生意很忙，就让刘伟和他的姐姐来了。跃华烧了满满一桌菜，虽然没有酒家那么排场，但是那天正好是星期天，孩子们不用上学，我们不用上班。我们把餐桌围得水泄不通，内心都有说不出的兴奋和快乐。客厅里熙熙攘攘，大家有说有笑，热闹非凡。

搬进新房后，儿子有了一个单独属于他自己的房间，为他的学习创造了良好的环境。他非常高兴，对自己的房间感到十分满意。平时一脸严肃的他，脸上露出了情不自禁的笑容。那天，他真的笑了。怎么不笑呢？昔日，不说单独的房间，连写作业也是大家挤在一张旧办公桌旁，而且把床沿当凳子。如今，一切都变了，怎么不叫他感到快乐呢？我们也有了自己的房间，再也不像过去在宿舍里，有人夜里去阳台卫生间的时候，就要经过我们房间，自己常常从睡梦中醒来。现在，总算可以踏踏实实地睡觉了。刘伟住在一楼。菲菲和惠子住在三楼，她们隔壁的大房间就成了大家学习做作业的地方。

虽然有人拥有浪漫美丽的别墅，有人拥有雄伟壮丽的高楼大厦，但是自己的这份欣喜与快乐是绝无仅有的，也是别人难以体会的：有家真好，有房子真好，这是我们温暖、幸福、快乐的港湾！

老丈人

初秋的阳光照耀在窗外的草地上，两排高大挺拔的广玉兰，灰黑色的树皮细腻光滑，苍翠墨绿的叶片油光发亮。绿荫浓郁的香樟树下，小草的叶片露珠晶莹，在晨风中泛着青绿的色泽。一张张红叶从杜英枝头依依难舍地落下来，像飞舞的蝴蝶停留在玉帘绽放了洁白花朵的细叶丛中。芳草无人花自落，粉红的无名野花盛开在藤蔓缠绕的黑色铁栏杆上。偶尔有清丽婉转的鸟鸣声从树丛里传出来。

我内心掠过一阵幸福，那是独立的生命在承受了黑暗与苦难，在历经无数惊慌失措的日子，确立了依天顺命，万事随缘的生活方式后所产生的一份淡定与从容，也是人生在历经磨难，走出困境之后的精神喜悦与心灵感动。趁自己现在还有这样一种心境与敏捷的思维能力，我赶紧奋笔疾书。因为我知道，如果再拖延时日，我的想法或许会改变，甚至不愿意回到那惶惶不可终日的过去时光。那么，就让我再一次溯流而上，开始二〇〇〇年冬天的叙述吧！

一九九九年夏末秋初的一个休息日，妻子说要去陈家里看看她长年卧病的父亲。我也是这样想的，我们平时忙忙碌碌，妻子围着她的学生转，我则为赖厂长处的钱日夜操心，我们还是五一节去的陈家里，实在应该去看一看病中的老丈人了。

上午十点多，我们带着孩子坐上从县城开往靖居的中巴出发了。从车窗里望去，松阴溪碧波荡漾，两岸高山绵延起伏，草木葱郁，翠竹青青。山脚下泥墙黛瓦的村庄，炊烟袅袅，绿树掩映，茶园泛绿，到处呈现出一派恬静、秀美的田园风光。我还看见了溪流两旁择水而生的芦苇。此时，正是芦苇孕穗的时节，河堤上，沟渠旁，人家临水而居的房前屋后，它们焕发着蓬勃生机。望着溪滩上丛丛簇簇，高矮不齐，不时有水鸟扑棱而起的芦苇摇曳在风中，我心里突然掠过帕斯卡尔那句耳熟能详、关于生命和思想的名言：人只不过是一根苇草，是自然界最脆弱的东西。我不禁自问，人的生命真的比芦苇高贵吗？

在靖居包下车，我们来到大姨家里。大姨见了我们一行三人，很高兴，连忙站起来烧中饭。她烧了豆芽、茄子、猪肉豆腐，还拎出一瓶头烧白酒。我觉得这酒太烈，她又倒了一碗药酒端出来。望着眼底下晶莹剔透的金黄色液体，我真想一饮而尽，无奈食道灼痛如割，喝了一小口就把碗放下了。饭后，我在沙发上躺了一会儿，不想却沉沉睡去。自己醒来快三点了，已经整整两个小时过去。大姨夫从钼矿干活回来叫我的时候，自己还是睡眼蒙眬，看来真是太累了。

我们赶紧拿了行李，一路步行往陈家里去。这是一条用磊磊青石铺成的山中小路，无数过往行人的双脚早已把台阶上的石头磨蹭得平滑如砥了。清风拂脸，山野里一片寂静，儿子流着汗满脸通红，欢呼雀跃地追赶着路旁茶园里鼓翼振翅，蹬腿欲飞的蚱蜢。在午后迷离的阳光下，路旁黄褐色光溜溜树皮的茶子树连成一片，柔软的枝条上挂满了数不清的球形蒴果。我和妻子坐在树影斑驳的石阶上，说起了已经卧床五年的老丈人。

老丈人默默无闻，一生与世无争，是个老实巴交，朴实如泥土的庄稼人。我从来没有听见过他的笑声，只有一次，他抱着我儿子走在校园的操场上，我发现他脸上露出了笑容。当初，妻子与自己恋爱，提出来去山区教书的时候，有人说大山深处是老鹰不吃谷的地方，他却一句反对的话也没有说。老丈人不抽烟，不喝酒，但是胃口好，无论什么饭菜都可以吃下一肚子。他有四个孩子，除了年近三十的小儿子没有娶媳妇，其余的子女都已经有了自己的家庭。在我的记忆里，炎炎夏日，他整天拿着扁担或者赶着黄牛，走在弥漫着猪粪、牛粪气息的村道上。在他被太阳炙烤成深褐色的裸露脊背上，总是披着一条汗渍渍的毛巾。豌豆熟了，或者柿子红了，老丈人坐上长途汽车从家乡来山里看我们，肩挑背扛地送来一篮篮、一袋袋的豌豆、栗子、花生、柿子等土产。

一九九五年八月，六十八岁的老丈人在山野里为大舅子耕田的时候，突然感到肚子疼痛难忍。他来到县人民医院治疗，医生诊断为急性胃炎，是由于长时间劳动没有及时进食，胃黏膜严重受损引起的。住院治疗了一个多星期，他就出院了。过了三个月，老丈人在一次砍柴回来的路上，不小心踩在石子上滑倒了，造成右脚下肢骨头开裂。他在碧湖伤科诊所治疗了一个多月后出院了，虽然骨折已经好多了，但是还不能下地行走。又过了三个月，一九九六年二月十一日，那天大舅子家里杀猪了。晚上，大舅子把住在老屋里的老丈人背到家里吃了饭，在背回去放到床上的时候，老丈人的左半身顿时失去了知觉。他中风了。

这么多年过去，老丈人一直躺在病床上，每天是丈母娘送水、送饭，送洗脸的毛巾，甚至大小便都要她一手处理。开始的时候，大家也曾想把他送医院治疗，但医生说，这样的病情仅靠药物治疗效果是有限的，关键在于病人要坚持不懈多运动，或者进行按摩，改善血液循环。但是，老丈人的右脚骨折不能下地，左手又没有知觉，只靠一只右手握着床杆可以活动，行动已经十分不便了。何况，如果去医院，让谁去服侍他呢？还有长时间的治疗费用又在哪里？多少次我在心里暗暗地责备自己，当初为什么把那么多钱借给赖厂长却不拿一些钱给老丈人住院治疗，等到后来却已经晚了。有时自己与赖厂长说起老丈人的病情，他和家人却以女婿不比儿子亲的借口来打发人，而且我的处境一天比一天艰难。

我们一次次地去看望老丈人，他的病情也一次次地严重起来。刚开始，当我和妻子来到他床前的时候，他还会说些周围人的话。他责怪大舅子总是在他面前说什么久病床前无孝子的话，还责备小舅子不知为什么忙得连脚印都不踩到床前来，也埋怨丈母娘事情多，把饭端给他吃好就走开了。大舅子已经分家，小舅子是村里的会计，待人热情，应酬多，做饭、种菜、养猪、放牛等家中杂事，全由丈母娘承受着。她照顾了这头又要照顾那头，对老丈人的照顾难免有不周之处，他还会发脾气。因为是中风的人，哪怕移动一下自己的位置，也得靠旁人相助才能完成，不好的心情可想而知。我坐在旁边的小椅子上听着，四周漆黑的板壁悄然无声，空气凝固了。后来，我们去看老丈人，当妻子说着劝慰的话，让他自己手脚要尽量多活动的时候，他老人家只是使劲地摇着头。我每次去向他告别的时候，他还想坐起来，右手扶着床杆，侧身移动上身，慢慢地让上身从床上立起来。我马上去扶他，让他慢慢放下身体，躺到床上去。当他接过我递给他的一百元或者二百元的时候，他都会非常清醒地推给我，还摇摇头呜呜地哭起来。我的泪水在眼圈里转动，喉咙被什么东西塞住了一样。再后来，我们去看望他老人家的时候，他两眼深陷，双目越来越无神，两边的颊骨已经十分明显地突出来，人越来越消瘦，话越来越少了。

走走停停，来到陈家里已是黄昏时分。我们马上去房间里看望老丈人。老丈人静静地躺在病床上，黑黑的眼窝，双眼紧闭着。当他知道我们在他身旁的时候，只是张了张嘴巴，脑袋微微动了一下。此时此刻，我无法知道他的心情，他已经不能说话，即使能说，他也不说了吧。前后五年，一千四百多个日日夜夜，看不见日月星辰，看不见风霜雨雪，看不见花草树木，直至有脚不能走，有话不能说，这是一种什么样的日子啊！一根能思想的芦苇，大自然最脆弱的东西；当所有的希望都已经失去，一切都不由自主了，生命还高贵吗？如果生命高贵，那么此刻是选择生，还是选择死呢？

天井里的光线渐渐晦暗了。房间里阒然无声，人们的脸上恍恍惚惚，我已经看不真切人们目光里的悲戚与哀痛。大舅子、大妗子、小舅子、丈母娘，大家一言不发地站着或坐着。世界如此匆忙，大家都有做不完的事情，单季稻要收割了，秋玉米要播种了，花生已经成熟，芝麻的蒴果也开裂了，接着又要敲栗子，摘茶子，挖番薯，什么时候才是空闲的日子呢！何况，人是一种好厌烦的动物，岁月消磨记忆，时光掠走一切。战争、鲜血、火焰、激情，乃至生与死，又有哪一样东西经得住时间的侵蚀和磨洗呢？

清明时节回家乡扫墓，自己站在细雨蒙蒙的山路上。苍松翠柏，茂林修竹，空气清新，新割的柴草散发出植物浓郁的清香。望着坟头上苔绿斑斑的铁黑色石块，石缝里长着一绺绺野草，被雨水淋得泛出一片青绿，想象着泥土下那些见面或者从未见面的祖先，我心里没有一丝恐惧，竟有一种亲切、温暖的感觉。有人说，离开这个世界就像水手回归故乡、猎人回到家园。如果没有明天说再见，难道真的这么可怕吗？

晚上，我们来到大舅子家里坐了一会儿。大舅子说，老丈人活不过今年了，这些日子饭也吃不下去，真不知以后的日子怎么办呢！他还说，人家父母去世后姐妹们都是互相帮忙的，啤酒要叫很多人去山下挑回家；小舅子的钱很紧张，你们要支援他才是。我们听了这些话，默默离开了。

在云岩山占卜

　　天空，渐渐高远，远山，渐渐明晰起来。松阴溪水越发澄澈碧绿，在如镜的水面上，悠然泛着几叶小舟，那是早出晚归的鱼佬儿在捕鱼。乌桕的枝头已失去往日青葱翠绿的颜色，一阵风来，颤抖着落下的叶片像几只黄色的蝴蝶无声地飞入草丛中。在行人稀少的乡野村道上，人家屋顶湿漉漉的瓦片上冒着一缕缕炊烟。路边齐腰高的狗尾草上的露水，一次次沾湿了我的衣裳。一九九九年的夏末秋初，我在花田垅村的田塍上与赖厂长的办公室之间来回奔走，心慌意乱，焦虑万分。

　　八月十三日下午，我来到厂里，让赖厂长把今年三月份从阳溪信用社借出的那笔二万元贷款的条子写给我。当初自己贷款时说好是帮助他们的，付息还款都是他们的事情。但是五个月过去了，当初困难时刻那种惊慌失措的样子和拿到钱后万分感激的心情，他们似乎已经忘记了，甚至连利息也不付。六月份的利息我多次问赖厂长，他都说钱紧张要过一些日子。因为不希望让信用社的人觉得我是一个不守信用的人，所以在结息期限的最后一天，我只好自己借钱去阳溪信用社付了利息。我想，与其这样，不如把钱转到自己名下借给赖厂长。为此，我今天让赖厂长把借条写给了自己。

　　窗外，在炎热的阳光下，三三两两的女工把扎好的猪鬃送去吊梢，懒洋洋的仓库人员拿着空纸箱从屋檐下走过去。头顶上的旧风扇不断发出吱吱的声响，我坐在赖厂长办公室的破沙发上说起了钱的事情。我说，玉岩基金会一万元贷款二十六日到期，二十五日钱一定要还我。赖厂长眨眨眼说，这么一点钱没问题，这几天在赶货，只是后天开发票没有钱，希望我帮他借二千元。我想，这样一来，这个月就要还我四万元了。赖厂长见我沉默不语，又笑着说，只要用几天就可以了。于是，我把袋里仅有的二千元交给了他。这时候，边上小李在接电话，电话那头的声音十分焦急：货拿去半年了还不付钱，这样的生意怎么做啊！我听了，内心感到阵阵不安。

八月二十日早上，买煤气和付电话费后，自己已身无分文。昨晚老唐来电话，他和主任今天来县城办事，让我别去村里了。为了接待他们，我去隔壁的小店里借了一百元。中午，我们在街上吃饭，老唐告诉我民政局给他们的二万元钱，发票已经开出来，很快可以拿到钱了。我感到很高兴，下派即将结束，自己总算为花田垒村做了一件好事。

黄昏时分，阴雨涟涟。我和叶梵一起去中弄快餐店吃晚饭，一共花了七元钱。叶梵告诉我，他从大东坝基金会借来的六千元钱，九月底要还了。听了他的话，我心里有些沉重，如果赖厂长处的钱拿不回来，这钱就不能及时归还。我谈了自己目前的处境，叶梵就让我先付利息，本金由他先还进去，等有钱了再还他。

晚上，赖厂长家里没有人，我走路来到厂里。他们在看电视，原来准备问他们拿一百元钱还人，我却怎么也说不出来。我们说起了玉岩基金会还款的事情，小李说，乡镇基金会要撤了，这种钱以后再还也没有关系，不需要这么急的。我说，不行，我是讲信用的人。她一副不耐烦的样子，还口气重重地说，那你自己决定吧！赖厂长说，明天准备去贷款。小李张开嘴巴就说，小徐帮我们担保！我说，担保可以，但是款贷出来要先还我一万七千元，可赖厂长说，明天的钱他自己有急用。他们还告诉我原来说好二十五日还我的四万元可能不行了。因为实在无话可说，我只好惆怅满腹地走路回来。

八月二十三日上午，我在厂里和赖厂长聊了两个多小时，他儿子也在旁边说话，气氛友好。赖厂长说，这些日子厂里订单多，资金有些紧张，等这几批货做完后钱就宽松了，希望我自己能够再去什么地方想想钱的办法。虽然我没有答应赖厂长的要求，但是为了有备无患，自己还是决定去信用社看看能不能再借点钱来。

下午，我冒着大雨来到了阳溪信用社。不问不知道，一问吓一跳，小江告诉我，现在已经规定不能多头贷款。这就意味着自己只能在一个地方贷款，枫坪、玉岩信用社的八万元贷款，联社、西屏信用社的五万元贷款，都不能再借了。如果这么多钱还不进去也借不出来，那么这种担惊受怕的日子怎么过呢？我感到一阵恐慌，突然觉得喉咙干燥，连说话的声音也变了。此时的我一定脸色苍白，差一点就屁滚尿流了。后来，小江拿文件让我看，原来只是西屏、阳溪、水南信用社和联社营业部这四个地方，只能在一处贷款了。我慢慢地静下心来，还知道自己以后的贷款地点就是阳溪信用社，而西屏信用社和联社营业部的贷款不能再借了。

我心神不宁地走在积满雨水的街道上，心里默默地想：金钱的力量所向披靡，一旦陷入就像魔鬼一样折磨人啊！如果自己不能贷款的话，那么让妻子去行不行？转念一想，这种念头真是可怕极了。十月二十三日在西屏信用社的一万六千元贷款是不能再借了，好在自己还有足够的时间准备还钱。这样想着的时候，心里又渐渐地轻松起来。

八月二十五日一早，我就来到厂里找赖厂长还钱了。去了三次都没有见到赖厂长，小李说，赖厂长去遂昌借钱了，下午才能回来。下午，我又去找赖厂长，仍然没有看到人。我和小李说了现在不能多头贷款的事情，小李却说，管他三七二十一呢！这样的等待实在无聊，我就一个人到厂房隔壁的云岩山抽签算命去了。

云岩山寺庙旁边的石屋内，香烟缭绕，光线晦暗，沉寂无声。我默默地跪在佛像面前，微睁双眼，双手不停地摇着签筒，直到有一支竹签掉在地面上。靠在椅子上戴着老花镜的一位老者把我手中的竹签换成一张纸条。只见上面写道：何由有物属偷儿，总是先曹有所知；幽显两途多致力，此行未必任施为。解曰：时运乖张，故有凌欺；神人宣力，福必后随。我把纸条看了一遍又一遍，心想，自己一直以来这样帮着赖厂长，难道他们还会觉得我这个人好欺负？黄昏将临，大地上布满雨意。我沉重的内心像灰暗的天空一样黯淡，充满了忧伤。我匆匆从山上走下来，可赖厂长仍然没有回来。

晚上七点多了，我终于在厂门口等到赖厂长。我看他睡眼蒙眬、哈欠连连地从外面走进来，根本不见旅途归来时的那种风尘仆仆的样子。我马上怀疑是不是为了回避讨债，他今天一天就在家里没有出来？我问起钱的事情，他避而不谈，却说晚上要去找木匠，准备明天做房子呢！最后，赖厂长说，不用太担忧，下个月二十日有笔货款汇来，到时候一定还给我。

回家后，我几乎一夜都没有睡，辗转反侧想着钱的事情。这些日子，自己每天夜里醒来就再也睡不着了。白天也是昏昏沉沉的样子，早上、中午、黄昏，无时无刻不担忧着赖厂长处的钱。有时还想呕吐，胃里好像有什么东西粘着一样，不是很舒服。想来想去，我决定还是给赖厂长写封信说说心里话。

八月二十六日，我在家里给赖厂长写了一封信。信的内容如下：

尊敬的赖厂长：你好！

时间过得真快，自一九九三年秋天我们相识以来，转眼已经整整五年过去了。为了朋友，为了让你有足够的资金把工厂办起来，我想你所想，急你所急，听从你的吩咐，从一九九五年春天开始就为你借钱。在以往的日子里，我虽然受了许多委屈，但是内心一直充满自信和力量。

这么多年过去，周转了这么多钱，这可不是一件容易的事情啊！自己之所以不计后果，大着胆子为你借钱，完全是因为非常信任你。在自己想来，像我这样对待朋友的人是可遇而不可求的，甚至也找不到第二个这样的人了。就像你的大姨子曾经说的那样，我可是一个真心帮助你的人啊！但是，我的胆子最大，能力最好，如果你不按照条子上的约定去做，我的钱也有一天会借不来的。

你每次向我借钱的时候都说得很好，都是很守信用的样子，可是期限到了，我却迟迟拿不到钱。平时，你还我一点钱，没过几天又问我借了。但我只要口袋里有钱，就会毫不保留地借给你。那是因为我知道你的艰难，看你为钱这样累不堪言的样子，只要自己还有办法就宁可去别的地方借钱，也不愿意麻烦你，为的是尽量减轻你的负担和压力。

现在，我却过着担惊受怕的日子。今年三月份付了九千元利息后，你就再也没有还我钱了。现在，玉岩基金会的一万元贷款已经到期，接下来还有我村上借款的利息一万元、信用社利息一万元、靖居村本金加利息二万元、小叶一万二千元，以及枫坪基金会二万七千元贷款，都是下半年需要支付的。这么多的本金和利息，仅靠我的工资来支付，无论如何都是无法想象的。特别是我的妻子，她只是不知道具体情况，否则会受不了的。其实，我的内心也很脆弱，只是默默地承受着罢了。我没有向任何人说起自己的苦，如果要说，这样的事情又向谁说呢？

人一旦没有诚信，借钱不归还，人家就会担心起来，要求还钱的人会越来越多。我的钱是从许多人手上借来的，而不是从一个人手里借来的；如果大家都来向我要钱，我向谁要钱呢？做人一旦失去了信用，那么贷款、担保、暂时周转等一系列问题都会出现危机。何况好事不出门，坏事传千里，这将极大地影响一个人的名望和一个工厂的声誉。这样一来，谁还会把钱借给我呢？总之一句话：有借有还，再借不难；有借不还，再借很难。

赖厂长，玉岩基金会的贷款，你一定要想办法让我还进去。否则，玉岩、枫坪信用社的贷款，还有我村里的钱，都将受到它的影响，我的处境也会越来越困难。

或许赖厂长看过信，觉得我的话有些道理，或许他感到我的日子真的不好过，动了恻隐之心，或许如他所说，他本来在想办法借钱还我。八月二十七日，我终于拿到了一万元。

博比带来的启示

　　一年一度秋风劲，吹落满地金。花田垄村头千年香樟的枝头上落叶飘零，捡起一张路旁草丛里春发而秋落的红叶，随手翻阅光滑闪亮、筋络分明的叶片，犹如朝霞一抹，绚丽多彩。想象着它们曾经拼命地吸取阳光，淳然兴之，最后无声地归于大地，我仿佛也读到了自己生命的轨迹。那是一年又一年小城里的风雨沧桑，是一日又一日在路上的奔波劳碌，是匆匆忙忙不知所终的脚步声，是寻寻觅觅没有归宿的一缕青烟。

　　八月二十七日，我来到花田垄村和大家告别。早上，我先来到厂里把信交给赖厂长，然后去店里买了猪肠、烤鸡、五香牛肉等熟食，在村里，又去老唐哥哥家买了两只鸭子。因为昨晚老唐来电话，今天乡里领导来村里考核我的下派情况，说好中午我请客。十一点多，乡里的书记、乡长、组织委员都来了。我们一边喝酒，一边说话，大家对我一年来的工作予以了充分肯定。特别是老唐和叶主任，对我的工作表现更是推崇有加，认为我这个人很朴实，能够和村民们打成一片，是一个真正为老百姓办实事的干部。老唐向乡里的组织委员小周多次提起村支部已经通过我转预备党员的事。小周说，这件事情乡党委政府也赞同，他回去马上把表格意见签好让我带到局里去。

　　吃过午饭，我去村里转了一圈，来到老书记、永喜等自己平时吃过饭的农户家里，和大家说了几句告别的话。之后，我一人骑车来到斋坛乡政府。在小周办公室，他却告诉我刚才县人事劳动局有人叫组织部打来电话，我转预备党员的事情不能通过。我默默地坐了一会儿，就骑车回县城。来到厂里，赖厂长的儿子说，今天本来准备去水南信用社贷款，可主任在贵州下星期才回来，他父亲出去借钱也还没有回来。我听了，又为钱的事情担心起来，只感到眼皮沉沉地垂下来。于是，我想靠在沙发上睡一会儿，可哪里睡得着？

昏沉的大地，雨意正浓。我灰暗的内心就像天空一样黯然、沉重。这时，我脑海里浮现出纪德说过的一句话：你永远无法了解，为了让自己对生活发生兴趣，我们付出了多大的努力。可是，生活是真实的，无力改变，可以改变的只有我们自己。正当我胡思乱想之际，赖厂长从门外走进来，他从裤袋里掏出一万元递给我，还笑着说，过几天就去小廖处把猪鬃拉回来，九月份还我三万元。近十万元的猪鬃被小廖拉去抵债已经一个多月，现在听说可以拉回来，我感到莫名的兴奋与欣喜，心头的阴霾顿时为之烟消云散。

八月二十八日，我回家乡把玉岩基金会的一万元还了。为了这笔钱，我从今年五月份就开始等待，为它耗去的生命和心血简直无法想象。我在玉岩土管所小林处吃午饭，本来打算从小林处再借一万元给赖厂长，但想到几个月的讨钱之苦，自己千万不能再借钱给赖厂长了。于是，我匆忙地离开玉岩回老家去。

在家乡，我和老父亲聊天，他看我心事重重的样子，也有些担忧了。他特别提醒我，村里人的钱一定要想办法早些还清。听了父亲的话，我觉得很有道理。

一九九九年九月一日，我回到县人事劳动局上班。上午，我去了差不多所有的办公室。当来到编委小叶的办公室时，她说我下派一年的最大收获是现实多了，又说起了自己是否去文联的事情。下午，我来到了刚上任的洪局长办公室。才一年多一点时间，原来的徐局长已经调离人事劳动局了。洪局长看见我走进他办公室，一边做手势，一边说话。他要求我：一要多读公文，什么公文都要会写；二要懂业务，什么业务都要懂；三要讲松阳话，听到松阳话他感到高兴。

这些日子，我在读让·多米尼克·博比的《潜水衣与蝴蝶》。这是一个来自心灵深处的故事，也是一个令人慨叹而难以忘怀的故事，一个全身瘫痪的勇者凭着顽强的毅力，不自怜、不自悲的故事。

一九九五年十二月八日，对博比来说是一个非常不幸的日子。这位法国一家著名杂志社的主编，此前曾是一位雄心勃勃、从未失败过的有两个孩子的父亲。这一天，一场突如其来的脑血管疾病使他陷入深度昏迷。一九九六年一月，当博比从昏迷中苏醒过来时，医生发现他已经丧失所有的运动机能，诊断其患了罕见的"闭锁综合征"——用文学的语言说，就是封闭在自己的内心深处。博比的全身上下，从头到脚，除了左眼皮还能够眨动，其他运动功能全部瘫痪，感觉功能丧失，只有这只左眼成了他与外边世界的唯一联系。

命如琴弦，给活着一个理由。当莫测的命运降临人生，在上天开始神奇地捉弄世人的时刻，坚强的生命只能用所有的心智去全力承担，不屈的灵魂要以所有的坚持来奋力抗争。在旁人看来，博比已经成了一个植物人，不再属于人类，但是博比认为："如果我想证明自己的智力依然能够超过一根葱的话，我只能靠我自己。"

这时，法国一家出版社派来一位秘书克洛德，她把法语的二十六个字母按使用频率的多少排出顺序，编成一个对博比写作叙述比较有利的字母表，然后按照字母顺序往下念。当博比听到他需要的字母时，就眨一下左眼皮，不是的，就眨两下左眼皮。艰难而繁杂的工作，"缓慢进展着实令人厌倦。可是你如何避免那些容易冲动的人在疏忽大意时改变规则而产生的误解呢？我现在可以领略这种精神游戏中所蕴含的诗意了：一天，当我开始工作时想要眼镜，他们问我是不是要月亮"。当周围的一切都变得可望而不可即，在怀着最吝啬地感受生之快乐和为着最充分地体会生之痛苦的一线希望中，他舔着自己的伤口默默远行。一秒一秒，一分一分，一时一时，一天一天，就这样完成着一个字，一句话，一段话，一整页……终于，博比用一只左眼，"写"下了他的《潜水衣与蝴蝶》。

一九九七年三月九日，在"写"完《潜水衣与蝴蝶》的第三天，博比终于闭上了疲倦的左眼。在闭上左眼的一刹那，沉重的潜水衣终于从他的内心深处脱落，那饱含忧伤与深情的眼睛，一定看到了他的蝴蝶在美丽的天空中翩翩起舞，那么轻盈美丽，那么活泼欢欣，那么自由动人。潜水衣紧裹着全身的博比，常常坐着轮椅去贝尔克海滩仰望碧海苍天，精神像一只蝴蝶在心灵的天空中飘舞，翱翔在自己来来往往的时空中。这时候，在死亡阴影笼罩下的博比一定会想：每个人，无论是老人、孩子、病人、健康的人，也无论是富翁和穷人，或者是氓吏大盗和帝王将相，他们在海边的真实处境都一样，面对大海，人只是一滴水，在永恒面前，谁不是一粒尘埃？

我们都是一样的人，对自己的官能和意识的使用很冷漠，生命的热情与心灵的敏感在日复一日、年复一年的时光流逝中渐渐消失和迟钝。我们对周围的一切往往漠不关心、心不在焉，把一切看得那么不屑一顾，那么理所当然。在自以为是与自欺欺人中迷失着真实的自我，没有理智的清醒与切肤的感受。多少忙迫劳形的人事，多少纷乱浮嚣的意绪，那充满烦躁与焦渴的心灵，在红尘滚滚的无限欲望中，忽视已经获得的真实、自由和感动，乃至只有在生命的最后时刻，才幡然醒悟生的价值与神圣。

在博比承受苦难拥抱梦想的时刻，在他弥漫着忧伤而不失幽默的追述里，飘舞的蝴蝶终于找回那份失落的纯真与自在，正如博比所说，让我们在平凡的现实生活中发现并创造奇迹：那是杜鹃花盛开的道路上，天真的孩子让手臂在凉爽的水里划出一道痕迹；那是一只跛足的猫，在花园里寻找一个阴凉的角落；那是一群小牛正穿过散发着茴香酒气息的芬芳的沼泽地；那是充满了亲情与友谊、希望与梦想的聚会。更是为逝去的过去而惋惜，为失去的机会而痛苦，"那是我们不懂得应该去爱的女人，我们没有把握的时机，我们随意让它飘走的幸福时辰，我感到自己的一生只是这样一连串的小小失败。一场我们事先就知道结果的比赛，但我们却没有在胜利者身上押赌注"。

为了还两万元贷款

九月七日早上，我刚来到办公室，小李就打电话来问贷款的事情。为了按时完成订单任务，昨天晚上原本说好今天由老庄去农行联系，赖厂长贷款，我做担保人，用这笔钱去金华买猪鬃成品。我来到老庄办公室问贷款的事情，老庄说，这些人一下子这样，一下子那样，不讲老实话，我才懒得去问这种事情呢！后来，贷款的事情终因老钟未去农行而结束。这时，我担忧起来，这样的话赖厂长就去不了金华，去不了金华就完不成订单，完不成订单，我二十日在阳溪信用社的贷款能归还吗？于是，我整天为钱的事情而愁眉不展。

晚上，我与来松阳讨钱的徐兴平厂长走在小城大街上。徐厂长是江西万年县梓埠镇团结村人，是赖厂长生意上一个多年的伙伴。他对我说：最好别帮赖厂长借钱了，以防陷进去拔不出来，虽然他不会骗人，但是太烦了。你借他的钱逼他还得紧一点，他就会去别人处想办法还你一点。生意人只知道如何利用别人的钱来赚钱，他们自己永远都没有钱。他还说我这个人很朴实，劝我把班上好就是了。听着徐厂长的话，想着关于钱的种种往事，我的内心充满了焦虑与不安，听着街道旁树影下来往行人的欢声笑语，我都觉得有无限的惆怅与感伤。

九月八日，为了解决赖厂长去古市信用社贷款的事情，我从早到晚去了三次厂里。一大早，赖厂长就离开厂里去古市镇了。本来说好早上十点去金华拉猪鬃成品的，可是，中午我去厂里的时候，看见准备陪同赖厂长一起去金华拉货的朱厂长，依然焦急万分地等待着，嘴上不停地埋怨赖厂长是怎么回事，对方已经等得心慌意乱了。下午四点多，我来到厂里的时候，赖厂长仍在古市镇借钱。小李说，赖厂长刚刚去村子里找他姐夫签字，忙得连衣服都湿透了。坐在一旁等待的朱厂长一脸无奈，说金华那边来过十多次电话催了。五点半的时候，赖厂长从古市打来电话，告诉大家信用社主任已经签字，要明天早上才能拿到钱了。天色渐渐暗下来，我一个人骑车回家。

晚上，老邱打电话告诉我，他为赖厂长从阳溪信用社担保借的那笔贷款，已经到期了。

九月九日早上，我打电话去厂里，先问古市信用社的贷款是否拿到，然后告诉他们昨晚老邱说的话。小李说钱已经拿出来，希望我去阳溪信用社了解一下老邱那笔贷款的情况。我来到阳溪信用社的时候，小徐、小江都在办公室里。大家聊了一会儿，我问起老邱担保的那笔贷款什么时候到期的。小江在看的时候，我突然发现，自己前些日子让赖厂长写借条，即三月份从阳溪信用社借出，原来说好由赖厂长归还，后来却无奈地转到自己名下的那笔二万元贷款，九月十日已经到期了。

这是我根本没有想到的事情，在自己的记忆中，这笔钱是九月二十日才到期的。此时此刻，我已经六神无主。当我匆匆忙忙来到办公室打电话的时候，周围却坐着几个人，自己碍于情面只好来回走动着，心中却万分焦急。于是，我急匆匆地回到家里打电话。先打传呼给春生，没有回，又打电话去他办公室，也没有人。又打电话给靖居的孙贵，他说有五千元，我心里稍稍宽慰了一些。他又让我打电话给他弟弟，结果却找不到人。快十点了，我担心着明天的贷款能否及时归还，心里越来越着急了。于是，我打电话给周献，问他借一万元用一个星期，他说这些日子没有钱。我又打电话给在枫坪开店的关标，他同意把自己准备买麦麸的钱借我两万元用一个星期，只是要我赶去拿。我听了，激动的心情难以言说。这样的时刻，谁还在乎来回几百里的路程呢？

我疾步来到车站的时候，才想起要给局办公室打电话，告诉单位有事请假半天。来到排居口已经十二点多了，自己花两元钱在路边的小店里买了一包方便面吃。女店主给我端来一碗饭，还说经常看见我路过这里，我心里一阵感动。记得上次回家乡的时候，我看见这房屋旁边的石榴树上挂满漂亮的石榴，就买了几个回去。站在路旁等车的时候，刚好碰到村里人李宝，就搭他运石子的拖拉机来到枫坪初中的路口上。这时，我又碰见了自己昔日的学生时傅，便搭着他的摩托车来到关标店里。

这里原是供销社，也是人流汇聚的地方，自己从前在枫坪读初中、教小学的时候，常常来这里买东西。时过境迁，物是人非。望着记忆里依稀有些熟悉的水泥地面、粉墙、橼柱、柜台，以及从窗外透进来的明晃晃的光线，我内心掠过一阵阵的落寞与惆怅。我喝着茶，关标让我吃饭，我说已经吃过了。两点多了，关标的妻子月球去枫坪信用社领出了两万元，并且非常友善地交给我。因为等不到公共汽车，关标骑着摩托车把我送到排居口，我自己又沿着公路走了半个多小时，才坐上汽车。来到阳溪信用社还款的时候，利息又不够，自己就去声隆处借了四百三十元。感谢上天，阳溪信用社的这笔贷款，终于及时归还了。

九月十日早上，自己问妻子借四百三十元钱，却被数落了一番。我知道她心里不好受，钱自然借不成了。上午，在办公室里，我整半天都在闷闷不乐地想着钱的事情。中午，在餐桌旁，我又向妻子说起钱的事情。可是，当心地柔软的妻子把四百三十元钱递到我手上的时候，我心里却感到十分难受。

九月十一日，星期六，一大早，我就去厂里帮忙。在包装车间给猪鬃吊梢，活儿接不上的时候，我就拿着笔和墨给纸箱印上重庆水煮鬃的商标，或者把包装好的猪鬃一个个放进纸箱里。赖厂长端着装满猪鬃的木盘子，来回不停地走着，鞋子、衣服、头发都沾满了猪毛。他焦黄的手指上一刻不停地夹着纸烟，试图用这种吞云吐雾的方式来减轻内心的焦虑和不安。看着他们，我感到累不堪言。中午，天气十分炎热，人们一个个昏昏欲睡的样子。我和赖厂长他们一块儿在厂里吃快餐。饭后，我说钱非常紧张，希望他们把前些日子借去的二千元还给我。小李却说这些日子连买柴都没有钱呢！赖厂长说明天再想办法。晚上，我依然在厂里干活，从六点干到九点五十分回家，快四个小时过去了。我疲惫不堪地走在回家的路上，只感到脑袋里昏昏沉沉的。今晚，工人们只做了六箱猪鬃，才三百斤，要在明天晚上之前完成两千斤猪鬃，让人感到不可想象。

九月十二日，我从早上七点半到深夜十二点都在厂里干活。为了完成两千斤猪鬃的订单任务，心急火燎的人们，手脚不停地忙碌着。人们忘记了时间的流逝，中餐、晚餐都是快餐店里送来的。天色渐渐暗下来，灯火通明的扎鬃车间，剪刀晃动，猪毛飞溅，令人眼花缭乱。转眼之间，女工们纤细灵巧的双手就把木板上凌乱分散的猪毛套进纸圈，扎成了一个个沉甸甸的圆柱形猪鬃。隔壁捣毛的车间，机声隆隆，千千万万银白色的猪毛从铁筛子里落下来，如积雪般堆在地面上。赖厂长满头大汗地站在捣毛机旁的凳子上，双手不停地拨弄着猪毛，紫黑色厚厚的双唇上叼着香烟，一闪一闪地冒着火光，有时还禁不住呵欠连天。深夜十二点了，我有些僵硬的脑袋里想到明天要上班，就抬起麻木的双腿，一个人踏着茫茫夜色回家。

长恨人心不如水

秋雨过后,小城街道两旁葱郁的梧桐树叶显得有些苍老、憔悴了。天地凉爽,偶尔从枝头摇晃着落下的黄色叶片,勾起我的满怀忧伤。一次次打击,一次次失望,人生理想千疮百孔,少年壮志折戟沉沙。人间岁月在说不清道不明的白天黑夜中更迭、重复;今天是这样一个乏善可陈的日子,看不出与昨天和前天有什么区别,大约明天也是这样。

九月十三日,我一早来到局里上班。今天,我去仲裁股了解一起工资纠纷案件的处理情况后,在办公室里写信息。虽然局领导说什么公文都要会写,可实际上根本没有公文可写。现在的局办公室人员,除小邹、小叶两位正副主任是写公文的高手,又调来一位专职的文秘人员,所以,我写信息都嫌多余了。只是小邹说,局里人不喜欢写信息,今年政务信息的任务就交给我了。我把写好的信息交给小叶,一个人心神不宁地站在阳台看雨后街景,看绿叶掩映下街道上来来往往的行人。正在这时,小邹来找我了。原来今天局里有人去矿山检查安全工作忘了携带相机,他让我把它送到板桥乡金山铜矿去。与其坐在沉闷的办公室里,何不去山野中呼吸新鲜湿润的空气?我感到一阵莫名的兴奋。

从县城开往板桥方向的公共汽车上下来,我踩着曲折、泥泞的山道来到金山铜矿。这里井架高耸,机器轰鸣,戴着安全帽的工人们在工地上来来往往。陈矿主四十出头，是个热情、开朗的人。他告诉我，这矿是他个人投资开采的，目前已投入一千多万元，其中有一半的钱是从亲戚朋友处借来的。为了开矿，他十二岁的儿子寄宿在老师家里。现在矿里的情况不是很稳定，主要原因是矿的品位不高。他劝我不要办厂，很累的，还说自己差一点就自杀了。今天，他矿上的机器坏了，打电话去还在修理中。

在简陋的办公室里，我发现桌子上放着一本希尔写的《思考致富》，就随手翻阅起来。其中有段关于借钱要讲信用和周期的文字，引起了我的注意，让我想到自己借给赖厂长的钱时间太长了，简直是遥遥无期。同时，我觉得赖厂长盲目行事，场面铺得太大，尤其在手头如此拮据的情况下建房子，严重影响资金周转，不是明智的选择。坐在我面前的陈矿主说，办企业的人也要不断地学习，接受新理念，否则跟不上时代发展。走出办公室，在食堂的黑板上，我还看见一篇激励员工的短文，其上说厂长是舵手，工人是水手，只有同舟共济才能扬帆出海，驶向美好的明天。自己有些动情，这种企业的文化气息与积极向上的精神风貌，是赖厂长那里看不到的。与眼前的情境相比，既不学习，也无经营理念，只按老套头办事的松阳辰业有限公司，就像一个乡下人开设的手工作坊罢了。

中午，我从铜矿回来冒着大雨来到赖厂长厂里。在阴暗的天空下，屋檐上雨水涟涟地落下来，车间大门紧闭，偌大一个厂房就像庄稼收割后空阔的稻田般冷冷清清。六十多岁，脸上抹着几痕黑黑炭灰的火宝，一个人坐在火房门口吃午饭。他告诉我，今天没有人上班，昨夜大家都没有睡觉，早上八点多，厂里才雇车把两千斤猪鬃运走了。

我端了一把椅子在火宝面前坐下来，迷茫的心情犹如眼前天空中的雨雾一样朦胧一片。他说，厂里的柴已经烧完，今天是自己去车间里找了几块木板烧中饭的。前几天本来有人拉柴来了，可厂长前几次的柴钱都没有付，那人又把柴拉回去了。听了火宝的话，我走到漂白猪鬃的车间里。十几个大缸依着墙角摆放，浸泡在药水里的猪毛所剩无几。雨水不停地从年久失修的屋顶滴下来，无数破洞露出的光线像张着一双双诡谲的眼睛，正窥视着内心充满担忧与不安的自己。

晚上，我去赖厂长家里坐了一会儿。原来说好昨天还我两千元，因为大家都在干活，我就没有问赖厂长拿钱。但是，当我坐在这里的时候，赖厂长似乎早就把他说过的话忘了，对还钱的事情避而不谈。他说，这些日子什么地方有钱，自己去签个字就行了。当我忍不住问起我的二千元钱的时候，他却眨着眼睛说，昨夜加班魂魄才刚刚回来，明天再说好不好？

九月十七日早上，我去阳溪信用社把两万元贷款借出来。当自己准备还钱给关标的时候，刚刚前几天还说这些日子什么地方有钱，自己去签个字就行了的赖厂长，却向我借了四千元开发票的钱。快一个星期了，这么大一个厂连开发票的四千元钱都借不来，我感到不可思议。但是，赖厂长的儿子说，只要发票开出来，九月二十日就先还我八千二百元，二十九日前再还我一万九千元。赖厂长还说，他对我总是优先考虑的。下午，当我拿钱给他们的时候，心里却想，这些人其实都在撒谎，自己姑且相信血气方刚的年轻人一次吧！发票终于开出来，赖厂长的儿子连夜出发去杭州结账。

九月十八日上午，关标到县城进货来取钱的时候，我只好去刘伟父母的店里借了四千元凑齐两万元。下午，我来到厂里与赖厂长结算利息。赖厂长说，到今年十一月份，小廖的钱可以还清，他还主动提出减息三万元呢！我不知道别人借钱给赖厂长利息是多少，何况自己已被这种无信用无规则的游戏拖得累不堪言，渐渐失去了信心与耐心。于是，我把四十多万元借款的月利息，自一九九九年六月开始全部从百分之二降至百分之一点五，减去利息一万三千多元。但是，即便这样，赖厂长欠我的钱也有四十八万元。记得一九九八年冬天，我在结算利息的时候，也曾把原先算好的利息减去三万多元。如果说当时是出于一种悲悯，那么现在更多的是无奈与妥协。但是悲悯也好，妥协也好，它们究竟给自己带来了什么呢？

九月二十日晚上，我又去厂里讨钱。原来说好今天还我八千二百元，可钱在哪里？我刚刚在办公室里坐下来，小李就叹气说，今天早上五点半去金华才回来，已经很累了。赖厂长用打火机点蚊香，目光躲躲闪闪的，他说，他对我十分真心，我的钱二十四日之前一定会有的。大家聊了一会儿，赖厂长说，有人告诉他我说他的猪鬃厂不赚钱。小李却说，有人告诉她人事劳动局就像没有我这个人一样。还说，他们的心理素质都是非常好的。后来，我又说起还钱的事情，赖厂长的儿子拍着胸脯十分激动地说，他们做人问心无愧，绝不会对不起别人，如果他有一千万绝不会给人一百万，一万元也不会给。刚前几天问自己借钱开发票的时候，他还一脸感激的样子，却突然翻脸不认人了。

长恨人心不如水，等闲平地起波澜。这些丝毫不怀感激之情的人，不仅顾左右而言他，还无中生有地用毒刺一样的话，故意伤害一个想他们所想、急他们所急的人。此时此刻，我感到自己像一只误入狼群的羊，周围一片黑暗，阵阵寒意从脚底升起，弥漫全身，沁人骨髓。

赖厂长生气了

　　秋深，松古盆地阴沉灰暗的天空下，远处连绵起伏的青山，雨意朦胧，如烟似梦。冷风习习，雨淅淅沥沥地下着，在街道栅栏旁的树底下，咖啡色的落叶散发出植物腐烂的气息。乌云压得很低，像一块巨大的幕布飘浮在小城的屋顶上，有人翘首望着天空，等待秋霖天气快点过去。我肩负重压的生活像这淫雨霏霏的日子，阴沉压抑、疲惫不堪。为人借钱让自己负债累累，手里握着几十万元的欠条，却无法使用。

　　十月二十日，黄昏时分，阴雨涟涟，我站在赖厂长办公室门口焦急地等待着。一个多月了，除了取回九月十七日借去开发票的四千元和另外二千元，我什么钱也没有拿到手。因为叶梵从大东坝基金会借给我的六千元，原来说好由他先还，但现在要把钱借给弟弟买房子，我不得不还他。西屏信用社的贷款，十月二十三日也到期了。叶梵多次打电话问钱，我天天向赖厂长要钱，可钱在哪里？原来说好九月二十九日还的钱，又说十月十二至十三日，又说十九日，却至今没有踪迹。昨天，我焦急地等了一天，说好今天还我四万元，但是连他们的人影都不见了。

　　天色渐渐暗下来，赖厂长仍然不在，我来到了他家里。赖厂长的儿子说，他父亲早上出去到现在还没有回来。雨，不停地下着，街道上空荡荡的，只有闪亮的灯光给黑夜带来几丝暖意。我一个人沮丧地走在流水横溢的大街上，心想，自己与一个没有任何诚信的人讲信义和善良真是可笑。我又一次被愚弄了。

十月二十三日，今天是西屏信用社还款的日子。这两天，我又是心急火燎地四处打电话借钱，先后从徐涛、钱鸿、郑杰几位朋友，以及他们的朋友那里借了六千元，但是钱不够，我又打电话向玉岩土管所小林暂借一万元。早上，我匆匆忙忙地赶到玉岩。在翠屏山公园路口浓荫蔽日的千年古樟下，我踩着满地泥泞潦水走往玉岩土管所的时候，碰见了村里人少弟和他的妻子。这里店铺相连，人来人往，他们却旁若无人地大声说起还钱的事情，我感到十分尴尬。下午四点多了，我一身疲倦地来到西屏信用社把一万六千元贷款还进去。从信用社大门出来，自己终于长长地舒了一口气。可是，这种轻松感转瞬即逝，当我来到湿漉漉的大街上，想到还钱时一拖再拖的赖厂长和这些暂时借钱给自己的人，内心的忧郁马上像天空中的乌云一样聚拢来。

十月二十六日早上，阳光从云层里透露出来，我早早来到西屏信用社了解贷款情况。昨晚，自己和寒山坐在街上大排档里喝酒，深夜十一点多，我们还在谈钱的事情。寒山向我讲述了赖厂长在社会上的不良声誉，但他还是同意为我贷款做担保，我们甚至说好了如果我不能贷款的话，就让寒山贷款，我做担保人。信贷员小吕说，现在已经规定不能多头贷款，让寒山贷款也不行，因为我们的贷款定点都在阳溪信用社。我想，这样一来，自己的愿望落空了，不过也给寒山和自己减少了一份负担。灿烂的阳光透过树枝从窗外照进来，我心神飘忽地点上一支香烟与小吕聊了一会儿。小吕说，赖叶土上个季度的利息都没有付，前几天，他儿子来这里贷款，我看了他们的财务报表没有答应，他竟然当场把报表撕了，这种赖劣一样的人谁还敢贷款？

中午下班，我心神不宁地骑车去厂里找赖厂长。我说，西屏信用社的款贷不出来，自己从私人处借的钱就还不了，这样的日子已经累不堪言。见我沉默不语地坐在一边，赖厂长笑着说，他心里也十分焦急，自己叫人从联社贷款、由他儿子担保的五万元钱的利息也没有付。不过，现在中行已经答应贷款了，但是还要过几天。我又问起阳溪信用社老邱担保的那笔钱什么时候归还，赖厂长却说，自己正准备跟丽水人合作办厂，只要这件事情谈下来，什么都好说了。最后，他答应二十九日先还我一万元，下星期再还两万元。

十月二十九日，早上。阴暗的天空，从街道两旁树木湿淋淋、萎黄的叶片上传来淅淅沥沥的雨声，冷风吹来，让人禁不住打一个寒战。我一个人走在去厂里的路上，心里想着这几天叶梵、孙福、少弟都打电话来家里要钱，妻子絮絮叨叨地问事情的原因，就感到脚步沉重，内心忧虑不已。

我在厂里无奈地等了两个多小时，后来听小李说，赖厂长去中行有事情，于是我又走路来到人民大街上的中国银行松阳支行找赖厂长。我走到三楼见到信贷主任小阙，他却告诉我赖厂长早就走了。我又来到厂里，仍然没有见到赖厂长，我打赖厂长的手机。下午再说了！话筒里只传来一句冷冷的话，马上就挂了。我再打手机，又再打，可都打不进去了。

下午，我冒着涟涟秋雨又一次赶到厂里。已经三点多了，自己在厂里焦急不安地等了近两个小时，赖厂长却在房间里睡觉。我终于忍耐不住地敲响了房门，坐在床沿上的赖厂长没有等我说完话，就怒气冲冲地说，还你钱！还你钱！下一步只有卖机器了！这是赖厂长第一次向我发火，也是自己向来没有想到的事情。可见，赖厂长是一个不考虑别人的人。但是，这时候的自己已经被他牢牢地抓在手里了，哪怕心里有着最凶狠的话，但从嘴巴里说出来的时候却成了充满柔情蜜意的呢喃。自己最好的选择也许就是像一只温顺的羊，在气势汹汹的狼面前胆战心惊地投降、妥协、求情、巴结、乞怜。可自己毕竟不是羊，我要说出想说的话！

赖厂长见我态度有些强硬，就显出一脸无奈的样子，态度渐渐温和起来。他递来一支烟，还伸手用打火机帮我点上，然后说，今天本来要还我一万元的，可中行月底不贷款，要下个月初才可以贷款，过几天有钱了，一定会还我三万元。我说，十一月枫坪基金会的二万五千元贷款又要到期了，这样下去的话，我的日子真的没法过了。赖厂长却说，年底前可以还我十五万元。自己离开厂里回家的时候，天色已经暗下来了。

十月三十日，黄昏时分，我去新华路电影院旁的浴室洗澡，在小巷的路口上，遇见了小刘。前些日子，小刘也天天在厂里等钱，还神秘兮兮地告诉我他的一万五千元欠款，等了三个多月还没有拿回来。这时，小刘却告诉我他的钱昨天已经拿到了。突然之间，我意识到赖厂长又在骗人，中行的贷款他们应该拿到了。晚上，我来到赖厂长家里，他们还在吃饭，自己本想问中行的贷款情况，可边上坐着赖厂长一个昔日的同事。坐了一会儿，赖厂长却说，今天去丽水一路坐车辛苦，吃完饭要睡觉了。我无奈地站起来，默默回家去。夜半醒来，我再也无法入睡，辗转反侧的自己，决定给赖厂长写一封信，说说这么多年来想说的话。

十月三十一日的信

　　深秋的阳光从楼院间无声地落入静寂的办公室，窗外桂花树上的花儿尚未完全凋谢，不时飘来几丝清冽的余香。在我面前，几丛匍匐在桌面上的水草泛着青绿的色泽，洁白的细根从透明的玻璃瓶里映照出来；生命在清水中成长，绿意盎然，生机勃勃。当莫名的命运降临人生，当有人把责无旁贷的重担推卸给他人、还以事不关己的局外人的样子出现的时候，坚强的生命只能用所有的心智去努力承担，不屈的灵魂就要以坚持来奋力抗争。

　　十月三十一日，星期天。从早上到下午太阳偏西，在人事劳动局三楼办公室，我抑制着内心的恐慌与焦虑、忧郁与不安、沮丧与无奈，努力保持平和的心境给赖厂长写了一封信：

尊敬的赖厂长：

　　前天上午，我在厂里等了两个多小时没有见到你，中午又去厂里，可你已经午睡了，我在厂里又等了近两个小时。当我终于忍不住敲响你的房门，向你讲述自己目前的困难情况，并要求按几个月来你亲自答应的还钱数目还钱的时候，你却怒气冲冲地说，还钱，还钱，那就卖机器吧！突然之间，我像一只被惊吓的羊，感到那么孤独无助和惶惑不安。用这样的态度去对待一个为你借钱而四处奔波、忠心耿耿地帮助你创业的人，这是我从未想到的事情啊！昨天晚上，去你家里坐了一会儿,我本来有话想说,可你说,白天去丽水一路坐车辛苦,吃完饭就要睡了。我是一个敏感的人,过了一会儿就离开了。但是,心里话不吐不快,既然你没有时间听,就让我写给你看吧!

时光匆匆,岁月如流。从一九九三年秋天我们相识,到一九九五年春天自己第一次为你从县信用合作联社贷款一万元、县农基会担保二万元,从一九九六年春天,我从农行松阳支行、象溪支行,中行松阳支行,西屏信用社、延庆信用社、阳溪信用社、水南信用社、玉岩信用社、枫坪信用社、大东坝信用社,玉岩基金会、枫坪基金会、大东坝基金会贷款二十余万元,到今天向银行、信用社、私人借款近五十万元,时间已经过去整整六年。

六年来,我一直把你当成自己的长辈(赖厂长生于一九五二年九月五日——笔者注)和好朋友,内心充满了敬意与信任。从单位里有人抄袭我的文章寄去发表,到有人故意设置障碍不让我入党,从有人暗地里中伤别人让我去乡镇当团委书记,到因为我没有拉帮结派被人排挤在档案室里与发霉的纸页打交道,我对你无话不说。每次说起这些事情的时候,你总是鼓励我,安慰我,对我的遭遇予以深切的理解和同情,诚恳地劝导我老实做人,踏实做事,以你自己从一个乡镇干部退职办厂的人生经历,引导我如何面对现实社会和为人处世,充满了友善,信任与关心。

我们不仅感慨自己的过去和生活赐予人生的种种酸甜苦辣,还常常谈起创办企业的艰难挫折与美丽前景。你对我说,你的工厂一定会越办越好,如果有一天我不想在单位上班,就去你厂里做管理人员,甚至工资待遇都提到了。它们给予我莫大的信心与希望。你像一位受人尊敬的长辈一样关心我,爱护我。厂里夏天发啤酒、中秋节发月饼、外地歌舞团来发门票,你都不会忘记我,有时还让我去你家里喝酒吃饭。一九九四年初你借我一千元买房子，一九九六年初夏还带我去重庆进猪鬃原料。你还多次对我说，跃华，我是把你看成小弟弟一样的哩！

滴水之恩当以涌泉相报；我是一个纯粹的人，更是一个重感情的人。为此，你有什么事情，我总是想方设法替你分忧解难，尽自己的最大努力帮助你。尤其因为办厂资金紧张，我按照你的要求，想你所想，急你所急，从一九九五年春天开始为你四处借钱而奔走不息。几年来，我不仅利用各种有利关系，创造机会，向县城所有可能借到钱的单位、银行、信用社借钱，还一次次赶往遂昌、古市、玉岩、枫坪、大东坝、靖居等地的信用社和私人家里借钱，特别是自己家乡那些看我从小长大的人，他们出于对我几十年建立起来的信任，毫不犹豫地把辛辛苦苦积攒起来的血汗钱都拿出来借给我。

以往的日子，虽然累不堪言，受了许许多多的委屈，但是我的内心一直充满自信和力量，并且所借钱款的利息大多按实际来计算，私人的月利息百分之一点五到百分之二点五，银行、信用社的利息随政策改变而变化。我清楚地记得自己一九九五年春天第一次为你去县信用合作联社贷款，付的就是当时信用社百分之一点七八的月利息。我为什么要这样做？这里除了出于对你的信任和知恩图报，帮助你渡过难关，我心里还有一个小小的愿望，就是希望松阳有好的企业，更希望通过帮助你办一个一流的企业，来证明我的能力，也为自己在世人面前争一口气！

人为财死，鸟为食亡；经济时代的任何人都不免受金钱利益的驱使。如果一定要以这样的结论来判定我自己的话，我也没有理由不接受这样的事实和结果。但我绝不是一个爱钱如命的人，这一点人不知道天知道。针对你们这么多年来夙兴夜寐筹划之勤苦，胼手胝足经营之辛劳，我已经根本无心挣什么钱。这些，从我几年来一次次减掉你们几万元的利息，就可以得到很好的证明与诠释。甚至，关于利息的事情，直到今天我们也可以坐下来好好谈，我的底线是能够把自己借款的利息付出去。

事实上，我一直以来都没有提出借钱给你们要赚取多少利息，甚至到今年三月份阳溪信用社的二万元贷款，也是让你们按照信用社的利率付息的，可是五个月过去，你们什么利息都没有付。只是在一九九七年底，为了要把我借给你的三十多万元的归还日期推迟到一九九八年底，你主动提出并约定全部借款按季结息，月息百分之二点五。你说要让我挣几块辛苦钱，等日后在城里买房子。甚至说，钱暂时借给你们，等我需要的时候一定及时归还。可结果呢？

从一九九八年冬天开始，我的钱一直很紧张。为了周转资金，为了付利息，我一次又一次地找你要钱，你却根本没有依照嘴上所说、纸上所写的去做。每次还钱都是一拖再拖，从月底到月初，从月初又到中旬，从中旬到下旬，从下旬又到月底。我只好今天等明天，明天等后天，甚至早上等下午，下午还要等晚上。你们像哄小孩子一样对待我这个对你们诚心相待的人。还时时躲着我，回避我，一说到还钱，你们就面有不虞之色，显得非常不耐烦的样子。这样的事情，我已经记不清到底发生了多少次。今年五月份以来，我的生活几乎无一日安宁，自己到处借钱不说，还用微薄的工资替你们支付银行或私人近四十万元借款本金的利息。自己家里却到了买不起一瓶煤气，不能及时交水费、电费、电话费，甚至有时连买米买菜的钱都要一次次向你们讨了又讨。这种疲惫不堪的日子，我不仅因为提心吊胆，身心备受煎熬与摧残，还因为看到妻儿跟着受累而深感愧疚与不安。我常常因为内心的压抑而自轻自贱，哪有什么做人的自尊、信心和快乐？想想自己，真是何苦啊！

因为人们相信我，所以才把钱借给我，也只有别人相信我，借给你的钱才能用更长的时间。我的信用就是你的信用。试想，我不能及时把钱归还人家，以后再要贷款、担保的时候，找谁去呢？现在乡镇基金会撤销了，像枫坪基金会的贷款已经转到信用社，如果这笔钱不及时归还，那么不仅基金会的贷款没有了，还会影响信用社原来的贷款。因为没有信誉，因为迟迟不还钱，信用社、贷款人、担保人都会惊慌起来。何况，天下没有不透风的墙，这样的事情一旦传出去，不仅我借钱十分困难，就是原来借钱给我的人也会纷纷来要钱。我千方百计想把钱运转起来，因此，我肩上的担子特别沉重，日子过得十分压抑、沉闷，精神负担压得我几乎连气都喘不过来了。

今天，小城通信便捷，道路宽广，人们步履轻快，衣着时尚，生活越来越好。我的同事、朋友们，有了一幢幢漂亮的房子，它们前有庭院，后有花园，既整洁又美观。可我呢？因为孤注一掷，把自己绞尽脑汁找到的钱毫无保留地借给了你，至今蜗居在逼仄简陋、不足五十平方米的宿舍内。同龄人有摩托车、手机，我却每天骑着一辆自行车上下班，甚至连一部手机也舍不得买。不知有多少次，我诚恳地与你说起想买房子的事情，可你却要我从你那里多挣些钱以后再去盖房子，还说，以后盖房子你一定会帮忙的。也不知有多少次，我妻子提起买房子的事情，却因钱的原因被我未置可否地敷衍过去了。

我可以不买房子，但是别人的钱是不能不还的。我的钱几乎都是从朋友、同事处和信用社借来的，一半以上的钱已超过两年，现在已经有人开始要我归还本金。今天，因为枫坪、玉岩等乡镇基金会撤销，县城信用社贷款受限制，还有几笔钱因还款时间拖欠，别人不再借了。这些因素决定了我以后借钱难度越来越大，数额越来越小。虽然我一直在努力，但是客观现实不是我个人的力量可以改变的。何况，凡是可以借钱的地方我都去了，而且借钱数额已远远超出了承受的范围。

最近一些日子，我家里有人三天两头打电话来要钱了，还有人上我办公室要钱、诉苦。在家里，不仅老婆受气，孩子也受到影响。我们都是爱面子的人，如果有一天，他们都来我家里要钱该怎么办呢？校园里人多口杂，这样的日子真的很难过了。但是，现实是无法回避的，借钱还钱是一件天经地义的事情。为了让我过上正常人的生活，也为了你的事业一天天好起来，你我都要客观冷静地对待这种现实，互相把事情处理好才是。

赖厂长，我们都是世俗生活中的一个可怜人。因为真诚所以感动，因为相信所以坚持，因为责任所以担当。请你一定要设身处地为我想一想，为我一家人想一想啊！

徐跃华

一九九九年十月三十一日

写好信，自己又用方格文稿纸誊写了一遍。我来到大街上，午后苍白的阳光懒洋洋地照在街树萎黄的树叶上，行人稀少的街道好像突然宽阔了。空气虚浮不定，自己眼前熟悉的店铺和人行道上静立不动的灰白色树干，仿佛变得有些遥远和陌生了。

在民政局工作

　　一九九九年十一月二十九日，星期一，我来到县民政局上班。

　　在来民政局之前，组织部召集我们几个已经成功竞聘为中层领导的人，在张副部长办公室开会。张副部长面含笑容却不失庄重地对我们说，你们都是优秀的年轻干部，有知识，有能力，有精力，也是我们组织视野内着重培养的人。希望大家在今后的工作岗位上，积极大胆，努力锻炼自己，组织的眼睛是看着你们的。

　　时光匆匆，岁月无痕。在民政局的工作经历，我已不想展开叙述，但其实在这里工作、生活的十多年，是我有限人生中最宝贵的十多年，而且有些看起来风马牛不相及的事情，实际上有着千丝万缕的联系。一个人可以不相信宗教，但不可以不相信真实的生活世界；一个人可以没有信仰，但不可以没有一颗敬畏而虔诚的心；一个人可以漠视命运，但不可以不尊重自己真切而刻骨的感受。所以，我打消了原来准备以第三人称讲述的叙述方式，依然采用第一人称、有保留地记下一些似乎不属于二〇〇〇年冬天的文字。

　　来到民政局上班的第一个星期，为迎接省领导的视察，我们在二楼办公室做滩坑电站移民安置方案，已经三天三夜了。十二月二日，星期四，上午十一点多，杨局长又召集我们移民办的人员布置新任务。杨局长让我去莲都区移民办拿移民方案，并且当天赶回来。这时，边上有人说我初来乍到，还是换个人去比较合适。这件事本来也没什么，在公路旁的小店里匆忙吃了一碗面条，我坐公共汽车来到丽水车站。打了十几个电话，莲都区移民办都没有人接，我只好打传呼给丽水电视台的朋友小黄，他骑摩托车把我接到办公室。后来，我们联系上了莲都区移民办，原来他们下午陪缙云县民政局的人在城郊办事。六点多了，我终于拿着莲都区的移民方案回到松阳县民政局。可是，在我白天离开单位去丽水的时候，杨局长却冒出冷冷的一句话：移民方案拿不回来，明天不要来上班！

在世俗社会中，想让他人在短时间内改变对一个人的看法几乎是一件不可能的事，就像有人相见恨晚或一见钟情一样，这是于情可悯、于理不通的事情。

光阴似箭，日月如梭。二〇〇〇年在汇总、填报滩坑电站移民规划阶段的各种数据，以及整理全县村委会换届选举的档案中过去了；二〇〇一年春天在为了普查优抚对象而来回奔走在新处、谢村乡云遮雾罩的崇山峻岭中过去了。二〇〇一年四月，民政局的主要领导换了，自己的处境却越发尴尬。自二〇〇一年四月至二〇〇七年五月，整整六年光阴，自己不计名利，踏实工作，努力撰写各类民政调研文字，积极报道松阳民政事业。自己的文字先后在《中国社会报》《社会福利》《浙江民政》等报纸、杂志上发表，自己三次获省部级奖项并受邀领奖，两次去北京参加中国民政理论研讨会，见到了国家民政部的部长、副部长们。

二〇〇一年至二〇〇三年，我一边从事滩坑电站前期移民规划工作，一边操持全县基层政权建设事务，既参与县城浙江省社区建设实验县的创建工作，又指导全县开展村务公开规范化建设，还积极配合科室认真做好县城门楼牌的编制工作。二〇〇二年冬春之交，我带着省勘探设计院的工作人员来到古市、樟溪、新兴等乡镇的一个又一个移民安置点，在雨雪纷飞或阳光灿烂的日子里丈量松古大地，感受世情冷暖，规划移民建房方案。二〇〇二年十二月，由我主持基层政权建设工作的松阳县，被省民政厅命名为"浙江省村民自治模范县"。

二〇〇四年至二〇〇五年，在事先一无所知的情况下，我被下派到离县城六十多公里的玉岩镇何山头村做农村工作指导员。在那白云深处，自己与同祖辈们一样活着时走在崎岖不平的山路上、死去后化作雨水和泥土的人们一起，为修筑一条大山里的简易公路而来回奔波，流下一滴滴汗水，留下一份份记忆。

二〇〇六年回民政局上班，我一个人操持了全县地名公共服务、民间组织管理、基层政权建设三大块工作（占市局对我县民政工作目标考核百分之三十五的工作量），并在得心应手与焦头烂额之间开始了疲于奔命的日子。

松阳县地名数据库，上级规定要在二〇〇四年完成。二〇〇七年我下派农村回来，被要求上报地名数据库时，却发现地名数据库根本没有按要求完成，不仅行政区、群众自治组织、建筑物、道路、河流、湖泊、山峰、旅游景点等条目不完整，而且条目最多的居民点也只是输了几十个地名而已，没有任何具体信息。为此，我日夜兼程，用了三个多月的时间补充、规范地名数据库，输入居民点信息八百〇七条。同时，我走街串巷编制门牌，处理全县民间组织日常事务、校对各种地图文字资料，着手编制二〇〇八——二〇二〇年松阳县域地名总体规划和松阳县区划调整方案。这么多的工作，这么多的日子，我完全是自己一个人应付着，支撑着，完成着。

二〇〇六年春节过后，在风雨里来来去去做了两年农村工作指导员的我从大山深处回民政局上班。四月十日，我接到了去北京参加民政部干部管理学院"社会建设与管理体制创新"学术研讨会的邀请函，自己那篇《加强村务恳谈活动、努力促进农村基层民主政治建设》的论文获奖了。俗世安稳、岁月静好；一个人在大山深处来回奔走，我对外面的世界已有恍如隔世之感。二○○三年十二月，我有幸参加了民政部首届民政论坛颁奖大会。两年后的今天，自己再次受邀赴北京参加研讨会，而且车旅费全部由主办方报销，不用单位出一分钱！

经过焦急无奈的等待，我终于坐上火车来到北京，被等候在车站外举着写了我的名字的牌子的民政部干部管理学院的人接走了。二○○七年十一月，我来民政局已经工作了整整八年，当乌发开始花白的时候，一个新来的局长要我做中层领导，我说不需要了，让别人做吧。后来，自己还是被任命为社会事务科副科长。但是，在一次干部考核的民意测验中，我从公示栏中发现自己的群众得票率不低，却没有一票是领导投的。为此，我去问局长，我一个人做了那么多工作，在考核的时候，你们却视而不见，这到底是为什么？局长支支吾吾的样子，却说已让我当上中层领导了。我听了，忍不住满腔怒火，飞起一脚狠狠地踢向走廊的垃圾桶，铁桶与墙壁瓷砖猛烈撞击，发出了一阵刺耳声。

十年光阴如梦，回首往事堪嗟。燕子去了又来，杨柳枯了又青，日子却一去不返。二○○九年冬天，县民政局来了马局长。我还是一样的我，工作还是一样的工作，但我却被任命为基层政权和社会事务科科长、行政许可科科长，以及县行政审批中心民政分中心主任，负责办理、指导全县基层政权建设、城乡社区建设、社会组织管理，以及民政行政许可和非行政许可事项的管理工作。感谢马局长的知遇之情，这是一份值得铭记与珍藏的感动。但时光匆匆，人生易老，自己已纯真不再，激情不再，梦想不再，曾经的寻觅与失落、渴望与热爱、神往与感伤，都成了遥远的念想与记忆。

"天劳我以形，吾逸吾心以补之，天厄我以遇，吾亨吾道以通之。"

我们可以接住落叶，却握不住秋天；我们可以触摸阳光，却留不住温暖；我们可以感受时光，却挽不住流逝的年华；我们可以热爱生命，却把握不住自己的命运。蛾子死了，谁也不会为它短促的生命负责。无须阿谀世人腐臭的呼吸，无须屈膝膜拜权威的偶像，我相信人性高贵，生命美丽，幸福不是梦想。心若在梦就在，看成败人生豪迈；我还是回到二〇〇〇年冬天的故事吧！

把日子一天天挨下去

一九九九年冬天，在大家的积极努力和共同配合下，我们完成了松阳县滩坑电站移民安置方案，我也在民政局民政股安定下来。既然办公室去不了，又正好赶上当时科室具体负责的全县村委会换届选举工作进入扫尾阶段，我就在办公大楼一楼的县选举办公室与自己在二楼的科室之间来回奔走，一边仔细填报各种村民自治情况统计表，一边把全县二十个乡镇村委会换届选举的实施方案、来信、来访情况，以及村委会成员、村民代表情况统计表，进行归档立卷。

为了吃饭，我与许多心怀不安的人一样，一边小心翼翼地做着本职工作，一边战战兢兢地准备着局里举办、人人必须参与的民政业务知识理论考试。凭水平与能力，还有自己不懈的勤奋与努力，做好本职工作是没有什么问题的。如果在单位里有什么担忧的话，那就是来自工作之外的人际关系；我们每一个人都希望能够快乐地工作。此时此刻，我肩负沉重的压力，满怀忧伤与焦虑，更多是来自赖厂长，来自那离归还日子遥遥无期的巨额欠款，它们像一座大山压得我喘不过气来。在这样的日子里，我除了完成单位里各种各样琐琐碎碎的事务，还每天忧心如焚地为钱来回奔走。真可谓心力交瘁，痛不堪言。

已经十二月了。自十一月开始，我就为能否及时归还枫坪基金会的二万五千元贷款睡不着觉了。十月份为了换款给西屏信用社而从朋友处暂借的钱，也过了归还日期。何况在年底，不仅私人的借款需要付利息,所有信用社的贷款按季结息的时间也到了。几个月来，钱一直寸步不离地缠着我，不论自己站在考场上面对众多威严的目光，还是坐在宽敞的会议里聆听领导们铁骨铮铮的誓言，或者倚在办公室窗户旁沐浴冬日温暖的阳光，它们都如影随形，步步紧随，没有一刻离开我。

不知有多少次，我心神不宁地来到赖厂长厂里等待着钱；也不知有多少次，我郁郁寡欢地坐在赖厂长家里叙述着钱。有时明知赖厂长在哄骗自己，还钱的日子从一日推到十日，星期一又说星期四，今天等着明天，甚至早上还要拖延到晚上，可是，正如歌词所唱：你总是心太软，心太软，把所有问题都自己扛。我常常考虑赖厂长的处境或许比自己更困难，还想，如果他真的把工厂发展起来了，还钱不过是迟早的事情。所以，即使自己焦躁不安，内心如焚，有时狠下心来了，也只能一次次无奈地抑制着内心神思摇荡的恐惧与恼怒，一边向赖厂长讨钱，一边自我安慰，绞尽脑汁地四处借钱，把归还欠款的日子一天天拖延下去。可现在呢？自己能够借到钱的地方几乎都联系过了，真的已无法可想。

十二月八日早上，我来到赖厂长厂里。原来说好十一月十二日去枫坪基金会还钱，可是一天天过去，一星期又一星期，基金会的二万五千元借款已转入枫坪信用社，并且超期了二十多天。信用社一次次打电话来催款，我一边无奈地赔着不是，一边焦急地找赖厂长拿钱。可是，当我提起这笔欠款的时候，赖厂长几句话就把我打发了。他说，今天是初一，不可以随便讲钱的事情。他让我放心，他已经把钱安排好了，下星期绝对让我去枫坪信用社还钱。

黄昏时分，我又一次忐忑不安地来到厂里。这时，他们一家人正在房间里吃晚饭，我一个人在水泥地上来来回回地走着。寒风掠过冷冷清清的厂房过道，冷飕飕地落到我冰冷的脸上，望着眼前阴冷天空下覆盖着石棉瓦的黑魆魆的屋檐，我心中掠过无限惆怅与懊悔。等他们吃完饭，赖厂长又说很累了，要去床上躺一会儿。我十分难受地站在一旁，心里如刀割一样。后来，赖厂长从房间里走出来，小李说他要去为他们盖房子的木匠家里。于是，我跟随赖厂长走出厂大门来到公路上。我说起还钱的事情，赖厂长说他跟天津的客户联系好了，下星期有钱汇过来，百分之百可以让我还钱给枫坪信用社了。我还想说其他欠款的事情，赖厂长却说别人正在等他，就头也不回地向加油站左侧的龙丽公路走了。我沿着灯火黯然的城西公路，一个人闷闷不乐地走着，心想，赖厂长为什么要故意避开自己呢？

我来到凌霄小区，赖厂长家的窗户上看不见灯光。我想，他可能真的去家住明德路的木匠家里了。于是，我又走到老城区明德路上。在昏暗的路灯光下，我在明德路边上盼盼幼儿园的大门口走了三四个来回，一直走到县中医院围墙外的小路上，都没有看见赖厂长的人影。我折回来，重新回到凌霄小区赖厂长家的楼底下。这时，房间里的灯亮了，我走上去敲门，门却锁着。赖厂长的儿子开了门，说，父母已经睡觉了。我们坐在沙发上说了几句话。赖厂长的儿子看起来年轻，说话的口气却十分生硬。他知道我是来讨钱的，显出极不耐烦的样子，说，你尽管把钱拿回去，少了三五万元，我不相信厂就会死的！因为无话可说，我只好站起来走了。

冬日的夜晚，街头岑寂一片，寒风袭来，街树枝头的枯叶传来簌簌的声响。在吝啬的街灯发出的微弱亮光下，自己一个人走在空荡荡的大街上。我想，假如自己是一个没有思想，没有意识，没有感觉的人该有多好啊！但是，我清楚地知道，枫坪基金会的借款是一定要还的。现在，靖居又有人打电话来催钱了，信用社的利息也要付了。年关将近，赖厂长处的钱到底能够取回几万元呢？

活下去就是胜利

　　一九九九年冬末，是我人生处于低潮的日子。它的艰难与痛苦、疲惫与压抑、忧伤与孤独、失落与凄楚，旁人无法想象，自己难以言说。我不但像上刑场一样上着班，而且对赖厂长处的钱日夜操心，寝食难安，恐慌每天像大海的潮水一样一波又一波地涌上心头。这些日子，我一边忍受着河蚌含珠似的煎熬和凤凰涅槃般的痛苦，忙于科室事务，一边不停地找赖厂长要钱。无论是阳光温暖的中午，还是凄风冷雨的黄昏，每天只要有机会，自己就会骑上自行车，沿着龙丽公路来到太保殿背找赖厂长。

　　等待的日子充满了期盼，可更多是纠结、焦虑和怅然若失。我一次次站在厂房冷冷清清的空地上，透过灰暗的窗玻璃，看着车间里围着白色的拦腰布在低头干活的十来个工人。在盖着石棉瓦的屋檐下，不时有外人东张西望着无声地走来走去，他们都是来讨钱的，有的是借款到期了，有的是来拿卖柴的钱款，也有的是为了长期拖欠的工资。因为赖厂长经常不在，有时候，我会端一只小凳子坐在烘猪鬃的火房门口，呆呆地看烧火的人弓着背把湿漉漉的木柴递进灶膛里；有时候，一个蹒跚学步名叫东东的孩子从房间里走出来，我会走上去蹲在地上和他说几句开心话；有时候，我去车间看工人们双手不停地把分散的猪鬃用纸圈一个个套起来，却会因心情不好又退出来站在门口掏出一支香烟默默地吸着。

每个星期天，我一大早就来到厂里等赖厂长。或许是他有太多的事情要处理，或许是故意回避上门讨债的人，有时我往往一天都见不到赖厂长。这样的日子很痛苦，但并不足以使我失去理智、内心崩溃。我试着走向山间田野，蓝天下的花草树木可以相安无事，不会欺负人。阳光温暖，空气清新，山野的风掠过古老的石阶，拂过我的头发。我常常一个人来到厂房旁边的云岩山上，在寺庙里占卜、算命，还去山脚下的一户人家里聊天。这是一对七十多岁的老夫妻，家里没有电灯，没有电视机。他们有橘林，种植了大片的蔬菜，养了七八头大肥猪和一大群在树底下咯咯叫的土鸡。每次来这里，热情的老人都会给我泡一碗清茶，芳香缕缕，令我久久不能忘怀。时近中午，我从云岩山回到厂里，依然没有见到赖厂长的人影。于是，我在厂房门口的小店里吃一碗面条，然后继续等待赖厂长。有时，我连晚饭也在小店里吃。在往后一年的时光里，自己差不多都是以这样的生活方式挨过了一天又一天。

我一次次像猎人守候猎物一样耐心地等待着赖厂长，好不容易，我们在办公室里见面了，于是我们开始谈钱的事情。这时候，自己的声音是焦虑不安的，也是絮絮叨叨的：从一九九九年八月至今，你们一共才还了一万三千五百元钱，三季度的利息没有付一分。本来答应九月份还的钱，十月份没有给我，十月份答应还的钱，十一月份没有给我。现在年底了，枫坪基金会的二万五千元贷款已超期，私人借款和信用社贷款也要付利息了，还有从朋友处暂借的钱……赖厂长眯着一双细小的眼睛，脸上掠过几丝狡黠的微笑，焦黄的手指上香烟袅袅。他每次都说，这些情况都知道的，也都是真的，本来应该还钱，只因为这几天又遇见什么事情，不过很快就有钱了。他还说，年前还我八万元绝对没有问题，明年只要借他三十万元就行了。

赖厂长每次都有不同的理由，而我始终都没有拿到一分钱。因为没有拿到钱，借钱人又一次次向我要钱。每天深夜从睡梦中惊醒，我内心越发感到烦躁不安和忧虑重重。我曾经设想了种种讨钱方案：向法院起诉，雇人上门讨债，或者来个鱼死网破。但它们都被自己否定了。太阳升起的时候，我还是一边向借钱人打电话推迟还款的日子，一边继续想办法借钱。

我的艰难处境赖厂长心里很清楚，但是这期间自己还是多次写信，恳请他以一个长辈的身份设身处地为我、为我一家人着想，适当减轻我的压力：

自己已经三十五岁，上有七十岁的老父亲，下有上小学的孩子，是一个既无叔伯，终鲜兄弟，更无姐妹的人。这么多年来，自己一介书生厚着脸皮为你办厂借钱、支付利息，四处奔走，疲惫不堪，内心受尽折磨与煎熬。今天，自己的同学、同事都有了集资房、摩托车，快乐平静地生活、工作在这个世界上。自己不仅骑着自行车上下班、一部手机都舍不得用，还长时间面对世人或疑惑不解或幸灾乐祸的目光，隐忍而行，痛不欲生。有时候，自己真想大喊几声啊！这种像无期徒刑一样的日子，实在是无法过下去了。

忧心如焚的话语打不动铁石心肠，柔肠寸断的文字唤不起恻隐之心。当充满真诚的陈述已没有人在乎，当诸多的努力都化作虚幻的泡影，脆弱的生命就要积极寻找支撑的力量进行自我拯救，承受巨大压力的内心世界更要构筑一道坚强的精神防线来抵御无情世界的侵袭。在这人生旅途的黑暗时刻，有一本书给予我许多慰藉与力量，它就是弗兰克的《活出意义来》。当我一个人在冷风瑟瑟、灯光黯淡的厨房里读这本书的时候，我竟然对自己当时的处境产生过欣幸之感。虽然在往后的岁月里，在荆棘中行走的自己为衣食所累，整整五年没有好好读过一本书，可它一直残酷地温暖着我，影响着我，改变着我，以至今天坐在这树影婆娑、阳光明亮的窗前重读《活出意义来》的时候，我还疑虑二〇〇〇年的冬天是不是值得写下去。为此，我把当年写的一篇随想《活下去就是胜利》抄录在这里，以示铭记：

一次惊心动魄的生命历程，它是一个遭遇惨绝人寰的战俘死里逃生后对集中营恐怖生活的真切记录。一个在绝望中寻找希望的故事，它是一本关于一个普通人面对苦难绝境时内心成长的书。它就是奥地利心理学家维克多·弗兰克的《活出意义来》。

清晨，鸽灰色的晨曦从拥挤不堪的车窗外透进来。载着弗兰克等一千五百名战俘的列车，鸣着凄厉的汽笛声，不知开往何方。这时，窗外掠过带钩铁丝网、守望塔、探照灯，一列列憔悴褴褛、步履蹒跚的队伍沿着荒凉的道路走着，人群里还不时传来吆喝声，哨声。原来是奥斯威辛集中营到了。因为挺进队长官一瞬间的犹豫，四天之中仅靠一片面包果腹的弗兰克被指定走往队列的右边，而百分之九十走向左边的人立刻由车站遣往火葬场，几个小时内就被处决了。

弗兰克幸存下来，可真正的折磨才刚刚开始。天色微明，尖锐的哨音把精疲力竭的人们从睡梦中惊醒。寒风嗖嗖，人们从供九个人分盖两条毯子睡的六尺半到八尺宽的硬木板上爬起来，穿上湿漉漉又缩水了的鞋子，穿不上缩水鞋子的就光着脚行走在雪地上。臃肿且长满冻疮的双脚，光溜溜的脚丫，每走一步，痛彻骨髓。人们动身前往劳动工地，在营区门口，探照灯直射着人们，凡是精神不振的，马上就会遭到一顿踢打。有人跌倒了，立刻就迎来一阵挥鞭猛打。为了活命，这些长期严重缺乏营养的人，即使疾病在身或饥饿难忍，也不得不每天苦苦地支撑着、挣扎着。人们试图自救，可回天乏术。

每天，饥火中烧的人们，不仅衣着单薄地立于酷寒中干着粗重活，还得随时承受残暴的棍击鞭打，像羊群一样被驱赶，像畜生一样被侮辱。命如蝼蚁，死亡的威胁无日无之，无时无之。自杀的念头萦绕于每个人的脑际，因为大家都明白活着出去的可能性极其渺茫。有人冲向带电流的铁丝网，有人因信心丧失而离去。在这里，药品付诸阙如，斑疹伤寒蔓延，人们挨近犹温的尸体，为的是抢木鞋、外衣，或者一盘吃剩的马铃薯泥。为了遣送那些病弱无力的俘虏去煤气间和火葬场，他们想出了一种淘汰人的方法：格斗。为生存的人们，看惯了痛苦死亡与垂死挣扎，不仅对无时无之的鞭笞浑无所觉，情绪也已死亡。当一个十二岁的男孩光着脚在雪地里劳动了几个钟头，当医生用镊子把坏死的黑色指头一个个摘掉的时候，人们已经产生不了同情与怜悯。

但是，在这个草菅人命、夺人心志、视人如牲口的世界里，弗兰克要活下去，他认为即使在最恶劣的环境中，生命都有意义。"这种无限的人生意义，涵盖了痛苦和濒死、困顿和死亡。"纵然目前的挣扎是徒劳的，也无损生命的意义与尊严，何况，"人所拥有的任何东西，都可以被剥夺，唯独人性最后的自由——也就是在任何境遇中选择一己态度和生活方式的自由——不能被剥夺。""懂得'为何'而活的人，差不多'任何'痛苦都忍受得住。"为此，他怀着一份对生命淡漠而超然的好奇心，尽力想办法让自己活下去。

我们在一个有限的时空里生活，可所有的生命息息相关。人生既接受阳光雨露的润泽，也历经冰霜严寒的洗礼。我们在煎熬与打击中成长，在各种考验中坚强，在克服一次次的艰难险阻中迎来新的黎明曙光。正如弗兰克所说："任何人只要活着，就有理由去怀抱希望，健康、家庭、幸福、专业技能、运气、社会地位等等，这一切都可以重整旗鼓、东山再起。毕竟，我们的一身硬骨，都完好如初。过去不论经历了什么，都可以成为来日的一笔资产。"

尼采说，打不垮我的，将使我更加坚强。瑟德格兰说，呼吸便是胜利，活着便是胜利，存在便是胜利。

二〇〇〇年的春节

二〇〇〇年二月三日，我与以往的日子一样回家乡过春节。家乡是人生放飞的起点，是心灵深处宁静的港湾，不因距离遥远而陌生，不因时光消逝而淡忘。它是蜿蜒在大山里的一条石子小路，是掩映在村口上的一片参天古树，是奶奶在寒风中摇曳的一缕白发，是母亲在厨房里劳碌的一个背影或在饭桌旁的一个叮嘱，是乡亲们在村道上的一声亲切的招呼与问候。每次回家乡，望着自小熟悉的蓝天白云、村野古道、小桥流水、竹林炊烟、篱笆人家，自己内心都充满了柔和、亲切、温暖的感觉。然而，二〇〇〇年的春节，我却在惴惴不安中过日子。

在回家乡之前，赖厂长原来说好去宁波借钱还我，结果却让我大失所望。因为拿不到钱就无法回家乡过年，焦头烂额的自己为借钱又开始了新一轮的苦苦挣扎。我一边心怀不安、心急火燎地四处打电话，一边感激不已地从同事、同学、朋友的手中接过一沓沓令人心悸的人民币。感谢同事小宋、小宁，同学陈四、叶梵，朋友权宗、郑杰，还有寒山的妻子，他们或者借钱给我或者把我还钱的日子推迟了。加上自己的工资，我不仅可以支付利息，还把归还枫坪基金会的钱款凑齐了。农历十二月廿七，为了等赖厂长的钱，我还是万般无奈地跟着他走在人民大街熙熙攘攘的人流中。最后，赖厂长却说，等过了正月十五才有钱还我，还告诉我他正在和丽水一家企业老板洽谈，很快就有钱了。当我匆匆忙忙去枫坪信用社还钱的时候，已经是十二月廿八了。

回到家乡，望见的依然是云雾缥缈的绿水青山，听到的依然是乡里乡亲的浓浓乡音。村庄上炊烟袅袅，灶膛里柴火正旺，餐桌旁米酒飘香，心情欢畅的人们都忙着过年了。日光底下无新事，可自己对家乡的感觉历久弥新，它在熟悉间透着陌生，在沉默中蕴藏着情感，寂然里孕育着希望。有的是人生怅惘的恬静，有的是岁月沉寂的慰藉，有的是人世沧桑的沉淀。但是，这次回家乡，我心里忐忑不安极了。因为十二月廿八归还枫坪信用社的是另一笔即将到期的贷款，只有把这笔贷款继续借出来，才能还去基金会的贷款，而基金会的贷款已超期三个多月。现在，人们还会相信自己吗？

大年三十下午，我和父亲来到母亲坟前。此时，大地上枯草连天，低沉的天空雨意朦胧，空气里透出阵阵寒冷。孤坟三尺，泥土一抔，母亲坟前杂草丛生，凄然满目。望着头发枯萎、两眼深陷的父亲躬着背锄着坟前的杂草，我心里一阵难受。我们在坟前摆上茶酒，点了蜡烛，燃烧着的纸钱随风飞扬。我想，母亲早已不再理会这些，这是活着的人寄托的一份哀思罢了。如果母亲地下有灵，知道她儿子多年来内心忍受着如此巨大的折磨，将情何以堪啊！人生的境况，于我是从来都没有这样凄凉的。

因为今年春节没有冬笋可挖，心事不定的自己也不想做什么事情，于是为了排遣内心的寂寞和释放压抑的情感，每天夜晚，我都会与大家一起坐在弥漫着呛人的烟味的房间里打扑克。白天，除了在乡亲们家里喝酒吃饭，我还会抱着怀旧的心情，一个人在小时候熟悉的田野、树林、菜园、溪流旁来回行走。我去得最多的地方是老屋，因为从出生到离开家乡，自己在这里生活了十七年，留下了无数难以磨灭的记忆，既有孩童时代天真无忧的朗朗笑声，也有青涩年华的迷惘执着与惶惑不安。

在清冷的天空下，老屋泥墙坍圮，院落里长满杂草和树木。丛生的覆盆子，郁郁葱葱地连成一片。家门口自己小时候坐着乘凉的大石头被蔓草覆盖，已无立足之地。大门顶上，屋檐瓦楞之间布满了狗尾草，自己童年种下的还魂草消失了。一阵风过，与天井齐肩的蒿草发出簌簌的声响，让人不免动了黍离之思。这里的主人们已不知去向，许多人离开后再也没有回来。庭树不知人去尽，春来还发旧时花；院墙外爷爷种植的那株碧绿的山茶树，枝头结满了花蕾，有的还会冒着寒冷绽出一抹紫红。睹物思人，触景伤情。人生为什么会有这样凄凉的日子呢？

正月初六，我准备离开家乡回县城。早上，我原打算向父亲借一千元，还给在枫坪开店的关标。因为年前还去枫坪信用社的贷款后，口袋里的钱不够了，但我曾答应年后还钱给他的。但是，从昨晚到今天早上八点多，自己一直问不出口，心里难受极了。我来到隔壁邻居周清家里，前几天说好的，我们今天去枫坪信用社贷款，他做担保人。今天，周清有些犹豫的样子，可还是和我一起坐三轮车来到了枫坪信用社。

毕竟是同乡，虽然翁主任有些不情愿，但还是按照我的意思，不仅把年前归还的贷款如数贷出，还多借了我五千元。我用借出来的钱，还去原来基金会的两万五千元贷款本金和利息，又把两笔共计五万五千元本金的利息付清了。我来到关标店里，把一千元利息交给他。我和周清来到公路上，自己拿出五十元给他当回家的路费，他却无论如何都没有接过去。付了三千五百多元利息后，自己口袋里只剩下一千多元，但内心充满了兴奋与感激。因为这么长时间过去，在如此艰难的情况下，自己不仅把枫坪基金会的借款还了，还有惊无险地把贷款周转起来，现在终于可以喘一口气了。今天，是一个值得纪念的日子！感谢上天，感谢周清还有翁主任。

我坐上回城的公共汽车。窗外，溪水哗哗，云雾缥缈，远山如黛。这时，我想起了自己大年初一早晨放鞭炮的事情。俗世安顺，岁月静好，这是人类亘古的祈盼。鸡鸣而起，点燃爆竹，人们都希望新的一年在热热闹闹中开始。可是，在黑魆魆的天空下，自己点燃的鞭炮还未响毕，就突然熄灭了。它像一道浓重的阴影笼罩在我的心头，挥之不去。这，是不是向我暗示着什么呢？

有人来投资了

山重水复疑无路，柳暗花明又一村。大自然景色秀丽，风光无限，人生旅途一样不排除这令人欣悦的景象。一九九九年底，赖厂长告诉我，一家丽水的企业看中了猪鬃产品的销售市场，准备向他厂里投资一百万元，只是有关事宜仍在洽谈中。让我感到有些意外的是，这样的日子真的来了。

正月十六，一个细雨蒙蒙的日子。这天上午，我又一次去厂里找赖厂长要钱。正当自己一个人站在屋檐下的走廊上无奈地等待时，只见赖厂长和县里分管工业的副县长、投资人徐老板，以及县电视台的新闻记者等人，坐着几辆黑色小车来到了厂里。突然之间，平日里一片沉寂的厂房喧闹起来，四处飘荡着人们的说话声和谈笑声。扛着摄像机的记者，把镜头对着风风火火的一群人，他们一个个神采飞扬，衣角生风，仿佛心里都有一阵阵莫名的兴奋和说不出的激动。

在厂房里来回走动的人们，目光四处巡视着，对眼前的一切充满了好奇与关注。我站在一旁默默地看着大家，心想，这真是一件天大的好事啊！有人投资，这无疑将给在泥淖中挣扎的赖厂长带来一个发展的好机会。这时，戴着眼镜、分管工业的副县长从我面前走过，他误以为我是厂里的管理人员，热情地向我打招呼，了解厂里的生产情况。我一时无言，只说自己是赖厂长的朋友，随便过来看看而已。

人们像从什么地方刮来的一阵风，来也匆匆，去也匆匆。我和赖厂长一起坐黄包车回来。赖厂长告诉我，他和徐老板正准备签合同，九十三万元投资款很快就要到位了。他还说，厂里今年的生产销售额可以达到七百万元，利润八十万元。我心神不定地对赖厂长说，我的借款要付利息，还有枫坪基金会的超期贷款也应该归还了。赖厂长笑眯眯地说，他下个星期准备去宁波借钱，回来就有的。我们来到新华路顺风酒家门口，赖厂长走进去和大家一起吃午饭，我一个人步行回家。

小雨淅淅沥沥地落着，我心事重重地走在行人稀少的大街上。昨天中午，我来到赖厂长家里，赖厂长不在。他儿子低着头，一边吹口哨，一边把皮鞋擦得锃亮，还说，丽水的徐老板来了，有事情要出去。赖厂长的妻子小李涂脂抹粉，着一黑色外套，长裤笔挺，皮鞋也是一尘不染，还对着镜子不停地抚弄着头发。我站了一会儿，本想问原来说好正月十五后还我的钱，但没有说话的气氛。看着他们一副爱理不理的样子，我觉得十分无聊，只好悻悻然地离开。我想，有事相求时满面春风，说不尽的甜言美语，一旦目的达到不再需要了，就不理不睬，一副冷漠的样子。这些人真不值得同情。好在，今天有人来投资了，自己一定要趁此机会把钱拿回来。

实际上，我们都想得太美了。原来徐老板来投资是有条件的。他们约定以股份制的形式注册一家公司，厂房以出租的形式给公司使用，作为股东的赖厂长把现有的全部原材料和机器设备作价为百分之十五的股份。按照股份制公司的规定，赖厂长可以再投入几十万元资金达到百分之四十八的股份。而且，徐老板还带来了他自己的财会人员。对赖厂长来说，不仅徐老板投资的钱不能拿来用，他也成了一个打工者。但在今天看来，如果当时赖厂长一家能够好好配合徐老板发展生产，再坚持一两年，没有后面的事情发生，也许就不会出现如今这样的结局了。现在,不仅他自己一家三口无家可归、有家难归,还让我们这些帮助他的人坠入苦难的深渊,历尽艰辛,受尽磨难。

春节过去,我内心的负担越来越重了。赖厂长原来说好过了正月十五就有钱的,可钱在哪里呢? 联社的贷款四月十五日要到期了,还有靖居的孙贵、村上人少弟、玉岩土管所的小林,他们的借款三月份也要归还一部分。赖厂长去四川了,我多次打电话,他却连手机都不接。日子一天天过去,我成了热锅上的蚂蚁,惶惶不可终日,似乎精神也要垮下去了。

三月四日,我又来到厂里。徐老板看见我在车间里抽烟,就让赖厂长的儿子对我说别抽烟了。后来,在办公室里闲聊,徐老板告诉我,他是诚心来投资的,他看中的是老赖这个人,其他事情就不知道了。又说,赖厂长告诉他一共欠了九十多万元。这让我想起昨天老马对我说的事情。昨天傍晚,神思不定的自己正和小草在街上走,突然,老马打招呼叫住了我。老马七十多岁,是一家国有企业的退休人员,曾经是赖厂长厂里的管理人员。去年冬天,他因借赖厂长的钱款迟迟拿不到手,就把办公室的桌子、椅子都踢翻了。工人们听见他大吼大叫,声音就像猪被宰杀时发出的一样,骗子! 大骗子! 一家人都是大骗子!! 昨晚我才知道,原来老马借给赖厂长的钱也是一个天大的数字。

据我所知,赖厂长以厂房抵押的中行贷款有四十万元,加上我这里的借款就九十多万元了。此外,还有小刘、老庄、老马等私人的借款,以及多个信用社的贷款,如果全部加起来,恐怕两个九十万元都不止呢! 如此看来,赖厂长和徐老板之间是貌合神离,没有实话的,他们只是一种生意上的来往罢了。听了徐老板的话,又想起老马借给赖厂长的钱,我心里充满焦虑与惶惑,这么多钱到底用到哪里去了呢？内心沉重的我越来越觉得赖厂长这个人太不可思议了。我们还在说话，赖厂长却从四川打电话来了。我听见徐老板说，一切都听赖厂长的。

　　晚上，我和寒山应朋友之邀去梦醒时分茶楼喝茶。这时，我遇见了也是办猪鬃厂的小廖，我时常看到他在赖厂长厂里和赖厂长一家人有说有笑。小廖看见我却说，老赖这个人没劲，钱拿清后不想再来往了。原来，赖厂长又欠小廖十几万元货款。我已经没有心思喝茶了。这时，在西屏镇政府上班的寒山，又说起社会上关于赖厂长的声誉和欠账的事情，还说，镇里工办的小王准备起诉赖厂长。灯熄人散，意兴阑珊。我一个人忧心忡忡地走路回家，半夜醒来再也无法入睡了。

彷徨无依的日子

在一千七百多年前，有个叫鲁褒的人说过，钱在世人眼里就像自己敬爱的兄长一样，没有翅膀却可以飞向远方，没有双脚却能够到处行走。人们甚至说，有钱可使鬼推磨。对于钱的这种神秘与超自然的力量，我从来没有感受过。但是，自二〇〇〇年春天往后的许多时光里，在挥之不去、拂之还来的巨额债务的阴影笼罩下，在无数寝不安席、食不甘味，乃至惊慌失措的日子里，彷徨无依与惊悸碎裂的感觉，的确像刀一样切割着我的内心世界。

三月十八日，星期六。中午，我来到厂里已经十二点多了。一开始，我来到赖厂长家里，没有人，于是我又步行去了厂里。赖厂长和徐老板吃过中饭正坐在办公室里，见了我只是爱理不理地自顾自说话。后来，老庄、小刘来了。大家在一起，赖厂长更无话可说，只是呆呆地坐着。又后来，老马来了。我们默默无言，彼此之间心照不宣地坐着，一个沉闷的下午就这样过去了。从厂里出来，我在街上吃了一点东西。六点多，我又来到赖厂长家里，赖厂长九点多才和小廖从外面喝酒回来。大家坐了一会儿，只听赖厂长对小廖说，因为是好朋友才会把四川的猪鬃价格告诉他。小廖看出我心中有事，过了一会儿，起身告辞了。这时，赖厂长却眨眨眼睛笑眯眯地对我说，对不起，要睡觉了。

黑色的夜空下，我一个人悒郁不乐地走在冷冷清清的街道上。

我想，从中午到晚上，自己一直都在等待，满肚子的话一句也没有说，赖厂长到底是什么意思？自己这么诚心，别人却这样对待自己，看来，真是到了不该讲情面的时候了。自己以后再找赖厂长要钱，说话根本用不着那么委婉，单刀直入就是了。这么多钱，一定要穷追不舍，绝不能让他有喘气的机会。或许是没有一张刀子嘴，却有一颗柔软的心吧！虽然每次没拿到钱的时候我心里都这么想，可实际上我却处处迁就赖厂长。

四月一日傍晚，细雨霏霏，我和赖厂长来到太平坊路戏院边上一家小店里喝酒。这是自己今年第二次请赖厂长喝酒。第一次来这里的时候，赖厂长告诉我，三月份，不到二十天的时间里，厂里的生产销售额就达到了三十万元，只要三个月，困难就过去了。今天，当我们谈起钱的时候，我说，这么长时间过去，利息没有付一分，自己快要承受不住了。赖厂长说，知道的，下个星期就去想办法借钱，还让我不要天天去找他。我说，我真的不想这样做，这是万不得已的事情。在烟雾氤氲的火锅旁，我们还谈起了房子的事情。我说，现在城里许多人都在建房子，自己的妻子也多次提出要买房子，家里又带着学生，七八个人挤在四十多平方米的房子里，实在不方便。赖厂长说，他把古安亭小区尚未竣工的房子卖给我就是了。这座占地面积九十八平方米，建筑面积三百二十六平方米的新房子，已经盖了好几年，因资金紧张至今仍是一个空壳子。赖厂长带我去过那里，还说这房子起码值十四五万元。赖厂长心不在焉地喝了几口酒，目光躲躲闪闪的，他说，现在房产证还抵押在信用联社，只要四月份把七万元抵押贷款还了就可以签协议。他还说，如果房子真的卖给我了，那么房产证拿出来后就借他去中行贷款。听了这样的话，我心里有些疑惑，何况自己也没有这么多钱。但是，想到这样可以把钱抵偿一部分回来，我接受了赖厂长把房子作价十七万元的要求，并同意到时候从自己的借款中减去十七万元。

赖厂长这种宁我负人、休教人负我的灵魂和言而无信的行为，实在可恶又可恨，可怜又可悲。他说好正月月半还我的钱，推至三月十日，又推至三月二十五日，又推至三月二十九日，现在又推至下个星期了。或许只有我可以这样默默地忍受一天天的煎熬，别人可不是这样的。前几天，徐老板告诉我，一个债主气势汹汹地抓住赖厂长的衣领要钱，赖厂长都流鼻血了。徐老板还神秘兮兮地问我是否也借钱给赖厂长了，还说，做人不要太老实，老实人会吃亏的。实际上，像这样的事情自己也不是没有见过。一九九八年腊月廿七，赖厂长的一位骨肉至亲来厂里讨债，为了八千元钱，这人从中午到傍晚都在办公室里大吵大闹，最后要上吊死在厂里。为此，我拿出回家乡付利息的一万元钱，准备替他一家人解围。虽然赖厂长没有把钱拿去，可我是真心的。一边是骨肉至亲，一边是素无渊源的普通朋友，也可谓患难见真情了。如果十年音讯渺茫的赖厂长和他的家人，偶尔想起这样的事情，一定也会感慨万千吧！

日子一天天过去，自己始终拿不到一分钱，借钱人却不停地找我要钱。这日子真是很难过了。我感谢村上少弟夫妻的善良、宽容，原来说好三月初还他们的一万元钱至今未还，他们却没有说什么话。可是，前些日子，我在街上遇到的小林和他的妻子就不一样了。他们说，如果三月底还不还钱，他们就要找我局长扣我的工资。为了免于一种尴尬的局面，为了免于撕破人与人的面子，更为了免于自己的信誉受到毁灭性的损害，惊慌失措的我领出了工资卡上仅有的一点钱。我还怀着惶恐不安的心情给小林写了一封信，希望他们继续帮助自己。

小林夫妻也是有同情心的人，他们拿到信后没有去找我的局长。但是，二〇〇〇年的冬天，当他们真的让我的局长来问我钱的时候，我的处境已经非常艰难，局长也无可奈何了。为此，让我把二〇〇〇年三月二十七日写给小林的信留在这里：

小林：您好！

　　首先，让我真诚地感谢你们夫妻俩这么多年来对我的信任与相助。再次，让我深深地表示道歉，三月底还是无法把钱归还你们。为此，我感到十分抱歉和难过。

　　已经四年了，你们一直都在帮助我。虽然我们平时来往不是很多，但我借钱给赖厂长的事情你们都是知道的。我的为人，你们也很清楚。几年来，你们借钱给我，我都是按季度及时付利息的，有时还把利息从借款中先扣下来，从不挣你们一分钱。现在，只是请你们把还钱的时间再往后推迟一些，让我内心平静下来，充满信心去做事情。这么多年都过来了，又经历这么多困难，请你们还是再帮助我一到两年时间吧！

　　现在，是赖厂长最困难的日子，也是从困难走向成功的关键一步。今天，丽水人投资的九十三万元已经到位。听赖厂长说，三月份，不到二十天的时间里，厂里生产销售额已达到三十万元。只是这些钱是一分也不能拿来还人的。没有流动资金，生产就无法顺利地进行下去。赖厂长说，生产上不去，大家都是死路一条，这种苦头不能再吃了。赖厂长还告诉我，从目前市场分析，他今年厂里猪鬃生产的销售额将达到五百万至七百万元，利润八十万元左右，但是，要等到年终再分红。

　　有些话，现在说不清楚，我们以后有机会再聊。我相信你们都有一颗同情心！

　　现奉上一季度利息一千三百五十元，望查收。

啜饮人生苦药

岁月荏苒，光阴易逝，黑暗的日子在心急火燎与万般无奈中一天天悄然滑过。为了钱，疲惫不堪的我一次次来到赖厂长家里，一言不发，心思漠然；为了钱，忧心忡忡的我一趟趟赶到赖厂长厂里，心如刀绞，柔肠寸断；为了钱，啜饮人生苦药的自己懊悔莫及，叫天天不应，呼地地不灵。

已经是四月中旬，我不仅四处打电话借钱，还写信向远方的同乡、同学借钱。这些日子，我向延庆信用社贷款一万二千元用于妻子学校统一的集资借款。向同学叶梵、何略借款五千元和一千元，向朋友李大、王一借款七千元和四千元，付了信用社和孙贵、春生、少弟等个人借款的利息，并重新写借条尽力推迟个人还款日期。老邱担保、赖厂长借用的阳溪信用社贷款迟迟未还，我又借给老邱一千元支付利息。前几天，赖厂长的妻子小李得了阑尾炎，四处借不到钱，又是我偷偷从妻子的工资卡上取了两千六百元借他们。在人们的帮助下，身心疲惫的我渡过了一道又一道难关，借给赖厂长的钱却一分都没有取回来。

四月十五日，本来是联社还款的日子，可结果呢？这个月初，我作为担保人，又替赖厂长从西屏信用社贷款四万五千元。当时，当我说起要还联社这笔三万元贷款的时候，赖厂长曾铁板钉钉地答应四月上旬还我一万五千元。但是，当真的要还款了，赖厂长却让我五月底去还，还说，反正这笔钱还后不能再借了。也许赖厂长说得不错，现在，县城信用社"三社一部"有定点贷款制度，多头贷款已经不行，我只有阳溪信用社一个地方可以贷款。为此，焦虑不已的我心慌意乱地去联社找董主任，告诉他还款时间要推迟一些日子。可是，董主任说，月底前一定要还款，否则他要扣工资的。

我的日子是一天都不得安宁了。赖厂长处的钱取不回来，借来的钱不仅要还本金还得付利息，而且借钱越多利息越多。现在，联社的贷款又超期了。何况，这些日子里单位事情多，为了滩坑电站移民规划，心神不定的我几乎天天在乡下来回奔忙。赖厂长什么时候给我钱呢？我的处境，赖厂长到底知道多少？我不能再这样活下去了。为此，我一方面为月底前联社还款而四处筹钱，一方面给赖厂长写信，述说自己的艰难处境，希望他设身处地想一想，否则，这样的日子是过不下去了。

四月十八日上午，绵绵春雨不停地从灰暗的天空中落下来。我来到厂里找赖厂长，徐老板也在办公室里，我们无话找话地聊了一会儿。一会儿，徐老板出去了，我赶紧把信递给赖厂长，他随手放进抽屉里。我刚提起钱的事情，一脸忧郁的赖厂长却告诉我，徐老板他们的投资是一个圈套，为的是学技术。他还说，这批货发了就把仓库的门锁了，省公司的钱汇不汇来，是省公司的事情，让我别去找他，这几天很忙，钱过几天给我就是了，他要去找分管工业的副县长谈话。

但是，后面发生的事情，却让赖厂长魂飞胆丧了。在今天看来，当时的赖厂长或许读过我这封信，可他哪里还会想到我的艰难处境呢？他已经自顾不暇了。为此，还是让我把这封写于二〇〇〇年四月十七日的信抄录在这里，以示不忘当年的境况：

尊敬的赖厂长：

二〇〇〇年的新年，我是在忧虑不安中度过的。感谢我的同事、同学和朋友，是他们借钱给我，然后我凑上自己的工资，总算把枫坪基金会的二万五千元本金和利息还清了。同时，我把枫坪信用社一笔三万元的贷款也周转好了。感谢上天，感谢所有帮助我的人，是他们让我一次次死里逃生，渡过难关。

我们之间很少有冷静交谈的机会，因为我一次次地找你，都被你的反感和你家人的不耐烦而弄得失去了好好谈话的机会。所以，让我把想说的话写在纸上与你交谈。请你不要反感，希望你耐着性子把它读完，然后想想我的日子该怎样过下去。

我已经很累了。早上醒来，我想到的第一件事情就是钱。因为不及时归还借款，讨债的找上门来，妻儿都受牵累了。你公司目前的状况和以后的日子令我担忧不已，还有你们夫妻、你儿子待人的态度让我感到伤心，甚至令人愤怒。有时，我躺在床上真不想起来，但想到要吃饭就不得不去上班。想到自己一副无精打采的样子，早上一起来就想抽烟，我自己都看不起自己了。早饭、中饭、晚饭，我都没有食欲。中饭没有吃，自己躺在沙发上就想睡觉了。一觉醒来，我就感到坐立不安，甚至有一股莫名的恐惧感。特别是有人问我钱的时候，受连累的却是我的妻儿，自己真想离开这个旦夕如坐针毡的世界。但是，如果我走了，我家人该怎么办呢？我只好强打着精神去上班，还不得不时时为你去借钱。我的精神要崩溃了，特别是想到妻子，她至今都不知道我到底为你借了多少钱，不然，我的日子更是无法过下去。

在办公室里，我也是提心吊胆过日子。我怕有人打电话来办公室要钱，更怕有人赶到办公室来要钱。因为我怕局里的同事知道我借钱的事情，怕局领导知道我借钱的事情，特别怕借我二万元的办公室同事知道我的事情。这些日子，我单位里事情多，并且常常需要与数字打交道，神思恍惚的自己深感力不从心。这样的忧虑操心，这样的劳累辛苦，我是经受不住折磨和打击的。

我的努力，我的经历，我的处境，至今无人知晓。我的真诚，我的善良，我的软弱，在你看来只是可欺，可压，可以不在意。在长达九个月如梦魇一般漫长的期待中，你们可曾有过一丝对我的理解与关怀？你们可曾想到我的艰辛与苦痛？你们就怕你姐夫那种人，才几千元钱不就要死在你厂里吗？是不是我也要这样做才能拿到钱呢？实际上，我是多么想竭尽所能地为你、为我自己争气啊！我不是把全部的钱都取回来，以后仍然愿意帮你借钱。可你们呢？几十万元钱，不说本金迟迟不还，利息也一分未付。这是怎样的残酷与狠心啊！你们对我的苦痛与辛酸竟如此地冷漠、置之不理。这是任何一个有良知的普通人都不会这样做的。你经常说，人要讲人情。这就是你的人情？我真是一个天大的傻瓜，怎么会遇上你们这样的人啊！

赖厂长，你心里非常明白。自去年七月份开始，我的钱就十分紧张，但仍然东拼西凑，为你还去西屏镇信用社本金和利息一万七千元，枫坪基金会本金和利息二万七千元，付清了枫坪信用社贷款五万五千元、阳溪信用社贷款五万元、联社贷款三万元、玉岩信用社贷款三万元的利息，还有从私人处所借的近三十万元的大部分利息，而我夫妻俩的月工资一共才一千五百元左右。我的苦痛，你有一点知道吗？我常常对你说，真的要还我一部分钱了。你却一而再，再而三地推迟，像今年你限定还钱的日子就有正月月半，三月十日，三月二十五日，三月二十九日，四月初。并且，小李生病无处借钱，是我借你二千六百元。在你无法可想的情况下，是我为你从西屏信用社担保贷款四万五千元。可你们是怎样对待我的呢？

前些日子我来厂里要钱，你儿子竟然阴着脸，说我借给你的钱本金不足三十万，其余都是利息。

赖厂长，我已经十分难过，你差不多毁了我。我的话也许有些难听，但这是被你们逼出来的。在我想来，我的累也是你的累，我没有了脸皮，你一样也不会有脸皮。今天，我的一切都系在你手里，我只要你还一部分钱，并且按照你说的时间还钱，不再骗人。这样，或许能再承受一些日子，否则，我要被人逼得走投无路的。在我写这些充满焦虑与愤慨的文字时，我仍能听见隔壁房间里妻子嘤嘤的抽泣声……

赖厂长，请你给我一点同情和可怜吧！我才三十六岁哪！

赖厂长被带走了

小城三月，草长莺飞，池塘水面绿波荡漾，堤岸杨柳随风飘舞。春雨绵绵的日子里，天空灰暗，远山迷蒙，湿漉漉的大地沉浸在一片雨雾之中。街道行人稀少，空气微微透着几丝凉意，淅淅沥沥的雨点不停地下着。香樟已长出一茬新绿，柔软的枝条被雨水压弯了腰，缀满水珠的叶片像一张张挂满泪水的脸，春风吹拂，无数泪水簌簌地落下来。

仿佛一切都在梦里，赖厂长和丽水徐老板的关系彻底破裂了。徐老板说，赖厂长是一个大骗子，公司发往天津的第一笔货款他就想独自侵占，自己不放心所以不干了。赖厂长说，要继续投入几十万元才有百分之四十八的股份，如果自己真有这么多钱，又何苦要合作呢？只有百分之十五的股份，利润所得有限，所以丽水人不干是他巴不得的事情。

四月二十二日，赖厂长被县公安局的人带走了。一开始，有人说他被羁押在经侦大队，我去了好几次都没有消息，又来到西屏镇派出所找人，也没有任何消息。后来，赖厂长打电话给妻儿，要他们把他去天津时领取的一万八千元货款交到公安局就没事了。于是，我们开始四处找钱。赖厂长的侄子还找到他昔日的一个同事——县公安局的吴副局长。吴副局长说赖厂长侵占公款，破坏投资环境，只要资金额达到一万五千元就可以判刑。公安局不经过法院、检察院先把人关起来，是因为事情正处于侦查阶段，对赖厂长既可以行政拘留，也可以刑事拘留。

四月二十二日晚上，我一个人去街上买来快餐给赖厂长送饭。赖厂长的妻儿在厂里忙碌着，因为和徐老板的关系彻底破裂了，他们不仅要看住厂房，还要处理许多事情。赖厂长被关押在城郊派出所一楼楼梯口旁一间阴暗的小屋内，铁门上锁着一把硕大的黑色铁锁。来到铁门前，我透过铁锁上方的一个小孔，感到一股阴冷的寒气扑面而来。我望见里面水泥地的一个角落里铺着一层凌乱的稻草，湿漉漉的地面尿液横流，靠近窗口的地方有几堆干枯的粪便。我想，赖厂长或许是一个受害者，可有谁来说明他的委屈呢？何况是他自己做了不该做的事情。

四月二十三日中午，我和赖厂长的儿子一起去送饭。我与联防队的小宁套近乎，厚着脸皮说了很多好话，又送他几包香烟，小宁终于同意让我们把香烟通过他转交给赖厂长。晚上，我去送饭的时候，赖厂长的儿子把一包封口撕开又粘上、里边装有纸条的香烟交给我。我把香烟通过小宁转交给赖厂长，希望他在里边放心，大家正在想方设法救他呢！今天下午，我们好不容易把钱凑起来，老庄借了一万元，赖厂长的儿子拿出三千元，我找到农行古市支行的初中同学小王借了五千元。最后，让赖厂长的侄子冒雨把钱送到公安局去了。

四月二十四日上午，我们来到城郊派出所门口等赖厂长。赖厂长被关押四十八个小时后终于出来了，只见他两眼深陷，头发凌乱，身上的西装皱巴巴的。我递给赖厂长一支烟，点上，他的手颤抖着，握在手指上的烟有些不听使唤，似乎要掉下来。赖厂长的妻子小李和儿子都来了，他们拣去赖厂长粘在头发上的稻草，又拍拍他的衣服，眼眶潮湿了。赖厂长对他们说，在里边，他只想着他们两个人。这时，派出所的人告诉小李，事情没有结束，还要交五千元押金。于是，我们又开始找钱。后来，是赖厂长的侄子把钱借来了。在回来的路上，老庄对我说，帮助赖叶土的只有我们几个人了，他只是同情赖叶土，可怜他而已。

赖厂长从派出所里出来，但他已自顾不暇，厂里的许多事情都在等着他处理，特别是与徐老板的账目还在清理中。在这样的日子里，我不仅为赖厂长的事情忧心忡忡，也为自己在联社的三万元超期贷款忐忑不安。为了信用，为了不让董主任扣工资，我不得不开始到处借钱。

四月二十五日，我又一次来到枫坪借钱。昨晚，我与枫坪信用社的翁主任联系好了，他答应我让村里人跃明贷款八千元，但要我做担保人。今天上午，我在西屏镇政府办完事情，时间尚早，就决定趁空隙去枫坪信用社贷款。因为这些钱不够还联社的贷款，我又心神不定地打电话给关标，让他借我一万六千元。不想，关标的妻子月球一口就答应了。当我匆匆忙忙来到枫坪的时候，跃明已经从村里赶来，站在信用社门口等候多时了。我又来到关标店里，月球把几张还没有到期的存单上的钱从信用社取出来，又从购麦麸的货款中拿出三千元，凑齐了一万六千元。二〇〇〇年冬天，赖厂长一家人一去不返，这笔曾经让他们渡过难关的钱，我于二〇〇〇年十一月还了六千元，余下的一万元，差不多用了十年才全部还给关标。十年不见，月球却从未提起还钱的事情。这世界真的有好人啊！

四月二十七日，我终于把联社的贷款还了。在还款之前，我先来到联社信贷科的小宋家里，他答应继续帮助我把钱借出来。我又来到联社营业部的董主任家里。董主任让我先把钱还进去，答应第二天就可以贷款。因为有定点贷款的规定，他让我做担保人，然后再去找一个贷款人，只要这个人在西屏镇的"三社一部"没有贷款就行，乡下人也没有关系。于是，我找到朋友小韦，他答应帮助自己，可到了晚上他不愿意了，还说起赖厂长借钱不还的事情。最后，我只好让小舅子玉余去贷款。

四月三十日，早上七点，玉余已从陈家里赶到西屏。八点，我们去联社营业部贷款。这时，董主任说，贷款人要先到象溪信用社开联系单，证明在本地没有贷款才行。于是，我拿来一份贷款联系单让玉余去象溪信用社盖章。一去一回四十多公里，已经十点多了，当我们再次来到营业部的时候，董主任又说，在贷款之前必须先存入八千六百元。我心急如焚，哪里去借这么多钱呢？说心急如焚是因为我刚去过赖厂长厂里，今天徐老板他们要走了。赖厂长曾经向徐老板借了八万元，如果这些钱不还，他们就要用猪鬃产品抵押，折价百分之五十把厂里的货物全部拉走。这无疑是要置赖厂长于死地，他正焦急万分地等着我的钱救命呢！救急不救穷，此时此刻，这是我没有选择的选择了。可是要先存入八千六百元，没有任何商量余地，惊慌失措的我一时没了主意。我忧心忡忡地走到妻子的学生——刘伟父母的店里，却意想不到地借到了九千元。半小时后，心跳不已的我终于把三百张印着伟人头像的纸币，紧紧地握在了汗津津的手里。

下午，天空阴沉，细雨绵绵。赖厂长的厂房里站满了人，既有徐老板叫来装货的工人，也有西屏镇工办来处理这件事情的工作人员，还有我们这些借钱给赖厂长的人。徐老板把他该搬走的东西都装上了车，准备折价百分之五十的猪鬃产品也全部堆在了走廊上。双方约定，在四点之前必须把借款还给徐老板，否则就把货拉走。我和老庄、小刘等人把可以找到的钱都凑起来，终于把大部分猪鬃产品买下来。可是，因为钱不够，还有近千斤的猪鬃产品被拉走了。

天色渐渐暗下来。我们坐在空荡荡的办公室里，赖厂长眨着眼睛笑眯眯地说，他的钱都是别人送来的。小李说，如果四点之前他们要拉走货物的话，她就躺到车轮前面去。听着他们暗暗庆幸的话语，我内心一片空白。人生至此，真是可以一叹！

钱，越来越紧张

　　春末夏初，绿树成荫，小溪流水潺潺，远山杜鹃啼归。蓝天下，阳光灿烂，水田漠漠，茶园浮绿。柔软的风缓缓地吹着，郁郁葱葱的柑橘林开满白色小花，山野里飘荡着缕缕芳香。荷锄戴笠的庄稼人，有人光着脚慢悠悠地走在弯弯曲曲的田头小路上，有人牵着黄牛在闪着亮光的水田里耕地，那不时传来的哞哞声，一次次打破了村野的寂静。

　　二〇〇〇年五一劳动节，我和妻子带着儿子来到乡下丈母娘家里。乡村四月，燕子归来梁间呢喃，山笋新煮香气弥漫，这是一个美丽迷人的季节。在这里，儿子兴奋地采摘着屋后柴草丛中红艳艳的覆盆子，妻子欢快地从菜园里剥来碧绿油亮的芥菜。在这里，我们拍摄了许多清新自然的田园照片，挖回一篮篮色彩斑斓的乌壳笋，还看见了远嫁而来的云南妹子。阳光温暖，岁月静好，来到乡下，似乎城里的日子于我毫不相干。这里的生活平实、纯朴、可爱、闲适，如果在这散漫、充满亲情的山野里，一边劳作一边读书，那该多好啊！可是，生活没有假设，我们只有在失去的时候才知道什么是珍贵。

　　此时此刻，我心事重重、累不堪言。就像去年五一劳动节，虽然自己人在峰峦叠翠、碧波荡漾的淳安千岛湖春游，但是心里一直挂念着赖厂长处的几十万元借款。那越来越多的巨额借款，那遥遥无期的等待日子，那借钱人灼灼逼人的目光，还有工厂生死未卜、前景堪忧的境况，都像一座座大山压在我单薄的肩膀上。前些日子，在如此窘迫的情况下，我又一次把联社营业部的贷款还进去借出来，说明世界上的事情并非都是九天揽月、五洋捉鳖。又是这些钱让赖厂长虎口生还，把抵押给丽水人的货物买下来并发往天津，整个过程是如此的惊心动魄，充满了火药味。但是，这种绝处逢生的事情是不可能经常发生的，长此以往，有谁可以承受呢？我什么时候才可以轻松地喘一口气啊！

时光流逝，岁月无情，春天在烦躁的等待中匆匆逝去。我的处境如何呢？五月二十日、二十一日，我都在赖厂长厂里等钱。五月十日到期的阳溪信用社三万元贷款，原来说好由赖厂长拿钱让我去还的，可这么多天过去，他才给我二万元，本金差三千八百元，要先存入六千元，再加上利息，共差一万多元。赖厂长曾经说五月十七日一定可以还的，又说五月十九日一定可以还的。五月十九日，我在单位里开会，一直等到五点多，赖厂长却去了古市，电话也不打一个，一点不知道我的焦急、不安，乃至心碎片片。

五月二十一日，下午五点前，我好不容易凑足二万三千八百元，把阳溪信用社的贷款还进去。因为赖厂长处拿不到钱，我只好四处打电话借钱。后来，建忠同意借我六千元，我答应这钱几天内就可以还的，结果他却打来电话说存折的密码忘记了。实在无法可想，我来到阳溪信用社把实情跟声隆说了。不想，他从他自己的存折上取出六千元先替我存进去。我一阵感动，心想，为什么别人都这么好，唯独赖厂长却一副无赖的样子呢？为了还款，我这今天去厂里找赖厂长，他却说如果我再逼他，他就去自杀。他的儿子让我再去什么地方借一些钱，小李却涂脂抹粉地提着手提包去医院看一个什么人，哪有一点点焦急的样子？我真佩服这些人，他们除了自己就不会想到别人，就像赖厂长刚从城郊派出所黑暗的囚室里出来的时候说的，他只想到了他的妻子和儿子。

钱，一天比一天紧张了。

五月二十二日晚上，我和寒山在街上喝酒。寒山说，他妻子已经交代了，七月份到期的钱让我先还他们五千元。我们喝完酒回家已是深夜十二点多。我一个人走在阒然无声的大街上，想着赖厂长厂里目前的境况，又想到朋友们借给自己的钱，越发心事重重和忧虑不安起来。

五月二十三日，早上七点。我来到厂里，说起这些日子的艰难处境，赖厂长托着下巴，一筹莫展的样子。因为他说过，这个月一定可以还我三万元，现在才拿了二万元。这时，小李说，这二万元是老庄借来的，如果不把这钱继续借他们的话，厂里就要出问题了，一是纳税人要取消，二是邱军农行到期的贷款老庄就不会再想办法，三是她和儿子准备去打工。这些话不仅口气难听，还包含着威胁。赖厂长说，这钱他也不敢乱用，老庄要发火的。他还要我放一万元在家里等两天。原来说好这二万元还我后不再借了，现在却一副出尔反尔的嘴脸。我说，现在需要还钱的地方越来越多，我的日子已经很难过了。赖厂长看我不同意，又把我叫到办公室外的走廊上，悄悄地告诉我，这些日子，老马天天都在为他筹钱，这钱只是暂时借用几天。

我一直以来都认为要等赖厂长厂里好起来的时候，再把钱取回来。其实，不要说救不了这些人，哪怕就是自己累死了，他们也未必知道。何况，我的钱还没有从信用社借出来呢！难道说我借不借钱还要由他们说了算？既然已经有人天天在筹钱，为什么还这么在乎我的二万元钱呢？如果我的钱借不出来又怎么样呢？所以，我未置可否就离开了厂里。

五月二十四日，上午。我在阳溪信用社贷款二万八千元，还声隆六千元，又预扣一个季度利息，实际拿到手只有一万九千五百元。下午下班后，我去厂里找赖厂长。因为上午贷款的时候，声隆让我转告赖厂长，他一九九八年冬天那笔由老邱担保的贷款超期一年多了，要先还一万元，否则老邱自己不能贷款了。当我在赖厂长办公室说这件事情的时候，他非常生硬地拒绝了我，自顾自抽着烟走了。他儿子看见我也怒气冲冲的样子。小李却说什么这些天烦死了，欠国税几万元，欠地税几万元，如果这个月过不去，下个月厂里就关门了。赖厂长走进来，想坐又不想坐的样子，他气势汹汹地向小李发了一顿火，说，这些东西讲什么哦！他们走到外面去讲话了。我想，这些人一个个沉着脸，一副不理不睬的样子，是不是还想着我没有答应把阳溪信用社的贷款继续借他们的事情呢？

小李走进办公室，我说起赖厂长在阳溪信用社贷款超期一年多的事情。小李摆摆手说，这个事情不要和我说，我不知道的！我站起来，刚来到门口走廊上，小李又在后面说，要死大家一起死！我没有回头，心想，你要死尽管去死，跟我有什么关系。

六点多了，我仍然一个人坐在赖厂长的办公室里。因为玉岩信用社的贷款要到期了，自己还没有告诉赖厂长。赖厂长在空地上做纱窗，只顾和他儿子锯木板，根本没有理睬我。我一直坐着等到他们吃完了饭。这时，小刘来了，他们搬了几张凳子坐在厂房的空地上。赖厂长叫小李去泡茶，小李又叫弟媳妇去泡茶。我和小刘说了几句话，他却涎皮赖脸地问，你在单位要不要天天陪吃的？后来，隔壁厂里的朱祥华来了。于是，大家怀着各自的心事无话找话地聊了一会儿。我感到十分无聊，内心空泛得很，心想，自己怎么会落到今天这样的境地啊！赖厂长又去做纱窗，朱祥华走了，小刘和赖厂长站在远处空地上讲着什么事情。我觉得凑上去没有意思，就一个人走到办公室里。

　　都快十个月了，近五十万元本金，他们几乎没有付过一分利息，自己反而前前后后又借给他们两万七千六百元，还有临时借的六千六百元。一个辛辛苦苦为自己借钱，甚至不惜豁出身家性命为自己做事的人，他们竟然以这样的态度对待，这是我从未想到的。真是遇人不淑啊！想到这里，一个人默默地坐在办公室沙发上的我，拿起身旁的老虎钳，使劲地把沙发绞了几个洞就走了。

生命的呐喊

　　暮霭降临，松阴溪水在古老的小城前缓缓流淌，晚风越过宽阔、黝黑的水面吹过来，带着一股潮湿的腥味。铁灰色的远山连绵起伏，几抹烙铁红的晚霞从天边浓厚的云层里透出来，把静默耸立在溪畔的独山映衬得如墨似黛。灯光闪烁的街道上，裙裾飘飘，衣香丽影。街旁的店铺里琳琅满目，人头攒动。年轻父母牵着活泼、天真的孩子，一边笑一边说一边唱，银铃般的声音从光影斑驳的树荫下弥漫开来。

　　皇皇盛明世，斯人独憔悴。在以往的日子里，此时此刻正是自己和妻子带着可爱的孩子沿着溪畔或街道轻松漫步的时刻，可这样的日子已过去好长时间了。天气渐渐炎热起来，累不堪言的我越发感到内心的烦躁、不安。我一次次焦虑万分地去找赖厂长，述说自己真实、艰难的处境，迫切要求适当减轻我难以承受的负担。但我每次说这些话的时候，赖厂长都没有在意我的内心感受，却告诉我他已经算过了，接下去一个月做五吨猪鬃成品，除了一家三口每人月工资一千元，每月可还八万元，明年就把我的借款还清。有时候，我说他与徐老板的关系破裂有些可惜，否则资金不会这么紧张，可赖厂长说，头脑不要太简单，丽水人投资只是一个圈套，是大骗子。在这样的日子里，有朋友向我借钱，我却很无奈，因为口袋里仅有的一点钱都毫无保留地借给了赖厂长。有时是为了去丽水拉厂里急需的化工原料，有时是为了付某个酒家一次次上门催讨的饭钱。虽然每次刚拿到钱的时候赖厂长都是一副很感激的样子，但是我向他要钱，却始终都要不到。

六月八日傍晚，我又一次来到厂里。赖厂长躺在办公室的沙发上闭目养神，这几天他见了我都是这个样子。他说前几天去医院做了手术，大腿上割去一个大脓包，流了一斤多血。所以，我和他说话都是小心翼翼，轻声细语的。但是，当我说起钱的时候，他总是说正在想办法，很累了，要休息了，不想说了。我一次次焦虑着，无奈着，失望着。因为他说好明天还我三万五千元，还有我从阳溪信用社贷款暂借给他的六千元，原来说好今天还的。赖厂长躺在沙发上，我坐在椅子上问他今天的钱怎么样。他有气无力的样子，说，又要隔几天了，因为来厂里的人太多，大火说不帮忙借钱了。十天前就说好的，六月十日玉岩信用社贷款到期，还款的钱由赖厂长想办法，还款后我再贷出来暂借他二万元，他到月底把钱还我。还有，我多次答应还少弟的五千元也得六月十日前归还。这几笔钱，赖厂长心里都是清清楚楚的，现在怎么又变卦了呢？我又一次明白自己是错得厉害啊！

我们的话没有说完，正当自己为玉岩信用社后天还款的事情忧心忡忡的时候，小李走进了办公室。小李既没有向我打招呼，也没有问我们说什么，一进门张开两片薄嘴唇，就大声说，要死一起死，厂不办了！我内心已沉重得不能再沉重，压抑得不能再压抑，快一年了，不说他们有近五十万元借款本金未还，就连利息也是我用我们夫妻俩微薄的工资和问朋友借来的几百元、几千元付的，自己不仅还去枫坪基金会、西屏信用社、阳溪信用社贷款六万多元，还付清各种利息四万五千多元。在他们面临生死攸关的危难时刻，又是自己毫不犹豫地帮助他们，甚至拯救他们。想不到这个无情无义的女人，竟然一次又一次地在我面前说出这样的话。顿时，一腔怒火撞击胸腔，我紧握拳头狠狠地砸向办公桌。那女人指着手指头虚张声势地叫着，你敲！你敲！！我怒不可遏地站起来，眼眶里溢满泪水，一边奋力击打桌子，一边声嘶力竭地吼道，太苦了！我太苦了！！快一年了，你们一分利息都没有付！几十万元钱哪！！这是因为生命长久压抑的爆发出惊天动地的声音，这是历尽人生酸楚、苦涩无处可述而向人间发出的呐喊，这是人性拒绝压迫、渴望自由而产生无所畏惧的冲动与抗争！

有人从来没有想过我是一个有血有肉的人。他们都怔住了，霎时，赖厂长呆如木鸡，一脸惊恐无奈的样子。但是在利益一致的前提下，他们并没有放弃对我的攻击与伤害，尤其那女人更是一副誓不罢休的样子。正当她死皮赖脸地说几年前曾经借我一千元，那时一千元也不轻了的时候，赖厂长举起右手在她大腿上狠狠地打了一巴掌。这个女人还不想收场，最后，被她的弟媳妇连劝带拽地拖出了办公室。

事情平息后，我问赖厂长刚才除了他女人说我曾经向他们借过钱，他也说我曾经向他借过钱，这是怎么一回事。赖厂长却说这是开玩笑的。我暗暗地想，或许赖厂长跟他的女人也是说假话的，自己借给他这么多钱，他是不是如实地向他的女人和儿子交代了呢？我又想起他们曾经借给自己一千元钱的事情。这么多年过去，如果不是小李提起这件事，我已经不知道这钱该从哪里算起了。当初我还钱他们不要，借给我的一千元是钱，那么我每年从债务上为他们减去的几万元利息是不是钱呢？何况，现在我所有的钱还在他们手里呢！亲兄弟明算账，千万不要别人的钱，天下没有免费的面包！但是，我对赖厂长说，这件事情到此为止，当初的一千元，现在算五千元，从我的借款中减下来。

我和赖厂长说自己准备明天去法院起诉他。我说，真的承受不住了，这是迫不得已的事情。我这样说，也这样想。可是赖厂长说，他的财产已经全部抵押给银行，起诉也没有用，希望我再等十天，会有钱的。因为玉岩信用社的贷款后天到期，我没有同意赖厂长提出的要求。后来，我们约定如下协议：第一，六月十六日还我三万五千元；第二，没有事情我不去厂里；第三，从下个月开始，每月二十日前还我一万元；第四，我在信用社还款需要周转的钱由他想办法。

最后，赖厂长去对面办公室里拿了一块玻璃台板，把桌子上的破洞盖起来。这是刚刚被咆哮着的我敲破的一个洞，有拳头那么大。当我看着笑眯眯的赖厂长试图用手掌压平玻璃台板与桌面之间的缝隙时，我心想，自己下一次去取钱的时候，或许只有用生命作代价了。

六月十日的信

窗外，夜色越来越浓，一弯上弦月挂在远处楼房的屋顶上，清冽的光辉洒在黑不溜秋的树丛里。夏风阵阵，不时掠过几株高大女贞和广玉兰的树梢，发出簌簌的声响。已经不知过去了多少时间，我依然一个人坐在黑暗静寂的办公室里。

六月十日傍晚，学生们回家了。一家三口吃过晚饭，我收拾着桌上的碗筷准备刷洗，这时，少弟的姐姐带着她七十多岁的姑妈来了。我和少弟姐弟俩都是从小在村里长大，一起放学回家、一起砍柴、拔猪草、捡苦楮子，天真的笑脸曾经像阳光一样灿烂。几十年不见，少弟的姐姐扫视了一眼房间四周，马上提起还钱的事情。她说，这些日子她弟弟做生意资金十分紧张，正等着用钱呢！我最担心有人来家里讨债，当自己语无伦次地解释情况时，坐在沙发上的少弟姑妈却似笑非笑的样子，她说，借钱不还放高利贷，这是踏人脚背不知痛啊！

听了这样的话，站在一旁切西瓜招待客人的妻子不高兴了。当我打发她们匆匆离开自己的宿舍，妻子就开始刨根究底这钱的原因。我是一个自作主张的人，更是一个自以为是的人，关于借钱的事情，自己一直以来都不愿在妻子面前多说，所以她向来所知甚少，知道了也是一知半解。在此讲句大实话，即使事情过去了这么多年，妻子依然不清楚我到底借了多少钱，以及借过哪些人的钱。我还是一个性格急躁的人，在家人面前更是如此。也许真的太累太累，自己不堪重负的内心就像一只盛满水的杯子，哪怕再多一滴就要溢出去了。想着少弟姑妈的话，听着妻子的唠叨，我把手上吃了几口的西瓜狠狠地摔在桌子上，一个人心烦意乱地来到大街上。

小城的天空渐渐暗下来。在熙来攘往的街道上，灯光闪亮，人影憧憧，四处荡漾着欢声笑语。人们的脸上洋溢着快乐、幸福，只是这幸福是在别人的眼睛里，他们自己却看不见自己。我沿着人民大街走上太平坊路，在人流如织、热闹非凡的十字街头，我空荡荡的内心泛起一种失落感，突然之间，我觉得人生在这个世界上是如此孤独无助，偌大一个县城竟然没有自己可去的地方。我一个人惘然若失地来到自己的办公室。

为什么我内心一片黑暗，别人脸上却笑容满面？凝视着眼前被晦暗的光线渐渐吞噬的道路、楼房、电线、树木，心怀落寞的我想起了自己深藏大山的家乡，无忧无虑的童年，还有孤身一人的老父亲；想起了这么多年来，为赖厂长借钱带来的难以言述的劳累与折磨，还有像毒刺一样深深地扎在心里的懊悔与恐惧；想起了今天薄暮时分，少弟的姐姐她们来到自己拥挤的家里讨债的尴尬局面，还有那目中无人与幸灾乐祸的目光。此时此刻，无奈、焦虑、歉疚、悔恨的情感，像滚滚浪涛一波一波地涌上我心头。

为此，我决定还是以书信的方式把自己眼下的真实处境告诉赖厂长，希望借此获得他们的理解、支持与帮助。于是，我打开办公室的灯，又一次无奈地拿起笔来：

尊敬的赖厂长：

岁月匆匆，又要半年过去了。

自一九九九年八月至今，已过去十个月，借你的近五十万元钱，我却一分利息也没有拿到。不说信用社二十多万元贷款和私人借款的利息，全是自己按季结算的，就说信用社每次还款，几乎也是我东奔西跑，心急火燎地找朋友、熟人借的。在如此窘迫无奈的情形下，我咬紧牙关，不仅想方设法周转了联社及枫坪、西屏、玉岩信用社的一笔笔贷款，还还清了西屏信用社、枫坪基金会共四万多元到期或超期的欠款（西屏信用社本金及利息一万七千元，枫坪基金会本金及利息二万七千元），并且在你企业生死攸关和个人遭遇危难的时刻先后又借你二万七千六百元（就是这样救急的钱，你至今仍欠我近一万元）。

在这度日如年的日子里，我不仅用我们夫妻俩几乎全部工资为你们付利息，还常常连几百元生活费都要向你们拿。可你呢？真正还我的钱只有年前四百元和年后一千元，还有我平时买菜向你临时要的几百元零花钱。现在，讨债的人上门来找我了。这种每天让人寝食不安和提心吊胆的日子，我真的是很难过下去。

赖厂长，我是一个既无叔伯也无兄弟姐妹的人。不说自己七十多岁的老父亲一人生活在乡下，也不说为了你们我一家人至今仍住在仅有四十几个平方米的宿舍里，就说每当我看到愁眉不展的妻子和没有笑容的孩子，就想到因自己为你借钱而影响着他们的时候，我都只有打碎牙齿往肚里咽。现在学校实行聘任制，妻子工作十分辛苦，我还把这种无形的压力传给她，这让我内心备受煎熬。尤其让人难以承受的，是我欠着这么多钱长时间不还，就算别人不说，我自己心里也很难受。要知道，有些钱借来已经四年多了。

赖厂长，你是一个快五十岁的人，有丰富的生活阅历，经受过各种人生风雨的洗礼，有较好的承受能力。还有，你是一个做企业的人，有工厂和办公场地，生意人的钱款来往当属日常事务。我才三十多岁，从学校到学校，又从学校到机关，无社会阅历，更无实际经验，凭的是自己的热情与对人的信任。我在单位里上班，上下左右都有目光注视着。如果讨债人来单位，我该怎么办？如果讨债人来家里，自己是连坐的地方都没有呀！

赖厂长，我已经累不堪言。你叫我不要天天来你厂里，实际上只要你把钱还我，没有人向我讨债，我何苦要去你厂里呢？我想做的事情有很多，全因内心压力太大而不得不放弃了。我来你厂里只为了讨回本来属于自己的钱。厂办好了，你不会给我什么，我也不会要什么。借钱还债是一件天经地义的事情，我不来你厂里，别人也会来你厂里。可自己每次来厂里的时候，你们都不理不睬，一脸不高兴的样子。不问青红皂白的小李，还说什么要死就一起死。借钱事小，生死事大；难道我借钱给你们，为你们办厂周转资金，还要我死？这不仅有悖人情，也天理难容啊！你心里应该清楚，我这里的借款加上利息和担保的钱，已近七十万元。如果不处理好这件事，我担心真有一天要出人命啊！我多么希望把这件事情处理好啊！

赖厂长，这日子真的很难过了。我六月份要还的钱，分别是枫坪关土四千五百元，靖居春生四千元，玉岩信用社二万四千元、少弟五千元、小林一万元，还有向城里朋友们暂借的九千五百元，以及所有信用社贷款和私人借款的利息，共计人民币约六万元。如果按借条所写的日期，六月份你该还我二十三万元，但考虑到你暂时资金困难，我只要你按你所说还三万五千元。这是底线啊！请你千万不要认为我任何时候都会像以前一样，一次次把资金周转起来。如今，我已经没有什么地方可以借钱了。如果玉岩信用社的贷款还清后能够继续贷出来的话，日子还可以将就着过下去，所以，这笔钱一定要不惜代价借出来。否则，我的日子就会雪上加霜，不可想象了。

赖厂长，请你一定要看明白我的话。现在，我们是系在一根绳子上的两只蚂蚱，如果你都不知道我的艰难处境与内心压力，还有谁会知道呢？天气炎热，工作这么紧张，我还得与玉岩信用社联系通融，去了玉岩都不知道住哪里。这些到底都为了什么啊！

徐跃华

二〇〇〇年六月十日

夜，深了。窗外的月亮不见了，夜空中只有无数明亮的星星在闪烁。我把信匆匆地浏览一遍装进信封里，在办公桌上和衣而卧。黑暗里，天空不时有鸟儿凄厉的悲鸣声传来，因为实在疲倦，没过一会儿，心事渺茫的自己沉沉睡去了。

还钱，何以成了借钱

阴沉的天空，稀稀疏疏的雨点落下来，空气里透着几丝凉意。浊浪滚滚的松阴溪水，裹挟着泥沙和岸边的枯枝败叶汹涌地流向远方。骤雨初歇，远山迷蒙，一只失群的白鹭拍打着翅膀，缓缓飞过对岸绿树掩映、灰墙黑瓦的村庄上空，渐渐消失了。

六月十二日下午，我打电话去玉岩信用社，得知叶主任在县城丈母娘家里，就问了他的传呼。匆匆去店里赊了一条大红鹰香烟和两瓶剑南春酒，我冒雨来到南门大桥的堤坝上。在散发着浓浓泥土气息的堤坝上，我等到了有些沉默的叶主任。门外溪水轰轰作响，宽敞天井的石子路旁散落着一层刚被风雨从枝头刮下的李子，在叶主任丈母娘家里，我们约定十七日去玉岩信用社还款、十八日贷款。从大门出来的时候，我有种如释重负的感觉，抬眼望去，似乎天空突然明亮起来。

沿着雨水横流的沙石小路，我来到大坝上。此时此刻，满怀感激的我又想起赖厂长处的钱。这次是否真的可以拿到钱呢？他会以什么样的方式把钱还给我？如果拿不到钱，那么玉岩信用社的贷款还是还不了。何况，玉岩信用社的贷款也需要先存入贷款的百分之二十作为扣押的钱，然后第二天才能贷款，加上利息，至少需要三万二千元。虽然赖厂长答应十六日归还三万五千元，但想到以往拿钱时一次次失望、焦虑、无奈的感觉，我内心依然笼罩着一层厚厚的阴霾。望着眼前滚滚流逝的溪水，我疲惫不堪的内心暗暗祈祷，如果赖厂长的钱能够稍微宽松一些该有多好啊！

六月十六日早上，我一到办公室就给赖厂长打电话，问他今天什么时候有钱，他让我吃过中饭去厂里取钱。夏日炎炎，骄阳似火的午后，我骑着自行车汗流浃浃地来到厂里。当自己心神不定地问赖厂长拿钱的时候，他却笑眯眯一副神秘的样子。他告诉我钱已经说好了，但要我写借条给小刘。明明说好今天还钱，怎么又变成要我向小刘借钱了呢？并且还得二十日前还小刘呢！我问这是什么意思，赖厂长说，他从早上开始一直在借钱，是小刘好不容易借来三万元。他还保证，我只写条子他还钱。我开始不答应，但考虑赖厂长或许是无法可想才出此下策，而且他答应我月底一定还我二万元，何况我已经约定好明天去玉岩信用社还款，所以只能把钱周转起来再说了。为此，我向小刘写下借款三万元的条子，归还时间是六月二十日。

六月十七日上午，我乘公共汽车来到六十公里外的玉岩镇。在信用社里见到叶主任，他同意让我把贷款从原来的三万元增加到三万五千元，但是得按规定先存入贷款的百分之二十即七千元作为扣押的钱。还了二万四千元贷款本金，加上利息，口袋里钱不够了，我来到玉岩土管所向小林借了一千元，并承诺第二天把这钱加上原来借款的利息一起付给他。我请叶主任在信用社旁边的一家小店里吃了午饭，然后就一个人来到车站旁的参天大树下，坐在台阶上耐心地等待着叶方长老师。

昨晚，我给玉岩镇白沙岗小学的叶方长老师打电话，他答应继续做我的贷款人。叶老师是我昔日在玉岩镇校教书时的同事。因为信用社规定贷款人必须要有当地户口，所以，我从一九九六年春天第一次开始在玉岩信用社贷款到二〇〇五年冬天把这里的贷款还清，差不多十年时间，贷款人都是叶老师。如果没有叶老师，我就不可能从玉岩信用社贷款，更不可能让后来负债累累、精疲力竭的我，把这里的贷款一次次周转起来，最后全部还清。十年辛苦不寻常，虽然所有的努力都是竹篮打水一场空，虽然一年又一年都是自己把钱一点一点还清了，虽然后来因为麻烦叶老师他也给我脸色看了，但心里始终对他充满感激。我无以回报，至今只能在内心对他常常存一份念想罢了。

叶老师在电话里说，他今天刚好来玉岩镇校开教师会，可身份证没有带在身边，要去老家取。叶老师的老家地处县城郊外的黄公渡村，从县城回家骑自行车来回有一个多小时的路程。下午四点多，叶老师终于乘公共汽车回来了。他穿着皱巴巴的衬衫，手里握一把雨伞，趿拉着拖鞋从车上走下来。他告诉我说，今天早上四点多起床，走了二十五里山路，八点前去玉岩镇校报到，来到县城已经十一点多了，在家里连茶都没有喝一口就匆匆忙忙赶回来了。听了这样的话，又看叶老师一脸倦容的样子，我忽然觉得眼睛干涩，急忙把目光移到别的地方去。

晚上，小林请我和叶老师在他家里吃饭。餐桌上有石蛙、野猪肉、笋干等山珍美味，又是喝酒，又是抽烟，热情的主人让我有种回家的感觉。深夜十一点多，在玉岩镇政府上班的小雷又叫我去店里喝酒。火锅里热滚滚的火腿骨头汤，香味飘荡，周围放着一大碗土鸡蛋，起码有二十几个。因为实在吃不下，我只喝了一杯啤酒。抽烟、喝酒，让我的食道痛如刀割，躺在逼仄、闷热的旅馆里，自己心事如潮。已经凌晨一点多，当自己刚刚睡意蒙眬的时候，又被隔壁卡拉OK厅的阵阵歌声吵醒了。

六月十八日，早上五点，我听见窗外传来了汽车的喇叭声。不到七点半，我和叶老师去玉岩信用社贷款。贷款的时候，办事人员要预扣一个季度的利息三千六百元，我去找叶主任，结果一样没有办法。我开始写借条，因为叶老师是贷款人，所以自己每次都给他写借条。我来到少弟店里把五千元本金和利息付了，又去土管所把昨天的借款一千元和原来借款的利息二千三百五十元付给小林。然后，我坐车来到枫坪信用社付贷款利息一千三百多元。枫坪离我老家只有二十多里路，我心里念着父亲，想回去看看。六月十七日来玉岩之前，我担心星期天信用社不上班，好在我曾经和同事说过，如果自己不能及时回单位，就请他们帮我请假一天。但是，现在自己手里的三万元变成了两万元，赖厂长他们会怎么对待我呢？所以我还是回城了。

阳光猛烈地照射在大街上，树上传来知了的嘶鸣声，吹在脸上的风热乎乎的。回到县城已是下午两点多，一路风尘的自己没有回家就去厂里把还剩下两万元的事情告诉了赖厂长。赖厂长听后面无表情，他说，这是你和小刘之间的事情，与我无关。小李趿拉着拖鞋从房间里走出来，她沉着脸说，你自己去跟小刘说，不要把大家的心情都弄不好了。我说自己实在是没有办法，如果你们答应还我的钱还了，就不会有这样的事情。

于是，赖厂长给小刘打电话。过了一会儿，小刘骑着踏板摩托车来了。见了小刘，我马上走过去说，这两万元先还你，厂长说过月底有批货发往兰溪，到时候他还我两万元，我再还你一万元。小刘一副睡眼惺忪的样子，刚开始，他板着脸，说，我不管的，你只要二十日前按条子还我钱就行了，两万三万我不管的。我又把原因情况说了，并当着小刘的面与赖厂长约好月底还钱。小刘的脸色渐渐好起来，说，宽到月底是可以的，过了月底可要上门了。我满身疲惫地站起来准备走了。这时，小李走进办公室对大家说，月底去兰溪送货，现在连纸圈都没有怎么送呢？这时，赖厂长笑着问我是不是有钱暂时借他几百元。袋里还剩下九百元，留下三百元吃饭钱，我把余下的六百元递给了赖厂长。

己所不欲，勿施于人；己所欲之，慎施于人。可在往后的日子里，赖厂长夫妻又以同样的方式让我向老庄借钱。最后，他们自己一走了之，却把山一样沉重的担子扔给别人。为此，在他们出逃以后，我像牛不喝水强按头一样被人逼得叫天不应，呼地不灵。十多年来，一些曾经为赖厂长借钱的人，有人用微薄的薪水偿还沉重的债务，也有人卖掉房产偿还巨额欠款，但我们都堂堂正正地活在世界上，而以选择出逃来抛开巨额债务的赖厂长一家，不仅失去做人起码的尊严与责任，也失去人情、友情和亲情，甚至踏上了一条不归路。

一切都是烟云

　　晨风轻拂，鸟鸣清脆，丝丝缕缕的阳光从广玉兰油光碧绿的叶丛中漏下来。夏日草长，虫声唧唧，枝叶掩映的大树下泛着静柔的亮光，一大片明亮的阳光落在远处齐人高的草地上。几枝鲜绿的乌桕从青草丛里探出来，弥漫着一片葱茏的绿意。女贞细长柔软的枝条从高高的树干上垂挂下来，疏密有致的绿色叶片，在柔和、凉爽的晓风中轻轻摇曳。

　　今天，在这烈日炎炎的季节里，我每天来到办公大楼前的树荫下晨读。头顶上枝柯交错，浓绿如云，树底下书声琅琅，纤尘不动。在狄金森、希姆博尔斯卡、米斯特拉尔，或者狄兰·托马斯诗意的世界里，洗去精神的尘埃，涤荡心灵的污垢，感受人生的无常与渺小，感动生命的纯真与高贵，惊奇世界的丰饶与瑰丽。当自己开始选择把阅读作为一种重要生活方式的时候，我早已过上无忧无虑的日子。

　　时间让人淡忘过去。今天的我已难以想象十一年前的夏天，自己是怎样焦虑万分地奔走于酷暑炎热与尘埃弥漫的道路上，更无法体会当时内心的种种祈盼、失落、无助和黯然了。所以，还是让我打开那本封面已经发黄的日记本，从二〇〇〇年夏天的日记中去寻找曾经的世界吧：

六月十九日

早上，我坐在办公桌前，正在日记本上写着去玉岩信用社贷款的烦琐过程。这时，姑姑的儿子——关土的妻子打电话来了，她让我把应该还他们的四千五百元钱准备好，过几天来取。放下话筒，我呆呆地站在窗前，突然觉得眼冒金星，天地陷入一片黑暗。

六月二十七日

今天上午，关土从民政局门口的小店里打来电话，我走出单位把四千五百元本金及二百七十元利息付给了他。

这些日子，真是过得又烦又累。二十五日中午下班，我坐车来到象溪镇石马铺粮管所，向同乡同学春生借了六千元，并且把他原来借款的利息付至六月底。这六千元借款，春生一个星期前就答应了，但他要扣下原来借款的利息六百元，我希望月底再付利息，他却坚决不同意。一个星期过去，在打过去的无数次借钱电话都落空以后，自己还是去找了他。在炎热的阳光下，我站在公路旁等待了半个多小时，才坐上回城的汽车。

昨天，同乡吴强从深圳打来电话，让我借钱二千元。初中三年，我们一起游泳、一起晨跑、一起去县里参加运动会，快二十年不见了。在千里之外向同乡借钱，一定是遇到万不得已的事情了，我一定也是他内心最信任的人之一，可自己却连这么点忙都帮不上。还有，小舅子准备去江苏开餐馆，自己也一样不能帮忙。这样的日子，实在是无法可想啊！

七月三日

昨天是星期天。上午，我骑车去北菜场买菜，在新华路工商银行门口遇见小林的妻子。她喊住我，面含不豫之色，说话口气也不太好。她说她家里没有开银行，如果再不还钱她就要来我家里告诉我妻子。小林这一万元六月底已到期，我非常想还钱，但我也实在不想三天两头听他在电话里婆婆妈妈说个不停。但是，赖厂长曾经答应月底还我的二万元，我至今没有拿到一分钱。

晚上，小钱来到我家里。他说因为从同事处为我借了一千六百元，他同事想买房子，为此夫妻之间闹离婚了，让我快点还钱。我们坐在闷热的房间里，我感到非常尴尬。我暗暗想，如果买体育彩票中大奖该有多好，那就什么问题都没有了。此时，妻子带着儿子去操场纳凉了，否则，又要"豆腐问出骨"了。

七月六日

昨天中午，我正在一楼厨房里烧菜，小林打电话来了。我来到二楼房间里，只听见话筒里传来一个哭丧着的声音：我是一个病人哪……

今天早上，司法局的老包来我办公室说起借钱给赖厂长的事情。他说在赖厂长厂里经常遇见我，问我是不是也借钱给赖厂长了。我只是无置可否地笑了笑，他却告诉我赖厂长欠他本金四万五千元，利息一万两千元，已经两年多没有付利息了他弟弟借给赖厂长的两万七千元也没有拿回来。听了这样的话，我只有心情越来越沉重罢了。

七月二十日

天气越来越热了。

前些日子，我去县政府办事，路过农经委小叶的办公室。自己以前向小叶借过钱，因为赖厂长在农经委有欠款，所以我一直不敢问小叶借钱。当我问小叶是否有钱的时候，她却很干脆地答应借款给我一万元，月息百分之二，时间半年。可是，就在自己准备把这一万元还给小林的时候，赖厂长却愁眉苦脸地告诉我，他因拖欠国税二万元税金和一万元滞纳金，营业执照要被吊销了。他让我帮忙借一万元，只用十天就行了。于是，自己又把这一万元给了赖厂长，并说好他要在七月十二日归还。当时，赖厂长还说一定让我高高兴兴地拿来，高高兴兴地拿回去。今天已是二十日，可钱仍未取回。赖厂长是一个不讲道理、不讲信义，甚至充满了欺骗的人，自己千万不能再借钱给他了。

钱，已经十分紧张。这个月吃饭的钱，也是向赖厂长拿了三百元。前些日子，自己还给雪鸣写信，希望借五千元聊解无米之炊，结果却石沉大海，杳无音信。

七月二十四日

赖厂长的情况又如何呢？这些日子，他和侄子一起去兰溪买回一组生产油画笔的旧机器，还在厂房附近的公路对面租下一座上千平方米的仓库做新厂房。现在，机器正在组装之中，赖厂长说下个月就可以开始生产油画笔了。但是，当我一次次走进这阴暗、宽敞的厂房时，看到的却是赖厂长满头大汗、阴沉沉的脸，还有地上一堆堆未完工就被废弃的油画笔。

昨天上午，我的又在厂里等了半天，依然没有拿到一分钱。赖厂长夫妻对我说，他们从地税局借了二十万元，是用几个人的房产做抵押的，现在有人房子要拆迁，上星期还了七万元才把房产证拿出来。还有什么上缴国税稽查三万元，其他人又是多少万元等等。他们的话越来越不可信了，自己明知不可为而为之罢了。听着他们的话，想着自己被一拖再拖的钱，下个星期一，十四日，星期二，星期五，星期六，我觉得这些人看起来一副可怜的样子，实际上都有一颗冷酷的心。这真是害苦我了。

这几天，自己身体似乎也不是太好。前天下午，叶老师叫我去消防大队打篮球。我已经好长时间没有打球了，当我在篮架下抢球的时候，心里却总是想着钱的事情。心事满腹的自己围着球场才跑了几圈，就感到头昏，恶心，肚子隐隐作痛，甚至眼睛都有些模糊起来。本想让赖厂长拿点钱让我去医院看一下，可是自己昨天提出想去医院的时候，他们却像没听见一样，根本不把我的话当一回事。

当初，小李生病的时候，我马上借给他们二千六百元，可是，当我身体不舒服的时候，他们又是怎么想的呢？或许只有他们才是珍贵的，别人就像草一样。

昨晚，自己一个人躺在闷热房间的沙发上。望着窗外夜空的星星，想起暑假在乡下的妻子和孩子，心中不仅有难言的酸楚，还翻涌着恐惧的波涛。这种惊悸不安、忧心如焚的生活，就像漫漫长夜，什么时候才有出头之日呢？

七月二十八日

流水一样的日子在焦虑不安中一天天过去。站在镜子前，我发现自己胡子长得飞快，头发白了许多，身体也在不知不觉中胖起来。

今天，赖厂长还我一万一千元。原来说好七月十二日还的钱，自己却在焦虑中等待了半个月。赖厂长还答应月底前再还我一万元。这几天，同学陈四，村上人关堂、晓福，都打电话来要钱了。

我把钱还给小林、小刘各五千元，并且付了利息，小刘二百元，小林五百元。小刘只拿了一百元，他让我把余下的一百元拿去买烟抽。小林说，从九月份开始，他余下的二万元，月息从二分减到一分半，每季度只付九百元。

有钱了，大家都高兴。

八月一日

昨天下午四点多我来到厂里，回家已是晚上九点多了。如果说浪费时间，我已经把生命最美好的年华都付之流水了。

赖厂长从外面回来已经六点半了，我等他吃过晚饭，他又去车间走了一圈。当我走进办公室的时候，他拉着脸装着很奇怪的样子问我，又怎么啦？我说，说好月底前还我一万元，今天是三十一日了。赖厂长却说，还钱，还钱，接下去只好卖机器了。小李在边上说，厂不办了！当情绪激动的自己一定要他们还钱的时候，赖厂长说让我局长来厂里，或者一起去我办公室谈钱的事情。

心里明明知道要还钱，却故意躲着别人，当别人提出还钱的时候，又故弄玄虚，一副虚张声势的样子。对这些人，自己只是看到了可怜的一面，却没有看到可恶的一面。一直以来，总是用同情的眼光看人，这是自己一个致命的弱点，而别人正是抓住并利用了这个弱点。西塞罗说，一切亲善和爱恋，都是出于低能。真是对极了。

最后我们约定他八月十日还我一万元。自己回家马上和几个借款到期的人通电话，答应过几天还钱，他们都同意了。这时，又想起大姨的儿子要上大学了。大姨夫说过的，他儿子读书的时候一定要还他五千元。自己又打电话去厂里，小李却很不耐烦地说，讲好怎样就怎样，意思是这读书的钱他们是不管的。

这些人一次次有困难就来找你，钱拿到手就什么都过去了，似乎从来都没有发生过什么一样，还说什么，我和他们是一家人一样的。真是不知人间有羞耻事啊！面对这样的人，也只有走一步看一步了。

现在的问题是，自己向谁去借五千元呢？

年与时驰，意与日去。时光湮灭尘封的记忆，岁月消减人世的苦痛。十一年过去，当今天翻阅上述日记时，自己发现许多记忆都淡漠了，消失了，场景模糊，影像朦胧。蓦然回首，内心感到缕缕欣慰，想到的却是北岛的《一切》：一切都是命运 / 一切都是烟云……

十月二十八日的信

日出日落，月圆月缺；时间不疾不徐，只是始终没有停住它一去不返的脚步。人生没有回头路，一身疲惫、满怀忧伤的自己，依然每天肩负着巨额债务带来的重重压力，不由自主、步履蹒跚地行走在偏离了正常轨道的人生道路上，渐行渐远。

八月十日，是赖厂长答应还钱一万元的日子。当我来到厂里拿钱的时候，小李告诉我这几天赖厂长去上海、深圳等地办事了，起码还有一个多星期才回来。赖厂长办的是私营企业，我的钱也是借给赖厂长一家人的钱。这么多年来，他们一家三口都从我手里拿过钱，只不过赖厂长一人写欠条罢了。但是，赖厂长不在家，他们愿意承担起还钱的责任吗？当我说起今天还钱的事情时，小李却一副事不关己、漠然置之的样子。无法可想，也奈何不了他们，心里难受只好拿石头打天了，我与以往的许多日子一样，只在办公室里一言不发地呆坐着，然后两手空空、满腹惆怅地离去。

八月二十五日，我又来到厂里。因为十日没有拿到钱，赖厂长回来后答应二十五日前还我三万元，可自己今天还是没有拿到一分钱。赖厂长说，如果七月份不还财政的话，本来可以还我四万元，不过九月份厂里就会好起来了。坐在边上的小李说，现在还财政的钱还少二万五千元，不知去哪里想办法。她还告诉我，一个江苏人在这里等钱已经二十多天，吃饭的钱都没有了，实在有些看不过去，希望我再去什么地方借点钱来。

赖厂长夫妻俩一唱一和像背台词一样，但他们想过我的艰难处境吗？大姨的儿子要上大学，自己的儿子要交学费，村上人打电话来要钱，已经拿到五千元的小刘、小林又要我归还余下的钱。有一次我在街上吃早餐，遇到陈四的哥哥，他在大庭广众面前叫起来，让我快把四千元还给他弟弟。还有小钱的一千六百元，叶梵二季度利息八百元……这些钱都是被人催讨或者催逼着要还的，还让我去哪里找钱呢？

其实，赖厂长夫妻俩对我的处境也不可能不知道。我多次在赖厂长面前提起大姨儿子上大学的事，还再三嘱咐这钱一定要给人家。赖厂长每次都说，知道的，知道的，没问题的。七月份吃饭的钱是从赖厂长手里拿的，自己精打细算，买最便宜的菜，还是入不敷出。后来，我多次对赖厂长说，暑假自己家里没有学生，否则天天吃番薯叶怎么行啊！虽然赖厂长答应过几天给我几百元生活费，但是他连这一点都做不到。为了几十元买菜的钱，我常常在他厂里等几个小时，甚至一个晚上。

这些日子里，感谢许多借钱给我的人，是他们的宽容让我在煎熬中度过一个个平静的日子。小钱的一千六百元他替我还了。叶梵未拿到二季度利息却一如既往帮助我，有一次在电影院门口的肯德基餐厅小坐，囊中羞涩的我只请他喝了一杯葡萄饮料。尤其令人难忘和感激的是惠子母亲水娟借我一万元。这钱让叶梵去大东坝信用社周转后借出来，还村上晓福、春华各人一千元，还大姨夫四千元，寄给玉余一千元，余下的用来付利息。虽然一万元就这样散开了，但它却让我走过了艰难的二〇〇〇年夏天。

虽然一次次手足无措，懊悔走入了别人布置的陷阱之中，虽然一次次有苦难言，感叹世人的冷漠、自私和伪善，虽然一次次狠下心，发誓明天将不惜代价取回至少一万元，最终却都两手空空。这是一段昏暗的岁月，是曾经度过却白白消逝了的时光。因为生命处于极度疲惫的低潮，自己连续几个月没有写日记，对这些日子里发生的事情已无复记忆。直到十一月六日，日记里才简短地记下以下这样一段话：

　　我还能说什么呢？赖厂长答应还钱的日子是七月底、八月初、八月底、九月底、十月八日、十月十六日、十月二十三日，又说十一月。转眼已是十一月六日，一次次都是那些借钱人原谅了我。我一次次去找赖厂长，他们一家人都说以前的事情不要再提了，下一次不会了的，甚至十分坚决地定下一个还钱的日子。结果呢？言如戏言，只是自己多了一场焦虑等待和伤心失望而已。在这些日子里，幸好妻子还有一点钱，让我提心吊胆地解决了一些债务。小林一次次打电话要钱，孙贵一次次打电话要钱，春生也一次次问钱的事情。我真的好烦啊！

　　十月二十八日，我给赖厂长写了一封信。好在有这封信，自己当时的真实处境，沉重的心情，窘迫的日子，艰难的人生，还有赖厂长夫妻的无情与不义，都可以从中读到一鳞半爪：

尊敬的赖厂长：
　　不说恩重如山，我们一定也有知遇之恩；不说情深似海，我们一定也曾经真心一片。但是，既然自己来厂里讨债都成了捣乱，成了累赘，成了不合时宜和不应该的事情，那么就让我把要说的话写在纸上，请你静静地读，静静地想吧！
　　自一九九三年秋天我们初识，一九九四年为你从县农经委担保借款二万元，一九九五年春天为你在联社贷款一万元，直到一九九六年春夏开始先后为你在农行松阳支行、中行松阳支行、西屏信用社、延庆信用社、阳溪信用社、水南信用社、大东坝信用社、玉岩信用社、玉岩基金会、枫坪信用社、枫坪基金会、农行象溪支行借款二十多万元，乃至于今天累计各种借款、担保近八十万元。已整整七年光阴逝去。

在这里，不仅有自己当初对你们借我买房一千元的感激之情，更有赖厂长作为长辈对我的友善与相知。因为在这人生地疏的小城里，自己像无根的浮萍，无依无助。我是一个纯真的人，也是一个有正义感的人，更是一个较劲的人。我爱生活，渴望真诚，鄙视虚伪。曾经有人抄袭我的文字，我自己写信把事情揭穿了。令人难以置信的是我不仅没有获得支持，还遭到恐吓，抄袭者不仅不道歉，还处处中伤我。在阴暗逼仄的楼道上，有人拉帮结派，自己却被排挤在散发着霉味的档案室里，无所事事，郁郁寡欢。为什么一个正直、善良的人，却被一些品质、能力、水平都不如自己的势利小人摆布呢？何时才能找到一方属于自己的天空啊！

那时，是你们一家人对我很友好，端午送粽子、中秋赠月饼、暑天给啤酒、冬天在你们家里吃火锅。一九九六年夏天，你还让我跟随你去重庆进猪鬃原料。特别是我心里有想法的时候，你总是耐心地劝导我，鼓励我，给予我莫大的安慰与信心，你甚至对我说，跃华，我是把你看成小弟弟一样的啊！我对你们的事情也是竭尽所能，全力相助。带着你高中毕业的儿子去教育局招生办找就读学校，为你客户的孩子上音乐特招班去找松阳师范的校长，你想见当时的县委副书记——我的班主任，我们骑着自行车搭了两筐橘子就去了……

后来，你们说厂里资金困难，让我想办法帮忙借点钱。我是一个朴实的农村人，祖辈世代务农，虽然我们夫妻俩都是领工资的人，但是没有什么余钱。开始，我很犹豫，但是你们告诉我这是暂时的事情，绝对不会有问题。当我开玩笑似的提出，如果有一天你们还不了钱该怎么办的时候，你们都说，尽管放心好了，我们宁可欠银行，也绝不会欠朋友的，何况这么多的房产，我们会搬到哪里去呢！小李甚至说，如果真有一天做不下去了，死也一定要死在松阳的啊！

我终于为你们的话语所感动，开始了四处借钱而心力交瘁的日子。几年来，我不仅走遍了县城所有可以贷款的银行、信用社，还赶到枫坪、玉岩、大东坝、古市、象溪、水南等乡镇信用社贷款，甚至一次次回到一百多里外自己的老家向乡亲们借钱。从几百元、几千元到几万元，凡是可以借到的钱，我都毫无保留地借给你们。我不仅直接为你们到处借钱，还间接地为你们四处担保。在联社营业部、西屏信用社、农行松阳支行、中行松阳支行、县社保处等地方，自己都曾为你们担保，一次次地签字、按指印。为了借更多的钱，我不仅用自己的房产证，还借用别人的房产证一同为你在县农经委借款做担保。由于你们的借款迟迟不还，这么多年过去，至今，我们的房产证还被扣押在县农经委呢！

不知多少次了，我要求你们还钱，或者至少还一部分钱。但你们总是以暂时资金困难为由，今天推明天，这星期推下星期，这个月推下个月，今年推明年，我始终都没有拿到什么钱。自一九九年八月，你们拿了一万元让我还去玉岩基金会的借款后，就再没有还我大笔的钱了。后来还我的几万元钱，都是我在你们生死攸关的危难时刻临时借来的。实际上，就是这种救命一样的钱，你们也仍然没有全部归还啊！已经十四个月过去，五十多万元借款至今未拿到你们的一分钱利息。我不仅用自己微薄的工资为你们按季付银行、信用社的利息，还到处借钱为你们付私人的利息。每次贷款需要周转的钱，几乎都是我自己疲于奔命、心力交瘁地四处找人、打电话。

自一九九九年下半年开始，我的钱一天比一天紧张。在你们无钱可还的情况下，我咬紧牙关，竭尽所能，不仅按期周转了联社营业部、枫坪、西屏、玉岩信用社的一笔笔贷款，还归还了因不得多头贷款和基金会撤销而导致的需要及时归还给西屏信用社、枫坪基金会的借款四万多元。一年多来，我心里就像被千万只虫子在不停地撕咬着。这种巨大的内心折磨，是你们一次次不及时拿钱让我周转贷款，让我感到提心吊胆；是你们一次次借钱不还，让我不得不向他人借钱，忧心如焚；是你们一次次说话不算话，让我像死里逃生一样周转贷款，惊心动魄；是你们昔日食客盈门，让我背负像大山一样沉重的债务、担忧和恐惧。但是，尽管我忍受着种种内心的折磨，我依然铤而走险、不顾一切地帮助你们。

今年四月，我作为担保人替你们从西屏信用社贷款四万五千元。本来当时说好过些日子要还我一点钱，让我把联社营业部这笔贷款还去，但这时候你们与丽水徐老板的关系彻底破裂了。你因私自在天津领取公司一万八千元货款，被关进了城郊派出所。我不仅没有收到你们还我的一分钱，我还好不容易借了五千元替你把已用去的货款凑齐，让你从派出所里出来。这时，丽水人又要折价百分之五十把你厂里的猪鬃原料拉走，因为你借了他们的钱，他们要以货做抵押让你们还钱。在这样的日子里，你们像惊弓之鸟，心慌意乱，手足无措。在如此窘迫的时刻，还有谁愿意借钱给你们呢？又是我冒着大雨赶回家乡去借钱，不仅把联社营业部三万元贷款还了，还想办法再借出来，在十万火急的关头，帮助你们买下丽水人即将装车拉走的猪鬃原料。

因为你私自领取公司一万八千元货款，有人就这样对待你，可我呢？那几天，自己不仅四处借钱救你们于危难之中，还来回奔波为被关在昏暗囚室里的你送水、送饭、送烟。其实，自己做这样的事情已经不是第一次了。还是今年四月，小李得了阑尾炎，你们看病没有钱，又是我从自己妻子的工资卡上取了二千六百元。也许真如你们的儿子说的那样，跃华叔叔，你这样帮助我们，我这一辈子是不会忘记的。我想，如果上天有眼的话，也一定会看得清清楚楚，明明白白的。

今年七月，你们愁眉苦脸地告诉我，因拖欠国税二万元税金和一万元滞纳金，公司的营业执照要被吊销了，如果一般纳税人取消的话，生意就无法再经营下去。于是，本已万分紧张的我又把借来还人的一万元交给你们，为你们解燃眉之急。原来说好这钱只用十天时间，还说好月底再还我一万元。可无奈等待了半个月后，我却只拿到了原来借你的一万元。

九月份，我从妻子学校退回三万元集资款。这时，你在西屏信用社的四万五千元贷款到期了，你让我把钱借你们，还说周转后马上还给我，最多只用一个星期。可是一个多月过去，我的钱又在哪里呢？后来，西屏信用社不同意你贷款了，我只让你把存信用社的百分之二十的部分即九千元取出来，还我六千元，你们却一天拖一天，根本没有把还钱的事情放在心上。半个月前，又是我做担保人帮助你们把这笔贷款重新借出来，你们却依然不信守诺言，我至今没有拿到一分钱。

光阴似箭，岁月无情；从一九九三年到二〇〇〇年，从二十九岁到三十六岁，我浪掷多少人间美好岁月，消磨多少人生热血青春。这么多年来，我不但为你们四处奔走借钱，用工资为你们支付巨额利息，还无时无刻不承受着你们生意上的风险所带来的巨大精神压力，自己却不仅房子买不成，连一部手机都舍不得用。可是，你们又是怎样对待我的呢？

起初，我让你还钱的时候，你们总是笑容满面地告诉我，厂里很快就会好起来了。我相信你们，借钱一天比一天多起来。没钱不是理由，可我每次来讨钱的时候，你们却都有各种各样的借口。一年又一年，自己高利率借来的钱就像滚雪球一样越来越大。你们曾经告诉我猪鬃的利润有多高，公司的前景有多好，谁的钱还清了。可是，只有我的钱你们一拖再拖，似乎从来都没有放在心上。一九九九年十一月我岳父过世，急需用钱。原来早已说好还我二千元，可真的还钱的时候，你们夫妻之间却相互抱怨，最后，我泪流满面地向你们要钱才拿到一千元。

后来，我来要钱的时候，你们的笑容少了，渐渐地，就变成一副不理不睬的样子。今天拖明天，这星期拖下星期，这个月拖下个月。七月底、八月十日、八月二十五日、九月底、十月八日、十月十六日、十月二十三日，这些都是你们亲口答应还钱的日子，现在又说十一月份才有钱了。但是，我一次次上门讨钱，许多时候你们都是给二百元、一百元，甚至几十元，以至买米买菜买煤气的钱，都要像乞丐一样向你们乞讨。

虽然你们资金紧张，但是借钱还债是一件天经地义的事情。人们一次次催逼我，你们一次次敷衍我，自己一次次焦虑等待，一次次空手而返。在人们对我的一次次无奈且难听的原谅声中，别无选择的自己只有硬着头皮来找你们。但是，你们不仅有意回避我，还常常威胁我，说什么厂不办了，卖机器了。你甚至说，我再逼你就去自杀。有几次，你们还假惺惺地要我局长来，要去我办公室谈钱的事情。

在你们看来，我是无事生非，故意捣乱，却无视我内心山一样沉重的压力。这样的傻事旁人不会做，也难以想象，不说我自己多年来借了这么多钱，就说五十多万元本金一年的利息是多少；不说我自己一次次贷款时的提心吊胆，就说你们危难时刻，是我挺身而出、绝境相救；不说我自己因你们买不成房子，就说我用我微薄的薪水付着利息。我对待你们如亲人，甚至超过了亲人。可是，当自己借钱给你们的时候，你们笑容满面，要还钱的时候，你们却不理不睬，还常常让我看你们的脸色。前些日子，我说起你在农经委和阳溪信用社借款超期多年的事情，因为这两笔借款都与我有关系。当说到老邱因你欠款不还他自己无法贷款和农经委杨主任让你去还款的时候，你不但听不进去，反而一脸怒气，十分粗暴地回绝了我。小李还说，松阳人没良心，人人都把钱看得像命一样重。这哪里是一个办企业人的态度？这分明就是不讲道理与诚实守信的无赖行为。平时，你们都口口声声说，我跟你们就像一家人。今天看来，这样的话岂不让人齿冷三天？

一人之心，千万人之心。你们想过人的生活，别人一样想过正常的日子。为你们，我付出了心血，付出了幸福，付出了一个又一个平静安宁的日子。实际上，你们从来就没有告诉我厂里的真实情况，所以自己才越陷越深，以致不能自拔。我把你当成最好的朋友，冒着家破人亡的风险四处奔忙，你却把我当成一个为你们累死累活借钱的大傻瓜，置我的生活、工作、家人而不顾。这不仅缺乏做人最起码的良心，也违背做人最基本的准则。

赖厂长，我的肩膀再也无法承受如此沉重的负担了。请你一定仔细想一想，不仅为你自己，也设身处地为我想一想，为我的家人想一想。五十多万元借款，已经十四个月没有付利息了，我不可能再等十四个月，就算我愿意再等十四个月，别人愿意吗？借钱还债是义不容辞的责任，你不会让我跪下来求你吧！我们是大地的儿子，注定生来有爱，也有痛苦；有梦想，也有担当。我们一定要肩负起自己的命运啊！

打碎牙齿和血吞

日月轮回，岁月无情，生命的时光在焦灼与无奈的等待中消逝。二〇〇〇年初冬，内心惴惴然的我几乎成了一个失魂落魄的人。在肩负巨额债务的压力下，自己钟摆似的出没在小城静寂冷清的街道上，时而惊慌失措，时而麻木不仁，时而咬牙切齿，时而悔恨交加。虽然不堪重负，但是对于一个疲于奔命而有责任感的人来说，自己的内心依然失望与希望交织，恐惧与侥幸并存，迟疑不决与坚定不移并行不悖。自己已记不清找了赖厂长多少次，也记不清多少次把好话坏话都说绝了，乃至像一个无依无助的乞丐一样向他们要钱。可用尽心思也枉然，他们始终是针扎不透、水泼不进的铜墙铁壁，我始终都拿不到一分钱。

十一月份，枫坪信用社一笔三万元贷款到期了。同以往一样，我早早就告诉赖厂长，让他做好还钱准备，他一次次答应一定会及时还钱的。随着还款日期一天天逼近，没有拿到钱的自己内心越来越焦急。但是，赖厂长不但没有还钱，而且跟从前一样，不忘对我加以利用，损人利己，完全置他人感受于不顾。

为了这三万元，赖厂长夫妻利用我急于去枫坪信用社还钱的心理，先让我做担保人，由叶伟杰出面从农行贷款三万元。肩上的重担早已难以承受，我实在不愿意再做担保人了。何况他们在县农办和阳溪信用社借款不还的事实，还活生生地摆在我面前。但想到贷款已到期，赖厂长答应这钱借出来后会还给自己，心中暗暗叫苦的我只有硬着头皮去了。

叶伟杰是县城一家高岭土公司的职工，他妻子在赖厂长厂里干活，都不是有稳定收入的人。十月十二日，我们刚去西屏信用社为赖厂长贷款四万五千元，所以，在去农行贷款的时候，我要叶伟杰想清楚为赖厂长贷款的风险问题。签字之前，我还在他和信贷员小程面前大声地半开玩笑说，如果以后赖厂长不还贷款的话，自己是没有钱还的。叶伟杰翘着嘴巴笑嘻嘻的样子，却有些心神不宁地自言自语，没关系吧？总没关系哇！谁想，还真的被我言中了。不过这是后话。

我们从农行出来，叶伟杰把三万元送给赖厂长。可是当我听从赖厂长的吩咐，下午去厂里取钱的时候，赖厂长夫妻却说，这钱已先借老庄周转一笔贷款了，过几天再还我。原来老庄从他下属那里借给赖厂长的钱，也是在信用社贷的款，这几天贷款到期需要周转了。听了这样的话，我要求他们把几天前借去的三千元还给自己。因为农行贷款也需要先存三千元，他们没有钱，又是我绝处逢生，向在财税局上班的同乡陈泰借了五千元，自己答应一个星期内归还的。可小李说，老庄的那笔贷款是五万元，还得借二万元。为了让自己最后拿到三万元，我只好郁郁不乐地离开了。

十一月十日下午，我来到厂里。这时，赖厂长已经去深圳，小李告诉我，老庄的钱归还后借不出来了。我一听，马上手脚发软，说话声音都变了。上午打电话还说得好好的，怎么这么快又变了呢？自己不仅已经向单位说好星期一请年休假，还与枫坪信用社的翁主任、担保人关标都联系好了。这可怎么办呢？正当自己像热锅上的蚂蚁一样惊慌失措的时候，小李说，老庄的贷款是不行了，但老庄可以去别的地方借三万元给我，只是我周转后要马上还他就是了。

此时此刻，我是打碎牙齿和血吞，即使心里有一百个不愿意，也是多余的了。我们原来从农行借来的钱，现在却被老庄拿去还人了；原来说好还我的钱，现在却成了老庄为我借钱。这是不是一个圈套？我至今都没有弄明白。这在平时也许不算什么，但对于一个长时间不堪重负、寝食不安、身心交瘁的人来说就显得非常残酷了。多少年过去了，我常常想，马克思说资本来到世间，每一个毛孔都滴着血和肮脏的东西，或许就是这个意思吧！

内心漠然的自己呆呆地等了一个多小时，老庄终于拿着一包钱来了。头发油光闪亮的老庄骂骂咧咧地走进办公室，口里不停地说，做什么生意，我又不是天天为你们借钱的！我从老庄怒气冲冲的目光中拿到了二万八千五百元，但他要我写一张三万元的借条。我不清楚这是为什么，可小李让我把条子写下来，并答应不足的一千五百元过几天由她还给老庄。于是，心烦意乱的自己匆匆忙忙地向老庄写了一张三万元的借条。

十一月十二日下午，我坐公共汽车来到枫坪，归还信用社贷款本金二万五千元，加上另外两笔贷款，共付利息近一千五百元。为了能够顺利贷款，我还是同以往一样去了翁主任家里。今天翁主任在枫坪村母亲家里，在征得他的同意让我星期一贷款后，我一个人沿着村巷的石子小路慢慢地向对岸的公路走去。青山寂寂，流水哗哗，午后的阳光透过桥头古樟茂密的枝叶，静悄悄地落在碧绿的潭水上。望着眼前自小熟悉的木桥、古树、流水，自己一颗悬着的心渐渐轻松起来。

回到家乡，太阳西斜了。走在静寂的山野小路上，风，凉飕飕的，空气纯洁、透明，柔和的阳光照在竹林高处，衬托出半明半暗的青山。清亮的涧水汩汩地流着，两只灰褐色的鸭子一声不响地浮游在水面上，一副悠闲自在的样子。一路走来，我不仅把乡亲们的利息结清，而且将所有借款的归还日期推后了一年。跃明还借了我四千元。在家里住了一夜，我跟七十多岁的父亲谈起自己内心对赖厂长处钱款的担忧。父亲说，他只是年纪大了，否则还去做生意，不过真的出了什么事，也不用惧怕的。人世间的这种情感至善、至真、至美，也是这些给予了我战胜任何艰难困苦的勇气与力量。

十一月十三日上午，我来到枫坪信用社把二万五千元贷款借出来。正在办理借款手续时，老庄打电话来信用社，他语气温和地问我贷款的事情怎么样。我告诉他付了贷款利息已不足三万元。我还在说话，他就把电话搁了。其实，对这些钱我心里已有安排，陈泰五千元，关标六千元，付各种利息八千元。这都是不得不还的，特别是关标的钱，今年四月份丽水人走的时候，是在十万火急关头借给赖厂长的。本应还他一万六千元，但是钱不多了，我只好让他把余下的一万元借我再用一年。关标同意了，还骑摩托车送我十多里，让我来到排居口等客车。

脚下良田千万亩，只爱家乡一寸土；家乡是一个人灵魂安放的地方。山水的幽静与秀丽，邻居的质朴与友善，亲人的慈祥与关爱，这是多么纯朴、美好的人生感觉啊！但是自己心头的这份宁静与清凉，很快就像《白色鸟》里少年美丽、自由、欢快的生活，被开批斗会的锣声敲破了。

回到县城，我先把陈泰的五千元还了，然后再给小李打电话，告诉她事情的真实情况。小李说老庄会发火的，就把电话挂了。在街上吃过午饭，我又来到办公室给小李打电话，希望她跟老庄解释一下我目前的处境，等过些日子再把全部钱还他。可小李说，老庄来厂里又下去了，已经十分恨了的，他要叫人来你家里。因为还没有上班，她告诉了我老庄的传呼，让我自己跟老庄联系。小李说，老庄说他自己找你就行了，这钱跟我无关的。小李的话里充满了威胁。对于一个长年累月不堪重负地帮助过自己的人，而且今天依然在帮助着自己的人，她不但没有一颗感激的心，而且要伤害、欺负他，甚至不择手段地利用他、置他人生死于不顾。做人做到这份上，该算得上刻毒与卑劣了。

老庄的电话打通了，老庄说，你一万元钱不要送来！我不要的，你必须把三万元还我，否则今天晚上就叫人来你家里。老庄粗暴、直白的说话声，更是充满了威胁与恐吓，像一股阴冷之气深深地向我思绪紊乱的心头袭来。你是土匪我是流氓，试看咱们谁怕谁？我说，不要就算了，你叫人杀了我吧！听我这样说，老庄又马上让我去小李家里。

我来到小李家里，一会儿老庄就到了。之前，我从办公室出来，因为小李打电话让我三点钟去她家里和老庄碰面，我在她家门口的楼梯上足足等了半个小时，仍不见他们的人影。我又来到小区路口公用电话亭打电话给他们。在电话里，小李还说这是我和老庄之间的事情，与她无关。我说有今天的事，难道不都是你们造成的吗？！过了好长时间，小李阴沉着脸，骑着自行车来了。

老庄一进门还未坐下，我马上站起来，说，今天的事，是我对不起你了，这实在是没有办法。老庄怒目圆睁，十分恼怒地说，你这种事都做得出来，有数了，有数了，你太对不住人了！我说，随你怎么说，今天先还你一万元，二十日前还五千元，月底还一万三千五百元，话说多了也没用。老庄说，一万元不要，我今晚叫人去你家里搬东西。我说，好的，在我四十多平方米的房子里，有一台用过多年的冰箱，彩电也多年没有修，你要就搬走吧！你应该知道的，我借了二十多万元贷款给他们，他们已经一年多没有付利息了，现在我们夫妻俩的工资全部加起来付利息都不够呢！小李十分清楚，我吃饭的钱也是经常向你们要的，我的工资册给人拿走已经好几个月了。还要我怎么样？你们想怎么办就怎么办吧！老庄听我这么说，态度有些变了，他说，这些事情我不管，别人的事情与我无关，不过，你们利息总要付给别人的。人，似乎还有一点同情心，刚刚说不管别人的事，现在却说利息总要付给人家。为此，我内心一阵感激。

渐渐地，我们说话的气氛缓和下来。老庄说，这件事我要跟你领导说。我说，如果一定要把事情搞大的话，你就去找我领导好了，不过领导是不会有钱给你的。要不要钱？不要的话我走了。老庄说，好吧，那就按你说的做，反正是你自己说的。于是，我开始写条子，老庄粘着口水慢慢地开始数钱。

这时，坐在一旁的小李说，深圳的订单泡汤了，要交违约金三万二千元，老赖在外边连吃饭的钱都成问题了。这话又是故意说给我听的，因为刚才拿钱的时候，她看见我袋里还有一千多元。可你们答应还我的钱在哪里？赖厂长连招呼不打就走了，都说我的事情与你们无关，那你们的事情和我又有什么关系呢？我把条子交给老庄，站起来头都没回就走了。

最后的坚持

天气渐寒，冬衣新添。淡漠的阳光落在行人稀少的街道上，寒风吹来，枯黄如蝶的叶片从树枝上簌簌落下来，惊慌失措地奔向远处。二〇〇〇年冬天，我既顺世安命，又奋力抗争；既委曲求全，又自我坚守；既聊以自慰，又怅然若失。恐惧、焦虑、不安、尴尬，时时如刀子般切割着自己的心，但是窘迫无奈、心事重重的日子依然在煎熬中一天天滑过去。

十二月中旬，我已一个多月没有看见赖厂长。他先是在深圳和天津，然后是在上海，现在又说去了天津。每次外出他都说有人把钱借给他们，结果却是空手而返。我的钱已经万分紧张，孙贵、小林、少弟、农经委小叶已多次打电话催款。枫坪、玉岩、阳溪信用社的贷款也要结息。在街上遇见明冬，他问起了利息的事情。陈四一次次打电话要取回四千元借款，他哥哥让我半个月内还一千五百元。前几天，寒山妻子打电话来办公室，当时，我正在心神不宁地与自己借款未还的同事小宋说钱的事情，电话里的声音特别大，自己一时手足无措。在这囊空如洗的日子里，甚至当我想到年底要交纳近百元电视收视费的时候，我都能听见胸腔里传来猛烈的心跳声，感到阵阵昏眩。我不愿别人发现我的窘境，我害怕别人知道我的忧伤，我拒绝别人窥视我的懦弱，我一天天提心吊胆地挨着日子。每次听见电话铃声，自己都像惊弓之鸟一样惶然不安。

　　我一次次心慌意乱地来到厂里，却总不见钱的影子。在阴冷的天空下，淡漠的阳光照在空荡荡的厂房里，几个工人稀稀拉拉地在车间门口走来走去。当我说起钱的时候，小李总是一副愁眉不展的样子。她说今年的钱已经没有办法，过年都成问题了。有一次，我在厂门口遇见前来讨钱的老庄，他说已经有人起诉了，这些日子法院正在找赖厂长。听了这样的话，想到自己多年来奔忙不息为他们欠下的巨额债务，恐惧的潮水一波波涌上心头。后悔莫及？柔肠寸断？心碎片片？这样简单的文字已无法表达我此时真实的内心世界。我一个人沿着静寂的城西公路慢慢走着，心想：如果有一天他们支持不住了，我该怎么办？在这寒风簌簌的冬季，我单薄的身子经受得住这种种内忧外患的侵袭吗？

　　十二月十二日傍晚，我来到叶梵家里。因为他白天打来电话，我去车站拿回了他忘记在车上的一包书。我问他大东坝信用社还能不能贷款，他说信用社年终不贷款，借钱要等到明年一月份。为了还陈四一千五百元，我问叶梵是否可以借自己一千五百元，他说这些日子有点钱都借他弟弟买房子了。我已经向叶梵借了钱，才刚刚付给他二季度的利息，我理解他的心情和处境。

　　离开叶梵家，我来到赖厂长厂里打电话借钱。给关土打电话，他却告诉我他是几百元、几百元凑起来才还了枫坪信用社的部分贷款，还有三千元还不了。我说帮他凑三千元还款，希望他借二千元给自己用三个月，他却马上否定了我的意思。

　　给同乡周生打电话。周生说这段时间钱很紧，信用社要付利息，建造山乍口电站也要投入二十多万元。他说他有钱的话肯定会借的，做人没什么，反正大家都是帮来帮去。周生是小学同学，二十多年没有见面，只听说他挣了很多钱，承包了本地几座水电站。他很客气，仍然清楚地记得我，还说等日后有钱了他一定会借的。这毕竟给我带来一丝希望。

给同乡金生打电话，告诉他我向他借的一千元，年前已经还不了了。他问这钱什么时候归还，我说明年五六月份。他问我到底在帮谁借钱，我没有回答。金生比较友好，只因牵涉到钱的关系，我们说话失去了往日的融洽与热情。

又给同乡有培打电话，给昔日的同事、朋友秋发、寿法、仁法打电话，结果，他们不是没有钱，就是家里没有人。自己口干舌燥地打了一个多小时电话，却借不到一分钱。我身心疲惫地站在厂房阴暗、寒冷的空地上，望着夜空中疏疏落落的星星，心想，自己当年读《世说新语》时，对殷中军的"财本粪土"充满着神往，现在看来，钱乃身外之物这句话，是越来越不可信了。

十二月十三日，小城气温骤降，自己身上的衣服已不胜寒风的侵袭。人，越来越累。早上，我躺在被窝里真的不想起来，想到紧张万分的钱更是忧心忡忡。自己一次次地看表，时针指向七点四十五分，因为要上班，不得不起来。在街边人头攒动的小店里吃早餐，我又遇见了陈四的哥哥。我为他付了早餐的钱，我们又说起钱的事情。他的态度比上次好多了，他说帮助别人是应该的，如果不是他弟弟买房子，这么点钱就不问了。他还说他父母做过生意，也常常向人借钱，说不准有一天他自己也要别人帮忙。今天，陈四的哥哥为人温和，也非常通情达理。我说二〇〇一年一月十日左右还他一千五百元，他又问是不是过年前，我说当然是。

中午，在街上遇见老庄，他说十八日要还钱了，问我怎么办。自己曾经答应十一月还老庄的钱，却因始终未能从赖厂长手里拿到钱，一直拖到了今天。老庄一时没有追究我的欠款，是因为我的处境他一清二楚，还有自己几乎天天忧心如焚地去厂里要钱，他都看见了。

　　傍晚，父亲从家乡打来电话，问我枫坪信用社贷款的利息付了没有，因前几天翁主任路过村上，说起了贷款结息的事情。我让父亲放心，自己贷款的利息已经付了。这一次非常感谢春明，前几天，是他去玉岩信用社贷款两千元，帮了我大忙。我用这些钱付了枫坪信用社贷款利息七百元（注：十一月十三日的三万元贷款利息已付），小宋利息三百元，小韦借款三百元。我写借条给春明，他却坚决不拿，只说贷款归还时间是明年十一月底。

　　晚上，我来到寒山家里，把口袋里仅有的三百元还给他妻子，还约定二〇〇一年一月十日左右再还一千五百元。

　　玉岩、阳溪信用社的贷款都要付利息了，可钱在哪里呢？十一月十四日早上，我打电话给玉岩信用社的叶主任，告诉他不能及时付利息，最快也要等到二十四日或二十五日。叶主任答应只要月底前付息就行，我心里才稍微轻松起来。

　　晚上，我拿着两条大红鹰香烟来到赖厂长家里，这是赖厂长白天打电话让我去店里赊购的，是他们送人的礼物。看到多日不见的赖厂长回来了，我心里忽然觉得踏实了许多。赖厂长笑着对我说目前虽然资金紧张，但是猪鬃生意一定会越来越好。他还告诉我准备明年让他儿子在松阳生产猪鬃，他自己则去上海创办一家猪鬃公司，合伙人已经找好了。

　　我们又谈起还钱的事情，赖厂长要我最后坚持半年，他说只要等到明年六月份，一切就都会好起来。我说起自己眼下的艰难处境和苦不堪言的日子，他们都说，知道的，知道的！赖厂长同意我明天下午去厂里结账，把前后借去的钱算一算，重新写借条。小李也显得很客气的样子。这些人用到别人时从不吝啬笑脸，可事情过后脸马上就变，一定又想让我办什么事情了。果然，小李说就业处的借款下个星期到期需要周转，原来没有固定工作的担保人不能再担保了，想让我去做担保人。我的烦恼已经够多了，再也不想增添任何烦恼，如果又去做担保人，无疑是自找死路。现在自己担保的钱已近十三万元，再加上所借本金及利息，共计人民币近八十万元。但是出于对他们实际困难的考虑，肩上沉重如山的自己还是无奈地应允下来了。

黑沉沉的冬夜，冷风瑟瑟，我一个人沿着寂寥的街道走路回家。想起邻村内南坑几户人家未付的利息，还有寒山、农经委小叶、孙贵、春生、小林、少弟等人的借款，自己心里越发不安起来。看来真的不好过年了，现在让我去哪儿借钱呢？哪怕借几千元也好啊！回到家里，本想向妻子借钱，我却被她骂了一顿。听着妻子的责骂声，想着越借越多的钱，悔恨交织的自己侧着身子沉沉睡去。

十二月十五日下午，温暖的阳光静静地照在厂房前面的云岩山上，路旁的小草在寒风中瑟瑟颤抖。我来到赖厂长的办公室里，按照他的要求，我们做如下协定：一、借款共计人民币六十万元，其中三十万元月息百分之一点五，另外三十万元月息百分之一点二，归还时间分别是二〇〇一年十二月底和二〇〇一年九月底；二、以上借款自二〇〇一年一月一日开始计息，二〇〇一年六月份开始付息；三、以往利息共计人民币三万八千元，如果在二〇〇一年七月底前归还就不计利息，否则月息百分之一点五。另外，小李前些日子借去买柴的三千元，年底前归还自己，不写条子。

晚上，我和小刘、小王一起坐在赖厂长办公室商量还钱的事情。赖厂长一家三人对我们说，二〇〇一年上半年钱非常紧张，从下半年开始可以按季付利息，请大家最后帮帮忙，把借款日期往后再推迟半年。我说，既然已经走到今天了，我们帮人就帮到底吧！小刘只顾抽烟，一言未发。小王说，帮忙可以，但总不能让我去跳楼吧！今年的利息不付我一定要起诉！赖厂长又打电话让老庄来厂里，我只听见老庄在话筒里说,这种事已经讲过一千次了,我不想来! 后来,老庄还是来了,可他只是发了一通牢骚就走了。

十二月十六日中午,我吃过午饭,正准备去乡下接岳母来县城住几天。这时,小李打电话来了,她说昨天赊来的两条大红鹰香烟暂时不用了,让我去厂里拿回来退还给店里。我坐黄包车来到厂里,因为要赶车,拿过香烟就准备走了。这时,我路过赖厂长办公室隔壁房间的窗户,透过紧闭的窗玻璃,我看见赖厂长背靠着床头在说话,他儿子伏在桌子上写着什么。自己不想打扰他们,便沿着走廊匆匆忙忙地离开了。可谁会想到,当我两天后再一次来到这里的时候,这里已是人去楼空,面目全非了。

一份协议离婚申请

冬天的深夜，黯淡的路灯光闪着凄冷的清辉，寒风掠过小城岑寂的大街小巷，不时撩起行人的衣襟。我和妻子坐在太平坊行人稀少的街头，面前闪过一个个漠然的脸孔。人们行色匆匆，被簌簌寒风卷起的脚下的落叶，跌跌撞撞地奔向远处。黑暗的天空犹如巨兽张开的血盆大口，无声地吞噬着弱小无助、无依无靠的我们。

二〇〇〇年十二月十八日，农历十一月廿三晚上，我回到家里已经九点多了。妻子见我脸色十分难看，问我出了什么事情。我说，糟了，赖厂长逃跑了！因为这几天丈母娘在这里，我让妻子去一楼厨房里说话。我简单说了事情的经过，妻子听了非常难过，说，还是出去走走吧！我们沿着学校宿舍的小巷来到大街上。一路上，妻子心事重重，嘴里不停地埋怨着。她说，这辈子真不该认识你呀！

寒风吹在冷冷清清的大街上，店主们大多关门离去。我找来一份旧报纸铺在街道旁的台阶上，我们神情落寞地置身于毫无遮拦的寒冬里。这些没有责任，没有道德，没有人性的人。这些背信弃义的衣冠禽兽，这些说死也要死在松阳的人，现在却携款逃之夭夭了。他们可以置我这个挺身相救的朋友于不顾，可我面对如此天文数字一样的巨额债务，仅凭我们夫妻俩每人七百多元的月工资，到底什么时候才是出头之日呢？

现在，我不仅肩负巨额债务，还面临妻离子散的局面。自己一个人还钱？五十多万元本金不吃不喝也得六十多年，自己已经三十六岁，可谁能不吃不喝活到九十多岁呢？如果再加上滚雪球一样的利息，也许这是一辈子都无法还清的债务，我已经想象不下去了。让妻子一起还钱？她会答应吗？一人做事一人当，她为什么要跟着自己受苦呢？何况，一同受苦的还有年幼的孩子呀！我该怎么办？我该怎么办啊？！这是难以承受的生命之重，自己震栗碎裂的内心世界，已经比不见一缕亮光的夜空更加黑暗。我空落落的内心世界，已经是说不出的感觉：绝望？恐惧？迷茫？焦虑？惆怅？凄楚？懊悔？冷漠？麻木？

夜雾沉沉，人影寂寂。在昏暗的路灯下，寒冷的空气弥漫着露水和花草的气息。妻子想了解更多细枝末节，她让我打电话把小刘约出来。我们三人坐在西屏山脚路边的草坪上，小刘一边骂赖叶土一家是畜生，一边抱怨这些人几年来不听从他的劝告，浪费钱财盖房子，一家人每月手机费几千元。但是，小刘的话语分明掩饰着他内心丝丝缕缕的幸灾乐祸，因为在他面前还有我陷入了更大的困境之中。我漠然地听小刘说话，他问我能否把资金周转起来，不能的话就采取假离婚的办法，用法律来保护我妻子的那份工资。那样，虽然我的工资被法院扣了后只能留下二三百元生活费，但妻子的工资却能保住。

深夜十二点多了，我和妻子徒步回家。大街上沉寂一片，昏暗的街灯在夜色里愈发明亮，被白茫茫的雾气笼罩着的灯影扩散出巨大的光晕。学校宿舍楼隐没在无边的黑暗之中，人们早已进入甜美的梦乡。我们一夜无眠，妻子摸摸我的额头说，我们怎么办啊？！经过这一天的惊吓与劳累，我已疲惫到了极点，精神几乎处于崩溃的边缘，我觉得离婚已是自己没有选择的选择了。恍惚中，我只是勉为其难地安慰妻子别害怕，天无绝人之路。妻子却埋怨她自己只知道教书而没有管好这个家，她已经泣不成声。是啊，虽然我们活了三十多岁，也是风风雨雨一路走过来的人，可如此沉重的打击谁能承受得住呢？

十二月十九日早上，我让妻子去学校把家里仅有的一万元集资款取出来。我去单位签到后，一个人来到西屏镇司法办咨询如何办理协议离婚手续。阴沉沉的天空，隔着窗玻璃的楼道上一片晦暗。我的心情比天空还阴暗沉重，在二楼一间光线黯淡的办公室里，镇司法办的老潘告诉自己协议离婚需要提交以下材料：离婚申请，二张照片，结婚证。

我心情沉重地走路回家。妻子上课去了，我坐在床沿上准备写协议离婚申请。想到和妻子十七岁相识在师范学校，十九岁相恋，二十岁她随自己去山区教书，二十五岁结婚，好不容易又从山区来到县城，即使相互之间不能举案齐眉，相敬如宾，也是和睦相处，夫妻情深，无论如何都找不到离婚的理由。何况离婚后我们的家就散了，会遭受世人异样的目光，冷漠的神情，暗中的讥笑，尤其会给年幼的孩子带去内心的创伤与阴影，这是万万不可的啊！可不离婚又怎么办？不说这么多贷款周转不起来银行迟早要起诉自己，就说众多债主上门要钱时，我们又该怎么办。他们可不是温文尔雅、文质彬彬的，总不能让妻子和年幼的孩子天天陪自己看别人脸色过日子吧！为了尽量减少无辜妻儿受到的伤害，此时此刻，自己已经没有更多的选择了。于是，我开始写协议离婚申请，在写到藏书千册留给儿子的时候，自己忍不住泪水滂沱。

后来，由于其他原因和现实情况发生变化，这一份最终没有得以落实的协议离婚申请，我一直保留在身边。十几年过去了，自己不妨也把它摘录下来：

男女双方于一九八六年结婚，一九八九年生有一子，由于男女双方感情已经破裂，双方自愿提出离婚。现将有关协议提出如下：

一、双方自愿离婚。男方补偿女方，女方没有要求。

二、儿子由女方抚养，男方每月交抚养费一百五十元，交至儿子十八周岁。

三、夫妻共同财产如下协定：1.县实验小学宿舍一套归女方所有；2.冰箱、彩电等家什皆归女方所有；3.男方与女方生活期间的债务、债权归男方所有；4.还有藏书千册留给儿子。

四、本协议自领取离婚证书之日生效。

协议离婚申请写好后，我又来到西屏镇司法办征求老潘的意见。老潘同意我的文字表述，只是还需要夫妻双方的单位盖章同意。老潘告诉我，办理离婚手续时夫妻双方都必须到场签字，缴费三百二十元。我从昏暗的楼梯上一步步走下来，想到自己这么多年来付出的心血和不懈努力，为别人借钱落得如此凄惨的结局，赖厂长一家却一走了之，他们这样做能一辈子安心吗？我内心阵阵激愤，禁不住对这些置人于死地而不顾的人骂道：赖厂长一家真不是人！

在阴沉沉的天空下，我拿着县实验小学盖章后的协议离婚申请，一个人神情沮丧地走在太平坊路上。此时此刻，自己囊空如洗，但想到办理离婚手续得缴费三百二十元，我又发愁，去哪里借这几百元钱呢？我想到了住房公积金。于是，我决定去县政协找叶副主席，他是自己以前在人事局工作时的老领导，我希望通过他的关系领取住房公积金。因为住房公积金只用于个人购买和建造住房，不能提前支取，但是我知道有人通过关系可以领取出来。

我走到县政府办公大楼的停车场上。这里停着许多小车，人来人往，一片欢声笑语。这时，我遇见了自己昔日的一位现已升至副县级的领导，他左手提着一只黑色皮包，右手我指夹着香烟，看样子正准备去参加一个什么会议。在大庭广众面前，自己想快步走过去，可这位领导拦住了我，他十分关心地问我被骗钱款的数目。当自己随口说了二十多万元的时候，这位领导慢慢取下了衔着的香烟。他觉得这些钱还不够多，声音长长的，细细的，柔柔的，淡淡的，还眉开眼笑地说，不会吧，听说有六十多万哟！后来，还是这个人，在大街上拍我妻子的肩膀，多次问我欠款的事情，充分显露了人性中无暇自顾却对他人的不幸像狗拿耗子一样兴致盎然。

世事难料，人生无常。生活里有阳光雨露，也不缺少风霜雨雪，只是世人不屑于感动与发现。如果有人仅仅关心自己感官的喜好与需要，如果有人仅仅因为别人的失误而讥讽、嘲笑，如果有人仅仅因为别人的不幸而幸灾乐祸，那么这样的世界是狭小的，这样的灵魂是丑陋的，这样的快乐是浅薄的。这不仅表现了自身的阴暗与龌龊，也侵犯了他人的人格尊严，甚至干涉了他人的生活。人生不过轻烟一抹，繁花一季，托马斯·格雷的声音如雷贯耳："雄心"别嘲讽他们实用的操劳，家常的欢乐、默默无闻的运命；"豪华"也不用带着轻蔑的冷笑来听讲穷人又短又简的生平。门第的炫耀，有权有势的煊赫，凡是美和财富所能赋予的好处，前头都等待着不可避免的时刻：光荣的道路无非是引导到坟墓。

在政协二楼楼梯口的办公室里，叶副主席知道我的情况后问我是否可以实话实说，我说当然实话实说。于是，他马上给住房公积金管理处的高主任打了电话。我来到住房公积金管理处的时候，高主任让我去问办事人员。当我提出要领取住房公积金的时候，他们都说这是买房子的钱，不能领。我说，活下去都是问题了，谁还会想到买房子呢？这时，一个五十多岁、细皮白肉的胖女人却笑嘻嘻地说，放高利贷被人骗了，家里要出人命了！我又去找高主任，她却让我先回来，这件事情她要向丽水市住房公积金管理处汇报，到时候再通知自己。我无奈地离开住房公积金管理处，回到了自己的办公室。正当我准备打电话借钱的时候，高主任让人打电话来了，告诉自己支取公积金的事情市里已经同意了。

在昏暗的天空下，小城冷清、寂静的街道上充满了阵阵寒意。下午，我昏昏沉沉地来到单位里。当我拿着协议离婚申请去局办公室盖章的时候，小刘说这种公章她不能盖，如果一定要盖的话必须得到杨局长的同意。可杨局长出差了，怎么办呢？于是，小刘打开局长室，让我亲自给杨局长打电话。杨局长问我这是怎么回事，我简单地说了事情的经过。这时，杨局长用他惯用的松阳土话说，为了几十万元钞票，离什么婚哇！公章不能盖，等回来再说。我还想说话，杨局长却把手机挂了。站在晦暗、空荡荡的办公室里，望着窗外阴冷天空下静立不动的树木，我想，看来离婚也不是容易的一件事情。

从三楼走下来，我看见阳溪信用社主任声隆坐在我办公室里，他已经知道赖厂长逃离松阳的事情了。听了我的巨额欠款的数目后，声隆也陷入了沉重的思绪中。但是声隆说，他可以帮助我把阳溪信用社贷款百分之二十的扣留部分减去，这样能够减少部分利息负担。他还建议我与其他信用社联系，让他们也减去我贷款百分之二十的扣留部分。我们算了算，这样一年可以少付利息近五千元，差不多就是自己半年多的薪水。声隆走后，我马上给玉岩、枫坪信用社主任打电话，他们知道情况后都说可以考虑，但是要及时付清贷款利息。这时，我发现自己原来的一些想法不是很正确，这个世界还是有人会帮助自己的，现在唯一的办法就是把贷款周转起来，争取还去一部分本金，否则利息越算越多，那我就一辈子都不能把钱还清了。这时，我甚至想，如果有一天自己的工资没有了，我哪怕是去大街上踩黄包车，也要活下去！

昨晚我一夜无眠，上午四处奔忙，处处领受世人异样的目光与嘲笑，我已经无法找到一种语言来表述身体的疲惫不堪和内心沉重复杂的情感。可是，这些事情也让不屈的自己渐渐自信起来。身心疲倦的自己在办公室里有些坚持不住了，我回家躺在旧沙发上休息了一会儿。此时此刻，自己的思绪处于昏眩之中，但是一个巨大的问号出现在我的脑际，我为什么要离婚呢？一定要离婚吗？

终生难忘的日子

阴冷的天空，空气里弥漫着阵阵寒意。窗外草地上伫立着一排排枝繁叶茂的广玉兰，墨绿色的树叶丛里静静地流淌着一层薄薄的晨雾。杜英枝头点缀着一张张殷红的叶片，它们偶尔像飞舞的蝶儿恋恋难舍地飘落在草丛里。在一株高大挺拔的香樟树下，几位晨练的白发翁媪，踩着落叶枯黄的石子小径，款款而行，喁喁细语。他们过着一种从容、恬淡、简单的日子，对于外面世界在远处变幻着呼啸而过的时代大潮，或许无暇顾及了吧！

这些漫步在绿荫下的老人，这些平凡的人，这些繁华过后归于平淡的人，却有一个不平凡的世界。在这个世界里，既有它的第一场春暖花开，也有它的第一次风霜雨雪；既有它的生离死别，也有它的爱恨情仇；既有它最美好的幸福时光，也有它最可怕的危急时刻。只是这些都不会为他人知悉，就像自己此时伫立窗前，又有谁知道我肩负苦难的内心世界呢？

十二月二十日早上，我在办公室里给联社营业部的叶主任打电话，告诉她我遇到了很大困难，问她是否可以把我三万元贷款百分之二十的扣留部分减去，以便减轻重得不能再重的利息负担。昨天傍晚，我和妻子分析了家里的收入状况：目前家里带着四个寄读生、三个做作业的走读生，他们交给我们的费用，加上妻子每个星期天出去给学生们上作文辅导课的收入，再加上我们的工资，月收入超过了五千元。我暗暗地想，如果妻子愿意帮助自己，如果那些信用担保的钱不用自己还，那么从二〇〇一年一月开始，我每月可以还三千元，除了付清各种各样的利息，一年至少可以还去本金一万元。现在自救的办法就是要尽量减少利息负担，不仅要把所有贷款周转起来不让银行起诉自己，还要把眼下的困难向各位借钱给自己的人说清楚，积极争取他们的理解与宽容。

为此，我昨晚来到办公室里给所有借钱的人打电话，详细地讲述了赖厂长逃离松阳的事情和我自己当前所面临的实际困难。意想不到的是，当他们知道我的情况后，差不多所有的人都说没有关系，甚至有人还劝慰我：你现在已经这样困难了，我那么点钱你不要想得太多了。尤其是小林，当他知道情况后，要我连夜去他家里改写借条，利息都不要了。十分感谢这些在我危难时刻帮助我的人，如果不是他们的善良与宽容，如果他们都像城里几位气势汹汹、咄咄逼人的债主一样对待我，那么自己不仅眼前的日子过不下去，而且往后二三年的生活一定更是艰难得无法想象了。

我向联社营业部的叶主任讲述了眼下的艰难处境，她表示理解我的遭遇和实际困难，但不同意减去贷款百分之二十的扣留部分。可她表示愿意帮助我周转按时归还的贷款，如果真的无法按期归还贷款，那么可以展期六个月，即贷款归还时间可以推迟半年。虽然叶主任不同意减去贷款扣留部分，但是她的话给我带来了宽慰与希望。叶主任这么说也这么做，后来，她多次帮助我周转这笔贷款，直至我还清贷款。但是，西屏信用社的信贷员就不同了。原来说好贷款还了可以再借，但当我真的把借钱还了的时候，刚刚还笑嘻嘻的信贷员却马上沉下脸来，突然变卦了。

刚打完电话，望着窗外阴沉沉的天空，心事不定的自己又想起一个人生活在乡下的父亲，该如何把这件事情告诉他老人家呢？这时，值班室老陈送报纸来了。他递给我一个鼓鼓的白色信封，收信人是自己，寄信人只写了"松阳"两个字，从邮戳看，信是从杭州武林门广场寄出来的。我急忙拆开信封，原来这是赖厂长的儿子寄给我的一封信。信封里除了书信文字，还夹着一份房地产买卖契约公证书和一份出让房屋协议。其中，信是这样写的：

跃华叔：

在此先讲对不起！

我本想我们的设想一定能成功。这样，家里我操作，外面，我爸和另一投资人已谈好。这样，内外都开足马力，就能很快翻身，但前天晚上的事让我彻底失去了在松阳（办）事业的信心。

昨天：

①×××本已讲好，突然变卦。

②×××他一定要我还给他六万元，并且要将工厂的东西全面转让给他，还要将我古安亭的房子卖掉，拿去多余的钱。

③×××一定要我还五万元，不然就去起诉。

不管我爸怎样劝说，都已无济于事。想来想去，到了今天，我对松阳真的失去了信心。

但你放心，我们还会按我们两人签下的借据来办理的。因为我爸外面已联系好了，本来想两头开花，现只能先到他乡把事业搞上去，先把你一个人的借款还掉再去考虑别人了。说实话，这么多人中，我最将你放在心上，我也只写给你一个人一封信。

我希望你能安静下来，处理好善后工作。我知道，在这么多人中，你最老实，我怕你会在另（外）几（个）人面前吃亏，我就先将那边房子写给你，你尽快去想办法拿十万元把银行的钱先还上，把房子拿去。我把房子转让协议一并给你寄来，请速办，以免别人先登。

　　我写信给你,是让你千万不要失去信心,我会在另一方来助你的。说实话,助一人总比帮大家一起解决来得轻松。你不要失去信心!明年六月你等我的第一笔利息!

赖艳慧

二〇〇〇年十二月十七日

　　我一遍又一遍地读着信,心里却有一种说不出的感觉,是惊奇欣喜?是希望安慰?是感动无奈?是将信将疑?还是发现了一个人的责任与良心?还有他们的选择是临时决定还是有预谋的?如果是临时决定,那么几个月来赖厂长一人在外做什么呢?如果是有预谋的,那么为什么十二月十六日下午小李才让我把赊来的两条大红鹰香烟退还给店里呢?对于去留问题他们心里是否有过激烈的斗争?十年过去,这些问题早已无从知晓,我也不屑知晓了。因为在这漫长的岁月里,我从不知道赖厂长一家到底去了哪里,也从未收到他们曾经许诺寄来的一分钱,甚至未接到他们的一个电话。后来才知道,他们并未如信中所言只给我一个人写了一封信,叶伟杰、老马一样收到了他们的信件。

　　一切不可宽恕,可时光谅解一切。此情可待成追忆,只是至今仍惘然;这些曾经纠缠着自己,折磨着自己,耗蚀着自己,甚至被我牢牢记住并竭尽全力改变着的一切,最后除了幻化成泡影湮灭在遗忘的阴影里,还会有谁再来回顾呢?有恩情,却无以回报,有苦难,但无从救赎。何况人海茫茫,飞鸿雪泥,自己又去何处寻找这些人的身影?伤害的补偿不是仇恨,苦痛的埋葬不是报复;心存感恩,慈悲为怀,还是祝福他们平安生活吧!

　　我马上把这件事告诉声隆,他愿意借我十万元还清赖厂长的抵押贷款,把房子先买下来再转卖给他人。可是,当杨局长为我打电

· 347 ·

话给中国银行松阳支行行长的时候，行长不同意，因为赖厂长在中行除了这笔贷款外，还有一笔以厂房作抵押的贷款。如果厂房拍卖资不抵债，那么就要用拍卖古安亭房子多出来的钱款来垫付。我心里有些牵挂不下，又骑着自行车去古安亭（现在的大马塔小区）看房子，却见那房子的大门上早已贴上了封条。两年以后，这幢占地面积九十多平方米，建筑面积三百二十多平方米的房子，终于被人以十四万元买走了。

这样的事情发生后，身心受到摧残、折磨的不仅是我自己一个人，还有我的亲人们。十二月二十日下午，我给远在家乡的父亲写信，告诉他事情发生的经过，希望他不要为这件事情过多地担忧和焦虑。这么多年过去，当自己今天再读到这封信的时候，内心依然弥漫着忧伤与惆怅：

爸：你好！

我现在给你写信，是有一件事情要告诉你。赖厂长已经走了，他们一家三口于十七日晚上突然离开了松阳。在他走后给我寄来了一封信。信中说，他已经在外边联系好了，本来想让儿子在松阳发展，他自己去外面办厂，但由于他欠了别人的钱，别人逼得太紧，不得不离开松阳，只好去外地做事业了。他说，我的钱，他会处理好的，叫我明年六月份等他的第一笔利息。这种可能性还是有的，我们不妨还是相信他们吧！他还说先把我的钱还了，然后再去考虑别人。

同时，他们一家还把出让房子的协议写给我了，把一栋三层楼的房子出让给我。但是由于太匆忙，房子已被银行封去了，所以自己是拿不到了。但至少他是想着我的。因为这么多人，他们只给我一个人写了一封信，别人都不知道的。

信用社的借款，我还可以还去一部分，现在自己手头还有几万元钱。只是这样一来，我们以后的日子要苦了。如果赖厂长信中说的话都是真的，那也不会有问题，信用社的借款，在一般情况下自己也能够周转起来。问题出了，就要认真去面对，我会想尽一切办法把事情处理好，请你一定要放心。

你年事已高，身体虚弱，有些事情要想开一些，别人怎么说都是小事情。村上人的钱，我都打过电话了，他们也没有多话，自己过几天回去再去和他们说清楚。钱一定会还给他们，只是时间早晚的问题。他们的钱数目也不大，随着工资的逐年增加，这钱我慢慢会还他们的，你千万不要有太多的担心。如果赖厂长明年六月份真的把钱寄来了，那就更好说话了。你一定要注意身体，不要想得太多，相信我一定会把事情处理好的。

跃华

二〇〇〇年十二月二十日

在这样的人生苦难中，深受打击与受伤最深的还是无辜的妻子。十几年来家里每年带着或多或少的寄读生，我们不仅投进了几乎所有的闲暇时光，还透支着宝贵的生命；十几年来我们用智慧和辛勤的汗水挣钱，一边在城里买房子，培养孩子读中学、大学，一边含辛茹苦地还去五十多万元债务，妻子却至今没买过一件超过五百元的衣服；十几年来我们历经风雨沧桑，不仅尝遍人世间的酸甜苦辣，还肩负着山一样沉重的担子，一步步从泥淖中走出来。从妻子在二〇〇〇年十二月二十日写下的日记里，就可以窥见她震栗碎裂的内心世界：

十二月十八日，这是一个终生难忘的日子。

赖厂长带着妻儿逃走了，这真是一个晴天霹雳。这一令人窒息的消息，我是在十二月十八日晚上坐在家里的餐桌旁出四年级写字考卷时知道的。我见跃华推门进来，一脸苍白、惊呆的样子——这种脸色我从未见过，不是可以用言语来表述的。我突然感到事情有些不妙，就问他遇见了什么事情。他当时口中只说了一句"糟糕了！"，并用手势示意了一下，意思是不要让里边房间——今天刚刚难得来家里的丈母娘听到。他语气十分急切又虚弱地对我说，我们到厨房里去说吧！当时，我的心头怦怦直跳，无力地随着他来到了我们那间简陋的厨房里。这时，他才告诉我赖厂长逃跑了。

天哪！怎么办呢？我们孤独无助地来到了那条冷冷清清的街道上。寒风阵阵刮来，自己整个人颤抖不已。我有些支持不住了，脸颊上挂满了泪水，这简直是五雷轰顶，似乎整个天空都黑压压地向我袭来。跃华去街道附近一家小店里要了一张旧报纸，我们坐在一家店门已关、光线阴暗的店面前的水泥台阶上，我突然觉得自己比乞讨的人更可怜！天哪！我实在想不通，我口中不停地问：我们怎么办？我们怎么办？可是，无论我怎么说，无论我怎么责怪和埋怨，跃华都没有反抗的意思。他说，我错了，是我对不起大家，我很后悔，想不到这些人会逃跑。

我让跃华把家住松阳师范学校的小刘叫出来，小刘用摩托车把我们搭到了西屏山脚下。我们三人坐在草坪上说话，跃华呆若木鸡，大多是小刘在说话。小刘说了几个供我们参考的方案：一是把资金转动起来；二是表面上离婚，用法律来保护我的工资，这样跃华的工资给法院扣了，至少还有二三百元生活费。跃华说，他无能为力，这么多资金根本不可能周转起来。我头脑里一片空白，还没有完全反应过来，也无法相信发生的一切，我简直要昏厥过去了。

我们回来的时候，街道上蒙着一层薄纱似的白茫茫雾气。已经深夜十二点多了，校园里一片寂静，宿舍楼已不见一丝灯光透出，人们早已进入甜美的梦境。这一夜，我们彻夜未眠。

赖厂长，你们去了何方？我承受不住这样的打击，你们应该用自己的良知来拯救我们一家啊！特别是我这个受害者。我是无辜的，跃华为了你们，瞒着我做了这么多他不应该做的事。其中的艰辛除了他自己清楚、明白，也就只有你们知道了。他这样做从来都没有得到你们什么好处，这一点你们是最清楚的了。他是出于真心帮助你们，为了让你们的企业活起来。他对你们的这份真情胜过了任何人，也是这个世界上少有的。你们怎么可以这样辜负他呢？他又如何承受得住？你们为他想过吗？他也是一个人啊！

十九日上午，我上完第二节课回宿舍，只见跃华坐在椅子上低头写着什么，我走过去一看，他正在写离婚申请。我问他除了离婚，是否还有其他更好的办法。他说他已经没有办法。他让我去学校把一万元集资款拿回来，越快越好！

我被突如其来的一棒击昏了头，心里乱得像一团麻，几乎没有后退的余地了。我几乎不会思维了，而我面临的事务却狠狠地逼着我往前走。我的脚虽然踩在地上，但每一步都是飘浮着的。我无奈又无助地疾步来到学校会计室问蔡老师取回集资款的手续，他说这要徐校长同意，还告诉我徐校长在教师进修学校。于是，我给徐校长打了手机，告诉他要取出自己的集资款有急用，他同意了，还让我叫总务处的王主任打电话给他，事情办得很顺利。

上午放学回家，跃华递过那张离婚申请给我看，上面已经盖着松阳县实验小学的公章。我问跃华徐校长怎么说，他说，徐校长说不要假戏真演，他还让我们去他家里坐会儿。听到这个消息，我整个人几乎就要瘫软下去，已经连吃饭都吃不下去了。吃了小半碗饭是为了不让母亲知道自己的心里有多难受。我们来到宿舍三楼徐校长家里坐了一会儿。徐校长说他自己也曾经遇上过这样的事情，好在借钱的数目比较小。我说了几句伤心话，徐校长坐在一旁也是无话可说。徐校长的妻子说，你们最好不要用离婚的方式，想想办法先把银行的钱还了再说。

下午，我无力地坐在凳子上给学生们上课，跃华突然出现在我四楼教室外的走廊上。看见他在窗户外招手，我马上走出了教室。我问他，怎么样？单位盖章了没有？他告诉我杨局长不在，还没有盖章。跃华紧接着又说，我在办公室里说起这件事，今天才知道单位里以前也有人被骗了二十多万元，现在还在还钱呢！如果我们两个人拼起来的话力量总会大些，我们还是要采取积极的态度，否则自己就不是男人了！我突然感到轻松了许多，仿佛一块大石头落了地，心里顿时觉得暖和起来。如果我们离婚了，跃华一个人怎么办？我一个弱女子带着孩子又怎么办？但是那么多钱，仅仅靠这每月几百元的工资，什么时候才能还清呢？我心里充满了焦虑和失望。

十二月二十日，今天也是一个令人难忘的日子。

中午，跃华下班回来，他走进家里非常惊奇地对我说，你看，我收到了赖厂长儿子寄来的一封信，里面还夹着一张房子转让协议。我拿过信急切地读起来。我心里突然明朗了许多，仿佛看到了人生的一线希望。看来这个世界还是有真情和良心的。我希望他们一定要按照诺言去做，这样我们的日子才有希望和阳光。

今天中饭，我突然感到桌上的饭菜香甜了许多。

中饭后，我又来到徐校长家里。徐校长不在，只有他妻子正在阳台上洗衣服，我们在沙发上坐了一会儿。我告诉她自己不准备离婚了，相信天无绝人之路。具体的事情，我不能说得太多。我还对她说，这件事情自己只对他们说过，我不希望别人知道，希望他们为自己保密。她也答应我她不会跟别人说的。

跃华的行为实在令我感到伤心和失望，他完全置这个家于不顾，根本没有想到妻子、儿子，以及白发苍苍的老父亲。现在，我才知道他借给赖厂长的钱竟有六十三万八千元，欠别人的钱有五十多万元。这是一个怎样的数字啊！谁又承担得起呢？难道他是个白痴？我无论如何都想不通！虽然我知道骂他也没有用了，但看见他我总要发牢骚，自己心里实在难受啊！

这是我人生承受的最大的一次打击，它像致命的一棍击打在我毫无遮拦的身上。这几天，我情绪非常不稳，时起时落的内心就像发疯一样难受，身体也突然衰弱下去。幸好这几天母亲在我身旁，帮我烧菜，洗衣服，我已经什么事情都不想做，有时都不知自己身在何处了。虽然看了赖厂长儿子的来信，我心里踏实了许多，但是折好信面对现实的时候，我又是那么地空虚与不安，明年六月份，他们真的会寄钱来吗？

相信奇迹的发生

　　落日的余晖照在远处灰黑色的瓦背上，一只晚归的鸽子，孤零零地拍打着翅膀，掠过渐渐晦暗的天空，无声地落在人家屋顶上。宿舍外街巷的青砖墙壁上的爬山虎，早已消失了往日的青葱与蓬勃，在褐色的藤条上，几张色泽鲜亮、红艳欲滴的叶片，在寒风中挣扎摇曳，衬托出古老小城的苍凉与美丽。

　　晚饭过后，人们悠闲地坐在宿舍一楼过道旁的石板凳上聊天。这些退休的老教师，儿女成群，子孙绕膝，在花白的头发下面都有一张宁静、慈祥的脸。他们有人乐滋滋地给小孙女或小外甥喂饭，有人手指上夹着一支青烟袅袅的香烟，不紧不慢地说着于他们有关或无关的市井闲话。我站在二楼走廊上望着他们，心里生出几分羡慕与失落，什么时候自己才能像他们一样无忧无虑地活在这个世界呢？

　　这些日子，我一边打电话给债主们，一边登门造访说明事情真相，解释自己眼下的艰难处境，积极争取宽容与谅解。乡下的熟人、朋友几乎都是抱着善良、宽容、同情的目光看待这件事，可城里人就不一样了。他们有人要我交出工资存折，有人来家里要我重写欠条，还得签上我妻子的名字，还有人来办公室威胁我，如果不还钱就叫人来单位里闹事。有一个多事者竟然多次打电话去我家乡，告诉人们我要逃跑了。可是也有人说，这么多钱反正还不清了，随便他们起诉好了。有人则意味深长地说，还是先回乡下好好过个年吧！

　　智者不惑，仁者不忧，勇者不惧。我既不是智者，也不是仁者，更不是勇者，却是一个有感觉的人。虽然一天天心里仿佛有千万只虫子在噬啮，各种各样的恐慌、焦虑、烦恼、不安、无奈，时时像刀子般切割着我疲惫不堪的内心世界，但是在面临现实诸多困难与无奈的时刻，自己原本脆弱、羞怯、敏感的内心却显示了平常不曾拥有的勇气与力量。感觉告诉我生活依然要继续下去，只要心里知道真正要做的是什么，其他任何事物都是不重要的。

关于在二〇〇〇年十二月末这些日子里发生的事情，我在当时的日记中已有较为详细的记录，不必再饶舌了：

十二月二十四日

早上的时候，妻子说我是一天幸福也没有给她。星期二那天，我想离婚，可杨局长在杭州出差，单位没有同意在我的离婚申请上盖章，星期三我却收到了赖厂长儿子的信。这些也许都是天意吧！

今天是星期日，晚上我们一家三口去妻子的一位亲戚家里吃晚饭。我在吃饭的时候，妻子有些怒气冲冲起来，说，读书还是不要考起来好，还是种田好，现在我们是连讨饭人都不如了。我实在无法把饭吃下去，就一个人来到办公室里。

以后的日子，除了吃饭穿衣，要想办法多挣稿费。只要不放弃希望，相信奇迹的发生，自己就一定可以活下去。

十二月二十五日

傍晚时分，我来到凌霄小区叶梵家里。当我说起这次发生的事情，他只是冷静地听着，没有一句责怪的话。当说到他借给我的几万元钱的时候，他说，既然事情发生了，大家都应该会体谅的，至于什么利息以后就不要再说了。自己临走的时候，他笑着说，你总不能逃走的。我笑着说，我会逃？逃到哪里去呢？叶梵是一个朴实如泥的山里人。幸好很多钱都是从像他这样的人手中借的，否则这一次真的完了！

又走到官儒路在法院上班的朋友小郑家里。我把白天从农经委复印来的借款合同拿给小郑看，这笔借款三万五千元的合同，还是一九九七年夏天签订的，已过去了三年多。为了这笔钱，我东奔西跑借房产证，找人签字，一次次催赖厂长还款付利息，可谓心力交瘁，不想却遇到了这样的事情。小郑知道情况后，告诉我这笔借款归还时间超过了两年，担保程序也不合法，还有签字人是赖厂长，跟自己已经没有多大关系，可以放心了。人们常说，一根稻草压死人。几天来，我为这件事寝食难安，因为如果再加上这笔钱，自己肩上的压力就更大了。即使上帝关上所有的门，也会为你留一扇窗。如此看来，真是一点不错啊！感谢上苍有眼！但是小郑又提醒我，以后对于这件事，什么字也别签，什么话也别说。

今天，自己还为妇保所的小王贷款担保一万元。下午，昔日同事小温有事打电话来，我顺便让他下星期借自己一千元，他答应了。

十二月二十六日

早上，有事路过联社营业部门口，我走进去跟叶主任说起日后贷款周转的事情。叶主任说，现在西屏镇范围的贷款还是和从前一样，不能多头贷款。叶主任还是挺温和的样子，她告诉我只要能够及时付息还款，钱还是可以继续借的。

下午刚刚上班，小刘满口酒气地来到我办公室。他板着脸说，那五千元钱怎么办？现在也要无情一点了，你回去跟你老婆说一声，我明天中午十二点来你家里，你和你老婆一起在欠条上签字，工作能不能做通，是你们自己的事情，否则我就去起诉！我们还约定，从明年二月份开始，一个月还一千元，六月份还清。小刘刚走，松阳师范的潘老师又打电话来了，要我把工资存折给他。真不知这些人心里是怎么想的，他还是师范学校一个堂堂教师呢！

今天在街上碰见郑杰、发贵，他们都十分友善地对待我。我又一次打电话给以前的同事小温，让他借自己一千元，他说下个星期再说。不知结果如何。

吃过晚饭，我来到县供销社宿舍小刘家里，他曾经借我二千元。我们谈起钱的事情，小刘说，因为他在食品公司上班，工资太低，否则这么一点钱真的不用还了。

今天中午，父亲让人从家乡带来了二十多斤冬笋。

十二月二十七日

早上，我骑车去上班，在学校宿舍门口碰见老庄。他拦住我说，有件事跟你说一下，今天早上信用社的小潘又赶到我家里，贷款一定要还了，你先还我一万元，我自己去准备一万元。

昨晚，我七点准时来到办公室里等老庄。前天晚上他打电话来我家里，说有些事情只好我们两人说。因为自己回到家已经夜里九点多，妻子把老庄的话告诉我后，我马上给老庄打电话和传呼，结果却没有他的消息。于是，我们约好昨晚在我办公室里见面。我们一起能够讲什么呢？不就是让我快点还钱吗？老庄告诉我，信用社的人去他家里了，并且好多次。还说前几天付利息时多付了十二元，因贷款归还时间超了。最后，我们约定于二○○一年一月十日前还老庄一万元。老庄还问我说话算不算话，我说放心好了。

想不到，今天早上他又来问钱的事情。

中午，小刘来到我家里。我把借条写给小刘，希望不要让妻子签字，可他沉着脸一定要我们夫妻一起签字，否则明天就去法院起诉。最后，妻子含泪签下她自己的名字。其实，小刘和老庄一样都是最知道我当前处境的人，他们心里对这几笔冤枉钱也一清二楚，令人想不到的是，才这么几天，他们就逼着我还钱了。其实，我们认识有六七年了，这样做是不是太无情？并且，他们看人的脸色，说话的语气，都是一副咄咄逼人的样子。如果人们都这样对待我，那自己真的只有去上吊了。难怪霍布斯说，人与人之间就像狼与狼一样啊！

晚上，我来到宽怀家里。说起借钱的事，他说这些日子生意很淡，稍微过点时间再借我几千元。我们还说到了人的凶狠与可怕。

我又来到刘伟父母的店里，告诉他们自己原来借的钱不能及时归还了。虽然他们都说没关系，我心里却很不是滋味。

十二月二十八日

早上，老庄又打来电话，听起来似乎是告诉我有人起诉赖叶土，实际又是问我钱的事。我只好匆匆忙忙来到他办公室，他告诉我信用社的小潘刚刚来过，信用社贷款归还时间最多只能拖到十号。老庄待人好像比以前友善多了。人们都说老庄很有钱，现在看来也不是这么回事呀！

晚上，叶伟杰来到我办公室。说起我担保的事情，叶伟杰说他已经没有办法了。曾几何时，他说把房子拿去抵押贷款不会给我增加负担的，现在他却要推卸责任了。钱是他借给赖厂长的，我曾经叫他不要贷款，他说没关系。现在有事了，他却要我为他还款三分之一，在无形之中我的债务又增加了二万一千元。这对肩负巨额债务压力的自己来说，无疑是雪上加霜。遇上这样的事情，我也只有自认倒霉了！不过他说利息会先付去，等年过了再想办法还去本金的一部分。好在他并没有提出全部让我还，否则又该如何呢？

今天，我还给以前一起在山区教书，现住遂昌县城的宋老师写了一封信。前些日子，给雪鸣写了一封信。结果怎样？都是不得而知的事情。我一定要想办法，尽早把城市信用社和联社的贷款还了！

十二月三十一日

前天早上，我坐公共汽车来到玉岩镇。去信用社把三万五千元贷款百分之二十扣留部分的七千元存单交给明冬了，并结清了第四季度贷款利息。我和明冬谈起这里贷款日后周转的事情，明冬说他过些日子要调走了，但以后的事情他会交代其他人的。

在车站遇见小林，我搭他的摩托车和他一起来到枫坪乡政府。我们在乡食堂吃午饭，桌上是热气腾腾的土鸡锅，以往的自己肯定有说有笑，现在因为钱的事情我内心十分压抑，只好低头吃饭。

我来到枫坪信用社把百分之二十扣留部分的存单交给翁主任。说起以后周转贷款的事，翁主任笑着说，只要及时还款付利息，其他都好说。这样一来，玉岩、枫坪信用社的贷款减去了一万七千元，一年减少利息一千五百多元。

下午三点多，我回到村里。黄昏时分，自己去内南坑找永贵、马庆、国亮、天明、宗支，说起钱的事情，大家几乎都没有二话。他们见我说话局促不安的样子，一个个都来安慰我。在轻松愉快的谈话中，我的内心充满了感激和愧疚。

沿着公路走到冬生、妙生家里。冬生的妻子说，只是他们家里钱有点紧，否则还想借我一些钱。妙生夫妻笑眯眯的样子，都说有什么事以后再说。我把借条改了，只写了钱的数目。他们都说只要本金还了就行，利息不用付了，时间十年、二十年都没有关系。我又来到金祥、周清、跃明家里。当说起钱的时候，他们都是宽容的，友善的。

夜里九点多，我回到家，我和父亲一边喝酒，一边说话。跟父亲在一起，也是同世界上最亲的人在一起。父亲已经七十一岁，花白的头发，稀稀疏疏的牙齿，上唇的牙齿全没有了。他说，出了问题头脑要冷静，心里一定要放宽些，再多的钱也有用完的一天，钱没有了还可以再挣的。虽然父亲目不识丁，但是他见过风雨，是一个有思想的人。这是一个父亲对他儿子的忠告，话语里充满了关怀、理解、宽容，我为此而感到高兴与慰藉。

十二月三十日早上，我吃过一碗面条就回县城了。

一张还钱记录

灰暗的天空，冰冷的雨丝淅淅沥沥地落下来，空气里透着浓浓的寒意。凭窗望去，远处青砖黛瓦、檐牙高啄的屋顶笼罩着一层淡淡的雨雾。宿舍院墙内几株高大、挺拔的水杉，木叶尽脱，它们悄无声息地立在寒冷的风雨里，一枚枚羽毛似的黄褐色叶片，铺满石子小路。雨中黄昏，华灯初上，我常常一个人站在窗前，不觉惆怅满腹，思绪茫然。

二〇〇〇年的冬天漫长而艰难，因为人生之路既无经验可以借鉴，也无逻辑可以遵循，更多的时候，我是被现实生活推拥着无奈地一步步往前走。这些日子，有人一次次打电话来要钱，也有人来我家里谈钱的事情。当我为了一千元或二千元借款不能一时归还而口干舌燥说抱歉的时候，对方却不直接说要钱，而是说他自己十分缺钱。他们说话态度友善，语气温和，但在话语中也含蓄地表露了内心的真实想法。为此，我一方面好话伺候，一方面四处想办法借钱，希望尽快还清那些人情味太浓太浓的钱。寒冷的夜晚，我在办公室里给昔日的同学、朋友们打电话、写信。一次次拿起的话筒放下又拿起，冰冷的话筒，熟悉的号码，背后却是一个又一个的陌生与漠然；一行行流淌着血液般温暖的文字，一句句充满渴望与呼唤的话语，结果却像风一样飘荡在空气里，无影无踪。

来回不停地奔忙于大街小巷，沉默无语地承受着种种煎熬。许多时候，我一个人夜晚走过小城热闹的街头，在孟庭苇《谁的眼泪在飞》那意境旷远而充满忧伤的旋律中，禁不住眼眶潮湿。在朦胧的灯光下，人们只是看不见歌声在自己忧郁的脸上荡漾：它的孤独无助，它的怅然失落，它的对遥不可及的宁静生活的渴望。实际上，在我们周围能够真正关心你、在乎你的也就那么寥寥几个人，所以我们无须在意别人的评说，也无须在意别人的眼神，更无须自暴自弃。我们为自己活着，竭力做好自己的事情，如果有人不喜欢我，甚至讨厌我，我也不介意，我活着不是为了取悦别人。

二〇〇一年一月九日，我终于把一万元还给老庄。这是家里从妻子学校退回的唯一的一万元集资款，原打算用它还贷款，但我们实在禁不起老庄妻子的一次次折腾。老庄的妻子一次次打电话，又多次赶到我办公室。她问我为什么不逃跑，如果那样就不用我还钱了。还钱那天，老庄夫妻一起来到我办公室。虽然条子上写着借款二万元，但是实际我只欠老庄一万八千五百元。现在，老庄把条子交给了他的女人。老庄先来一步，他要我写一张一万元的借条，说等年过了他去借一千五百元给他妻子，到时候我们私下再把条子写一写，现在继续按一万元借款计算利息。我想，反正就是一千五百元，你想怎么算就怎么算吧！

后来，老庄的女人来了。只见借条背面写着：十一月八日—十一月底（利息7.29），十二月一日—六月六日（利息9.00），二万元本金利息二百九十三元。我按照他们的方法算了算，一万八千五百元本金只需利息二百六十五元。自己凭空多付了几十元利息，可我想，几十万都没有了，还在乎这几十元钱吗？老庄说，条子不用改，记住就行了。我说条子一定要改。于是，当着老庄妻子的面，我在原来的借条上写下还钱的数目和日子。老庄曾经说要我按条子所写还款二万元，后来却没有这样做。想必每个人心里都有一笔良心账，它清清楚楚、明明白白，擦也擦不了，抹也不抹去。这笔折磨自己近两年的欠款，终于在二〇〇二年七月十二日还清了。最后一次，当我把六百元欠款还给老庄时，连同十元利息一分不少地付给了他们。

一月十一日晚上，我来到寒山家里，把一千二百元借款还给他。我们一九八六年相识，当时寒山在枫坪初中教书，我在枫坪小学教书。我们曾经在星期六晚上玩牌玩到东方发亮，我们曾经在枫坪初中宿舍里用电炉烧老鼠肉吃，我们曾经在溪流旁铺满石头的古道上淡念"桥边红药，年年知为谁生"。后来，他离开山区，又去浙江教育学院读书，可我们一直都似有似无地联系着。寒山一家四口仅靠他一个人的工资吃饭，小儿子才刚刚会走路，生活过得有些紧巴巴的样子。所以，我赶紧把他妻子借的七千六百元还了。

今晚，寒山一个人在家，我们无拘无束地聊了许多。夜里十一点多了，寒山烧了一锅热气腾腾的面条，我们边喝酒边说话。当我们说到日后赖厂长是否真的会寄钱来的时候，寒山说，这是赖厂长他们两代人都知道的事情，有钱的话一定会寄来。又说到自己家里带学生可房子太小，我们都认为可以去租一套房子。寒山说，本来应该帮助我的，只是他自己也不太行，所以没有什么办法。寒山还让我以后想喝酒就去他办公室，他来买单。

虽然自己一次也没有为喝酒去寒山的办公室，但我们的确是最好的朋友。因为自一九九六年秋天开始我在阳溪信用社贷款到二〇〇〇年冬天赖厂长逃离松阳，又到二〇〇四年我把阳溪信用社两笔共计四万元贷款全部还去，以及我后来多次在延庆信用社贷款，十几年来，几乎每次都是寒山出面替我担保或者贷款。为此，我常常想，虽然在我们周围真正关心你的、在乎你的只有寥寥几个，但是只要有这样几个人，世界就已经足够强大。

一月十八日晚上，我来到松阳师范学校宿舍，把四千元本金及利息算给潘老师。潘老师一次次打电话，每次从话筒里传来的声音都充满了阴冷之气，自己听到他的声音就像毒汁流遍全身，毛骨悚然。为此，自己每次接他的电话都有一股恐惧感。他多次让我把自己的工资存折交给他，冷酷的话语里充满暴力。今天，当我来到他家里的时候，潘老师依然一副傲气的样子从书房里走出来。他的妻子为人温和，倒了一杯开水递过来，让我坐在沙发上说话。我们说了许多话，意思无非就是要我快拿钱来。也许潘老师的言行都没有错，多年来自己为赖厂长曾多次向他们借钱，所付利息近万元，现在他们把月息从百分之一点五减到百分之零点五，我还有什么好说呢？何况是谁让自己向他们借钱的呢？

这是一笔让我受尽屈辱与磨难的借款。在往后近两年的时间里，我像牛不喝水强按头一样被人逼得叫天不应，呼地不灵。二〇〇二年十月二十五日，自己还清了这笔冤枉债，就像一根穿插在身体上的毒刺终于被拔去。文字里的时光不会消逝；这张当时潘老师为算利息留下的还钱记录，自己一直保存着，今天不妨把它抄录下来：

2000.10.18—2001.1.18　息 6000 元 ×0.005×3 = 90 元

2001.2.18 还 1000 元

2001.2.18—2001.9.18　息 5000 元 ×0.005×7 = 175 元

2001.9.18 还 800 元

2001.9.18—2001.11.18　息 4200 元 ×0.005×2 = 42 元

2001.11.18 还 600 元

2001.11.18—2002.2.8　息 3600 元 ×0.005×3 = 54 元

54 元 — 6 元 = 48 元

2002.2.8 还 500 元　欠 3100 元　息 3100 元 ×0.005×2 = 31 元

2002.4.13 还 800 元　欠 2300 元　息 2300 元 × 0.005 × 6 = 69 元
2002.10.25 还 2300 元
息 90 + 175 + 42 + 48 + 48 + 31 + 69 = 503 元

一月十九日，小宋请我们几个同事在她家里吃晚饭。去年这时候，因为小宋的帮忙，我终于还了枫坪基金会、枫坪信用社的借款，现在给了他是自己还她钱的时候了。为此，小宋的丈夫对我说，这两万元是他八十多岁爷爷的私房钱，他已经帮我借了两万元先还给了他爷爷。他让我年内还一万元，余下的一万元在两年之内归还。听了这样的话，我心中充满感激，只是我要去哪里找一万元呢？醇厚的米酒，温暖的话语，还有想象中不还钱上班见面时的尴尬，我当即决定把刚刚取出的住房公积金加上年终奖金凑一万元还他们。最后，自己醉得一塌糊涂，都不知道是怎么走回家的。今天我还要感谢一个人，那就是县妇保所的小王。小王是我在枫坪小学教书时认识的朋友，那时他在枫坪医院上班，我们经常一起吃饭、打牌。早上，我有事路过小王办公室门口，他知道情况后，很痛快地拿出两千元借给我。这真的是雪中送炭啊！

一月二十日，我们正在吃午饭，父亲从家乡来到了县城。父亲七十多岁，身体很不错。他穿着一件夹克衫，里边是一件干活时穿得皱巴巴的衣服，衣领上沾满泥巴。他戴着一顶鸭舌帽，脱下帽子，虽然头发已经花白，但他还是红光满面的样子。他告诉我们他在家里挖了一个冬天的冬笋，有七百多斤。他还给我们带来一蛇皮袋的大米。

晚上，我们大家一起吃饭。妻子说这样下去她会累死的。我站起来走到厨房里抽了一支烟。父亲吃好饭，我们一起来到大街上，后来又去我的办公室里坐了一会儿。因为父亲来趟县城不容易，我们走到办公室对门一家德福羊肉馆里。我点了一锅羊肉，让老板烫了一斤半老酒。我们一边慢慢地喝酒，一边静静地说话。父亲说他出来有两件事，一是来看看我一家人，二是要我们回去过年，年货已经办好了。父亲还告诉我,村里有人说上面正在调查我的经济问题。我说，我的钱全部是借来的，一分一厘都很清白，人们想怎么说就怎么说，不用去理睬个别心术不正像狗抓耗子一样的人。我们友好、亲切，我还谈起自己曾经读过的两本书，《活出意义来》和《瓦尔登湖》。它们说到了人生的忍受、无畏、勇敢，说到了一个人活在世上真正需要的东西并不多，说到了人可以像动物一样吃简单的食物，照样可以健康地活下去。

我们回宿舍已经夜里十点多了，父亲说他第二天早上回去。我和妻子挽留他再住一夜，父亲说大后天就是大年三十，家里有些事情要处理。我们就随父亲的意了。我把一瓶晚饭喝剩的白酒，还有前些日子买来的一斤海蛎干放在一个塑料袋里，妻子又拿来一斤桂圆干，一起放在桌上。

一月二十一日，已是农历十二月廿七。早上六点，父亲就起来了，他再次说起让我们一家回去过年的事情。临走的时候，妻子拿了五十元钱给他，他推了好长时间才拿在手上。父亲沿着逼仄的街巷快步地向前走去，望着他步伐稳健的背影，突然之间，我内心感到一阵从未有过的温暖与慰藉。

中午回家的时候，我才发现靖居的孙贵等在我家里。我曾经答应年前还孙贵五百元，可这些日子他都没有打电话来。我想过年了，他生意忙，应该不会来取这么一点钱，所以把钱都还别人了。今天上午，我还用仅有的一点钱把小草的二百元借款还了，他已多次打电话，告诉我他年前一定要买手机。其实，我心里也想还孙贵钱的。前些日子，小温曾经答应借我一千元，可一个又一个星期过去，当我昨天打电话问他时，他却说还想问我借钱呢!

　　我把真实情况说了，不想孙贵却坚决不同意。我说下个月工资领来一定还他，可他还是不同意，并且说今天拿不到钱他就不走了。看孙贵赖在我宿舍里不肯走，我只好拿出空无一文的工资册，说，既然他不相信我，就让他下个月去银行领我的工资。这时，孙贵才勉强同意，他拿着我的工资册从沙发上站起来，似笑非笑地走了。

二〇〇一年春节

　　蓝天白云，群山起伏，翠竹摇曳，一条蜿蜒曲折的泥土小路沿着溪流从山脚下静静穿过。碧绿的涧草没有春冬之分，清亮的溪水四季哗哗流淌，溪流旁高大陡峭的岩石上布满青苔和藤蔓植物。明亮的阳光温暖地照着山峦，风缓缓吹着，路边的水田表面覆盖着一层紫红色的浮萍，沟渠里不断传来汩汩的流水声。泥墙黑瓦人家门前的石阶上种着兰草、秋菊、蔷薇，屋旁田埂上茅草枯黄，映入眼帘的还有一块块绿茵茵的紫云英。

　　一方水土养一方人。家乡是我们一生一世的记忆，平时少有人在意，它只是头顶上的一方蓝天，脚底下的一抔泥土，唇齿间粗粝的食物，简单又平凡，但它容纳了一代又一代人的忧伤与快乐，孤独与渴望，苦难与幸福，自足与祈盼。历尽千般苦，只求一方土；许过万种愿，最终求安宁。每次来到家乡，我都想，如果自己能够默默地走在这熟悉的山间小路上一天天老去，那该是一件多么惬意的事情啊！

　　二〇〇一年一月二十二日上午，我带着妻儿回到家乡。在回去之前，我的工资加上奖金近四千元，再加上妻子的工资和奖金共六千余元，再加上集资款和住房公积金，我拿着这些钱，先后还去了老庄、小宋、寒山、潘老师、大姨夫等人的部分钱款，自己身上只留下一百元钱。父亲喜欢吃鱼，我去菜场买了一条五斤多重的鲢鱼。好在父亲早已买了猪肉，杀好鸭子等我们过年了。父亲七十多岁，虽然村里人对他照样热情，但是我的事情还是给他带去了沉重的打击和思想负担。他告诉我，刚知道这件事的时候，他都没有力气爬山了。父亲还把挖冬笋攒下的二千元给了我，我心里有着说不出的滋味。

下午，我一个人来到下乾舅舅家里。三年前，舅舅小儿子结婚，向我借了一千元。现在我的日子这么困难，他们应该还钱了。半个月前，我写信告诉舅舅自己目前的艰难处境，提出过年前要取回这一千元，希望他替我向他三个儿子、一个女儿借一点钱，帮助我渡过难关。树茂草深，山泉有声，我翻山越岭十多里林中小路，来到下乾天时，天已经暗了下来。可是，当我说起钱的时候，舅舅却一筹莫展的样子，说要等明年春天把树砍下来卖了再把钱还我。我问起三个表弟的情况，不承想他们都在城里，甚至过年都不回家。我神色黯然地在这里住了一夜，第二天一早匆匆忙忙地离开。

过年了，村子里炊烟袅袅，酒菜飘香，老老少少的人们沉浸在热闹欢乐的气氛之中。在温软的阳光下，家门口的土路上人来人往，村子里不时传来噼噼啪啪的鞭炮声。有人提着礼物走亲访友，有人围着长年出门的伙伴有说有笑，也有人开着小车回家。孩子们一天天长大，老人们一天天老去，走在自小熟悉的村道里，我发现有些人我已经不认识了，也有些人我再也见不到了。努力寻找记忆深处的人们，我想起了奶奶、母亲、姑姑、元春叔公，想起他们曾经带来的呵护、关心与温暖，也想起那些曾经帮助自己或者捉弄自己的人。可这些人呢？有人离开村子永远不回来了，有人活着可已双眼模糊、步履蹒跚，走不动了。想到自己同样会渐渐淡出乡村的视野，终有一天消失得无影无踪，不觉感到人生与光阴是不可捉摸的残梦，记忆与神往是无形无迹的一缕青烟。

这是我迄今在家乡过的最后一个春节，也是一个难忘的春节。在家乡的日子里，人们一如既往地对待我们。有人提来自酿的米酒，有人送来自蒸的年糕、米粿。像往年一样，陈献、世桂、关年、关道这些同家族的人，都来叫我们去他们家喝酒吃饭。初四中午，世亮的妻子烧了满满一桌菜请我们吃饭，我却玩牌玩得天昏地暗，饭菜凉了他们都不见我的踪影。美不美家乡水，亲不亲故乡人；十多年过去，时光难以洗却我对家乡的一片深情。

除夕之夜发生的事情，却深深地刺伤了我。这天晚上，我们像以往过年一样，许多人围在老刘家的厅堂里玩百分。老刘的祖上不是我们村里人，是从几里外的一个山坳里迁移过来的。当时，我父亲是村支书，为他们来村里的事情被人说了许多话，因为他们占去了我们村里的田和山。老刘的爷爷当过国民党的保长，在论出身的年代里，他们家是富农。有时公社在我们村里开批斗会，我看见老刘的父亲胸前挂着一块木板，低头跪在大会堂的戏台上。村里开社员会，老刘父亲和另外几个人就背着扫帚打扫卫生或者去邻村送信。如果这是闹剧或悲剧的话，也是一个时代的错误，而不是某一个人造成的结果。但是，母亲曾经告诉我，老刘一直以为是我父亲害了他们。

小时候，我经常跟着老刘上山砍柴。老刘的妻子是我的隔壁邻居，我经常抱着他们蹒跚学步的儿子在村里的青石路上走来走去。我母亲对他们的儿子更是喜爱有加，有时她干活回来拦腰布都没解就去抱他们的儿子。为此，当时做代课老师的老刘用毛边纸画了一幅桃花送给我。后来，老刘的儿子工作了，我妻子还把她的学生介绍给他。老刘女儿的读书成绩不太好，想通过音乐特招进松阳师范学校，又是我们拿着笋干去找我在音乐特招当评委的李老师。可是多年以后，老刘的女儿却在她执教的学校里，大肆宣扬我欠账的事情，仿佛不把别人的不幸遭遇告诉世上的每一个人她就放心不下。有时路上遇到我，她还显出一副非常同情的样子呢！

今晚，老刘的厅堂里人来人往，烟雾弥漫。我和老刘、隆生三人一桌拉百分，边上围着许多看的人。这一局是自己漂底，可底下没有好牌，手牌也不太好，我的一个十对被老刘的副司令吃去了。本来这是很正常的事情，胜负乃兵家常事，何况这是玩牌呢！如果放在平时我也没有这么多的想法，但是今天不一样。因为在自己身上发生的事情无人不晓，甚至有人内心早已幸灾乐祸得不得了。这时，老刘突然睁着发现金子一样的眼睛眉飞色舞起来，他仿佛要把所有的国恨家仇都借着手上的纸牌宣泄出来，要把几代人所承受的委屈与怨恨都发泄到我身上。只见他奋力地举起纸牌，狠狠地砸在桌子上，手舞足蹈地大声叫道: 砸烂你的狗头，踩上几脚，叫你永世不得翻身！永世不得翻身！！这指桑骂槐的话如暴风雨般落在我身上，自己却哑巴吃黄连有苦难言，至今想来，我脑袋里仍然嗡嗡作响。

这是一个有着太多虚无的世界，可是纠纷、争斗、欺骗、伪善、邪恶、伤害、自私、傲慢，永远存在，人性深处的阴暗就像幽灵一样徘徊在我们的生活里。使他的邻人感到羞辱的人，自己要失去天堂。当有人因为他人的不幸、悲伤而兴奋莫名的时候，这些兴高采烈、内心阴暗的人，这些喜欢嘲笑别人的人，他们是否能够永远摆脱被嘲笑的命运呢?

一封饱含血泪的信

大地无恙，俗世安稳，阳光温暖，岁月静好。虽然生活里有不幸、劳累、苦难，但也从来不缺少温暖、感动、希望与梦想。亲情、友情、爱情就像黑暗时刻的缕缕亮光，为人们抵挡着生活的恐惧与悲伤，焦虑与不安，迷惘与沮丧。因为有了这些人世间最宝贵、最美丽的情感，我们才踏着荆棘不觉得痛苦，有泪可落也不感到悲哀。

二〇〇一年春节，我妻子还给赖厂长一家人寄了一封信。这封信不仅体现出我们当时处境之艰难，内心之悲苦，以及世情之浇薄，也反映出我妻子为人善良，内心柔软，还有她的柔弱、单薄、无助，以及绝望背后，她所蕴藏着的一颗不为人知的坚强之心和一个丰富的精神世界。

这封信写于二〇〇〇年农历十二月廿八深夜，即除夕前夜，共十一张信笺。署名为正在受苦受难中等待你们解救的谢桂英。收信人地址、姓名为江西省宜黄县黄陂镇安槎村杨凤英转赖叶土收（杨凤英即赖叶土妻子的弟媳妇，他们一起出走。这是杨凤英娘家的地址，我们希望通过她把信转交给赖叶土——笔者注）。信是这样写的：

赖厂长、小李、赖艳慧：你们好！

你们想象得到吗？你们感受得到吗？我的内心每天都在疯狂般地惦念着你们，呼喊着你们！你们到底去了哪里？现在一切都好吗?

二〇〇〇年十二月十八日,是我们有生以来遭受打击最重的一天,也是一个灾难性的日子。那天晚上,我正坐在房间餐桌旁出写字试卷,突然门被推开了,进来的是跃华。今天白天他一天都没有回家,连个电话也没有打回来。我心里有些纳闷,下意识地抬起头看他了一眼,这一看让我吓了一跳。他脸上的表情是我们相识至今快二十年我从未见过的,那副惊呆与苍白的脸色我不能用言语表达出来。一种直觉告诉我,一定是出什么事情了。他说,糟了,出事了!我们去厨房说话吧!因为我一年到头难得来县城的母亲在房间里,这件事情不能让她老人家知道。于是,我们一起来到厨房里。跃华告诉我,赖厂长偕妻儿走了。天哪!这简直是五雷轰顶,当时的我几乎不能自已,整个身体在寒冷的冬夜里不停地颤抖着,泪水簌簌地流下来。我拼命拉着跃华的衣服,喊着他:怎么办?我们怎么办啊!

我们走到冷冷清清的街道上。这时已经是夜里十点多,街道两旁的店门大多关闭了。我们借着朦胧的路灯光在一家店门的水泥地上坐下来,就像两个乞丐,甚至比乞丐更可怜。我们彻底地失望了,我已经想到了死。可是看见跃华那无奈又无助的表情,看见他那像做了错事的孩子一样的表情,我的心软了。何况我们上有老下有小,天真的孩子正在上小学,生我养我的老母亲快七十岁了,远在百里之外跃华的父亲已经七十多岁,一个人白发苍苍地生活在深山里。跃华既无兄弟,也无姐妹,他父亲因为胃癌,一九八六年在丽水地区医院做过百分之七十的胃切除手术,死里逃生后,靠着顽强的意志和我们对他的孝心与鼓励存活了下来。这一切交织在一起,就像刀切割在我的心头上,但是我的耳边响起一个巨大的声音:"谢桂英,你一定要活下去啊!大家都需要你啊!只有你活着,孩子才有光明的前途;只有你活着,老人们才有活下去的希望和勇气。"这是人世间一种真情的呼唤，这是生命濒临绝境时的拼力挣扎，我怎么能置大家于不顾呢？我没有办法不让自己坚强，我没有选择的余地，我必须坚强地活下去！

　　虽然我选择坚强地活下去，但是我的心伤透了，流着世人看不见的一滴滴鲜血。此后两天里，我几乎不会吃饭了，母亲一再叫我多吃饭，可我告诉她自己胃里寒不想吃。为了活着，自己必须去工作。同办公室的老师都很奇怪，他们从未见到自己这副模样，我告诉他们自己感冒了。实际上，谁又能知道人世间的凄凉和自己内心那份不能用言语来表达的痛楚呢？跃华心里更是不堪言说了，在方方面面的问题和重重困难面前，他惊慌得不知所措。因为现实所逼，为了不让我和孩子受牵连，甚至是为了大家有饭吃，在未征得我同意的情况下，他就写好了协议离婚申请，并去学校盖了章。之后，他拿离婚申请让我签字，我问他是否还有其他办法，他说已经没有了，这是没有办法的办法。我热泪滚滚，往事一股脑儿涌上了心头。我们十七岁相识在师范学校，为了他对我的一片真心，当年二十岁的自己主动要求去山区教书。我们风风雨雨走过了十五六年，却落得今天这样的结局？为了帮助朋友，他真的舍得牺牲我们这份来之不易的感情吗？

　　我是一个弱女子，也是一个爱面子的人。一个人带着孩子，仅凭每月几百元的工资，我要如何去面对往后的人生呢？你们都应该知道的，近五六年来，因为繁重的教学工作，自己累不堪言，始终没有把身体调节过来，夜里不能安睡，一直都是靠服用安眠药挨过来的。我凭着一种顽强的意志活着，活得那么苦，那么累！明年孩子就要上初中了，如今学杂费昂贵，要把孩子培养成人，我觉得肩上的担子太重了，我怕自己支撑不住，甚至不敢想象往后的日子该怎样过下去。跃华是个宁可流血不可流泪的人，尽管我从来没有看见他流泪，他的内心也一定是很痛很痛的。他怎么会舍得我们这个家呢？可一个人的能力是有限的，他现在实在是没有更好的办法了。天哪，这是什么世道啊！他这样真心地帮助朋友，几乎把自己所有的心血都投入进去了，却落得如此下场！这对他太不公平了！跃华对你们的帮助苍天可鉴，你们也不是不知道，你们怎么可以如此忍心呢？

　　赖厂长、小李、赖艳慧，你们到底去了哪里？我们内心在呼唤着你们，你们应该听得见吧！在没有出事之前，跃华为了帮助你们而又不想让我操心，许多事情都是瞒着我去做的，否则也绝不会走到今天这个地步了。你们还记得吗？今年五月八日，我给你们写过一封信。信中曾说我看到跃华日记上写的借钱数目，被吓了一跳，其实，出事以后他才把所有借条拿给我看。就像做梦一样，我简直不敢相信这是真的，可上面清清楚楚地写着赖厂长的名字，盖着红红的印章。我实在想不通，这么多钱他是怎么借来的？这到底是怎么回事？你们想想，六七年前，我们买一间简陋、陈旧的宿舍，才几千元钱，还要找人去借，我们哪有什么钱呢？在我想来，帮助朋友应该在力所能及的范围内。我们没有能力用钱帮助你们，我希望他在体力劳动方面帮助你们，想不到他竟然在钱的事情上陷得如此之深，已远远超出了他的能力范围。在我看来，对朋友如此忠心和热情的人，除了跃华，在松阳这块土地上恐怕还找不到第二个，甚至在中国也少有。为了朋友他竟然可以不顾父亲、妻子、儿子这些身边最亲的人，我简直不懂他是一个什么人，我真的好恨他！

　　十二月二十日中午，这是一个令人难忘的时刻。跃华下班回来，见了我惊奇而又匆忙地对我说，快来，给你看一样东西！这是赖厂长儿子寄来的信！我一口气读完信，一颗沉重的心突然明朗起来，激动的泪水在眼眶里打转，视线模糊了。在朦胧的泪光中，我仿佛看到了两年多未见面的笑盈盈的赖厂长，眼前浮现了艳慧那张清秀又帅气的脸。艳慧不愧是赖厂长的好儿子，这让我想到人之所以为人，是因为除了语言和思维外，还有更重要的感情。信中的字字句句都牵动着我们的心，让我们看到了你们两代人共同的心语，感受到了人世间那份可贵的真情，它们像一束温暖的阳光照在我们的心田上。那一餐我吃了半碗饭，感觉到了饭菜的香甜，苍白而没有表情的脸开始红润起来，彻底绝望的心开始起死回生。我们感谢上天！

看了你们的信，我突然对你们离开松阳有了一份理解。也许真的是出于不得已你们才远走他乡，否则也不会走得这么匆匆忙忙。我本想等赖厂长回来后去你们厂里，与你们一家人谈谈心，可是等了一个多月，赖厂长都没有回来。我常常问跃华赖厂长回来没有，可他总是说这些日子赖厂长在天津或者上海。我还对跃华说，赖厂长出差这么长时间不回来，会不会是在做出走的准备？跃华还自信地告诉我，不会的，他们说过死也要死在松阳的，何况那么多困难都挺过来，接下去应该好起来了，他们怎么会轻易放弃一个曾经用心血一点点建造起来的工厂呢？于是，我一直都在等待，可惜你们连这个机会都没有给我就匆忙地离开了，更不知何年何月才能见着你们了。好在我们的心是相通的，许多话不说你们也明白。还有，你们寄来房子转让协议太晚了，银行已经让法院把房子封去了。早知如此，你们应该在出走之前把这件事情处理好的。现在，你们的房子没有了，跃华也是手足无措，身无分文地干着急。

赖厂长、小李、赖艳慧，你们这一走不要紧，但是留给我们的是一大堆无法解决的问题。为此，我有必要把一些情况给你们说清楚，让你们心里有数：

一、巨额贷款无钱可还，利息付不了，而帮助我们的人经济条件不好。本想让银行起诉我们，扣我们工资算了，但是帮助跃华贷款或者担保的人大多数家庭经济比较困难。比如寒山是一个人领工资，四个人吃饭，他山区老家还有一个老母亲，他大儿子上小学五年级，去年在丽水地区医院做心脏手术花去二万多元，小儿子才姗姗蹒跚学步。跃华村里的那些人，更是面朝黄土背朝天的庄稼人，他们都是出于一种信任与乡情而出面相助的。如果让法院来处理这件事，那么就要牵累到这些人，如果这样帮助我们的人还要让他们还钱，那我们就真的枉为人了。这于心不忍，于情不容，于理不通的事情，我们绝对不能做，也不会做。所以，你们一定要考虑我们目前的艰难处境，及时汇一部分钱来让我们渡过难关。

二、已经无钱可借，该借的钱都借了。如今真相大白，借钱给跃华的人有亲戚、朋友、同学、熟人、村里人、学生家长等等。凡是可以借到的钱跃华都借了，这真是活活地把我气死！你们一走，他一点后路也没有了。有人知道这件事后，不要说借钱给他，看到他都怕了，心里更恨死他了。因此，即便他想把贷款周转起来，也已经无能为力。我的一个学生，这个学期在我家里中饭和晚饭，并且每天晚上我辅导他做好作业后他才回家。不管多少钱，一个学期下来家长总该与我结账了吧！想不到跃华却瞒着我去人家那里借了三千元。不仅没有人跟我说一声，自己一个学期的努力都是徒劳，你们说气不气？为了帮助你们，他几乎把钱借绝了。这人一万元，那人二万元，再加上这里一千元，那里三千元，如果全部算起来，不知要牵涉到多少人呢！真是于心不安啊！

三、讨债人多，我们一家人的生活度日如年。你们一定可以想象得到，你们一走，消息就像风一样传遍了四面八方。借过钱的人都惊慌了，他们逼债的逼债，讨钱的讨钱，威胁的威胁……什么样的人都有啊！也许这时候才能真正分辨出什么是真与善，丑与恶，哪些是人，哪些不是人。知道吗？你们走后逼得最残忍的就是老庄和小刘，老庄的老婆在电话里说，如果我们不把钱还她，她就要赶到单位来闹事。我说现在大家都困难，应该互相体谅一下，她却什么话都听不进去，还说："赖叶土逃了跃华没有逃，如果跃华逃了，我也不问他拿钱了。"这哪里是人说出来的话？简直没有人性。为了不把事情闹大，我与跃华一起来到老庄家里，他们却一定要我们在过年前还一万元。实在没办法，我们只好领出学校仅有的一万元集资款，在二〇〇一年一月十日前还给了他们。我们终于尝到了心狠的滋味，有人自己不出面，竟然利用不讲道理的老婆来威逼，可耻可恨！小刘呢？也是一个非常恶劣的人。他那五千元要我们从二〇〇一年二月开始归还，六月底前全部还清，每月还一千元，还一定要我一起签字，并威胁我如果不签字，就去法院起诉我们。此时此刻，我可怜老实的跃华，若自己再不关心他，就没有人关心他了。为了跃华，我愤愤地写下自己的名字，然后含着眼泪去了教室。因为我再也不愿看见这些认钱不认人的人了。

如果别人这样做我还可以理解，但是他们这样做实在太不应该了。他们曾经都是一起为你们借钱的人，相互来往已经六七年，也是最清楚跃华处境的人，怎么可以如此冷酷无情呢？幸好这世上并不是每个人都这样，否则，我们真的跳楼都来不及了！我简直不敢想象跃华以后的日子该怎样过下去。早知如此，你们在出走前就该把这些事处理好，适当减轻跃华的负担，不至于你们一走就把什么担子都推到他这样惊慌失措的一个人肩上。

昨天是农历十二月廿七。中午的时候，靖居人孙贵来到我们家里，跃华曾经答应年前还他五百元钱。但是马上过年了，跃华以为他不会来了，就把口袋里所有的钱都还给了别人。跃华向他说明了又说明，并约定下个月工资领来一定给他。令人难以置信的是，孙贵却赖在宿舍里坚决不肯走。实在没有办法，跃华只好把只剩几元钱的工资存折给他,让他自己下个月去银行领工资。这样的事情只能偶尔发生,如果经常被人这样威逼着过日子,我们可怎么活下去啊!

四、我们既没有家产可以变卖,也没有房产可以抵押贷款,我们几乎一无所有。在所有为你借钱的人当中,跃华是面临着最大困难的人。别人有店面房可卖,别人有整幢房子可以抵押贷款,别人可以拿回借到别处去的钱,别人可以有兄弟姐妹的帮忙,可这些他一样都没有。我们没有积蓄,只有一套四十多平方米的旧宿舍,最多值一万五千元钱。跃华说,他已经用我们的工资和借来的钱为你们付了二十多个月的利息。公积金多次取出借给了你们,现在也是一取而光。跃华说,仅凭他一个人还债的话,不吃不喝也得还六十多年,如果加上利息那是一辈子都无法还清了。跃华是一个农村人,家乡只有一间泥墙瓦房,家里还有一个老父亲。本来他老人家每天乐呵呵在山上挖冬笋,但这样的事情发生后,他饭吃不下,走路也没有力气了。加上他儿子在村里借了许多钱,他一个七十多岁的人还要受别人的冷眼,听别人的闲言闲语。我们想想都于心难安啊!

赖厂长、小李、赖艳慧,也许正如你们所说,松阳可能不是一个办事业的地方,你们出去创业也不会错。但是不管日后面对怎样的困难,你们都要用心去克服,一切以事业为重。精打细算把事情做好了,有钱再还也不晚,但绝不能沉沦下去给松阳人当笑话。现在仔细回想你们在松阳创业的历史,若不是策划上的失误,也许早已经成功了。怪自己路越走越宽,怪别人路越走越窄。如今在外,你们一定要吸取过去的惨痛教训,要相信人会大落也一定会大起。许多人都是白手起家的,如香港的行政长官董建华,父辈家业兴旺,后来衰败了,他就是凭自己的节俭与勤劳东山再起,终于成了一个了不起的人。你们应该扶持艳慧学会企业管理,让他快快成长起来,他应该是一个很不错的人。人最重要的是相信自己,要活得有骨气,有志气，要明辨是非，要知恩报恩。对你真情的人就要用真心来对待，要活出一个人样来，让大家看看自己是一个顶天立地的人！就为这一点，我们每天都会默默地祝福你们，希望你们在不远的将来成为百万富翁、千万富翁，甚至亿万富翁。那时候，大家潇潇洒洒、轻轻松松、快快乐乐在一起，我们设酒相聚，我们举杯共庆，我们不枉朋友一场！我们没有白来世上一趟！我们等待着这一天！

马克思当年写《资本论》时穷得叮当响，恩格斯为了让他潜心著作，无时无刻不在无私地帮助他，甚至连生活费都常常是他寄的。因此，马克思才能完成了千古流芳的《资本论》，为人类社会做出不朽的贡献，他们的友谊是伟大的友谊，他们的人格值得后人永远敬仰。我们不是马克思、恩格斯，但是人的感情是一样的，跃华对你们的友谊和帮助也是一样的。不同的是跃华不是资本家，而是在自身十分困难的情况下，一次次地帮助了深陷困境中的你们。对于这一点你们心里很明白，相信你们也不会用生意场上的眼睛看我们，而应该把我们当作真正的朋友！

赖厂长、小李、赖艳慧，君子一言，驷马难追。你们看了我的信，一定要给我们一个回音，或打个电话给我们，听到你们的声音，对我们来说也是一种安慰，知道吗？请不要忘记远方正在为你们而在受苦受难的我们。我们相信你们超出了常人的逻辑，而你们也必须用超出常人的心来回应我们，慰藉我们一颗支离破碎的心！希望你们一定要遵守诺言，用行动去践行自己许下的诺言，希望你们不要辜负我们的一片真情。若可能，希望你们能尽早寄一点钱来，我们面临的困难实在是太大、太多了。年一过，债主们就会上门，贷款到期要周转、付利息，哪一样不要钱呢？我们真的无能为力啊！

明天就是大年三十，你们在哪里过年？我们时刻都想念着你们，你们也一定想念着我们吧！今天，跃华冒着寒风去龙泉下乾舅舅家了。三年前他舅舅儿子结婚，到我们家借了一千元，如果我们经济宽裕的话本来是不该问的，现在只好硬着头皮去了，也不知明天能拿回几百元。他老说没钱还，现在我们也管不了这么多。你想，来回二十里山路，如果我们真有办法，谁愿意这样做呢？今年过年，跃华口袋里只剩一百元钱，除去回家的车费，只有几十元钱了。因为我们把工资和年终的奖金都凑起来还大家了。幸好回家有饭吃，否则真叫人心寒哪！

赖厂长、小李、赖艳慧，这是一封我用泪水和内心的血写成的信，无论如何，你们都要用心去读它。我们真的忍受不了这种灾难性的折磨和打击。今晚借着山村的宁静，在灯光下，我坐在一张简陋的小凳上足足地给你们写了四五个小时。自己的思维都麻木了，手也写酸了，该睡觉了。一个曾经几乎用生命来承担你们苦难的人，现在反过来他们需要你们来解救的时候，你们将会以一种什么样的方式来对待呢？我们无时无刻不在急切地等待着你们的好消息啊！

祝你们春节快乐，万事如意，心想事成！

一份还款协议

晨雾渐渐散去，缕缕炊烟从逼仄小巷两旁覆盖着黑瓦的低矮屋顶上袅袅升起，寒气袭在脸上犹如刀割一样。上学的孩子们背着沉甸甸的书包，走在落满落叶的街道上。卖完早菜的菜农们心满意足地推着手拉车，正迈着轻松的步子回家去。热气弥漫的早餐店内声音嘈杂，人头攒动，美味飘香。拉着烤番薯、甜苞芦的三轮车小贩们吆喝着走过大街小巷，身后留下一串又长又响亮的声音。苟日新，日日新，又日新；古老小城新的一年开始了。

二〇〇一年是不平凡的一年。这一年，我食不甘味，寝不安枕，处境十分狼狈。这一年，我一边替人还债，一边挣钱养活自己，不论在家还是单位里，只要听到电话铃声，自己就心悸不安，有时在路上遇到熟人的目光，也会突然窘促起来。有几次去街上买菜，有人不仅乜斜着眼睛打量我的车篮子，还一声不响地用目光扫视我全身，冷冷的眼神就像寒光闪烁的利剑刺透了我的胸膛。有时有断炊之虞，我惶恐不安地向昔日的朋友、同学或同事打电话、写信或上门借钱，有人不理不睬，有人无情拒绝，有人一脸愁容地向我诉苦。感觉明确告诉自己，人们离我越去越远，人世间的牵挂与温暖正一天天如冰雪融化般地从自己身上消失。

从一月份开始，我先后还老庄一万五千元、小宋一万元、寒山妻子六千六百元、潘老师四千元、刘伟母亲三千元、小刘二千元、大姨夫一千五百元，以及其他零零星星加起来四千元。三月份付一季度贷款利息近三千元。四月份归还联社营业部贷款六千元。它们共计人民币六万余元。虽然奔忙不息、竭尽全力地还去这么多火烧眉毛般急迫的债务，但由于有限收入与巨额欠款的悬殊对比，我肩上的担负仍然像大山一样压得人喘不过气来。

四月十八日，我拿给叶伟杰四千元。二〇〇〇年冬天，叶伟杰曾多次提起我们在西屏信用社和农行松阳支行两笔贷款的归还问题，因为自己是贷款担保人。事情刚刚发生的时候，叶伟杰说宁可拿他老丈人的房产去抵押贷款，也不会给我增加负担。后来，他又说没有办法，要求自己为他归还贷款的三分之一。为此，我给他写了一封信说明自己眼下的艰难处境，希望他能够负责归还他自己亲手借给赖厂长的钱。为此，他同意先付利息，贷款本金等他过年后再想办法。可今天早上叶伟杰找我的时候，意思又不一样了。他说实在没有办法，还要求我找担保人去西屏信用社贷款，原本说好不用付利息的，现在却要我付三分之一。这种欲得其中，必求其上，欲得其上，必求上上的做法，虽然我们彼此心照不宣，但是为了息事宁人，肩负已重得不能再重的我只好万分无奈地做出牺牲部分利益的选择。何况自己的一笔笔贷款都周转起来了，总不能因为担保的事情让信用社起诉自己吧。叶伟杰没有稳定的职业和收入，如果他破罐子破摔的话，岂不是全部责任将落到自己肩上？于是，经过协商，我们于二〇〇一年四月二十日签订如下协议：

甲方：叶伟杰

乙方：徐跃华

二〇〇〇年十月十二日，由甲方借贷、乙方担保的形式共同帮赖叶土向西屏镇信用社贷款肆万伍仟元整（实数为叁万陆仟元整），于二〇〇一年四月二十日到期，由于赖叶土已出逃，造成本笔贷款无法归还，为了使甲、乙双方都能履行职责，分清责任，经双方协商，达成以下协议：

1. 由甲方负责本笔贷款本金贰万肆仟元及利息，由乙方负责本笔贷款本金壹万贰仟元。由于乙方目前一时难以解决资金问题，现乙方应先归还肆仟元，其余捌仟元从二〇〇一年五月份起，乙方应于每月二十五日前支付给甲方肆佰元，分二十个月还清捌仟元，由甲方负责归还西屏镇信用社。直至壹万贰仟元还清为止。

2. 若赖叶土今后能将借款寄回给甲方，甲方应将壹万贰仟元归还给乙方。

3. 若赖叶土今后不能将借款寄回给甲方，乙方所归还的壹万贰仟元应自己向赖叶土追回，于甲方无涉。

4. 本协议一式二份，甲、乙双方各执一份。

5. 本协议自签订之日起生效。

对于这件事的处理，如果换一个人或许就不是这样。虽然我不知道叶伟杰借钱给赖厂长的利率是多少，但我曾看到有人借钱给赖厂长的月利率为百分之四，他们之间是朋友和职工家属的关系，这钱完全是他自愿并亲手借给赖厂长的，跟我没有任何关系。每次贷款的时候，我都提醒叶伟杰不要借了，他都说没有关系。现在出事了，他却来找我还钱了。还说什么如果不是我担保，他是不会去贷款的。如果按照这样的逻辑推理，岂不是每个为我担保的人我都要归还贷款的三分之一？如果这样自己岂不是轻松多了吗？如果我是叶伟杰，自己绝不会这样做，但是，如果叶伟杰是我，他会答应还贷款的三分之一吗？

这无疑是一件雪上加霜的事情，可我毕竟是担保人，名字是我自己签下的，除了自认倒霉，我还有什么别的选择呢？为此，在举步维艰、度日如年的日子里，我分别于二〇〇一年十一月和二〇〇二年十月，还去了西屏信用社一万二千元、农行松阳支行九千元，共计人民币二万一千元。尤其令人难忘的是在西屏信用社还贷款的时候，原来大家说好只是周转一下，很快就可以贷款的。但是，当我真的把一万二千元还进去，刚刚还一脸堆笑的信贷人员却马上沉下脸来。

这么多年过去，我从来没有跟任何人说起这件事情，但是它留给我的记忆与教训是十分深刻的。它告诉我物以类聚，人以群分，要学会拒绝，对有些人要永远敬而远之。利益面前没有情感可言，像自己这样一个想着他人、心慈手软的人，除非不去参与利益之争，否则受伤害的将永远是自己。当今天写下这些文字的时候，我还有一种此情可待成追忆，只是至今还惘然的感觉。这些钱当时可是我整整两年的工资收入，是自己节衣缩食一个子儿一个子儿积攒起来的血汗钱哪！好在人们都说，消财可以免灾，自己就当这钱是慈善捐款吧！

没有梦想，何必远方；苦难的岁月在混混沌沌中一天天过去。这是一种昏迷般的日子，几乎没有自我、没有希望、没有痛感。二〇〇一年春天，为了普查优抚对象我在大山深处新处、谢村乡云遮雾罩的崇山峻岭间来回奔走。在这里，身心交瘁的我走过一个个陌生的村庄，踏进一户户阴暗潮湿的人家。看见了驼背弓腰、挪步艰难，已是耄耋之年的红军失散人员；看见了四十多岁仍未娶上媳妇的军人后代；看见了在深山小屋内住了整整十八年、年近七旬依然以砍柴为生的老夫妻。我像一个自身饱受苦痛的使者，却给比自己更为贫苦的人们带去一份光明与温暖。

五月二十日，阳溪信用社的一笔贷款到期了。从上个星期一开始，我就四处筹钱，因为钱的数目较大，需要二万二千元。若是以往，这也许会容易得多，而当时的自己借一千元都已经很难很难了。我把自己的处境跟声隆说了，他答应帮我借一万五千元，让我自己想办法借七千元。我回家跟妻子说起这还款的事情，妻子说家里有三千元可以拿去周转。再去哪里借四千元呢？我打电话给宽怀，他说月底才有钱。还说我日子这么困难，他给我的一千元不用还了。我说自己不要这样的钱，还是月底借三千元，等日后归还。月底的时候，宽怀真的借我三千元。十年过去，宽怀从未向我提起还钱的事情，直到今年春天自己才把这钱还给他。

我又打电话给惠子的阿姨，她说有点钱但刚刚还人。我怎么不早说呢？又给妇保所的小王打电话。小王说他小舅子出了事情，他刚刚从叶敏处借了五千元，但他愿意为我去单位借四千元公款。我说公款就不借了，因为他提到了叶敏，我向他问来叶敏的手机号和传呼号。叶敏和宽怀一样，同是我在山区教书时的学生家长，不同的是我从小认识叶敏。母亲在世时，他多次在我家里吃饭，还说我家培植在原木上的蘑菇用来烧鸡蛋很好吃。母亲常常说叶敏这个人很好。我打手机没有人接，又打传呼，叶敏打电话来了。他说刚刚借了一万元给为他带小孩的保姆，钱很紧张。我说借四千元周转贷款，三天内一定还他。他却说这些日子很忙，明天开会的发言材料还没有准备好，借钱的事情下次再说。我还想说话，他却很快把电话搁了。我有些不死心，又打了几次电话，可再也没人接了。

五月十八日早上。我来到办公室，犹豫了一阵，终于拿起话筒给刘伟的母亲打电话。因为没有借到钱，自己昨天夜里都没有睡。到底去哪里借四千元呢？我在脑海里搜寻了一遍又一遍，最后只留下刘伟的母亲，她也是自己唯一的希望。电话通了，可是刘伟的母亲说，他们的钱正准备去进货呢！事情已经到这一步，我只有再与声隆联系，声隆说他可以帮我把钱先还进去，只要我找好担保人下个星期一去办理贷款手续。晚上，我打传呼给寒山，一起去街上喝酒。我把情况告诉寒山，他没有二话就答应了担保的事情。

五月二十一日早上，我和寒山去阳溪信用社办理贷款手续。这一次，我贷款二万五千元，并且减去了百分之二十的扣留部分，自己终于松了一口气。关于这次贷款的事情，我心里充满复杂的思绪，它不仅让我深刻体会到人世间温情掩盖下的冷漠、虚伪和势利，更让我明白什么是苦难中的真诚、友爱和善良，甚至在我已经麻木的内心世界里，依然对此满怀感激与崇敬之情！

刻骨铭心的一件事

梧桐成荫，芭蕉新绿，裙衫飘飘，衣香丽影。几乎一夜之间，天气已变得燠热难耐。夏日的夜晚，深蓝色的天空星光闪烁，有风从窗外吹进来。我躺在家里那张破旧的沙发上，遥遥无期的巨额债务所带来的深重负担，让我的思绪一次次坠入无边的黑暗之中。如果自己是铁窗后面的囚犯，那么只要一天天挨过去就可以等到出狱的那一天，可眼下的日子如漫漫长夜，什么时候才能看到黎明的曙光呢？

六月十一日，我来到玉岩镇。在请徐主任一家吃过晚饭后，他同意让自己以贷还贷，即贷款二万八千元还去原贷款二万八千元。关于这次贷款，尤其让人难以忘怀的是叶方长老师。这些日子，为应付全镇备课笔记检查，叶老师几乎每天都是凌晨二点多睡觉，因为贷款的事情，他徒步二十五里山路来到玉岩镇。事情办完后，我塞给一脸倦容的叶老师一百元钱，他却坚决不肯收，还说，现在你这么困难，我怎么能要你的钱呢？我内心一阵感动，忽然觉得两眼发涩，马上把目光移开了。

已经是六月二十六日，离月底只有四天，但赖厂长曾经许诺六月份寄来的钱仍然无影无踪。焦急盼望与时时期待中的自己，内心越发充满了焦虑与不安。今天早上，延庆信用社打电话来让我去付利息。昨天，我从我曾向其写过三封信的同乡周生处借到一千元，付了阳溪信用社二季度的利息后，我口袋里只余下一百多元。我马上给同学有培打电话，他曾答应七月份借我一千元，现在却要等到十月份。我又给同乡张明打电话，他正准备在县城买地皮，借钱的事情过几天再说。我又给同乡周献打电话，他说股票被套住了。我又给昔日同事小温打电话。我刚来县城就认识小温，前后共事八年，他是我最要好的同事之一。他早早答应借我一千元，为此我打了无数次电话。开始他说隔几天，后来又是隔几天，再后来还是隔几天，可每次都给我留下一丝希望，以及不一样的原因：被人骗了，买地皮了，孩子读书缴费了，工资存折交给老婆了。可今天再打电话的时候，他却说这些日子他都要向我借钱了。

看来真的是无法可想了。口干舌燥打了这么多电话却没有借到一分钱，内心的焦急与失望让自己的眼睛有些模糊起来。但是信用社的利息是一定要付的，何况才三百多元钱！我又给发展计划局的小许打电话。小许说他存折上有七百元，让我下午去拿就是了。总算有人答应借钱了，我一阵兴奋，心里顿时轻松起来。于是，我向隔壁办公室的同事借了一百元，又去单位门口小店里借了一百元，并且告诉他们下午就还的。当我急匆匆地赶到延庆信用社的时候，工作人员却说我办事太拖拉，别人的贷款利息早就付了。

下午，我骑着自行车，满怀希望地来到坐落在县城新华路的发展计划局。我快步走到三楼楼梯口的时候，小许刚刚从办公室里走出来。他一看见我，马上吞吞吐吐地说他老婆的一位亲戚生病住院了，他自己还要去借钱，真是对不起，他也是刚刚知道这件事情。我感到一阵失望，虽然口里说没关系，心里却充满幻灭的情思。因为自己说下午就把钱还人的，不想却遇上了这样的事情。我匆匆忙忙地来到家里，翻箱倒柜找到了一百三十元。我把同事的一百元还了，可仍然欠单位门口的小店一百元。

任何人不借钱给自己都是有理由的，而自己向任何人借钱不还都是没有理由的。但自己不会印钱，除了不断地借钱还钱，还有什么办法呢？难道去偷？去抢？去骗？去讨？这样的事情自己还没有学呢！在这焦头烂额的日子里，自己只有小心翼翼地向人们赔不是。真的感谢那些常常打电话来要钱的人，虽然他们因为失望说了许多不好听的话，但没有像孙贵、老庄、小刘一样，跑到我家里或办公室来要钱。但是，不期而至的事情时有发生，以致让人感到惊慌失措。

七月二十三日，星期一。早上，当我来到单位上班的时候，村里人永贵和另一个同村人早已等在办公楼一楼的草地上。永贵泪眼汪汪地告诉我，他妻子骑电动自行车不小心把腿摔断了，刚来到县医院准备做手术，让我马上把四千元借款还他。还说，如果日子过得去他是不会问我要钱的。我很理解永贵的为人和他此刻的心情，遇上了这样的事情，谁都会这么做，只是自己又去哪里想办法还这么多钱呢？我感到双眼模糊，脑袋里一阵阵眩晕。幸好这些日子单位里发了二千元钱，情急之中的自己又去单位出纳小曾那里借了二千元，总算把钱凑齐了。只是有谁知道此时此刻的我，却连交电话费的钱都没有了。

在这样的日子里，困难却一个个接踵而来。学校的宿舍要准备拆迁了，而我的房产证，以及同为拆迁户的叶老师的房产证（我曾向叶老师借来他的房产证去借款），却都放在农办（即农经委）拿不回来。因为没有房产证，我们的拆迁将面临种种意想不到的问题。每当想到这件事，愁肠满腹的自己连夜里做梦都会惊出一身冷汗。孩子要读初中了。因为近年来各学校想尽办法掏家长们的口袋，比如县三中小班一次性就要捐资八千元，所以，最后，我们让孩子去城南中学读书，但是也要一次性捐资三千元。感谢妻子的努力，因为我已经束手无策。关于这件事，儿子在他的作文《刻骨铭心的一件事》里已经写到了：

　　天空没有一丝云彩，燃烧的太阳像个大火球悬挂在房顶上。窗外灰色的瓦片上烈焰腾腾，金光闪烁，我的视线已变得模糊不清。远处围墙边上几株高大的水杉，细长的叶子萎靡不振地低下了头。周围一片寂静，我一个人焦急地望着墙上的那只挂钟，可它不紧不慢地走着，一点都不在乎我在想什么。

　　去年冬天，爸爸的一个朋友借了我们很多钱跑了。这可害苦我们一家了，家里的笑声没有了，还经常有人打电话来向我们要钱。为此，爸爸、妈妈的头发白了许多，他们好像一夜之间就变苍老了。现在，又一个困难摆在我们面前，自己去城南中学读书的三千元学费仍然没有着落。因为明天就要交钱，所以今天一早妈妈就一个人去乡下舅舅家里借钱了。

　　我一次次走到房门外，默默地倚在走廊上盼着妈妈回家。在火辣辣的太阳光下，在静无一人的巷子里，妈妈的身影出现了。我一阵兴奋，但也有些不安起来，妈妈把钱借来了吗？妈妈来到家里，我看见她头发上渗满了汗水，背上的衣服也湿漉漉的。我急忙倒了一杯开水递过去，可妈妈一口水都没喝就忧心忡忡地说："怎么办？还差四百五十元钱，我们去哪里找呢？"一时，我们都陷入一片沉思之中。

　　这时，我突然想到银行，随即发出一个响亮得让自己都不敢相信的声音："妈妈，去年过年你不是帮我在银行里存了五百元压岁钱吗？还没有取出来吧！"妈妈一听，也马上想到了这一点。我们欣喜万分地把存折从书橱里取出来。一看，果然是五百元！于是，我们立即马不停蹄地向新华路上的建行走去。午后的大街刚刚浇过水，一股股热气包围着来往的行人，可我们全然顾不上这些。我跟着妈妈快步走着，好像晚了就会错过领钱的机会了。

把这救命似的五百元钱取出来的时候，我们心里一下子都安静了许多。学费终于凑齐了，一脸兴奋的我几乎都要跳起来。可是，看到妈妈一脸倦容，额头上渗满汗水，一种自责感涌上我心头，因为都是因为我才让她在这烈日炎炎里不停地四处奔跑啊！当我想对妈妈说什么的时候，她已经在催促我回家了。

走在回家的路上，我们的心里渐渐轻松起来。这时候，太阳光变得柔和了，仿佛它也被我们感动，不再忍心让我们受热了。这是让人刻骨铭心的一件事，它不仅让我感受到母爱的无私与关怀，也让我懂得了穷困所带来的无奈与不幸！

八月二十六日的信

　　黄昏降临，光线黯淡，凝滞的空气，没有一丝风，小城闷热得像一个蒸笼。学校放暑假，妻子带着孩子去乡下了。每天这时候，筋疲力尽的自己就会一个人躺在家中沙发上休息一会儿。燠热难耐的二〇〇一年夏天，我没有得到赖厂长一家人的任何消息。他们许诺六月份寄来第一笔利息，可现在八月底了，自己望眼欲穿苦苦地等待了半年多，哪有什么钱的影子啊？望着家人急躁不安与忧心忡忡的样子，美丽的谎言像一把锥心刺骨的钢刀，一次次切割在我血淋淋的心口上。

　　关于这半年多来的处境和心情，我在二〇〇一年八月二十六日写给赖厂长的信里有过详细的交代。虽然写了许多信，不断地叙说自己在他们出走后所面临的一切，但是这些寄往江西省宜黄县黄陂镇安槎村杨凤英转赖叶土的信，最后都石沉大海，无影无踪。只是不知道这些人如果真的有一天读到了这样的信，内心是否能感到一丝愧疚与自责：

尊敬的赖厂长：

　　以前的来信你们都收到了吗？如果看了我的信你们一定会为我目前的处境担忧吧！这是一封封锥心泣血、痛之入骨的信，因为自己遇见的困难太多太多，内心的负担太重太重，生计的安排太苦太苦。

在我看来，从最起码的人性出发，就算从来不写信，你们也应该想象得到我目前的生活——一种生不如死的日子。这种如漫漫长夜的般的忙碌与劳累，辛酸与悲凉，隐忍与感伤，落寞与无奈，已经不是可以用文字来表述了的。

你们离开松阳已经八个多月，我深信你们曾经许下的承诺，一直都在自我安慰和拼尽全力地自我拯救。从你们离开那天开始，我劳心劳力，奔忙不息，周转贷款，借钱还钱，几乎没有过上一天安宁的日子。自二〇〇一年一月开始，我先后还老庄一万七千元，小刘四千元，小宋一万元，刘伟父母三千元，寒山妻子六千六百元，潘老师四千元，叶伟杰五千元，大姨夫一千五百元，以及其他人的借款零零星星加起来四千元；四月份归还联社六千元；五月份从阳溪信用社贷款三千元，加上我们夫妻俩的工资，付私人借款利息四千余元；三月份、六月份两个季度付信用社利息近一万元。总计人民币近八万元。现在，很快九月份了，自己又开始为三季度的贷款利息而睡不着觉了。信用社既有我自己的贷款也有别人为我借的贷款，一个季度利息近五千元哪！

在这半年多的时光里，自己每天过着如坐针毡的日子。我除了努力挣钱，省吃俭用，还常常厚着脸皮到处借钱，总算一天天熬过来了。现在，联社的贷款已经超期半个多月，城市信用社贷款的归还日期也很快到了，枫坪信用社村上人帮我借的一笔贷款也超期了一个多月。还有叶伟杰借款、我自己担保的农行贷款即将到期，他又来逼我还钱了。如此沉重的担子，我的肩膀如何能够承受啊！这一笔笔即将到期或已经超期的贷款，像一双双无形的大手使劲地掐着我的脖子，又如影随形地紧跟着我的每一个日出日落。它们不仅给自己一种死亡笼罩下的窒息感，又时时刻刻让我的内心得不到一丝安宁。钱，已经无处可借，日子，已是如此艰辛。这些都是你们一手造成的，但是你们曾经许诺六月份寄来的钱又在哪里呢？

困难越来越大，困难越来越多，我的日子已经到了山穷水尽的地步。可疲惫不堪的自己目前又面临着这些难题。首先是儿子要读初中了。今年，有钱人的孩子成绩好可以去杭州、诸暨、金华等地教学质量好的学校读初中，自己的儿子却连三中都进不去。我儿子今年考了二百六十九分（总分二百七十五分），在全县二千多名考生中，排名第十八名。可现在读书费用高得惊人，去三中读重点班要捐款八千元，再加上其他费用，一次性缴费要超过一万元。

做父母的人都知道，孩子读书事关人生前程，这是万万不能耽误的。可自己哪有这么多钱呢？我只好让儿子去城南中学读书。这样的事情，自己真是太对不住儿子了。可是谁能想到，就是去城南中学读重点班也要捐款三千元。我已束手无策，这钱要儿子母亲去借了。另外，我大姨的儿子今年读大二，他们的钱款自己一时无法归还，所以外甥读书也只有贷款了。原以为你们一定会信守诺言在六月份寄钱来，那样至少我儿子读书的事情就不会耽误。不想现在已经八月底，我望眼欲穿地等待了半年多，你们不但没有寄钱来，甚至连一点音信都没有。你们这样做人，真可谓罪孽深重，害人不浅啊！

其次，我们学校的宿舍要拆迁了。已经说了几年要拆迁的宿舍，现在可能真的要拆了。可是，我的房产证为你们借款放在农办（即农经委——笔者注），没有房产证，宿舍拆迁会遇上许许多多意想不到的问题。不说能不能领到安置费，就说重新申办房产证就是一个大问题。还有，如果农办出来干涉又怎么办？更要命的是，我还借了叶老师的房产证为你们借款，而他的房产证也一同放在农办，而叶老师一样是拆迁户。为此，自己曾经多次去农办找杨主任，可他要我交二万元才能取回两本房产证。现在，自己吃饭都成问题，又去哪里找二万元钱呢?

　　叶老师家住农村,幼年失怙,独立为生,经济拮据。这些情况你们可都是清清楚楚的。如果因为我妨碍了他的宿舍拆迁,这就不仅仅是有愧于人的事情。何况如果房子真的拆了,我一家人又住哪里去呢?这些日子,我去学校周围看了几处房子,要准备租房子了。当我汗流满面地走在大街上,想到今天的一切都是因为你们的缘故,心里就有说不出的伤心啊!要知道做人落魄到这种地步,真的已经够可怜了。

　　为了你们,今年三十七岁的我,工作了近二十年,却买不上一个传呼机。现在,自己仅有四十多个平方米的宿舍也要拆了,难道你们就这样袖手旁观吗?想当初,你们有舒适的商品房,还有几千平方米的厂房,却还要盖一栋建筑面积几百平方米的小洋房。现在,不但你们自己无家可归,流落他乡,过着一种惊弓之鸟的日子,还把我一家人也害得无路可走。时至今日,你们该做何感想啊!

　　你们可以一走了之,我柔软的肩膀却要为你们承受如此沉重的担子。现在,我的身体状况也已经不如以前了。半年多来,自己不仅家庭不睦,朋友相弃,路人侧目,在社会上也抬不起头来。我头发已经白了许多,耳朵也有些听不清楚,甚至视力都开始模糊起来。你们离开松阳的时候,我就十分劳累了,可现在又过去半年多了。你们应该想象得到,我如今过的是一种什么样的日子啊!自己不仅每天要面临各种各样的事务,还得承受来自方方面面的压力,特别是这五十多万元本金的巨额债务和那遥遥无期的利息,还要面对这么多要债的人,仅仅靠我夫妻俩七百多元的月工资怎么能够替你们还清如此巨大的债务啊!铁钢会断裂,石头会磨穿;一个人的承受力是有限的,如果长期这样下去,我不论在精神上还是在肉体上,都会垮下来。这可是一种毁灭性的摧残啊!

世态炎凉，冷暖自知。因为你们，我不仅不能让年迈的父亲过上衣食无忧的日子，还让孩子因为交不起学费而失去就读好学校的机会，甚至一家人天天都在担惊受怕中过日子。我的遭遇不是一般人的遭遇，任何一个有同情之心的人，一个有仁爱之心的人，如果知道了，都会过意不去，甚至如果有上帝存在，知道了我的遭遇，也一定会洒一掬同情之泪吧！难道说只有你们是铁石心肠，无情又无义？！何况，当初你们面临困难的时候，我又是如何对待你们的呢？至少你不会忘记你去年春天被关押在城郊派出所的时候，还是我给你送饭的吧！

绿水本无忧，因风皱面，青山本不老，为雪白头。我的一切不幸与痛苦都是你们一手造成的，每个人都要为自己的行为负责。我们都是血肉之躯，我们都是父母所生，我们都不会丧失做人最起码的人性。望你们设身处地为我目前的处境着想，践行诺言，也请你们看在上帝的面上，为我解倒悬之急，救我一家人于水深火热之中吧！

一张贺年卡

天空高远，山川明净，窗外高大挺拔的广玉兰，其墨绿色的叶片越发光洁闪亮。在绿荫掩映下，隐隐约约显露出一条砌着鹅卵石的小径，路旁长满密密匝匝的覆盆子。在树丛里拼力争得阳光的乌桕，树干上缠绕着藤萝丝蔓，枝头已泛出一片片黄色。一丛丛匍匐生长的野菊花，苍翠欲滴，叶片上绽出无数大大小小的花蕾，不时散发出含着苦涩味的缕缕幽香。在浓荫匝地的树丛里，我常常一个人站在一株紫褐色树皮、枝条瘦削修长、姿态生动潇洒的大岛樱下，或屏息凝视一片绿意葱茏，或寻寻觅觅着一个句子或一个词。

二〇〇一年秋风穿户、东篱菊黄的日子，每个星期天我几乎都在办公室里奋笔疾书。有时是在写论文，有时因贷款需要为他人义务撰写总结或为单位撰写参加某个会议的发言稿，更多的是为本地报纸写些豆腐块文章换取几个青菜钱。二〇〇一年，我发表各类散文、随笔及信息文字近百篇，获得包括各类稿费、奖金六千余元。

当时，自己既没有电脑，也不会打字，一篇四五千字的文稿完全是一个字一个字手写出来的。尤其是编写那些自己不喜欢或者找不到感觉的文字，无疑是牛不喝水强按头。但是和自己今年夏天做家庭教师、辅导孩子们作文相比，我还是喜欢一个人在办公室里苦思冥想地遣词造句。因为这是自由的，身旁既没有家长们过于关注的眼神，也没有孩子们吵吵闹闹的声音。

　　为了活着，妻子和我一样绞尽脑汁、拼尽全力地挣钱。九月一日学校开学，学生来到我们家。我早上六点起床，烧好稀饭，让孩子们吃饱去上学，然后买菜、洗碗、淘米、擦桌子、整理房间。中午是差不多的程序，晚上却是一天最为繁忙的时刻。因为宿舍狭窄，孩子们就在餐桌上写作业。七八个人围着大圆桌吃过晚饭，我让孩子们先去校园操场上玩耍一会儿，自己则马上开始整理餐桌。当我手脚麻利地把碗筷刷洗干净，清理了地面，又匆匆忙忙用抹布把餐桌擦干净后，孩子们各自回到座位上做作业。他们偶尔也会吵架，有人还哭鼻子。他们做作业的时候，我和妻子坐在一旁排疑解难，随时辅导。一个班级六十二名学生，妻子白天工作已十分劳累。她白天黑夜拼命地劳作，尤其承受着如此沉重的打击与压力，其内心的辛酸与苦楚是旁人难以忖度与分担的。此时，我暗暗地想，如果上天有眼，也一定会用悲悯的双眼看着我们。一直忙到夜里九点多，孩子们该回家的回家了，该睡觉的睡觉了，我们忙碌的一天总算过去。这时，我们就去操场上走一会儿，或者坐在校园花坛的水杉树下休息一会儿。这时，我常对妻子开玩笑：现在是我们放风的时间了！

　　苦苦地挣扎在生存线上，日子过得如同热锅上的蚂蚁。那时，联社营业部的贷款已展期到十月底，可延庆信用社的贷款要到期了，还有第三季度付利息的日子越来越近。惴惴不安的自己开始四处借钱，既然向身边的熟人借不到钱，就向远处开着宝马、资产上千万的同学借钱。但是，当千般无奈的自己把充满辛酸与艰难的生活写在纸上传真过去，提出借没齿不忘的一万元钱解燃眉之急的时候，不想这些人也是一只铁公鸡，只喜欢锦上添花，不愿意雪中送炭。世态人情的漠然，巨额债务的压力，单位工作的繁忙，日常生活的劳累，让我经常眼冒金星，有时走在大街上，甚至觉得连空气都是沉重的压力。

　　九月份，单位出纳小曾借自己三千元。小曾即将退休，每天默默地埋头于烦琐的财务工作。有一天她来办公室送工资条，当我说起我处境艰难正为三季度利息发愁的时候，谁知这个平时不声不响的人竟主动提出愿意借钱给我。因为有了这些钱，我及时付清了联社营业部，以及枫坪、玉岩信用社的第三季度利息，又一次支起自己为人诚信的标杆，为日后贷款周转创造了有利条件。我们不要不在乎周围那些平凡得无声无息的人，在关键时刻能给予自己帮助的也许就是他们这样的人。

九月二十四日，延庆信用社的一万五千元贷款到期了。因为借不到钱，我来到延庆信用社找小何。在小何办公室门口的走廊上，我说了自己的困难处境，希望把担保人换成贷款人，通过以贷还贷的方式周转贷款。小何很干脆地答应了。于是，我让寒山出面贷款，自己做担保人，把这笔贷款周转起来。小何为我减去贷款百分之二十的扣留部分三千元，这样每季度可少付八十多元利息。在这万分艰难的时刻，我终于喘了一口气。这不仅让自己肩上的担子稍稍轻松了一些，也为日后还款赢得了时间，至少自己还不会成为一个被告人。

二〇〇一年十月初，县城松阳商厦商品房可以按揭贷款，我们决定贷款七万五千元买一套商品房。妻子去他哥哥的舅子家里借了一万元，一共凑上一万七千元，但首付还差八千元。于是，我跟声隆商量，提前归还十月底到期的贷款，把原来一万六千元贷款变成二万四千元，刚好凑齐买房子的首付款二万五千元。虽然由于开发商办事拖延，我们付了四千元违约金，最后把房子退了；虽然声隆如兄弟般为我借出来的钱，后来却给叶伟杰还贷款了；虽然在山穷水尽的日子里，我们还毅然下定决心买房子。这让自己想起一个旅行家说的故事：有一次，他看到一群栖息在草地上的蝴蝶，迁出了它们的住地向高山上飞去。喜马拉雅山上冰天雪地，空气稀薄，蝴蝶一个个掉落下去,雪地被它们黄色的翅膀覆盖了。但是所有的蝴蝶,都向着高山之巅,坚定勇敢地拍打着它们那小小的翅膀⋯⋯

十一月十九日,我在樟溪乡陪同省勘测设计院的工作人员走访移民点。中午在乡政府食堂用餐,正当大家吃得开心的时候,有人叫我去办公室接电话。原来电话是联社营业部打来的,让我马上去还款,否则要起诉了。顿时,自己吃饭的兴致都没有了。

下午,我们继续走在田野上,但自己内心感到阵阵不安。来到樟村的时候,我借驾驶员小阙的手机给叶主任打电话,因信号不好,我又去农户家里打电话。我恳求叶主任让我以贷还贷,她婉言拒绝了我的请求,但答应还款后可以继续贷款。我心里十分紧张,惴惴不安地走在田塍上,真的不知如何是好。这时,我抱着试试看的心情问这里的乡长王子鑫。因为我们曾经一起在玉岩工作,在县城租房时是隔壁邻居。他马上打电话给朋友,对方很快答应了。我和省勘测设计院的小徐、小俞坐在乡政府的办公室里,因为没有拿到钱,自己心里还是忐忑不安。我问王子鑫是否回县城,最好当天去还钱。王子鑫说,钱已经放在他妻子手里。

我们沿着江南公路下来,自己来到建行松阳支行,从王子鑫妻子手里接过一万八千元钱。小阙开车送我来到联社营业部,我还钱后去找叶主任,她让我明天早上去贷款。王子鑫请我们四个人去车站旁的红太阳狗肉馆吃晚饭。我们围着一张小圆桌,一大锅热气腾腾的狗肉、狗肠,辛辣有味,香气弥漫。今晚的狗肉味道特别好,自己也是第一次吃狗肠。从此以后,我再也没有吃到比今晚更好吃的狗肉。晚上回家,在昏暗的灯光下,我记下了这些对自己来说就像梦一样的经历。

日子一天天过去,却不见赖厂长他们寄钱来。他们竟是如此得绝情,这些人除了爱他们自己,也许从来都不会想到别人。美丽的谎言像一把锥心刺骨的钢刀,无数次切割在我血淋淋的心口上。但是二〇〇一年发生的许多事情，都深深地打动了我，令我难以忘怀。

一个冬日的午后，我收到一封来自远方的信件。我小心地撕开洁白的信封，发现是一张贺年卡。这是一张别致的贺年卡，它的正面图案设计为两扇紫红色大门，打开"大门"，迎面扑来的是两个遒劲有力的大字：拜年。在光洁、静柔的纸面上，用漂亮的钢笔行书写着：人间有爱，天地有情，从冰雪到绿草，那是冬天走向春天的路，从失败到成功，那是你冒着风雪，踏着冰层闯出来的路。

这是一位同乡寄来的。他是一位颇有才气的年轻人，少年丧父，独立为生。我们曾经一起教书，一同从乡下来到县城。因为爱好音乐，他毅然辞职考进浙大音乐系。他一边打工，一边完成学业，同时，还要照顾刚考入大学的弟弟。不想，他却没有忘记我，记着我的一家。想到这些，自己如冬日天空般阴暗的内心，仿佛感受到了缕缕阳光的温暖。

这是一个没有钱几乎就没有一切的世界。对物质财富的无限占领已成为我们心灵大海的航标，甚至有人渴望把整个世界都装入自己的口袋中。可就在我的周围充斥着嫌贫爱富之性和攀龙附凤之心的日子里，正当无助的生命如寒夜般黑暗的时刻，自己却意外地收到了一张充满力量的贺年卡。我珍惜地拿在手里，久久地凝视着这张来自远方的贺年卡。因为在我生命的冬天里，它是漫漫长夜雪原上的一缕亮光，是荒凉贫瘠山岗上的一片绿荫，是干涸无垠荒漠上的一眼清泉！

寻找贷款人

日月经天，江河行地；痛苦的人生没有权利悲哀，真实的生活不需要抒情，渺小的生命拒绝随波逐流。在与命运凝眸相视的每一个朝朝暮暮里，我们既乐于沉醉愉悦，也勇于肩负苦痛，既善于珍惜拥有，也敢于舍弃所得。在生命厮守着动与静、冷与热、甘与苦、悲与喜的所有日子里，我们从未停下为生存而努力奔走的脚步。

日子在忙碌中一天天过去，这是一种丧失自我，却不能以一种积极有效的方法去马上彻底改变的几乎绝望的日子。陀思妥耶夫斯基说，人无论任何境遇，都适应得了。但是，漫无尽头的苦难生活，无时无刻不在折磨着我，摧残着我的身心健康，让惴惴不安的自己时时觉得就要坠入人生的深渊。在日渐窘迫与消沉的日子里，自己的内心一直在呼唤：让我坚强起来吧！

在这样的日子里，最苦最累的也许还是自己无辜的妻子。她可谓身心交瘁、不遗余力地拯救着这个家。她不仅白天在学校上课，夜晚还在家里带学生，星期天和寒暑假的时候，就去给学生们上作文辅导课，用智慧和汗水换取适当的报酬。经过妻子的不懈努力，在我们最困难的时候，我们还买下了一栋占地面积近六十平方米、建筑面积一百四十多平方米的三层水泥楼房。在我们工作了近二十年，即将步入不惑之年的时候，总算有了属于自己的房子。

七十多岁的老父亲一个人在乡下生活。他砍柴、种菜、养鸡、烧饭，不仅用双手养活自己，还劈草、刨地、施肥，把家乡十几亩毛竹林开发出来。大年上山挖冬笋、春笋，小年上山砍毛竹，每年都有四五千元的收入。虽然过着山里人最简单、朴素的日子，但是他还先后拿出近万元为我还账。作为儿子，自己心中无论如何都是有愧的。每当想起这些，我心里就一片空白。为此，我常常对自己说，为了这些一定要振作起来啊！

只有不足千元的月工资，为支付信用社及私人借款的利息，我经常靠借钱来支撑日子。虽然有些人的借款我已不再继续付利息，但是要求还钱的声音还是不绝于耳，甚至撞击着我惊慌失措的内心世界。有时单位里有预算外的钱发下来或是逢年过节发了钱，我正准备还贷款，可有人逼得紧，自己只好把钱先还给对方。虽然私人借款已越来越少，但是信用社的贷款几乎没有减少。一年又一年，只有惠子的母亲水娟汇款借我二万元，让我还清联社营业部贷款一万八千元。我唯一的办法就是一次次借钱、找担保人，不断地把信用社的贷款周转起来。

我非常感谢惠子的母亲，也非常感谢那些借钱让自己周转、为自己担保的人，有些人还不是很熟悉，甚至只是一面之交。我永远为他们祝福，因为在我最困苦不堪的时候，是他们的善良、同情与侠义，让自己一次又一次地渡过难关，是他们的关心、帮助与友爱，让自己的人生之路一天比一天走得从容。然而，尽管有这么多人伸出一双双温暖的手，但巨额债务依然像千万斤重担压在我肩上，让自己食不甘味，寝不安席。

二〇〇三年六月十日，玉岩信用社二万八千元贷款到期了。还款时间日近一日，自己心中的焦虑日深一日。为这笔贷款，叶方长老师在两个月前就打来电话，他今年八月份准备贷款买房子，不再帮助我贷款了。电话是叶老师从他任教学校的村里打来的，我问他电话号码，他却说不知道，只是说提前告诉我这个消息，是为了让我做好准备，再去找一个贷款人。因贷款数额大，我除了以贷还贷，还没有其他办法。我曾想只要这笔贷款周转起来，那么今年下半年自己就能够平稳地度过，等到十月份说不准还可以还一部分钱。否则私人要债、信用社催款，加上为我贷款的人又要我还钱，我还有什么心思做事情呢？我将会在天昏地暗中度日如年。何况自己平日杂事繁多，身心经受多年煎熬，内心压力巨大。这样，恐怕我真的要承受不住了。

　　为了找一个贷款人，我从月初开始四处打电话，先后已经不知打了多少电话。在无数的焦虑与失望中，我站在办公室的窗户旁，只感到脑袋发胀，双眼迷蒙，甚至连远处的景物都看不清楚了。我先给郭华打电话，郭华说从来没做过这样的事情，让他想一想再说。三个多小时后再打电话的时候，他说很害怕，却答应三天后借我两千元。三天后再打电话的时候，他说已经跟同学联系好了，让我过一个星期去拿钱。一个星期过去，我再打电话与他联系，他却杳无音讯，只有手机里传来这样的声音：联系不上，请稍后再拨。家宝说他已经为别人贷款五万元，按规定不能贷款了。春奇说他愿意贷款，但要信用社同意。可我问过信用社后再与他联系时，他的手机再也打不进去，包括他家里的电话也没人接了。郑义说他已贷款五万元，否则可以替我贷款。春奇的手机号码也是他找来的。郑义还找过建东和邵中，建东已贷款五万元，邵中不同意。我打电话给剑锋，他说替人担保出事情了，如果信用社同意，他愿意为我贷款。我问信用社，被拒绝了。剑锋答应为我去找一个贷款人，但他说这样的人很难找。三天后，我们再联系的时候，真的没有找到人。

　　以上这些人都是我在玉岩教书时的学生，是自己信任的人，也是最有可能帮助自己贷款的人，但我找不到一个贷款人。我试图找到更多昔日的学生，打电话去玉岩林业站、谢村水库等地方找他们，却同样没有找到贷款人。于是，我开始打电话寻找昔日的老师，以及自己在玉岩教书时的同事和家长。

周老师说他已经贷款五万元，还让别人贷款一万元，但是如果信用社同意的话，他愿意帮助贷款。我问信用社，信用社却不同意。徐老师说他为女婿贷款还没有还，否则这点小事情好说的，还客气地邀请我去玉岩玩。杨老师说他前几年在校办工厂时的贷款还未处理好，信用社已经不让他贷款了。虽然杨老师的声音听起来很苍老，但是我能够感觉到他为人的坦然与诚心。叶老师说他已经为别人担保了很多钱，但经不起我一再地恳求，他终于答应为我贷款，但是要信用社同意。我征得信用社同意并说好下星期一去贷款，当晚上再打电话给叶老师的时候，电话里却传来这样的声音：真对不起，我是愿意帮你的，可老婆不同意，如果我帮你了她要跟我离婚。人是一种善变与捉摸不透的动物，难怪有人说，人最难做的是始终如一，而最易做的是变幻无常。

我又给雨生打电话，他说已经贷款二十多万元，还有别人也替他借了很多钱。开始，雨生的妻子说话非常热情，但知道贷款的事情后，电话里的声音马上淡漠起来。雨生客气地回答了我的问题，却在盛情中拒绝了我的请求。我又给剑雄打电话，他说已经用房产抵押贷款二十万元，如果可以再贷款的话他愿意帮助，还告诉了我他的手机号码。我问信用社，回答是这样的：贷款需要联社审批，手续烦琐。我又给广庆、元生、山谷打电话，都是他们的妻子接的电话，她们不厌其烦地问我找他们到底什么事情，以致我都不想说话了，只好不了了之。

所有的希望都落空了，所有的寻找都没有达到目标，我只好打电话去找叶老师。我从玉岩镇校老师的电话簿里找到了叶老师，原来他是有电话的。我打通了电话，叶老师却坚决不同意贷款，态度决绝，语气非常生硬。我十分详细地向他述说了这些日子找贷款人的经过，告诉他真的是无法可想，希望他最后帮自己一次。何况贷款不周转起来，信用社还是要找他的。渐渐地，叶老师有些松口了，但是他要求我跟徐主任说清楚，在他买房子的时候再贷款二万元，并且他们说有言在先的。我只好在疑惑不定中把事情答应下来。以后的事情谁都不知道，只有事实比我们的想法更正确。自己几乎磨破了嘴皮，在我们利益一致的背景下，叶老师终于同意六月九日去玉岩贷款。

贷款人找到了，我马上给玉岩信用社打电话，这时徐主任却来县城了。之前，我们曾经约好下星期一即六月九日去玉岩信用社贷款，因为答应贷款的人朝三暮四，我感到无所适从，只有不断打电话征求徐主任的意见。也许是心情紧张，也许是不相信别人，自己一次次打电话把徐主任惹烦了。他说，你这个人真烦，还是把贷款还了再说！在我心慌意乱的一再恳请下，他才答应以贷还贷。现在徐主任来县城了，我打电话请他吃饭，他却说本地鸡吃腻了，酒也不想喝。我买来一条香烟准备送给他，他又说旅馆还没有住下，并约定晚上八点再联系。晚上八点，我心急火燎地给徐主任打电话，他却说正在同事家里玩牌不要找他了，并告诉我下星期二才能去玉岩贷款。

于是，我打电话给叶老师，告诉他十日才可以贷款。这时，叶老师却已经在玉岩，他说这样是等不住的，他已经跟学生说好星期二上课。叶老师的语气又生硬起来，自己只好跟他说学校的事情让我与校长联系。九日下午，叶老师打电话对我说，他要来县城了。我原来准备星期一去玉岩住一夜，第二天贷款，他要出来，我就只好等他出来再说了。

六月九日黄昏，我去车站等叶老师，可他一脸不高兴的样子。

我们来到新华北路红泥酒店吃晚饭。他讲起买房子的事情，又告诉我他七十多岁父亲说的话：既然已经帮助别人，也就不在乎再帮一次了。我为他父亲的话感动了一下，可自己毕竟是求人办事，叶老师的脸色又不好看，我们坐在一起吃饭，气氛十分沉闷。自己内心感到一阵阵压抑，要不是因为事出无奈，否则我真的不想让他贷款了。

六月十日早上八点未到，我们坐早车来到了玉岩。在办理贷款手续时，叶老师的私章没带在身上，我找遍玉岩村才让人刻了一枚私章。因为考虑到一次次周转贷款太麻烦，宁可利息高一些，我把还款时间推到二〇〇五年十二月十日。一个小时后，我们把转贷手续办好了。自己丢下一条大红鹰香烟，付了六百多元利息，终于轻松地走出信用社的大门。

我怀着无限感激的心情和叶老师一起来到车站。叶老师还得赶回学校上课，他匆匆忙忙去中心学校领学生成绩报告单了，我一个人站在车站门口等车。这时，县纪委小王开车路过这里，我急忙向他打招呼，搭车回县城。或许是很久没有坐小车，或许是长时间操劳不息、累不堪言，自己坐在车子里只感到头昏目眩，天地旋转，恶心阵阵。我一路上翻江倒海，把胃液都吐出来了。回县城已经中午十一点多了，我一躺在房间地板上就沉沉睡去。

时光改变一切

千年古邑，田园松阳，几千年来，清清的松阴溪水流过这片美丽的沃土，养育着一代又一代人。阳光下一马平川的田野上，弥望的是村庄、稻田、果树、竹林、茶园、菜畦……花开花落，岁月流逝，时光改变一切，无数的人和事在这里匆匆而过，无影无踪。

很快，时间又过去了二年。

二〇〇五年十二月十二日，一个天寒地冻的日子。早上，我五点多起床烧好稀饭，把照顾孩子们的事情交给妻子。今天，我回村里让村民们交医疗保险费，顺便去玉岩信用社贷款。上个星期五，我把玉岩信用社余下的一万元贷款还了。现在，叶方长老师已调离玉岩，我再也不可能找他贷款了。在征得徐主任同意继续贷款后，我跟玉岩中学的张一德老师联系。这两年，我从县民政局下派来到玉岩镇何山头村做指导员，经常和张老师一起喝酒吃饭，已经很熟悉了。所以，当我提出让他为我贷款的时候，他没有二话就同意了。

斗转星移，世事沧桑。两年来，许多事情都发生了变化。二〇〇四年我们夫妻俩涨了工资，人均年薪达三万余元，加上带学生和课外辅导所得，我们的年收入已接近十万元。因为有了房子，还可以抵押贷款。虽然有人打着大行德广、真情服务的美丽幌子，事实上却嫌贫爱富、傲慢无理，但是天无绝人之路。二〇〇四年初，我拿着土地证、房产证去农行松阳支行、建行松阳支行贷款都遭到拒绝，却取得利率更低的公积金贷款十三万元，终于还清了枫坪、阳溪、延庆等信用社的所有贷款。日子渐渐平稳下来，至少我已经不再为贷款的事情而日夜不安了。

但是，今天的贷款遇到麻烦了。当我找到徐主任的时候，他说现在贷款要有县信用联社的联系单和个人收入证明，否则不能贷款。因为彼此有些熟悉，徐主任十分勉强地同意我事后把材料补回来。等了一个多小时，当上完课的张老师来贷款的时候，徐主任却又说贷款人必须夫妻双方同时签字。这可让张老师犯难了，他说妻子肯定不同意的。让张老师贷款已经不可能，我只好来到镇政府找两位旧时相识，一个是初中同学，另一个是同村人。不想，他们都下村了。这时，我看到文书江戈正在办公室接电话，因为是熟人，我就走了进去。江戈知道情况后，说他愿意为我贷款，但是他上午有事走不开，要等到下午。我想，自己还有近二十里山路要走，而联社的联系单和个人收入证明也没有开出来，不如过些日子再来。

我背起挎包，匆匆忙忙地向大山深处的何山头村走去。在冬日的阳光下，这里峰峦起伏，草木苍翠，溪水潺潺，鸟鸣阵阵，我一个人坐在古老的石阶上。心想，自己这么多年都挺过来了，难道没有这笔贷款日子就过不下去？我沿着石阶一步一步往上走，心里渐渐轻松起来。

二〇〇九年夏天至二〇一一年冬天完稿于松阴溪畔

后记：感激与欣慰

二○○○年十二月十八日，一个阴暗寒冷的早晨，在浙西南的松阳县城，向我借钱六十三万八千元的朋友，突然离开了他生活、劳作了大半辈子的家乡，携妻带子不知去向。霎时间，我的天地失去了原有的生动与光泽，一种人生幻灭的恐惧感笼罩内心。从此，我的生活、我一家人的生活，陷入冰天雪地的寒冷世界。

那是一种什么样的日子啊！深夜，寒风掠过岑寂的大街，不时撩起行人的衣襟，黯淡的灯光闪着凄冷的清辉。我和妻子坐在行人稀少的街头，面前闪过的陌生脸孔行色匆匆，没有边际的黑暗犹如巨兽张开的血盆大口，在无声地吞噬着弱小无助的我们。人生太短暂，个人太渺小，我们的力量微不足道。面对天文数字一样的债务，我们夫妻凭着每人七百多元的月工资，到底什么时候才有出头之日呢？这是难以承受的生命之重，我们战栗碎裂的内心世界，比不见一缕亮光的夜空更加黑暗。我空落落的内心，是说不出的绝望、恐惧、焦虑、惆怅、凄楚、懊悔、冷漠、麻木……

当莫测的命运降临，当有人沉重如大山一样难以承受的担子推卸给别人，坚强的生命只能用所有的心智去努力，不屈的灵魂就要以奋力抗争来坚持。我们行走在熙熙攘攘的人间，如果有一天我们死了，有人甚至都不会把脸上的笑容收敛一秒钟。我不会忘记，事情发生的第二天就有人打电话去我家乡，告诉大家我要逃跑了，还有人担心有一天我会弃家而去、一走了之，气势汹汹地赶到我家里，威逼我妻子在欠条上签字。农历十二月廿七了，有人为五百元钱赖在我宿舍里不肯走，直到拿走我已经空无一文的工资存折才离去。春节，为了慰藉年逾古稀的父亲，为了显现不屈生命的柔韧与坚强，我回家乡过年，有人竟然在乡亲们面前诅咒我永世不得翻身！

当美好的希望一个个失去，当柔弱的肩膀担负着山一样沉重的担子在荒漠中行走，人生无疑已陷入"如何盛明世，栖栖泥淖中"的绝境。此时此刻，生命面临艰难的抉择，是装疯卖傻，仰天大笑出门去，还是我辈本是蓬蒿人，低到尘埃里，贴地爬行？是自暴自弃、破罐子破摔，让家人跟着自己一同走向毁灭，还是挺住一切，学会等待，在茫无边际、长夜漫漫的风雨路上一步步前行？为了把苦日子一天天挨过去，自己经常厚着脸皮给一些熟人、同事、同学写信或者打电话向他们借钱，可有人不理不睬，有人模棱两可，有人婉言拒绝。尤其折磨人的是，有人曾经答应过些日子借钱给自己，可过了一些日子之后，又是过一些日子。一寸相思一寸灰，等待孔方兄的日子，就像在焦渴地盼望着远方的情人。

别人固然可以不借钱给自己，但自己向别人借的钱是不可以不还的。日子虽然十分艰难，但人总要活下去。为了还债，自己在寒冷孤寂的办公室里星夜兼程，在灯光暗淡的办公桌前写着各种各样的文字材料，或者为本地报纸写一些豆腐块文字。虽然已经竭尽所能，但是这种入不敷出的沉重担负依然压得自己喘不过气来。

感谢妻子是一个坚强的女人，残酷的命运没有让她低头；感谢妻子是一个勇敢的女人，她默默地坚守着我们摇摇欲坠的家；感谢妻子是一个善良的女人，在寒冷的世界里，她以她的仁慈与悲悯温暖着一家人落寞的情怀。我们风雨同舟，相互搀扶，相互鼓励；我们夙兴夜寐，筚路蓝缕，不辍劳作。我们要用自己的双手改变几乎被生活之恶摧毁的不幸命运；我们要摆脱并超越困境，从生命的低谷中一步步走出来。其中的良心与责任、艰辛与付出、操心与劳累、酸楚与无奈、烦恼与快乐，只有我们亲身经历过的人才会明白。

我是一个既无叔伯，终鲜兄弟，也无姐妹的人。十一年来，自己一边替人还债，一边挣钱养活自己，饱受世人的冷漠与嘲笑，受尽委屈与欺凌，尝遍了人世间的酸甜苦辣。像柯勒律治说的一样：没有人祝福我们，因为我们若是在忧患中，富贵的人会避开我们；若是我们荣华富贵，那些追随我们的人必然是因为我们的成功而追随，而不是出于对我们的情谊。

二○一一年十二月十八日，星期天，是一个天空明朗的日子。时间过去十一年，在浙西南的松阳县城，车流滚滚、人声鼎沸。热气腾腾的早餐店里人头攒动，"番薯，苞芦"——小巷里不时传来推着手拉车的勤劳小贩们的吆喝声。街道旁的银行开门了，人们在排队取钱。服装店的门拉开了，不时有长发披肩、美腿长靴的袅娜身姿飘过衣香丽影、木衣坊、1943、花里斑斓、霓裳居……步履轻盈的年轻父母牵着孩子们的小手，在香樟绿叶弥漫的人行道上，欢快地跳着，笑着。小男孩的眼睛乌黑闪亮，小女孩头上的两根羊角辫一翘一翘。俗世安顺，岁月静好，小城的日子舒适平和，人们的生活平静安宁。

天助自助者。十一年后的今天，我终于走出困境。二○一一年十二月四日，丽水市人民医院的体检单显示，自己的血脂、肝、胆、脾、肾、膀胱、前列腺、骨密度等的各项指标均属正常。二○○六年夏天，原以为难以拿回的房产证，还是拿回来了。二○一○年十二月，学校宿舍拆迁安置的一套一百四十多平方米（含二十平方米车库）的房子，房款已一次性结清，我们拿到了钥匙。今天阳光灿烂，我打电话回家乡，八十二岁的父亲声音洪亮，健康平安。原以为一辈子都无法还清的巨额债务，二〇一一年底已全部还清……在此，我要感谢自己生命中所有的贵人，在我无助如夜临深渊的时刻，是妻子与我同甘共苦，是父母的教导给予我自信与力量，是朋友们伸出一双双援助之手温暖了我。因此，在充斥着嫌贫爱富和攀龙附凤之心的日子里，我没有自弃，我一直在努力……

人是一种容易麻木的动物。随着时光流逝，记忆里的岁月将会在脑海里淡忘，乃至如水滴渗入沙漠之中，没有踪迹可寻。就像自己在这些苦难日子里感受到的温情与冷漠、友爱与生疏、亲情与隔阂、真诚与虚伪、关怀与期待，总有一天将会湮灭在遗忘的阴影里，无影无踪。所以自己努力搜寻失去的时光，用文字记下这段苦难的人间岁月。文字里的时光不会消逝，对每一个活着的生命而言，经历比思考更重要，记住比承受更有价值。虽然我是一个深受伤害的人，但是自己无意伤害任何人。所以，在此特别声明，本书就事论事，不针对任何个人。

现在，我静静地坐在窗前，手指不停地在键盘上跳动。温暖的阳光照在洁净的书桌上，几丛绿叶泛着轻柔的亮光。窗外，红梅的枝条上已绽出米粒大小的紫红色花蕾，高大挺拔的广玉兰，其墨绿色的叶片在阳光下越发光洁闪亮，树丛中不时传来小鸟清脆悦耳的鸣叫声。天空还是那么明朗，阳光还是那么灿烂。我的脑海里涌现出海涅的诗句：有多少事物为你留存，这世界还是多么美丽。

今天是一个值得纪念的日子，我写下以上文字，祝愿世人宽恕别人，善待自己，做力所能及的事，也祝愿所有真诚、善良的人在尘世获得幸福！人生不过轻烟一抹、繁花一季，其本质却如此美丽。当你死里逃生，你会猛然发现，曾经所有的付出与善行，都已得到最好的回报。

至念道臻，寂感真诚。感谢甘肃年轻作家、长篇报告文学《国家任务》的作者郑新，他饱含哲思与深情的序言，让我的文字增色添彩，他充满理解与关爱的赞誉，让我深感人间友情的温暖与珍贵。在此，让我再一次向怀着无比诚恳的心意付出辛勤劳动的他，表示感激和敬意！

徐跃华

二○一一年冬天于独山脚下

田园松阳文化丛书

第六辑

松阳县档案馆（党史和地方志研究室） 编

烽火浙西南

■ 金龙 著

浙江工商大学出版社

ZHEJIANG GONGSHANG UNIVERSITY PRESS

·杭州·

图书在版编目（CIP）数据

烽火浙西南 / 金龙著 . — 杭州 : 浙江工商大学出
版社，2023.12
（田园松阳文化丛书 . 第六辑）
ISBN 978-7-5178-5824-9

Ⅰ . ①烽⋯ Ⅱ . ①金⋯ Ⅲ . ①长篇小说 – 中国 – 当代
Ⅳ . ① I247.5

中国国家版本馆 CIP 数据核字（2023）第 234549 号

烽火浙西南

FENGHUO ZHE XI'NAN

金　龙　著

责任编辑	张晶晶
责任校对	沈黎鹏
封面设计	杭州富阳正大彩印有限公司
责任印制	包建辉
出版发行	浙江工商大学出版社
	（杭州市教工路 198 号　邮政编码 310012）
	（E-mail: zjgsupress@163.com）
	（网址：http://www.zjgsupress.com）
	电话：0571-88904980，88831806（传真）
排　　版	杭州富阳正大彩印有限公司
印　　刷	杭州富阳正大彩印有限公司
开　　本	16 开
总 印 张	122.25
总 字 数	1413 千
版 印 次	2023 年 12 月第 1 版　2023 年 12 月第 1 次印刷
书　　号	ISBN 978-7-5178-5824-9
定　　价	400.00 元（全 5 册）

总 序

古之君子，有"见礼而知俗，闻乐而知政"之说。故积句成章，积章成篇，发为文章。若能感于性情而动于声音，则文章与"乐"同出，可以知政；若能融心三才而游步千古，则文章与"礼"同出，可以知俗。自"田园松阳"发展战略实施以来，"田园松阳文化丛书"一直立足于松阳乡土文化底蕴，致力于知俗知政，匡矫时弊，宣化承流。

本丛书前五辑，在一定层面上提升了"田园松阳"文化发展之动力和活力。归而纳之，有特征四。

一曰包容。包容何在？在体裁也，在门类也。论体裁，有汇编如《松阳历代书目》《松阳历代文选》《松阳历史人物》，有诗词如《松阳历代诗词》，有书法如《松阳历代书法》，有散文杂记如《松阳乡俗散记》，还有古籍校注如《午溪集校注》。论门类，有涉及历史学的《松阳从历史走来》、涉及风俗学的《松阳民俗·岁时节令》、涉及姓氏学的《松阳祠堂志》、涉及金石学的《松阳金石志》等。

二曰自信。文化自信，是更基础、更广泛、更深厚之自信，是更基础、更深沉、更持久之力量，如《松阳百姓族规家训》彰显了松阳的深厚文化底蕴和人文荟萃，《松阳·中国传统村落》介绍了众多格局完整的传统村落，《松阳农家器用》体现了绵延千年的耕读文化，这都是祖辈留给当代松阳之宝贵精神财富。《民国松阳往事》《民国松阳记忆》则在往事记忆中透露出松阳的独特魅力和价值，唤醒群众之文化自觉，增强群众之文化自信，这也进一步坚定了本丛书推动乡土文化繁荣复兴的信心和底气。

三曰传承。发掘、整理、弘扬"田园松阳"文化，传承松阳文脉，

讲好松阳故事，达到繁荣松阳文化、培育社会正气之目的。本丛书之分册，多以"历代"冠之，尤其彰显传承。本丛书为全县的乡村博物馆建设、农村文化礼堂建设，拯救老屋行动、古村落保护，以及古祠堂和古道修复等工作，起到示范提示的作用。

四曰创新。团结、凝聚、联合社会力量，加强"田园松阳"文化的对外交流，使"田园松阳"文化内生动力越来越足，发展后劲不断增强。本丛书在某种意义上成为松阳地方对外交流之书籍。

复览本丛书第六辑与第七辑，上述四特征，皆有所进。

包容愈广。第六辑中，新增门类，《松阳藏石》属工艺学；新增体裁，《烽火浙西南》是小说。《二〇〇〇年的冬天》虽是散文，但主线贯彻全书，有别前辑。第七辑中，新增门类，《松阳舆地图志》属方志学；新增体裁，《张玉娘诗词赏析》是文学鉴赏。《闲时乐着》虽是杂文体裁，但全书涵盖风俗、教育、医药、矿石等方面。除体裁、门类之外，本丛书最新两辑，个中论著，不求放意寓言，不求僭称法言，不求苟同，不求苟异。

自信愈固。丛书第六、七两辑有望激发县域文化界人士对松阳文化底蕴的高度自信，以及对乡土文化生命力、创造力的高度自信，如《松阴溪帆影》《桃源诗藻撷萃》，是继本丛书第三辑中的《松阳乡村诗歌三百首》和本丛书第四辑中的《松阳田园诗藻选辑》之后的又两部诗歌集。作者积极从"田园松阳"文化沃土中汲取养分、激发灵感，在新时代的文艺创作舞台上自信满满。

传承愈坚。包容才可会异归同，传承方能涵揉充畅。本丛书编纂委员会认为，儒、释、道同为古县松阳璀璨文明之写照。千年传之承之，总是金鸣石应；一如刊之版之，亦得激浊扬清。

创新愈勇。时下，中国文化事业正迎来大发展大繁荣之黄金时代，松阳，则把文化上升到了指引县域发展的战略地位。大好机遇，来

之不易。本丛书第六、七两辑，展示了松阳良好形象，弘扬了时代精神。如《闲说松阳话》非但保留了生活化的方言，还原了语境的趣味性，并且有意识地将文字的意义向外拓展。这种对品质与内涵的追求，就是一种创新。

总之，感于性情而动于声音，融心三才而游步千古。"田园松阳"文化，孕育于松阳璀璨的历史文明之中，体现在当下全县人民建设"田园松阳"升级版的火热实践中，展现在每一个优秀的古今松阳人、新老松阳人身上。愿松阳文化界人士，永葆胸中有大义、心里有人民、肩头有责任、笔下有乾坤。更愿"田园松阳文化丛书"，能久经历史和人民检验，推动地方文化事业发展，推出更多反映时代呼声、振奋松阳精神之优秀作品。匡矫时弊，宣化承流，无患知俗知政之用。

编　者

2023 年 5 月

前　言

　　首先，我声明：我创作革命斗争长篇小说《烽火浙西南》，并不是为了蹭"弘扬践行浙西南革命精神"的热度。因为早在 2017 年 9 月，我就已经开始创作《烽火浙西南》，并且在江山文学网上连载了。而它的创作缘起，则可以追溯到三十五年前我不经意间做出的一个承诺。到 2018 年 1 月 20 日，它的初稿终于完成，并且被评为江山文学网长篇小说精品。至于它与中共丽水市委推出的"弘扬践行浙西南革命精神"主题教育活动的初衷如出一辙，则多半属于某种巧合。

　　其次，我以为，中共丽水市委推出"弘扬践行浙西南革命精神"主题教育活动，是非常合时宜的。1935 年春夏之交，粟裕、刘英等率领中国工农红军挺进师的五百余名官兵，肩负着"挺进浙西南，开辟革命根据地，开展土地革命，吸引敌人的有生力量，为中央红军北上抗日分忧"的光荣而又艰巨的使命，进入浙西南的丽水各县市，发动人民群众，打土豪分田地，开展游击战争，并且多头出击，给国民党军以沉重的打击。在当地群众组织"青帮"的三大头领陈凤生、陈丹山和卢子敬等人的积极配合下，中国工农红军挺进师广泛地建立起了党的各级基层组织和工农苏维埃政权，有力地支援了中央红军的北上抗日。由于浙西南是蒋介石的"后院"，"后院"起火且呈燎原之势，蒋介石不得不派重兵对其进行"围剿"。战斗是相当残酷的，挺进师为了保存有生力量，以图东山再起，不得不暂时撤离浙西南革命根据地。留下的坚持斗争的部分挺进师官兵和地方游击队，由于不敌数十倍于己的敌人的围攻，遭到了极大的损失。挺进师政治部主任兼浙西南特委书记黄富武、松（阳）遂（昌）龙（泉）游击大队大队长兼玉岩区苏维埃政府主席陈凤生、松（阳）遂（昌）龙（泉）游击大队副大队长兼浙西南硝磺厂厂长卢子敬、浙西南军分区征募主任陈丹山等人不幸落入敌手。尽管敌人对他们软硬兼施，企图从他们口中套出我党和红军的秘密，诱使他们脱离共产党和红军队伍，但都被他们严词拒绝了。恼羞成怒的敌人只好将他们残忍杀害。正是由于有了这一段光荣的革命斗争历史，中华人民共和国成立以后，丽水市所辖的九县（市、区）均被列为革命老根据地。对这份宝贵的历史遗产，以往丽水领导的重视程度是不够的，导致大部分丽水人，对丽水本地的历史遗产知之甚少，甚至全然不知。他们既不知道中国工农红军挺进师是怎样一个组织，也不知道黄富武、陈凤生、陈丹山、卢子敬等是怎样的人。胡海峰同志到丽水上任以后，敏锐地发现了丽水市蕴藏着的这份宝贵遗产，并对其进行了充分的挖掘，推出了旨在"弘扬践行浙西南革命精神"的主题教育活动。这既是对先人的一种尊重，也是对后人的一种启迪。

再次，我认为对"浙西南革命精神"，仅做含义的探求，或者说只做理论层面的探讨，是远远不够的。还应推出与之相适应的文学艺术作品，通过老百姓喜闻乐见的形式，使它深入人心，以真正达到"主题教育"的效果。与其用行政命令将某一政治任务强制推行下去，倒不如用文学艺术等形式，通过具体可感的形象，"潜移默化"之。对于与"弘扬践行浙西南革命精神"有关的文学艺术作品，我们的各级政府部门和文学艺术主管单位，应大力予以扶持，并在人力物力方面加大投入。我们不仅要推出表现这一主题的小说、散文、诗歌和戏剧，而且要推出与之相适应的音乐、美术和书法作品，通过文学艺术作品大张旗鼓的渲染，让"弘扬践行浙西南革命精神"这一主题教育活动，走进每一个丽水人的心田，并且生根、发芽、开花、结果。

最后，我希望，我的这部作品，能为丽水市各界广泛开展的"弘扬践行浙西南革命精神"主题教育活动发挥它应有的一点积极的作用。由于本人学识浅薄，对各方面材料的掌握有所欠缺，作品还存在各种不足，恳请各界有识之士不吝指正。

金　龙

2020 年 10 月 25 日

内容简介

1935年，粟裕、刘英率领中国工农红军挺进师挺进浙西南，在松 阳、遂昌、龙泉三县交界处的安岱后、王村口、住溪一带，开创革命根据地，建立工农苏维埃政权。土生土长的当地"青帮"首领陈凤生、陈丹山、卢子敬等人，积极投身革命运动，经过血与火的考验，终于成长为坚强的共产主义战士。由于敌人的疯狂反扑，挺进师被迫撤出浙西南革命根据地。陈凤生、陈丹山、卢子敬奉命配合挺进师，坚持革命斗争。由于寡不敌众和叛徒出卖，最后三人均英勇就义。

小说以极为细致的笔触，描绘了20世纪30年代中期那血雨腥风的残酷现实，展示了陈凤生、陈丹山、卢子敬等人的成长历程，表现了革命先辈为了革命事业不惜抛头颅、洒热血的崇高精神风貌，是一曲革命英雄主义的颂歌。

目 录

第 一 回

"罗拔毛"强奸出人命，众村民抬尸闹警局

1930年的一天，在松阳县玉岩区区公所驻地玉岩村，村口的一座古庙"多福寺"的门口，聚集了一大帮人。走到近旁细看，这群人围着一扇门板，门板上躺着一位年约十八岁的女子，面容姣好，却全无血色，头发凌乱，衣衫不整，一动也不动。

"真是作孽啊，一个还未出阁的姑娘，就这样被'罗拔毛'给糟蹋了！"

"糟蹋她的人还不止一个。这些禽兽不如的东西，他们枉披了一张人皮！"

"杀人偿命，今天就要让他们偿还命来！"

……

大家的情绪都十分激动。说着，一伙人开始向寺庙门口涌去。

两个持枪的警察拦住了他们的去路。双方形成了对峙的局面。

在写着"多福寺"三个大字的大门的左侧，挂着一块牌子，上面写着"松阳县警察局玉岩警察分局"十二个黑字。

玉岩村村子不大，满打满算也只有百十户人家，人口不上一千。但由于它是松阳县西南部重要的农产品集散地，又是玉岩区区公所的所在地，国民党松阳县政府对它进行了重兵布防。一般的区里，都只设派出所，配备的警察不会超过五人。玉岩却设立了警察分局，配备的警察有十多人。

这些警察，担负着维护地方治安的重任，却占着茅坑不拉屎。

村里失窃了，案子报上去，一年半载也破不了。却养成了一副欺贫爱富、欺软怕硬的德行。见了有钱人，点头哈腰；见了穷苦人，大呼小叫。要是穷人和富人发生纠纷，遭到训斥的，必定是穷人。

警察分局紧靠着玉岩通往松阳县城的大道，警察三天两头要在路上设岗，说是盘查过往行人中的"可疑分子"。乡下农民到玉岩赶集，挑着一些农产品，他们就以"盘查"为名，轻则拿走一部分，重则全部扣留"充公"。老百姓打此经过，总是提着心吊着胆的。取"雁过拔毛"的意思，暗地里送给了分局局长罗保民一个绰号，叫作"罗拔毛"，而把警察分局，称作"瘟神庙"。

"让'罗拔毛'出来抵命！"

"严惩强奸犯！"

"一把火烧了'瘟神庙'！"

……

人们发出了愤怒的呼声。

事情还得从一天前说起。

这一天，"多福寺"里香火寥寥。自从"松阳县警察局玉岩警察分局"鸠占鹊巢地霸占了这方宝地之后，来此进香拜佛的人，每天都是屈指可数。

而在大殿一侧的偏房里，此刻却喧闹声不绝。一帮无所事事的警察，正围着一张桌子吆五喝六地推牌九。也不怕辱没了这"佛门清净之地"。

坐庄的就是人称"罗拔毛"的警察分局局长罗保民。他瘦削的脸，一副大烟鬼的样子，一身警服穿在身上，显得有些宽大。抓到两块牌后，他并不急着去看点数，而是拿起一张，龇着牙用手去摸。摸了一张后，又拿起另一张。最后，他的脸上露出一丝得意的奸笑，摊开牌说："九点，通吃！"于是将桌面上押着的铜板全部收入自己的腰包。

在他玩兴正浓的时候，一个警察来到了他的身边，扯了扯他的衣角。

这位警察姓陈，局里人见他长着一张娃娃脸，老是长不大的样子，于是都叫他"小陈"。真实名字叫什么，大家并不关注。

这位"小陈"别的不行，拍马屁却有一套。平时总是不离罗局长左右，人们都说他是局长的"跟屁虫"。

"你没看到我正忙着吗？有事情明天再来找我！""罗拔毛"头也不回地说。

"跟屁虫"只好趴到他耳边，对他低声说了几句话。他才极不情愿地说："不玩了！"

"你赢了钱就走，这不合规矩呀！好歹你也得输一盘再走，让大家服服气。"一位警察这样对他说。

"明天接着吧！今天我这事紧着呢！""罗拔毛"说着，拉着"跟屁虫"走了。

"跟屁虫"和"罗拔毛"来到大殿，"跟屁虫"伸手向佛龛下指了一下，"罗拔毛"的眼神顿时定住了。

跪在蒲团上拜佛的是一位十八九岁的女孩子。"且让我看一下她的面容。""罗拔毛"想着，趁着那姑娘拜佛抬头的一瞬间，他终于看清了，那女子不只身材好，长相也蛮不错。

"你去，把她叫到我宿舍去！"他吩咐道。一拍屁股走了。

"我们局长找你有事。""跟屁虫"走近那姑娘，这样对她说。

"什么事？"姑娘瞪大了眼睛，问道。

"去了你就知道了。"

姑娘怀着忐忑不安的心情，在"跟屁虫"的带领下，来到了局长宿舍门前。

"报告，人叫来了！""跟屁虫"喊了一声。

"罗拔毛"迎了出来，看着那姑娘不转眼，看得姑娘都不好意思起来。"局长找我有什么事吗？"她怯生生地问。

"当然是好事，进来吧！"说着，拉着姑娘就往屋内走去。

"跟屁虫"要跟进去，却被他拦住了。"你守在门口，别让外人进来！"

"跟屁虫"只好听命。

只见两人进门后，"罗拔毛"就把门关上了。随后就是一阵打闹哭叫的声音。过了一会儿，"罗拔毛"提着裤子出来了，他对"跟屁虫"说："她还是个头次货，你也进去尝个鲜吧！完事后，就把她放了。"说完就走了。

"跟屁虫"进入室内，发现那姑娘已被扒光了衣服，手和脚都被绑在四周的床柱上。

一种兽性的占有欲望，顷刻间支配了他，于是他脱下了自己的裤子……

"你可以走了。"完事后，他解开了绑住姑娘的绳子，替她披上了衣服，对她说了这样一句话。

谁知姑娘并不领她的情，对他"呸"了一口。

那姑娘回到家里，双眼哭成了一对红桃。家人问她发生了什么事，她只是一个劲地哭。在家人的一再逼问下，她才说出了受凌辱一事。

家人气不过，去找族里人，要去警察分局讨回公道。没想到家人出门不久，姑娘就寻了短见，用一碗盐卤水结束了自己的生命。

听到从村子里传来的撕心裂肺的哭叫声，"罗拔毛"叫"跟屁虫"去看看到底发生了什么事。"跟屁虫"回来告诉他："那姑娘寻短见了！"

"罗拔毛"绝对没有想到，这姑娘会是这样刚烈，竟能以死来抗争。他在玉岩的时间不长，但以前他遇到的女人，不是被自己的几块大洋买通，就是被自己的权势吓住，即使受辱了也不敢出声，更不敢跟家人提起。

他本来就在心里打算：万一这姑娘回去跟家人说出此事，她家人找上门来，就拿银圆来摆平它。现大洋要是摆不平，那就抬出上司来压他们。这些山里人，没见过什么世面，好糊弄。

没想到现在居然闹出人命来了！

作为警官，他是知道"人命关天"的。要是死者族里人联合起来，要找始作俑者偿命，那场面就不好收拾了。说不定自己会被愤怒中的人们活活打死。即使暂时逃得性命，到时上头追究起来，也不会有自己的好果子吃。三十六计走为上，还是暂且保住自己这条老命要紧。

于是，他拉着同案犯"跟屁虫"小陈，连夜逃离了玉岩村，去松阳县城找人"疏通关节"去了。

"你叫'罗拔毛'出来，我要亲手割了他的二两半，让他以后不能再作践女人！"说话的是死者的父亲，他的手上拿着一把磨得发亮的柴刀。

"我那可怜的女儿啊，你死得好惨啊！"死者的母亲，却只知道哭叫。

"警察本应该是保一方平安的。可是，我们的平安在哪里呢？"有人愤愤不平地说。

"平时我们从警局门口经过，他们都要雁过拔毛。如今倒好，连这强奸害人的命案也犯下了！"

"他们这是执法犯法，罪加一等！"

"赶快把人交出来！"

"我们罗局长不在局里。"一个持枪的警察这样对大家说。

"你骗鬼去吧！昨天刚犯下事，今天就没人了？"

"县里临时有重要事情，他连夜走的。"另一个警察也说。

听说"罗拔毛"犯下事，不承担责任，反而脚底抹油，溜了，大家的情绪终于失控，于是不管三七二十一，冲进警察分局，"乒乒乓乓"就是一阵乱砸。

"躲得过初一，躲不过十五。他'罗拔毛'敢再回玉岩，我就要了他的命！"打砸了警察分局后，死者父亲仍不解恨，于是这样对其他警察说。

玉岩警察分局事件发生的时候，有一个人虽然不在现场，却密切注视着事态的发展，这个人就是松阳西南部"青帮"的首领之一、安岱后村人陈凤生。

陈凤生的父亲陈宗浩，是一个私塾先生，为人正直，深受乡邻喜爱。他膝下有三个儿子，陈凤生是家中的老三。据说，陈夫人在生下第二个儿子约莫一年后，有一天夜里突然做了个梦，梦见有一只凤凰飞入家中，当晚就有了身孕。孩子出生后，为讨凤凰入室的吉利，就给他取了一个"凤生"的名字。

陈凤生小时候生得虎头虎脑，为人聪明伶俐，加上又是小儿子，父母对他宠爱有加。把振兴家族、光宗耀祖的希望都寄托在他的身上。

从三岁开始，陈凤生就接受了父亲对他的为人和知识方面的教育。在学习的过程中，他形成了过目不忘并且打破砂锅问到底的好习惯。他提的有些稀奇古怪的问题，有时连他的父亲也回答不了。

七岁那年，陈凤生正式进入私塾读书。在读书期间，他最爱听《水浒传》里面的梁山好汉的故事，一心想成为杀富济贫的好汉。他生性活泼好动，侠义热心，胆子又大，人家不敢干的事情他都敢干，自然也就成了那些常年挂着鼻涕的孩子心中的"大王"。

听老师讲了《三国演义》里刘备、关羽、张飞"桃园三结义"

的故事，他也想效仿一下，于是挑选了关老爷生日的那天——农历五月十三，约上光屁股时就一起玩的"铁哥们"陈德义、陈德佑、陈德赞等人，去山神庙里结拜兄弟。

十三四岁的时候，陈凤生开始独立思考问题，对社会上普遍存在的贫富不均的现象，他感到难以理解。发誓要为建立一个平等的社会而尽力。为了将来能出去闯荡江湖，他拜同村的一位武师学武，练得一副好身手，三五个人，近不了他的身。

十九岁时，他结交了一位上海来的客商，跟他一起做起了厚朴的生意。没想到那上海客商是个骗子，将他花钱在当地收购来的厚朴拐走后，就人间蒸发了。这使陈凤生看到了江湖的险恶和人性的丑陋，他想要改变这个社会的愿望更加强烈了。

陈老先生一心想培植小儿子，走读书留洋、光宗耀祖的"正道"，没想到小儿子却走上了结交朋友、闯荡江湖的"邪路"。于是想出了一个办法：赶紧替他物色一个对象，用结婚生子的事务来束缚住他的手脚。结果婚事办成了，人却没有变过来。陈凤生还是那样不安分，不是使枪弄棒，就是四处闯荡，足迹遍及上海、杭州等地，也结交了一些革命志士。

1925年5月30日，在上海发生了日本纱厂工头打死中国工人顾正红的"五卅惨案"。陈凤生受朋友之托，在松阳等地组织"五卅"反帝爱国后援团。于是他约上了同村族叔陈丹山、枫坪乡斗潭村的卢子敬等人后，成立了玉岩区反帝爱国委员会，组织发动群众开展文艺宣传、募捐、抵制日货等活动。还开展了剪辫放脚、戒种食鸦片等进步活动。并且广泛发动群众，开展减租减息、"闹平粜"等运动。

父母和妻子不理解，说他是盐吃多了淡操心，他却回答说："天下兴亡，匹夫有责。"

1930年春节，受中央革命根据地瑞金的影响，与浙西南相邻的闽北崇安、浦城等地，相继发生了农民暴动。听到这个消息后，陈凤生、陈丹山、卢子敬等人也想在当地搞暴动。要搞暴动，光靠几个人是不行的。他们首先想到的是建立暴动组织。

建立什么暴动组织，用一个什么名头呢？陈凤生突然想到：去年年底，自己的好友、温州"青帮"的首领邹武庆曾来到松阳，约他一起在当地发展"青帮"组织。自己当时没在意，就把这事给拖下来了。三个人一致觉得这是一个借机建立暴动组织的绝好机会。于是分头深入松阳、遂昌、龙泉三县交界的方圆约五百里的边境山区，广泛发动民众，建立"青帮"组织。很快就发展了五千余人，以贫苦农民和个体手工业者为主。

组织建立起来了，接下来的问题就是武器装备的问题。他们知道，光靠大刀、长矛、梭镖，是斗不过洋枪洋炮的。因此，首要的任务是弄到一批枪支弹药。

到哪去弄枪支弹药呢？这个问题困扰陈凤生多时，他一直没有想出一个好的法子。

正在这时，一位玉岩当地的人来到了安岱后，说起了近来发生在玉岩警察分局的警察局长强奸民女致人死亡、民众大闹警察分局的事情。

"机会来了！"听到这个消息后，陈凤生一拍大腿，说出了这么一句话。

第 二 回

卢子敬设计巧夺枪，陈凤生拿下警察局

"你晓得在玉岩发生的大事了吗？"见到一位小老头儿，陈凤生这样问他道。

那小老头儿就是陈丹山，六十多岁了。他蓄着山羊胡子，头发绾在头顶成一个结，插一支竹筷。平时总喜欢穿一件类似于道袍的长衫。从外表装扮上看很像一个游方的道士。他粗通文墨和阴阳之术，时不时地要为人算上一命，卜上几卦。其实，按辈分是陈凤生的祖辈。

"晓得了。"

"是你卜卦卜出来的吗？"陈凤生跟他开了个玩笑。

陈丹山却说："在咱这屁股大的地方，摊上人命关天的大事，还不马上传开了？"

"你对这事怎么看？"

"那些警察太没人性了，这是草菅人命啊！"

"对我们来说，它未尝不是一件好事。"

"好事！从何说起？"

"现在玉岩的形势，就像一个火药桶，警察与民众之间的冲突一触即发。"

"要是'罗拔毛'的事情得不到很好的处理，村民很可能会一把火烧了警察局的。"

"这对于我们来说，是一个可以利用的好机会。"

"你是说要借机起事？"

"对，把事态扩大，趁机端了警察分局。"

"可他们有十几个人，还有枪……"

"这也正是我感到头痛的。十几个人解决起来不是问题，就是那枪的问题不好解决。"

"那就先缴了他们的枪。"

"人家又不是木偶，等着你去缴枪？"

"要是'博士'在就好了。他喝的墨水多，怕是能想出我们想不到的主意来。"

陈丹山所说的"博士"，就是枫坪乡斗潭村的卢子敬。他出生在一个财主家庭。成年后，他自费去了日本，在东京早稻田大学读书。学成归国后，在家乡从事教育活动，当起了教书先生。平时老是穿着一身笔挺的西装，还打着领带，颇有高级知识分子的派头。陈凤生和陈丹山为了组织"五卅"反帝爱国后援团，慕名前去拜访卢子敬，从他的言谈举止中，他们发现了不俗之处。于是送给了他一个"博士"的雅号。

"今天你家里有事吗？"陈凤生突然问。

"也没什么大事。就是田里的稻谷要除草耘田了，"陈丹山抬头看了一眼陈凤生，问，"你问这个做什么？"

"没什么要紧的事，我们马上去斗潭！"

"你是说去找'博士'？"

"对。这个时候，他才是我们的主心骨。"

于是两人马不停蹄地往斗潭村奔去。

到达斗潭村时，"博士"正在给学生上课，于是把他从教室里叫了出来。

"你们两个这样心急火燎地找我，有什么重要的事情吗？"看着两人汗涔涔的样子，"博士"这样问道。

"'凤头'大哥想在玉岩起事，把警察局端了。"陈丹山凑到"博士"的耳边，挺神秘地对他说。

"凤头"是他们二人对陈凤生的尊称。一来是因为大家都知道关于他的那个母亲因梦怀孕生下他的传说，二来是因为他们都自觉地将陈凤生当成了首领，"头"就是首领的意思。

"博士"环顾四周，见没有旁人，这才对陈丹山说："这种事情得绝对保密，泄露出去是要被砍头的。"

两人会意地点了点头。

"这样吧，等我上完这节课，我们找一个秘密的地方，再来从长计议，如何？"

"好的。我俩就在这里等着。""凤头"对"博士"说。

"博士"上好课后，立即与其他两人一道出了学校，三人一起沿着枫坪通往遂昌的大道，一直走到山坳口，才在远离村庄的一座破庙里停了下来。

"这个地方好，没有旁人。""博士"看着破庙，说。

三个人进入破庙，分别找到石头坐下，围成了一圈。陈丹山好像突然想起了什么，于是对二人说："你们两个年轻人在这里慢慢计议，我老头子去替你们望风。"

"你不是会卜卦吗？还用得着望风？""博士"同他开玩笑说。

"卜卦也有不准的时候。万一这事被人知晓了，那可是要被砍头的。"陈丹山善意地回敬了一句，躲到门外的一个角落里去了。

听到"凤头"说起想趁玉岩事件起事、发动民众、拿下警察分局的设想后，"博士"点了点头，说："我有此心久矣！只是没有找到合适的时机。"

原来，自打"青帮"组织在各地建立起来之后，"博士"和"凤头"

一样，也在为武器弹药的事情而伤神。若要购买枪支弹药，凭他的家底，装备一个连都没有问题。但军火属于管制物品，是严禁买卖的。一旦被抓住，那是要被枪毙的。要搞到枪支弹药，只能想其他的办法。

而在这大山深处，兵不见几个，枪更是少得可怜。民间有一些打猎用的火铳，但那不是真正意义上的枪，而且装起弹药费事。在整个松遂龙边界地区，只有玉岩警察分局有十几支枪。要得到枪支弹药，还得在这方面做文章。

为了摸清警察分局里枪支的数量等情况，他利用自己教书先生的身份，介绍了一位"青帮"组织的成员进入警察局，作为内应。

听了"博士"介绍的这些情况，"凤头"十分佩服他的远见和心机。"这可是军师的绝佳人选啊！"他心里这样说道。

"对利用玉岩事件起事，你是怎么看的？""凤头"主动征求意见说。

"目前，'罗拔毛'带着'跟屁虫'逃往松阳县城。根据国民党政府的办事原则，向来是官官相护的。对他们至多来个撤职查办之类的处理。这是难以服众的。尤其是死者的家属，是绝对不会答应的。""博士"打开了话匣子，条分缕析了起来。

"你分析得在理，""凤头"点头说道，"继续讲下去。"

"'罗拔毛'和'跟屁虫'作恶多端，却胆小如鼠。这次犯下人命案件，他们的逃跑就是明证。估计一时半会儿，他们是不敢再回玉岩警察分局了。因此，目前的玉岩警察分局，处在群龙无首的境地。这给我们提供了有利的时机……"

"这时机该如何运用？"

"我们得准备两帮人马。"

"哪两帮人马？"

"一帮是玉岩当地的民众。鼓动他们继续到警察分局闹事，闹得他们鸡犬不宁。这叫明修栈道。"

"另一帮呢？"

"另一帮是我们自己的'青帮'兄弟。挑选精干的会些拳脚功夫的二十来个人，去警察局夺枪。这叫暗度陈仓。"

"好主意！把《三国演义》里用的计策都搬出来了，""凤头"赞赏地说。突然，他若有所思地问道："你那子敬的名号，也是从《三国演义》里得来的吧？"

"你说得没错。"

"真的让我猜中了？""凤头"惊奇地问。

"我那老父亲，是个'三国'迷。他最崇拜的人，就是那个帮助诸葛亮成就联吴抗曹壮举的东吴大将鲁肃鲁子敬。于是将他的儿子也取名子敬了。"

"等我们起事成功了，我一定封你做军师。"

"'凤头'过奖了，我哪是做军师的料啊！'博士'还差不多。""博士"不卑不亢地说。

"那我们再把一些细节谋划一下。"

转眼一个多月过去了。"玉岩事件"持续发酵。不出"博士"所料，国民党松阳县当局只给了"罗拔毛"一个撤职的处分，给了"跟屁虫"一个调离玉岩的处分。两人还是在同一个单位，只是换成了更加偏远的一个派出所。

"这样看来，他们又可以去祸害另一个地方的人了。"在玉岩当地的"青帮"兄弟，开始在民众中散布这些言论。

民众的愤怒之火被重新点燃。

"我们还得去警察分局闹，要求他们交出真凶，依法严惩。因为人是从他们这里跑掉的，说不定还是有意放走的。""青帮"兄弟继续煽风点火。

于是定下时间，7月16日下午3点集中行动。

7月15日夜里，经过精心挑选的二十余名"青帮"兄弟，也从各地聚集到了山乍口村原先陈凤生他们三人密谋的破庙里。

出于保密的需要，这次聚集"青帮"兄弟，只告诉他们有重要事情，具体什么事情，不便告诉他们。因此，这些人虽然集中起来了，但对自己要做的事情一无所知。

是该向他们摊牌的时候了。

"大家静一静，""博士"卢子敬走到人前，指着陈凤生说，"下面由我们这次行动的总指挥，我们的'凤头'陈凤生讲话。"

"弟兄们，在建立'青帮'前后的一段时间里，我们也搞过一些行动，如减租减息、'闹平粜'等。我们成功了没有？"

大家面面相觑。

"我说，没有成功。因为坏人还在，不公平还在！两个月前，在玉岩发生的那桩命案，大家想必都有所了解吧？一个十八九岁的黄花闺女，被玉岩警察分局局长伙同手下轮奸后，服毒自尽了。按理说，欠债还钱，杀人偿命。可是这么长时间过去了，凶犯却仍然逍遥法外！而且仍然披着那身灰皮，继续犯罪作恶！难道我们的兄弟姐妹就这样白死了吗？难道这样的政府，不值得去推翻吗？"

"推翻政府，这天大的事，轮得到我们这些人吗？"底下传来了一个质疑的声音。

"刚才这位兄弟说得没错，推翻政府是天大的事，我们平民百姓做不到。但是，政府是由具体的机构组成的，像军队、警察等，都是政府的一部分。我们推翻不了整个政府，但是可以推翻它的具体机构。眼下我们急于要推翻的，就是国民党松阳县政府在玉岩地区的代理机构——玉岩警察分局！"

"可是他们有枪。"底下又有人说。

"没错，他们有枪。所以我们行动的第一步，就是夺了他们的枪。"

"夺枪？"听到这里，大家一时都蒙了。

"表面上看，这空手夺枪，比登天还难。但是，只要我们的工作做细致了，夺枪并不是没有可能的。下面由我们的军师、'博士'卢子敬先生宣布具体的行动计划。"

"我们的计划是这样的——"卢子敬宣布道。

7月16日上午8点左右，玉岩警察分局的大门口，一个背着枪的警察和一个伙夫模样的人正在闲聊着。

"罗局长和小陈离开，怕有三个月了吧？"伙夫模样的人说。

背着枪的警察伸了一下懒腰，说："'罗拔毛'和'跟屁虫'命大。大难不死，说不定会有后福呢。"说着，又打了一个呵欠。

"你敢叫他们的绰号？"

"他们自己犯下事，屁股一拍走了，要让我们给他擦屁股，太不地道了。"那警察愤愤不平地说。

"老兄昨晚又熬通宵了吧？手气如何？"

"输死了。"

"今晚再去扳回来呗！"

这时，一个饮食店伙计模样的人，提着一篮油条走了过来。

"什么人？站住！"警察横枪拦住了他。看到篮子里装着的油条，马上拿了一根大嚼起来。

"这是我的朋友，"伙夫模样的人马上过来解围，他对那伙计说，"哪阵风把你吹来了？"

"老徐，原来是你啊！你也在这儿当差？"

"在这里厨房做个火头军。"

"你们厨房要买油条吗？"那伙计说着，对那伙夫眨了眨眼。

"要的，要的。"

"要几根？"

"一个人一根，就是七根。"

那伙计要拿油条给伙夫，伙夫迟疑了一下，说："替我送到厨房里去吧！"

于是，伙夫带着那伙计进入了警局内部。他们不紧不慢地走着。那伙计一边走，一边眼睛到处乱看，不时点一下头。

最后，他们来到了一扇门前。伙夫对伙计说："以后你有事情找我，如果大门不让进，你就敲这个门，'笃笃笃'三声，连敲两遍，我就会来给你开门的。"说着，朝对方眨了眨眼。

原来，这卖油条的伙计是"博士"卢子敬扮的，那伙夫则是卢子敬安插在警局的内应，他们终于接上头了。

下午3点左右，经过组织的玉岩村民一百余人，从各路汇集到了村口。然后，一起向"多福寺"方向涌去。

大家聚集在警察分局的门口，吵吵嚷嚷。有的说："把强奸犯交出来！"有的则说："让'罗拔毛'出来偿命！"

一位警察出来解释说："罗局长走了好几个月了。去了就没回来。"

"这我们不管。人是你们放走的，我们就找你们要人。"

"要不到人，我们今天就不走了！"

……

一直闹到太阳落山以后，见目的已经达到，组织者才带着人离开了。

当天夜晚，满天星斗，但没有月亮。一支二十余人的队伍，持着火铳、梭镖、竹叶枪、木棍、锄头等家伙，在陈凤生、陈丹山、卢子敬的带领下，正向玉岩警察分局摸去。

摸到离大门口约莫十步时，大家躲在暗处一看，只见大门紧闭，门口连半个哨兵也没有。

这个情况倒是大大出乎人们的意料。难道说是走漏了风声，他们已经有了防备，故布疑阵，引我们上钩？

这反常的情况令足智多谋的卢子敬也不明底细了。

"怎么办？"陈凤生看了一眼卢子敬，问道。

"我去找老徐问一下。"

"老徐是谁？"

"我跟你说过的那个内应。"

于是一行人摸到了后门的位置。等大家隐藏好了之后，卢子敬走到门口，"笃笃笃""笃笃笃"地连敲了两遍门。

"吱嘎"一声，后面打开了，开门的正是内应老徐。

"这开门声，怎么这么响？"卢子敬担心地问。

"会不会惊动了敌人？"陈凤生也问。

"放心好了。经过白天那么一闹，警察们都说，晚上断然不会有事了。他们这时正在寝室里推牌九呢！这点开门的声音，他们可能不会——""注意"两字尚未说出口，却听见了从里面传来的"吧嗒吧嗒"的脚步声，而且越来越近。

"谁来了？"卢子敬靠近老徐，低声问道。

"是哨兵吧？"老徐轻声说。

陈凤生立即做了一个准备战斗的手势，并且摆好了马步，准备一旦被发现，就一招制敌。

"是谁夜里开门？"里面传来了问话。

老徐马上接上去说："是我怕明天烧饭的水不够，开门出去挑水了。"

"老徐你也真是，这些事情白天就要做好，非到夜里来做。这几天风声很紧，白天闹了一阵，晚上要看好门户啊！"

"有我在这里，你就放心赌钱去吧！"老徐连忙说。

脚步声又远去了。

虚惊一场！

事不宜迟，得马上行动！于是按照事先的分工，一队由卢子敬带领直扑警察们赌博的寝室，一队由陈凤生带领，直奔存放武器弹药的房间。

很快，陈凤生他们已经将全部武器弹药及部分装备弄到手了，计有长枪六支、短枪一支、子弹五千余发，还有军衣军毯若干。

那边，聚在一起赌博的警察也被卢子敬等人控制起来。此刻，卢子敬正在对他们进行训话——

"你们平时为虎作伥，欺压百姓，这些账我们都记在心上。我们'青帮'向来恩怨分明。对你们过去做的坏事，我们可以既往不咎。以后谁要是还干欺压百姓的事，我们就新账老账一起算！"

"我们再也不敢了。"

"我今天就脱下这灰皮。"

俘虏们说着，有几个已经开始脱身上的警服。

天蒙蒙亮的时候，一行人带着战利品，撤出了警察分局，向着丁坑村进发。一路上，大家有说有笑，充分享受着胜利的喜悦。

缴获的枪支弹药被暂时隐藏在丁坑村附近的一个山洞里。除了陈凤生、陈丹山和卢子敬，没人能知道这批武器弹药的确切隐藏地点。

随后，在丁坑村召开了总结大会。在卢子敬讲话之后，陈凤生说："敌人的武器装备被夺，警察分局被端，是不会甘心的。今后我们的遭遇将更加危险，大家不要掉以轻心。回去之后，大家要发动更多群众，壮大我们的'青帮'队伍。只有我们的力量壮大了，才能同反动政府抗衡。"

果然，在玉岩警察分局被端、枪支弹药被缴之后不久，国民党反动派就进行了疯狂的反扑，整个松遂龙边区，顿时陷入一片腥风血雨之中……

第 三 回

省防军进驻玉岩村，傅昌林头悬乌桕枝

玉岩警察分局被端，枪支弹药被收缴的消息，以十万火急的速度上报至国民党松阳县政府，县政府认为事关重大，不敢怠慢，立即将此事上报至浙江省政府，请求省政府火速派兵前往清剿。

请求火速派兵的公函放在浙江省政府主席黄绍竑的案头，他迟迟下不了决心。在他看来，浙西南一隅的几个毛贼作乱，地方保安团就可以对付了。请省政府派兵清剿，无疑是用拳头砸跳蚤，用高射炮打蚊子。

听说这次在浙西南闹事的人，打的是"青帮"的旗号。他知道蒋委员长1927年在上海搞"清党"，在一定程度上依靠了"青帮"的力量。难道说若干年后，上海"青帮"的势力已经扩展到了浙西南一带？如果是这样的话，派兵就更要谨慎了。万一得罪了"青帮"大佬杜月笙，那绝对没有好果子吃。在浙西南闹事的"青帮"与上海的"青帮"到底存在着怎样的联系呢？于是他拨通了杜月笙的电话，得到的答复是彼"青帮"非此"青帮"，他们与杜月笙的上海"青帮"没有一点的联系。

同时，他还想到，浙江是蒋委员长的老家，是全国治安建设的模范省份。浙西南应该属于蒋家的后院。卧榻之旁，岂容他人酣睡？几个毛贼作乱，自然不必多虑。但是如果让毛贼作乱养成燎原之势，再行清剿就困难了。万一形成这样的局面，自己在蒋委员长的面前，是绝对交不了账的。为了省政府主席这顶乌纱帽，派兵就派兵吧！

省政府又不是没兵可派。

于是，他当即签署命令，着省防军的一个营，立即赶赴松阳，配合地方保安团，对松阳、遂昌、龙泉边界一带的"青帮"组织进行围剿。

省防军的一个营三百多人，加上地方保安团的二百来人，五百多人一下子涌到了玉岩，把本来就显得局促的玉岩村变得更加拥挤，更加混乱。寺庙、学堂、祠堂，甚至一些村民的家里，都住进了大兵。这些大兵本来就军纪松弛，一时，抢夺百姓财物、强奸妇女等事件频发。闹得鸡犬不宁，老百姓有苦说不出。

省防军进驻玉岩的消息，也通过"青帮"组织成员传到了陈凤生等人的耳边。此前，他们正在商量着打出一个什么旗号的问题。

"还是叫'青帮'吧！弟兄们平时叫熟悉了，就不要改来改去了。"陈丹山首先发言说。

"'青帮'在我们这地方虽然有号召力，但也容易让人产生误会，以为我们跟上海滩的杜月笙是一伙的。"陈凤生说。

"闽北暴动后，他们都自称'红军'的，我们不妨也改称'红军'吧！"卢子敬说。

"那好，以后，我们的队伍就叫'红军'吧！"陈凤生当即拍板说。

面对敌人的大举进攻，在打还是撤的问题上，"红军"内部出现了分歧。

"敌人才五百来人，我们的兄弟集中起来，有好几千人。我就不信打不过他们。"陈凤生首先表态说。

卢子敬却发表了不同的意见："敌人虽然只有五百来人，但大部分训练有素，武器装备又好。要同这样的正规军打仗，无疑是拿起鸡蛋往石头上碰。"

"玉岩警察分局的那几个当兵的，不是兵不血刃就被我们解决了吗？子敬兄何必长他人志气，灭自己的威风呢？”从陈凤生的话里可以听出来，智取玉岩警察分局的胜利，无疑助长了他骄傲轻敌的思想。

“丹山，你的意见呢？”卢子敬把头转向陈丹山，问道。他想：要是陈丹山也不同意打，那么就是二比一。这样就可以迫使陈凤生放弃不切实际的想法。

没想到，陈丹山却和起了稀泥：“我看还是先打一阵吧！打不过，我们再撤也不迟。”

“实在要打，只能考虑智取的方法，绝对不能强守或强攻。”卢子敬说。

于是，在松阳与遂昌交界的高亭一带，“红军”和省防军交上了火。

战斗的结果大大出乎人们的意料。尽管“红军”人多，又占据着有利的地形，但由于刚刚组建，缺乏应有的军事训练，加上武器又差，枪还没响，就有近半数的人逃跑了。

敌人发起了第一次冲锋，“红军”的防线立刻被撕破了口子，好几个人中弹倒下了。

见情形不妙，陈凤生立即下达了撤退的命令。“红军”顷刻之间就在深山密林中消失了。

省防军打正规仗可以，打游击战就不行了。眼睁睁地看着“红军”战士从眼前逃走，就是不敢放胆去追。

“红军”撤到一个不知名的小山村，进行了短暂的休整。清点人数时，发现又逃跑了不少。

这一仗打下来，死的死，伤的伤，逃的逃，两千多人的队伍，顷刻间只剩下五十余人。

血的教训终于使陈凤生脑子冷静下来，在战后的总结会上，他深刻地反省了自己冒进轻敌的错误。最后，他说：“今后，我们的策略就是，打得过就打，打不过就跑。"

省防军撤回玉岩后，立即进行大清洗。第一步是派兵先后到安岱后和斗潭抓捕陈凤生、陈丹山和卢子敬。

在安岱后，他们扑了个空。在斗潭，又没有抓到人。惹得省防军的一个连长火冒三丈，于是下令烧了卢子敬的祖宅。

听到祖宅被烧的消息，卢子敬忧心忡忡，担心家人遭遇不测。后来得知家人都逃出来了。他悬着的心才放了下来。

"烧了好。旧的不去，新的不来。"卢子敬只好这样自我安慰说。

大清洗的第二步，是挨家挨户统计加入"青帮"组织的人，督促"青帮"组织成员投案自首。由于"青帮"是秘密组织，成员之间往往是单线联系。所以敌人的这一招，几乎没有什么效果。

大清洗的第三步，是发动当地的土豪劣绅，向省防军提供线索。决策的人知道，这些作乱的人，也有妻儿老小，他们必然要同家里人联系，或潜回家中看望家人。而最容易发现他们的，就是他们的左邻右舍。要求一经发现，必须立即报告。

这一招有了效果。"红军"战士、塘鱼岗村人傅昌林，由于潜回家中与妻儿相会，被村里的一个土豪告发，在家中被抓了个正着。

省防军的一个排押着傅昌林，来到了位于玉岩区区公所内的省防军营部。营长听说抓到的仅仅是一个名不见经传的小人物，连提审的兴趣都没有了，当即下令："拉出去毙了，把头砍下来，挂树上去！我看以后谁还敢跟政府作对！"

傅昌林的头被砍下来，用铁丝穿着，挂在村口的乌桕树上。也许是对自己的遭遇表示不平吧？他的眼睛瞪得大大的。

傅昌林被砍头的消息传到陈凤生等人的耳边，一时，大家的情绪低落到了极点，生怕什么时候，这种结局会降临到自己头上。

当前最主要的是稳定人心。于是陈凤生把剩下的五十余人召集起来，对他们说："傅昌林的死，给我们的教训就是：既然参加'红军'，就不要太恋家了。"

他还特地举了卢子敬的例子，作为正面教育的材料："像我们的'博士'卢子敬先生，家里要啥有啥，并且有一份稳定的职业。但是，为了我们的事业，他把这一切都舍出去了。我们还那么恋家干什么？"

"要造反，总会有人献出生命的。要是什么时候需要，我陈凤生随时准备献出我这条命！"

"生命可以不要，但我们树立起来的造反大旗不能倒，人心不能散！坚持到底，必定胜利！"

"坚持到底，必定胜利！"大家精神激奋地跟着高喊起来。

"傅昌林的血不会白流。我们一定要报仇雪恨，让敌人血债血偿！"

"报仇雪恨，血债血偿！"

大清洗的第四步是贴出告示，在全省范围悬赏通缉陈凤生、陈丹山和卢子敬，每人悬赏金都是大洋五百块。

墨迹未干的悬赏通缉告示摆放在面前，那是一个"青帮"兄弟趁着夜里无人，冒死揭下送过来的。看到这份告示，陈丹山和陈凤生、卢子敬开玩笑说："想不到我老头子的头，也跟两位一样值钱。"

"你应该想得到的，"卢子敬说，"说不定它还有升值的空间呢！"

"你会卜卦，岂能不知道自己的头值钱？"陈凤生也说。

这次大规模的"清剿"活动，开头轰轰烈烈，结局却草草收场。"清剿"一个多月无果后，省防军和地方保安团接到上峰的命令：撤出浙西南，回原防区驻防。

玉岩村里传来了放鞭炮的声音。不知是为了庆祝胜利，还是为了送走"瘟神"。

听到这个消息，陈凤生长长地吁了一口气。笼罩在头上的阴云暂时消去了。在这一个多月的时间里，他几乎没有睡过一个安稳觉，身上的肉掉了好几斤，两只眼睛常常布满血丝。

突然传来消息，在浙江南部的温州永嘉一带，也发生了农民暴动，而且打出了中国工农红军第十三军的旗号。

"找第十三军去！"陈凤生毅然做出了决定。

第 四 回

联合军攻城屡受挫，陈凤生埋名避祸殃

1930 年 7 月底，在宣平县的牛头山地区，一支五十余人的队伍正在山间小路上行进着，他们就是陈凤生等人率领的"红军"。听说红十三军近来在这一带活动频繁，就奔此而来了。

陈凤生走在队伍的最前头。他的脚步不停歇，脑子也在不停地运转。想不到号称五千余人的"青帮"组织，在敌人面前竟是如此不堪一击。如果说大部分是战死的，还说得过去。而实际的情况是，绝大部分是逃跑的！"青帮"的帮规，在此时起不到半点作用。看来"青帮"的组织，就是一盘散沙！幸好经过这场浩劫，还有五十余人跟着。这五十余人得想办法留住他们。用什么办法留住他们呢？他想到了在民间流传的一种"歃血结盟"的方法。

"歃血结盟"就是将一帮有共同志趣的人集中起来，在桌面上摆上酒碗，杀掉公鸡，将鸡血滴入酒碗，每人举起酒碗，集体宣誓，说些"有福同享，有难同当"的话，然后将酒喝下的仪式。当初，在安岱后，陈凤生和陈德义他们，就是用这种方式结拜的。

"停！"队伍行进到龙口寺的连头村时，陈凤生叫停了队伍，对跟在身边的陈丹山说，"你去村里弄些酒和一只公鸡来。"

"要改善伙食吗？"陈丹山问道。自玉岩起事以来，他受陈凤生的嘱托，担任队伍里的总管家。由于经费紧张，大家已经一个月不闻肉味了。

"有用。等下你就知道了。"

陈丹山进村不久，就买回了一只鸡和一坛烧酒。于是从村民家借来饭桌和瓷碗，在一块空场地上，摆上桌子，放上碗，在每个碗里倒上酒。陈凤生接过公鸡，抓住它的头，举刀向脖颈一抹，然后把鸡血滴到酒碗里。

这一切做完后，陈凤生开始讲话了："弟兄们，我们今天走在一起，谁也不知道今后的路会怎样，我们面临的是福还是祸。但只要我们抱定'有福同享，有难同当'的宗旨，就一定能够渡过难关，取得最后的胜利！下面大家跟我一起说，然后把酒干了。"

"有福同享，有难同当！"陈凤生说完这句话后，端起酒碗一口喝下了。

"有福同享，有难同当！"大家纷纷效仿。

陈凤生带着队伍在牛头山地区绕了好几个圈子，还是没有找到红十三军。队伍里开始有人发牢骚了："到底有没有红十三军呀？这样绕来绕去，总不是办法呀！"

陈凤生、陈丹山、卢子敬只好耐心地给他们解释，嘴皮子快要磨破了。

"这样拉着队伍找红十三军，确实不是好方法，"卢子敬对陈凤生说，"还是派人去找吧！找到以后再通知我们。"

陈凤生点了点头，又问："派谁去好呢？"

"我去。"陈丹山自告奋勇地说。

"你去？"陈凤生看了一眼陈丹山，说，"外面到处张贴着通缉的告示，人家正等着你送货上门呢！"

"我会改头换面的。"陈丹山说。

卢子敬想到陈丹山平时那游方道士的装扮，于是说："丹山兄还真是不可多得的人选。"

于是陈丹山化装成游方道士，出发找红十三军去了。

　　这一天黄昏时分，天黑得像锅底。由于地形不熟，错过了宿营的地方，队伍只好摸黑赶路。

　　"你们是哪一部分的？"突然听到一声断喝，随着传来了拉枪栓的声音。

　　"你们是哪一部分的？"陈凤生反问道。心想：不会是红十三军吧？如果是的话，那可真是"踏破铁鞋无觅处，得来全不费功夫"了。

　　没想到对方却回答说："浙保二团的。"

　　"浙保二团？"这不是省防军的一部吗？幸亏天色暗，对方看不到自己。否则就危险了。

　　"你们到底是哪一部分的？"对方又发问道。

　　"该如何来回答他们呢？"陈凤生伸手拉了拉卢子敬的衣角，征询他的意见。

　　卢子敬想：红十三军经常在这一带活动，我们何不借红十三军的名号，吓退他们呢？于是底气十足地大声回答道："中国工农红军第十三军！你们被包围了，赶快投降吧！"

　　这一招果然有效，只听见一阵杂乱的脚步声过后，就什么声音也听不到了。

　　"你刚才的回答，让我吓出了一身冷汗，"陈凤生对卢子敬说，"要是被敌人识破，那我们就完蛋了。"

　　"这样暗的天色，在没有弄清对方实际情况的基础上，谁也不会仓促发动进攻的。再说，他们的番号是一个团，我说的番号是一个军，大了他们好几倍。兵书上把这叫作'知己知彼'。"

　　"你为什么不说红军的其他番号呢？"

　　"说其他的番号，他们会信吗？从敌人被吓退的情况看，红十三军确实在这一带活动。丹山出去许多天了，也该回来了吧？"

　　这一天，队伍正在宣平樊岭脚附近宿营，陈丹山风尘仆仆地赶回来了。

"找到红十三军了吗？"陈凤生急切地问。

"没找到，"陈丹山喝了一口水，说，"但是打探到了关于他们活动的确切消息。"

"你快说。"

"前不久，红十三军的一个团九百多人，放出风声要攻打处州，等到敌人调兵在处州布防好后，他们突然移师进攻缙云县城。防守缙云县城的只有省保安总队的一个机枪连，还不到一百人。马上就被击溃了。这样，他们就把缙云县城占领了。等我赶到缙云县城时，他们却撤走了。"

"终究是正规部队，战斗力就是强。"陈凤生羡慕地说。

"光凭我们这五十来号人，是做不成大事的。我们一方面要寻找红十三军，一方面也要招兵买马，扩充队伍。"陈凤生说。

于是他们边行军，边扩军，原先逃跑的"青帮"兄弟也陆续归队，队伍迅速壮大到五百多人。

一天，陈凤生等人来到了松阳、遂昌、宣平三县交界处的一个叫作天堂的地方，发现了一支打着"红军"旗号的队伍。一打听，原来他们也是由当地农民暴动建立起来的队伍，有二百多人。

通过他们，陈凤生他们又联系上了另一支"红军"队伍，他们是由遂昌当地农民暴动建立起来的队伍，有五百余人。

这一天，在牛头山一带的天师殿，三股"红军"胜利会师了。

三军联合，声势大涨。大家公推陈凤生担任联军的总指挥。

受到红十三军一个团攻克缙云县城这一胜利的鼓舞，陈凤生想在联军成立之初，来一个大的行动。他把这个想法跟其他两支队伍的头儿说了，他们都赞同陈凤生的计划。

听说遂昌县城的守备力量薄弱，只有地方保安团的一个连。于是经三方头领商定，择日进攻遂昌县城。

9月16日，是三县"红军"联军商定的进攻遂昌县城的日子。陈凤生作为总指挥，在出发前做了动员讲话。他说："前不久，红十三军的一个团攻克了缙云县城。我们要借这股胜利的东风，拿下遂昌县城！大家有没有信心？"

"有！"约一千二百人共同发出的声音，惊得树上的鸟儿一阵乱飞。

队伍浩浩荡荡地向着遂昌开拔。陈凤生不知道，他犯了军事上的一个最低级的错误，这个错误直接导致了进攻遂昌县城的无功而返。

就在他们誓师攻打遂昌县城的时候，当地遂昌县伪县长杨兴烈的一个亲戚，已经将这一消息火速透露给了杨兴烈。

杨兴烈知道遂昌县城守备空虚，难以抵挡"红军"联军的进攻，于是星夜向省政府告急。

省政府马上派出省防军的一个团，驱车赶往遂昌"救火"。

"不好，敌人增兵了。"当联军队伍开到离遂昌县城不远的金岸村时，先期派出刺探军情的人回来报告说。

"敌人有多少兵力？"卢子敬问道。

"省防军的一个团，外加当地军警约一个营。"

"省防军的一个团就有千把人。光是这块硬骨头，我们就啃不动了。况且还有三百余人的地方军警。这仗没法打呀！"卢子敬说。

陈凤生想起自己当初定下的"打不过就跑"的宗旨。于是下令取消攻城计划。

联军队伍在回撤的途中，竟然与增援遂昌县城的省防军不期而遇。

原来，那刺探军情的人，只知道省防军的一个团要来遂昌协防，却不知道省防军还在开往遂昌的路上。

这场遭遇战的结果是可想而知的。联军战死十三人，受伤五十余人，损失惨重。

随着这次战斗的失利，由松阳、遂昌、宣平三县"红军"组成的联军也宣告解散。为此事，陈凤生好几天没睡过安稳觉。

难道就这样认输了吗？

这时，他那不服输的蛮劲又上来了。"我就不信搞不出一点名堂来！"

听说在龙泉县道太乡一带，活跃着一支农民武装，打出的旗号也是"红军"。他们的头领是吴桥喜、吴翁培和吴世照三人，活动范围涉及瀑云、锦溪、青坑、哒石等地，人员有三千余人。

"我得去会会这吴家三位首领。"陈凤生说。

于是，陈凤生带着卢子敬，专程去道太乡拜会吴家三位首领。三位首领听说他们是松阳"红军"的头领，大家都是一条道上混的人，非常友好地接待了他们。

"三位首领近期有什么行动计划？"陈凤生在介绍了松阳"红军"的基本情况后，问道。

"我们准备攻打龙泉县城，"吴桥喜说完，又问两人道，"你们也参加进来吗？"

"你们有多少胜算？"卢子敬问。

"这个我们也说不上。不过在人员上，我们是占绝对优势的 。"吴翁培说。

"你们有多少人马？"陈凤生问。

"三千多人，"吴世照说，"加上你们的人，就是三千五百多人。"

"敌人有多少兵力？"卢子敬问。

"省防军和地方武装加起来，有一千多人吧！"

"这个仗不好打啊！"卢子敬说。

"不好打也要打。难道我们就认输了？"吴桥喜说，"如果你们不想打，我们就单方面行动了。"

"打，当然要打！"受不了吴家首领的激将法，陈凤生大声地说。

为了保密，直到行动的前一刻，才将行动的计划向大家交底，没有举行誓师大会，队伍就在夜里悄悄出发了。

到了龙泉县城，已是黎明时分了。这个时候是人们睡得正香的时候，也是发动进攻的最好时机。

队伍摸到了城墙根附近，还是被哨兵发现了，于是开枪示了警。顿时，从城墙上射下来的子弹如蝗虫飞舞。有十几个人，顿时中弹倒下了。

看到自己的兄弟一个个倒下，吴桥喜急红了眼，挥动手枪就要往前冲。

"敌人火力凶猛，战斗经验丰富，局面对我们很不利，还是赶紧撤吧！"陈凤生对吴桥喜说。

"难道我们的人就白死了？"吴桥喜愤愤不平地说。

"留得青山在，不怕没柴烧。"卢子敬也劝他说。

三位首领这才下达了撤退的命令。

经过这两次攻城受挫，陈凤生意识到，自己和那些所谓的"红军"，虽然都打着"红军"的旗号，充其量不过是一帮乌合之众，同真正的红军距离甚远。要想继续斗争下去，还得去找真正的红军——红十三军。

终于，在永康方岩，他们见到了真正的红十三军。本以为他们个个都是高大威武的吕奉先、身怀绝技的赵子龙、飞檐走壁的鼓上蚤，哪知道他们一个个都是跟自己一样顶着高粱花子的庄稼汉、穿着对襟大褂的普通人，他们手中的武器，除了少有的几支长短枪外，大部分还是长矛和梭镖。

在永康一带活动的只是红十三军下属的一个团，兵力号称三千，其实只有一千五百余人。攻占缙云县城的，就是这支队伍。

陈凤生提出要加入这支队伍时，钟团长表示欢迎，把他们编成下属的一个独立营，并派人对他们进行军事培训。

对这股新生的革命力量，国民党反动派派重兵加以围剿。在大兵压境的危急时刻，他们的领导人竟然决定进攻敌人重兵布防的永康县城。结果遭到了城内外敌人的夹击，团政委金贯直和政治部主任陈文杰都牺牲了。

经过这次失败，红十三军三团元气大伤，减员三分之二，被迫化整为零，在各地打起了游击。

"你们也自谋出路去吧！"钟团长对陈凤生他们说。

本以为找到红十三军，依托正规部队，可以轰轰烈烈干出一番大事业，没想到却是这样一个结局。陈凤生感到空前的失落。难道自己还要带着一帮兄弟钻深山沟，做山大王吗？

经与陈丹山、卢子敬商议，他们只得解散队伍。在最后一次见面会上，陈凤生声泪俱下地对大家说："你们大家跟着我陈凤生，本想干出一番大事业，在乡里出人头地，没想到陈某人不才，带着你们到处游荡，钻山沟，睡窝棚，一整天还要提心吊胆，有的兄弟还献出了宝贵的生命。如今斗争的形势越来越残酷，你们跟着我，不要说没有前程，就是生命也没有保障。权衡再三，我决定将队伍暂时解散。大家各奔前程去吧！以后如果有适当的时机，可以重新举事，我还会召集你们一起干的。后会有期，大家各自保重！"说着，向大家深深地鞠了一个躬。

队伍解散以后，陈凤生、陈丹山、卢子敬三人又坐到了一起。

"今后，我们三人怎么办？"陈丹山发问道。

"想回家重操旧业，显然是不可能的，"卢子敬说，"因为通缉我们的告示没有撤销，人们为了那五百大洋的赏金，很可能会将我们出卖给政府。当前，首要的是隐姓埋名，再考虑其他的事情。我想改姓名叫张文忠，去外省找点事情做。凭着我这一脑门子的学问，谋个差事想来不会很难。"

"那我就改姓名叫李二宝，还是干我的老本行——做生意去吧！"陈凤生说。

"丹山，你呢？"卢子敬问陈丹山。

"我的姓名还没想好。不过凭着我'道长'的身份，混碗饭吃也不难。"

"度过今晚，明天我们就各奔前程了。今晚我们来个一醉方休。"陈凤生提议说。

"好的。"其他两人说。

第二天一早，三人挥泪而别。陈凤生在丽水、青田、温州一带的水路上，做起了贩卖木材的生意。听一道做生意的人说，在福建和江西一带，有中央红军在活动。他想：中央红军，肯定比地方上的红军强大许多。于是带上盘缠，去了江西、福建等地，寻找中央红军。但每次都无功而返。

到了 1932 年，离玉岩起事已经过去两年，对陈凤生等三人的通缉告示，渐渐淡出了人们的视线。不约而同地，三个人都想到了重返浙西南。终究是故土难离啊！

于是，在浙西南的土地上，又频繁地出现三人活动的身影。尽管他们都认为"青帮"这个组织不可靠，但是，万一革命高潮到来的时候，它又是一股可以利用的力量。他们要为积蓄革命力量做好充分的准备。

两年以后，他们终于见到了真正意义上的中央红军。

第 五 回

挺进师进入浙西南，陈凤生布置迎红军

1935 年 5 月 7 日，松阳县安民乡的一个小山村安岱后，笼罩在一片宁静祥和的气氛中，鸡鸣狗叫，炊烟袅袅。在家中吃过晚饭的陈凤生，又在家里待不住了，抬脚就要往外面走去。

"又要出去？"妻子问道。

"在家憋得慌，"陈凤生说，"出去走走。"

"我看在你的眼里，已经没有这个家了。"妻子抱怨了一句。

"没有自己的小家，我有天下的大家。"陈凤生调侃着说。

"那你就和你的大家去过日子吧！"

"怎么着，小两口又斗上嘴了？"不约而至的陈丹山刚好听到这夫妇的对话，于是问了这一句。

"是丹山叔啊！快进屋里坐。我这刚要出去找你，你就自己送上门来了。有什么好消息带给我？"

"是有好消息要告诉你。"陈丹山不紧不慢地说。

"那你就快讲啊！"

"中央红军来了！"

"有多少人？"陈凤生急迫地问道。

"听说有五百多人，"看到陈凤生脸上露出的有点失望的神色，陈丹山又说，"虽然他们的人数不多，但打起仗来一点也不含糊。"

"他们挺会打仗，你听谁说的？"

"昨天村里来了一个斋郎那边的人，听他说，中央红军前段时

间在他们村打了一仗。当时进攻红军的敌人有三千多人，而红军只有五百余人。最后的结果是，红军共歼敌三百余人，俘虏二百余人，把保安团团长的一只手也打残了。"

听了陈丹山的这番讲述，陈凤生的兴致大增，于是问道："他们现在到了哪里？"

"已经到了龙泉。他们的头领，一个叫粟裕，一个叫刘英，都是很大的官，"停顿了一下，陈丹山又接着说，"洪家云营长也来了。"

听说洪家云也来了，陈凤生的眼前顿时浮现出与他第一次见面的情形来。

那是去年 8 月，卢子敬特地从斗潭村赶到安岱后，约陈凤生一道去见红军的一位领导。于是两人匆忙出发，来到了位于龙泉郑坑的红军驻地。

两位红军战士持枪拦住了他们的去路，对他们盘问起来。

"我们是这一带'青帮'组织的头目，想见你们的领导一面。"卢子敬说。

"'青帮'？没听说过。"一位红军战士摇了摇头，问另一位说，"你知道吗？"

另一位也摇了摇头说："我也不知道。"

陈凤生只好上前解释说："我们也是'红军'，我们该是一路人。"

"你们是'红军'？真是笑话！有你们这样的红军吗？"

"你们不要小看人。"陈凤生不服气地说。

这时走来了一位当官模样的人。两位红军战士马上立正敬礼，然后说："报告首长，这两个人要见你。"

"你们是？"那被称为"首长"的人看着陈凤生和卢子敬，问道。

"我叫陈凤生，"陈凤生自我介绍后，又指着卢子敬说，"他叫卢子敬。"

"久仰大名，"那位首长说。见两人愣在那里，他又补充说："前几年政府可是出了五百大洋，要买你们的人头的。"于是伸出手，和两人分别握了手。

"我也来自我介绍一下，"那位首长说，"我叫洪家云，是中国工农红军抗日先遣队五十五团二营的营长。"

"营长？多大的官？"陈凤生好奇地问。

"没有多大的官。"

"我们要参加你们的红军！"陈凤生直截了当地说。

"两位积极要求参加革命，我们非常欢迎。在正式加入红军之前，还是先到我们部队看一看，了解了解吧！"洪家云说。

于是，两人就在郑坑住了下来。经过走访，他们发现，这只是红军中极小的一部分，也就二三百人而已。那么，红军的大部队又在哪里呢？

他们把这个问题向洪家云提出来，没想到他却说："大部队在哪里？我们也不知道。"

这就奇怪了，同是红军，下级单位竟然不知道上级单位在哪里。经过洪家云的解释，两人才明白了其中的原委。

原先，洪家云他们营是跟大部队一起行动的。在北上抗日的途中，却遭到了数倍于已的国民党部队的阻击，损失惨重。于是改北上为东进，经福建入浙江，其间在庆元竹口、龙泉八都打了两个胜仗，缴获颇丰。洪家云奉命护送缴获的军用物资和伤员到闽北的黄连坑。完成任务，回到驻地时，大部队已经开拔了。只知道大部队是向北行进的，于是他们又向北追赶。在江山铁路沿线与敌人进行了两次遭遇战，受到一些损失。要继续北上追赶队伍，却因衢江挡住了去路，船只又被封锁，只好撤回闽北。后来，他们就在闽北和浙西南一带打起了游击。其间多次与大部队联系，均未获成功。

"非常抱歉，让两位失望了。"洪家云说。

"哪里的话？虽然你们只是红军的一部分，但我们从中也发现了一些不同于其他军队的东西，收获很大啊！"卢子敬说。

"我们与其他军队有哪些不一样？"洪家云问道。

"第一，你们的纪律很严。"卢子敬说。

"当然，毛委员当初领导秋收起义的时候，就为起义部队制定了三大纪律六项注意，后来又修订为三大纪律八项注意。是红军部队必须遵守的。"

"第二，你们的官兵平等，当官的没有架子。"

"还有呢？"

"第三，你们和老百姓的关系处得很好。"

"说下去。"

"第四，你们的思想工作做得扎实，上下级之间的沟通渠道通畅。我们暂时只能说出这一些了。"

听了卢子敬的分析，洪家云钦佩地说："子敬的理论水平挺高的嘛！句句说到点子上。"

这时陈凤生插话说："我们的这位兄弟留过洋，还是'博士'呢！"

"原来如此，"洪家云点了点头，又问卢子敬道，"你在哪儿留儿的学？"

"日本东京的早稻田大学。"

"听说那是一所很有名的大学。我们部队太需要你这样的高级知识分子了，"洪家云接着说，"给你们一个任务。"

"什么任务？"陈凤生急切地问。

"听说你们是'青帮'的？"

"没错。"

"'青帮'在这一带有多少成员？"

"四五千人吧！"

"参加'青帮'的都是些什么人？"

"贫苦农民和个体手工业者居多。不过被打散了。"

"看来这是一支可以依靠的力量。我交给你们的任务，就是回去把'青帮'重新组织起来，随时听候红军的调遣。"

"这么看来，我们要离开这里了。我可有点舍不得。"

"这只是暂时的分离。我们以后还会在一起的。"

临别时，两人抓住洪家云的手紧紧不放。

陈凤生回到安岱后，马上把这一经历告诉了陈丹山。于是他们和卢子敬一起，积极投入"青帮"的组织发展之中。

听说期盼已久的中央红军大部队来了，陈凤生喜不自禁，拉着陈丹山的手，就要往门外奔去。

"慢着，这黑灯瞎火的，去龙泉……"

"我等不及了，我们举着火把也要去！"

"我们过斗潭，把'博士'也捎上吧！"

"好的。快走吧！"

于是两个人举着火把上路了。一路走一路打听，得知挺进师已进入松阳县境内的小吉村，于是马不停蹄地奔小吉而去。

到达小吉时，天已经大亮了。打听到挺进师首长的住处后，他们就直奔而去。

"这位小兄弟，我要找洪家云营长。"见到负责警卫的红军战士，陈凤生主动上前打招呼。

"我们革命队伍里的人，一律称同志。别来称兄道弟的那一套。"那位红军战士纠正了陈凤生在称呼上的错误后，这才放他们过去。

这是一幢江南一带典型的三间两客轩的民居。从大门进去是一个天井，从天井进去是正堂客厅，客厅的左右各有一间偏房。天井的左右两边则是两间客轩。

此刻，在客厅里，有一位瘦小精干的军人正在踱步，他就是挺进师师长粟裕。长期的革命斗争生涯，使他养成了一个早起的习惯。即使没有什么事情，起来踱踱步也好。听到从门外传来的警卫员和人的对话，他知道来客人了。于是整理了一下身上破旧的军服，等待客人上门。

陈凤生等三人进入大门，就发现了粟裕，只是不知道该称呼什么，一时愣住了。

倒是粟裕主动打起了招呼："你们三位要找洪家云，是吗？请稍等。"于是对着屋内叫道："家云同志，有人找你！"

"你是？"陈凤生问道。

"鄙人粟裕。"

"原来是粟师长！"三人马上上前毕恭毕敬地鞠了一个躬。

这时，在房间里的洪家云出来了。随后走出了一个教书先生模样的英武的军人。

见到陈凤生等三人，洪家云马上向粟裕介绍了起来："这两位是这一带'青帮'组织的首领陈凤生和卢子敬。"

"我叫陈丹山，和他俩是一伙的。"见洪家云没有介绍自己，陈丹山就自我介绍起来。

洪家云又指着教书先生模样的人，对陈凤生他们说："这是我们挺进师的政委刘英同志。"

刘英马上向三位伸出了手："早就听家云同志说起过你们，今日有幸会面，欢迎，欢迎！"

三人分别与刘英握手。寒暄一阵后，一行人在客厅坐了下来。

粟裕首先介绍了挺进师最近一个时期的情况。1935年1月，中国工农红军组成抗日先遣队北上抗日，在江西上饶的怀玉山遭到国民党反动派的围追堵截，血战数昼夜后，先遣队损失惨重，军事主官寻淮洲牺牲，另一主官刘畴西与政治主官方志敏一道被俘。粟裕、刘英率先头部队五百余人突围成功，进入闽浙赣革命根据地。这时，中共中央发来电报，指示闽浙赣省委以先遣队突围部队为基础，组建中国工农红军挺进师。任命粟裕为师长，刘英为政治委员。

中共中央给挺进师下达的任务是：在保卫闽浙赣苏区的基础上，深入浙江西南部，开创新的革命根据地，深入发动群众，开展土地革命，建立苏维埃政权。在军事上，要广泛开展游击战争，牵制敌人的有生力量，策应红军主力的行动。

"要在浙西南建立革命根据地，开展土地革命，建立苏维埃政权，光靠我们挺进师的几个人是远远不够的，还必须依靠当地的进步分子，得到当地民众的广泛支持。今天，陈凤生、陈丹山、卢子敬三位先生的到来，对我们来说是雪中送炭。我代表挺进师师部，对三位先生表示热烈的欢迎！"粟裕说着，带头鼓起了掌。刘英、洪家云也一起鼓掌。

"三位对今后一个时期的工作有何设想？"刘英看着三人，问道。

"我不大会说话，子敬兄，还是你先说吧！"陈凤生说。

"革命队伍里，互相称同志就可以了。"刘英纠正说。

"不好意思，叫习惯了。"陈凤生说。

"刚才听了粟师长，不，粟裕同志的介绍，我们很受鼓舞。从1930年以来，我们三人就一直在寻找红军的主力部队，其间也接触过一些打着'红军'旗号的队伍，就是我们自己也曾打出'红军'的旗号。但是，这些自发组织起来的'红军'，由于缺乏必要的军事斗争经验，以及某些领导人的头脑发热，对敌情缺乏正确的判断，所以在与敌人的战斗中频频失利。今后，我们想把我们的队伍重新拉起来，并请挺进师派人对我们的队伍进行军事训练，加强我们队伍的军事素质，免得一打起仗来总是被动。"

卢子敬讲完后，陈凤生接了上去。他说："今后凡是用得着我们三个的地方，请尽管吩咐。就是上刀山，下火海，我们也万死不辞！"略为停顿之后，他接着说："我还有一个不情之请。"

"你说吧！"刘英鼓励他说。

"我的家乡是松阳、遂昌、龙泉交界处的安岱后村，那里山高林密，便于开展游击战争。村里的人，大多是我们陈氏家族的父老兄弟姐妹，群众基础好。如果三位首长不嫌弃的话，请将挺进师的师部搬到安岱后去，以方便今后工作上的联系。"

"我也是安岱后人，我的想法和陈凤生同志是一致的。"陈丹山也说。

"你们俩的提议很好。刘英同志，我看我们明天就移师安岱后，怎么样？"粟裕看了一眼刘英，说。

"我赞成移师安岱后。"刘英也说。

"那好，我们马上赶回去，布置欢迎的仪式。"陈凤生说。

"召集一个群众大会就可以了，不要弄花架子的东西。"刘英嘱咐说。

离开了小吉，三人马不停蹄地赶回安岱后，立即投入了欢迎仪式的筹备之中。尽管刘政委交代不要弄花架子，但一些基本的工作还是要做的。

三人进行了分工。陈凤生负责挨家挨户通知参加群众大会的人和到村口桥亭上迎接的人。卢子敬负责会场的布置，会场就设在陈氏宗祠里。陈丹山负责伙食和住宿的安排。

5月10日早晨，天气晴朗，明媚的阳光照在安岱后村口的一座桥亭上。这是一种桥与亭组合的建筑形式，有点像廊桥的样子。桥下是潺潺的流水。桥上有一座凉亭，描龙画凤，格调古朴。

此刻，桥亭上已经聚集不少的人，男女老少都有。陈凤生、陈丹山、卢子敬也夹在人群中，大家都把目光投向村口。

上午 10 点左右，粟裕、刘英一行来到了安岱后。人们喊着欢迎的口号，簇拥着挺进师的官兵进入了陈氏宗祠。

陈氏宗祠早被打扫得干干净净。主席台也就是旧戏台的上方，悬挂着横幅，上面是卢子敬手写的"热烈欢迎中国工农红军挺进师来我村创建革命根据地"等遒劲有力的大字。

在陈凤生、陈丹山、卢子敬的陪同下，粟裕、刘英、王永瑞、黄富武等挺进师领导健步登上主席台。

陈凤生在介绍了挺进师的领导之后，发表了欢迎辞。他说："中国工农红军是人民的子弟兵，是全心全意为劳苦大众谋幸福的军队，是专门和土豪劣绅及反动政府对抗的军队。他们来到我们这里，一是领导我们打土豪分田地，建立我们劳苦大众的政权。二是保卫我们的胜利果实，巩固革命根据地。社会上有各种谣言，说红军是'土匪'，说他们要实行'共产共妻'。希望大家不要相信这些谣言。要真心实意地拥护红军，支持红军。把我们安岱后一带，建设成为稳固的革命根据地。"

刘英代表挺进师致答谢辞。他说："我们今天一到安岱后，就感受到非同一般的气氛。这种气氛是建立在人民群众对我们红军的充分信任的基础之上的，是建立在对反动政府和土豪劣绅同仇敌忾的基础之上的。这种气氛对我们挺进师是一种鼓舞，更是一种鞭策。我们将把安岱后人民对我们的信任，转化为努力工作的动力，为创建浙西南革命根据地而努力奋斗！"

群众大会过后，各项工作马上步入正轨。陈凤生等人，将在革命的熔炉中接受淬炼，成为真金。

第 六 回

刘政委深入搞调研，村民们对面谈实情

第二天清晨，薄雾笼罩的山峦像披上了一层神秘的面纱，阵阵鸟儿欢快的叫声，打破了山村特有的宁静。陈凤生一大早就起来了，正想去找师部领导请示工作，却在路上与刘英碰面了。

"刘英同志，你早！"他主动打起了招呼。

"你也早啊，凤生同志，"刘英礼貌地回道，又说："我正想找你呢！"

"有什么事吗？"

"你替我找几个人来，我想了解一下情况。"

"要几个人？"

"三五个人就够了。"

"要哪种对象？"

"对本地情况比较了解的人。"

"叫他们到哪里去？"

"就在村口那座桥亭上。"

陈凤生连忙去找人。听说师政委这样的大官要找自己谈话，山里人都怕自己没有见识，说出来的话让人见笑。陈凤生说得口干舌燥，才勉强凑起三人，只好把自己和陈丹山也搭上了。

在桥亭上集中后，刘英看着陈凤生和陈丹山说："你们两位是老相识了。这三位同志叫什么名字？"

于是陈凤生把陈德义、陈德佑、陈老五一一介绍给刘英。刘英

与他们一一握手。

在桥亭上坐定后，刘英说："我们挺进师初来贵地，对许多情况都不熟悉。今天把大家请来，就是为了了解一些情况。你们不要有什么顾虑，放开来谈就是了，讲错了也没有关系。"说完，从口袋里掏出一个笔记本，又取下插在上口袋里的钢笔，说："凤生同志，还是从你这里开始吧！"

陈凤生略一思索，便讲了起来："我们这里离闽北的崇安、浦城比较近，受闽北苏区的影响，老百姓普遍倾向革命。早在1925年6月，我们这一带就曾组织农民协会，实行'二五减租'。第二年因遭饥荒，种田人无米过年，不法商贩却囤积居奇，哄抬米价。我和陈丹山、卢子敬等人也搞过'闹平粜'。1929年底，温州'青帮'首领邹武庆来我们这里发展组织，我们曾有过生意上的交往，于是我和陈丹山、卢子敬商量，借'青帮'之名组织农民武装斗争。后来我们三人着手在松阳、遂昌、龙泉边境山区发展'青帮'组织。以贫困农民和个体手工业者为主，最多时发展到五千余人。"

刘英在笔记本上飞快地记着，不一会就写了满满一大页。见陈凤生停了下来，于是他鼓励陈凤生说："很好，你继续说下去。"

受到刘英的表扬，陈凤生继续说了下去："由于受到闽北苏区农民暴动的影响，我们三人商定在'青帮'帮众的基础上，组织农民暴动。为了加强暴动队伍的武器装备，我们设计拿下了国民党松阳县警察局玉岩分局，缴了他们的枪。"

"你们三人被悬赏通缉，为的就是这件事吧？"刘英插话说。

"后来，国民党派来了省防军，配合地方保安团，对我们进行围剿。我们本想凭着'青帮'兄弟的人多势众，能和敌人斗上几个回合，没想到却是一触即溃。敌人抓住了我们的成员傅昌林，砍下他的头，挂在乌桕树上示众。还放火烧了卢子敬的祖宅。还到处张贴告示，要抓我们三人。我们只好投奔在永康的红十三军。红十三军被敌人打散后，我们多次到江西、福建等地寻找中央红军，均未获得成功。直到去年 8 月，我们才同中国工农红军抗日先遣队五十五团二营的洪家云营长取得了联系。受他的指示，我们回到当地，重新恢复'青帮'组织。现在，终于把你们给盼来了。"

"凤生同志，对以往行动屡次失败的原因，你总结过吗？"刘英问道。

"事后，我们三人总结出了以下两点原因：一是武器弹药严重缺乏。我们虽然缴了玉岩警察分局的枪，但只有长枪六支，短枪一支。用长矛梭镖是抵挡不住敌人枪炮的进攻的。二是缺乏必要的军事训练，只知道瞎闯硬拼。"

"也不是一味地瞎闯硬拼，你们智取玉岩警察分局，就干得漂亮嘛！"刘英客观地评价道，"我还要给你们补充一点，就是没有中国共产党的正确领导。"

"丹山同志，你也来说一说。"刘英把头转向陈丹山，对他说。

见首长点了自己的名，陈丹山仓促地站了起来，结结巴巴地说："我……我要讲的，刚才凤生都讲过了。"

刘英也不为难他，又转向其他的人："你们三位也来说一说吧！"

"那我就来说一说打土豪的问题，"陈德义说，"前几年，有的地方打土豪，实行的是一刀切。凡是财主家的浮财，一律打掉充公。其实，财主中也有开明人士，有乐善好施的人。像斗潭村的卢子敬，虽然出身财主，但他积极参加革命。把这样的财主打了，就有点不公平。"

刘英飞快地在笔记本上记着，然后说："你反映的这个问题非常好，应当引起我们的高度重视。其实，我们要打的是土豪劣绅，就是财主中行为比较恶劣、民愤很大的人。这里面的一个'劣'字，就是坏的意思、恶的意思。下面执行的人没有很好理解，执行起来就出现了偏差。"

受到陈德义发言的启发，陈德佑说："那我也反映一个问题。昨天晚上，为了欢迎挺进师的人，咱们村杀了一户财主家的一头大肥猪。这户财主在村里并不怎么坏。因此，有人替他抱不平。"

"有这样的事吗？"刘英盯住陈凤生问。

"这事是丹山操办的。"陈凤生说。

"丹山同志，这下你该有话说了吧？"刘英说。

"上面不是号召打土豪吗？咱村总得有行动呀！再加上要欢迎红军，一时操办不到好的伙食，于是就拿自己村里的财主开刀了。没想到会做过火了，我承认错误。"

"这不是简单地承认错误就能解决的问题，"刘英一脸严肃地说，"你马上找军需处的同志，领取几块大洋，把那头猪的钱给付了。以后再也不许出现这样的事！"

"我这里结束了就去办。"

"不用等这里结束，你马上去办。"

看到陈丹山飞快地走了，刘英又对陈老五说："就你没有说了。"

"我这人没见过世面，又不会说话。我说不来的，凤生硬把我拉来。我确实说不出什么。"陈老五说。

"凤生同志，找人谈话要本着自愿的原则，可不能搞拉郎配那一套哦！"

"你不是说要找五个人吗？"

"我说三五个人，没说一定要五个人。看来你的工作作风还不够严细，以后要注意了。"

"是，我一定改正错误。"陈凤生表态说。

看看情况了解得差不多了，刘英合上了笔记本，收起了钢笔，说：

"今天的座谈会收获很大，使我不仅了解了情况，而且发现了问题，以便制定解决问题的方略。感谢大家的畅所欲言。这位陈老五同志，你虽然说自己说不出什么，其实你也反映了我们的同志工作作风方面的问题。非常感谢你们。今后，对我们工作中出现的问题，希望你们及时向我反映，也可以向凤生同志反映。麻烦大家了。我还有事要处理，先行告辞了。"说完，向大家一抱拳，走了。

"这位长官很和气，人挺好的。"陈德义说。

"而且办事果断，一点也不拖泥带水。"陈德佑说。

"政策水平也高啊！"陈凤生说。

"这样的官，老百姓喜欢。"陈老五也说。

"都说是大官好见小官难见，看来真的是那么一回事。"陈德佑说。

"可不是，玉岩警察分局的那个'罗拔毛'，官做得不大，架子却很大，动不动就训人，有时还拔出枪威吓人。跟这个长官比起来，一个在天上，一个在地下。"陈老五也说。

"国民党的官怎么好跟共产党的官相比？"陈凤生说。

"看来还是共产党的官好。"陈德义说。

"是共产党好。共产党好了，共产党的官就好。"陈凤生说。

当天下午，陈凤生见到陈丹山，询问那头猪的问题解决了没有。陈丹山回答说解决了，那户财主做梦也没有想到红军会把买猪的钱给送回去，对红军是千恩万谢。

"幸亏刘英同志及时处置，才有这样好的结果。"陈丹山说。

"下一步我们该做什么？"

"我去向师首长请示工作时，师首长说要见卢子敬。"

"子敬不是在安岱后吗？"

"昨天的欢迎仪式结束后，他连夜回斗潭去了。"

"那我托人捎信给卢子敬，让他速来安岱后。"

"我也是这样说的，可师首长说这样不妥。"

"有什么不妥的？"

"刘英同志说，卢子敬先生是留过洋的高级知识分子，是开明士绅。对待这样的人，我们要体现出高度的尊重。他还说了三国时期一个叫诸葛亮的人三顾茅庐的故事给我听。"

"是刘备三顾茅庐吧？"

"看我这坏记性，"陈丹山接着说，"师首长说要亲自去斗潭，叫我们俩给带路。"

"什么时候去斗潭？"

"明天就去。"

第 七 回

师首长再会卢子敬，三头领倾慕共产党

第二天天刚蒙蒙亮，陈凤生和陈丹山便如约来到了设在陈氏宗祠里的挺进师师部，发现粟裕师长和刘英政委已经在等他们了。

"那好，我们出发吧！"粟裕说。

于是，粟裕、刘英带上警卫员，陈凤生和陈丹山在前面带路，一行人直奔斗潭而去。

由于平时走惯了山路，陈凤生和陈丹山担心自己走得太快，两位首长跟不上，有意放慢了脚步。他们的这一小动作，没能逃过粟裕的细心观察，他对两人说："你们是担心我们跟不上，才将速度放慢的吗？"

"放开速度来走，我们确实担心两位首长跟不上。"陈凤生坦诚相告。

"要不要我们来个比赛？"粟裕看了一眼刘英，似是征求他的意见。

刘英却说："挺进师里谁不知道你粟裕是飞将军出身？你那在长期革命斗争中练成的脚上功夫，自是无人能敌。可你得照顾一下我这文弱书生啊！还是两位姓陈的同志，理解刘某人的苦处。"然后对陈凤生说："你们可以略微加快一点速度。"

于是陈凤生和陈丹山加快了速度，看看后面的人都没有掉队的，便放胆向前走去。

到了斗潭村，一行人直奔卢子敬的住处。由于祖宅被烧，卢子

敬一家只能住在临时搭建的小房子里。听他的家人说，卢子敬一早就出去了，也不知道什么时候才能够回来。

"出师不利啊！"粟裕看了一眼刘英，说，"我们是撤还是等？"

刘英说："还是等一下吧！刘备为了请诸葛亮出山，还有个'三顾'，我们不妨来个'三等'。"

粟裕点了点头。

这时卢子敬的太太已经将茶泡好了。"各位客人，请喝茶。"她说。

"我来介绍一下，这位是中国工农红军挺进师的粟裕师长，"陈凤生指着粟裕说，又指着刘英说，"这位是刘英政委。"

"两位长官好。"卢太太向两位首长鞠了一个躬，准备起身离去。

"卢夫人请稍等，"刘英叫住了她，问道，"子敬先生平时不大顾家吧？"

"是很不顾家，"卢太太抱怨说，"跟着他，不仅要忙家里家外，还要替他担惊受怕。家里本来有一幢祖宅，也让人给烧了。"

"非常感谢你对子敬先生的理解和支持。等革命成功了，我们给子敬先生记功的同时，也会在功劳簿上写上你的名字。"刘英开导她说。

"我不指望上什么功劳簿，只求子敬他能够平安度过一生。我给你们烧茶水去。"卢太太说着，借故离开了。

"真是一位贤内助，"刘英夸奖了一句后，又对陈凤生说，"你的另外一半，支持你的工作吗？"

"我家的那一位是刀子嘴豆腐心，表面上吵吵嚷嚷的，私下里还是支持我的工作的。"陈凤生说。

"子敬先生去了哪里？怎么还不回来？"粟裕着急地踱起步来了。

"少安毋躁，粟裕同志。"刘英说。

正在这时，大门口进来了一个人。大家一看，是卢子敬回来了。

卢子敬顾不得擦一下头上渗出的汗水，对着两位首长说："我走到村口，就听说有人找我，有几个还带着枪，所以就匆忙赶回来了。我绝对想不到会是两位首长亲自登门拜访。"

"刘英同志说要学刘备来个'三等'，这才'一等'，就把你给等来了。"粟裕说。

"子敬先生，快去擦把汗，过来陪我们坐坐。"刘英说。

卢子敬顾不得擦汗，就在两位首长的旁边坐下了，并且说："两位首长找我，有什么重要事情吗？"

"没什么重要事情，只是拉拉家常。"刘英说，"你刚才忙什么去了？"

"到枫坪去组织打土豪的事情了。"

"看来你的工作已经走在了前面。工作进展如何？"刘英关切地问。

卢子敬说："要打土豪，首先得有示范。于是我首先把自己给'打'了。"

"打土豪先打自己？"这一说法把刘英也惊到了。其他的人更是惊得合不了嘴。

"我家是财主，也属于被打的土豪之列。如果我不带这个头，就不能服众。于是我当着群众的面宣布，除了留下足以养家糊口的田地外，把其余的都拿出来给缺少田地的人种，不收他们的一粒田租。"

"群众的反响怎么样？"

"大家都说我做得好，心里有贫苦大众。我就跟他们说，是共产党叫我这么干的，只有共产党才是劳苦大众的救星。"

"你做得很好，既带了头，又宣传了革命道理，可谓一举两得。"刘英说。

　　"我还有一得。我的这个行动，对其他财主也是一种震慑。大部分财主由公开抵制到低头默认。有开明点的，也答应免去佃户的田租。"

　　"你的经验值得总结推广，"刘英说着，对陈凤生和陈丹山说，"你们两位也学着点。"

　　"我家不是财主，怎么学？"陈丹山不解地问。

　　"不是让你们学习他的具体做法，是让你们学习他做事情善于动脑筋的这一点。"刘英开导他说。

　　"子敬先生，不，子敬同志，你很配得上这样的称呼，"刘英说，"听说你留过洋？"

　　"确有其事，我是自费在日本东京早稻田大学上的学。"

　　"那你对日本应该比较了解。你能说说对日本的看法吗？"

　　"'九一八'事变后，日本侵略者的铁蹄踏上了东北的土地。中国人对日本侵略者非常仇恨，说他们是小日本，是鬼子，是强盗。这心情可以理解。但对日本缺乏全面的分析。日本民族具有侵略性，这是由他们处在弹丸岛国，各种物资奇缺的地理因素决定的，但是这个民族坚韧肯吃苦，不达目的决不罢休。"

　　刘英认真地听着，不时地点一下头。

　　"听说你们三位是'青帮'在这一带的头领。对'青帮'，我们共产党人是有看法的。1927年4月12日，要不是上海滩的'青帮'帮助蒋介石'清党'，我们也不会遭受那么大的损失。对这一点，你们做何解释？"粟裕转换了一个话题，问道。

　　陈凤生和陈丹山面面相觑，都把目光投向了卢子敬，希望他能出来解围。

　　卢子敬发现同伴发来的求援的目光，略一思索后，说："自清代雍正年间，江南因漕运而产生'青帮'以来，其历二百余载，虽经堂主更迭，帮众分合，但就其帮规来看，虽然不乏江湖义气的成分，但也主张慷慨好义、积德行善、济困扶危。至于上海滩的'青帮'为虎作伥，倒行逆施，那是对'青帮'帮规的严重亵渎，即使是'青帮'内兄弟也不齿。我们在浙西南一带的'青帮'组织，乃属浙东温州台州一脉。该组织谨遵帮规和'十戒'，倡导公平与正义，主张济困与扶危，在民众中产生了很大的影响。一些贫困农民和个体手工业者为了寻求保护，自愿加入我们的组织。该组织与上海滩流氓的'青帮'组织水火不相容，不需要为他们犯下的罪行承担责任。

"我们建立'青帮'组织，就是想为下层的劳苦大众提供一个保护的场所、一个精神的家园。老百姓拥护我们，加入我们的组织，我们的组织在短时间内即发展至五千余人，就说明我们组织的群众基础是扎实的。

"闽北农民暴动以后，我们受到启发，决定以浙西南一带的'青帮'组织为基础，组织农民暴动。虽然暴动失败了，但组织还在，它的影响还在。洪家云营长认为，'青帮'是一股可以利用的革命力量，要我们因势利导，把它引上革命的道路，我们也是这么做的。有什么地方做得不好，还望师首长给予指正。"

"子敬同志，你很会说话啊！不知道粟裕同志被你说服了没有，反正我是被你说服了。"刘英说完，又问，"加入'青帮'的人，还可以加入其他的党派吗？比如说加入我们共产党？"

"这点帮规上没有规定。不过我想，帮规是死的，但人是活的。如果以前的帮规，不能适应当今的形势，这种帮规就是可以抛弃的，我们没有必要受它的约束。"卢子敬说。

"能谈谈你们对共产党的看法吗？"刘英问道。

陈凤生说："虽然在安岱后欢迎红军挺进师的大会上，我说了对红军的一些看法。但是，对共产党，我了解得并不多。而且我至今搞不明白，红军和共产党，到底是怎样的一种关系？"

"这个问题我现在就可以回答你，红军和共产党是被领导与领导的关系。毛泽东同志给红军定的一条原则，是要让党指挥枪，而不是枪指挥党。就拿我和粟裕同志来说，他代表着枪，我代表着党。在军事行动上我要听他的，但在关系军队生死存亡的问题上，他要听我的。这就是从我们两个人身上体现出来的红军与党的关系。你们听明白了吗？"

"刘英同志是我信得过的人，他代表的共产党，我也一样信任。"陈丹山说。

"我看到安岱后的墙上刷出一条标语：只有共产党能够救中国，对这一点我深有体会。我经历过孙中山的辛亥革命，也看到了军阀之间的混战，尽管他们都标榜为了救中国，但最后都成了泡影。虽然中国共产党成立不久，在发展的过程中也走过不少弯路，但从挺进师进驻浙西南的所作所为中，从粟裕、刘英同志的言行中，我看到了共产党是真心实意地为劳苦大众谋利益的，是可以信任的党。"卢子敬说。

"共产党会要我们这些人吗？"陈凤生问。

"你们既然信任共产党，愿意和共产党接近，就要时时刻刻以共产党员的标准严格要求自己，自觉地接受党组织对你们的考验。如果时机成熟了，我会考虑你们加入共产党的问题的。"刘英说。

"做一个共产党员，有哪些要求呢？"陈凤生又问。

"关于这个问题，一两句话也讲不清，"刘英说，"反正以后我们相处的时间还很长，我会把共产党员的要求，逐条给你们讲清楚的。"

"那我们三个人，就先在你这里挂个号吧！"陈凤生说。

第 八 回

粟师长微言析地利，三头领参加工作团

"下面我把在浙西南创建革命根据地的有利因素分析一下。"在安岱后召开的挺进师营长以上干部及当地"青帮"三大头领陈凤生、陈丹山、卢子敬共同参加的联席会议上，粟裕进行了发言。

这次挺进师内部的会议第一次邀请军外人士参加，是出于这样的考虑：自从在斗潭听了卢子敬对"青帮"的一番剖析后，粟裕和刘英改变了对"青帮"的一些成见。在他们看来，"青帮"的这三位头领是真心实意地拥护共产党和红军的，是可以信赖的。把他们发展成为中国共产党员，是指日可待的事情。

但是，大部分的"青帮"兄弟，还是对红军缺乏深入的了解。虽然他们倾向于革命，但是受封建思想的影响，革命意志不够坚定。在与省防军的较量中，有那么多的"青帮"兄弟临阵脱逃，就说明了这个问题。要把他们引上革命道路，其艰难可见一斑。

依靠红军在当地的言行，去影响"青帮"，这只是一个外部的因素。要彻底改变他们，光从外部去影响他们，是远远不够的。还必须发挥"青帮"内在的作用，即以"青帮"兄弟自己的言行去影响他们。这样或许更有说服力。

于是师首长想到了"青帮"的三位头领。为了充分发挥他们对帮众的影响作用，决定在这次会议的基础上，成立由挺进师干部和当地"青帮"首领共同组成的地方工作团，开展更为广泛的革命活动。

在宣布成立地方工作团方案之前，师首长认为有必要让大家了

解一下当前的形势，尤其是让大家明确在浙西南建立革命根据地的有利条件。于是就有了粟裕如下的一段讲话："同志们，这次我们挺进师进入浙西南，是闽浙赣省委根据革命斗争形势的发展而做出的决定。建立以仙霞岭为中心的浙西南革命根据地，具有以下三个方面的有利条件。

"第一，这个地区位于闽浙赣三省交界处，它的周围分布着闽北、闽东、闽浙赣几个革命根据地，可以互为掎角，相互策应。三省敌人之间，存在着各种各样的矛盾和冲突，这些都可以为我们所利用。就拿我们进入浙西南的重要战役斋郎战斗来说吧！虽然敌人集中了浙保一团李秀部的一千二百余人、闽保二团马洪深部的一千余人，加上反动民团'大刀会'的人，兵力上处于绝对的优势，但是在我们设法瓦解了'大刀会'，打败了浙保一团后，闽保二团马上溜之大吉了。这就说明我们的敌人之间，并不齐心协力。斋郎战斗的胜利在一定程度上得益于我们对敌人之间矛盾的清醒认识和利用。

"第二，这里的群众基础比较好。1930年的时候，这里深受我党所领导的红十三军暴动的影响，革命的火种还在一些基层群众的心里埋藏着。这里还有分布面较广的'青帮'组织，他们对国民党反动派的不满与反抗，已经旷日持久，而且和我们的红军有着不可分割的联系。如果我们的工作做到位了，这些'青帮'组织将成为可以依靠的革命力量。还是拿斋郎战斗来说事吧！当地百姓起初都躲着我们，但经过我们深入细致地做工作，老百姓终于和我们站到了一起。在战斗开始前后，当地百姓给了我们很大的帮助。可以说，斋郎战斗的胜利，在一定程度上得益于人民群众对我们的大力支持。

"第三，这里交通闭塞，有'九山半水半分田'之说，山岭连绵，森林茂密，道路曲折，便于我军隐蔽和开展游击战争。还是拿斋郎战斗来说吧！斋郎的地形特点是易守难攻，一夫当关，万夫莫开。就这样，我们利用地形上的优势，仅凭五百余人就将数倍于己的敌人打败了。斋郎战斗的胜利，在一定程度上得益于我们对地形的巧妙利用。

"我们要充分利用这些有利的条件，积极开展工作。当然，我们初来乍到，人生地不熟，语言又不通，所以还希望得到当地先进分子的大力支持。这也是我们这次会议邀请军外人士参加的主要原因。

"下面我来介绍一下受邀参加今天会议的军外人士、浙西南一带'青帮'的三位头领。"于是将陈凤生、陈丹山、卢子敬向大家一一做了介绍，立时响起了热烈的掌声。

粟裕讲话完毕，刘英接着讲话。他首先宣布了挺进师关于成立地方工作团的决议：任命杨干凡为地方工作团团长，陈凤生、卢子敬、陈丹山为地方工作团的副团长，并对设立地方工作团的初衷、地方工作团的性质及任务等问题一一做了说明。

会后，粟裕和刘英又把陈凤生等三位头领叫到身边，给他们鼓劲打气。

"今后地方工作团的工作，就要仰仗三位了。"刘英真诚地说道。

"愿为地方工作团效犬马之劳。"卢子敬说。

"想不到，我陈丹山还是块当官的料。为了这个官儿，我陈丹山也要豁出命去干。"

"师首长不妨把这看成是对我们三位的一次考验吧！"陈凤生说。

根据地方工作团团长杨干凡的建议，地方工作团又进行了如下的分工：杨干凡负责全面协调工作；陈凤生负责安岱后及周边地区"青帮"兄弟的召集和动员工作；卢子敬负责枫坪及周边地区"青帮"兄弟的召集和动员工作；陈丹山负责筹集军粮等事务性工作。

俗话说：新官上任三把火。陈凤生担任地方工作团副团长后，所烧的第一把火，就是召集当地的"青帮"成员，向他们宣传挺进师的革命主张，把他们争取到红军的阵营中来。于是发出了召集令。由于此前与省防军对抗时，曾发出了青字第 1 号的召集令，故将此召集令定名为青字第 2 号。召集令云：

> 凡我"青帮"成员，见此帖后务必于公元 1935 年 5 月 18 日（农历四月十六）到安岱后村陈氏宗祠集合，有重要事情相商。不得有误。无故不到者，将按帮规第六条严厉惩处。

拟好召集令后，当即派出在安岱后的"青帮"成员，火速赶往附近的李坑、大横坑、大潘坑、台坑等地传递。

1935 年 5 月 18 日晚上，在安岱后陈氏宗祠内，火把照得祠堂一片通明。祠堂内人头攒动，从附近各地赶来的"青帮"成员五百余人，都把目光投向旧戏台，等待着头领的出现。

陈凤生和陈丹山精神抖擞地登上了旧戏台。陈凤生将双手向下压了压，示意大家安静下来。然后同陈丹山耳语了几句，陈丹山下戏台走了。

"各位兄弟，"陈凤生开始了他的讲话，"今天把大家召集起来，是为了跟大家商量有关'青帮'出路的重大事情。倡导公平、匡扶正义、除暴安良、济困扶危，历来是我们'青帮'的宗旨。但是我们现今的社会，还存在着诸多的不平，正义难以伸张，黑恶势力横行。仅靠'青帮'一己之力，恐难实现我们的宗旨。我们必须寻求合作的团伙，壮大我们的力量。

"这合作的团伙是哪一个呢？就是中国工农红军挺进师。自挺进师进驻安岱后以来，他们军纪严明，对老百姓秋毫无犯，而且与老百姓同心同德，打成一片。这是一支人民群众信得过的军队，是'青帮'可以倚靠的合作团伙。

　　"省防军当初在玉岩一带，烧杀抢掠，奸淫妇女，杀我同胞。我'青帮'兄弟、塘鱼岗村人傅昌林，被敌人砍头后，挂在乌桕树上示众。在与省防军的战斗中，我'青帮'兄弟有八人倒在敌人的枪弹之下。这一笔笔血债，我们一直记着，一直寻找报仇的机会。这仇报了没有？没有报。要是只凭我们自己的力量，不要说报仇雪恨，就是占点便宜都难。人家终究是正规部队出来的，在打仗方面比我们厉害多了。我们就此认输吗？相信大家都会说不服输。不服输怎么办？找帮手呀！我打不过你，就找个打得过你的帮手来。这个帮手是谁呢？就是红军！就是挺进师！我们就是要借助红军挺进师的力量，为我们报仇雪恨！为我们扬眉吐气！

　　"'青帮'组织有帮规约束，但执行力不够，令行而不禁止的事情时有发生。就说前几年对抗省防军的那场战斗，贪生怕死、临阵脱逃者比比皆是。这些方面与红军严明的军纪比起来，有着天壤之别。正因为如此，我们才需要同红军联合，用红军的军纪来约束我们，增强我们的战斗力。

　　"对以前大家的过错，贪生怕死也好，临阵脱逃也罢，我们既往不咎。今后在与红军的联合中，如果再出现这种种情况，定将严惩不贷。

　　"当然，我们不会强迫大家入伙，一切本着自愿的原则。要是大多数人同意了，这件事情就算定下来了。等下陈丹山会发给每人一颗豆子，大家如果同意入伙，就将豆子投入他手中的瓦罐。不投豆子者，视为自动放弃。丹山，准备好了吗？"

　　"准备好了！"陈丹山一只手端着一个簸箕，里面盛着豆子，一只手抱着瓦罐，来到了人群中。人们纷纷从簸箕中捡起一颗豆子，投入瓦罐。

等大家都投好后，陈丹山倒出瓦罐中的豆子数了一下，一共是四百九十三颗。

陈凤生和陈丹山碰了一下头后，开始公布表决结果："参加本次表决的一共有五百零六人，共投了四百九十三颗豆子。同意入伙的占绝大多数，表决结果通过！

"既然大家同意和红军合伙，那就要拿出点样子来，让红军对我们另眼相看，为'青帮'争一口气。我寄希望于大家，也相信大家。让我们与红军一道，为摧毁旧世界，建立公平合理的新世界而努力奋斗吧！"

陈丹山接着讲话。他说："今天晚上大家就不要回家了，住宿的事情我已经安排好了。明天红军的首长还要同我们见面，给我们讲话。"

人群散去之后，陈丹山对陈凤生说："刚才我看了一下，大横坑村一个人也没来。不晓得问题出在哪里？"

"有这样的事吗？"陈凤生大吃一惊，说，"我一定要严查此事。"

第 九 回

陈凤生横坑探底细，安岱后"青帮"大汇流

蜿蜒曲折的山道上，大步流星地走着两个人。走在前面的人年纪在三十岁上下，国字脸，浓眉大眼，头戴一顶斗笠，身穿对襟短褂，腰束一条布带，腰间插着一支驳壳枪，脚蹬一双草鞋。走在后面的人年纪三十岁不到，一副游方道士的装扮，脚上也穿着草鞋。他们就是中国工农红军挺进师地方工作团的干部、浙西南"青帮"的头领陈凤生和陈丹山。此行的目的地是大横坑村，目的是探一探大横坑村"青帮"的底细，相机采取措施。

昨天晚上的动员会结束以后，陈丹山把大横坑村"青帮"成员集体缺席会议的事情告诉了陈凤生。陈凤生除了吃惊之外，就是震怒。他觉得自己大头领的地位受到了严重的挑战。自己发出的召集令，说出来的话，居然有人敢不遵？按照他的脾气，当时就要去大横坑，对那些竟敢"犯上"的成员，以帮规进行严惩。还是陈丹山劝住了他。两人商定将此事反映给地方工作团团长杨干凡，听听他的意见。

听了陈凤生他们的汇报，杨干凡进行了如下的分析："青帮"成员不遵帮规、不听调度，或许另有隐情。这事宜进行冷处理，即在弄明真相之后相机处置，切忌一怒冲冠，激化矛盾。如果这件事情处理不好，将会影响到改造"青帮"成革命队伍的大局，对今后地方工作团进一步开展工作是非常不利的。为了防止陈凤生的情绪失控，杨干凡特意安排陈丹山与他同行。

在浙西南的安岱后一带，村名带"坑"字的特别多，如李坑、

大横坑、大潘坑、台坑等。这里的"坑"其实就是山谷。山谷中有水，村民们临水而居，形成村落，故以"坑"名之。这"大横坑"，本叫"横坑"，前面加一"大"字，显示了它在其他村落中的地位。"坑"的大小是按人口的多寡来定的，一般来说，村里人口达到四百以上，就可以称"大"了。大横坑的人口接近五百，其中五分之一的人是"青帮"成员。将近一百人的规模，使得陈凤生、陈丹山和杨干凡他们，对它不敢小觑。

为了加快进度，在到达大横坑之前，两人就商定好了，先把帮众集中起来再说。到大横坑时，正是村民们吃早饭的时间，他们先找到了几个"青帮"兄弟，让他们挨家挨户去通知，让大家火速到村里的刘氏宗祠集中。

由于两头领亲自出马，大头领还带着枪，大家不敢怠慢，不到半个时辰就集中起来了。

陈凤生和陈丹山登上戏台。陈凤生用威严的目光扫视了一下全场，大家立刻安静了下来。

"我发召集令，叫大家去安岱后集中，你们都收到了没有？"陈凤生开门见山地问道。

"收到了！"大家异口同声地说。

"那为什么不去？"

"不是不去，是不敢去。"一个叫刘恒德的人站出来说。

"有谁在威吓你们？"

"前几年你把我们召集起来，去与省防军对抗，结果是断送了好几位兄弟的性命。我们担心这次召集我们，又是让我们去送死，所以就不敢去了。"刘恒德说。

"这次召集大家，不是让大家去送死，而是给大家指明一条出路，绝对是大大的好事。"接着陈凤生把在安岱后讲的那番话，又跟大家讲了一遍。

"道理我都讲过了，下面我们来举手表决吧！同意与红军联合的，请举手。"

"慢着，"这时，一个叫刘昌卓的人站出来说，"红军总不会永远待在这个地方，万一红军撤走了，我们怎么办？"

"到时我们已经武装起来了，在红军的训练下，我们也会打仗了。红军撤走了，我们就单独跟反动派干！有人担心干不过反动派，确实我们也有前车之鉴。干不过大不了就是一个死，死有什么可怕的？只要认为死得值，脑袋掉了也只有碗大的疤。要说死，我陈凤生差一点就死掉了。反动派拿五百块大洋买我的人头，我不照样活到今天了吗？就是死了，我陈凤生一点也不怕。要是我的脑袋掉了，能换来大家幸福安宁的生活，我绝无半句怨言。贪生怕死，只能永远生活在人家的压迫之下，过着生不如死的生活。大家愿意一辈子过着这样的生活吗？"

"不愿意！"大家纷纷说。

"既然大家不愿意过受人压迫的日子，大家就跟着我干，跟着红军干吧！下面开始表决！"

台下齐刷刷地举起了手。

"那好，我们现在就出发去安岱后，昨天到的'青帮'兄弟正等着你们呢！"陈丹山宣布道。

"我们还没吃早饭，就被叫来了。"

"到安岱后去，有你好吃的。"陈丹山又说。

于是一行人在两位陈姓头领的引导下，向着安岱后进发。在快要到安岱后的路上，竟碰到了卢子敬带领的枫坪一带的"青帮"兄弟，他们一共有八百余人。

"你是如何召集到这么多的人的？"陈凤生好奇地问卢子敬。

"我是利用了我在当地的威望。接受杨团长分派的任务回到斗潭村后,我立即召集了同村的'青帮'兄弟,说出了想拉他们投靠红军的打算。他们听说我要投靠红军,都没有二话。我就分派他们到枫坪及周边地区,去通知兄弟们,择日去安岱后集中。那些兄弟听说是我在拉他们去投靠红军,都说子敬先生的选择没错,跟着子敬先生一定能够发达。于是,没有费多少口舌,这事情就解决了。"

"看来还是你的威望管用。我都把召集令和帮规搬出来了,还是费了一些周折。"陈凤生说。

"还好现在问题解决了。"陈丹山也说。

安岱后的土墙上,到处张贴着"热烈欢迎'青帮'兄弟加入红军"的标语,当地群众自发组织起来,敲锣打鼓迎接从各地来的"青帮"兄弟。路边的小摊上,摆着免费的茶水。家家户户飘出酒肉的香味。这让那些"青帮"成员,一踏进安岱后,便感受到一种亲切的气氛。

两地的"青帮"成员汇合后,人数已近一千五百。后来,又陆陆续续到了一些,那是除两地区以外的其他地方的"青帮"成员。他们是在听到"青帮"要与红军联合的消息后,自愿找上门来的。这部分人的总数有近五百。所有在安岱后的"青帮"成员,加起来已达两千余人。

傍晚时分,在晒谷场召开了大会。用门板搭起来的临时主席台上方,悬挂着"中国工农红军挺进师欢迎'青帮'兄弟大会"的条幅。粟裕、刘英、王永瑞、黄富武等挺进师领导干部坐在主席台上,陪坐在旁边的是陈凤生、卢子敬、陈丹山等"青帮"头领。

挺进师政治部主任黄富武主持欢迎大会,他首先介绍了在场的挺进师领导干部和"青帮"的三位头领。然后宣布欢迎大会开始。

刘英代表挺进师政委会讲话。他首先对各地"青帮"兄弟齐聚安岱后、与红军结成联盟、共图大业的行为表示赞赏,对"青帮"

兄弟表示热烈的欢迎。

"各位'青帮'兄弟，我们中国工农红军是老百姓自己的队伍。为什么要在红军的前面加上'工农'两个字呢？就是为了说明它是由工人和农民这些最普通的劳苦大众组成的。既然是由工农组成的，它就要代表工农的利益，为广大的工人和农民谋福祉。它所有行为的出发点，都建立在这一点上。

"而浙西南一带的'青帮'，我咨询了你们的头领陈凤生和卢子敬等人，知道它们也是由贫苦农民和个体手工业者组成的，它们也是工农群众的不可分割的一部分。因此，红军和'青帮'，就其社会基础而言，具有一致的地方。而这一点，恰恰是红军和'青帮'联合的重要前提。

"另外，红军和'青帮'，有着共同的敌人，这就是国民党反动派。他们压迫广大工农群众，残杀反抗他们的正义人士。听陈凤生同志说，1930年的时候，省防军进驻玉岩，就曾屠杀了一些'青帮'兄弟，还把有的兄弟的头砍下来，挂在树上示众。这个反动派不推翻，不仅没有红军的好日子过，'青帮'兄弟的生存也要面临威胁。所以，在共同的敌人面前，红军必须和'青帮'联合起来。这样攥紧五指成拳头，打出去才有力量。

"无论是红军还是'青帮'，都还存在着一些不尽如人意的地方，这就需要双方在合作的基础上，求同存异，取长补短。如果我们红军有短处，我们决不护短，也希望'青帮'兄弟来揭我们的短，以改进我们的工作。只有开诚布公，肝胆相照，双方合作的路子才会越走越宽广。"

刘英的讲话，赢得了在场"青帮"兄弟的一阵阵热烈的掌声。

粟裕代表红军挺进师讲话。他在讲话中阐明了红军和"青帮"合作的组织原则。

首先，赋予"青帮"组织相对的独立性，即不打乱"青帮"的地方组织，一个行政村的成员，组成"青帮"的基本单位。十至五十人的，组成一个小队；五十一至一百人的，组成一个中队。小队和中队设队长一名，副队长若干名，从"青帮"兄弟中推选产生。军事训练和集会，就按这样的组织形式来分别进行。只有面临紧急任务需要整合调动"青帮"兄弟的时候，才将各小队和中队集中起来。一应生活物资和武器装备，由各小队和中队自行解决。

其次，为了提高"青帮"兄弟的军事素养和思想素质，红军向每一"青帮"基层组织派出军事教员和党代表各一人。军事教员主要负责军事训练，科目有队列、射击、格斗等。党代表主要负责思想教育，处理红军与"青帮"之间、"青帮"各成员之间的一些矛盾和冲突等。

在粟裕宣布了以上内容之后，当场进行了各小队和中队的组建，推选出队长和副队长。红军派出的军事教员和党代表，分别与"青帮"兄弟见面，进行了简短的交流。

陈凤生代表"青帮"组织讲话。他说："从今天开始，'青帮'新生了！这是值得庆幸的事情。感谢红军领导对'青帮'的大力提携，感谢红军对发展改造'青帮'所提供的无私援助。如果说，爹娘是我们的生身父母，那么，红军就是'青帮'的再生父母！感谢红军！感谢挺进师的全体官兵！

"不容否认，在'青帮'组织之中，在'青帮'的各位兄弟的思想意识里，还存在着一些消极的东西。这些东西需要在红军军事教员和党代表的指导下，逐步地去克服。旧的不去，新的不来。希望我们的'青帮'兄弟，不仅要在组织上加入红军，而且要在思想上与红军保持一致。这样，我们才能获得新生，真正的新生！"

欢迎大会结束后，举行了聚餐活动。尽管物资不充分，但热情好客的安岱后人，还是倾其所有，将猪、羊、鸡、鸭等宰杀了招待客人。师首长在陈凤生等人的陪同下，来到各家各户敬酒，和大家共话家常。

夜幕降临后，在晒谷场上燃起了篝火。大家围着篝火有说有笑、载歌载舞。在陈氏宗祠里，则上演着安岱后人自编自演的地方戏。这种热闹的场面，一直持续到第二天的黎明。

等到第二天，"青帮"成员逐渐散去之后，陈凤生、陈丹山、卢子敬才长长地舒了一口气。

"这几天忙里忙外，把我们的丹山弄得瘦了一圈。"卢子敬看了一眼陈丹山，说。

"为了看到昨天这个场面，就是把我弄得皮包骨头，我心里也是乐意的。"陈丹山自豪地说。

"对了，那筹集军粮的事情，你准备得怎么样了？不是说'兵马未动，粮草先行'吗？"陈凤生突然说。

陈丹山一拍大腿，说："糟糕，我怎么把这么重要的事情给忘了！"

第 十 回

陈丹山筹粮献苦力，卢子敬献计惩刁顽

"丹山同志，你来得正好，我正有事情找你。"挺进师军需处的李主任见到陈丹山，这样对他说。

李主任和陈丹山是老相识了。自从那次按刘英的指示，从军需处领了三块大洋，用于支付杀财主家的猪的费用之后，他们就经常有物资和账目方面的来往。作为陈凤生的得力助手、地方工作团负责筹集军粮等事务性工作的副团长，自然有一些事情要与军需处主任联系。接触得多了，自然也就不生分了。

"找我有什么事情？"陈丹山问道。心里估计是筹集军粮的事情。

果然，李主任说："我们挺进师进入浙西南，扎营安岱后已经有一段时间了。从闽北带来的一点军粮，已难以为继。想在这一带筹集一点军粮，但人生地不熟，工作不知从何处入手。听说丹山同志是凤生同志手下的总管，又兼着地方工作团负责事务性工作的副团长，在筹集军粮方面肯定会有一些办法，想听一听你的意见。"

"我虽然为凤生做过一些事务性的工作，但筹集军粮这样的事情还是大姑娘上轿——头一回。我想知道，你们平时是用什么办法筹集的？"

"一般采取采购的方法。就是我们出钱向老百姓购买粮食。"

"粮食的收购价格是怎么定的？"

"根据当地当时的市场价格。师首长特意嘱咐我们，在向老百姓购买粮食时，一定要做到买卖公平，绝对不允许搞强买强卖的那

一套。"

"可是，我们这一带的老百姓都很穷，一年收的粮食，能够糊口就不错了。哪有什么余粮可卖？"

"那么，这筹集军粮的事，就没有指望了？"

"也不都是如此。粮食还是有的，只是这些粮食都集中在少数几个财主和粮商的手里。他们肯不肯卖粮食给我们，就不好说了。你刚才说，师首长交代不要搞强买强卖。所以我觉得，这事情做起来比较困难。"

"能不能先去试探一下财主或粮商们的态度？实在不行，就给他们来点硬的。这叫先礼后兵。"

"这事情就交给我去办吧！"

于是，陈丹山走了不少村子，找到财主和粮商，向他们表明了购买粮食的意愿。有极少数的财主或粮商，听说红军缺粮，愿意捐出一部分粮食给红军；有少数财主或粮商，愿意平价卖粮给红军；绝大多数的财主或粮商，则认为这是一个赢利的好机会，不是推说没有粮食可卖，就是漫天要价。

了解到这些情况以后，他想去找李主任反映。又一想：李主任的工作够忙的，还是少打扰他为好。何况这筹集军粮的事，本来就是地方工作团的分内事。要反映情况，不妨去找自己的顶头上司。

于是他找到了杨干凡。

听了陈丹山的汇报后，杨干凡非常生气。他对陈丹山说："你把那些推说无粮可卖和漫天要价的人的名字登记起来，我们要找他们算账去！考虑到我们红军初来乍到，一切以和为贵，对不法财主和奸商，我们暂时没有去动他们。现在看来，不动他们是不行了。我马上去向师首长汇报。然后我们几个干部碰一下头。"

当晚，举行了地方工作团组团以来的第一次团务会议。杨干凡首先传达了师首长的指示精神：这些不法财主和奸商，对红军尚且如此，对普通老百姓就更不用说了。对此，我们已经仁至义尽。既然他们敬酒不吃，偏要吃罚酒，就别怪我们不留情面了。对这些不法财主和奸商，一定要严厉打击，决不能心慈手软。具体行动方案由地方工作团酌情制订。

"下面大家来商量一下具体的行动方案。"杨干凡说。

"子敬同志以前是我们'青帮'的智多星，让他先来谈谈吧！"陈凤生说。

"我认为我们可以分四步来实施。"卢子敬说。

"哪四步？"众人皆把目光投向卢子敬，问道。

"第一步，我们要做几面锦旗，敲锣打鼓地送给那些答应给红军捐粮和平价卖粮给红军的人。这一招叫作榜样引领。这样做的目的是让其他人看看，我们红军是恩怨分明的。对给予红军支持与帮助的开明士绅，我们会记住他们一辈子的。

"第二步，选性质最恶劣的一个不法财主或奸商，不仅没收其粮食，还要将其浮财全部充公。这一招叫作敲山震虎。或许迫于这个压力，有些不法财主或奸商会改变主意，将粮食平价卖给我们。

"第三步，如果一些不法财主或奸商还是没有反应，就要对他们进行打击。这一招叫作重点打击。对重点打击的对象，同样要没收他们的粮食及所有的财产。

"第四步，抓住一个不法财主或奸商，召开公判大会后，拉去枪毙了。让其他的不法财主或奸商看看，这就是对抗红军，祸害百姓的下场。这一招叫作杀一儆百。可以借此杀一杀那些不法财主或奸商的反动气焰。"

卢子敬在说以上一番话的时候，杨干凡一直在点头。等到卢子敬讲完后，他马上说："子敬同志的方案很具体，很有操作性。希望大家照此办理。"

"我还要补充一点，"陈丹山说，"要将不法财主或奸商的粮食及财产没收，必然要动用许多人手。这些人手由我来组织好了。"

"为了防止不法财主或奸商闻风而逃，有必要对他们的住宅进行包围封锁。这个事情由我带人去办。"陈凤生也说。

"必要时红军可以抽出一部分兵力来协助。"杨干凡接着说道。

"有红军出面协助，这事情就好办多了。"卢子敬说。

"答应给红军捐粮和平价卖粮给红军的对象，丹山那里已经有了名单。锦旗就按名单去做。现在关键是要确定这'敲山震虎'和'杀一儆百'的对象。"杨干凡说。

"两者可以是同一个人吗？"陈丹山问。

"可以，这样打击的面会更小一点。"杨干凡说。

于是，陈丹山将不法财主或奸商的名字一个个读出来。读一个，大家议论一个。最后才将名单确定下来。

第二天上午，吃过早饭不久，玉岩的王记米铺前，敲锣打鼓地来了一伙人，领头的是陈丹山，他的手里拿着一面锦旗。

见到老板王光明后，陈丹山上前去同他握了握手，然后把写有"支援红军，无私捐助"字样的锦旗交到他的手里。

"王老板做了什么？"

"红军为什么要给他送锦旗？"

……

旁观的群众纷纷议论起来。

这时，陈丹山出来讲话了。他说："在红军缺少军粮的情况下，王老板深明大义，决定给红军捐粮。我们红军向来是恩怨分明的，对王老板的这一公益善举，我代表红军官兵表示衷心的感谢！"说完带头鼓起了掌。

王老板感激涕零，当场就叫伙计给红军送去了五担稻谷。

　　在给王记米铺送锦旗几乎同一时刻，枫坪乡枫坪村财主毛老三的家，突然被一队全副武装的红军团团围住。陈凤生上前叫开了门，大队人马一拥而入，不由分说地将粮食及其他值钱的东西搬了个精光。毛老三躺在地上使泼耍赖，被陈凤生像老鹰抓小鸡一般拎了起来，几个红军战士上前，将他绑了个结实，送到异地关押了起来。

　　看到或听到毛老三一家的遭遇，有的不法财主或奸商稳不住了。有的跑到红军驻地，答应平价卖粮。有的想脚底抹油溜走，又怕跑了和尚跑不了庙，只好做缩头乌龟，躲在家里不出来。绝大多数的人，则还是不见棺材不落泪，准备顽抗到底。

　　对这部分企图顽抗到底的不法财主及奸商，地方工作团按照原先的方案，分别对他们进行了抄家。与毛老三不同的是，只动了他们的财产，没有动他们的人。

　　这次行动，共抄没不法财主及奸商13家，获得稻谷约五百担，加上开明绅士捐助的以及平价采购到的，共有粮食七百余担。另有银圆约两千块，首饰、古董、绸缎等若干。红军的军需库，顿时充实了起来。

　　这次行动结束后的第二天，以安岱后、枫坪、玉岩为中心的各个行政村、自然村村口的土墙上，均出现了一张告示，其内容如下：

　　查枫坪乡枫坪村财主毛老三，霸占村民土地，盘剥村民田产，民愤极大。更有甚者，公然在红军征粮的过程中，漫天要价，严重违背了买卖公平的原则。经我军多方劝告，一直不思悔改。实属罪大恶极，不杀不足以平民愤。经村民举证，我军审查核实，决定对不法财主毛老三判处死刑，公开枪决。奉劝某些不法财主及奸商，尽快悬崖勒马。否则，多行不义必自毙，毛老三的下场同样会落到你们的头上。

中国工农红军挺进师政治部主任　黄富武

公元一九三五年六月二十日

几天后，在枫坪召开了公判大会。公判大会后，伴随着一声枪响，这个平日里欺负百姓，作恶多端，又与红军为敌的不法财主毛老三，结束了他罪恶的生命。

看到毛老三被送上不归路，枫坪一带的老百姓无不拍手称快。

借着这股东风，陈凤生又全力投入各地农民协会的创办之中。

第十一回

挺进师歼灭保安队，陈凤生组建农协会

1935 年 6 月底的一个晚上，安岱后的陈氏宗祠，又一次被松明火把照得通明。全村三百多号人集中在祠堂里，有说有笑，场面好不热闹。

陈凤生走上戏台，台下立刻安静了下来。

"各位父老兄弟姐妹，"陈凤生用洪亮的嗓门说道，"告诉大家一个好消息，我们的挺进师打胜仗了！"

"真的吗？"台下有人怀疑地问。

"确确实实。我刚从黄富武同志那里来，这是他提供给我的战报。"说着，他扬起了一只手，手中握着一张油印的小报。

"打的什么胜仗？你快跟我们说道说道。"台下有人提议说。

于是，陈凤生展开战报，绘声绘色地给村民们讲了起来。

5 月初，正是松阳第一高峰箬寮岘上的猴头杜鹃怒放的时候，在龙泉县小梅镇梅七村，一支队伍正从村里出发，向北开去。这支队伍是中国工农红军挺进师下属的第二纵队，正在执行师部的作战计划。

国民党浙江省保安纵队第四分队，早已得知红军挺进师北进的密报，在小梅一带布置截击，共构筑了三道防线，配备了交叉火力，只等红军自投罗网。

接到敌人在小梅布置重兵拦截的情报后，纵队长当即召开了由大队长以上干部参加的军事会议，决定采用"避实击虚"的战术，

改北上为西进，经福建松溪县境后，越龙浦公路，突袭浦城党溪。

防守党溪的是国民党浦城县保安大队的一个分队，总兵力只有五十余人。面对挺进师第二纵队数倍于己的兵力的强攻，立即溃不成军。死的死，伤的伤，逃的逃，除少数几条漏网之鱼外，大部分被红军歼灭。

打了胜仗的红军，进抵毛垟休整。一边休整，一边开展地方工作，建立了农民协会和游击队，革命形势一片大好。

陈凤生讲完了，村民们意犹未尽。陈凤生因势利导，将话锋一转，说："我们要乘着挺进师打胜仗的东风，把我们革命根据地建设的工作做得更好。眼下我们要做的，就是像毛垟一样，建立农民协会和游击队。"

"这'糯米'和'石灰'合起来，是做什么用的？"底下有人问道。

陈凤生连忙纠正说："你听错了，不是'糯米'和'石灰'，而是'农民协会'。农民协会是种田人组织起来自己管理事务的一个组织。在这个组织里，全部是我们种田人自己说了算的。"

"我们种田人真的能说了算？那我说种田人不用交田租，这话说了能算吗？"又有人提问说。

"当然能算。不过你得先加入农民协会。"

"有这样的好事，我当然要加入的。"

"那我就把你的名字记下来了。"陈凤生说着，掏出本子和钢笔记了起来。

"把我也记上吧！"

"我也要参加！"

"记上我的名字。"

……

报名如此踊跃，这有点出乎陈凤生的意料。他只好对大家说：

"大家都别慌，只要你们肯报名，大家都有份的。慢慢来！"口头上说着，那笔却没有停下来。

"女的可以报名参加吗？"一个女的突然提问道。

"原则上只收男的，不收女的。"

"你这不是重男轻女吗？刘英政委跟我说过，在根据地要男女平等的。"

"女的可以参加妇女会的。"

"妇女会，有这样的组织吗？"

"没有的，我们可以成立呀！"

"那么，小孩子也可以有组织了？"

"可以。小孩子的组织叫儿童团，"陈凤生回答后，又补充说，"等农民协会成立之后，我们还要成立妇女会、儿童团、游击队。是英雄的，都有用武的地方。"

"参加了这些组织，万一被敌人知道了，那是要杀头的。"有人这么说。

"有红军在保护我们，看谁敢杀我们的头！"

"万一红军撤走了呢？"

"那我们就成立游击队，自己保护自己。"

"就凭游击队的那么几个人、几条枪，能保护得了自己吗？"

"我看你是被民国十九年的那次失败弄怕了。一朝被蛇咬，十年怕井绳。现在终究不是民国十九年那个时候了。你难道没有看到，我们的'青帮'兄弟已经重新组织起来，开展军事训练了吗？"

村民们的顾虑被打消了。

"参加农民协会，完全本着自愿的原则。如果你心里考虑得差不多了，就报上你的名字；如果你心里还有疙瘩没解开，暂时可以不报。什么时候想明白了，再报也不迟。原先报过的，有退出的吗？"

见没有想退出的，陈凤生又问："还有要报的吗？"

于是又陆续报了几个人。最后陈凤生统计了一下，报名的已有三十余人。

"下面我把报名的人的姓名再报一下，大家听清楚了，"陈凤生清了清嗓子，按报名顺序念了起来，"陈丹山、陈德义、陈德佑、陈宗儒、陈德荫……"

"陈丹山不在场，怎么名字排在第一个？你这不是弄虚作假吗？"

"陈丹山出门之前，就同我说过，咱村要成立农民协会的话，他第一个报名。所以我就替他报上了。"

"你自己为什么不报？"

"我其实在黄富武同志那里早就报过了。既然大家认为我没有报，那我就再报一次。"于是掏出钢笔，在"陈丹山"的前面加上了"陈凤生"三个字。

"现在还要选出一个负责人来。"陈凤生说。

"还选什么？你来当这个负责人就是了。"

"黄富武同志告诉我，师首长要我当松阳在我们这一片的总负责人。我就不来占这个位子了。我推荐一个人，他可以胜任这项工作。"

"谁呀？"

"陈德义。大家认为怎么样？如果没有意见的话，就这样定下来了。"

"没有意见。"大家纷纷说。

"好，我宣布，安岱后村农民协会正式成立！"

农民协会成立后，开展的第一项工作，就是打土豪分田地。把财主家多占的土地拿出来，按人头平均分配给农民。安岱后村的两户财主（其中一家就是被红军杀了猪后，又给了他三块大洋的），大概是"近朱者赤"的缘故吧，不等大家去"打"，自己就把多余的土地交了出来。农民们分得了赖以生存的土地，获得了真正的实惠，参加农民协会的积极性空前高涨。

随后，陈凤生又先后去了大横坑、李坑、大潘坑等地，把这些地方的农民协会建了起来。卢子敬在枫坪、斗潭等地，叶翊仪（叶义）在根下、玉岩等地，也相继建立了农民协会。

伴随着农民协会的普遍建立，一场打土豪分田地的革命风暴迅速席卷浙西南的松阳大地。

乘着农民协会建立的东风，陈凤生又谋划起建立妇女会、儿童团、游击队的事情来。

这一天，迎来了江南梅雨季节中难得的一个好天气。安岱后村的妇女们被召集到陈氏宗祠。陈凤生先教她们《妇女解放歌》，歌词是这样写的——

整天围着灶台转，起得早来睡得迟。
辛苦忙碌无人疼，忙里忙外有谁知？

妇女地位要提高，同工同酬少不了。
打骂妇女要教育，妇女解放要趁早。

学习文化长知识，团结互助开新篇。
革命路上跟党走，妇女撑起半边天。

"这歌词的意思，你们懂吗？"陈凤生问道。

"不大懂，你给说道说道。"妇女们一边纳着鞋底，一边回答道。

"在旧社会，妇女的地位是最低的，要受到丈夫、公婆、家族的三重压迫，有苦无处诉，有冤无处申。提倡妇女解放，就要提高妇女的地位，让妇女跟男人平起平坐，和男人一样学习文化，参加革命。当权益受到侵犯时，妇女要学会拿起妇女解放的武器，维护自己的权益。"

"那歌词里说，打骂妇女要教育，是不是说男人不能打老婆，就是骂几句也不行？"有人问道。

"是这个意思。"

"万一打骂了呢？由谁来教育他们？"

"谁要敢打骂妇女，就让妇女会去教育他们，是跪搓衣板，还是不让上床，全由妇女会说了算。"

"这个妇女会权力这么大，我要参加。"

"我也要参加。"

看到报名的人不多，陈凤生的妻子站了出来，说："把我的名字也写上去吧！"

"凤生平时也打骂你吗？"有人打趣她说。

"偶尔动手，骂是经常的。"

"在这方面，我没有做好，希望妇女同志监督我，并且通过妇女会来教育我，我表示虚心接受。"陈凤生诚恳地说。

"你是红军的官儿，能教育到你的头上吗？"

"不管他是多大的官，只要做了侵犯妇女权益的事，就要接受教育。就是粟裕同志和刘英同志，也不能例外。"

听了陈凤生说的这些话，妇女们的思想顾虑打消了，报名顿时踊跃起来。陈凤生初步算了一下，已经有二十多人了。

"妇女会除了维护妇女的合法权益之外，还有下面几项任务：站岗放哨、帮红军送信、帮红军舂米、帮红军做饭烧菜、打草鞋、帮红军洗衣补衣、护理伤病员。

"这些任务，大多数是我们平时就在做的。只是这站岗放哨和护理伤病员两项以前没做过，不晓得怎么去做。

我先说站岗放哨。就是平时要多到邻家串门，多在村里转转。发现有陌生的人，要仔细盘问，并向红军报告。

至于护理伤病员，等我们妇女会成立之后，挺进师卫生部会派人对大家进行培训指导的。

"下面还要推选一位妇女会的负责人。有谁愿意做，自己站出来吧！"

妇女们你看看我，我看看你，都不敢站出来。

"既然大家都这么客气，我就来指定了。哪一位是今天第一个报名的，就由她来当这个负责人。大家没有什么意见吧？"

"没意见。"大家异口同声地说。

"今天第一个报名的是张小妹。"陈凤生宣布道。

随着妇女会的建立，儿童团也被组建了起来。

接下来是成立游击队。由于有了由"青帮"成员组成的小队做基础，这项工作很快就完成了。

陈凤生在安岱后组建妇女会、儿童团、游击队的经验，马上推广到其他各个村子。为此获得了挺进师政治工作部和群众工作部的联合通令嘉奖。

随着地方工作的顺利开展，陈凤生、陈丹山、卢子敬三人的入党问题，被提上了师领导的议事日程。

第十二回

黄富武专心讲党课，陈凤生加入共产党

这一天，为了解新组建的游击队也就是原"青帮"军事训练的效果，陈凤生来到了安岱后附近的李坑村。

刚进村口，便听见远处传来的"一二一""一二一""一二三四"等操练的声音。循声来到晒谷场，看到原先站没站相、稀稀拉拉的队伍，已经显得比较整齐了，但与划一还有一些距离。

正好，军事教官下令休息一会。那些昔日的"青帮"成员，现在的游击队员，见教官不在，立刻向陈凤生围了过来。大家纷纷抱怨这训练科目设置得不实用，整天"一二一"地练走步，练队列，打起仗来有用吗？有人还怀疑这教官除了会操练队列外，其他的都不会。

于是陈凤生开导他们说："练队列其实练的是步调一致听指挥，这在战场上是非常有用的。一旦听到指挥员进攻的命令，大家都要拼命往前冲，一个人也不能落后，更不能擅自离开。战斗力也因此形成了。民国十九年，我们与省防军对垒时，一听到枪声响，大家一哄而散。就是缺少了这种同进共退的队列精神，就是缺少了一切行动听指挥的军人规则。这样的队伍充其量只能是一盘散沙，还有什么战斗力可言？"

这时，正好教官回到了训练场，听到了陈凤生对游击队员们讲话的后半段。于是马上跑过去跟他握手，并且说："非常惭愧，我只是要他们训练，至于要这样训练的道理，我认为没必要跟大家说，

导致大家有抵触的情绪。你今天算是帮了我的大忙。这也提醒了我，单纯的军事训练是有局限性的。"

那些昔日的"青帮"成员，只听说大头领练过武术，到底练到了什么程度，一直没有见识过。于是怂恿他与教官来一场比武，想借机摸一下大头领的武术功底，也检验一下教官的军事素质。

见推辞不过，陈凤生只好对教官说："我们只过三招，如何？"于是走到场地中心，蹲好马步，招手让教官向他进攻。

教官也不谦让，一招黑虎掏心，直奔陈凤生而去。陈凤生不慌不忙，见那拳头已近，只将身子一侧，便躲过了一击。害得那教官一个踉跄，差点摔倒在地。

"第一招，我们打成平手。"陈凤生说。

那教官改变了战术，来了个明修栈道，暗度陈仓。那拳头攻击上三路是虚，腿脚攻击下盘才是实。陈凤生只注意到他的拳头，没提防他的腿脚。被教官的飞腿扫中，险些栽倒。

"第二招，教官胜。"陈凤生又说。

许是求胜心切，陈凤生话音刚落，教官已然出手。这次换了战术，攻击下盘是虚，直奔面门才是实。陈凤生好像已经了解了他的套路，抓住教官的手，顺势来了一个背摔，教官顿时倒在了地上。

陈凤生连忙过去扶起了教官，对他说："我们两人都一胜一平，比赛的结果是打成平手。"

不明就里的人以为比赛的结果就是如此，但懂行的教官知道，真正的比赛结果是二比一，陈凤生胜了。佩服陈凤生的大度与机智，于是向他伸出了大拇指。

回到安岱后时，正是吃中饭的时候，妻子告诉他："黄主任派人来找你，不晓得有什么事。"

陈凤生连中饭也顾不上吃，马上赶到了陈氏宗祠，发现陈丹山和卢子敬也在那里了。

黄富武招呼三人坐下后，给三人分别发了两个油印的小册子。陈凤生看了一眼封面，一本写着《共产党宣言》，一本写着《中国共产党章程》。

"你们把这两个小册子先看看。有不明白的地方，等下提出来。"黄富武说完，就离开了。

三人认真看了起来。

估计自学的时间差不多了，黄富武回到了三人身边，问道："发现不明白的地方了吗？"

陈凤生第一个发言。他说："《共产党宣言》说，共产主义者主张将生产工具——机器工厂、原料、土地、交通工具等——收归社会共有，社会共用。这就是所谓的'共产'吧？但社会上有人说，共产党除主张'共产'之外，还主张'共妻'，是这么一回事吗？"

"这是对共产党'共产'主张的肆意歪曲，"黄富武旗帜鲜明地说，"《共产党宣言》中明确提出共产党要'共'的是'产'即生产工具，包括机器工厂、原料、土地、交通工具等，而不是掌握生产工具的'人'。'产'可以共有之，'人'尤其是'妻'是不可以共有的。否则，这个社会就乱套了。"

"《共产党宣言》里提到一个名词'剩余价值'，到底是怎样的一种东西？为什么说它是阶级剥削的根源呢？"卢子敬也提出问题来了。

"剩余价值是劳动者创造的比自身价值高出许多的那部分价值。举个例子来说，一个农民为财主家干活，财主付给他的工资是一天五个铜板，但他一天干活所创造的价值是十个铜板甚至还要多，这比他工资多出来的五个甚至更多的铜板，就是这个农民创造的剩余价值。我们说资本家剥削工人，财主剥削农民，指的是他们将本该属于工人、农民的剩余价值无条件地占有了。如果财主付给农民的工资是一天十个铜板甚至更多，那么，他就没有了剩余价值可占。因此，也就不存在剥削了。"

"共产主义者主张废除政权，这是不是西方学者倡导的'无政府主义'？"卢子敬继续提问道。

"西方学者倡导的'无政府主义'是绝对的，他们主张取消一切政权。共产主义者主张废除政权是相对的，即主张把政权收归无产阶级一个阶级。缺少了参照对象的无产阶级政权，名存实亡。"

"《共产党宣言》中认为阶级争斗是打倒资本主义的工具。那么，就目前的形势来看，阶级争斗的具体形式是什么？"陈凤生接着提问道。

"就目前的形势来看，阶级争斗不外乎以下两种方式：一种是平和的议会的形式，即争斗的双方心平气和地坐下来，用协商的方式解决争斗；一种是暴力的反抗的形式，即争斗的双方兵戎相见，用刀枪棍棒等解决争斗。我们现今所采用的阶级争斗，属于后面一种形式。"

"实现无产阶级专政，是否意味着'独裁'？"卢子敬又问道。

"在无产阶级推翻资产阶级政权、建立无产阶级政权之后，要实行无产阶级专政，即把政权集中到无产阶级的手中，这有利于巩固新生的无产阶级政权。凡事有利必有弊。如果这种政权集中得过了头，从而忽视了与其他阶级包括倾向进步的中产阶级的联合，说不定什么时候，自己也可能被推翻。"

"我也来提一点。"在陈凤生和卢子敬提问的时候，陈丹山一直插不上嘴。现在他们两人的提问告一段落，陈丹山不失时机地站了出来，他说："《中国共产党章程》里面规定：凡党员若不经中央执行委员会之特许，不得加入一切政治的党派。像我们三人都曾加入'青帮'组织，这是不是违背了党章的规定？"

"这个问题应当这样来看。首先，你们都还未正式加入共产党，因此不受这条规定的约束。其次，'青帮'是群众团体，不是党派。你们三人曾加入'青帮'，不影响你们加入共产党。当然，在成为共产党的一员之后，你们要自觉地克服'青帮'组织的不良影响。"

"经中央执行委员会特许，共产党员加入其他政治党派的情况存在吗？"卢子敬问道。

"有过。在第一次国共合作的时候，中央就曾批准在统一战线阵营里的共产党员，可以个人的身份加入国民党。随着蒋介石在上海发动'四一二'反革命政变，汪精卫在武汉发动'七一五'反革命政变，大肆搜捕杀害国民党内部的共产党人，这种局面才宣告终结。"

"入党需要有介绍人，介绍人要有什么条件？"陈丹山又问。

"入党介绍人必须是共产党员。"

"我们能请你做我们三人的入党介绍人吗？"

"非常感谢三位对我的信任。我非常乐意做你们的入党介绍人。"黄富武说。

"入党要办理哪些手续？"陈凤生问道。

"首先要向党组织提出申请，有口头申请和书面申请两种方式。你们三人已经口头上向刘英同志提出申请了。这一步可以走过场了。

"其次要填写入党志愿书。等下我会将入党志愿书发给你们，一定要如实地填写表格中的各项内容。没有的一律写'无'。

"再次要接受考察。填了入党志愿书，只是到了入党的门槛，但还不是正式的共产党员，还要接受党组织对你们的考察，考察的时间原则上为半年。半年以后，考察获得通过，你们才具有成为一个共产党员的资格。"

"最后还要报上级党组织审批。如果没有什么重大的政治问题，审批大体上是会通过的。"

"你们还有什么问题吗？"黄富武又问。

三人均摇了摇头。

"那好，我现在就将入党志愿书发给你们填写。"

发下入党志愿书后，黄富武又逐项指导三人填写。

填好入党志愿书后，黄富武又对三人说："从今天开始，你们就进入了被考察期。考察的时间有点长，你们要有心理准备。"

没想到，填写入党志愿书后才半个月，黄富武又把三人叫去了。

"根据挺进师党委特事特办的工作原则，对你们三人的考察结束，考察结果均为合格。"黄富武说。

"那我们就是共产党员了？"三人高兴得差点跳了起来。

"还有最后一关。"黄富武却说。

"你不是说只有四关吗？"陈凤生不解地问。

"这最后一关其实很简单的，一般可以略去不计。这就是对着党旗宣誓。"

于是带着三人来到了小礼堂，墙上已经挂好了画着镰刀锤子的党旗，三人跟着黄富武，举起右手，握紧拳头，庄严宣誓道："严守秘密，服从纪律，牺牲个人，阶级斗争，努力革命，永不叛党！"

根据党的组织工作原则，三人组成了一个支部，命名为"安岱后支部"，归师党委直接领导，陈凤生担任支部书记。

突然传来消息，挺进师师部要转移。粟裕和刘英要离开安岱后了！

第十三回

陈凤生挥泪别刘粟，黄富武主持留守会

"听说挺进师师部要转移，两位首长要离开安岱后，有这么一回事吗？"见到两位首长，陈凤生劈头问了一句。他想得到两位首长否定的回答，因为传言终归是传言。况且经过一段时间的接触，他已经将自己与挺进师、与两位首长绑在一起了。一听要分离，感情上转不过弯来。

没想到两位首长都冲他点了点头，默认了这个事实。

"为什么要离开安岱后，是我们的工作不配合吗？"陈凤生不解地问。

"你们的工作很配合，我们相当满意，"刘英拉过一条凳子，让陈凤生坐下，然后说，"正是因为你们的工作太配合了，我们才要离开。"

"这又是为什么呢？"陈凤生还是没有转过弯来。

"近来你们的工作，如改组'青帮'、筹集军粮、建立农民协会和其他群众组织等，都完成得非常出色，大家有目共睹。这使我们看到，即使我们离开了，你们也同样会将后面的工作完成得非常出色的。这样，我们就可以卸下包袱轻松地离开了。"刘英说。

"你们离开安岱后，是要去哪里呢？"

"这个问题让粟裕同志回答你。"刘英说。

粟裕也不推辞，马上接上话头说："你们的工作完成得非常出色，但是你们看出来了没有？这些工作还是受到了地域的限制。"见陈

凤生不甚明白，他又补充说："革命形势的发展，主要集中在松阳县境内。"

陈凤生仔细一想，确实是如此。于是点了一下头。

粟裕接着说："我们创建浙西南革命根据地，是要把浙西南的松阳、遂昌、龙泉的广大地区连成一片，争取更多的群众加入革命队伍。

"因此，在我们的视野里，不能仅有松阳，还要有遂昌，有龙泉，甚至要有浙西、闽北和赣东，形成很大的一盘棋。

"目前，以安岱后为中心的松阳革命根据地已经初具规模。接下来我们的目标是遂昌，创建以王村口为中心的遂昌革命根据地。再下一步，我们的目标是龙泉，创建以住溪为中心的龙泉革命根据地。

"我们是在下一盘大棋，安岱后只是棋盘中的一颗棋子。凤生同志，对此你能理解吗？"

"两位首长高瞻远瞩，有大将风度。凤生目光短浅，大局意识淡薄，还需要多多学习。粟裕同志的一番话，使我茅塞顿开，我觉得受益匪浅。"陈凤生诚恳地说。

"为了便于就近联系工作，挺进师师部要移师王村口，"刘英接着说，"不过，派往'青帮'各小队和中队的军事教员和党代表还要留下来，继续进行'青帮'改组的工作。"

"那以后我们工作中碰到问题，可找谁？"陈凤生又问道。

"经师政委会和师部研究决定，政治部主任黄富武同志继续留在安岱后。你们有什么问题，可以去找黄富武同志。"刘英说。

"经过这段时间的相处，我觉得自己已经跟你们建立了感情。要分手，还真有点舍不得。"陈凤生说着，两颗晶莹的泪珠从眼眶中滚落下来。

"男儿有泪不轻弹，"刘英开导他说，"况且我们只是暂时分离，以后还有许多见面的机会的。"

"安岱后和王村口之间，也就两三天的路程。到时欢迎你们到王村口做客。"粟裕说。

陈凤生伸出双手，与刘英、粟裕伸出的手握在一起，久久不放。

师部搬迁的这一天，看着那队伍像长龙一样慢慢地在山谷中消失，陈凤生、陈丹山仿佛失去了主心骨，感到空前的失落。

粟裕、刘英要上路了。陈凤生和陈丹山以及安岱后的群众，将他们送出去老远，老远……

送走两位首长后的一天，卢子敬来到了安岱后。陈凤生把师部转移、两位首长离开的事告诉了他。本以为他会像自己一样大吃一惊，没想到他的反应却异常平静："粟裕和刘英同志是从大局出发考虑问题的，不比我们鼠目寸光。"

粟裕、刘英离开安岱后的第三天晚上，黄富武主持召开了由陈凤生、陈丹山、卢子敬等人参加的安岱后留守干部碰头会。

黄富武首先讲话。他说："粟裕同志和刘英同志离开安岱后的时候，把主持安岱后这一片工作的重担交给了我。我是如坐针毡、如履薄冰，担心自己的能力有限，辜负了两位首长对我的信任。但我同时又相信，只要我们群策群力，发挥集体的智慧，就没有过不去的火焰山。

"今天把大家召集起来，既要回顾前一阶段的工作，总结经验或教训，也要对下一阶段的工作提出设想，制订出切实可行的计划来。大家可以围绕以上两方面的内容，畅所欲言。"

陈凤生第一个发言，他说："我虽然是'青帮'的大头领，但充其量不过是一个蛮拼乱闯的愣头青。是师首长把我引上了革命道路，介绍我加入了中国共产党，并把改组'青帮'，组建农会等重要任务交给了我。虽然我有高亢的工作热情，但由于是从旧的组织、旧的体制脱胎而来,在思想上和行动中还保留了不少旧的习气和作风。希望大家对我多提意见,以使我今后的工作做得更好。"

"我们今天主要是谈工作上的事,凤生同志怎么做起自我批评来了?"黄富武瞥了一眼陈凤生,说,"凤生同志自参加革命工作以来,所做的工作及取得的业绩,大家有目共睹,凤生同志就不要再谦虚了。"

"我觉得我们的各项工作虽然取得了一些成绩,但还存在着许多不足。"卢子敬说。

"有哪些不足,子敬同志可以具体说一下吗?"黄富武以期待的目光看着卢子敬,说。

"第一,我觉得我们的红军队伍还不够壮大。第二,我们的武器装备还十分缺乏。第三,老百姓从打土豪分田地中得到的实惠不多,革命的积极性还不够高。"

黄富武一边认真地听、记,一边频频地点头。在卢子敬说出三点不足,稍做停顿之后,他急切地问:"还有吗?"

"我暂时只想到这三点。"卢子敬说。

"大家都来谈一谈吧!"黄富武环视了一下会场,说。

受到陈凤生和卢子敬两人发言的启发,大家争先恐后地发言。会议一直开到了深夜。

这以后不久,陈凤生便参加了粟裕指挥的一次军事行动。

第十四回

粟师长设伏保安团，陈凤生惩办伪保长

陈凤生还沉浸在加入中国共产党的兴奋之中，突然接到来自挺进师师部的通知：为了检查松阳一带农民协会和游击队创建的情况，推动浙西南革命根据地建设向纵深发展，师首长将对枫坪、排居口、余叶口、何山头一带进行巡视。巡视组由粟裕师长挂帅，共一百余人。望地方工作团的同志给予大力配合。

接到这个通知后，陈凤生的心里"咯登"了一下，因为它触到了自己工作的软肋。在以上要检查的四个村子里，前面两个无论是农民协会还是游击队的创建，工作开展得都还算不错，但后面两个村子就不行了，农民协会和游击队的创建，遭到了顽固势力的抵制，这两项工作在余叶口村，至今还是空白的。要赶在师部巡视组到来之前将这两项工作完成，近乎天方夜谭。丑媳妇终究是要见公婆的。现在唯一的指望，就是借巡视组这股东风，把这两个村的工作开展起来。

师首长率巡视组从王村口过来，排居口是必经之地。据内线报告，浙江省保安团一团约一百人，经常在这一带活动。为了保证师首长和巡视组的安全，陈凤生征得黄富武同志的同意，决定和卢子敬等地方工作团成员一道，带着平时军事训练工作做得比较好的来自李坑村的游击队员，共三十余人，到排居口去迎接。

一段时间不见，陈凤生发现粟裕更加消瘦了。

粟裕首先祝贺陈凤生和卢子敬成为光荣的中国共产党员，勉励

他们以更加积极的状态，投入浙西南革命根据地创建的工作中去。

陈凤生却对粟裕说："这次检查，我们准备挨板子。"

"什么情况？"粟裕盯着陈凤生问道。

卢子敬接上去说："这次要检查的四个村子，枫坪和排居口的各项工作开展得还是不错的。就是余叶口和何山头的工作进展缓慢，余叶口村的这两项工作还处于空白状态。我们的工作没有做好，辜负了领导对我们的信任。"

"工作进展缓慢或开展不起来的原因，你们分析过吗？"粟裕问道。

陈凤生说："主要是这两个村的反动势力太顽固了。"

"凤生同志啊，"粟裕说，"反动势力顽固，你们就要敢于碰硬，而不是采取妥协甚至逃避的办法。"停顿了一下，他又说："工作开展得好的村子，我们就不去了。先带我们去余叶口和何山头。我倒要看看，他们是怎样顽固的。"

队伍开出排居口不久，被派出探听消息的一个红军战士回来报告说：在距排居口五里外的大路上，行进着一支国民党的部队，经打听，他们是浙保一团的。

"他们有多少人？武器装备如何？"粟裕问。

"有一百来人，配有三挺轻机枪。"

粟裕分析了敌我双方的情况："敌人有一百来人，我们巡视组人员和地方工作团成员及游击队员加起来，有一百三十余人，在人数上，我们占着优势。但敌人有机枪，我们连平均每人一支枪也没有，游击队的武器更不用说了，大多是大刀和梭镖。在武器方面，我们处于劣势。

"狭路相逢勇者胜。打好这一仗，我们就可以用缴获的武器装备来武装自己。尤其是轻机枪，是我们红军队伍奇缺的东西，非搞到几挺不可。等下仗打起来，大家的目标要集中在他们的轻机枪身上。"

于是，粟裕进行了排兵布阵。将一百三十余人分成两组：他亲自率领巡视组的红军和地方工作团的人，选好有利地形，构筑简单工事，设下伏击圈。陈凤生和卢子敬率领游击队员，负责把敌人引入伏击圈。

陈凤生和卢子敬带着游击队员，悄悄地贴近敌人，放了几枪就跑。敌人看见是穿着便装的来袭击，认为几个游击队员，没什么了不起的，就放胆追了过来。

由于习惯了走山路，游击队员们个个练就了飞毛腿的功夫，不一会就把敌人甩出去老远。

"停！"陈凤生果断地下了命令。

"敌人还没有跟上来，我们得停下来等他们一下。"他对游击队员们说。

看追兵离得近了。陈凤生又向敌人开了几枪。敌人听到枪声，看到溃退的游击队员，又追了过来。

终于，敌人被引入粟裕设下的伏击圈。随着粟裕的一声"开火"的命令，子弹就像成群的蜜蜂一样，向敌人飞了过去。

敌人本来以为不过是几个游击队员，没想到遇到了真正的红军，一时慌了手脚，纷纷夺路而逃。

打扫战场时，发现共打死敌人三十一名，缴获步枪二十九支、轻机枪二挺、弹药若干。

红军自身也有损失。警卫连长李金良大腿中弹，血流不止。还有一位红军战士头部受重伤，一直昏迷不醒。另有一位红军战士腹部受伤，肠子都流出来了。

"得马上布置抢救伤员。"粟裕着急地说。

陈凤生马上说："我去准备担架抬伤员。"

所谓"担架"，其实是用毛竹竿和绑腿临时组装成的一种可以抬人的装置。好在浙西南大地上，到处生长着毛竹，陈凤生他们用了不到半小时，就将三副"担架"做好了。

由于缺少卫生员和药品，只能对伤员进行简单包扎，待找到地方安顿下来，再寻找草药来医治。

在路上，头部和腹部分别负伤的两位红军战士，先后闭上了眼睛。看着敬爱的红军战士牺牲在自己的眼前，陈凤生这条男子汉的眼里，充盈着泪水。

草草掩埋了两位红军战士之后，陈凤生他们跟上了大部队。他们一起向余叶口和何山头进发。

前面出现了一个凉亭。"余叶口村快到了。"陈凤生对粟裕说。

走近凉亭，发现在柱子上贴着一张告示，上面写着这样一段文字："国军弟兄们，你们打仗辛苦了。余叶口村备有茶水，请进村用茶。"

粗粗一看，陈凤生还以为是欢迎红军的告示，心里奇怪，这个余叶口村的人，突然开化了，竟然做出欢迎红军的事情来。回过头去一看，才发现欢迎的不是红军而是国军，只是一字之差。

"粟裕同志，你看这告示，"陈凤生说，"就知道这个村里的人有多么反动。"

"或许它只是某几个人写的，不能代表全村的人。我们看问题，要尽量避免以偏概全。"粟裕说，"你去查一下，这告示是谁写的。"

于是陈凤生找来一个村民，据村民反映，告示是村里的保长写的。他听到从排居口方向传来的枪声，以为国军打了胜仗，于是写了这告示，贴在村口的凉亭上。他还写了许多欢迎国军的标语，贴在村子的各个角落。并且组织了一帮人，在村里欢迎国军凯旋。

"得狠狠治一治这个伪保长，杀一杀他的反动气焰。"粟裕对陈凤生和卢子敬说。

两人点了点头。

队伍继续朝村里走去。看见在村子的中心地带，一群人簇拥着一个人站在那里。那被围在正中的人头戴礼帽，身穿长衫，手中拿着一面小红旗。围在他身边的人，手中也拿着小旗子，只是颜色各异。他们正踮着脚尖，伸长脖颈，朝村口的方向张望。

看到一支部队向村子里开过来，那戴礼帽穿长衫的人挥动手中的彩旗，高声叫了起来："欢迎国军兄弟凯旋！"其他人也学着他的样子，挥动彩旗，叫着："欢迎欢迎，热烈欢迎！"

粟裕对手下做了一个包围的手势，于是红军战士一哄而上，将这伙人围了个严实。

本来想欢迎国军的人，没想到却迎来了红军。那戴礼帽穿长衫的人顿时傻了眼。

"谁是保长？"陈凤生对着这伙人问道。

"鄙人就是，"那戴礼帽穿长衫的人，对着陈凤生点头哈腰地说，"欢迎贵军来到我村。"

"我们可是红军，"陈凤生说，"你们要欢迎的，恐怕不是我们吧？"

"都是当兵的，怎么就分出了'红'与'白'了呢？"那伪保长假装糊涂说。

"我看你心里对'红'与'白'分得比谁都清楚。没有迎来白军，令你失望了吧？"

"你要迎接的白军被我们打跑了。你的如意算盘落空了。"卢子敬说。

弄明了真相的被围住的那些人，纷纷指责保长这事做得不地道：

"我们说不来的，你硬要把我们拉来。说什么讨好国军，能得到好处。现在怎么样？拍马屁拍到老虎屁股上去了吧？我们可不愿跟你一起遭罪。"于是纷纷将小彩旗丢到地上，有的还用脚去踩。

"我们红军的政策是首恶必办，胁从不问。今天我们只办理这位保长先生。其他的人，你们可以回去了。"粟裕说。

仿佛得到大赦，那些人一哄而散。

两个游击队员从村里找来绳子，将那保长五花大绑了起来。

于是大家进入村子，找了个地方驻扎下来。

陈凤生想到的是应尽快派人将村子里张贴的反动标语撕下来，换上红军自己的标语。于是派出游击队员，不到一袋烟的工夫，就将那些花花绿绿的反动标语撕完了。

卢子敬和陈凤生，充分发挥他们有文化的长处，从村子里找来墨水或洋漆，在纸上或墙上写上大字标语："组织农民协会""打土豪分田地""废除保甲制度""只有苏维埃能够救中国"等等。

这项工作完成后，陈凤生和卢子敬带着游击队员，深入农户家中了解情况。原来，这个村子的农民协会和游击队之所以建立不起来，都是因为这个伪保长在作梗。他担心农民协会成立后，要打土豪分田地，把他家的财产拿去充公。于是在群众中散发言论，说了红军和共产党的不少坏话。并且煽动不明真相的人，阻挠地方工作团和农会干部的工作。

当陈凤生和卢子敬把建立农民协会和游击队的好处跟村民们和盘托出时，村民们大多表示愿意参加这两个组织。于是陈凤生他们因势利导，在余叶口村建立了农民协会和游击队。连带着把妇女会、儿童团也成立了，并且分别指定了负责人。

陈凤生和卢子敬将从村民那里了解到的伪保长的罪行向粟裕做了汇报，请示对伪保长的处置意见。

"你们认为该如何处置？"粟裕反将了他们一军。

陈凤生做了一个砍头的手势。

"杀一儆百！"卢子敬说。

于是，召开了公判大会，宣布判处伪保长死刑。为了节省子弹，这次用砍头代替了枪毙。伪保长家的财产，也全部被贫苦农民分了。

余叶口村的问题解决后，他们又马不停蹄地奔赴何山头村。在处决了一名恶霸财主，将他家的财产全部分给贫苦农民之后，群众的革命热情之火被点燃，农民协会、游击队、妇女会、儿童团相继成立了。

那位腿部受伤的李金良连长，被安排在余叶口村一户群众的家里疗伤。一个月后，他伤愈归了队。

余叶口村和何山头村的问题的成功解决，使粟裕看到了扩大战果的必要性。于是他开始谋划起进攻松阳县第二大镇——古市镇的蓝图来了。

第十五回

挺进师占领古市镇，老百姓集会分浮财

一支衣衫不整却军容整齐的部队，行进在由何山头通往古市镇的山间小路上，他们就是粟裕率领的红军挺进师一部。自从在余叶口和何山头除掉土豪劣绅，建立农民协会、游击队等组织之后，粟裕的目光就把古市镇给盯上了。

昨天晚上在何山头召开的军事会议上，粟裕对占领古市镇的有利因素和不利因素进行了具体的分析。他说："古市镇建于东汉建安四年（公元 199 年），距今已有一千七百多年的历史，曾一度为松阳县城。占领古市镇，对国民党反动派将产生不小的震动，能在一定程度上动摇国民党反动派的统治基础。

"古市镇地处松古平原的腹地，素有'处州粮仓'之美称，是松阳县除县城西屏镇之外的又一经济、文化、商贸中心。由于国民党反动派的封锁，当地群众对红军、对共产党了解不多。占领古市镇，宣传红军和共产党的政治主张，惩办为非作歹的土豪劣绅，把土豪劣绅的财产分发给人民群众，让群众享受到革命的真正实惠，这有利于扩大我军的影响。"

"古市镇距松阳县城十一公里，其间有公路相通。由于离县城近，敌人往往疏于防范。镇上除了设一警察分局，有十几名警察外，没有布置其他的兵力。这对我们占领古市镇是极为有利的。当然，古市镇离县城很近，县城的敌人得知古市镇陷落，必然会派兵增援。如果从县城派兵的话，两个小时内援兵必会到达。因此我们必须速

战速决，各项工作要尽量安排紧凑。"

"我们占领古市镇的原则是：让人民群众了解红军和共产党就行了。能够不用枪弹解决的问题，尽量不要动枪。地方工作团要做好计划，工作干脆利落，绝不要拖泥带水。争取在两个小时之内解决问题。"

为了抓紧时间，天刚蒙蒙亮，队伍就从何山头出发了。下午 2 点左右，队伍抵达古市镇附近的上源口村，略事休息后，即向古市镇进发。

古市镇紧靠松阴溪，沿松阴溪北岸一字排开，绵延约 1 公里。一条由东南向西北延伸的用小石子镶嵌的街道穿镇而过，街道虽然宽仅 5 米，但两旁店铺林立。尤其到了集市的日子，从四面八方涌来的民众，把狭小的街道挤得水泄不通。与古市镇一溪之隔的筏铺村，在建制上归属古市镇，其间架有简易木桥。

看到有队伍经过，筏铺村的村民一个个走上街头看起热闹来。

"这是什么部队呀？穿得这么破旧。"

"看他们的精神派头倒是挺足的。"

"不会是土匪部队吧？"

"土匪哪有这么整齐的？一看就是训练有素的部队。"

……

老百姓纷纷议论道。

地方工作团的同志不失时机地做起了群众工作。他们派人到老百姓当中去，向他们宣传红军及共产党的主张，并把随身带来的昨天晚上就写好的标语贴到墙上去。

"噼里啪啦……"突然从附近传来一阵声音。

"有情况！"陈凤生迅速掏出了驳壳枪。

"听这声音，不像是打枪，"粟裕冷静地说，"倒像是放鞭炮的声音。"

陈凤生将驳壳枪插回腰间，说道："这里的群众基础不错啊，知道我们要来，放起鞭炮来欢迎了。"

"我觉得这鞭炮放得有点蹊跷。"卢子敬说。

"古市是反动势力统治强势的一个镇，受其影响，人民群众的觉悟普遍较低，不会自发组织起来放鞭炮迎接红军。看来这葫芦里有药啊！"粟裕风趣地说。

"有什么药，过桥去打听一下就知道了。"陈凤生说着，带头过桥向北岸走去，其他的战士纷纷跟进。

进入古市的街道，发现沿街的店铺，有许多已经关门了。

这才下午4点左右，哪有这么早就打烊的？

经向群众了解，得知镇上早就有红军要来的风声。于是一些国民党政府官员、土豪劣绅和富商闻风而逃了。那警察分局的局长，忘记了自己保境安民的职责，换上便装逃走。见局长临阵脱逃，其他的十几名警察也作鸟兽散。

来到一处叫作"永宁观"的地方，发现门口站着两个人，一胖一瘦，都穿着新衣，戴着新帽，胸前还挂着写有"招待员"三个字的红布条。见到红军，尽管他们心里十分慌张，却硬挤出笑容，对着粟裕等人点头哈腰道："各位长官，你们远道而来辛苦了。观里面备有茶水、饭菜，请随意食用。"

"你们是什么人？"陈凤生盯着他们问道。

"鄙人是本镇镇长，姓叶。"那位稍胖的"招待员"自我介绍后，又指着另一位说，"这位是警察分局的警官，姓王。"

"桥那边的鞭炮，是你叫人放的吗？"陈凤生又问道。

"是的，"叶镇长说，"大军到我们古市来，我们当尽财主之谊。各位今晚的伙食已经安排好了，就在这永宁观里用餐。晚上住宿的事，正在安排之中。"

就在陈凤生和两位"招待员"周旋的时候，卢子敬带着地方工作团的人，已经开始了工作。他们一边在沿街店铺的门面上张贴标语，一边深入群众访贫问苦，宣传共产党和工农红军的方针、政策。老百姓见红军秋毫无犯，态度和蔼可亲，值得信赖，便向他们吐露了真情。其中一位在镇政府做事的职员介绍的情况，立即引起卢子敬的高度重视。

原来三天前，国民党松阳县政府便接到探报，红军已经开到了余叶口和何山头一带，很有可能会对古市镇发动进攻，说不定还会进攻县治的西屏镇。而西屏和古市的防务十分空虚，西屏只驻有地方保安团的一个中队，五十来个人。加上警察局的警察三十来个人，总兵力一百个人还不到。古市则只有一个警察分局的十来个人。于是松阳县急电省政府派援兵。省政府答应从衢州派兵前来增援，援兵已从衢州出发，三天后可抵松阳。县政府主任秘书专程赶往古市，与镇长商议采用缓兵之计。

他们一方面派人到筏铺村头进行观察，看到红军队伍，立即燃放鞭炮，作为暗号；另一方面在永宁观摆下茶水、饭菜，一旦红军去食用，就拿酒将红军灌醉，迫使红军在古市宿营。

"得安排两个人在永宁观门口负责接待。这接待的人不能是普通百姓，得是地方官员。"主任秘书说。

"那，我得留下了？"镇长一脸的惶恐，问道。

"作为镇长，你是当仁不让的。还得再有一位。"

"就叫警察分局的局长吧，他当过兵，临场处置比我有经验。"

于是派人去叫警察局长，没想到警察局里空空如也。

"你派人去看一看，有古市当地的警察没有？"

终于找到了一个古市当地的警察。

"红军来了，会不会砍我们的头？"镇长战战兢兢地问。

"作为政府官员，为党国尽忠也是应该的。如果你的头被砍了，我报请县政府，给你铸一颗金头颅。"

"头都被砍了，那金头颅拿来有什么用？"镇长哭丧着脸说。

"只要你们能够拖住红军，等衢州方面的援军一到，就可将红军全歼。到时你们就是党国的功臣了。荣华富贵有的是。"主任秘书说完这句话，拍拍屁股走人了。

卢子敬来到粟裕身边，对他耳语了几句。粟裕做了一个抓捕的手势，几个红军战士上前，将两位"招待员"扭住了。

"你们这是干什么？"叶镇长困兽犹斗。

"干什么你们自己心里清楚。"粟裕说，"把他们先看押起来。"

为了扩大影响，按照事先的部署，要召集群众开会。由于反动派曾造谣说，红军是土匪，是杀人不眨眼的恶魔。他们来了，不仅要"共产"，而且要"共妻"。群众不敢接近红军，更不敢参加集会。地方工作团的人磨破嘴皮，才勉强召集到三百来个人。

集会在一个叫三清殿坛的地方举行，陈凤生在会上讲话，他说："有人造谣说，红军是土匪，是杀人不眨眼的恶魔。今天，我们红军来到了你们面前，我们抢东西了没有？杀人了没有？"

"没有！"底下有人说。

陈凤生继续说下去："还有人说，共产党来了，要共产共妻。对'共产'这一点，我们是承认的。我们就是要把土豪劣绅的'产'，拿出来给贫困百姓'共享'，让贫困百姓的血汗，重新回到贫困百姓的手里。"

"你们不会只是嘴巴上说说的吧？"底下又有人说。

"等下会议结束以后，我们就要把土豪劣绅的财产分给大家，今天参加集会的人，人人有份。请大家检举一下，镇上有哪几户人家比较富有，却为富不仁，专门欺压贫困百姓的。"

"张仁记西药南货店的老板心太黑了。他家的药比其他地方的都要贵。老酒里面掺水不说，连洋油里面也掺水。"

"刘记西药面粉店的老板也不是好人，那面粉都发霉了，还拿出来卖，价钱一分都不肯少。"

"裘元茂布店的老板经常缺尺少寸，到他那扯八尺布，只有七尺五寸。"

"好，我们今天就拿这三个土豪开刀！闲话少说，下面我们就去分浮财。请大家服从指挥，不要乱。能做到吗？"

"能！"底下人纷纷说。

"永宁观里备有免费的晚饭。大家拿到东西后，就到那里吃晚饭去。"

"红军来了真好。有东西分，还有免费的饭吃。""全托共产党的福。"老百姓纷纷说。

于是，在当地群众的带领下，地方工作团来到了张仁记西药南货店、刘记西药面粉店和裘元茂布店，发现店门紧锁。听附近的人说，他们听说红军要来，昨天就丢下店铺逃跑了。

陈凤生等人砸开门锁，除了将药品没收归红军外，其余的南货、面粉和布匹，全部按人头分发下去。

那些得到好处的群众，要留红军吃晚饭。红军婉言谢绝："我们军队有纪律，老百姓的便宜，一点也不能占。"

这些工作全部完成后，已经是下午5点多了。于是红军按照部署撤离古市。得知红军要走，那些得到好处的人自发前来送行，并且带动了其他的群众，送行的队伍排起来有一里多长。

队伍撤到古市北边约五里路远处的卯山观，接到原地休息的命令，这才埋锅做饭。

粟裕趁着吃饭休息的空当，把干部们召集起来，宣布下一阶段的计划：部队连夜开拔，从庄门源进山，向宣平方向推进。

"那从古市带来的伪镇长和警察，带起来是个累赘。不如就地处决了吧？"陈凤生跟粟裕说。

"节省点子弹，还是用刀子解决吧！"粟裕吩咐说。

两天后，红军抵达宣平的柳城一带。这时传来探报：从衢州出发的浙保二团到达古市，却扑了一个空。为此事，省主席黄绍竑大发雷霆，将松阳县县长好一顿臭骂，说他是"谎报军情""贻误战机"。松阳县县长是有苦说不出，打碎门牙往肚里咽。

"大家不要掉以轻心，还有更艰巨的任务等待我们去完成呢！"粟裕告诫大家说。

第十六回

陈丹山谋划筹药品，陈凤生审出小土豪

粟裕率领红军一帮人，在宣平、武义一带活动。每到一个村子，粟裕都要吩咐地方工作团张贴标语，而且落款均为"中国工农红军挺进师"。

对于粟裕的这番行为，陈凤生很不理解。本来在占领古市后，队伍就应该向南撤回浙西南革命根据地的。粟裕却让队伍一直往北开，这不就是成语里说的"南辕北辙"吗？而且军事行动讲究的是机密，像这样大肆张扬，不就等于把自己的行踪泄露给了敌人吗？

他把自己的疑问跟卢子敬探讨，卢子敬也认为领导的意图不好理解。于是他们找到了粟裕。听了两人说出的疑问，粟裕微笑着说："眼下我们需要的正是这种'南辕北辙'的效果。"

原来，为了迷惑敌人，给敌人制造挺进师已然撤离浙西南、改向浙中发展的假象，把敌人防守的主力引导到浙中方面，从而减轻留守王村口和安岱后的刘英和黄富武的压力，粟裕想出了这么一个声东击西、"南辕北辙"的计划。

等到敌人调集大军，对浙中宣平、武义一带进行重点防御的时候，粟裕指挥部队，神不知鬼不觉地杀回了浙西南。

"粟裕同志，这次你们出击的效果很明显嘛，"见到了粟裕，刘英仿佛见到了阔别多年的老朋友，一番寒暄过后，刘英拿出一份国民党办的报纸《东南日报》，指着上面的一篇文章说，"看看敌人是如何评论你们的这次行动的。"

粟裕看了一下那篇文章的标题，是《共军粟裕部流窜至松阳，处州粮仓古市陷落两小时》。马上将它丢在一边，说："他们爱怎么评论就让他们评论去吧！最近上级有什么指示没有？"

"我们已经有好长时间与中央和闽浙赣临时省委失去联系了，"刘英停顿片刻，"朱干同志找过你好几次，像是有什么事情。"

"朱干找我有什么事？"

"我把朱干叫来问一下。"

真是"说曹操，曹操就到"，不用派人去叫，卫生部部长朱干就找到师部来了。一见粟裕，他就激动地说："粟裕同志，你可帮了我的大忙了！"

"此话从何说起？"粟裕问道。

"你们占领古市的时候，不是没收了一批药品吗？可以拿来解我的燃眉之急呀！"

"浙西南地区蕴藏着丰富的中草药资源。我们可以土法上马，用中草药替代西药，解决药品奇缺的问题。"刘英说。

"首长有所不知。对于轻伤员来说，中草药的治疗效果还是比较好的，无非就是生效慢一点。而对于危重伤员来说，中草药的作用就不明显了。所以，要治疗危重伤员，还得有西药。"

"目前我们西药方面的缺口大吗？"刘英问道。

"最近仗打得多，危重伤员也特别多，而我们的西药已经告罄。药品储藏，一定要讲究提前量。等到药品用完了，再来想办法，就来不及了。所以，当我听说这次粟裕同志带部队出去，搞回了一批药品，认为是解了我的燃眉之急。"

"我带回的药品也不多呀！"粟裕说。

"要不，师部拨给我们一点经费，我们派人出去采购。"朱干说。

"采购药品要多少钱，你预算过吗？"刘英问道。

“现在市场上药品贵得出奇。你给批两千大洋吧！”

“朱干你这是狮子大开口。我看把整个军需处搬空了，也凑不成你要的这个数。”粟裕说。

“我已经是打了对折了。我也知道军需处管着那么多人的衣食住行，困难也不少。”

“能够请地方上的同志，帮忙想一些办法吗？”刘英说。

“看来只能寄希望于地方上的同志了。”粟裕也说。

于是把陈凤生和卢子敬叫了去，向他们说明了情况。陈凤生说：“我们平时打土豪没收的财产，都是上交了的。丹山那里有没有小金库，我就不知道了。”

“马上把丹山同志找来问一下。”刘英说。

陈丹山被紧急召至王村口。听到师首长问起小金库的事情，他坦率地说：“我还真留了一笔。那是用来应对紧急需要的备用金。”

“有多少数目？”陈凤生问道。

“一千大洋吧！”

“你马上把它提出来，交给卫生部的朱干部长。”粟裕说。

“看来，我们的资金缺口还是很大啊！”刘英说。

“我回去看一下，家里还有多少存货。凑个几百大洋估计不会有什么问题。要不是祖宅被烧，千把块大洋，对我来说，一点问题都没有。”卢子敬说。

“子敬同志为了革命事业，付出已经够多了。我们怎么好意思再要你的钱？”刘英说。

“替组织分忧，是我一个共产党员应该做到的。我只是尽我的一点微薄之力。”

“太感谢你了！子敬同志。”粟裕说着，上前握住了卢子敬的手，久久不放。

"要不，我们找个大土豪来打一下？"陈丹山说。

"你那里有这样的对象吗？"刘英问道。

陈丹山非常干脆地说："别说还真有这么一个对象，我把有关情况介绍一下。离我们安岱后不远，有一个村子，叫梨树下。村里有一个大土豪，姓张。他家有一千多亩山，三百多亩田。四个儿子，有两个在国民党内做大官，还有两个经营着厚朴生意。梨树下、玉岩、古市都有他们的房产，北平、上海、天津、汉口都有他们的商铺，在温州还有跟英国人合伙开的中英大药房。"

"他家开有大药房？"刘英突然插话问道。

"是的。真有这样的对象，"陈凤生说，"我们以前也曾考虑打掉这个大土豪。但他家的人长年在外，只是逢年过节回梨树下一下。况且他家的财产都在外面，要打也不知道从何下手。"

"真的一点办法都没有了吗？"刘英问道。

"我马上回去，派人在他家附近蹲守，看能不能抓到他，就是抓到他的家人也好。"陈凤生说。

"你这种守株待兔的办法，有用吗？"粟裕怀疑地问。

"死马权当活马医吧！"陈凤生苦笑了一下，说。

于是，陈凤生和陈丹山火速回到安岱后，马上派了两个游击队员，去梨树下村大土豪家附近蹲守。

这一天，陈凤生正在家里吃中饭，陈丹山风风火火跑来对他说："在梨树下张家门口抓住了一个年轻人，但他死也不承认自己是张家的人。"

"带我去看看！"陈凤生放下吃了半碗的饭，两个人急忙赶到了陈氏宗祠。

原来，今天早上，两个蹲守在梨树下张家附近的游击队员，发现有一个年轻人，在张家大院门口徘徊。于是上前盘问，那年轻人说是从玉岩来的，到张家走亲戚，没想到张家没有人，大门紧锁。见盘问不出什么，又生怕放跑了上网的鱼，于是游击队员就把他带回安岱后了。

"我来审一下他。"陈凤生说。

"你是谁，到张家要干什么？"陈凤生问道。

"我叫李木根，到张家走亲戚。"

"你同张家是什么亲戚关系？"

"张家太爷是我的娘舅。"

"你是哪里人，干什么的？"

"玉岩人，种田的。"

陈凤生突然走到年轻人身边，抓起他的一只手看了一下，说："你没有说实话。种田人的手上结有老茧，而且皮肤比较粗糙；你的手上找不出半个老茧，而且皮肤这么细嫩，一看就不是种田的人。你到底是干什么的？不说实话，就把你拉出去砍头。"

那年轻人顿时吓得脸都白了，全身也发起抖来，说："我，我说实话。我叫张慕财，是张家的小儿子，在汉口做厚朴生意。"

"你父亲现在在哪里？"

"在汉口警备区我大哥那里。"

"你回梨树下要干什么？"

"收购一点厚朴原材料，顺便收点田租。"

"田租收到了吗？有多少？"

"收到了，共二十四块大洋。"

"你家有驳壳枪吗？"陈凤生说着，抽出插在腰间的驳壳枪，放到桌子上，"就是这种东西。"

"没有。"

"你大哥在警备区当官，家里会没枪？"

"大哥用的是手枪，不用这玩意儿。"

"没有驳壳枪是吧？那好，限你在三天之内，交出三千大洋，我们才放你回去。"

"我犯了哪一条王法？"

"你家是大土豪，是我们红军要打击的对象。况且你还有哥哥，为反动政府做事。像你这种小土豪，我们可以杀了你，也可以放了你。但不交出钱来，一切免谈。"

小土豪推说钱的数目太大，他做不了主，要同父亲商议才能决定。于是陈凤生决定将他看押起来。

陈凤生和陈丹山把审问结果向黄富武做了汇报。他们一起研究如何利用这个小土豪来达到筹集药品或资金的目的。

"现在药品管控这么严，他家在温州开有大药房，这倒是给我们筹集药品提供了一个好机会。"陈丹山说。

"据梨树下的群众反映，张家对佃户比较苛刻，但也乐于做修桥铺路的公益善事，因此民愤不大。"陈凤生说。

"小土豪是本分的生意人，而且年纪尚轻。"陈丹山说。

"你们的意思是，对这个小土豪，我们可以手下留情？"黄富武说。

"人可以放，但一定要拿东西来换人。"陈凤生说，"丹山叔，你根据师领导的意图，把我们需要的东西，开一张清单给我。"

不一会，陈丹山就把清单列出来了，计有两千大洋的西药、五十匹棉布，再加三百五十块现大洋。限一个月内备齐，送到王村口中国工农红军挺进师军需处，见东西放人。

清单被交到了小土豪的手里，小土豪看了后愣了好一会，说："数目这么大，我父亲怕是接受不了。"

"现在不是你考虑接受得了还是接受不了问题的时候，你要考虑的是如何将这一情况透露给你父亲。"陈凤生厉声说道。

"我在玉岩有一个亲戚，让他替我去汉口跑一趟。"于是小土豪写出了亲戚的名字及住址。

陈凤生等人按图索骥找到了那个张家的亲戚，并且威胁说如果不赶紧去办，误了期限就要小土豪的命。事关人命，那亲戚不敢怠慢，匆忙启程了。

二十八天之后，张家将备齐的药品、棉布和现大洋直接送到了军需处。得到军需处收到药品及财物的确信后，陈凤生这边就把人放了。

"还真得感谢地方工作团的这两位姓陈的同志，他们把不可能完成的任务变成了可能。"刘英得知这一结果后，兴奋地对粟裕说。

而此时，在安岱后的卢子敬、陈凤生和陈丹山三人，正在为画地图的事情而绞尽脑汁。

第十七回

卢子敬妙手画地图，挺进师收获指路神

离开王村口，回到斗潭村后，卢子敬将家里的金银细软收集起来，计有现大洋二百块、金戒指一对、金耳环两枚、翡翠手镯一双。他将这些东西装在一个包袱里，亲自送到了挺进师师部。

"这些首饰，是你从太太身上抠下来的吧？"看到除现大洋以外的其他首饰，刘英感动万分，于是问道，"她难道没有一点意见？"

"贱内一山村女子，嫁给了大户人家，丈夫是留过洋的，这让她在人前颇为风光。因此，我的话对于她来说，就是圣旨。"卢子敬颇为自得地说。

"你不会对太太耍大男子主义了吧？"粟裕问道。

"在我们家，我们夫妻的地位是对等的。有什么事，我们都是一起商量的。"卢子敬说。

"你的太太我们见过一面。虽然出身寒门，但通情达理。最难能可贵的是，她对你的工作支持和理解，有甘于默默奉献的精神。"刘英说。

"我代表挺进师全体官兵感谢你，尤其感谢你的太太。"粟裕说。

从王村口回来后，卢子敬连家门也没进，就匆匆赶往安岱后去了。

"什么事情这么紧急？我刚从王村口回来，家门还没进，就被你们召唤来了。"见到了陈凤生和陈丹山，卢子敬这样问道。

"是这样，"陈凤生说，"红军挺进师全部是外地人，对我们

这一带很不熟悉。因此，每次有军事行动的时候，都要找人给他们带路，非常麻烦。我和丹山商量了一下，凭着我们两个人对浙西南这一带的村庄和道路的了解，加上你的文化功底，我们可以画出一张地图来。到时作为礼物献给师首长，也算是我们为革命根据地的建设，奉献了微薄之力。你的意见如何？"

卢子敬略一思索，说："你们这主意倒是不错，只可惜……"

还没等他说完，性急的陈凤生便插话问道："可惜什么？"

"地图测绘是一门艰深的学问，得借助精密的仪器。我在日本读大学的时候，根本就没有接触过这门学问。要我来画地图，就好像是赶鸭子上树。"

"那十分精确的地图画不出，我们就画一张简图，只要标出村庄、道路，有个大致的方位就可以了。"陈丹山说。

"既然这样，那我就勉为其难了。我们首先得有一张白纸。"

"白纸我已经准备好了。"陈丹山说着，拿出一张白纸摊在八仙桌上。

"现在开始画了，"卢子敬抽出插在西装口袋里的钢笔，在白纸的中心位置画上了一个小圆圈，说"这里是安岱后"，于是在小圆圈的旁边写上"安岱后"三个字，然后问两人道，"下面该怎么画？"

"安岱后往东经内垟、中垟、外垟、荷田、大潘坑可以通往松阳的大东坝。"陈凤生说。

"你讲慢一点！这么快，我记不下来，"卢子敬说，"安岱后东边的第一个村叫什么？"

"叫内垟。"陈丹山回答说。

"第二个村子呢？"

"叫中垟。"

"第三个呢？"

"叫外垟。"

"下面一个是？"

"荷田。"

"再下一个是？"

"大潘坑。"

卢子敬依次在白纸上标出内垟、中垟、外垟、荷田和大潘坑，说："向东一路画好了。"

"安岱后往北经山赤坑、丁坑、枫坪、斗潭、山乍口、高亭可以通往遂昌的埯口一带。"陈丹山说。

"这一路我比较熟悉。"卢子敬边说，边在白纸上标出所有的村庄，然后将它们连成一条线。

画地图的进展十分顺利，这有点出乎卢子敬的意料。"现在该画通往龙泉的这一路了。龙泉应该往哪个方向画？"

"往东往北的都有了。剩下的不是往南就是往西。"陈丹山说。

"到底是往南还是往西呢？"

"大概是往南的吧。"陈凤生说。

"我需要的不是大概，而是准确的方位。"

"是往南走的。听说可以走到龙泉的道太乡一带。"陈丹山说。

"那我就往南画了。往南的第一个村子叫什么？"

陈丹山说："叫烂浆糊。"

卢子敬标出"烂浆糊"后，又问："第二个村子呢？"

"叫砻头。"陈凤生说。

"什么砻？"

"舂米前先砻谷的砻。"陈丹山说。

"第三个村子呢？"

"叫青田坑。"

"第四个村子呢？"

陈凤生和陈丹山你看看我，我看看你，谁也说不出这第四个村子叫什么。

地图制作陷入僵局。

"我有办法了，"沉默了半晌，陈丹山说，"我们可以请人帮我们画的。"

"请谁呀？"陈凤生和卢子敬不约而同地问。

"我早上看见有个游方郎中在陈老五家看病。游方郎中到的地方多，知道的肯定也多。我们不妨把他叫来一起画。"

于是由陈丹山出面，去陈老五家叫人。那游方郎中听说是帮红军画地图，推说那是犯杀头的罪，他不敢干。

陈丹山一脸沮丧地回来了，说："人家怕为红军办事，会招来杀头之祸。"

"这确实是个问题，我们得为人家的安全着想，"卢子敬说，"要是在强迫之下，为我们画的，那性质就不一样了。"

一语点醒梦中人，陈凤生突然站起来，说："那我们就先强迫他一下。"

为了扩大声势，他们三人又叫来了几个游击队员，并且带着麻绳，大呼小叫地来到了陈老五的家。发现不见了游方郎中。

"人呢？"陈丹山盯着陈老五，问道。

"刚走不久。"

"给我追！"陈凤生说完，带着一帮人追了出去。终于在离村口不远的路上，把游方郎中追上了。

"敬酒不吃吃罚酒，把他给我绑了！"随着陈凤生一声断喝，几名游击队员上去扭住游方郎中，把他绑了起来。

游方郎中一脸的迷惑。直到看见人群中的陈丹山，方才明白人家绑自己的目的。"你们敢对我来硬的,我就更不会替你们做那事了。"他在心里暗地里打定了主意。

一行人押着游方郎中来到了原先三人一起画地图的房间。"你们可以走了。"陈凤生对游击队员说。

等到房间里只剩下陈凤生、陈丹山、卢子敬和那游方郎中时,陈凤生关上房门,亲手解开了游方郎中身上的绑绳,让他坐到条凳上,并且对他说:"为了先生的安全,不得不出此下策。还望先生海涵。"

"这样,以后人家要治你的罪,你就可以说是被人家强迫做的,就可以洗白自己了。"陈丹山也说。

卢子敬接着说:"我们可以付给你双份的工钱的。"说着,将一碗泡好的茶水,放到了游方郎中的面前:"先生先喝口茶水,压一下惊。"

游方郎中呷了一口茶水,说:"你们要画地图,可算找对人了,因为我就是一张活地图。要是你们一直对我来硬的,我是死也不会帮你们的。现在你们这样对待我,我不帮忙,于情于理都说不过去。"

"这么说,你是答应了?"陈凤生问道。

游方郎中点了点头,说:"我的地图只在头脑里,我没有办法拿出来呀。"

"这点你放心,我们这里有一位留过洋的大学生,你只要把头脑里的东西讲出来就行了,"陈凤生说着,指了一下卢子敬,"他已经画了一些,麻烦先生先帮忙看一下,他画得对不对。"

于是,卢子敬将原先画的草图重新摊开。游方郎中戴上老花眼镜,仔细地看了起来。

"这里画得不对,"游方郎中不久就发现了问题,"从安岱后到遂昌坡口的这一路,不是一直往北的,在山乍口和高亭之间拐了一个弯。"

"怎么拐弯的？"卢子敬问。

"先向西再向北。"

于是卢子敬把山乍口和高亭之间的直线改成了曲线。

就这样，四个人关在小房间里，用了一天半加一个晚上的时间，四易其稿，终于把"地图"画出来了。

游方郎中要走了。陈凤生将三块大洋塞到了他的手里，说："真的太感谢先生你了，这点小意思请收下。"

游方郎中假客气了一番，这才将大洋装入自己的褡裢。

"你是被绑着进来的，为迷人耳目，还得再委屈先生一下。"陈丹山说。

"昨天你们的那几位兄弟下手有点狠，我这胳膊到现在还麻酥酥的。这次下手不要那么重，好吗？"

"放心，只是做个样子给人看，轻重我们会把握好的。"卢子敬说。

于是，陈凤生拾起地上的绳子，在游方郎中的身上绕了几圈，三个人押着他向村外走去。

到了一个僻静所在，见周边没有外人，陈凤生解开了绳子，将游方郎中放了。

"地图画好了，应该尽快给师首长送过去。"陈凤生说。

"把它交给黄富武同志就可以了，他会转交给师首长的。"卢子敬说。

陈凤生一想也对，黄富武是师里的政治部主任，听说还兼着浙西南的特委书记，也算是师首长的一员了。再说从安岱后到王村口，来回又得四五天。

他们把"地图"交给黄富武时，黄富武仔细看了之后，说："你们这是帮了红军挺进师的大忙了。我常常听粟裕同志说起，作战行动时离开了地图，就像是睁眼瞎。现在有了这份地图，红军就有了指路神。真的太感谢你们了。"

"我们已经是一家子了。一家子就不要说两家子话了。"卢子敬说。

"当然，"黄富武说，"我要报告师首长，给你们三人记功。"

从黄富武那里出来后，陈凤生抬头看了一下天，发现这里的天格外蓝。吸了一口气，觉得空气格外清新。

三人又开始谋划下一阶段的工作。

第十八回

游击队抓获假奸细，黄富武纠偏动真情

这一天，陈凤生正在思考下一阶段农民协会和地方工作团的工作。经过一段时间的努力，在以安岱后为中心的方圆近百里的范围内，普遍建立了农民协会，开展了打土豪分田地的行动。但在一些偏远地区，这项工作的开展，就不那么令人满意了。像玉岩的潘山头、大树后等村庄，由于地点偏僻，地方工作团的触角，一时还顾及不到这里。因此，这些地方的群众，对红军、对共产党的认识，还是十分有限的。地方工作团在这方面的任务，还是十分艰巨的。

这时，安岱后农民协会的负责人、游击队员陈德义风风火火地闯了进来，对陈凤生说："报告，我们抓住了一个奸细。"

听说抓到了奸细，陈凤生的精神不禁为之一振。他最痛恨这些丧失人格的奸细了。当年，傅昌林就是被奸细出卖，而被省防军抓住砍了头的。那次进攻遂昌县城无功而返，也是因为奸细将消息透露给了国民党的县长。对那些奸细，非得好好治一治他们，让他们知道马王爷有几只眼。

"你们是怎样抓住奸细的？"陈凤生问道。

"让我给你细细道来。"陈德义说。

原来，今天一大早，妇女会的张小妹和几个姐妹在村口的桥亭溪里洗衣服。突然看到桥亭边来了一个人，鬼鬼祟祟地东张西望。于是上前盘问："你是哪里人？"

"我是玉岩那边潘山头的人。"

"你要找谁？"

"不找谁。"

"你想要干什么？"

"不干什么。"

见盘问不出什么，张小妹叫来了一个姐妹，对她耳语了几句。那个姐妹就挎着洗衣的篮子走了。

不一会，就来了农民协会的负责人、游击队员陈德义。他将来人仔细看了一下，那人高高的、瘦瘦的，穿得比较光鲜。最惹眼的还是他的嘴里，镶着两颗灿灿的金牙。从这装扮来看，他即使不是土豪，也是为土豪家做事的。普通老百姓哪有这个样子的？

"哪里来的？"陈德义问道。

"玉岩那边的潘山头。"

"到这里做什么？"

"随便看看。"

"是土豪派你来做奸细的吧？"

"我是个好人，不是什么奸细。"

"看你的样子，就不像好人。"

"我看你的样子，还像土匪呢！"

"看来，不让你吃点苦头，你是不愿意说实话了。"

"我说的就是大实话。"

"有让你说实话的地方的。"陈德义说着，解下绑腿，将来人捆了个结实，然后拉到村里审问了起来。

随你怎么问，那人的回答还是那几句话。这惹得陈德义火冒三丈，他操起一根烧火棍，就往那人身上招呼起来。

即使被用了刑，那人还是没有改口。

见实在审不出什么，于是陈德义就来找陈凤生了。

"快带我去看看。"陈凤生说。

于是，陈德义带着陈凤生来到了扣押那人的地方。见陈凤生的腰间插着枪，估计是个当官的，那人心里害怕了：他们不会把我拉出去毙了吧？要是那样的话，自己死得也太冤枉了。

"你是哪里人？"陈凤生开始审问道。

"玉岩那边潘山头的。"

"你是潘山头的？"

"没错。"

"你们那边有农会吗？"

"什么叫农会？"

"就是种田人自己的组织，又叫农民协会。"

"没有。所以村里派我到安岱后来看看，学上几招。"

"你是来取经的？"陈凤生问出这一句时，心里却在想：人家都主动找上门来了，可见我们的工作是多么被动。

"我不是唐僧，取什么经？"

"你叫什么名字？"

"我叫洪贞，人家都叫我洪四奶。"

"四奶是称呼女人的。"陈德义插嘴说。

"你没看出我长得像女人吗？"

"看来我们是冤枉你了。"陈凤生说。心中充满一种愧疚感：人家大老远地跑来取经,我们没有好好招待,却把人家当奸细给抓了。于是上前替他松了绑。

"你的这位兄弟还动手了呢！"洪贞说着，撸起袖子，让陈凤生看他手臂上的瘀青。

"你打的？"陈凤生盯着陈德义，问道。

陈德义点了点头。

"看我怎么收拾你。"陈凤生说完，对洪贞说，"我的这位兄弟做事太鲁莽，怪我没有好好教育他。"

"原来你们红军就是这样对待陌生人的？"洪贞气呼呼地说。

"这只是一个例外。洪先生千万不要生气，更不要因此产生对红军的偏见。"

"无缘无故地遭到一阵毒打，你叫我能不生气吗？要是我回到潘山头，人家问起我在安岱后学到了什么，我说遭到了一顿毒打。人家对安岱后、对红军还有好印象吗？"

听洪贞这么一说，陈凤生顿时觉出了问题的严重性。看来这件事要平息下来，光靠自己的能力是不行了，非得让领导出马不可。于是他们一起去了黄富武那里。

通过洪贞和陈凤生的叙述，黄富武基本上了解了事情的来龙去脉，脸色也随之阴沉了下来：看来这些从"青帮"脱胎而来的游击队员，虽然在组织上已经加入了红军，但在思想上和作风上，还保留了太多的封建意识和痞子习气。要改造他们，还需要走相当长的一段曲折坎坷的路。于是，他走到洪贞身边，看了看他手上和背上的伤，非常和气地对他说："这位洪先生，非常对不起。我们的游击队员政策意识不强，执行我军的纪律不到位，让你蒙受了这么大的委屈。我代表挺进师的粟裕师长和刘英政委，真诚地向你道歉。"说完，向洪贞鞠了一个九十度的躬，又亲手奉上了一碗清茶。

"你是？"洪贞看了一眼黄富武，问道。

"我叫黄富武，中国工农红军挺进师政治部主任兼浙西南特委书记。前者是我军队里的职务，后者是我在地方上的职务。"

"他俩都归你管吗？"洪贞说着，用手指了指陈凤生和陈德义。

"是的，都归我管。都怪我没有管好他们。"

洪贞指着陈凤生说："这位还是通情达理的。"然后又指着陈德义说："这个人不大好说话，动不动就打人。"

"我会好好教育他们的，"黄富武说，"你翻山越岭来找红军，却遭受一顿毒打，无论是在身体上还是在精神上，都已经十分疲惫。我这里有床铺，你不妨先在我这里休息一下。"

洪贞也不推辞，倒在床上便睡，不一会就发出很响的打呼噜的声音。

为了不影响洪贞的休息，黄富武把陈凤生和陈德义叫到另外一间房子里。

"你为什么要打人？"黄富武盯着陈德义，问道。

"我看他那样子就不像好人。"陈德义愤愤不平地说。

"他的样子怎么不像好人？"陈凤生问道。

"好人会有金牙吗？而且是两颗。"

"镶不镶金牙，长得好看不好看，那是人家自己的事情，我们无权干涉人家的自由。你这是典型的以貌取人，这是会犯大错误的。"黄富武说。

"一个大老爷们，却取了一个女人的名字，还叫什么'四奶'，恶心死了。"

"姓名是长辈赋予晚辈的一种称呼。受文化修养等诸多因素的影响，有的人的姓名取得好。像你陈德义，姓名中有'德'又有'义'，这说明你的长辈有文化、有水平。但你不能因为自己的名字好，就要求人家也取和你一样好的名字。这是很不现实的。看来你的思想意识里，不仅有以貌取人的偏见，而且有以名取人的偏颇。这两者都是在我们今后的工作中，要特别加以防范的。

"而且，党代表应该跟你们讲过我军的纪律了吧？'三大纪律八项注意'中，最后的一条是什么？"

"不虐待俘虏。"

"连俘虏都不能虐待，更别说是对待自己的同志了。"

"黄富武同志，我错了，"陈德义听了黄富武对自己的一番教育，终于意识到自己的错误，他诚恳地说，"我愿意接受组织对我的任何处分。"

"吃一堑，长一智，以后在工作中多加注意就是了。至于处分嘛，鉴于它的坏影响还没有生成，所以就免去了。惩前毖后，治病救人，是我党的一贯宗旨。"

"我们可以走了吗？"陈凤生问道。

"可以走了。陈德义同志，回去要好好反省一下。"

两人走后，黄富武拿出纸笔，开始写致歉信。信写好了，回到住处时，发现洪贞已经睡醒了。

"你醒了？身上的伤还痛吗？"黄富武关切地问。

"好多了，"洪贞说，"我要回潘山头复命了。"

"我这里有一封信，麻烦你交给派你来的人，"黄富武拿出用信封装着的信，把它交给了洪贞，又从口袋里掏出五块大洋，塞到洪贞手上，说，"这五块大洋，算是对你无缘无故挨打的一点补偿。数目不多，还请笑纳。"

洪贞推辞了一会，才将大洋收下了。黄富武又对他说："非常抱歉，让洪先生受惊了。还望先生回去，替红军、替共产党美言几句。"

"那是当然的。"

黄富武将洪贞送到村口桥亭旁边，发现陈凤生已经等在那里了。身上背着包袱，一副要出门的样子。

"凤生同志，你这是要去哪里？"黄富武问道。

"我要去潘山头。"

"刚好我们同路有个伴。"洪贞说。

"你去潘山头做什么？"

"有两个任务。"

"哪两个任务？"

"一是代陈德义去道歉。"

黄富武想：我虽然写了致歉信，但不知洪贞是否会将信带到。现在陈凤生亲自去道歉，人和信件，双管齐下，就不成问题了。于是冲陈凤生点了点头。

"二是我想趁机把潘山头和大树后的工作开展起来。"

"是啊，人家都亲自找上门来了，我们再不去抓一抓，就显得太被动了。"黄富武赞赏地说。

经过黄富武和陈凤生的努力，他们终于化解了这场"打人风波"，并且因势利导，在玉岩的偏远地区建立起了革命政权。

而陈德义，在经历了一场抓假奸细的曲折之后，终于识别出了一名真正的奸细。

第十九回

陈德义识破真奸细，陈凤生智取周安村

在玉岩周边，还有一块硬骨头，一直啃不下来。打土豪分田地的工作，在这里丝毫没有进展，每次地方工作团的人都铩羽而归。它就是远近闻名的"财主村"——周安村。

周安村被称为"财主村"，并不是因为这个村的财主即土豪多，而是因为这个地方土地肥沃、物产丰富，是个出财主的好地方。村子后面是一座高山，山上树林茂密。山脚有一条大路，左通松阳，右达遂昌。村前有一条小溪，流往玉岩方向。小溪的两岸是肥沃的良田。溪上架有一座亭桥，既是亭又是桥。过往的客人，常常在此驻足休息。

这一天，在安岱后，地方工作团团长杨干凡召集陈凤生、陈丹山、陈德义等十余人，商议如何啃下周安村这块硬骨头。

"据我们了解，周安村有一个大土豪，姓吴，家有兄弟四人。老大是一家之主，老二和老四在家种田，协助老大管家，老三在玉岩开南货店。长孙在周源乡担任着国民党的乡长。是我们要打击的重点对象。"陈凤生介绍说。

"而且，这家土豪的胆子特别大。附近村里的土豪，听说红军来了，早就脚底抹油溜了，他们却还在村里待着。我们派人前去打土豪，每次都是屋门紧锁，根本见不着人。估计是躲到后山上的密林中去了。"陈丹山补充说。

"没有人，我们不是可以强行打开屋门，没收他们的浮财吗？"

杨干凡问道。

"听群众反映，吴家的财产比较分散，周安村里只有其中的一部分。只有抓住了他们的人，才能胁迫他们交出全部财产。"陈凤生说。

"他们好像对我们的行动了如指掌似的。可是，我们每次行动前，都是十分保密的呀！"陈丹山说。

"莫非我们内部有奸细，给土豪通风报信了？"杨干凡说。

"这不可能。我们选的人，绝对是忠诚可靠的。"陈凤生说。

"要不就是周安村有奸细，给吴家通风报信。"杨干凡又说。

"听杨团长这么说，我倒想起一件奇怪的事。"陈德义说。

"有什么怪事？"陈凤生问。

"我在周安村有个亲戚，前段时间我去走亲戚，发现在村口的亭桥一头，坐着一个人。"

"亭桥本来就是让人坐着休息的。桥头坐人有什么奇怪的？"陈丹山说。

"这个人头戴斗笠，脚穿草鞋，像个老实巴交的农民。"

"你不会又犯以貌取人的毛病了吧？"陈凤生调侃他说。

"黄主任上次指出了我以貌取人，误抓洪贞的错误，我时刻提醒自己不要再犯类似的错误。因此，看到这个人的这番打扮，我就多长了个心眼。"

"不要再扯那陈谷子烂芝麻的事，你干脆直接说，发生了什么怪事。"陈丹山不耐烦地说。

"别急，"杨干凡对陈丹山说，"让他慢慢说。"

"那人见了我，主动地和我攀谈，问我从哪里来，到哪里去，我如实告诉了他。他又问我安岱后红军的事，我说安岱后一带打土豪分田地的工作开展得火热，他好像听得十分仔细。我介绍完了，他又问我知道不知道红军最近有什么行动，我说听村里人说红军最近要来周安村开展工作。他的脸色马上变了，推说有事，马上进村去了。我当时就觉得他的举止有点奇怪。刚才听杨团长这么一说，我又记起这件事来了。"

"那人那么关心红军的事，听说红军要来周安，他神色那么慌张，这都说明他心里有鬼。"陈凤生分析说。

"他马上进村去，说不定就是给主子通风报信去了。"陈丹山也说。

"这个人十有八九是个奸细。"杨干凡说。

"我们不妨来个将计就计。"陈凤生突然来了灵感。

"如何将计就计？"大家的目光，一时集中在了陈凤生身上。

"第一步，用假消息稳住土豪。我们先派人过去，将假消息也就是国军要到周安村的情报，通过那奸细透露给姓吴的土豪。这个人可以扮成算命先生。丹山叔，看来这个任务非你莫属了。"

"我很乐意去完成这个任务。"陈丹山说。

"第二步，在稳住土豪后，我们再来个突然袭击。争取将吴姓土豪一锅端。"

"这个主意不错。"杨干凡带头鼓起了掌。

第二天中午时分，在周安村村口亭桥边，走来了一个游方道士打扮的人，手执一面小旗子，上面写着"算命测字看风水，逢凶化吉消灾殃"两行文字。

"算命先生，今天打哪里来呀？"桥头上坐着的那位老实巴交的农民，主动地和算命先生打起了招呼。

"从玉岩过来。"

"玉岩那边有兵吗？"

"有。黑压压的一片全是。"

“是国军还是红军？”

“当然是国军了。听他们说，今天就要往周安开过来。看你老实巴交的，我就先告诉你。赶紧躲一躲吧！要不然被国军抓去当挑夫，你就有苦头吃了。”

“多谢你的提醒，我走了。”那人向算命先生拱了一下手，就进村去了。

听说要来国军，吴家老大喜不自禁，当即吩咐摆下酒席，要为国军接风。同时吩咐老二和老四，把在玉岩开店的老三和在周源乡当乡长的长孙都叫回来，全家庆祝一下。

吴家的一举一动，全部在红军和游击队员的监控之下。看到吴家有人出门而去，监控的游击队员以为走漏了风声，吴家的人又要溜了。于是马上向埋伏在周安村附近的陈凤生等人报告。

“他们是往哪个方向走的？”陈凤生问道。

“好像是奔玉岩方向去的。”

“只要不是往后山树林里窜，就不用担心。”陈凤生镇定地说。

约莫过了一个时辰，监控的人又来报告说：“从吴家出去的人回来了，并且带回了两个人，还有很多吃的东西。不久就闻到了从吴家传出的酒肉的香味。”

“可以出击了吗？”陈凤生拔出腰间的驳壳枪，问杨干凡道。

“再等等。”杨干凡拉了一下他的衣角，说。

话分两头。此刻，在土豪吴家，一家人聚在一起，欢天喜地，好不热闹。

“大哥，今天把我们全家聚在一起，有什么好事呀？”老三不解地问，“大哥的生日，不是已经过了吗？”

“国军要打过来了，那帮泥腿子蹦跶不了几天了。”老大捻着胡须得意地说。

"国军要打过来,这消息你是从哪里得到的?"老三又问。

"从一个算命先生那里听来的。他说国军已经开到了玉岩,马上就要向周安开过来。对了,你从玉岩过来,看见国军了吗?"

"算命先生的话你也相信?我在玉岩,连国军的影子也没看见。"

"我们上当了。"那位当着乡长的长孙说。

"要不要躲避一下?"老三问道。

"尽管没有来国军,但也不会来红军。一家人难得聚在一起,还是喝我们的酒,吃我们的肉吧!"老大发话说。

这时,陈凤生带人冲了进来。"我们是红军部队,你们都不许动!"陈凤生用枪顶着吴家老大的脑门说。

吴家的人一动也不敢动。杨干凡指示几个红军战士,将他们押往其他地方关押起来。

走到一片树林旁边,吴家老四突然捂着肚子蹲了下去,脸上露出了痛苦的神情。

"你要干什么?"一个红军战士上前问道。

"我要上厕所。"

"都是男人,没什么难为情的,就在这里拉吧!"

"我拉的是大便,"吴家老四说着,用手指着一处草丛,"能让我去那里拉吗?"

红军战士想:那草丛就在眼皮子底下,谅他也跑不了。于是点了一下头。

吴家老四得到允许,疾步走向草丛。趁着这工夫,一头钻进了树林里。

在山区待惯了的人,其他能耐没有,爬山钻树林的本领却出奇地高。红军战士要去追赶,哪里还追得上?眼看着吴家老四在密林深处消失了。

吴家老四逃跑的消息传到杨干凡那里，他对部下说："跑了就跑了吧！不过，剩下的可要给我看紧了，一个也不许跑掉！"

这边，陈凤生指挥着地方工作团和游击队的人，对吴家展开了地毯式的搜查。除了搜出一些金银首饰外，还发现了一只大铁柜。砸开柜锁，里面是一堆白花花的现大洋和一本本账册田契。清点了一下，共有现大洋一千余块，还有铜板几箩筐，碎银子若干。账册田契当场烧毁，其余物品一律封存。

陈凤生和杨干凡商量了一下，决定将金银首饰和现大洋带回师部交军需处。剩余的铜板、碎银子、衣物等，就地分给当地群众。

然而，告示贴出去好久了，还是不见有群众来领这些东西。地方工作团的同志只好利用晚上的时间挨家挨户地送。即便如此，群众的接受也十分勉强。

看来不驱除群众心里的阴影，这地方的工作没法做下去。于是杨干凡、陈凤生、陈丹山经研究决定，第二天在吴氏宗祠召开群众大会。

第二天上午8点左右，当地群众一百余人集中在吴氏宗祠开会，陈凤生在会上做了简短的讲话。他说："父老乡亲们，我们是中国共产党领导的工农红军，是老百姓自己的队伍。我们专门和反动政府和土豪劣绅过不去。吴老大一家为什么有那么多的田地和山场？那是因为他们占了大家的份子。凭什么他们活得那么滋润，我们却连饭也吃不饱？凭什么他们穿绫罗绸缎，我们却衣不蔽体？这个社会太不公平了。我们红军就是要带领大家推翻这个不公平的社会，把本该属于劳苦大众的东西，归还给劳苦大众，让劳苦大众自己来当家做主。昨天，我们叫大家来分吴老大一家的财产，很多人不敢来。我们叫人挨家挨户送过去，有的人还不敢接受。其实，这些都是本该属于你们自己的东西，被吴老大一家给霸占了。

"劳苦大众要翻身做主人,就要建立自己的组织——农民协会。希望大家行动起来,加入我们的农民协会。我们还要建立游击队,来保卫我们的胜利果实!"

会后,地方工作团成员又深入群众,做深入细致的思想工作。群众的顾虑消除了,心结打开了。纷纷向地方工作团诉苦。有的群众还检举吴老大一家还有许多私产。

这以后,陈凤生他们兵分两路,一路由陈凤生率领,留在周安村,做农民协会和游击队建立的筹备工作,一路由杨干凡和陈丹山率领,押着吴家三兄弟和长孙回安岱后复命。

"有人反映你们家里还有许多财产,都放在什么地方?"回到安岱后,陈丹山立马提审吴家老大。

"我们家的财产都放在一只铁柜子里。别的都没有了。"吴家老大困兽犹斗,拒不承认还有其他财产。

"我们给你三天期限,拿四千块现大洋来换四个人的性命。每条人命才一千块大洋,够便宜你们了。"

听说不交出四千块现大洋,就要四个人的命,吴家老大的膝盖一软,跪在了地上,说:"请长官开恩,我们小本经营,实在拿不出那么多的现大洋。"

"四千块是一块也不能少。你马上传话回去,拿现大洋来换人。要是误了期限,可就别怪我们了。"

三天之后,吴老大的家属送来了四千块大洋。红军当即释放了其中的三个,却把吴家长孙留下了。

"你们不能说话不算数啊!"见红军留下了长孙,吴家老大顿时耍起泼来了。

这时杨干凡出面了。他对吴家老大说:"本来打土豪是人和财产一起打的。念你们兄弟三个在村里民愤不大,我们网开一面,让你们回去了。你那长孙，只怪他不会做人，倚仗权势，欺凌民众，且犯有命案，不杀不足以平民愤。你如果想像长孙一样被砍头，就继续闹下去。不想的话，马上给我走人！"

还是保住自己的性命要紧，在这个时候，吴家老大也顾不上他的长孙了。

陈凤生处理好周安村那边的事情，回到安岱后时，吴家长孙，那个作恶多端的伪乡长已经人头落地了。

突然听说，斗潭村的卢子敬家住进了一个红军伤员，伤得还不轻。"我得抽空到斗潭去看一下。"陈凤生在心里打定了主意。

第二十回

陈凤生探望伤病员，刘亨云患难见真情

"君子之交淡如水，"看到陈凤生怀里抱着的鸡，卢子敬批评起他来，"咱们革命同志，不要搞请客送礼的那一套。"

"送你？"陈凤生回敬道，"我怕你还没有那口福呢！"

"那你这是？"卢子敬略一思索，顿时明白过来，说，"为我家的客人送的礼吧？"

"废话少说，快带我去见客人。"陈凤生放下鸡。卢子敬看出那是一只老母鸡。

老母鸡一下地，就躲到一个角落里去了。

"为这老母鸡，你们两口子没少拌嘴吧？"卢子敬问道。

"近朱者赤，"陈凤生回答道，"你嫂子是那种不通情达理的女人吗？"

于是，出发前的一幕又浮现在陈凤生的眼前。

"我要到斗潭卢子敬那里去一下，"陈凤生对妻子说，"听说他家住进了一位红军的伤员。"

"你去吧！"

"送点什么礼好呢？"

"抽屉里有十几个老母鸡下的蛋，你拿去吧！"

"人家是重伤员，吃鸡蛋不顶事，"陈凤生说，"要不把那只老母鸡抱去吧？"

妻子的脸上露出了不舍的神情，她说："那可是一只下蛋的母鸡，

一天一个蛋是少不了的。"

"下蛋的母鸡，明年还可以再养的。"陈凤生固执地说。

见拗不过自己的丈夫，妻子只好说："那你抱去吧。"

"砰！砰！"远处传来了两声枪响。

"哪里打枪？"陈凤生警觉地拔出手枪，问道。

"是保安团的人吧，"卢子敬说，"最近他们经常在这一带骚扰百姓，闹得鸡犬不宁。"

"他们会到这里来吗？"

"说不定。我们还是躲避一下吧！"

两个人刚在屋里藏好，两个保安团的士兵闯了进来，翻箱倒柜地一阵乱搜。见搜不出什么，于是匆匆忙忙走了。

"现在可以带我去看客人了吧？"见保安团士兵走了，陈凤生迫不及待地说。

于是卢子敬带着陈凤生，来到了后山一处山里人冬天存放红薯的地洞里。

"是谁？"黑暗中传来一个声音。

"刘先生，是我。"卢子敬答道。

"是卢先生啊，进来吧。"里面的人说。

卢子敬和陈凤生摸黑进了洞里。卢子敬划了一根洋火，点亮了油灯。陈凤生这才发现，在这个面积不到两平方米的狭小空间里，地上铺着稻草和被褥，一个面容清瘦的穿着红军军服的人，正和衣躺在"床"上。

"我来介绍一下。"卢子敬指着那穿红军军服的人说，"这是红军连长刘亨云。"又指着陈凤生说："这是我的兄弟，安岱后人陈凤生。"

"您好！"陈凤生向刘亨云伸出了手。

"久闻大名，如雷贯耳。"刘亨云说着，也伸出了手。

两双手握在了一起。

"凤生兄是专门从安岱后过来看望刘先生的，还带了一只老母鸡给刘先生补身子。"

"真的太感谢你们了。"刘亨云激动地说。

"你为我们打仗流血，我们还要感谢你呢！"陈凤生说。

"你们俩在这慢慢聊，"卢子敬说，"我让贱内烧几个菜，晚上我们三个喝个痛快。"

"把那只老母鸡也杀了，给刘先生炖上。"

"那当然。"说完，卢子敬走了。

"刘先生伤在哪里？"陈凤生关切地问。

"在左腿膝盖上。"刘亨云说着，挽起裤腿，解开包扎，让陈凤生看那伤口。

陈凤生发现，那上面有三个血肉模糊的伤口，颇感奇怪地问："这不是子弹打的吧？"

"是被手榴弹给炸的。"于是刘亨云详细地对陈凤生讲起了受伤的经过，"那是一场遭遇战，双方没有构筑任何工事，就交上了火。子弹不时从耳边飞过，手榴弹不时在身边爆炸。双方的伤亡都很大。我躲在一棵大树后，向敌人射击。没提防一颗手榴弹扔过来，在我的身边爆炸了。我只感到左腿被什么东西剜了一下，就跪在了地上。后来，听随军医院的护士说，他们从我的左膝盖上取出了三块小弹片。还好没伤到关节，要不然我的这条腿就废了。

"由于腿脚受伤，行动不便，部队首长建议我留在地方上养伤。这事被卢子敬先生知道了，他主动要求，让我在他家疗伤。于是我就在他家住下来了。"

"看来伤口恢复得比较慢。"

“由于西药缺乏，随军医院只能给我用中草药。中草药疗效慢，好几天了，这伤口还不见好。”

“痛吗？”

“由于是在缺乏麻醉药的基础上取弹片的，医生将一双筷子横放在我的嘴里，结果我把筷子都咬断了。弹片取出来后，只要不动到左腿，不会感到疼痛。”

“听你的口音，不像是本地人。”

“我的老家在江西贵溪。”

“家里都有哪些人？”

“有父亲和兄弟三人。”

“他们都是干什么的？”

“我父亲是个石匠，大哥是木工，二哥在财主家当长工，三哥在家种地。我十四岁开始，就在造纸厂当童工。十七岁那年，听说方志敏在我们那一带闹革命，于是我就去投军吃粮了。听子敬先生说，你和他都是从‘青帮’过来的，是这么一回事吗？”

“的确，我和卢子敬，还有陈丹山，我们三个是这一带‘青帮’的头领。红军挺进师来到我们这里，我们发现红军是老百姓自己的队伍，就拉着‘青帮’兄弟投了红军。我们现在成一家人了。”

“伤好了以后，有什么打算？”陈凤生又问。

“服从组织的安排。组织让我归队，我就归队。要我留在地方，我就留在地方。”

“留在地方好，到时我们一起干。”

两个人聊得非常投机，不知不觉地，已经过去了一个多小时。这时卢子敬来叫吃晚饭了。

刘亨云扶着洞壁要站起来。卢子敬马上过去搀扶，并且要将他放到自己的背上去。

"你这知识分子，就不要逞能了，还是让我来吧！"陈凤生说着，将刘亨云放到了自己的背上。

"这一百多斤重的人，平时都是你背的？"陈凤生问卢子敬道。

"不是我还有谁？"卢子敬颇为自豪地说。

"看不出你还有这一手。"陈凤生一边走，一边对卢子敬说。

"子敬先生为了我，可是费了不少的心思。"趴在陈凤生背上的刘亨云颇为感动地说。到达卢家那一天及以后的情形又一幕幕浮现在眼前。

那一天，挺进师地方工作团团长杨干凡和卫生部部长朱干一起，将刘亨云送到了卢子敬这里。这时一位老者出来阻拦，说接收了红军伤员，被查出了是要满门抄斩的。听卢子敬说，老者是他的堂叔。于是卢子敬苦口婆心地做堂叔的思想工作，堂叔才勉强答应了。

杨干凡和朱干为了表达对卢子敬的感谢，拿出了一些银圆，说是给伤员留的生活费用，又被卢子敬婉言谢绝了。

为了不让外人知道，卢子敬专门将后山上存放红薯的地洞清扫了一下，铺上稻草和被褥。白天就让刘亨云待在地洞里，晚上再将他背回家里，到床上睡去。刘亨云认为这样背来背去很麻烦，说自己就住地洞算了。卢子敬却说地洞里阴暗潮湿，能少待尽量少待。感动得刘亨云差点掉眼泪。

来到饭桌前坐下后，卢子敬为刘亨云盛了一碗热气腾腾的漂浮着一层黄油的鸡肉。刘亨云说要大家齐分享。卢子敬说："这是专门为伤员做的，我俩又不是伤员。凤生兄，你说是不是？"

陈凤生连忙接上去说："是的，是的。刘先生你就不要再客气了。"

这顿晚饭，一直吃了近三个小时。

第二天，陈凤生要回安岱后，与刘亨云告辞后，他又和卢子敬谈起刘亨云的伤情来。

"我从书上看到一种药，或许能够治好刘先生的伤。"卢子敬说。

"什么药？"

卢子敬说出的药名，让陈凤生大吃一惊："牛粪！"

"这，行吗？"陈凤生疑惑地问。

"牛吃的是百草，其中肯定有消炎的药。这些药经过牛的肠胃吸收和过滤，等于进行了消毒。反正不会有什么副作用，不妨一试。"

陈凤生认为有道理，于是放心地离开了。

第二天，当卢子敬要往刘亨云伤口上敷药时，刘亨云问道："这药怎么跟牛粪似的？"

"它就是牛粪。"卢子敬说。

没想到，敷上牛粪后，伤口出现了明显的好转。一个月时间不到，刘亨云的伤完全好了。

伤口虽然愈合了，但还是留下了残疾，导致左腿有点瘸。挺进师首长认为刘亨云不适合再随军作战，于是让刘亨云留在了地方，担任中共竹溪区委书记。刘亨云与陈凤生和卢子敬成了同一战壕的战友。

陈凤生和卢子敬不知道，随着挺进师小吉会议的召开，一个更加艰巨的任务，即将落到他们的身上。

第二十一回

挺进师小吉开会议，陈凤生游击担大任

"粟裕同志，我们又见面了！""刘英同志，您好！"见到昔日的老领导，陈凤生、陈丹山和卢子敬主动上前打起了招呼。

"知道为什么叫你们三位列席今天的会议吗？"刘英问三个人。

三个人均摇了摇头。

"等下会议开始后，我要宣布一项与你们三人有关的重要决定。"刘英说。

"能不能先给我们透露一下？"陈凤生问道。

"要是在会议开始之前，透露会议内容，那我就违反纪律了，"刘英说，"人到得差不多了，我们进会场吧！"

会场设在枫坪乡小吉村的一个宗祠里。参加会议的有挺进师政委会的全体成员和各纵队政治委员，还有师直各部门的首长及各纵队队长等，共计五十余人。

刘英主持了会议，他说："我们召开这次小吉会议，要完成以下三大任务：一、总结近一个月以来挺进师在各地开展工作的情况；二、成立新的军事领导机构和新的部队建制单位，并调整配备干部；三、部署下一阶段的工作。

"从1935年5月初，中国工农红军挺进师踏上浙西南这块土地，到今天已近一个月了。当时的挺进师是怎样一种情况，想必大家心里都有数。我们不仅兵员少，只有区区近五百人，而且武器装备简陋，连每人一支枪这一点都得不到保证。就是在这种极端艰难困苦

的局面下，我们依靠当地的人民群众，积极开展各项工作，农民协会、妇女会、少先队和游击队等群众组织如雨后春笋般涌现出来。这些群众团体在配合我军行动、完成我们的既定目标等方面，都发挥着并将继续发挥积极的作用。

"在军事上，我们挫败了敌人想趁我们在浙西南地区立足未稳，将我军合围消灭于仙霞岭地区的阴谋，跳出了敌人的包围圈，并袭击了金华汤溪城，给敌人以沉重的打击。迫使敌人由漫天撒网到收缩防守，从而大振了我军的声威。

"当然，在我们的工作中，也出现了一些不得不防的问题。主要有以下两点。一是我们有些同志的政策意识不强，在工作中极易犯'左'倾或右倾的错误。就说打土豪吧！许多地方实行的是'一刀切'的政策，即凡是家里有钱的人，一律当作土豪来打，结果把一些有进步倾向的人士，也当作土豪来打了。同志们，我们要打的是土豪劣绅，我希望大家要特别注意这个'劣'字。'劣'就是'坏'，'劣绅'就是坏的有钱有势的人。好坏优劣的标准是什么？就是老百姓对他们的态度。就要看他们有没有民愤，是小的民愤还是大的民愤。这就需要我们多多倾听来自老百姓的声音。

二是我们的群众组织虽然建立得多，但缺少组织与组织之间的沟通与协调，存在着各自为政、缺乏统一指挥的弊端。个别地方甚至存在着私设小金库，将打土豪所得的浮财据为己有的情况。'三大纪律八项注意'中有一条'一切缴获要归公'，我希望大家要不折不扣地去执行。

为了加强对浙西南地方武装的领导，保卫根据地建设的胜利果实，经挺进师政委会研究，决定成立浙西南军分区和松（阳）遂（昌）龙（泉）游击大队。归挺进师和浙西南特委双重领导。属于浙西南军分区的序列是：'司令员：王永瑞；政委：黄富武；特派员：

欧阳道；参谋长：李树正；供给部长：张昌炳；征募主任：陈丹山。'属于松（阳）遂（昌）龙（泉）游击大队的序列是：'大队长：陈凤生；副大队长：卢子敬。'

"游击大队下辖松阳县游击队八十余支、遂昌县游击队十一支、龙泉县游击队五十三支。"

刘英在介绍浙西南军分区和松（阳）遂（昌）龙（泉）游击大队的干部配备时，所有的干部一一站起来向大家致敬，现场响起了一阵阵热烈的掌声。

粟裕接着讲话。他说："中国工农红军挺进师下一阶段的任务是：深入发动群众，进行土地革命，开展缴枪扩红运动，迎接八一建军节。

"经过前一阶段的努力，我们挺进师的队伍壮大了。原来我们只有第一、第二两个纵队，人员不足五百人。现在我们已经有了五个纵队，即在原有基础上增加了第三、第四、第五三个纵队，人员增加到一千多人。此外，我们还有地方工作团和师直政治连。

"鉴于革命形势的发展，经师政委会研究，决定将我们的战斗行动划分为外线和内线。外线由刘达云同志率领第一纵队即师主力，前往永康、缙云、仙居、青田、丽水一带活动，相机打击敌人。内线由其余的四个纵队，加上地方工作团和师直政治连，继续留在浙西南地区，发动群众，开辟根据地，建立苏维埃政府。

"同志们，革命的道路是曲折的，但前途是光明的。只要我们团结一心，共同努力，就一定能够克服各种困难，取得更大的胜利。"

会议在一阵热烈的掌声中落下帷幕。

会后，粟裕和刘英又召见了陈凤生、陈丹山、卢子敬三人，让他们谈谈参加此会的感想。

陈丹山第一个发言，他说："刘英同志讲话中提到的私设小金库的问题，指的是我们吗？"

刘英回答道："不仅仅指你们。在其他地方组织中，也存在着这个问题。如果是个别的问题，个别处理就可以了，没有必要放到会议上来说。"略一停顿，他又说："好在当我们购买药品资金短缺时，你们将小金库里的一千现大洋拿出来，救了我们的急。你们小金库的问题另当别论。但你们要从中吸取教训，不要再犯类似的错误。如果还有小金库的话，里面的资金要尽快如数上交。"

"自从那次交出一千块现大洋后，我们再没有私设小金库了。小金库里的资金已经全部清空了。"陈丹山说。

"你担任征募主任的职务，接触到的打土豪罚没的财产数目会比较多。今后不仅不能设小金库，而且要做好财产的登记工作。进的账与出的账，要对得起来。"刘英善意地提醒说。

"说到这征募主任，"陈丹山说，"我刚好想问刘英同志，征募主任主要负责哪一方面的工作？"

"征募主任的主要职责，就是要想尽一切办法，为你们的浙西南军分区筹措物资和资金，保证军分区工作的正常运转。说白了，你的任务就是负责把东西和钱，能收的都收起来。总的来说，你的任务就是一个字：进。"

"我负责'进'，那谁负责'出'呢？"

"出，是供给部长要负责的事。到时，你要和昌炳同志做好交接的工作。与钱财打交道，是你的老本行了。只不过原先的摊子没有现在的大。我相信你陈丹山，有能力干好这件事。"粟裕插话说。

"你们两位，有什么要说的吗？"刘英问陈凤生和卢子敬。

"就我个人的素质来说，担任游击队大队长，恐怕难以胜任。"陈凤生说。

"你觉得自己的欠缺在哪些方面？"粟裕问道。

"首先，我几乎没打过什么仗，怎么去指挥打仗？"

"谁生来就会指挥打仗的？还不是在战斗的实践中，逐步学会的。"粟裕开导他说。

"万一指挥打了败仗，我怕承担不了那个责任。"

"胜败乃兵家常事。谁说打了败仗就要承担责任？"粟裕说。

"吃一堑，长一智。打了败仗不可怕，只要从败仗中吸取教训，不要再犯类似的错误就行了。"刘英也说。

"其次，我这人行事比较鲁莽，不大会去考虑后果，这是指挥打仗的大忌。"

"这一点我们已经考虑到了，所以给你配了一名沉稳慎重的副手，以弥补你在这方面的缺失。"粟裕说。

"子敬在许多关键的时刻，都曾提醒过我。让他当我的副手，我一百个放心。"

"这就好了嘛，"刘英说，"你们俩，一文一武，一动一静，构成了指挥员中的绝配。"

"你还有什么补充的吗？"粟裕问道。

"没有了。"

"子敬同志，你也来说几句。"刘英说。

"首先，我坚决拥护挺进师政委会的决定。其次，我要尽自己的最大努力，做好凤生的帮手，在战争中学习战争，在打仗中学习打仗。"

"能给我们的游击队配发一点武器吗？"陈凤生问道。

"目前，我们的武器弹药仅能满足主力纵队的作战需要，其他四个纵队的武器还很缺乏，不可能给地方游击队配发武器。武器弹药的问题，需要你们想办法从敌人那里去夺取。一切缴获要归公，在武器弹药方面可以灵活机动一点，不做硬性要求。"粟裕说。

"我手上有一支从玉岩警察分局那里弄来的驳壳枪。但是子敬同志至今还没有配枪。作为我的副手或叫军师，总不能让他像三国时期的诸葛亮一样，拿着一把羽毛扇就上阵吧？"

"我是做思想工作的，枪对我来说，几乎没什么用。这样吧！我将我的手枪，交由子敬同志使用。"刘英说着，解下身上的佩枪，把它交到了卢子敬手里。

"我怎好意思要刘英同志的手枪，"卢子敬坚辞，说，"我相信，我们凭自己的努力，会搞到武器来武装自己的。"说着，又将手枪交回到刘英手里。

"刘英同志宝枪送英雄，子敬同志就不必客气了。"粟裕说。

"卢某人受之有愧啊！"

"我以挺进师政委会的名义，特批给松（阳）遂（昌）龙（泉）游击大队手枪一支，子弹十发。这样总可以了吧？"刘英说。

"既然师首长都特许了，子敬你就不要再客气了。"陈凤生说。

于是刘英亲手将手枪挂到了卢子敬的身上。

"下一阶段各地游击队队长的短训班，拟放在安岱后举办。到时三位要多费心了。"粟裕说。

"那是当然的。"三个人齐声说。

第二十二回

游击队骨干大培训，端午节众人聚土餐

根据挺进师和浙西南军分区的部署，松（阳）遂（昌）龙（泉）各地方游击队骨干集中到安岱后，进行为期十五天的培训。培训的内容除了军事知识，还有政工知识。要求全体参训人员，学会军事和政工"两手抓"，以便回到原单位后，更好地开展工作。

为了加强对培训班的管理，浙西南军分区抽调政治委员黄富武、参谋长李树正和陈凤生、卢子敬，还有陈丹山，共同组成管理委员会，并进行了分工：黄富武和卢子敬负责政工知识的讲授，李树正和陈凤生负责军事知识的讲授，陈丹山负责培训班学员的生活安排。

参加培训的游击队骨干有一百五十余人，实行的是准军事化管理，大家一律自带铺盖，吃住都集中在陈氏宗祠里。由于有了上次接待"青帮"兄弟的经验，对于安排这一百五十余人的吃和住，陈丹山是得心应手，毫不费力。按照他的本意，要让这些从各地来的游击队骨干吃得好一点。但因为条件有限，只能粗茶淡饭来对付了。

在开幕式上，黄富武进行了动员讲话，他说："同志们，请允许我这样称呼你们。今天，你们从松阳、遂昌、龙泉各地集中在了安岱后，是要完成一项光荣而又艰巨的任务：通过为期十五天的培训，掌握必要的军事常识和政工本领。掌握了这些知识和本领，你们将如虎添翼。回到原单位后，将会把我们的游击队工作开展得更好。

"我们的安排基本上是这样的：上午传授军事知识，由军分区参谋长李树正和松（阳）遂（昌）龙（泉）游击大队大队长陈凤生

轮流主讲；下午传授政工知识，由我和松（阳）遂（昌）龙（泉）游击大队副大队长卢子敬轮流主讲；晚上进行讨论和交流。

"为了防止理论与实践的脱节，我们除了安排知识传授外，还安排了一些实践活动，以及一些参与性的活动。力求使大家掌握新知识和新技能，做到学有所用。

"生活上的困难可以找陈丹山同志。他是军分区的征募主任，是土生土长的安岱后人。这次担任我们的总管，是从军分区临时拉差的。

"下面我把各类知识的授课人和临时总管介绍给大家。"于是黄富武将李树正、陈凤生、卢子敬和陈丹山，一一介绍给大家。现场响起了一阵阵热烈的掌声。

陈凤生给游击队队长们上的第一课是"智取玉岩警察分局"。由于是自己的亲身经历，他娓娓道来，滔滔不绝。那些游击队队长，一个个竖着耳朵听，生怕漏听了其中的某一个细节。有的还掏出小本子，在上面不停地记着、画着。

陈凤生讲完后，李树正对这个案例从军事学的角度进行了点评，他说："智取玉岩警察分局，是一个成功的军事行动案例。我们说它是成功的，就在于它不费一枪一弹，就把玉岩警察分局连锅端了。打仗，不能靠猛打莽冲，要尽量用最小的损失，换取最大的收获。凭什么认为它是'智取'呢？因为它的'智'体现在以下几个方面。一是它的保密工作做得好。保密工作做不好，再好的作战计划都是肥皂泡。二是它的排兵布阵好。白天利用玉岩的百姓去骚扰敌人，使敌人产生了白天来过晚上绝对不会再来的错觉，从而放松了警惕。晚上再来个突然袭击。三是它的内应安排得好。有了一个好的内应，有时能起到事半功倍的作用。当然，设法建立和内应的沟通渠道十分重要。卢子敬巧扮饮食店伙计，与内应老徐的见面，就把双方的沟通渠道建立起来了。我推崇这个案例,并不是要求大家都这样去做,而是希望大家从中学习他们肯开动脑筋的精神。战场上的情况是瞬息万变的,我们只有掌握了随机应变的本领,才能以不变应万变,从而使自己立于不败之地。"

卢子敬给游击队队长们上的第一课是"榜样的力量是无穷的",讲的是自己在打土豪过程中的表现,以及他是如何发挥榜样作用的。

卢子敬讲完后,黄富武对这个案例从政工学的角度进行了点评。他说:"政工学中有一句名言:与其嘴皮磨破,不如亲手一做。这里强调的就是榜样的力量。我们去做思想政治工作,不能光靠嘴皮子,也不能只讲一些大道理。朱德同志身为红军的领导人,却和普通士兵一样挑担上山。人家把他的扁担藏起来,他找到扁担后,就在上面写下'朱德的扁担'五个字。由此获得了广大官兵对他的敬仰,他也在广大红军战士中建立起了自己的威望。这个案例说明了榜样的力量。卢子敬同志虽然出身富裕人家,属于被'打'的土豪之列,但他自己清醒地意识到了这一点,因此,不等人家来'打'他,他首先'打'起自己的土豪来了。正是因为他的这一开明之举,人们改变了对'财主'的一些偏见,从而自发地拥护他,听从他的指挥和调遣。子敬同志的这个案例说明:榜样的力量不仅是存在的,而且是巨大的。我希望我们的游击队队长,不仅要学会做思想政治工作,而且要善于做思想政治工作。处处以身作则,是政工活动的一大法宝。"

听了两位本土才俊的介绍以及军分区领导的点评,游击队队长们普遍认为受益匪浅,从而对两位正副大队长产生了发自内心的崇敬。

转眼到了农历五月初五,这一天是中国传统节日中的端午节。在浙西南的广大乡村,端午节可是一个大节日。在老百姓中有这样的说法,"三日端午五日年,半日清明就上田"。这说明端午节是仅次于过年的一个大节日。

按照当地的习俗，在端午节这天，要吃卷饼（一种用熟面皮包着各种荤素菜肴的名小吃）、吃粽子、喝雄黄酒。陈丹山也想在端午节这天，为培训班改善一下伙食。但是，在前不久的"青帮"大汇流时，村里好吃点的东西都贡献出去了，实在拿不出像样点的东西来招待客人。于是他去找陈凤生，看看他能不能想出点子来。

听了陈丹山的叙述，陈凤生沉默了大半晌，终于他紧锁的眉头舒展开了，说："我想到了，可以让他们吃我们本地产的田螺的。"

"吃田螺，"陈丹山一拍后脑勺，说，"还真是一个不错的选择！"

因为在安岱后的山坳水田里，有着许多的田螺，有的田螺的个头还特别大。在民间有个说法，端午节吃田螺，可以明目。更有人将拥有一双大大的眸子的人称为"田螺头"。

"山坳水田里的田螺是多，但有这么多人要吃，靠个把人是摸不到这许多的田螺的。"陈丹山说。

"我向领导请示一下，给我们的游击队队长放半天假，让大家都下田摸田螺去，让他们享受自己的劳动果实。"陈凤生说。

听了陈凤生和陈丹山的汇报，黄富武和李树正当即拍板。于是陈凤生来到了游击队队长中间，宣布道："今天上午放假半天。"

听说能放假半天，大家都叫起好来。家在附近的人甚至提出要回家与家人一道过端午节。

"难得大家还记得端午节这个中华民族的传统节日。我们准备让大家过一个有意义的集体的端午节。"

"你准备让大家怎么过这个端午节？"

"上午大家一起下田摸田螺去，晚上我们就吃田螺。这叫自己动手，吃食自来。"

"光是吃田螺吗？"

　　"这段时间山笋特别多，可以分出一部分人去采山笋。我们安岱后的腌菜烧山笋，可是一道名菜。"陈丹山说。

　　"下面我们来进行分工。愿意跟我去摸田螺的站成一队，愿意跟陈丹山去采山笋的站成一队。"

　　一百五十余人自动分成了两队，在陈凤生和陈丹山的带领下，浩浩荡荡地向着田间和山里奔去。

　　近中午时分，两队人马均满载而归。食材是有了，但是如何让它们变成美味，却是摆在陈丹山面前的一道难题。

　　"游击队队长中卧虎藏龙，肯定有烧菜的好手，就让他们毛遂自荐吧！"陈凤生说。

　　听说要征集烧菜的人，一个叫何金根的游击队队长站了出来，说："我当过厨师，手艺还不错。光是田螺，我就能让它变出四个菜来。"

　　"哪四个菜？"陈丹山好奇地问。

　　"油爆田螺、辣炒田螺、醋焖田螺，外加一个田螺煮汤。"

　　"既然你有这手艺，今晚的菜就全拜托你了。"陈凤生说。

　　"我需要三个帮厨的。"

　　"愿意帮厨的请举手！"陈凤生说。

　　顿时举手的一大片。陈凤生只好让何金根亲自到举手的人当中去挑选，不到一分钟，何金根就将帮厨的人搞定了。

　　"要是再加上粽子就更好了。"有人这样说。

　　说者无心，听者有意，这话刚好就被路过的妇女会负责人张小妹听了去。于是她匆忙赶回家，提来了一小篮还冒着热气的香味扑鼻的粽子。

　　"你这真是雪中送炭啊，"看到那一小篮的粽子，陈凤生对张小妹说，"但是我们有纪律，不拿群众一针一线。你还是将粽子拿回去吧！"

张小妹显然不高兴了，她胸脯一涨一落地说："你们游击队队长为穷人打土豪，流汗又流血。我们送几个粽子，有什么不能收的？今天这粽子，我是送定了！"说完，扔下篮子，转身走了。

陈凤生把陈丹山叫过来，对他说："粽子我们收下，但不能白拿她的。等下你把买粽子的钱和装粽子的篮子，一起给她送回去。还有，你再到村民家里去转一下，看谁家还有粽子，再买一些，要保证每人都能分到一只粽子。"

陈丹山点了点头。

傍晚时分，田螺宴正式开始。看着那一道道精工烹调的美味菜肴，许多人没等到动筷子，已经垂涎三尺了。

这时陈丹山出来了，将手中成串的粽子，按每人一只，分到了大家手里，说："在开宴之前，大家先吃个粽子，填一下肚皮吧。"

"现在开吃，"陈凤生见人都到齐了，于是说，"请上酒！"

这一来大家都蒙了：哪来的酒呢？

这时何金根提着一只大酒壶上来，挨桌地往大家的碗里倒。奇怪的是，倒在碗里的东西有酒的颜色，却没有酒的气味。

陈凤生开始说话了："我记得有一首古诗，里面有这么一句'寒夜客来茶当酒'。在端午节，本来是要喝雄黄酒的。但我们的条件有限，不能让大家喝上雄黄酒。我们就以茶代酒吧！让我们共同举杯，为端午节干杯！为我们的游击事业干杯！"于是一仰脖，将碗里的茶水一口喝了下去。

众人纷纷效仿。大家其乐融融，充分享受着这土餐中的美味。

不知是谁提议，来一首歌助兴。于是陈凤生站了出来，唱了一首前不久由刘英和师宣传队一起编写的新歌。

工农暴动呼一声，
土豪劣绅杀干净，
全中国就会太平。
嗳呀呀，嗳呀呀，
全中国就会太平。

工农政府苏维埃，
一切工农做主宰，
这世界何等自在。
嗳呀呀，嗳呀呀，
这世界何等自在。

这场宴会，持续了两个小时才散场。

回到家里，陈凤生正准备脱衣上床睡觉，突然有人敲响了他的家门。原来，在游击队队长中，有人开小差了！

第二十三回

陈凤生暗夜追逃兵，卢子敬现场解疑难

听说有人开小差，陈凤生一骨碌翻身下了床，披上衣服就往陈氏宗祠赶去。

据同处一室的学员反映，开小差的是来自龙泉道太乡坑口村的一名游击队队长。晚上宴会结束后，其他人都按时返回了宿舍，只有他迟迟未回。大家以为他上茅房了。等了足足一个小时，还是没有发现他回来。推测他可能是开小差了，于是马上将情况报告给了大队长。

事关重大，陈凤生不敢擅自做主，于是派人叫来了卢子敬和陈丹山。两人认为这事得请示军分区的两位领导，于是将黄富武和李树正也叫来了。

按理说，被推荐参加游击队骨干培训班的人，其政治素质相对来说，应该是过硬的。怎么会出现开小差这种比较严重的问题呢？

"一个人开小差，对于一个具有一百五十余人的集体来说，算不了什么，"黄富武分析说，"但它产生的负面影响决不能低估。它甚至会把我们好不容易才建立起来的军心彻底动摇。要是这种情况蔓延开去，那将一发不可收拾！"

"会不会有其他的因素夹杂在里面，而使得他临时离开的呢？"卢子敬说。

"他就是有天大的事情，也要跟我们说一声再走呀！端午节都给他们放假半天了，难道说我们是那种不通情理的人吗？"陈凤生

气愤地说。

"现在的关键是把人给找到。找不到人,一切分析都是徒劳无益的。"李树正说。

"可这黑灯瞎火的,我们上哪儿去找人呢?万一有个什么闪失,可就不好办了。"陈丹山说。

"肯定是回龙泉的家里去了,"陈凤生"霍"的一下站了起来,说,"丹山叔,马上准备松明火把,跟我找人去!"

"作为主持政工培训的副大队长,学员开小差,我有不可推卸的责任。我跟你们一道找人去。"卢子敬说。

"找到人后,一定不要性急。在弄明白情况的基础上,再来考虑处分的事。"黄富武交代说。

"把武器都带上吧!万一有个突发的情况,也好用来防身。"李树正说。

三个人走后,李树正对黄富武说:"这件突发的事情,知情的人越少越好。好在绝大多数人已经睡下,知情的人不多。你我马上找到知情的人,让他们不要声张,更不要扩散消息。"

黄富武点了点头,说:"看来我们所能做到的,仅此而已。"

再说陈凤生他们三人,一个人拿着手枪在前面开路,一个人擎着火把走在中间,一个人在后面压阵。一支火把烧完了,又接上另一支。

暗夜像一张黑洞洞的大口,仿佛要把一切都吞噬。天上不见半颗星星。火把照不到的地方,伸手难见五指。不时传来的几声猫头鹰那鬼一样的叫声,让人浑身起鸡皮疙瘩。

将心比心,陈凤生为那开小差的人担忧起来。我们有三人做伴,并有火把照明,行路尚且如此艰难。他孤零零一个人,又没有什么照明的东西,肯定是寸步难行的。万一有个三长两短,我们就不好对他的家人交代了。

前面传来了狗叫的声音，原来是一个村庄到了。这时，透过火把的余光，陈凤生发现路旁的一块大石头上，孤零零地坐着一个人。

"什么人？"陈凤生走近那人，用手枪指着他，问道。

"别，别开枪。我是这个村子的人。"那人慌张地说。

"都深夜了，为什么不回家睡觉去？"

"我在等一个人，他叫我给他准备一些松明火把，在这路口等着他。"那人说。

这时，陈凤生他们才发现，那人的脚边，确实放着一堆松明火把。

"他是哪里人？"卢子敬问。

"龙泉道太乡坑口村人。他说前几天到安岱后去办事，今晚有急事要回坑口。"

"看来他要等的人，就是我们要找的人。"陈丹山对陈凤生说。

"这么说，你还没有等到那个人？"陈凤生又问。

"没有。"

"他跟你说好从这里过的？"

"是的。"

"看来，他还落在我们的后面，"陈凤生判断说，"我们还得往回找。这位老乡，你愿意跟我们一起去找人吗？"

"跟我说好叫等他，结果没有来，十有八九是出了意外。这黑灯瞎火地走夜路，总让人放心不下。这样吧，我跟你们去找人。多一个人，也多一份胆量。"那人说。

"你们是什么关系？"陈凤生问。

"他是我的一个远房亲戚。听他说，他去安岱后之前，他那七十多岁的老父亲，就水米不进好几天了。"

"这样的话，我们更要抓紧时间找到他了，"陈凤生指着地上的松明火把，说，"把这东西也带上吧！万一我们的用完了，也好续上。"

回程的路虽然熟悉了点，但因为在暗夜里，四个人走起来并不轻松。

突然，陈丹山听到路旁的树丛里传来一个微弱的声音："救——救——我！"

"有人！"他叫了一声。其他三人循着声音找去，终于在树丛里发现了一个满头是血的人。

"你看看，这是不是让你等他的人。"陈凤生对同行的那个人说。

那人走上前，将那伤者仔细辨认了一下，说："是的。"

卢子敬探了一下伤者的鼻息，说："还有一口气。"

"我来背他！"陈凤生说着，蹲下了身子，让其他三人帮忙将伤者扶到了自己的背上。

将伤者背回安岱后，进行了简单的清洗和包扎之后，伤者终于苏醒了过来，于是道出了受伤的经过。

原来，尽管他比陈凤生等三人早离开安岱后，但因为担心举火把会引人来追，他只好摸黑走路。深一脚浅一脚的，大半天也挪动不了几步。

这时，他看见后面有人举着火把追上来了，于是慌不择路，开始奔跑起来。没提防被一块石头绊了一下，倒地后又被另一块石头碰了一下，翻了几个身后，被一丛小树给挡住了。这以后，他便失去了知觉。

过了好长的一段时间，他终于有了知觉，想爬起来走路，只觉得脑袋有千斤重。正担心自己要喂了豺狗，却看见了火把，于是发出了求救的声音。

"你为什么要一个人私下离队？"陈凤生问道。

"我要赶回去见父亲的最后一面。"

"那你也要请假呀！"

"我怕请假你们不批准。"

"像你这种特殊情况，我们肯定会批准的，"陈凤生说，"而且我明天就可以批给你三天的假。只是你这副样子，回去怎么见你的家人？"

"我只是头部受了点外伤，不碍事的，"那开小差的人说，"我做了错事，害得大家为我操碎了心，希望两位总指挥开恩。"

"探亲三天回来后，你要就此事向大家做出深刻的检讨。"卢子敬说。

"看来我们的请假制度还有待完善。"陈凤生说。

得知陈凤生等人将开小差的人找回来了，黄富武和李树正也赶了过来。了解到事情的原委后，两人悬着的心终于放下了。

"我做的错事，还惊动了军分区的领导，真的过意不去。"那人说。

"看在你是孝子的分上，处分可以免了。但公开检讨是必须做的。"黄富武说。

一天晚上，卢子敬和游击队队长们正在讨论白天学习的内容，一个游击队队长突然向卢子敬提出了一个问题："我们是因为贫穷要起来造反。你是大户人家出身，家里不愁吃不愁穿，还有一份稳定的工作。你为什么要走造反这一条路呢？"

"我们参加革命工作，不能只想着自己的事情，还要想着天下百姓的事情。在这个社会，像我这样衣食无忧的人毕竟是少数，绝大多数的人还是过着缺衣少食的生活。因此，这个社会是不公平的社会。我们起来革命，就是要推翻这不公平的社会，把少数人占有的财富分给大多数的人。我读的书多，看得也比人家要透。听说共产党和红军是为贫苦大众谋幸福的，这与我的信仰刚好契合，于是我就投身革命了。"

"听说为了参加革命,你的祖宅都被人烧了,你不觉得可惜吗?"

"干革命是要付出代价的,关键看这代价付出得值不值。如果一个人付出的代价,能够使大多数的人获得幸福,这个代价就付出得有价值。如果我的祖宅被烧,能够换来浙西南人民的幸福安康,那么,它就不值得去惋惜,我应感到自豪。

"干革命,一定要处理好得与失的关系。干革命要有得,没有得就失去了动力。但如果仅仅把眼光盯在得上,一旦这得不能满足自己的要求,就发牢骚、闹情绪,这样的人不能叫革命者,只能算一个投机分子。干革命同样会有失,如果对这失十分吝啬,一点个人的损失都不肯接受,这样的人同样不能算革命者,只能算一个吝啬鬼。在真正的革命队伍里,是不允许有这种投机分子和吝啬鬼存在的。"

"再问一个问题。如果有一天,需要你为了革命事业,献出自己的生命,你会怎样去做?"

"只要我认为值得,我就会义无反顾地去做。祖宅可以献出去,身家性命又何足惜?如果为了保住项上的头颅,而苟活于乱世,甚至卖身投靠,不惜出卖国家民族的利益,这种千夫所指的行为,我卢子敬不屑为之,更对此嗤之以鼻。"

在场的游击队队长们听了卢子敬的这番演讲,无不为之动容。认为这不仅仅是一次谈话,更是一次人生观和价值观的教育,让他们受益匪浅。

突然从挺进师传来消息:挺进师第一纵队在与敌人的一次战斗中,损失惨重。要陈凤生他们配合,接收一批伤员。

第二十四回

挺进师筹办卫训班，卢子敬辅导传真经

小小的安岱后村，一下子转来了十多位红军的伤员，这让总管陈丹山显得有点手足无措。

如果只是解决一下伤员的生活问题，那不过是小菜一碟。现在的问题是：这些伤员不仅需要生活，而且迫切需要得到治疗。

就在陈丹山为难之际，挺进师卫生部部长朱干来到了安岱后。

"朱部长，终于把你等来了，"陈丹山问道，"你带了多少医护人员过来？"

"我目前是光杆司令，"朱干说，"准备在你们这里竖起招兵旗，招兵买马来了。"

"招兵买马，"陈丹山说，"这临时抱佛脚，还来得及吗？我这里可是有十多位伤员等着人去医护呢！"

"我们可以现学现卖的。"

"现学现卖？"

"一边培训，一边实践。"朱干说着，从公文包里拿出了一份文件，把它递给了陈丹山。

这是挺进师师部发的一份关于在安岱后举办卫生人员短训班的文件。根据目前根据地发展和伤员增多的情况，师部决定由卫生部牵头，组织一期卫生人员短训班，从松阳、遂昌、龙泉、泰顺等地前来参军的青年中，挑选十几名有高小以上文化程度的男青年，进行为期十五天的培训。

"需要我们做什么？"陈丹山问。

"教员和学员下午就会陆续报到，你先负责把他们给安顿下来。其他的事情等报到完成后再说。"

从报到统计的情况来看，学员有十五名，而教员只有一名姓赖的医生。

当天晚上，举行了卫生人员短训班开训的筹备会议，出席会议的除了朱干和那位姓赖的医生外，还有陈凤生、陈丹山、卢子敬和张小妹四人。

朱干首先讲话，他说："这个短训班由我和这位赖医生负责教学和模拟实习的指导，主要课程有人体解剖概要、战场急救的一般原则与方法、几种常见药品的应用等。

"因目前挺进师的药品奇缺，师首长嘱咐我们充分利用浙西南地区中草药资源丰富，民间中草药和土医多的特点，在短训班开设中草药医学知识的课程。我和赖医生都是学西医的。只好麻烦三位地方上的同志，为我们推荐几位土医，来协助我们进行这方面的教学活动。"

"我推荐陈德佑，"陈凤生说，"他平时经常给人接骨，会给人治刀伤。"

"我们太需要这方面的人才了，"朱干说，"还有吗？"

"我可以推荐我自己吗？"陈丹山问道。

"这叫毛遂自荐，当然可以，"朱干问，"你有哪些中医药方面的技能？"

"我看过一些中草药方面的书，经常会给村里人看一些头疼脑热方面的小毛病。"

"这样一来，中草药方面的外科、内科主讲人全有了，"朱干担心的困难，没想到就这样轻而易举地解决了，他高兴地说，"根据目前安岱后有十多位伤员急需医护的实际情况，我们还准备从安岱后的妇女中，挑选八九个稍有文化知识的人，参加医护方面的培训。"

"张小妹，这项任务就交给你了。"陈凤生说。

"我又不懂医护知识。"张小妹为难地说。

这时朱干插话说："你只需要将参加培训的人挑选出来并组织起来就行了，剩下的事情由我们来做。"

"这个没问题。"

经过紧张的筹备，卫生人员培训班如期开训了。当时的教学条件之差，几乎令人难以想象。没有教材，只能由教员口述，学员做简单的笔记；没有教室，祠堂就是课堂；没有黑板，只好用门板代替；没有课桌，就用农家的吃饭桌。

陈德佑和陈丹山的授课以口传为主，加之以采集和处理中草药的实践。为了加深学员们对各种中草药的识别以及对中草药药理的认识，他们常常把学员们带到山上去，告诉他们哪些草药喜欢生长在光线充足的地方，哪些草药喜欢生长在光线阴暗的地方，哪些草药喜欢生长在干燥的地方，哪些草药喜欢生长在潮湿的地方，哪些草药要用它的根部，哪些草药要用它的枝叶，哪些草药要用它的花果，等等。

"我找到人参了！"一次上山采药时，一位学员兴奋地叫了起来。

大家都被这叫声吸引了过去，陈丹山和陈德佑也跟了过去。发现在那位学员脚下的草丛里，生长着一株植物。它的茎一根直上，绝无分权。至五十厘米左右，才长出叶子来，七片叶子均围着茎向四周延伸出去。然后茎继续一根独上，至二十厘米左右，轮生出五片叶子，叶子的中间顶着一朵花。

"这不是人参，"陈德佑指着那株植物说，"这种植物学名叫'七叶一枝花'。你们看，它下面的叶子是不是七片，上面是不是顶着一枝花？俗名又叫'重楼'，你们看，它整个的造型像不像一幢二层楼的房子？底下至七叶部分是一层，七叶至花又是一层。这是一种治疗毒蛇咬伤的药。取它的根部晾干，用时蘸水在瓦片上磨，用磨出的汁液涂在毒蛇咬伤处，一段时间后，毒蛇咬伤可愈。"

"人参性寒，所以多生长在北方地区，在东北的长白山地区分布较多。在浙西南这种温暖的地区，是长不出人参来的。"陈丹山补充说。

"那我们要不要将它采回去？"那位学员问。

"既然发现了，就采回去吧，"陈德佑说，"说不定什么时候，我们的战士被毒蛇咬了，可以用。"

草药采回来后，他们又手把手地教给学员们如何处理这些草药。有的要清洗后熬汤让伤者服下，有的要捣碎后敷在伤者的伤口上。

与此同时，由张小妹牵头的安岱后妇女医护培训也在紧张进行中。有一天，赖医生临时有事去了随军医院，让谁来接替他给妇女们上课呢？

"子敬同志，听说你出身医家，接触过一些医书。你能不能给妇女们开上一课？"朱干病急乱投医，这样对卢子敬说。

"那我就滥竽充数一下吧。"卢子敬谦虚地说。

"我今天要给大家讲的，可以分为两部分，"卢子敬站在张小妹等妇女面前，开始了他的授课，"首先，我要讲的是伤员的护理。一般留在地方上治疗的伤员，都是行动不便的。对他们的护理要特别小心。肢体骨折的伤员，在固定好伤处之前，不要轻易触碰伤处。如果碰到敌人来搜查，要设法将伤员转移到敌人不容易查到的地方，如地窖、山洞等。地窖、山洞比较潮湿，伤员不宜长久待在那里。敌人搜查过后，要及时将伤员移出来。在地窖、山洞里，可以先铺上厚厚的稻草，再将被褥放上去，这样能起到很好的防潮作用。红军战士刘亨云在我家养伤时，我就是这样护理他的。

"其次，我要讲的是医的问题。对症下药，是医生的事情，不用我们操心。我们所要关心的，是药怎么用的问题。一定要按照医生的嘱咐，定时定量地给伤员用药。定时，就是不要误了用药的时间；定量，就是严格掌握用药的量，不能多也不能少。还要学会处理伤口。每次处理伤口时，都要进行消毒。消毒一般用酒精。但酒精是稀缺品，不容易搞到，这时可以用盐水来代替。用盐水来消毒，伤员会比较痛苦。所以动作要小心谨慎。治疗外伤的药有冰片、硼砂粉或拔毒生肌散等，这些药你们以后都会接触到。

"治疗外伤，民间有许多偏方。我们要学会搜集和使用这些偏方。这样，随着医护实践的增加，我们的医护水平才会不断提高。我在给刘亨云治病时，就用了一个偏方。"

"什么偏方？"底下有人问。

"说出来许多人不敢相信，我用的是牛粪。"

"牛粪也能治病？"

"其中的道理不是一两句话就可以讲清楚的。我以后慢慢给你们讲。"

"给我讲讲你们的战斗故事吧！"一天，在护理一位腿部受伤的伤员时，张小妹为了缓解伤员的疼痛，引开他的注意力，于是这样说。

"我没有什么故事好讲。"那位伤员有点腼腆地说。

"就说说你这次是怎么受伤的吧！"

见不好推辞，于是那伤员滔滔不绝地讲了起来："作为挺进师的主力，我们第一纵队辗转于浙西南和闽北一带。一天，我们来到了景宁和泰顺交界的台边村。我们侦察排穿着便衣走在队伍的最前面。

突然，我们发现有一股国民党兵，正向我们开过来。我们仓促应战，经过半小时左右的战斗，消灭了敌人的一部分，剩下的敌人仓皇逃窜。后来得知，敌人属于泰顺县保安基干连，有一百余人。由于是地方武装，战斗力不强，因此轻而易举地被我们打败了。

"不是冤家不聚头，第二天，在里光村，我们又与一股敌人相遇了，原来他们就是头天被我们打败的泰顺县保安基干连的残部。由于在头天的战斗中，他们已被打怕了。所以这次一见到我们，马上缴枪投降了。

"我们继续向司前进军。在司前，召开了军事会议，决定兵分两路。一路向泰顺县城进逼，迫使敌人龟缩在县城里不敢出来。一路去攻泰顺第二大镇百丈口。百丈口敌军闻风而逃。我军不费一枪一弹，就拿下了百丈口，缴获物资无数。此后，我们奉命撤出百丈口，向景宁方向转移。

"由于前面几次打了胜仗，这滋长了战士们骄傲轻敌的思想。第三天，当我们的队伍在福建寿宁县上村宿营时，由于疏于防范，遭到国民党闽保二团马洪深部的偷袭。闽保二团是训练有素的正规部队，这场战斗我们打得很艰苦。部队被打散后，三天后才得以重新聚集。统计了一下，我们共牺牲战士十三名，受伤四十余名，损失长枪十三支和通信器材一套，丢失白银九担（每担约八百元），政治特派员姚阿宝失踪。"

"那你是怎么受伤的呢？"张小妹问道。

"我参军后不久，就被分配在侦察排担任排长的职务。部队里大小的军事会议，我都参加了。闽保二团偷袭的时候，我们正在睡觉。由于连日行军打仗，我们的战士十分疲乏，一躺下就和衣睡着了。听到枪声后，我仓促地跳起来，组织大家抵抗。这时，一颗手榴弹扔了过来，把我的脚背砸了一下。就在我喊着'卧倒'，将一名战士压在我的身下的时候，手榴弹爆炸了。于是我就成了伤员中的一员。"

张小妹检查了他的伤势，右腿膝盖以下血肉模糊，有的地方白骨都露出来了。听医生说，他的这条腿怕是保不住了。这一点，她没敢跟他说，心里直为他惋惜。

"大姐，我这伤要多久才能治好？"

"医生说还要很长时间。你就安心养伤吧！"

"我想早一点伤好归队。"

"治疗伤病的事，急不来的。"

由于药品缺乏，消毒用的酒精是用盐水来代替的。当张小妹用镊子夹着棉花球，蘸着盐水去清洗伤口时，尽管动作已经很轻，但她还是发现那人抖动了一下，顿时眉头紧锁，牙关紧咬。

"很痛是吧？"张小妹连忙拿起毛巾，替他擦去额头上的汗水。

一天，朱干正在给学员上课，来了一名红军战士，把他叫了出去，交给了他一份文件。

看着这份文件，朱干的脸色阴沉了下来。

第二十五回

保安团三路大"清剿"，粟师长布阵退强敌

朱干接到的是挺进师师部发下来的一份紧急文件。文件大意是，国民党浙江省主席黄绍竑调集了浙闽赣三省保安团十个团共万余人，拟对浙西南革命根据地进行"清剿"。鉴于敌人来势凶猛，师部责成朱干着手随军医院的搬迁工作，立即返回师部复命。

朱干赶回师部时，正赶上师部召开的敌情分析会。师长粟裕就当前的敌情发表了看法。他说："表面上看，这次黄绍竑调集了浙闽赣三省保安团十个团的兵力。其中有浙保一团、二团和三团，再加上士官教育团一个团。对这个士官教育团，大家千万不要小看。它被称为黄绍竑的'怀中利剑'，其兵员全部由士官组成，战斗力非同一般。这次黄绍竑将它派出来，一为显示其与我军对抗到底、不惜破釜沉舟的决心，二为监督各路保安团的行动。除了浙江方面的四个团外，还有闽保一、二、三团和赣保一、二、三团，总兵力不下万人。而我们挺进师的五个纵队加起来，才一千五百人。加上松阳、遂昌、龙泉三地的游击队，勉强可以凑成三四千人。敌我兵力之比约是三比一，我们处于明显的劣势。

"当然，这是国民党保安团的一次跨省的联合行动。我早就说过，国民党各地间派系林立，钩心斗角。以黄绍竑的资历，他可以指挥浙江的四个团，未必指挥得动来自福建和江西的其他六个团。其他六个团的指挥官，未必会买黄绍竑的账。如果是这样的话，我们的对手就少去了十分之六。以我们的三四千人去对付黄绍竑的四千余

人，我们在兵力上占的劣势很小。"

"战场上的较量，并不只是兵员数量的比较。军事史上，以少胜多的例子不胜枚举。关键要看部队的战斗力如何。从战斗力方面来看，我们真正能打仗会打仗的只有一个第一纵队，在闽保二团马洪深部的偷袭中，第一纵队元气大伤，恢复尚待时日。其他的四个纵队和地方游击队，战斗力就比较欠缺了。尤其是地方游击队，几乎没经过什么战阵。我们的对手四个团，个个都是训练有素的。何况这当中还有一个王牌团即黄绍竑的士官教育团。所以，从战斗力来分析，我们就大大不如人家了。"

"这样的仗怎么打好呢？我的意见是，打蛇要打七寸。这次我们就专拣黄绍竑的王牌来打。首先，敌人估计我们吃柿子专挑软的捏，我们就来个反其道而行之。再者，因为是黄绍竑的'怀中利剑'，士官教育团难免要骄傲轻敌，这一点是我们可以好好利用的。到时，我们要集中一纵队的全部力量，去啃士官教育团这块硬骨头。万一我们将这块硬骨头啃下来了，或许只是啃掉其中的一部分，其他三个团必求自保。来自福建、江西的敌军就会不战自退。"

"当然，我们也要做好啃不下这块硬骨头的最坏的打算。师部机关及随军医院、兵工厂等，要尽快转入地下。能隐藏的隐藏起来，能分散的分散开去。"

"据悉，黄绍竑的士官教育团，已进抵浙赣铁路沿线督战。其他三个团已分别进抵衢州、金华和丽水。闽保的三个团目前驻扎在建阳，赣保的三个团目前驻扎在上饶。鉴于目前的敌我态势，我命令：第一纵队刘达云部，秘密开赴浙赣铁路沿线，寻找士官教育团进行决战。第二纵队负责防守遂昌方面的来敌，第三纵队负责防守松阳方面的来敌，第四纵队负责防守龙泉方面的来敌。第五纵队作为预备队。各地游击队要配合第二、三、四纵队，做好守土保境安民的工作。除第一纵队外，其他各纵队和游击队，均以游击战迷惑敌人，迟滞敌人的进攻。力求坚持七天以上。"

粟裕讲话之后，各纵队和各游击队负责人，又分组制订了较为详尽的作战和防御计划。

当天晚上，第一纵队的三百余人就悄悄出发了。他们一方面派出便衣，侦察刺探敌情，一方面昼伏夜出，尽量绕开大路和村庄，慢慢地向黄绍竑的士官教育团接近。

在金华和衢州之间的浙赣线上的龙游古镇，黄绍竑的浙闽赣三省"清剿"指挥部就设在这里。此刻，他正在听参谋长汇报各部队的开进情况："目前，浙保一团已经由衢州开进至遂昌北界，二团已进抵宣平之柳城，三团已进抵松阳之靖居一带。另外，闽保的三个团已经进抵浦城，正在浙闽边界地带构筑防御工事。赣保的三个团已经进抵玉山，正在浙赣边界地带构筑防御工事。我军对粟裕所部的合围态势已经形成。只等黄主席一声令下，我万余人马即可将粟裕所部包围于浙西南弹丸之地。到时，将匪首粟裕、刘英擒获，自然不在话下。"

"知己还须知彼。共军粟裕所部有什么新的动向吗？"

"据目前我们掌握到的情况，粟裕所部采取的是消极防御的策略，企图凭借他们对浙西南地形熟悉的优势，与我军抗衡。其所部号称五个纵队，实有兵力不足两千。在这五个纵队中，战斗力最强的是第一纵队，其他几个纵队战斗力平平。至于那些由乱民组织起来的游击队，一者因为组建的时间不长，二者因为大多数未经战阵，其战斗力几乎为零。所以，就敌方的态势来看，已呈必败之势。人说粟裕善于用兵，在我看来，也不过如此而已。"

"请介绍一下，下一阶段各部的推进计划。"

"下一阶段，浙保一团要推进至遂昌坡口一带，二团要推进至松阳大东坝一带，三团要推进至龙泉安仁一带。这样，我们就可以确保将粟裕所部压缩在松阳、遂昌、龙泉交界的弹丸之地，聚而歼之。当然，如果闽保的三个团可以越过浙闽边界进入龙泉，赣保的三个团能够越过浙赣边界进入遂昌，则我们的胜算可能会更大一些。"

"闽保和赣保的人，会配合我们的行动吗？这帮自私自利的家伙，只知道保住自己的地盘，私心太重了。"黄绍竑叹了一口气，说。

"这就需要总指挥动用你的尚方宝剑了。"

"我看这把尚方宝剑未必顶用，"黄绍竑摇了摇头，但还是拨通了福建省政府主席陈仪的电话，请他电令下属的闽保三个团越界进入龙泉，"望我们精诚团结，紧密合作，完成剿共清匪之大业。"

"黄兄此言差矣，"陈仪在电话里说，"你我身为一省之军政长官，理应为当地的安全着想。如果共军粟裕部流窜至福建，陈某人当举全福建之力聚歼之。如果我们越界行动，你黄兄肯定不会说三道四，但旁人的嘴巴你是堵不住的。要是有人说我陈某人觊觎你的地盘，想借消灭粟裕之机，在浙西南分一杯羹。我陈某人岂不成了千古罪人？

"我部三个保安团在闽浙边界摆开阵势，实际上就是陈某人授意的。这一者可以保我福建不受共军袭扰，二者可以截断共军粟裕部向福建逃窜的道路，帮助黄兄将粟裕所部歼灭在浙西南敌区。黄兄你感谢陈某人的话不说，反倒埋怨我行动不力。陈某人真的成冤大头了。"

"陈兄既然把话说到这个份上，我就不勉强了。不过我还是希望你们扎紧篱笆，狗急了也会跳墙的。"

"这些事就不劳黄兄操心了。"说完，陈仪挂断了电话。

"你都听见了？这些党国的官僚，就是这样敷衍塞责的。看来我们只能靠自己了，别人都是靠不住的。"黄绍竑愤愤不平地对参谋长说。

"要不要给江西省主席熊式辉去个电话？"

"还是免了吧！我不想徒费口舌。"

"还有一个问题，浙保的三个团将在三天内到达指定的位置，是否考虑将士官教育团的位置前移一下？"

"这是理所应当的。督战嘛，总是离前线部队近一点好。"

"那好，三天之内，士官教育团随同指挥部一起进抵龙游溪口，如何？"

"就按你说的去办吧！"

就在黄绍竑率士官教育团进抵溪口的当天晚上，挺进师第一纵队也在溪口附近的一个地方隐藏了起来。

第一纵队队长刘达云打着手电正在看作战地图，这时，一个穿着便衣的侦察战士向他报告说："敌人的士官教育团已经抵达溪口，我们的机会来了。"

"敌人的布防情况如何？"

"敌人共有三个营。一营的三个连驻扎在溪口镇里，二营的三个连驻扎在城外的土地庙里，与一营成掎角之势。三营的两个连前出比较多，已进抵遂昌北界一线了。听他们说，今晚要赶到北界去宿营的。"

"那我们就吃掉这前出的三营！"刘达云一拳砸在地图上，说，"通知各部，立即向北界出发！"

在部队出发的路上，刘达云又把几个大队长召集起来，决定由一大队和二大队执行主攻任务，三大队负责阻击溪口增援的敌军。"进攻时要快，力求速战速决，争取在溪口援军到达之前结束战斗。"

在北界，士官教育团三营刚驻扎下不久，传令兵刚架好连接指挥部的电话，枪声突然像爆豆似的响了起来。

"谁在打枪？"敌营长问身边的副官。

"我也不清楚。"副官回答说。

"还不快去看看！"

副官的脚刚跨出门，就碰到一伙人，其中一个人用手枪顶住他的脑袋说："我们是中国工农红军挺进师，你们被包围了，还是赶紧投降吧！"

敌营长想拨打电话求救。电话刚拨通，一颗子弹飞过来，他顿时倒在了地上。

"喂，喂！"听筒里传来了对方询问的声音。

刘达云上前拿起听筒，说："我们是中国工农红军挺进师第一纵队，我是纵队长刘达云。今天我们将你的三营收拾了，以后再来修理你们！"说完，撂下了电话。

电话那头，黄绍竑和参谋长惊得目瞪口呆。

"共军用兵一向是避实就虚，这次为什么反其道而行之呢？"参谋长不解地说。

"这就是粟裕用兵的神奇之处。你说粟裕用兵不过如此，你犯了轻敌冒进的大错误。"黄绍竑对参谋长说，"你不是说共军粟裕部已经龟缩于浙西南弹丸之地，凭险固守的吗？难道这支部队是从天上掉下来的？"

"神兵天降啊！"参谋长喋喋不休地说。

"哪有什么神兵？是我养了一头猪。"

"要不要传令下去，让其他三个团回援？"

"回援？人家正等着打我们的伏击呢！"

"那我们该怎么办？"

"撤！全部撤回去！"

"不清剿了？"

"还清剿个屁！再这样打下去，我的老本都要赔光了。"

胜利的喜讯传到浙西南，整个根据地顿时沸腾起来。

第二十六回

山乍口青年勇当兵，陈丹山金竹筹粮款

随着士官教育团三营两个连被全歼，黄绍竑下令浙保一团、二团、三团全部撤出浙西南，自己则带着残缺不全的"怀中利剑"回杭州修身养性去了。闻知这一消息，陈兵闽浙、赣浙边境地区的保安团也相继撤去。没有了后顾之忧的浙西南地区的军民，又可以挽起袖子大干了。

陈凤生虽然没有直接参与歼灭敌人的战斗，但也经历了敌人大兵压境时的高度紧张。根据粟裕师长的安排，他率领松阳片的游击队，配合挺进师第三纵队，在蛤湖一带构筑防线，阻止浙保二团进入浙西南。而据探报，浙保二团已经进抵近在咫尺的大东坝。浙保二团是一个加强团，全团有一千余兵员，且武器装备精良，人员训练有素。而挺进师第三纵队，只有二百余人，加上松阳各地的游击队，虽然勉强可以凑成千人，但武器装备落后，尤其是各地的游击队，自成立以来，几乎没打过什么仗。要是这仗打起来，谁胜谁负，就是傻瓜也看得出来。陈凤生虽然不露声色，但内心却难以平静。他甚至做好了最坏的打算，下定了杀身成仁的决心。

接着又传来了探报，驻扎在大东坝的浙保二团，没放一枪就撤走了。后来才得知，是粟裕师长的排兵布阵产生了奇效。打掉了黄绍竑的士官教育团的一个营，触到了黄绍竑的痛处，他才不得不下令全线撤兵。陈凤生的心里，除了卸下千斤重担的轻松之外，就是对粟裕的崇敬甚至可以说是膜拜了。

"我一定要更好地工作，来感谢师首长的英明决策。"陈凤生在心里暗暗地发誓。

根据挺进师工作的整体安排，"扩红"是一项重要的任务。在此之前，地方工作团已经在群众中开展了这项工作，但工作开展得很不平衡。有的村子的青年参加红军非常踊跃，像安岱后、枫坪等地。有的村子的青年却如一潭死水，还没等到地方工作团的人上门动员，他们早已躲到不知什么地方去了。与枫坪几村之隔的山乍口，就存在这种情况。每次地方工作团成员走村入户，访谈动员，都吃了闭门羹。

"他们连人都不见，我们这扩红动员的工作怎么做？"工作团的成员向陈凤生叹起苦来。

"让我去啃这块硬骨头吧！"陈凤生自告奋勇地说。

有人嘴上不说，心里却认为陈凤生在夸海口。但陈凤生的心里却十分了然。根据他在浙西南山区生活了三十多年的经验，首先他知道去哪里可以找到那些躲藏起来的适龄青年。其次，乘着挺进师这次成功击退保安团"三省围攻"的东风，他坚信可以动员更多的农民子弟去挺进师当兵。这是他底气充足的一个表现。

这一天，陈凤生在山乍口的村口，碰到了一个老年人，手里提着吃食，好像要去送饭的样子。于是上前打起了招呼："这位老哥，你老这是要下地去吗？"

那老年人瞥了一眼陈凤生，听他的口音像是本地人，于是放松了戒备，对陈凤生说："我那儿子在山上干活，我这是给他送饭去的。"

"在山上干活，挺远的吧？"

"说远也不远，过了那个山坳就是。"老人说着，指了一个方向。

"那为什么不回家吃饭？"

"看你是本地人，我就跟你说实话吧！你不晓得最近这段时间拉丁拉得很厉害吗？"

"那叫征兵，不叫拉丁。"

"还不是那么一回事？"

"征兵是志愿的，拉丁是强迫的，这就是根本的不同。"陈凤说，"国民党为了找到更多的人替他们卖命，不惜采取强拉甚至捆绑的方式来拉人。而共产党为了保护贫苦百姓的利益，动员适合年龄的青年人参军，让青年人高高兴兴地参加革命队伍。"

"你怎么晓得这么多？"

"我也实话跟你说了吧，我叫陈凤生，是安岱后那边的人。"

"陈凤生，这名字挺熟悉的。你不是拉着'青帮'的兄弟投了红军吗？"

"对呀，我现在就在为红军做事。"

"红军近来要拉丁，不，是征兵，有这码子事吗？"

"我就是为这事而来的。听说山乍口这边的年轻人都不大愿意当兵，这是为何？"

"村里老班辈的人都说：好铁不打钉，好男不当兵。"

"当兵可以吃粮，有什么不好？"

"可当兵也会吃枪子。不是说'养儿防老'吗？万一小辈吃了枪子，老辈就没指望了。"

"如果真是这样的话，部队上会给发抚恤金的。"

"到时白发人送黑发人，搁在谁的头上都不会好受的。"

"老哥你这话说的倒是实情。不过，我们送孩子去当兵，不能总想到死。万一他活了下来，到时候就是有功之人，就可以享受很多的荣耀。当兵战死的比例，其实并不如人家说的那么高。一支百把人的队伍，战死三分之一，应该算是很高的了，活下来的也有近七十人。再说，即使战死了，那也是有价值、有意义的死，后人将会铭记他们一辈子的。"

"听你讲起来，还有点道理。"

"这里面的东西，希望你细细地琢磨，暂时想不通也没有关系。我们共产党领导的红军，绝不会像国民党政府那样，用拉壮丁的方式来扩充军队的。"

与老人分手后，陈凤生又在村子里转了几圈，找到了几个人，用拉家常的方式，告诉人们送年轻人参加红军的好处。看看时间已到中午偏后，于是他按照那个老人所指的方向，直奔那山坳而去。

在山坳的一间灰铺里，他碰到了四个年轻人，正聚在一起闲话聊天。

"你们倒清闲，大白天的，跑到这里聊天来了。"陈凤生明知他们是躲避征兵，却不挑明，主动上前打起招呼来了。

见来了陌生人，那四个年轻人你看看我，我看看你，不晓得如何应对。

"最近红军打了大胜仗，你们知道吗？"

四个人有的点头，有的摇头。

陈凤生接着说："在遂昌北界，红军把保安团的一个营三百多人全部包了饺子，缴获了大量的武器弹药。"

看到四个人的兴趣被调动起来了，于是陈凤生接着说："那仗打得就是过瘾。不到半个钟头就结束了。红军未伤亡一人，却击毙敌营长一名，打死敌人一百多名，俘虏近二百人。你们想不想跟着红军去打胜仗？"

"我们老早就想参加红军了，只是家里人不同意。"一个小伙子说。

"当兵的都有枪吗？"另一个小伙子问。

"没有枪，那还算什么兵？"陈凤生说着，从内衣的腰间拔出驳壳枪，在四个人的面前展示起来。

"你怎么会有枪？"

"从敌人那里缴来的呗！"

"我就喜欢使枪弄棒。看到人家打猎，我的手就痒痒的。真想过把使枪打仗的瘾。"

"打仗，可是会流血的，有时甚至要献出生命。"陈凤生说。

"像这样一整天窝在家里，脸朝黄土背朝天，混个半饥半饱的日子，还不如打仗死了好。"

"你们真的不怕死？"陈凤生又问。

"不怕！"四个人异口同声地说。

"那好，请把你们的姓名报给我吧！"

"你是谁？"

"我是陈凤生，安岱后人。"

"你就是陈凤生？人家都说你可神了。有人还要花五百块大洋买你的人头呢！"

"我这人头不还是好端端地长在我的脖颈上吗？"陈凤生开了一句玩笑，说，"像你们这样年纪的人，在村里还有几个？"

"除了我们这四个，还有六个。"

"希望你们回去后，多跟其他六个人说道说道。就说我陈凤生欢迎你们一起加入红军这个革命大家庭。"

"陈先生说话可要算数。"

"一言既出，驷马难追。"陈凤生和四人一一击掌说。

几天以后，陈凤生又一次来到了山乍口，主持了十位青年应征入伍的仪式。十位青年及其家人，享受到了披红挂花、敲锣打鼓欢送的荣耀。

一天，杨干凡找到了陈丹山，向他传达师首长的指示，紧急筹备一批军需物资，以备不时之需。于是陈丹山找到了陈凤生和卢子敬，商量筹备军需物资的事情该从何处入手。

"我看还是到根下、金竹一带去筹吧，"陈凤生说，"这一带土地肥沃，物产丰富，土豪特别多，个个富得流油。不把他们榨点油水出来，太便宜他们了。"

于是，三人一起来到了金竹。为了造成声势，卢子敬发挥了他善于书写的特长，在墙上刷上各种标语："红军是穷人自己的队伍！""打土豪分田地！""组织农民协会！""只有苏维埃才能救中国！"没有墨汁，就将锅底的灰刮下来，放进脸盆，用水调匀来代替；没有毛笔，就用笋壳捆成把来代替。

他们原先以为，这样一宣传，村子里肯定会动起来，老百姓也会出来夹道欢迎的。没想到这标语刷出去后，就像石头沉入海底，没有一点回应。相反，当地的老百姓看到陈凤生他们，避之唯恐不及。

"这里的群众太落后了。"陈凤生愤愤地说。

"也怪我们的地方工作没有做到位。"陈丹山说。

卢子敬却提出了一个问题："会不会有人在进行反宣传呢？"

"肯定有，"陈凤生说，"我一定要将这个家伙挖出来。"

他们开始走家串户地找人谈话，在这当中，陈凤生发现了一个奇怪的现象。有一个人，好像跟定了他们，他们前脚刚迈出一家的门，那人后脚就进了这家的门。而这家的思想工作必定会出现反复。

"这是不是那个进行反宣传的人呢？"陈凤生将自己的疑问向其他两人提出，两人都赞同他的看法。

"我去查一查他的身世。"卢子敬说。这一查，就查出来了。那个跟在三人后面进行反宣传的，既是村里的大财主，又是当地的伪乡长。

"我们就拿这个家伙开刀吧！"陈凤生说。

于是，三人带着一帮红军战士，来到了这个伪乡长的门前。却见大门紧闭，叫了半天也没有人来开门。

"砸锁进去！"陈凤生说着，捡起路旁的一块大石头，一下子就将那锁砸开了。众人一拥而入，打开谷仓，将里面的稻谷全部搬空。打开柜子，将里面的金银首饰全部拿走。临走时留下告示一张，限他们在三天之内，再交出五百块现大洋。

可是，三天过去了，还是不见伪乡长的踪影，就连他的家人也看不到。

"难道他们土遁了？"陈丹山看过《封神榜》，知道那里面有一个会土遁的人，叫土行孙。

"不是土遁了，是藏起来了，"陈凤生说，"我们到哪里去找他们呢？"

"我有办法将他们引出来。"卢子敬说。

"什么办法？"

"这办法叫以退为进。我们假意撤出金竹，其实就在村旁埋伏。伪乡长获知，必然返家。我们再来个回马枪，不怕他不上当。"

"好主意！"

当天下午，三人及红军战士全部撤出金竹，埋伏在村庄旁边的一片树林里。并且派便衣对伪乡长的家进行监视。

傍晚时分，监视的人报告，伪乡长及其家人全部回家了！

事不宜迟，马上行动！陈凤生等人立即出动，首先派人包围了整幢房子，然后三人一起进入伪乡长家中。

"你们是？"伪乡长见到陈凤生一帮人，故作镇定地问。

"我们是中国工农红军地方工作团的。你家的粮食和钱财，我们已经全部征用了。我们留下来的告示，你看到了吗？"

"是这一张吧？"那人说着，拿出了那张告示。

"是现在交现大洋呢，还是改日再交？"

"数目太大了，容我筹集一下。"

"要几天时间？"

"三天吧。"

"你的儿子，我们要带走。"

"凭什么？"

"一手交钱，一手放人。这样的道理你都不懂吗？"

"我懂，我懂。"

伪乡长儿子被扣的消息在村子里传开，群众纷纷向陈凤生他们反映：这个伪乡长的儿子，仗着老子是乡长，在村里横行霸道，胡作非为。因为他的上头有人罩着，老百姓是敢怒而不敢言。

三天以后，那个伪乡长送来了五百块现大洋，还有电池、香烟等物品。看到陈丹山在那里登记财物，他又将一个小包塞到了陈丹山的手里。

"这是什么？"陈丹山问道。

"一百块现大洋，专门孝敬你老人家的。"

"你这是想收买我吗？"

"区区小礼，不成敬意。"

"那我就跟你明说了吧！我们红军一律不准私自接受人家的东西。这一百块现大洋，我就拿来充公了。不过我们还是要公事公办。"

"不是说好，一手交钱，一手放人吗？还有什么公事要办？"

"都怪你那不成器的儿子，在村里太霸道了。不办了他，老百姓这关过不了。"

听说要办了自己的儿子，伪乡长"扑通"一声跪下了："我只有这一根独苗，办了他，我们家就绝后了。"

"这点我们可管不了。据群众反映，你在他们面前说了许多红军的坏话。而且，子不良，父之过。你还是考虑一下，如何保住自己的命吧！"

伪乡长见已无通融的余地，只好一步一趔趄地走了。

当天下午，召开了公判大会，在宣布了伪乡长儿子的种种劣行之后，一粒子弹送他去了阴曹地府。

"你们红军真是为民做主的青天大老爷。"在处决了恶霸之后，老百姓围住了陈凤生等三人，说出了发自内心的话。

"我们红军本来就是替老百姓做主的。今后，希望大家积极配合我们的行动，不要相信坏人散布的各种谣言。"

"那是一定的。"

筹措军需物资初战告捷，而且在这过程中，惩办了恶霸，发动了群众。三个人喜不自胜。

他们的下一个目标，是根下村。由于金竹、根下是毗邻的村庄，红军在金竹筹粮筹款、惩治恶霸、发动群众的事情，马上就传到了根下村。所以，在根下村陈凤生他们几乎没费什么周折，就将粮款筹到了。所不同的是，这次都是土豪们自动送上门的。

两个村的土豪打下来，共筹得粮食五百担、现大洋五千块，以及其他金银细软若干。但这个数目，离师部的要求，缺口仍然很大。于是陈凤生他们，开始寻找另一个目标。

第二十七回

陈凤生抓获假长工，大丘下起获真银圆

陈凤生他们选定的另一个目标是玉岩乡大丘下村的一户土豪。可奇怪的是：陈凤生等三人带着地方工作团一帮人进入此村时，发现不仅这户土豪家是铁将军把门，其他各家也都是门上拴着绳子，或者插着一根短木棒，整个村庄见不到半个人影。

"这是怎么一回事呢？"陈凤生百思不得其解。按理说，知道红军要来，土豪逃到外地去，这不足为奇。其他的村里人只会从打土豪中得到好处，为什么他们也要躲藏起来呢？

当然，土豪家没人，可以砸开锁进去搬东西。以前有时候就是这么做的。但是紧接着就有谣言传出，说红军跟土匪没什么区别，趁主人不在家，就砸开锁进屋里抢东西。在群众中造成了极坏的影响。为此，师首长专门叮嘱地方工作团的同志：在打土豪时，一定要土豪本人在场。没收的东西、数量等一定要让土豪本人过目并签字画押。

要找到土豪的下落，首先必须找到知情的人。而同村的群众，就是最知土豪底细的人。所以，要将打土豪的工作开展起来，第一步就是找到村里人。

如何找到村里的人呢？以前在其他地方用过的方法，一是在墙上刷标语，但收效甚微。二是到各家串门，但门是拴着的，即使开门进去，里面也无人可见。

"我有办法了，"陈凤生说，"叫人回去把何金根叫来。"

"叫何金根来有什么用？"人们都对他的这个举动表示不解。

"来了你们就知道了。"陈凤生却卖起了关子。

何金根被叫到大丘下村时，已是傍晚了。陈凤生对他说："你的厨艺我已经领教过了，现在就是发挥你厨艺的时候。你带几个帮厨的，选那些门上拴绳或插棒的人家，开门进去，替他们做好饭菜。"

"为什么要选门上拴绳或插棒的人家呢？"何金根问道。

"因为他们是贫苦人家。贫苦人家家徒四壁，不用担心小偷进门，所以不会上锁，只用绳子或短棒粗粗应付一下。"陈凤生说。

"家里没人，这饭菜做起来给谁吃呢？"何金根又问。

"这个你不用担心，到时自然会有人来吃。你只负责做饭菜，能多做几家，尽量多做几家。"

何金根他们按照陈凤生的吩咐，替村里的五六户人家做好了饭菜。这时陈凤生下令，全体人员撤出大丘下村。第二天，如法炮制，只是换了另外五六户人家，第三天，还是这样去做，这次又换了五六户人家。

第四天，陈凤生他们又一次进入大丘下村时，发现原先躲出去的人，除了那户土豪外，都已经回到了村里。看到陈凤生他们进村，许多人都主动地走出门来打招呼，邀请他们进屋喝茶。

"你们原先为什么要躲起来？"卢子敬一边喝着热茶，一边与村里人扯起了闲话。

"有人说红军是土匪。红军进村，见东西就抢，见人就杀，见女人就强奸。我们想，家里反正没什么值钱的东西，要抢就随他们抢去。保住性命要紧，于是就躲到山里去了。"

"后来为什么又回来了呢？"卢子敬又问道。

"晚上我们回到家里，发现家里的东西一样也没少。却有人替我们做好了饭菜。我们就知道，红军并没有人家说的那么坏。也就放心地回家了。"

"我们的人做的饭菜好吃吗？"

"比我们自己做的好吃多了。"

"当然，那是厨师的手艺。"

"你们队伍里也有厨师？"

"各种各样的人都有，"卢子敬将话题一转，问道，"村里那户门上挂着铁锁的人，他姓什么？好像还没有回来？"

"我们村的人大部分姓金，他家也是。他们呀，是逃到松阳县城去了。你们在这里，他们怕是不会回来了。"

"他们为什么要逃走？"卢子敬明知故问。

"因为他们家里有钱，怕被你们给'共产'了。"

"他们远在松阳县城，怎么知道我们在不在这里？"

"因为他们在村里有眼线。"

"谁是他们的眼线？"

"那人名义上是土豪家的长工。为了从土豪那里获得更多的好处，就违心地替土豪办事。我们村里人都说他是没骨气的人。"

"这人现在在村里吗？"

"在的。"

"你能带我们去找他吗？"

"你们替我们做饭烧菜，我们理应帮忙的。"

于是卢子敬又叫来陈凤生、陈丹山和其他几个人，在村里那人的带领下，来到了那个"长工"家里。

那"长工"见一下子来了那么多的人，其中也有拿着枪的，顿时吓得说不出话来。

"我问你，你同金财主是什么关系？"陈凤生问道。

"我是他们家的长工。在他家混碗饭吃。"

"仅仅是做长工吗？"

"是的。"

"我看你有点不老实，"陈凤生说着，拔出腰间的手枪，放在了桌子上，"还是不想说实话？"

那人看到了枪，吓得全身发抖，说："那财主去松阳时，叫我替他盯住你们，什么时候你们离开了，就捎个信给他们。"

"我们现在就需要你捎信。"

"现在，你们不是还没走吗？"那"长工"为难地说。

"正是因为我们没走，才需要你来捎这个信，"陈凤生说着，拿起了手枪，指着那"长工"，"你捎还是不捎？"

"我捎，我捎。"那人忙不迭地说。

两天以后，那金姓土豪和家人回到了大丘下村。顿时被陈凤生等人控制起来了。

陈凤生带着一帮人进入土豪家，对他说："我们是中国工农红军挺进师地方工作团的。到你这里来，说得好听一点，是为了向你征收一些钱粮；说得不好听一点，就是打土豪。希望你能好好配合。"

"我们家所有值钱的东西，你们全部拿去吧！"土豪十分慷慨地说。

这倒大大出乎陈凤生的意料。因为在他看来，所有土豪的一个共同特点，就是爱财如命，不到万不得已，是不会轻易交出钱财来的。

经过清点和统计，从这户土豪家里共没收稻谷二百担、银圆五十块，还有其他金银细软若干。全部造册，并让土豪签字画押。

"这倒是怪事一桩，"回到驻地后，陈丹山对其他人说，"从这位土豪家里没收来的现大洋太少了。不够一个土豪的标准呀！"

"看来在他的慷慨背后，隐藏着一大笔的财产。我们太小看这个狡猾的老狐狸了。"卢子敬说。

"我们给他来个回马枪，如何？"陈凤生说。

"在没有掌握确切证据之前，他是不会承认这一点的。"卢子敬说。

"怎么找到他隐瞒财产的证据呢？"陈凤生问。

"看来我们还得去找那个长工。"卢子敬说。

陈凤生等人再次找到那个长工时，那个长工哭丧着脸，对陈凤生等人诉苦说："你们叫我难做人了。"

"为什么这么说？"卢子敬问道。

"你们让我捎假信，把我们东家骗回来，然后抄了他的家。东家把我叫去骂了一通，还说再也不要我做长工了。"

"你还想着继续替他做事吗？"

"东家平时待我不薄。"

"那只是为了笼络你而采用的一种手腕。一旦他认为你已经没有利用价值了，就会将你一脚踢开。现在的情形就是如此，难道你还看不出来？"

"我以后可怎么办？"

"你不是还有一双手吗？可以凭自己的力气谋生的。"

"可我没地可种。"

"接下来我们就要打土豪分田地，到时就有你要种的地了。"

"真的会有田地分给我们？"

"当然。不过在分田地之前，你得再为我们做一件事。"

"什么事？"

"你原先的东家，有什么藏起来的金银财宝吗？"

"金银财宝是他们家的秘密，从来不告诉外人的。"

"那你发现过他们有什么反常的行为吗？"

那长工挠了半天头皮后，终于说："是有一件奇怪的事。"

"什么事？"

"就在你们来这里的前几天，我发现他们在后院挖了一个很大的坑。我问他们坑挖起来做什么，他们不告诉我。第二天，我经过后院时，发现那坑没有了，地面上一丝痕迹都没有留下。"

"你还记得那坑的具体方位吗？"

"好像在靠近西厢房的墙根下。"

"如果我们去挖出财宝，到时会给你记功的。"

"我不要什么功，到时多分点田地给我就行了。"

"这是两码子事。你不要功劳，会给你一点奖励金的。"

于是，陈凤生等人又一次来到了金姓土豪的家里。这次陈凤生可没当初那么客气了，直接拿枪指着那土豪说："有人举报你隐瞒财产，还是老实交出来吧！"

"我家的财产，不是都交给你们了吗？"那土豪困兽犹斗。

"那只是一部分，你还藏着另一部分。不把另一部分交出来，我这枪可不是吃素的。"

"我实在没有其他财产可交啊！"

陈凤生不再跟他闲话，指挥大家来到后院西厢房墙根下，用锄头扒开茅草，挖开泥土，终于挖到了一个陶罐，打开一看，里面全是白花花的现大洋。

这一下，土豪可傻眼了。

"本来没收了你们的钱粮以后，我们就收手的。既然你不老实，隐瞒财产不报，我们就要追究下去了。除了按人口应得到的田地山场外，多占的那些部分，你们要吐出来。我们要将它们，全部分给缺田少山的人。"陈凤生对那土豪说。

陈丹山那边，已经将陶罐里的现大洋清点完毕，共有现大洋八百块。让土豪签字画押后，一行人带着战利品返回驻地去了。

地方工作团乘胜追击，将土豪家的各种契约一起烧毁，将土豪霸占的田地山场按人头平分下去，使老百姓得到了真正的实惠。

而在农会干部中，却出现了殴打老百姓的事。这件事让陈凤生非常苦恼。

第二十八回

卢子敬制止打长工，陈凤生布置打草鞋

陈凤生他们完成了在大丘下征收粮款及打土豪分田地的任务，欲回安岱后向黄富武交差。行经枫坪时，陈凤生突然来了雅兴，要到枫坪乡农会办公的地方去看一看。

枫坪乡农会是卢子敬亲自抓的一个点。听说陈凤生要去农会办公地视察，卢子敬连忙说："让我先去布置一下。"

"不用布置了。这样或许能了解到一些真实的情况。"陈凤生说。

一行人来到了一间门口挂着"玉岩区枫坪乡农民协会"牌子的房间。一位干部模样的人，见一下子来了这么多人，傻傻地站在那儿，不知道该如何应付。

卢子敬指着陈凤生，对那人说："这位是挺进师师部委任的我们这一带农会的总负责人，叫陈凤生。"

那人忙不迭地点头哈腰，马上就泡上了热茶，并叫大家坐下喝茶。

"你们的农会主席老何在哪里？我们的总负责人要见他。"卢子敬说。

那人的回答使人大吃一惊："何主席昨天晚上抓了一名长工，现在还在后堂问话呢！"

"那长工犯了什么罪，要把他抓起来？"陈凤生问道。

"何主席说他给财主当长工，是财主家的狗腿子。"

"胡闹，"卢子敬说，"你马上带我到后堂去！"

此刻，在后堂，一场审讯正在进行着。

"说，你是什么时候开始给财主当长工的？"问话的就是被称为"老何"的农会主席。只见他双眼通红，显然是熬了个通宵。

"三年了。"

"为什么要给财主当长工？"

"家里没田地可种，只好当长工，混碗饭吃。"

"你帮财主干了哪些坏事？"

"我是老实本分的庄稼人，没干什么坏事。"

"还不老实，给我打！"

听到老何发出的指令，旁边的一位农会干部随手操起一根扁担，就往那长工身上打去。

"哎哟！痛死了。"那长工发出了杀猪般的嚎叫声。

"再给我往死里打！看是他的嘴硬，还是我的扁担硬。"老何声嘶力竭地说。

"住手！"随着一声断喝，卢子敬冲了上去，用手架住了即将下落的扁担。

"卢先生，你这是为何？"老何见卢子敬出面制止打人，不解地问道。

"我还想问你呢！你凭什么要抓这个人，而且要往死里打他？"

"他帮财主做事。"

"我也帮财主家做过事，难道我也要挨打，"陈凤生说，"在座的给财主家做过事的人，请举手！"

除了卢子敬外，其他的人纷纷举起了手，就连老何也不例外。

"这么多的人都为财主家做过事，你难道要给每人一扁担吗？你自己也承认给财主家做过事，你为什么不拿扁担揍你自己？"卢子敬义正词严地责问道。

老何被问得脸上一阵子红一阵子白。

"连给财主家做事都要挨打，我这个大户人家出身的人更要挨打了。拿起扁担冲我来呀！"

"你是我们的头，我们哪敢打你？"老何嗫嚅着说。

"平民百姓就敢打了？"

"我只打看不顺眼的人。"

"我看你是借农会的名，公报私仇。看来这农会主席你是不想干了！"

"你的错误在以下两个方面。"陈凤生插话说，"第一，敌友不分。长工是我们的阶级兄弟，他们政治上受压迫，经济上受剥削，因为家里穷，所以要给财主当长工。对他们，我们应该多加同情，千方百计把他们团结到我们的阵营中来。像你这样做，只能把更多的阶级兄弟赶出我们的队伍，成为我们的对立面。这种后果，你考虑过吗？

"第二，违反纪律。革命队伍是有纪律约束的，不能由着自己的性子胡来。三大纪律八项注意中有一条：不打人骂人。骂都不能骂，更别说是打了。而你呢？动不动就要拿扁担揍人。这跟军阀又有什么区别呢？"

"我错了。"老何诚恳地说。

"知道错了，你应该怎么办？"卢子敬问道。

老何马上上前，替那长工解去捆绑着的绳子，把他扶到条凳上坐下，并且对他说："对不起，我错怪你了。"

那长工把脸扭向一边，不理睬他。

"这位兄弟，让你受委屈了，"卢子敬对那长工说，"这样，由我出面，向你求个情，请你原谅他这一回。"

"既然你卢先生发话，我不给面子就说不过去了。"长工说。

卢子敬从口袋里掏出两块大洋，把它塞到了长工手里，说："这点小钱，你拿去治一下伤吧！"

"我受的只是一点皮外伤，哪里用得着这许多钱？"长工客气地说。

"其余的就作为你受委屈的一点补偿吧！请你千万要收下。"

长工只好将两块大洋收下了。

处理好了发生在枫坪乡农会的打人事件后，陈凤生他们回到了安岱后，向黄富武汇报了情况。对陈凤生他们的做法，黄富武表示赞同。"看来克服我们队伍中的军阀习气和土匪作风，有许多事情要做。"黄富武总结说。

"给你们看一份战报，"黄富武说着，拿出了一份油印小报，把它交到了陈凤生的手里。

看着这份战报，陈凤生的表情急剧变化：原先扬着的眉毛，一下子又聚拢了。看完战报后，他又转给了卢子敬。卢子敬一目十行地看过后，又传给了陈丹山。

原来，在最近一段时间，挺进师第一纵队第十五支队在枫坪乡苦竹下村，包围了浙保一团的一部。敌人龟缩在临时修成的战壕里，不敢出来。我们的战士就摸上去，将手榴弹扔进去，炸得他们人仰马翻。随后我军发起了冲锋。苦竹下以盛产苦竹出名，地上满是苦竹被砍后留下的尖利的竹茬。由于红军战士许多是打着赤脚冲锋的，有许多人没有被敌人的子弹打中，却被满山的竹茬刺破了脚，有的竹茬都将脚刺穿了。战斗结果是，我们共歼敌一百余名，自己也伤亡一百余人。有许多的伤员，受伤的部位都在脚上。

"战报看过了，三位有什么想法？"黄富武问道。

"要是我们的红军战士，每人都有一双布鞋的话，也就不会遭受那么多无谓的伤害了。"陈凤生说。

"看来我们的军需供应严重不足。"陈丹山说。

"我们可以发动村里的妇女，为我们部队做鞋的。"陈凤生说。

"那好，这项任务就落实到你的头上了。"黄富武对陈凤生说。

可是，当陈凤生将妇女们召集起来，给她们布置做鞋的任务时，大家纷纷叹起苦来。

"做鞋我们妇女人人都会，但那做鞋面的布料从哪里来？"

"不是我们觉悟低，确实是家里拿不出像样的布料。"

看来大家反映的情况确实存在。难道说因为没有布料，这鞋就不做了吗？

"布鞋做不了，我们可以打草鞋的，好歹草鞋也是鞋。"不知是哪位妇女这样说。

"这个主意不错，"陈凤生马上接上去说，"打草鞋用到的材料稻草和络麻，我们这里到处都是。"

说干就干，妇女们在张小妹的带领下，开始了打草鞋的工作。

俗话说：三个女人一台戏。许多妇女坐在一起，一边打着草鞋，一边谈论着东家的长和西家的短。谈着谈着，有的人就停下了手上的活儿。参加打草鞋的人虽然多，但进展并不快。

"大家别只顾了嘴上的活，手头的活也要抓紧啊！"陈凤生提示她们说。

"你是站着说话不腰疼。"

"要不，你给大家来个示范吧？"

"这帮臭婆娘，算计起老子来了。看来不拿出一手来，是镇不住她们的了。"想到这里，陈凤生搬过一张打草鞋专用的条凳，坐在上面搓起了麻绳，然后用麻绳做出了草鞋的轮廓，再将稻草拧紧，添加到轮廓里面去。不到一个钟头，一双结实而又美观的草鞋就出现在妇女们的面前。

"就照我这样的进度去做，"陈凤生颇为自得地看了一眼妇女们，说，"把你们那嘴上的功夫，全给我用在手上。每人每天打草鞋五双。完不成任务的，到时要挨板子。"

"板子打哪里？是屁股吗？"

"要不要光屁股打？"

"美的你们，"陈凤生说，"哪里不卖力，就打哪里！"

"谁来执行这家法？"

"当然是我了。"陈凤生转向张小妹，说，"完不成任务，你也一样受罚！"

"红军里面有纪律，不许打人的，"张小妹顶了一句，说，"不过姐妹们，我们这是为红军做事，又是我们自愿的。可不能叫人家小看了我们。为了一天五双的任务，加油吧！"

"我们来个比赛，看谁最快完成任务，活儿又做得好？"有人提议说。

"大家说，这个提议好不好？"张小妹问。

"好！"大家异口同声地说。

经过全体妇女的努力，三天下来，共打出草鞋五百双。当陈凤生将这些由安岱后妇女精心编织的草鞋交到黄富武的手里时，黄富武感动得快要掉眼泪了。

"我代表挺进师的全体官兵，感谢你们，感谢安岱后的姐妹们！"黄富武握着陈凤生的手，说。

随着革命形势的发展，在玉岩建立苏维埃政府的工作，被提到了黄富武的议事日程上。

第二十九回

玉岩区成立苏维埃，陈凤生出任区主席

在浙西南特委书记黄富武的案头，放着一份来自挺进师政务委员会的文件。那是一份关于建立中共玉岩区委和玉岩区工农苏维埃政府及主要领导人的批复文件。早在几天前，黄富武已就此事向挺进师政委会请示，没想到这么快就批复下来了。

为此，他专门叫来了陈凤生，与他进行了长谈。

"这是来自挺进师政委会的一份新文件，你先过一下目。"黄富武说着，将文件交到陈凤生的手里。

看到陈凤生看得一头雾水，黄富武对他说："这是官面上的文章，有的东西你还不大了解。干脆还是我跟你说一下吧！"

"我这个老粗，文化水平有限，不能吃透上级领导的意图，"陈凤生说，"你能给我一些点拨，这是最好不过的了。"

"挺进师政委会之所以决定建立中共玉岩区委和玉岩区工农苏维埃政府，是因为玉岩区已经具备了建立的前提条件。"

"都有哪些条件？"

"先说中共玉岩区委吧！建立它首先必须满足一个条件，即党支部的数量达到一定的规模。"

"虽然各村党员的人数还比较少，但据我了解，各村的党支部已经基本上建立起来了。"陈凤生说。

"再说工农苏维埃政府吧！首先，工农苏维埃政府绝不是一个空壳，它要以一些基层组织为依托，支撑起台面。这些基层组织有

农民协会、游击队、妇女会、儿童团等等。"

"这些组织，在我们这地方，已经基本上建立起来了。"

"挺进师政委会批复我们的请示，同意率先在玉岩区成立中共区委和工农苏维埃政府，是想在整个浙西南地区树立一个标杆，借以推动整个地区的工作向广度和深度发展。"

"什么是广度？"

"广度就是扩散的程度。我们不仅要在玉岩区建立苏维埃政府，还要在下属的各个乡村建立相应的工农苏维埃政府或组织，更要在玉岩区之外的遂昌、龙泉等相邻的地区建立工农苏维埃政府，到时，把这些地区的工农苏维埃政府连成一片，织成一张大网。"

"深度又如何理解？"

"深度是指工农苏维埃政府内部的组织及事务的完善程度。尽管我们的工农苏维埃政府还处于草创时期，但我们要通过不断地探索和实践，及时总结成功的经验和失败的教训，来使我们的工农苏维埃政府的组织不断完善，事务安排更趋合理，从而获得广大人民群众的支持与信任。"

"区委书记的职能是什么？"

"主要是关于党组织发展的一些工作，如发展党员，健全下属各级党的组织，开展各种活动，等等。"

"区工农苏维埃政府主席的职能是什么？"

"说得好听一点，就是总揽一个区的军政大权，处理各种民生事务。说得通俗一点，就是替老百姓做主。凡是与老百姓利益相关的事情，要想尽一切办法办好。这是取信于民的关键。"

"老戏里演的官老爷说过：当官不为民做主，不如回家卖红薯。看来我们区工农苏维埃政府主席，干的就是古代官老爷的那些事。"

"你也可以这么理解，"黄富武停顿片刻，接着说，"区工农苏维埃政府主席要求坐堂办公，处理日常事务。你要从安岱后搬到玉岩去住，家里的事情就顾不上了。对此，你的家人不会有什么意见吧？"

"在我们家，我说了算。"

"不过，我还是希望你能将道理跟家里人讲清楚，争取获得他们的支持。你还有其他方面的问题吗？"

"这区委书记和苏维埃政府主席两副担子要一个人来挑，我怕自己承受不了。能不能把区委书记这副担子让别人来挑？"

"这点我们早已考虑到了。苦于一时找不到区委书记的合适人选，因此只能暂时由你兼着，等到我们有了合适的人选，一定会满足你的要求的。

"明天，我们要在玉岩召开成立大会，还要举行授印和挂牌仪式。相关的工作我已经叫杨干凡他们去准备了。到时你要在大会上做个表态发言，希望你做好准备。好了，就先谈到这里，明天我们玉岩大会上见。"

第二天一大早，陈凤生就从安岱后出发了。当他风尘仆仆地赶到玉岩时，发现黄富武已经到了。

大会会场设在村中心的一块空场地上，它的北边是一家财主的老宅，财主被打土豪处死后，其老宅也被没收作为公产，即将成为新成立的中共玉岩区委和玉岩区工农苏维埃政府的办公地点。空场的南边是一条小溪，东边和西边都是店铺。此刻，在南边靠近小溪的地方，用门板搭起了一个临时的台子，台子前面的两根立柱之间，悬挂着一条横幅，上面写着"中共玉岩区委和玉岩区工农苏维埃政府成立大会"几个大字。台前摆放着一张长方形的桌案，桌案上蒙着一块红布。

参加成立大会的有玉岩区五个乡五十四个村的共产党员、游击队员、农民协会会员、妇女会会员，加上本地来看热闹的群众，把可以容纳千人的会场挤得水泄不通。

上午9点左右，大会正式开始。黄富武精神抖擞地走上主席台，向大家挥了挥手，然后双手叉腰，用洪亮的声音开始了他的讲话："农民朋友们，大家好！我是中国工农红军挺进师政治部主任、浙西南特委书记黄富武。今天由我来主持中共玉岩区委和玉岩区工农苏维埃政府的成立大会。有人可能会问，这工农苏维埃政府是怎样的一个组织，我可以回答，工农苏维埃政府就是替劳苦大众当家做主的老百姓自己的政府。国民党在玉岩区有过一个区政府，这个区政府代表的不是老百姓的利益，而是封建财主阶级也就是那些富人的利益，这样的政府，老百姓要来何用？所以，从今天开始，国民党的那个区政府就不存在了。一个崭新的人民当家做主的政府就要成立了！"

台下的群众热烈地鼓起了掌。黄富武继续他的讲话："经过我们的推荐和挺进师政委会的考察，决定任命陈凤生同志为中共玉岩区委书记和玉岩区工农苏维埃政府的首任主席。陈凤生同志想必大家不会陌生，他曾是'青帮'组织在这一带的大头领。红军挺进师进入浙西南后，他积极投身革命运动，为浙西南革命根据地的建立和红军的发展做了大量的工作，得到了人民群众的普遍拥戴和挺进师领导的充分信任。让这样的同志来领导我们新生的中共玉岩区委和玉岩区工农苏维埃政府，我们是放心的，不知道在座的各位放心不放心？"

"领导们放心的，我们就放心！"台下的人纷纷说。

"下面有请陈凤生同志发表就职感言！"

在台下热烈的掌声中，陈凤生健步走上主席台，他向全场行了一个拱手礼之后，说道："非常感谢挺进师的领导对我的信任，以及在场的各位对我的拥戴。我陈凤生虽然才疏学浅，但我有一颗为百姓办事的热心，有替大家办好事的诚心，有不达目的不罢休的恒心。希望大家监督我，批评我，教育我。让我把工作做好，做出成绩来！再次感谢大家对我的信任！"说着，向大家深深地鞠了一个躬。

台下又一次爆发出热烈的掌声。

"下面请陈凤生同志接受中共玉岩区委和玉岩区工农苏维埃政府的大印。"黄富武说着，将两枚用红绸布包着的印章交到了陈凤生的手里。

陈凤生在接过印章的那一刻，已经掂量出了它的分量，顿时觉得自己身上有了千斤重担。"我一定要为老百姓掌好大印，当好老百姓的父母官。"他在心里暗暗发誓。

"下面请陈凤生同志为新生的中共玉岩区委和玉岩区工农苏维埃政府揭牌！"

在黄富武的引导下，陈凤生来到了位于会场北边的财主老宅的大门口。只见大门左右两侧的墙上，已经挂起了两块牌子，上面用红绸布蒙着。

黄富武将一根细竹竿递给了陈凤生，陈凤生用竹竿将蒙在牌子上的红绸布挑开，"中国共产党玉岩区委员会和玉岩区工农苏维埃政府"两列大字，顿时显现了出来。

这时，鞭炮齐鸣，锣鼓喧天，整个会场变成了欢乐的海洋。

散会以后，陈凤生马上就被一群人给围上了。在围着他的人中，有他认识的，更多的是不认识的。

"凤生兄弟，你可要为我们老百姓掌好印、当好官啊！"

"对你这个'泥腿子'区主席，我们会全力支持的，你就放开手脚大胆干吧！"

"该说的我已经说过了，该表态的我已经表态了。接下来就看我的行动吧！"陈凤生这样对大家说。

"请区主席为我做主！"这时，一位四十开外的男子来到了陈凤生的身边，对他这样说。

"你有什么事情，需要我替你做主，就说出来吧！"

"我那十九岁的女儿，还未出阁，在去多福寺烧香时，被那禽兽不如的'罗拔毛'和他的部下给糟蹋了。她觉得无脸见人，就服毒自尽了。此案一直没有结，'罗拔毛'和他的同案犯一直逍遥法外。你既然是老百姓的父母官，就要为老百姓办事，替老百姓申冤。"那人对着陈凤生，声泪俱下地说。

"是啊，一条鲜活的生命，说没了就没了。太可怜了！"旁边的人也说。

"请你放心，这件事我一定要作为头等大事去办。到时一定给你一个满意的结果。"陈凤生对那人说。

"如果你能为我们一家申冤，你就是活着的青天大老爷！"

"此话还是留待以后再说吧！现在我可当不起啊！"

陈凤生这里正在考虑如何缉拿"罗拔毛"，没想到"罗拔毛"在新的地方，又闹出了人命案来。

"多行不义必自毙。"陈凤生不禁说出了这一句。

第三十回

"罗拔毛"再犯人命案，游击队越境缉真凶

自从在玉岩轮奸少女致其自杀身亡，和小陈一道畏罪潜逃至松阳县城后，"罗拔毛"利用他在玉岩搜刮的民脂民膏，上上下下打通关节，终于获得了一个解除玉岩警察分局局长职务，调到松阳与丽水交界处的靖居区派出所任警员的处分。同案犯小陈也只是领到了调离玉岩警察分局，到靖居区派出所任警员的处分。

靖居区派出所是个很小的派出所，全所只有五个人。所长是个老病号，长年待在县城里养病，一年上不了一个月的班。副所长是个百事不管的"逍遥派"，得知新调来的两个人，其中一个曾是老资格的玉岩警察分局的局长，他就更不敢多管事了。这一来，"罗拔毛"这个被解职的案犯，竟然成了靖居区派出所的"太上皇"。加上有"跟屁虫"小陈在旁边为虎作伥，他便更加肆无忌惮。所作所为与在玉岩那时候比起来，是有过之而无不及。

本来，作为一般警员，是没有资格佩带短枪的。但是，他在逃离玉岩时，将警察分局配发给他的短枪也带走了。领到处分后，上头也没有让他交出短枪。于是他就将那短枪又带到了靖居区。这次人命案，就是因那把短枪而起的。

俗话说：狗改不了吃屎。"罗拔毛"到靖居不久，他那雁过拔毛的本性再次暴露出来。趁着当地集市的日子，他叫上小陈，去集市上到处转悠。看到自己喜欢的东西，就以抵税为名，将其据为己有。平民百姓见他穿着警服，佩着手枪，都不敢惹他，只认自己倒霉。

这就使得他更加有恃无恐。

那一天，适逢当地集市，他又带着小陈去集市上闲逛。看到一个猎户模样的人，正在兜售一种叫作"跳麂"的野生动物的肉。"罗拔毛"在县城的一家酒店里，曾经吃过这种野生动物的肉，那味道鲜美极了。于是上前问道："这是什么肉？"

那猎户还以为碰到买主了，于是对"罗拔毛"和小陈说："这是跳麂的肉，可好吃了。吃了它，可以大补元气，还能壮阳呢！像你老这样的年纪，吃这东西最适合了。"

"要多少钱一斤？"“罗拔毛"又问了一句。

"这种东西不好打。猪肉都要六角三分，这跳麂的肉，绝对不能少于这个数。"那猎户说着，伸手张开了五指，又将手掌翻了一个面。

"能再便宜点吗？"小陈问。

"不能再便宜了。"那猎户一点也不松口。

"罗拔毛"突然拔出手枪，顶在那猎户的头上，说："你这是哄抬物价，扰乱市场，我今天要拘捕你！"

"罗拔毛"以为给人家安上个"哄抬物价，扰乱市场"的罪名，人家就会害怕，因此请求自己网开一面。自己便可浑水摸鱼，将跳麂肉据为己有。哪知道这猎户也不是省油的灯，面对着手枪，他竟然脸不变色，说："做生意嘛，本来就是讨价还价的。你嫌我开的价高了，你可以不买我的东西。你以为给我扣上'哄抬物价，扰乱市场'的帽子，我就怕你了。没有这一回事！"

"你还敢顶撞公务人员，我看你是不想活了！"“罗拔毛"收回手枪，打开保险，又一次顶到了猎户的脑门上。

"公务人员也要依法办事。有种你就开枪，将我打死算了。"

"你以为我不敢开枪？我灭了你，就像踩死一只蚂蚁！"

"那你就开枪吧！我倒要看看，公务人员是怎样草菅人命的！"

"我真的开枪了！"

"开吧！不开枪才是孬种！"

只听"砰"的一声，"罗拔毛"扣下了扳机，鲜血和着脑浆从猎户的头上喷出，溅了"罗拔毛"一身。猎户顿时栽倒在了地上。

"警察杀人了！"赶集的人们见发生了命案，纷纷收拾起自己的东西，逃离了这是非之地。

"这，这可如，如何是好？"小陈看到这个阵势，吓得说话都结巴了。

"没事的，天塌下来有我罗保民顶着。""罗拔毛"说着，拉着小陈就走，并顺走了一腿跳麂的肉。

陈凤生是在当地的一份报纸里发现"罗拔毛"草菅人命这一消息的。那个采写消息的记者，还算有点正义感，他给这篇消息加的标题是《派出所警察草菅人命，山里人猎户血溅当场》。

"这个'罗拔毛'，他的气数已尽了。"陈凤生扔下报纸，就去斗潭找卢子敬。

"我要带着游击队，去缉拿凶犯。"见到卢子敬，对他说了"罗拔毛"最近的劣迹后，陈凤生这样对他说。

"靖居区不属我们管辖，我们有权越境去抓人吗？"卢子敬说。

"从管辖地的角度看，靖居区确实不在我们的管辖之内，"陈凤生说，"但从人命案发生地的角度看，他'罗拔毛'是一人二案，其中有一个就发生在我们所管辖的玉岩。我们就以人命案发生地的名义去抓捕他。"

"这样的大事情，我们得请示一下黄富武同志。"

"请示来请示去，我怕误了抓人的时机，到时又让他逍遥法外，"陈凤生说，"你要是不敢担这个责任，就由我一个人来承担好了。"

说完，马上去召集人马了。

卢子敬不敢怠慢，马上去安岱后将此情况向黄富武做了汇报。

听了卢子敬的汇报，黄富武说："凤生同志这次的行动，非常果断。要做成一件事，把握时机十分重要。必要的时候，先斩后奏也是可以的嘛。子敬同志，沉着冷静是你的长处，但因此优柔寡断，就没有必要了。"

再说陈凤生从玉岩的游击队员中，挑选了十位身强力壮的，带上全队所有的枪支弹药，直扑靖居而去。

经过一夜一天的长途奔波，终于在第二天傍晚时分到达了靖居，打听到派出所的驻地后，马上就将它包围了起来。

"我们是松（阳）遂（昌）龙（泉）游击大队的，到这里来，只是为了抓捕几个月前在玉岩犯下命案的真凶罗保民，与其他人并无干涉。"见到了派出所的副所长，陈凤生这样对他说。

"你们来晚了一步。"那副所长说。

"他人走了？"陈凤生问道。

"人还在。只是我们之前已经接到上头的命令，将他控制起来了，因为他还牵涉到最近发生在我们这里的一桩命案。要处理他，也要由我们来。"

"由你们来处理，我担心不会公正，"陈凤生说，"人我们今天是一定要带走的，你放也得放，不放也得放。"

"在我的地盘上，还容不得你来撒野！"那副所长说着，就要去拔枪。

陈凤生早就料到他会来这一手，还没等到他将枪拔出，早已将他拔枪的手按住，并就势夺了他的枪。

"还是赶快交出人来吧！"陈凤生盯住那副所长，说。

这时，小陈刚好从外面回来，看到派出所四周都被人围上了，不知道发生了什么事，想来问一下副所长。见到这个阵势，他拔腿想溜，却被副所长叫住了。副所长对他说："小陈，这个人要将罗保民带回玉岩受审，你带他去提人吧！钥匙你拿去。"

小陈听说他们是来抓罗保民的，担心自己也被牵涉进去，吓得差点尿裤子了。但还是强作镇定，接过钥匙转身就要走。

"慢着，"陈凤生喝止住他，问道，"你叫小陈？"

"是，是的。"

"玉岩的命案也有你的一份。你也要跟我们走一趟。"

小陈拔腿就跑。陈凤生一个箭步冲上前，一个扫堂腿过去，就将他摔倒在地上，随后，像拎着小鸡一样拎起来，重重地又摔在地上。

尽管被摔得骨头都要散架，但小陈始终不敢吭声。

陈凤生叫过两个游击队员，让他们把小陈绑了，并且看住他。自己则拿过钥匙，让副所长带他去提人。

副所长见识了陈凤生的功夫，不敢怠慢，带着他来到了一间密室。

密室里光线很暗，陈凤生费了好大的劲，才看到了在屋角蜷成一团的"罗拔毛"。"你就是罗保民？"他问道。

"是的。你是谁，我不认识你。"

"我叫陈凤生，松（阳）遂（昌）龙（泉）游击大队大队长。几个月之前玉岩的那桩命案，该是了结的时候了。"

"副所长，不是说好我的案子在这里受审的吗？"看到陈凤生旁边的副所长，"罗拔毛"仿佛看到救星，于是向他求援道。

"按照规定，凡是案件发生地的人，都有提审你的权力。既然人家来要人了，我就先让着他。这不过是个时间先后的问题。"

"你不能这样就把我出卖了。"

"别啰唆了，跟我们上路吧！"陈凤生不耐烦地说。

临走时，陈凤生又对副所长说："我们游击队尚处于初创时期，武器弹药非常缺乏，想从你们这里借一点。如何？"

副所长面有难色。陈凤生又说："要不然，让我们将你们的人绑了。这样，武器弹药我们拿走后，你也可以向上司交差了。"

副所长沉默良久，终于点了下头。

从派出所里，共收缴手枪两支、步枪两支、子弹一百余发。于是，陈凤生他们带着战利品，押着两个玉岩命案的真凶，踏上了归程。

等待"罗拔毛"和小陈的，将是人民群众的严厉审判。

第三十一回

陈凤生主持公审会，"罗拔毛"玉岩受极刑

听说新任玉岩区工农苏维埃政府主席陈凤生亲自带着游击队抓捕"罗拔毛"去了，玉岩村的百姓，尤其是那个被"罗拔毛"强奸后自杀的姑娘的父亲，一天要好几次走到村头，翘首等待陈凤生他们押着"罗拔毛"回来。

当陈凤生他们带着缴获的武器弹药，押着"罗拔毛"和小陈出现在村头时，人们"呼啦"一下涌了过去，将陈凤生等一众人围了起来。

"你'罗拔毛'也有今天！"那位父亲突然走到"罗拔毛"的身边，狠狠地甩过去一个耳光。"罗拔毛"的脸上立刻出现了五个手指印。

"罗拔毛"被捆绑着双手，根本无能力反抗，只是对那位父亲翻了一下白眼。

"你还不服是不是？你还我女儿的命来！"那位父亲还不解气，冲过去又要动手，陈凤生伸手将他拦住了。

"他犯下了人命案，我们工农苏维埃政府自然会依法审判他。你的冤一定能申。还是等我们审理清楚以后，再来了结他吧！你现在把他打死了，自然是出了你的气。但是他犯下的其他罪行，我们就不知道了。"陈凤生这样对那位父亲说。

那位父亲这才止住了动手，一口痰水"呸"地吐到了"罗拔毛"的脸上。

看到跟在"罗拔毛"后面的小陈，他又捏紧了拳头。想到陈凤

生对他说的话，他捏紧的拳头又松开了，只是用仇恨的眼光剜了一下小陈。

小陈不敢与他的目光对视，只得低垂着头，像一只斗败了的公鸡。

当天晚上，在玉岩区工农苏维埃政府的大堂上，举行了"罗拔毛"和小陈的公审会。前来准备控诉两人罪行的人和看热闹的人，不仅把大堂站满了，而且把天井也挤了个水泄不通。

"把命案的真凶带上来！"随着陈凤生一声断喝，四名游击队员分别将"罗拔毛"和小陈押上了大堂。

"冤有头，债有主，"陈凤生说，"我们今天召开这个公审大会，就是要让大家当着'罗拔毛'和小陈的面，将他们的罪行揭露出来，把你们的苦水都倾倒出来。下面我宣布一条纪律，这就是'君子动口不动手'，大家能做到吗？"

"能！"大家齐声喊道。

"下面开始控诉。谁第一个来？"陈凤生问道。

"我来，"白天痛打"罗拔毛"的那位父亲站了出来，说，"那一天，我女儿哭哭啼啼地回到家里，我问她为什么要啼哭，她起初还不敢说。被我们逼得急了，才说出了在'多福寺'被人糟蹋的事。那糟蹋我女儿的人，就是人送绰号'罗拔毛'的罗保民和他的帮凶小陈。就是这两个衣冠禽兽。"说着，用手指了指"罗拔毛"和小陈。

那父亲接着控诉道："听了女儿的哭诉，我们非常气愤，纠集族人想找'罗拔毛'等人算账。女儿却趁我们出去叫人的时候，喝下盐卤水自尽了。"

"罗保民，人家对你的指控是否属实？"陈凤生问道。

"我糟蹋了他女儿，这是事实。但他女儿是自杀而死的，这个责任应该由她自己来承担。""罗拔毛"狡辩道。

"这事情总有前因后果。如果不是你糟蹋了人家，人家会去寻短见吗？这个害死人的责任，你是无论如何也推不掉的。"陈凤生凛然地说。

"小陈，你有什么话说？"陈凤生又问。

"我认罪。我们局长，不，是'罗拔毛'，他有个爱玩女人的毛病。我就投其所好，千方百计替他物色对象。有些女人被他玩了以后，不晓得是怕他的权势，还是贪他的钱财，反正都没发生过什么事。这使他更加放肆。那天，当我看到一个颇有姿色的女子在烧香拜佛时，就起了歹意，叫上'罗拔毛'去看货。'罗拔毛'一眼就看中了，让我叫那女子到他的宿舍去，把她给糟蹋了。他出来后，跟我说那女子还是个未开苞的处女，让我也去享受一下。我鬼使神差地，也就跟着放纵了一回。"

"什么放纵了一回？明知人家已经受辱，你还要去蹂躏人家，你这是雪上加霜。我看你就不要再玩避重就轻的鬼把戏了。"陈凤生正色道。

"罗保民，小陈，我问你们，你们以前担任的是国民政府的警察，警察的职责是什么？"陈凤生又道。

"罗拔毛"一声不吭。小陈回答说："警察的职责是保一方安宁，护一方百姓。"

"你们的所作所为，还有一点点警察的样子吗？"

"不只是我们玉岩分局的警察，其他各地的警察都是如此的。""罗拔毛"还想为自己开脱罪责。

"警察代表的是政府的形象，你说其他各地的警察都是如此，那只能说明国民政府已经腐败得一塌糊涂。这样的政府，总有一天要被人推翻的。"说到这里，陈凤生又问道，"还有谁来控诉？"

"我！"说话的竟然是小陈，这多少有点出乎人们的意料。

"你要控诉谁？"陈凤生问道。

"就是这个'罗拔毛',他经常在警局里面聚众赌博,变着法子榨取下属的钱财。"

"他们要把钱输给我,我有什么办法?""罗拔毛"说。

"他们敢赢你的钱吗?你开设赌局,就是变着法子让人家给你送钱。"

"你这'罗拔毛'的绰号倒是恰如其分,连下属也要雁过拔毛。"陈凤生调侃了"罗拔毛"一句。

"我也要控诉!"这时站出了一位村民。

"你说吧!"陈凤生对那人说。

"我要控诉'罗拔毛',他勾引我的老婆,挑拨我们夫妻的关系,害得我妻离子散。"

"自己的老婆管不了,还有脸在这里说别人。""罗拔毛"揶揄他说。

"你能说得详细一点吗?"陈凤生对那人说。

"我们夫妻两个是从小玩到大的玩伴。在'罗拔毛'来玉岩之前,我们夫妻关系一直很好,我们还有了一个儿子。自从'罗拔毛'来到玉岩之后,我发现我老婆经常夜里很晚才回家。有一天,我暗地里跟踪她。发现她进了警察分局,入了罗局长的房,上了罗局长的床。等她回到家里时,我跟她理论,她转述罗局长的话,说我是个没出息的男人,她是一朵鲜花插在了牛粪上。还说要和我离婚。于是带着孩子回了娘家,一去再也没有回头。"

"你老婆要上我的床,我有什么办法?"

"我检举,"小陈插话说,"是'罗拔毛'勾引人家老婆的。他让我送给了人家好多的钱物。"

"都有些什么东西?"

"现大洋送了三次,每次两块。还有一对银手镯、两个耳坠子。"

"小陈检举的是否属实？"陈凤生问"罗拔毛"道。

"罗拔毛"想不到昔日的"跟屁虫"，如今为了保住性命，竟然将自己的老底都揭了出来。在举证面前，他只好承认了这个事实。

"我要控诉，'罗拔毛'强扣了我二百斤厚朴，转手卖给了温州的老板，从中捞了一大笔。"

"我要控诉，'罗拔毛'指使部下强收'人头税'。"

"这'人头税'是怎么一回事？"陈凤生问"罗拔毛"。

"罗拔毛"装起了哑巴。小陈代他回答说："这'人头税'，说得好听一点，叫人头税；说得不好听一点，就叫作保护费。警察维护社会治安，是应尽的责任。可是他说不收白不收。我们只好按人头去收了。"

"总共收了多少钱？"

"每年每个人头一块现大洋，玉岩村有八百来人口，他一共收了五年。具体数目大家可以算出来的。"

"这些收上来的'人头税'都用在了哪里？"

"他说全部用在了分局的日常开销上。可是分局的日常开销，上面是有拨款的。这部分钱肯定被他私吞了。"

"罗保民，你不要以为当哑巴，我们就拿你没辙。有证人检举，我们同样可以给你定罪的。"

"我控诉！"

"我控诉！"

……

公审大会一直开到夜里 11 点多。

"根据罗保民和小陈的罪行及其认罪态度，区工农苏维埃政府将进行合议，择日宣判。"陈凤生说。

第二天上午，玉岩村的大街小巷，都贴出了审判公告。

罪犯罗保民，绰号"罗拔毛"，捕前系松阳县玉岩警察分局局长、靖居区派出所警员。该犯在玉岩警察分局局长任内，生活作风腐化，经常聚众赌博，专门勾引良家女子，破坏人家家庭。更有甚者，伙同部下，将玉岩村某姓未出阁少女轮奸，致其服毒自尽。且巧立名目，向玉岩百姓收取"人头税"四千块现大洋，供自己挥霍。还将百姓财物强行占为己有，从中牟利。实属罪大恶极，不杀不足以平民愤。现依法判处罗保民死刑。在公判大会召开后，立即实行枪决。

同案犯小陈，名字不详。捕前系玉岩警察分局警员、靖居区派出所警员。该犯在主犯罗保民的教唆下，参与了轮奸少女的恶行，对该少女的自杀负有间接的责任。念其在被捕后，能积极配合工农苏维埃政府，检举揭发罗保民的罪行。现依法判处小陈监禁三年。

此布

玉岩区工农苏维埃政府

一九三五年七月十五日

第三天上午，在当初成立区工农苏维埃政府的场地上，举行了公判大会。"罗拔毛"和小陈，被五花大绑着押到台上。他们的背上分别插着写有"强奸案主犯罗保民"和"强奸案从犯小陈"的木牌。所不同的是"罗保民"三字已经被打上了红叉叉。

陈凤生代表玉岩区工农苏维埃政府宣读了审判公告。然后，四名游击队员押着"罗拔毛"来到"多福寺"旁边的一块空地上。在"罗拔毛"向"多福寺"大门投去最后一瞥后，枪声响了，一粒子弹射中了他的头颅，他顿时倒在了地上。几只野狗冲上前去，对着他的尸体一顿撕咬。

此刻，从玉岩村里，传来了燃放爆竹的声音，持续了足足半个小时。

　　玉岩村的村民，自发地筹钱，做了一块"青天在上"的牌匾，敲锣打鼓地送到了区政府，悬挂在区政府的大堂上。

　　陈凤生新官上任的第一把火，点得非常成功，为他赢得了民心。但他没有被胜利冲昏头脑。他要点的第二把火，就是将下属的五个乡五十四个村的工农苏维埃政权全部组建起来。

第三十二回

各乡村普建苏维埃，分田地百姓享实惠

　　玉岩区下辖玉岩、枫坪、安民、交塘、黄南五个乡五十四个村，玉岩区工农苏维埃政府的建立，只是搭起了一个空架子。如果不把下属各乡村的工农苏维埃政权建立起来，区工农苏维埃政府就失去了支撑。再说，各乡村的工农苏维埃政权建立起来了，也可以分担区工农苏维埃政府的一些事务。老百姓就不需要什么事情都找到区政府来了，在乡里或村里就能解决。

　　在与粟裕、刘英同志尤其是黄富武同志共事的过程中，陈凤生深切体会到了共产党人相信群众并依靠群众的工作作风，觉得像建立各乡村工农苏维埃政权这种牵涉面广、工作量大的事情，光靠个别领导人的努力，是远远不够的，还必须借助群众尤其是群众中的骨干分子的作用。

　　为此，他经过摸底，排出了五个乡的骨干分子五十余名，把他们召集到区政府开了一个动员会。在会上，他慷慨激昂地说："几天前，玉岩区工农苏维埃政府成立了。山里的老百姓终于有了自己的政府。新政府成立后办的第一件事，就是抓获几年前发生在玉岩的一桩命案的真凶，把他交给了人民群众来审问，在此基础上判处了凶犯死刑，并执行了枪决。这个举动可以说是深得民心。说起新生的工农苏维埃政府，玉岩的百姓没有不伸大拇指的。

　　"当然，在玉岩区下属的各个乡村，说不定也存在着类似的冤案。老百姓还有许多事情，需要政府替他们撑腰。因此，将乡村各级工

农苏维埃政权建立起来，是迫在眉睫的一件大事。今天把大家召集起来，就是跟大家商量这件事的。"

"要建立乡村的工农苏维埃政权，选好一个领头人非常重要。你们当中的这些人，都是老百姓信得过的各乡村的骨干分子。五个乡的工农苏维埃政府主席，将从你们这五十余名骨干分子中产生。等下大家分组酝酿人选的时候，每组推选出一个人来。"

在各组推选出乡工农苏维埃政府主席的基础上，陈凤生又把五个人单独召集起来，语重心长地对他们说："你们是大家推选出来的信得过的乡主席的人选，就差最后宣布这一个环节了。今后你们下属的各村工农苏维埃政权建立的工作，就要拜托各位操心了。你们可以照搬我现在的做法，也可以在此基础上，创新一些做法。但必须坚持的一个原则，就是从群众中来，到群众中去。"

"能不能让老百姓直接推选村级工农苏维埃政权的负责人？"有人这样问道。

"可以这样来操作。但是，这很有可能会出现票数分散，所有候选人的得票数均未过半，还必须推倒重来的情况。如果你们不怕这个麻烦，也可以试一试。说不定还能形成一种全新的工作模式呢！"

"工农苏维埃政权建立之后，我们要做些什么事？"又有人这样问道。

"至于工农苏维埃政权建立之后如何开展工作，我想在此首先申明一点：我们的政府是老百姓推选出来的，一定要为老百姓办事，替老百姓当家做主。因此，我们不能高高在上，更不能脱离群众。要深入老百姓当中去，了解他们的需求，倾听他们的呼声。老百姓反映比较集中的问题，就是我们工作的重点所在。由于各地的具体情况均有不同，我们很难对此做出硬性的规定。相信大家会根据实际的情况灵活处理的。再次拜托各位了。"

动员会开过之后，以区工农苏维埃政府的名义，发布了一个文件，公布了五个乡工农苏维埃政府主席的名单。陈凤生又亲自去了黄南和交塘两个乡，主持了两个乡的工农苏维埃政府成立大会，为新成立的乡工农苏维埃政府授印、揭牌。

于是，各乡下属的各村工农苏维埃政权建立的工作，在玉岩区各地如火如荼地开展起来了。没过几天，各村级政权负责人的名单，便经过乡政府汇总，上报到了区政府。

这一天，陈凤生坐在区政府的大堂上，正在审阅各乡上报的村级工农苏维埃政权负责人的名单。看到安民乡上报的名单，他特别留意了一下安岱后村，发现上报名单上写着"陈宗儒"。

这个陈宗儒，按辈分陈凤生应该叫他堂叔。他为人正直，敢打抱不平，在老百姓中有一定的威望。将这样的人选出来担任村工农苏维埃政权的负责人，陈凤生是放心的。

"当上了区太爷，就抖起来了。"这刺耳的声音来自堂下。陈凤生抬眼一看，是陈丹山来了。

"哪阵风把你吹到玉岩来了，我的家人都还好吗？"陈凤生请陈丹山坐下，马上给他泡了一杯热茶，并这样问道。

"你家里的人都很好。只是你老婆难耐寂寞，非要跟我来玉岩不可。我说人家去玉岩是办公事，你这私事就不要掺和进来了。她才没有跟来。"陈丹山呷了一口茶水，接着说，"抓住'罗拔毛'，并把他给毙了，这件事你做得好，大快人心！"

"村里工农苏维埃政权建立的这项工作，也开展得不错嘛！才这么几天，这名单就上报到我这里了。"陈凤生说。

"我怎么没听说有这么一回事，"陈丹山却这样说，"由谁来领导咱村的工农苏维埃政权呢？"

"这报上来的名单是陈宗儒。我看这职务倒是蛮适合他的。"

"这名单是怎么产生的呢？我在村里，怎么一点也不知情？"

"你是说这名单没有经过大家推选？"

"绝对没有过。"

那么，这名单是如何产生的，又是由谁报上来的呢？于是，陈凤生马上派人将安民乡工农苏维埃政府主席叫过去询问。

"我们也只是照搬了村里报上来的名单而已。至于它是如何产生的，我们也不大了解。"

"在村级工农苏维埃政权建立之前，你们有没有召开过各村的骨干动员会？"

"开过的。"

"安岱后村是谁来参加会议的？"

"让我想一想，好像是陈德义和陈德佑这两个人。"

"你有没有将工作的流程告诉他们？"

"我反复讲了好几遍的。"

"既然这样，我就要追究责任了，"于是陈凤生对陈丹山说，"你马上回安岱后，把这两个家伙给我叫过来！"

"名单都定下来了，而且你也觉得这人选不错，就不要再追究下去了。"陈丹山劝他说。

"这牵涉到工作作风的问题。如果我这一次不追究，那以后大家都拆烂污，我们这工作还怎么做？"陈凤生说完，突然想到了什么，于是对陈丹山说，"你说找我有公事？"

"那是编出来诓你老婆的。我就征募的事情与玉岩附近的一个村有交接。顺道来看一下你。没想到你居然对我下逐客令了。"

"因为事情紧急，我就不留你住下了，还请你谅解。"

"放心，你的口信，我一定替你带到。"陈丹山说着，拍拍屁股走了。

第二天一大早，陈德义和陈德佑两人就来到了玉岩。面对着陈凤生的严厉责问，他们只好如实地交代了事情的原委。

原来，在参加了动员会之后，他们两人商议回去如何开展工作，达成的共识是：安岱后是远近闻名的模范村，样样工作走在其他村的前面。像这种人选的事情，犯不着走那么繁杂的程序。只要将合适的人选定下来，报个名字上去就是了。于是这名单在由安民返回安岱后的路上，就已经定下来了。

"你们这是在抹黑安岱后，必须就此事做出深刻的检查，"陈凤生对他们说，"而且，陈宗儒这个人选，要在老百姓那里通得过。如果通过率没有过半，还必须重新进行推选。"

虽然在这当中出现了一点小波折，但就总体来看，陈凤生新官上任，所点的第二把火是成功的。

陈凤生要点的第三把火，是将打土豪后没收的田地山场分给老百姓，让老百姓充分享受到其中的实惠。

田地山场怎么分？在老百姓当中存在着两种意见。一种意见认为：田地山场应该分给有劳动能力的人，因此主张按劳动力来分。另一种意见认为：田地山场作为打土豪的红利，应该惠及每一个人，因此主张按人头来分。

陈凤生旗帜鲜明地表明了自己的观点："我们主张在打土豪的基础上来分田地，就是为了调动广大人民群众参与根据地建设的积极性。按人头来分是最合理的。"

分田地山场的方案确定下来之后，接着的工作就是建立分田委员会，各乡村都要建立相应的分田委员会。分田委员会的成员以三至五人为宜。要把那些出于公心，不存私心杂念的人推选出来担任负责人。

为了总结经验、树立典型，陈凤生又发出通知，在安岱后召开全区的分田现场会。

这是 1935 年 7 月中旬的一天，各乡村参加分田现场会的代表纷纷来到了安岱后。陈凤生带着他们实地察看了诸如丈量土地、优劣搭配、现场抓阄、登记造册等一系列分田的程序。

"大家回去之后，一定要很好地组织和完成这项惠及百姓的工作。老百姓是否拥护新成立的工农苏维埃政权，就看我们这项工作完成得如何。"在现场会即将结束的时候，陈凤生跟代表们这么说。

于是，分田地山场的安岱后经验迅速地在全区推广开来。那些分到田地山场的人，个个喜笑颜开。尤其是那些原来没有田地山场，只能靠出卖劳动力来谋生的长工，更是从心底里感谢工农苏维埃政府，感谢共产党和红军。

在陈凤生大刀阔斧地进行工作的同时，卢子敬也领到了一份新的职责：担任挺进师军需处下属的硝磺厂的厂长。

第三十三回

挺进师创办硝磺厂，卢子敬厂长担大任

这一天，在安岱后的松（阳）遂（昌）龙（泉）游击大队部内，副大队长卢子敬正在阅读报纸。那是一份国民党浙江省党部的机关报——《东南日报》，是他花钱叫人从松阳县城里买来的。自从陈凤生去了玉岩，坐镇工农苏维埃政府的大堂之后，坐守游击大队部的，就只有卢子敬一人。为此，他将妻儿也从斗潭搬到了安岱后。

他看得入了神，就连屋子里进来了人，也未曾察觉。

来的人是地方工作团的团长杨干凡和浙西南军分区的征募主任陈丹山。见卢子敬只顾看报，而不理睬来人，陈丹山走到他的身边，一把夺下了他手中的报纸。

卢子敬这才发现来了人，连忙起身相迎，说："哪阵风把你们给吹来了？"

杨干凡正要答话，陈丹山却指着手中的报纸，抢先跟卢子敬说："像这种屁话连天的国民党的报纸，你却看得入了神，当心中了它的毒。"

"我有防毒眼，其能奈我何，"卢子敬回答说，"敌人办的报纸也不是一无可取的，就看你怎么去阅读它了。"

陈丹山听得如同在云雾里，于是把目光投向了杨干凡。杨干凡却点了点头说："粟、刘两位首长就经常看敌人办的报纸。"

"对敌人的报纸，我们得反着来看，"卢子敬借题发挥说，"比如说，报纸上说国军打了胜仗，那就说明国军打了败仗；报纸上说

赤匪到处流窜，那就说明我们站稳了脚跟；报纸上说物价平稳，那就说明物价上涨；报纸上说国府清廉，那就说明国府腐败。"

"那你从这份报纸中，看出了什么？"陈丹山指着手中的报纸问道。

卢子敬回答说："我从中看到了我们根据地的巩固。"

"你是从哪里看出来的？"

卢子敬拿过陈丹山手中的报纸，在桌上摊开，指着其中的一条新闻说："就是从这条消息中看出来的。"

陈丹山看了一下，那条新闻的标题是《刘粟共军袭扰浙闽赣，浙西南民众大部遭赤化》。

见陈丹山正在仔细琢磨那篇新闻，卢子敬转向杨干凡，问道："你们来找我，有什么要事吗？"

杨干凡从公文包里取出一份文件，把它交到了卢子敬的手里，说："你先看看这个。"

卢子敬看了下文件，那是挺进师师部下发的一份红头文件《关于创办硝磺厂的意见（征求意见稿）》。大致意思是：当前，浙西南革命根据地创建的工作在各地如火如荼地开展，但在这个过程中，也受到各种不利因素的制约。其中很重要的一个因素就是我们的武器尤其是弹药的供应严重滞后。光靠从敌人手里缴获的武器弹药，不能满足日益增长的需要。有鉴于此，经挺进师师部研究，决定土法上马，创办硝磺厂，以解决日益严重的弹药荒的问题。

"对此，你有什么看法？"见卢子敬已将文件看完，杨干凡这样问他。

卢子敬略一思索，回答说："挺进师师部的决策是正确的，因为它符合了当地的实际情况。在我们浙西南山区，有许多打猎用的火铳，使用的就是用土法制作的黑火药。创办硝磺厂，用土法生产黑火药，并在此基础上造出子弹和手榴弹，就能切实解决目前面临的弹药荒的问题。生产黑火药所用的原材料硝石、硫磺和木炭，在我们当地就可以采集。在原料的供应上，不会被卡脖子。"

"要创办硝磺厂，你认为要在哪些关键问题上下功夫？"杨干凡又问。

"就我个人的看法，首先要把好两个关。第一个是安全关。硝石和硫磺混在一起，很容易引起爆炸，所以，一定要把好安全生产关，切实防止爆炸事故的发生。这里所讲的只是内部的安全，还有外部的安全问题。对于这样一个军工性质的硝磺厂，我们的敌人肯定也十分感兴趣，千方百计要摧毁它。因此，做好外部的安全保卫工作，就显得尤为必要。第二个是技术关。要设法收集黑火药的配方，进行甄别和选择。"

"如果让你来兼任这个厂的厂长，你有把握将它办起来吗？"

"这是你个人的看法，还是领导的意图？"卢子敬反问道。

杨干凡却说："这既是我个人的看法，也是领导的意图。刘、粟两位首长跟我谈起硝磺厂厂长人选问题时，我全力推荐了你。我的推荐理由是：第一，你有文化，是留学日本的高级知识分子。第二，你懂管理，在我们共事以来的地方工作中，充分展示了你的管理才能。第三，你责任感很强，对领导交给的任务，总是不折不扣地去完成。刘、粟两位首长认为我说的没错，于是我今天才找到你这里来了。"

"既然领导们这样看重我，卢某人理当效力。"

"给你三天的时间，你尽快拿出一个具体的方案来。"说完，杨干凡伸出手来，和卢子敬握手告别了。

"你忙你的吧！我也不打扰你了。"陈丹山说着，跟在杨干凡后面也走了。

经过三天三夜的冥思苦想，在五易其稿的基础上，卢子敬终于将硝磺厂的创办方案拿出来了。方案在厂址选择、厂房建造、工人招聘、生产管理、后勤保障五个方面，均提出了一些设想。然后报师部审批。

不到一个星期，方案的批复就下来了，随同批复一起的，还有一纸委任状。

硝磺厂选址在玉岩西北角的一个山沟的底部，那是卢子敬用了三天的工夫，在大山深处寻访，经过多方比较以后定下来的。这里三面环山，而且都是悬崖绝壁。老百姓砍柴放牛，都很难来到这里。沟口宽仅五米，只要派人守住沟口，确实能起到"一夫当关，万夫莫开"之功效。

"这个地方不错。子敬同志，你有好眼力。"看到卢子敬选的这个厂址，不轻易表扬人的粟裕，也对他伸出了大拇指。

在厂址确定的同时，厂房的建设也在暗地里紧张进行着。先在谷底拓出足球场大小的一块空地，在这块空地上建起了一个生产区，包括硝石加工、硫磺加工、木炭加工、硝磺合成四个车间，原材料和成品两个仓库，再加一间办公室。还有一个生活区，包括一幢工人宿舍和一个食堂。所有建筑均采用土木结构。设备是三只能将材料碾成细末的大碌碡。为了解决食堂的伙食供应问题，还在厂房的周围开垦出了一些田地，种上了粮食和蔬菜。要不是走到近旁，绝对没有人想到，这里会是一座兵工厂，人们会将它当成一个普通的小山村。

工人招聘的工作也在紧锣密鼓地进行着。由于这是绝密的军工单位，出于保密的需要，卢子敬挖空心思，终于想出了一个厂名"特种材料加工厂"。对外招收工人时，用的就是这个厂名。开出的工资是每人每月三块现大洋。需要招收工人及管理、勤杂人员共五十名。

工人招聘到位后，卢子敬把他们秘密召集起来，与他们约法三章：吃住全在工厂，每月休假两天；与任何人包括自己的妻儿，都不要说出自己的职业和工厂的地址；严格遵守操作规程，发生事故要追究责任。"实话跟你们说了吧！你们要加入的是硝磺厂，是挺进师军需处下属的军工单位。硝磺是什么东西？就是硝石和硫磺。这两种东西合起来，再加上木炭的粉末，就可以生产出黑色的火药来。我们就是生产这种火药的。有了这些火药，挺进师就能生产出子弹和手榴弹，就可以多杀敌人，保卫我们的根据地，保卫工农苏维埃政权。所以，我们承担的是一项光荣而又艰巨的任务。光荣自不待说，艰巨就体现在我和你们的约法三章上。如果有谁受不了这约束，现在退出还来得及。有要退出的吗？"

听说可以退出，人群里有人蠢蠢欲动。但那每月三块现大洋的诱惑力实在大，使得他们有退出的心思，却迈不开退出的脚步。

看大家都没有反应，卢子敬接着说："既然大家都不想退出，那我们就是拴在一根绳上的蚂蚱了。有福大家一起享，有难大家一起当。让我们同心同德，为办好硝磺厂，为挺进师的壮大和发展，做出我们应有的贡献！"

厂房建好，首批原材料采购到位后，挑选了一个良辰吉日，卢子敬带着手下的一帮人马，在夜里进驻了硝磺厂。没有鞭炮，没有剪彩，硝磺厂在悄无声息中开工了。

上班采用的是半工半农制，即半天用于制作硝磺，半天用于农业生产。起初，碾末用的碌碡是用人工来推的，速度较慢，生产的效率不高。于是有人提议用耕牛来代替人工，刚好农业生产也需要耕牛，于是卢子敬派人从外面买来了三头耕牛。农忙时用于农业生产，农闲时用来拉碌碡。这一来，生产效率马上提高了许多。

半工半农的上班制度，再加上三头耕牛的加入，使得本来就像小山村的硝磺厂，更像是充满人间烟火味的小山村了。

终于，第一批成品出来了。

令卢子敬想不到的是，这第一批成品上交后没几天，就被退回来了！理由是不符合质量标准。

"这怎么可能呢？我们可是严格按比例来配方的呀！"卢子敬百思不得其解，于是叫来了主持配方的技术人员。

这个技术人员是个老猎户，他原先打猎用的火药，都是自己亲手制作的。看他有这方面的特长，于是卢子敬把他聘为技术员。

"这产品被退回来了，说是质量不符合标准。你的配方没有问题吧？"卢子敬问道。

"我就是按照原先制作火药的配方来操作的呀！"

"能说一下配方的比例吗？"

"硝石占75%，硫磺占10%，木炭占15%，这就是我的配方。而且，其他猎户也都是按这个比例来配方的。"

"问题会不会出在这个配方的比例上呢？"卢子敬的脑筋活泛开了，"技术人员使用的配方比例，生产的是打猎用的火药。而我们现在需要的，是能够制造子弹和手榴弹的火药。难道说，这两种火药，在配方的比例上有什么不同吗？

"火药被称为中国古代的四大发明之一，中国人在制作火药方面，积累了许多成功的经验，这些经验在古代典籍中，肯定会有所记载。"想到这里，卢子敬马上找来了关于火药的古代典籍，经过仔细研读比较，终于发现了一些端倪：除了那个猎户出身的技术人员提供的配方外，还有另外一种配方是硝石占83.3%，硫磺和木炭各占8.35%。

"你用这个配方再试一下。"卢子敬将配方交到技术人员手中，这样交代他说。

很快，根据新的配方生产的成品出来了。由于处在试验阶段，卢子敬要求他们只拿出一个样本来。

样本交上去后，卢子敬焦急地等待着消息，每天都要走到沟口的保卫处那里，查询有关的消息。

终于等到派出去送样本的人回来了。"怎么样，这次合格了吗？"卢子敬迫不及待地问。

"想来是合格了吧。"那人说着，从口袋里掏出一封折叠着的信件，把它交到了卢子敬的手里。

那是一份产品的检验报告。当卢子敬看到检验结果后面写着"合格"两个字时，不禁大叫了起来："合格了！我们成功了！"

由于前方急需补充大量的弹药，上面给硝磺厂的任务也层层加码。卢子敬他们被迫暂时放弃了半工半农的上班制度，而改成了全工制，有时甚至要白天黑夜连轴转。对此，有些人想不通了。

"不是说好不用上夜班的吗？怎么就变卦了呢？"

"上夜班可以，得给我们开夜班的补贴费。"

"当前的任务有点重，让大家上夜班，也是迫不得已的权宜之计。至于上夜班的补贴，我们会酌情考虑的。"卢子敬费了不少的口舌，终于将大家安抚下来了。

人心暂时安抚下去了，但生产方面的事故还是不可避免地发生了。

第三十四回

硝磺厂生产出事故，卢子敬整顿排隐患

在硝磺厂厂长卢子敬的办公桌上，放着一份挺进师师部下发的嘉奖令。在嘉奖令中，挺进师师部对近一个时期以来，硝磺厂在抓紧生产硝磺，支援军工建设方面，所做出的巨大贡献，给予很高的评价。在此基础上，特授予硝磺厂厂长卢子敬生产管理标兵荣誉称号，给硝磺厂记集体二等功一次，并通告全师予以嘉奖。

看到这份嘉奖令，卢子敬百感交集。这当中凝结着自己和工人们的多少心血与汗水，他心里是再明白不过了。为了按时完成上面下达的生产指标，工人们被迫加班加点，有时还要白天黑夜连轴转。工人们苦不堪言，提出了增发夜班补贴的正当要求。作为厂长，自己从维护工人的正当权益的目的出发，呈上了给工人们增发夜班补贴的请示。请示虽然批下来了，但补贴的数目却大打折扣。批语中强调了挺进师目前的艰难处境，希望下属单位特别是硝磺厂能够理解。激发工人的积极性，要靠精神鼓励，而不是物质刺激。大道理讲起来是没错，但是工人们毕竟没有那么高的思想境界，何况他们也需要挣钱来养家糊口。怎么向他们解释补贴费的问题，自己感到力不从心。丑媳妇终究要见公婆，当自己将有关夜班补贴的事情跟工人们摊开说了之后，本以为工人们会闹情绪的，没想到工人们是那样容易满足，对这微不足道的一点夜班补贴，他们已经感到很满足了。为此，自己感动得差点掉了眼泪。从中，自己也发现了精神力量的强大，是不能用物质来衡量的。看来挺进师的领导，还是看

得比自己透彻一些。

"如果把这份嘉奖令的精神传达给工人们，他们或许会高兴得跳起来的。生产的积极性会进一步激发出来。"想到这里，卢子敬的眼前一片光明。

突然，传来了"轰"的一声巨响。

"难道说出安全事故了？"想到这里，卢子敬马上扔下手中的嘉奖令，朝着巨响发出的方向奔了过去。

巨响是从成品保管仓库那边发出来的。看来，这是一起安全方面的事故，是确定无疑的了。

爆炸现场一片狼藉，那座作为成品仓库的一层平房被彻底轰平了，所幸在设计时，考虑到其危险性，将它与其他建筑独立出来，才没有连带到其他几座建筑。平房上空，爆炸后留下的硝烟尚未完全散去，整个空气中弥漫着呛人的硝烟味。工人们纷纷放下手里的活计，聚集在一起看热闹。

"怎么样？有人受伤没有？"卢子敬最关心的是仓库保管员的生命安全，所以，一到场就这样问道。

"幸好我跑得快，才没有被炸成粉末。"一个头发被烧焦，脸上留着烫伤燎泡的人这样说。

"你就是这仓库的保管员？"卢子敬盯着他问道，"这爆炸是怎么来的？"

"由于这几天都是白天黑夜连着上班，我感觉有点劳累，想吸袋烟提提神。没想到磕烟灰时，一粒火星溅到了散落在地上的硝磺上，引燃了仓库里的硝磺成品，所以发生了爆炸。没想到它的力量这么大，把整个仓库都抹平了。"那保管员喋喋不休地说。

"人没被炸到就是万幸，"卢子敬接着又问，"损失大不大？"

"还好头几天生产的都运出去了，仓库里存放的只是今天生产的成品。要是前几天生产的没有运出去，这损失就大了。"

"你要对你今天的行为负责，"卢子敬说出这一句后，又对围观的人群说，"希望不要因为这场爆炸影响到我们的生产进度。大家还是赶快回各自的岗位去吧！"

看到大家各自回到工作岗位，卢子敬对那保管员说："赶紧去找厂医，把脸上的燎泡处理一下。然后，等候组织的处理。"

在返回办公室的路上，卢子敬考虑起该如何处理这名仓库保管员的事情来。按照他的脾气，对这种玩忽职守的家伙，必须严惩不贷，应该立即开除。但他又想到：保管员之所以会吸烟，是因为近来的生产任务实在太重了，他抽烟只是为了提神解乏。再说，他还不知道一点火星居然会引发爆炸，不知者无罪。是我们自己的工作没有做好，没有向大家讲明严禁烟火的必要性。看来，必要的安全防范知识和劳动纪律，还是应该加以强调的。开除一个人容易，但谁能保证这被开除的人不会因此背上思想包袱，从而给硝磺厂使坏呢？这硝磺厂的每一点细节，如果被张扬出去，都将产生不可估量的严重后果。

如果不开除他，那么，谁又能保证不会有人步其后尘，视劳动纪律如儿戏呢？谁能保证这样的爆炸事故，不会接二连三地发生呢？

这真是开除不是，不开除也不是，左右为难啊！

"不开除可以，但一定要让他及全厂的人明白安全生产的重要性以及加强劳动纪律的必要性。"想到这里，卢子敬没有回办公室，而来到了那位保管员的宿舍，看到他脸上的燎泡已经处理过了。于是坐到他的身边，问道，"你脸上的伤是怎么落下的？"

"那硝磺碎末被烟灰的火星点着后，我慌忙用脚去踩，不小心被东西绊倒了，那火就往我的头上烧过来。我看到情况不妙，就赶紧跑开了。"

"根据你的过失，将你开除一点也不过分。"

"是我错了，我不该在容易着火和爆炸的危险品旁边抽烟。你怎么处分我都可以，就是不要把我给开了，我还指望着每月三块现大洋养家糊口呢！"

"不开除可以，但必须扣除你本月的所有工资及补贴，以弥补这件事故造成的损失。你还必须在全厂大会上做公开的检讨。你认为这样处理，能接受吗？"

"这样已经很开恩了，我没有意见。"

"那好，在新的仓库没有建起来之前，你先到硝石车间去帮忙。还要准备在明天的全厂大会上做深刻的检讨发言。"

"我这人从没有在公众场合讲过话，我怕讲不好。能找人替我来讲吗？"

"解铃还须系铃人，这个忙谁都帮不了你。大家不仅想听你的检讨，而且想看你的诚意。"

"那好，我就自己讲一下吧！"

第二天上午，全厂工人集中在一块空地上。卢子敬首先做了简短的讲话。他说："今天在百忙之中抽出时间开这个会，是因为昨天发生的一起生产事故。由于成品仓库保管员不遵守操作规程，在成品仓库抽烟，引发了爆炸，给工厂造成了一定程度的损失。考虑到这是一起过失事故，出事后当事人能主动承认错误，决定对其做出以下处罚：扣除本月所有工资及补贴，并责成其在全厂大会上做检讨。"

这时，那保管员战战兢兢地走到众人面前，低着头不敢看任何人，然后结结巴巴地说："昨天的爆炸是因为我在仓库里吸，吸烟引起的，给工厂造成了不少的损，损失，就是把我千刀万剐也不过，过分。厂长大人开，开恩，只给了我一个很轻的处，处罚，我打心底里感，感谢。今后，我保证严格遵守操作规，规程，认真做好自己的那一份工作，来弥，弥补我造成的损失。希望大家监，监督我。"说完，向大家深深地鞠了一个躬，走入人群去了。

卢子敬再次走到人前，说："这次的事故，也给我们敲响了警钟，在安全生产方面，一丝一毫的懈怠都是不行的，必须时刻绷紧安全生产这根弦。我以前没有跟大家讲明这一点，这是我的过失。我们生产的是易燃易爆的硝磺产品，在安全方面有很高的要求，尤其是跟明火有关的东西，都不允许进入生产区。烟瘾犯了忍不住，你可以到生活区去抽烟嘛！从今天开始，谁要是违反了这条规定，不管有没有发生事故，一律扣除一块现大洋。大家有什么意见吗？"

看大家都没有发表意见，卢子敬接着说："工厂的安全生产问题，不是我厂长一个人的事情，需要得到在座的全部职工的支持。大家看看，还有什么容易出事故的地方，有哪些要加以注意的问题，都可以向我反映。提的好的，我们还有适当的奖励。下面散会！"

这最后的用奖励买建议的决定，在工人中产生了不小的反响。大家纷纷向卢子敬提建议。卢子敬从中发现了其他自己没有发现的安全问题，并采取了相应的措施。为了实现自己的许诺，他将被采用的建议的当事人的姓名用红榜公布出来，并当场兑现了适量的奖励金。

这些事情全部完成后，卢子敬将事故的缘起、造成的损失、处理的意见及改进的措施等，写成了书面的报告，递呈挺进师师部，并请求对自己进行处分。在报告的末尾，他还就生产任务繁重的问题，请求上级适当下发生产指标，不要盲目追求产品的数量，而使工人们疲于奔命。

师部批转了卢子敬的报告，认为卢子敬在事故发生后处置得力、措施得当，决定免于追究责任。同时决定给予硝磺厂自行确定产品生产指标的自主权。也就是说，不会再对硝磺厂下发硬性的生产指标了。

卢子敬还从自己的工资中，拿出三块现大洋，暗地里送给了那位惹事的保管员，并且对他说："三块现大洋对于我来说，没有什么。对于你要养家糊口的人来说，就是生命钱了。这是我以私人的名义送给你的，请你一定要收下。"那保管员感动得不知说什么好，就差给他下跪了。

第三十五回

挺进师地方办医院，安岱后接纳众伤员

虽然时令已经是早秋，但是"秋老虎"发起威来，那情形丝毫不亚于酷暑。骄阳普照下的安岱后，就像是一只大蒸笼，仿佛要把人们身上的汗水榨干。在村口桥亭下的小溪里，几个光着屁股的小男孩，正在清澈的溪水里嬉闹着，不时发出欢快的笑声。

"看，那边来了一个生人。"一个光着头顶的小孩，眼尖地发现桥亭旁的小路上，走来了一位陌生人，于是提醒其他的几个说。

"那我们去盘查他一下。"一个看上去年龄稍大的小孩说。他就是安岱后村儿童团的团长，学名叫陈信武。自从成立儿童团以后，陈凤生交给他的任务，就是上课之余，每天带人守在村口桥亭旁，对过往的陌生人进行盘问。今天是星期天，村里的小学不上课，他们便整天守在桥亭的旁边。天气实在太热了，坐在桥亭的阴凉下，还是浑身冒汗。有人提议到小溪去玩水，他就答应了，前提是玩水可以，但不可误了正事。因此，大家在玩水的时候，那眼睛却是盯着路上的。

于是大家纷纷从小溪里爬上岸，连衣服也顾不上穿，赤条条地一拥而上，将陌生人围了个严实。

"说，你是什么人，从哪里来，到哪里去？"陈信武歪着头，仔细地打量着来人，发出了连珠炮似的问话。

那陌生人一点也不慌张，看着孩子们一个个光着屁股，于是对他们说："你们先把衣服穿上，我再告诉你。"

孩子们纷纷去找到自己的衣服穿上，只有陈信武一个人没有动。

"你为什么不去穿衣服？"陌生人问道。

"我要看着你。万一我们都去穿衣服了，你跑了怎么办？"

"看不出你还挺有心计的。大家都穿好了，你叫他们过来守着我，你去把衣服穿上吧！"

陈信武穿好衣服，回到陌生人身边，说："现在可以回答了吧？"

"你没见我身上穿的是红军衣服吗？"陌生人故意逗他说。

"要是你那衣服是买来的呢？"陈信武不依不饶地说。

"看来你的警惕性蛮高的。是谁教给你这些的？"

"当然是陈叔叔了。"

"哪个陈叔叔呀？"

"说出来怕吓到你。他就是大名鼎鼎的陈凤生。你还没有回答我的问题呢！"

"那我就告诉你，我叫朱干，是挺进师卫生部的，今天从王村口过来，要找你们村的陈丹山。这下该满意了吧？"

"原来是这样的呀。我知道丹山爷爷在哪里，我带你去。"

"你不站岗了？"

"站岗的还有他们呢！"

两人在村子里转了一大圈，终于把陈丹山给找到了。在陈丹山面前，朱干将陈信武着实表扬了一番。听得那儿童团团长不停地挠头，然后一溜烟跑了。

"你还记得前段时间在安岱后举办医务人员培训班的事吗？"朱干问道。

"当然记得。我还被赶鸭子上架，当了几天的教授呢！"

"那些学员学成后，被分到了各个纵队，在救护伤员方面发挥了很大的作用，得到了师领导的充分肯定。你这个教授功不可没啊！"

"哪里！哪里！"

"根据当前伤员人数不断增加的实际情况，经过师领导研究，决定进一步扩大这次培训班的战果。"

"还要再办一期培训班？"

"这次不是办培训班，而是办医院。"

"办医院？这成吗？"

"师首长分析过了，在安岱后办医院，有以下几个有利条件：第一，安岱后有如你和陈德佑这样的土医生，在用中草药给伤员治病方面可以发挥更好的作用。第二，安岱后的不少妇女，接受过护理伤员方面的培训，可以让这部分妇女参与到医院的创建中来，在护理伤员方面发挥作用。第三，安岱后的群众基础好，人们普遍拥护红军，积极支持红军的工作。每一个家庭，都可以成为病房，用来安置伤员。第四，安岱后周围的大山里，蕴藏着极为丰富的中草药资源，可以为医院提供取之不尽用之不竭的药材。"

"听你这么分析，还有一定的道理。要我们做什么，你尽管吩咐下来。"

"你来当这个医院的院长，怎么样？"

"可我在军分区那里，还当着征募主任呢！"

"这并不矛盾，你可以兼职的呀！哪边的工作忙一些，你就在哪边工作。陈凤生和卢子敬，不都有他们的兼职吗？"

陈丹山一想也对。征募主任的工作，具有很强的季节性。往往是农作物收获的那一个时期忙一点。过了这个时期，基本上就没有什么事了。再说，看到往日的"青帮"三首领，陈凤生除了继续担任松（阳）遂（昌）龙（泉）游击大队的大队长外，还当上了中共玉岩区委书记和玉岩区工农苏维埃政府的主席。卢子敬除了继续担任游击大队的副大队长外，还当上了硝磺厂的厂长。只有自己一个人，除了挂着一个军分区征募主任的名外，就没有其他什么了。心里不免酸溜溜的。如果自己兼了这个医院的院长，就和他们扯平了。

"怎么样，考虑好了吗？"朱干问道。

"考虑好了，我接受组织的安排。卫生部会再给我们派人吗？"

"没人可派。医生和护士，全部要你们自己解决。"

"那药品呢？"

"也要你们自己想办法。我们会考虑，将受伤比较轻的伤员往你们这里送的。如果没有什么问题，我回去后，就把伤员送过来。"

"要这么急吗？"

"没办法。随军医院已经人满为患了。"

与朱干分别后，陈丹山马上找到了一间空房子，用作治疗室。又分头通知陈德佑和张小妹以及接受过护理培训的妇女们，让他们做好上班的准备。然后背上背篓，扛着锄头，上山采药去了。

在朱干离开安岱后的第三天，就有一批伤员来到了安岱后。伤员一共有十名，他们负的全部是轻伤，是他们互相搀扶，自己走过来的，没有一个是用担架抬过来的。随行的只有几个负责护送的游击队员。

这些伤员受的都是外伤，子弹已经取出来了，只等着伤口的愈合。所以治疗起来并不困难。

那些负责护送的游击队员把伤员交给了陈丹山后，就准备回去复命了。这时，陈丹山突然想起了什么，于是问他们道："卫生部有没有让你们捎什么东西过来？"

其中的一个游击队员，好像突然记起了什么，于是说："你不说，我差点给忘了，是有一样东西让捎过来，还说让我亲手交给陈丹山。"于是从怀里掏出一份折叠好的信件来。

"我就是陈丹山，你把它交给我吧！"陈丹山接过信件，打开一看，原来是一份委任状，委任他为挺进师地方医院的院长。

"有了这个东西，我这个院长就名副其实了。"看着手里的委任状，陈丹山心里美滋滋的。

"人和东西我们都送到了。我们可以回去了吧？"

陈丹山将委任状叠好收起后，与游击队员们一一握手告别。

送走游击队员后，他马上派人将张小妹等参加过护理培训的妇女叫了过来，让她们每人将一个伤员领回家进行护理。又叫来了陈德佑，两人分头到有伤员的各家，给伤员们查看伤情，制订治疗方案，根据方案来配药。

治疗外伤最常用的药材有独活、金枯浓和鲜牛粪。这用鲜牛粪来治外伤，是当初卢子敬发现的，刘亨云的脚外伤，就是用它治好的，后来在治疗外伤的过程中也屡试不爽。

不过这种治疗的方法，不是一般人所能接受的。有一次，根据陈丹山开出的配方，一位妇女在给伤员敷鲜牛粪时，那伤员闻到了一股奇怪的味道，于是问道："你给我敷的是什么药？"

那位妇女不敢把实情告诉他，于是编了一个谎话说："是陈大夫新发现的一种治疗外伤的特效药，只不过它的气味有点不好闻。"

"我也是农村出来的，你的话骗不了我。你给我敷的是牛粪，那是什么特效药？你们就是这样对待伤员的？把你们的院长叫过来，我要和他理论理论！"

那妇女只好将陈丹山叫了过去。

"你给我用的是什么药？牛粪能治病吗？"那伤员一见陈丹山，就质问他说。

"这牛粪能治病，起初我也像你一样不相信。后来听卢子敬说，他就是用牛粪治好了刘亨云的外伤。我才有点相信。后来，我用这种方法，也治好了好多人的外伤，于是我完全相信了。牛粪敷在伤口上，看起来有点脏，这也就是你不能接受它的原因。但我们讲的是疗效。如果三天以后没有明显好转，我会给你换成其他药的。"

听陈丹山这么说，那位伤员也不好再说什么了。三天以后，看到自己伤口的周围已经长出了新肉，那位伤员才惭愧地对护理他的妇女说："看不出，你们院长还真有两下子。他给我用的这药还真有特效。我错怪你们了，对不起！"

"别说你们伤员难以接受，就是我们这些搞护理的人，当初也非常不理解。在培训班的时候，卢子敬说鲜牛粪可以治疗外伤，我们一个个直摇头，认为他这是歪理邪说。他就举出自己经历的实际事例来，这下我们才信了他。但信他是一回事，在护理当中使用它又是另一回事。每次闻到那股气味，不少人都说想吐。后来才慢慢习惯了。"

半个月以后，这批伤员就陆续痊愈归队了。但这拨伤员走后，第二批伤员又被送来了。陈丹山他们忙得不亦乐乎。

第三十六回
刘亨云玉岩任书记，根据地党员大发展

这几天，陈凤生一直被一个问题困扰着。自从他任中共玉岩区委书记兼玉岩区工农苏维埃政府主席以来，凡事亲力亲为，工作大刀阔斧，通过新官上任后的三把火，打开了局面，赢得了民心。但是，只有他自己心里明白，这些成绩的获得，是多么来之不易。自己为此度过了多少个不眠之夜，局外人未必会清楚。俗话说："一个篱笆三个桩，一个好汉三个帮。"他多么希望能有几个人手来配合自己，就是只有一个也行。这样，就能分担自己的一点工作，有什么事情也好有个商量，就不需要自己一个人单打独斗了。

想到配备人手，陈凤生的脑海里立刻出现了卢子敬的形象。子敬留过洋，当过教书先生，虽然有时不免有点迂腐，但他肚子里有墨水，而且头脑灵活，反应快，经常会有好主意冒出来。尽管自己和他相处的时间不算很长，但感觉一见如故，彼此都能掏心窝。要是配备人手的话，卢子敬应该是第一候选人。然而，当自己把这个要求向黄富武同志提出来时，黄富武也认为卢子敬是个好人选，只不过师部领导已有安排，卢子敬即将出任硝磺厂的厂长，为挺进师的发展提供弹药方面的保障，那个岗位更需要他。"条件成熟，我们会考虑给你安排人手的。目前还得委屈你一下，还要单打独斗一阵子。"黄富武最后这样对自己说。

调卢子敬来不行，调陈丹山来总可以吧？丹山见多识广，有时还会来点小聪明。关键是他性情直爽，办事有很高的热情。自己和

他虽然是忘年交，但可以说各自都知根知底。有时开玩笑有点过火，他也不会计较。要是让他来帮助自己，虽然不能像卢子敬那样不时贡献好主意，但能确保和自己一条心。有些跑腿的事情交给他去办，自己可以一百个放心。那一次他为征募的事来到玉岩，专门来看自己，自己当时就动了要将他调到身边的心思。如果当时就打报告把他调来就好了。可惜的是自己当时只是动了心思，却没有付诸行动，这样就错过了好时机。等到自己真的将报告呈上去的时候，师部的批复是拟让陈丹山出任建在安岱后的地方医院的院长，让自己从大局出发，再单打独斗一段时间。"我们会尽量满足你的要求，尽快给你配备人手的。"批复的最后这么说。

上面会给自己配备怎样的人手呢？如果配备来的人跟自己不同心，要同自己争权夺利的话，自己宁可不要这样的人手。自己之所以希望调卢子敬或陈丹山来，虽然不免有狭隘的地方观念的存在，但能确保他们和自己是一条心的。他们都非常清楚，会将自己摆在配角的位置，尽量配合自己做好工作。想到这里，他对自己的狭隘心胸感到后怕。如果自己是以这样的心理去揣测别人的话，还有谁愿意跟自己共事呢？难道说自己当了几天的区委书记和苏维埃政府主席，竟当出官瘾来了？什么主角配角的，那主角就那么重要吗？要相信师领导，相信组织的安排。只要有利于工作，就是将自己摆放到配角的位置，又有什么不可以的呢？

"报告！"一个洪亮的声音从办公室的门口传来。

"进来。"陈凤生停止了自己的思绪，对着门口这样说。

这时，进来了一个穿着挺进师军服的人。只见他瘸着一条腿，走路一瘸一拐的。看那面容，好像在哪里见到过，却想不起来了。

"你是？"陈凤生问道。

"我叫刘亨云。我们以前见过面，想起来了吗？"

"你就是在卢子敬家里养过伤的那位？"陈凤生终于想起来了。

"你来看过我，还送了一只老母鸡呢！"

"连这你都记着？"

"滴水之恩，当涌泉相报。可惜的是我只能将它记着，却没有报答的机会。"

"区区小事，不必挂齿。你到我这里来，有什么公干？"

"挺进师党委安排我来配合你的工作。"刘亨云说着，从口袋里掏出一封介绍信，把它交给了陈凤生。

陈凤生看了那封介绍信，得知刘亨云是以中共玉岩区委书记的身份来的，马上与他握手说："总算把你给盼来了。"

招呼刘亨云坐下后，陈凤生看着他那残疾的腿，问道："你这腿是怎么回事？"

"只怪我受的伤太重，膝盖骨都被手榴弹炸碎了。就当时的医疗条件，能够保住不截肢，就已经是万幸的了。师党委考虑到我的实际情况，认为我随军作战有困难，让我转到地方工作。正好前段时间，你向上面打报告，要求给你分配人手，于是上面就派我到玉岩来了。好在一条腿伤残，并不妨碍我为革命根据地的建设，做好我的工作。"刘亨云乐观地说。

"你是书记，该是你来领导我的吧？"

"都是为革命工作，哪分什么领导不领导的？无非就是在党务方面，我负责得多一点，在其他事务上，你负责得多一点罢了。再说，分工不分家，在具体的事情上，我们还需要多加合作才行。"

"这样一来，我的负担可以减轻一些了。"

"你有什么事情，吩咐下来就是。我要在地方发展党员，但对地方上的情况不熟悉，有哪些对象可以发展为党员，我是心里一点底也没有。在这个方面，还得多多仰仗你呢！"

"彼此，彼此。你刚到这里，将生活上的事情安排一下，明天我们再谈工作上的事情，好吗？"

"我单枪匹马，生活上的事情挺好安排的。我想今天下午就来上班。"

"我的宿舍旁边有一间空房子，待会我叫人去收拾一下，你住进去。"

"这些小事情，不要劳烦别人。我自己去收拾就是了。等下你带我去一下。"

"办公室就不另外安排了，我叫人弄一副桌椅来，我们合在一起办公好了。"

"行。"

当天下午，两个人就坐在了一起。

"亨云同志，在地方发展党员，建立党组织，你有什么计划？有哪些工作需要我来配合？"陈凤生主动问道。

刘亨云回答说："第一步，我想先在各村发展一批新党员，把拥护共产党、拥护红军、在根据地建设和打土豪分田地中表现突出的先进分子吸收到党组织里来。第二步，在条件成熟即党员人数在五人以上的村里，建立党的支部组织，领导党员群众开展各项工作。第三步，在村级党组织普遍建立的基础上，召开各乡党员大会，成立乡党委，选举产生乡党委成员。第四步，在各乡党委成员的基础上，建立区党委，选举产生区党委成员。"

"你这个计划很具体，只是操作起来需要不少的时间和精力。"

"我目前还是光杆书记，对地方上的情况又不熟悉，要想工作，又不知从何入手。你是本地人，对各方面的情况比较熟悉，能否推荐一些先进分子，作为发展党员的考察对象？"

"我还真的有人。"

"这太好了，"刘亨云马上掏出笔记本和自来水笔，问道，"他们都叫什么名字，是哪个村的？"

"我第一个要向你推荐的，是吴关仁，口天吴，关心的关，仁义道德的仁。他是枫坪乡山乍口村人。"

刘亨云记下姓名和地址后，又问道："你能简单介绍一下他的情况吗？"

"好的。说起来，我和吴关仁共事多年，也算是老相识了。1928年，我搞'二五减租'和'闹平粜'的时候，他就跟我一起干了。1930年，我拉起'青帮'组织的时候，他是最早参加的成员之一。后来，他又跟我一起，缴了玉岩警察分局的枪。我去永康等地寻找红十三军，他也是追随者之一。1935年5月，中国工农红军挺进师在粟裕、刘英同志率领下，来到了浙西南，他是我最早发展的游击队员之一，经常为红军送信带路，帮助红军护理伤员。村工农苏维埃政权建立以后，他担任土地委员，带领群众打土豪分田地，工作十分积极。"

"还有其他的推荐对象吗？"

"我第二个要向你推荐的，是安民乡安岱后村的陈德义……

"第三个要推荐的，是……"

就这样，陈凤生一口气向刘亨云推荐了十位先进分子。

刘亨云逐一做了记录。"凤生同志推荐的人，我想在政治上一定是可靠的。但他们对党的了解，恐怕不会很多。我想将他们召集起来，跟他们上个简短的党课。"刘亨云说。

"我和陈丹山、卢子敬在入党之前，黄富武同志也给我们上过党课。看来这是必须上的。我马上派人把他们叫到这里来。"

首批入党推荐对象召集起来后，刘亨云对他们进行了谈话。他首先介绍了自己的职务和职责范围，然后说："你们是凤生同志向我推荐的表现突出的先进分子，我们的党组织需要你们这样的先进分子。中国共产党自 1921 年成立以来，尽管走过一些弯路，但为全中国的劳苦大众谋利益的宗旨没有变。正因为如此，它得到了人民群众的拥护。成为中国共产党员，是一件光荣而有意义的事情。从今天开始，你们就成为我党的考察对象。希望你们在考察期间，一如既往地积极工作，在各方面起先锋模范作用。我们还要广泛听取群众对你们的意见。考察的时间本来最少半年，考虑到这是特殊时期，将它缩短为半个月。考察通过了，你们就成为光荣的中国共产党员了。

"同时，我还希望你们，像陈凤生同志那样，把你们周围的先进分子推荐给我。"

他的这一话题一打开，那些考察对象踊跃地站出来，推荐自己身边的先进分子。刘亨云逐一记下了他们的名字和住址。最后统计了一下，足足有五十位，分布在全区的各个乡村里。

"你们回去后，要分别找推荐对象谈话，谈什么？就谈刚才我跟你们谈的那番话。大家都记住了没有？"

"没记住，你再说一遍。"

于是刘亨云又重复了一遍。看大家记得差不多了，才宣布谈话结束。

半个月后，经过严格的考察和审核，六十位推荐对象一致获得通过。于是在此基础上，集中进行了入党宣誓仪式，建立了党的村支部和乡党委，经过民主选举，刘亨云被选为区委书记，陈凤生被选为副书记。

第三十七回

挺进师"八一"大示威，陈凤生设伏保安团

转眼到了 7 月底。7 月 25 日，挺进师在王村口蔡相庙召开了分队长以上干部会议。在会上，政委刘英首先传达了中央文件。文件首先回顾了中国工农红军长征的历程。1935 年 1 月 15 日至 17 日，中央红军在贵州遵义召开了中央政治局扩大会议，确立了毛泽东同志在红军中的领导地位。遵义会议后，中央红军继续北上，于 1935 年 6 月在四川懋功地区与红四方面军会师。两军会师后，合编为左、右两路军过草地北上。在长征的过程中，中央红军一次次突破敌人的围追堵截，虽然损失惨重，但革命的火种不灭。在中央红军长征的过程中，留在苏区的红军余部和地方游击队等，坚持游击战争，在一定程度上拖住了国民党军的后腿，分散了敌人的兵力，有力地支援了中央红军的长征。其中由粟裕、刘英同志率领的中国工农红军挺进师，在建立比较稳固的浙西南革命根据地的基础上，建立起了地方武装和工农苏维埃政权，并且频繁出击，骚扰敌人后方，给了敌人以沉重的打击，对支援中央红军长征功不可没。

文件还对今后一个时期挺进师的工作进行了布置。马上就要到八一建军节了，为了进一步扩大战果，牵制敌人的军事力量，继续支持红军长征，中央决定在八一建军节到来之际，在各地普遍开展"八一"示威活动，并且开展相应的"缴枪"和"扩红"运动。各地要根据当地的实际情况，制订相应的计划，拿出具体的措施，确保这些活动不走过场，把各项工作扎扎实实地完成。

在传达完中央文件后，刘英做了动员讲话。他说："同志们，中央文件已经传达给大家了。上级要求我们根据各地的实际情况，在'八一'期间，开展示威活动，并且把它同'缴枪'和'扩红'运动结合起来。根据我们浙西南革命根据地的实际，'扩红'已经达到一定的规模。因此，经挺进师政治委员会研究决定，不将'扩红'列入考核指标。大家只要把'示威'和'缴枪'两项工作做好就可以了。

"说到'示威'，我想强调三点：第一点是为什么要示威。是我们的力量足以同敌人相抗衡了吗？不是。实事求是地说，凭我们现有的力量，是根本不能同敌人相抗衡的。在这样的情况下，我们为什么还要示威呢？说穿了，就是引火烧身。我们的处境艰难，处于长征过程中的中央红军比我们更艰难。我们就是要通过示威活动，吸引敌人来进攻我们。被我们吸引的敌人越多，围追堵截长征中红军的敌人就会越少。第二点是向谁示威。我们到底要向谁示威呢？一句话，就是要向国民党反动政府示威。要让他们知道：红军是主张共赴国难，挽救中华民族于既倒的，是赶不走杀不完的。有红军存在，就没有他们的好日子过。第三点是如何示威。就是要开动一切宣传工具，运用一切宣传手段，把我们的气势宣扬出去，使敌人对我们产生恐惧的心理，进而吸引敌人来进攻我们。

"有人可能会说，这种示威行动不是一种自杀的行为吗？你如果要这样去理解，那你的眼光就太局限了。我们应该看到，全中国的革命运动，就像在下一盘大棋。我们一定要有全局的观念。必要时，为了保住车，我们可以舍弃卒。这就是我们共产党人的革命英雄主义观。在共产党人的心目中，没有贪生怕死，只有义无反顾！"

刘英的动员讲话，在与会者中激起了强烈的反响，大家均报以热烈的掌声。

刘英讲话过后，粟裕就"缴枪"的有关事宜进行了布置。

陈凤生和卢子敬、陈丹山以地方干部的身份出席了这次会议。会议结束，在离开王村口赶回玉岩和安岱后的路上，三个人就挺进师布置的两项任务落实的问题进行了商谈。

陈凤生首先说："这搞示威的事，做起来倒也不难。我们只要做好两件事就可以了。"

"哪两件事？"陈丹山迫不及待地问道。

"第一件事是拉起一支队伍，到松阳县城附近去转一圈，让人们看看，我们的队伍有多强大。县城的敌人不出动最好。如果敌人出动了，就给他们点颜色看看。"

"那第二件事呢？"卢子敬也问道。

"这第二件事就是你的强项了。我们可以在去松阳县城的沿途，贴上或刷上标语。丹山叔，你要提前准备好刷标语的东西。"

"要准备哪些东西？"

"准备两桶石灰水，一把刷墙用的刷子。还有笔墨纸等。"卢子敬说。

三人来到了玉岩区工农苏维埃政府的驻地，陈丹山去街上转了一圈，就将"八一"示威那天要用到的宣传工具准备好了。卢子敬开始裁纸张、写标语。写好的花花绿绿的标语铺了一地。

看到卢子敬不停地写呀写，陈凤生动了恻隐之心，对他说："你可以略微休息一下的。"

卢子敬这才停下了笔，说："好久没有舞文弄墨了，这手有点生疏了。不知道写得好看不好看？"

"你博士写的字哪有不好看的？"

为了防备敌人的出击，在组织去松阳县城示威的队伍时，陈凤生向黄富武同志提出要求，让挺进师政治工作连指导员龙跃带着约一个排三十名士兵参加。考虑到玉岩与松阳县城的路程较远，这支由一百余人组成的示威队伍，在"八一"的头天下午就出发了。队伍每到一处，都要高呼口号，张贴标语。由此吸引了不少的沿途群众。

到达松阳县城西屏镇时，已经是8月1日上午10点左右了。大家依然是喊口号、贴标语。随队的政治工作连的士兵，则在龙跃的带领下，担任着警戒的任务。哪知道防守县城的保安队员，个个都是胆小鬼。只顾保住自己的性命，哪敢轻易出击？

看到示威的目的已经达到，陈凤生和龙跃商量了一下，决定将队伍撤回玉岩。

上面布置的第一项任务完成了，剩下的一项任务就是缴枪。到哪里去缴枪呢？这件事确实让陈凤生颇为头疼。本指望去松阳县城示威时，敌人会出来进攻，到时凭借政治工作连的军事力量，可以消灭一部分敌人，收缴一部分枪支弹药。这样既起到示威的作用，又收缴到敌人的枪支弹药，可以"一箭双雕"。没想到敌人被我们的示威吓破了胆，根本不敢出城，"一箭双雕"的计划落空了。

正在陈凤生为缴枪的事大伤脑筋的时候，龙跃找上门来了。

"有一件大好事想送给你，不知道你有没有兴趣？"龙跃开门见山地说。

"什么大好事？"

"缴枪的呀！"

一听说是缴枪的好事，陈凤生高兴地跳了起来，说："到哪里缴枪？缴谁的枪？"

原来，据挺进师的情报，最近，驻守龙泉的省保安团的一个营，要调往遂昌防守。从龙泉前往遂昌，必须经过遂昌坡口乡葛坪村一带。龙跃的政治工作连，曾经在这一带活动，对它的地形比较熟悉，认为这是一个伏击缴枪的好机会。但苦于自己的人手不足，他的政治工作连，满打满算也只有一百来人，兵力是敌人的三分之一。师领导平时反复交代，不要与优势兵力的敌人碰硬，不打无把握之仗。但这块到手的肥肉不拿，却又多少有点舍不得。想到陈凤生是松（阳）遂（昌）龙（泉）游击大队的大队长，他手下可以调动的游击队员，定然不是个小数目。于是就找上门来了。

"看似一块肥肉，弄不好却是一块硬骨头。"陈凤生分析说。

"那么，我们就此放弃了？"龙跃有点不舍地问。

"它就是块硬骨头，我们也要啃一啃。"

"你可以调动多少人？"

"我给你个保守的数字，五百人左右。"

"这就足够了。"

"可我们游击队，战斗力不强。"

"这不用担心。不用打枪，光是五百来人叫唤起来，就够把敌人吓破胆了。军事行动有我们，你们游击队只负责呐喊助威。"

"我们的行动目的是缴枪，到时见好就收。"

"那是当然。"

陈凤生和龙跃马上分头准备，在人员全部到位之后，在一个月黑风高的夜晚，悄悄地开到了葛坪村附近，在大路的两旁埋伏了起来。

看到敌人进入了伏击圈，随着龙跃一声命令，政治工作连的一百来支枪一齐开火，五百来名游击队员的呐喊声震动山谷。

敌人弄不清虚实，不敢应战。丢下三十多具尸体和三十多条枪之后，仓皇向遂昌方向逃窜而去。

清点战利品时，发现共缴获长枪二十五支、短枪四支、机枪一挺、子弹十箱。

"这次你们游击队出动的人多，缴枪的数量你们多报一点。"龙跃对陈凤生说。

"哪里的话，我们连一枪都没放，怎可坐享其成？"陈凤生推辞说。

　　"你们不是有缴枪的指标吗？你不想完成这个指标了？"见陈凤生有点心动，龙跃继续说，"长枪二十支归你们，其余的归我们，就这么办。"

　　这场发生在浙西南的声势浩大的示威和缴枪的行动，终于把敌人吸引过来了。

第三十八回

宣铁吾进驻遂昌县，叶翊仪死里得逃生

　　缴枪行动告一段落，陈凤生率领的游击队以缴枪二十支的成绩，获得了挺进师的表扬。但陈凤生知道，自己是托了龙跃的福。要是没有龙跃带着政治工作连的一百来号人参战，光凭自己带的那五百来个游击队员，不要说缴到二十支枪，就是一支枪能否缴到也很难说。这算不算弄虚作假呢？带着这个心结，他专门找了黄富武，向他讲明了自己的心思。黄富武却对他说："你们已经出动了游击队员参战，这缴获的战利品就应该有你们的一份。至于谁该拿大头，谁该得小头，是你和龙跃之间的事，别人无权干涉，也没有理由说三道四。"

　　得到黄富武的这一番话，陈凤生的心里踏实多了。于是回到了区工农苏维埃政府上班，这时，上级配给他的助手、玉岩区工农苏维埃政府副主席叶翊仪也到位了。叶翊仪是玉岩附近的黄坪源人，在此之前，他曾担任玉岩村游击队队长。陈凤生带着玉岩的游击队员到靖居区派出所去抓"罗拔毛"，他就是行动人员之一。陈凤生在玉岩发展党员，他是首批发展的对象。区委建立后，他被推选为土地生产委员。在协助陈凤生打土豪分田地的过程中表现非常积极。有这样的人来当助手，陈凤生的心里是满足的。

　　突然传来消息，宣铁吾带着浙江省保安团的六个团已经开往浙西南，即将在遂昌设立"剿匪"总指挥部。

　　宣铁吾（1896—1964），字惕我，浙江诸暨枫桥人。其父为蒋

介石早年的拜把子兄弟，蒋视其为子侄。宣铁吾曾任绍兴国耻图雪会干事、杭州印刷工人俱乐部执行委员长。1923 年到广州，入陆海军大元帅府卫士队任卫士，曾加入中国共产党。1924 年 1 月由沈定一、倪忧天介绍加入国民党。同年由胡公冕、徐树桐推荐报考黄埔军校，5 月入黄埔军校第一期第四队学习。毕业后历任黄埔军校教导一团排长、国民革命军第一军第一师连长、国民革命军总司令部宪兵营营长等，参加过两次东征和北伐战争。大革命失败后，脱离中共组织关系。但因对清党和大屠杀不满，脱离部队前往青岛，任青岛市航务局科长、市政府土地局第四科科长、青岛宪兵司令部团长等。1928 年春任杭州军官训练班第二大队大队长，同年冬参加中央军校第七期，仍任大队长，兼任中央军校国民党特别党部筹备委员，不久转任南京国民政府警卫团团长、中央警卫军第二师参谋长。1932 年 1 月任第五军第八十八师参谋长，曾率部参加"一·二八抗战"。同年底任复兴社中央干事会干事。1933 年起历任军事委员会委员长侍从室侍卫长、国民政府警备司令部参谋长、复兴社特务处骨干成员、浙江省政府保安处处长兼杭州警备司令。

在离开杭州赴遂昌之际，他在省政府主席黄绍竑面前信誓旦旦，一定要将粟、刘共军剿灭于浙西南山区。黄绍竑因为与粟裕、刘英率领的挺进师交过手，深知凭保安团的力量，不要说剿灭挺进师，就是保安团能不能全身而退，还是个未知数。又不好扫了宣铁吾的兴，只好嘱托他与粟、刘作战，一定要慎之又慎，不可冒进或轻敌。看宣铁吾一副不以为意的样子，他也只好点到为止了。

宣铁吾一到遂昌，就将所部的六个保安团，分别布防在"匪患"最为严重的松阳、遂昌、龙泉三地，每个乡以上单位的驻地，都有保安团的部队驻防。并且让保安团配合当地土顽势力，频繁出动，搜捕"共军"头目，"清剿"挺进师及地方武装。

面对敌人的汹汹来势，挺进师师部制定了"以游击战迷惑敌人，以运动战拖垮敌人，以伏击战消耗敌人"的应对策略。同时给下属各地及各单位下发通知，要求尽快将一些公开的组织和人员转入地下，以避免造成不必要的伤亡。

接到上级的通知后，陈凤生马上和刘亨云商量，将"中国共产党玉岩区委员会"和"玉岩区工农苏维埃政府"两块牌子收起，然后两个人一起回到安岱后，在深山老林里隐藏了起来。这时，陈凤生最担心的，是前几天告假回家探亲的叶翊仪的安危，因为他对当前的紧迫局势，基本上一无所知。

果然，不久就传来消息：叶翊仪在家里被敌人抓住了，敌人对他进行了严刑拷打，逼他说出陈凤生等头目的下落，但他守口如瓶，并且不断痛骂敌人。敌人恼羞成怒，便将他拉出去枪毙。一共打了九枪，他身中五枪。但因为这五枪打中的都不是重要部位，所以他活了下来。命是保住了，但由于伤势过重，家人只好将他隐藏在山里的一座苞谷寮（山区农民为防止野兽糟蹋玉米而搭建的守护玉米的临时建筑）里养伤。

"我得去看一看他。"陈凤生对刘亨云说。

刘亨云点了点头，算是答应了。"不过千万要注意自身的安全。"他说。

"这个我晓得的。"陈凤生回答道。于是匆忙回到村里，怀揣着十块大洋，带上一只火腿和一些药品，又叫上草药医生陈德佑，一起奔黄坪源的苞谷寮而去。

看到叶翊仪时，他正躺在用木头搭成的简易床铺上，面上毫无血色，连说话的力气也没有。陈凤生让陈德佑查看了他的伤势，发现他身上无一处皮肤是完好的，还有九个枪眼。

"这不对呀！按说中了五枪，如果都是贯穿伤的话，应该有十个伤口才是。怎么只有九个伤口呢？不会还有子弹头留在身体内吧？"陈德佑查看了叶翊仪的伤口后，这样说道。

"你再仔细看一下。"陈凤生对陈德佑说。

于是陈德佑又仔细检查了一遍，发现他的脊背上有一个突起的小黑点。

"你老公的背上长有黑痣吗？"陈德佑问叶翊仪的妻子钟关妹。

"没有的呀。"钟关妹回答说。

陈德佑用手去触摸那黑点，叶翊仪痛得抖了好几下。陈德佑发现那黑点很硬，不像是身体上长出来的。于是用手去抠，终于抠出了一颗子弹头。随着叶翊仪的一声大叫，那鲜血从取出弹头的地方喷涌而出。

陈德佑马上进行了止血，给伤口消毒，敷上药，包扎好。

"敌人是怎么找到他的？"陈凤生问钟关妹。

"是同村的一个人带着白狗子来抓人的。这个人过去当过保长，人也不怎么坏，在打土豪恶霸的时候，就没有动他。没想到他是这样一个人。"

"白狗子来抓人的时候，村子里的狗叫声响成一片。老叶估计要出事，走出门口一看，白狗子已经到了村口。他慌忙躲进了隔壁的叶小斗家里。"

"那同村的保长问我老叶的去向。我告诉他老叶几天前就出门了。他不相信，说早上还看见老叶在家的。那些白狗子不耐烦，在我家里翻箱倒柜地搜了一遍，没有搜到人。正准备撤走，那保长却说人肯定没走远，一定是躲到隔壁人家去了。"

"隔壁是大户人家，屋子比较大。白狗子上上下下搜了大半天，还是没有搜到人。于是扬言要是再搜不到人，就放火烧房子。为了不连累邻居，老叶只好自己走了出来。于是就被白狗子五花大绑着押走了。"

"老叶被抓走后，我一整天提心吊胆的，那左眼皮老是跳，我估计是凶多吉少了。果然传来消息，老叶被拉到蓝花滩枪毙了！听到这个消息，我整个人都瘫了。直到傍晚才醒了过来。这时，老叶的弟弟来了，他告诉我，老叶的命真大，敌人连打九枪，都没将他打死。他们准备在夜里去把老叶背回来。"

"看到老叶时，他倒在血泊中一动不动，看去就是一具死尸。走近身边，探了一下他的鼻息，发现还有微弱的一丝气息。于是叔叔背着他，我拿着火篾照路，连夜将他背了回来。家里是不能回了，于是就将他安放在这苞谷寮里。"

准备走时，陈凤生对钟关妹说："对不起，老叶的事，让你担惊受怕了。这里有一只火腿，你到时候割一点炖汤，给老叶补补身子，你自己也吃点。还有一点药留在这里，记得每天给老叶换药。"又从口袋里掏出十块大洋，交到钟关妹手里："这十块大洋，就算是老叶的医疗费，你收好了。老叶醒来后，你告诉他，我们对他宁死不屈的精神很是钦佩。让他安心养伤。我们以后还会来看望他的。"

"你们不要想从我的口里得到什么，我是不会告诉你们的！"这时，叶翊仪突然大叫了起来。

"老叶，你醒了？"钟关妹马上走过去，对着丈夫叫了起来。

谁知对方一点反应也没有。原来只是说了一句梦话而已。

钟关妹不甘心，于是附在丈夫耳边，对他说："凤生看你来了！"

没想到叶翊仪马上睁开了眼睛，吃力地说："我这是在哪里？凤生呢？"

陈凤生马上走过去，紧紧地握住他的手，说："老叶，我在这里，你受苦了。"

"我不是被拉出去枪毙了吗？"叶翊仪问道。

　　"是你命大，捡回了一条命。大难不死，必有后福。"陈凤生对他说。

　　"我没有出卖组织和同志，请组织放心。"

　　"看你身上，没一块肉是完好的，我们就知道，敌人为了撬开你的嘴，对你动了大刑。"

　　"幸好我挺过来了。我们的党组织和苏维埃政府，没有受到什么损失吧？"

　　"根据上级通知，我们的党组织和苏维埃政府，都进入地下。暂时没有受到什么损失。"

　　"这样，我就放心了。"

　　看到叶翊仪说话时那吃力的样子，陈凤生不忍心多打扰他。于是和他握手告别。

　　没想到这一次的见面，竟成了他们之间的永诀。

第三十九回

硝磺厂制造松树炮，陈凤生收复王村口

那次参加"八一"示威动员大会后，粟裕单独召见了卢子敬，建议他回硝磺厂后，除了继续制造硝磺外，要抽点时间研究出一种火力强杀伤力大的土武器来。参加完去松阳县城的示威活动后，他就回到了硝磺厂，没日没夜地投入新武器的研制当中去了。

他听说在浙西南的民间，除了火铳这种土武器外，还有一种俗称"大攻"的土武器，是专门用来对付虎豹一类的大猛兽的。他为此走访了一些猎人，终于弄明白了制造"大攻"的要领。

所谓"大攻"，说白了就是用松树制造的土炮。取一段较直的松树，长约3米，直径约40厘米。将松木段纵向两半锯开，把木心部分掏空，只留一头的底部不掏。再将两片松树合在一起，外面加上几道铁箍。然后在它的底部靠近实心的地方打一个孔，与它的空腔贯通。这样一门松树炮就做成了。

使用的时候，先要替它搭好一个支架。所谓支架，其实就是将三根短木棒绑在一起，形成一个三脚的支撑架，然后将松树炮按一定的倾斜角度摆好。装填弹药时，先往空腔里灌进黑火药，再加进铁砂子、钢珠、碎瓷片等，用木棒将它们捅实。再放进破棉絮，压实。这样弹药就装填好了。然后用棉纸包裹着黑火药搓成一根短绳，长度以插入事先打好的底部的小孔后多出10至20厘米为宜。开火时，只要瞄准目标，将引绳点燃即可。

这种松树炮，由于装填的弹药多，所以威力较大，一炸就是一

大片。要是被它携带的铁砂子、钢珠和碎瓷片打中，非死即伤。不足之处一是射程不远，二是装填弹药费时间。

很快，第一门松树炮造出来了。于是将它拉到一处空地进行试射。由于装填弹药的人不敢多用料，所以射出去后，准头是有了，但射程和杀伤力均不理想。于是加填弹药又试。如此这般连试了三次，终于达到了理想的射程和杀伤力。

很快就有人来拉这门松树炮了。卢子敬将使用的注意事项特别是弹药装填的量仔细地向来人做了交代。

卢子敬还专门抽调人员，加紧生产这种松树炮，每一天都能生产出一门。这些松树炮在打击敌人的时候发挥了巨大的作用。敌人被炸得或死或伤，却不知道它是一种怎样的新式兵器。

卢子敬这边为造松树炮忙得不亦乐乎，陈凤生那边也没闲着，挺进师师部的一个通知，把他从安岱后的深山老林里叫了出来，他赶到了王村口附近的一个不知名的小山村。

"凤生同志，真不好意思，大老远地把你叫到这里来。"粟裕握着陈凤生的手，这样对他说。

"这段时间风声紧，我们都躲到深山沟里，什么事情也干不了。我正闲得慌呢！"

"把你叫来是有一个任务要交给你。这个任务好像不需要动用挺进师的力量，靠你们游击队就可以搞定。"

"是什么任务？"

"收复王村口。你知道我们为什么不住在王村口吗？那是因为我们主动撤离后，一些地方土顽势力反攻倒算，把王村口给占领了，就连我和刘英办公和住宿的蔡相大帝庙，也被洗劫一空。国民党的报纸吹嘘说：粟、刘的老巢王村口已经被攻占。所以收复王村口，不仅是军事斗争的需要，也是政治斗争的需要。王村口失去了，民心也就失去了。

"好在目前驻扎在王村口的，只有土顽势力的不上一百号人，他们的武器装备，同你们游击队比起来不相上下。最好是能将他们一举歼灭。歼灭不了，也要将他们赶跑。"

"那我马上就去布置。"陈凤生说。

"到时我会派人协助你的，"粟裕说，"敌人虽然人少武器差，但我们不能掉以轻心。要事先拟好作战计划，不打无准备之仗，不打无把握之仗。祝你成功！"

王村口位于乌溪江上游和关川溪交汇的河口地带，两条溪流将王村口分成了大小不等的三块。乌溪江以东的叫桥东村，以西的叫桥西村。桥东村又被关川溪分成了南、北两大块。中国工农红军挺进师师部所在的蔡相庙，就坐落在桥东村靠南边的部位。

要打胜仗，了解敌情的工作必须走在前面。为此，他让一位叫何金根的游击队员化装成货郎，挑着货郎的担子，摇着拨浪鼓，走街串巷地去叫卖。在叫卖的过程中，将敌人的兵力部署、武器配备、岗哨位置等情况摸了个透。

侦察的情况汇报到陈凤生处，陈凤生对敌情进行了仔细的分析，认为虽然敌人人数不多，但能凭借有利的地势固守，己方的胜算不大。要想取得胜利，必须出奇兵，打他个措手不及。但如何才能出奇兵呢？他的心里一点底也没有。

"老陈，在想什么呢？"听到说话的声音，陈凤生抬头一看，来的是地方工作团的杨干凡。

"老杨，你怎么来了？"

"师首长让我来配合你收复王村口。"

"那真是太好了。你是当过兵打过仗的，我有一个问题，正好要向你请教呢！"

"请教谈不上，给你做个参谋还可以。你说吧！"

"这次收复王村口，我想出奇兵，打他个措手不及。但具体怎么去做，我心里一点数也没有。"

"这个好办。我们可以化装成保安团的人，就说受上峰的指令，到王村口来协防。那些没有经过世面的土顽，肯定会信以为真的。到时我们就可以打他个措手不及。"

"你这个办法好。不过，保安团的军服，我们没地方去找啊！"

"我去军需处问一下，看有没有以前缴获的保安团军服。"

这一问问出的是一个陈凤生希望而又失望的结果：缴获的保安团军服有一批，但只有三十一件。

陈凤生估算了一下，占领王村口的土顽势力有百来号人，己方得拉来三百多人的队伍。三十一件军服，是远远不够的。在弄不到其他军服的情况下，总比一件没有强。虽然量少，但聊胜于无。

"你打算怎样分配这些军服？"杨干凡问道。

"我想从参战的三百多位游击队员中，挑选出战斗力比较强的三十一人，组成一个突击队，军服就让他们穿上。"

"保安团的人背着梭镖，会让人看出破绽来的。"杨干凡提醒说。

"这点我已经考虑过了。既然是突击队，武器配备必然要用最好的。我打算将最好的长短枪拿出来，让他们带上。"

"游击队员不要用本地的，免得被看出来。"

"我打算从松阳调人过来。这样敌人就看不出来了。"

看看该考虑的问题都考虑到了，于是陈凤生对杨干凡说："怎么样，可以行动了吗？"

"行动吧！"

于是陈凤生派人到玉岩、枫坪、安岱后等地，组织起了一支三百来人的队伍，悄悄地集中到了王村口附近的一座破庙里，进行战前动员。陈凤生在动员会上说："今天把大家召集起来，是要收复被土顽势力侵占的王村口。大家都知道，王村口是我们挺进师师部的所在地，收复它具有非常重要的政治意义。我已经在师首长面前打了保票：此战必须成功，不能失败。

"要打赢这场战斗，就必须出奇制胜。我想让大家化装进去，打他个措手不及。化装成什么呢？这里有三十一套保安团的军服，我想挑选有战斗经验的三十一人，穿上保安团的军服，大摇大摆地进去。其余的人，就化装成当地的农民混进去，所带的武器，要藏好，不要被敌人发现。

"据侦察，敌人只有一百来人，而且都是地方上的土顽势力，没经过什么战阵，武器装备差。我们有三百来人，三个对他一个。打胜仗应该是两根手指捏螺蛳，笃定的。大家有没有信心？"

"有！"大家纷纷喊道。

突击队组成之后，杨干凡主动要求担任突击队长。"我经历过的战斗多，经验丰富，有什么突发情况，可以从容应对。"

陈凤生专门挑选了一个王村口举办集市的日子行动。这一天一大早，化装成赶集乡民的游击队员，便三三两两地混在赶集的人群中，向王村口镇涌去。进镇后，便按照事先的布置，分别在靠近敌人驻地的街面上聚集。只等一声枪响，便拿出武器向前冲。

游击队员从桥东北部出发，进入敌人驻防的桥东南部，要经过一座桥，桥的那一头，站着四个荷枪实弹的哨兵，盘查着认为可疑的过往行人。

这时，他们发现一队身穿保安团军服的人，正从桥的那头开过来。

"你们是哪一部分的？"哨兵横着枪，拦住了他们的去路。

杨干凡马上上前回答说："我们是浙保一团三营二连的。奉上峰的命令，到王村口来协防。"

　　那些哨兵早就听他们的上司说过，县城里来了保安团，各区、乡也先后有保安团的人进驻。听说是来协防的保安团的人，哨兵放松了警惕，让开了道，示意他们过去。这时，化装成保安队员的陈凤生和其他三个游击队员，以迅雷不及掩耳之势，扑向哨兵，并且锁住了他们的咽喉，下了他们的枪。其他的游击队员在杨干凡的带领下，迅速向敌人驻守的营房扑去。那些化装成赶集农民的游击队员，看到突击队已经行动，纷纷拿出藏在柴火中、菜担里、背篓内的武器，跟在突击队员的后面，向前冲去。

　　此时正是农村人吃早饭的时间，将近一百的土顽成员，正聚集在营房的食堂吃早饭。大家吵吵嚷嚷的，只顾抢饭菜，全然没有发现自己已经被包了饺子。

　　"不许动！我们是中国工农红军游击队，你们被包围了，赶紧投降吧！"将被俘的哨兵交由其他游击队员看管后随队而来的陈凤生，对着敌人大声喊道。

　　一个当官模样的人拔腿想溜出去拿枪，被陈凤生发现了，陈凤生对着那人开了一枪，子弹打在那人的一条腿上，那人马上跪下了。

　　"谁要抵抗，他就是下场！"陈凤生又喊道。

　　"大家举起手，到门口去排好队！"杨干凡命令道。

　　俘虏们纷纷丢下手中的饭碗，到门口排好了队。

　　"谁是你们的头目？"陈凤生盯着他们问。

　　大家纷纷把目光投向那被陈凤生打伤腿，此刻正由别人架着的人。于是陈凤生走上前去，一把将那人抓住，丢到了地上，对准他的脑袋就是一枪。

　　杨干凡对俘虏们说："你们以为保安团来了，就可以杀回来，反攻倒算了吗？你们的算盘打错了。红军是赶不走的。我们不是回来了吗？今天，是我们清算旧账和新账的时候了！"

那些俘虏，顿时跪倒了一大片。"长官，饶过我们吧！""我们再不敢替白狗子卖命了。""我们家上有老，下有小的，全靠着我呀！"

"怎么处置他们？"杨干凡问陈凤生。

"全部押回去关起来！"陈凤生说。

不到一个小时，这场战斗就结束了。于是，陈凤生他们押着俘虏，带着缴获的武器，踏上了归程。

第四十回

大横坑二陈争地铺，梨树下凤生险脱身

陈凤生等人将俘虏押到挺进师临时驻地，交给挺进师去发落之后，就解散了游击队，让他们各自回家，并且注意隐藏自己。然后陈凤生和杨干凡握手告别，带着陈德佑回安岱后去。

从早晨一直走到午后，离安岱后已经没有多少路程了。前面出现了两条岔道，一条通往安岱后，一条通往大横坑。陈德佑走在前面，轻车熟路地就往安岱后方向走去。

"停一下！"陈凤生突然叫了起来。

陈德佑以为发现了敌人，连忙躲藏到了路边的灌木丛中。这时陈凤生却对他说："没事，出来吧！"

"我还以为有情况呢！"陈德佑挠着头，一脸懵怔地说。

"我们走这条路。"陈凤生说着，指了下通往大横坑的那一条路。

"我们不是要回安岱后去吗？"

"反正时间还早，我想到大横坑去找一下刘昌卓，有些情况要向他了解一下。"

刘昌卓是大横坑村的农会主席。陈凤生说去找刘昌卓，肯定是有工作上的事情要交代。"要不你先回安岱后，我一个人去大横坑算了。"陈凤生对陈德佑说。

"你一个人去我不放心，两个人在一起，多少也有个照应。"

两人来到了大横坑，找到了刘昌卓。刘昌卓见到陈凤生，就像见到了多年未见的老朋友，两个人坐在一起，促膝交谈了起来。陈

德佑看他们聊得起劲，就跑到门口站岗放哨去了。

见陈德佑离开了。刘昌卓压低了声音对陈凤生说："你怎么找这么一个人跟随你呢？"

"他这人怎么了？"陈凤生不解地问。

"他是财主的儿子，你不会不晓得吧？"

"出身不由己，道路可选择。财主的儿子，如果积极参加革命，我们一样欢迎。卢子敬不也是财主出身吗？老刘啊，你的这个思想，有点跟不上趟，得加强学习了。"

尽管他们谈话的声音很轻，还是被站在门口放哨的陈德佑听见了。陈德佑心里十分感动。

陈凤生和刘昌卓一直交谈到了太阳落山。直到刘昌卓的老婆做好了饭菜，叫大家去吃饭时，他们才停止了交谈。

"吃了饭再走，就回不了安岱后了。"陈德佑提醒陈凤生说。

"饭都做好了，哪有不吃就走的道理？回不了安岱后，就住在家里算了。自己人，难不成还生分了？"刘昌卓盛情挽留说。

"那好，德佑，我们就在他家吃晚饭吧！饭后我还要召集村里的干部开个会，看来今晚要在这里住下了。"

吃过晚饭后，陈凤生和刘昌卓就去村农会办公室，召集干部开会去了。陈德佑也跟了去，并且主动担负起了放哨的任务。

直到晚上11点钟，会议才结束。三个人回到了刘昌卓家里。"客人住宿的事情，安排好了没有？"刘昌卓问一直坐等他们回来的老婆说。

"楼上房间有一床铺，不过很窄，两个人怕不好睡，所以我在楼下偏房又弄了一个地铺。"

"我来睡地铺吧！"陈德佑说。

"你年纪轻，睡相不好，爱蹬被子。睡地铺容易着凉的。还是我来睡地铺吧！"陈凤生说。

"你年纪比我大，年轻人应该尊敬大人，这地铺应该我来睡。"

"年轻人要听大人的话。这地铺就让我睡得了。"

"我睡地铺！"

"我睡地铺！"

看双方争执不下，刘昌卓出来打圆场说："楼上床铺是窄了点，两个人挤一下还是可以的。山里天气凉，两个人挤在一起，也暖一点。地铺就让它空着算了。"

"这个主意好。那我先去睡了。"陈德佑说着，就掌着灯"噔噔噔"地上楼去了。

"你们两个忙了这大半夜，也好去休息了。"陈凤生对刘昌卓夫妇说。

"那好，你也早点睡觉吧！"刘昌卓说完这一句，和老婆回房间去了。

大横坑村地势比较高，夜里气温比较低，当地人一年四季睡觉都要盖被子。陈凤生坐了一会，感觉有点凉，准备去地铺睡觉。躺下后又起来，掌着油灯蹑手蹑脚地上了楼，发现陈德佑已经睡着了，鼻子里发出均匀的呼噜声，身上的被子被他蹬到了一边。

陈凤生捡起地上的被子，轻轻地盖到了他的身上，又替他掖好被角，这才悄悄地下了楼，和衣躺到了地铺上。由于白天行路的劳累，他刚接触到床铺，就马上入睡了。

第二天一大早，陈凤生就起来了。他叠好被子，卷起席子，将用作床板的门板靠边竖起，找来扫帚，将地面清扫干净。

这时，陈德佑也睡醒下楼了。看到陈凤生，他连忙问道："昨晚你在哪里睡的？"

"和你一起睡的呀！你睡得跟死猪似的，我还看到你蹬被子呢！"陈凤生撒了一个善意的谎。

吃过早饭，告别了刘昌卓夫妇，两人回到了安岱后。刚进家门，陈丹山就找上门来了。

"最近保安团的人来过没有？"陈凤生问陈丹山道。

"来过一次，目标是抓黄富武和你、我，由于我和黄富武都躲进山里了，敌人扑了个空，就撤走了，"陈丹山说，"今天我来找你，是有一件事需要同你商量。"

"什么事呀？"

"黄富武同志领导的浙西南军分区接到挺进师分配的任务，要在民间收集国民党兵留下的子弹。我是征募主任，于是黄富武同志就把这任务交给了我。这事情该怎么去办，我心里一点底也没有。你有什么高见？"

"挺进师的子弹紧张，我在王村口时听粟师长说起过。他还说在遂昌那边有些村子里的群众，听说挺进师缺少子弹，纷纷把他们平时收集到的一些子弹献给红军了。民间怎么会有子弹呢？原来在民国十九年的时候，那一带闹过农民暴动，收缴到了一些枪支弹药。由于缺乏统一的管理，这些枪支弹药就散落在民间了。我记得当初我们'青帮'拿下玉岩警察分局时，就缴获了一批枪支弹药。后来省防军来进攻我们，杀了傅昌林后，就撤退了。听说在撤退的时候，有的人嫌背着子弹累赘，把它们给扔了。又听说有不少的当地百姓，捡到过敌人撤退时留下的子弹。只要我们去收集，应该可以收集到一些的。"

"你这么一说，我还真想起来了。我这就去办。"

"这么多的地方，你一个人根本跑不过来。不如我们俩分下工，你负责玉岩、黄南和安民一带，我负责枫坪和交塘一带。到时多叫上几个帮手。"

"好，就这么办。"

当天下午，陈凤生便带着陈德佑，来到了枫坪乡下属的梨树下村。当他把来意向村民们说明后，村里的人纷纷把他们收集的零星子弹献出来，有的三五粒，有的十来粒。有一位还提来了半小布袋，当陈凤生拿出银圆，要给这个人作为酬谢时，那人却说："这东西我们留着也没用。听人说用子弹壳可以打铜水壶，可这是子弹，不是子弹壳。把它献给红军，还能多打几个白狗子呢！"

筹集子弹的事情进行得比较顺利，不知不觉，天就暗了下来。于是就来到了一个姓张的关系户家里吃晚饭。

吃过晚饭，陈凤生他们告辞时，这家的主人死活不让他们走，非得要留他们住一宿，等天亮了再放他们走。

"这里离枫坪乡很近，又临近松阳通往遂昌的大路。况且我白天在这里活动，许多人都看见了，要保密也不可能。住在这里，恐怕不安全。"陈凤生说。

"这点我们也考虑到了。我这楼上有一间客房，你们住进去肯定没事的。"

"要是敌人突然来搜查呢？"

"那也不碍事。因为楼上开有一扇门，打开楼门出去就是后山。你们只要将那楼门开着，万一楼下有动静，你们就从楼门出去。保证没人能抓住你们。"

"万一我们睡得很死，听不到楼下的动静呢？"

"那也不用担心。我们村家家户户养狗。只要陌生人进入村里，必然是狗叫声一片。你就是睡得再死，也会被狗叫声吵醒的。"

这时，陈凤生才放下心来，在主人的带领下，上楼休息去了。以防万一，两个人都没有脱衣服。

半夜时分，陈凤生突然被一阵激烈的狗叫声惊醒，他马上下了床，并且叫醒了陈德佑，两个人叠好被子，操起枪，从楼门出去后又关上了楼门，这才隐身在茫茫的暮色中。

原来，陈凤生他们在梨树下收集子弹时，被当地的一个人发现了，这个人曾经当过保长。保安团来到枫坪后，他也被叫去开过会，领到的一个任务就是发现有"共军"头目的行踪，要及时报告。要是报告属实，抓住"共军"头目，还可以得到一大笔赏金。看到陈凤生这条"大鱼"后，他想着发财的机会到了。于是偷偷跟在陈凤生和陈德佑后面，看他们进入了张家，好久没有出来，估计是在张家住下了。于是马不停蹄地连夜赶到枫坪乡，把保安团的连长叫了起来。

听说马上就可以抓住松（阳）遂（昌）龙（泉）游击大队的大队长，那连长顿时睡意全无，马上召集起一队人马，在那保长的带领下，向梨树下扑过去。

他们来到了张家，保长叫开了门，保安团的人一拥而入，把主人围上了。

"深更半夜的，把人叫起来干什么？"老张揉着惺忪的睡眼，说道。

"快把陈凤生给我交出来！不然的话，要按窝藏共军的罪名，杀你的头！"保长气势汹汹地对老张说。

"我不认识什么龙生凤生的，他怎么会在我家里呢？"

保安团的连长不耐烦了，下令道："给我仔细地搜！"

敌人将楼上楼下的各个角落都搜遍了，还是一无所获。

"你说的陈凤生，他的人呢？"连长盯着保长，问道。

"我亲眼看见他进这个屋子的，怎么会找不到呢？"

"你是说我们的人没有仔细找吧？那你自己去找找看。"

保长自己又去找了一遍，还是没有找到人。

敌连长满以为可以抓住陈凤生立一大功，没想到却扑了一个空，还连觉也没睡好。顿时把火气全撒在了保长的身上，冲过去就是一个耳光，打得那保长原地转了一个圈。

"你这家伙，想发财想疯了。竟敢谎报军情，害得我们连觉也睡不好。"

"怎么处置这个谎报军情的家伙？"一个保安团的士兵问道。

"给我往死里打！"

那些士兵被从睡梦中叫醒，又赶了那么多的路，到头来一无所获，心里也憋着火。得到长官的允许，于是围了过去，你一拳我一脚地往保长身上招呼。有的还用枪托猛击，打得保长鬼哭狼嚎。

"收队！"连长一声令下，保安团的人撤走了。

"做人嘛，要多积点德，不要没有一点人性。"老张对躺在地上不能动弹的保长说了一句话，关上大门睡觉去了。

就这样，陈凤生躲过了一劫。

回到安岱后不久，陈丹山也回来了。他们将收集到的子弹清理了一下，这次一共筹集到子弹五千多发。于是两人亲自出马，将它们全部送到了挺进师。

"你们这是送来了及时雨，太感谢你们了。"刘英握住两人的手，这样对他们说。

第四十一回

罗卓英布置大"围剿"，挺进师上田斗强敌

在南京国民政府军事委员会委员长蒋介石的案头，放着一份墨迹未干的《东南日报》，上面有一篇文章，令蒋介石震怒不已。文中惊呼："浙江素称平安之区，乃蒋委员治下一模范省份。然自共军粟裕、刘英部流窜至浙西南后，先是浙西南一隅迅速赤化，旋波及浙江全省。以目下形势而言，浙西南之匪患，绝不亚于当年江西之匪患。""如果听任其发展，则浙江不保，前途实堪可虑！"

看完这篇记者述评的文章，蒋介石拍案而起，说："娘希匹，季宽（黄绍竑字）无能，惕我（宣铁吾字）负我。养虎成患，至有今日。浙江匪患不除，我片刻难安也。"于是下令，紧急召军政部长何应钦前来议事。

何应钦看过报纸上的文章后，试探着问："委座的意思是，要派兵去围剿？"

蒋介石说："现在要考虑的不是派不派兵的问题，而是派谁去的问题。你觉得派谁去比较适合？"

何应钦斟酌半晌，说："要派就派最得力的军队去。十八军堪当此大任。"

何应钦所说的十八军，是陈诚起家的老本。它装备精良，人员充足，训练有素，战斗力强。曾长期在江西等地"剿共"。中央红军第五次反"围剿"失利，被迫北上长征，就是吃了这支部队的亏。

"此前，季宽已派惕我率浙江保安总队的六个团前往浙西南剿

匪。闽赣皖边的保安团也将联合采取行动。为节制各路人马，统一调度，拟成立浙闽赣皖剿匪总司令部。十八军副军长罗卓英资历较浅，恐难当大任。须得资历较深的一要员来担此任。"

"让卫立煌去吧！卫立煌任总指挥，罗卓英兼副总指挥。如何？"

"如此甚好。"

十八军下辖十一、十四、六十七、九十四师共四个师，有四万余人。接到蒋介石亲自签署的"剿共"命令后，罗卓英不敢怠慢，立即率领十八军赶赴浙江，于1935年9月上旬到达金华、龙游一线。在金华，罗卓英召开了军事会议，做出了如下部署：十一师向龙泉、十四师向遂昌、六十七师向松阳、九十四师向云和，分别攻击前进。"各师之间要互通信息，协同行动。粟裕用兵，奇招频出，保安团与之周旋，屡屡处于下风。我们万不可轻敌冒进。我们所要采取的策略，还是当初在江西剿共时的那一套，即稳扎稳打，步步为营。以四个月为期，务将粟、刘共军歼灭于浙西南地区。"罗卓英总结说。

在罗卓英排兵布阵完毕的第二天，卫立煌的浙闽赣皖四省边区"剿共"总指挥部也由福建浦城搬至浙江江山。在江山召开了由十八军团以上干部、四省保安团团长、五十六师一一六旅团以上干部参加的会议。宣布了以十八军为主力，四省保安团为助攻的"剿共"方略。决定以十八军的四个师为主，构筑松阳、遂昌、龙泉、云和一线的第一道封锁线，以四省保安团为主要力量，构筑浙闽赣皖边区的第二道封锁线。同时调五十六师的一一六旅到景宁、泰顺一线协防。

"下面宣布委座口谕：此次浙西南剿共，只许成功，不许失败。我全体将士，务须同心协力，完成剿共之大举。不听调度者，杀；畏葸不前者，杀；临阵脱逃者，杀。"卫立煌的话，掷地有声，与会者无不闻之丧胆。

金华和江山的两次军事会议的召开，犹如给国民党军注入了强心剂。各部队迅速行动起来，对浙西南革命根据地合围的态势基本形成。

面对来势汹汹的强敌，挺进师对其兵力部署、自己所处的危险处境等情况一无所知，还准备发起对敌人的新的攻势。

这次攻击行动选择的地点是龙泉县下属的上田村。上田村处在龙泉、松阳、遂昌三县的交界地带，与龙泉相距五十余公里。根据侦察队报告，上田村这几天进驻了国民党部队，人数有三百多，约为一个营。

"打掉它！"听到侦察报告后，粟裕果断地做出了反应。于是召集了紧急军事会议。在会上，粟裕分析了这场战斗的有利因素。他说："据探报，敌人的约一个营的兵力在上田驻扎。上田村远离龙泉县城，一旦战斗打响，敌人的援兵一时半刻到达不了。根据以往的经验，敌人往往是一击即溃，便于我们速战速决。我们对这一带的地形比较熟悉，知道该从哪些方向进攻。因此，我命令，第二纵队李重才部担任主攻任务，立即开赴上田，投入战斗。第三纵队刘汉南部担任阻击打援的任务，立即开赴东书，构筑工事，准备阻击从龙泉出来的援军。陈凤生的松（阳）遂（昌）龙（泉）游击大队做好主攻部队的后勤支援的工作。下面分头准备去吧！"

李重才率领第二纵队的约五百名战士，日夜兼程赶往上田。当陈凤生组织起二百多名游击队员赶到上田时，战斗已经打响了。

战斗从上午9点打起，一直持续到下午4点多。以前同保安团作战，敌人大多是一击即溃的。这也养成了红军部分指战员的轻敌思想，认为敌人都是不堪一击的。如今遇到了强敌，面对久攻不克，伤员不断增多的情况，大家都不免有些心浮气躁。纵队长李重才更是急红了眼。

"这次的敌人这么顽强，好像不是保安团。"在发起又一轮冲锋之前，陈凤生挨到李重才旁边，这样对他说。

"难道我们碰上国民党的正规军了？"李重才点了点头说。

"要是这样，这块骨头就难啃了。"陈凤生不无担忧地说。

"看来得亮出我们的撒手锏了。"

"什么撒手锏？"

"马上拉几门松树炮来！我就不信打不垮他狗日的。"

陈凤生暗自庆幸自己考虑得周到，在准备运送的弹药时，也让游击队员拉来了三门松树炮。原以为派不上用场了，没想到在这关键的时刻，却用上了。

把松树炮拉来后，搭好炮架，装填进弹药，三个炮手走过来，用手指比画了一下，调整好角度，然后点燃了引信。随着"轰隆隆"的三声巨响，里面的弹药便像雨点似的，向敌人的阵地倾泻过去。

敌人没想到共军竟然有这种类似于大炮的新式武器，一下子就被打蒙了。趁着这个间隙，李重才发出了冲锋的命令。

随着冲锋号的吹响，第二纵队的战士和游击队员排山倒海似的往前冲。敌人终于顶不住了，丢下一百多具尸体和一部分武器弹药逃跑了。

李重才他们一直追出五里地，又俘虏了逃跑得慢的四十余人。这才下令撤退。

李重才发现俘虏中有一位穿着校官军服的人，马上走到他的旁边，问道："你们是哪一部分的？"

"国民革命军第十八军第十一师第一零五团三营的，我是少校营长。"那军官傲慢地对李重才说。

"十八军的？"这个消息太令李重才意外了。怪不得敌人打得这么顽强，原来是国军的王牌部队开过来了。

"你们如果识相的话，就放我们回去，并且缴枪投降。否则没你们的好果子吃。"那军官趾高气扬地说。

"你都成了我的手下败将，还横什么？"

"我们只是吃了你们大炮的亏。要是你们没有大炮，鹿死谁手还不一定呢！"

"我们哪有什么大炮？"

"那把我们轰蒙的是什么武器？"

于是李重才将那军官带到松树炮旁边，对他说："就是这土玩意儿。"

"东西虽土，威力可不小。你们自己造的？"

"那还用说！我们的首长还要问你的话，我们不能放你走。"李重才说着，对手下的人做了个手势。战士们走过来，将俘虏押走了。

担任主攻的李重才部打得很艰苦，担任阻击任务的刘汉南部打得也不轻松。

战士们到达指定的位置后，立刻开始构筑工事。有相当一部分战士认为，拿下上田的敌人是笃定的事，可以说是不费吹灰之力。或许还没有等到增援的敌人出动，战斗就结束了。打阻击，无非是摆个样子，以防万一罢了。因此，在构筑工事时，只是匆忙地敷衍一下。

等到上午 11 点左右，还看不到增援的敌人来，大家的心情顿时放松了下来。正准备安排吃中饭时，却看到敌人蜂拥而至。于是仓促应战。哪知道敌人的火力十分猛烈，几十挺轻重机枪一齐开火，子弹如蝗灾时的蝗虫一样，向红军的阵地飞过来。幸好占据了有利的地形，这才避免了大面积的死伤。

"这哪里像保安团的部队？分明是训练有素的正规军啊！"刘汉南心里这样估摸着。

师首长给自己的任务是坚持到天黑。但依照这个样子打下去，或许坚持不到天黑，防线就面临全面崩溃。

打退敌人的几次冲锋后，部队已伤亡过半。就在刘汉南做出誓与阵地共存亡的决定时，却发现敌人如潮水般退去了。打开怀表一看，时间已是下午5点多了。

带着残兵和一部分伤病员回到师部时，发现李重才他们已经收兵回来了。听说他们打了胜仗，打死敌人一百余名，俘虏四十余人，缴获了大量的武器弹药，他的内心多少有点安慰。

通过对俘虏的审问，粟裕了解了部分敌情。于是连夜召开紧急军事会议，商讨应对之策。

第四十二回

粟师长提出分兵策，师主力金蝉巧脱壳

在紧急军事会议上，粟裕对敌情进行了分析。他说："同志们，我们面临的形势非常严峻。蒋介石这次是铁了心，要将我们一举歼灭，将新生的浙西南革命根据地摧毁。他不仅派出了国军中的精锐十八军，而且给他们下了死命令，只许成功，不许失败。

"当前我们面对的敌人，除了有十八军的四个师约四万人，还有从浙闽赣皖四省调集的保安团约三万人，总兵力不下七万。而我们挺进师，把所有的勤杂人员都加进去，也不过两千五百人，且有不少的伤病员。也就是说，敌人的兵力大概是我们的二十八倍。"

"这只是兵员数量上的对比情况。再从武器装备方面看，敌人除了有轻重机枪外，还有重炮。我们呢？就是一人一支枪还不能保证。轻重机枪的数量也少得可怜。

"再从兵员的素质来看，这次担任主力的十八军，是国民党元老陈诚起家的老本，在国民党军中堪称精锐。其士兵个个训练有素，作风顽强。当年我们在江西革命根据地的时候，就同这支部队交过手，吃过一些亏。敌人的训练有素，从刚刚结束的上田攻坚战和东书阻击战中，就可以明显地看出来。

"敌人制定的策略，有点类似张网捕鱼，先将一张大网撒下，然后逐渐收缩，最后将我们压缩在很小的范围之内，聚而歼之。为此他们构筑了两道封锁线，离我们最近的是由十八军的四个师构筑的'遂昌—龙泉—云和—松阳'一带的封锁线。在这道封锁线的外

面，还有浙闽赣皖四省保安团构筑的四省周边地区的封锁线。目前，这两道封锁线业已构成。接下来就是逐渐收网了。

"面对这样的严峻形势，我们该怎么办？凭险固守，与敌人拼消耗吗？这种'杀敌一千，自损八百'的消耗战，我们拼不起。在上田的攻坚战和东书的阻击战中，虽然我们取得了胜利，但第二、第三两个纵队均伤亡过半。这样拼下去，我们仅有的一点本钱也要拼光了。这个教训够深刻的。

"当前，我们面临的两大任务，一是保留积聚起来的革命力量，二是坚持根据地的游击战，保卫新生的苏维埃政权。为此，我提议，将我们的力量分成两部分。第一、第三、第四三个纵队和师机关组成一部分，向闽北、浙南突围，绕到敌人的背后，相机打击敌人，减少浙西南根据地的压力。第二、第五两个纵队留在当地，坚持游击战争，保卫新生的工农苏维埃政权。

"我先来分析第一个任务。有人或许认为，在敌人设置的这张大网面前，要想像漏网之鱼一样突围出去，几乎是不可能的。但我认为，这完全有可能，因为我们是在山区。山区山峰突起，沟壑纵横，敌人张网容易，收网却很难。不像在平原地带那样，撒得开也收得拢。况且敌人的各个防区之间，难免会有些间隙。只要我们组织得当，突围出去的可能性是极大的。我们要有这个信心。

"再来分析第二个任务。在如此强大的敌人面前，要坚持游击战争，要保卫苏维埃政权，简直比登天还要困难。但也有以下两个有利条件：一是山高林密，为游击战争提供了广阔的用武之地；二是群众基础好，老百姓拥护红军，愿意给我们提供帮助。有了人民群众这片大海，我们这条大鱼，就能在里面里情遨游。

"为此，我建议将师部主要领导进行如下分工。刘英同志率领第一、三、四纵队及师机关突围，我和第二、五纵队留下来。"

　　"你是军事主官，率队突围的担子应该由你来担。还是我留下吧！"刘英发表不同意见说。

　　"我看两位首长就不要争了。你们两位是全师的主心骨，离开了任何一位都不行。因此你两位都得走，还是我留下来吧。"说话的是政治部主任兼浙西南特委书记黄富武，他接着说，"我除了是挺进师的政治部主任，还兼着浙西南特委书记。留在浙西南，坚持游击战争，保卫浙西南革命根据地，是我义不容辞的责任。"

　　"大家的意见呢？"粟裕不能决断，只好向大家征求意见，"赞同黄富武同志意见的请举手。"

　　除了粟裕和刘英，其他的与会者都举起了手。

　　"那好，就按照这个分工，大家分头去准备。刘英同志还有什么要说的吗？"

　　"我来补充两点。"刘英说，"第一点，我们要克服畏难的情绪。敌人虽然强大，但不是不可战胜的。上田攻坚战的胜利，就充分说明了这一点。尽管有蒋介石'临阵脱逃者，杀'的命令，但在局面眼看不可收拾的时候，敌人的主官为了保命，还是选择了撤退。但他知道回去是交不了差的，又知道红军优待俘虏，所以自愿地做了我们的俘虏，并且为了立功，把十八军的兵力部署等情况也说出来了。所以说，敌人的强大是表面的，贪生怕死才是他们的本质。

　　"第二点，我们要做好坚壁清野的工作。随军医院可以随第一、三、四纵队撤走。地方医院和硝磺厂要马上解散，设备要就地掩埋起来。剩下的军粮要择地掩埋，以供留守部队不时之需。与红军挺进师和各级苏维埃政权相关的人员，要停止一切公开的活动，迅速转入地下。各地游击队要化整为零，尽量减少不必要的集中行动。"

　　刘英讲话之后，粟裕又将第一、三、四纵队的干部召集起来，布置行动方案。他说："如何从敌人的层层包围中突围出去？我想到的一个办法是先化整为零，后化零为整。一个纵队一个纵队来突围，目标太大了，容易引起敌人的注意，肯定是行不通的。所以我们首先要化整为零，以三五人为一组，分散突围出去。然后在指定地点集中，化零为整，归回建制。在分散突围的时候，要脱下军装，乔装打扮，寻找到可以突围出去的口子。至于化装成什么人，这个可以八仙过海，各显神通。只要能够突围出去，装成疯子和乞丐，有什么不可以的呢？

"枪支的携带是个问题。带着它，万一被发现了，还可以防身。再说突围出去归回建制后，还要用到它，是不能不带着的。但枪支目标大，不好隐藏。如何设法把枪支弹药带出去，大家可以多想一些办法。在收复王村口的战斗中，陈凤生他们就想出了很多携带枪支弹药化装过关的办法。

"随军医院的设备比较多，转移起来比较困难。朱干同志，你想过转移这些设备的办法吗？"

"随军医院要转移，我也是今天开会时才听到的，还没有时间去考虑设备搬迁的问题。"朱干回答说。

"希望你尽快拿出一个方案来。"

那边，黄富武也将第二、五纵队和游击队的干部召集了起来，给大家布置留守的任务。"当务之急是完成以下三项任务：第一，地方医院的解散和重伤员的安置。轻伤员可以跟随第一、三、四纵队撤走，重伤员及行动不便的伤员肯定要留下来。地方医院解散后，这部分人怎么办？我想也可以采取化整为零的方法，将他们分散安置到我们信得过的老百姓的家中去，由老百姓来负责他们的疗伤及安全。这件事情由陈丹山同志去操办。"

"会议结束后，我马上回家去办。"陈丹山表态说。

"第二，刘英同志提到坚壁清野的问题，要点他都讲过了。这项工作由陈凤生同志负责。”

“没问题。”陈凤生说。

“第三，硝磺厂解散后，设备的存放是个问题。从巩固和发展革命根据地的长远目标来看，我们有朝一日还是要恢复硝磺厂的。所以虽然厂子解散了，设备却要保留下来。卢子敬同志，你是硝磺厂的厂长，这件事情就拜托你了。”

“这是我的分内事，谈不上拜托。”卢子敬说。

“第一、三、四纵队突围出去后，留在根据地的兵力不足五百人，且大都是病残老弱。到时我们的日子会非常难过。但我们既然选择了坚守，就必须拿出壮士断腕的决心，誓与根据地共存亡！”

“誓与根据地共存亡！”大家精神激奋地高喊起来。

“为了保卫根据地和苏维埃政权，我们愿意流尽最后一滴血！”黄富武继续说道。

“保卫革命根据地！”

“保卫苏维埃政权！”

“坚持到底，不惜流血牺牲！”

……

响亮的口号声震动屋瓦，在屋子里久久地回荡着。

这次紧急军事会议，一直开到凌晨1点。

第二天一早，根据紧急军事会议的部署，第一、三、四纵队的战士，开始了自愿组合和乔装打扮，然后分头向四面八方突围。

敌人做梦也没有想到，红军挺进师会以这种方式来突围。就在他们做着将红军压缩在弹丸之地聚而歼之的美梦的时候，挺进师三个纵队约两千人，就在他们的眼皮底下溜走了。

突围出来的挺进师第一、三、四纵队，按照事先的部署，在浙江省泰顺县的南部逐渐集中。到位的有一千八百余人。10月5日，在福建省寿宁县含溪村挺进师与在当地坚持游击战争的叶飞领导的闽东独立师会师，并在郑家坑召开双方的联席会议，决定联合挺进师、闽东独立师、闽北地方武装三支革命力量，共同开辟浙南革命根据地，以泰顺、福鼎、平阳、瑞安四县为中心，开展游击战争。

为了吸引敌人，减轻浙西南革命根据地的压力，粟裕和刘英商议，利用浙南革命根据地建立的大好时机，发动对敌人的新攻势。

第四十三回

罗卓英强推连坐法，陈凤生设计送粮食

在浙江江山的浙闽赣皖四省"剿共"总指挥部里，副总指挥兼十八军军长罗卓英正在阅读第一期的《剿共通报》。通报中的以下三块内容，引起了他的关注。

第一块内容是十八军各部到位及驻防的情况。根据军部统一部署，十一、十四、六十七、九十四四个师分别于9月上旬进驻龙泉、遂昌、松阳、云和县城。至县城后，立即布置"剿共"事宜，拟采取的主要措施是：一、在匪患严重的遂昌、松阳、龙泉交界的浙西南地区，凡五户以上的村庄，均派出一个连队驻防，稍大的村庄驻防一个营。此举谓"村村驻防"。二、凡五户以下的村庄，则强迫住户搬迁至五户以上的村庄，然后将其房子烧毁。此举谓"移民并村"。三、在大小路口，分别设置路障，派兵驻守，严密盘查过往行人，拘捕可疑人士。此举谓"路口设障"。

第二块内容是与"共军"接触和战斗的情况。9月中旬，共军一部突然进攻十一师一零五团三营驻防的龙泉上田村，双方发生激战，战斗从上午9点开始，一直持续到下午4点左右。由于共军使用了一种疑似大炮的武器，致国军遭受重创，战死及被俘虏者过半，营长被俘。驻龙泉的师部接到求援电话后，立即派出机动的特务营前去支援。增援部队到达东书时，遭到共军一部的顽强阻击，增援部队连续发动五次冲锋，均未奏效，始终不能越东书一步。

第三块内容是当地群众受"赤化"的情况。受"共军"的"赤

化"影响，当地百姓对国军的行动均有抵触，采取的是不配合的消极手法。据报告：在当地，有人窝藏共军伤病员，有人给共军通风报信，有人给共军送粮送盐。国军因对当地情况不熟悉，花钱请人带路，无人肯带，致使国军进山搜捕，因迷路无功而返。更有甚者，以带路为名，将国军引入共军之包围圈，然后趁乱逃走。如此下去，如期完成"剿共"大业，恐成泡影。

"这些受'赤化'的刁民，太可恶了。"罗卓英放下通报，脸上蒙上了一层阴影。于是来到了隔壁的卫立煌的办公室。

"尤青（罗卓英字），看你的脸色不大好。是什么令你心烦？"卫立煌看到罗卓英后，问道。

"'赤化'后的刁民不肯配合，我军行动举步维艰啊！"

"这也难怪。共军一直以为，红军跟老百姓是鱼和水的关系，他们也非常重视与老百姓处好关系，借以收买人心。"

"这点我们却很难做到，"停顿片刻，罗卓英说，"因此，我们得制定一个条例，将共军和老百姓强行分隔开来。离开了老百姓这水，我看它那鱼怎么活下去。"

"你有腹稿了吗？"

"我想到了几点，比如十户连坐、十杀不赦等等。"

"拟好后给我看一下。"

罗卓英用了一个晚上的时间，绞尽脑汁，终于拟就了一份《"剿共"期间民间管制条例》。其中规定：当地百姓一家通匪，十户连坐。窝藏共军者，为共军通风报信者，给共军送粮送盐者……均杀无赦。

条例经卫立煌审核后，立即下发到各"剿共"部队，并在当地强制推行。一时间，整个浙西南革命根据地，陷入了白色恐怖之中。

隐藏在大山里的陈凤生，这几天的心情很不好。虽然在躲入深山之前，他已经将挺进师留下的和民间收集的一点粮食，分别转移到了王村口和安岱后的两个秘密洞穴里，然后安排第二纵队和第五纵队的各二百来人住进去，但是，就那么一点粮食，吃不了几天，就难以为继了。看敌人的阵势，一时半刻是不会撤退的。第五纵队粮食和食盐告罄的消息，接二连三地传到了他的耳边。

在条例推行之前，敌人的管控还是比较放松的。陈凤生组织当地群众和游击队员，把粮食和食盐藏在箩筐的下面，上面放上一些其他的东西，经过哨卡时，哨兵只是问一下挑的是什么、送到哪里去的问题，做一个简单的登记，连检查都不检查就放行了。这些粮食和食盐，便如期交到了第五纵队的手里。

在条例推行之后，敌人的封锁越来越严密，尤其是对粮食、食盐等生活必需品的检查，更是达到了锱铢必较的程度。当地的人要出门，携带的东西要经过四五道盘查，还要被搜身。一旦搜出违禁品，立刻拉出去枪毙。以前用过的给红军送粮的方法，肯定是行不通了。

"怎么办？难道说让红军战士活活饿死吗？"陈凤生想破了脑袋，还是想不出送东西的好办法。于是召集了安岱后的陈丹山、陈德义、陈德佑等一帮人，一起来商讨用什么办法给红军送东西。

俗话说：三个臭皮匠，凑成一个诸葛亮。经过这番商讨，你一言我一语的，办法终于想出来了。

这一天，在安岱后通往外面的路口哨卡前，出现了一批背着毛竹的农民，每人的肩上都有好几根。他们三三两两、有说有笑地向哨卡走了过来。

"停下检查！"哨兵横枪拦住了他们的去路。

于是大家放下肩上沉甸甸的毛竹，排好队耐心地等待检查。

哨兵对他们进行逐一搜身。没有搜查出违禁品。于是就将他们放行了。

"等一下，"就在大家将毛竹重新上肩，准备过关时，一个哨兵突然叫了起来，并且盯住大家肩上的毛竹，问道，"这么一些毛竹，背到哪里去？"

这时，从人群中走出一个高个子，他冲着哨兵微笑着，说："老总，我家种的猕猴桃要上架了。我这雇了人，砍来了毛竹，正想背去搭架呢！"

"你家的猕猴桃园，在什么地方？"那哨兵怀疑地问。

"比较远，要拐过五道山弯才能到。背到了还要搭架子，没有十来个钟头，是搭不好的。被你们这么一折腾，耽误了时间，我这人就算白雇了。"

"赶紧走吧！"哨兵一伸手，终于放行了。

一行人背着毛竹，迈开大步向前奔去，拐过一道山弯后，马上直奔目的地而去。

到了一处树木比较稀少的空旷处，领头的高个子叫大家放下毛竹，他学了几声猫头鹰叫。马上从树林中跳出十几个人，将他们放在地上的毛竹背走了。高个子叫大家在原地休息，抽几袋烟，扯一些闲话，看看太阳快要落到山背后去了，这才叫大家往回赶路。

原来，这批毛竹是经过特别处理的，里面已被弄空，装上了大米或食盐。在毛竹的顶部，有一个木塞子。拔掉塞子，将毛竹倒竖起来，用东西敲打竹竿，那大米和食盐就会"哗哗"地流出来。那些将毛竹背走的人，就是第五纵队的人化装的。他们和高个子约定在这个地方交接，以猫头鹰的叫声为暗号。

事不过三。这种用毛竹给红军送东西的办法，最后还是让敌人给发现了。

那一天，又有一个人背着毛竹，出现在哨兵眼前。哨兵感到奇怪：最近怎么会有那么多的人，背着毛竹出村去？于是在检查时，就多长了几个心眼。这个人虽然背的是一根毛竹，但看那分量，似乎超出了毛竹本身的分量。于是对毛竹仔细检查了起来，终于发现了毛竹顶部的木塞子。

"这个东西，做什么用的？"哨兵问道。

"搭架子时，要将毛竹剖开，加上木塞子，剖开毛竹时，就省事多了。"那人还想搪塞过去。

那哨兵将木塞子一拔，白花花的大米顿时流了出来。那人顿时吓得脸色煞白。

"将这个给共军送粮食的家伙抓起来！"随着叫声，上来了几个哨兵，将那人五花大绑后，押到营部去问话。

任凭敌人严刑拷打，那人始终没有说出受何人指使、有哪些同伙、粮食要送给谁，怎样接头等。敌人见实在问不出什么，就把他拉出去枪毙了。

受此人牵连，"连坐"的其他九户，被限制出行。每天门口都有大兵把守着，全家人不能出大门口半步。就是上茅坑，后面也有持枪的大兵跟着。

敌人本打算倒追原先那些背毛竹出去的人的责任。但苦于没有拿到真凭实据，且追究起来，自己也有失察的责任。于是也就大事化小，小事化了了。

又一天，在同一个哨卡前，来了三个挑着粪桶的人。

"停下检查！"哨兵喊道。

三个人放下粪桶，其中一个径直将粪桶放到了哨兵的眼皮底下。

"这东西挑到哪里去？"在搜查了三个人的身体后，哨兵盯住粪桶，捂着鼻子问道。

"挑到村外田里种菜去。"那人说着，故意走到粪桶旁边，将粪桶晃了晃。几滴粪水溅到了哨兵的身上。

"臭死了！赶快挑走！"哨兵一只手捂住鼻子，一只手做了个放行的手势。

三个人挑起粪桶向前走去，在离开了哨兵的视线后，马上直奔目的地。

还是在上次接头的地方，还是学了几声猫头鹰叫后，出来了十几个人。看到三个人挑着的粪桶，那些来接头的人一脸茫然。

"怎么不背毛竹来了？"一个来接头的人问道。

"毛竹中藏东西被敌人发现了，还枪毙了一个人。以后不能再用老办法了。"

"你们挑粪桶来，什么意思？"

"挑回去，倒出来就晓得了。"

接头的人将粪桶挑回驻地，将粪水倒去时，从里面出来了一个个油纸包。将油纸包放在水里洗干净，打开多层包裹的油纸，里面全是大米和食盐。

这种送东西的办法持续用了一段时间。终于有一天，就连这种办法也行不通了。敌人的哨兵发现有挑粪桶的经过，就要让他们将粪桶挑到一个固定的地方，倒掉粪水来加以查验。

这时，陈凤生又绞尽脑汁，替红军战士想出了一个就地取材解决吃饭问题的好办法来。

第四十四回

五纵队采食"长毛草"，黄富武夺粮受重创

一天，在第五纵队驻扎的山洞里，黄富武正焦急地等待着派出去与安岱后送粮群众接头的战士返回。因为他们已经断粮一天了，战士们一个个饿得肚子"叽里咕噜"地直叫。

终于等到去接头的战士回来了，但他们却是两手空空的。

"这是怎么回事？"黄富武盯着那些派出接头的人，这样问道。

其中的一个战士回答说："听今天来接头的安岱后的群众说，近来敌人对粮食和食盐的管控特别严，原先用过的运送办法，都行不通了。因此他们今天没有将东西带进来。"

"我们已经断粮一天了。没有吃的，这该如何是好？"黄富武焦急地说。

"接头的人还带来了陈凤生的一个口信，说是能暂时缓解我们的粮荒。"

"什么办法，你快说！"

"他叫我们出去找一种叫作'长毛草'的东西。"

原来，在玉岩、枫坪、安岱后的山间田野，到处生长着一种野草。长得好的有半人多高，在直立的茎秆上，长有手指一般长的阔绿叶。由于它的茎和叶的正面和背面，都长着细细的茸毛，所以当地人称之为"长毛草"。这种草无毒无害，叶多而嫩，稍有苦味。当地人常将它采来做猪的青饲料。还有人将它采来，用清水煮熟，放进食盐和调料，虽然有点苦味，但吃下去抗饥饿。

"陈凤生捎来话说，这种东西虽然难吃一点，但总比不吃挨饿强。如果实在得不到粮食，可以用它来暂时充一下饥，"说着，从口袋里掏出一株野草的一段，"就是这种东西。"

"你带几个人，马上去找这'长毛草'。"黄富武吩咐道。

不到半个钟头，几个人就抱着一大堆的"长毛草"回来了。于是把它们交给了炊事班。炊事班的人将它们的叶子捋下来，放到水里洗干净，然后放到锅里煮几分钟，捞起来后，放入食盐拌匀称，再把它分给战士们去吃。

"怎么只见菜，而不见饭？"

"你这给我们吃的是什么呀？"

"吃过以后你就知道了。"炊事员说。

由于饿得够呛，尽管东西不好，也没有足够的调料，大家吃起来，还是津津有味。有的吃了一碗，还想再盛，却被炊事员给劝住了："这东西吃下去，怕是不好消化。还是悠着点，不要吃坏了肚子。"

接连好几天，吃的都是这种"长毛草"。战士们有的闹起了情绪。"怎么老是给我们吃这东西？""我们都要吃腻了。""给我们来点米饭吧，稀粥也行。"

黄富武只好开导他们说："由于敌人控制得非常严，老百姓要给我们送粮食，也送不进来。只能靠我们自己想办法。这野菜是不好吃，但吃下去才能活命。也只有活下命来，我们才能看见敌人撤退的那一天。我相信，根据地的老百姓，不会将我们置之不理的。突围出去的粟师长和刘政委他们，会有办法让敌人撤兵的。我们只要坚持到最后，就一定能够看见胜利的曙光。为了活命，为了胜利，再难吃的东西，我们都不在乎！"于是带头吃起了"长毛草"，没想到却噎住了。把脸涨了个通红，这才将东西咽了下去。

在黄富武的带领下，战士们只好硬着头皮，将那煮熟的"长毛草"往口里扒拉，皱着眉头咽下去。

"这样下去肯定不行。没等到敌人撤兵，我们一个个都得去见阎王。与其等着饿死，不如豁出去，和敌人拼了。"在说服了战士们之后，黄富武突然冒出了一个鱼死网破的想法。

这时，派出去刺探敌情的一个战士回来报告：敌人的一个辎重连的一百余人，明天要从玉岩押送一批粮食去枫坪。

"你这情报准确吗？"黄富武问道。

"由于玉岩到枫坪的大路不能行车，敌人只好到处雇人当挑夫。雇的挑夫有一百多人。"

"你确定要运送的是粮食吗？"

"那些大兵是这样跟挑夫们讲的。"

"押运的士兵数量，你是怎么得知的。"

"也是大兵们跟挑夫说的，"那人接着说，"我们眼下断粮多时，这倒是一个主动出击、补充粮食的好机会。"

黄富武在心里盘算了一下："这情报来得有点蹊跷。按说运送军粮这样的事情，应该属于军事机密。十八军的人即使再自负，也该知道要保密的。会不会是敌人知道我们缺粮，故意散布消息，来引我们上钩呢？"

"万一这情报是真的呢？我们不主动出击，就失去了一个千载难逢的得到粮食的机会。敌人只有一百余人，我们第五纵队集中起来，有二百多人。数量上我们占绝对优势。"

"既然这样，就干它一家伙吧！"黄富武毅然做出了决定。

于是，全纵队在夜间偷偷开出山洞，来到了玉岩到枫坪的必经之路旁埋伏起来。

第二天上午 8 点左右，终于发现人马开过来了。走在前面的是一队士兵，中间的是由一百多人组成的挑夫，每个挑夫的肩上都挑着两个沉甸甸的麻袋包。挑夫的后面又是一队押送的士兵。

"开火！"黄富武一声令下，第五纵队的各种枪支顿时响成一片。那些押送的士兵，一听到枪响，马上丢下挑夫，朝不同的方向撤退而去。挑夫们也纷纷弃担逃命去了。

"快去抢粮食！"事不宜迟，黄富武又发出了命令。

战士们涌到麻袋包旁边，正要去挑那担子，黄富武却叫他们别慌，解开麻袋口看一下。

麻袋口解开了，看到的情形让所有人都傻了眼：里面装的全是沙子！

"我们上当了，赶紧撤退！"

可是已经来不及了。原先撤退的押送粮食的士兵从两头夹攻过来，后面还跟着大部队，黑压压的一大片。他们迅速地将有利的地形占领了，子弹如雨般向第五纵队飞过来。战士们顿时倒下了一大片。

看着自己的战士一个个倒在血泊中，黄富武心里翻开了锅：明明知道情报有假，却还要组织这么一场"劫粮"的行动，这源于自己的一种侥幸心理！指挥员的侥幸心理是可怕的，它简直是拿战士们的性命开玩笑！眼下最急迫的，就是带着剩下的战士们突围出去。

他看了一下周围，侥幸活下来的人，已不到三分之一。"大家分散突围吧！突围后在老地方汇合。"他对战士们说。

突然，一颗子弹飞过来，击中了他的腿部。他摇摇晃晃地倒在了地上，鲜血顿时流了一地。由于失血过多，他昏过去了。

等到他恢复知觉，发现自己躺在出发前一直待着的山洞里，右大腿上扎着绑腿。旁边只有三个战士陪着。

"他们都突围出来了吗？"黄富武问道。

"死的死了，活着的都成了俘虏，只剩下我们三个了。"

"你们是怎样突围出来的，脚后跟干净吗？"黄富武不无担忧地说。

"你发出分散突围的命令后，大家就各顾各地突围。我们三人看你还有一口气，就让两个人打掩护，一个人背着你，突围了出来。敌人追了我们一里来路，但没有追上我们。"

"第五纵队完了。这是我的失职啊！"

"眼下最要紧的，还是你这伤势。"

"你们去一个人，到接头地点，给陈凤生捎个信，叫他让陈德佑来这儿给我治疗。"

当天夜里，陈德佑就来到了山洞，同来的还有陈凤生。

陈德佑给黄富武检查了伤情，发现子弹虽然打穿了右大腿，但没有伤到骨头。只要将伤口消毒，敷上外伤药即可。在用盐水给伤口消毒时，黄富武发出一阵抽搐，豆大的汗珠，不停地从他的脸上滚落下来。陈凤生拿着毛巾，不停地擦去他脸上的汗水。

消毒过后，陈德佑去采草药了。陈凤生和黄富武聊了起来。

"要是你，会来冒这个险吗？"在叙述了整个战斗的经过后，黄富武问陈凤生道。

"你那是让缺粮给逼的。人在某种情况下，是会丧失理智的。"陈凤生说。

"第五纵队就这样完了。我黄富武是个罪人啊！"

"留得青山在，不怕没柴烧。你目前要尽快养好伤，不要想太多了。"陈凤生开导他说。

"粟裕和刘英同志，不知道突围出去没有？为什么这么一段时间过去了，还不见敌人有撤兵的迹象？"

"但愿他们能突围出去，保留下革命的一些种子。"

"敌人大肆搜捕,各地党组织和苏维埃政权的损失够大的吧？"

"具体受破坏的情况还不知道。有一点可以肯定：覆巢之下，安有完卵。"

"难道说，我们费尽心机建立起来的党组织和工农苏维埃政权，就这样完了？"

"等敌人撤退之后，我们还要将它们重建起来的！"

"希望我们能等到那一天。在极端艰难困苦的时刻，我有时会想，倒不如与敌人同归于尽算了。"

"那种想法有时我也有。虽然不乏壮烈，却多少有些悲观。"

"还是你比我乐观。"

"那是你遭到了挫折，而且是很大的挫折。人在这样的情况下，很难做到乐观的。"

"还是你能理解我。"

这时，陈德佑已经采来了草药，捣碎后小心地敷到了黄富武的伤口上。临走时，陈德佑又嘱咐其他三个人，在什么地方采药，采什么药，草药如何处理。特别交代每天要换一次药。

"这次战斗中我们的人有被俘的，要是他们顶不住敌人的刑罚，把你居住的地方供出来，你的处境会非常危险。我会尽快给你安排一个新的地方养伤。到时我会来接你的。"陈凤生对黄富武说。

三天后的夜里，陈凤生又来到了山洞，和其他三个战士一道，将黄富武秘密转移到遂昌县圩头乡外方岭村的一个农户家中。

第四十五回

挺进师主力频出击，罗卓英"剿共"不松弦

　　挺进师主力撤到浙南地区后，与闽北、闽东两支革命力量会合，组建了闽浙边临时省委，开辟了浙南革命根据地。为了减轻十八军及浙闽赣皖四省保安团的"围剿"给浙西南革命根据地带来的巨大压力，粟裕和刘英商议，在浙南站稳脚跟后，立即发动对敌人的强劲攻势。他们选择进攻的第一个目标，就是泰顺县的百丈镇。

　　驻守百丈镇的是国民党五十六师一一六旅属下的一个营。据侦察报告，五十六师一一六旅是参与浙西南"剿共"的部队之一，但不归属于十八军，战斗力一般。驻守百丈镇的敌人约有三百人，城防比较坚固，防范比较严密。

　　很显然，这次要打的是一场攻坚战。

　　"你准备让哪支队伍执行主攻任务？"刘英问粟裕道。

　　"让刘达云的第一纵队担任主攻，第三纵队担任阻击，第四纵队作为预备队。"

　　"攻城时，松树炮可发挥大作用。可惜突围时没有带出来。"

　　"那就多准备一些炸药包。我就不相信炸不塌它的城墙。"

　　在战前的军事会议上，粟裕给各纵队布置了任务后，特别强调说："敌人对我们浙西南革命根据地的围攻非常猛烈，留在当地的第二、五纵队和地方游击队，他们所承受的压力非常之大，大到令人难以想象。我们打好这场攻坚战，或许就能把十八军的主力吸引过来，或者把它们的一部分兵力吸引过来。这样就能大大减轻黄富

武、陈凤生他们的压力。以前在浙西南革命根据地，我们都是低调出击的。但这次不同了，我们要高调出击。要公开打出中国工农红军挺进师的旗号。我们就是要让敌人知道，挺进师的主力在这里，让他们放弃对浙西南革命根据地的进攻，转过头来进攻我们。"

在粟裕发言之后，刘英也讲了话。他说："这场战斗，一定要将敌人打痛，打出我们挺进师的威风来！敌人的兵力只有一个营，只有三百来人，我们第一纵队有千把人，兵力是他们的三倍多。我们没有理由不取胜。浙西南的战友和父老乡亲在翘首企盼着我们，他们在敌人的大举进攻面前，正在大面积地流血牺牲。我们打好这一仗，就是对他们的有力支援，就是救他们于水深火热之中。"

战斗在当天下午1点左右就打响了，第一纵队以迅雷不及掩耳之势，完成了对百丈镇的包围。纵队长刘达云站在一个高台上，向敌人喊起话来："国军弟兄们，我们是中国工农红军挺进师第一纵队。你们已经被包围了，快放下武器投降吧！"

这时，从城墙上面传来一个声音："何方流寇，竟敢冒充红军。挺进师的部队已经被十八军包围在浙西南地区，如秋后的蚂蚱，蹦跶不了几天了。我们的援军马上就到，你们还是赶紧逃命吧！"

"敌人不相信我们是挺进师的，怎么办？"在刘达云旁边的一个战士，这样问道。

"那就狠狠地收拾他们！"

随着刘达云"开火"命令的发出，轻重机枪夹着步枪一齐开火。在强大火力的掩护下，担任爆破任务的突击队员抱着炸药包，在地上匍匐前进，渐渐接近了城墙的底下。

城墙上的敌人发现了突击队员，纷纷将手榴弹往下扔。第一批突击队员全部牺牲了。

"第二批突击队员，给我上！"刘达云再次发出了命令。

第二批突击队员准备就绪。

"机枪手，掩护！"

轻重机枪再次像爆豆似的响了起来。敌人的火力被暂时压了下去。利用这短暂的间隙，突击队员飞身冲了出去。迅速接近城墙。

敌人的子弹密集地射向突击队员，第二批突击队员全部倒下了。

"这是怎么搞的？"就在刘达云捏紧拳头，狠狠地往地上砸去的时候，从倒下的突击队员中，突然站起了一个人，抱着炸药包，拼命向前跑去。

这一突然的变故，不仅出乎刘达云所料，就是敌人也被弄蒙了。

只听"轰"的一声巨响，城墙被炸开了一个缺口。

趁着敌人慌乱的瞬间，红军的冲锋号吹响了。一队红军战士从炸开的城墙缺口冲了进去。另两队则通过倒塌的城墙，分别向两边发起进攻。把缺口两边城墙上的敌人给消灭了。

冲进镇子里的一队人马，迅速接近城门，在解决了守门的敌人之后，顺利地打开了城门。

敌营长见大势已去，慌忙带着一小队人马，企图从另一个城门逃出去。没想到一打开城门，密集的弹雨飞了过来。一小队人马，个个成了枪下之鬼。

这场战斗，全歼敌人的一个营，打死打伤敌人二百余名，俘虏近一百人，击毙敌营长一名，缴获大量枪支弹药。我军伤亡约五十人。

战斗捷报传到粟裕耳边，他喜不自胜，对刘英说："这下该把十八军调过来了吧？"

可是等了足有一个星期，还是侦察不到敌人的调兵迹象。于是，粟裕和刘英商定，再次对国民党军五十六师——一六旅发起进攻。

这次进攻的目的地直接定在泰顺县城，根据百丈镇俘虏交代，——一六旅的布阵是这样的：旅部及一团驻泰顺县城，二团驻景宁县城，三团则分散驻扎在泰顺各区及乡镇，其中包括在百丈镇被消灭的一个营。在这三个团中，一、二团的战斗力略微强一些。根据这些情报，粟裕决定采用"围点打援"的策略，将一个纵队用于围城，两个纵队集中打击敌人的援军。一旦泰顺县城被围，敌人必定从景宁县城调成建制的二团过来增援。到时可以在半道伏击而歼灭之。

驻守泰顺县城的敌人总兵力有一千五百余人。一个星期以前，旅长汤帮祯接到了报告，说是在红军的猛烈进攻下，驻守百丈镇的一个营守军全军覆灭，营长也战死了。共军的攻城部队是挺进师的第一纵队，谋划这场战斗的，据说是红军挺进师的师长粟裕和政委刘英。令他想不通的是，粟裕、刘英和他们的挺进师，不是被十八军和四省保安团铁桶似的围在浙西南了吗？难道他们个个会《封神榜》里的土行孙的土遁法，或者会《西游记》里孙悟空的筋斗云不成？不管他是不是挺进师的，反正这一箭之仇，是一定要报的。

正想派人去侦察这支部队的情况，伺机出击时，他们却自己送上门来了。

"敌人看来来者不善啊！"副旅长李凤春看着兵临城下的共军部队，对汤帮祯说。

"就这么一点部队，也敢号称挺进师？"汤帮祯不屑地说，"肯定是共军为了解浙西南的围，而故意布的疑阵。你马上发个电报给驻景宁的二团。让他们火速赶回来。我要内外夹攻，将小股共军消灭于泰顺城下！"

"旅座高见。我这就去布置调兵。"说完，李凤春走了。

等了将近半天，还是不见共军攻城，汤帮祯心里更加得意了：看来共军也知道我汤某人不是好惹的，这块硬骨头他们啃不下。你们就这样犹豫彷徨下去吧！等到景宁的部队开过来，我们就可以包饺子了。

围城的部队没有撤，景宁的部队却迟迟不见回来。叫人发电报去催，这才知道上了共军的当。从景宁回调的部队在半道，被数倍于己的敌人包围了。"请火速派兵增援，我们快顶不住了。"团长带着哭腔求援道。

汤帮祯马上组织城里的部队出城增援。部队刚出城门口，就被密集的子弹挡了回来。

"共军火力凶猛，我们冲不出去啊！"率领增援部队出城的李凤春，退回旅部，这样对汤帮祯说。

要派兵增援，必须从四个城门出去。共军的火力，主要集中在四个城门外。赖以守城的城墙，这时却成了戴在身上的枷锁。这让汤帮祯非常恼火。

"旅座，再不发救兵，我们就要完蛋了！"电话那头又传来了求救的声音。

"我带弟兄们，再冲一次试试？"李凤春说。

"不要再做无谓的牺牲了，"汤帮祯摇了摇头说，"马上给卫总指挥去电，请求派兵支援。"

卫立煌的办公室里，突然电话铃声大作。他拿起听筒，里面传来了汤帮祯急促的求救声："我是五十六师——六旅的汤帮祯。我部遭到流窜到此的粟裕、刘英挺进师的猛烈攻击，已损失一个团加一个营。请总指挥速发兵救援。"

"粟裕、刘英的挺进师不是被十八军和保安团包围在浙西南一隅了吗？难道他们会孙悟空的分身术吗？"

"起初我们也不相信，后来仗越打越大，我们的损失越来越重，才不得不相信了。"

"那好。容我和罗军长商量一下，再答复你。"

当卫立煌将汤帮祯的意见转达给罗卓英时，罗卓英把头摇成了拨浪鼓，说："粟裕、刘英的挺进师已经被我十八军重重包围，他们已经插翅难飞。共军用兵，善于以假乱真。在这节骨眼上，我们可千万不能上当。"

"一一六旅那边怎么办？"见罗卓英没有反应，心直口快的卫立煌，又补充了一句，"五十六师不属于十八军，后娘的孩子没人疼啊！"作为总指挥，他觉得应该顾及全局。

"俊如（卫立煌字）何出此言？我也是为'剿共'大业着想。汤帮祯那边，你可以调保安团去支援一下。反正我是不会派出一兵一卒的。"罗卓英涨红着脸说。

在罗卓英办公室的墙上，贴着一张军用地图，地图上用红色铅笔标出的四个箭头，均指向一个目标——王村口。头脑简单而行事武断的罗卓英，此刻正做着将挺进师聚歼于王村口，将粟裕、刘英活捉的春秋大梦。

第四十六回

二纵队激战馒头岭，十四师血洗王村口

　　这地方叫馒头岭，由遂昌经大柘、石练进入王村口，必须经过此地。因山顶有巨石形似馒头而得名。此刻，馒头岭上聚集了一批人，正在紧张地构筑工事。他们就是第二纵队的士兵和陈凤生带领的游击队。

　　与第二纵队战士挖的战壕不同，陈凤生他们构筑的工事有点特别。他们先在陡峭而无遮拦的山坡上，搭起一个个木架子，用藤条固定在树桩上，然后在木架子上，分别放上一段段圆圆的木头和大小不一的石块，直到把木架子堆得冒了尖。

　　"你这弄的是什么玩意？"纵队长李重才看见陈凤生他们弄的木架子，好奇地问道。

　　"这用木头堆的，叫'滚木'；用石头堆的，叫'礌石'。古人在打仗的时候，常用它们来御敌。"陈凤生说。

　　"这些老掉牙的东西管用吗？"

　　"敌人来了，就见分晓了。"

　　第二纵队和游击队为什么要在这里构筑工事？他们要阻击的是什么部队？事情要从几天前说起。

　　十八军军长罗卓英得知王村口是粟裕、刘英等的老巢，挺进师的师部机关就设在这里。为了在各路人马汇集王村口，聚歼粟裕、刘英所部之前不打草惊蛇，罗卓英对王村口的封锁采用的是外松内紧的策略。既不派兵进驻，也不限制出入，就像没有王村口这个地

方似的，这就是"外松"。而在暗地里，十八军的四路大军正悄悄地向王村口包围过来，口袋越扎越紧，这就是"内紧"。

敌人的这一伎俩，稍有军事常识的人都能看出来。但是，挺进师主力撤走后，留守王村口主政的区委书记宣恩金，却被敌人布置的"外松"迷惑住了，一点危机意识也没有。在挺进师主力撤走前的紧急军事会议上，刘英曾布置了"与红军挺进师和各级苏维埃政权相关的人员，要停止一切公开的活动，迅速转入地下"的任务，回到王村口后，他竟然将这件事给忘了。既没有布置红军伤病员的转移，也没有安排游击队和区苏维埃政府的撤退。整个王村口，还沉浸在挺进师主力没有撤退前的歌舞升平之中。

直到三天前，他从由石练过来走亲戚的一个人口中得知，石练、大柘一带都给国民党的兵给占了，那人多得数都数不过来，他才预感到大事不妙：从石练到王村口，也就一两天的路程。敌人要是这个时候来进攻，红军的许多伤病员还没有转移出去。区委和区苏维埃政府的转移，也需要一定的时间。在这紧迫的时刻，他只好托人带信给隐居在山洞里的第二纵队，请求派兵阻击敌人，掩护伤病员和区委、区苏维埃政府的撤退。

接到宣恩金的求援，纵队长李重才是哭笑不得：以第二纵队的区区二百余人，去阻击成团成旅的敌军的进攻，无疑是以卵击石。但人家已经求上门来，又不得不出兵。何况第二纵队在粮食紧缺的情况下，一直得到地方上毫不吝惜的资助。但一支部队的力量终究单薄，于是他又把陈凤生叫了去，想借他游击队的一臂之力。陈凤生仓促组织了三百余人。于是就出现了第二纵队与游击队共同构筑工事的情况。

"看，敌人开过来了！"

李重才和陈凤生抬眼望过去，在下方的大路上，出现了排着整齐队形的敌人，队伍一直延伸到远处，看不到它的尾部。

一个战士在拉枪栓。李重才阻止了他："慢着，让敌人走近了再打！"

"等下枪响后，敌人发动冲锋时，让我们先放滚木和礌石，如何？"陈凤生和李重才商量道。

"好的。"

见敌人的前锋已经进入有效的射程，李重才大喊一声："打！"各种枪支一起开火。

敌人终究是训练有素的，面临突然袭击，一点也不慌张，马上组织起了第一次冲锋。漫山遍野的敌人，一个个仰着头，猫着腰，向着第二纵队和陈凤生他们的阵地围过来。

"是时候了！"随着陈凤生一个手势，游击队员们一起用柴刀砍断藤条，木架子连同上面的滚木礌石，铺天盖地地朝敌人砸了下去。

敌人的第一次冲锋被打退了。山坡上到处是被滚木礌石砸死或砸伤的敌人。

滚木礌石的力量虽然大，但只能用一次。当敌人组织起第二次冲锋时，李重才让战士们点响了松树炮。五门松树炮一起开火，敌人又倒下了一大片。

吸取了前两次进攻受挫的教训，敌人调来了迫击炮，对红军和游击队的阵地狂轰滥炸起来。

迫击炮弹像下冰雹似的落到了阵地上，其中的一颗炮弹还引爆了松树炮的弹药，把正在装填松树炮的战士炸翻了。

李重才看了一下，经过敌人的这一轮轰炸，自己的战士和游击队员已损失约三分之一。

迫击炮弹轰炸过后，敌人发起了第三次冲锋。从死人堆里爬出的红军战士和游击队员，仓促地组织应战。但已经阻挡不了敌人的进攻，防线很快被撕开了好几个口子。

看情况不妙，李重才果断地下达了撤退的命令。

敌人追赶了几步，就没有再追。他们急着要去拿下王村口，获得生擒粟裕、刘英的头功。每人一万块现大洋的赏金，对他们的诱惑太大了。

李重才和陈凤生重整人马时，发现第二纵队只剩下三十余人，游击队只剩五十人还不到。且有不少的伤员。

"就这三十几个人，第二纵队名存实亡了。还是我们一起打游击去吧！"李重才对陈凤生说。

"看来眼前只能如此了。"陈凤生说。

率先进入王村口的，是第十八军第十四师的一个先遣团。敌团长估计挺进师师部的所在地一定会有重兵把守，到时免不了一场血战。没想到一路上都没遭遇抵抗，兵不血刃地就进入了王村口。

"看来敌人是被我十八军吓破了胆，主动放弃抵抗了。该着让我来捡这个便宜了。"想到这里，他的眼前幻出了一箱箱白花花的银子。于是带着手下直扑挺进师师部。

王村口蔡相大帝庙的门口，还挂着"中国工农红军挺进师"的牌子，但门口不见哨兵。敌军士兵一窝蜂地涌了进去，发现已是人去室空。"粟裕办公室兼卧室"和"刘英办公室兼卧室"的牌子挂在那里，人却不见了踪影。

"给我仔细地搜！"敌团长发出了命令。

士兵们找遍了房子的每一个角落，还是没有发现一点有价值的东西，人就更不用说了。

"去，找个当地人来问一下！"敌团长又发出了命令。

几个士兵出门后，马上押着一个人来了。

"住在这里的两个共军的大官，他们到哪里去了？"敌团长发问道。

"走了。"那当地人战战兢兢地说。

"什么时候走的？"

"该有半个月了吧。"

"他们是怎么走的？"

"三三两两地扮作各种各样的人混出去的。"

"他们往哪里去了？"

"四面八方分散出去。我们也不晓得他们最后去了哪里。"

问明情况的敌团长，此刻除了慨叹"共军狡猾"外，就是满脑子的失望。恼羞成怒的他，咬牙切齿地对部下说："给我将这共军的老巢给烧了！"

士兵们撤出蔡相庙后，放了一把火，随着一阵"噼里啪啦"的响声，整个庙宇成了一片火海。

占领王村口的敌军，将怒火转移到民众的头上，在全镇开始了大搜捕。搜捕的对象首先是红军的伤病员，凡是身上带有伤的，不管伤在何处，一律抓起来。有一个村民前几天上山砍柴，不小心弄伤了手，手上用布包扎着，也被当作红军伤病员抓了起来。

他们要搜捕的对象，其次是游击队员。首先发动民众互相检举，再根据检举的名单挨家挨户地去核查，在名单里有的人，马上抓起来。由于每个人都有检举一至三名游击队员的任务，有的人为了完成任务，把平时与自己有过节的不是游击队员的人也检举出来了。只要是上了名单的，不管你是不是游击队员，都要被抓，不给你任何申辩的机会。

他们要搜捕的对象，最后是地方上的干部。包括在中共组织和苏维埃政府里面任职的人。采取的也是民众互相检举的方式。

在不到一个星期的时间里，敌人一共抓了疑似红军伤病员、游击队员、地方干部一百五十八人。对其中检举比较集中、疑点比较大的五十六人,在游街示众后,全部拉出去枪毙了。

除了滥杀外,敌人还放火烧了区苏维埃政府和区农会的房子。还纵容士兵到民众家里抢夺财物。士兵们发现有姿色的女子,就进行强奸或轮奸,说是让她们尝尝"共妻"的味道。

王村口"剿共"扑空的消息传到罗卓英那里,他顿时像一只漏了气的气球,瘪了下去。

"既然共军主力已经撤离,粟裕、刘英已经远走高飞,我们可以撤军了吧?"卫立煌对罗卓英说。

"共军主力撤走了,不能带走所有伤员,肯定有重伤员因无法转移而藏匿民间。那些游击队员和地方干部拖家带口的,也撤不走。就是挖地三尺,我也要把这些为虎作伥的家伙给找出来!"罗卓英恶狠狠地说道。

第四十七回

根据地经历大劫难，陈凤生夫妻话真情

为了找出藏匿的红军伤病员，挖出游击队员和地方干部，彻底摧毁共党的组织和苏维埃政权，罗卓英在整个浙西南地区发出悬赏令，规定为国军提供线索，抓获共军和游击队及共党各级组织、地方苏维埃政权头目的，根据级别分别给予二百到八千块不等的现大洋赏金。

另外，在各地继续推行"连坐法"。规定每家每户的成年人，都有检举"共军"疑犯的义务。每人至少举报各类疑犯一人。若知情不报，则以祖共罪论处。十户当中有一户祖共，其他九户同罪。

在这种罗卓英自诩为"恩威并施"的政策推行之后，根据地的形势进一步恶化。一些土豪，当初惧于红军和游击队的威力，伪装积极捐粮捐物，看到共军和游击队大势已去，纷纷开始反攻倒算。除了积极为国军提供线索外，他们还为国军到处抓人出谋划策，甚至带着国军到处抓人。在战斗中被俘的少数人，为了保住自己的性命，只好将他们所知道的情况全部供出。地方上的一些地痞无赖，因贪图那高额的赏金，也不惜将周围的人出卖给敌人。

不久，汇总各方面获得的线索后，敌人基本上掌握了挺进师主力撤走后，留守浙西南坚持游击战争的中共和苏维埃政权领导人的组成情况，列出了长达数页的黑名单。并且将悬赏的金额细化。如：配合抓到挺进师政治部主任、中共浙西南特委书记黄富武的，可以得到八千块现大洋的赏金；配合抓到松（阳）遂（昌）龙（泉）游

击大队总指挥、玉岩区苏维埃政府主席陈凤生的，可以得到五千块现大洋的赏金；等等。

对于那些被捕的"共军要犯"，敌人采用了各种惨无人道的手法来折磨他们。不仅动刀动枪，还挖眼睛、割耳朵、割鼻子、剖肚子、活埋，或者将煤油浇到身上再用火烧，甚至将人用大铁钉钉在墙上。

隐藏在安岱后深山中的陈凤生和李重才，为了及时了解外面的情况，经常派人乔装打扮，去山外刺探敌情。通过各地的游击队员网络，陆续了解到了一些情况。几乎每一条消息，对于他们来说都近乎噩耗：

9月20日，国民党第十八军第十一师兵分四路，进攻龙泉住溪地区。住溪区苏维埃政府驻地被烧毁，区苏维埃政府主席、副主席等多人被捕牺牲。

9月21日，六十七师进攻安岱后一带。杨干凡带领部分游击队员转移，途中遇敌，队伍被打散。杨干凡下落不明。

9月26日，第五纵队十三支队政委邱绍金，在王村口附近被捕牺牲。

10月初，十三支队队长李金城，在遂昌坡口乡仰天湖村的山棚内被捕。

10月4日，第五纵队十五支队特派员王金根，在龙泉住溪司公旦被捕。

10月5日，中共龙浦县委书记方志富，在龙泉住溪花园坑，遭浙保二团一营袭击而牺牲。龙浦县委被破坏。

10月6日，第五纵队政委兼十五支队政委柯勤发，在松阳林山头被捕牺牲。

10月8日，玉岩区工农苏维埃政府副主席叶翊仪（叶义）在玉岩附近的一座苞谷寮里被捕并枪决。

10月9日，红军在水南南山的联络站被破坏。联络员王文龙（公开身份是云峰乡乡长）此前曾送红军伤病员秘密出村，被人告密。六十七师将他抓住后，用酷刑折磨致死。

10月10日，安岱后村陈老五的儿子陈德敏，因被人检举曾用准备结婚的两块现大洋帮助粟裕买了一条毛毯，被十一师抓走，在龙泉一个叫吴岱的地方枪毙了。

……

"按照这样的势头发展下去，你我总有一天也会遭遇这种结果的。"李重才不无感慨地对陈凤生这样说。

"我已经有妻儿家小，后继已经有人，可以安心地走了，"陈凤生说完，又问了一句，"你呢，有家室了吗？"

李重才淡然一笑说："革命未成，不以家为。"

"要是我们就这样离开这个世界，你会后悔吗？"陈凤生又问道。

"不后悔。如果我们的死能换来千家万户的团圆和幸福，我们的死就是有价值的，"李重才毫不犹豫地说，"你和嫂子他们，分别也有一段时间了吧？你会想起他们来吗？"

"如今局势这么紧张，工作又这样忙，想他们也没有时间啊！不过，有时躺在床上尚未入睡的时候，还真的挺想他们的。"

"你应该抽点时间去看一下他们。"

"如果条件许可，我会去看他们的。"

一天，从安岱后传来消息，驻守安岱后的一个连的国军被调往别处，接防的敌军还没有到来。

"这倒是一个回家一看的好机会。"陈凤生终于等来了这么一个难得的与家人团聚的机会，喜不自胜，但严酷的形势，容不得他有片刻的松懈，"这会不会是敌人设下的一个圈套呢？如果不是敌人设的圈套，那么等到换防的敌人来了，这个千载难逢的机会就失去了。"经过一番思想上的斗争,陈凤生决定冒一次险。为了稳妥起见,他将回去与家人小聚的时间定在了深夜。

夜里 11 点光景,整个安岱后村的灯光已经全部熄灭。劳累了一天的人们,此刻已经睡熟了。就着昏暗的月光,陈凤生悄悄地进入了村里。有一只狗叫了几声,嗅出了他身上的熟人味后,就不再叫唤了。

陈凤生轻车熟路地直奔自己的家门口,轻轻地敲了一下门,大门打开了,持灯站在面前的,正是他的妻子。

"你不要命了,这个时候回家来?白军正在到处抓你呢!"妻子看了一眼陈凤生,用嗔怪的语气跟他说。

"我探听到今天驻防的敌人撤走了,才大着胆子回来的。"陈凤生关上门,问妻子道,"他们都睡了吗?"

"爸妈他们早睡了。就是我们那儿子不听话,非要我带他去找爸爸。我说明天带他去,他才睡去。"

两人来到了房间,看到熟睡的儿子,他想用手去摸儿子的脸,被妻子拦住了:"不要吵醒他!"说着,吹灭了油灯。

"你干吗吹灯?"陈凤生不解地问。

"你不想把抓你的人引来吧?"妻子说。

陈凤生没想到妻子如此细心,联想到她为自己担惊受怕,顿时动情地搂住了妻子的肩。

两人相拥在床沿坐下。陈凤生说:"跟了我,福没有多享,苦却吃了不少。我觉得很对不起你。"

"既然做了一家人,就不要说对得起对不起的话了。不过说实在的,自从你参加了什么'革命',我这颗心可是一直为你悬着的。"妻子说着,拉起丈夫的一只手,按到了自己的胸口上……

"家里经常会来人吗?"缠绵过后,陈凤生问道。

"不是经常来人，是天天来人，有时一天来好几次。一进门就大呼小叫，追问你的下落。"

"你是怎么跟他们说的？"

"我说，我还想着向你们要人呢！"

"回答得好！对敌人，是没有什么道理好讲的。"

"还不是跟你学的？有什么样的老公，就有什么样的老婆。"

"我今天这么心急火燎地赶回来，除了和你见面外，还有一件事要交代一下。如果不抓紧时间交代，我担心没有时间了。"

"什么事情呀？"

"最近敌人对我们的搜捕比较紧。每天几乎都有被捕或牺牲的同志。"

"你的那些同志，个个都是好人。我见过他们中的一些人，他们都不生分，帮我做事，还叫我'嫂子'。为什么好人，就不长命呢？"

"都是反动派造的孽。留给我的时间，恐怕也不多了。"

"我晓得。你有什么要交代的，就说吧。"

"因为你是我的家属，敌人未必会放过你。万一敌人抓住你，问你一些情况，你要把好口，就是死了，也不要说。"

"嗯。"

"敌人一定不会放过我的。我是必死无疑。我已经做好了这方面的准备。要是我死了，你还活着，赶紧找一个人嫁了。"

"我不改嫁！"

"你还想为我守节吗？革命家属不兴这一套。我已经对不起你的前半生了，不能把你的后半生也耽误了。"

"我要把我们的孩子抚养大，告诉他爸爸是怎样的一个人，又是怎样死的。"

"抚养孩子的事，就让我的父母去做吧！"

"你怎么这么狠心呢？"

"我确实是为你着想。我死了，你在这个家里的日子，会很不好过的。"

"那我就像你一样去死！"

"说什么傻话呢？今天或许就是我们的最后一次见面。我该交代的已经交代了。我该走了！"陈凤生说着，就要起身穿衣服。

妻子却紧紧地将他抱住了。"那就让我为你做最后一次吧！"

突然，一阵激烈的狗叫声传了过来。陈凤生挣脱妻子的怀抱，迅速穿好了衣服，打开后门，消失在茫茫的夜色中。

此刻，从房间里，传出的是一个弱女子的抽泣以至呜咽的声音。

第四十八回

杀人魔进驻玉岩镇，被捕者集体遭枪决

在松阳通往玉岩的大道上，行进着一支国民党的部队。这支部队的组成比较复杂，男的女的都有，有的连枪也不带，只背着一个方形的盒子。一队如狼似虎的彪悍士兵，簇拥着一个骑着高头大马的人。骑马的人就是十八军六十七师师长李树森。在江西"剿共"的时候，他曾经创造了一次杀害红军及拥护者一百五十三人的纪录，因此获得了"杀人魔王"的称号。

六十七师进驻松阳后，师部就设在松阳县城的太保庙里。县政府、县党部及县属各机关，为了巴结李树森，每天轮流做东宴请他，还挑选出本单位有姿色的女职员陪他喝酒，晚上就陪他睡觉。弄得他乐不思蜀，把上司交给他的"剿共"大事，早抛到九霄云外去了。

昨天上午，他突然接到了罗卓英打来的电话。"你那边的'剿共'进行得怎么样了？"罗卓英开门见山地问。

"报告军座，我们已经布置下去了。"李树森搪塞着说。

"安岱后撤兵，是怎么一回事？"

"守株待兔了一阵子，还是一无所获，士兵们颇多怨言。所以我下令将他们撤回玉岩了。我想不定期地派人去搜查，或许能抓到几个乱匪。"

"共军头目陈凤生、陈丹山、卢子敬抓到没有？他们可都是在你的辖区之内的。"罗卓英严厉地说。

"我已经布好了网，只等着他们自投罗网。"

"你的指挥部现在哪里？"

"还在松阳县城。"

"匪患最严重的玉岩、枫坪、安岱后，都在你的辖区内。你想遥控指挥到什么时候？该不是松阳的美人将你迷住了吧？"

罗卓英说的"松阳的美人"指的是松阳的县城西屏镇。登上西屏镇旁的独山往下看，整个西屏镇就像一个躺着的美人，不仅有头和身子，而且四肢俱全。

听到从罗卓英口里说出的"松阳的美人"的话，李树森大吃一惊，还以为自己在松阳夜夜做新郎的丑事被人捅到上司那里去了，连忙在罗卓英面前打保票说："卑职明天就启程，赶到玉岩'剿共'去。"

当天下午，他就开始布置将师部搬到玉岩去的准备工作。今天一大早，师部各机关和他的卫队就出发了。

"传令下去，叫大家加快脚步，一定要赶在天黑之前到达目的地！"他对身边的传令兵说。

传令兵转身刚走，突然传来了"砰"的一声枪响，一颗子弹贴着李树森的耳边飞了过去。那马受到惊吓，突然立起，将李树森重重地摔到了地上。

李树森的卫队里的一帮人马上卧倒在地，向发出枪响的地方密集扫射。

奇怪的是，自从响了一枪后，再也没有听到枪声。

"这是小股'共军'骚扰，不用慌张。"李树森从地上爬起来，拍了拍屁股说。嘴上这么说，心里却在念叨：看来出师不利啊！

玉岩已经在望了。这时，李树森突然发现路边的"多福寺"，马上说："停一下！"

大家停下来后，李树森下了马，径直朝多福寺走去。卫队的人马上跟了过去。

大门的两边各站着一名警察。看到一个国军的大官带着一帮人来了，他们不敢盘问，知趣地退到一边去了。

李树森走到佛像跟前，虔诚地拜了三拜，然后拿过装着竹签的竹筒，不断地摇晃，不久，一根竹签掉了出来。

他放回竹筒，捡起地上的竹签看了一下，顿时心花怒放。原来竹签上写着"上上"两个字。他马上从口袋里摸出一块现大洋，投入了面前的功德箱。

"多谢施主慷慨解囊。"待在一旁的老和尚说。

"刚才进门时发现有警察在那里站岗，这是怎么回事？"李树森问道。

"区里的警察分局，找不到落脚的地方，就借我们佛寺一用。没想到这一借用，就要不回来了。"

"佛门清净之地，怎容他们胡来？我替你了断此事。"

"那就有劳施主了。"

出了大门，李树森叫过来一个警察，对他说："叫你们管事的出来见我！"

"管事的回县城去了。"

"什么时候回来？"

"明天吧。"

"回来你告诉他，限他三天之内，将警察分局从寺庙里搬出去！"

"你是谁？"

"国民革命军第十八军第六十七师师长李树森。"

进入玉岩，先期被派往玉岩驻防的一个团的团长，已经带人等在村口了。看到李树森下了马，那团长马上立正，敬了一个军礼，说："二〇五团团长前来接驾。"

"免礼，"李树森和气地对部下说，"我们的住处，安排好了吗？"

"有一个地方，不知师座敢不敢住？"

"人家都叫我'杀人魔王'，天下没有我李树森不敢住的地方！"

"那个地方妖气太盛。"

"是什么地方？"

"就是中共玉岩区委和区苏维埃政府的驻地。"

"那我更要住进去了，"李树森说完，转身向通讯处的人交代说，"安顿好后，马上给军部发个电报，就说我六十七师师部已经进驻玉岩并占领中共玉岩区委和区苏维埃政府。"

"既然师座决定住，我马上派人去布置。"那位团长说完，转身走了。

李树森带人进入了那曾经作为中共玉岩区委和区苏维埃政府驻地的大宅子。"这共军头目看来还是有眼光的，选了这么一块风水宝地。只是如今没福分来享受了，让我李某人捡了这个便宜。"

将行装粗粗安顿了一下，又参加了部下为他举办的接风晚宴，回到师部后，他又悄悄地对勤务兵说："去给我找个好看点的年轻村姑来，最好是没破处的小姑娘。"

"通讯处的那些女兵，你可以随意玩。为什么这次要找村姑呢？"

"那些烂货，都被我玩腻了。我想换个口味。"

"那也不能操之过急。我们初来乍到，对地方上的情况还不熟悉，无从下手啊！"

"你先去找二〇五团的团长，他在这里待过一段时间，对这方面的情况或许会了解一些。"

勤务兵出去不久，就带回来了一个绝色的女子，一副大家闺秀的样子。勤务兵介绍说，该女子是玉岩镇里一户财主的小女儿，今年十八岁，平时在县城读书，昨天刚从县城返回。听说师长要找女孩子服务，那财主就将自己的小女儿献出来了。

李树森拉着那女子进入内室。那女子未尝经历过这种场面，看到李树森将自己脱了个精光。她缩成了一团，脸上露出了腼腆而又羞涩的神情。

李树森兽性大发，一把抱起那女子，丢到床上，撕扯掉身上的衣服，就来了个霸王硬上弓。

那女子起初还挣扎几下，在李树森的淫威面前，最后只能顺从了。

完事之后，李树森将两块现大洋塞给那女子，却被那女子拒绝了。"长官，我的初次被你拿走了，你不如收留我，做个小的吧！"

"这个——"李树森没想到寻找刺激，却寻出麻烦来了，于是搪塞着说，"让我考虑一下吧！"

"我要你现在就答复我，"见李树森没有反应，那女子突然抽出李树森枪套里的手枪，指着自己的脑袋说，"不然我就死在你面前！"

"我答应你，你暂且回去吧！"李树森夺下她手中的枪，说。

"我要和你在一起。"

"那好，"李树森说完，对外面叫了一声，"勤务兵！"

勤务兵到来后，李树森对他说："这个人要在我们这里住下，你给她安排一个房间。"

勤务兵带着人走后，李树森马上安排几个士兵，将那姑娘软禁了起来。

第二天早上，李树森起床不久，二〇五团团长找上门来了。"昨天我给你找的那小妞，还满意吧？"那团长讨好地问道。

"满意个屁！我本来想尝个鲜，花几块现大洋就把她打发了。没想到却被粘上了，非要我娶她做小的。"

"要不要我帮你摆平她？"

"你有什么招数？"

"银圆开路，财主搭桥。你明白我的意思吗？"

"我明白你的意思了，你到后勤处支取三百块现大洋，这事就交给你去办了。"

那团长转身要走，突然想起了什么，又回头对李树森说："差点将正事给忘了。"

"什么正事？"

"在你来之前，我们抓了一些共军疑犯，有百来个人吧。临时的班房已经装不下了。请示师座该如何处置？"

"这样的事情很容易处理的。全部拉出去枪毙了。"

"可是，他们中的有些人，证据还是不足。"

"你还记得蒋委员长十九二七年'清党'的时候，说过的一句话吗？"

"宁可错杀一千，不可使一人漏网。"

"那不就好办了。"

当天夜里，一百来位被捕的人，被从临时监狱里拉出来，押到了镇外一个荒凉的地方。随着一阵机枪扫射的"突突"声，这些人顿时倒在了血泊中。

担心还有未死的，在机枪扫射过后，那些大兵持着长短枪，挨个检查过去，发现没有死的，就补上一枪。

"处理好了吗？"再次见到二〇五团团长时，李树森问道。

"保证不留一个活口。"

"我说的是另外一件事。"

"那事有点麻烦。"

"麻烦在哪儿？"

"老财主那边收了钱后，就去动员小女儿放弃做小的，那姑娘死活不依，竟然上吊自杀了。这事闹大了，可不好收拾。"

"你不是刚处决了一些共军疑犯吗？将那姑娘的名字列入处决名单上报，说是被当作乱匪枪毙了就是。"

"还是师座英明。"

只是苦了那老财主，原想用小女儿做钓饵，巴结上权贵。没想到偷鸡不着，反蚀把米，把自己的女儿赔进去不算，还要背一个"乱匪家属"的罪名。

第四十九回

通讯员贪财去投敌，卢子敬血洒油车桥

李树森进驻玉岩的第三天，就收到了从枫坪乡传来的好消息：松（阳）遂（昌）龙（泉）游击大队的第二号人物、副大队长卢子敬被活捉了！

李树森看过卢子敬的简历，知道他是财主出身，曾在日本留学，回国后当过乡村教师，后来与陈凤生、陈丹山等人一起创建浙西南"青帮"。红军挺进师来到浙西南之前，他便与陈凤生、陈丹山一道，参加过不少反抗政府的活动。挺进师抵达浙西南后，他们三人率"青帮"成员投了红军，将"青帮"组织改编成了游击队，并由陈凤生担任大队长，他任副大队长。

如果抛开政治上的成见，李树森对这位背叛自己阶级的留学生有发自内心的佩服。这样的人如果能为己所用，无疑是如虎添翼。自己的六十七师有的只是阿谀奉承之辈，缺少的恰恰是这种有主见、有文化的人才。

听说卢子敬是被自己身边的通讯员出卖的，他又对卢子敬表示惋惜。这个人看来太书生气了，对人性的复杂还是没有观察到火候，到头来却被自己身边最亲近的人给出卖了。

卢子敬是如何被通讯员出卖的呢？事情还得从头说起。

这位通讯员叫李有德。他的这个名字，还是卢子敬替他改的。他原本叫李有财，是枫坪乡下属的山乍口村人。参加游击队后，卢子敬看他头脑灵活，办事干练，就将他安排在自己身边，干些传令

跑腿的事。有一次，卢子敬与他闲谈时，问他为什么取了这么一个名字。他说因出身寒门，家长希望他长大后能发财致富。卢子敬对他说："做一个人，有财与否是不怎么重要的，关键要有德。不如我做主，将你的名字改成有德吧！"他也就默认了。从那以后，大家便不再叫他"有财"，而是叫他"有德"。

那一天，卢子敬派他给家里送一封信。本来半天就可以来回了。但派出他快一天了，还是不见他回来。这使卢子敬对他的安全十分担忧。

李有德没有等到，却等来了敌人。"卢子敬，你们已经被包围了！赶快出来投降吧！"敌人的军官扯着嗓门叫了起来。

此刻，卢子敬的身边只有七名游击队员。碰到这种紧急情况，大家心里都没辙，纷纷把目光投向了卢子敬。

卢子敬心里疑惑：我们藏身的地方是非常隐秘的，敌人怎么会这么准确地找到这里来呢？李有德久等不回，敌人却准确地找上门来了。莫非是李有德叛变投敌了？

仿佛是为了印证他的猜想，敌人的军官又开始喊话了："卢子敬，我知道你们只有八个人，五条破枪。我们这一个连的人，就是不用开枪，也能像踩蚂蚁一样，将你们踩成肉酱。识时务者为俊杰，还是赶快投降吧！"

"怎么办？"

"宁死不当俘虏。"卢子敬说着，拔出枪来，就向发出喊声的方向打去。其他的游击队员在他的带领下，也向敌人开起枪来。

敌人被激怒了，子弹密集地射了过来。卢子敬的一条小腿中了弹。"这样打下去不行，我们得想办法冲出去，"卢子敬说，"我已经受伤，走不动了。带着我，我也只能成为你们的累赘。不如我在这里吸引敌人，你们想办法冲出去。"

"我们就是抬也要将你抬出去。大不了大家一起去死。"一个游击队员说。

"别说傻话了。能够冲出去一个是一个。现在你们尽量离我远一点,待会我假装投降,将敌人吸引到我身边,你们趁乱冲出去!"

其他游击队员只好照办。看大家已经走出老远,卢子敬躺在地上说:"我叫卢子敬,我决定向你们投降,但我的脚受伤了,走不过来!"

敌人听到卢子敬答应投降,马上想到白花花的银子,为了争取到这份赏金,大家纷纷朝他涌了过来,包围圈马上出现了几个缺口。

七位游击队员抓住这个机会,马上冲了出去。

敌人围住了卢子敬。看见一个当官模样的人,卢子敬不动声色地问:"你们是怎么知道我在这里的?"

"是你的通讯员将你出卖了。"

"我平时待他不薄,他为什么要出卖我?"

"还不是为了赏金?人为财死,鸟为食亡啊!你,过来!"那军官对一个虎背熊腰的士兵发话说。

"什么事?"那士兵不解地问。

"你力气大,来背他吧!"

那士兵背起了卢子敬,嘴巴里却说:"一个乱匪的头目,一枪结果,不就行了,还让人背?"

"你知道个屁!我们师长点名要他。要是他的身上少一根汗毛,我看你拿什么向师长交代!"

"报告!"李树森的办公室外,传来了一个声音。

"进来!"随着声音,走进来的是师后勤处的一名工作人员。

"什么事?"

"有一个叫李有德的人,说是要来领赏金。"

"什么赏金？"

"他说是因为他提供的情报，我们才抓住卢子敬的。"

"一块现大洋也不给！"

"他要是再来怎么办？"

"这种卖主求荣的小人，留着只会害人，叫卫队的人拉出去毙了！"

后勤处的人前脚刚走，押着卢子敬的一帮人后脚就到了。

"报告，共军头目卢子敬带到！"听到这声音，李树森马上迎了出来，看到脚上流血不止的卢子敬，他顿时向部下发起火来："我不是交代，要将卢先生毫发无损地请来的吗？"

"是他们先开的枪，我们被迫还击，没想到误伤了他。"部下哭丧着脸说。

"马上请军医过来，给他包扎治疗！"

"是！"

"卢先生，有请。"李树森对卢子敬做出了一个请的手势。

"你是谁？"卢子敬故意问道。

"鄙人六十七师师长李树森。"

"是那个人称'杀人魔王'的李树森吧？"

李树森尽管脸上挂不住，还是强装笑颜地说："那是人家对李某人的误解。"

"这次到玉岩，没少杀人吧？"

"那是执行上峰的命令。"

"上峰叫你滥杀无辜吗？"

"我处决的可都是共党和乱匪。"

这时军医来了，细心地给卢子敬消毒伤口，打过麻醉针后，取出了弹头，然后敷上药包扎起来。"报告师座，处理好了。"那军医说。

"你走吧。"李树森对他挥了挥手,又转身对卢子敬说,"我们能不能放下敌意,心平气和地谈一谈?"

"你想谈什么?"

"我一直想不通,你一个财主家庭出身的人,会走上反抗政府的道路。"

"这一点也不奇怪。少数几个财主占了多数农民的田地,我觉得这不公平。所以我要背叛自己的阶级,替劳苦大众谋幸福。"

"卢先生出过洋,留过学,本应该更有作为的,却在共党的蛊惑下,干起了对抗政府的事。如今成了一名阶下囚,你不觉得太可惜了?"

"首先声明一点,我走上反抗政府的这一条道路,是自觉自愿的行动,没有人蛊惑过我。我对我的选择终身不悔。至于成为阶下囚,对你来说也是早晚的事。"

"听说你还替共军办过硝磺厂,制造过土炮,原来你还是个不错的人才。"

"你太抬举我了。人才之说实不敢当。"

"你如果归顺了我们国军,我可以保证你有更好的前程。"

"让我为一个反动透顶的政府服务,骑在劳苦大众的头上作威作福,办不到!"

"你即将告别亲人,走上断头台,心里难道没有一丝遗憾?"

"当然有。"

"有什么遗憾的?"

"遗憾我看不到你们被消灭的那一天了。"

"卢先生很不友好啊!"

"与杀人魔王友好,无疑是与虎谋皮。是现在就枪毙我,还是送我去监狱？"

"既然卢先生执迷不悟，就别怪李某人不客气了。来人，将这个死不悔改的共军头目带下去！"

顿时来了几个如狼似虎的士兵，架起卢子敬就往外走。

李树森对走在最后的一个士兵说："对这人我们要慢慢感化他，不许对他用刑。要及时给他换药，给他吃好喝好。"

将卢子敬投入监狱后，李树森又分别找来了卢子敬的一些亲属和同学来劝他，都被他严词拒绝了。

这一天，监狱里又来了一个戴着黑色礼帽，穿着长袍大褂的人，说是要见卢子敬。

"你是谁？"与那人见了面，卢子敬问道。

"在下松阳县代理县长。"

"为什么是代理的呢？"

"因为上峰还没安排人来，只能由鄙人代理一下。"

"既然你已经知道自己这个县长做不长久，就应该在任上多替老百姓办好事。为什么还要来搅这浑水呢？"

"看来卢先生已经明白我的来意，我就开门见山了。我跟李师长说了，既然你对当我们的官没兴趣，我们也不勉强你。你只要在脱离共党的声明上签个字，我们就放你出去。你是继续当你的教书先生，还是漂洋过海做生意，我们一概不管。"

"你们就不怕我去找粟裕和刘英，回来找你们算账？"

"你有脱党的声明握在我们手里，共军的头领还会相信你吗？"

"这种毒招你们也想得出来？告诉你们吧，这样的声明我是不会签字的！"

"你不为自己考虑，总得替妻子儿女们考虑吧？"

"覆巢之下，安有完卵？你们爱怎么办就怎么办吧！不要在我这里徒费口舌了。"说着，卢子敬将脸转向一旁，不再理睬那位"父母官"。

那代理县长碰了一鼻子灰，于是找到了李树森，对他说："这个人受共党'赤化'太严重了，简直是死不悔改。"

"既然不能为我所用，又不愿意置身事外，那就将他毁灭吧！决不能让这样的人再回到共军阵营里去了。"李树森说。

于是，在 1935 年 10 月 22 日下午，一队全副武装的士兵押着卢子敬，来到了玉岩附近的油车（一种榨茶籽油的作坊）桥头。

"卢先生还有什么话要说？"负责行刑的敌军头目问道。

"该说的我已经都说过了。开枪吧！"

随着一阵枪响，卢子敬倒下了。

"告诉你的部下，对卢子敬的家属，一根毫毛都不能动。否则我对你不客气！"在处决了卢子敬后，李树森对二〇五团的团长说。

第五十回

陈丹山就义草场圩，陈凤生被捕安岱后

几乎在卢子敬被捕的同一时间，浙西南军分区征募主任陈丹山，也在安岱后落入敌手。

那一天，听说驻守安岱后的敌军撤走了，隐藏在枫坪附近大山里已经有一个月光景的陈丹山，想回家看一下父母，于是秘密地回到了安岱后。

进入村里，果然看不到一个敌人，他顿时感到轻松起来。村子里的一个人看到他，用惊奇的眼光看着他，说："你不要命了，敢在这个时间回来？"

"那些白狗子不是全滚蛋了吗？"陈丹山不解地问。

"他们可随时都会回来的。"

听到说敌人随时都有可能回来，陈丹山刚放下的心又悬起来了，于是直奔自己家而去。

路上看见同村的一位妇女，他正想打个招呼，却看到那妇女脸上露出叫人捉摸不定的神色，于是打消了打招呼的念头。

见到了父母，问起近来的一些情况，父亲告诉他，敌人隔三岔五地来盘查，每次来都大呼小叫，闹得鸡犬不宁。

"他们打过你们吗？"

"那倒没有，就是话讲得很难听。"

"最近几天白狗子来过吗？"陈丹山问道。

"自从那些兵调走后，这几天总算平静下来了。"

"儿子不孝，让白发苍苍的父母还要受这些惊扰。"

"你做的那些事，都是为了大家好。做父母的嘴上不说，心里明白着呢！"

这时，母亲已经将菜烧好了，招呼他过去吃饭。好久没有吃到母亲做的饭菜，躲在山里吃干粮甚至"长毛草"的陈丹山，胃口大开，一连吃下了三大碗。

"看把你饿的。"母亲心疼地说。

"我很累，想躺一下。"吃饱喝足的陈丹山，突然感到一阵睡意袭来。

"那就去你自己的房间睡一下吧！"母亲说。

"敌人随时可能回来，我在自家床上睡着，他们正好瓮中捉鳖，这样太冒险了，"想到这里，陈丹山对母亲说，"我还是去隔壁德义家睡去吧！"

敌人进驻安岱后之后，曾经是游击队员和农会骨干的陈德义，也躲到山里去了，他睡的那张床正好空着。陈丹山向邻居说明了来意。陈德义的父母二话没说，就答应了。

"你就安心睡吧！有什么情况我们会叫醒你的。"

陈丹山的身子一贴上床板，就迷迷糊糊地睡着了。也不知过了多长时间，他被陈德义的父亲从睡梦中摇醒了。"你赶紧走吧！白狗子正要抓你呢！"

陈丹山大惊失色，跳下床就往外跑。还没跑出几步，就与一大帮敌兵碰上了。

"他就是陈丹山。"一个妇女指着陈丹山，对敌人说。

"抓起来！"随着一声命令，几个敌兵走上前，将陈丹山用绳索捆了个结实。

陈丹山这才知道，自己是被同村的妇女给出卖了。难怪她当时见了我，神色是那么捉摸不定。原来就没安着好心。

"我有什么地方得罪她了？"在押往玉岩的路上，陈丹山还是没有放下被人出卖的心事，那位妇女的阴影，在他的心头挥之不去。

她是村里的一名寡妇，在村里常受欺凌。陈丹山同情她，平时没少照顾她。农活忙的时候，他虽然没有亲自去帮忙，却利用自己在村里的威信及在红军队伍里的地位，暗地里安排人去帮助她。没想到她不知感恩，反倒恩将仇报起来。"看来在白色恐怖面前，人性被严重扭曲了。"陈丹山在心里这么说。

陈丹山先被带到二〇五团的团部。团长听说又抓到了一条大鱼，非常高兴。于是连夜突击审讯。

"你叫什么名字？"

"大丈夫行不改名，坐不改姓，我叫陈丹山。"

"你曾经担任共军的军分区征募主任，对吗？"

"是的。"

"那你说，你征募到的那些东西，都藏在哪里？"

"全部用光了。"

"难道你就没有自己的小金库？"

"共产党和红军不允许有私人的小金库。"

"你私底下放一点，人家又不知道。"

"你们国民党可以那么腐败，我们共产党人绝不会干这种事。"

"你还兼着安岱后地方医院的院长，是吗？"

"没错。"

"红军主力撤退后，那些伤病员，你是怎样安排的？"

"藏起来了。"

"都藏在哪里？"

"你说我会告诉你们吗？"

"我不信撬不开你的嘴。"

"你有什么招数，就使出来吧！"

于是，敌人对他动了大刑，各种刑具用遍了，还是不能得到红军伤病员的下落。

这件事反映到了李树森那里，李树森对部下说："我们不能操之过急，先关他一段时间再说。"

第二天，从临时监狱里传来消息，陈丹山正在鼓动囚犯们造反。

"看来，得给他换个地方。"

于是，陈丹山又被转移到松阳县监狱。

县监狱动用了各种刑罚，还是没有撬开他的嘴。

地方上的官老爷们，可没有六十七师那样的耐心。在他们看来。交代不交代都是一回事，何必跟一个乱党头目徒费口舌呢？于是，在 11 月 14 日这一天，将陈丹山押到西屏镇边一个叫草场圩的荒郊枪毙了。

就在国军六十七师取得抓获共军地方上的二、三号头脑人物卢子敬和陈丹山的成绩后不久，十一师也在师长黄维的指挥下进入浙西南革命根据地的核心地区，在龙泉扎下了营。得知六十七师收获不小，黄维争功心切，趁着安岱后的六十七师部队已经撤走，防守出现空洞的有利时机，马上命令部下占领安岱后。密密麻麻的敌人，布满了安岱后的每一个角落。

他们此行是奔着松（阳）遂（昌）龙（泉）游击大队大队长、玉岩区苏维埃政府主席陈凤生而去的。

据知情者透露，陈凤生就隐藏在安岱后附近的深山里。派兵进深山抓捕，黄维知道那无疑是大海捞针。"用什么办法能将陈凤生从深山里引出来呢？"经过一番谋划，一个恶毒的计划在黄维脑子里出现了。

他马上叫传令兵赶到安岱后，给那里的敌军营长发出了他的指示。

安岱后村的男女老少，被强行集中在了陈氏宗祠外的空地上。敌人先从人群中找出陈凤生的父亲陈宗浩老先生。"把你的儿子陈凤生交出来！"敌营长对陈老先生吼道。

"我儿子犯了什么法？"

"他带头反抗政府，图谋不轨。"

"可我知道的是，他在为天下穷人办事。"

"你个不识抬举的老东西，还为你儿子做宣传，我要给你一点颜色看看！"

顿时过来了几个士兵，将老先生绑起来，吊到了树上，操起木棒就是一顿毒打。陈老先生顿时晕了过去。

敌人又找出陈凤生的妻子，要将她强行带走。八岁的儿子抱住她的腿，哭喊着："你们这些坏人，别抓我妈妈！"

"连小孩一起抓！"敌营长对部下说。

两人被拉出了人群。"快把你丈夫叫回来吧！"敌人对陈凤生的妻子说。

"有本事你们自己去抓呀！欺负一个弱女子，你们算什么本事？"

恼羞成怒的敌营长，随手就是一个耳光。鲜血顿时从她的口中流了出来。

"呸"的一声，她将带血的口水吐向了敌人，口水中有几颗被打下来的牙齿。

于是，更多的拳脚落到了她的身上。面对敌人的毒打，她只是怒目相对。

敌人又拎起陈凤生的儿子，对他说："小孩子，我教你说几句话。我说一句，你跟一句。要大声地喊出来，你爸爸才听得到。"

"爸爸，你快出来吧！"敌人说。

"爸爸，你快出来吧！"小孩子带着哭腔喊着。

"你要不出来，他们会杀我们全家的！"

"你要不出来，他们会杀我们全家的！"

"还要把全村的人都杀光！"

"还要把全村的人都杀光！"

"陈凤生，你不要出来！"陈凤生的妻子，突然大声喊了起来。

"堵住那娘们的臭嘴！"敌营长歇斯底里地叫道。

一个敌兵冲过去，要堵住她的嘴，被她咬了一口。几个敌兵一齐冲上去，这才将她制服。

而此刻，陈凤生就隐藏在距陈氏宗祠不远的树林里。空地上发生的这一切，他都亲眼看见。眼看着亲人们一个个被折磨，他的心里如同刀绞。

"你一个人，却要全家老小为你受累，甚至性命不保。你还算是一个爷们吗？"一个声音这样对他说。

"你是共产党和红军的人。革命事业还需要你活下来做更多的事。为了顾大家，只能牺牲小家了。"另一个声音对他说。

"可是敌人扬言，你不出去，就将全村的人杀了。难道为了你一个人，就可以让全村的无辜百姓都被杀害吗？你做人的良心何在？"又一个声音对他说。

"看来我不出去是不行了。为了家人，更为了全安岱后的百姓。"陈凤生毅然做出了决定。

"一人做事一人当，有什么冲我陈凤生来，不要为难我的家人和全村的百姓！"随着一个洪亮的声音传来，陈凤生从容不迫地走了出来。

"陈凤生，你怎么这么傻呀！我们全家人的性命加起来，也抵不上你的一条命。你为什么要自己走出来呢？"看到陈凤生走到自己的身边，妻子这样对他说。

陈凤生深情地看了一眼妻子，对她说："该交代的那天晚上我全交代了。你好自为之吧！"

这时，过来了几个敌兵，将陈凤生五花大绑了起来。

"押走！"随着敌营长的一声断喝，敌人押着陈凤生上路了。

"爸爸，我要爸爸！"陈凤生的身后，传来了儿子撕心裂肺的哭喊声。

第五十一回

敌军官频施劝降计，陈凤生慷慨赴大义

敌人押着陈凤生在村子里兜了一圈，又回到了陈氏宗祠，发现聚集在门前空场上的人已经全部散去了。

敌人要扩大战果，抓获更多的人，就必须从陈凤生这里打开缺口。于是对陈凤生进行了突击审讯。

陈氏宗祠的大堂，变成了临时的审讯室。在大堂正中，摆着一个火盆，火盆里的干柴燃烧着，发出"噼里啪啦"的声音。

"这天又不冷，敌人生火做什么？"就在陈凤生疑惑的时候，敌人对他的审讯开始了。

"你就是陈凤生？"

"既然已经知道，何必再问？"

"你担任过松（阳）遂（昌）龙（泉）游击大队的大队长，是吗？"

"没错。"

"那你该有全体游击队员的花名册吧？"

"有的。"

"放在什么地方？"

"放在我的心里！"

"赶快把它说出来！"

"休想。"

"你还是玉岩区苏维埃政府主席、中共玉岩区委书记，全区有哪些苏维埃政权的干部和共产党员，你总该知道吧？"

“我知道。就是不说。”

“我们有办法撬开你的嘴的。”

于是过来了几个人，解开陈凤生身上绑着的绳子，脱光他的上衣，又反剪他的双手，绑起来吊到了屋梁上。

“你说不说？”

“有什么招数，你们就使出来吧！我陈凤生吭一声，就不算好汉！”

“给我往死里打！”

一个满脸横肉的敌兵，拿起一根硬木棒，照着陈凤生赤裸的上身，使劲敲了下去。陈凤生的背上，立刻出现了一长条的血影。那敌兵仍不松手，木棒雨点般落到了陈凤生的身上。

陈凤生的背上皮开肉绽，血流不止，但他咬牙挺住，始终没有吭一声。

“我再问一遍，你说不说？”

陈凤生还是不吭声，用沉默表示他的对抗。

“你这个死硬分子，看来想顽抗到底了。来人，给他换一种刑罚！”

一个士兵拿着一把火钳，放到了火盆里。拿出来时，火钳的头上已经烧得通红。

“你说不说！”

“你们做梦去吧！”

于是，烧红的火钳头放到了陈凤生的胸脯上，伴随着一阵“吱吱”的声音，他的胸前冒出一股烟，并散发出人肉烧焦的臭味。

“说不说？”

“不说！”

“给我再烫！”

已经变黑的火钳被重新放回火盘，烧得通红后，又一次放到陈凤生的胸脯上。他痛得昏过去了。

要是就这么让陈凤生死去，敌人心有不甘，他们还想着从他身上挖出更多的东西。于是敌营长对手下做了个放下的手势。

陈凤生被放了下来，躺在地上一动不动。一个士兵提来了一桶凉水，泼到了他的身上。

敌营长见审讯不出什么，于是将陈凤生押到设在龙泉城北的团部。这次，他们要换一种方式，来打开陈凤生的口。

"报告，共军头目陈凤生带到！"在团部门口，敌营长喊道。

"带进来吧！"里面传出了一个声音。

一行人进入团部。敌团长挥手让部下退去，然后亲自给陈凤生松绑，还给他让座，倒茶水。

"听说陈先生是松（阳）遂（昌）龙（泉）三县游击大队的大队长、玉岩区苏维埃政府的主席。"敌团长坐到了陈凤生的对面，和气地问道。

"你了解得不全面。我还是中国工农红军挺进师地方工作团的副团长、中共玉岩区委书记。"

"先生年纪轻轻，就有这么大的作为，在下非常钦佩。"

"既然你钦佩我，就放我回去吧！"

"我在想，陈先生本来应该更有前途的。"

"此话怎讲？"

"要是你在我们国军这里，凭你的资历，最小也能当个团长。"

"只能当个团长，和你平起平坐？"

"我是说最小的。"

"那最大的是什么？"

"看来先生对此有兴趣，如果先生愿意，我可以保荐你做个旅长。"

"不怕扫你的兴，我对当你们的官没兴趣。"

"为什么？"

"因为我做官是为普天下劳苦大众服务，你们做官是为少数剥削阶级服务。"

"你这就是傻话了。只要自己官做得大，管他为谁服务呢？"

"你是说有奶便是娘了？这也正是你们有一天要灭亡的原因。"

"我们灭亡？笑话！你难道没有看到，你自己都成了我们的阶下囚吗？"

"这是眼前的情况。发展下去，鹿死谁手就很难说了。"

"陈先生对未来就这么有信心？"

"我牢记《国际歌》里的一句话：英特纳雄耐尔就一定要实现。"

"可是非常遗憾，你看不到那一天了。"

"要是那一天真的到了，我会含笑九泉的。"

"那就做你的共产梦去吧！来人，把他给我带下去！"敌团长终于露出了他的庐山真面目，凶神恶煞似的喊道。

一队士兵走过来，将陈凤生押到了临时刑讯室，将他的双手绑在了板凳上。一个士兵拿来了一个榔头和一把铁钉，将铁钉一根根钉入陈凤生的手指，直到将双手固定在了板凳上。鲜血流在了板凳上，再滴落到了地上。

陈凤生忍着钻心的疼痛，仍然咬着牙，不吭一声。

为了杀鸡儆猴，敌人决定将陈凤生拉出去游街。

满身是伤的陈凤生，被敌人五花大绑着，一瘸一拐地行走在大街上。但他依然昂着头，挺着胸，一副视死如归的样子。街道两旁是看热闹的人群。

"大家快来看，这就是陈凤生！这就是跟共军作乱的下场！"

一个士兵一面敲着锣，一面扯着嗓门大喊着。

围观的人群却不买他的账，人们私下议论起来："那些人够狠的，将人打成这样。""这个人肯定吃了不少的苦，还能做到这样，也算是一条好汉。"

见游街不能达到目的，敌人只好收起这一套。敌团长一个指示下来，陈凤生又被押解到了位于龙泉县城的敌十一师师部。

十一师师长黄维已经在师部为陈凤生摆下了接风酒宴。陈凤生刚被押解到，他便迎了出来，像对待老朋友那样对陈凤生说："凤生兄弟，总算把你给请来了。"

"你们就是这样请朋友的吗？"陈凤生看了看绑住自己的绳子，说。

"部下没按我的指示乱来，让陈先生受委屈了。"黄维说着，亲自为陈凤生松了绑。

黄维又对陈凤生说："我今天特意设下这接风宴，就算是黄某人对你表示道歉吧！"

"这一桌接风宴，要消耗掉不少你们搜刮的民脂民膏吧？"陈凤生瞥了一眼那丰盛的宴席，不无揶揄地说。

"这是从军费里面开支的，与民脂民膏没有丝毫的联系。"黄维辩解说。

"你们的军费从哪里来的，还不是从老百姓那里搜刮去的？"陈凤生义正词严地说，"这样的宴席，我是坐不上去的！"

"你不上宴席，我也不勉强。但有几句话，我还是想跟陈先生说一说。"

"你说吧。我洗耳恭听。"

"我黄维敬你是个人才，有心向军长和蒋校长推荐你。你只要放弃你的信仰和立场，我保证你能飞黄腾达，出人头地。"

"收起你的这一套吧！我不会放弃对共产主义的信仰，也不会改变与反动派对抗到底的立场。"

"你不觉得为了那个不着边际的共产主义理想，而搭进去身家性命，有点可惜吗？"

"为了共产主义的理想而献身，我不觉得可惜，反倒觉得自豪！"

"你就不为家人考虑一下？如果你被枪毙了，你的家人的身上，将永远背负着'乱匪家属'的恶名，永远也抬不起头来。"

"'乱匪'的名称是你们强加给我们的。我们为了替广大的劳苦大众谋幸福，献出了自己的性命，老百姓会记住我们的。至于我的家属，他们都是明白人。我死后，我相信他们会活得轻松，活得扬眉吐气的。"

"难道你就这样执迷不悟？"

"这就是共产党人坚定的革命立场。"

"既然我们没有共同的语言。那就谈到这里吧！送客！"

于是敌人将陈凤生投入大牢，用坐老虎凳、插竹签、灌辣椒水等刑罚来折磨他，甚至用很长的铁钉将他的身体往墙上钉，但这些都没有让他屈服。

这一天，黄维收到了一份军部转来的信件，那是蒋介石写给他的一封亲笔信。大意是：在我的老家浙江，出了陈凤生这样一个民众首领，其具有非凡的号召力及杰出的组织领导能力，实属难得之人才。对其应以感化为主，不可图一时之效。如有可能，是否让其赴南京一晤？

黄维正准备派人将陈凤生押往南京，又接到了龙泉县的乡绅们写的一封联名信。其意是：陈凤生领着一帮穷鬼造反，闹得大家不得安宁，生命财产遭受巨大损失，天怒人怨。如此不法之徒，不杀不足以平民愤。

黄维考虑再三，提起笔来给蒋介石写了一封回信："校长指示，学生岂敢不遵？怎奈陈凤生在浙西南作乱，受害者众多。今受害人联名上书，恳请速于当地处决之。枪决陈凤生，非学生所愿，实属民命难违也。"随信附上乡绅们的联名信，发往南京去了。

1935年11月22日上午10点左右，陈凤生被敌人押着，来到了龙泉郊外。他身上戴着脚镣和手铐，步履蹒跚，却依然昂首挺胸，大义凛然。

"跪下！"行刑的士兵命令道。

"我宁可站着死，也不跪着生。开枪吧！"陈凤生平静地说。

随着"砰"的一声枪响，子弹穿过了陈凤生的头颅，他直挺挺地倒下了。

第五十二回

黄富武血溅大水门，师首长悲泣祭英烈

各路捷报纷纷传至已移驻浙江丽水的国军第十八军军部，军长罗卓英仿佛注射了一支兴奋剂。尤其是得悉共军地方上的三位头面人物卢子敬、陈丹山、陈凤生先后被抓获并处决，他兴奋得夜里都睡不着觉。

"共军留在浙西南的头面人物基本上已经落网并处决，我们该考虑撤兵的事情了吧？"说话的是副军长刘绍先。

"暂时还不能撤兵。"

"为什么？"

"还有最大的一条鱼没有抓到。"

"你是说红军挺进师政治部主任、中共浙西南特委书记黄富武吧？"

"正是此人。斩草不除根，后患无穷啊！"

"我马上给四个师的师长打电话，让他们乘胜追击，务将共军首脑黄富武生擒。"

"你去办吧！"

十八军在漫天撒网捕捉黄富武的时候，黄富武正隐藏在遂昌县圩头乡外方岭村的一户农民家里养伤。由于此地远离浙西南革命根据地，消息闭塞，他无从知道外面发生的情况，心里还感到奇怪：陈凤生将我转移到这里，已经有一段时间了，他为什么不

来看我呢？

革命斗争的残酷性，使得黄富武产生了一种不祥的预感：陈凤生可能已经出事了！

这天早上一起来，他就觉得左眼皮老是跳。俗话说：右眼皮跳是有福，左眼皮跳是有祸。尽管他是一个马克思主义者，不相信封建迷信那一套，但在这个特定的时期、特定的环境下，他又不得不相信这种"左眼皮跳是有祸"的说法。他的眼前经常幻出陈凤生、陈丹山、卢子敬三个人来，他们浑身淌着血，站在自己的面前。想到当初自己介绍他们入党时，他们那生龙活虎的样子，他无论如何也不能将他们同眼前幻出的他们联系起来。

这几天，经常有保安团的人在村里出现。挨家挨户地盘查有没有住进陌生的人。按照陈凤生将人送来时的交代，发现情况不妙，要马上将人转移到地洞里。这家的主人可忙坏了。保安团来时，将人搀扶进地洞；保安团走了，又将人从地洞里搀扶出来。这使得黄富武很过意不去。"你就让我待在地洞里好了。这样搀来扶去的，够麻烦的。"黄富武对主人说。

"那怎么行？地洞里面潮湿，人会住坏的。何况你还有伤在身呢？"

"真的太感谢你们了。"

"你们打仗，还不是为了我们穷人。你们流血受伤，我们做这么一点事，也是应该的，就不要说感谢什么的了。"

这一天，保安团的人又来了，不过这次他们没穿军服，而是装扮成农民的样子。主人也就没将此事放在心上。直到一群人涌进屋，他还蒙在鼓里。

"你们是哪个村的，找我有什么事？"他惊奇地问道。

"家里有陌生人吗？"一个人劈头问道。

"没有。"

"给我搜！"于是，一帮人开始在屋里搜了起来。躺在床上养伤的黄富武，被搜了出来。

"这个人是谁？"

"我的一个远房亲戚。"

"他的伤是怎么回事？"

"前段时间上山砍柴，被毒蛇咬了一口。"

"我们是浙保二团的，你不要对我们撒谎。"

"我说的全是真话。"

一个士兵解开了缠在黄富武小腿上的绷带，抹去敷在上面的草药，一个伤口出现在他们眼前。

"你说他是被毒蛇咬伤的，可我看到的明明是枪伤。你再不说实话，就治你一个通匪的罪。"

黄富武看隐瞒不住了，为了不连累别人，主动坦白说："我是黄富武。我跟你们走，你们不要为难他。"

"你就是那个红军的政治部主任、共党的特委书记？"保安团的人做梦也没有想到，竟然抓住了共军的大官。

"赶快把他送到丽水去！罗军长急着要这个人呢！"

"你们千万不要为难他，有什么事情我一人承担。"黄富武指着那家主人说。

"依你还不成吗？"网到了大鱼，保安团的人对小鱼已经失去了兴趣。

保安团的人找来了一扇门板，在上面铺上稻草和棉被，让黄富武躺在上面，士兵们轮流抬着他，到丽水报功领赏去了。

在罗卓英的印象中，担任共军挺进师政治部主任的人，应该是一个老成持重的人。看到躺在门板上的人，年龄三十岁尚且不到，他简直不敢相信自己的眼睛了。"你就是黄富武？"他试探着问。

"难道你觉得我不像吗？"黄富武反问道。

"因为你太年轻了。三十岁还不到吧？"

"虚岁二十八。"

"真是年轻有为。可惜选错了道路。"

"我的选择是正确的，对此我毫不后悔。"

"粟裕和刘英，真的撤走了？"

"没错。今天的撤退，是为了明天的进攻。我相信他们会回头来收拾你们的。"

"他们撤走了，为什么要将你抛弃呢？"

"不是他们不带我走，是我自己要留下来的。"

"难道你不知道，凭你们留下的那一点人手，根本就是以卵击石，自寻死路？"

"这点我们已经考虑到了。为了制造挺进师主力仍在浙西南的假象，拖住你们，掩护主力突围出去，我们觉得做出局部的牺牲，也是值得的。"

"根据我们的法律，你很有可能以叛乱罪被处死。在临死之前，你有什么要说的吗？"

"我黄富武一生光明磊落，胸怀坦荡，为了我所信仰的共产主义理想，而献出自己的生命，我既无怨，也无悔。"

谈话不欢而散。罗卓英马上给蒋介石发去电报，报告粟裕、刘英遁逃，黄富武被擒的消息，并请示对黄富武的处置和十八军撤军等事宜。蒋介石回电：一、将黄富武就地处决。二、十八军剿共目标已经达成，可以撤兵。地方防共事宜，可移交各地保安团队。

1935 年 12 月 12 日下午 3 点左右，敌人的行刑队押着黄富武来到了丽水城大水门外的溪滩上。

"打倒国民党反动派！""中国共产党万岁！"面对着黑洞洞的枪口，黄富武高喊起口号来。没等他喊完口号，敌人的子弹射向他的胸脯，一股鲜血顿时喷涌出来，将沙滩染成了红色。

黄富武牺牲后，十八军开始从浙西南全境撤退。据不完全统计，在这次由蒋介石亲自策划的在浙西南地区的"剿共"中，共有八百二十余人被捕，四百七十余人牺牲。各地党组织和苏维埃政权被全部摧毁，一些群众组织也自行消亡，革命根据地的建设成果毁于一旦。

转眼到了 1936 年的春夏之交，中国工农红军挺进师师长粟裕和政委刘英重返浙西南。看到的是满目疮痍的景象，并且得知，黄富武、方志富、柯勤发、陈凤生、陈丹山、卢子敬等人，或牺牲在对敌斗争的战场，或就义于敌人的屠刀之下。

他们此行是为了恢复浙西南革命根据地的，看到眼前的景象，他们不得不打消了这个念头。于是，他们先后来到了安岱后和斗潭，找到了陈凤生、陈丹山和卢子敬的坟墓，虔诚祭拜了起来。

在陈凤生的坟墓前，粟裕、刘英长跪不起。粟裕对着墓碑拜了三拜，上了三炷香，然后说："凤生兄弟啊！我粟裕对不起你啊！蒋介石派大军围剿，红军危在旦夕，你们为了掩护主力撤离，以区区数百人，与七万多名敌人对抗，坚持到了生命的最后时刻。我们知道你们留下的人处境艰难，所以在浙南地区频繁出击，想把敌人吸引过去，减轻你们的压力。可是，罗卓英就是不分兵。使得你们成了他们的枪下鬼魂。要是知道会有这样的结局，我粟裕就是再艰难，也要将你们带出去的。凤生兄弟啊！你知道吗？我现在是无脸见你和丹山、子敬的家人啊！他们把生龙活虎的你们交给了我粟裕，我还给他们的却是一具具冰冷的躯体。我粟裕问心有愧啊！"说着说着，眼泪夺眶而出。

"凤生兄弟啊！你知道吗？我今天为你落泪了。人家都说我粟裕是一条硬汉，有铁石一般的心肠。他们哪里知道，男儿有泪不轻弹，只是未到伤心处啊！"

在粟裕之后，刘英也上香祭拜。他说："凤生同志，在你们的身上，表现出了共产党人顾全大局，不惜牺牲的崇高精神，党和人民会永远记住你们的。国民党反动派欠下的血债，我们一定要让他们加倍偿还！安息吧，凤生同志！安息吧，所有为浙西南革命斗争牺牲的同志们！"

参加浙西南"剿共"的国军第十八军，撤出浙西南地区后，即投入抗日战争，参加了淞沪、武汉、枣宜、鄂西、常德、湘西等会战，其军长先后发生变更，依次是黄维、彭善、方天、罗广文和胡琏。抗战结束后，该军一度整编为第十一师，胡琏任师长。后来，该师恢复十八军建制，杨伯涛任军长，归属第十二兵团，兵团司令是黄维。在淮海战役中，第十二兵团被全歼。

中华人民共和国成立以后，在镇压反革命运动中，曾经出卖陈丹山的妇女和其他叛变投敌的人被纷纷检举出来，遭到镇压。那些在敌人对浙西南革命根据地"围剿"中反攻倒算的土豪劣绅、流氓地痞，也纷纷遭到枪决。浙江省人民政府发文，追认陈凤生、陈丹山、卢子敬等人为革命烈士。其家属享受烈属待遇。

其后，在安岱后、王村口、住溪等地，相继建立了浙西南革命斗争纪念馆，它们成了对党员干部进行革命传统教育和对青少年进行革命理想教育的好场所。陈凤生、陈丹山、卢子敬的革命斗争经历，在浙西南大地上广为传颂，如一面面鲜艳的旗帜，在浙西南上空高高飘扬。

代后记:

为了三十年前的一个承诺

五十二回的长篇小说《烽火浙西南》终于完稿了,我的心情顿时轻松起来。

我为什么要写长篇小说《烽火浙西南》呢?说实在的,是为了三十年前的一个承诺。

三十年前,我在松阳县第一中学担任语文老师。有一次,学校党支部组织党员活动。说是党员活动,其实参加的不仅有党员,还有团员,还有如我这样的党外人士。不仅有老师,还有学生。大概是组织者认为我这个"党外人士"有发展成为"党员后备力量"的可能吧,所以破例让我也参加了这次活动。

这次活动的地点就在松阳县安民乡的安岱后村。安岱后村是浙西南最早开辟的革命根据地之一。粟裕、刘英率领的中国工农红军挺进师到达浙西南后,首先就在安岱后落脚。这个村子里,曾经出过风云一时的"青帮"首领陈凤生和陈丹山,正是他们把粟裕、刘英等人接到安岱后的。

在中国工农红军的影响下,在挺进师里的共产党人的启发引领下,陈凤生、陈丹山,还有枫坪乡斗潭村的卢子敬等人,积极投身革命运动,将"青帮"组织逐步改造成为游击队,并且配合红军开展了诸如打土豪分田地、创建工农苏维埃政权、筹措粮款、保卫革命根据地等一系列革命活动,并迅速成长为共产党员和地方干部。

浙西南革命根据地的创建,引起了国民党政府甚至是蒋介石的恐慌，他们频繁派兵出击，企图将革命力量扼杀在摇篮里。在严酷的斗争环境里，以陈凤生、陈丹山、卢子敬为代表的共产党人和革命干部，积极配合红军，与国民党反动派进行以游击战为主要形式的军事斗争，保卫新生的工农苏维埃政权。

由于红军和游击队的力量过于单薄，也由于革命根据地尚处在初创时期，各方面的经验明显不足，更由于敌人过于强大，在敌人对浙西南革命根据地的大举"围剿"面前，红军主力被迫撤出。为了吸引敌人，掩护红军主力的撤退，陈凤生、陈丹山、卢子敬等人，配合一部分红军，与敌人展开了殊死的斗争。最后，他们都落入敌手。面对敌人的酷刑和招降，他们毫不动摇，最后慷慨赴死。

当中给我留下深刻印象的是卢子敬。他出身地主家庭，早年曾留学日本，大学毕业后回国，担任过教书先生，后来和陈凤生、陈丹山一起，参加"青帮"组织，在中国工农红军挺进师到达浙西南后，他们三人携"青帮"成员投奔了红军，并迅速成长为坚强的共产主义战士。我对他印象深刻，有两个原因。一是我们有共同的职业，但当教书先生，对他来说只是人生的一个过渡。二是他那传奇般的经历。一个地主家的少爷，又有着留洋的经历，按理说他的人生应该一片光明。他为什么要参加革命工作，并且为此献出了自己的生命呢？他和陈凤生、陈丹山不同，陈凤生和陈丹山参加革命是因为出身贫苦，要改变命运必须起来反抗。卢子敬为什么要反抗呢？这个问题不仅我理解不了，连书中审讯他的国民党师长李树森也难以理解。正因为如此，我要用我的笔触，深入他的内心世界，去探寻其中的奥秘。

安岱后村的干部们接待了我们，除了给我们安排吃饭，还带着我们参观了陈氏宗祠。那里曾经是安岱后革命活动的中心，一些比较大的活动，都在陈氏宗祠举行。宗祠外面的墙上，还保留着革命斗争时期书写的标语，如"只有苏维埃能够救中国"等。

从村干部的介绍中，我第一次听到了陈凤生、陈丹山、卢子敬的名字，并且为他们传奇般的革命经历而动容。平时爱好舞文弄墨的我，鬼使神差地说出了一句话："回去之后，我一定要用我手中的笔，将他们的革命事迹写下来。"

村干部听了后，非常赞成我的计划。为此还专门向我敬了酒，希望我为安岱后，为陈凤生、陈丹山、卢子敬等人的后代做点好事。

承诺许下后，我并没有付诸实施。或许是当教师太忙了，在写书这件事上，我一直没有动笔。直到将近三十年过去了，我才想起此事来。或许当初接待我们、给我敬酒，等待着我为他们写书的村干部已经带着遗憾离开了人世。我顿时感到一种亏欠，一种道义方面的亏欠。

好在 2017 年 9 月，我办理了退休手续。退休后，有人问我如何"发挥余热"，我说我首先要还债，还安岱后人一个感情上的债，一个三十年前欠下的人情债。

从 2017 年 9 月动笔，直到 2018 年 1 月 20 日，前后经历四个多月。如果没有特别的事务，我坚持每天写。就这样，我终于完成了这部书稿。

历史题材的长篇小说该怎么写？我觉得要把握好两点。首先要尊重历史。虽然所写的不一定是真事，但一定要有真人，即在党史材料中有记载的人。其次要符合小说的特点。小说不是真人真事的流水账，它在真人真事的基础上可以有合理的虚构。至于这真人真事与虚构内容之间的比例如何安排，有说三七开的，有说五五开的，有说七三开的。清代学者章学诚认为，《三国演义》就是采取"七分史实，三分虚构"的比例写成的。我则认为：三七开虚构太多不可信，七三开太拘泥于真人真事，还是五五开比较适宜。在真人真事的基础上，我允许自己发挥一些"合理的想象"，进行一些"适度的虚构"，以使人物形象更加丰满。至于成败得失，还望读者公断。

小说的人物该怎么塑造？我觉得要防止片面地拔高，以致塑造出来的人物个个高大全，甚至不食人间烟火。英雄人物也是人，也有七情六欲，也会犯各种错误。鲁迅先生在《中国小说史略》中，曾指出《三国演义》的作者罗贯中在塑造刘备和诸葛亮两个人物时的弊端："欲显刘备之长厚而似伪，状诸葛之多智而近妖。"为什么这两个人会给人"似伪""近妖"的印象呢？就是因为罗贯中太喜爱这两个人了，因此对他们进行了"拔高"。你"拔高"一点没什么，"拔高"得过分了，其效果适得其反。我在对英雄人物进行塑造的时候，把握的就是这个"不拔高"的原则。对其优点不过分张扬，对其缺点也毫不隐讳。陈凤生行事果断、雷厉风行，但有时会头脑发热、鲁莽偏激，他为了革命工作舍生忘死，但有时也会儿女情长。卢子敬处事谨慎、老成稳重，但有时会瞻前顾后、优柔寡断。黄富武政治工作经验丰富，军事斗争谋略却明显不够。这样来处理英雄人物，其可信度是否高一些呢？

附带谈一谈对反派人物的处理问题。一般人认为，对反派人物就要拼命地把他们往坏里去写，写得越坏越好，最好是十恶不赦。我认为，这就走到另一个极端去了。

对参考资料也要考虑"取"与"舍"的问题。"取"是必须的，但不是全盘照搬。"舍"也是必须的，看它对我是否"有用"，有用的就拿过来，没有用的要大胆舍弃，或者经过我的手，将"无用"化为"有用"，化腐朽为神奇。

其他的话，我就不多说了。因为读者的眼睛是雪亮的，还是让他们来评判吧！

在本书的写作过程中，参考了一些资料。参考较多的是杨金宝老先生的《战斗的一生》，还有中共浙江省遂昌县委党史办公室编的《戎马仙霞》等，在此深表谢意。另外，中共松阳县委办公室的潘力平先生、松阳县史志办的洪关旺先生、安岱后村的陈吴福先生，也对本书的出版做了一些工作，在此一并致谢。

2018 年 1 月 20 日于南明湖畔

田园松阳
文化丛书

第六辑

松阳县档案馆（党史和地方志研究室）

编

松阴溪帆影

■ 徐然虎 著

浙江工商大学出版社
ZHEJIANG GONGSHANG UNIVERSITY PRESS

·杭州·

图书在版编目（CIP）数据

松阴溪帆影 / 徐然虎著 . — 杭州 : 浙江工商大学
出版社，2023.12
　（田园松阳文化丛书 . 第六辑）
　ISBN 978-7-5178-5824-9

　Ⅰ . ①松… Ⅱ . ①徐… Ⅲ . ①诗集 – 中国 – 当代
Ⅳ . ① I227

中国国家版本馆 CIP 数据核字（2023）第 234547 号

松阴溪帆影
SONGYINXI FANYING

徐然虎　著

责任编辑	张晶晶
责任校对	林莉燕
封面设计	杭州富阳正大彩印有限公司
责任印制	包建辉
出版发行	浙江工商大学出版社

（杭州市教工路 198 号　邮政编码 310012）

（E–mail: zjgsupress@163.com）

（网址：http://www.zjgsupress.com）

电话：0571-88904980，88831806（传真）

排　　版	杭州富阳正大彩印有限公司
印　　刷	杭州富阳正大彩印有限公司
开　　本	16 开
总 印 张	122.25
总 字 数	1413 千
版 印 次	2023 年 12 月第 1 版　2023 年 12 月第 1 次印刷
书　　号	ISBN 978-7-5178-5824-9
定　　价	400.00 元（全 5 册）

总 序

古之君子，有"见礼而知俗，闻乐而知政"之说。故积句成章，积章成篇，发为文章。若能感于性情而动于声音，则文章与"乐"同出，可以知政；若能融心三才而游步千古，则文章与"礼"同出，可以知俗。自"田园松阳"发展战略实施以来，"田园松阳文化丛书"一直立足于松阳乡土文化底蕴，致力于知俗知政，匡矫时弊，宣化承流。

本丛书前五辑，在一定层面上提升了"田园松阳"文化发展之动力和活力。归而纳之，有特征四。

一曰包容。包容何在？在体裁也，在门类也。论体裁，有汇编如《松阳历代书目》《松阳历代文选》《松阳历史人物》，有诗词如《松阳历代诗词》，有书法如《松阳历代书法》，有散文杂记如《松阳乡俗散记》，还有古籍校注如《午溪集校注》。论门类，有涉及历史学的《松阳从历史走来》、涉及风俗学的《松阳民俗·岁时节令》、涉及姓氏学的《松阳祠堂志》、涉及金石学的《松阳金石志》等。

二曰自信。文化自信，是更基础、更广泛、更深厚之自信，是更基础、更深沉、更持久之力量，如《松阳百姓族规家训》彰显了松阳的深厚文化底蕴和人文荟萃，《松阳·中国传统村落》介绍了众多格局完整的传统村落，《松阳农家器用》体现了绵延千年的耕读文化，这都是祖辈留给当代松阳之宝贵精神财富。《民国松阳往事》《民国松阳记忆》则在往事记忆中透露出松阳的独特魅力和价值，唤醒群众之文化自觉，增强群众之文化自信，这也进一步坚定了本丛书推动乡土文化繁荣复兴的信心和底气。

三曰传承。发掘、整理、弘扬"田园松阳"文化，传承松阳文脉，

讲好松阳故事，达到繁荣松阳文化、培育社会正气之目的。本丛书之分册，多以"历代"冠之，尤其彰显传承。本丛书为全县的乡村博物馆建设、农村文化礼堂建设，拯救老屋行动、古村落保护，以及古祠堂和古道修复等工作，起到示范提示的作用。

四曰创新。团结、凝聚、联合社会力量，加强"田园松阳"文化的对外交流，使"田园松阳"文化内生动力越来越足，发展后劲不断增强。本丛书在某种意义上成为松阳地方对外交流之书籍。

复览本丛书第六辑与第七辑，上述四特征，皆有所进。

包容愈广。第六辑中，新增门类，《松阳藏石》属工艺学；新增体裁，《烽火浙西南》是小说。《二〇〇〇年的冬天》虽是散文，但主线贯彻全书，有别前辑。第七辑中，新增门类，《松阳舆地图志》属方志学；新增体裁，《张玉娘诗词赏析》是文学鉴赏。《闲时乐着》虽是杂文体裁，但全书涵盖风俗、教育、医药、矿石等方面。除体裁、门类之外，本丛书最新两辑，个中论著，不求放意寓言，不求僭称法言，不求苟同，不求苟异。

自信愈固。丛书第六、七两辑有望激发县域文化界人士对松阳文化底蕴的高度自信，以及对乡土文化生命力、创造力的高度自信，如《松阴溪帆影》《桃源诗藻撷萃》，是继本丛书第三辑中的《松阳乡村诗歌三百首》和本丛书第四辑中的《松阳田园诗藻选辑》之后的又两部诗歌集。作者积极从"田园松阳"文化沃土中汲取养分、激发灵感，在新时代的文艺创作舞台上自信满满。

传承愈坚。包容才可会异归同，传承方能涵揉充畅。本丛书编纂委员会认为，儒、释、道同为古县松阳璀璨文明之写照。千年传之承之，总是金鸣石应；一如刊之版之，亦得激浊扬清。

创新愈勇。时下，中国文化事业正迎来大发展大繁荣之黄金时代，松阳，则把文化上升到了指引县域发展的战略地位。大好机遇，来

之不易。本丛书第六、七两辑，展示了松阳良好形象，弘扬了时代精神。如《闲说松阳话》非但保留了生活化的方言，还原了语境的趣味性，并且有意识地将文字的意义向外拓展。这种对品质与内涵的追求，就是一种创新。

　　总之，感于性情而动于声音，融心三才而游步千古。"田园松阳"文化，孕育于松阳璀璨的历史文明之中，体现在当下全县人民建设"田园松阳"升级版的火热实践中，展现在每一个优秀的古今松阳人、新老松阳人身上。愿松阳文化界人士，永葆胸中有大义、心里有人民、肩头有责任、笔下有乾坤。更愿"田园松阳文化丛书"，能久经历史和人民检验，推动地方文化事业发展，推出更多反映时代呼声、振奋松阳精神之优秀作品。匡矫时弊，宣化承流，无患知俗知政之用。

编　者

2023 年 5 月

序

庚子立秋，在丽水师范专科学校（现丽水学院）1981级中文班的微信群中，有两位诗人写莲，引发一些同学的共鸣。班主任徐舟汉说，他们的诗赋意蕴于人生，好诗！其中一位诗人就是徐然虎，他即兴在群里写下："嫩莲何甜甜，熟莲心苦然。莲心制莲茶，莲瓣熬粥甘。人生多美好？放下乃恬淡。最是局促者，移步行路难。"

我知道，诗人这么说，其来有自。在四年前，他承包了一片两亩大的鱼塘，鱼塘被一条水渠隔开，但仍连通，成为上下两塘。上塘，他手植莲荷，赏花得实，自在逍遥。养鱼，也不追求经济效益，只做湿地生态修复研究的样本。在诗集《松阳乡村诗歌三百首》的后记里，他写道："丙申春，余巡游于故土之野，见池水竭，裸荒废弃，杂草几度枯荣。叹惋之余，复原之念激生。乃假兄弟之名，具资以经略。筑堤蓄水，购置鱼苗，手植莲藕，夙兴晚归，几无间断，是时苦乐唯余自知。余之养鱼也，非为盈利，乃为斯土还其本真，重构生物生态之圈耳！其水蓄也，又有鱼焉，故闻蛙鸣，见鹰鹪鹭鸥及野鸭之逡巡，蛇鼠虫豸之出没。遇洪二三，堤决鱼走。旱多日而池仍盈，周遭田苗草木菜蔬得以润泽，此亦善乎！"更有意思的是，"每投食饲鱼，鱼嬉吾亦乐，视之己出，辄将图嵌诗，发至手机微信以娱友，友或点或赞而余悦"。就这样，围绕这个鱼塘，竟写下一本诗，天下还有先例否？天下名塘已经产生，天下名鱼都沉浸在诗的意境里。

我们的徐然虎能和鱼对话，是一个充满激情、活力四射且思想浪漫的行吟诗人。

　　我和他相识于1981年8月，那时我们怀揣一个梦想，在同一个班级求学问知。他一脸憨态，乐观豁达，十八九岁的他特逗特慧也特别懂事，爱情的芽萌发得特别早。那时的他正在追求隔壁教室一个漂亮的女生，每天坚持给那个女孩写一首诗。没想到那漂亮女孩慧得更早，他写给那个女孩的诗被她的男朋友统统扔到一个茅坑里了。这事轰动了整个校园。很受伤的徐然虎没有尝到爱情的甜蜜，却从此与诗歌结下不解之缘，他没有沉沦，依然乐呵呵。我猜想，他的痛苦大概都给了那把他不离不弃的小提琴。那时的我很自卑，很羡慕他能写爱情诗，可以勇敢地追求女孩子。后来我们天各一方，各自有了自己的事业和家庭。

　　若干年后，我到了徐然虎的家乡——松阳。他在松阳一中当语文老师，教书教得好，文章写得好，深得同学喜欢。有一天，他拿来一本诗集《不惑歌谣》让我给他作序。看了他的诗，我的心被深深地打动了，一个四十岁的人竟还能如此有激情！诗是年轻人的活，没有激情、没有浪漫是构筑不出诗的意境的。可徐然虎的诗源自爱情，源自生活，源自他乐观浪漫的性格。他一路走来一路歌唱，歌唱爱情，歌唱青春，歌唱人间美好与江山秀色，松阳田园乡野之风在他的诗里栩栩如生。

　　他的诗接地气，学生喜欢，农民喜欢，像一股清泉，像一缕春风，像山涧的雾，漂着流着就进到人的心坎里，引发人的共鸣……

　　在四十岁的时候，我为他的诗集《不惑歌谣》作序，如今在相知四十年的时候，我又为他的诗集《松阴溪帆影》作序，是巧合还是缘分？我想我是为友谊作序，为一颗童心作序，为一份浪漫作序，为一个有故事有情怀的人作序。他的《松阴溪帆影》更加生活化了，写他家乡的人与事，写爱情，也写对故土的情怀，诗中有小我更有大我，有小爱更有大爱，充满了对松阳这片土地的热爱与对美好生活的向往。艾青有语：为什么我的眼里常含泪水，因为我对这土地爱得深沉。徐然虎把他最深沉的爱融化在诗歌里，献给生他养他的这片故土，他满眼是热泪，他爱他的家乡和家乡的老百姓。他是田园松阳乡间小道上边走边唱的一位豪放歌者。松阳是一个很有诗意的地方，古有张玉娘今有徐然虎。我在松阳工作七年半，在松阳没有做下多少事，但我深深地爱着这片土地和这片土地上的人民！

松阳是我的第二故乡，现在我回缙云老家大洋镇养猪创业。我要同徐然虎一样，心怀理想，为心中的梦全力以赴，如果有成功的一天，定不忘回报这个社会。在这个时代，还有松阳这个让我把青春年华敬献的第二故乡！

心若年轻，岁月不老。向青春致敬！向浪漫致敬！向不老的岁月与梦想致敬！

是为序。

邓唐良

2020 年 8 月 16 日

（注：邓唐良，松阳县原县长，现任浙江大央泱牧业有限公司董事长。）

目　录

旧瓶装新酒

松阴溪帆影

微诗乐生活

旧瓶装新酒

卯山仙茶赞

仙茶从来出仙山，
仙山有名曰卯山。
卯山天师叶法善，
长年修炼卯山观，
得道成仙民间传，
腾云驾鹤归去来。
开元天子请上殿，
天子不疑法灵验，
欲随天师入广寒。

广寒宫里见玉环，
天子携来舞翩跹，
玄宗因之宠法善，
闲来入夜即上天。
长安筑就景龙观，
专供天师念老聃。
天师乐饮卯山茶，
娘土娘种植观旁。
天子来喝口生香，
从此宫廷传仙茶。

卯山仙茶年年贡，
官内官外人称颂。
道观寺院叙茶缘，
茶马互市通四海。
天师辅国告成功，
遗诗三首后人诵，
凡岁一百零四终。
玄宗为之步虚词，
清溪道士人不识，
上天下天鹤一只。

如今仙山留仙迹，
两座道观仙山立。
一座藏在幽深处，
一座巍然在山顶。
上观下观皆有井，
常年不断流仙水。
最是山顶仙井奇，
大旱不干雨不溢，
传说通海来墨鱼。

卯山状如富士山，
仙水沏茶显奇观。
乳花乳影味香甜，
不来仙山留遗憾，
不品仙茗难脱凡。

劝君更饮茶一杯，
阅尽沧桑终无悔。
世人多少得茶禅？
茶中三昧凭心悟，
自有欢乐灌心田。

卜算子·奥运

奥运北京开，世界同欢乐。屏幕传来健将行，步步国人贺。八月喜频来，起舞翩跹鹤。清影随波处处好，夺冠连连个。

如梦令·神七飞天

是夜神七呼啸，直上九天云霄。惊起月宫人，地上有何纷扰？蛮好，蛮好，华夏又添捷报。

相见欢·农民文化节

草根本乃农民，若泉纯，快乐闹台歌舞唱升平。　　驱魔鬼，逐邪气，盼天清，更有平安祈祷好年成。

七绝·咏一中

一湾碧水照烟柳，半亩莲塘映土亭。
百年罗汉迎雅客，千树小莺伴书声。

采桑子·咏健美操赛

骤然鼓乐敲心坎，媚面明眸，鲜亮如初，舞动青春岁月弧。
松阳女子多才艺，自古杰出，今也尤优，一展风姿无数秋。

忆江南·独山好

独山好，守望松阳人。游子回乡相见爱，凤凰来憩恋巢馨，总是有佳音。

渔家傲·贺国六十岁

国力日强民甚喜，江山稳固风光异，处处美图如梦里，神舟起，欢歌笑语满街沸。　　外面金融波浪起，中国应对出奇计，拉动内需倾大力，四万亿，民生改善拂荫翳。

踏莎行·南山白云山庄

梦醒廊桥，酒酣古树。桃源虽小画阡陌。可演和尚老婆姿，白云庵里诗情露。　　碧水悠悠，蓝天映秀。传说故事胡琴曲，兰操墨海度春秋，白头翁媪仍轻步。

水调歌头·松阳茶

　　绿谷处州府，茶好誉人寰。五湖四海来客，醉倒在独山。慵起推窗呼美，空气清香无比，梦幻若谪仙。举目岸边柳，舞影映春澜。　　踏长堤，穿街巷，赏茶园，尘怀涤荡，收一壶惬意心间，去几多烦恼事，来几回山歌峙，好日子休闲。冀尔常来往，莫等脚踉跚。

扬州慢·咏松阳桃源

　　昌寺山前，展平川望，望村落有致炊烟，尽秋风扫荡，绿色盖平原。那里有、平生梦魇，看美人点，歌断音酽，日在山、跑马如街街上沸然。　　好茶世罕，味香醇、沁入心间。地有宝连连，人杰遍是，寰宇翩翩。溪里见鱼鳖，朋友酒醉，都在桃源。　　念架构蓝图现，仁兄走、淡淡乡间。未留鸿毛苦，不堪言再相伴。

满庭芳·八月金秋

八月金秋，大师院内，看青瓷塑神仙。铁观音里，舒展叶香香，喝罢回头是岸，岸边柳、醉影翩跹。金桂放，满庭芳溢，总想你缱绻。　　愁眠春不觉，悠悠寸草，心也依然。酒酣胆微张，执手眉眼。雁落平沙卵石，温暖甚、胜过秋天。红火三秋桂子，宣莲罕、仅剩鱼鲜。波澜兴，有余情好，灯亮见心间。

沁园春·田园

延庆斜阳，草树莺啼，履响路边。警醒孤鹭梦，地湿一片。有吉祥鸟，休憩林间。专家几个，豪杰若干，高论蓝图颜色鲜。谁承想，面貌天天改，笑死鸣蝉。　　泥鳅洞里睡酣，勿打扰，修竹挡雨檐。犁长田埂上，莲出水面，浪蜂飞舞，蝶影翩跹。极目葱茏，舒心绿野，了却平生万种愿。松阳好，总风调雨顺，秀色为餐。

调笑令·岩下

岩下,岩下,法善天师度假。寻常布道人家,拂尘立扫鬼趴。凉夏,凉夏,蚊不叮人乐傻。

清平乐·别那样看

别那样看,我眼光短浅。瞧院里石榴蒂断,红满地无心搬。鸟来衔去唱欢,夜阑人寐山前。怎敌也愁容乱,花花世界休闲。

画堂春·落红遍地

落红遍地水中央,雾薄露小难量。送君言语话非霜,想你天光。朋友相交缘分,多年累诉衷肠。鹤溪溪水水清凉,使我歌唱。

下 南 岩

南岩传说亦久远，人言法善曾修炼。

如今徒留仙脚印，和尚洗浴谁撞见？

（注：下南岩山顶有一巨大铁镬状水池，深一米有余，周边村民称其为"和尚洗浴池"。）

南 岩 寺

南岩山顶水土沃，香茶味酽有劲道。

唐时和尚不规矩，苏家妹子带兵烧。

如今风景依然好，竹壮笋鲜杨梅俏。

闲来幽径闻莺啼，半城田园入怀抱。

遗　迹

残垣两三截，
柱础连山岩。
一条入寺路，
人行几朝代。
兴替总有凭，
鸟语可读解。
担当身前事，
历史自仲裁。

美 女 照 镜

南岩山上看驼峰，
驼峰背后景重重。
恰似美女在照镜，
犹有石笋藏仙踪。

栈 道

四爱风景已织造，
别有洞天连栈道。
当年长毛打铁坞，
如今蓄水翡翠湖。
八仙台上坐八仙，
吃茶咥酒怀敞开。
只是小鬼总难缠，
胃不满足心又贪。

高 手

根雕大师包绍兴，
妙手化腐为神奇。
作品构思常三月，
出世惊人叹观止。
老街开店不容易，
一腔情怀酬天地。
好运从此伴君行，
魁星有眼照人吉。

补　偿

农友地头一把刈，
两下一使竟折断。
摸个两块作赔偿，
君子言行无愧天。

养 生 天 堂

山路十八弯，
养生天堂见。
坐下不肯走，
内心已喜欢。
父亲频点赞，
此地景可观。
不辞长做客，
吮桃恰十年。

成　活

移植香榧见成活，
嫩芽枝头唱山歌。
不是朋友赠慷慨，
哪有此情能道说。

诱 捕 灯

时而踢踢啪，
螟虫投罗网。
茶园地头灯，
电来太阳能。
绿色防虫害，
品质提升快。
天上有月牙，
嫦娥当耳环。

剥 花 生

前夜遭遇邋遢风，
自煎服用邋遢茶。
今晨两老精神好，
花生剥出种几行。
收得果实多相送，
子孙成群谁读懂。
吃尽人间万般苦，
奋斗终生谋幸福。

夜 访

夜访联系户，
相逢喊喝酒。
坐下即亲人，
话酣情多多。
江边风景异，
行人成双对。
新区将落成，
田园增光辉。

牵　挂

白天走工地，
夜晚去唠嗑。
只要移民乐，
俺也笑呵呵。
叮嘱别太累，
安全放第一。
迁坟亦大事，
不可误佳期。

兼　程

刚开垃圾革命会，
旋奔工地看建房。
半路遇上联系户，
亲人交谈聊话香。
安居正当头等事，
即将可浇地下墙。
祖坟七穴皆迁出，
延续根脉恩不忘。

处 云 裳

云顶仙坑源，
云裳楼话仙。
仙客品仙茶，
相遇皆有缘。
仙酒出仙山，
一杯可梦幻。
神仙故事好，
得当活神仙。

十 九 点

晚访联系户，
采茶刚回家。
匆忙吃个饭，
还有夜班打。

自诉苦难多，
中年则守寡。
二〇〇四年，
违章遭强拆。
家破夫君亡，
每念泪双流。
起早又贪黑，
儿女拉扯大。
女嫁杭州去，
儿留在身旁。

儿与媳下岗，
打工管菜场。
收入一合计，
五千人民币。
孙女读中学，
负担也大笔。

盼望好政府，
体恤多偿补。

阿姐你放心，
政府为你虑。
改造旧城区，
添财添幸福。

处 理

若干西红柿，
弃之则垃圾。
拾之为鱼食，
欢愉乃红鲤。

垃圾被革命，
上下三联动。
分类要监督，
证据收囊中。

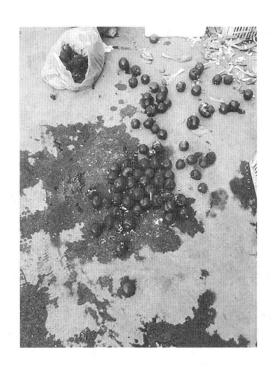

睡　姿

妈妈起早早，市场卖豆芽。
将我绑身上，一样睡得香。

阳光摸脸庞，妈妈数钱忙。
辛勤养小家，拉扯我长大。

能知父母苦，孝心从幼树。
野蛮成长路，何惧无坦途。

晨　活

晨活乃饲鱼，
不避风和雨。
它们吃得欢，
吾获成就感。
人言无效益，
何知渔夫念。
得此水中镜，
俯仰天地间。

多　跑

青田码道正攻坚，
领导要求不间断。
每天至少跑一次，
谁料今日已三番。
上下齐心多胜算，
左右协作少误判。
好事办好人人乐，
有机更新树标杆。

叶 家 大 院

阳光搬入房，
独山镶在窗。
云集天下味，
醉君甬协商。

常 看 看

泥泞复泥泞，
骑只小电驴。
看看亲人去，
亲人在浇水。
言匠来不及，
忧思误工期。
沉淀几多情，
瞅瞅鞋沾泥。

（注：上班之前，作为电大建房服务组分管者，当常去移民新区看看。是为履职之花絮。）

访 亲

亲人是移民，
干部话遵循。
白天各忙活，
晚间可谈心。
亲人泡洋参，
茶助酒气逡。
师生共创业，
振兴一乡村。

宝　地

面临仙官湖，
背倚元宝山。
耕田两三亩，
何似在人间。

雨　莲

莲瓣挂珠泪，
一夜风和雨。
蜂也不常来，
无奈蝇窃居。

人间亦如是，
阴差加阳错。
完美不留缺，
神仙难为之。

待 发

龙湖水边龙舟闲，
两三小舸小浪掀。
为那端午办比赛，
古县古韵波波间。

幸 福 城

一江双城人幸福，
神仙驾云夜巡游。
不知街上哪位好，
搔首弄姿觅闲愁。

干　啥

皮蛋鸭蛋夹心肉，
买去库区送农户。
劝她早日想开通，
何必失眠上虚火。
移民也是咱亲人，
关怀两字到细微。
水库建设系全局，
竭尽薄力推一推。

村　野

偶入乡野路，
不期遇村姑。
同是一坊人，
不知哪户出。

一地鸡毛

山村搬城里，
城里不养鸡。
宰了大家吃，
生活新开始。
做梦想不到，
还有好事近。
好事变喜事，
全靠政府亲。

倒　影

无风无波，
水面如镜。
清晰倒影，
静若吾心。

吾亦知足，
有诗有酒。
有爱有友，
天佑地佑。

小 叔

闻说要脐橙，
连夜送上门。
小叔创业苦，
如今特幸福。
想想少年时，
同床而共枕。
两小从无猜，
相携再启程。

移　植

香榧坳头移，
植入诗人村。
兄弟多流汗，
当晚苗土亲。
平原可否活，
试种作标本。
纬度没问题，
海拔则忧心。

（注：感恩同村小伙伴的帮助，种下此树。香榧树又称子孙树。感恩长伟、家红和毛总的倾心支持！移植时机甚好，昨移今雨，续雨雪，乃天佑也！）

送 你

送你一个字，
即席写酒后。
自以为不错，
虽然锋芒露。
想想混世上，
遇你叫幸福。
好在你懂我，
乐乎为酒徒。

巧　合

前两年曾想，
老桥换个妆。
桥面建成廊，
如今可观光。
桥史有墨迹，
记忆载多行。
政府就是好，
为民虑周详。

佳人胸怀

大地乃佳人，
佳人胸高挺。
而今戴上罩，
新娘晨试镜。
借问俊郎君，
臣妾美几分。
郎君掩口笑，
薄言云深深。

放 水 灯

独山脚下青龙堰，
水灯放过三百年。
恰逢今日元宵节，
三盏水灯表心愿。

一盏漂到处州府，
照我爱人行夜路。
爱人问我值不值，
我回爱人爱糊涂。

二盏漂到鹤城去，
照我爱人船打鱼。
爱人问我做什么，
我回爱人看看你。

三盏漂到温州城，
照我爱人坐江心。
江心有岛又叫屿，
爱人念我一生情。

摘　菜

茶花睁大了眼睛，
惊讶张成O嘴型。
似乎都夸老母亲，
庭院自种菜放心。

暗忖媳妇最爱吃，
趁早摘来累不知。
难为老母心拳拳，
儿女尽孝当惜时。

朴　农

百万富翁爱养猪，
萝卜南瓜加番薯。
养的猪肉顶好吃，
山村养生即返朴。

傍　晚

山外花将谢，
村里正盛开。
汪汪叫得欢，
原来友相见。
上垒此傍晚，
酒香满山怀。
回首来时路，
仿佛连九天。

种　树

早早运树苗，
移栽试验地。
香榧得荫庇，
杜荫获新生。

父亲还浇水，
我说没问题。
好雨知时机，
种好雨醅淋。

松阴溪帆影

梦里桃源

这是一片金色的田野
它躺在一块狭长的平原上
那里有河流如带
曲曲弯弯，不知归入何海
那里有座古老的小城
隐隐约约，不知取为何名

它四周有崇山峻岭
我竟然伫立在崖上
任凭流岚润湿短发
我一回头便来到了山里的村庄

村里古树掩映
好鸟在树丛嬉戏竞鸣
房前屋后芳草萋萋
四季鲜花适时开放
勤劳的人们沐浴雨露阳光
土地的恩赐让他们欢喜
那里没有明争暗斗
没有尔虞我诈
没有利害冲突
人人和睦相处
人人宽宏大度

人人互相帮助
人人显得富足
老的能够颐养天年
小的受到良好教育
家家通信一流
户户出门现代

我的出现让他们好奇
他们问我来做啥事体
我说捉几只石蛙孝敬孝敬父母亲
一位村姑自告奋勇带我去
她的美丽让人无法挑剔

她的身材让维纳斯惭愧
她的声音让所有女人自叹不如
她的教养世人莫敌
她的魅力世人瞩目
她领我到一条山沟
不一会就石蛙多多
那些家伙又肥又硕
乐得我一脚踩空栽了跟头
我一声惊叫醒了过来
妻子摇问做了啥噩梦
我笑笑，说到了桃花源

人生苦短好梦难再
各有活法何须自艾自怨

妻子，你辛苦了

我是大山
你是泉水
大山长出了亭亭的树
泉水淌成了淙淙的溪

你怎么会嫁我
我干吗要娶你
你说那是缘分
我说那是爱你

十几年来你含辛茹苦
做了工作还要操持家务
夫妻之间难免磕磕碰碰
下岗滋味我们共同承受

我的工作离不开你的支持
每一分收获都有你的功劳
媚俗的时代诗人注定贫穷
你跟了我怎能过上好日子
你看上去那样瘦小纤弱
可你却具有出众的耐力
你伴我历经了多少风雨

厨房那把菜刀可以作证

痛苦啊欢乐啊忧愁啊
都有我们的爱在里头
再有艰辛再有难关再有恶浪
我们山水相拥到白首

浙南茶叶市场见闻

朋友来自五湖四海

停车场敞开了博大的胸怀

浙西南大山绿茶的风姿绰约

从你我构筑的平台

走进大上海

走进各族人民的血液

走向海外

五千年的茶文化

在这里得到了弘扬

三万里河山的精华

在这里得到了浓缩

神农尝过百草

不是茶叶来解毒?

陆羽《茶经》的最好注脚

不是在这里寻到了最好的出处?

浙南茶叶市场呵

松阳人民的骄傲

浙西南大山怀抱的明珠

不管你从哪里来

朋友

不要惊诧那车水马龙
不要惊诧那奇异茶香
不要惊诧那完善的服务
因为——

朋友
这里凝结着人民的勤劳和智慧
拥有良好的品质
吃茶才能吃出健康
拥有良好的服务
市场才能走向远方

万寿山

要不是乾隆下江南
紫禁城何来万寿山
要不是乾隆下榻万寿山
哪里有万寿山的佛殿
那个乾隆住过的房间
蚊子连进来都不敢

传说的美丽
山形的奇异
造化的神秀
就这样
在松阳的土地上生长
那是一顶巨大的皇冠
放在如练的松阴溪旁
那是一座早显的名山
要不然
摩崖石刻里
何以有李邕的墨汗
万寿山
人们梦中的思念

寨头印象

山里人外出旅游
总想看海
海边人则看惯了大海
总想来看山
我是在山间小盆地长大的
倒有一种与生俱来的品性
既乐水也乐山
海看不厌，山也看不厌

如果住几天
日子赛神仙
赏云，沐风，听泉
观鸟，品茶，喝酒
走村，创作，献艺
清心可以也

独山颂

独山
松阳人心中的圣山

游子归来看见独山
仿佛看见慈母在门口顾盼
她守候了多久
恰似千年的期待

独山
松阳人心中的灵山

儿女们远离家乡
去异地求学创业
她每天都在虔诚地为你祈福
等着你平安回来过年

独山
松阳人心中的神山

那是仙女的巨乳
滋润着这片富饶的土地
哺育着脚下的儿女

让人们衣食无忧无虑

独山
松阳人心中的丰碑

她身前身后左左右右
山水、田园、城市、溪流
还有那来自五湖四海的朋友
财富梦想的锦带在松古平原挥舞

国　殇

（致"5·12"地震死难者）

两点二十八分
霎时地动山摇
那天下午多少同胞来不及反应
无数鲜活的生命被埋进了废墟

汶川号啕
老天哭泣
当晚赶来的温总理
哪里掩饰得住内心的无比伤悲？
满眼噙泪
然而果断指挥
救人！救人！救人

废墟下的同胞们
你们听到了吗

磨出血的双手在搬动砖块
切割机的刀口在喷吐火焰
还有飞机的轰鸣声
还有吊机挖机的日夜作业声
还有搜救犬的吠叫

还有幸存亲人的呼唤

······

废墟下的兄弟姐妹

你们听到了吗

生命的奇迹

虽然一个接着一个出现

可毕竟仅仅为奇迹呀

我们多么天真地幻想

你们忽然从废墟里走出来

抖抖身上的尘灰

给我们讲述亲历惊魂一刻

给我们讲述与死神的抗争

给我们讲述在人间的美好

······

废墟下的父老乡亲

痛，何以堪

昨天，今天，明天

全国下半旗

鸣警，鸣笛，默哀

同胞，侨胞，国际友人

所有的援手都伸向了灾区

温暖在传递

力量在汇聚

一个共同的心愿

要让灾区从废墟中站起来!

废墟下的死难同胞们
愿你们安息
你们在天之灵
是否看到
哀思的蜡烛在暗夜点燃
"汶川加油!"
"中国加油!"
是否听到
多少人在默哀后振臂高呼
"汶川加油!"
"中国加油!"

行走在街边

半个月亮
维吾尔族少女的脸庞
姣好的容颜一半笼了轻纱

行走在街边
酒，烧红了我的皮肤
毛孔大开
忽然
绿化丛中窜出一条雄性白狼狗
吼我
给它一个飞吻
它摇了摇尾巴
嗨！朋友
你难道不认识我吗

我们是一路货色
看到美丽、潇洒
都禁不住神往

白狼狗闪烁绿眼
惊出我一身冷汗

桥上行

微风
拂过白龙桥
桥上三人行

月亮是一枚我胸膛上洁白的纽扣
隐入白龙湖
寻也寻不着

湖畔那一排排灯火
闪烁如西施的眼
岸边的霓虹梯次泛亮
俨然舞女翩跹的裙摆

三人中叫云的美女怀抱一本诗
说要回家
因为沐浴

种 子

一粒种子
飞鸟衔来
一个偶然的机会
它从飞鸟的嘴里落到乱石缝隙中

完了。它有点伤悲
风没法把它带走
阳光没法让它获得充分的温暖
也没有谁来把这堆乱石扒开

寂寞成了它的早餐
孤独成了它的便饭
郁闷充斥着数不完的日子
幸好还没有发疯，因为还有坚持

忽然有一天
雷雨大作
雨水把那粒种子冲进更深的幽暗
可就在这幽暗中它觉察到自己的身体在膨胀

久久在黑暗。黑暗帮助了它
乱石保护了它

它开始在内心呼喊：

"我在生长！我在生长！"

若干个春秋过去

人们在大树下休憩

赞赏树的高大和挺拔

树说："我呢，是一粒微不足道的种子。"

走 进 一 中

有山有水

有亭有桥

还有绿荫大道、小路

还有草坪花圃、四季芳香

桂树、香樟，满身是知识的芬芳

最是那两百岁的罗汉松

躬身展手笑迎你的光临

整个丽水还有哪座校园有如此优雅环境

可我还在这绿谷最古老的城镇就读

进入一中是我的第一梦想

为圆这个梦想

我流汗

我少些娱乐

我少些身体的享受

我戒除浮躁

我遵从学校所有科学的安排

无论作息

无论学习

无论锻炼

我是铁

我是钢
走进一中
成就我自己的神话

亲爱的同学
你是否和我想的一样

梦里霹雳

黑云压城
狂风乍起
霹雳震天
忽然一个霹雳
将村里的古树连根拔离
古树在空中行走
从村右到村左

霹雳炸在我身旁
完了！心在惨叫
这一刻醒来
天已发白

三天前的梦
情境依稀
日间行事一如既往
看中国股市一路大涨

活在可爱的中国
天天都是幸福
学在美丽的校园
时刻都有快乐

龙　颂（组诗）

（写于中华人民共和国六十华诞之际）

一

一个带着浓重湖南味的声音
在六十年前的天安门城楼上
道出了龙的庄严——
中华人民共和国成立了

伴随着这声震寰宇的宣告
压在龙身的山，崩毁
绑在龙身的链，断裂
锁在龙爪的镣铐　砰然打开

这
让全中国人民挺直腰杆的激奋时刻
这
我的前辈浴血奋战建立的年轻祖国

《东方红》唱响大江南北
《义勇军进行曲》旋律穿透地球两极
蓝眼睛惊诧
黑皮肤鼓舞

二

龙的传人只争朝夕
倾力建设自己的家园
没有现成的模板
没有借鉴的经验
前行的路都靠自己摸索
弯路走过
也曾跌倒
也曾负伤

甚至勒紧裤带
度艰难的日子
动乱岁月
有谁安生

长江悲号
黄河呜咽

三

而立之年
龙睁开了眼来看世界
春天的故事开始演绎
共和国的脚步
豪迈走进新时代

道路康庄

秀水如碧

青山更青

粮仓储满了自信

腰包鼓起了坚定

神舟实现五千年来的飞天梦想

科学发展为龙的腾飞指明方向

我亲爱的祖国

在你六十华诞之际

我该拿什么给你献礼

我愿取一生的才智

为你歌唱赞美的诗

追风少年男女

新潮的卡通
从海上登陆
一幅画
肢解开来，如同许多菜在桌上摆
这让我们的少年男女如痴如狂
跳跃的语言
夸张的动作
奇怪的打扮

可爱单纯的少年朋友
焉知这是一种文化侵略
人生的价值观偏离华夏传统的轨道
心灵被扭曲
思维悖逻辑
成长道路从而荆棘丛生
陷阱遍布
青春耗去
财富流失

窗口打开
请别忘记关上纱窗
我们需要呼吸新鲜空气

苍蝇、蚊子
岂容它们混进我们的空间

长一双慧眼啊
自己来拿
追风的时候
看好自己脚下的路

梦 翔 蓝 天

两万米高空，云朵
仙山琼阁，一座座
美的惊叹留在客机上
还有我的梦想

我梦想驾机翱翔
梦想乘神舟登月
看吴刚
喝他自酿的桂花酒

我梦想在蓝天上
绘一幅图画
奥运五环
或者世界各族人民的舞蹈

不管白天
还是黑夜
我梦想我的战机
随时起飞
捍卫祖国领空
不辱使命

时时刻刻
我警惕，我亮剑
迎头痛击来犯者
用生命捍卫我的祖国！

护　手

宝贝，手洗洗
过来吃东西
耳边时常响起妈妈的召唤
渐长渐大，洗手已成了习惯

指甲时刻疯长
细菌做窝缝隙
儿时修剪离不开妈妈的提醒
而今自觉剪理，讲究卫生

琴声从此更优美
字迹从此更清秀
握手中更见文明
手相雅观乐一生

一片叶子诠释一棵树
一个细节昭示一个人
天人合一
得道永生

柳　池

童年的美好
青年的心跳
很多很多
遗落在这村庄田字形的半亩柳池里

南边两棵
西边两棵
柳树的老干斜向池水
给池边捣衣女以浓荫
枝丫鸟雀筑窝
根须泥鳅休闲

爬树看鸟窝曾经跌入水中
游泳避打骂曾经脱了裤衩
脚伸在水里任小鱼儿亲吻
一心在石缝摸螺蛳
浑然不觉蚂蟥遍体通红吸饱了我的血

青年的心跳
被大量的泥鳅玩出
它们从成片细密的根须里
仓皇钻入我预先布设的网兜

成为上帝赐给一个贫困大家庭的盛宴

还有一个秘密
在柳池边上
可以倾听一位美丽姑娘的歌声

母校生活断章

门前那条长满青草的小河
可曾记得
有一个男孩投入您的胸怀
畅游
我那亲爱的红嘴巴鱼呀
可曾被茶饼毒晕了头
昂首
不知西东

母校后面那条长满柳树的小溪
可曾铭记
有一个男孩躺在您温暖的臂弯
呼呼沉睡
我那亲爱的泥鳅呀
浑然不觉身在我的饭盒
住进我盛书的菜篮

那暴雨过后
在有山垄的水田

多少田螺
塞满我两只裤管
背了回家
令父母惊诧

竹　炭

（参观遂昌上江中国竹炭博物馆留言）

这份大地慷慨的馈赠
有些沉重

炭农曾经挑到温州换回盐巴
匠人曾经用它制作精美物品
乐师曾经用它演奏动听清韵
画家曾经用它描摹奇异风景
现代工艺又让它焕发了青春

可以吃啊
可以穿啊
可以入药
可以制造床上用品
可以深入我们生活的每一个细节

并不起眼的物什
糅合了人的智慧
便成了金子

马 赛 小 曲

（题写一张来自法国的照片）

海面碧波
蓝天着色
码头上
七位中国才女的笑容诠释着马赛的阳光

海鸥三只
在你们的头顶上自由飞翔
小船数艘
在宁静如摇篮的港湾哼起小曲
似乎刚喝过酒
不打算出航

眼镜后的明眸
有多少美丽而智慧的秘密掩藏
只有我的妹子
向太阳敞开心灵之窗

祖国万岁！
你们在心里高呼
母亲默念
你们平安吉祥

戴老花镜看老皇历数着归期
多少宽广而温暖的胸怀
也在等你

马赛刻录才女们的足音
而我却将七寸阳光珍藏

墙那边的书声

一早就有英文的儿歌
晚上又有母亲的教诲
还有父亲经常的点拨
墙那边的女孩
成长在肥沃的土壤里

我在山间小路徜徉
我在湖边幽径漫步
我在冬日的清晨沐浴阳光
墙那边的女孩
书声牵出我无数美的感觉

我开始把说话的声音降低
央视晚间新闻的分贝减少
不再和爱人争辩
这边宁静
诗意，来自那边书声

春去春回
墙那边琅琅的书声
伴随她的成长
将渐行渐远
从这山间幻化为云彩

飘向西湖
走进北京

呼　唤

我在山里对着大海呼唤
淹没我吧
你知道我的饥渴

我在海里向着高山呼唤
躺下来吧
你懂得我的需求

山海，这样协作
伟大，这样诞生
我的诗歌成了胡萝卜

皮红
心也红

迎"创建"歌谣

天钟情
深秋中午
盼来远方的朋友
手与手紧紧相握

秋里含春
评估组专家前来指导工作
我们激动
我们备受鼓舞

校园的文化
都像诗歌一样挂在树上
又如春天的柳
长在每个员工脑海的堤旁
更如红红的花
开在枝头

那是石榴花
一朵，两朵，三朵
还有一朵挂在我心头

心头那一朵
是您的芬芳和善睐的明眸

在风雪中

北方七省
遑论京津
百年难得大雪不期而遇
交通数日阻隔
军民奋战
温总理嘘寒问暖

那从浙西南桃花源
赴京就读高中的可爱女孩
是否适应这提前到来的冬季
父母在牵挂
深沉如夜黑

但我坚信
在喧闹的都市
你是空谷幽兰
在冰封的日子
你是傲然红梅

因为你
叫绰约
还有一个名字
和无数中国人血性相同
叫坚韧！

迎新曲

（在 2010 年元旦诗文朗诵会上的献诗）

太阳出来
万物欣欣
松阴溪舞动的
是松阳的青春

空气更加清新
水质更加可人
松阳，这一片富饶而美丽的土地
每天有新成的风景
每天有新发的喜报
每天有新生的故事
值得我用一生爱你

当危机来临
县委县政府从容应对
当企业步履艰辛
多方援手送来帮扶热情
当满怀了喜悦
我们的领导却依然保持着高度的清醒
神奇的土地
养育着勤劳而智慧的人民

茶农乐了
菜农笑了
林农果农山地综合开发火了
打工一族的工资又涨了

主城副城亮新妆
独山卯山焕春光
黑陶诠释着高雅
宋瓷演绎出辉煌
寨头岭的镜头推出了中国最美的村庄

天天这么美丽
新人皆塑新貌
我们以快乐填充日子
以幸福装扮门窗

春来了
把嗓门打开
把心灯点亮
把一切美好纵情歌唱！

缘分的天空

这是一片竹林
竹子茂密而旺盛
根
在地下紧紧盘绕

玫瑰
开在竹林里
孩子们是那春天拔节的笋
笋高过了玫瑰

我们都在天空
灿烂成星
这
前生今世的缘分

儿　歌（组诗）

一

小太阳
吃饭香
健健康康身体棒

早起床
闪闪亮
快快乐乐进学堂

学知识
储文化
将来要做大栋梁

二

吃相学问大
饭粒不留下
总是剩饭碗
讨个老婆脸麻麻

好吃相
从小养
赚钱再多多

节约两字记心上

三

小朋友，小朋友
咱们春天去种树
挖个坑
施点肥
小树快乐往里蹲
我给小树培培土，穿穿衣

小树小树快快长
你也长
我也长
种树乐趣真真大
我伴小树一起长
种种树呀种希望

四

老爸老爸我想你
你在外地几时回
动手术
疼不疼
妈妈说疼不骗人

老爸老爸我爱你
躺在病床动不得

痛难忍

背生痱

长大我要当医生

老爸老爸快快回

带我江滨放风筝

风筝大

高高飞

水波阵阵载笑声

太阳，太阳

听说您要来
诗歌放在情谊的酒里浸润了两夜
云过雨过的沃土
盛大召开茶叶节
天开眼
阳光暖人心怀

遍地的茶芽
在阳光里舞蹈
在茶几的滚筒里唱歌
在浙南茶市聚会
在人们谈笑的杯中释放保健元素

五年之后
颂声始作
十万茶农的笑容
最为温暖
也为最好的礼物

玉树，我为你祈祷

那天

我听到

第一时间发出的关于地震的声音

你州军分区司令员的对讲机

就在 7：49，4 月 14 日清晨

7.1 级的强震

抽搐着，我的心

我在荧屏上看到废墟下的哭泣

看到孩子被子弟兵抱出来

看到很多泪水

有痛苦

有欣慰

有无奈

但，更多的是坚强！

我还看到那对联

玉树不倒，青海常青

全世界的五星红旗

为你落半

哦，这一天

我们怎能忘记

4 月 21 日
举国鸣笛
默哀

我在这浙西南桃花源
能为你提供什么支援
除了祈祷
你的吉祥平安
还应尽些心意
捐助救灾之款

让　我

让我为你献血

让我为你搬开

压在你身上的水泥板

让我为你切开困住你的钢筋

让我为你递上一瓶水

让我为你，我的孩子

我洁白丰满的乳房挤出乳汁流进你的小嘴

让我为你擦去你满身的尘灰

让我抬你上飞机

一直陪你到成都，到西宁

让我为你合上双眼

让我以我的唇

吻干你的泪

让我以我的痛

替代你的伤

让我以我的肩膀

和你一起扛

会 飞 的 路

会飞的路
在长乳毛时记录着我们的足迹

曾随父亲沿小路走到西屏
二十里，一时辰
曾偕同伴走公路来到一中
从黎明到清晨

会飞的路
在长羽毛时咀嚼过我们的车痕

骑上自行车走村串户
年轻人把青春的梦想写在沙滩上
写在梨园中
写在草地上和月夜里

会飞的路
在羽翼渐丰时引领我们追寻幸福

养护工人开始告别肩扛大扫把
马路边的树越长越高大
花草微笑在两旁，在中央

萦绕茶香的新农村
在松阳大地如春笋般疯长

会飞的路
在羽翼丰满时给我们带来新的生活

公路人的汗水
换来行车的安全
换来可人的生态
让城乡居民的日子一天胜过一天

会飞的路哟——
以特别的靓丽伴我们通向美好的人生!

三代养路人

腰间别上一把柴刀
嘴里衔上一根旱烟斗
带上盛了中饭的布草袋
牵出老牛
套上木轮车
早出晚归
为了养护这条路
祖父奋斗了一生
累年的灰尘
夺走了他的生命

接力棒传到父亲手里
这条路开始铺设沥青
牛车被拖拉机代替
后来，道路拓宽并铺设水泥
再后来，拖拉机又被汽车代替
父亲橘黄的工装渐渐褪色
黝黑的脸庞闪耀目光的坚定
可山道弯弯而险峻
山涧也难以承受生命之轻

如今

大学毕业的我

也成为光荣的养路人

带着先进装备去

天天都有好心情

老家门口那山路

避险车道新辟成

行车安全面貌新

山神都欣慰捋胡须

养路哦，养畅脉搏旺经济

中 国 脚 步

（六十周年国庆大典观后作）

咔嗒！咔嗒！咔嗒！
中国的脚步何其整齐

一条线踢出
一条线收回
一条线踩下
一条线下巴
一条线胸膛
一条线迈向前方

咔嗒！咔嗒！咔嗒！
中国的脚步声何其响亮

从天安门广场
传遍城市，乡村，厂矿
传遍高山，草原，海疆
传遍五大洲，四大洋
全世界都在观看和聆听
中国，前所未有的豪迈

咔嗒！咔嗒！咔嗒！
中国的脚步何其坚定

走出了一穷二白
走出了绝无仅有的中国特色
走出了国人的自信
走出了朋友的自豪
走出了敌对者的发抖
走出了中国的不可阻挡

咔嗒！咔嗒！咔嗒！
震撼着沉睡的心灵
前进啊，兄弟姐妹们
让我们以生命来捍卫你
我的母亲
我的祖国

中国气象（组诗）

一、气象卫星

我在太空看你

看似那么遥不可及

相距三万五千八百公里

可你也看见了我呀

我是云

我是雾

我是雨

我是电闪雷鸣

我是祖国大地生长的气象人

我和你从未间断联系

一天，二十四小时

你的眼睛

也是我的眼睛

我们同呼吸

紧紧连一体

二、台风

有人看你是灾星

有人看你是恶魔

有人看你是吞噬生命的元凶

可是我啊

在这浙西南大山的怀抱里
无论怎么看
你也是我的亲人
你看我大地干了就来滋润
你看我河流水少就来充盈
你看我果蔬渴了就来养喂
你让我清新
你让我充满生机

哦，无论怎么看
你总是我的亲人

三、中国气象

中国气象
我要赞美你
两个字——伟大
你那么神通广大
我依赖你出行
我依赖你种地
我依赖你生活
我依赖你保卫我的祖国

当神舟飞天
当舰船出海
当风云变幻
中国就是稳如泰山

就是坚定如磐
就是应对自如
大气不喘

中国气象人
有你，我一路风调雨顺
有你，我一生平安

香 水 味

这味是否来自巴黎
这么熟悉
我要的就是这香水味
闻着赏心

我要的就是这美味
即使我们擦肩而过
那回头的人
肯定是我

我好像来到海边
海风吹乱你的发
风的味有点腥啊
那腥是我的体味

我们都爱捉泥鳅吗
泥鳅很滑
但遇上温柔的手掌
它就服帖，即使再强壮

我要的其实
就是这味

电大即景

依一棵美丽的树旁
我打开心灵的天窗
手捧书本
在知识的海里徜徉

仿佛一个拾贝的少年
忽然尖叫
珍珠在眼前闪亮
来吧，电大处处阳光

珠 泪

三山五岳
矗立在你的胸怀
泉流是你的双眼
泪落
源于心酸

江河湖泊
汇聚在你的胸怀
浪潮是你的情感
泪落
源于回忆那刻骨铭心一段

地广天宽
没有什么大不了啊
如今的成功可以告慰前辈
泪落
原来也是孝心一片

童　年

童年是一群麻雀
在冬天的雪地里叽叽喳喳
看到秕谷
就成了俘虏

童年是一尾艳丽的金鱼
养在小小的透明缸里
以为世界就这么大
以为空间就这么好

童年是一把扫帚
扫走尘灰
扫走浊水
留下宁静

童年啊
还是一截甘蔗
从顶开吃
越啃越甜

豆蔻年华

溪水在校园门前轻轻淌过

溪里的小鱼儿不知我悄悄的心事

柳絮随风飞扬

堤岸

大理石的面板记录着我青春的足音

还有我哼的小曲

还有我考试之后的情绪

成功的喜悦

和失败的悲伤

好多夜晚

月亮如同出浴的美人

在我校园门前

照镜

她柔和的清辉映在我稚气的脸庞上

扫去我那些莫名的忧伤

和一些朦胧的感觉

留下宁静

与恬淡

我们的四季虽然不像北京那样分明

四季的味道

自然也能充分品尝

蓬勃着

热烈着

秋蝉的吟唱和蟋蟀的短笛

都在霜来的前夜暂歇

溪滩裸露

卵石挤成一片闹市

校园里高大挺拔的雪松胸膛

难道没有我倚靠诵读的影像

你再去找找

满地都是我的

豆蔻年华

丽水，和你有个美丽的约会

也曾钟情于南明湖畔的堤岸
那些花岗岩石板上还刻录着我们的足音
那些帆影
那些林荫小道
那些瓯江里的鱼
还有闹市背后小巷中那父子的背影
尤其是那男孩
光秃秃脑勺后留了一撮头发
扎成的细辫子系着红头绳
还有大馄饨
都在脑海里储存

心，可以长上翅膀
沿着瓯江的水流上上下下或左或右飞翔
在南尖岩的雨后
也许你会邂逅身着婚纱的新娘
在石雕的故乡
也许你要被鲤鱼精迷失方向
在青瓷和宝剑的炉前
也许你想和跨越三千年的智者对话
如果徜徉在法善修行的圣地
不要惊诧——即使流连忘返于田园风光

如果来到巾子峰下
也不要惊诧——即使鲜香菇让你终生难忘
如果仰望仙都石笋
更不要惊诧——即使你曾为大自然的鬼斧神工歌唱
最好还要看看紧水滩上边的玩具城
那里有童年的欢乐
最好再去听听畲乡情歌
扮一回阿哥或者山妹

丽水哟，我和你有个美丽的约会
无论哪一季
无论早晨还是黄昏
无论轻快还是蹒跚的步履

生 命 颂

当我来到你床前
我欣喜地看到你快乐的姿态
当我把绿色呈到你病房 313 里
你笑声不断，容颜花一般绽开

六枝富贵竹
还有两枝康乃馨
还有两枝鲜花叫不来名
你说全靠水英在帮你

那一篮水果
让你和室友分享
那首诗歌煮的佳肴
我说过两天送来让你品尝

我还是昨天才得知你的消息
我今天来看你
没有其他理由
就是来看你生命的美丽

生命高于一切
此外还是此外

生命的颜色常绿
生命的花常开

生命既然来到这个世界
每天有阳光灿烂
每天有雨露挂在草尖
每天就有生命之歌萦绕在脑海里

想着美好的过去
想着美好的现在
想着美好的将来
想着全家幸福与恩爱

暂别时，诗人说
诗意地栖居着
那最好的药物
是快乐健康的心态

贺乔迁

（致段炼）

经历过生死考验
走出大漠一样辽阔厚重的悲哀
青川，从废墟上站了起来
抖落身上的尘灰
洗净脸上的污泥

日子重新开始
笑容重新灿烂
山川依然美丽
那个背行囊的女孩
公主似的站在新居窗前

我看见了她的背影
那是一把小提琴

"七一"礼赞

（为松阳组工创作朗诵诗）

妈妈，您今年已经 89

自从南湖船开来的时候

明天，您的生日

我们要为您献上美好的祝福

我们在您的怀抱中长大

我们在您的哺育中成人

我们在您的乳汁中尝到甘甜

我们在您的教育下如同鲜花灿烂

我们在您的爱里学会如何去爱

我们在您的恨里学会如何去憎

我们在您的目光里

学会了判断

学会了立志

成为表率

成为坚强的战士

成为有思想的改革先锋

成为科学发展观的践行者

亲爱的妈妈，在您生日的荣光里

我们品读您的脚步

自从长征以来

我们读到您在吴起镇

读到您在延安

读到您在西柏坡

读到您进中南海

高唱东方红

宣讲您春天的故事

跟着您走进新时代

读到您

歌唱您

因而深深地懂您

今天我读您

我感受着您的光辉

明天我读您

我在黑夜里走路也有明灯指引

后天我读您

我还是觉得您的力量无穷无尽

我一生都在读您

我心里那个踏实呀，无与伦比

您啊，我的妈妈

无论我走到哪里

我都时刻牵挂您啊

您在我心中，我对您只有感恩

您那些优秀的儿女

我已经数不清

方志敏，刘胡兰，董存瑞
王进喜，雷锋，郑九万
都是楷模
最近学习王彦生
学习尹中强

北方的那位哥
你走得实在太快
四十九个春秋
怎能画上一个休止符
你的言语
我记下了——
"一个人生活可以贫寒
但灵魂不能贫贱！"
南方的这位兄
你创造了奇迹
哦，十二天昏迷
累成这样。二十六年
每晚到深夜
视工作如生命
看事业重如山
平淡、平凡，可形象就那么光鲜

我们组工队伍
几乎都是"拼命三郎"
经常到凌晨一点

睡醒还按时上班

爱人久未见面，来电

得到的回答，总是

"哪里有时间！"

如果品行如兰

芬芳而高洁

如果党性如铁

冷峻而笃坚

选人用人攸关党的事业

可有时，党性如铁在熔炉

那是无限的炽热

无限的温暖

谈话和风细雨，大爱无疆

让七十岁高龄党员热泪盈眶

让汶川的灾民心头滚烫

让玉树的同胞感受阳光

特殊的党费

献给我们的妈妈

妈妈，我们有许多许多喜事

要向您倾吐

我们松阳组工特色领先全市

首创"一创三联"

首创领导干部蹲点调研

首创"分类积分量化评先"

还有好多"首创"

旧村改造，一炮打响
两区先行，在民情地图上
生态绿色，赫然在全国状元榜
上央视露脸
上大报头版

妈妈，现在我们晚上都走路
为了让我们的体魄更强大
我们打排球、篮球和乒乓球
为了倡导健康的生活
弘扬积极向上的组工文化

妈妈呀，我们献给您的歌
唱满了一条河
灌注了一条江
瓯江，我们的礼赞就是那波浪

偶　得

（致叶丽隽）

有一尾鱼
从寨头下来
由西屏出发
顺流而下
越过古堰
穿过画乡
来到南明湖有草的小港
播种

湖畔
有位女孩惊呼
哦，肚子真大

鱼在水里说
心更大

女孩说
看来这鱼有点浪漫多情

图在心中

一张图
手绘民情
鼠标轻点一目了然
那些点，那些格
传递着党和政府对百姓的关爱
诠释着松阳这片热土上的一切
浸润着干部们日夜奋战的心血

多少个日夜
我们走村串户
多少个日夜
我们访谈记录
谁住哪里
谁干何事
谁有困难需要帮助
一切的一切
都画在这张图上

村情民情
情入干部心怀
产业发展
蓝图渐次展开

组织体系

基层管理服务彰显

结对帮扶

为的是农民增收

重点人员监控

为的是农村社会的稳定

避险救灾的设计

为的是山区百姓的生命安全

每一个细节

每一种设计

每一点上的说明

都叙述着"以人为本"

都表达着"重视民生"

都洋溢着干部心系群众那鱼水之情

图在我们心中

成果如花

绽放在共和国版图中

馥郁在华夏大地上

忘不了，我的爱人

想着恩爱的时光，如同在昨天
我没有天分可以忘记你！
想着那曾经的美好，如同在床前
我没有能耐可以忘记你！
想着相濡以沫的日子
我没有办法可以忘记你！
想起过去生活的许多细枝末节
心如刀绞，隐隐作痛
想着现实的残酷潸然泪下
我的爱人，那个时刻夜已阑珊
想着肩上的担子任重道远
我的爱人，你给我的力量足够扛起

因为爱在心里
即使你离我九万光年
你也在我身边
因为爱这样永恒
即使你酣睡在九泉
你还是如风如雨如每天的太阳
与我同行

春天来临
为什么特别想你
花开有期
春潮涌起
想你，想你宽广的胸膛
想你，想你厚实的肩膀
想你，想你曾经的缠绵与销魂的目光

如今孩子已经成长
我对你的爱依然在这春天
如草遇见阳光雨露般疯狂
我有一个不愿和别人诉说的衷肠

你在天堂
还好吗

姐，就这样撇下我

姐，就这样撇下我
我来到你跟前
你为什么还不醒来
你怎么能够，怎么能够永远不再睁开眼睛

那时我大学毕业
那时我刚走上讲台
那时你在讲台下听我的课
姐呀，我战战兢兢课上不来

你说，我肯定非常优秀
百里挑一的大学生有几个
这样的鼓舞我怎么能忘记
我们一起吃早餐

姐夫出车
我们一起到学校
在延庆寺塔
骑那自行车
还有我的照相机
你就是我的镜中美女
我们在竹林留影

在黄公渡的鹰嘴潭

我牵你的手
让你从大岩石上下来
我们一起回老家
去看我们的父母

姐啊，你怎么能够
撇下我
我今天早上接到噩耗
说你从楼顶不幸掉落

我来看你
你永远睡着
你知不知道
我到你家来带你

那时你刚出月子
我骑自行车要带你
你围了洁白的围巾
把婷婷放在家里

我带你是要你去考试啊
姐
你那么优秀
民办转正一考就中

现在啊
都是我欠你了
前年的账
今年的账

我怎么当面还你啊
姐
还在几天前
你说等咏洲回来

回来再一块吃饭
喝酒
你还不快快醒来
让我最后再看你一眼

你呀，我的姐
忽然永别
呜呼哀哉
呜呼哀哉

秋晨偶遇

忽然遇见你
在这个凉爽的秋晨
在熙来攘往的车流中
在仙人源的街市

一种感觉
我们好久没有一起喝酒了吧
我们好久没有一起说话了吧
总想回头追你
要把许多告诉你
一片秋叶陨落
一个故事开始

已经忘不了这个伸手的示意
已经铭记这一刻灿烂的笑容
已经读到阳光书写了很多快乐
在你脸上
在你臂膀上
在你脖子甚至脚踝上

我要把这一刻的感觉
瞬间给你
宛然交流已久
迫不及待

端午茶

盘古开天的时候
东周列国的时候
天师得道的时候
就有了吧
端午茶

烈日酷暑
它来化解
农友做活
它在茶壶里
在竹筒中
在大大的饮料瓶里
静静相伴在田间地头
还有乐善好施的人
沏了一桶
在凉亭等候
任你畅饮

有它相伴
你无须人丹
更不必藿香正气丸
有它相伴

宛如保健医生常年在身边

哪怕吃坏肚子
端午茶呀，常备无患
人生的快乐
就在这仙坑源

秋 意 渐 浓

秋意渐浓
是你款款而来的身姿和脚步
飘逸
浓缩了味道
仿佛地球生命初始，你也诞生

仙人源之秋哟
醉倒南来北往的客人
一片树叶
放大出来的经纬脉络
在阳光中透视
也许就是帝国的版图
王后手握权杖
站在叶子构筑的官殿中央

好像远处吹响的哨音
蟋蟀把秋意渲染
向北方传递信息
把秋意编织成华美的外套
披在你丰满的身躯上

活在仙人源
放眼全世界
秋意再浓
日子更美

人生风景

原来都很简单

后来渐渐复杂

复杂

是因为有太多不切实际的想法

失去的耿耿于怀

得到的还想更多

光怪陆离的诱惑

搅得你常常睡不着

半夜起床

脑袋发胀

就像爬山

芸芸众生在山脚

有部分在半山

还有少数到山顶

哼，哼

四顾茫然

或者比如住楼

沙子般多的人挤一楼

羁绊少的居二楼

最高境界的处三楼

三楼有哪些
就像弘一法师
从复杂回到简单

简单到看水不是水
看山不是山
乐就乐在仙人源

神奇松阳茶

传说已经很久很久
他走遍万水千山
尝遍所有土地上生长的植物
曾经中毒
不省人事
那神奇的药草
把他从死神手里拯救
药名茶叶
他叫神农

如今神农后裔遍地
茶叶生产脱贫致富
搞活经济
茶叶加工技术娴熟
何色何形提何香味
茶师样样精通

松阳土质气候好
茶叶特别有味道
客官认准松阳茶
喝上瘾
茶神助君健康行

无 题（组诗）

一

大雨

足不出户

你穿着布鞋

找到许多童年的伙伴

游戏

快乐着我们的快乐

稻田里的鱼

来到大大的回字天井

水清

白鲫成群

水退

泥鳅在淤泥里酣睡

你忘记了吃饭

妈妈喊你

二

新居从不与老屋争夺

天空

也不比试高低

泥墙黛瓦

冬暖夏凉

那些牛腿长满故事

那些石鼓敲响岁月

那些石板记录历史

那些柱础承载沧桑

那些翘角挑起希望

那些田埂有你赤足雕刻的音符

诗人庞培引述老米的话说

再看一眼吧

下次再来就没有了

三

天空明净

空气清新

地面整洁

水质甘甜

城镇的街，乡村的道，山里的路

景色可餐

还有白帆可以穿越如带舞动的河流

……

每个人从内心呼唤

谁不爱呀！这是我的家园

瓯 江 源（组诗）

一

有人说瓯江源在龙泉

有人说瓯江源在白马山或者神龙溪

有人说是在凤阳山

也有人说是在箬寮岘

还有人说在百山祖

诗人说

都别争了，瓯江

一句话，丽水人的母亲

二

纵横交错

那是母亲的皱纹

蜿蜒曲折

那是妻子的腰带

这条腰带长啊

裹了妻子

还裹了绿谷中间

无数的脖子

人们管它

叫围脖（微博）

三

用瓯江源的水

酿出的酒叫绿谷琼浆

瓯江源的红豆

浸润的酒可以防癌治癌

瓯江源的石头

哪怕一小块都可以换来一套房子

瓯江源的人哦

每一个都是

一幅生动的画

四

瓯江源

走出的美女水灵

哪怕如紧水滩的鱼

滩坑的

湖山的

吃过的人

都说：鲜！盖了！

就是不知道

鼎湖峰上的湖

有鱼否

石门飞瀑的上游

有鱼否

五

瓯江源的茶

惠明到了松阳

金观音

绿谷人都知道她的芳名

还有红茶

不亚于金骏眉

生产经营绿茶的人发了

加工红茶的人更发了

再发

都得庆幸生在我们伟大的祖国

六

我的村庄

没有地震

没有洪涝

没有干旱

没有风沙

没有海啸

没有一切的灾害

所以
被冠名宝地

农耕文化在这里扎根
田园——我们的梦
比如河阳，山下阳
比如丽水，这令人魂牵梦萦的地方

而那诗人公社
还有一个名字
叫"诗源"

梦幻童年（歌词）

（松阳县实验幼儿园园歌）

花儿满园芳
鸟语绕画廊
朗朗的笑声像太阳
小朋友乐在松阳实幼的心坎上

彩蝶飞入墙
小床伴梦想
甜甜的生活邀月亮
小朋友长在田园松阳的大地上

梦幻童年幸福时光
我要把爱挂在松阳实幼的小树上
啦啦啦
哈哈哈

辉煌六十年

（为松阳县实验幼儿园创作朗诵诗）

每个人都有自己童年的记忆

每个人童年的记忆都不统一

每个人在内心深处都种有童年的梦呓

每个人在内心深处都渴望强大自信

六十年了，我们放飞梦想相聚在这里

童心，在这里灿烂

童真，在这里延伸

童趣，在这里洋溢

童话，在这里芬芳

童年，在这里难忘

我们，铸就了六十年的辉煌

曾记得不

当年你尿床了

我没有打你小屁股

还记得不

当年你摔倒了

我蹲下身子和你说：自己爬起来

不疼哦，乖

多么美好的回忆，仿佛就在昨天

昨天，我们在那阴暗的教堂里
但那是我们的乐园
昨天，我们没有营养齐备的午餐
但那时日子都艰难
昨天，我们的节目也许不够丰富
但今天都有让我们展示风采的舞台

舞台宽广啊，可以全班来上演
你扮公主，我扮花朵
你扮兔子，我扮小猴
你想演什么就让你演什么
快乐的时光我们度过
嘹亮的歌声我们分享

我知道你老是号啕大哭
在你妈妈送你入园然后，和你短暂话别
你喊我要妈妈
我说我是你妈妈
爱你的老师，你都喊妈妈
小朋友们，我都爱你们

松阳实幼就是我们的乐园
松阳实幼就是我们的摇篮
松阳实幼撑起了保教质量的半边天
这辉煌的背后
有你的汗水
有你的智慧

有你的青春和力量

看吧——
花儿满园芳
鸟语绕画廊
朗朗的笑声像太阳
小朋友乐在松阳实幼的心坎上

再看吧——
彩蝶飞入墙
小床伴梦想
甜甜的生活邀月亮
小朋友长在田园松阳的大地上

辉煌六十年
我们携手向明天
辉煌六十年
我们同心再创业
辉煌六十年
我们再唱童年的梦幻

此刻、此情、此景
多么幸福的时光
我们要把爱
挂在松阳实幼的小树上
哆嘞咪发唆，啦啦啦啦啦
唆发咪嘞哆，嗨嗨！

云 中 曲（组诗）

（松阳高腔那些事儿）

一

天上一定有宝石遗落

发现它的人

也许悲怆

也许幸福

看你捧出的时候

遇上乱世或盛世

有一颗宝石

深藏在处州大地之怀

历尽风霜雨雪

一千三百余年

经久不衰

而今戏曲界名之曰

活化石松阳高腔

那块滋养宝石的土壤

叫周安，白沙岗

二

松阳人传说很多

道教天师叶法善

带唐玄宗游月宫

回来便作《霓裳》《六幺》

现在就叫《月宫调》

唐风古韵

从宫廷到民间

千年后的演绎

仙乐仍在卯山

代代流传下来

也许

这成为松阳高腔之源

音乐起于巫术

道，与之伴生

三

因为盛世

松阳高腔从大山怀抱走出

光彩夺目

成为国宝

成为"戏曲活化石"

多少人来研究

多少人来传唱

多少人来弘扬

一个声音从处州大地发出

松阳高腔

文化！文化！文化

云中曲

梦回盛唐

那一把犁

犁扛在肩上
前面走的是我喂养的老牛
后面还有一只黄狗
它们一起去耕耘
耕耘春天
在太阳升起的时候
我的老父亲已经在水田里吆喝

牛，有时没有理解我父亲的吆喝
父亲的呵斥就更洪亮
声音在整个山垄回荡
一群八哥
跟在新犁的沟辙
腾跳，从它们的叫声里
我听到了快乐
那翻上来的泥里
还有冬眠的小虫

春雨
有时让我父亲戴上箬笠穿上蓑衣
催生那些田埂上的野花
和一些茅草的嫩芽

我们也可以拔来吃下
并不甘甜却鲜味清爽
田埂上那串稚嫩的脚印
镌刻了我的童年

父亲收工回来的行头
和清晨一样
后面还跟着一只黄狗
前面走着疲惫的老牛
一缕斜阳
描出他们的轮廓

那一把犁呀
犁出大片的乡愁

妻子的手臂

妻子的手臂
即使洗了澡
还留有车间的味道
油渍
让她的毛孔扩张
那是一种特有的芳香

干到六级工的时候
她调到了一家酒厂
于是
她的手臂又弥漫了酒香
遇上企业改制
她光荣下岗

重新创业开了一家小餐馆
南来北往的客
吃到了实惠，吃到了手巧
妻子的手臂
洁白细嫩
呵呵，又弥漫了菜香

辉 煌 时 刻

等待
一阵风
或者一场秋雨
那将有自然的回归
潇潇洒洒
不见悲怆

但在它们到来之前
我作为一片毫不起眼的叶子
仍然执着展示自己的风采

因为阳光
还因为使命
责任和担当

致哀潘肇序老师

教师节就要来临
正想请您一起聚聚
可忽然噩耗传来
说您离去
还没迎来今天的黎明

田园
山川
在阳光下
忽然黯淡

往事开始在脑海里翻转
一页又一页
尊敬的潘老师
您带领我们锄地
播种，收割
从林村挖出的番薯
仿佛还夹着泥土的气息
从上亭山打下的小麦
仿佛还散发着面包的香味
......
最是难忘的日记写作

提高了多少学生的语文能力

教学，您是严师
生活，您是慈父
您刚正不阿的秉性
让一拨又一拨学生
成为浑身充满正能量的精英

敬爱的潘先生
学生道不尽您的大德与恩情
如果有来生
我们还乐意坐在您面前聆听

现在您和我们永别了
我们向苍天祈祷
您在那边
一切安好

父亲打的草鞋

草鞋挂在墙上
勾起多少往事

上山砍柴的时候
穿上它防滑免扎脚
合适，轻巧
避去山道石头那夏天的滚烫
和冬天的寒冷

你看见过草鞋怎么编织吗
父亲就坐在那弄堂的条凳上
腰间扎了四五根细绳
那三四根经过捶打的稻草
偶尔糅合了细布条在细绳间腾跳穿梭
从左到右
从右到左

剪刀，木槌
帮助草鞋成就了艺术

挂在墙上的
已经不是草鞋

宛然一段凝固的岁月

或者是旧时的朋友
忽然来到你的身边
夜晚
再和你悄悄说话

茶乡茶韵

我的故乡
叫茶乡

老茶仙告诉我
那是云雾缥缈的地方
天师得道的那片茶园
叫卯山仙茶
乾隆下江南住的那个山呀
盛产万寿山茶

叫碧螺春？
叫松阳银猴？
叫松阳香茶？
叫绿谷青帝？
叫绿谷玉峰？
叫碧云天？
我们其实拥有一个共同的名字
叫松阳茶

你看漫山遍野采茶的
都叫翠花姑娘
客官
你吃茶的时候
有没有
吃出她们指尖的芳香

好 日 子

（在王菊慧同学的婚礼上写的）

曾经腼腼腆腆的小姑娘
如今成档案学管理专家
曾经的小姑娘秀气内向
如今长大变得落落大方

今天是个好日子
大姑娘和她的先生
走进神圣的婚礼殿堂
从此开始走在幸福的大道上

往后的日子
还很长很长
连理枝头将有香花时时绽放
爱河共浴心心相印鸳鸯为双

只要夫妻同心
再崎岖的路也照样通畅

只要彼此包容
再艰涩的果子也能吃成奶酪

祝福你们！也祝福大家
好日子，真的，还很长很长

假如你也去爬山

假如你也去爬山
会遇到很多人，有男也有女
也许还会邂逅你喜欢的人
尽管你孤独

假如你也去爬山
你就能看到别样的风景
或者还能听到渔歌
以及桨声
灯影

假如你也去爬山
树木帮你洗肺
风为你擦汗
我还为你
歌唱

假如你真的去爬山
有人会说
你疯了
但你高兴
因为

只有疯了的人，才与众不同

乡村七九八

乡村七九八
我梦中老家

当年我交公粮
交完公粮在这里喝茶
茶
端午茶

收购员那个牛啊
那气势
把我们惊吓
后来
后来粮仓放不下我的粮

现在我回家
带来天下文化人
来到乡村
来到七九八

我的笛子
插在烟缸里
那烟缸

是酒瓮，美女扛在肩上

美丽的七九八
诠释着"田园松阳"
创意无限的七九八
让乡村故事大放光芒

上 垒

（都市人的天堂）

也许你没有看到过这样湛蓝的天空
也许你没有呼吸过这样清新的空气
也许你没有豪饮过这样纯净的泉水
也许你只有在照片上看到犹如黄山的云海
也许你只有在荧屏前看到这错落有致的山村
甚至
你可能没有吃到过这样的狗肉
白菜和萝卜
还有米酒

那么，来吧

你看那村
在山的怀抱，好比
一枚横躺的图钉
一朵倾斜的新鲜花菇
或者 T 形舞台
乃至褴褛中的婴儿正枕在母亲的乳房上酣睡
恬静，温馨
如果没有广播的定时播报
走在村中小道

你能觉察自己足音的分贝
偶尔细流泻落的瀑声
偶尔鸡叫
偶尔转出一只并非充满敌意的家狗
不用走出村口
鸟语没有商量就滑进你耳朵

在这里你可以种菜
可以采茶
可以随山里人去劳作
也可以打篮球
看电视节目
下棋、绘画、读书
哪怕睡觉也是有氧运动
若想感受一下舂米
那捣衣村妇的身后
也许还有你从来没有见过的踏碓

竹木扶疏
日月轮岗
每一天活得像神仙一样
上垒，都市人的天堂
松阳，你的诗和远方

母 亲 之 歌 (松阳方言)

（为古北社区创作方言朗诵诗）

今天母亲节

听我唱唱妈的歌

我妈年纪七十八

牙齿整颗无一个

做了牙套吃东西

嘎嘎作响又吱吱

身体也还好

血压有点高

归去叫句妈

幸福指数盖

有妈的小侬伲是个宝

无妈的小鬼儿像根草

有妈咥饭香

无妈喝汤苦

我妈最辛苦

生母做了六七回

生我时节第二回

担娠子

肚桶老大大

还要赚工分

还要上山割狼衣

担落山

溜一塌

还好不曾生出来

天下妈

都伟大

拼死拼活都为小侬伲

都为子孙过上好日子

一生一世都操心

你出门

她担心

你不舒服

她难过

儿孙有出息

她做梦都高兴

这下好

喹不愁

用不愁

日间心胖掇掇茶

乌阴兴起跳跳舞

手摇摇

脚踢踢

腰扭扭

头发白了做做乌

第二春天刚发芽

妈呀妈

听我讲

该享福要享福

该出去嬉要嬉

小侬夯孝心

带你望风景

带你咥好咥

帮你洗脚别客气

帮你梳头不过分

有病有痛

服侍你当然天经地义

你养我小

我养你老

这下好

党的政策暖侬心

政府考虑为大细（大家）

城镇乡村一起发

讲统筹

讲科学

连西索（垃圾）都要分类

不可乱扔

为了天更蓝

水更清

山更绿
地更肥
空气更清肺更爽心
环境好身体好样样好

这下好
群众心情好
干部贴了心
古北社区的明朝
好上加个好!

一把锄头

老家
院子里有小片竹林
竹林一角
五六只母鸡共用一个"产房"
"产房"简易，横梁上
钩挂着一把锄头
柄换过好两根
锄面将近一半
被岁月磨去
残留下来的依然铮亮锋利
母亲说，这把锄头好使

我扛起它到地里除草
挖泥，松土，清理水沟
看田水
在漆黑的夜晚
它是卫士
母亲说，遇上"邋遢"
用锄头在石头上跺三下
那些魑魅魍魉便会逃遁

我走过一片陌生的草丛
放下锄头，左右拨动
告诉那些狩猎的毒蛇
我来这田园，不是青蛙或老鼠

荷起这把锄
肩上担的，是勤劳的家风

我们看守街道

黎明被群鸟啼开的时候
我们环卫工人已经在清扫街道
太阳升起来的时候
我们基本收工
还街道以清新、整洁

装载垃圾的三轮车
扫把、拖把和畚斗
乃至刮刀
成为我们向不文明宣战的武器
白天，我们坐在街边某个角落
看一些商家把垃圾扫向店外
看一些年轻的姑娘边走边吃边随手丢
还有一些市民遛狗
狗屎随意遗留
……心中虽有叹息
可保洁是我们的职责

我们付出汗水
给大家留足城市的优美
我们并不计较报酬
大把年纪仍然为街道守候

城市，让生活更加美好
还应加上，文明素养当同步提高！

松阴溪

是谁喧哗了我的梦境
是谁点绿了我的早春
是谁牵了老牛走在我的长堤上
是谁撑了花伞像缓缓出水的鲤鱼
这都是因为你啊，松阴溪

松阴溪的乳房，你根本想象不出的丰满
青龙，白龙
一左，一右
一南，一北
嗷嗷被哺了千百年，还各自在那咬着母亲的乳头
不肯放开
用他们黑白分明的眼睛乜斜着笑你少见多怪

青龙说
我母亲的卵巢就那么点大
松阳人说那叫在河之舟
夜晚，一两对年轻人裹了一袭月色躺在草地亲嘴
露水湿润了他们的臀部
蚂蚁熏于他们的香味被压疼了触须也浑然不觉
猫头鹰在老樟树的洞里以X眼观测了他们的动感细节
啊呀，不得了，不得了

它说下辈子我要做人了!

浪里白条成群结队, 探头探脑惊诧于两岸的彩灯
偶尔无声欢呼
只有老鲫鱼和老鲤鱼不断吐几串水泡
它们一路玩到白龙堰
惊艳于一艘画船
听到琵琶被玉指轮拨
啪啪想跃出水面窥探个究竟

船里几个刚喝过酒的朋友一边喝茶一边听琴
船老大养的一只乌龟在红色木桶里缩头静卧
杨柳呼出气息
爽啊, 朋友们感叹
霎时, 琵琶戛然而止

青龙堰·白龙堰（组诗）

一

两条龙

飞翔在神话

灵动在典籍

盘绕在松阳人心怀

一青一白

一南一北

卧在松阴溪畔

千百年

滋润两岸农田

滋润鲜活生命

滋润人们每一个日子

二

千百年过去

他们见证了两岸历史兴替

几多忧愁

几多欢喜

经历过兵荒马乱

经历过民不聊生

见过洪水泛滥
见过饿殍在野
也曾焕发青春
也曾迎来繁荣光景

杨柳婆娑
桃花开颜
牧童在牛背上横吹短笛
炊烟在乡村袅袅升起
松阴溪上的老木桥
咯吱着这些旧时的回忆

三

老木桥沉睡历史书页
两条龙蜕去陈旧鳞甲
健步走进"江滨时代"
城市风景舒畅着松阳人的胸怀

看而今
一桥、二桥、三桥
一座比一座气派
每一座都是青龙白龙执手言语
每一座都是共和国时代的音符
斑斓的鱼群在这里自由徜徉
快乐的小鸟在这里纵情歌唱
鲜花招引蜜蜂

彩蝶舞动芬芳
老人们在这里漫步休闲
孩子们在这里放飞梦想
年轻人在这里抒写爱情乐章

青龙堰
白龙堰
故事又有了新题材
神话又有了新内涵

仙人源

等你，等了一千八百年
我在这栝苍群山之怀
你终于向我走来
哦，仙人源

桃红柳绿映衬
焕发青春的千年古塔
塔边的鲤鱼
倾听着远方朋友的脚步声和赞叹
还有风铃
还有寺庙钟声
还有喜鹊与八哥的对话

群山怀抱这片田园
乡村掩映在雾霭、古树和竹林里
转角遇见水牛
铿锵蹄声带出牵绳、扛犁、口衔烟斗的老农
几声鸡鸣
偶尔狗吠
在清晨或黄昏

很久很久以来，松阴溪走过田园
曲曲弯弯留下成串故事就像那些卵石
柳树把手伸进水中
触摸春夏秋冬
树下
一些小鱼围着浣衣女的小腿以吻传情
不时被棒槌吓走

唉，这就是你啊，仙人源
风姿绰约，你正向我们走来
天地精华，浓缩成你
雨露山川，滋养成你
日月星辰，梳妆成你
折腰于你的魅力，我张开了双臂

不管你在不在意
我将终身陪伴你

一个梦想

（致庞培、陈东东）

"第一天。第一顿中午饭最好吃。上桐村。"

——庞培

"诗人公社。"

——陈东东

这个小村本来不起眼
在地图上几乎可以忽略
但从这一天开始
它跳进我们的眼帘
因为庞培
因为东东

母鸡在竹园里快乐地下蛋
田园小路深情迎来诗人的足音
古老建筑
在风烛残年等到诗人的眷顾
废墟
惨然的尖叫撕裂天空的肺腑

诗人的相机里一定记录了这个小村的悲怆
诗人的诗里也一定写下了这个小村的泪痕

村道一旁
水沟一侧
甚至角落
甚至小院

可诗人的相机和诗行
存有更多的美和期待

泥墙垒的世界
或者诗人公社
将成美的极致面世
可以摇着麦秸扇喝酒，听蝉
可以围着火炉喝茶，赏雪
最好还能够裸泳
不管男女

有个女孩叫段炼

有个女孩叫段炼
见过她的人对我说总是难以忘怀
段炼住的地方并不遥远
我们在 500 米的天空能看见她板房里还有鲜花盛开

有个女孩叫段炼
她的老公看她读书的样子就觉得自己在蜜罐里倒栽
喝够了，幸福了，爽如神仙
缪斯说：你想到她身边，就把酒都喝了，我才可以带

段炼是青川的女孩
诗人遇见她的时候正好是北京的花们百态尽展
她站在长城的台阶上，让诗人恨不得变成一只蜜蜂
嗡嗡在她耳边说：你没有办法阻止它对你的爱恋

段炼对那痴情的蜜蜂说，你有机会也可以过来
我的家就在青川白龙江畔
地震震垮了我们的房子，可没有震垮我们追求美好的信念
我一定在美好的季节里来到我认为是崇高的人居住的名城里逛街

缪斯显然开始嫉妒这个狂妄的诗人
让他的歌声在夜里变成风雨一般的呜咽

这个时候就是那个青川叫段炼的女孩
给了诗人一种前所未有的力量：诗人就是这么激情澎湃

端午已过
栀子花在开
诗人摘了一捧
养在一个巨大的酒杯里

花香四溢
诗人赋诗
那一片人间最美的情感
像栀子花一般洁白

窗　口

（为浙江政务改革点赞）

都说眼睛是心灵的窗口
迎宾大道是城市的窗口
而我们，行政审批中心
是新时代浙江政务改革的窗口
为民服务
让你"最多跑一次"

曾几何时
有人投资兴业头尾跑了三年
求爷爷告奶奶
曾几何时
有人感叹经商环境怎么还没改变
门难进脸难看
曾几何时
有人觉察忽如一夜春风来
自己要奔跑盖四十多个印章
已经一去不复返

这新时代最强劲的春风
吹拂着改革的窗口
浙江在全国首推"最多跑一次"

你有咨询

我就有一次性的贴心告知

你所有材料齐备、合法合规

我就全程替你奔跑、提供便利

群众是亲人

我们的服务还在提速

通常一年半

如今最多九十天

某一企业法人出乎意料

从投资到开工只短短十天

领跑中的浙江就是要做到

审批事项最少

办事效率最高

政务环境最优

群众和企业获得感最强

干部得到精神洗礼，其作风得到锤炼

刀刃向内

疏堵点

治痛点

找准切入点

何事办最难

何事首先办

一子落，满盘活

奔跑的 2019

优化"互联网＋政务服务"

信息数据共分享

深化完善"一窗受理、集成服务"

将"一次都不用跑"定作方向

干部平添了辛苦

群众增加了满意度

看那艳红的旌旗挂在墙上

"便民春风暖人心

"热情服务解难事"

窗口里动人的故事

我们用微笑来书写

窗口里群众的点赞

我们用优质的服务来报答

窗口里点燃的梦想啊

让我们共同给它插上翅膀

助力它自由飞翔

飞翔

中国之恋

青涩年龄
如同还没成熟的梅子
看到这个字还会脸红
更别说大胆说出口
我爱你，中国！

在中国这块版图上
山是我的脊梁
水是我的血液
土是我的肌肉
河流是我的脉线
从这里孕育，出生，成长……
最后老去，回归
为你生，为你死
不离不弃都在你的怀里
我爱你，中国！

敌对势力抹黑你
我毫不客气怒怼

而你取得的所有进步
我发自内心为你欢呼

在有生之年
我为你打扮，为你奋斗
一定要像习近平总书记说的那样
"我将无我，不负人民"
请听我再次深情地告白
我爱你，中国！

青春之歌

人说青春是一只小小鸟
再怎么努力也飞不高

当我回头去找青春的时候
发现他在镜子里鬓发斑白

原来，青春也是一段追梦的经历
因梦而绚烂，因逐而无悔

壮志凌云

我的理解还比较粗浅
忧国忧民，有家国情怀
身体力行，为社会奉献
这，难道不是壮志昂然

三军可夺帅
匹夫不可夺志
人因有志而立天地之间
唯志高远而成社稷脊梁
建立新中国
强我大中华

舍小我而成大我
高瞻方有远瞩
众志成城
踏实跬步
至彼千里

英 雄 本 色

那些为民请命的人
那些抵御外侮的人
那些为了新中国的诞生
而抛头颅洒热血的人
那些在敌人屠刀下宁死不屈的人
那些打尽最后一颗子弹
而跳崖而投河的人
那些舍身炸碉堡、堵枪眼的人

那些为了共和国的建设
敢教日月换新天的人
那些为了共和国屹立在东方
研制"两弹一星"的人
那些探索在科技前沿的人
那些带领群众自我革新的人
那些为人民谋幸福的人
那些为实现强国梦而拼命的人

英雄，他们都是英雄
英雄的本色是什么？
舍生取义，舍我其谁
不忘初心，牢记使命
勇于担当，奋不顾身

巾帼芳华

巾帼的芳华在哪里

不在那些脂粉里

不在那些名牌的鞋上

不在那些艳丽的服饰里

不在那些豪华的车中

她们的芳华呀

在勤奋的劳动中

在朴实的言语中

在大爱的眼睛中

在充满智慧的灵魂中

乡愁流韵（组诗）

一

在故乡的路上
车来车往
尘土飞扬
十字岔口成了茶青市场

花白头发
不久前似乎染过，泛黄
这位老哥低头站在马路上
我喊："老哥，数钱别待路中央！"

幸福中国
幸福田园——松阳

二

内心阳光
因而话语暖人心肠
在外工作多年
回到村庄，走在小巷里
遇见任何人
都有笑容，向他们问好
即使有的面孔陌生

可"乡音无改鬓毛衰"
村里人都认识你
有的还能喊出你的乳名
喊你吃酒，咥茶

守望家园

闷声不响
不轻言离开
忠诚如一只狗
我守望着自己的家园

一个池塘出现荒芜
那是童年的我，水牛的乐园
我决意修复
荷锄戴月，不辞辛苦
专注于湿地研究
当蛙声重现
我怀欣欣然

党和人民政府培养了我
上大学享受人民助学金
毕业后渐渐成长
当了享誉故乡的教授级教师
中国诗人又实至名归
够了

美丽的家园
等着我回来
为你梳妆
为你奉献一切

梦 想 之 光

一个梦想
一轮太阳

点燃梦想这一能量块
你便自由飞翔
到银河的岸边漫步
到仙女的家里弹琴
到猎户的窝棚吃酒
到宇宙的任何一个地方逍遥
拥有梦想
连睡眠也香

梦想之光
让人生之旅辉煌

点煤油灯的日子

煤油灯熏黑了柱子
奶奶在灶头忙活
我在灯下看书
要做作业的时候
奶奶早早收拾好饭桌
把煤油灯搁在翻转的米斗上
照亮她家务
照亮我写字

奶奶曾经将我的名字
以大红纸贴在最热闹的太平坊
快乐好一阵子
说是金榜题名
将来讨老婆只要送花上楼
她预言的准确简直如先知穆罕默德
可她却在盼望光明中极不情愿离去
剥夺她生命的病魔叫脑出血
她还没有入殓的夜晚
电灯亮了
那是 1982 年春天
村里的柴油机发的

后来，国家电网联进千家万户
有了电
生活比皇帝还舒坦
盛夏想凉就凉
寒冬想暖就暖
吃热尝冷随意天天
有了电
生产才有了自动化
工作才有了便利化
办公才有了无纸化
有了电
风景从而更加动人
城乡从而更加靓丽
有了电啊
一切都发生了改变

告别煤油灯
告别的是贫穷

搬　迁

（开启幸福新生活的密码）

八百里瓯江之上
括苍山脉与松阴溪孕育
一幅诗意的巨画
一片神奇的土地
一个唯美的县城
让人来了就不想离开的地方——
田园松阳

曾几何时
背一根木头或者毛竹
挑一担柴或者番薯
赶集，换回油盐酱醋
或者几尺棉布
终年大汗流小汗滴
生活还是艰苦
更怕遇上危险事件
暴雨引发山洪
引发山体滑坡
你能往哪里躲
现如今
大搬快聚

开启幸福新生活
让我们下山
再植松古平原
"搬"进发展新空间
"建"出幸福新花园
"聚"出富民新硕果
筏铺、新溪、西坌、铺门
都宜居宜业
多么美丽的卫星城
多么亮丽的新风景
难道不是党和人民政府给予的似海深情

搬迁九千多户三万多人
浩大的工程，可歌可泣
从八千元提高至六万多元
户均年收入翻了几番

我快乐：创业有了新天地
我感恩：搭上新时代的顺风车

大搬快聚挖穷根

沙漠中行走总盼甘霖

险阻里跋涉总想路顺

贫困落后的命运

谁不渴望挖掉穷根

牵牛要牵鼻

改变命运要抓住根本

命运谁决定

无非你自己，无非那环境

没有产业，怎么兴村

没有收入，如何脱贫

没有安居，谈啥富民

环境制约，你寸步难行

如今天大好事临

省、市、县齐发力，施策精准

让我们大搬快聚挖穷根

还有什么好犹豫

羊群走路看头羊

人民群众跟紧共产党

快马加鞭齐奋进

直奔幸福梦成真

这个春节有点特别

每天都"戴"
每天都"洗"
每天都"宅"
每天都在关注疫情实时动态
这个春节有点特别

父亲说记事八十多年来第一次遇见
大年三十，子夜
我还从床上爬起奔赴乡村
母亲病了，受了风寒
在医院度过春节
正月初十出院
的确，家运连国难
这个春节有点特别

立春那天
我看到两个数据
黑的少于绿的
凝重的心情开始消融
我希望这是一个拐点

尽管这个春节特别
许多英雄会载入史册
许多可歌可泣的故事要持久流传
许多被称赞的人注定不平凡

最后，我们一起大声喊：
再见了，你这从潘多拉盒子跑出来的新冠

松阳香茶

在北纬 28 度线上
在世界的东方
在中国的浙江
在崇山峻岭的怀抱
一个名字横空唱响——
松阳香茶

这片古老而神奇的土地
浸润江南烟雨，有嘉木生长
民间传说着五千年来的神话
神农尝百草
遇毒咀嚼茶
人们走夜路
口袋里装小包茶叶米
心神安宁，驱邪止煞

你看那房前屋后
田头地角，菜园边，山坡上
松阳百姓传统产茶享誉四方
菜囤茶、下街茶、横山茶……
都给人们带来
身体的健康
生活的希望

你也可以怀想

叶法善袖卯山仙茶与唐明皇分享

他们引领了烹茶修道的风尚

陆羽一部《茶经》，获尊茶仙

奠定茶学，划时代开创茶文化

茶为国饮，融通八荒，逾千余年佳话

君不见

"老衲供茶碗，斜阳送客舟"

唐代诗人戴叔伦喝茶归来

在横山寺，情景若昨

李邕魂写"丁丁碑"

茶香提神夜不寐

多少事，从来急

君记否

茶叶产业成主导

县委县政府顺势而为

邓县长果断拍板定下

鼓励农民啥赚种啥

大田亩均收益超万元

畲乡板桥小学校长喜笑颜开

全校没有学生拖欠费用

世纪之交前后五年

十万农民端起茶碗

到如今与贫困告别

君不见

鲜叶刚采摘

茶农在家门口可变现

老爷爷戴着老花镜

少夫妻起早又贪黑

还有人在月夜里，头顶安了矿灯

还有人手指缠了胶布

还有许多许多外省农友

来到田园松阳从事采茶

养家，盖房，乐享生活

君不见

多少茶厂机器日夜不停

摊晾，杀青，揉捻，提香……

工艺领跑全国

松阳茶，香

辐射周边

香飘海内外

瞧那浙南茶叶市场多牛

不断提升，跨越发展

一期，二期，三期……

天下茶商云集

全国茶商大会一届接一届

线上线下齐发力

交易额突破六十亿

中国绿茶第一市

中国茶乡

实至名归

还有更令人拍案叫绝的
茶园成为风景
吸引国内外友人前来
在云上平田
在云顶仙坑源
在诗人公社
在大木山
在星罗棋布的古村落
在汉唐古镇
在明清老街
……
坐看云起时
品茶而论道
领略市井悠闲慢时光
甚至让自己的足音
噼噼啪啪响在窄窄的田埂上

松阳香茶
何以誉满华夏
源于人民的智慧
源于经久不衰的茶文化
源于上下同心
源于人人都乐意用爱来浇灌
相伴到白首
品一生沉浮

弹起我的琴

弹起我的琴
弹给那山里的鸟儿听
我的琴
快乐地发出美妙的声音

琴声在诉说
仙人源有美丽的流泉
有禅意的书法
诗美，字美
创意无限
就在仙人源

这三个字总让你魂牵梦萦
这三个字那么出神入化
这三个字常让你睡不着

我的琴声开始嘶哑
我的故事还没有开场
我的爱人还没来到我身旁

也不知在何方
如果可以
我的琴声伴你
让海浪击节
贝壳录音

仙人源茶味

阳光树树
蝉叫声声
仙人源邂逅在午后的良辰里
那一种清香
宛然处子沐浴后的清晨
直沁你心脾

还有什么比这更放心的饮品
还有什么比这更令人心生涟漪
还有什么比这更值得钟爱终生
喝吧
一年到头
医生见你几乎下岗
喝吧
秋冬春夏四季
她是陪伴身边的
爱人

爱你
所以用文字为你建造一座宫殿

我 们

（为松阳电大升格为分校晚会创作）

我们从敦厚的大山怀抱里走来

我们从淳朴的乡村臂弯里走来

我们从古老的小城故事里走来

我们从美丽的松古平原里走来

带着书生意气

带着泥土芳香

乘着改革春风

乘着教育理想的翅膀

相聚在松阳电大

团结在松阳电大

奋进在松阳电大

我们理解

一个人的力量好比一滴水

只有放在大海里才能折射太阳的光辉

我们知道

一粒沙子在风中无比轻微

而无数沙粒的凝聚可以所向披靡

我们懂得

团队协作的精神

将引领我们的事业更加繁荣兴盛

我们坚信

紧跟时代的步伐

道路将越走越宽广，越走越顺畅

我们团结

我们奋进

我们创新

二十六年

我们电大从无到有

二十六年

我们从原来的简陋变成了现在的繁盛

二十六年

我们从两人的组合壮大为健全的队伍

二十六年

我们从一个管理科室发展成大学分校

二十六年

我们在校学生由不足百名到突破一千

二十六年

我们的校园逐渐有了教育文化的积淀

这二十六年呀

凝聚着历任领导的几多心血

饱含着各级领导的殷切关怀

蕴藉着松阳人民的深情厚爱

这二十六年呀

虽然走过的路曲曲弯弯

可我们赶上了一个好时代

迎来了跨越式的大发展

我们走规范科学的管理之路
力争让每一位学员学有所成
我们秉承为学员服务的理念
使我们大学生获得最大支持
看吧
开放教育让多少学子圆了大学梦
社区学院为非学历教育构筑了平台
看吧
奥鹏中心连接着全国众多知名大学
无论哪位成年朋友想学习都可到来
电大的门永远向你敞开

当汶川发生地震灾害的时候
我们电大师生予以高度关切
人人伸出温暖援手
个个响应赈灾募捐
当奥运盛会在北京召开的时候
我们同样奉以热情
为中国体育健儿加油
为中华不断崛起欢呼
当"神七"成功上天的时候
我们同样心潮澎湃
一个声音从肺腑进出——
我们拥有一个伟大的祖国
当家乡松阳面貌日新月异的时候
我们同样情不自禁

一句心语从胸膛喷薄——
我们奉献毕生精力于松阳这片热土

我们，抱成一团力量无限
我们，万众一心智慧无穷
我们，各尽所能什么都有
我们，抢抓机遇拥有前途
坐井观天永远不知天有多大
故步自封永远不知地有多广
思想僵化永远不知发展方向
只有战胜自己才能赢得辉煌

我们以学习更新思维的细胞
我们以知识浇灌校园的花树
我们以科学善待自己的生活
我们以激情拥抱脚下的土地
我们以新姿迎接明天的太阳
明天的电大
将更加灿烂、辉煌

擀 面 条

擀，擀，擀
擀，擀，擀
面团似锣圆又扁

擀，擀，擀
擀，擀，擀
沙包淀粉拍一拍

再擀擀
再擀擀
薄薄面皮叠一叠

一刀一刀匀匀切
表层一抓抖抖开
要问面条如何美
揉进亲情难忘怀

采苦菜

三月的山里苦菜长咯
三月的苦菜嫩滴滴
三月的阳光暖人心咯
三月的山溪笑嘻嘻

妹子我挎篮上了山
湿漉漉的山坳苦菜多呦
阴凉凉的地方苦菜鲜
苦菜芽儿藏在茅草怀
妹子我细心采它放篮里

左边采完右边采
汗水淋漓毛巾揩
山泉清呦洗把脸
苦菜满篮歌满山

山歌一筐又一箩
挑到莲城南明湖
南明湖畔畲山风醉人嘞

阿妹唱那苦菜歌
苦菜迎来了新生活

三月的山里苦菜长咯
畲家妹子的心事多
三月的苦菜鲜嫩哟
带露的山歌带给妹子幸福路

晨曦走进我的房

晨曦走进我的房
衣镜折射在我的身上
诗人醒醒啊
她携我手带我走出梦乡

妻子说做的梦很可怕
无数的虫子蛀空了所有的墙
嗨，天道酬勤
即使逢凶也能化作吉祥

昂扬的格调让人心情舒畅
爱上诗的人浑身都有祥光
朋友你要来坐在我身旁
我将竭尽才智为你歌唱

过程美好是多少生命的向往
踏春味秋
赏雪逐浪
爱人相伴的日子风景更是难忘

新的生命时刻在降生
看看，晨曦走进了我的心房
你要拥抱的襁褓
正是我博大的思想

蓑衣歌

秋深割棕榈
取来棕毛缝蓑衣
蓑衣缝成好挡雨

雨天带蓑衣
穿上蓑衣下田去
雨停小憩躺在蓑衣上也惬意

蚂蚁越过腿
小蛙跳上身
耶耶耶，这些可爱的小东西

拔根茅草逗着玩
小蛙跳入水
蚂蚁方向迷

雪天穿蓑衣
蓑衣驱寒气
两手稻草给老牛

老牛眼睛水汪汪
一些暖身子

一些好充饥

当今蓑衣成装饰
都市女孩看新奇
耶耶耶，闺房墙上添诗意

我看蓑衣是朋友
忙时不计酬
闲时可排忧

小背篼

小背篼
乐悠悠
妈妈背我上山采蘑菇
清晨的露水湿了妈妈的衣袖

小鸟歌唱在枝头
小溪欢笑在山沟
妈妈背着我穿行在密林深处
带给妈妈快乐的是那野蘑菇

鲜嫩的蘑菇在妈妈的篮子里越来越多
妈妈的汗水不断往我的背篼渗透
我在心里喊妈妈歇歇脚呀
可妈妈总是停不下疲惫的脚步

小背篼
颤悠悠
背带扎紧在妈妈的腰部
还有一个结，结在妈妈胸口

等我长大的时候
即使我走南闯北
即使我托身在寻常巷陌
那两个结呀就结在我心头

常怀感恩心

禾苗以丰收回报农民的汗水
果树以甘甜答谢土地的养育
可是有的人
得到了帮助怎么不知道感恩

可也有人
受滴水之恩报以涌泉
人生丰碑
高耸云端

也有人
为了一句话的激励
即使名就功成
也铭记终生

学会感恩
做人不可或缺的课程
常怀感恩之心
过和谐人生

在山之怀

我穿越钢筋水泥的丛林

投进山之怀

我远离城市的喧嚣和巴儿狗的狂吠

坐在小山巅

背后有肃穆的陵园

前面有妩媚的田野

还有溪流走过平川

陵园里安憩着我的亲人和朋友

乡村中居住着我的父老和兄弟

屹立在平川的小城

日夜渲染着富强之梦的诗意

高速路的延展为她注入真实的内容

白鹭们的归来给她穿上绿色的衣裳

我身边的虫鸟快乐歌唱，花草尽情芬芳

这么美好的日子怎能让它匆匆溜走

陵园里亲人和朋友那永恒的微笑

暗示我们活着的，就要有意义地活

远离麻将读些书吧
少些争执多些思考吧
不要让创造财富的双手闲置
不要让曾经勤奋的头脑停滞

在山之怀
心灵充实、温暖

追逐夕阳

夕阳，夕阳
脚步别那么匆忙
我的车已经上路

夕阳，夕阳
不要靠近西山之冈
我的车已经加速

夕阳，夕阳
多待一会在那山冈
我的车已经飞速

夕阳，夕阳
没有你风景再好也不理想
我的车已经气虚

夕阳，夕阳
你带了最后的光芒落下山冈
我的车已经停步

回来的时候
你从山那边
画了一条龙在天空

鱼　竿

顶端
因为孩子
早已折断

尾端
因为黑狗
开成六瓣

鱼钩
锈掉牙齿
鱼线
仿佛祖母的银丝

可在涨水的时候
那些快乐的鱼儿
却跃进我的门槛
让人感觉在过年

鱼竿在家休闲
我们收获和谐

冬天也芳香

桂花在我的园里
静静地开放
有多少人珍视她的芳香
多情的诗人发现你
因为你，整个冬天也美丽

你芬芳在四季
诗人唱着你丰满的生命
你默默吐露完美
诗人在你温馨的氛围里销魂
你在诗人眼里幻成美的化身

你美得含蓄
你深情地呼唤，没有言语
你那无数的小花
是你生命的密码
只有爱你的人方可破译

为什么哭着来

我们为什么哭着来到这个世界

因为魔鬼时刻与新生命相伴

种种诱惑

种种烦恼

种种艰难

种种不幸

种种病痛

都与生俱来

我们为什么哭着来到这个世界

因为美好人间给你无限留恋

爱人疼爱着

亲人牵挂着

友人慰藉着

同志关怀着

希望寄托着

谁能割得开

我们为什么哭着来到这个世界

因为自然法则的选择

相同的幕启

相同的尾声

我们叫它正义与公平

美丽的过程有一种高贵

政治家谓之文明

诗人歌之自由

为 谁 活 着

为朋友活着
朋友交办的事
怎能说个"不"字

为亲人活着
上要尽孝道
下要尽职责

为学生活着
视他们如儿女
引导他们的行为
为他们鼓劲
和他们一起前进
永不后退

为人民活着
时时奉献以精神食粮
关注着大众的福祉

为什么不考虑自己的事
发出这个疑问的是妻子

为他人活着
也即为自己活着

谁在牵挂你

牵挂你的人是父母
哪怕生命走到了最后
你还是父母的心头肉

牵挂你的人是兄弟姐妹
祸福冷暖都与日常生活伴随
你是他们的同胞手足

牵挂你的人是知心朋友
无论你贫贱还是富贵
你都有位置在他们心里

牵挂你的人是你的爱人
即使你像蝴蝶到处翻飞
你的一切都是他的生命组成

谁在牵挂你
两岸同胞一家亲
谁不是中华儿女

思　念

思念是一只小鸟
飞过河流飞过群山
停在你的窗前
小声呢喃

思念是一条虫
爬呀爬上你的眉梢
让你在静静的夜里
总是睡不着

思念是一壶酒
喝呀喝红了脸
才下喉头
却鲠心头

思念是一叶扁舟
常在脑海中颠簸
泊稳在你的港口
那是最美的享受

相 思 树

相思树

生南国

春来长绿枝

春去结果实

去秋虽未采

今秋仍满树

北国雪飘飘

江南春正早

君来山花笑

我种相思豆

小园又有

相思树

树几棵

君来数

数来又数去

树上一只鸟

扑在君怀总撒娇

君嘻言坏了坏了

十六年了，你们过得可好

十六年
说长不长说短不短
我们没有匆匆话别
一切却仿佛还在昨天

十六年
从一中大门挥手走出
闯荡江湖
披肝沥胆
痛过伤过酸过苦过或许哭过
但都过来了，经历成为财富
终于迎来美好的今天

在政坛，你有口皆碑
在讲台，你崭露头角
在艺界，你独树一帜
在商界，你独领风骚
在田园，你毫不逊色
在车间，你开始领跑

你们都是为师的骄傲

还有那别后我暂不了解的同学朋友
十六年了，你们过得可好
我坚信，共同举杯庆贺的日子并不遥远
来来来，干干干

（注：松阳一中1993届6班同学会聚天元大酒店，王礼军相约前往，即兴而作。）

背行囊的女孩

背行囊的女孩
相识在牛年北京的春天
她的歌声，烙在
一位诗人的心瓣

背行囊的女孩
来自"5·12"重创的青川
在她脸上读不到伤怀
她的舞步流畅
如同旋涡转出的弧线

背行囊的女孩
读书、写作、旅行构成生活的诗篇
有位诗人为见天堂的孩子
刚从她身边离开
年轻生命的句号
让所有熟悉他而内心充满爱的人哀婉

背行囊的女孩
走近那心瓣烙坏的诗人
诗人伸开了双臂
她却躲在花丛中

微笑着看你

夜黑黑
山坡上没有鸟叫
也没有虫鸣
只有春风习习

从来没有

如同在撒哈拉的腹地
从来没有得到过雨水
好比地下溶洞的角落
从来没有见到过光明
可在牛年之春
竟然发生奇迹

心中的撒哈拉出现一片绿洲
溶洞的角落被一缕阳光穿透
大地裂出缝隙
阵痛过后迎来新生
是地球偏转了角度
还是我们换了眼睛

那是善睐的明眸
那是动听的歌喉
那是率真的情感
那是特立独行的思想之花
这一张魔力无限的网
网住了浙西南传说中
那只大虫

那 一 晚

那最后的一个夜晚
忽然发现
一个才气纵横的佳人
就在眼前

听你唱俄罗斯的民歌
和你滑即兴自由的舞步
悄悄交流彼此的心灵
找到一种与尔偕同的感觉

互敬喝酒
让心灵去远行
互赠祝福
让生活更诗意

这么一晚
竟未成眠

牛年之春

多少回魂牵梦萦
多少日计算着相约
哦，北京
让我们触摸你

仿佛还在梦里
今天与你零距离
哦，北京
让我们相拥，紧紧在一起

你处处绽放活力之春
把最美好的礼物送给我们
哦，北京
让我们相融，永远不分离

我们怎能忘记
这一连串布满惊喜的日子
一句句话语点亮一盏盏心灯
一张张笑脸打开一扇扇心门
最是那句"好日子刚刚开始"
拂走了我们心头的阴云
最是那兄弟姊妹的情谊

带来了无与伦比的温馨

我们怎能忘记
这"优龙二期"的分分秒秒
何止是知识的充电
更有那人文的关怀、体贴、周到

你紧握我的手
你为我拎沉重的包
你掏零钱送我们上公交
你为我过生日，连我自己都想不到

每一个细节都在诠释
我们都是一家人
每一项活动都在昭示
我们都是无法切割的整体

整体的智慧
整体的力量
将明白地告知天下
我们是巨人
待来年，我们再一醉方休

诗人郭长兴

你是一条河
我是河边柳一棵
没有你诗歌的滋润
我的生命怎能如此鲜活

我们听你的课
感染着你的激情
鼓舞着你的力量
青春燃烧
血脉偾张

你赞同愤怒孕育诗人
我们清楚记得你呵斥过
缙云乡间的一个土包子
你教导我们诗根植于生活
每一堂课你都用诗来演绎啊
我们景仰的诗人，郭老师

今天有幸师生聚会
请喝酒千杯
因为我们在座的
都是知己

岁 月

从 1979 到 2009
三十年与我们挥手
改革开放的铿锵脚步
伴我们成人，成长，成熟

师长的叮咛，言犹在昨
同窗的书声，依然在耳
粉笔与教鞭轮换点拨
心灵和心灵互相拥抱

那些岁月，那些场景
鲜活在记忆深处
那些人，那些事
晒出来都是一部大书

泪水携欢笑齐飞
实力带梦想共舞
醴泉般纯洁的情谊
在我们心中，天长地久

我在千米高空看你

我在千米高空看你
你发出大大的疑问
我说通过天上的卫星
看你住在排满板房的上坪

山，苍翠欲滴
水，清清泠泠
震后的人们自力更生
把自己巨大的伤痕抚平

经历苦难
方知幸福来之不易
目睹过国殇
才懂活着的日子都值得珍惜
在空中看你
在紫罗藤苑读你
在网络窗口听你
在梦中想你

皆缘于
同心

有一种期待

有一种期待
长在你我的心间
埋在两人的情感土壤里
就是不想它发芽，看见蓝天

有一种期待
长在一个人的世界里
像萤火虫
就那么亮了点

有一种期待
只有山间清晨读书的女孩能懂
幸福在眼前
快乐在人间

最近有点烦

在一个夜晚
忽然一个陌生的来电
自称是我的同学
她说她总记着我
可我总想不起来
她说让我去猜猜

她还变换着方言
来电天天不间断
时时想与我见面
弄得人实在有点烦

千奇百怪的事在世间
玫瑰色的诱惑如鬼眼
有定力的人自然不眼花缭乱
当心啊，别砸了自己的饭碗

肩上的责任重如山
生活已经很美满

亲人朋友都有期盼
多少人曾经阴沟里翻船

陌生女子你不要
不要再来电
我的心早有归属
你看那岩壁上有棵松树

别样的等待

干涸的河道
期待山洪的暴发
枯萎的花蕾
期待雨露的滋润

我理解这种等待的心情

暗夜里希望月亮的升起
沙漠中渴望绿洲的出现
漂泊时想起港湾的宁静
受伤后热盼援手的温暖

我理解这种内心的呼唤

别样的等待
就是这样让人难受
别样的等待
也是一种美丽的相守

别样的感觉
你有我也有

风中那朵石榴花

许多叶子已经枯黄
许多花儿都零落不知去向
可寒风中
窗外那朵石榴花依然在枝头绽放

摇曳着她的鲜艳
隐藏着她的芬芳
没有结下丰硕的果实
可也有美丽来诠释
每一缕绕在她身上的阳光

风中的那朵石榴花
不知还能坚持多久
鲜活的过程已经那么灿烂
谁还去考虑身前身后

往日的记忆

往日的记忆
虽说有点褪色
但异化作酒曲
尘封在地窖
正像茅台酒
被你启封的时候
醇香四溢

往日的记忆
虽说已成历史
但你翻晒的时候
字迹还是那么鲜明
美好历历在目
纸上蝴蝶翩然
在我耳边细说秘密

有一种伟大叫融合

胶融于漆
乳溶于水
自然孕育生命
生命返璞归真
伟大就这样诞生

这样的融合
生命得到延续
这样的融合
世界才有诗意
融合的契机
一个是我
一个是你

中国融入全球
全球让冰雪、寒风、阳光
让绿色，让万物相融
让硝烟，让毒雾，让丑恶
远离种群远离人类
这便有了美
有了大同

微诗乐生活

气 度

谁能看出
电大服务组两人
都是带病做工作
严重感冒
却精神抖擞

让移民早移早得福
许多环节要抓细实
陪聊，倾听
嘘寒问暖皆常情

工作不言苦
昨天去，今天去
明天？还去

子孙树

香榧在房前屋后
在田间地头
很快可挂果
同样面临迁走
若沉在水底无人问
又是损失
山上浙江，林下经济
应有项目
幸福，靠的是奋斗

眼见有收益
何止子孙树

配　合

工作组

服务组

默契配合事好做

能给多给予

不让实在人吃亏

不让调皮者占便宜

亲戚一般多走走

叙叙旧

齐释疑

话相投

曾　经

这里曾经是小学

撤并之后为民居

由此容颜

能推过去师生艰苦

哪有操场

哪有教室敞亮

世事更迭

今非昔比

呵呵，就要搬迁咯

山外

幸福在招手

甜蜜在等候

磨 嘴

上门坐
嘴磨破
曾说不核对
今日却履行

信心足
为民谋
走到哪里都有酒
哪里都有好朋友

病　因

（只有你懂）

去年好好的
今年这样子
夜里睡不着
日间又忙活

杨大夫说气的
叶大夫说累的
俺娘说瞎折腾的
养啥鱼？搞啥山庄

呵呵，归根结底
还是心被伤
硬伤，给丘比特射的
只有你懂的

还 是 你 好

我梦中的美人
忘不了你的似水柔情
恨不能，立刻飞奔
坐上直升机
飞来在一起

只有你忠诚
在我左右，不离不弃
那种水性杨花
谁都严重鄙夷

愿我悉心的呵护
换得你余生的灿烂与芬芳
愿我不被看见的泪水
成为醋，给自己疗伤

联　想

站在"水底"
看那满山流岚
再过两年
坐在"水面"
仿佛穿了婚纱的新娘
迎面走来，步态款款

那时，游客如鱼
有在水里
有在船上
或许
还有在空中

什 么

一般人真不认识
只知叫叉
山村腊月挑日子
打醮
请道士来念经咒
驱邪，祈福

钢叉，道士法器
还有响铃
还有牛角
天灵灵，地灵灵

好 运 来

出发前
我对你说祝我好运
你默念在心

想不到的顺利
最后一户签约
完成第一个百分百

所以快乐
所以看了看
香奶山

人生苦短
相爱的人们
可要抓紧时间

大爱行天下
一切一切
眼皮跳，好运来！

一 帆 风 顺

多好的名称
这叫一帆风顺
多谢您的点拨
我当悉心呵护

眼皮呀，别老跳
我不想发大财
也不要来啥灾
只要有个健康身体
不仅我顺
还要你顺！他顺
天顺
地顺

呵　护

噢哟！大姐
刺扎你手
让我来帮你挑刺
剔除那份钻心的疼

捏紧你的手
神情最专注
亲不亲
看此图

为民谋福
这代表着政府

（注：黄南水库移民搬迁瞬间。小伙子温小运时任县政府办公室主任，现任松阳县人民政府副县长。）

冬天之春

站在村庄田埂上
极目望你的方向
想着
这时刻
正在晒太阳
你和我
两个老人笑掉牙

冬天之春
温暖着天下美好的人
冬眠的蜜蜂
居然苏醒
还绕着我飞
以为我是鲜花

亲爱的
你说,真奇怪

残　影

荷残

为艺术形态入画眼

透过水面

试图发现有蛰伏潜

回头一看

原来自己的影子

也残

水　仙

居然趁我不在身边的时候
在夜间静静开放
想给我一个惊喜吗
幽默如你
智慧伴侣

呵呵，养你
也能成为一个有趣的人

红茶花

才这么小开得这么艳丽
像一些人早熟
院子离不开你们灿烂的笑容
像我这样离不开你
没有你的日子
寡味

为什么遇上我就开放
姻缘前定
为什么遇上我就不放
不言而喻

我是诗人
你也是诗人

根　脉

一朵，两朵，三朵
还有在孕育
看看
我和你两朵
根脉都相同
你更挺，我却蔫

你说，老了
我说，嗯嗯
牵手相约走上沙滩
走向黄昏

前线播报

腾空！腾空！腾空
动迁村庄
红马甲在搬迁户行动
各路人马都在奔忙

腾空
为了更早选地建房
腾空
为了库区工程顺利推进
腾空
为了造福子孙

别样风景
所有人在此经历的
都意义非凡而神圣
故称：洗礼

牛 铺

居然还有这么个去处
牛铺
红军故事多多
树很古
柳杉，红豆杉，野橄榄
"不要问我从哪里来
"我的故乡在远方……"

原来在这！

秘境秘境
仙人怀孕
难怪生你
神都爱君

生　机

那么宁静

除了水声

除了脚步声

没遇见别人

唯有那几只鸭子

哈哈在笑

我们见惯了几尊雕塑

和稻草扎的牛

和哨兵

下次我来

希望你陪

沉　思

兄弟

我想

米开朗琪罗应该把我

凿成这样

三百年以后

有没有

拉着小提琴

我和你

在此

停留

小　槎

连刘基自己也意想不到
七百多年风雨消散
还有八米八的塑像花岗岩
立在小山之巅
后人感念他的预见
才有今天，生息繁衍

据说还有纪念馆
歌功有对联
"三分天下诸葛亮"
"一统江山刘伯温"

鱼群
绿道
韵味如你那水
财聚，福到

莲 池

石莲池
镇宅宝
大人可搓身
婴儿能游水
如今成文物
风景独一位
人面貔貅送财富
呵呵
当年财主今安在

迟早我们都成故事
如一粒子
肉眼几乎
无觅处

人 言

人言你有毒
像那香水似的女人
可你有毒
为什么惹大伙欢喜

有人情愿被毒倒
有人至死不知道
谁害了你
还不是你自己

所以
伟大者
都能把自己打倒

用 琴

小提琴幽怨的声音
奏响在村道
有人问：送戏？
送文化下村？
一半猜对

还有一半
好玩
开开眼

家　味

豆腐花

茶叶蛋

营养粥

炒粉干

热狗、葱肉饼正好

刚出笼小笼包、生煎包

青菜、萝卜、花生米

丰富的早点

真正的家味

更带劲

员工老板同心一家人

吃得实惠

咥得放心

奶囡凳

奶囡凳
少女椅
上刻金鱼缠龙尾
中雕祥云玉如意
下开莲花篷结子
座基双笛伴剑舞

要爱情有爱情
要福气有福气
还要清白育子女
文武双全为斗魁

传统文化多精髓
瞧瞧
工匠内涵深
浓缩一张凳

特 色

也算百年老屋
已经使命结束
暂且留个略图
房东用心良苦

全木门构件
门槛，门土地
甚至狗洞
甚至墙角

那扇小窗
你如何想象
斜斜采光
智慧相当

祖宗都知
几多铜钿办几多事
因地制宜
盖如此房子

芦　花

傍晚，起风
芦花身不由己
向左还是向右
她有思想
谋一靠谱的人
牵手走向黄昏

蓦然回首
那人连个影子都没有
听年轻的心在呢喃
未来一片悲观

不
芦花瑟瑟
未来一定灿烂
只是在无常来敲门之前
你要做好准备
无悔无怨

母 子

院外
曾经稻菽良田
现在小区毗连
瞧这母亲
乒乓与儿子陪伴

儿子时常一大早
唱歌，对门外讲演
配合很丰富的肢体语言
我以为是天才的百灵鸟
妻说，你傻，他癫

可他在母亲心间
宝贝，宝贝，永远

孔雀，孔雀

孔雀
别，别以为是在西双版纳
在我的田园
在那幽静的小桃源
在那个水库外面
孔雀，美丽着
有一只将慷慨奉献
唱着歌儿走向桌面
嗨呀呀，就在今晚

为表敬意
伟大而妖娆的孔雀
诗人要珍藏你挣扎而遗落的一支羽毛
作为马克思写信给燕妮用的笔
为你留下永恒的纪念

亲爱的，什么时候
来品鉴

南 山 居

南山
小桃源出入口
清幽能听水声滴答
假如你陪在我身边
难道
听不见我的
心跳

加速了没
快捂住我的胸部

很　像

你小时候的模样
就是这般俊俏
在我幼小的心灵播下爱的种子
时光倒流了

曾经多少个身心契合的时刻
醒来，甚至梦里
都是非常清晰
时光倒流了

大爱天下的美好
能够扭曲枪管
枪口朝上，插有野花
时光并不倒流

别 进 去

（观浙江省第三监狱有感）

这里别进去
进去失去最宝贵的东西
那也是人生的最高境界
自由！自由

今日陪友看你
雪花飘在大地
若干时日后重获新生
千万别再光临

装　饰

酒店装饰
蓑衣笠帽箴席
鸟笼灯罩
壁画民间休憩

都市人对此颇觉新奇
尤其是上海的青年男女
再来一次到大风浪里锻炼锻炼
他们或许寤寐求之

欢迎欢迎
乡村真正可以找到
灵魂

舞　墨

没有系统学练
却挤在大师们中间
惭，惭，惭

在这宝地舞墨
头上有神明，有包氏祖先
横樟，山中瑰玉
将迎来腾飞的春天

来避暑或休闲
破译文化密码
这里，有你的惊叹

拆　除（组诗）

一

拆除
几分钟的事
容不得迟滞
三十天完成"三个百分百"
有人已命名，叫"黄南速度"

恋旧的泪擦一擦
党和政府都充分为咱家
合理研判房屋重置价
分期拨付
专款专户
移民亲人们不仅有房住
有钱补，有事做
还有养生不必愁

天上掉下大馅饼
砸中库区三村人

二

不到两小时
一个自然村消失
速度令人咋舌
看官都觉惊心动魄
拆拆容易盖盖难

可为大局
更为广大人民受益
只有舍小家
库区老百姓
你们配合，听从指挥

这些尘埃，不是硝烟
而是瑞气满山

雪中情思

窗外
天悄悄下给大地的雪
拨动我的琴弦
母亲住那小山
是否受寒
我亲爱的友人
是否见雪而欢而萌思念
还有啊
黄南库区的移民亲人
暂栖之所
有无生活困难

都说瑞雪兆丰年
可我臆想：天下的是羽绒

足 音

街若磁带
一定录有好听的足音
粉墙若硬盘
难道不会珍藏美的身影
一切仿佛就在昨天
物是人非
怀想美好

雪也是有温度的
诗人对自己信心足够
雪也是有思想的
不然为何要给你低吟浅唱

身 影

禹王官
可惜毁于火
如约而至的雪花
积在瓦上
也下了几片到我头上
似乎让我警醒

不然，看那门神
提棍要打你后腚

门

门开
成为一道风景
即使在冬天
依然生动
看看，人们赏雪

想想，没有人的风景
谁会多投一瞥

奉　献

虽说写得不怎么样
可村民喜欢
虽说累得腰疼臂酸
可为人民服务都情愿
知识，技能
都是党和人民给的
组织叫怎么干毫无怨言
呵呵
下雪天，送春联
我颂人们好运连连
亲爱的人儿
也祝我一生平安

领 导 辛 苦

夜
多么深沉
山风
如刀割人

这一刻要载入史册
最难啃的"硬骨头"
已经不存
黄南速度表明
县委县政府
后盾坚强

如　果

如果有比这样还好的
无价古豪宅
你是否过来
自己当老板

我仿佛看见你在等待
是否已经约定
雪正下得紧
连同想法都将写进历史

那是昨天
而今时刻
我在感动
所以把你写进心中

里 外

外面仍然冰雪覆盖
屋内温馨如春
吊
年轻人的
老年人的
你的
我的
他的
梦想编织成花环
戴谁头上都是桂冠

乡村振兴
难道这不是样板
文化引领
因村制宜

细 节

腊肉悬挂

鱼在头上

云顶仙坑源标识

成雕塑

成投影

细节见匠心

都为了迎接你呀

你为什么还不到来

这里

是你的诗

也是你的远方

御　笔

一般人难得见
更别想用来写
清皇宫流出的御笔
写几个
沾点喜

笔下有乾坤
每一笔都饱含
生命的气息
时代的咏叹

黄颡鱼

山泉汇进屋里
阳光抚摸池鱼
做其中那一尾
感觉幸福无比

既然能在水里读到太阳
肯定也能在夜里咀嚼月光
亲爱的
你也想做一尾鱼吗

读　书

坐下来

啥地方也别去

阳光暖身

那些书让你充实灵魂

仔细找找

或许有我的一本

那暖的

是心

亲 戚

真的巧
老哥住这里
他让我为他写春联
"人生七旬古来稀"
"枯木逢春又还青"

七十八
还养牛，养鸡鸭
开心活
看廿年晚霞与朝花

物　语

乌桕说耶
伸出两个手指做 V 状
松树说嗯
等你有好几天了
如我低头作揖，躬身欢迎

可我那试验田
刚移植不久的香榧在撒娇
说：爹
我这算活了吗

赏　夜

景色美好
因有好心情
好心情
因遇好事与好人

在高处
品茶，夜语
还能充分研判
一个城市的性情与气质

一城之美
往往尚因一人

凋　谢

惊闻兄弟失子噩耗
心情沉重难以言表
宛如花姿花语
长太息以掩涕

你说命数注定
电话里苦笑两声
我这头能解
你若时允，陪你宽心

我们都是生死兄弟
未来的路，相扶到底

王 后

为你戴上王冠
匍匐在你脚下
仰望你的美艳
我是王
却在你面前懦弱
儿女情长，英雄气短

你鼓励我
你本来就是大山
挺拔、庄严、伟岸
我为你坚守
把生活酿成酒
与你同酣

香　肠

吃了几十年
最好吃的还是松阳香肠
老味道
石狮子都仰望
口水流淌

游子在他乡
吃着松阳香肠
别有一番乡愁伴心香

邀　约

如此连神仙都向往
人间之佳境
亲们！去云顶
仙坑源一路风景
洗肺清心

那里有神仙下棋
嚼嚼桃核
一天抵十年
做回烂柯人

移　居

一家人从坳头移出
有些不习惯不适应
很正常呀！大哥，嫂子
来到新环境
总有个过程

可勤劳的人
上天也施恩
选好地，建新房
美美地生活
再写新篇章

（注：今按指挥部会议精神，走访两联系户。）

送　福

春联写好都已送走
我们留下来到最后
再给一个山村写福
那感觉如同
与亲人相守
与友人吃酒
与鸟兽虫鱼善处

原来
给人们送福
自己内心也获得
满满而大写的福

（注：感谢叶传凯大哥相邀，感谢城东社区周伟兰主任提供照片。）

彩 房

彩房盖给孩子们玩
南城幼儿园
将来我孙子的乐园
美哉

有时经过
居然冒出一个念头
好想回到从前
像你说的时光倒流
咱们一起再当小朋友

呵呵
手绢丢丢

老街 33 号

闹中取静
一座衰颓的老屋获得新生
其间甘苦主人自饮
为了对父母孝敬
为了对祖屋继承
为了情怀一份
设计，修理……
许多细节体现匠心

民宿
重在有民
重在家的温馨
33 号，有锦绣前程

慰　问

一袋米

一桶油

一笼发糕

两斤香肠

还有春联加大吉"福"

这

给每一动迁户的礼物

来自党和人民政府

呵呵

狗年行狗运

狗运亨通人人顺

恰　遇

几只蜜蜂
像孩子们的欢笑
引我到你身边
留你的风姿
红梅树树
春闹梢头
谁言孤芳

梅语
我身自香
来或不来
一样

网 鱼

鱼儿跃
鱼儿飞
鱼儿翻浪浪花深
逃命最要紧

在生命的最后时刻
我就这样淡然躺着
将以另一种形式存在
为人们贡献
给人们快乐

鱼语若此
懂你多多

难 得

黄南水库"决战"
全面胜利，四个"百分百"
让干群喜笑颜开
这不
丰盛的晚餐
还加了"文化名菜"
十七个节目登上舞台

哎呀！胜利来之不易
县领导们决策英明
干部有干劲
群众有响应
厉害了我的乡亲

赏 灯

灯是一本书
有情人都住在书里

可我在漆黑的水里
读到彩色的光明

赏灯，妥妥的，约吗
约

儿 戏

儿时游戏
来个"将仕象"
玩得多开心
乐坏老父亲

您教给我们少年乐
我们陪您变老
拾回童乐
拾回记忆
叫光阴别再奔跑

亲爱的，我要感恩
不止亲人
更多的，比如学生
比如老师
比如男女朋友
比如我的鱼儿

二十年

（松阳一中 1998 届 2 班同学会）

二十年
彼此思念
你还好吗
毕业，分别，多少个夜晚
七千三百个
有过痛，有过泪
有过忧，有过喜

都过来了

二十年

都有了自己的方向

有了自己的轨迹

有了自己幸福的支点

今天再见

这美好的时刻

友情在眉目飞扬

默契在心灵协商

笑容在嘴角悬挂

二十年

倏地溜走

可还有未来

未来

奔跑吧！同学

远方，还有你的

圣殿

笑　脸

就像山里盛开的雪莲
就像山里流出的岩泉
就像晚霞映在松阴溪水面
纯美，澄澈，灿烂
这，便是笑脸

同学们的笑脸
如此美好
是酿了二十年的酒刚开坛
是藏了二十年的话刚表白
是种了二十年的树刚成材

好吧，不说了
干！干！干

同 窗

隔壁的女孩
你不要看过来
你一看
我心跳马达加速开
老师讲的啥
全忘怀

只记得
你长长的睫毛长长的辫
你长长的腿儿圆圆的脸
虽同窗三年
友情如海又似山

今天
不要走！把话撂一潭

村 庄 呼 唤

看到这些败落
仿佛听见村庄在呼唤
谁有艺术眼光来打理
拜托不要总在等高线上
克隆些火柴盒
请多调研村中人文地理
做个规划，因村制宜

看到了吗
村庄将越来越美
曲水流觞
处处诗画

夕 阳

最后的辉煌
水有解析
最后的时光
心有感知

在最后的天使来带你的时候
你说走吧走吧
天使问，还有留恋吗
你淡定回答：没有

生命的意义
在于曾经奋斗过
也在于为了他人
好好活过，爱过

表　彰

发言的有故事
讲话的有分量
即使没有奖励
也值
经历便是财富

还好
晚上早有约
有心心相印的人
豪饮生活的琼浆

种 植

都市生活的小孩
乡村提供广阔的舞台
有足够的材料
编织灿烂的梦想乃至未来
水、土、茶，加上人
难道不是财富故事

卡梅伦说英国的灵魂在乡村
我说中国的灵魂
如我小提琴演的
在希望的田野

重 拾

夜晚

多么美好

树都成了亭亭的舞女

枝丫上挂满了你的芬芳

我小心翼翼

整理两排脚印

不知哪排是我的

哪排是你的

晴　空

月亮早早升起
为了赴太阳之约
那几朵云彩
莫非是我池塘的鲤鱼

这么好的晴空
连只鸟都没有
难道都被弹弓吓坏了
若是，还惊着我

活　着

活出生命的意义
美国学者的励志作品
从头翻到尾
读到一句精髓
啥意义
"在于帮助他人找到他们生命的意义"

哪要说得这么绕
生命的意义，在于
活着，有品质地
活着！即使含泪

街 中 樟

一株古樟被留护街中央
原先以为它会成为一道风景
后来有人喝酒驾车在此丧命
后来事故频发

如今，谁想到要挪开
不管谁，点个赞
树亦不古老
挪挪也无妨
人民利益至高无上

去樟除障
还路顺畅
市政人
功德无量

巨 匠

与书为友
与茶为伴
能写能说通翰墨
大小也是个人物
想不到
还有这一手
大木老师傅
刻字桌台自己做

现在是工匠
将来无限量
若要成大器
功到自闪光

南　城

仅仅一角
南城如春笋
不断成长
科学谋划田园都市
无愧祖宗
更应争得子孙点赞

人在做
天有眼
是否有神仙
结伴下凡？

醉 春

花丛有酒，醉人
花间有乐，嗡嗡
花衬晴空，蓝蓝
花掩独山，乳汁甜甜

路过
为你停留
凑近闻你
别离又回眸

病不轻

电脑生病

十余年跟随

已然掉渣

老爷子今日居然让我休息

深蓝荧屏如海深邃

底边波纹线条唯美

让人联想

好比那夕照中

芦苇丛里裸卧的后背

电脑病不轻

主人也心累

理想太丰满

现实太嶙峋

兄弟，你看

冬天
寒潮将祖国大地席卷
气温陡降
可兄弟呀，你看你看
仍有茶花在绽放
多么鲜艳

我期待
你能战胜病魔，凯旋
再偶尔一起打牌
赏赏花，开开玩笑
喝喝酒，聊聊南北

我祈祷
生命奇迹
就像花儿一样盛开

情 怀

在这里，上垄
都市人的天堂
尤其是上海知青成长的地方
诗意栖居
创造人民向往

在这里
我将奋斗
不问成败得失
享受过程也是福

乡村振兴
把自己修炼为佛

远山呼喊

远山在呼唤
美人还不快来
白天游目骋怀
更有醉人的夜
没有月亮也好
星空深邃清澈

夜阑
你我为仙

出 彩

师生情
酿过三十三年
越陈越香
什么都别讲
酒中酣畅

所有安排都最好
合适的时间地点
一群人
缘好深

北京，北京
从括苍大山怀里出发
在祖国心脏打拼
欢笑，得赞，风光
所有成功背后的酸楚
只有自己最懂

大家都出彩
不管王总还是林总
即使不是总
有快乐，也成"总"

狂　想

美女造型剪刀指
男性染色体"Y"
也可看成艺人倒立
我看是我村庄的长者
他荫凉了我的青少年
至今仍在造福村民

珍稀了，乌桕
珍贵了，陈油

感　动

又一只鸡蛋
母亲笑呵呵
要给孙媳妇

又一把白菜
父亲认真挑
媳妇吃爽快

老人总想着儿孙们
儿孙们是否常惦记
常回家看看得欢欣

后 记

　　诗，是一味最有效的精神之药。诗人，就是最接近上帝的那个人。

　　子曰："小子何莫学夫《诗》？《诗》，可以兴，可以观，可以群，可以怨。迩之事父，远之事君，多识于鸟兽草木之名。"

　　用白话来翻译，是这样的。

　　孔子说："同学们怎么不学《诗》呢？学《诗》可以寄托情怀，激发斗志；可以观察社会、人生百态；可以交朋友，提升品位；可以怨刺不平，疗救创伤。近可以侍奉父母，远可以侍奉君王，还可以知道不少鸟兽草木的名称。"

　　对《诗》的社会作用，还有比这更高度的赞颂和概括的吗？

　　在孔子的时代，《诗》简直就是一部无所不包的百科全书。所以，他老人家不仅以诗礼传家，要求儿子孔鲤学诗学礼，而且号召所有的学生都好好地去学诗。正是由于孔子的大力提倡和亲自删削编定，《诗》才名正言顺地成为儒学的重要经典之一，改称《诗经》。也正是在这个基础上，才有了《毛诗序》那一段著名的更为热情洋溢的颂词："故正得失，动天地，感鬼神，莫近于诗。先王以是经夫妇，成孝敬，厚人伦，美教化，移风俗。"

　　所以，诗，也是拯救苍生、拯救灵魂的号角！

　　我在高中时读了《诗经》、唐诗、宋词和徐志摩。结果一不小心就爱上了这种文学形式，而且一不留神就坚持写诗四十年，说不定还会写到人生终了——我已经向天地提出申请，希望得到批准。诗，完全融进了我的血液。

　　前段时间，浙江有媒体弄了个微信推送，说我出口成章、信手拈来。虽有过奖的成分，但在微信朋友圈发图配诗，从全国范围看，还没有比我更早的。不信你去看（微信号：HuGe2953），如果一天看一首，大概十年都看不完，看了前面的，后面又有了新的。有"微友"还以为我那些小诗是从哪里抄来的，想不到是原创；还有"微友"神经衰弱，读了我的诗，想开了，不吃药了。《松阴溪帆影》里收录的"微诗乐生活"87首，就来自2018年1月—2018年3月的微信朋友圈。其他两部分"旧瓶装新酒"和"松阴溪帆影"则多为自2006年以来的应时应景之咏。立足故土，拥抱丽水，胸怀祖国，放眼世界，字里行间，爱满天下！

诗的语言若是香甜的、悦耳的、赏心悦目的、催人奋进的，那么，诗人的灵魂肯定也是充满芬芳的。心善言良，博学文精。既接地气，又见唯美，应该是中国诗人努力的方向。只有贴近生活、服务人民的文艺作品，才具有蓬勃生机，才具有旺盛的生命力。

在即将退休的岁月，我还能有第三部诗集问世，十分知足而惜福！首先，得感谢伟大的时代，伟大的祖国，伟大的人民和我们丰富多彩的生活；其次，得感谢学友洪关旺的大力鼓励和倾情校勘；最后，得感谢老县长邓唐良在百忙之中拨冗为本诗集作序。还有好多友人、同事的关心、支持、帮助，一并致谢！

2020年8月18日

田园松阳文化丛书
第六辑

松阳县档案馆（党史和地方志研究室）编

桃源诗藻撷萃

■ 蔡卫华 著

浙江工商大学出版社
ZHEJIANG GONGSHANG UNIVERSITY PRESS

·杭州·

图书在版编目（CIP）数据

桃源诗藻撷萃 / 蔡卫华著 . — 杭州：浙江工商大学出版社，2023.12

（田园松阳文化丛书 . 第六辑）

ISBN 978-7-5178-5824-9

Ⅰ . ①桃… Ⅱ . ①蔡… Ⅲ . ①诗集 – 中国 – 当代

Ⅳ . ① I227

中国国家版本馆 CIP 数据核字（2023）第 234546 号

桃源诗藻撷萃

TAOYUAN SHIZAO XIECUI

蔡卫华　著

责任编辑	张晶晶
责任校对	韩新严
封面设计	杭州富阳正大彩印有限公司
责任印制	包建辉
出版发行	浙江工商大学出版社
	（杭州市教工路 198 号　邮政编码 310012）
	（E-mail: zjgsupress@163.com）
	（网址：http://www.zjgsupress.com）
	电话：0571-88904980，88831806（传真）
排　　版	杭州富阳正大彩印有限公司
印　　刷	杭州富阳正大彩印有限公司
开　　本	16 开
总 印 张	122.25
总 字 数	1413 千
版 印 次	2023 年 12 月第 1 版　2023 年 12 月第 1 次印刷
书　　号	ISBN 978-7-5178-5824-9
定　　价	400.00 元（全 5 册）

总　序

　　古之君子，有"见礼而知俗，闻乐而知政"之说。故积句成章，积章成篇，发为文章。若能感于性情而动于声音，则文章与"乐"同出，可以知政；若能融心三才而游步千古，则文章与"礼"同出，可以知俗。自"田园松阳"发展战略实施以来，"田园松阳文化丛书"一直立足于松阳乡土文化底蕴，致力于知俗知政，匡矫时弊，宣化承流。

　　本丛书前五辑，在一定层面上提升了"田园松阳"文化发展之动力和活力。归而纳之，有特征四。

　　一曰包容。包容何在？在体裁也，在门类也。论体裁，有汇编如《松阳历代书目》《松阳历代文选》《松阳历史人物》，有诗词如《松阳历代诗词》，有书法如《松阳历代书法》，有散文杂记如《松阳乡俗散记》，还有古籍校注如《午溪集校注》。论门类，有涉及历史学的《松阳从历史走来》、涉及风俗学的《松阳民俗·岁时节令》、涉及姓氏学的《松阳祠堂志》、涉及金石学的《松阳金石志》等。

　　二曰自信。文化自信，是更基础、更广泛、更深厚之自信，是更基础、更深沉、更持久之力量，如《松阳百姓族规家训》彰显了松阳的深厚文化底蕴和人文荟萃，《松阳·中国传统村落》介绍了众多格局完整的传统村落，《松阳农家器用》体现了绵延千年的耕读文化，这都是祖辈留给当代松阳之宝贵精神财富。《民国松阳往事》《民国松阳记忆》则在往事记忆中透露出松阳的独特魅力和价值，唤醒群众之文化自觉，增强群众之文化自信，这也进一步坚定了本丛书推动乡土文化繁荣复兴的信心和底气。

　　三曰传承。发掘、整理、弘扬"田园松阳"文化，传承松阳文脉，

讲好松阳故事，达到繁荣松阳文化、培育社会正气之目的。本丛书之分册，多以"历代"冠之，尤其彰显传承。本丛书为全县的乡村博物馆建设、农村文化礼堂建设，拯救老屋行动、古村落保护，以及古祠堂和古道修复等工作，起到示范提示的作用。

四曰创新。团结、凝聚、联合社会力量，加强"田园松阳"文化的对外交流，使"田园松阳"文化内生动力越来越足，发展后劲不断增强。本丛书在某种意义上成为松阳地方对外交流之书籍。

复览本丛书第六辑与第七辑，上述四特征，皆有所进。

包容愈广。第六辑中，新增门类，《松阳藏石》属工艺学；新增体裁，《烽火浙西南》是小说。《二〇〇〇年的冬天》虽是散文，但主线贯彻全书，有别前辑。第七辑中，新增门类，《松阳舆地图志》属方志学；新增体裁，《张玉娘诗词赏析》是文学鉴赏。《闲时乐着》虽是杂文体裁，但全书涵盖风俗、教育、医药、矿石等方面。除体裁、门类之外，本丛书最新两辑，个中论著，不求放意寓言，不求僭称法言，不求苟同，不求苟异。

自信愈固。丛书第六、七两辑有望激发县域文化界人士对松阳文化底蕴的高度自信，以及对乡土文化生命力、创造力的高度自信，如《松阴溪帆影》《桃源诗藻撷萃》，是继本丛书第三辑中的《松阳乡村诗歌三百首》和本丛书第四辑中的《松阳田园诗藻选辑》之后的又两部诗歌集。作者积极从"田园松阳"文化沃土中汲取养分、激发灵感，在新时代的文艺创作舞台上自信满满。

传承愈坚。包容才可会异归同，传承方能涵揉充畅。本丛书编纂委员会认为，儒、释、道同为古县松阳璀璨文明之写照。千年传之承之，总是金鸣石应；一如刊之版之，亦得激浊扬清。

创新愈勇。时下，中国文化事业正迎来大发展大繁荣之黄金时代，松阳，则把文化上升到了指引县域发展的战略地位。大好机遇，来

之不易。本丛书第六、七两辑，展示了松阳良好形象，弘扬了时代精神。如《闲说松阳话》非但保留了生活化的方言，还原了语境的趣味性，并且有意识地将文字的意义向外拓展。这种对品质与内涵的追求，就是一种创新。

　　总之，感于性情而动于声音，融心三才而游步千古。"田园松阳"文化，孕育于松阳璀璨的历史文明之中，体现在当下全县人民建设"田园松阳"升级版的火热实践中，展现在每一个优秀的古今松阳人、新老松阳人身上。愿松阳文化界人士，永葆胸中有大义、心里有人民、肩头有责任、笔下有乾坤。更愿"田园松阳文化丛书"，能久经历史和人民检验，推动地方文化事业发展，推出更多反映时代呼声、振奋松阳精神之优秀作品。匡矫时弊，宣化承流，无患知俗知政之用。

编　者

2023 年 5 月

序

　　行吟不止的诗人总喜欢把这天地人寰收入囊中，作为田园松阳的吟者，蔡卫华就是这样孜孜不倦且乐此不疲。继《松阳田园诗藻选辑》之后，他又把多年用心写就的诗稿整理成集，取名为《桃源诗藻撷萃》，让我为其作序。

　　翻阅完这本诗集，正为庚子年的深秋。我感受到了诗意的苍茫和心灵上的无比率真，正如此时这个季节的丰硕万物和无边成熟。

　　从诗集里可以看出作者视野的广阔和题材的广博。大的如庚子年的抗疫、国际风云，小的如一沟一壑、一枝一叶。诗集收诗394首，诗中随处可见田园山水、云舒云卷、风土人情、四时乡愁，生动地刻画了以松阳桃源为主题的民风遗俗、山水景致、人世百态、骚客情怀，流露出作者朴素的家国情怀及对人生、社会民生的关注，表达了作者浓烈的主体意识和忧患意识。诗集语言清新流畅，跳跃感、节奏感强烈，体现了作者深厚的文字功底和在修辞语法方面的匠心独运。

　　桃源诗藻，不愧是由松阳这方故土孕育而生的对天地人寰的颂歌。

　　望蔡卫华继续放歌，更好地撷取田园精华，为美丽桃源创作更多有丰富内涵的诗歌。

　　是为序。

毛建南

2020 年 10 月

　　（注：毛建南，松阳县政协原主席）

目 录

古邑遗"风"

桃源沃"土"

"人"杰地灵

"情"有独钟

古邑遗"风"

松阳故事

一个松阳的故事，
用浸润了一万年的纸书写，
湿漉漉的水滴，
氤氲梦的记忆。
然后用棕绳串起，
披上蓑衣，
穿行在老屋的天井，
听一回檐上的燕语。
摇一把麦秆扇，
看工匠那把凿子，
把动物从木头里挖醒，
发出呦呦鹿鸣。
这个故事，
你来讲，
我听来，
看那边红糖又榨出了红稠的乡思。

寄给茶叶节的篇章

这一场松阳茶叶的盛会，
每一年，
总是如约登上
这一方欢乐的舞台。
从四海飘然而至的来宾，
欢聚在这茶乡，
看
春茶吐翠，
听
茶歌袅袅，
茶韵，
便氤氲得如松阴溪水一般
悠悠长长。
这百里茶园
已然是人间幸福的天堂，
总是有采不完的绿茶，
从青青的茶海里
采撷起
一缕缕梦想，
茶农眼里的故事
便闪烁起
金色的亮光。

致辞已经洋溢
这春天
所有的热情，
茶叶的篇章
如诗如画，
正向着远方深情地吟唱。

三月三

三月初三山水亲，
畲民歌美胜金莺。
通宵欢舞醉星月，
又梦板桥竹柳新。

笔尖裕溪

画匠殷勤施五彩，
采撷四月艳阳天。
裕溪山野画中景，
水色风声到笔尖。

看竹溪摆祭

都说这片土地有神灵佑护，
今年的拜祭出灯又到了村口。
八方社坛开始闹热，
香烛里点燃了村民的寄托。
一炷炷光像星光闪烁，
照亮了又一年红红的富足。
精巧的供品摆满一条条长桌，
争相表达各自心中的祝福。
竹溪锣鼓一阵阵地擂响，
铿锵了这欢快的夜的时光。
流连忘返的各方来客，
惊喜地用眼光收割着一个个镜头。
夫人看灯又开始巡游，
水里流动着一片片吉祥。
八百年古韵荡漾开来，
看四面祥云正在头顶飞翔。

大东坝客家民俗风情文化节记

石仓年味出文水，
古闽民俗闹客家。
茶歌腊酒醉灯舞，
村巷鸣珂惊楚娃。

看周权故里桥灯

上元皓月照畲寨，
更有笙歌动板桥。
山水周权一路赋，
十番灯彩愈妖娆。

悠然的元宵节

这个元宵节我选择清淡的风味，
家人围坐一起，
眼前一碗汤圆，
头上一轮明月。
今年看不见万人空巷的追逐，
曾经的龙腾狮舞，
笑语声喧，
烟花鼓乐的画卷。
春风流连的黄昏，
在江边信步，
随意想象乡村的闹热，
抬头望见云追月。
没有踩街的元宵节，
马路宽敞，
霓虹闪烁，
我心悠然。

看小竹溪排祭

春风十里小竹溪，
正月年俗若传奇。
恭迎徐侯墨口壂，
举村排祭舞龙旗。
行人骋目心旌动，
远客驻足兴致期。
好雨有情下不完，
平安福佑送吉时。

一匹超马飞过

这一天，

一匹超马飞过，

紫荆花的花瓣骤然绽放。

于是一万匹马一起嘶鸣，

一万匹马马蹄嗒嗒，

立马括苍山和我一起醒来。

我的眼前啊，

青山绿水展开五彩斑斓，

春风四处飞扬。

此刻，

我真想饮超马于瓯江之上，

映一段风流在水一方。

邀超马驻足应星楼旁，

篆一幅壮观在南明石梁。

让明天的丽水，

乘着超马，

奔向有诗和梦的远方。

吟月宫神韵

昔传法善谱仙曲，
梦引明皇游月宫。
千载霓裳天上阙，
松阴袅袅起黄钟。
丝弦一动纤云舞，
凤管齐鸣动苍穹。
神韵乐团舒忧受，
羽衣灿若更雍容。

为 2018 年月宫调研究会作

凌霄台右卿云舞，
岚翠山前响应钟。
年会华堂说法善，
霓裳仙曲道玄宗。
十年冶剑现锋芒，
一路披荆建奇功。
今日老夫兴未尽，
盼逐神乐上蟾宫。

且让我牵着鸣珂里的马头墙徜徉

鸣珂里
石仓文化民宿的招牌，
多少人魂牵梦绕的地方。
隐身在客家
大屋石仓的传说里，
小港的门巷帮行走者褪去
一袭袭凡尘风霜。
岁月酿成的
白老酒，
让异乡亲过故乡。
味道纯正的泡豆腐，
填平
多少思乡者的衷肠。
山边马灯的灯火，
照亮了有炊烟婆娑的十里山乡。
在这方民宿里驻足，
梦也会闪耀金色的光芒。
让繁华归去远方，
且让我牵着鸣珂里的马头墙徜徉。

描一个大大的福字

斗大的折方，
描一个大大的福字，
就成了老百姓最幸福的梦想。
每一个人都把它贴在门扉，
贴在眉梢，
藏在心尖上。
祖辈锄把上的青筋，
开荒的每一声呐喊，
都为这福字笔画圆满。
甚至每一轮旭日，
和炊烟的每一口叹息，
真的祈求这福字的敞亮。
在这年关将至迎福的季节，
不妨用高腔，
松阳高腔歌唱。
可以再一次书写，

用任意的书法，
画大大的福字在红红的折方的中央。
于是老百姓的梦里就有了笑声，
四季惠风和畅，
这春节如意吉祥。

陈军 摄

这里其实七彩斑斓

用深蓝渲染，
以为这是这一域的基调，
也许是如此，
如你所言。
翻开这秘境的面纱。

这星罗棋布的古村落，
黄墙青瓦，
到处沧桑斑斓。
坐在西坑的崖边，
脚下白云缭绕，
眼底尽是云帆。

阳光总是笑脸般灿烂，
油菜花开的季节，
桃红柳绿，
田园芳菲尽染。

这桃花源的世界，
七彩纷呈，
岂止一种色彩？

若说这方山水只有一种靛蓝，
教这里的百姓何以居，
何以居！

醉美的线路醉美的梦

其实美是醉人的，
正如这一条路上的风景。
从沿坑岭头举步，
徐徐踏入岱头的梯田，
轻轻推开石仓古民居的宅门，
飞身走过双重积雪的栈道，
再与松阴溪边的藤萝月对酌，
你就会把那乡愁绾在这方桃源，
从此不知何谓天涯浪迹岁月虚度。
柿子漫无节制的红，
稻穗铺天盖地的香，
客家灯影炊烟里氤氲的茶歌，
山中泉水明月的浅唱，
清江铙吹悠悠滚过堰坝，
这一路风情已让人酩酊大醉，
醉美的梦里有我在徜徉。

喜闻月宫调寄情

无聊冬日厌听雨，
淅沥南窗透北窗。
腊月忽闻月宫调，
春风如沐意飞扬。

邱建平 摄

听雨草堂遐想

"听雨草堂民宿开业",
树枝上的横幅透露了消息。
沿着一路风声,
迷入了南山。
烟雨缠着白云,
正是听雨时节。
心烦与不烦,
可以听雨歇息。
晴和的日子,
想念雨的缠绵。

学 b p

中华文字太深奥，
古往今来笑料多。
惭愧鸿鹄也念差，
只怜岁月太蹉跎。
弄璋姜度唯涕泗，
杖杜侍郎更糊涂。
当代魁星仰北大，
尚需刺股学 b p。

茶乡清风生于腋下

当这方茶农把这方田野耕种成茶园，
这里便成了原野牧场。

银猴银霜乌牛早碧云天，
就在这牧场上如咩咩待乳的羊。

摘下茶尖上晶莹的月牙，
这里便成了诗和梦青葱的远方。

于是鸿渐大师就用了东坡的兔毫盏，
烹出了卢仝的七碗茶。

我骑行在绿道上，
于是有清风生于腋下。

夏日闻家训族规

松阴多毓秀，
自古尚耕读。
仁孝传家久，
田夫亦俊厨。

赞家规族训进校园

山乡风日好，
稚子诵家规。
四野闻嘤鸣，
芝兰接翠薇。

现代有机农业峰会之歌

田园从没有今日的风光，
五谷峰会，
茎叶扬起绿色的畅想。

天下所有的农事，
都在这阳光下萌芽。

小满芒种的喜悦，
且在农人目光下灌浆。
科技正乘着四海的和风，
把丰收的镰刀磨亮。

峰会，
正将生态的基因，
撒在田园的沃土下。
农夫的梦，
准备着在笑声中打场。

二月二

春临二月风翻雨，
初二又逢龙甩头。
煎粿烹糕忙熏灶，
辍耕南亩意悠悠。

吟南岱艺术工作室

溯溪东坞源，
南岱水山连。
手绘适心意，
吟啸对翠岚。

我望见龙抬头

今日，
龙抬头。

我的背也陡然挺直，
让阳光以垂直的角度，
贴着额头洒落。
我捡拾起这金鳞一样发亮的光，
锻成有龙角般锋芒的犁铧，
耕开大地第一道垄沟。
把正月里黯淡的光和暗霜，
肺炎骇人的咳嗽，
还有闭户的所有寂寥，
一同深埋。
然后请布谷鸟传送春的请柬，
蛰伏的动物在春雷中醒来，
万物滋长出天地间清明的模样。
此时天空一片湛蓝，
祥云像龙一样徐徐飞翔，
大地春风浩荡。

我昂首翘望，
望见今日龙抬头。

石仓契约馆

契约博物馆，
诚信垒石中。
星月踏风至，
芝兰香正浓。

龙门小书豆

隐隐龙门好气象，
青山绿水捧仙宫。
汤侯门外探蹊径，
早有书声入耳中。

岁月已经泛黄

整理书柜时，
翻到几册练习簿。
有的是
父亲的工作日记，
也有我少年时
抄写的文章。
翻开每一页纸张，
每一页
都已经发黄。
我知道
这纸张是有生命的，
它的色泽告诉我
它走过的沧桑。
岁月分明已经老了，
父亲也走了，
日记日益昏黄。
而我的少年，
也早和纸张一样
泛黄。

有根有家的地方

一块青石板，
静卧
在老屋门前溪边。
老母亲喜欢
坐在这青石板上纳凉，
冬天则端来木凳，
倚靠着这块青石板
一同享受暖阳。
头顶高大的水杉树，
那针叶选择
在秋冬作归根之旅，
飒飒声撕破
这静谧的时光。
老母亲丝毫没有察觉，
任由衣服和头发
落上金黄。
这针叶和她
已经有某一种默契，
总是
很少离开
这有根有家的地方。

溪上铙吹锵然

独山赶集，
千年这一回。
风也赶来，
翠山拢来，
蟾峰醉来，
松阴踏波而来。

这桃源古邑集市，
吆喝了多少年。
那时：
街也窄了，
货也罄了，
人也走了，
古邑向月而眠。
移市于独山驿站，
物华天宝让独山垂涎。

可，
山高月小情怀悠然。

这独山驿站里，
集市正酣，
茶室里，
沈晦独酌，
溪上铙吹锵然。

踏进又一个小年

踏进又一个小年，
腊月二十三，
眼前分明看见春节欢天喜地走来。
篷尘早已打过，
有尘埃落定。

又一个小年积攒在年轮里，
泛白的年轮吱呀作声。
就这样碾过一个个除夕，
驶入一届届新年。

且看春夏秋冬还往，
春联旧了又新。
暂让自己抖擞精神，
喜迎又一个韶华来临。

鸡鸣不已

黎明，
远处的鸡鸣
隐隐约约，
啄破昏昏沉沉的静寂。
它们总是先于新年到来之前到来，
用它们自鸣得意的喉管，
唤来小年，
催促人们搬运年货，
为一个新的干支年作渲染。

鸡鸣声一阵连着一阵，
渐渐清晰，
除夕，
已指日可待。

此时，
鸡鸣不已。

南门码头怀古

宜人风色今宵看，
古邑码头孤影来。
萧瑟短吁渔火稀，
繁庶长忆棹船挨。
水淹天上娥眉浅，
风曳南门绿柳斜。
山高月小不堪吟，
词客乡心自可哀。

我的诗里已飘满色香味

我惊讶，
年味菜：泡豆腐酿肉、火腿蛋鳖。
这松古村巷，
怎么有这么诱人的美食？
和
美食里那悠悠长长乡愁乡思的滋味。

饶它八大菜系嚣张地割据，
这田园千百年过往孕育的天物，
更是让人梦里醒来垂涎三尺。

用日的光华浇灌和松阴溪的水声，
还有一千八百年炊烟的袅娜，
十大碗，
这美食已让我的诗里飘满色香味。

有味道的十大碗

真的荡气回肠，
这田园松阳十大碗，
歇力茶烧猪脚，
煨盐鸡、延寿乌饭，
紫苏烧溪鱼，
苎麻叶撅儿、年味菜，
火腿蛋鳖、泡豆腐酿肉，
茶叶熏腿猪肚锅，
捞汤菜，
已足以让江山不老，
须眉巾帼在此驻足五百年。

十大碗，
每一碗都溢满乡思或浓或淡的味道，
亦刚亦柔山川田园的脾气，
日月星辰那变幻迷人的光彩，
满满的乡里乡亲浓浓的亲情暖暖，
更有袅娜升腾的丝丝缕缕炊烟。

都说这十大碗，

真真切切的田园全席盛宴，

已将八大菜系改写。

端起它，

话里诗里就有了精气神，

世界充满色香味。

中国年的喜庆

撷取最吉祥的，
汉字，
用最潇洒的书法，
在春节前让每一扇门，
都贴上，
浸染福气的春联。

于是灯笼点红了，
门楣，
糕点甜了心窝，
美酒醉了春的脚步，
男女老少，
就在中国年里笑出了声。

年货里的松阳故事

松阳故事相信你已听了千百遍，
今天我把它装进春节里，
我知道你喜欢的味道依然不会变。

这个味道在童谣里唱了一年又一年，
挥之不去的旋律总是在梦里泛滥，
可知道过年时你是否会更留恋。

这甜甜的故事从祖辈那里传来，
红红的记忆在眼睛里打了结，
松阳印记已让你我的乡愁更悠远。

石门圩·桥的故事

风驮着季节，
南来北往，
不知带走过多少落日霞彩。
赶集的待价而沽，
唤这里为圩，
把一座桥变成一条街。

蔡卫华 摄

一座没有钢筋的桥，
用石拱当肋骨，
响当当的一条硬汉。
推开石门驿桥，
不见伙计来递茶问安，
却有溪边洗衣女，
把捣衣声八百里加急送来耳边。

午梁堰把名片立在桥边，
告诉人们它的履历，
于是松阴溪里千百年水声潺潺。
我在桥上踱过，
桥栏的构架相框般把云水天地，
装帧成一幅幅风景，
这风景画里，
我醉了一遍又是一遍。

吟水南家味园

把盏城南家味园，
独山对饮意悄然。
窗前无限桃源月，
樽里诗心酣未阑。

这壶新茶已酩酊大醉

（写在 2019 松阳银猴茶叶节前夜）

不用提醒，
每到这个日子，
我就会沏好一壶新茶，
等你款款而来。
等你摇天涯的云帆，
泊进这片茶园，
等你在竹亭望月，
枕一掬银猴入眠。
这个日子，
属于茶的潮汐，
溯一回松阴溪上的茶歌，
这壶新茶已酩酊大醉。

无法从这里逃走

眼前这些房子，
仿佛从山脊上踱步而来，
披着瓦片制作的铠甲，
在这里埋锅做饭。

千百年来，
这里演习着日落日出，
每天生起炊烟，
招呼驿道上的过客歇息打尖。

推开窗子，
群山匍匐而来，
鼻尖已嗅到云的气息，
伸手就摸到了天上的蓝。

此时你我已无法逃走，
走进这里分明已走进了梦的家园，
这熟悉的味道裹着多少乡愁啊，
心已烙上了云上平田的字眼。

摘一片银猴作舟

走进这方秘境，
最怕被这杯绿茶俘虏。
剪剪春风吹过，
茶园里茶歌悠悠。
迷离在茶的清香里，
转眼就忘了归途。
纵使走过千山万水，
轻易已走不出这方葱茏。
不如今夜乘月光归去，
摘一片银猴裁作归航的一叶飞舟。

吟百名艺术家入驻乡村

大师接踵至，
艺术驻荆扉。
野老喜迎讶，
推心唯旧瓵。
欢言稼穑事，
欣看牧畈归。
怡然情意合，
中圣卧清辉。

发芽的槲树

云一样温柔的雪，
遮盖了这一张张青瓦，
槲树的时光，
便公然开始发芽。
当纸鸢，
长出翅膀时，
春天哗地就飞上了，
那一抬抬房梁。

四面平平仄仄的，

梯田，

就这样，

层层叠叠了荒凉。

于是那，

不安分的目光，

早就爬上了那几株，

有四季风筑巢的枫樟。

从此树下那一幢，

小屋里，

就多了比星辰还愁苦的，

一季季怅望

这一缕缕阳光照进工坊

从煮豆燃豆萁开始，

故事有些传奇。

这里的精彩，

是七步诗不一样的版本。

走进石仓蔡宅的神秘，

每一个人就一辈子甘心被勾引。

小时候雪花里的歌谣，

在这里一季又一季花一样地飘。

每一副磨石都流淌豆浆的甜，

彩排着"雪花漫大路外婆做豆腐"过年的热闹。

当一缕缕阳光点进工坊，

这里的每一板豆腐便拥有了满满的温柔。

田园里春天的风，一整年的风都来了，

把豆腐的甜蜜带进了每一个幸福的梦。

此时在我的诗行里，

那豆腐花迷人的光影正在袅娜。

令人神往的原乡上田

已很少有如此原装的村庄，
本色从未变样。
一幢幢青瓦黄墙，
恰似老人一般慈祥。
绿树投下的影子好长，
白云在身旁任意地徜徉。
端午茶养生的药引散发清香，
更有炊烟的味道飘向四方。
耕读的声音在这方故土回荡，
纯朴的村风让上田发亮。
远方的来客会把这里当成故乡，
推门就可坐享如家的时光。
岁月静好不是虚晃，
这如诗如画的山村真的令人神往。

吟小街上央视

小镇风华若诗画，
仲春春景景幽然。
尧歌十里清江暖，
松古布谷唱桃源。
远客循芳三径醉，
伊人寻梦半生闲。
南直街上看央视，
阑夜排门枕雨眠。

观松阳龙舟大赛

鼓声隐隐松阴畔，
鼎沸三桥两岸欢。
端午龙舟波上去，
翩然回首日边还。

龙舟将鼓

风软晴和端午日，
龙舟竞渡向独山。
人声喝断松阴水，
将鼓锵锵动地天。

这一场圩

春天在名叫石门的地方
赶了场圩。

抢手货一色的
土特产文创小吃。

络绎不绝的黑眼珠
挤爆了新闻。

逶迤的山
远望的姿态很稳重。

冒失的细雨
一头湿漉漉了这廊和桥。

酒在坛里发笑
赶集的酒鬼竟然忘了带酒瓢。

算是安慰

案头积满，
历史的尘埃，
拂之不去，
遂把陋室铭还给刘禹锡。

那淡淡的酒香，
已关进浅浅深巷，
先择好无聊这道菜，
再来勾芡
八月的木樨。

用笔作筷子，
夹起地老天荒的印迹，
一口下去，
却是半个月亮一轮秋春。

说东道西

传说那雁，

瞅了眼浣衣女，

便溺于浣花溪。

还有那夫差，

饮了吴钩自刎，

让花草埋了一路幽径。

后来这浣衣女随了朱公，

成了后妃下海第一人，

从此，春秋涟漪了江湖。

饱受诟病的是东施，

无病呻吟偏学人家捧心，

效颦成污点写入个人履历。

此时我忽地心痛，

赶紧将救心丸捏碎，

灌进史书嘴里。

剩下的塞给东施，

至于西施，

让她保持那病态或许更有风情。

咏龙舟竞渡

锵锵将鼓动松阴，
松邑人潮上大堤。
唯共一江东逝水，
龙舟竞渡送乡思。

端午节

艾叶菖蒲斜铺首，
风吹粽子淡清香。
龙舟赛罢舟人歇，
端午家家倾酒觞。

斗米岙与缪斯的故事

在山岙聚落的房子，
局促了这个山村。
用斗升收载四季的稼穑，
风从瓦缝里翻动贫瘠。

这里淌出清澈的山泉，
向江海送山的大气。
溯八千里云和月，
今天农家的庭院里萌发艺术的气质。

于是高鼻子的油彩抹花了墙壁，
老农的烟杆磕了缪斯。
门墙挂上了国际的标识，
蓑笠开始讲述着烟雨的故事。

古　城

古市少人识，
城门楼影深。
老街行寂寂，
夜月听松阴。

龙舟端午赛后

五月赏心悦目处，
龙舟旗鼓荡风云。
人归笑语盈花径，
满眼蔚然草色青。

巷 芷

一段不经意的曲折，
就将你隐在了这片巷子里。
应是殷实人家的遗构，
文化气息从"巷芷"的名号里溢出。

坐在天井边小憩，
茶杯盖敞开瓷实的性子。
两层走马楼回廊，
足够让思绪在黄昏的屋檐下驰骋。

此时，
长长的天井漏着自然的光影。
没有雨，
可以想象雨水淋在兰花上的淅沥。

门外走进一对情侣，
从西安慕名而来找到这方巷芷。

我仰首，
向西北眺望，
因了巷芷的缘故，
千山万水已不再迢递。

蔡卫华 摄

横樟村，翰墨流芳的地方

特别钟情这个村庄，
青山翠滴的横樟。
写春联的文化人，
纸墨里融入一种敬仰。

似乎
是在履行一种仪式，
每年都把
浓浓的祈福献上。

于是，
春联就比春天更早地
贴满，
所有的门墙。

我看见这里最中国式的
旗帜一样的春联，最自豪。
它书写着古村里亘古清晰的
包拯的传唱。

祠堂里
包氏家训已刻入包氏后人的骨髓里，
那一块匾额上
有熠熠生辉的"翰墨流芳"。

春节的时候欢呼

寒冬里寒风凛冽，
十万寒流围城。
我披着羽绒抵御，
心想
总不至于破釜沉舟。

终于有春天派来救兵的讯息，
河堤边匍匐的喇叭花枝条上
有嫩芽悄然绽出。

一路的桃树，
将花蕾挑上树冠，
预报桃红柳绿即将收复失地，
我定下计划，
春节的时候，
我要像英雄凯旋般欢呼。

久违的龙舟大赛

六十余载松阴水，
瑟瑟澄流秋复春。
月落风花开几度，
日出雨露自晴阴。
龙舟忽跃碧澜涌，
将鼓惊擂神马奔。
今夜离骚和泪处，
愁心谁与共沾襟。

在这个惊蛰醒来

这是个复苏的节日，
一切蛰伏的一起醒来。
睁开眼可以看见最明媚的景色，
身上的冰霜化作春水潺潺。
鼓起喉管或是振动羽翼，
发出你的第一声天籁。
伸展麻木的肢节，
向天地作奔跑的姿态。
让闪电释放你储存的能量，
发出雷声振聋发聩般的呐喊。
从此不管是春花秋月炎夏酷暑，
都属于你生命的精彩。
也就是从今天开始，
我的目光也被惊蛰点燃。
于是这蓬勃的田园，
处处响起袅娜的管弦。

梦与大海

当铁轨烙上了庚子的年号，
大地就有了钢铁的骨骼。

一条巨龙，
即将穿山驾海而来。
从此，
衢宁紧紧联结。
我们的每一个晨昏，
都会有钢轨汽笛相伴。

田园松阳的梦，
就这样沾上大海的色彩。

四都平田的云

又是这样随性，
在山峦之间跌宕。
漫
漫
漫过莽野，
像一川汹涌澎湃的海。

浪一样卷过山巅，
峰峦也变得缥缈空灵。
在嶙峋的危崖之间踱步，
轻松地将沟壑填平。

我相信可以飞黄腾达的你，
却更愿意为野鹤作一片闲云。
一年年在四都这方天地，
叫时光都老在了平田的云里。

平田看云

不只是我在看云。

山也从卧姿中抬起头，
看云散云飞。

低昂错落的树木，
伸出枝条任凭着云过云栖。

草也从迷离中长出精神，
渴望着披上霓裳羽衣。

不只是我在看云，
彼此都在注视彼此。

这从平田里长出来的云，
我已用黑色的眼睛把它收藏在淡淡的诗意里。

除夕燃起幸福的火焰

丙辰除夕终于在绵绵细雨中到来，
多少回想象中辞旧的仪式，
早已在腊月里徐徐展开，
而谢幕注定定格在今晚的无眠。

旧的灯笼已然卸下，
一年的时光唯留下一层尘埃，
泛白的不再是耀眼的色泽，
沧桑依旧是风雨后淡淡的情怀。

亲手贴上崭新的春联，
除夕燃起红红火火幸福的火焰，
这多少蓬勃的气息美好的祈盼啊，
又冉冉升起在心中充满眼帘。

只为近这城云烟

一座迷踪的云峰，
在这方水土独自高卧，
多少年隔溪相望，
只为近这一城云烟。

听惯了清江铙吹，
厌与空山鸟语共眠，
你已将山高月小的意境，
融入玉娘纤丽的诗篇。

雨正没入这座山的每一个肌理，
引驿站的每一位过客，
在桃花源的诗画里陶醉，
望峰息心在这除夕幽寂的独山。

不再说时光如逝

总是说岁月荏苒，
一年的除夕又随雨水而来。
逝者如斯，
前贤叹息在耳，
而古人安在？

挟着春花烂漫，
吟着诗走过四时八节。
不用说时光如逝，
只要脚步踏实，
又何必与岁月留痕！

且斟上一盅浊酒，
倾倒在除夕的黄昏。
看灯笼的灯光徐徐亮起，
傍着春光的脚步，
走进诗意盎然的新年！

除夕记怀

淅沥的细雨是除夕不舍的告白，
我读懂了雨幕里点点滴滴湿漉漉的云烟。
不管四季如何变幻，
这辞旧的黯然总让人牵怀。

尽管有些许不尽如人意，
又遭逢岁末的病毒入侵，
封城的战役打响，
但仰首可看到东边已散去阴霾。

行且停止活动的脚步，
关上平日里热闹的舞台。
除夕过后又将是干支的发孽，
春天里到处会是喜笑颜开。

除夕的姿态

除夕又以最低调的姿态，
悄然离去，
辞别在昨日淅沥的风雨里，
离别在这灯笼摇曳的光影里。

静静的我已然适应这样的告别，
以一桌年夜饭的絮语，
斟一杯杯红红的葡萄酒，
唯有在记忆里加持如诗的己亥情思。

甚至没有歌舞，
也不曾燃放一挂鞭炮，
就这样似君子之交，
淡如水淡如水。

老　屋

（感怀于传统村落老屋修复，复兴有望，文脉可续）

飒飒侵风雨，

厦屋逐日衰。

今逢修月手，

中圣慰胸怀。

小镇风情

小镇风情诚古朴，
桃源景致四方殊。
老街遗韵惹花眼，
游客归时星月疏。

赞青田码道区块改造

青田码道久沉寂，
蓬户迁思逐日多。
筹策终纡见巨变，
白龙古圳漾清波。

插秧节的写意

这是一个村的狂欢，
布谷鸟宣布插秧节开启。

雨灌满了梯田，
风抚平一垄垄泥水。

荷笠披蓑的农夫，
把秧苗插进夏的记忆。

于是山野就有了诗意，
云也把惬意丢在了岱头。

松阴溪上的龙舟

这龙舟，
擂鼓呐喊而来。

波澜涌起，
掀动两岸风云翻转。

几千载的屈子情怀，
总在离骚舟桨间。

且祀离骚于端午水，
又把龙舟划进诗里。

吟岱头插秧节

天也妒这插秧节的魅力，
交加风雨复塌方路堵。

不妨借道庄后蹊径，
一路更有翠竹杉松迎送。

岱头已龙吟潇潇，
一处处人文风景毓秀。

水也清冷山更青翠，
幽谷传来几声"布谷"。

欢笑着插下秧苗，
多少人把云朵踩进了水中。

环顾四野，
荷笠披蓑真的诗意朦胧。

《松阳传家》交流会有感

正当仲夏分龙雨，

松邑传家翰墨新。

笔走江南写秘境，

云开潇洒话松阴。

绵绵山水蕴风采，

仁义悠悠流古今。

薪火桃源文脉续，

家园入梦最相亲。

（注：由汉声编辑室编著的《松阳传家》一书举行意见交流会。有感，赋此诗。）

吟山村买醉

何处觅清圣，
山头金灶红。
清泉沁糯米，
酿醉酒缸中。

寄山头村土酒

清泉香曲润香米，
农户家家土灶忙。
酌饮山头一瓢酒，
长歌醉吟又何妨。

谷雨也去了昨日的梦里

布谷鸟乘着月色，
带我梦回了秧苗茵茵的水田，
我看见自己正在耘草，
左耳蛙声与右耳的蛙声应和。
谷雨将秧苗插到田里，
接着分蘖抽穗灌浆，
至于稻香稻浪，
则都由汗流浃背来打理。
谷雨，是在谷雨时分，
花谢比花开纷繁，
油菜荚越来越苗条，
有蚱蜢跃上笠帽。
这一切很亲切，
可惜都去了蝉的羽翼里，
叫一声谷雨慢走，
谁知谷雨也去了昨日的梦里。

茉莉又辣了我的双眼

哗然，
一树花开，
白的，紫的，
都名叫茉莉。

紫色开后，
会换另一种素颜，
冷艳的转换，
是一幕幕精彩的变脸。

千红万紫的春天，
已斑斓了我生命的花甸，
这树茉莉，
此时又辣了我的双眼。

毛土香 摄

双色茉莉，
基因天生多彩，
采撷茉莉生命中对春天的热恋，
我已将诗行铺在盛开或未开的花前。

夜览《古城记忆》

千载时光一卷收，
古城记忆几春秋。
夜览饧眼不释手，
头枕墨香梦悠悠。

蔡卫华 摄

桃源沃"土"

柿子已经满脸通红

秋天丢下这一树树柿子，
任它们在寒冬里满脸通红。
人们遗忘了这甜蜜的果实，
让柿树每一天都挂着回家的梦。
多么像大自然的流浪儿，
簇拥在树枝上经受冷冷的雨露。
寄给大地的落叶沾满相思的青涩，
和着枝头那一支支芳华后落寞的歌。
即使在风雪中飘摇醉落，
还总是在冬日里苦苦守候。
就这样成了人们眼中灿烂的图画，
美丽了这一方方山河村落。
我知道你已无牵无挂，
可是在春天时又会绿荫婆娑。
权且把你栽进诗行，
待来年再来一次花开花落。

毛土香 摄

过石门桥驿站

胜日拾趣走绿道，
和风曳履过鹰潭。
围合众壑卧云起，
一脉松阴响潺潺。
龙桥旷野通天堑，
石磴澄溪浮水涧。
驿站石门空寂寥，
桃源春景息飞鸢。

毛土香 摄

百角外菜花

百角村头溪水流，
菜花开处艳惊眸。
卯山咫尺漫春色，
点易亭边景更幽。

南山踏青

春风十里南山麓，
三八踏青陶艺村。
翻尽管弦唱尽曲，
黄花厌看看白云。

醉人光影

春风三月施魔法，
山野开遍油菜花。
惹眼鹅黄滴翠色，
醉人光影傍农家。

迷 离

入山春日觅桃李，
忽见三都花满蹊。
次第开出好颜色，
无人不道已迷离。

国风盛典松阳行

国风盛典到松阳，
一路采风斜画框。
山水连轴描不尽，
任心花雨更芬芳。

国风盛典

瀑云飞抹翠竹青，
雨打画框光影新。
盛典国风桃李醉，
山乡美景半阴晴。

吟岭上云景

岭上絮云初长好，
空蒙仙景若瑶池。
羽衣山客傥相遇，
又有癫狂入梦思。

寨头吟啸行

春风伴我四都行，
锦瑟寨头别样亲。
万壑涛声起眼底，
空蒙山景看幽明。
西坑雨下侵篱落，
云上平田淹驿亭。
孤客吟啸心最乐，
癫狂自适慰平生。

咏紫荆

春月紫荆花满径，
嫣然锦帐若瑶池。
神驰十里红尘起，
轻舞踏歌香染衣。

大木山风情

梧桐百尺伫塘前，
茶室听琴大木山。
因过竹亭观日落，
春风吹晚绿茶园。

黄金茶

陌上黄金茶，
误当油菜花。
蜂蝶丛里叹，
鸿渐未识它。

茶叶节的雨

当春天抹上茶的绿色，
茶农便开始采撷这翡翠的叶芽。

这一场以茶叶命名的盛会，
便在桃源的阡陌开场。

蜂拥而至的不仅仅是网络上兴奋的眼球，
这茶乡已被人类用目光照亮。

更有一场豪雨，
占据了采茶直播现场。

直播镜头朦胧了这一景象，
这韵味已晕染茶香所能到达的远方。

吟茶园

信步田园心意好，
春茶处处晃新芽。
轻风细雨品茗后，
更有诗情胜碧纱。

三都桃花

仲春景色灼人眼，
狂野三都花锦开。
树树桃花窈窕展，
争盼骚客问津来。

伊达斯乡情

竹篱井灶家园梦，
古驿柳烟风月情。
故事乡音别样景，
伊达斯上泪沾襟。

醉茶乡

桃源欣遇背包客，
却是刘郎来问津。
相得茶乡心意美，
汉唐遗韵到如今。

张山妖娆

张山十里桃花艳，
一路芳菲看板桥。
细雨游人如梦过，
畲乡春景正妖娆。

桃源张山吟

仲春细雨涴张山，
琴瑟和鸣引凤鸾。
眼底桃花真妩媚，
毋庸人夸好桃源。

油菜花开了

春天里最开朗的
心情，
就是这一片
开满油菜花的田野。

没有谁
能拥有这般迷人的色彩，
那样热烈和
阳光一样金黄的梦境。

叶坚红 摄

游人把醉人的味道
收割，
目光里满是春天里
奢侈的温馨。

我已把最抒情的诗句
撒进这每一瓣花朵，
化作翩翩蜂蝶
采撷每一朵惊喜。
尽管夕阳
西下，
这里又将泛起油菜花
狂野的呼声。

老树吟

水流叶落应无意，
岁月斑驳知有情。
树木千年心未老，
披风沐雨赛黄忠。

二滩坝春景

泛舟三月二滩坝，
诗画天光山水长。
春水无心绾翠柳，
山风随意转回廊。

张山风色

古朴张山藏板桥，
怡人风色渐妖娆。
芳菲阡陌醉游客，
相看桃花逐日娇。

春逢茶叶节

三月欣逢茶叶节，
四方茶客悦茶旗。
风吟午盏清香溢，
龙井银口又入诗。

茶乡吟

三月松阴景色美，
绿茶摇曳对桃花。
芳菲田野闻箫鼓，
一路茗香醉落霞。

牡　丹

国色一盆栽，
逢春始盛开。
雍容少羞涩，
仙女下瑶台。

仲春晴起有感

风色敲窗早，
鸣鸡报曙来。
不觉心意爽，
清气满书斋。

咏晨光

夜雨桃源涨碧溪，
晓云百里远山齐。
相邻突兀云峰起，
松色和风蟾阁倚。

晴闻布谷

日上韶光早，
风和天色清。
暮春心气澹，
卧听布谷鸣。

谷 雨

三月布谷叫，
节临谷雨莅。
南畦草正绿，
野老备犁耙。

好缘分

窗外咕咕声，
时时悦耳心。
相知胜君子，
缘分喜相亲。

狂　野

暮春狂野真无羁，
到处花团织锦绮。
惹眼芳菲俱弥漫，
行人无不苦迷离。

春尽闻子规

荏苒春将尽，
繁花落绿蕨。
唯闻啼子规，
风雨不消停。

采桑葚

陌上晴光入眼明。
南山风暖鸟鸣轻。
侄儿邀起采桑葚，
来去逶迤踏落英。

争　葚

郊陌柔桑展绿姿，
叶间雀鸟噪声低。
争食桑葚扑双翅，
飞上南枝复北枝。

咏玫瑰

四月玫瑰正好看，
雍容尔雅悦君颜。
从来正气邪难侵，
花落花开总凛然。

春　意

春意寄何处，
扶疏上绿畴。
剪得半畦韭，
欢喜乐三秋。

牧歌田野

薰风五月醉云山，
村野已然布谷欢。
借问乡愁何处寄，
牧歌起处是田园。

唤乡贤

古邑振兴始未艾，
乡村攻略赖英才。
田园牧野笙歌起，
相送贤达上燕台。

盛装开放的油菜花

油菜花照常在田野盛装开放，
没有辜负这个春光。

朋友的微信披露了这一细节，
有无数的蜜蜂在花的世界赶海。

花的波浪没有尽头，
追逐着阳光汹涌到天涯。

邱建平 摄

不在意有没有人驻足观赏，
这个花季已孕育最美的韶华。

我看见花海里结满油菜荚，
芝麻一样的菜籽流淌着清香。

吸一口这满眼的馥郁，
心情已灿烂得油菜花般的金黄。

无 题

晚风春暮送笙箫，
缕缕生情春水谣。
却顾花开漫蔷菲，
任它立夏仍妖娆。

清　景

青山隐隐据堂前，
淡淡陂池漾水天。
几案无聊尘不染，
无茶无酒杳琴弦。

夏日过山村即景

浮光山色有井灶，
野老牧童墟里烟。
漠漠雨村风色静，
云飞鸟落响幽泉。

惜别暮春

三月繁花行看遍，
未曾尺素画临池。
唯将布谷声声唤，
赠予春风绾柳丝。

吟榔树三联书屋

云生榔树淹幽径，
雨打山村野老家。
之子欣然对掩扉，
三联堂上醉流霞。

寄油菜花

春日盛开油菜花，
山野黄金似落霞。
流水年华同月缺，
馨香径到万人家。

小院野草

争春万物皆随意，
一任繁花向日开。
野草不负三月雨，
殷勤献绿野人斋。

真的绿色

总是不经意间
就长了一地，
在院子里
蓬勃地蔓延。

直到梢头绽开
一星点小花，
我才看到
你离离的风采。

毛土香 摄

春天里
怎么也或缺不了你，
你的绿色
真的是绿色。

且让你在这方天地
诗意地生长，
我待你
如清风明月。
不曾卑微自己
而自怨自艾，
也请不会荒芜了
我的心田。

即使不怎么受人待见，
也不会自怨自艾。

行吟南山南

横溪信步行，
折上南山南。
三径开玫瑰，
醉心已忘言。

卓　庐

一脉赤溪绕界首，
檐前古道枕清流。
彭城故里凭栏望，
年年归雁到卓庐。

桥头村夕照

双童积雪敲窗外，
飞瀑石空响后檐。
漠漠山村仄巷斜，
黄昏曲突上轻烟。

咏山乡美景

杉松云壑驻前川，
郁郁茶垄漾水田。
风景年年美如画，
怡然最乐外婆家。

喜小满雨至

雨随小满至，
频日响潇潇。
野老意闲适，
归田酒一瓢。

览　树

步云一路喘，
揽树抑心机。
即此乡愁地，
高山仰止息。

无　题

安缦骇俗世，
怎如野老居。
陶然山水乐，
松古铄心机。

君子兰

在这春天的 T 台上迈步，
雍容是你绝对的风采。

把斑斓的色彩让给茶花桃李紫荆木兰，
你披着淡淡的幽香款款而来。

你每一朵花都给我芬芳，
每一张叶片都舒张了我的血脉。

在我的厅堂上悄然绽放，
我的眼睛"听"到了叮咚的流泉。

心上已经长满了你的倩影，
你是我最亲爱的爱人君子兰。

月夜松阴行

清江波百里，
松古若金瓯。
行吟桃源夜，
相和一叶舟。

大岭头乳燕

庶民生盛世，
雏燕亦逢时。
待哺和风里，
画梁入梦栖。

深山书屋

先锋何处觅，
云海一书屋。
翰墨染幽径，
书声摇翠竹。

云端秘境

云端生秘境，
来去一纱笼。
四顾皆缥缈，
惊呼有鬼工。

龙舟吟

青山浮绿水，
桂楫动松阴。
雷鼓星光落，
溯洄万里云。

毛土香 摄

没有被诱惑的蚕

我终于，
按住了自己，
没有，被外面的世界
诱惑。
挪出景点里，
我的空间，
任这个小长假，
盛放恼人的喧嚣。
带上爱人，
转回乡下老家，
一个，咫尺间
山水清悠的田园。
此时，
亲人们聚在一起，
共同建筑，
美好的一天。
把葱肉饼煎成了，
金灿灿的颜色，
于是，
阳光就特别鲜艳。
弟弟说，
田里桑葚已经成熟，

馋得大家，
采摘的念头跑出了门槛。
而我，一把抓住了
那桑叶的绿，
一转眼，
懒成了蚕。

山巅书店吟

先锋书店上崖巅，
浩浩云中一锦帆。
时代牧歌闻夙夜，
陈家铺里看轻烟。

烟村书局吟

翰墨飘香生曲径，
闲云起处是陈家。
烟村竟与书相伴，
诗意去来飞落霞。

陈家铺书局

秘境陈家铺，
烟岚幽径深。
先锋恋此野，
村落驻斯文。
青霭染翰墨，
风泉淌书声。
星河四望浅，
入梦有松云。
奔走入书局，
欣然对故人。

悠　然

书店驻崖巅，
烟村起杏坛。
孤云羡翰墨，
往返意悠然。

生态滩上的歌声

黄昏时分，
这里歌声袅袅地升起。

音符里流淌着春雨雁声，
飘雪的季节和梦的甜蜜。

歌声从天亮响到灯亮，
盛夏的夜晚渐次清凉。

行人徜徉在歌海里，
溪水也踏歌沉吟。

歌声一晚晚地飘逸，
夏花在这里绽放花蕊。

"人"杰地灵

赞安岱后那一杆旗帜

每一次杜鹃花盛开，
我就想起安岱后那一杆旗帜。
晴空下万山红艳，
分明是烈士们生命绽放出的色彩。
这一座座青松巍巍的山峦里，
仿佛依然有战士坚守当年的枪眼。
刘英粟裕的脚印，
在山道上留下不灭的印痕。
小吉的会址，
点亮着暗夜里不息的灯盏。
青红是一家，
至今传说着卢子敬与斗潭。
杜鹃花一年年盛开，
红色印记如山花般鲜艳。
浙西南革命精神，
星火般在松阳山野相传。
我仰望着那一杆旗帜，
心中已升起一面破浪向前的帆。

这一台精彩的晚会

从不曾以这样的名义走上这样的舞台，
在这寒冬的夜晚追寻星空的灿烂。
一个正气浩然的群体，
放歌生命里守望理想的精彩。
以纪检监察人的豪情，
为流光溢彩的年华喝彩。
七碗烹来浅浅的绿色，

蔡卫华 摄

回肠荡气话韶华满眼。
放声竞放动人的旋律，
满台齐唱英雄赞曲。
一年年披荆斩棘，
一路路踏冰卧雪。
干净担当不变的忠诚，
尽在这青春的舞台上尽情地书写。
这一群新时代的追梦人，
已把生命融进共和国发展荣辱与共的每一个节拍。
只争朝夕，
是心的誓言。
不负韶华，
谱写新的迷人诗篇。
这个舞台让人生精彩，
这里又将迎来满眼春光更加耀眼的明天！

捍卫这旗帜上的荣誉

倚着这杆旗帜，
多像靠着一座山峰。

这栅栏，
也就变得坚不可摧。
阻击冠状病毒的战斗，
多少人在捍卫旗帜上的荣誉。
多么自豪啊
这红色的背景，
你我的日夜坚守让它更加鲜明。

镰刀锤头正铿锵作响，
锻造一种永不改变的信仰。

听，天地间飘来潇潇风雨，
春光正在萌发旖旎。

我们已不惧怕任何风雨

和党旗一起经历风雨，
春天的含义真的就与众不同。
阻击疫情的坚守，
让这一群人一同前行。
你我披着晨曦走上卡口，
夜晚的不眠就有星月伴随。
花开的季节希冀金秋的收成，
三溪桥边的艰苦真的无怨无悔。
在这结束的时刻到来，
已不需要举行告别的仪式。
向党旗敬上我崇高的注目礼，
我们的脚步已踏上新的卡位。
且让红色作为永恒的背景，
我们已不惧怕穿越前方任何风雨。

把金黄借给太阳

妻说要煎葱肉饼，
正好空闲心情也不差，
于是和面拌馅，
我生火掌勺守在油锅旁。

沸腾的油像涌动的海，
刚做好的葱肉饼像冬日的初阳浮在海面上；
在铁与火与油的热辣下，
次第溢出了葱的清香。

于是饼胚渐渐成熟，
终于煎成了麦穗美妙的金黄，
我把铁铲伸进锅里，
捞出一个个圆圆的欢畅。

眼前这诱人的葱肉饼，
我已不忍咬它小小的缺口
我想把它的圆给那月光，
而它的金黄正好借给那轮太阳。

咏霍金

邃秘星河穷物理，
世人无敢比肩行。
拼将性命写简史，
泰斗剑桥唯霍金。

叹霍金

一张轮椅独来往，
格物致知宇宙行。
简史鸿篇写遗迹，
长留夙叹与来人。

再叹霍金

身无鹏翼翔穹宇，
困锁轮端九亥游。
细雨剑桥泣巨擘，
遗篇简史恨悠悠。

鼎　新

戊戌六部门牌换，
灿烂京都气象蒸。
革故鼎新添魅力，
中华强盛起长风。

怀想伟大的航海家郑和

在民丹岛海洋博物馆里，
我和他竟然不期而遇。
陈列在我眼前的，
分明是当年的梦幻时光。

我看见从刘家港起航的船队，
乘风破浪驶向赤道远洋。
千万里浩瀚碧波上，
帆樯林立楼船昂扬。

六百多年前的风雨沧桑，
留下的是当年壮观的七下西洋。
是他把中华航海的史迹，
书写在海内外但凡有人类敬仰的地方。

从此文明如大海的潮汐，
随着每一次日出蓬勃增长。
今天我自豪祖先豪迈的远行，
在这里把他凭吊怀想。

愿东方巨龙飞腾，
中国梦更加灿烂辉煌！

最青春的旋律

你，
和"我和我的祖国"，
一样的深情。
在这个晴朗的日子，
你用你那最青春的旋律，
擦亮了北斗七星。
纤指如母亲轻柔的细语，
将村落里的炊烟升起，
让人们听见婴儿甜蜜的笑声。
琴键叮叮咚咚欢快地流动，
像春天解冻的黄河，
于是，一万首赞歌奔腾。
这是赤子献给祖国的厚礼啊，
琴声里分明有和平鸽在飞翔，
衔给祖国每一个幸福安详的黎明。

点将咏归

（周末察访街道值班情况，是时细雨霏霏，欣然吟啸而归）

巡视察风纪，
逶迤细雨随。
五楼点将毕，
颔首吟诗归。

一个温暖的吻

这是我的诗集吗？
在这最凛冽的季节，
随飞舞的大雪翩翩而至，
给冷冷的日子一个温暖的吻。

你是我的长子吗？
取一个名字唤作田园诗藻，
这乡愁多么有生气啊，
田园的基因就是这样像春的气息。

蔡卫华 摄

不再说白头吟望的相思有多少苦涩，
我已沉醉于布谷鸟的叫声和秋分的甜蜜，
且歌且行在冬的故土，
诗藻的绿色分明正在分蘖。

咏于谦

书卷最亲于少保，
凛然清气满春庐。
又将忠义留青史，
肝胆一身舍故国。

挡不住的水果年华

一家水果店，
长松路上最新鲜的开张，
招牌充满青春的色泽：
"水果年华"。

走进这家别致的商场，
满目琳琅红的苹果紫的提子，
杧果香蕉贡柑诱人的金黄，
山核桃碧根果长满皱纹的模样。

彼此都有阳光的味道，
风雨洗礼最是平常，
装箱装袋别井离乡而来，
一色精神十足张扬水果的气场。

且把这年华拎回家去，
为美好的生活灌浆，
留住易逝的岁月，
在冷冷的冬日把春天畅想。

巡察行

巡察三月伴风雨，
一路春光照眼明。
沥胆披肝回首看，
珠还合浦最开心。

无　题

文字推敲水利局，
韶光半日恐成虚。
涛声依旧有新燕，
二两春泥已绰余。

巡察有感

终日凝神头绪理，
周遭台账似长城。
针砭问切沉疴治，
总为公仆风纪清。

西坑看云

河一样的峡谷，
蜿蜒，
流向县城，
山脊气定神闲地逶迤。

一个村庄就立在这山的肩上，
俯视这世面的演绎。

我坐着，
晒着阳光，
把凡尘和杂念过滤，
顺便，
摘几朵白云，
当作想象涂鸦的稿纸。
只要八朵，
其他的，
留给西坑。

赞南海阅兵

南海信风起，
波涛浮列鲸。
龙骧见浩荡，
贼寇夜惊心。

咏海上大阅兵

世纪阅兵南海中，
金沙碧水见神龙。
雄师十万长缨舞，
敢踏波澜唱大风。

观纪念"五一口号"发布
七十周年画展

五一春光涵纸墨，
龙翔凤翥动晴空。
和舟风雨共桂楫，
运命中华一体同。

"五一"的冲动

这一天与众多平常日子一样，
因了这灿烂的阳光，
以及五一的徽号，
于是就有了劳动的冲动。

回忆中便有了，
林莽中挥刀砍柴劈开的雾霾，
俯身于田垄播耘稻禾与云天的对视，
镰刀割破手指时血色泛起疼痛的惊颤。

播种和收获时常常被心满意足俘虏，
疲惫的长路拖着或短或长的身影，
汗流浃背时粒粒皆辛苦的诗句滚落，
炊烟召唤星辰眼里听到此起彼伏的鸣蛩。

此刻我想做回老农，
伸手把住心里那把锄把，
一脚，
就跌进了颤巍巍的梦的田园。

002 航母动赞

海试说航母，
闻言涕泗流。
中华多壮志，
永世固金瓯。

寄给外孙的最亲切的诗行

我是以这样的姿势迎来你的初刻，
几近花甲的矍铄，
满脸的笑容，
掌心布满慈祥的纹路。

而你轻轻的一声啼哭，
就让我的心空飞起曼妙的彩虹。
你的母亲十月怀你，
我裹你以温暖的襁褓。

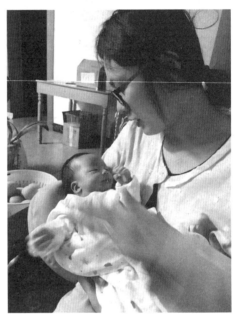

从此你可以在我的梦乡呓语，
命我做孺子牛。
用你的童谣醉我，
我们一同仰望星空。

毛土香 摄

我要用所有的爱抱着你，
感谢你最亲热地喊我"外公"。
此时我已乐不可支，
我的生命将因此重新蓬勃。

咏朝韩统一新篇

劫波渡尽还兄弟，
半岛铸犁息甲兵。
大好山河重画筹，
板门店上唤和平。

寄老夫子

（为老友休酒作）

史志渐充栋，
案头墨正浓。
田园老夫子，
黄发愈从容。
满眼风光好，
一川春色中。
如何不饮酒，
反似赋闲翁。

洪关旺 摄

寄读诗会

寨头风雅作新诗，
乡野春深落雨时。
书店贤文翻络绎，
林中三径草萋萋。

这是怎样的情节

斗笠、风衣、青锋剑，
街巷走来江湖的雪。

檐上白雪蛰伏，
有暗香一树相望。

这是怎样的情节？
灯笼摇曳。

煎饼隐藏着葱的身段，
风筝似乎透露飞翔的心愿。

你的画笔正娓娓动听，
那枝梅可堪与君折？

春意正从笔墨里走出，
持剑的侠女很绰约。

看中印东湖相会

烟波浩渺东湖畔，
荆楚风云非等闲。
欣看中华兴伟业，
天竺携手造新篇。

陪外孙在这童话的黎明

黎明静悄悄地，
将阳光揣在云里，
为不吵醒你童话世界
梦的甜蜜。

就是雨后的水滴，
在树叶的边缘，
也屏住了
脚步，
摇晃着珍珠般透明的晶莹，
守着空中芬芳的气息。

而你
睁眼的一声声欢叫，
是我听到的美妙的声音，
抱起你，
像抱起诱人的黎明，
走进又一章童话故事里。

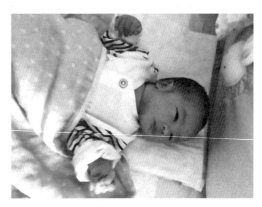

毛土香 摄

游洞阳观

东行遇胜地，
邂逅洞阳观。
风静花铺锦，
波平深浅间。
稚童逐逸兴，
黄发散余闲。
自吟阳光里，
唯觉心意宽。

蔡卫华 摄

妩媚的湘湖

许是有过一个承诺，
才有了高山流水今日的相逢。

清风蜜一样地吹起，
脸上泛起暖暖的甜度。

一路的聚散离合，
身边奔来沧海横流。

徐舟汉 摄

几度春花秋月，
看眼前风情翩翩依旧。

春天因了如此的笑容，
便妩媚了心中迷人的湘湖。

此刻我想踏歌起舞，
为你们斟上舒心的美酒。

让你们拥有不一样的风采，
坚持不可更改的从容。

赞改革开放四十年

鼎新革故四十载，
凤舞九州耀紫微。
亿万同胞筑一梦，
鸿篇纤就壮心扉。

庆祝改革开放四十周年

改革开放四十载，
庆典社区喜气盈。
踩罢长街唱尽曲，
又承使命向前行。

他，一个人送春联

总是工工整整，
不疾不徐，
在红纸上点横撇捺
一幅幅春联，
旁观的乡亲不时
送出一句赞叹：
蔡老师的字真漂亮！
你脸上的笑容
就灿烂起来。
就这样从村头写到村尾，
小年写到除夕，
从大门，
到房间橱柜
甚至牛栏猪圈，
当每一家都贴满红红的祝福祈盼，
整个村庄都挂满对联，
喜气洋洋，
你才提着用"遂昌篮尼"装着的笔墨
回家，
疲惫而又自得。

就这样从青年写到老年，
这整个村庄的春联
不变的都是你的笔墨，
这一写就是三四十年
不曾间断。

这春联
是喜庆的，
这村庄
是欢欢喜喜的，
这写春联的人
是喜悦的。

"蔡老师"，
这村庄记着你。

（注："蔡老师"姓蔡，讳家驷。）

叹惊世标语

宜人风景无心赏，
惊世招牌吓煞人。
世上就谁最沮丧，
仲尼自此不出门。

母亲节祝福母亲

一节游子吟，
今夜湿罗巾。
明月照行客，
相思白发人。

吟辞职人

去乡弃轩冕，
诸暨莳桑麻。
三径通幽曲，
悠然听落花。

献给救火烈士的哀歌

真不忍心说一声永别，
如此年轻的生命会就此长眠。
面对烈火焚身，
你们就这样无悔地献出肝胆。
永生的凤凰，
就在芬芳的三月涅槃。
英雄魂归了这苍茫的大地，
长天也悲悯呜咽。
英雄啊，
我要将流下脸颊的泪水，
和着清明的雨向巴山蜀水祭奠。
把木棉花扎成的花环挂在你们的名字上，
或者在你们的墓园种满鲜红的杜鹃。
续你们的精神在共和国的热土上，
在你们的纪念碑上刻写最不朽的诗篇。

赞 "松阳好人" 展

美德代代承，
松古耸高峰。
欣看好人展，
文明风尚浓。

赞老黄牛

史志编修笔未辍，
春秋茹苦复含辛。
探赜索隐做学问，
终是呕心沥血人。

端午铁军风采

青田码道征迁紧，
端午犹然磨嘴皮。
溪上龙舟正劈浪，
铁军已报好消息。

英雄叹

英雄多落寞，
自古唱悲歌。
慷慨为家国，
啸啸鸣泰阿。

赞袁隆平

神农雨粟讲天话，
育种杂交惊鬼雄。
击壤野歌无饿殍，
乘凉禾下仰袁公。

阳光照着签名

3 月 4 日，
太阳清空了积雨云，
用它暖暖的温度，
为巡察培训涂上闪亮的色彩。

锻造巡察利剑，
铁锤声春天一般清脆，
今天的磨砺，
让我看到锋芒闪烁。

阳光就以最优美的光线，
照着签到单上我的签名，
照着巡察组成员们的签名，
新鲜还未干透的笔迹略显遒劲。

图文在幕布上不停地变阵，
像学生一样的我们在认真聆听，
像战士，
一遍遍校正准星。

3 月 7 日，
巡察将全面开始，
气象预报有雨，
我想不过是又一场风雨兼程。

忆当年高考事

高考眼前事，
曾经苦涩多。
悬梁复刺股，
折戟意踌躇。
屡败未息鼓，
败归腹澹如。
少年终遂志，
眉展愁云舒。
忆罢日将斜，
四遭风景殊。

疾 首

夏风吹永夜，
闻道饭肴馊。
疾首频呼疾，
破冰当奈何。

金 特

风云一夜变，
半岛散硝烟。
金特会心处，
怡然携手篇。

一个烙在时代印记里的名字

有一个世界，
在今天关上了喧嚣的大门。

这个世界的族群，
非洲大草原的雄狮野牛，
澳大利亚的袋鼠考拉，
大洋深处的鲸鱼，
南极的企鹅，
阿尔卑斯山的雄鹰，
荧屏上活着的所有生灵，
都为之悲怆凄泣。

一位忠实的解说员，
在今天闭上了他磁性的喉舌。

赵忠祥，
把动物世界展现在多少人的世界里，
也把自己烙在了世界的印记里，
烙在《正大综艺》的舞台上，
烙在春晚无眠的掌声里。

这样的人生已然无悔。

无论日月会如何轮回，

相信

只要舞台不会落幕，

动感而慈祥的声音依然会萦绕在观众的世界里。

最难忘这般纯真的情义

（对赴挚友兄妹腊月二十五晚餐赋诗以谢）

你又用丰盛的肴馔，
饕餮了腊月的这个夜晚。

无雪的冬，
氤氲更为热烈的绿蚁与火炉的热度。

不用说色香味多么爽口，
热情已充满心的每一丝纬度。

这好客重义的兄妹，
让我感受到人生酒般热辣的酽稠。

一声声客套话根本拉不住你，
我的眼里尽是你忙碌不停的笑容。

"请尝尝我的拿手菜"，
可你的拿手菜怎么也尝不够。

我已然醉在这最年味的桌上，
且献上这心底里酝酿最纯真的诗行。

击碎这戴冠的恶魔

并非戴上冠冕就是王者，
譬如冠状病毒。

我看见，
这只野兽正张牙舞爪，
潜伏在空气里，
在人群里截击无辜。

披着冠，
用冠状掩饰丑陋，
但不减少丝毫的丑陋，
却增添了一份魔鬼的恶毒。

击碎它，
用人类的智慧，
即使
暂时把微笑收藏，
我想莺啼燕语
仍然属于崭新的春天。

喜闻侄子斩获温州市
微型党课大赛特等奖

鹿城微党课，

高手立如云。

捷报溯瓯江，

俊彦桑梓人。

贺叶金火新画院

鹿城新画院，

气象火如金。

翰墨走灵秀，

蒸蒸飞庆云。

唱这首歌

"他说风雨中这点痛算什么，
擦干泪不要怕，
至少我们还有梦"………
曾一遍遍听过《水手》的旋律，
多少年歌中的场景，
在眼前已渐清晰，
那受伤的水手，
那无所畏惧的歌词。

可这歌词从我喉咙里发出，
却沉闷乏力，
爱人说缺少精气神，
我点头认可。

没有在海浪里澎湃过，
怎么有汹涌的磅礴？

敬畏寒冬

一场冷雨，
一阵阵寒风，
将暖冬的印象彻底封杀。

这是一个俯首的季节，
将自己裹在大衣里，
是寒蝉们无声的选择。

我敬畏这大自然的性格，
敬畏落叶的声音，
敬畏冰冻、飘雪和越过山脊的风沙。

闻足球世界杯
俄罗斯 5 ∶ 0 胜沙特

夜闻烽火通宵起，
举世足球闹北极。
首战前方来报捷，
俄罗斯队斩门旗。

东风 –41 赞

东风导弹力无穷，
万里长空是坦途。
波诡云谲无所惧，
中华佑护有神荼。

吟上海合作组织青岛峰会

上合青岛促修睦，
天下为公大道行。
一览众山四海望，
苍苍泰岳蔚云蒸。

每一个篮球都是伤痛

花的凋零，
是以飘然离开枝头的方式。
那天上的星辰，
则在生命最后一刻燃烧并化为流星。
而你，
却以坠落的姿势，
将自己作为最悲怆的回归。

科比，
你在篮球场上迷人地飞翔，
用篮球画出了多么精妙的弧线。
今天却把自己当作一颗流星，
划过仰望你的人的心空，
坠落。

我看见，
许多人在这一刻捂住了胸口。
是你的坠落，
震痛了这些人的胸骨。
他们的神经跟大地一样疼痛，
这坠机造成的致命的伤口。

你走了，
像花的凋零也用飘落的姿势。
从此，
每一个篮球都是一种伤痛。

吟县地掷球赛

东篱载酒临秋雨，
又见重阳赛事欢。
地掷球场黄发舞，
龙钟不老是童颜。
未妨潇洒球杆把，
直教风流笑语牵。
今日桑榆神气爽，
明朝九九赋新篇。

任性的天空跑

就是这样浪漫，
梦幻般任性的天空跑。

一脚踩过山巅，
另一只脚就踏进了蓝天。

风一样的翅膀，
掠过山路的每一道平仄。

一次次热烈的呼吸，
化作一浪浪云舒云卷。

狂野的呼叫，
爆出山泉灿烂的喝彩。

从山的那边呼啸回来，
每个人都披着一袭五彩斑斓。

吟松阳中国天空跑
国际挑战赛

百里山岚百里云，

天空竞跑待秋深。

松阴溪柳含烟雨，

山道兼葭拂露尘。

步履轻时天远近，

身姿闪处树晴阴。

健将神行逐日回，

笑谈夸父化桃林。

赞天空跑健士

秋晚蓝空如碧洗，
松阴山野闹芳菲。
五洲健士作夸父，
踏破青天捧日归。

忘 归

古道连天远，
松阴秘境深。
天空跑入云，
回首忘归心。

你一笔写来这《松阳县志》

这几千年的松阳，
你用一笔写来。
多少的风云变幻，
汇成卷帙浩瀚。

溯洄一脉松阴清流不绝，
耕耘平畴沃野播星辰日月。
轮回四季的花谢花开，
写尽世事纷繁英雄诗篇。

松阳的史志，
就在 2020 的春节展开。
庚子年的曙光，
已徐徐照亮你案上的春秋画卷。

（注：洪主任主撰《松阳县志》，庚子年春节仍在修编。他说大构已成。
其敬业精神令人敬佩，以诗赠之。）

话 2018 巡察别离

小酌心意敞，
围坐话巡察。
回味留甘苦，
泪痕上脸颊。
比肩披雨雾，
携手画秋霞。
今夜暂别去，
明朝再出发。

圣地吟

（友人西北圣地学习考察，吟"圣地无佛祖，延安有真经"佳句。有感而赋，续成"圣地吟"）

凤凰山谷清，
宝塔恋空晴。
黄土壮观处，
丰功传古今。
远观天地久，
俯瞰有知青。
圣地无佛祖，
延安有真经。

且让你我续写雷锋的日记

一个讲了五十六年的故事，
今天依然动听。
一枚螺丝钉，
诠释坚守不变的传承。
曾经是一个平凡的战士，
却用短暂铸造了永恒。
有限的生命，
涅槃出不朽的青春人生。
一颗流星，
点亮了整个星空。
从此大地轰鸣，
回响向雷锋同志学习的旋律。
今天我看到一面面飘扬的旗帜，
处处忙碌着雷锋的身影。
春天注定是繁花似锦，
且让你我续写雷锋的日记。

咏建党九十七周年

日丽风和到仲夏，
神州山水乐翩翩。
九十七载光辉路，
风雨如磐只等闲。
辟地开天千古事，
乘风破浪一红船。
含辛皆为强国梦，
亿万同心再向前。

无　题

暑风侵晓起，
耳畔鸟声飞。
闲坐览四书，
悠然吟式微。

吟凌波仙子

碧波东海湾，
倩影入瑶台。
微步惊鸿舞，
蟾宫神女来。

唱着歌走进每一片阳光

这批桃源古邑的来客，
最钟情的就是放声歌唱。
徜徉在万顷碧波之上，
这里就变成了歌的海洋。
踏着波浪一次次出行，
一程程总是歌声浩荡。
迎面飞溅的每一朵浪花，
也和着旋律一起飞扬。
同行的陌生的异乡游客，
也融进了歌曲美妙的时光。
我们自豪来自中国，
歌唱祖国的和平与富强。
迎候海水汹涌的问候，
音符在云水间深情悠长。
歌声激荡一路的欢畅，
踏着强拍走进每一片阳光。

歌声飞扬在这片海洋

这批来自北方的"候鸟",
最钟情的就是放声歌唱。
徜徉在万顷碧波之上,
这里就变成了歌的海洋。
踏着波浪一次次出行,
一程程总是歌声浩荡。
迎面飞溅的每一朵浪花,
也和着旋律一起飞扬。
让同船的陌生的游客,
也融进了歌曲美妙的时光。
歌声把中国传扬,
张扬一带一路的梦想。
就这样迎候海水汹涌的问候,
一朵朵音符在云水间深情悠长。
合着强拍背着行囊,
歌声激荡一路的欢畅。
听,
海面上又响起"我们的生活充满阳光……"

不朽的 1 月 8 日

这个日子属于一个人，
不朽的伟人，
不朽的名字：
周恩来。

自从那天离去，
1 月 8 日便与悲伤同义，
冬天如此肃穆，
为总理设祭。

这位伟人让这个日子永恒，
我看见天地间八个大字：
大公无私，
鞠躬尽瘁。

老年体协四十周年庆有感

鼎新革故四十载，
古邑体协抒壮志。
邻曲赛场真叱咤，
耄耋堪笑老来迟。
晓翻刀剑动风雨，
暮捧虹霓起太极。
老骥总有千里志，
黄昏乐飞无尽时。

向青春的五四致敬

我以接近花甲的目光，
向这个日子致敬。
因这个日子，
一百年前分娩的一种精神。
一百年后，
依然青春的精神。
这唤作五四的精神，
旗帜如此鲜明。
国家和民族的命运，
因之而重生。
脊梁勇敢地挺直，
开始不再做人家的奴隶。
烈焰烧毁耻辱，
令世界炫目。
痛快彻底的反帝反封建，
青史里铭刻了五四。
因这个日子，
冠以一种精神。
百年的精神，
永远蓬勃的精神。
向这个日子致敬，
以我们每个人青春和曾经青春的名义。

秋日巡察感怀

巡察秋色里，
寒露岁华清。
伏案诊痼疾，
舒心冀治明。
昏花看老眼，
朝夕奋初心。
唯愿古原野，
月白风更新。

无　题

土灶醉阑夜，
对君把盏遍。
忽觉秋已老，
残月照栏杆。

谢巡察同行

悬车七月喜高卧，
赋遂初声酣梦中。
无那有心歇不得，
巡察犹作老黄忠。
文牍案卷开长眼，
岁月风云入襟胸。
谢怀同行常关照，
衔杯长吟乐融融。

贺港珠澳大桥开通

伶仃洋上开巴士，
骇浪惊涛成坦途。
港澳大湾一路看，
南国胜景赛珍珠。

赋港珠澳大桥

大湾可踏浪，
三地架金桥。
神话今抒写，
江山分外娇。

太阳照亮了今天的海洋

太阳去了海上，
用最亮的光把 4 月 23 日照亮。
我们的舰队，
以更年轻的姿势驮起光芒。

七十周年的阅兵，
是海军最自豪自信的荣光。

长江赶来了，
万里迢迢。
黄河赶来了，
浩浩荡荡。

青藏高原的水，
华夏亿万年的水，
托起了英雄的战舰劈风斩浪。
潜艇驱逐舰航母六大舰队，
英雄的海军让我的热泪为之发狂。

我的目光正投在我们的领海上，
仰望战旗猎猎飞扬。
我要携致远舰经远舰前来受阅，

借这场盛典祭奠英魂邓世昌。

太阳去了海上，
我的心也去了海上。
我们的阅兵多么雄壮，
军歌里中国梦正在飞越海洋！

读懂你，在所有的日子里

走进这个读书日，
感觉没有特别的地方。
今天不看书，
只想让书也放个假。

平素翻来翻去，
书掉地上磕破头是常事。
随意折角做个记号，
也没考虑书会不会疼杀。

看书不求甚解，
书很郁闷可也拿我没办法。
趁这个读书日，
向书表达心中的情意。

你是我的挚友，
我真心离不了你。
黑夜里我也要放你在枕边，
像爱人一样让你听我的呼吸。

我要经常拂去蒙在你上面的纤尘，
经常见面记挂你在我的心底。
我会尽力读懂你，
在今后的日子里在我的眸子里。

贺枫坪初中 1988 届
入学三十年聚会

金秋聚会秋波漾，

三十风云汇一堂。

今日击楫歌大风，

昔时寒暑上学忙。

少年不懈青山永，

远志恒存绿水长。

潇洒风流正豪迈，

扬帆再续写辉煌。

叶芳明 摄

珍重你我的相逢

冒着细雨赴宴，
为粤乡归来的好友接风。
当一双双手紧紧相攥的时候，
名字已经脱口而出。
尽管睽违多年，
马上就俘虏了对方的笑容。
举杯相忆昔日悬梁锥股，
这几十年的醇情摊了一桌。
于是意气风发，
纷纷扯开当年的洒脱。
历史系与中文系捉对厮杀，
心理学跟统计闹起别扭。
做东的同学戴着口罩，
滴酒不沾理由竟是休酒。
真相是昨晚摔伤，
激动于好友即将相逢。
真心陶醉在这样的场景，
彼此挂念走过的每一个冬夏春秋。
扫一扫彼此的微信，
把今后的想念沟通。
喝干思念里的每一滴红酒，
道一声不忘初心你我珍重！

无 题

酌酒了无趣，
半冬听雨愁。
潇疏白发老，
俟日倚窗头。

吟 "跟着璎珞学刺绣"

谁学璎珞弄金针，
千竿修竹翠画屏。
秋色纤纤飞万缕，
锦团纤手绣松阴。

芮芮进中学

呦呦鹿鸣校园美，
笑脸酒窝向未来。
稚子寒窗勤苦学，
他年成为栋梁材。

看戏曲的母亲

母亲认真地
在看电视里的戏曲，
专注得
像课堂上的小学生。
她的听力
已高度衰退，
这个世界对她来说
已是寂静无声。
戏里的情节
很精彩，
她也可能不懂
其中的诡秘争斗。
唯有那
顾盼水袖中的温柔，
让她分分秒秒流露出一种
母亲的感情。

过王俏晒场赋

谁晒丰年竹簟里，
桥头村畔好人家。
双童峰下秋阳艳，
古木清源山远斜。
陌上鸡鸣稻穗黄，
场边鸽舞短篱笆。
乡间风景最舒眼，
一见跣足拍手夸。

王俏 摄

"三八"节趣事

风流雅事数三八，
偷买诗集堪可怜。
笑看诗家抚兴傻，
犹将惶恐掖腰间。

游子吟里流出酸楚

我们真的，
需要一个日子，
只为，
把记忆磨砺。

从待哺学步，
到立业成家，
谁能知道母亲，
曾付出多少劬劳。

蔡卫华 摄

终于老了，
叫不上儿子的名字，
唯留母亲，
傻傻的笑容。

这个世界有情，
还是无情，
赤子，
心里最苦。

这个，
母亲节，
游子吟里，
沥出的又是酸楚。

寄水南高中 1978 届
毕业四十周年同学会

四十华年后，
欣逢踏埠头。
端详乍见面，
执手语不休。
白发知人老，
红醪浇吾忧。
相约永相忆，
山水共悠悠。

吟同学会

青云踏埠头，
绿水漾江鸥。
已亥同学会，
临风语不休。
舀来三春酿，
浇却满怀愁。
何日重相见，
心期下一秋。

高中同学会感怀

己亥笑盈踏埠头，
同窗聚首是高中。
且喜恩师犹未老，
漫嗟同契已龙钟。
欢言当日多情怀，
喜看今朝更雍容。
美酒共挥满眼醉，
青云酣梦与君同。

喜网购书到家

午憩正悠然，
忽闻快递喧。
新书如雁至，
欣喜胜黑甜。

父　亲

平生一介教书匠，
心血育人桃李芳。
曲柳杉松养其性，
唯留桑梓美名扬。

我听到了"5·12"的警报

空中那一阵阵蜂鸣，
穿云越脊而来；
拨动每一道目光，
在神经上面熠熠闪亮。

这震颤的声音之外，
我分明听到了大地的裂变，
火山呼啸，
海洋卷起的毁灭的怒涛，
所有已经死亡的哀号。

5·12，
这个日子发出的警报，
我听到了，
我已把它高高挂在眼角和眉梢。

越过历史的废墟，
且把每一次灾难埋葬。
敲响警钟，
然后走向灿烂的明朝。

不仅仅有一泓山水

（为徐舟汉老师携夫人莅松师生聚首作此诗以记）

不仅仅有一泓山水，
当 2020 兴冲冲来临，
这里的暖意便满满的，
让近小雪的冬天不再寒风凛冽，
我们就迎来了徐老师和金老师春风如沐。

我的心里已经荡漾起年轻时的生气，

李梅香 摄

耳边响起两位老师亲切的教诲。
今天我们一起徜徉在这方田园，
风景也矍铄得青春妩媚。

我已让马头墙升起袅娜，
村落的戏台颤动俚曲乐舞，
远处的鸡鸣，
唤起古村落里雕栏上渔樵耕读的故事。

这里的田园，
缘了恩师的到来，
分外甜美，
陪伴这一切，
这个冬天已格外有情。

这一地下午的阳光

（徐老师和金老师游四都陈家铺西坑记）

让这一地洒满下午的阳光，
栅栏和座椅在阳光里扎染淡淡的影子。
于是从容懒散了这方阳台，
山居拴住了八朵浮云。
眼睛故意忽视这片宁静，
只让彼此的嘴角氤氲笑意。
多少回讲台上精彩的播耘，
终于在此时你有难得的静谧。
喝一口有温度的端午茶，
老师说这个地方有文化的滋味。
仰望峡谷两边高耸的峰峦，
我们听到了阳光的呼吸。
此时手机镜头开启，
像素收纳了这抹风景。

这一夜已然无眠

路盘山而来，
当 2020 洞开邂逅的故事，
落日黄昏便叩开了这扇门板，
平田一号在今晚让兴致无眠。
一路的沟壑跌宕绵绵的师生情谊，
飞扬的群山逶迤不老的风物翩翩。
在陈家铺徜徉书海，
又忆起象牙塔点滴岁月。
西坑的朵朵白云，
释放多少思绪在阳光抚摸的眉间。
走进摄影基地，
捞起一片片天池里天光倒影的惊艳。
平田一号的餐桌，
师生一起向民宿主人推杯致谢。
夜色里，
在平田村里看古村落的掌故听黄泥墙呢喃。
这一路伴随，
与长者恩师有说不完的过去与未来。夜已阑，
山村无与伦比地静谧。
这一晚，
我在平田一号已然注定无眠。

可以用这样的姿势

可以用这样的姿势，
点燃这里的宇宙。
夜色里别致得玲珑剔透，
呈现浮屠巍巍后面不一样的精彩。
你的眼睛抚摸到每一丝色彩，
脸上涨起甜蜜的笑意。
这多像是一种仪式，
让尊贵的来客感受山城的雍容。
华光里我踏歌而行，
龙光射斗牛，
陈蕃之榻宿徐孺。

徐舟汉 摄

说宋江赞伟武

横山风景秀松阴，
飒飒东风如有情。
伟武名声桑梓传，
善心堪比宋公明。
古今虽异远千里，
天地亦同两人心。
涸辙之鲋对君泣，
豪爽美德仁义行。

无　题

北国自古英雄地，
折戟沉沙亦有情。
顾叹寸功犹未写，
唯将华发寄丹心。

巡　察

移步在春天的呼吸里，
按照时针的心跳，
每天，
进入巡察的频道。

总是在回放过去的片段，
回放曾经的帷幄运筹，
回放山水间每一个匆匆步履，
回放曾经的彷徨与从容。

此时的我，
呼吸起落在目光所及的地方，
静静地思考，
如何修改有瑕疵的镜头。

信义赋

世间信义最珍重，
彼此相托疑虑消。
古往今来同一理，
春风桃李正妖娆。

哀金庸

昨日金庸忽百年，
鹿鼎折足陆海沉。
泰斗而今失巨椽，
倚天归去走银津。
江湖乏味无情趣，
刀戟黯然见泪痕。
自此武侠不论剑，
叹息掩卷漫逡巡。

叹三国周瑜

周郎顾曲真风雅，
赤壁烧天鬼亦愁。
江左英魂寄何处，
唯将涕泗洒巴丘。

帽子讽

狗尾续貂留笑柄，
西风归兴仰高标。
古今冠冕挂何处，
草帽随身最逍遥。

怀李咏

依稀潇洒儒雅客，
台柱咏歌央视人。
天命不曾眷顾卿，
艾年何忍去凡尘。
非常漫忆生前事，
华鼎渐销身后闻。
乐汇风云终散去，
最悲还是数哈文。

送他一个惊蛰

这个老人，
从掏出红塔山那刻，
就被一口呛到，
从此他钟情冰糖橙。

用了一生的曲折，
画完一个传奇，
终于将一串数字钉在庄园墙上，
让褚橙结出滋味。

他的名字唤作褚时健，
走的时候正下着春雨，
我翻开日历，
用一个惊蛰给他送行。

不用问今夕何夕

你用美庐的名义，
诗化了这座建筑。
大理石的纹理，
真切了松州府。
宾朋邀请入座，
春天圆舞曲跳动迷人的五线谱。
举起红色的酒杯，
一不小心就碰到了蟾峰阁。
醉人的话语，
就像星空一样灿烂。
知心朋友一起聚首，
已不用问今夕何夕。
我且将独山当作枕头，
在天地的美庐里长歌入梦。

吟华为

丽日秋风起，
华为人气扬。
何能擅胜场，
研创写华章。

祝愿所有的母亲都幸福

米寿之年的妈妈，
一头白发是她含辛茹苦的结晶。
耳聋的她已把声音封闭，
说话的时候往往自言自语。
儿女们的祝福已然听不见，
但她用笑容告诉我慈母的舒心。
给她的食品却舍不得吃，
早年的贫穷顽固了她的记忆。
总是心疼儿女们吃不饱，
一转眼又把食品塞进儿女的口袋里。
默默地我把节日的祝福献上，
祝妈妈三八节快乐健康。
愿天下母亲都幸福，
春天里处处都有温暖的阳光。

风　车

日月风车天地转，
转出四季美人间。
可怜风叶虽衰老，
兀自殷殷不得闲。

入春图

今岁入春早，
花开辣眼新。
陌头少客游，
寂寂寥无人。

小时候下的大雪

小时候，
冬天的雪下得
好大。

树木倒伏折断声，
在雪后的
静寂里尤其清脆。

那是最粗糙坚硬的树木，
被最轻柔的雪花折断肢体
发出的呻吟。

人们捡拾这些断肢，
在灶膛里
燃烧树木的年轮。

至今我还记得，
被子一样厚的积雪，
遍体鳞伤的树木，
远近凌空
传来的咔嚓声。

如今，
冬天已经没了脾气，
这里的人
快记不起雪片的样子。

近清明怀逝者

庚子春寒起，
山花幽径深。
忆昔长绕膝，
怜爱有慈情。
父辈音容渺，
吾曹涕泗新。
不得同昏暮，
挥泪又清明。

添　愁

来往故园春复冬，
南山松色愈龙钟。
北堂萱草衰颜老，
相见回回涨愁容。

寄匠心人物黄维炳

拉线固定编线合成，

你用纤巧的十指，

在夜与日中穿梭，

编成一张张棕绷床。

那一根根棕线，

在你手中变成柔弦，

经纬交错中，

流淌甜蜜的交响。

谁也数不清你用了多少星斗和阳光，

还有清风爽朗，

四十年的岁月，

总在编织着一个个幸福的梦想。

终于，

棕绷店有了响当当的名号，

你也就把自己，

织成了匠心人物。

南京大屠杀八十一年国祭

国祭中华天地哀，
凄风彻骨备觉寒。
金陵破碎泣神鬼，
涂炭生灵骨肉残。
八十余年唯泪垂，
戊戌残岁梦难安。
哭墙岁祀慰今古，
销雪挥戈有来年。

寄浙江蔡氏宗亲
庆典大会

瑞安今日好风气，
蔡氏群彦笑语盈。
血脉相连千万里，
相逢满座是宗亲。

蔡卫华 摄

大哥背起温柔

热烈的克拉码头，
握疼了团友的脚踝。

也许赤道的海风，
想多挽留东方姑娘的倩影。

大哥把心疼背起，
昂起一脸笑容。

我们的田园更加温柔，
家中美酒更香更浓。

别了，
马六甲。

谢了，
新加坡!

珠宝店写生

走进珠光空气，
钻石洋溢着笑容。

暖暖的感觉，
包裹七彩霓虹。

寒光闪烁不同的角度，
空气中飞翔富有。

眼睛也开始放光，
只嫌货色不足。

人来人往真多，
收银台忙得不亦乐乎！

吟瓦窑头搬家

方识主人面,
搬家揎袖欢。
何因情意投,
为建好家园。

来自松阳县政府办公室工作群

县人才招聘会

松阴正月立春后，
广场人才招聘忙。
高筑金台待管乐，
张罗华帐候龙骧。
乡音荐举驻足久，
笑语招呼意气扬。
日暮帷幄犹未撤，
华灯灿烂耀星光。

再绘松阴

青龙圳畔穿雾过，
驱马溪南烟画村。
冬月搬迁助攻坚，
瓦窑头里比肩行。
声喧闾巷少闲汉，
影入楼阁多铁军。
挥汗蟾峰添翠色，
同心再绘美松阴。

愿勇士和春天同在

无心欣赏最中国的春晚，
十万春风吹不尽岁末的阴霾。
多少逆行的勇士，
正在堵击冠状病毒的一线。
他们没有退路，
无畏无惧地直面未知的风险。
在卡口，
在检查点，
在病区，
在患者身边，
使命注定这个冬天无法与家人团圆，
而疲惫是除夕最平常的年夜饭。
他们为我们用生命在守夜，
用无声的爱搭起最美丽的舞台。
今年的春晚属于逆行的勇士，
每个音符每个舞步书写的都是大爱。
但愿勇士和春天同在，
回首时这深情的大地到处都是鲜花璀璨。

庚子的厚礼

你用世上最清丽的姿态，
把新年第一个黎明，
潇洒地送到我的眼里，
这干支庚子的厚礼。

润之以风雨啊！
我欣喜！
己亥已然寄存给记忆，
这新生的庚子是全新的期冀。

我期待桃红柳绿，
期盼四季生生不息万象更新，
以我的手牵日月星辰，
让故园更加吉祥青春。

于是啊，
在秋收时可以放歌，
在大雪中酣梦里悠然甜憩，
诗的旋律填满这庚子的乾坤！

做不完这门功课

穿过正月初一的下午，
结伴拜见高中时的班主任，
演绎程门立雪的典故，
这个功课做了不知多少年，
却总也做不完。

当年的班主任，
风华正茂，
让懵懂的少年知道方程式函数，
在天方夜谭的数学殿堂里顶礼膜拜，
用知识的甘霖滋润我们贫瘠的荒原。

他给我们描述西双版纳雨林的奇闻，
讲解气象与地理的奥妙，
把陈景润与哥德巴赫的猜想的神奇娓娓道来，
启迪 20 世纪 70 年代的少年发奋求学，
引导思考人生与未来。

而今学生早已不复华年，
但老师的风采却依然不减当年，
言谈间仍洋溢着无限关爱。
我们高兴地郑重约定，
唯愿青山不老正月初一我们再来。

献给春天的承诺

我有一种承诺，
只对这个春节诉说。
只为岁月静好，
只为万家灯火闪烁。

我的承诺，
和你的承诺，
千万人的承诺，
就筑就了疫情不可逾越的险阻。

我静静地等候春风，
那时，
大地又将是繁花锦簇，
灿烂的歌声飞翔在每个人的左右。

暂且在这个春节闭关

就这样静静地坐在窗前，
烹一壶有温度的绿茶，
嗑几把瓜子，
翻几卷满脸皱纹的翰墨，
听风雨潇潇落下尘埃。

这个春节就是这个状态，
把一切的喧闹闭关，
收住行走的脚步，
让世界回归无声无息，
静静地等待又一个春暖花开。

那时，
空气中弥漫的是花的芬芳，
和孩子天真烂漫的无邪的笑脸，
可以用清新的肺呼吸世界爱的声音，
倾听到日出日落时迷人的色彩。

我就愿意这样子在窗前等待，
暂且把迷人的远方遗忘，
就在精彩的诗里放飞大胆的想象吧，
到雨后天晴的时候，
再去邀云霓和梦一起飞翔。

请让我们这样负重前行

我不屑这样的一种负重前行，
在超市米店里肩扛手拽，
争抢白花花的大米，
不惜让米袋把脊梁压弯。

这是什么关头啊，
病毒正在肆虐，
疫情还在蔓延，
武汉告急，
全国告急，
烽火燃眉，
还只愁肚皮吃不上饭？

真的勇士啊，
是逆行的背影，
是那一纸纸壮烈的请愿，
是一句句朴实坚定的临战誓言。

请让我们这样负重前行，
血脉相连筑起新的一道长城，
擎起大爱的旗帜，
驱除疫情让明天天更蓝！

你也开始逆行

一声号令，
即刻启程回去，
披一身春节浓浓的亲情。
同阻击疫情的勇士，
我的侄儿，
初二就开始了逆行，
汇入庚子年那坚强的群体。
一条瓯江系着故乡，
和你工作的城市，
意气风发的你毫无惧色，
又站在最艰苦的地方一如往昔。
上吧，
长缨在手，
我们等待你们降伏疫情的消息，
捷报当在不久春的佳期。

钟南山，一个老人的出征

一个老人，
以耄耋的姿态，
步履坚定，
目光坚毅，
在庚子再次出征，
赫然书就《出师表》今篇。

岁末风云突起，
新型病毒兵临九省通衢，
但无论病毒如何荼毒，
你总应之于赤子的肝胆。

山之迢遥，
水之玄寒，
无阻你仗剑上前。
科学判断，
为消弭骇人云烟。

我看见你的矍铄与清朗，
分明披甲的院士黄忠。
华夏将记下你不平凡的业绩，
和
平凡的名字钟南山！

他们真心感动了我的心肺

从来没有
这样的游客，
在这玄冬
能真心感动我的心肺。

他们归途的行李，
不是奢侈品
珠宝金银。
几十具赢弱之躯，
却把山一样重的大爱
搬回。
一架客机的货舱啊，
运回多少
生命渴望的甘霖。
口罩防护服护目镜，
二百四十四箱两吨多重的医疗物资。
从遥远的西伯利亚，
把华商的义举
带到北京。

真的是骨肉情深血浓于水啊，
危难时刻又见真情。

有这样的手足相助，
阻击疫情
还有什么值得担心？
看华夏大地，
又将迎来寒冬过后
春暖花开的明媚！

向武汉集结

这应该是历史性的事件，
史书会留下记载。
2020 年的开端，
农历庚子年的春节，
抗击冠状病毒的这场战役。

这一天
我听到了这样的号令：
向武汉集结！
这一刻
我看到了这样的震撼：
军人向这里集结！
青春向这里集结！
红心向这里集结！
忠诚向这里集结！
所有感动历史的镜头，
都在这一刻上传。

我是见证人啊，
见证了这事件发生的壮阔波澜。
请允许我感动啊，
只有伟大的中国才有这样感动的场面。
我也要让世界的目光向这里集结，
武汉的明天将是阳光下无比澄澈的蔚蓝！

暂且勒住心的缰绳

曾经憧憬的远方，
因为有冠状病毒出没，
这个季节不再诱人。

悄悄地收住驿动的脚步，
面对天空吟唱孤独的诗句，
暂且勒住心的缰绳。

可以在身边的风景里任意徜徉，
不妨让岁月在静寂中沉沦，
何苦到远方遭受隔离。

让远方在梦里酝酿甜蜜的想象，
至少没有任何病毒颗粒，
岁月静好芬芳每一个记忆。

肺已经受太多的颠沛，
正好让它在即将到来的春天里将息，
呼吸沁满花香和诗意的空气！

一个老人的故事

老人，
无名氏，
年届古稀，
一千元的捐赠，
故事梗概已让人动容。

阻击冠状病毒，
没人想到2020会遭逢如此激烈的肉搏。
老人却以他不寻常的这个举动，
完成了新时代的又一次"支前"。
于是这个不走亲戚的春节，
便有了感动流泪的理由。

这一千元的能量，
会化作春天摇曳的阳光。
我看见这阳光即将照到每个人的脸上，
让每张笑脸像花一样妩媚地开放！

漫说已兵临城下

漫说已兵临城下，
每条巷口都摆上"拒马"，
我们的堑壕已在社区里构筑，
三溪桥站立火红的红马甲。

雨中的三溪桥绿草茵茵，
夜色里的小区婴儿似的安宁，
阻击冠状病毒入侵，
飘起古湖第一党支部鲜艳的党旗。

社区就在身边，
是花和梦飘香的家园，
守护婴儿那温暖的摇篮，
我们选择风雨里守望这夜的不眠。

总有一些事在这个庚子年让人感动

三溪桥卡点，
总有一些事在这个庚子年让人感动。
红马甲的故事，
已被风雨向大地悄悄诉说。

阻击冠状病毒的战斗，
不只是党员的义务。
古湖东区第一党支部的旗帜下，
小区居民的身影同样突出。

共同的家园，
共同守护。
同样的使命，
一起扛在心中。

小明、文贵，
鸿伟、建荣，
慧瑛、祖波，
还有不认识的小区居民无数。
他们打破了党员先上的特权，
向这个寒冬发起冲锋。
并肩在卡点坚守，

让病毒在众志成城面前发抖。

共同的命运，
让这个庚子年更有情义，
三溪桥演绎着寒冬里的，
风雨同舟。

立春如约而至

翻着日历如约而至。
不曾做些许渲染，
或者安排任何铺垫，
一转眼
就接收了冬天。

一年的温暖和希望，
就此开始萌发并且蔓延，
笑声
浸染这整个世界。

我注目四周，
花草的欢呼似乎就要涌出地面，
太阳的光线将铺满山野，
于是就万紫千红了这诗画桃源。

庚子年的甲胄

卡口，
一顶帐篷，
毅然立于三溪桥畔。
骨架纤弱，
但分明不缺
那铁构的脊柱。
为守卡的
红马甲，
撑起一片天空。
风雨可以鱼贯
而入，
可须臾之间就不见影踪。
只有红马甲的那抹红，
总在这里日夜闪烁。
这顶帐篷，
分明是庚子年
征伐冠状病毒的甲胄。

我知道你的名字

我不知道你是谁，
戴着口罩的你。
但我熟悉你身上的颜色，
火焰一样的红马甲。

蔡卫华 摄

在这疫情防控的第一线，
你就是希望在摇曳。

我不认识你是谁，
迎着风雨站立的你。
但我知道你的名字，
党员干部志愿者一样铁血担当的人。

在这守护家园的战斗里，
你就是昂首挺胸的指战员。

我知道肩上使命有多重，
你的眼神就有多坚毅。
让你我挺起脊梁，
迎着太阳放飞誓言和荣光！

淅沥沥的雨

立春后的雨，
一直下在正月十三的日历里。

淅沥沥的雨声，
一刻也不停止。

像极春天唱给冬天的挽歌，
为大地复苏输液。

荡涤尘埃为天地洗肺，
晕染我诗行里朦胧的情思。

夜的卡口

夜的卡口很静，
像谁家静下心来的处子。
安宁是这时的色调，
小区一如往日——
深沉。

蔡卫华 摄

路灯一往情深，
洒落柔和的光线，
给卡口明亮的眸子，
于是
点燃红马甲红红的颜色，
亮若火一样灿烂的
星辰。

在这红马甲闪烁的夜，
卡口
很静很静，
分明可以听见婴儿
嘤嘤的啼哭，
和
三溪桥边迎春花骨朵
打鼾的声音。

香气正扑面而来

今晚，
庚子年把正月的月亮
剪成汤丸的圆，
盛在每一个人的
碗里，
让梦热气腾腾。

这元宵
应该如去年前年
少时的甜，
流淌祖祖辈辈
永远蜜一样的心愿。

今晚没有旱船
花灯狮子和龙蟠，
可头顶
依旧
会有一轮明月相伴。

而身边
这一碗碗元宵
香气正扑面而来。

看不到今晚的水中月

已到了月到柳梢的时辰，
月亮却扯来满天云絮，
裁成一只口罩，
遮住这整个天宇，
于是，
元宵节便少了最明亮的眸子。

我只能与惆怅相约，
在三溪桥的堤岸上徘徊，
把举杯邀明月的诗句，
吟了再吟。

堤下的溪水荡起涟漪，
我想看今晚元宵约水中月，
许是水寒的缘故，
却不见翩翩月影在水里浮沉。

今天这个元宵是清静的，
一如这足不出户的日子，
不再说正月十五必须有花好月圆，
我已把这缺憾看成庚子元宵独特的风景。

向着远方又开始你们的逆行

不知道这是不是你们的
第一次远行，
口罩白大褂这最普通的装束，
挥挥手
把微笑轻轻地扬起，
双肩却扛起
山一样重的使命。

我懂得山水挡不住
你们的脚步，
向着远方
唯有不停息的逆行，
拯救被冠状病毒肆虐的
肺叶，
冲破围城
升起
让生命复苏的旗。

我知道你们是
这正月里最亮眼的风景，
高昂的头已告诉我
什么叫义无反顾，

我且让田园的风
和庚子正月的圆月
与你们相伴，
在异乡
书写春天里
医者仁心的殊荣。

总有宅不住的蜂

总有宅不住的，
如
这群蜂。

吻着这花蕊，
忙着酿最甜的
蜜。

哼着田野小调，
谱写新春的
圆舞曲。

在微风里反复试唱，
终于醉了
蜂须。

仿佛我的诗行也沾了
蜜汁，
于是被这芳菲
晕眩了呼吸。

王国华 摄

感动卡口的人们

庚子年初的
社区，
卡口总有无法关闭的
一种感动。
党旗下的红马甲，
常收到
暖暖的问候。
不留姓名的大姐大嫂，
和放下食品就走的
村民个体户。
一只只包子
葱肉饼，
一箱箱牛奶
方便面
八宝粥。
一种热情
传递到卡口，
让戮力同心的力量
在卡口涌动。
红马甲就这样
被感动，
真像这个春天，
伸手就可以触摸的暖流。

忘记寒冷的夜晚

一辆红色的轿车，
三个春天一样活泼的小姑娘，
和着夜色在路上忙碌，
向各个卡点飞送她们制作的食物。

甚至没来得及问她们的姓名，
KJ 的车牌数字也没记住，
只丢下葱肉饼和暖人的笑声，
她们又已赶往下一个卡口。

这个夜晚已忘记寒冷，
握着食品袋心里涌起暖流，
"嚼动 N 种美味"，
只觉得手上的分量重了许多。

我看见了雪花寄托的高度

山里下了雪，
那里
成了雪的世界。

我把我的惊叹
沿着结冰的山路，
送上莽莽雪海，
以一种晶莹剔透的姿势，
贴在竹林峭壁树梢
乃至山村的每一个屋檐。

于是我听见了这春天
料峭的韵味，
也看见了
雪花寄托的高度。

牵着春天的时光轻歌曼舞

不要以为时光很充沛，
像这初春的雨水
没完没了。

假如喜爱韶华，
就要将你的目力投向远山，
穿透云层和雨帘，
想见春天向我们走来，
暮然
又擦肩而去，
怅然若失的
瞬间。

春天已渐次在山野
铺垫姹紫嫣红，
趁早
把它收入你的眼里，
让你的呼吸
有鲜花的色彩。

即使还不能用脚步去丈量
春天的厚度，

也要在想象里作拥抱的姿态，
牵着春天的时光，
在每一个风雨里
轻歌曼舞。

春天会噙满泪水

庚子年雨水节气的
这份通报，
春天收到的时候
会噙满泪水。

不用说事迹有多么的感动，
那一面面飘扬的党旗
已经让山河动情。

一场春天的保卫战，
人性的光辉
已再次把党性衬托。

舍生忘我地前行，
谱写众志成城的史诗。
这一场疫情防控的决战，
又一次磨亮了
镰刀和锤头。

山川
会记住这峥嵘的岁月，
花草树木

在春天里更加葱茏。

且把这份通报向春天
大声宣读，
明天再寄给它
更多捷报！

春天冷酷的造型

春天，
一转身就在它的天地，
把冰雪世界展示。

面前这一组组冷酷的造型，
立刻让我的眼睛
战栗。

枯黄的草茎，
擎出刀剑火一样
销魂的锋刃。

曾经柔弱的一树树枝条，
也将零度的寒光
咄咄示人。

我在思忖，
该如何将这作品
归藏。

当春天明媚时，
又如何安葬
这雕塑的魂灵。

迎来每一个黎明

这童心
在卡口欢呼时，
贺卡分明就有了阳光般
灿烂的意义。

不用打开饮料的封口，
心里已经荡漾起
春天的气息。

不由我们不收下
这庚子年最暖心的馈赠，
纯真的笑脸让我们更明白
值守的价值。

且将这礼品
放在心里，
让它伴随你我迎来
每一个黎明。

见县老年书画研究会
抗疫作品作新诗

庚子岁交初，
冠毒肆虐期。
齐心驱疫祟，
骋目见红旗。
翰墨写风雨，
龙钟咏雅诗。
唯将四海晏，
桃李报君知。

雨夜回村过卡口遇旧时同学

清风到面觉春寒，
还往乡村夜未阑。
一点微光卡口照，
相迎笑脸是同班。

忆守卡

后日卸马甲，
各自回娘家。
转战新卡口，
告别三溪桥。
守卡已月余，
情谊木佬佬。
党旗永相守，
报捷在明朝。

春天有了美丽动人的传说

石破天惊的举动
不需要太多充分的时间,
有时
二十秒已足够
让光辉定格。

这外石塘的水流,
四岁孩童溺水,
"00 后"飞奔的姿势
以及救人的这一段落。
徐龙威完成了
惊险到惊喜的过渡。

于是这年轻人的面孔,
让庚子年的春天
有了美丽动人的传说。

把问候读给飞舞的旗帜

已经很少收到
书信，
尤其是
转致的感谢和慰问。
署名：
城南社区党委，
对每一位守卡人
给予了肯定和
问候。
像三月的
雨，
传来一种
清脆的响声。
我把这书信读给
飞舞的旗帜，
再一次用力举起
金色的
镰刀和锤子。

"情"有独钟

最美的诗和远方

总想着远方有诗和阳光，
走在路上才感觉真真切切的彷徨。
漫漫的跋涉有太多的疲惫，
鼓鼓的行囊也觉得空空荡荡。
星夜兼程，真的匆忙，
坚强地前行，尽管没有忧伤。
风餐露宿，只为远方的风景，
相顾彼此已是满头风霜。
欢声笑语虽无悔千里万里，
同行的鼓励是相扶的拐杖。
一边是唉声叹气，
相约下次出行不觉又是眼睛贼亮。
蓦然回首忽然发觉，
诗和远方其实是我最真实的故乡。

让黑夜拥有诗一般的张力

总以为黝黑只是夜的肤色，
今天我分明看见了夜的肌理。

在灯光里不仅有深沉的宁静，
还有这一张沧桑的表情。

叶金火 摄

如血管般纵横的枝杈，
裸露的是岁月老去的年纪。

寂寞的夜无人陪伴，
你的青筋已让我怜悯。

有星光的时分才有几分冷冷的温存，
暗淡的夜更多的是无声的叹息。

走进这夜的生命里，
我也成了一树伸展的枝条。

今天我默默地张开我的血脉，
且让这夜的深沉拥有诗一般的张力。

和启明星一起迎接黎明

到新加坡旅游的归程，
沿着与南去时同样的轨迹。
看够了大海涛声的汹涌，
享受了紫外线无比的热情。
在暮色中起飞，
我们的航线向北向北。

毛土香 摄

这条跨越大洋的经线，

绵延千里万里。

跃上长空青冥，

我们与卢敖同游太清。

机身下丰隆飞驰，

苍茫云海如雪山般奔来眼底。

身后金乌渐渐西沉，

橙黄的余晖涂满机翼。

天宇间一片静谧，

贴着舷窗有长庚星同行。

这个季节候鸟已完成迁徙，

一路上看不到天边雁阵。

机身正在飞越南洋，

让我遥想起当年郑和七下西洋的楼船帆影。

岁月如歌奔来心底，

一路豪情向着北斗。

家园越来越近，

我们戴月披星。

今夜已不能入眠，

我要和启明星一起迎接黎明。

愿诗和远方长留在梦里

回家的路上有风雨为我们洗尘，
挡风玻璃上洒满珍珠般的雨滴。
结伴远行的记忆，
就这样让每个人脸上写满诗意。

民丹岛上喷薄的日出，
给我们一个个耀眼的黎明。

毛土香 摄

拥抱东海湾湛蓝的海水，
爽朗的笑声随风扬起。

一路奔波领略一路风情，
面朝大海抛下每一个失意。
背囊盛满了一路风尘，
万里风云尽收眼底。

转眼又踏上归途向着松阴，
歌声悠扬着田园的旋律。
分手的时光令人惆怅，
远行的友情更加珍惜。

独山的剪影已愈加清晰，
阳光映照着这方古邑。
道一声珍重挥一挥衣袖，
愿诗和远方长留在每个人的梦里。

咏君子兰

冬日濯霜雪，
春栖君子堂。
沁香浮案几，
兰蕊吐新光。
夙夜喜相近，
寸心得所将。
淡然仰素质，
共与酣斯乡。

毛土香 摄

无　题

七弦凭几案，
残夜愈清寒。
勿道相思苦，
伴君花未眠。

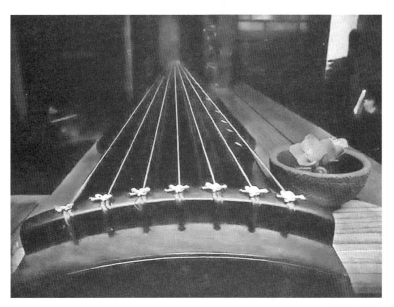

王树斌 摄

门檐雨意

邻居家的门檐
像一块键盘
被秋雨时断时续地敲打

我看不懂雨的语言
耳朵里却听到了
是一幅深秋的色彩

担　心

在云边睡去

最怕一翻身掉进云朵

被风吹散在夕阳里

在云边睡去

最担心遇上仙子

酌流霞变作了烂柯人

在云边睡去

只怕梦中趔趄

洒落了一地的乡愁

像飞鸟般绽放的蟹爪兰

你用这样的一种姿势绽放
别样的孤傲
凌风仙子般的风骨

分明是五色鸟在飞翔
秋色里也充满你灿烂的鸣叫
我的翅膀也忍不住张开狂野的呼啸

毛土香 摄

云开日出的前奏

乌云簇拥在山边
铁青色的脸
让人生畏

这
可不是秋天的主色调
画卷中最山水的写意
应是天地间动人的明澈

我知道
蓝天白云的歌谣
才是原野最自然的腔调
一年里最爽朗的逍遥

秋雨落下来了
点点滴滴的咏叹
又是云开日出的前奏……

向着远方的诗行

捎上田园冬日的斜阳，
背上行囊奔向远方。

机翼滑过黑色的夜幕，
心空摇曳马六甲的波光。

一群朋友一路歌唱，
星夜兼程是挡不住的欢畅。

遥远的地平线澎湃着波浪，
我已看见蓝色的诗行。

这一片深情的红树林

最是这一片片深情的红树林，
让我飞扬马六甲的涟漪。
迎面而来连绵的翠微，
数不清的低昂似风帆般的围屏。
在红树林的街巷里穿行，
跌宕起伏我每一拍心律。
爽朗的笑声穿透红树林，
我的目光抚摸她的每一根根须。
多少年的等待就在这里，
风和雨的日子我理解你每一个花期。
释放每一寸身心的叹息，
我已把红树林爱在梦里。
赤道的信风伴随着我们，
远方的海水正一波波涨起。

旅游有感

每天每一个旅程，
背着彼此的行囊；
前后相随，
镜头里是形形色色的光影。

领略了这处风景，
马上招呼转移；
下一个景点的诱惑，
不能落下半厘。

一样的风景，
总有不一样的游人；
不一样的游人，
总是一样的唉声叹气。

面对这边的大海

在北纬一度的海滩，
你给我最强烈的紫外线。
来自大海的呼唤，
从四面八方涌来。
椰风带来阵阵的问候，
我努力用目光抚平波澜。
海水轻拍着延绵的海岸，
涛声卷起无边的眷恋。
面对着大海，
持螯把盏浮想翩翩。
好想沿着赤道，
追逐日出日圆。

蔡卫华 摄

无 题

冷雨寒风快递唤，
料是草原大饼来。
忽念此君跋涉苦，
谁知谁伴渡江淮。

蔡卫华 摄

我已陶醉在灿烂的阳光里

阳光穿过窗棂，
与这个周一如约而至。
湛蓝的天空春天似的婉约，
我的脸上沾满明媚。

曾经的阴冷夜以继日，
阳光的味道全然在冰封里。
大雪纷飞的季节实在无奈，
寒气一遍遍地摧毁心中残存的生气。

又可以拥抱这久违的温度，
我已飘然走进春的花季。
有阳光灿烂的日子我已陶醉，
尽管还有寒潮来袭。

在自己的花季花开花谢

都说你的谢幕在十一冬月，
严寒时的场景是缤纷的落叶。

院子里的那一丛你，
却一如既往地快意鲜艳。

紫色的三角花绽放如初，
叶片张扬夏秋的颜色。

你的灿烂让我粲然，
我已然惊羡你满地的芳华。

在自己的花季花开花谢，
已全然罔顾春天在与不在。

毛土香 摄

三九怡人的第一天

冬至后的阳光，
春天般地和蔼。

在松阴溪畔徜徉，
我已然有走亲的感觉。

三九给人的印象，
本就是严寒。

这三九第一天的温度，
却让我愕然。

暖暖的三九开篇告诉我，
冬天也有怡人的一面。

交　响

冬日里雨水敷衍了小半天，
阳光终于冒雨赶来，
有些虚脱的样子，
还是让人感到豁然开朗。
雨水的脚步明显快一些，
阳光总是姗姗来迟，
金乌已经老态龙钟。

不管怎样，
阳光总在风雨后，
歌词都这样公开哼唱。
雨水在有阳光的日子里潇洒，
阳光在雨水之后忙着晾晒，
时光就是这样的交响。

2018 即将打烊

2018 即将打烊，
天空的飞雪洒下岁末的告白。

抬头才发现星空已然关闭，
寒云拉下了年度的帷幕。

一年的繁华已然沉寂，
往事又将烙进记忆的刻度。

走进雪花飞舞的灯影，
且让心中飘洒跨年的从容。

迎接来年更美的篇章

好想拉住时光的手刹，
留住 2018 最后的时辰。
好想让头顶夜空灿烂，
冰冷的残夜可以演绎星月传奇。
可惜唯有梦中神奇的旋律，
才能流连往日迷人的风景。
这如诗如画的岁月，
分明都流进了子夜一声声的叹息。
且将每一丝憧憬扎进金色曼陀罗，
献给新年的每一缕阳光。
可以用我们每一个希望的眼神，
迎来 2019 更美的篇章。

回家听雨

静下心来的时候，
想去乡村听雨。

听雨是一种借口，
湿漉漉的分明是乡愁。

故园的雨别有韵味，
氤氲如亲情般浓浓的问候。

老家的风物已改变了记忆，
只有檐间雨声四季依旧。

回家听雨，
听不老的雨讲它的故园梦。

愁雨悯思

疑是银河水漫堤，
经冬潦雨苦相欹。
捻须愁向寒窗坐，
面壁无聊闲作诗。
瓦缶长飙响赵瑟，
楼檐急坠射鸣镝。
杞忧畎亩渍尤甚，
教我如何不悯思。

我看到茶花开了

院子里这株曼陀罗树，
在料峭的春风中扎出第一朵鲜花。

层层的花瓣折折叠叠，
像写给春天的一封请柬。

满树的花蕾顿时活跃，
羞涩的表情开始晕染。

在长长的冬天保持沉默，
原来你只和春天有约。

只是让冰雪润泽你的品质，
含苞待放就在这自己的季节。

在春风中我走进这花的世界，
且让我慢慢解析这朵花的情怀。

总有下不完的雨

总有下不完的雨，
我又听见淅淅沥沥的声音。

我知道这是云的心思，
缠绵雨水分明流露的是它的多情。

洒落在这繁花似锦的春天，
云已无悔变成无情流水。

和春风一起得意，
总是让伞花变成地上的流云。

和着云朵一起喘息，
情不自禁，我也变成那点点滴滴。

有花的世界就是明媚

凭谁也休想挡住，
花苞在这个季节怒放。
纵然是霜一般冷峻的风，
也冻不死满眼的盎然春意。
春雨总是一刻不停，
为剑戟般挺立的花箭洗兵。
鲜花组成的集团军，
攻克了春天每一寸失地。
虽然远离阳光，
有花的世界就是明媚。
茶花瑞香花的美丽身姿，
分明是最迷人的花仙子。
桃李渐次芬芳，
风景主打花香鸟语。
走入这花的世界，
我已然在五彩缤纷里迷离。

幽谷图

村中涧水动，
幽谷絮云浮。
一朵红伞开，
此君入画图。

王苏萍 摄

参不透雨水的禅意

雨占据了整个天空和原野，
让阳光无可奈何地退隐。

鲜花盛开的每一个瞬间，
都跌进这连绵不绝的长长的雨季。

雨水仿佛是一曲春天的挽歌，
惆怅如红尘里黯然的泪滴。

蜂蝶的翅膀张开又收起，
面对湿漉漉的花丛已忘却飞舞的起式。

在这个应该是阳光明媚的春季，
我已参不透生命里这点点滴滴是何禅意。

且在窗前默默地听雨，
待雨过天晴再放飞阳光和虹霓。

溪水与路灯

在这个多雨的初春，
我的眼眶涨满了溪水。
这条叫作松阴溪的河流，
像猛兽般不停地咆哮。
雨水源源不断地流进河床，
让人担心河流春运的运力。
河水奔腾翻滚，
已如醉汉一般狼狈。
举着伞站在河边，
耳畔充满水流的喘息。
目光扫过河面，
浑浊的河水像大力士令人生畏。
只有两岸的大坝，
像两条蛟龙坚定地护持。
雨中漏下的路灯，
依然默默地照亮着路人。

我选择缴械投降

这个冬天延续至春天的降雨，
已将天空洗得一尘不染。
树木花草享受的浸润，
已让人嫉妒到只剩下抑郁。

现在只要有一缕阳光笼罩，
我都会感激涕零。
逃不脱这雨水的围剿，
今天我已选择缴械投降。

邻 居

墙的那边正在装修，
钻头的声音深入骨髓。
邻居易主，
老房子开始全面整容。
除了房子的骨架，
原来的痕迹已基本抹除。
各种残骸从楼上倒下，
灰尘从四处仓皇逃走。
我院子里也像是难民营，
每天非法入境的除了噪声就是灰土。
只有拉上夜幕，
夜的黑才遮住邻家一片狼藉。
我想哪天老邻居经过他熟悉的门头，
面对这房子他会搞不清楚自己姓潘还是姓刘。

久雨初晴

晨曦飞日影,
鸟语送清声。
且喜春尚在,
犹得迷芳汀。

我期待这一声惊雷

我等待那一声响起，
从头顶上的苍穹，
从茫茫云海挟道道闪电，
从远处滚滚而来。
把这群山万壑当作音箱，
大地作耳鼓，
让这浑厚抑或暴烈的声音，
唤醒春天的每一个灵魂。
蛰伏了一个冬天的每一个昆虫，
那些草丛下的蟋蟀，
池塘下的青蛙，
所有的生物一起吟唱歌舞。
让这一声惊雷，
宣告冬天戒严令结束，
万籁齐鸣，
明天心旷神怡。

我期待今天惊雷乍响。

期望春光明媚

在时间的国度里旅行，
不用拥有任何护照。

比如从正月到了二月，
就只需要一声叹息。

跨过子时就到了仲春，
梦醒时分不知会遭遇怎样的风景。

默默地与今宵作别，
这个惊蛰竟然也悄然无声。

真心期望旅途安好，
二月，春光明媚。

驶向蓝天的白帆

这条唤作三溪坑的
小溪，
水里的石子
状如鱼翔浅底。
清水
流过浅坝，
拥挤着
像滑滑梯。
湍急处，
瀑布很迷你。
一只白鹭
金鸡独立在思考，
振羽忽然飞起，
就将白帆
驶向了蓝天。

让这开心再热烈一些

拉开窗帘，
看到天空久违的蓝。

那快让我抑郁的灰暗，
那让世界溢满伤感的雨水，
都在清晨的鸟鸣声里，
远处雄鸡报晓的歌声里消散。

脸色会告示人的心情，
这春天也终于露出开心的脸。

但愿这开心再热烈一些，
让鲜花赶上开花的花期，
让儿童在晴朗的田野奔跑，
让蝶舞蜂喧成为眼前的风景。

往事悬浮

往事的列车
常常驶离站台，
在时光断续的轨道上
悬浮。
过往的
成为记忆，
一程程的风景
像相册一样模糊。
芳华与
风华飞逝，
抬眼
望见落霞。
斟一杯美酒独酌，
让眼前飞舞蒹葭苍苍。

咏　琴

七弦一划生天籁，
流水高山动地哀。
焦尾春风相伴苦，
伊人何日复重来。

无　题

秋月春风似水流，
痴人往往叹白驹。
心无旁骛望云淡，
自在逍遥胜太虚。

锋　芒

挖掘机在门前通道开战，
毫不费力地就把路面翻开。
敲碎的石头碎砖土块，
立马变成一群无家可归的难民。

忍受了原来沉寂的日子，
不习惯这突兀之间的翻身。
小虫四处奔逃，
表情痛楚。
一条蚯蚓慌忙上路，
寻找新的掩体。

有一片瓷片，
青釉像梦幻的光。
它的缺口没有琢磨的痕迹，
我看见了一种刀剑般的锋芒。

我要守候君子兰的分娩

山的那边
有一大片花海,
郁金香
正展示妖冶的身段。
看花的
挤在路上,
春天
开始窒息。
然而我脱不开身
去喝彩,
家中
君子兰即将分娩。

毛土香 摄

约上春天去垂钓

约上春天
一起去垂钓，
池塘里
已长满绿藻。
风掀开水的裙裾，
刚好
可以投下鱼饵。
鱼钩在水里
潜泳，
鱼儿可不知
这是圈套。
鱼竿伸出长长的
手臂，
悠闲地和轻风
一起逍遥。
一不小心钓起
山的倒影，
归去
相伴一路山歌。

动车遐想

春天给了我
一个惊喜，
衢丽铁路将在家门前
穿过。

以后田野上掠过的
不一定是闪电，
和谐号的身姿
真叫婀娜。

我想乘动车吟唱
李白的诗句，
千里江陵一日还的感觉
肯定爽快。

也请大雁
乘坐南北专列，
从此没有迁徙的
苦楚。

诗和浪漫
就此尽在眼前，
可以随心所欲选取远方合适的角度
看一回日落日出。

春天有落叶四处寻根

春天掩映在树丛里，
柳暗花明正装饰溪畔的光景。

每一天都有不同的鲜花盛开，
姹紫嫣红轮番不一样的精彩。

昨日我听到玉兰花热烈的鼓掌，
今天紫荆花又披上羽衣霓裳。

春意总是让人流连，
面对水流花谢心中不免升起怅然。

身边一阵风吹起，
立马有一群落叶四处寻根。

春天的流水

春天的流水很清，

像鸣琴，

发出一种潺潺的声音。

我听出这声音来自伯牙的指端，

带着山脉的灵性，

奔向海的波澜。

这流水真的很年轻，

刚从云端来，

像初升的太阳一样新鲜。

不知道三秋过后，

这流水是否还有这般活力，

对我脉脉含情。

然而雁声去后芳华褪后，

这流水尽管化成坚冰，

我会倾听来自冰层下的沉吟。

密 码

舀水和好白面，
就写好了烙薄饼皮的序言。

安排插头跟插座接头，
不用任何谍战片里的暗号。

让薄饼机轻轻照下面，
拉起来就是一个小花脸。

薄饼皮像书一样摞成一小沓，
春天的密码就烙在其间。

火候，
很关键。

溯流而上的鱼

我看见一条红色的鱼，
正在溯流而上。

它用鱼鳍犁开浅滩，
冲开卵石的道道阻击。

它不知道，
鸬鹚正计划俯冲的角度，
水里有鱼游弋。

这条红色的鱼正在溯流而上。

它是要游回它梦里老家，
寻找水草丰茂的产房。

哪怕一路的急流险滩，
抑或半途止于砧板，
潜行的姿势一如你我所见。

此时的我已被感动，
毅然决定向春天借一副鳍和铠甲，
用潜泳的方式为它护航。

搁　浅

早就知道风和日丽只是一个铺垫，
转眼就会是大雨倾盆。

一瓢水已足够把我浇透，
却闹得这样情感泛滥。

这个节日春光融融有多么惬意，
别去的夜晚让人苦恼太多的风雨缠绵。

惹不起这茶乡多情的风韵，
载歌载舞之后我真的无眠。

面对茶盏里载沉载浮的茶的精灵，
我的眼睛还有语言已双双搁浅。

总经过这座石桥

总经过这座小桥，
一座筋骨裸露的石桥。

石桥用屹立的姿势，
走过了数不清的水落石出。
平仄的桥面神色似铁，
让每个季节都畅通无阻。

在这个春天经过这座石桥，
我的脚步有些蹒跚。

脚底有一种莫名的惆怅，
是石桥一言不发硌痛了我的脚心。
行人过了烟云也渡了，
唯有寂寞泊在这寂寥的河津。

石桥老了骨骼在叹息，
我注目听到了它舒张的心律。

听 琴

斫一把琴，
然后带着它去寻觅，
邂逅杏坛上冥思的仲尼。

拨七弦的每一个音节，
请子期听，
这高山流水情深几许。

如闻广陵散，
拂去层层七不堪，
相知且喜尚有琴者树斌。

我欣然接受

清晨，
远处传来
布谷的叫声，
像起床号，
立马让万物
从沉睡中苏醒。
紧跟着空中，
响起各种鸟鸣，
争相发表新谱写的
乐曲。
山野在鸟鸣声里
活着，
殷勤地展示
生机勃勃的背景。

我欣然地接受，
这大自然的馈赠。
派出我的耳朵和眼睛，
作为使臣。

春天将向夏秋接驳

春天像一艘渡轮，
载着万紫千红向夏秋接驳。

我带上霞云烟雨，
与落花流水一同沉浮。

满眼皆是溪花禅意，
块垒不觉间已点点脱落。

迎着风雨吹拂，
短啸且行且舞。

春天徐徐向夏秋接驳，
已心期在夏的北窗高卧。

当转过秋的东篱，
未妨来一场诗酒独酌。

百　合

生命萌芽时往往悄无声息，
即使春日迟迟，
有如百合。
去冬惊艳开后，
我常以哀伤的眼神待它，
因它已如腐草般了无生机。
今天有柔弱的叶片从朽枝旁钻出，
浅浅的绿，
仿佛擎起向春天报到的旗。
我欣喜地为它换盆，
翻开表土，
看到根茎已肆无忌惮地萌芽。
百合就是这样顽强，
凋零的是表面的枝叶，
在泥土下从不把生命放弃。

清明时节的青草

青草又一年绿了这祭奠父亲的山路，
湮没了我曾走过的足迹，
父亲也曾走过的足迹，
清明节给我这一路芳草萋萋。

风吹过草茎，
发出哀哀的低鸣，
泪滴在绿叶上，
心就找到了它寄托的墓地。

星 空

把开过的花
熊熊燃烧成晚霞,
云
是那最后的灰烬。

淡
是淡了一些,
火焰过后
自然是如此。

让风
收了它们吧,
开始
又一场流浪的旅程。

在黑夜里
又悄然复活,
星空,
是绽放的点点花蕾。

毛土香 摄

雨　滴

一滴，
雨，
"啪"落在头上，
醍醐灌顶。
惊，
或不惊，
慌忙用眼神去抓取，
水滴，已尘埃落定。
此时，
四季萌芽，
混沌中长出乾坤，
新月从雨滴里浮起。

暴雨和我

暴雨，
乘黑夜来袭，
挟三千霹雳助阵，
还有闪电摄魂。

我成了城堡里戍卫的卒，
仓促上阵，
关上噼里啪啦的房门，
合拢摇摇晃晃的窗玻璃。

坐在书房里我仰天大笑，
暴雨可奈老夫如何？
"信手"，一只高尔基的海燕飞出。

碗　莲

一只小小的瓷碗，
盛开一盏盏红莲。
一盏盏小碗莲，
温婉夏和秋的热恋。

我已把这小小的憧憬，
画在春渐远的窗前。
当六颗种子开始萌芽的时候，
我已准备构思献给碗莲的诗笺。

这碗莲，熊猫玩具是它的昵称，
把它送给我时朋友这样交代。
喜欢它的袅娜风姿，
你只需要一只小小的瓷碗。

江南可采莲，
采莲曲已在心里跟碗莲缠绵。
星月迷人时，
我唱起"莲叶何田田"。

不妨高卧

云层和云层对撞，
冲突往往就演变为决斗。
闪电似乱剑刺向对方，
龙蛇飞舞。
霹雳嘶吼有大雨瓢泼，
于是，人类以及万物匍匐。

我已习惯了这落雨的场景，
洞悉，骤雨不终日。
正好将这一场雨送给羲和，
为太阳洗尘。
而我，
不妨枕着雷电将将高卧。

只隔着一场雨

天空和我的距离，
只隔着一场雨。
天空想我时，
一滴雨就下到眼前。
我望天空时，
雨帘隔着眼帘。

无论是哪个季节，
譬如这个春天，
总有雨点沾来。
一
滴
滴，
极简极短的天书，
看不懂，
读不完。

沾在身上的雨点，
弹一弹，
流在大地上，
汪洋成江河湖海。
且把雨帘掀开，
晴空瞬间灿烂。

云也不知归去

在云里听到的天籁，
竟然是蛙声。
闭窗或是开窗，
蛙声轻盈且缥缈而至。
耳边听到的是蛙声，
心里听到的还是蛙鸣。
这聒噪略显清脆，
似春山坐禅发出的腹语。
蛙轻轻鼓荡丹田，
便有无数风云飞来眼底。
在云里听蛙，
入迷的是人，和一袭霓裳羽衣。
听蛙在云里，
此时云也沉湎，已不知归去。

黎明尚不知情

是你用你的手，
拧我的耳朵，
把我从梦里拎给黎明。
睁眼便看到你的眼，
新鲜的笑，
柔柔的细语。
抓住拧我的手，
粘住甜甜的温度，
也抓住了手上那清晰起伏的皱纹。
这皱纹，
骤然传来心疼，
耳朵感觉到了眩晕。
黎明尚不知情，
犹自将浅浅的光，
抹在岁月淡淡的皱纹上。

绿道边坡上的芦苇

几丛芦苇，
被根植于绿道的边坡上。
夜晚漫步时，
我仰首望到了悬浮于头顶的苍茫。

从来逐水而居的民族，
长成了大坝上孤独的风光。
跟人是近了一些，
与水却隔了那么一段衷肠。

脚下岩石铺砌，
月光洒落点点苍凉。
仿佛在等待诗经里的白露，
暮春的摇曳已显苍苍。

此时水声依然，
水声涟漪起芦苇伊人雁行……

中国画

小院里的几株月季玫瑰，
被我种成了中国画。

筋骨嶙峋，
注解了易安的绿肥红瘦。

剪掉玫瑰花海的喧嚣，
可以静静地舒展纤弱的枝条。

时时绽放一种从容的意境，
摇曳淡淡的闲适的妖娆。

晨夕里彼此相对片晌，
便省去了许多空洞的思考。

春天已为这幅画作序，
谁来作跋，只有叶丛里的刺能够知晓。

这样一种顽强的枯枝

顽强往往以不朽的姿态呈现，
譬如这几枝枯枝。
在绿叶中仰着头颅，
又像是已化石的手臂。

向天蘸一点蓝，
虬枝便有了呼吸。
数百千年的风雨过往，
见证村落生生不息。

巢过飞鸟也歇过云雾，
挨过地火霹雳。
闲时听行人叹息，
虫鸟唧唧。

今天不知有多少目光仰望，
把灵魂附着在这枯枝上。
即使婆娑与绿色死亡，
也可以这样坚守另一种坚毅。

春天打烊了

春天准备打烊，
院子里的花草却毫不知情。

阳光已经越墙而去，
将一片霞彩挂在黄昏。

此时我沉默不语，
将目光投向围墙上的水渍。

这是春雨留下的印记，
正干涸点点斑驳的秘密。

忽然喧哗响起，
只见苔藓纷纷枯萎。

夏，来了……

鸟　语

啁啾啾啾，
晨鸟用短歌，
一遍遍柔软我的耳朵。

这旋律像春的心声，
夏的风韵，
把柳丝一丝丝拉酥。

倏忽一只鸟唱漏了嘴，
咚的一声，
砸树下一地
油
盐
酱
醋。

把歌声送给明天的太阳

那一道山脊，
是我目力到达的远方，
我确信你耀眼的光，
已融进了这山里海一样的苍茫。

蔡卫华 摄

我知道就算我踮起所有的想象，
此时能够站在那山脊上瞭望，
也是望不到，
山那边属于夕阳的天涯。

所以，
你用你的灿烂，
送给我，
一黄昏的红霞。

我把这光融进了松阴溪，
清澈的流水声里，
于是百仞云峰，
听到了你磁性的歌唱。

趁这夜且把这光影里的，
歌声捞起，
到明天送给又一轮，
更开心的太阳。

隔壁装修报道

那些墙体，
应该已是体无完肤，
隔壁传来的震颤，
告诉我。
突突，
突突突，
钻头或切割机所向，
无阻。
这声音，
是钻头、铁锯的吼声，
或是水泥、砖石的哀号，
现场没有画面传出。
这像是一场政变，
或是鼎新革故，
总之已深达骨骼，
表层彻底清除。
每天有风，
在坚持报道，
带出来搏击的声音还有，
尘土。
在夜晚安静的星光下，
我注意到，
有几只蜘蛛，
悄悄地从窗口垂下丝线逃走。

孟子让你远离庖厨

锋刃与砧板的对决，
总是砧板在喊疼。

在每一次砍斫之后，
砧板上就又留下新鲜的沟壑。

刀锋卷刃时，
在磨石上走几遭又可削铁如酥。

而无辜的鱼肉，
则只能默默地接受这剐的艺术。

假若你于心恻恻焉，
孟子说让你远离庖厨。

谁收走了梦的年华

"收废纸烂铁——
冰箱彩电电风扇……"
耳鼓塞满如此匆匆来去，
颉颃飘忽的分贝。

多年过去，
收废品的声调苍老了许多。
空调的机壳，
也渐渐开始泛黄。

听厌了墙外辗来辗去的叫喊，
且喜电器依然硬朗。
忽然照见镜子里的白发，
才悟到其实岁月已悄悄收走了梦的年华。

"收废纸烂铁——"
不等下半句响起，
我已哧的一声，
把花白的头发拔下。

三溪桥水里的鲤鱼

立夏后的水流放慢了节奏，
近乎凝滞的绿水像长长的镜子。
一群红鲤鱼，
就在三溪桥头的镜子里浮沉。

几乎静态的鱼群，
在它们的世界里完全入定。
许是渡龙门遇阻，
鲤鱼结朋到此归隐。

它们头向着源头山的连绵，
保持一种朝拜的姿势。
而帆一样的鳍和尾，
则逍遥着江河乃至海的迢递。

此时我的目光捕捉到了这一幕，
好想这世界唯有这梦一样的静谧。
把砧板和罗网鱼钩收起，
孵鲤鱼的乡愁在田园淡淡的风荷里。

享受夜的无眠

在无声的夜里无眠，
我享受这世界少有的安然。
用心地谛听夜的呼吸，
唯看到沉沉的黑色无际无边。

虫声鸟鸣世间的喧嚣，
此刻都禁锢了迷人的喉管。
夜安静得能让我听到脉搏的跳动，
以及思想穿越宇宙发出的震颤。

静静地跟暗夜对视，
夜的抚慰给我另一种冷艳的温暖。
我听到雄鸡的生物钟，
悄悄地从夜半敲到平旦。

风荷与山河的拔节，
就在这夜不经意的瞬间。
胡须钻出脸颊，
沧海就成了桑田。

那一颗启明星，
已若隐若现。
跟无眠热烈地吻别后，
黎明又打开了我的双眼。

让水滴自由升华

拧开水龙头的瞬间，
水流如银河飞泻。

离开压力前那对自由的渴望啊，
欢畅的水花已是最美的表达。

飞溅的水珠泪一样洒在地面上，
用拖把绝对是拖不走的。

不妨给予充分的时间，
让水珠与大地亲吻后自己升华。

花的坚强

姹紫嫣红已然开过，
寂寂地在冬日里无言。

属于自己的热烈，
不只为赏识的目光赞叹。

在花的季节绽开，
就不枉曾经有过的生命怒放。

春天自有春天的芬芳，
也不必荷着夏的光芒。

不一定秋水望穿，
冬天的酷更显柔弱里那份坚强。

且让生命回归平淡，
年年的冬是这一份不败的年华。

做一只不走的候鸟

也想做一只候鸟，
在这个季节抟风振翮，
往温暖的更南方，
追逐那一方水草。

逾越不可逾越的山峦，
迎击鹰的利爪，
让梦里的远方在脚底匍匐，
放歌季风伴随最高亢的音调。

这是多么浪漫的事，
可这里不正是最动人的远方吗？
咏叹里已长满苍苍蒹葭，
诗行与伊人正在低吟浅唱。

只想做一只不走的候鸟，
四季里总把故土守望，
升起那浓浓淡淡的炊烟，
在这片水草里捡拾每一缕阳光。

你也可以走进绚烂的光彩

眼前这个舞台，
炫耀了冷冷清清的冬天。
声光无与伦比的诱惑，
俘虏你的五官。
精彩的歌舞说唱里，
掌声起伏像大海的波澜。

这舞台像一个世界，
可纯粹就是一台表演。
每个角色的表情，
都涂上了化妆师的油彩。

可生活就是这样，
开怀的表演让生活增添精彩。
你可以在台下静静地欣赏，
也可以一展情怀走进舞台绚烂的光彩。

枕着这不败的色彩进入梦乡

三角梅仍然一簇接一簇地开放，
在院子里显示生命力的张扬。
把去年春天就开始孕育的美丽，
在每一个季节的枝头放声歌唱。

即使是花开后的每一回落幕，
依旧潇洒曼妙舞姿悠长。
就这样餐风饮露，
沐浴一轮轮的日月星光。

从此美了这方角落，
四季风可以尽情徜徉。
我的眼前就有了恣意的风景，
枕着这不败的色彩进入每一晚有鼾声的梦乡。

迎春花正吹响迎春的腔调

迎春花丛生的
堤岸，
真的就有
春天的气息弥漫。

蔡卫华 摄

嫩芽沿着枝条
排成纵队，
呼吸迎面而来的
最新鲜的阳光。

几朵黄色的小喇叭花
悄然绽放，
正昂首吹响
庚子年迎春的腔调。

这序曲微微
有些单薄，
但分明传递
大地蠢蠢欲动的苗壮。

我想，
待到迎春花
齐刷刷地怒放，
这春天的腔调
将会是火焰般耀眼的嘹亮。

心已经荡漾春的涟漪

春天
已经像青春的少女，
妩媚妖娆地挠动
每一个人的心灵。

溪水无比清澈，
跳跃着
最清亮的，
音符。

鸟的飞翔
有太多的随性，
那潇洒的倩影是这精灵写给春天
美丽的情歌。

桃李的芬芳弥漫
所有的山野，
让世界
只剩下姹紫嫣红。

这春天，
就是这样多情，

不由人不如
蜂蝶般地陶醉。

把最美好的微笑
留给春天吧，
驿动的心
已经荡漾春的涟漪。

蔡卫华 摄

后　记

　　庚子年因为抗疫注定不同凡响，而四季仍然分明。

　　松阳这方桃源的春夏秋冬接踵而来，风花雪月、云舒云卷，田园山明水净、风光明媚，乡愁如影随形、诗兴不绝，于是诗藻灿然。

　　应好友之邀，乘兴将多年诗作做一撷选，萃成诗集，取名《桃源诗藻撷萃》，以飨这方故园和庚子流年，并借此抒怀。

　　《桃源诗藻撷萃》共收诗394首，归作四类，古邑遗"风"、桃源沃"土"、"人"杰地灵、"情"有独钟，吟咏民风遗俗、山水景致、人事动态、骚客情怀。

　　借《桃源诗藻撷萃》面世之机，特对"田园松阳文化丛书"编纂委员会表示感谢！尤其要感谢松阳县史志办原主任洪关旺的赏识和举荐，感谢松阳县政协原主席毛建南为诗集作序！

　　鉴于本人能力有限，诗作不免存在瑕疵，还望读者包涵，予以斧正。

2020 年 10 月

田园松阳
文化丛书
第六辑

松阳县档案馆（党史和地方志研究室）编

松阳藏石

■ 陈建伟 著

浙江工商大学 出版社
ZHEJIANG GONGSHANG UNIVERSITY PRESS
·杭州·

图书在版编目（CIP）数据

松阳藏石 / 陈建伟著. — 杭州：浙江
工商大学出版社，2023.12
　（田园松阳文化丛书. 第六辑）
　ISBN 978-7-5178-5824-9

　Ⅰ. ①松… Ⅱ. ①陈… ②徐… Ⅲ. ①观赏型 – 石 –
收藏 – 松阳县 – 图集 Ⅳ. ①G262.9-64

　中国国家版本馆CIP数据核字（2023）第234548号

松阳藏石
SONGYANG CANGSHI

陈建伟　著

责任编辑	张晶晶
责任校对	胡辰怡
封面设计	杭州富阳正大彩印有限公司
责任印制	包建辉
出版发行	浙江工商大学出版社
	（杭州市教工路198号　邮政编码310012）
	（E-mail: zjgsupress@163.com）
	（网址：http://www.zjgsupress.com）
	电话：0571-88904980，88831806（传真）
排　　版	杭州富阳正大彩印有限公司
印　　刷	杭州富阳正大彩印有限公司
开　　本	16开
总印张	122.25
总字数	1413千
版印次	2023年12月第1版　2023年12月第1次印刷
书　　号	ISBN 978-7-5178-5824-9
定　　价	400.00元（全5册）

松陽藏石

楊水文

总　序

古之君子，有"见礼而知俗，闻乐而知政"之说。故积句成章，积章成篇，发为文章。若能感于性情而动于声音，则文章与"乐"同出，可以知政；若能融心三才而游步千古，则文章与"礼"同出，可以知俗。自"田园松阳"发展战略实施以来，"田园松阳文化丛书"一直立足于松阳乡土文化底蕴，致力于知俗知政，匡矫时弊，宣化承流。

本丛书前五辑，在一定层面上提升了"田园松阳"文化发展之动力和活力。归而纳之，有特征四。

一曰包容。包容何在？在体裁也，在门类也。论体裁，有汇编如《松阳历代书目》《松阳历代文选》《松阳历史人物》，有诗词如《松阳历代诗词》，有书法如《松阳历代书法》，有散文杂记如《松阳乡俗散记》，还有古籍校注如《午溪集校注》。论门类，有涉及历史学的《松阳从历史走来》、涉及风俗学的《松阳民俗·岁时节令》、涉及姓氏学的《松阳祠堂志》、涉及金石学的《松阳金石志》等。

二曰自信。文化自信，是更基础、更广泛、更深厚之自信，是更基础、更深沉、更持久之力量，如《松阳百姓族规家训》彰显了松阳的深厚文化底蕴和人文荟萃，《松阳·中国传统村落》介绍了众多格局完整的传统村落，《松阳农家器用》体现了绵延千年的耕读文化，这都是祖辈留给当代松阳之宝贵精神财富。《民国松阳往事》《民国松阳记忆》则在往事记忆中透露出松阳的独特魅力和价值，唤醒群众之文化自觉，增强群众之文化自信，这也进一步坚定了本丛书推动乡土文化繁荣复兴的信心和底气。

三曰传承。发掘、整理、弘扬"田园松阳"文化，传承松阳文脉，讲好松阳故事，达到繁荣松阳文化、培育社会正气之目的。本丛书之分册，多以"历代"冠之，尤其彰显传承。本丛书为全县的乡村博物馆建设、农村文化礼堂建设、拯救老屋行动、古村落保护，以及古祠堂和古道修复等工作，起到示范提示的作用。

四曰创新。团结、凝聚、联合社会力量，加强"田园松阳"文化的对外交流，使"田园松阳"文化内生动力越来越足，发展后劲不断增强。本丛书在某种意义上成为松阳地方对外交流之书籍。

复览本丛书第六辑与第七辑，上述四特征，皆有所进。

包容愈广。第六辑中，新增门类，《松阳藏石》属工艺学；新增体裁，《烽火浙西南》是小说。《二〇〇〇年的冬天》虽是散文，但主线贯彻全书，有别前辑。第七辑中，新增门类，《松阳舆地图志》属方志学；新增体裁，《张玉娘诗词赏析》是文学鉴赏。《闲时乐着》虽是杂文体裁，但全书涵盖风俗、教育、医药、矿石等方面。除体裁、门类之外，本丛书最新两辑，个中论著，不求放意寓言，不求僭称法言，不求苟同，不求苟异。

自信愈固。丛书第六、七两辑有望激发县域文化界人士对松阳文化底蕴的高度自信，以及对乡土文化生命力、创造力的高度自信，如《松阴溪帆影》《桃源诗藻撷萃》，是继本丛书第三辑中的《松阳乡村诗歌三百首》和本丛书第四辑中的《松阳田园诗藻选辑》之后的又两部诗歌集。作者积极从"田园松阳"文化沃土中汲取养分、激发灵感，在新时代的文艺创作舞台上自信满满。

传承愈坚。包容才可会异归同，传承方能涵揉充畅。本丛书编纂委员会认为，儒、释、道同为古县松阳璀璨文明之写照。千年传之承之，总是金鸣石应；一如刊之版之，亦得激浊扬清。

创新愈勇。时下，中国文化事业正迎来大发展大繁荣之黄金时代，松阳，则把文化上升到了指引县域发展的战略地位。大好机遇，来之不易。本丛书第六、七两辑，展示了松阳良好形象，弘扬了时代精神。如《闲说松阳话》非但保留了生活化的方言，还原了语境的趣味性，并且有意识地将文字的意义向外拓展。这种对品质与内涵的追求，就是一种创新。

总之，感于性情而动于声音，融心三才而游步千古。"田园松阳"文化，孕育于松阳璀璨的历史文明之中，体现在当下全县人民建设"田园松阳"升级版的火热实践中，展现在每一个优秀的古今松阳人、新老松阳人身上。愿松阳文化界人士，永葆胸中有大义、心里有人民、肩头有责任、笔下有乾坤。更愿"田园松阳文化丛书"能久经历史和人民检验，推动地方文化事业发展，推出更多反映时代呼声、振奋松阳精神之优秀作品。匡矫时弊，宣化承流，无患知俗知政之用。

编　者
2023年5月

序

　　《红楼梦》又名《石头记》，可见石有传奇。古今文人雅士赏石者无数，石文化源远流长。奇石禀赋，巧夺天工，贵在神形韵味、质色图纹。

　　松阳早期地质构造复杂，为各种质地的岩石生成创造了条件。同时，母亲河松阴溪不仅养育了松阳人民，亦磨洗出众多宝玉奇石。早在新石器时代，松阳先民在丘陵低山，逐水而居，打磨生产生活工具，开发松古盆地，使松阳逐步成为浙西南富庶之地。古语有"山无石不奇，水无石不清，室无石不雅"，松阳更相信"宅无石不安"。因而松阴溪两岸的村民，常常把水冲到位、品相好的奇石搬回宅中，放置于中堂、天井之花架上。石或卧或坐，以供观赏。松阳的观赏石尤以黄蜡石、硅化木和七彩玛瑙为胜。另外，古书记载，古处州松阳出产的印章料鱼脑冻，是印章石中上品。

　　21世纪之前，松阳仅有少数人寻石、玩石、赏石；21世纪之后，捡石头的、开石铺的、玩石头的，"异军突起"，在当地党委、政府的领导下，松阳拥有了自己的玉石城。

　　编撰此书的主要目的是把在松阳发现的奇石资料保存下来，故未去粗取精，更多的是在显示曾经拥有。

　　谨以此为序。

　　　　　　　　　　　　　　　　　　　　　　　陈宝清

　　　　　　　　　　　　　　　　　　　　　　　2020年11月

目录
Contents

综述

ZONGSHU

第一章

一

　　松阳县始建于东汉建安四年（199），是丽水地区建置最早的县。松阳县位于浙江省西南部，东经119°10′—119°42′，北纬28°14′—28°36′之间，东连丽水市，南和西南邻云和县、龙泉市，西和西北接遂昌县，东北毗武义县。东西最宽处有53.7千米，南北最长处有40.2千米，总面积为1406平方千米。至2019年底，松阳总人口为24.06万。县人民政府驻西屏街道。

　　松阳县境内河流属瓯江水系。松阴溪为县内最大河流，流域面积为1302.57平方千米，占全县面积的92.55%，它是瓯江主要支流之一，发源于遂昌坡口乡，在赤寿乡界首村入境，至裕溪乡出境，注入瓯江。县境内干流长60.5千米，天然落差100米。松阴溪两岸的松古盆地宛如金瓯玉盘，置于群山环抱之间，阡陌纵横，良田千顷，桃花掩映，白鹭成群，素有"浙南桃花源"之美誉。松阳县境内有100多座格局完整的传统村落，其中有75座是中国传统文化村落，是目前华东地区传统村落数量最多、风格最多样的县域之一，被誉为"最后的江南秘境"，具有非常优越的旅游资源。

　　松阳县境内山地层叠、奇峰屹立、地层参差、构造复杂，地质演化悠久。燕山运动期间，地壳活动强烈，伴有极其强烈的岩浆侵入和火山喷发，以及以断裂为主的构造活动。晚侏罗纪时期，大规模火山喷发，形成广泛分布的凝灰岩、流纹岩、安山岩，这些成为县内中低山、丘陵的构成主体。构成黄蜡石的岩石为石英岩，这是一种分布广泛、成因多样、由二氧化硅组成的岩石。变质岩类石英岩主要有因化学或生物化学作用形成的硅质岩、硅质胶结的石英砂岩和经沉积作用形成的石英砂岩，其中石英砂岩在一定的温度、压力下产生变质作用，形成新的石英岩，这是形成黄蜡石的重要基础。由于山洪暴发，大量埋在卯山一带黄泥山底下的石英原岩被冲入松阴溪中，经过长期的水流搬运、冲刷和矿物元素浸染，松阴溪又成了培育松阳玉石"籽料"的温床。

松阳县既是"浙南桃花源""最后的江南秘境"，又是名副其实的聚宝盆，是淘宝者的乐园。

从目前发现的观赏石分布情况看，界首至水车一带山脉是松阳黄蜡石、七彩玛瑙、硅化木的主要发源地。界首的黄蜡石多为乳白色、淡黄色，表面呈钟乳状或球状，跌宕起伏，纹理丰富，造型奇特。从山溪及松阴溪挖出来的黄蜡石重达数吨，是上好的园林石。

界首村黄蜡石山料挖掘现场

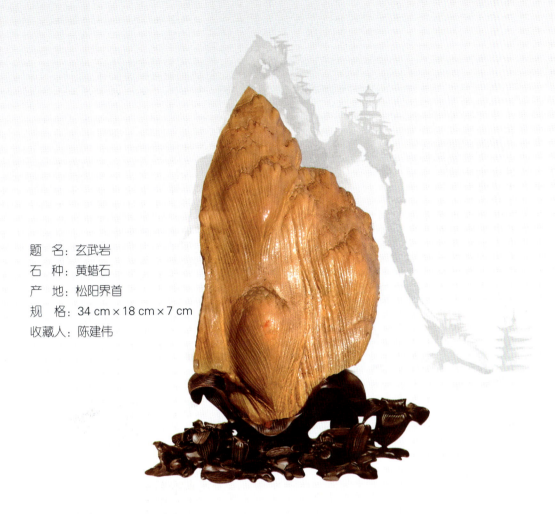

题　名：玄武岩
石　种：黄蜡石
产　地：松阳界首
规　格：34 cm×18 cm×7 cm
收藏人：陈建伟

界首村村民刘向华收藏的黄蜡石

界首村村民刘善德收藏的黄蜡石

松阴溪内滩，杨村头村砂石料场

卯山附近源口村山溪两旁都是裸露的淡青色石英岩体，部分质地细腻，属石英质青白玉。在海拔468米的山顶处更有红皮、玲珑剔透、色彩均衡的珍珠蜡石。

源口村珍珠蜡石挖掘现场

源口村珍珠蜡石挖掘现场

源口村青玉挖掘现场

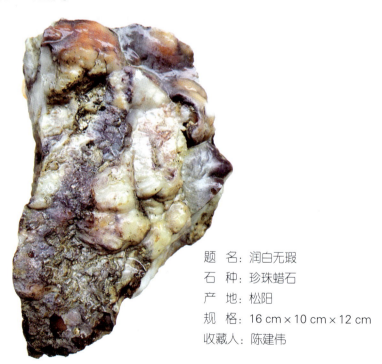

题　名：润白无瑕
石　种：珍珠蜡石
产　地：松阳
规　格：16 cm×10 cm×12 cm
收藏人：陈建伟

仙果
陈建伟

此物原应天上有，
珠圆玉润漫山彤。
天工造物成仙果，
法善仙踪卧虎龙。

题　名：仙果
石　种：珍珠蜡石
产　地：松阳
规　格：35 cm×34 cm×10 cm
收藏人：陈建伟

题　名: 财神
石　种: 青玉
产　地: 松阳源口村
规　格: 7.5 cm × 4 cm × 2 cm
收藏人: 陈建伟

题　名: 一鸣惊人
石　种: 青玉
产　地: 松阳源口村
规　格: 8 cm × 3 cm × 2 cm
收藏人: 陈建伟

题　名: 松下会友
石　种: 青玉
产　地: 松阳源口村
规　格: 27 cm × 15 cm × 5 cm
收藏人: 陈建伟

石　种：青玉原石
产　地：松阳
规　格：45 cm×41 cm×13 cm
收藏人：陈建伟

石　种：青玉原石
产　地：松阳
规　格：39 cm×31 cm×9 cm
收藏人：陈建伟

项桥下村、竹客口村一带，是七彩玛瑙的主要发源地。

项桥下村七彩玛瑙挖掘现场

松阳七彩玛瑙

题　名：水草花
石　种：七彩玛瑙
产　地：松阳
收藏人：陈建伟

21世纪初，水车村白鹤山开山造路，炸岩、砌墈时发现了许多粉红、褐红色，质地温润的蜡石山料。

水车村白鹤山蜡石挖掘现场

水车村白鹤山蜡石山料

水车村白鹤山蜡石山料

石　种：黄蜡石
产　地：松阳水车村
规　格：10 cm×9 cm×5 cm
收藏人：陈建伟

题　名：貔貅
石　种：黄蜡石
产　地：松阳水车村
收藏人：陈建伟

题　名：鸳鸯戏水
石　种：黄蜡石
产　地：松阳水车村
收藏人：陈建伟

硅化木，县内山坡多有分布，但在界首至水车一带发现较多。

松阳硅化木原石

玄武岩以枫坪乡丁坑村一带山坡上、溪里的最具观赏价值。

松阳玄武岩发源地丁坑村

石　种：玄武岩
产　地：松阳丁坑村
规　格：62 cm×50 cm×32 cm
收藏人：陈建伟

松阳迪开石型高岭石、叶蜡石，主要产于松阳县大东坝镇山徐村至后岱山村一带及坳头村。

大东坝镇迪开石型高岭石、叶蜡石矿山

松阳大东坝镇山徐村迪开石型高岭石、叶蜡石矿山

松阳境内发现的观赏性矿物有锌、钨、铜、银、钼、方解石、石膏、水晶、石英、莹石、明矾石、黄铁矿等。根据《松阳县志》，枫坪乡高亭村一带蕴藏软玉矿床。

由于山洪暴发，山上的大量观赏石被冲入松阴溪。从界首至青蒙这一段溪流，处于开阔的松古平原，河床及两岸内滩都埋藏着丰富的观赏石。而在青蒙以南，松阴溪进入峡谷，峡谷口细如瓶颈，因此大量观赏石被堵在青蒙、横山、程徐村上游的松阴溪河床及内滩。

松古盆地既是"鱼米之乡"，又不愧为"金瓯玉盘"！

二

　　石文化是人类最古老的文化。很早以前，人类生活便和石不能分离。松阳县博物馆保存有在古市镇阴岗山、叶村包安山、水南营盘背、新兴进贤等地出土的距今约10000—4000年的穿孔石斧、石刀、石簇、石箭头等，让我们看到金属工具发明前的文化实物。

近几年，在松阴溪十五里村河段，挖出了数十枚新石器时代人工打磨、呈圆形的精美黄蜡石佩饰。这一重大发现把松阳玉文化历史足足往前推了4000—10000年。这些物品的面世，为研究松古平原悠久的赏石文化和人文历史提供了非常有价值的物证。

题　名：日月同辉
石　种：黄蜡石
产　地：松阳
规　格：3 cm×0.5 cm
收藏人：叶景泉　杨建明

题　名：远古佩件
石　种：黄蜡石
产　地：松阳
规　格：3.7 cm×0.7 cm
收藏人：杨波

松阳人民自古就对石头情有独钟。走进松阳古村落，处处都能感受到浓浓的石文化韵味。离松阳县城25公里的石仓，山峦叠翠、清流涤荡、风光旖旎。这里村落幽谷，闽风异俗，自然淳朴。始建于清初的石仓古民居群，有30余座规模恢宏的清式民居、古店铺、祠堂、庙宇等。

（a）

（b）

松阳石仓古民居

门楼内都有一庭院，大则一二百平方米，小也有三五十平方米，地面用各色小卵石精心砌成各种图案。

（a）

（b）

松阳石仓古民居

一座又一座雄伟的门楼上嵌着十分精致的砖雕，有人物、花卉、鸟兽，寓意吉祥，栩栩如生。

（a）

（b）

松阳石仓古民居

每家天井石凳上都放着奇形怪状的石头，村民把这些石头视为镇宅之宝，逢年过节、红白喜事时，都会插香祭拜求平安。

石仓古民居保存的奇石

石仓古民居保存的奇石

石仓古民居保存的奇石

石仓古民居保存的奇石

石仓古民居保存的奇石

　　古民居不远处有一座十分具有纪念意义的契约博物馆。博物馆依山而建，馆体方正简朴，像一部厚重的"契书"。四周墙体全都选用当地大小不一的山石堆砌。乍一看博物馆就是一个真正的"石仓"，一堵堵石墙粗犷而冷峻，似乎在无声地提示着人们，契石不烂，约重千钧。

石仓契约博物馆

松阳石仓契约博物馆

松阳石仓契约博物馆

界首村，松阳县赤寿乡下辖的行政村，位于松阳县与遂昌县交界处的松古盆地，是松阳县西大门，村域面积25.3平方千米。界首村地形两头尖中间大，像一艘停泊在松阴溪畔的航船，被誉为"船形传统村落"。村内保存的文物古迹较多，有石凳、石香炉、石臼、石鼓、石莲花、石花盆、石磨、洗衣石、水槽等古石器和樟树化石。一条千年古驿道呈东南—西北走向贯穿全村，道路两旁清代建筑风格的刘张二姓氏宗祠、禹王宫、牌坊、古店铺、客栈、石拱门、震东女子两等小学堂等，保存较为完整。2013年，界首村被住房和城乡建设部、原文化部、财政部列入第二批中国传统村落名录。

界首村历史名人刘德怀（1873—1930），字仁施，清监生、候补县丞，清光绪二十九年（1903）与吴朝冕等人结伴东渡日本留学，在日本期间参加中国同盟会。学成回国后，提倡实业，兴办教育，倡议女子放足。清光绪三十二年以私宅充作校舍，创办震东女子两等小学堂，开处州女子教育之先河。其故居（建于清朝）是历史文化建筑，屋后大门边有一块数百斤重的黄蜡石，上面长满了青苔，古朴庄重，似一尊镇宅神兽一直守护着这座老宅。

题　名：镇宅神兽　　石　种：黄蜡石
产　地：松阳　　　　规　格：62 cm×63 cm×62 cm

（a）

（b）

松阳界首村刘德怀故居

松阳人杰地灵，南北宋之交时的著名词人叶梦得，是有文字记载的松阳籍玩石第一名家。他官居宰相，晚年隐居浙江湖州，自号石林居士。他著有《平泉草木记跋》，谈了对唐代李德裕蓄石、失石的感想。此文还记有当时交易奇石的具体价格，资料十分珍贵。宋代"四大女词家"之一的张玉娘［松阳人，生于南宋淳祐十年（1250），卒于南宋景炎二年（1277）］在《蔡确》诗中有："楚水吴山作胜游，竹床石枕写离愁。"当时松阳人把石头当作枕头，可见其爱石之深。广西八步区盛产黄蜡石的里松镇是远近闻名的长寿镇。现在许多长寿老人还使用黄蜡石做枕头、石凳，保持着把玩黄蜡石的习惯。这是因为黄蜡石不但观赏价值高，而且石内含有的微量元素对人体有保健作用。

　　清乾隆三十年（1765），在松阳任知县的曹立身（号榆关，山西平定人）有一首描写松阳风景的诗《凌霄岚翠》："层台高峙碧芙蓉，环绕云山积翠浓。试问米颠题石处，何如袖里第三峰。"诗中所指米颠即宋代大书画家米芾，他是中国古代赏石界最富传奇色彩的人物。米芾喜爱奇石，简直到了如醉如痴、如癫如狂的地步，故有"米颠"的戏称。"米芾拜石"的故事，则是其癫狂的一个最好的印证。诗中的"何如袖里第三峰"，来源于在米颠身上发生的一个故事。公元11世纪，在安徽无为县为官的米芾爱石如痴。他的上司杨杰听说他在署衙嗜石成癖，深恐他弄石废事，就去正言相劝。米芾见上司到来，便从袖中取出一石，此石"嵌空玲珑，峰峦洞穴皆具，色极清润"。他对上司说："如此石，安得不爱？"岂料杨杰看都不看。米芾只得纳回袖中，又取出一石，乃"叠峰层峦，奇巧又胜"，杨杰仍不顾。米芾无奈，悻悻然又摸出一石，那是"尽天画神镂之巧"的神品。他好似受了委屈般道："如此石，那得不爱？"此时杨杰忽被惊醒一般，大声道："非独公爱，我亦爱也！"顺势将石从米芾手中攫得，头也不回，登车而去。从这首诗中不难看出，曹立身也是一个玩石、爱石之人。

第二章

黄蜡石

HUANGLASHI

【 黄蜡石的成因 】

  浙江省地质矿产研究所、浙江省珠宝玉石首饰鉴定中心，对省内黄蜡石资源进行了野外实地调查，并对其宝石学、矿物学特征进行了系统研究，认为黄蜡石是由硅质岩经成岩、变质及风化磨蚀而形成。从中生代火山岩中产出的大量硅质岩脉也提供了丰富的成矿"原料"。黄蜡石的原岩均为硅质岩，各种原岩受到构造变动、火山活动、热液作用等影响，产生复杂的物理和化学变化，包括重结晶、热变质等，矿物成分及构造发生变化，后受构造变动的影响，岩石露出地表，与地表酸性土壤长期接触，或在溪流中被长期磨蚀，经历染色、磨圆，形成河谷中的籽料。黄蜡石矿藏有原生矿和次生矿之分：原生矿是指产自岩体中的矿体，俗称"山料"；次生矿是指脱离母矿的石英岩，在表生作用下在异地形成的矿藏，具体有残坡积型、水系冲积砂矿（籽料）和山流水三种存在形式。

  对于上述三种存在形式的黄蜡石的形成原因，江西师范大学吕桦教授有更为详尽的研究表述。他认为，构成黄蜡石的岩石为石英岩，这是一种分布广泛、成因多样、由二氧化硅组成的岩石。石英岩从成因上又可分为岩浆岩类石英岩和变质岩类石英岩两种类型。岩浆岩类石英岩由富含二氧化硅的岩浆冷凝而成。缓慢冷凝，形成显晶质石英；迅速冷凝，则形成隐晶质石英。变质岩类石英岩主要有因化学或生物化学作用形成的硅质岩、硅质胶结的石英砂岩和经沉积作用形成的石英砂岩。其中石英砂岩在一定温度、压力下产生变质作用，形成新的石英岩，这是形成黄蜡石的重要基础。黄蜡石在形成过程中经历了构造运动、岩浆活动、变质作用等内动力地质作用和风化、磨蚀、搬运、沉积等外动力地质作用。构造运动产生的断裂将整个岩体分为一块块独立的个体，这些个体坠入山坡、河流中；风化作用改变了原岩的质地、色彩和纹理；长期的水流、风沙给岩石造成冲蚀和风蚀；在搬运过程中产生的滚动、碰撞，使得岩石的棱角被磨蚀，岩石变得圆润而光滑或玲珑多变；氧化作用、交代作用和浸润作用则使岩石形成多种色彩，如铁的氧化和三价铁的长期渗透、浸染，使黄蜡石呈现出高贵典雅的黄色。据不完全统计，目前在我国已发现有黄蜡石资源的省份有24个，县（市）100多个，其中以广东、广西、云南、浙江、江西、辽宁等省（区）的黄蜡石最为有名。浙江黄蜡石主要分布在衢江、兰江、婺江和瓯江流域，主要产自金华、衢州、丽水等地，以金华的兰溪、衢州的市区和龙游、丽水的松阳和缙云最为集中。

松阳目前发现的黄蜡石资源，分布于赤寿乡界首村至水车村的山坡中，及始于界首村的松阴溪河段。

【 黄蜡石的种类 】

1. 黄蜡石有广义黄蜡石和狭义黄蜡石之分，广义的黄蜡石包括各类硅质成分的观赏石和料石，狭义的黄蜡石专指成分为玉髓、隐晶质结构的硅质玉。

2. 不同的受力作用和过程，使黄蜡石产生了不同的表现形态，可分为以下三类。

山料： 原生矿料就是玉石界所称的"山料"。

题　名：富贵鸟
石　种：黄蜡石
产　地：松阳
规　格：30 cm × 25 cm
收藏人：颜礼辉

题　名：雏鹰
石　种：黄蜡石
产　地：松阳
收藏人：佚名

山流水：次生矿料的山流水，系石英岩受地质作用散落在山沟、河床浅表，经长期风化、磨蚀、氧化和矿物元素浸染而成。

题　　名：含苞欲放

石　　种：珍珠蜡石

产　　地：松阳

规　　格：31 cm×25 cm×13 cm

收藏人：陈建伟

籽料：是石英原岩受地质作用断裂、滚入河流中，经过长期的水流搬运、冲刷和矿物元素浸染而成的石料。

题　名：黄蜡石籽料
产　地：松阳
收藏人：佚名

石　种：黄蜡石籽料
产　地：松阳
收藏人：佚名

黄蜡石籽料

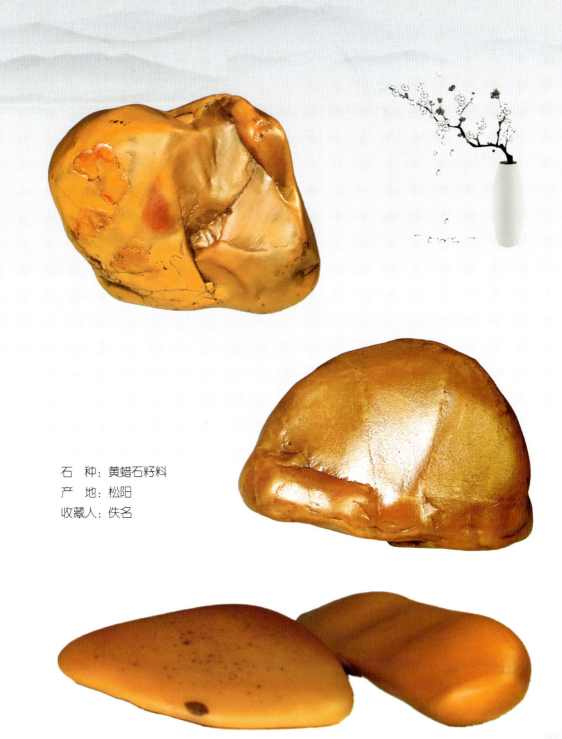

石　种：黄蜡石籽料
产　地：松阳
收藏人：佚名

石　种：黄蜡石籽料
产　地：松阳
收藏人：佚名

石　种：黄蜡石籽料
产　地：松阳
收藏人：佚名

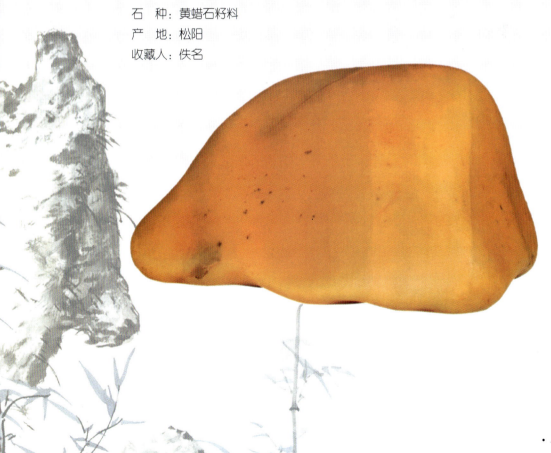

石　种：黄蜡石籽料
产　地：松阳
收藏人：佚名

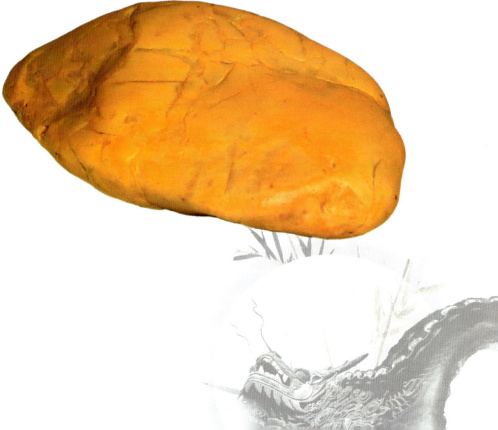

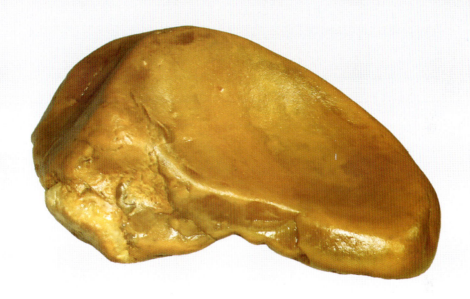

石　种：黄蜡石籽料
收藏人：佚名

石　种：黄蜡石籽料
收藏人：佚名

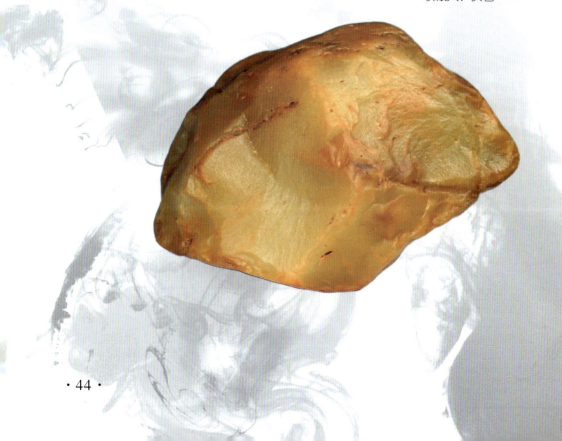

石　种：黄蜡石籽料
收藏人：佚名

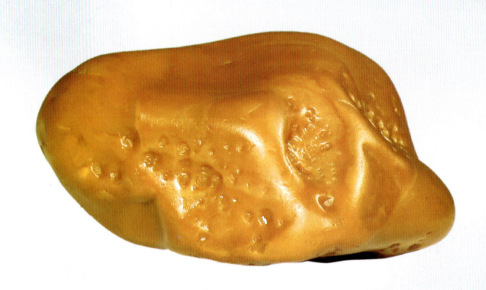

石　种：黄蜡石籽料
收藏人：佚名

石　种：松阳黄蜡石籽料
收藏人：佚名

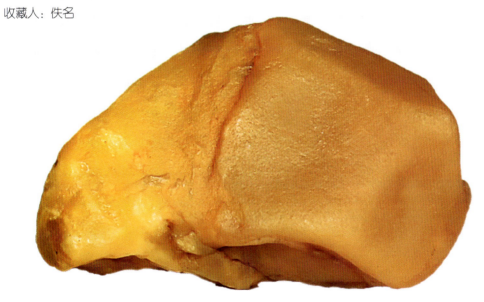

3. 黄蜡石按其二氧化硅的纯度、颗粒大小，可分为冻蜡、胶蜡、细蜡、晶蜡、粗蜡等。

冻蜡：透明或半透明，其透光性好，用小电筒照可透至实心甚至通透，石表光洁油润，冰清玉洁，为最高档次蜡石。

题　名：冰清玉洁
石　种：黄蜡石
产　地：松阳
规　格：20 cm×22 cm

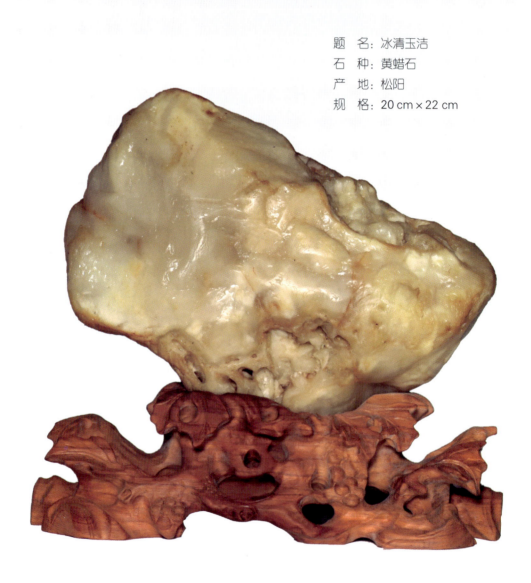

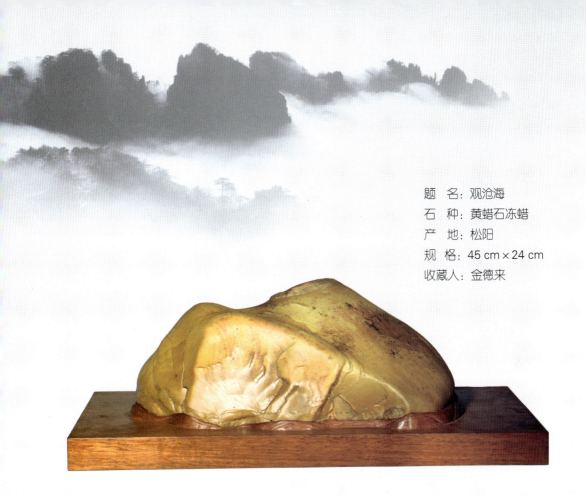

题　名：观沧海

石　种：黄蜡石冻蜡

产　地：松阳

规　格：45 cm×24 cm

收藏人：金德来

题　名：三友

石　种：黄蜡石冻蜡

产　地：松阳

收藏人：江建武

石　种：黄蜡石冻蜡
产　地：松阳
收藏人：佚名

石　种：黄蜡石冻蜡
产　地：松阳
收藏人：佚名

题　名：松阳玉风采
石　种：黄蜡石冻蜡
产　地：松阳
收藏人：潘建光

石　种：黄蜡石冻蜡
产　地：松阳
收藏人：佚名

石　种：黄蜡石冻蜡
产　地：松阳
收藏人：佚名

题　名：无题
石　种：黄蜡石冻蜡
产　地：松阳
收藏人：佚名

题　名：母爱
石　种：黄蜡石冻蜡
产　地：松阳
收藏人：佚名

题 名：高枕无忧
石 种：黄蜡石冻蜡
产 地：松阳
收藏人：佚名

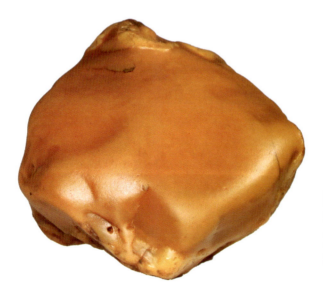

题 名：黄金台
石 种：黄蜡石冻蜡
产 地：松阳
收藏人：佚名

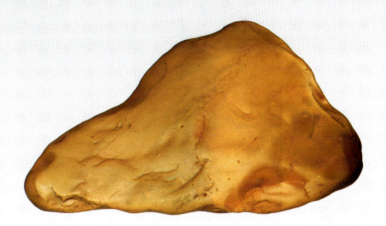

石　种：黄蜡石冻蜡
产　地：松阳
收藏人：佚名

胶蜡： 其透明度低于冻蜡，多呈半透明或微透明，但光洁油润度可与冻蜡媲美，表层油脂感强，属高档次蜡石。

题　名：流光溢彩
石　种：黄蜡石胶蜡
产　地：松阳
规　格：32 cm×25 cm×9 cm
收藏人：蔡方明

题　名：绽放
石　种：黄蜡石胶蜡
产　地：松阳
规　格：24 cm×22 cm
收藏人：俞国平

题　名：禅
石　种：黄蜡石胶蜡
产　地：松阳
规　格：26 cm×20 cm
收藏人：林尊律

题　名：惊艳
石　种：黄蜡石胶蜡
产　地：松阳
规　格：23 cm×17 cm
收藏人：王军

石　种：黄蜡石胶蜡
产　地：松阳
收藏人：毛建南

石　种：黄蜡石胶蜡
产　地：松阳
收藏人：叶关宗

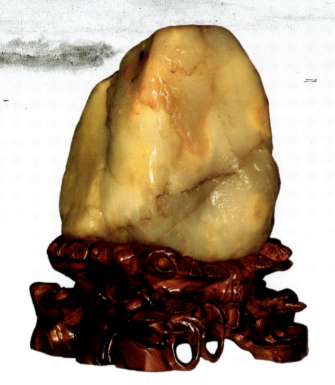

题　名：洁白如初
石　种：黄蜡石胶蜡
产　地：松阳
收藏人：佚名

题　名：海上精灵
石　种：黄蜡石胶蜡
产　地：松阳
规　格：25 cm × 16 cm
收藏人：江建军

题　名：金玉满堂
石　种：黄蜡石胶蜡
产　地：松阳
收藏人：佚名

题　名：金顶湖
石　种：黄蜡石胶蜡
产　地：松阳
收藏人：佚名

题　名：寿桃
石　种：黄蜡石胶蜡
产　地：松阳
收藏人：佚名

题　名：玉玺
石　种：黄蜡石胶蜡
产　地：松阳
收藏人：佚名

细腊： 一般微透或不透明，但质地细腻油润，表层光滑，手感良好，属中档次蜡石。

题　名：金碧
石　种：黄蜡石细蜡
产　地：松阳
收藏人：叶新亮

题　名：玉兔捣药
石　种：黄蜡石细蜡
产　地：松阳
收藏人：佚名

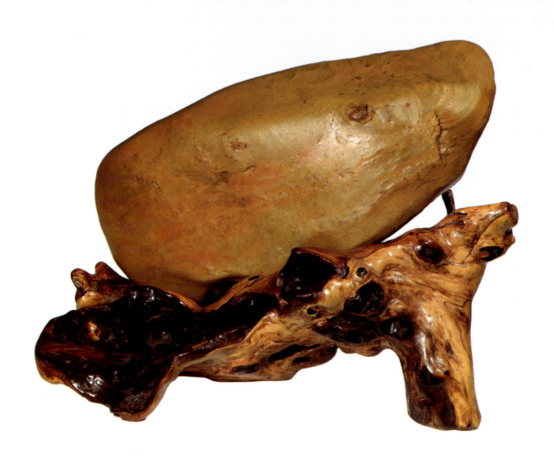

题　名：乌龟上树
石　种：黄蜡石细蜡
产　地：松阳
收藏人：佚名

题　名：飞流直下三千尺

石　种：黄蜡石细蜡

产　地：松阳

收藏人：佚名

题　名：远望
石　种：黄蜡石细蜡
产　地：松阳
收藏人：佚名

题　名：金山
石　种：黄蜡石细蜡
产　地：松阳
收藏人：佚名

题　名：飞来石
石　种：黄蜡石细蜡
收藏人：佚名

题　名：禅
石　种：黄蜡石细蜡
产　地：松阳
规　格：38 cm×35 cm×18 cm
收藏人：叶远仁

题　名：琼台
石　种：黄蜡石细蜡
产　地：松阳
收藏人：佚名

题　名：金印
石　种：黄蜡石细蜡
产　地：松阳
收藏人：佚名

题　名：琼崖玉骨
石　种：黄蜡石细蜡
产　地：松阳
收藏人：佚名

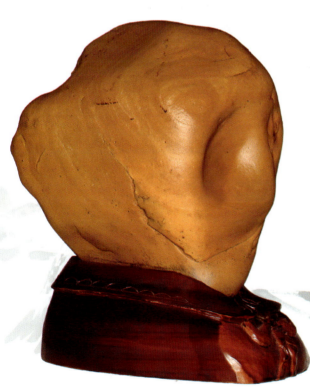

题　名：金身猪
石　种：黄蜡石细蜡
产　地：松阳
收藏人：佚名

石　种：黄蜡石细蜡
产　地：松阳
收藏人：佚名

题　名：高瞻远瞩
石　种：黄蜡石细蜡
产　地：松阳
收藏人：佚名

题　名：金佛
石　种：黄蜡石细蜡
产　地：松阳
收藏人：佚名

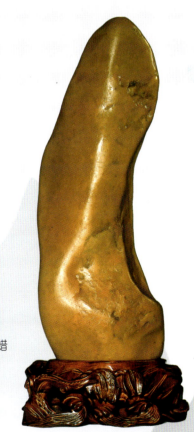

题　名：盼
石　种：黄蜡石细蜡
产　地：松阳
收藏人：佚名

题　名：磐石
石　种：黄蜡石细蜡
产　地：松阳
收藏人：佚名

题　名：天眼
石　种：黄蜡石细蜡
产　地：松阳
收藏人：佚名

晶蜡：透光，石表面有空洞或缝隙的地方长出未成熟的水晶状物质，有光泽，石质结构疏松，一般适合观赏。

题　名：神龟进宝
石　种：黄蜡石晶蜡
产　地：松阳
收藏人：佚名

题　名：豆蔻年华
石　种：黄蜡石晶蜡
产　地：松阳
规　格：28 cm × 40 cm
收藏人：沈晓东

粗蜡：不透光，不反光，手感较差，很粗糙，为低档次蜡石。

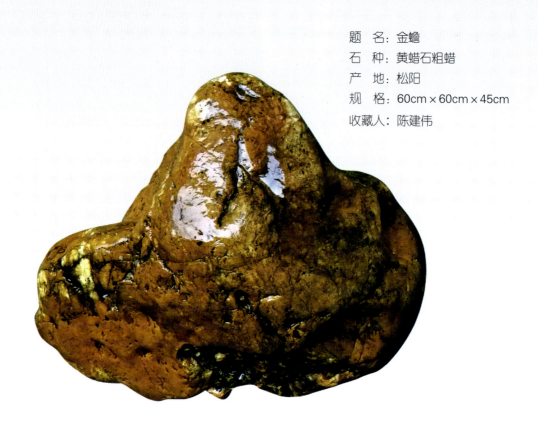

题　名：金蟾
石　种：黄蜡石粗蜡
产　地：松阳
规　格：60cm×60cm×45cm
收藏人：陈建伟

　　此外，在黄蜡石圈还流行一些新的叫法，如碧玉冻、细腊冻、磨砂冻、青皮冻、红冻、黄冰、荔枝冻、乌鸦皮等，均属雕刻上等石料。

珍珠蜡石： 1亿多年前，位于松古平原东北方向的卵山一带发生火山喷发，炽热的玄武岩浆形成大大小小、形态各异的气泡，火山喷发停止后，由于温度降低与压力减小，岩浆凝聚成坚固的岩石，气泡则成了带壳的空洞，火山内部炽热岩浆中含二氧化硅的硅酸热液，沿岩石缝隙上升而充满空洞，并围绕某一质点如沙砾缓慢结晶，生成大小不一的珠状、球状或水滴状颗粒，整体如串珠般，珠子大的似核桃、葡萄，小的若珍珠、小米，甚至肉眼不能分辨。其形态美轮美奂、颜色鲜艳靓丽，半透明且温润，莫氏硬度6.5左右。

2006年初，卵山脚下的源口村村民在山上发现大量表皮鲜红的蜡石山石。同年8月，又挖出许多颗粒状、色彩艳红、质地细腻的蜡石。这种蜡石"外焦里嫩"、鲜红欲滴，色彩和表面变化丰富，而且两种截然不同的表面结构和谐地交相融合，颗粒细如珍珠，层层分布，交相辉映，妙不可言。由于其颗粒如珍珠般大小的居多，故名珍珠蜡石。这是松阳蜡石有别于其他蜡石的显著特点，也正是松阳蜡石的妙之所在！它在蜡石家族中极其罕见，可与葡萄玛瑙媲美。一经面世，便受到全国各地许多石友的关注和青睐，成了蜡石家族中的新宠。一位石友在网上看了松阳珍珠蜡石后发表了如下感言：

美得让人心醉！

美得让人震慑！

美得让人忘了北！

美得超乎所有的想象！

题　名：佛袍加身
石　种：珍珠蜡石
产　地：松阳
规　格：15 cm×17 cm×9 cm
收藏人：陈建伟

题　名：叠流
石　种：珍珠蜡石
产　地：松阳
规　格：23 cm×27 cm×20 cm
收藏人：廖展华

题　名：山峦叠嶂
石　种：珍珠蜡石
产　地：松阳
规　格：58 cm×42 cm×14 cm
收藏人：廖展华

题　名：瘦骨嶙峋
石　种：珍珠蜡石
产　地：松阳
收藏人：佚名

题　名：珠圆玉润
石　种：珍珠蜡石
产　地：松阳
收藏人：佚名

题　名：美猴王
石　种：珍珠蜡石
产　地：松阳
收藏人：佚名

题　名：山花烂漫
石　种：珍珠蜡石
产　地：松阳
规　格：23 cm×25 cm
收藏人：郑贤法

【 黄蜡石的特点 】

1.形奇。黄蜡石产自山、河，历经亿万年搬运和冲刷，产生形态各异、造型奇特的外形，如圆似方，像人似佛。似奇山秀水，千奇百怪，无所不有，具备了"漏、透、瘦、皱"的传统赏石要素。特别是黄蜡石中的晶蜡，石表凹凸不平，纹路纵横交错，有如"筋骨裸露"，其观赏价值高，深受赏石爱好者的欢迎。

2.皮好。黄蜡石中的水冲石，水洗度高，表皮光滑，蜡质感强，多数有一层温润的包浆。特别是致密度高的籽料手感超好，用手抚摸很光很滑，犹如婴儿的皮肤，所以黄蜡石也有"玩皮"一说。

3.纹美。纹理是观赏石的鉴评要素之一，黄蜡石的纹理丰富多彩。松阳黄蜡石的纹理有鸡爪纹、蟹爪纹、金印纹、金钱纹、豹纹、龙鳞纹、稻草纹、苦瓜纹、根结纹、水冲纹、线纹、球形纹、指甲纹、竹叶纹、蜂窝纹、萝卜丝纹、葡萄纹、珍珠纹、网纹、刀割纹、鱼子纹、鸟巢纹、弹子纹、荷叶纹、掐丝纹、哥窑纹等。

4.质优、色丰。除了观赏性外，一部分黄蜡石还具备玉的特征，这也是近年来黄蜡石受人推崇的主要原因。优质黄蜡石表层蜡质感强，密度高，油性足，玉化好，稳定性强，有"和田玉之温润、田黄之色泽、翡翠之硬度"，很适合玉石雕刻。从它的理化特性看，其颜色丰富，多呈蜡状，油脂光泽，少数呈玻璃光泽。水头较足，以半透明居多，冰种透明度极高。点测折射率为1.53—1.55，密度为2.53—2.66 g/cm^3，莫氏硬度为6.5—7，硬度与翡翠相当。韧性较好，仅次于和田玉，而优于翡翠。上品的黄蜡石籽料集脂润、纯净、细腻于一身，给人以浑厚的感觉，十分符合我国传统儒家文化所倡导的含蓄、内敛的思想内涵。

蜡石经土壤、水中各种矿物元素的长期渗蚀，会产生多种色彩。蜡石按色彩可分为黄蜡石（含锰成分）、褐黑蜡石（含铁成分）、红蜡石（含氧化铁成分）、彩蜡石（含多种矿物成分）、白蜡石（未经矿物渗蚀只因长期受水的渗浸而产生朦胧的白膜）五大类。其中红黄两色为中华民族的传统色调，寓意喜庆和富贵吉祥。黄蜡石色彩分布在表皮和石内：有的颜色丰富，同时有三种以上颜色；有的表里如一，颜色由表及里，黄到石心；有的颜色多变，有外红内黄、外褐内红、外黑内黄、外黄内黑等多种混合色，适合雕刻中"巧色"的运用。部分黄蜡石虽然表面色彩艳丽，但内部颜色浅，这种石头不适合深雕，而多见以薄意技法雕琢。

一片冰心在玉壶

题　名：冰心玉壶
石　种：黄蜡石
产　地：松阳
规　格：16 cm×18 cm×11 cm
收藏人：陈建伟

题　名：和平天使
石　种：黄蜡石
产　地：松阳
规　格：16 cm×10 cm×10 cm
收藏人：陈建伟

题　名：神斧
石　种：黄蜡石
产　地：松阳
规　格：28 cm×26 cm
收藏人：徐成斌

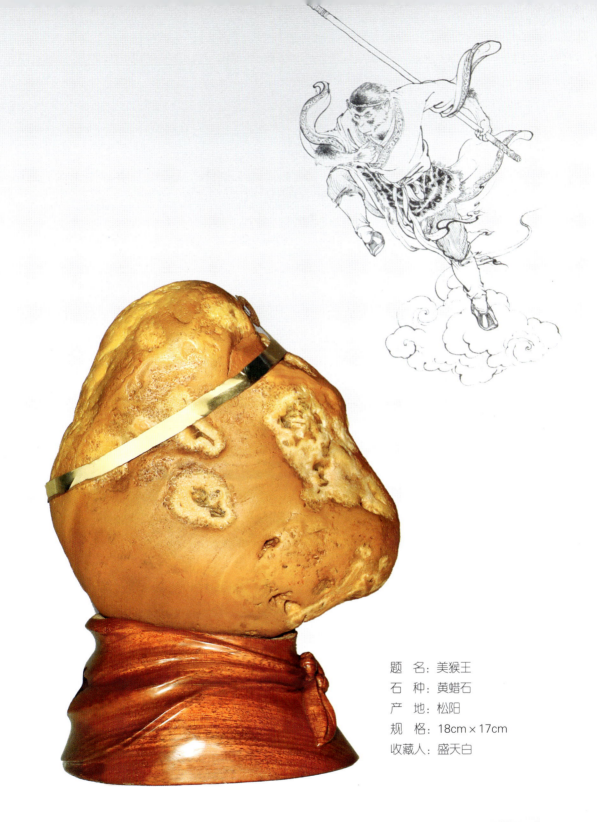

题　名：美猴王
石　种：黄蜡石
产　地：松阳
规　格：18cm×17cm
收藏人：盛天白

题 名：金凤回首
石 种：黄蜡石
产 地：松阳
规 格：21 cm×22 cm×6 cm
收藏人：陈建伟

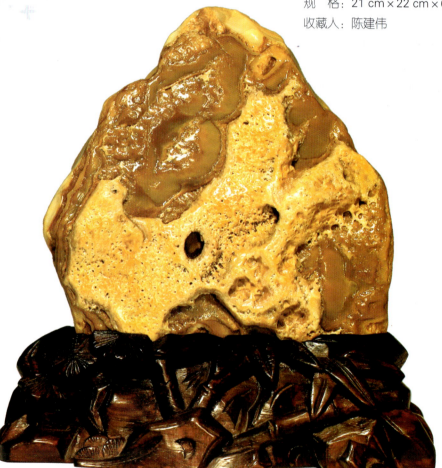

题　名：国宝
石　种：黄蜡石
产　地：松阳
规　格：35 cm×48 cm
收藏人：周志明

題　名：田螺
石　种：黄蜡石
产　地：松阳
规　格：42 cm×42 cm
收藏人：阙柳发

题　名：瑞兽
石　种：黄蜡石
产　地：松阳
规　格：26 cm×16 cm×8 cm
收藏人：潘建光

题　名：金蟾
石　种：黄蜡石
产　地：松阳
规　格：27 cm×13 cm×18 cm
收藏人：陈建伟

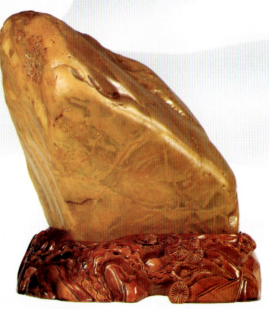

题　名：相逢
石　种：黄蜡石
产　地：松阳
规　格：27 cm×15 cm
收藏人：林志坚

题　名：相逢
石　种：黄蜡石
产　地：松阳
规　格：17 cm×12 cm
收藏人：林志坚

题　名：硕果
石　种：黄蜡石
产　地：松阳
规　格：42 cm×27 cm×9 cm
收藏人：蔡方明

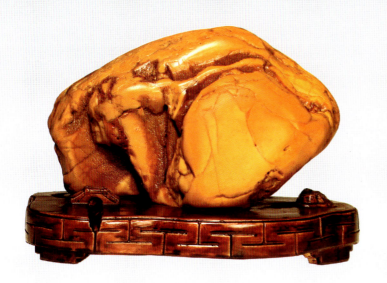

题　名：仙境
石　种：黄蜡石
产　地：松阳
规　格：24 cm × 20 cm
收藏人：林尊律

题　名：蓬莱仙境
石　种：黄蜡石
产　地：松阳
规　格：22 cm × 18 cm
收藏人：潘建设

题　名：富贵鸟
石　种：黄蜡石
产　地：松阳
规　格：28 cm×20 cm×8 cm
收藏人：谭建军

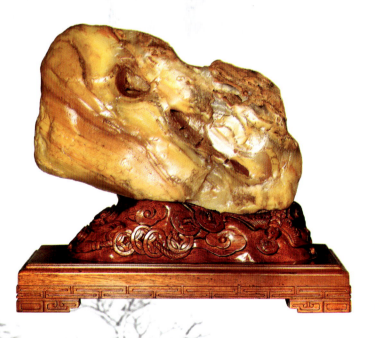

题　名：瑞兽
石　种：黄蜡石
产　地：松阳
收藏人：项森琪

题　名：法眼
石　种：黄蜡石
产　地：松阳
规　格：50 cm×40 cm
收藏人：叶景泉

题　名：生命之门
石　种：黄蜡石
产　地：松阳
收藏人：毛先龙

题　名：金元宝
石　种：黄蜡石
产　地：松阳
规　格：42 cm×30 cm×15 cm
收藏人：毛文衫

题　名: 硕果金黄
石　种: 黄蜡石
产　地: 松阳
规　格: 18 cm×9 cm
收藏人: 江建军

题　名: 山里人家
石　种: 黄蜡石
产　地: 松阳
收藏人: 佚名

题　名：绝峰洞壑
石　种：黄蜡石
产　地：松阳
规　格：37 cm×25 cm×17 cm
收藏人：蔡方明

题　名：福在人间
石　种：黄蜡石
产　地：松阳
规　格：12 cm×9 cm×5 cm
收藏人：蔡方明

题 名：观音
石 种：黄蜡石
产 地：云南
规 格：28 cm×18 cm
收藏人：俞国平

题 名：自在观音
石 种：黄蜡石
产 地：松阳
规 格：13 cm×6 cm
收藏人：葛永卫

题　名：别有洞天
石　种：黄蜡石
产　地：松阳
规　格：30 cm×32 cm×20 cm
收藏人：廖展华

题　名：云崖探海
石　种：黄蜡石
产　地：松阳
规　格：20 cm×19 cm
收藏人：俞国平

题　名：岁月留痕
石　种：黄蜡石
产　地：松阳
收藏人：佚名

题　名：泼墨仙人石
石　种：黄蜡石
产　地：松阳
规　格：8 cm×5 cm
收藏人：俞国平

題　名：寿桃
石　种：黄蜡石
产　地：松阳
收藏人：王新荣

题 名：峰回路转
石 种：黄蜡石
产 地：松阳
规 格：41 cm×38 cm
收藏人：叶华健

题 名：黄金台
石 种：黄蜡石
产 地：松阳
规 格：47cm×32cm
收藏人：程建忠

题　名：福地洞天
石　种：黄蜡石
产　地：松阳
收藏人：周志明

题　名：盘龙云海
石　种：黄蜡石
产　地：松阳
收藏人：周志明

题　名：龙行天下
石　种：黄蜡石
产　地：松阳
规　格：48 cm×22 cm×12 cm
收藏人：谭建军

题　名：山峦叠嶂
石　种：黄蜡石
产　地：松阳
规　格：35 cm×40 cm
收藏人：叶景泉

题　名：高山流水
石　种：黄蜡石
产　地：松阳
规　格：28 cm×35 cm
收藏人：林尊律

题　名：春蚕
石　种：黄蜡石
产　地：松阳
规　格：50 cm×31 cm×32 cm
收藏人：项森琪

题　名：赤壁
石　种：黄蜡石
产　地：松阳
规　格：40 cm×38 cm
收藏人：林尊律

题　名: 叶落归根
石　种: 黄蜡石
产　地: 松阳
规　格: 22 cm×15 cm
收藏人: 纪日侯

题　名: 层峦
石　种: 黄蜡石
产　地: 松阳
规　格: 41 cm×23 cm
收藏人: 葛永卫

题　名：灵狮呈瑞
石　种：黄蜡石
产　地：松阳
规　格：28 cm×13 cm
收藏人：江建军

题　名：金秋硕果
石　种：黄蜡石
产　地：松阳
规　格：22 cm×9 cm×27 cm
收藏人：周志明

题　名：麒麟回首
石　种：黄蜡石
产　地：松阳
规　格：22 cm×19 cm
收藏人：叶伟明

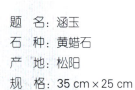

题　名：涵玉
石　种：黄蜡石
产　地：松阳
规　格：35 cm×25 cm
收藏人：叶景泉

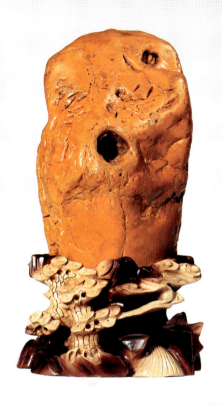

题　名：天眼
石　种：黄蜡石
产　地：松阳
规　格：41 cm×24 cm
收藏人：胡予平

题　名：流动
石　种：黄蜡石
产　地：松阳
规　格：40 cm×42 cm×19 cm
收藏人：廖展华

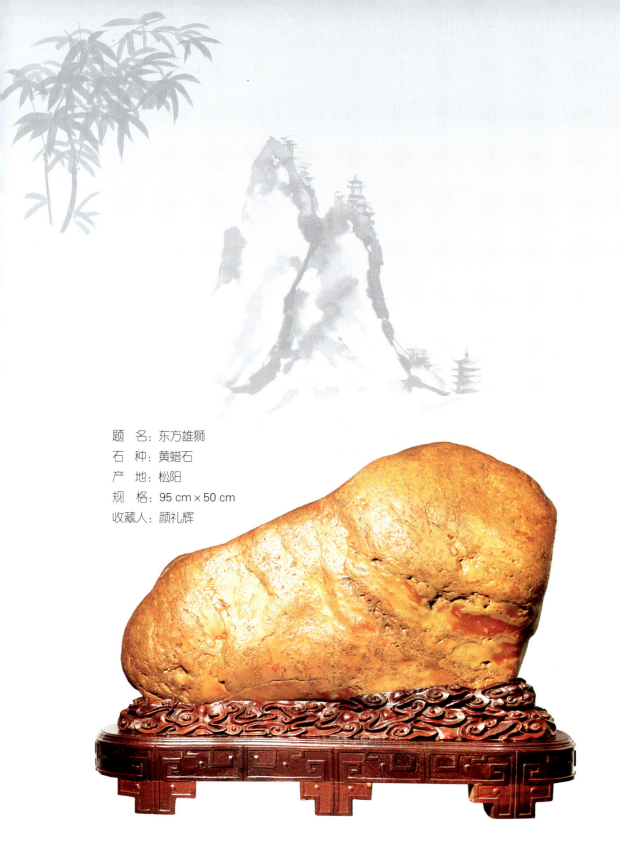

题 名：东方雄狮
石 种：黄蜡石
产 地：松阳
规 格：95 cm×50 cm
收藏人：颜礼辉

题　名：东方之冠
石　种：黄蜡石
产　地：松阳
规　格：46 cm×33 cm×32 cm
收藏人：叶华健

题　名：日出江花红胜火
石　种：黄蜡石
产　地：松阳
规　格：38 cm×24 cm
收藏人：金得来

题　名：智慧
石　种：黄蜡石
产　地：松阳
规　格：27 cm×26 cm×25 cm
收藏人：胡予平

题　名：扇形
石　种：黄蜡石
产　地：松阳
规　格：35 cm×30 cm
收藏人：叶景泉

题　名：禅定
石　种：黄蜡石
产　地：松阳
规　格：22 cm×23 cm
收藏人：俞国平

题　名：神蛙
石　种：黄蜡石
产　地：松阳
收藏人：佚名

题　名：悬崖秘境
石　种：黄蜡石
产　地：松阳
收藏人：佚名

题　名：向往
石　种：黄蜡石
产　地：松阳
收藏人：佚名

题　名：云海探奇
石　种：黄蜡石
产　地：松阳
收藏人：佚名

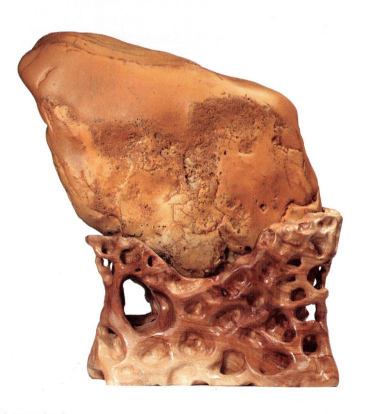

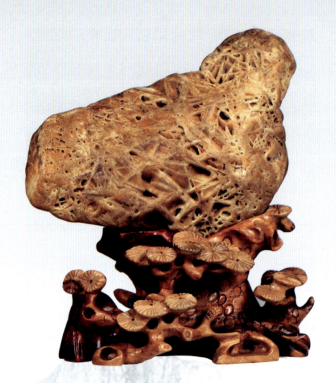

题　名：富贵鸟
石　种：黄蜡石
产　地：松阳

题　名：母爱
石　种：黄蜡石
产　地：松阳
收藏人：佚名

题　名：旺旺
石　种：黄蜡石
产　地：松阳
收藏人：佚名

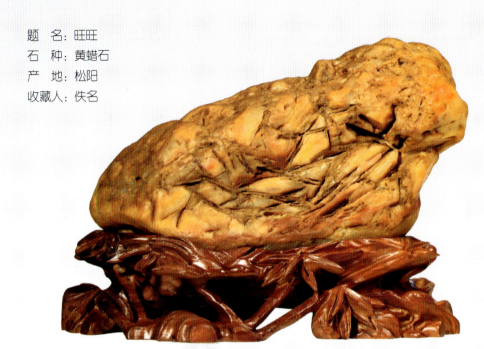

题　名：玉兔
石　种：黄蜡石
产　地：松阳
收藏人：佚名

题　名：独占高枝
石　种：黄蜡石
产　地：松阳
收藏人：佚名

题　名：思考
石　种：黄蜡石
产　地：松阳
收藏人：佚名

题　名：玉兔
石　种：黄蜡石
产　地：松阳
收藏人：佚名

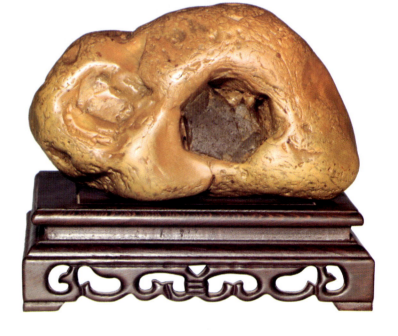

题　名：憧憬
石　种：黄蜡石
产　地：松阳
收藏人：佚名

题　名：神龟探海
石　种：黄蜡石
产　地：松阳
收藏人：佚名

题　名：玉兔
石　种：黄蜡石
产　地：松阳
收藏人：佚名

题　名：寿星
石　种：黄蜡石
产　地：松阳
收藏人：佚名

题　名：老树盘根
石　种：黄蜡石
产　地：松阳
收藏人：佚名

题　名：猛虎上山
石　种：黄蜡石
产　地：松阳
收藏人：佚名

题　名：哺
石　种：黄蜡石
产　地：松阳
收藏人：佚名

题　名：北极熊
石　种：黄蜡石
产　地：松阳
收藏人：佚名

题　名：别有洞天
石　种：黄蜡石
产　地：松阳
收藏人：佚名

题　名：雄踞
石　种：黄蜡石
产　地：松阳
收藏人：佚名

题　名：哺育
石　种：黄蜡石
产　地：松阳
规　格：30 cm×40 cm
收藏人：沈晓东

题　名：大树参天
石　种：黄蜡石
产　地：松阳
收藏人：佚名

题　名：相敬如宾
石　种：黄蜡石
产　地：松阳
收藏人：佚名

题　名：礼贤下士
石　种：黄蜡石
产　地：松阳
收藏人：佚名

◆ 弹子纹

题　名：金玉满堂
石　种：黄蜡石
产　地：松阳
收藏人：佚名

◆ 掐丝纹

石　种：黄蜡石
产　地：松阳
收藏人：佚名

◆ 刀割纹

石　种：黄蜡石
产　地：松阳
收藏人：佚名

◆ 刀砍纹

题　名：带子上朝
石　种：黄蜡石
产　地：松阳
规　格：25 cm×33 cm
收藏人：占益强

◆ 稻草纹

石　种：黄蜡石
产　地：松阳
收藏人：佚名

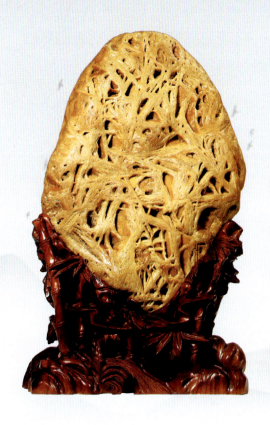

题　名：网络
石　种：黄蜡石
产　地：松阳
规　格：44 cm×29 cm×8 cm
收藏人：叶兴亮

题　名：网络世界
石　种：黄蜡石
产　地：松阳
规　格：21 cm×19 cm
收藏人：郑贤法

石　种：黄蜡石
产　地：松阳
收藏人：佚名

题　名：金蟾
石　种：黄蜡石
产　地：松阳
收藏人：佚名

石　种：黄蜡石
产　地：松阳
收藏人：佚名

题　名：寿龟
石　种：黄蜡石
产　地：松阳
收藏人：佚名

◆ 蜂窝纹

石　种：黄蜡石
产　地：松阳
收藏人：佚名

石　种：黄蜡石
产　地：松阳
收藏人：佚名

◆ 浮雕纹

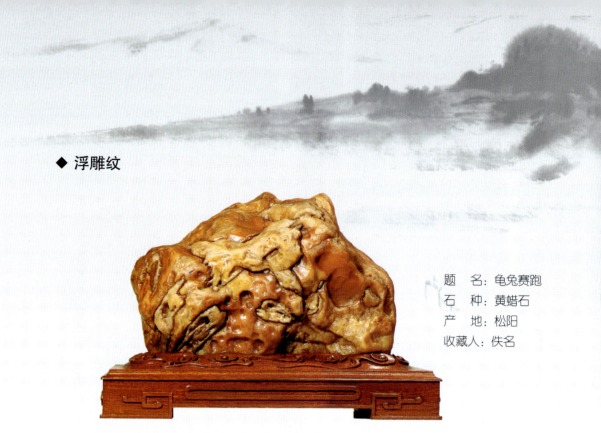

题　名：龟兔赛跑
石　种：黄蜡石
产　地：松阳
收藏人：佚名

◆ 哥窑纹

题　名：米芾拜石
石　种：黄蜡石
产　地：松阳
规　格：21 cm×19 cm
收藏人：俞国平

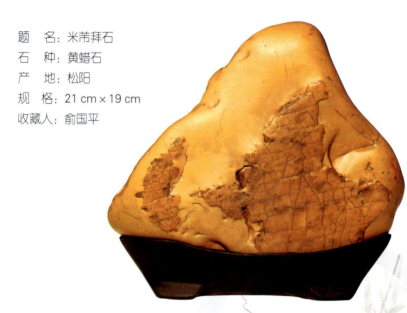

◆ 荷叶纹

题　名：恐龙
石　种：黄蜡石
产　地：松阳
规　格：50 cm×35 cm
收藏人：叶景泉

◆ 鸡爪纹

化作春泥更护树

落叶不是无情物

题　名：落叶归根
石　种：黄蜡石
产　地：松阳
规　格：38 cm×23 cm×13 cm
收藏人：陈建伟

◆ 交错纹

石　种：黄蜡石
产　地：松阳
收藏人：佚名

◆ 金钱纹

石　种：黄蜡石
产　地：松阳
收藏人：佚名

◆ 金印纹

题　名：寿仙
石　种：黄蜡石
产　地：松阳
规　格：26 cm × 17 cm
收藏人：盛天白

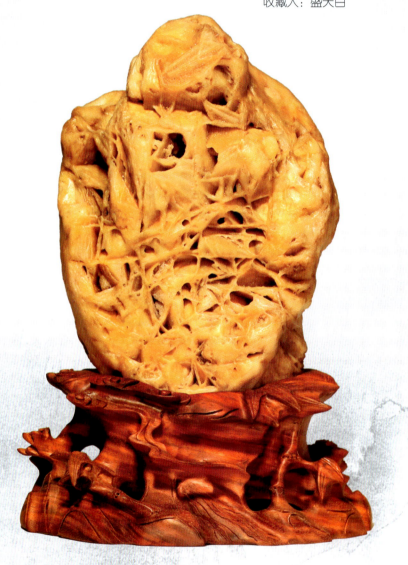

题　名：网通世界
石　种：黄蜡石
产　地：松阳
规　格：30 cm×20 cm
收藏人：叶伟明

◆ 菊花纹

题　名：百菊屏
石　种：黄蜡石
产　地：松阳
规　格：23 cm × 17 cm
收藏人：徐慧琴

◆ 糯米纹

石　种：黄蜡石
产　地：松阳
收藏人：佚名

◆ 沙漠纹

石　种：黄蜡石
产　地：松阳
收藏人：佚名

◆ 沙琪玛纹

题　名：金玉满堂
石　种：黄蜡石
产　地：松阳
规　格：25 cm×30 cm
收藏人：颜礼青

◆ 水冲纹

题　名：流金溢彩
石　种：黄蜡石
产　地：松阳
规　格：30 cm×23 cm×8 cm
收藏人：唐跃鸣

◆ 腾云纹

题　名：翔云
石　种：黄蜡石
产　地：松阳
规　格：30 cm×20 cm
收藏人：叶景泉

◆ 线纹

题　名：一泻千里
石　种：黄蜡石
产　地：松阳
收藏人：佚名

石　种：黄蜡石
产　地：松阳
收藏人：佚名

石　种：黄蜡石
产　地：松阳
收藏人：叶关宗

题　名：一叶知秋
石　种：黄蜡石
产　地：松阳
规　格：38 cm×25 cm×18 cm
收藏人：叶远仁

石　种：黄蜡石
产　地：松阳
收藏人：佚名

石　种：黄蜡石
产　地：松阳
收藏人：佚名

◆ 小米纹

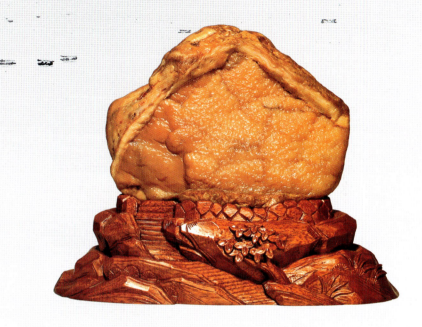

题　名：谷满仓
石　种：黄蜡石
产　地：松阳
收藏人：佚名

◆ 鱼子纹

题　名：紫气东来
石　种：黄蜡石
产　地：松阳
规　格：50 cm × 45 cm × 20 cm
收藏人：徐基亮　叶关宗

题　名：心神
石　种：黄蜡石
产　地：松阳
规　格：40 cm×40 cm×20 cm
收藏人：陈宝清

石　种：黄蜡石
产　地：松阳
收藏人：佚名

题　名：金甲满堂
石　种：黄蜡石
产　地：松阳
规　格：59 cm×35 cm×28 cm
收藏人：叶新亮

题　名：盛典
石　种：黄蜡石
产　地：松阳
规　格：45 cm×41 cm×43 cm
收藏人：叶华健

题　名：蝉
石　种：黄蜡石
产　地：松阳
收藏人：佚名

石　种：黄蜡石
产　地：松阳
收藏人：佚名

石　种：黄蜡石
产　地：松阳
收藏人：佚名

石　种：黄蜡石
产　地：松阳
收藏人：佚名

题　名：寿桃
石　种：黄蜡石
产　地：松阳
收藏人：杨波

题　名：龙飞凤舞

石　种：黄蜡石

产　地：松阳

规　格：50 cm × 40 cm × 9 cm

收藏人：佚名

◆ 指甲纹

题　名：寿桃
石　种：黄蜡石
产　地：松阳
收藏人：王新荣

题　名：金山
石　种：黄蜡石
产　地：松阳
规　格：60 cm×36 cm×24 cm
收藏人：李志强

石　种：黄蜡石
产　地：松阳
收藏人：佚名

石　种：黄蜡石
产　地：松阳
收藏人：佚名

石　种：黄蜡石
产　地：松阳
收藏人：佚名

◆ 钟乳纹

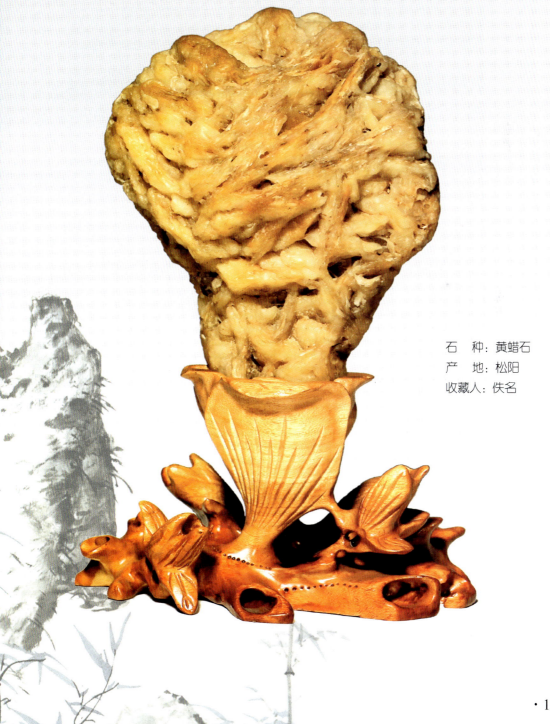

石　种：黄蜡石
产　地：松阳
收藏人：佚名

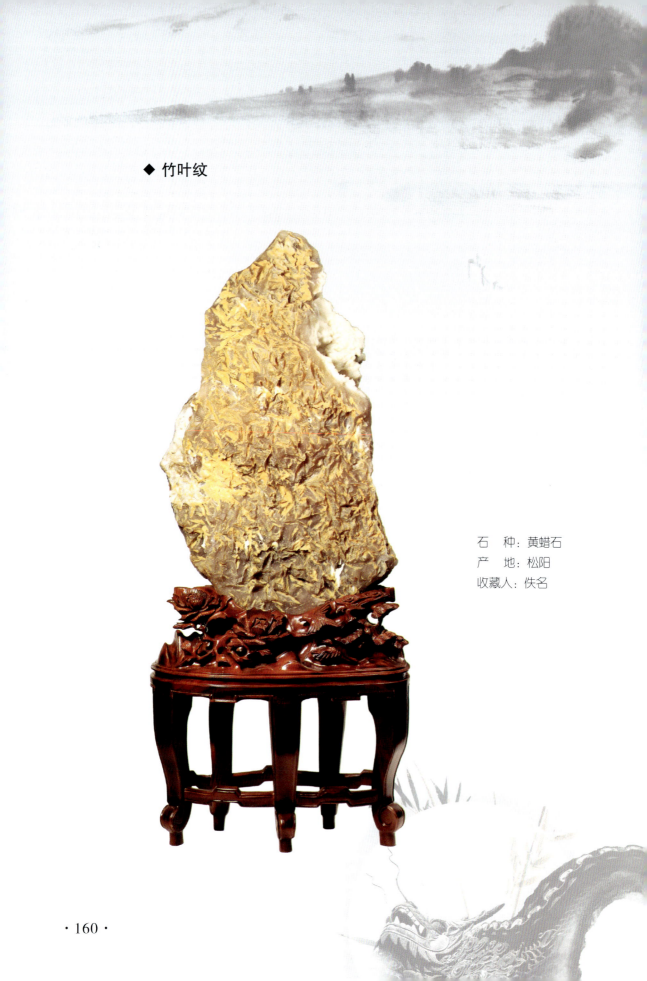

◆ 竹叶纹

石　种：黄蜡石
产　地：松阳
收藏人：佚名

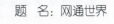

题　名：网通世界
石　种：黄蜡石
产　地：松阳
规　格：37 cm×27 cm
收藏人：占益强

◆ 蚂蚁纹

石　种：黄蜡石
产　地：松阳
规　格：14 cm×22 cm×9 cm
收藏人：杨波

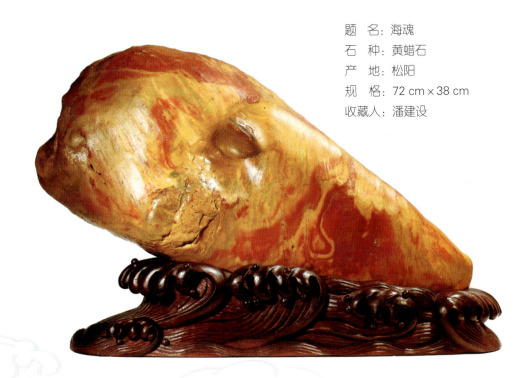

题　名: 海魂
石　种: 黄蜡石
产　地: 松阳
规　格: 72 cm × 38 cm
收藏人: 潘建设

題　名：云台
石　种：黄蜡石
产　地：松阳
规　格：28 cm × 15 cm
收藏人：林尊律

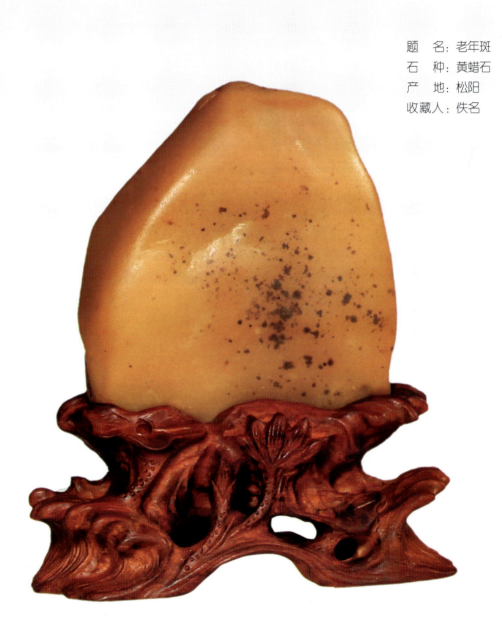

题　名：老年斑
石　种：黄蜡石
产　地：松阳
收藏人：佚名

石　种：黄蜡石
产　地：松阳
收藏人：佚名

石　种：黄蜡石
产　地：松阳
收藏人：佚名

【黄蜡石的鉴别】

黄蜡石作为一个新兴石种被确认为新玉种并真正走上市场还不到20年。2004年，云南省观赏石协会将当地的黄蜡石定名为"黄龙玉"。2011年2月，珠宝玉石名称国家标准正式实施，黄龙玉被写入珠宝名录。因此，对其鉴别就有了更严格的要求。黄蜡石的鉴别主要有以下方法。

一是看形。从体量和形状判断它的雕刻价值，看石体是否完整、饱满或平整，是否有瑕疵。

二是看质。优质黄蜡石表层蜡质感强、密度高、油性足、玉化好。冻蜡、胶蜡、细蜡温润有韧性，多数呈半透明或微透明，适合雕刻；粗蜡质地粗糙，没有雕刻价值。

三是看颜色。黄蜡石颜色比较丰富，有红、黄、白、褐、黑等多种颜色，挑选时以多色为妙，色艳为优，正黄、飘红为最佳。

四是看皮，也就是看石肤。看表皮是否温润、光滑，有无包浆。有老年斑、乌鸦皮的比较稀有，值得收藏。表皮有气孔的体内往往有杂质，表皮粗糙或泛白的黄蜡石是次品，有石筋、石线的品质要打折扣。

五是用灯光照。首先看透光性，用强光电筒贴近直射黄蜡石，可以判断黄蜡石的水头。冻蜡的透光性最好，对光线的折射十分柔和，用强光电筒照，光可透至实心甚至通透；胶蜡次之，多呈半透明或微透明；细蜡一般微透或不透明；晶蜡石质结构疏松、透光。从石质的致密性角度考虑，黄蜡石并不是越透越好，一般强光下以全透明且见光圈的为佳，散光的反而不好。其次看有无内裂、杂质、绵点和纹理。用强光电筒贴近直射黄蜡石，透光后有内裂的基本能看到，裂纹深的会影响光线的横向折射，在裂缝两边形成明暗光影；用强光电筒对着黄蜡石斜照，一般肉眼能看清黄蜡石的杂质、绵点。

六是机器切玉。石圈有一个常用的名词叫"赌石"，意思是单凭肉眼、仪器、经验还不能完全判定玉石（原石）的好坏，最终要靠切割才能看清玉石的"庐山真面目"。黄蜡石也一样，除了无皮的小籽料靠经验基本能辨别外，其他黄蜡石内部质地的优劣凭以上方法只能做一般性判断，最终的检验结果还是靠切割。为了减少对原石的破坏，

一般通过在黄蜡石表面"开天窗"或"切角"的方法来处理，然后根据露出的石质状况推断黄蜡石的优劣。一般情况下，皮质好的黄蜡石内部质地相对会好些，但不完全是这样的。有的表皮颜色鲜红，内部颜色淡，甚至泛白；有的外观高度玉化，内部却全是绵点、杂质，如"豆腐渣"；有的皮质不佳、光下不透，而内部鲜红、玉化。所以，要提高黄蜡石的辨别能力，平时要多学、多看、多听，有条件的话，还要多切割。

【黄蜡石的雕刻】

在观赏石分类中，把经过人工加工的石雕工艺品称为"美石"。蜡石的美除了用原石展示它的外形、皮质、色彩外，还有一种表现形式——雕刻。

雕刻，是指用各种可塑材料或可雕、可刻的硬质材料，创造出具有一定空间的可视、可触的艺术形象，借以反映社会生活，表达艺术家的审美感受、审美情感、审美理想的艺术。《礼记·学记》："玉不琢，不成器。"一块美玉只有经过琢玉艺人的巧妙构思和鬼斧神工的琢磨，才能成为一件精美绝伦的艺术品。

黄蜡石是一种新兴雕刻材料，优质黄蜡石硬度强、密度高、油性足、玉化好，非常适合雕琢，而且色彩丰富，弥补了传统玉石只有"单色"的缺憾，备受玉雕工作者的青睐。十余年来，黄蜡石的玉雕开发和利用得到了快速发展，现在云南、广东、福建、浙江、江西等地已出现了一支规模庞大的黄蜡石雕刻从业队伍，其中不乏国内知名玉雕大师。当下介入黄蜡石雕刻的流派主要有福建工、苏州工和河南工等，他们自成体系，各有特色。

黄蜡石的雕刻创作空间很大，适用圆雕（立体雕）、浮雕、薄意雕等雕刻技法；作品包罗万象，既可以做成手镯、手环、手链、项链、挂件、吊坠等饰品，也可雕成摆件、手把件和印章；题材也丰富多彩，山水、人物、花鸟、瑞兽等传统玉雕题材无所不及。黄蜡石的"质、色、形、皮"上的优势，为雕刻师提供了很大的艺术表达空间，在取材和作品设计上给雕刻工作者带来了多样化的选择。在"质"的运用上，雕刻师运用圆雕等雕刻技法，借助恰当的立意和精湛的雕工，把黄蜡石最美好的一面呈现出来，对一些存在瑕疵的黄蜡石，也可以通过剃脏去绺和镂空技法把裂痕或杂质去掉，达到化瑕为瑜的目的。而"俏色"的运用使黄蜡石的美感发挥到极致，雕刻工作者巧妙利用黄蜡石的红黄等多种色彩，极好地表达了喜庆、富贵的寓意。

黄蜡石个头适中，所以常用作摆件、山子雕刻。雕刻师以石形为平台，设计和创作整体或局部的雕刻画面，配上得体的底座，既烘托了主题，又表现了美感。

◆摆件

题 名：观音
石 种：黄蜡石
产 地：松阳
规 格：19 cm×9.5 cm×6 cm
收藏人：卢意

题 名：轻舟已过万重山
石 种：黄蜡石
产 地：松阳
规 格：11 cm×10.5 cm×4 cm
收藏人：卢意

题　名：花开富贵
石　种：黄蜡石
产　地：松阳
收藏人：王晓明

题　名：弥勒佛
石　种：黄蜡石
产　地：松阳
收藏人：佚名

石　种：黄蜡石
产　地：松阳
收藏人：黄四达

题　名：双龙戏珠
石　种：黄蜡石
产　地：松阳
规　格：30 cm×12 cm
收藏人：颜礼辉

石　种：黄蜡石
产　地：松阳
收藏人：佚名

题　名：松下会友
石　种：黄蜡石
产　地：松阳
收藏人：白龙溪人

题 名：双龙戏珠
石 种：黄蜡石
产 地：松阳
规 格：33 cm×10 cm×25 cm
收藏人：叶献通

题 名：松下会友
石 种：黄蜡石
产 地：松阳
收藏人：徐伟胜

题　名：松下会友
石　种：黄蜡石
产　地：松阳
收藏人：徐伟胜

石　种：黄蜡石
产　地：松阳
收藏人：徐伟胜

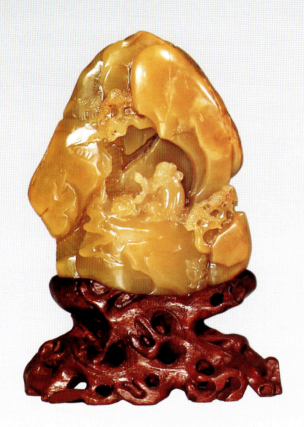

石　种：黄蜡石
产　地：松阳
收藏人：吴钟锋

石　种：黄蜡石
产　地：松阳
收藏人：吴钟锋

石　种：黄蜡石
产　地：松阳
收藏人：周水亮

石　种：黄蜡石
产　地：松阳
收藏人：周水亮

题　名：年年有余
石　种：黄蜡石
产　地：松阳
收藏人：周水亮

石　种：黄蜡石
产　地：松阳
收藏人：叶关宗

题　名：果实累累
石　种：黄蜡石
产　地：松阳
收藏人：周水亮

石　种：黄蜡石
产　地：松阳
收藏人：周水亮

题　名：南山问路
石　种：黄蜡石
收藏人：佚名

题　名：喜庆
石　种：黄蜡石
产　地：松阳
收藏人：佚名

题　名：瑞兽
石　种：白冰冻
产　地：松阳
规　格：7 cm×3 cm
收藏人：吴钟锋

石　种：黄蜡石
产　地：松阳
收藏人：一至

题　名：弥勒佛
石　种：黄蜡石
产　地：松阳
收藏人：佚名

题　名：童子戏弥勒
石　种：黄蜡石
产　地：松阳
收藏人：佚名

题　名：弥勒佛
石　种：黄蜡石
产　地：松阳
收藏人：佚名

题　名：弥勒佛
石　种：黄蜡石
产　地：松阳
收藏人：佚名

题　名：弥勒佛
石　种：黄蜡石
产　地：松阳
收藏人：佚名

题　名：弥勒佛
石　种：黄蜡石
产　地：松阳
收藏人：佚名

题　名：普度众生
石　种：黄蜡石
产　地：松阳
收藏人：佚名

题　名：童子拜观音
石　种：黄蜡石
产　地：松阳
收藏人：佚名

题　名：观音
石　种：黄蜡石
产　地：松阳
收藏人：佚名

题　名：寿星
石　种：黄蜡石
产　地：松阳
收藏人：佚名

题　名：白龙
石　种：黄蜡石
产　地：松阳
收藏人：佚名

题　名：金蟾进宝
石　种：黄蜡石
产　地：松阳
收藏人：佚名

题　名：童子戏弥勒
石　种：黄蜡石
产　地：江西
收藏人：佚名

石　种：黄蜡石
产　地：江西
收藏人：佚名

题　名：松下会友
石　种：黄蜡石
产　地：松阳
收藏人：佚名

题　名：松下会友
石　种：黄蜡石
产　地：松阳
收藏人：佚名

题　名：童子牧牛
石　种：黄蜡石
产　地：松阳
收藏人：佚名

题　名：摆渡人
石　种：黄蜡石
产　地：松阳
收藏人：佚名

题　名：松下教子
石　种：黄蜡石
产　地：松阳
收藏人：佚名

题　名：清明上河图
石　种：黄蜡石
产　地：松阳
收藏人：佚名

题　名：山居图
石　种：黄蜡石
产　地：松阳
收藏人：佚名

题　名：摆渡
石　种：黄蜡石
产　地：松阳
收藏人：佚名

题　名：渔翁乐
石　种：黄蜡石
产　地：松阳
收藏人：佚名

题　名：松下教子
石　种：黄蜡石
产　地：松阳
收藏人：佚名

题　名：望江楼
石　种：黄蜡石
产　地：松阳
收藏人：佚名

题　名：松下迎客
石　种：黄蜡石
产　地：松阳
收藏人：佚名

题　名：松下会友
石　种：黄蜡石
产　地：松阳
收藏人：佚名

题　名：摆渡人
石　种：黄蜡石
产　地：松阳
收藏人：佚名

题　名：牧归
石　种：黄蜡石
产　地：松阳
收藏人：佚名

石　种：黄蜡石
产　地：松阳
收藏人：佚名

题　名：松下会友
石　种：黄蜡石
产　地：松阳
收藏人：佚名

题　名：把酒问青天
石　种：黄蜡石
产　地：松阳
收藏人：佚名

题　名：松下教子
石　种：黄蜡石
产　地：松阳
收藏人：佚名

石　种：黄蜡石
产　地：松阳
收藏人：佚名

题　名：南山访客
石　种：黄蜡石
收藏人：佚名

题　名：松下抚琴
石　种：黄蜡石
产　地：松阳
收藏人：佚名

题　名：双鹤图
石　种：黄蜡石
产　地：松阳
收藏人：佚名

题　名：佛心莲花
石　种：黄蜡石
产　地：松阳
收藏人：佚名

题　名：禅意莲花
石　种：黄蜡石
产　地：松阳
收藏人：佚名

题　名：鱼戏荷花
石　种：黄蜡石
产　地：松阳
收藏人：佚名

题　名：如意
石　种：黄蜡石
产　地：松阳
收藏人：佚名

题　名：哺
石　种：黄蜡石
产　地：松阳
收藏人：佚名

题　名：吉祥如意
石　种：黄蜡石
产　地：松阳
收藏人：佚名

题　名：花开富贵
石　种：黄蜡石
产　地：松阳
收藏人：佚名

题　名：清莲
石　种：黄蜡石
产　地：松阳
规　格：15 cm × 15 cm × 8 cm
收藏人：叶远仁

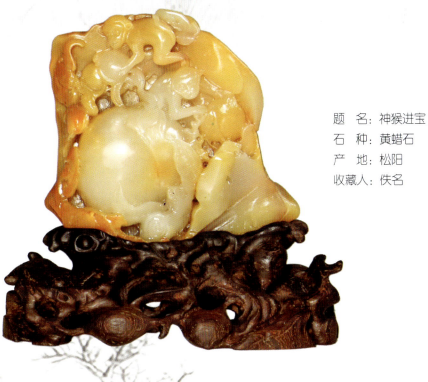

题　名：神猴进宝
石　种：黄蜡石
产　地：松阳
收藏人：佚名

题　名：荷花双鹤图
石　种：黄蜡石
产　地：松阳
收藏人：佚名

题　名：并蒂花
石　种：黄蜡石
产　地：松阳
收藏人：佚名

题　名：年年有余
石　种：黄蜡石
产　地：松阳
收藏人：佚名

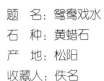

题　名：鸳鸯戏水
石　种：黄蜡石
产　地：松阳
收藏人：佚名

题　名：童子戏弥勒
石　种：黄蜡石
产　地：松阳
收藏人：佚名

题　名：小摆件组合
石　种：黄蜡石
产　地：松阳
收藏人：佚名

◆ **手把件**

题　名：手把件组合
石　种：黄蜡石
产　地：松阳
收藏人：郑贤法

题　名：弥勒佛
石　种：黄蜡石
产　地：松阳
收藏人：吴志坚

题　名：貔貅对牌
石　种：黄蜡石
产　地：松阳
收藏人：佚名

题　名：手把件组合
石　种：黄蜡石
产　地：松阳
收藏人：佚名

题　名：富贵猪组合
石　种：黄蜡石
产　地：松阳
收藏人：佚名

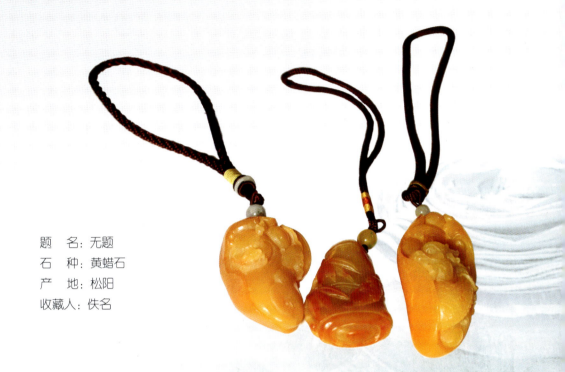

题　名：无题
石　种：黄蜡石
产　地：松阳
收藏人：佚名

题　名：手把件组合
石　种：黄蜡石
产　地：松阳
收藏人：佚名

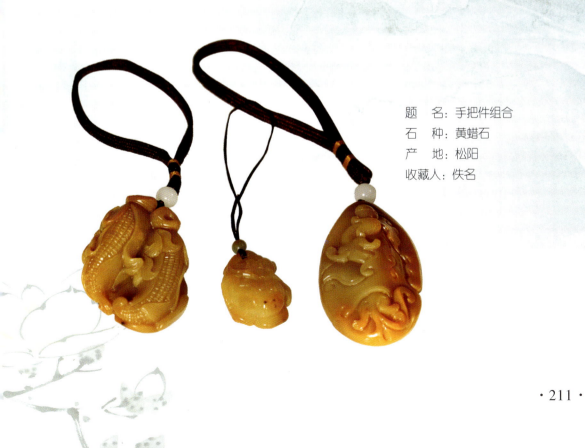

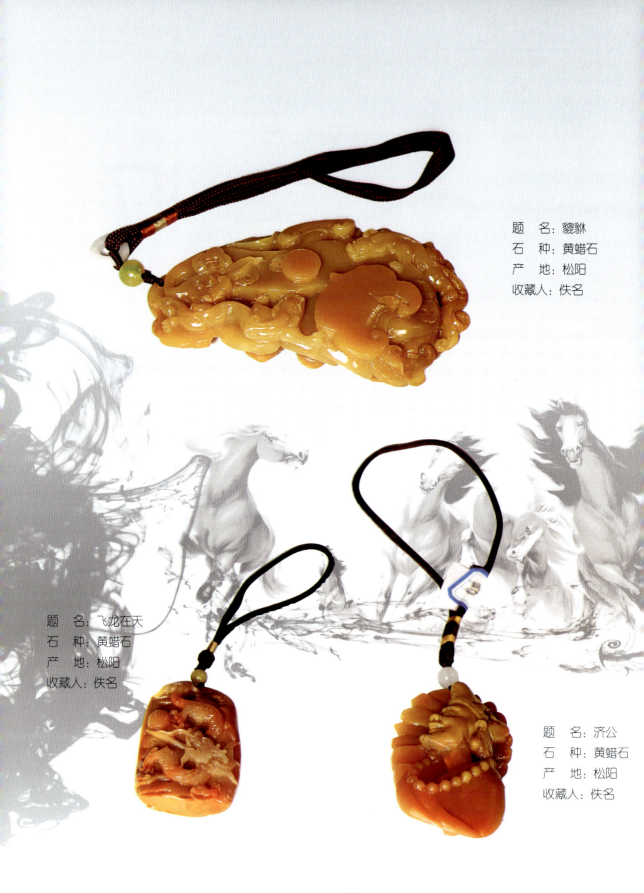

题　名：貔貅
石　种：黄蜡石
产　地：松阳
收藏人：佚名

题　名：飞龙在天
石　种：黄蜡石
产　地：松阳
收藏人：佚名

题　名：济公
石　种：黄蜡石
产　地：松阳
收藏人：佚名

题　名：手把件组合
石　种：黄蜡石
产　地：松阳
收藏人：佚名

题　名：金蟾进宝
石　种：黄蜡石
产　地：松阳
收藏人：佚名

◆ 挂件

题　名: 龙凤呈祥
石　种: 黄蜡石
产　地: 松阳
规　格: 8 cm×4 cm
收藏人: 叶景泉

题　名: 挂件组合
石　种: 黄蜡石
产　地: 松阳
收藏人: 叶景泉

题　名：小品组合
石　种：黄蜡石
产　地：松阳
收藏人：一至

题　名：小品组合
石　种：黄蜡石
产　地：松阳
收藏人：潘建光

题　名：挂件四件组合
石　种：黄蜡石
产　地：松阳
收藏人：吴志坚

题　名：挂件组合
石　种：黄蜡石
产　地：松阳
收藏人：佚名

题　名：挂件组合
石　种：黄蜡石
产　地：松阳
收藏人：佚名

题　名：挂件组合
石　种：黄蜡石
产　地：松阳
收藏人：佚名

题　名：童子
石　种：黄蜡石
产　地：松阳
收藏人：佚名

题　名：鱼戏莲花
石　种：黄蜡石
产　地：松阳
收藏人：佚名

题　名：童子
石　种：黄蜡石
产　地：松阳
收藏人：佚名

题　名：挂牌
石　种：黄蜡石
产　地：松阳
收藏人：佚名

题　名：童子
石　种：黄蜡石
产　地：松阳
收藏人：佚名

七彩玛瑙

第三章

QICAI MANAO

【 七彩玛瑙的成因 】

松阳七彩玛瑙产于卯山附近的项桥下村一带的黄土层中，系安山岩气孔中充填的硅质物，是一种隐晶质石英，其化学成分为二氧化硅（SiO_2），莫氏硬度在6.5—7之间，打磨抛光后呈玻璃光泽，属多彩玛瑙类玉石。其上好的料石加工后，纹理可与南京雨花石媲美，松阳七彩玛瑙属玛瑙的稀有品种。《松阳县志》有"竹客口玛瑙矿化点，位于西屏镇竹客口村，

系安山岩气孔中充填的硅质物，粉红色玛瑙，具条带构造"的记载。项桥下村与竹客口村属于西屏镇，和县志记载的内容相符。2009年初，在项桥下村的茶山上挖出的七彩玛瑙，引起了广大观赏石收藏爱好者的关注，深受他们的青睐。

玛瑙雕刻工艺

七彩玛瑙的发现，包礼辉、包礼军两兄弟起了很大作用。叶赞平、王伟氢先生的《美石神画》一书的出版，为松阳七彩玛瑙的挖掘、提升、宣传、推广做出了积极贡献。

题　名：瑞兽
石　种：七彩玛瑙
产　地：松阳
收藏人：郑贤法

题　名：漫山红
石　种：七彩玛瑙
产　地：松阳
收藏人：佚名

题　名：水草花
石　种：七彩玛瑙
产　地：松阳
收藏人：佚名

题　名：摆件组合
石　种：七彩玛瑙
产　地：松阳
收藏人：佚名

题　名：图腾
石　种：七彩玛瑙
产　地：松阳
收藏人：佚名

题　名：水草花组合
石　种：七彩玛瑙
产　地：松阳
收藏人：佚名

题　名：金蟾
石　种：七彩玛瑙
产　地：松阳
收藏人：佚名

题　名：金蟾
石　种：七彩玛瑙
产　地：松阳
收藏人：佚名

题　名：富贵平安
石　种：七彩玛瑙
产　地：松阳
规　格：31 cm×20 cm×40 cm

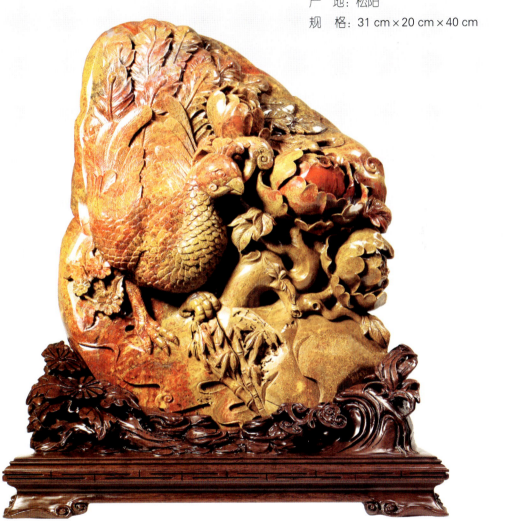

题　名：金蟾
石　种：七彩玛瑙
产　地：松阳
收藏人：佚名

题　名：梅花飘香
石　种：七彩玛瑙
产　地：松阳
收藏人：佚名

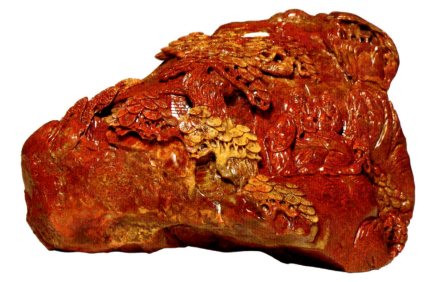

【 七彩玛瑙的种类 】

1.原石种类。

（1）坑料七彩玛瑙。

坑料是指从泥土中挖掘出来的石料。目前松阳绝大多数七彩玛瑙是当地农民从泥土中采挖出来的。这类石料块头不大，刚出土时多数包裹有石皮或泥土，外表较为粗糙，有明显的棱角。

（2）水冲松阳七彩玛瑙。

绝大多数是在松阳松阴溪中发现的，这些玛瑙经过水流的长时间搬运与冲蚀，比较细腻圆润。

（3）山料七彩玛瑙。

是指产自岩体中的七彩玛瑙矿体，俗称"山料"。

2.松阳七彩玛瑙的花色种类。

松阳七彩玛瑙色彩艳丽，花纹奇美，拥有大自然的各种色彩，极其醒目、漂亮。其颜色红、黄、白及其过渡色相间，丰富多彩，纹理细密，图案美观，水草纹特征明显，这是一般玛瑙所不具备的，七彩玛瑙之名由此而来。松阳七彩玛瑙是一种十分罕见的玛瑙新品种。按颜色可分为如下几种。

◆ 草花玛瑙

草花玛瑙是松阳七彩玛瑙中品种最丰富的一类，其包裹形状和色彩各异的花草图案，惟妙惟肖。

题　名：水草花挂件组合
石　种：七彩玛瑙
产　地：松阳
收藏人：佚名

题　名：水草花摆件
石　种：七彩玛瑙
产　地：松阳
收藏人：佚名

题　名：鼻烟壶
石　种：七彩玛瑙
产　地：松阳
收藏人：佚名

题　名：水草花鼻烟壶
石　种：七彩玛瑙
产　地：松阳
收藏人：佚名

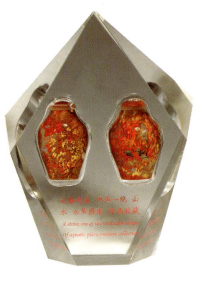

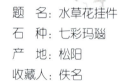

题　名：水草花挂件
石　种：七彩玛瑙
产　地：松阳
收藏人：佚名

题　名：水草花挂件
石　种：七彩玛瑙
产　地：松阳
收藏人：佚名

题　名：水草花挂件组合
石　种：七彩玛瑙
产　地：松阳
收藏人：佚名

题　名：水草花挂件组合
石　种：七彩玛瑙
产　地：松阳
收藏人：佚名

◆ 苔藓玛瑙

　　其内含物在形状、质感、色泽上都与天然苔藓极其相似，仿佛天然苔藓被包裹在透明琥珀中，甚至可以感觉到天然苔藓的湿润和弹性。

题　名：苔藓玛瑙挂件组合
石　种：七彩玛瑙
产　地：松阳
收藏人：佚名

◆ 风景玛瑙

包裹体形状、色彩丰富多变，风景图案鲜艳美丽，画面充满奇山异水、奇花异卉，云蒸霞蔚，神形兼备，仿佛是画家精心设色敷彩而绘制的仙境景象。

题　名：风景玛瑙挂件组合
石　种：七彩玛瑙
产　地：松阳
收藏人：佚名

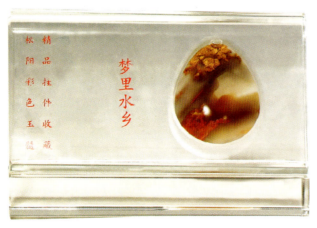

题　名：风景玛瑙挂件组合

石　种：七彩玛瑙

产　地：松阳

收藏人：佚名

◆ 燕窝玛瑙

燕窝玛瑙是松阳七彩玛瑙特有的种类，它的包裹体呈线体状，和燕窝非常相似。

题　名：燕窝玛瑙挂件组合
石　种：七彩玛瑙
产　地：松阳
收藏人：佚名

◆ 烟丝玛瑙

　　它的包裹物和当地的传统名产晒红烟的烟丝非常相似。一层层翻卷的黄褐色烟叶，仿佛正在切制中的烟丝。

題　名：烟丝玛瑙
石　种：七彩玛瑙
产　地：松阳
收藏人：佚名

◆ 鸡血玛瑙

　　鸡血玛瑙是一种带有红色色块的品种，就像鲜艳的鸡血淋洒在其上，是非常难得的珍稀品种。

题　名：鸡血玛瑙挂件组合
石　种：七彩玛瑙
产　地：松阳
收藏人：佚名

◆ 发晶玛瑙

　　因其内含物类似水晶中的发晶而得名。外观上与发晶很相似，但其色彩和纹理更为多变。

题　名：发晶玛瑙挂件组合
石　种：七彩玛瑙
产　地：松阳
收藏人：佚名

◆ **彩丝玛瑙**

①黄丝玛瑙。松阳七彩玛瑙经常包含各种形状的黄色丝线，这些黄色丝线构成了柔转流动的游丝图案。其中以金黄色的丝线为最常见，其光亮灿烂，十分漂亮。

题　名：黄丝玛瑙挂件组合
石　种：七彩玛瑙
产　地：松阳
收藏人：佚名

②红丝玛瑙。红丝玛瑙是松阳七彩玛瑙中比较常见的品种，红色丝线粗细不一。

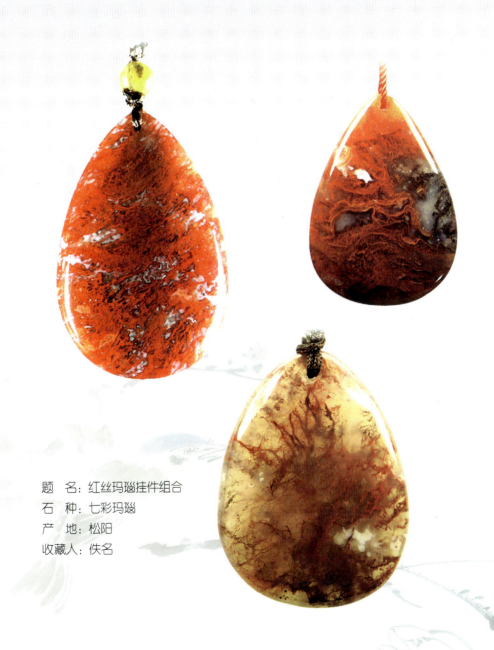

题　名：红丝玛瑙挂件组合
石　种：七彩玛瑙
产　地：松阳
收藏人：佚名

③彩丝玛瑙。彩丝玛瑙是松阳七彩玛瑙中最漂亮、最常见的品种，各种色彩的丝线交缠游动，形成各种美丽的图案，丰富多彩、变化多端。

题　名：彩丝玛瑙挂件组合
石　种：七彩玛瑙
产　地：松阳
收藏人：佚名

◆ 彩带玛瑙

其图案由各种色彩的条带构成，花纹丰富，色彩艳丽。常见的有红带玛瑙、黄带玛瑙。

题　名：彩带玛瑙挂件组合
石　种：七彩玛瑙
产　地：松阳
收藏人：佚名

◆重彩玛瑙

　　重彩玛瑙是松阳七彩玛瑙中特有而珍贵的品种。这种玛瑙的色彩非常浓艳，整个图案仿佛涂了浓重油彩的抽象画，热烈而多变，给人以强烈的视觉冲击。

题　名：重彩玛瑙挂件组合
石　种：七彩玛瑙
产　地：松阳
收藏人：佚名

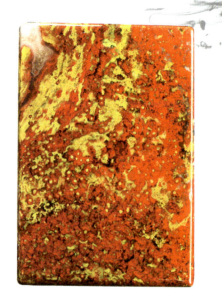

硅化木

第四章

GUIHUAMU

【硅化木的成因】

1亿多年前，因火山喷发或地壳运动等地质作用，树木被迅速埋入地下，由于处于干旱环境或与空气隔绝，木质不易腐烂。在漫长的地质作用过程中，树干周围的化学物质如二氧化硅、硫化铁、碳酸钙等在地下水的作用下进入树木内部，替换了原来的木质成分，但保留了树木的形态，树木因此变成化石。因其中所含的二氧化硅成分多，所以，常常被称为硅化木或树化玉。化学式为$SiO_2 \cdot nH_2O$，属隐晶族，硬度为5.5—6.5，密度为2.65—2.66g/cm³，折射率为1.54—1.55。

硅化木从古生代石炭纪（始于距今3.55—2.95亿年）到白垩纪（结束于距今0.66亿年）中期均有分布。到21世纪为止，发现的最早的木化石是石炭纪早期的裸蕨植物化石，最近的为6500万年前的白垩纪晚期的。按物种分类有松木化石、柏木化石、樟木化石、杉木化石、桦木化石。此外，还有其他类型的木化石，如针叶林木化石、果木化石等。

【硅化木的种类】

1.按加工方法分类。

硅化木原石：就是没经过任何人工加工过的硅化木。

剥皮打磨抛光硅化木：由于硅化木本身有皮，有些树皮颜色发白不美观，只有剥掉表皮，打磨抛光，才更显硅化木的美。

喷砂加工硅化木：硅化木经打磨抛光后，会受加工工具的局限，改变自然形状。近几年，人们用金刚砂高气压喷射硅化木表面，喷掉其表皮、杂质，留下其中的玉化层。这样既能保持硅化木的自然形状，又能显露出硅化木内部的玉化美。

2.按矿物学分类。

按矿物学可分为：石英硅化木、玉髓硅化木、蛋白石硅化木。以石英为主，其次为玉髓，蛋白石的十分稀少。

从硅化木的残余结构分析，部分蛋白石硅化木已转变为石英硅化木，脱水作用下的弯曲裂隙尚见残留。中生代时期形成的蛋白石硅化木，由于时间久远，受到应力作用、热力作用及陈化，现已转变成石英硅化木。只有新生代的蛋白石硅化木才得以保存。

3.按颜色分类。

白色硅化木：矿物纯净度高，粒度均匀，组成单一，细胞残留色浅，细胞壁残留物极少，细胞形态主要从石英、玉髓交代、充填、堆积形成的细胞轮廓判断。树种多以水杉、银杏等非产树脂性植物为主，后期浸染作用微弱。白色硅化木较少见。

灰色硅化木：矿物纯净度高，粒度均匀，组成单一，细胞残留色深，细胞壁残留物较多，细胞形态主要从石英、玉髓交代、充填、堆积形成的细胞轮廓及明显的细胞壁判断。树种多以水杉、银杏等非产树脂性植物为主，后期浸染作用较强。灰色硅化木常见。

黄色硅化木：矿物纯净度高，粒度均匀，组成单一，细胞残留色深，细胞壁残留物较多，树种多以松、柏等产树脂性植物为主，黄色在硅化木中分布均匀，里外一致，与原始木质相关。黄色硅化木常见。

褐色硅化木：矿物纯净度高，粒度均匀，组成单一，后期受氧化铁浸染并深入细胞，残留色由浅到深，细胞壁残留物由少到较多，各树种均有。受Fe_2O_3的褐色矿物浸染，硅化木呈现褐色。在硅化木中整体呈褐色者少见，大多数呈斑块状、花斑状，或者褐色一团团地分布。

红色硅化木：矿物纯净度高，粒度均匀，组成单一，后期氧化铁浸染并深入细胞，受Fe_2O_3的红色矿物浸染，硅化木呈现红色。在硅化木中整体呈红色者少见。

绿色硅化木：矿物纯净度高，粒度均匀，组成单一，后期碳酸铜质浸染并深入细胞。由于受$CuCO_3$浸染，硅化木呈现绿色。孔雀石呈薄膜状附着于硅化木表面及裂隙中，在硅化木中常成片分布，也以斑块状、花斑状出现。

4.按物种分类。

中生代时期浙江植物茂盛，一次又一次剧烈的造山运动把大量茂密的森林埋入地下，使其形成硅化木植物化石，物种有松、柏、樟等。

松阳硅化木的藏量丰富。卯山附近的村民在山上开垦种植果树时，挖出了大量硅化木。2009年，松阳青蒙村村民在山上使用挖掘机修路时，挖出数棵直径达50厘米、长达10余米的完整硅化木，遗憾的是由于没有实行抢救性保护，被无知的村民给截断破坏了，使原本可以用来打造具有松阳特点的地质公园的宝贵资源没有被完整地保存下来。

松阳水冲硅化木，色彩丰富，在松阴溪青蒙段河床挖出了许多红、褐色硅化木，它们质地温润、细腻，玉化程度高，可与云南树化玉媲美。

真经不在西天，而在路途。

佛祖不是如来，而是自我。

题　名：佛堂蒲座

石　种：硅化木

产　地：松阳

规　格：48cm×46cm×16cm

收藏人：陈建伟

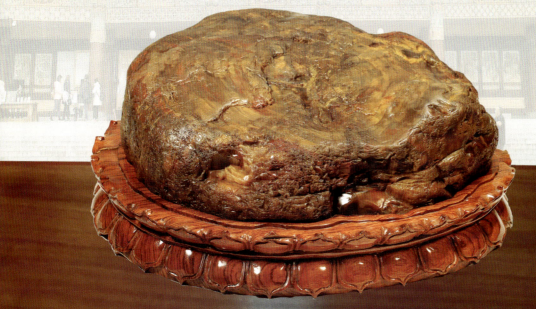

题　名：寿龟
石　种：硅化木
产　地：松阳
规　格：40 cm×19 cm×31 cm
收藏人：陈建伟

题　名：壁立千仞
石　种：硅化木
产　地：松阳
规　格：35 cm×23 cm
收藏人：江建军

题　名：国粹

石　种：硅化木

产　地：松阳

规　格：28 cm×20 cm

收藏人：潘建设

石　种：硅化木
产　地：松阳
规　格：30cm×15cm
收藏人：郑贤法

题　名：赤壁
石　种：硅化木
产　地：松阳
收藏人：佚名

题　名：金蛇狂舞
石　种：硅化木
产　地：松阳
收藏人：佚名

题　名：护园使者
石　种：硅化木
产　地：松阳
收藏人：佚名

第五章

开型
迪石高岭石

DIKAISHI XING
GAOLINGSHI

【迪开石型高岭石的成因】

松阳迪开石型高岭石，产于松阳县大东坝镇山徐村峰洞岩高岭土矿。矿石质地细腻，多具滑感，蜡状光泽，贝壳状断口，性脆，硬度3—5。矿物成分以迪开石、高岭石、石英为主，石英晶屑具溶蚀现象。据此，初步确定峰洞岩迪开石矿床为高岭石矿床进一步热液蚀变而成。形成温度在110—140℃之间，不超过160℃。

矿石颜色有鸭蛋青色、黄白色、灰色和肉红色，一般不透明，极个别微透明，可作为雕刻山水、人物、花鸟摆件、印章等工艺品的原材料。其中鱼脑冻，是印章、雕刻用料中的极品。

【迪开石型高岭石的种类】

石　种：鱼脑冻
产　地：松阳
收藏人：游隆标

石　种：红花冻
产　地：松阳
收藏人：游隆标

石　种：金田黄
产　地：松阳
收藏人：游隆标

石　种：荔枝冻
产　地：松阳
收藏人：游隆标

石　种：灯光冻
产　地：松阳
收藏人：游隆标

石　种：红花冻
产　地：松阳
收藏人：游隆标

石　种：紫檀冻
产　地：松阳
收藏人：游隆标

石　种：灯光冻
产　地：松阳
收藏人：游隆标

石　种：红花冻
产　地：松阳
收藏人：游隆标

石　种：金玉冻
产　地：松阳
收藏人：游隆标

产　地：松阳
收藏人：游隆标

题　名：印章
规　格：7 cm×7 cm×8 cm
收藏人：毛献武

题　名：印章组合
石　种：迪开石型高岭石
产　地：松阳
收藏人：佚名

题　名：印章
石　种：迪开石型高岭石
规　格：7cm×7cm×5cm
收藏人：佚名

题　名：印章
石　种：红花冻
规　格：7 cm×7 cm×5 cm
收藏人：毛献武

题　名：印章组合

石　种：高岭土红花冻

产　地：松阳

规　格：6 cm×13 cm×6 cm

收藏人：毛献武

题　名：印章组合

产　地：松阳

收藏人：包礼辉

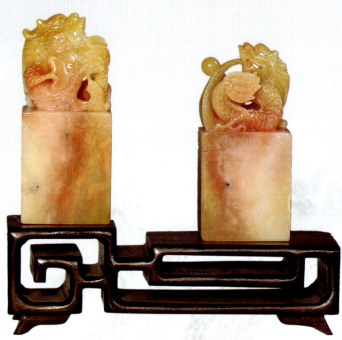

题　名：印章组合
石　种：迪开石型高岭
产　地：松阳
收藏人：佚名

题　名：印章组合
石　种：迪开石型高岭
产　地：松阳
收藏人：佚名

题　名：印章
石　种：迪开石型高岭石
产　地：松阳
收藏人：纪日侯

题　名：印章
石　种：迪开石型高岭石
产　地：松阳
收藏人：纪日侯

玄武岩

第六章

XUANWU YAN

【玄武岩的成因】

玄武岩是由火山喷发出的岩浆冷却后凝固而成的一种致密状或泡沫状结构的岩石。它在地质学的岩石分类中，被定义为一种基性喷发岩，属于岩浆岩(也叫火成岩)。火山爆发流出的岩浆温度高达1200摄氏度，因有一定的黏度，地势平缓时，流动很慢，每分钟只流动几米远；遇到陡坡时，速度便大大加快。它在流动过程中，携带着大量水蒸气和气泡，冷却后，便形成了各种不同的形状。

【玄武岩的特点】

岩浆岩分侵入岩和喷出岩两种。其中侵入岩是地下岩浆在内力作用下侵入地壳上层，在地表下冷却凝固而形成的岩石，它的矿物结晶颗粒较大，代表岩石是花岗岩。喷出岩是地下岩浆在内力作用下，沿地壳薄弱地带喷出地表冷凝而形成的岩石，它的矿物结晶颗粒细小。玄武岩密度为23.3g/cm³。结构致密的，其压缩强度很大，可达到1300MPa，甚至更高。有流纹或气孔构造的，强度会有所降低，代表岩石就是玄武岩。

玄武岩在松阳县多见，但产于枫坪乡丁坑村山溪中的玄武岩，水洗度好，多洞、形奇，具有很高的观赏价值。

题　名：磐石
石　种：玄武岩
产　地：松阳
规　格：43 cm × 40 cm
收藏人：毛建南

题 名: 飞龙盘石
石 种: 玄武岩
产 地: 松阳
收藏人: 杨波

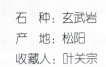

石　种：玄武岩
产　地：松阳
收藏人：叶关宗

题　名：铁骨柔情
石　种：玄武岩
产　地：松阳
规　格：66 cm×45 cm×57 cm
收藏人：叶华健

题　名：步步高
石　种：玄武岩
产　地：松阳
规　格：25 cm×56 cm×37 cm
收藏人：蔡方明

题　名: 云台山
石　种: 玄武岩
产　地: 松阳
规　格: 45 cm × 24 cm
收藏人: 金德来

题　名: 农家女
石　种: 玄武岩
产　地: 松阳
收藏人: 佚名

题　名：磐石
石　种：玄武岩
产　地：松阳
收藏人：与佚名

题　名：精灵
石　种：玄武岩
产　地：松阳
规　格：46 cm×40 cm
收藏人：包礼辉

矿物晶体

第七章

KUANGWU JING TI

矿物晶体收藏，在国外已有数百年历史，在中国却刚刚起步。矿物晶体是具有科研和观赏双重价值的珍奇资源，是大自然赐予人类的天然、独特、精美、珍贵的不可再生的艺术品。欧洲有句谚语："石头是上帝随手捏的，矿物晶体则是上帝用尺子精心设计出来的。"这足见欧洲人对矿物晶体的偏爱程度。

矿物晶体标本的收藏源自16世纪早期。17世纪在欧洲的皇室成员、达官贵族中悄然兴起了矿物晶体收藏热。中国工业文明起步较晚，皇室、达官贵人没有见过美丽的矿物晶体，只对玉感兴趣，所以民间流行玉文化。目前，矿物晶体知识的普及程度、标本的收藏热度，已成为衡量一个国家文化和文明程度的标志。

【 天然矿物晶体的成因 】

宝石矿物有晶体和非晶体之分。在一定外界条件下，晶体会呈现出不同的结晶习性。不同的矿物，晶体结构不同。天然矿物晶体只生长在岩石或矿脉膨大部位的晶洞、裂隙中，且对环境、元素组成等形成条件要求严格。因此其价值大大超过普通矿产的价值。在最初形成阶段，溶液在向固体转换时，如遇到岩层裂隙、空洞、自身产生的气泡等，那么紧靠裂隙、空洞的溶液在冷却结晶时就可以免受挤压而向裂隙、空洞内自由发育，在空洞中长成应有的几何形态。如果岩层的裂隙、空洞容量足够，且成矿条件理想，那么矿物晶体就会长得很大，甚至聚合成令人惊叹的优美造型。

【 天然矿物晶体的种类 】

天然矿物晶体的形成呈现极强的地域性。在我国，矿物晶体种类丰富多样。有西南、西北、华南、中南四大矿物晶体产区。

《松阳县志》记载："境内已发现的矿产有煤、铁、钴、铅、锌、铅锌、铜铅、铜锌银、铅锌银、银、钼、钨、高岭土、伊利石、瓷土、膨润土、粘土、萤石、明矾石、叶蜡石、黄铁矿、白云母、玛瑙和花岗岩类等。"

位于靖居包村北侧的垄背萤石矿床，矿石质量较好，储量有13.7万吨。龙下、塔岭萤石矿点，分别位于赤寿乡龙下和谢村乡塔岭村西侧。

岭头黄铁矿矿点，位于板桥乡岭头。象溪镇岭脚有两条矿脉，矿石主要为黄铁矿，次为辉钼矿。此外，靖居口村有明矾石矿点；坳头村有叶蜡石矿点；象溪镇南州村、枫坪村有白云母矿化点；蔡宅村有铁砂矿床；象溪小佛儿村有褐铁矿点；板桥乡上湾村有铜锌银矿点；三都岭上村和高亭村有铅锌银矿点；安民乡大石凹村有铅锌银矿化点，矿石含铅、锌、银、锡等；竹源乡大岭头村多金属矿，含铜、铅、锌、银矿石；大东坝镇石子源铅锌矿点，矿石含铅、锌、锡、铜；大东坝镇叶明山银矿点，矿石为自然银、自然金；象溪镇垄背黑钨矿化点，附近有重砂黑钨矿；枫坪乡高亭石吊凉亭闪锌矿点，矿化带厚约1米，长50—60米。枫坪乡洋庄源闪锌矿点，矿体为脉状，宽约1米，长100米以上。

松阳赏石界对观赏性矿物晶体的收藏尚处于起步阶段，有待提高、发展。

题　名：藏宝洞
石　种：孔雀石
规　格：16 cm×16 cm×10 cm
收藏人：陈建伟

题 名：刺猬
石 种：水晶石
规 格：15 cm×9 cm×10 cm
收藏人：陈建伟

石 种：水晶石
收藏人：陈建伟

石　种：石英（水晶）
规　格：21 cm×19 cm×7 cm
收藏人：纪日侯

石　种：方解石
规　格：32 cm×22 cm×9 cm
收藏人：纪日侯

石　种：石英（自然包体）
规　格：15 cm×8 cm×5 cm
收藏人：纪日侯

石　种：硬水石膏（沙漠玫瑰）
规　格：35 cm×24 cm×18 cm
收藏人：纪日侯

石　种：氟化钙（萤石）
规　格：18 cm×12 cm×7 cm
收藏人：纪日侯

石　种：黄铁矿（硫铁矿）
收藏人：纪日侯

石　种：叶蜡石型高岭土
规　格：24 cm×21 cm×8 cm
收藏人：纪日侯

石　种：迪开石型高岭土
规　格：42 cm×35 cm×21 cm
收藏人：纪日侯

石　种：钼矿
规　格：23 cm×24 cm×10 cm
收藏人：纪日侯

石　种：萤石
收藏人：陈建伟

石　种：萤石
收藏人：陈建伟

题 名：父爱如山
石 种：萤石
收藏人：陈建伟

石 种：萤石
收藏人：陈建伟

题　名：蘑菇
石　种：玛瑙
收藏人：陈建伟

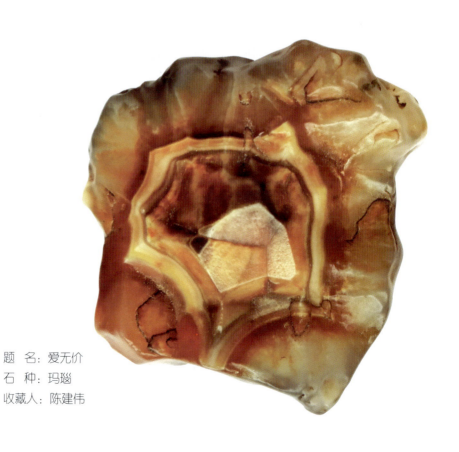

题　名：爱无价
石　种：玛瑙
收藏人：陈建伟

题　名：秘境
石　种：石英（水晶）
收藏人：陈建伟

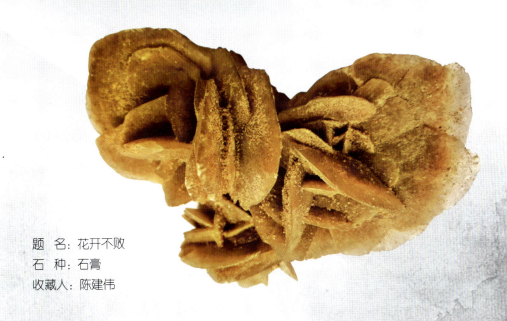

题　名：花开不败
石　种：石膏
收藏人：陈建伟

画面石

第八章

HUAMIANSHI

【画面石的成因】

《观赏石鉴评》国家标准对画面石的描述是："由不同颜色、不同物质形成的点、线、面组合且构成图案或画面的观赏石。"并要求"具象图纹石求形象、重写实,而抽象与意象图纹石求神韵、重写意",要求"构图方式多元,图面刻画细致入微";在韵意上,要求主题明确、形神兼备、形意生动。

【画面石的种类】

有些观赏石表皮色彩丰富,同时有三种以上颜色,构成了变化莫测的图案。观赏石可分为景观石、人物石、动物石、静物石、标志石等。具象的图案石能展示生命的奥秘,极易感染人,令人振奋;抽象图纹石大多动感强烈,变化无穷,或行云流水,或如烟如雾,意境深远,给人以美感、启迪、联想,令收藏者爱不释手。

题　名：茶道
石　种：黄蜡石
产　地：松阳
规　格：36 cm×26 cm
收藏人：潘建设

题　名：女娲补天
石　种：卵石
产　地：松阳
规　格：12 cm×15 cm×5.5 cm
收藏人：陈建伟

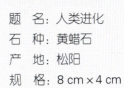

题　名：人类进化
石　种：黄蜡石
产　地：松阳
规　格：8 cm×4 cm
收藏人：杨波

题　名: 山中之王
石　种: 卵石
产　地: 松阳
收藏人: 佚名

题　名：喜鹊登梅
石　种：黄蜡石
产　地：松阳
规　格：20 cm×18 cm
收藏人：俞国平

题 名: 寿
石 种: 黄蜡石
产 地: 松阳
规 格: 23 cm×19 cm
收藏人: 苏郑跃

题　名：琼楼玉阁
石　种：黄蜡石
产　地：松阳
规　格：18 cm×14 cm
收藏人：叶关宗

题　名：唐宋遗韵
石　种：黄蜡石
产　地：松阳
规　格：47 cm×28 cm×18 cm
收藏人：廖展华

题　名：佛光普照
产　地：松阳
规　格：18 cm×25 cm
收藏人：占益强

题　名：攀登
石　种：黄蜡石
产　地：松阳
收藏人：佚名

题　名：小鸟依人
石　种：黄蜡石
产　地：松阳
收藏人：佚名

题　名：无欲则刚
石　种：黄蜡石
产　地：松阳
收藏人：佚名

题　名：红梅
石　种：黄蜡石
产　地：松阳

题　名：闪亮登场
石　种：黄蜡石
产　地：松阳
收藏人：佚名

题　名：喜上梅梢
石　种：黄蜡石
产　地：松阳

题　名：武松打虎
石　种：黄蜡石
产　地：松阳
收藏人：佚名

题　名：无题
石　　种：玄武岩
产　　地：松阳
收藏人：佚名

题　名：蝠鹰
石　　种：玄武岩
产　　地：松阳
收藏人：杨波

题　名: 枫叶红了
石　种: 黄蜡石
产　地: 松阳

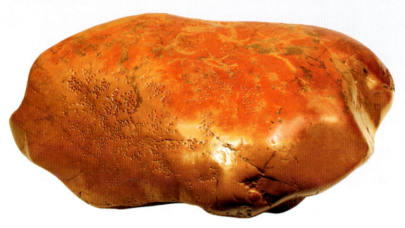

题　名: 雄鹰展翅
石　种: 黄蜡石
产　地: 松阳
收藏人: 佚名

收藏

价值及展望

SHOUCANG JIAZHI

JI ZHANWANG

古人云："山无石不奇，水无石不清，园无石不秀，室无石不雅。赏石清心，赏石怡人，赏石益智，赏石陶情，赏石长寿。"赏石、藏石在中国源远流长，源于远古，兴于秦汉，盛于唐宋元明清，绵延至今不衰。千百年来，国人的采石、拣石、藏石、赏石、悟石、玩石、爱石、展石、论石之风久盛不衰，形成了传统的赏石文化。"花如解语还多事，石不能言最可人。"多少文人墨客、帝王将相都为奇石、美石所倾倒，留下了动人的故事、优美的诗篇。陶渊明与"醒石"，杜甫与"杜甫石"，苏轼咏石，米芾拜石，米万钟取号"石友"，曹雪芹的石头缘……唐代宰相李德裕、南唐后主李煜、宋徽宗及乾隆均是爱石之人。他们以石来点缀自己的人生，一动一静，行云流水，相互辉映，人石共乐，感动了一代又一代人。

鲁迅先生说得好："最质朴，最厚重的艺术往往是不加雕琢的。"观赏石之美，贵在质地如玉，华在色艳如虹，美在浑然天成，有道是"清水出芙蓉，天然去雕饰"。

近年来，随着社会经济的发展，人民的生活水平有了显著的提高，休闲娱乐成了人们日常生活中一项必不可少的内容。随着松阳县城基础设施建设的步伐不断加快，松阴溪河段到处响起挖掘机"隆隆"的马达声。在松阴溪河床底下沉睡了亿万年的观赏石从梦乡中被惊醒，来到这陌生的世界。它们一经面世，就被改革开放后过上小康生活的松阳人民所喜爱，被视为珍宝。短短几年时间，玩石队伍就从原来的几人发展到数万人。

2006年2月，9名热心石友发起成立了松阳县观赏石协会。协会成立后，建立了"松阳县观赏石协会网站"，促进了会员之间的交流学习，加强了和全国各地协会、石友的联系与交流。协会还配合县委、县政府的工作，举办了十余次石展，得到了各级领导的好评和支持。协会还多次参加了在武汉、天津、山东、深圳、杭州、丽水、义乌、龙游、武义等省市县举办的大型石展，并获得了许多大奖，提高了松阳观赏石的知名度。2008年5月，松阳县观赏石协会与松阳县长运有限公司签订了老茶叶市场店面的租赁合同，创建了松阳县奇石文化城。这是浙江省首个民间自发创办的观赏石专业市场。经营范围包括观赏石、根雕、书画装裱等。奇石文化城建成以后，在县领导的关心支持和全体经营户的努力下，市场交易日趋红火，促进了观赏石产业的飞速发展，解决了数千人的就业问题。闻名全国的南阳、苏州、扬州、福建、广东的玉雕师傅纷纷来松阳落户，为玉石配座的行业也悄然兴起。由于松阳黄蜡石名声在外，收藏价值日趋见涨，身价也一路攀升，仅两三年时间就涨了几十倍、上百倍。该县一石友，当初以几百元买的一块红皮鱼子纹蜡石，被外省石友以原价500倍的价格买走。2020年，松阳另一块紫红色鱼子纹蜡石，以近960000元的价格被外地藏家买走。质色上乘的黄蜡石籽料，价格达数万元一斤，大有"一寸蜡石一寸金"之势。仅2011年，松阳县奇石文化城的销售额就达一千多万元，全县观赏石产业的销售额达数千万元，真可谓"一方石造福一方百姓"。此后，松阳县城相继建成了浙南玉石文化城、松阳玉石文化城。松阳县城明清古街也迎来了观赏石经营户入驻经营。

松阳观赏石还有很高的科研和旅游开发价值。松阳县位于地球北纬30度附近，有许多神秘而有趣的自然现象，等着我们去探索发现。2005年初，一部名为《神秘的北纬30度》的考古纪实报告在美国出版后，连续数月荣登销量排行榜。此书也记载了中国北纬30度不少的神秘现象。在中国，神秘的北纬30度横贯整个大陆腹地。各类自然现象和奇绝景观令人关注，令人遐想，如气势磅礴的长江三峡，被誉为天下奇观的钱塘江大潮，频频目击"野人"的神农架。

离松阳很近的新昌，也打造出了中国最大的第四纪冰川遗迹万马渡冰石河、神奇的地下森林公园等旅游品牌。据说新昌第四纪冰川的证据还是玩石人发现的。当地许多石友收藏的"水冲硅化木"表面有许多"指甲印"，这正是20世纪五六十年代原地质部部长、世界著名地质学家李四光用来证明冰川作用存在的最有力佐证，即"李四光环"。所谓"李四光环"是李四光在长期从事第四纪冰川遗迹研究过程中，首先发现的由石英岩和硅质岩形成的冰碛砾石表面似指甲印状的弧形或环状的挤压裂纹，而其他成因的砾石（如泥石流、冲洪积砾石）则不存在。因此这些与冰川作用有关的特有的微构造标志，后经广大地学工作者大量实践证实，是鉴别冰川作用存在的良好和可靠标志。后人为纪念李四光教授的这一发现，特将其命名为"李四光环"。值得欣慰的是，松阳的黄蜡石和硅化木也存在着大量"李四光环"。

玉岩镇大源山谷中留存着大小不等的圆形天然石臼，其中3个被当地村民称为"三井"，传说是龙打出来的"龙潭"，直通东海。后面是许多巨石，像卫士守护着山谷。

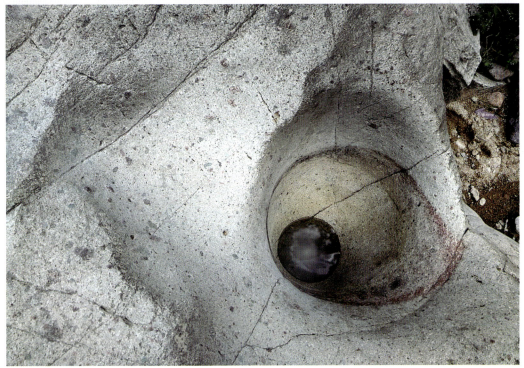

松阳县玉岩镇大源山谷中留存的圆形天然石臼群

巨石群

大源山谷中留存的石臼群

大源山谷石臼群

大源山谷石臼群

大源山谷天然石臼

天然石臼群

大源山谷天然石臼

天然石臼

河床多为凝灰岩，呈紫红、灰白、灰绿等颜色，两边山崖，树木葱郁、云雾缭绕，倒映在清澈的溪水里，呈现出一幅幅五彩缤纷、生气盎然的图画。狭谷较为平坦，呈流纹状的地段，似波浪起伏；圆润的石臼，星罗棋布，如阆苑琼台、瑶池玉洞。山谷中有无数断层，一个断层就有一个瀑布，瀑布后面的岩石如赤壁，又似千层糕，蔚为壮观。谷底的石头千奇百怪。其中有块巨石，底部有个洞，可容几十人。石顶上有深深的屁股印和脚印，据说是文殊菩萨打坐诵经时留下的。洞口蹲着一尊石狮，高达3米，它就是文殊菩萨的坐骑青狮，一刻不离地伴随菩萨。

大源山谷瀑布

2017年10月21日，在玉岩大源山谷发现具有冰臼特征的天然石臼后合影

聚仙台

大源山谷瀑布

大源山谷中的河床多为凝灰岩，跌宕起伏，被誉为"琼台"

青狮

村民用天然石臼打麻糍

在大源山谷河床上留存着数以百计的冰川遗迹——冰臼（圆形天然石臼）和巨石群。冰臼是指第四纪冰川后期，冰川融水携带冰碎屑、岩屑物质，沿冰川裂隙自上向下以滴水穿石的方式，对下覆基岩进行强烈冲击和研磨，形成似我国古代用于舂米的石臼。它是古冰川遗迹之一。巨石群是指冰川流动时巨大的动力把巨石搬到很远的地方而形成的石群。冰川遗迹往往会有很多巨石。

玉岩大源山谷的石臼、巨石群和河谷特征与冰川遗迹的主要特征相吻合。对探索松阳第四纪冰川遗迹具有很高的科考价值，也具有极高的观赏性。

松州古邑，古韵悠悠；松阳玉石，精美绝伦。松阳这个"藏在深闺人未识"的当代世外桃源，正以她那独特的魅力，吸引着海内外朋友前来访古探宝。

参考资料：

[1] 松阳县志编纂委员会.松阳县志[M].杭州：浙江人民出版社，1996.

[2] 周越刚，杨心鸽，唐小明，等.浙江黄蜡石[M].杭州：浙江工商大学出版社，2014.

[3] 杨献忠.松阳峰洞岩迪开石的矿物学研究[J].南京地质矿产研究所所刊，1991
（1）:77-89.

[4] 叶赞平，王伟氢.美石神画[M].杭州：西泠印社出版社，2010.

大事记

第十章

DASHI JI

1. 2006年2月26日下午，在松阳县人事劳动局社保处主任办公室召开松阳县观赏石协会第一次筹备会议。主持人、召集人：陈建伟。与会人：陈宝清、潘建设、林尊侓、纪日侯、王新荣、俞国平、项森琪、林志坚。会议决定事项如下：

（1）产生理事会成员，分别为陈宝清、潘建设、陈建伟、林尊侓、纪日侯、王新荣、俞国平、项森琪、林志坚。（手写会议记录有笔误，以第324页通知文件为准）

（2）推选陈宝清为协会主席，潘建设为副主席，陈建伟为秘书长。

（a）

（b）

会议记录

2. 2006年4月30日，松阳县文联印发松文联〔2006〕3号《关于成立松阳县文联观赏石协会的通知》，公布理事会成员、理事：陈宝清、潘建设、陈建伟、林尊律、林志坚、纪日侯、王新荣、项森琪、俞国平；主席：陈宝清；副主席：潘建设；秘书长：陈建伟。

松阳县文联文件

松文联〔2006〕3号

★

关于成立松阳县文联观赏石协会的通知

各协会（研究会）：

经县文联审核，报宣传部通过和县民政局备案，成立松阳县文联观赏石协会。

现将该协会理事会成员公布如下：

理　事：陈宝清　潘建设　陈建伟　林尊律　林志坚

　　　　纪日侯　王新荣　项森琪　俞国平

主　席：陈宝清

副主席：潘建设

秘书长：陈建伟

松阳县文联

二〇〇六年四月三十日

主题词：文联　成立　通知

抄　报：市文联、毛建华副书记、张云高副县长、潘瑞卿部长。

松阳县文联办公室　　　　　　2006年4月30日印发

（共印18份）

松阳县文联文件

3. 2006年6月1日，松阳县观赏石协会在县土管局四楼会议室召开座谈会，邀请宁夏根石协会会长司汉新到松阳做"如何让瓯江奇石走向世界"的讲座。会后司会长到石友家中做现场点评、指导。

右一为司汉新会长

4.2006年12月17日，松阳县观赏石协会在小叶村召开理事扩大会议，会上确定了2007年度工作目标：建立网站，举办石展。2007年2月初，松阳县观赏石协会网站开通，打开了松阳观赏石走出山门、面向全国的窗口，也为该县石友与省内外石友交流提供了平台。

5.2007年5月27日，浙江省观赏石协会在永康举办迎奥运石展暨2007年年会。松阳县观赏石协会7名会员的藏品参展。

中央电视台《永康松石》专题片开机仪式

浙江省迎奥运石展开幕式

中国观赏石协会会长寿嘉华（中）、浙江省观赏石协会会长王嘉明（左）到松阳
展区视察指导

浙江省观赏石协会2007年年会现场

6. 2007年6月28日—7月2日，松阳县观赏石协会在县委宣传部、县文联的直接领导下，筹办协会成立以来的首届石展——"松香杯"首届松阳黄蜡石展。石展在松阳县图书馆举行，县委常委、宣传部部长李忠伟主持开幕式。浙江省观赏石协会会长王嘉明、市委宣传部副部长周伟东、松阳县副县长李炀德等领导出席开幕式并致辞。县委书记林健东等四大班子领导到展厅参观指导。6月28日下午，在松阳宾馆举办讲座，王嘉明会长做精彩报告。

2007年6月28日，松阳县观赏石协会首届石展在松阳县图书馆举行

松阳县委书记林健东等县四大班子领导到展厅参观指导

浙江省观赏石协会会长王嘉明（右中）与松阳县观赏石协会成员合影

7.2007年7月下旬，全国民族艺术之乡考评组到松阳检查验收，丽水市委宣传部领导指定黄蜡石作为一项内容参展。松阳县观赏石协会精选出六十余件精品在黄家大院展览。

全国民族艺术之乡考评组领导参观松阳县观赏石协会举办的石展

全国民族艺术之乡考评组领导与演员、工作人员合影

8. 2008年1月12日，松阳县观赏石协会召开年会，总结2007年工作，讨论2008年工作思路。纪日侯同志做了"松阳观赏石探析"的专题讲座；许多会员结合自己觅石、藏石、赏石的经历，谈了自己的体会，与会者受到很大启发。

9. 2008年2月29日下午，陈宝清、潘建设、陈建伟出席浙江省观赏石协会在杭州市花家山庄举行的省石协联谊会。

10. 2008年3月16日，松阳县政府举办大型茶叶市场开市活动。松阳县观赏石协会根据县委宣传部要求，在茶叶市场举办石展，省内外数万人参观石展。

2008浙南茶叶市场开市仪式

松阳县观赏石协会在茶叶市场举办石展

松阳县黄蜡石展示

11. 2008年4月6日，松阳县观赏石协会在县教育局二楼会议室召开会员大会，通过石协章程，讨论建奇石文化城事宜。

12. 2008年4月30日，松阳县观赏石协会秘书长陈建伟代表全体经营户与松阳长运有限公司签订为期3年的老茶叶市场店铺场地租赁合同，成立松阳县奇石文化城。此后，市场内45间店面陆续开张营业。经营范围包括观赏石、根艺、古玩、书画装裱、奇石配座等。

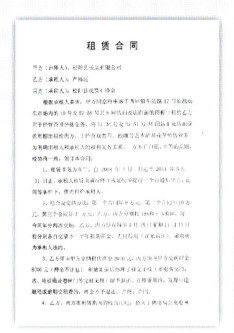

（a）

（b）

（c）

成立松阳县奇石文化城的租赁合同

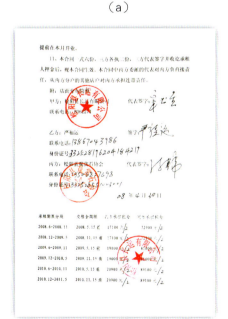

13. 2008年5月14日晚，召开松阳奇石文化城市场承租人会议，推选成立市场管理委员会，成员由陈建伟、项森琪、叶华健、林尊律、李衍津、叶景泉、唐跃鸣组成，陈建伟任主任，项森琪、叶华健任副主任。

14. 2008年5月25日，在松阳县国土资源局六楼会议室召开松阳县观赏石协会会员大会，选举产生12名理事：陈宝清、潘建设、陈建伟、纪日侯、项森琪、林志坚、俞国平、林尊律、叶华健、王新荣、蔡方明、毛进军。通过聘请徐经验担任协会顾问的决议；选举陈宝清为会长，潘建设、纪日侯为副会长，陈建伟为秘书长，俞国平、叶华健为副秘书长。

（a）

（b）

2008年5月25日，松阳县观赏石协会会员大会会场

松阳县国土资源局文件

松土资〔2008〕37号 　　　　　　　　签发人：丁勇民

松阳县国土资源局
关于同意成立松阳县观赏石协会的批复

松阳县观赏石协会：

　　你会报来的《关于要求成立松阳县观赏石协会的申请书》收悉。为使松阳县观赏石在我县经济建设和精神文明建设中发挥应有的作用，经研究同意成立松阳县观赏石协会，隶属本局管理协会　理事会报本局备案，并向县民政局办理社团登记手续。

　　特此批复

二〇〇八年四月十九日

主题词：机构　组建　批复
松阳县国土资源局办公室　　　　　　2008 年 4 月 19 日印发

·1·

松阳县国土资源局文件

松阳县民政局文件

松民〔2008〕57号

松阳县民政局关于准予筹备成立
松阳县观赏石协会的批复

松阳县观赏石协会筹备组：

你们《关于要求筹备成立登记松阳县观赏石协会的申请报告》及有关材料收悉。根据国务院《社会团体登记管理条例》、《浙江省社会团体管理办法》和有关政策规定，经研究，批复如下：

一、准予松阳县观赏石协会筹备成立，业务主管单位为松阳县国土资源局。

二、你们应在本县范围内进一步发展同领域会员，于本批复下达之日起6个月内召开会员（代表）大会，通过章程，产生执行机构、负责人和法定代表人，并向我局申请成立登记。经审核登记后，松阳县观赏石协会方可开展社会团体的业务活动，合法

松阳县民政局文件

15. 2008年8月25日，松阳县民政局为松阳县观赏石协会颁发社会团体法人登记证书，县质量技术监督局办为协会办理中华人民共和国组织机构代码证。

（a）

（b）

松阳县观赏石协会登记文件

2008年6月30日，中国观赏石协会《宝藏》杂志主编陆舜冬（左）到松阳指导工作

2008年6月30日，中国观赏石协会《宝藏》杂志主编陆舜东（左）到陈建伟家指导

《宝藏》杂志主编陆舜东（右中）在松阳奇石文化城指导

16. 2008年10月1日至3日，在松阳奇石文化城举办迎"中国丽水国际生态经济博览会"奇石预选展。

迎"中国·丽水生态经济博览会"奇石预选展

松阳县观赏石协会举办"中国·丽水生态经济博览会"奇石预选展

预选展现场

参加预选展的展品

17. 2008年10月29日至11月2日，在中国·丽水生态经济博览会奇石展中，松阳参展的39件奇石有13件获奖。其中：金奖1个，银奖2个，铜奖4个，佳品奖6个。

"中国·丽水生态经济博览会"奇石展

18. 2009年2月20日，在嵊州国际大酒店召开浙江省石协联谊会，各市、县石协会长、秘书长参加会议。松阳县陈宝清、潘建设、陈建伟出席会议。会议总结了浙江省石协2008年的工作，讨论布置了2009年的工作，并宣布2008年浙江省石协评选出的26名"赏石名家雅士"。陈宝清获"浙江省赏石名家雅士"称号。

（a）

（b）

2009浙江省石协联谊会现场

浙江省观赏石协会文件

浙石协 2008 第 6 号

浙江省评选"赏石名家雅士"称号

　　浙江是一方赏石文化的蕴育发展之地，自古就是文化之邦，人杰地灵，许多文人墨客，如苏东坡、白居易都是古代的赏石家，在浙江留下诗文千古传颂；许多著名的观赏石产于浙江，如青田石、鸡血石等，据历史记载浙江自古产奇石29 种。浙江省观赏石协会成立于 1996 年，追求"过程赏石、文化赏石、快乐赏石"的赏石观，全省有金华、宁波、衢州、常山、松阳、云和、青田、新昌、嵊州、上虞、遂昌、永康、武义、东阳、义乌、兰溪等 16 个市县石协，在全国赏石界很有影响，拥有雄厚的实力。赏石的崇高理念"是人们亲近回归自然的意识表示，保护资源环境的意愿表达"，期望地球生态、人类社会和谐发展。这是爱地球、爱中华，爱生活，对地球生态环境的良好意识和自觉行为，"赏石"正在成为健康向上的生活时尚和精神理念。

　　为推动赏石事业，鼓励石友雅藏，表彰藏家成绩。浙江省对从事赏石活动，兴趣浓厚，收藏丰富，品位高雅，具有创新精神：在观赏石学术研究、科普工作、公益活动中有突出成绩或开拓性成果；积极推动本行业、本地区的观赏石活动并起带头作用，做出突出贡献的石友会员进行评选，本年度评选出"浙江省赏石名家雅士" 26 名。名单如下：

王邦铎	中国美术学院原党委书记
潘圣明	浙江省国土资源厅副书记

（a）

王永民	浙江省国土资源厅副厅长
叶义玲	浙江省作协会名誉主席
刘 江	中国美术学院教授
卢 涛	浙江省公安厅科技通信管理局局长
丝国强	浙江大学地球科学系教授
祝炳松	浙江省旅游局原副局长
骆爱洪	浙江广播电视集团副总裁
施奠东	杭州市园林文物局原局长
徐跃庆	新昌县政协秘书长
王点明	浙江石京旅游文化有限公司总经理
倪永忠	杭州泉谷文化传播有限公司董事长
杨 建	永康市绿缘园艺总经理市石协秘书长
丁汝子	西泠印社、浙江省书协篆刻委副主任
高成峰	浙江省民示委办公室主任
杂庆云	浙江省劳动人事厅原厅长
赵文礼	浙江省旅游局原管理处处长
周力平	杭州市滨江区浦沿街道主任
富传方	浙江大学地球科学系教授
十洲平	浙江省国土资源厅地质环境处处长
倪 琪	浙江省国土资源厅科教处处长
陈立清	松阳县教育局局长
陈 君	嵊州市旅游局局长
柳长江	青田县观赏石协会会长
王小荛	东阳市观赏石协会会长

浙江省观赏石协会

二〇〇八年十二月十二日

浙江省观赏石协会文件

（b）

19．2009年2月27日上午，在松阳县国土资源局六楼会议室召开县观赏石协会2008年年会，传达浙江省石协联谊会精神，总结2008年工作，公布2008年财务收支情况，讨论2009年工作思路。

20．2009年3月24日至26日，松阳县举办茶叶节活动。根据组委会要求，县观赏石协会挑选23件奇石参展。

21．2009年9月26日至10月6日，浙江省观赏石协会组织市、县石协参加在山东青州举办的"中国第七届花卉博览会"奇石展，松阳选送的6件石品全部获奖。其中：金奖1个，银奖1个，铜奖4个。

22．2009年10月25日，松阳县观赏石协会应邀组团参加缙云己丑（2009）年中国仙都公祭轩辕黄帝大典暨旅游文化节仙都奇石精品展。

23．2009年12月30日，浙江省观赏石协会评选出2009年度"浙江省赏石名家雅士"21名。陈建伟获"浙江省赏石名家雅士"称号。

24．2010年11月6日，松阳县观赏石协会应邀组团参加武义县根石协会举办的根石展。

根石展

25. 2010年11月13日，在四都摄影基地召开松阳县观赏石协会理事会，决定增补林志坚为协会副秘书长，通过发展33名新会员的决议。

松阳县观赏石协会关于增补林志坚同志为副秘书长的决定

松石协〔2010〕1号

根据松阳县观赏石协会章程第二十九条第（三）款和第二十一条第（六）款规定，经研究决定增补林志坚为松阳县观赏石协会副秘书长。

松阳县观赏石协会

2010 年 11 月 13 日

26．2010年12月25日，召开县石协常务理事会，增补叶茂松、洪关旺、叶远仁、郭跃屏、包礼辉、周昌达、吴坛华、吴钟锋、林春明、余相辉、潘建光、王军、叶景泉、潘伟萍、周志明、唐跃鸣为理事。

松阳县观赏石协会关于增补叶茂松等16位同志为
理事的决定

松石协〔2010〕2号

根据松阳县观赏石协会章程第二十一条第七款规定，经常务理事会研究决定，增补下列16位同志为松阳县观赏石协会理事：

叶茂松	洪关旺	吴钟锋	周昌达	吴坛华	郭跃屏
叶远仁	潘建光	王 军	包礼辉	唐跃鸣	叶景泉
林春明	余相辉	周志明	潘伟萍		

松阳县观赏石协会

2010年12月25日

27. 2010年12月26日上午，在松阳县国土资源局六楼会议室县石协召开会员大会，会议通过聘请叶赞平、杨水文为协会顾问，增补叶茂松为副会长的决议。

松阳县观赏石协会关于增补叶茂松同志为副会长的决定

松石协〔2010〕3号

根据松阳县观赏石协会章程第二十一条第（七款）和第十八条第（二）款规定，经常务理事会提名，理事会选举决定：增补叶茂松同志为松阳县观赏石协会副会长。

松阳县观赏石协会

2010年12月26日

（a）

陈建伟　主持人　叶茂松

（b）

2010年12月26日上午，在松阳县国土资源局六楼会议室召开松阳县观赏石协会会员大会

28. 2011年6月23日，陈宝清、陈建伟参加浙江省观赏石协会举办的2011年年会、赏石品鉴会，并做点评发言。

2011年年会现场

松阳县观赏石协会会长陈宝清点评发言

松阳县观赏石协会秘书长陈建伟点评发言

2011年6月23日，陈宝清、陈建伟参加浙江省石协举办的2011年年会、赏石品鉴会

与会人员合影留念

29. 2011年10月29日，松阳县观赏石协会选送78件观赏石参加中国·龙游第二届黄龙玉赏石文化博览会，获金奖4个，银奖5个，铜奖16个，优秀奖3个。

30. 2012年6月24日至26日，在松阳县博物馆举办"浙江·丽水文化精品武汉展览会松阳预选展"，选出奇石、雕件各42件，松阳县县长王峻到现场指导。

（a）

（b）

在松阳县博物馆举办"浙江·丽水文化精品武汉展览会松阳预选展"，松阳县县长王峻（右1）到现场指导

31. 2012年7月28日至30日，参加"浙江·丽水文化精品武汉展览会"。湖北省委组织部部长楼阳生、丽水市委宣传部部长陈建波、丽水市文化和广电旅游体育局局长周一红、松阳县县长王峻和副县长沈佩玲等领导到现场指导。

"浙江·丽水文化精品武汉展览会"开幕

"浙江·丽水文化精品武汉展览会"松阳展区

浙南玉石文化城

松阳玉石文化城

32．2013年5月11日，浙江省观赏石协会第四届会员代表大会在杭州滨江区白马湖路建国饭店召开，松阳县观赏石协会成员陈宝清当选为省石协常务理事，陈建伟当选为省石协理事。

（a）

（b）

浙江省观赏石协会第四届会员代表大会

33. 2013年7月1日至18日，在松阳县博物馆举办"松阳赏石精品展"，共展出观赏石499件。其中奇石219件，黄蜡石雕130件，籽料45件，七彩玛瑙71件，印章32方，古代圆形、半圆形蜡石佩件各1件。省、市、县相关部门领导到现场参观指导。

（a）

（b）

松阳赏石精品展

（a）

（b）

松阳赏石精品展现场

丽水市教育局局长刘国安为石展题词

34. 2013年7月18日，浙江省观赏石协会工作会议在松阳天元宾馆会议中心五楼会议室召开。浙江省国土资源厅副厅长，省观赏石协会会长张志勋、秘书长王嘉明，特邀专家，部分地市石协会长、秘书长、石友共计30人参加了此次会议。会后，与会领导沈佩玲副县长到浙南玉石文化城、松阳玉石文化城检查指导，并参观"松阳赏石精品展"。

在松阳天元宾馆召开的浙江省观赏石协会工作会议现场

2013年7月18日，浙江省观赏石协会工作会议在松阳天元宾馆会议中心五楼会议室召开

（a）

（b）

（c）

与会人员参观松阳赏石精品展

（a）

（b）

松阳县观赏石协会理事会议现场

35．2014年12月28日，陈建伟在长兴出席由浙江省观赏石协会组织的中国太湖石博览园开园座谈会。

（a）

（b）

中国太湖石博览园开园座谈会

36．2015年4月27日至30日，松阳县观赏石协会派代表参加"第10届中国（义乌）文化产品交易会"石展，丽水市获最高组织奖。

37．2018年4月21日，陈建伟参加浙江省观赏石协会在中华石景园（桐庐县江南镇）举办的木画石展，与浙江省国土资源厅副厅长、浙江省观赏石协会会长夏晓鸿合影。

木画石展现场

浙江省观赏石协会会长
夏晓鸿（右）与陈建伟合影

38. 2018年5月28日，陈建伟参加中国观赏石协会主办的"首届中国杭州国际珠宝城赏石文化博览会"，与中国观赏石协会领导合影。

（a）

（b）

首届中国杭州国际珠宝城赏石文化博览会

后　记

　　赏石文化在我国源远流长。改革开放以来，我国赏石文化实现了大繁荣、大发展。2014年，"赏石艺术"入选国家级非物质文化遗产代表性项目名录。因此，对古今名石传承资料的收集、整理和信息录入，让"后之视今，亦犹今之视昔"，便成为赏石界的一项重要工作。松阳有悠久的石文化历史。在松阳，出土了新石器时代（距今约10000—4000年）的穿孔石斧、石刀、石箭头等。近几年，在松阴溪还挖出新石器时代人工打磨的精美黄蜡石佩件，松阳古民居亦保存不少奇石。最近十几年从松阴溪河床、山坡上挖掘出来的黄蜡石、七彩玛瑙、硅化木等观赏石，更是数不胜数。本书中大部分观赏石图片，来自2013年7月在松阳县博物馆举办的"松阳赏石精品展"。

　　本书主要介绍了松阳观赏石的种类、成因、分布情况，阐述了观赏石的收藏价值及前景，并通过松阳县观赏石协会的大事记把松阳石界从最初的个人觅石、玩石到有组织有规模地开展省内外石展，并向产业化发展的过程，比较全面、完整地记录保存下来，力求为宣传、传承松阳赏石文化发挥作用。

　　不尽如人意的是，"松阳赏石精品展"上的部分展品信息没有得到记录。时隔多年，许多展品已易主，尽管我们召集了松阳县观赏石协会部分会员，查找当初展品的收藏人、名称等，但还是未能补全所有信息。虽然如此，本书还是全部收录了这些产自松阳的展品，作为原始资料保存。

　　本书能顺利付梓，要感谢"田园松阳文化丛书"编委会给予的支持和关爱！特别要感谢松阳县史志办原主任洪关旺给予的支持和指导！感谢松阳县人大常委会副主任杨水文为本书题写书名！感谢为本书出过力、献过策的所有人！本书在"七彩玛瑙"部分，引用了叶赞平、王伟氢《美石神画》一书的部分文字和图片，本书也引用了其他作者作品中的一些资料，在此一并致谢！

　　由于本人水平有限，本书一定存在许多不足之处，敬请读者、业内人士斧正！

陈建伟

2020年10月